ॐ नमो भगवते वासुदेवाय

国家十二五重点出版项目

中国社会科学院创新工程学术出版资助项目

博伽梵往世书

BHĀGAVATA PURĀṆA

第七卷 第四篇

(20–31章)

维亚萨戴瓦 著

英文译著 A.C.巴克提韦丹塔·斯瓦米·帕布帕德

中文翻译 嘉娜娃

中国社会科学出版社

目　录

第二十章

主维施努亲临普瑞图王的祭祀场

第1节

मैत्रेय उवाच
भगवानपि वैकुण्ठः साकं मघवता विभुः ।
यज्ञैर्यज्ञपतिस्तुष्टो यज्ञभुक्तमभाषत ॥१॥

maitreya uvāca
bhagavān api vaikuṇṭhaḥ
sākaṁ maghavatā vibhuḥ
yajñair yajña-patis tuṣṭo
yajña-bhuk tam abhāṣata

maitreyaḥ uvāca—伟大的圣人麦垂亚继续说 / bhagavān—至尊人格首神维施努 / api—也 / vaikuṇṭhaḥ—外琨塔之主 / sākam—和……一起 / maghavatā—天帝因铎 / vibhuḥ—至尊主 / yajñaiḥ—通过祭祀 / yajña-patiḥ—所有祭祀的主人 / tuṣṭaḥ—满足 / yajña-bhuk—祭祀的享受者 / tam—对普瑞图王 / abhāṣata—说

译文 大圣人麦垂亚继续道：亲爱的维杜茹阿，至尊人格首神维施努对普瑞图王举行的九十九场马祭感到很满意，于是亲临祭祀现场，陪同祂前往的是天帝因铎。主维施努到场后对普瑞图王说了如下一番话。

第2节

श्रीभगवानुवाच
एष तेऽकार्षीद्भङ्गं हयमेधशतस्य ह ।
क्षमापयत आत्मानममुष्य क्षन्तुमर्हसि ॥२॥

śrī-bhagavān uvāca
eṣa te 'kārṣīd bhaṅgaṁ
haya-medha-śatasya ha

kṣamāpayata ātmānam
amuṣya kṣantum arhasi

śrī-bhagavān uvāca—至尊人格首神主维施努说 / eṣaḥ—这天帝因铎王 / te—你的 / akārṣīt—执行了 / bhaṅgam—干扰 / haya—马 / medha—祭祀 / śatasya—第一百场……的 / ha—实际上 / kṣamāpayataḥ—那位请求原谅的人 / ātmānam—向你本人 / amuṣya—他 / kṣantum—原谅 / arhasi—你应该

译文 至尊人格首神主维施努说：我亲爱的普瑞图王，天帝因铎干扰了你要举行一百场马祭的计划。他现在随我来请求你的宽恕。因此请原谅他。

要旨 在这节诗中，梵文"向你本人(ātmānam)"一词很重要。瑜伽行者(yogī)和思辨者(jñānī)彼此之间对话时，习惯称呼对方为"你本人"(甚至对普通人也不例外)，因为超然主义者从不把躯体视为是生物。个体自我是至尊人格首神不可缺少的一部分，所以在质上与至尊自我没有区别。正如下一节诗将要解释的，躯体只不过是表面的覆盖物，灵性进步的超然主义者因此而不把自己与其他生物作区分。

第3节 सुधियः साधवो लोके नरदेव नरोत्तमाः ।
नाभिद्रुह्यन्ति भूतेभ्यो यर्हि नात्मा कलेवरम् ॥ ३ ॥

sudhiyaḥ sādhavo loke
naradeva narottamāḥ
nābhidruhyanti bhūtebhyo
yarhi nātmā kalevaram

su-dhiyaḥ—最有智慧的人 / sādhavaḥ—倾向于从事福利活动的人 / loke—在这个世界上 / nara-deva—国王啊 / nara-uttamāḥ—人类中最好的 / na abhidruhyanti—从不怀恶意 / bhūtebhyaḥ—对其他生物

体 / yarhi—因为 / na—从不 / ātmā—自我或灵魂 / kalevaram—这个身体

译文　帝王啊，具有高度智慧并渴望为众生谋福利的人，被视为是最优秀的人。高等的文明人永远都不会记恨其他生物体。具有高度智慧的人始终意识到这个物质躯体不同于灵魂。

要旨　我们在日常生活中看到，疯子杀人后，高等法院甚至会判他无罪。要了解，生物(灵魂)是至尊人格首神不可缺少的一部分，所以永远纯洁。他坠入物质能量的钳制中时，便成为物质自然三种属性的牺牲者。事实上，他无论做什么，都是在物质自然属性的影响下做的。正如《博伽梵歌》(Bhagavad-gītā)第5章的第14节诗所说：

na kartṛtvaṁ na karmāṇi
lokasya sṛjati prabhuḥ
na karma-phala-saṁyogaṁ
svabhāvas tu pravartate

“有物质躯体的灵魂——躯体之城的主人，既不引起活动，不促使他人活动，也不制造任何活动的结果。这一切都是由物质自然属性做的。”

生物——灵魂，实际上什么都没做；一切都是在物质自然的影响下做的。人一旦生病，各种病症就成为所有病痛的来源。具有高度的超然意识——奎师那意识的人，既不忌妒其他灵魂，也不对灵魂在物质自然的影响下所从事的活动心怀恶意。梵文称高级的超然主义者为“最有智慧的人(sudhiyaḥ)”，其中sudhī的意思是“智慧、高度进步的、奉献者”。既是奉献者又具有高度智慧的人，从不做不利于灵魂或躯体的事。如果有人这么做，他也会原谅。经典中说，宽恕、原谅，是具有高度灵性知识的人的一种美德。

第 4 节 पुरुषा यदि मुह्यन्ति त्वादृशा देवमायया ।
श्रम एव परं जातो दीर्घया वृद्धसेवया ॥ ४ ॥

puruṣā yadi muhyanti
tvādṛśā deva-māyayā
śrama eva paraṁ jāto
dīrghayā vṛddha-sevayā

puruṣāḥ—人们 / yadi—如果 / muhyanti—迷惑了 / tvādṛśāḥ—像你 / deva—至尊主的 / māyayā—被……能量 / śramaḥ—努力 / eva—肯定地 / param—只有 / jātaḥ—生产 / dīrghayā—长时间的 / vṛddha-sevayā—靠侍奉前辈

译文 如果像你这样因执行前辈灵性导师的指示而高度进步的人，被我物质能量的影响所迷惑，那你所有的进步就都被视为是在浪费时间。

要旨 这节诗中的“靠侍奉前辈(vṛddha-sevayā)”一句非常重要，其中梵文vṛddha的意思是“老的、以前的”，而sevayā的意思是“靠服务”。只有灵性导师——解脱的灵魂，才能给予我们完美的知识。没有在师徒传承(paramparā)中受过训练的人，无法获得完美的知识，从而达到完美的境界。普瑞图王(Pṛthu Mahārāja)在师徒传承中受到完整的训练，因此不该被视为普通人。只具有躯体化的生存概念的普通人，总是被物质自然属性所迷惑。

第 5 节 अतः कायमिमं विद्वानविद्याकामकर्मभिः ।
आरब्ध इति नैवास्मिन् प्रतिबुद्धोऽनुषज्जते ॥ ५ ॥

ataḥ kāyam imaṁ vidvān
avidyā-kāma-karmabhiḥ
ārabdha iti naivāsmin
pratibuddho 'nuṣajjate

ataḥ－因此 / kāyam－身体 / imam－这个 / vidvān－有知识的人 / avidyā－由无知 / kāma－愿望 / karmabhiḥ－及靠活动 / ārabdhaḥ－产生 / iti－如此 / na－绝不 / eva－肯定地 / asmin－对这个身体 / pratibuddhaḥ－知道……的人 / anuṣajjate－上瘾

译文　谁对生命的躯体化概念十分清楚，了解这个躯体是由无知、起因于错觉的物质欲望及活动构成，谁就绝不会沉迷于这个躯体。

要旨　正如第3节诗中说明的，有智慧的人(sudhiyaḥ)不认为自己是躯体。作为无知的产物，躯体有两种活动。当我们受躯体化概念的影响，以为感官享乐将有助于我们时，我们处在错觉中。另一种错觉是，以为只要努力满足那如昙花一现的躯体所引起的欲望，或升上高等星系，或举行各种韦达仪式，自己就会变得快乐。这些都是错误的观念。同样，为了获得政治解放所从事的物质活动，以及怀着为了让世人快乐的理想而从事的社会和人道主义活动，也都是错觉性的活动，因为人们从事这些活动所基于的概念就是错误的躯体化的概念。在躯体化的生命概念影响下所渴望得到或做的一切，都是幻想或幻想的产物。换句话说，主维施努(Viṣṇu)告诉普瑞图王，尽管举行祭祀为普通大众树立了榜样，但他本人——灵魂，根本无须举行这类祭祀。正如《博伽梵歌》第2章的第45节诗中说：

traiguṇya-viṣayā vedā
nistraiguṇyo bhavārjuna
nirdvandvo nitya-sattva-stho
niryoga-kṣema ātmavān

“韦达经论述的主要是物质自然的三种属性。阿尔诸纳啊！超越这三种属性，摆脱一切相对性，不为利益和安全焦虑，稳定地处在觉悟自我的层面上。”

韦达经(Vedas)中推荐的祭祀仪式，绝大部分都受物质自然三种属性的影响。因此，至尊主劝阿尔诸纳(Arjuna)要超越韦达经中推荐的那些活动，而从事奉爱服务这一超然的活动。

第6节 असंसक्तः शरीरेऽस्मिन्नमुनोत्पादिते गृहे ।
अपत्ये द्रविणे वापि कः कुर्यान्ममतां बुधः ॥६॥

asaṁsaktaḥ śarīre 'sminn
amunotpādite gṛhe
apatye draviṇe vāpi
kaḥ kuryān mamatāṁ budhaḥ

asaṁsaktaḥ－因为不执著 / śarīre－对身体 / asmin－这个 / amunā－以这样的躯体化概念 / utpādite－产生 / gṛhe－房屋 / apatye－孩子 / draviṇe－钱财 / vā－或者 / api－还有 / kaḥ－谁 / kuryāt－会 / mamatām－强烈的吸引 / budhaḥ－有学识的人

译文 对躯体化的生命概念丝毫不感兴趣的人，怎么可能受房屋、孩子、钱财及其他类似的躯体产物的影响呢？

要旨 举行韦达仪式无疑是为了取悦至尊人格首神——主维施努。然而，靠从事这类活动，人并非在真正满足至尊主，而是经至尊主的批准试图满足自己的感官。换句话说，至尊主准许格外注重感官享乐的物质主义者靠举行韦达仪式进行感官享乐。韦达仪式的设定都以物质自然三种属性为基础(traiguṇya-viṣayā vedāḥ)。超越了物质受制约状态的人，对这类韦达仪式丝毫不感兴趣，相反有志于履行为至尊人格首神做超然爱心服务的崇高职责。为至尊主所做的奉爱服务与躯体是否舒适的物质概念毫无关系，因此被说成是超越物质自然的三种属性(nistraiguṇya)。

第 7 节 एकः शुद्धः स्वयंज्योतिर्निर्गुणोऽसौ गुणाश्रयः ।
सर्वगोऽनावृतः साक्षी निरात्मात्मात्मनः परः ॥ ७ ॥

ekaḥ śuddhaḥ svayaṁ-jyotir
nirguṇo 'sau guṇāśrayaḥ
sarva-go 'nāvṛtaḥ sākṣī
nirātmātmātmanaḥ paraḥ

ekaḥ—一 / śuddhaḥ—纯粹 / svayam—自我 / jyotiḥ—光芒 / nirguṇaḥ—没有物质属性 / asau—那个 / guṇa-āśrayaḥ—好品质的宝库 / sarva-gaḥ—能到所有地方 / anāvṛtaḥ—不受物质的覆盖 / sākṣī—证人 / nirātmā—没有另一个自我 / ātma-atmanaḥ—对身体和心念 / paraḥ—超越

译文　超灵是一个纯洁、非物质、自放光芒的个体。祂无所不在，是一切美好品质的泉源。祂不受物质覆盖，是一切活动的见证者。祂与其他个体灵魂迥然不同，超越所有具有物质躯体的灵魂。

要旨　前面的诗中用了两个意义重大的梵文词，即："不执著(asaṁsaktaḥ)"和"完全明了一切(budhaḥ)"。"完全明了一切"意味着，人应该知道自己的原本地位和至尊人格首神的地位。按照圣维施瓦纳特·查夸瓦尔提·塔库尔(Śrī Viśvanātha Cakravartī Ṭhākura)的解释，主维施努在这节诗中描述祂本人——超灵(Paramātmā)。超灵永远不同于有物质躯体的灵魂和物质世界，所以被说成是至尊人格首神(para)。那位至尊人格首神(para)是一个独一无二的个体(eka)。至尊人格首神只有一个；相反，这个物质世界中的受物质躯体制约的众多灵魂，以半神人、人类、走兽、树木、飞禽、蜂类等多种形式存在着。所以，众生不是一个(eka)，而是许多。韦达经典《喀塔奥义书》第2篇第2章的第13节诗中确认说：祂是永恒中最主要的永恒，生物中至尊的生物(nityo nityānāṁ cetanaś cetanānām)。众多被束缚在这个物质世界中的生物都不纯洁。然而，至尊人格首神纯洁且超然。被物质躯体包裹的生物没有自放光芒，但至尊人格首神超灵是自放光芒的。受到物质自然属性污染的生物被说成是“受物质属性的影响(saguṇa)”，而至尊人格首神超灵被说成是“不受物质属性的影响(nirguṇa)”。被囚禁在物质品质的牢笼中的众生是“受物质自然属性的钳制(guṇāśrita)”；相反，至尊人格首神是一切美好品质的宝库(guṇāśraya)。受制约的灵魂的视力被物质污染所遮蔽，因此无法看到他活动的起因，以及他的众多前世。不被物质躯体所遮盖的至尊人格首神，是生物一切活动的见证者。生物和至尊人格首神超灵都是灵性的个体(ātmā)。他们在质上相同，在量上却有着天壤之别，尤其在至尊人格首神全部拥有六种财富这方面尤为突出。完整的知识意味着，生物(jīva-ātmā)必须了解自己的地位及至尊者的地位。那才是完整的知识。

第 8 节 य एवं सन्तमात्मानमात्मस्थं वेद पूरुषः ।
नाज्यते प्रकृतिस्थोऽपि तद्गुणैः स मयि स्थितः ॥ ८ ॥

ya evaṁ santam ātmānam
  ātma-sthaṁ veda pūruṣaḥ
nājyate prakṛti-stho 'pi
  tad-guṇaiḥ sa mayi sthitaḥ

yaḥ—……的人 / evam—如此 / santam—存在 / ātmānam—个体灵魂和至尊人格首神——超灵 / ātma-stham—在他的躯体中 / veda—知道 / pūruṣaḥ—人 / na—绝不 / ajyate—受影响 / prakṛti—在物质自然中 / sthaḥ—处于 / api—虽然 / tat-guṇaiḥ—被自然的物质属性…… / saḥ—这样的人 / mayi—在我中 / sthitaḥ—处于

译文　对超灵和个体灵魂极为了解的人，虽然身在物质世界，却永远不受物质自然属性的影响，因为他始终处在为我做超然爱心服务的状态中。

要旨　至尊人格首神显现在这个物质世界里时，并不受物质自然属性的影响。同样，始终与至尊人格首神连接着的灵魂，哪怕是在物质躯体或物质世界中，也不受物质属性的影响。对此，《博伽梵歌》第14章的第26节诗生动地解释说：

mām̐ ca yo 'vyabhicāreṇa
bhakti-yogena sevate
sa guṇān samatītyaitān
brahma-bhūyāya kalpate

“在任何情况下都全心全意地做奉爱服务，就能立刻超越物质自然属性，获得梵觉(Brahman realization)。”就有关这一点，圣茹帕·哥斯瓦米(Rūpa Gosvāmī)说：如果一个人始终用他的身、心和言语为至尊主做服务，那么他虽然身在这个物质世界，但却应该被视为是解脱的。

第9节　यः स्वधर्मेण मां नित्यं निराशीः श्रद्धयान्वितः ।
भजते शनकैस्तस्य मनो राजन् प्रसीदति ॥ ९ ॥

yaḥ sva-dharmeṇa mām̐ nityam̐
nirāśīḥ śraddhayānvitaḥ
bhajate śanakais tasya
mano rājan prasīdati

yaḥ—……的人 / sva-dharmeṇa—以他的规定职责 / mām—我 / nityam—有规律的 / nirāśīḥ—毫无动机 / śraddhayā—以信仰和奉献 / anvitaḥ—怀着 / bhajate—崇拜 / śanakaiḥ—逐渐地 / tasya—他的 / manaḥ—心念 / rājan—普瑞图王啊 / prasīdati—感到心满意足

译文 至尊人格首神主维施努继续道：我亲爱的普瑞图王，当人通过履行自己的规定职责为我做爱心服务，而且从不期待物质所得时，他就会逐渐感到心满意足。

要旨 《维施努往世书》(Viṣṇu Purāṇa)中也证实了这节诗中的内容。被称为社会四阶层和灵性四阶段(varṇāśrama-dharma)的制度中的规定职责，适用于所有的社会阶层人士和处在各个灵性阶段的人，无论一个人是布茹阿玛纳(brāhmaṇa, 婆罗门)、查锤亚(kṣatriya, 刹帝利)、外夏(vaiśya, 吠舍)和庶铎(śūdra, 首陀罗)，还是独身禁欲的学生(brahmacarya)、居士(gṛhastha)、退出家庭生活的人(vānaprastha)和托钵僧(sannyāsa)，都适用。如果一个人按照社会四阶层和灵性四阶段制度工作，不期望得到功利性活动的结果，那他就会逐渐得到满足。把自己的职责当做为至尊人格首神做奉爱服务的一种方式去履行，是人生的最高目标。《博伽梵歌》中证实这是活动瑜伽。换句话说，我们应该仅仅是为了侍奉至尊主、使至尊主满意而做事。否则，我们就会被功利性活动的结果所束缚。

每一个人都有自己要履行的职责，但履行物质职责的目的不该是为了获取物质的利益。相反，每个人都该把履行职责的结果献出去；尤其是布茹阿玛纳，应该为取悦至尊人格首神履行自己的职责，而不是为了获取物质利益。查锤亚、外夏和庶铎都应该怀着同样的动机工作。在这个物质世界里，所有的人都在从事各种职业、履行各种职责，但从事这些活动的目的应该是为了取悦至尊人格首神。奉爱服务极为简单，任何人都可以做。人唯一需要做的是：在保持现状的同时在自己家中安放至尊主的神像。至尊主的形象多种多样，所以神像可以是茹阿妲·奎师那(Rādhā-Kṛṣṇa)，也可以是拉珂施蜜·纳茹阿亚纳(Lakṣmī-Nārāyaṇa)。这样，布茹阿玛纳、查锤亚、外夏和庶铎，就都能用自己诚实劳动的结果崇拜神像。人无论其职责是什么，都该采用聆听、吟诵(吟唱)、记忆、崇拜至尊主，以及用一切为至尊主服务的奉爱程序。这样，每一个人都可以很容易就为至尊主做服务。当至尊主被我们的服务所取悦时，我们便达成了我们的人生使命。

第 10 节 परित्यक्तगुणः सम्यग्दर्शनो विशदाशयः ।
शान्तिं मे समवस्थानं ब्रह्म कैवल्यमश्नुते ॥१०॥

parityakta-guṇaḥ samyag
darśano viśadāśayaḥ
śāntiṁ me samavasthānaṁ
brahma kaivalyam aśnute

parityakta-guṇaḥ—不与物质自然属性接触的人 / samyak—平等 / darśanaḥ—眼光……的人 / viśada—不受污染的 / āśayaḥ—内心……的人 / śāntim—平静 / me—我的 / samavasthānam—同样的情况 / brahma—灵性 / kaivalyam—摆脱物质污染 / aśnute—获得

译文 奉献者清除内心的一切物质污染时，就会变得心胸开阔、光明坦荡，能够平等看待一切。在生命的那个阶段，人就会拥有平静，和我一样处在永恒、全知、极乐的状态中。

要旨 就“去除物质污染(kaivalya)”这一概念，假象宗(Māyāvāda)和外士纳瓦宗(Vaiṣṇava)的认识不同。假象宗人士(Māyāvādī)认为，人一旦彻底去除一切物质污染，就融入至尊者的存在中。外士纳瓦哲学家对此有不同的看法。他了解自己的地位，以及至尊人格首神的地位。在没有污染的状态下，生物明白自己是至尊者永恒的仆人，那称为梵觉，是生物所达到的灵性完美境界。这种和谐的关系非常容易获得。正如《博伽梵歌》中声明的，人一旦为至尊主做超然的爱心服务，就立刻处在没有物质污染(kaivalya)的梵的超然层面上。

第 11 节 उदासीनमिवाध्यक्षं द्रव्यज्ञानक्रियात्मनाम् ।
कूटस्थमिममात्मानं यो वेदाप्नोति शोभनम् ॥११॥

udāsīnam ivādhyakṣaṁ
dravya-jñāna-kriyātmanām
kūṭa-stham imam ātmānaṁ
yo vedāpnoti śobhanam

udāsīnam—无动于衷 / iva—只要 / adhyakṣam—监督者 / dravya—物质元素的 / jñāna—获取知识的感官 / kriyā—工作的感官 / ātmanām—和心念的 / kūṭa-stham—稳处 / imam—这个 / ātmānam—灵魂 / yaḥ—任何人 / veda—知道 / āpnoti—获得 / śobhanam—所有的好运

译文 任何人，只要他了解这个由五种粗糙元素、感觉器官、工作器官和心智制成的躯体，只不过是由不变的灵魂监管着，就有资格从物质束缚中被释放。

要旨 这节诗解释了人如何才能摆脱物质的束缚。首先，人必须知道灵魂不同于包裹他的躯体。灵魂被称为是躯体的拥有者(dehī)，物质躯体被称为灵魂的包裹层(deha)。躯体每时每刻都在变化，但灵魂不变；因此，灵魂被说成是处在不变的状态中(kūṭa-stham)。物质自然三种属性的相互作用导致躯体的变化。了解灵魂不变的人不该受以来来去去的快乐和痛苦为表现形式的物质自然属性相互作用的打扰。在《博伽梵歌》中，主奎师那也劝告说：既然由物质自然属性在躯体上的相互作用所导致的快乐和痛苦来来去去，人不该受这种外在变动的影响。人虽然有时会专注于这种外在变化，但还是要学习忍受它们。对外在躯体的作用与反作用，生物应该始终不为所动。

在《博伽梵歌》中，主奎师那说：由物质的粗糙元素(土、水、火、气和空间)及精微元素(心、智力和假我)所制成的躯体，与灵魂截然不同。所以，人应该不受这八种粗糙和精微元素的作用与反作用的打扰。使人达到这种泰然处之的境界的方法是，做奉爱服务。只有一天二十四小时一直不断地做奉爱服务的人，才能达到根本不关心外在躯体的作用与反作用的状态。人在全神贯注地想一件事情时，就会对周围发生的一切视若无睹、不闻不问。同样道理，全神贯注地做奉爱服务的人，根本不在乎他的外在躯体在发生什么。梵文称那种状态为全神贯注——萨玛迪(samādhi, 三摩地)。真正处在萨玛迪状态中的人，被视为是一流的瑜伽师(yogī)。

第 12 节 भिन्नस्य लिङ्गस्य गुणप्रवाहो
द्रव्यक्रियाकारकचेतनात्मनः ।
दृष्टासु सम्पत्सु विपत्सु सूरयो
न विक्रियन्ते मयि बद्धसौहृदाः ॥१२॥

bhinnasya liṅgasya guṇa-pravāho
dravya-kriyā-kāraka-cetanātmanaḥ
dṛṣṭāsu sampatsu vipatsu sūrayo
na vikriyante mayi baddha-sauhṛdāḥ

bhinnasya—不同 / liṅgasya—与身体 / guṇa—物质自然的三种属性 / pravāhaḥ—不断地改变 / dravya—物质元素 / kriyā—感官的活动 / kāraka—半神人 / cetanā—及心念 / ātmanaḥ—由……组成 / dṛṣṭāsu—当体验到 / sampatsu—快乐 / vipatsu—痛苦 / sūrayaḥ—那些知识渊博的人 / na—绝不 / vikriyante—受干扰 / mayi—对我 / baddha-sauhṛdāḥ—靠友谊紧密相连

译文 主维施努告诉普瑞图王说：亲爱的君王，物质自然三种属性的相互作用是造成这个物质世界变幻无常的原因。五种元素、感官、控制感官的半神人，以及受到灵魂刺激的心智等所有这一切加起来，构成了物质躯体。由于灵性的灵魂与这个粗糙及精微的物质组合截然不同，而透过强烈的情感和友谊与我紧密相连的我的奉献者完全清楚这一点，他们从不受物质苦乐的打扰。

要旨 人们也许会问：如果生物必须以物质结合体(躯体)的主管者的身份行事，那他怎么能对躯体的活动漠不关心呢？对此，这节诗中回答道：躯体的活动与灵性灵魂的活动截然不同。例如：一个乘车前行的商人坐在自己的汽车里监督汽车的行驶，给司机建议；他虽然知道用了多少汽油，了解汽车的状况，但注意力并没有完全放在汽车上，考虑更多的还是他的生意。即使在乘车时，他也还是想着他的生意和办公室。他虽然坐在车里，但并没有与车成为一体。正如商人总是全神贯注地想着他的生意，生物也可以全神贯注地想着为至尊主做爱心服务，这样便可以保持远离物质躯体活动的状态。只有奉献者才有可能保持这种中立的状态。

这节诗中专门用了“靠友谊紧密相连(baddha-sauhṛdāḥ)”一词。功利性活动者(karmī)、思辨者(jñānī)和练一般瑜伽的人，无法透过奉爱服务与至尊者紧密相连。功利性活动者完全专注于与躯体有关的活动；他们的人生目标仅仅是让躯体感到舒适。思辨者试图靠哲学思辨摆脱束缚，但因为没有在至尊主的莲花足下求取庇护，所以不能稳固地处在解脱的状态中，而是从对梵的认识的崇高地位上坠落下来。练一般瑜伽的瑜伽师所具有的也是生命的躯体化概念；他们认为自己可以靠体位法(āsana)、呼吸法(prāṇāyā-ma)和集中注意力(dhāraṇā)等身体方面的练习，取得某种灵性的造诣。然而，奉献者因为与至尊人格首神有亲密的关系，所以其地位永远是超然的。因此，只有奉献者才能保持始终远离躯体的作用与反作用的状态，从事自我的真正职业——为至尊主做服务。

第 13 节　समः समानोत्तममध्यमाधमः
सुखे च दुःखे च जितेन्द्रियाशयः ।
मयोपकॢप्ताखिललोकसंयुतो
विधत्स्व वीराखिललोकरक्षणम् ॥१३॥

samaḥ samānottama-madhyamādhamaḥ
sukhe ca duḥkhe ca jitendriyāśayaḥ
mayopaklptākhila-loka-saṁyuto
vidhatsva vīrākhila-loka-rakṣaṇam

samaḥ—平静 / samāna—一视同仁 / uttama—比……伟大的人 / madhyama—地位平等的人 / adhamaḥ—地位低的人 / sukhe—欢乐时 / ca—和 / duḥkhe—痛苦时 / ca—也 / jita-indriya—控制住了感官 / āśayaḥ—和心念 / mayā—由我 / upaklpta—安排 / akhila—所有 / loka—由人们 / saṁyutaḥ—由……陪伴着 / vidhatsva—给 / vīra—英雄啊 / akhila—所有 / loka—对臣民 / rakṣaṇam—保护

译文　我亲爱的勇士君王，请让你自己永远保持平静的状态，对待众人时，无论他们比你强、跟你一样或低于你，你都要一视同仁；面对短暂的痛苦或快乐时要不为所动；完全控制住你的心和感官。保持这种超然的状态，无论我把你置于人生的哪种处境，你都努力履行你当君王的职责，因为你在这里的唯一职责是保护你王国中的臣民。

要旨　这节诗给出了直接从至尊人格首神主维施努那里接受指示的例子。人无论从至尊主那里直接接受指示，还是从祂真正的代表灵性导师那里接受指示，都应该执行主维施努的命令。阿尔诸纳在至尊人格首神奎师那的直接命令下于库茹柴陀(Kurukṣetra)战场上作战。同样，主维施努也在这节诗里命令普瑞图王要履行他的职责。我们必须忠实地遵守《博伽梵歌》中说明的原则。每一个人的责任都是，从主奎师那或祂真正的代表那里接受命令，把那些命令当做其生命之魂去执行，不作个人的考量(vyavasāyātmikā buddhiḥ)。圣维施瓦纳特·查夸瓦尔提·塔库尔声明：人不该太在意自己是否会得到解脱，而应该一心执行灵性导师所下达的命令。人如果忠实地执行灵性导师的命令，就会始终保持在解脱的状态中。普通人必须根据自己在社会四阶层(布茹阿玛纳、查锤亚、外夏和庶铎)和灵性四阶段(贞守生、居士、退出家庭生活及托钵僧)中的地位履行职责，遵守规范原则。人只要始终遵守规范原则，严格按照生活的不同阶段所给予的指令从事活动，就可以使主维施努满意。

作为君王，普瑞图王得到主维施努的命令是，使自己始终远离与躯体有关的活动，一直不断地为至尊主做服务，从而保持解脱的状态。这节诗中解释了前一节诗中的“靠友谊紧密相连(baddha-sauhṛdāḥ)”一词。人只有在远离躯体的活动时，才可以通过直接接受至尊主的命令或祂真正的代表灵性导师的命令，并认真执行那些命令，与至尊主完全保持亲密的关系。至尊主通过给我们指示帮助我们，教导我们如何做奉爱服务，从而在回归家园、回到首神身边的路途上向前迈进。从外在，祂以灵性导师的形式指导我们。正因为如此，人不该把灵性导师视为是普通人。在《圣典博伽瓦谭》第11篇第17章的第27节诗中，至尊主说：灵性导师是至尊人格首神的代表，所以人不该像看待普通人一样看待灵性导师(ācāryaṁ māṁ vijānīyān nāva-manyeta karhicit)。人应该像看待至尊人格首神一样地看待灵性导师，永远都不该忌妒他，或者认为他是普通人。我们如果按照灵性导师的教导去做，为至尊主做奉爱服务，就可以永远免于躯体化的概念和物质活动的污染，我们的人生就会成功。

第 14 节 श्रेयः प्रजापालनमेव राज्ञो
यत्साम्पराये सुकृतात्षष्ठमंशम् ।

हर्तान्यथा हृतपुण्यः प्रजाना-
मरक्षिता करहारोऽघमत्ति ॥१४॥

śreyaḥ prajā-pālanam eva rājño
yat sāmparāye sukṛtāt ṣaṣṭham aṁśam
hartānyathā hṛta-puṇyaḥ prajānām
arakṣitā kara-hāro 'gham atti

śreyah—吉祥 / prajā-pālanam—统治普通大众 / eva—无疑 / rājñaḥ—对国王 / yat—因为 / sāmparāye—在下一生 / su-kṛtāt—从虔诚活动中 / ṣaṣṭham aṁśam—六分之一 / hartā—收集者 / anyathā—不然 / hṛta-puṇyaḥ—失去虔诚活动的结果 / prajānām—国民的 / arakṣitā—不保护……的人 / kara-hāraḥ—收税者 / agham—罪恶 / atti—接受或受苦

译文 保护王国中的国民，是君王应该履行的规定职责。君王通过这样做，就会在他的来世分享他的国民从事虔诚活动的六分之一的善报。然而，如果一国之君或首脑只向国民征税，但却不给他的人民以适当的保护，那他自己的虔诚活动的结果就会由他的国民享用。不仅如此，他还要付出的代价是，他就会受到处罚，承受他的国民所从事的非虔诚活动的恶报。

要旨 人们在此也许会问，如果每一个人都只忙于使人获得解脱的灵性活动，对物质世界的活动漠不关心，那事情怎么能按照它们的进程进行呢？而且，如果事情按照它们的进程进行，一个国家的首脑怎么能对这样的活动漠不关心呢？为回答这个问题，这节诗中用了“吉祥(śreyaḥ)”一词。至尊人格首神所安排的不同社会阶层所该从事的活动，并非如愚蠢之人所说是“盲目”或“偶然设计的”。布茹阿玛纳必须正确地履行他的职责，查锤亚、外夏甚至庶铎也必须如此。这样，每一个人都能达到人生的最高完美境界——从物质的束缚中解脱出来。对此，《博伽梵歌》第18章的第45节诗中确认说：“履行自己的规定职责能使人变得完美(sve sve karmaṇy abhirataḥ saṁsiddhiṁ labhate naraḥ)。”

主维施努劝告普瑞图王，给予君王的训令并非是让他离弃自己的王国，放弃保护国内居民(prajās)的职责，而去喜马拉雅山寻求解脱。君王可以在履行自己作为君王的职责时获得解脱。君王或国家首脑的职责是保证国内的人们大众为获得灵性拯救而履行各自的职责。非宗教国家并不意味着君王或国家首脑对人们大众的活动漠不关心。在现代国家中，政府为使国民履行职责制定了许多规定，但却忽视了国民在灵性知识方面的培养。政府如果对这一问题漠不关心，国民就会在对神或灵性生活毫无认识的情况下，随心所欲地行事，并因而被捆绑在罪恶活动中。

行政首脑不该一味地收缴税金却漠不关心人们大众的福利。君王真正的职责是保证国民逐步变得充满奎师那意识。奎师那意识意味着完全免于一切罪恶活动。一个国家一旦根除了罪恶活动，国内就不会有战争、瘟疫、饥荒或自然灾害。在尤帝士提尔(Yudhiṣṭhira)王统治期间，世界便是如此。君王或政府首脑如果能够引导国民变得具有奎师那意识，就配统治人民大众，否则没有权利征收税金。君王如果照管国民的灵性利益，就能毫无困难地征受税金。这样，无论是君王还是国民都可以不仅在此生快乐过活，而且君王还能在来世分享他的国民虔诚活动的六分之一的善报。否则，因为征收从事罪恶活动的国民的税金，君王将承受国民从事罪恶活动的一部分恶报。

这一原则也适用于父母和灵性导师。如果父母只是如猫狗一样地生养孩子，但却无法拯救他们的孩子免遭逼进的死亡的威胁，那他们就要为他们那些动物般的孩子的活动承担责任。近来，这样的孩子正在转变成嬉皮士。同样，如果一个灵性导师不能指导他的门徒停止从事罪恶活动，他就要为他们的罪恶活动负责。现代社会领袖不知道这些精微的自然法律。由于社会领袖缺乏知识，而人民大众几乎都是无赖和盗贼，人类社会不可能有吉祥的处境。如今，整个世界都充满了这种不能和谐相处的国家政府和国民，而这种社会环境所产生的不可避免的结果是，世上到处充斥着持续不断地关系紧张、战争和焦虑。

第 15 节　एवं द्विजाग्र्यानुमतानुवृत्त-
धर्मप्रधानोऽन्यतमोऽवितास्याः ।
ह्रस्वेन कालेन गृहोपयातान्
द्रष्टासि सिद्धाननुरक्तलोकः ॥१५॥

evaṁ dvijāgryānumatānuvṛtta-
dharma-pradhāno ’nyatamo ’vitāsyāḥ
hrasvena kālena gṛhopayātān
draṣṭāsi siddhān anurakta-lokaḥ

evam一如此 / dvija一由布茹阿玛纳 / agrya一由最杰出的 / anumata一认可 / anuvṛtta一通过师徒传承接受 / dharma一宗教原则 / pradhānaḥ一那些对……最感兴趣的人 / anyatamaḥ一不执著 / avitā一保护者 / asyāḥ一地球的 / hrasvena一短 / kālena一及时 / gṛha一到你家 / upayātān一已亲自来 / draṣṭāsi一你会看到 / siddhān一完美的人物 / anurakta-lokaḥ一被国民所喜爱

译文　主维施努继续道：我亲爱的普瑞图王，布茹阿玛纳权威人士聆听了由师徒传承传递的教导，如果你继续按他们的指示保护国民，遵守他们制定的宗教原则，不执著由心念杜撰出的想法，那你的国民就都会幸福快乐并爱戴你，你也就很快能见到像库玛尔四兄弟(萨纳卡、萨纳坦、萨南丹和萨纳特·库玛尔)那样已经解脱了的人物了。

要旨 主维施努劝告普瑞图王，每个人都该遵守社会四阶层和灵性四阶段的原则(varṇāśrama-dharma)；这样，无论他在这个物质世界里的地位如何，他都必定能在死亡后得到拯救。然而，在如今这个年代里，社会四阶层和灵性四阶段制度混乱不堪，要严格遵守所有的原则极为困难。唯一能达到生命完美境界的方法是增强奎师那意识。正如在社会四阶层和灵性四阶段中，不同的人履行不同的职责，奎师那意识的原则可以被世界各地的人们所遵循。

这节诗中说，人该听从像帕茹阿沙尔(Parāśara)和玛努(Manu)那样的“最杰出的布茹阿玛纳(dvijāgrya)”的教导，是有特殊用意的。就如何按照社会四阶层和灵性四阶段生活，这些伟大的智者已经给予我们教导。同样，就如何成为至尊主的纯粹奉献者，萨纳坦·哥斯瓦米(Sanātana Gosvāmī)和茹帕·哥斯瓦米(Rūpa Gosvāmī)给我们制定了所有的规范守则。所以，我们必须按照师徒传承中的灵性导师的指示做；这些灵性导师作为门徒从他们的灵性导师那里接受了知识。这使我们虽然在物质环境中生活，但却可以在保持自己现有身份的情况下挣脱物质污染的束缚。正因为如此，主柴坦亚·玛哈帕布忠告说：人不需要改变自己的身份和地位，而只需要从完美的源头(师徒传承)那里聆听，在生活中实际遵守规定的原则，就可以达到生命最完美的境界——解脱，即：回归家园，回到首神身边。换句话说，真正需要改变的是意识，而不是身体。不幸的是：在这个堕落的年代里，人们只关注身体，而不是灵魂。他们发明了那么多“主义”，但那些“主义” 只与躯体有关，而并非与灵魂有关。

在现代民主政体中，有那么多政府代表为立法而投票。他们每天都制定出新的法律。但这些法律因为只不过是由经验不足的受制约的灵魂心智杜撰出来的，所以对人类社会没有真正的帮助。以前虽然是君主制，但国王们严格按照伟大的智者和圣人制定的原则行事，因此在统治国家时不会犯错，一切都很圆满。那时的国民十分虔诚，国王有资格征收税金，所以整个环境令人十分快乐。现如今，所谓的执政首脑都是从那些只注重个人利益、物质上野心勃勃的人中选出的；他们对经典(śāstras)一无所知。换句话说，执政首脑从严格的意义上看都是蠢人和无赖，而人民大众都是庶铎(śūdra)。这种蠢人、无赖和庶铎的组合，无法给这个世界带来和平与繁荣。正因为如此，我们看到世界各地时常发生以战争、暴乱和亲属相互残杀为表现形式的各种动乱。在这种情况下，社会领袖不仅无法将人们导向解脱，而且甚至无法使人们心灵安宁。《博伽梵歌》中说，不按照经典的指示随心所欲生活的人，此生永远不会获得成功，死后也不会得到快乐或解脱。

第 16 节　वरं च मत्कञ्चन मानवेन्द्र
वृणीष्व तेऽहं गुणशीलयन्त्रितः ।
नाहं मखैर्वै सुलभस्तपोभि-
र्योगेन वा यत्समचित्तवर्ती ॥१६॥

varaṁ ca mat kañcana mānavendra
vṛṇīṣva te 'haṁ guṇa-śīla-yantritaḥ
nāhaṁ makhair vai sulabhas tapobhir
yogena vā yat sama-citta-vartī

varam－赐福／ca－也／mat－从我／kañcana－无论你喜欢什么／mānava-indra－人类的领袖啊／vṛṇīṣva－请要求／te－你的／aham－我／guṇa-śīla－通过高尚的品德和良好的行为／yantritaḥ－着迷／na－不／aham－我／makhaiḥ－有牺牲／vai－肯定地／su-labhaḥ－容易获得／tapobhiḥ－通过苦行／yogena－通过练神秘瑜伽／vā－或者／yat－因为……／sama-citta－在平静的人心中／vartī－处于

译文 我亲爱的君王，你崇高的品德和行为举止令我着迷，所以我想恩赐于你。为此，你可以向我要求你想要的任何祝福。不具备崇高品质、没有高尚作为的人，无法靠举行祭祀、从事艰难的苦行或练神秘瑜伽得到我的恩宠。但我总是平静地留在那些在任何情况下都保持平静的人心中。

要旨 主维施努对普瑞图王(Mahārāja Pṛthu)的美好品质和行为举止感到很满意，想要给予他祝福。至尊主公开说：举行盛大的祭祀或经历神秘瑜伽练习过程中的艰难苦行，并不能取悦祂。只有崇高的品德和行为举止才能取悦祂。但人除非成为至尊主的奉献者，否则无法培养这些崇高的品质。一直不断坚定地为至尊主做纯粹奉爱服务的人，将会发展出他作为灵魂原本就有的美好品质。灵魂作为至尊人格首神不可缺少的一部分，具有至尊主所具有的所有的美好品质。灵魂受到物质自然属性的污染时，就会在与物质属性有关的情况下被区分为好坏。但当人超越所有的物质属性时，所有美好的品质就展现出来。奉献者具有如下的二十六种美好品质：(1)仁慈对待众生，(2)不与他人争执，(3)专注于绝对真理，(4)平等待人，(5)完美无瑕，(6)乐善好施，(7)温和，(8)洁净，(9)纯朴，(10)亲切厚道，(11)平静，(12)绝对依恋奎师那，(13)没有物质的渴望，(14)柔顺，(15)稳定，(16)自制，(17)不过量进食，(18)明智，(19)尊重他人，(20)谦逊，(21)认真，(22)慈悲为怀，(23)友好，(24)有诗人的特点，(25)精明强干，(26)沉默。生物发展出这些超然的品质才能取悦至尊主，而不是靠表面上举行盛大的祭祀和练神秘瑜伽。换句话说，人除非完全具有资格成为至尊主的纯粹奉献者，否则不可能期望摆脱物质的束缚。

第 17 节 मैत्रेय उवाच

स इत्थं लोकगुरुणा विष्वक्सेनेन विश्वजित् ।
अनुशासित आदेशं शिरसा जगृहे हरेः ॥१७॥

maitreya uvāca
sa ittham loka-guruṇā
viṣvaksenena viśva-jit
anuśāsita ādeśaṁ
śirasā jagṛhe hareḥ

maitreyaḥ uvāca—麦垂亚说 / saḥ—他 / ittham—如此 / loka-guruṇā—由所有人的至尊主人 / viṣvaksenena—由至尊人格首神 / viśva-jit—世界的征服者(普瑞图王) / anuśāsitaḥ—被命令 / ādeśam—训示 / śirasā—在头上 / jagṛhe—接受 / hareḥ—至尊人格首神的

译文 大圣人麦垂亚继续说：亲爱的维杜茹阿，就这样，整个世界的统治者普瑞图王毕恭毕敬地接受了至尊人格首神的指示。

要旨 人应该通过向至尊主的莲花足顶礼接受至尊人格首神的指示。这意味着要满怀敬意、小心翼翼、全神贯注地全盘接受人格首神所说的一切。修订至尊人格首神的话语或对其进行补充、删减，都不是我们该做的事；而这已成为许多对《博伽梵歌》进行评注的所谓学者和斯瓦米的习惯做法。普瑞图王在此就如何接受至尊人格首神的指示为我们树立了榜样。这是透过师徒传承接受知识的做法。

第 18 节 स्पृशन्तं पादयोः प्रेम्णा व्रीडितं स्वेन कर्मणा ।
शतक्रतुं परिष्वज्य विद्वेषं विससर्ज ह ॥१८॥

spṛśantaṁ pādayoḥ premṇā
vrīḍitaṁ svena karmaṇā
śata-kratuṁ pariṣvajya
vidveṣaṁ visasarja ha

spṛśantam—触碰 / pādayoḥ—脚 / premṇā—欣喜地 / vrīḍitam—羞愧 / svena—他自己 / karmaṇā—通过活动 / śata-kratum—天帝因铎 /

pariṣvajya—拥抱 / vidveṣam—恨意 / visasarja—放弃 / ha—当然

译文 站立一旁的天帝因铎对自己的所作所为感到羞愧，扑倒在普瑞图王的面前，触碰他的莲花足。普瑞图王立刻欣喜地拥抱因铎，不再因为他偷走祭祀用马匹而对他怀恨在心。

要旨 就有关人冒犯至尊主的外士纳瓦奉献者的莲花足后感到后悔的例子，在历史上屡见不鲜。我们在这节诗中也看到，天帝因铎(Indra)虽然强大有力，可以伴随在主维施努的身边，但却因为偷走了普瑞图王祭祀用的马匹而感到自己是个罪大恶极的冒犯者。至尊主从不原谅冒犯外士纳瓦莲花足的人。有许多例子说明这一事实。杜尔瓦萨·牟尼(Durvāsā Muni)是一位伟大的智者和神秘瑜伽师，他冒犯安巴瑞施王(Ambarīṣa Mahārāja)后，也必须向安巴瑞施王顶礼，请求他的原谅。

天帝因铎决定扑倒在普瑞图王的莲花足旁，但普瑞图王是一位如此宽宏大量的奉献者，以至不想让因铎扑倒在他的足旁，于是立刻扶起他并拥抱他。他们两人都立刻把过去发生的一切抛在脑后。天帝因铎和普瑞图王两人曾相互妒忌和生对方的气，但因为两人都是至尊主维施努的仆人——外士纳瓦，所以都有责任解决相互妒忌的原因。这也是外士纳瓦彼此合作的一个杰出典范。然而，在当今社会，人们都不是外士纳瓦，所以一直不断地彼此争斗，结果在没有完成人生使命的情况下便从人生的战场上败下阵来。人类社会急需大力推展奎师那意识运动，以使人们即便有时相互生气，产生恨意，也因为具有奎师那意识而可以毫无困难地改变这种相互对抗、竞争和妒忌的状态。

第 19 节 भगवानथ विश्वात्मा पृथुनोपहृतार्हणः ।
समुज्जिहानया भक्त्या गृहीतचरणाम्बुजः ॥१९॥

bhagavān atha viśvātmā
pṛthunopahṛtārhaṇaḥ
samujjihānayā bhaktyā
gṛhīta-caraṇāmbujaḥ

bhagavān—至尊人格首神 / atha—于是 / viśva-ātmā—超灵 / pṛthunā—由普瑞图王 / upahṛta—供奉 / arhaṇaḥ—所有崇拜的用品 / samujjihānayā—逐渐增多 / bhaktyā—奉爱服务……的他 / gṛhīta—抓住 / caraṇa-ambujaḥ—祂的莲花足

译文　普瑞图王全心崇拜了至尊人格首神的莲花足，至尊人格首神对他极为仁慈。在崇拜至尊主的莲花足的过程中，普瑞图王的奉爱之情越来越强烈，达到如痴如醉的状态。

要旨　要了解，当奉献者的身体出现各种如痴如醉的征象时，他的奉爱服务已经臻于完美。超然的心醉神迷有许多表现形式，例如：哭泣、大笑、流汗、跌倒，像疯子一样哭叫，等等。所有这些征象有时都可以在奉献者的身上看到。经典称它们为是“八种超然的变化(asta-sāttvika-vikāra)”。人们永远都不该模仿这些征象；当一个奉献者变得完美时，这些征象自然就会在他身上出现。至尊主被称为巴克塔·瓦特萨拉(bhakta-vatsala)，意思是祂心向着祂纯粹的奉献者(巴克塔)。因此，至尊主与祂奉献者之间超然、令人心醉神迷的交流，永远不等同于这个物质世界里的活动。

第 20 节　प्रस्थानाभिमुखोऽप्येनमनुग्रहविलम्बितः ।
पश्यन् पद्मपलाशाक्षो न प्रतस्थे सुहृत्सताम् ॥२०॥

prasthānābhimukho 'py enam
anugraha-vilambitaḥ

paśyan padma-palāśākṣo
na pratasthe suhṛt satām

prasthāna—离开 / abhimukhaḥ—准备 / api—虽然 / enam—他(普瑞图) / anugraha—出于善意 / vilambitaḥ—被扣留 / paśyan—看着 / padma-palāśa-akṣaḥ—眼似莲花瓣的至尊主 / na—不 / pratasthe—离开 / suhṛt—祝福者 / satām—奉献者的

译文 至尊主本欲离去，但因为祂对普瑞图王的表现极为满意而没有动身。祂永远是祂奉献者的祝福者，因此留下来，用祂的莲花眼观看着普瑞图王的作为。

要旨 这节诗中的梵文“奉献者的祝福者(suhṛt satām)”一句意义重大。至尊人格首神永远特别喜爱祂的奉献者，永远想着奉献者们的福利。这不是偏心。正如《博伽梵歌》第9章的第29节诗中所说，至尊主平等对待众生(samo 'haṁ sarva-bhūteṣu)，但尤其喜爱那些为祂做服务的人。在另一个地方，至尊主说：奉献者永远在祂心中，祂也永远在祂奉献者的心中。

至尊人格首神特别喜爱祂的纯粹奉献者是非常自然的事，并不是偏心。就以父亲为例：有的父亲有好几个孩子，但会对其中一个特别孝顺他的孩子有份特殊的情感。对此，《博伽梵歌》第10章的第10节诗中解释说：

teṣāṁ satata-yuktānāṁ
bhajatāṁ prīti-pūrvakam
dadāmi buddhi-yogaṁ taṁ
yena māṁ upayānti te

“对一直以爱心侍奉我的人，我赐予他们理解力，使他们来到我这里。”那些一直怀着爱心和深情为至尊主做奉爱服务的人，与以超灵的形式坐在每一个生物体心中的至尊人格首神有直接的联系。至尊主离祂的奉献者并不远。祂总是在每一个生物体的心中，但只有奉献者才能认识到至尊主的临在，于是直接与祂连在一起，随时接受至尊主的指示。正因为如此，纯粹的奉献者没有机会犯错，至尊主也并没有偏袒祂的纯粹奉献者。

第21节　स आदिराजो रचिताञ्जलिर्हरिं
विलोकितुं नाशकदश्रुलोचनः ।
न किञ्चनोवाच स बाष्पविक्लवो
हृदोपगुह्यामुमधादवस्थितः ॥२१॥

sa ādi-rājo racitāñjalir harim
vilokitum nāśakad aśru-locanaḥ
na kiñcanovāca sa bāṣpa-viklavo
hṛdopaguhyāmum adhād avasthitaḥ

saḥ—他 / ādi-rājaḥ—天下第一君王 / racita-añjaliḥ—双手合十 / harim—至尊人格首神 / vilokitum—向上看 / na—不 / aśakat—能够 / aśru-locanaḥ—热泪盈眶 / na—不 / kiñcana—任何事情 / uvāca—说 / saḥ—他 / bāṣpa-viklavaḥ—他声音颤抖 / hṛdā—用他的心 / upaguhya—拥抱 / amum—至尊主 / adhāt—他记起 / avasthitaḥ—站立

译文　天下第一帝王普瑞图·玛哈茹阿佳热泪盈眶，声音颤抖，说不出话来。他既不能清楚地看至尊主，也无法对至尊主说话。他只能在自己的心中拥抱至尊主，就那样双手合十地站在那里。

要旨　正如《布茹阿玛·萨密塔》中(Brahma-saṁhitā)把奎师那称为存在中的第一人(ādi-puruṣa)，普瑞图王作为被至尊主赋予了力量的化身，在这节诗中被称为天下第一帝王或理想的君王(ādi-rājaḥ)。他既是伟大的奉献者，同时又是在他的王国中战胜了一切不良分子的大英雄。他是如此强大有力，以至在战斗中与天帝因铎不相上下。他保护他的国民，确保他们从事虔诚的活动，忠于至尊主。他绝不在不保护国民免于一切灾难的情况下向他们征收税金。生命中最大的灾难莫过于不信神，因而变得邪恶、不道德。如果国家首脑或君王向他的国民征税，但却允许其国民因沉溺于非法性生活、麻醉自我、食肉和赌博而变得罪孽深重，他就要承担责任，必须承受国民的罪恶生活所招致的一系列恶报。这些都是掌管统治权的原则。由于普瑞图王奉行统治者应该遵循的全部原则，这节诗中称他为天下第一帝王、理想的帝王。

就连像普瑞图王那样有责任心的君王，都能成为至尊主一流的纯粹奉献者。从普瑞图王的行为举止，我们可以清楚地看到，他是如何在做纯粹的奉爱服务的过程中，从内心到身体都变得如痴如醉、心醉神迷的。

就在今天，我们看到孟买的报纸上说，政府准备撤销它的禁酒法令。自从甘地发动不合作运动以来，孟买一直禁止它的市民喝酒。但不幸的是，市民们那么聪明，他们增加酒的走私量；尽管商店里没有公开卖酒，但公厕及其他不寻常的场所都在卖酒。在无法制止这种非法走私的情况下，政府决定自己生产酒，以比走私酒低的价格卖出，使人们可以直接从政府那里直接得到酒的供应，而不是到公厕里去买酒。政府没能够改变沉溺于罪恶生活的市民的心，因此为了不失去用税金填充国库的机会，他们便决定生产酒，以供应渴望喝酒的人的需求。

这样的政府无法阻止战争、瘟疫、饥荒、地震等灾难，而这些都是由罪恶生活所带来的结果。大自然的法律是，人们一旦违反神的法律(dharmasya glāniḥ)，就会立刻得到以突然爆发战争为形式的严厉惩罚。我们最近才经历了印度和巴基斯坦之间的一场战争，在十四天内损失了大量的人和无数的钱财，引起整个世界的不安。这些都是罪恶生活的反应。奎师那意识运动是专门使人们变得纯洁和完美的运动。如果我们通过培养奎师那意识，哪怕是变得部分的纯洁，就像《圣典博伽瓦谭》第1篇第2章的第18节诗中所描述的"清除心中几乎所有的物质污染(naṣṭa-prāyeṣv abhadreṣu)"；那么，色欲和贪婪等国民的物质疾病就会被降低。仅仅靠传播《圣典博伽瓦谭》(Śrīmad-Bhāgavatam)或奎师那意识的纯净信息，就能够做到这一点。大的商业集团和工业集团都向防御基金捐献成千上万的卢比，以火药的形式把钱烧掉。但不幸的是，如果你要求他们为推展奎师那意识运动而慷慨捐献，他们就不情愿了。在这种情况下，整个世界将定期遭受爆发战争的痛苦，而这些都是没有奎师那意识所造成的后果。

第22节

अथावमृज्याश्रुकला विलोकयन्-
　नतृप्तदृग्गोचरमाह पूरुषम् ।
पदा स्पृशन्तं क्षितिमंस उन्नते
　विन्यस्तहस्ताग्रमुरङ्गविद्विषः ॥२२॥

athāvamṛjyāśru-kalā vilokayann
　atṛpta-dṛg-gocaram āha pūruṣam
padā spṛśantaṁ kṣitim aṁsa unnate
　vinyasta-hastāgram uraṅga-vidviṣaḥ

atha—接着 / avamṛjya—擦拭 / aśru-kalāḥ—他眼中的泪水 / vilokayan—观察 / atṛpta—不满意 / dṛk-gocaram—他亲眼看到 / āha—他说 / pūruṣam—向至尊人格首神 / padā—以祂的莲花足 / spṛśantam—只触碰 / kṣitim—土地 / aṁse—在肩膀上 / unnate—举起 / vinyasta—安放 / hasta—祂的手的…… / agram—前面的部分 / uraṅga-vidviṣaḥ—蛇的敌人嘎茹达的

译文 至尊人格首神把祂的手搭在众蛇的死敌嘎茹达那耸起的肩膀上站立着时，莲花足几乎接触到地面。普瑞图王频频擦拭眼里涌出的泪水，努力仰望至尊主，但帝王似乎并不满足于只是看至尊主，于是向祂献上如下的祈祷。

要旨 这节诗中的重点是，至尊主站在地面之上，几乎碰到了地面。上至主布茹阿玛(Brahmā)居住的布茹阿玛珞卡(Brahmaloka)，下至因铎居住的天堂星球(Svargaloka)，这些高等星系上的居民，在灵性生活中是如此进步，以至他们来到这个地球或其他类似的低等星系时，都保持在无重量的状态中。这意味着他们能够不接触地面地站着。主维施努是至尊人格首神，但由于祂生活在这个宇宙中的一个星系上，祂有时会把自己装扮成是这个宇宙中的一个半神人。祂刚开始出现在普瑞图王面前时，双脚并没有触碰这个地球。但当祂对普瑞图王的行为举止和美德感到十分满意时，便立刻以来自外琨塔(Vaikuṇṭha)的至尊人格首神纳茹阿亚纳(Nārāyaṇa)的身份行事。出于对普瑞图王的钟爱，祂触碰了地面，但祂把手搭在祂的坐骑嘎茹达(Garuḍa)耸起的肩膀上，像是要防止自己摔倒一样。这是因为至尊主不习惯站在地球表面。这些都是祂展现出的对普瑞图王的珍爱。普瑞图王感受到自己的幸运地位，因心醉神迷而无法只是看着至尊主，于是声音哽咽地开始向至尊主献上祈祷。

第23节

पृथुरुवाच
वरान् विभो त्वद्वरदेश्वराद् बुधः
कथं वृणीते गुणविक्रियात्मनाम् ।
ये नारकाणामपि सन्ति देहिनां
तानीश कैवल्यपते वृणे न च ॥२३॥

pṛthur uvāca
varān vibho tvad varadeśvarād budhaḥ
kathaṁ vṛṇīte guṇa-vikriyātmanām

ye nārakāṇām api santi dehināṁ
tān īśa kaivalya-pate vṛṇe na ca

pṛthuḥ uvāca—普瑞图王说 / varān—赐福 / vibho—我亲爱的至尊主 / tvat—从你 / vara-da-īśvarāt—从至尊人格首神——最高的赐福者 / budhaḥ—有学识的人 / katham—怎么 / vṛṇīte—能要求 / guṇa-vikriyā—受物质自然属性的迷惑 / ātmanām—生物体的 / ye—……的 / nārakāṇām—生活在地狱中的生物体的 / api—也 / santi—存在 / dehinām—具有物质躯体的 / tān—所有那些 / īśa—至尊主啊 / kaivalya-pate—赐予融入至尊主存在之解脱的人啊 / vṛṇe—我想要 / na—不 / ca—也

译文 我亲爱的至尊主，您是能给予祝福的半神人之最。因此，博学之人为何要向您请求那些专为被物质自然属性迷惑的生物体准备的恩赐呢？这类恩赐自然就能得到，甚至在地狱环境中受苦的生物体也会得到。亲爱的至尊主，您无疑能赐予我“融入您的存在”的祝福，但我不想要这种恩赐。

要旨 按照人的要求，恩赐的种类不同。对功利性活动者(karmī)来说，最好的恩赐是被提升到高等星系上去，那里的寿命很长，生活和享乐的水平很高。世上有被称为思辨者(jñānī)和瑜伽师(yogī)的另外一些人；他们想要得到融入至尊主存在的恩赐。这称为“与绝对者合一(kaivalya)”。为此，至尊人格首神被称为“赐予融入至尊者存在之解脱的主人(kaivalya-pati)”。然而，奉献者从至尊主那里得到不同的祝福和恩赐。奉献者既不渴望升上天堂星球，也不想要融入至尊主的存在。奉献者认为融入至尊主的存在(kaivalya)简直与下地狱没有两样。梵文“纳茹阿卡(naraka)”的意思是“地狱”。同样，在这个物质世界里的众生，都被称为“地狱的(nāraka)”，因为这个物质存在本身的生活状况，就是地狱般的生活状况。然而，普瑞图王表示，无论是功利性活动者所想要的恩赐，还是思辨者和瑜伽师所想要的祝福，他都不感兴趣。主柴坦亚(Caitanya)的一位优秀的奉献者圣帕博达南达·萨茹阿斯瓦提·帕布(Prabodhānanda Sarasvatī Prabhu)描述说，融入至尊主的存在并不比地狱般的生活状况强；至于天堂星球上的享乐，则实际上是千变万化的幻象。奉献者们不想要这些。奉献者甚至既不在乎主布茹阿玛或主希瓦(Śiva)所具有的地位，也不想变得等同于主维施努。作为至尊主纯粹的奉献者，普瑞图王很清楚地说明了自己的愿望。

第24节 न कामये नाथ तदप्यहं क्वचिन्
न यत्र युष्मच्चरणाम्बुजासवः ।
महत्तमान्तर्हृदयान्मुखच्युतो
विधत्स्व कर्णायुतमेष मे वरः ॥२४॥

na kāmaye nātha tad apy ahaṁ kvacin
na yatra yuṣmac-caraṇāmbujāsavaḥ
mahattamāntar-hṛdayān mukha-cyuto
vidhatsva karṇāyutam eṣa me varaḥ

na—不 / kāmaye—我想要 / nātha—主人啊 / tat—……的 / api—甚至 / aham—我 / kvacit—在任何时候 / na—不 / yatra—哪里 / yuṣmat—您的 / caraṇa-ambuja—莲花足的 / āsavaḥ—甘美的饮料 / mahat-tama—伟大的奉献者的 / antaḥ-hṛdayāt—从内心深处 / mukha—从口中 / cyutaḥ—发放 / vidhatsva—给 / karṇa—耳朵 / ayutam—一百万 / eṣaḥ—这 / me—我的 / varaḥ—赐福

译文 亲爱的至尊主，我不想要那种没有您莲花足甘露的“融入您存在”的恩典。我想要您赐予我至少一百万只耳朵，因为这样我就能从您纯粹奉献者的口中聆听到有关您莲花足的荣耀。

要旨　在前一节诗中，普瑞图王把至尊主称为是“赐予融入祂存在之解脱的主人(kaivalya-pati)”。这并不意味着他渴望得到“融入至尊主存在”的解脱。在这节诗中他清楚地说明：“我亲爱的至尊主，我不想要这样的解脱。”普瑞图王想要有百万只耳朵，以便聆听至尊主莲花足的荣耀。他特别提到至尊主的荣耀应该从纯粹奉献者的口中发出，而他们是从心底深处讲出这一切的。《圣典博伽瓦谭》第1篇第1章的第3节诗中说：《圣典博伽瓦谭》的甘露因为经圣舒卡戴瓦·哥斯瓦米的口流淌出而变得更加甘美(śuka-mukhād amṛta-drava-saṁyutam)。人也许会想，至尊主的荣耀可以从任何人那里去聆听，无论讲述的人是奉献者还是非奉献者都没关系。但这节诗中特别谈到，必须聆听由纯粹奉献者讲述的至尊主的荣耀。圣萨纳坦·哥斯瓦米(Sanātana Gosvāmī)严格禁止人去听非奉献者的讲述。有许多以朗诵《圣典博伽瓦谭》为职业的人可以讲得很动听，但纯粹奉献者不喜欢听他们讲，因为他们讲出来的至尊主的荣耀，只不过是物质的声音震荡而已。然而，当人聆听纯粹奉献者讲述时，至尊主的荣耀立刻产生作用。

《圣典博伽瓦谭》第3篇第25章的第25节诗中说：至尊主的荣耀由纯粹奉献者的口中讲出时产生强有力的作用(satāṁ prasaṅgān mama vīrya-saṁvidaḥ)。至尊主在整个宇宙中有数不胜数的奉献者，他们从无法追溯的时候起就一直在花无尽的时间赞美至尊主。尽管如此，他们还是无法全面列举至尊主的荣耀。为此，普瑞图王想要有无数的耳朵。同样，茹帕·哥斯瓦米也想要有千百万的耳朵聆听至尊主的荣耀，有千百万条舌头赞美至尊主的荣耀。换句话说，我们如果始终用耳朵聆听至尊主的荣耀，就没有机会去听摧毁人们灵性生活的假象宗哲学了。圣柴坦亚·玛哈帕布说：谁如果听了假象宗哲学人士讲述的有关至尊主的活动，哪怕是按照韦达文献讲的，那人的灵性生活最终也注定被毁了。去听这种假象宗哲学的人，无法达到灵性生活的完美境界。

第 25 节 स उत्तमश्लोक महन्मुखच्युतो
भवत्पदाम्भोजसुधा कणानिलः ।
स्मृतिं पुनर्विस्मृततत्त्ववर्त्मनां
कुयोगिनां नो वितरत्यलं वरैः ॥२५॥

sa uttamaśloka mahan-mukha-cyuto
bhavat-padāmbhoja-sudhā kaṇānilaḥ
smṛtiṁ punar vismṛta-tattva-vartmanāṁ
kuyogināṁ no vitaraty alaṁ varaiḥ

saḥ－那 / uttama-śloka－主啊——受精选诗歌颂扬的人 / mahat－伟大的奉献者的 / mukha-cyutaḥ－从口中发出 / bhavat－您的 / pada-ambhoja－从莲花足 / sudhā－甘露的 / kaṇa－部分 / anilaḥ－使人舒心的微风 / smṛtim－记忆 / punaḥ－再次 / vismṛta－遗忘 / tattva－对真理 / vartmanām－路途……的人 / ku-yoginām－不在奉爱服务路途上的人的 / naḥ－对我们 / vitarati－恢复 / alam－不必要 / varaiḥ－其他赐福

译文 我亲爱的至尊主，伟人们都用精心挑选过的诗文表达对您的赞美。对您莲花足的赞美恰似藏红花粉。当优秀奉献者口中发出这种携带着您莲花足上的藏红花粉的超然声音震荡时，健忘的生物便逐渐回忆起他与您永恒的关系。奉献者们因而逐步得到有关生命价值的正确结论。亲爱的至尊主，正因为如此，除了有机会聆听您纯粹奉献者对您的荣耀，我无须任何其他恩赐。

要旨 前一节诗中解释说，人必须聆听纯粹奉献者口述的至尊主的荣耀；这节诗中又给予了进一步的解释。从纯粹奉献者的嘴里发出的超然的声音震荡是如此强大有力，以致能使生物有关与至尊人格首神的永恒关系的记忆得以复苏。在我们的物质存在中，在错觉能量玛亚(māyā)的影响下，我们几乎遗忘了我们与至尊主的永恒关系，就像一个人睡熟时便忘了他的责任。韦达经中说，我们每一个人都在错觉能量玛亚的影响下沉睡。我们必须从这种睡眠中醒来，去做正确的服务，因为只有这样，我们才能正确地利用这个人体生命提供的便利条件。正如塔库尔·巴克提维诺德(Ṭhākura Bhaktivinoda)在一首歌中表明的，主柴坦亚说："醒来，沉睡的灵魂们(jīva jāga, jīva jāga)"。至尊主在请求沉睡的生物醒来，去做奉爱服务，以完成他在这个人体生命中该完成的使命。这唤醒沉睡灵魂的声音由纯粹奉献者的口中发出。

纯粹的奉献者总是为至尊主做服务，在祂的莲花足旁求取庇护，所以直接接触到散落在至尊主莲花足上的藏红花的仁慈颗粒。尽管当纯粹的奉献者在讲话时，他的声音听似很像这个物质空间内的声音，但其实具有极为强大的灵性力量，因为它触碰了至尊主莲花足上的藏红花粉的颗粒。沉睡的灵魂(生物)一旦听到从纯粹奉献者的口中发出的强大有力的声音，哪怕是直到那一刻前他遗忘了一切，他都会立刻记起他与至尊主的永恒关系。

因此，对受制约的灵魂来说，聆听纯粹奉献者的讲述极为重要。纯粹奉献者全身心地投靠至尊主的莲花足，没有丝毫的物质欲望、思辨性知识或物质自然属性的污染。我们每一个人都是没在做奉爱服务的人(kuyogī)，都在为这个物质世界服务，遗忘了我们作为至尊主永恒的爱心仆人与祂具有的永恒的关系。我们的责任是从不做奉爱服务的层面上提升自己，成为完美的神秘主义者(suyogī)。所有的韦达经典都劝告人要从纯粹奉献者那里聆听知识，主柴坦亚·玛哈帕布更是强调这一点。人可以继续保持他生活的现状，但如果他聆听纯粹奉献者的讲述，就会逐渐了解他与至尊主的关系，从而为至尊主做爱心服务，使他的生活臻至圆满。所以，这个聆听纯粹奉献者讲述的程序，对在灵性领悟方面取得进步极为重要。

第 26 节 यशः शिवं सुश्रव आर्यसङ्गमे
यदृच्छया चोपशृणोति ते सकृत् ।
कथं गुणज्ञो विरमेद्विना पशुं
श्रीर्यत्प्रवव्रे गुणसङ्ग्रहेच्छया ॥२६॥

yaśaḥ śivaṁ suśrava ārya-saṅgame
yadṛcchayā copaśṛṇoti te sakṛt
kathaṁ guṇa-jño viramed vinā paśuṁ
śrīr yat pravavre guṇa-saṅgrahecchayā

yaśaḥ－荣耀 / śivam－绝对吉祥 / su-śravaḥ－无上光荣的至尊主啊 / ārya-saṅgame－与进步奉献者的联谊 / yadṛcchayā－某种原因 / ca－也 / upaśṛṇoti－听 / te－您的 / sakṛt－甚至一次 / katham－如何 / guṇa-jñaḥ－赞赏好品格的人 / viramet－可以终止了 / vinā－除非 / paśum－一头动物 / śrīḥ－幸运女神 / yat－……的 / pravavre－接受 / guṇa－您的品质 / saṅgraha－接受 / icchayā－怀着……的愿望

译文 我亲爱的受到高度赞誉的至尊主，一个人哪怕有一次在与纯粹奉献者联谊的情况下聆听到您活动的荣耀，他都不会再放弃与奉献者的联谊，除非他不过是头动物而已，因为只有毫无智慧的人才会那么草率地放弃与奉献者的联谊。就连幸运女神本人都追求歌唱和聆听有关您荣耀的完美，她想要聆听您无限的活动及超然的荣耀。

要旨 与奉献者的交往、联谊(ārya-saṅgama)是这个世界中最重要的事。梵文“阿尔亚(ārya)”是指那些正在灵性上取得进步的人。在人类历史上，阿尔延(雅利安)人被视为是世上最崇高的群体，因为这样的人群吸收了韦达文明。阿尔延(雅利安)人遍布世界各地，被称为印度雅利安人。在史前时期，所有的阿尔延人都遵守韦达原则，因此在灵性上非常进步。被称为王者中的圣人(rājarṣi)的君王们，不仅完美地受到成为国民保护者查锤亚(刹帝利)的教育，而且在灵性生活中取得如此大的进步，以至他们所管辖下的国内居民生活没有一丝烦恼。

阿尔延人都十分欣赏至尊主的荣耀。尽管灵性生活的大门对所有的人都是敞开的，但阿尔延人能够十分快速地抓住灵性生活的精华。为什么我们看到在欧洲人和美国中传播奎师那意识十分容易？历史告诉我们，美国人和欧洲人在他们急切地要扩展他们的殖民地时证实了他们的能力，但如今，由于受到物质科学进步的毒害，他们的子孙转变成了无赖。这其中的原因是：他们失去了他们原有的灵性文化——韦达文明。现在，这些阿尔延人的子孙都极为认真地接受这场奎师那意识运动。其他人因为与他们交往、联谊并聆听纯粹奉献者吟诵、吟唱哈瑞·奎师那这一伟大的曼陀(Hare Kṛṣṇa mahā-mantra)，所以也受到这超然声音震荡的吸引。超然的声音震荡在阿尔延人中发出时效果极为显著，但即使不是阿尔延人，也可以仅仅靠聆听哈瑞·奎师那这一伟大的曼陀而成为外士纳瓦，因为这声音震荡对每一个人都产生巨大的影响。

普瑞图王指出，就连主纳茹阿亚纳的永恒伴侣幸运女神，都特别要聆听至尊主的荣耀；为了与纯粹奉献者牧牛姑娘们(gopīs)联谊，幸运女神拉珂施蜜(Lakṣmī)从事了艰巨的苦行。非人格神主义者也许要问，人为什么要自寻烦恼一年又一年不停地吟诵、吟唱哈瑞·奎师那这一伟大的曼陀，而不停下来为获得融入至尊主存在的解脱(kaivalya)而努力。为回答这一问题，普瑞图王谈到，这吟诵、吟唱的魅力是如此巨大，以至人除非是动物，否则根本无法放弃这一程序。事实就是这样，人即使是偶然地接触到这超然的声音震荡，也从此无法忘怀。普瑞图王着重强调这一点，即：

只有动物才能放弃吟诵、吟唱哈瑞·奎师那。并非动物而是具有真正智慧的高级文明人，无法停止不断地实践吟诵、吟唱哈瑞·奎师那 哈瑞·奎师那 奎师那·奎师那 哈瑞·哈瑞/哈瑞·茹阿玛 哈瑞·茹阿玛 茹阿玛·茹阿玛 哈瑞·哈瑞。

第 27 节

अथाभजे त्वाखिलपूरुषोत्तमं
गुणालयं पद्मकरेव लालसः ।
अप्यावयोरेकपतिस्पृधोः कलि-
र्न स्यात्कृतत्वच्चरणैकतानयोः ॥२७॥

athābhaje tvākhila-pūruṣottamaṁ
guṇālayaṁ padma-kareva lālasaḥ
apy āvayor eka-pati-spṛdhoḥ kalir
na syāt kṛta-tvac-caraṇaika-tānayoḥ

atha—因此 / ābhaje—我要做奉爱服务 / tvā—向您 / akhila—包括一切的 / pūruṣa-uttamam—至尊人格首神 / guṇa-ālayam——切超然品质的宝库 / padma-karā—手持莲花的幸运女神 / iva—像 / lālasaḥ—希望 / api—实际上 / āvayoḥ—幸运女神拉珂施蜜和我的 / eka-pati——个主人 / spṛdhoḥ—竞争 / kaliḥ—纷争 / na—不 / syāt—可能发生 / kṛta—完成了 / tvat-caraṇa—向您的莲花足 / eka-tānayoḥ——心一意

译文 您圣上——至尊人格首神，是一切超然品质的宝库，因此现在我期望为您的莲花足服务，就像手持一朵莲花的幸运女神做的那样。我恐怕幸运女神将与我产生争执，因为我们都会一心一意地做同一项服务。

要旨 至尊主在这节诗中被称为“至尊人格首神、整个创造之主(akhila-pūruṣottama)”。梵文“菩茹沙(puruṣa)”的意思是“享受者”，“乌塔玛(uttama)”的意思是“最佳的”。这个宇宙中有各种不同的享受者(puruṣa)。他们通常可以被划分为三类：受制约的，解脱的和永恒的。在韦达经中，至尊主被称为一切永恒者中至尊的永恒者(nityo nityānām)。至尊人格首神和生物都是永恒的。至尊的永恒者是主维施努和祂的扩展们(viṣṇu-tattva)。所以梵文“尼提亚(nitya)”指的是从奎师那开始到玛哈·维施努(Mahā-Viṣṇu)、纳茹阿亚纳和主奎师那的其他扩展。正如《布茹阿玛·萨密塔》中所说，主维施努的扩展有无数多(rāmādi-mūrtiṣu)，有茹阿玛(Rāma)、尼尔星哈(Nṛsiṁha)、瓦茹阿哈(Varāha)等许多化身。祂们都被称为永恒者。

梵文“穆克塔(mukta)”指的是那些从不进入这个物质世界的生物们，“巴达(baddha)”是那些几乎永恒地在这个物质世界中的生物。巴达们(baddhas)为摆脱物质自然的三种苦而苦苦奋斗，以享受生活；相反，穆克塔(mukta)们已经是解脱了的。他们永远不进入这个物质世界。主维施努是这个物质世界的主人，根本不存在祂受物质自然控制的问题。所以，这节诗称主维施努是维施努扩展(viṣṇu-tattvas)和个体灵魂(jīva-tattvas)等一切生物中最至尊的生物(pūruṣottama)。正因为如此，把主维施努与个体灵魂相比，或者认为他们是平等的，都是极大的冒犯。假象宗哲学人士说个体灵魂与至尊主是平等的，认为他们是同一个个体，但那是对主维施努的莲花足最大的冒犯。

在这个物质世界里，我们的实际经验是，上司或长者受到下级或晚辈的敬仰。同样，最伟大的人物(pūruṣottama)——至尊人格首神奎师那(主维施努)，永远受到其他生物的崇拜。为此，普瑞图王决定为主维施努的莲花足做服务。普瑞图王被视为是主维施努的一个化身，但他是被赋予了力量的化身(śaktyāveśa)。这节诗中另一个重要的梵文词说明，维施努是一切超然品质的宝库(guṇā-layam)。假象宗哲学家以非人格神哲学的观点看绝对真理，认为祂是没有品质的(nirguṇa)，但事实上，至尊主是一切美好品质的宝库。至尊主最重要的品质之一是，祂喜爱祂的奉献者，并因此被称为巴克塔·瓦特萨拉。至尊主的奉献者永远都很喜欢为祂的莲花足做服务，至尊主也喜欢接受祂的奉献者为祂做的爱心服务。在彼此服务的过程中有许多超然的交流，那些都被说成是性质超然的活动。至尊主全知，无所不在，遍布各处，全能，是一切原因的起因，绝对的真理，一切快乐的宝库，一切知识的宝库，绝对的吉祥，等等；这些都是至尊主的一些超然品质。

普瑞图王想要与幸运女神一起侍奉至尊主，但这愿望并不意味着他处在与至尊主进行夫妻间爱的交流的层面上(mādhurya-rasa)。幸运女神是怀着夫妻之爱(mādhurya-rasa)为至尊主服务。幸运女神虽然总住在至尊主的胸膛上，但作为奉献者，她以侍奉至尊主的莲花足为乐。普瑞图王只想着至尊主的莲花足，因为他处在至尊主仆人的层面上(dāsya-rasa)。从下一节诗我们可以了解到，普瑞图王总是把幸运女神当做宇宙的母亲(jagan-mātā)，因此并不存在他与她在夫妻之爱的层面竞争的问题。然而，他害怕幸运女神可能因为他侍奉至尊主而对他生气。这暗示在绝对的世界里，为至尊主服务的仆人之间有时也存在着竞争，但这样的竞争是没有恶意的。在外琨塔世界里，如果一个奉献者在为至尊主做服务时表现突出，其他人并不会因此而忌妒他所做的出色的服务，而是渴望也能做同样出色的服务。

第 28 节 जगज्जनन्यां जगदीश वैशसं
स्यादेव यत्कर्मणि नः समीहितम् ।
करोषि फल्ग्वप्युरु दीनवत्सलः
स्व एव धिष्ण्येऽभिरतस्य किं तया ॥२८॥

jagaj-jananyāṁ jagad-īśa vaiśasaṁ
syād eva yat-karmaṇi naḥ samīhitam

karoṣi phalgv apy uru dīna-vatsalaḥ
sva eva dhiṣṇye 'bhiratasya kiṁ tayā

jagat-jananyām－在宇宙之母(拉玡施蜜)中 / jagat-īśa－宇宙之主啊 / vaiśasam－愤怒 / syāt－有可能产生 / eva－肯定地 / yat-karmaṇi－活动……的人 / naḥ－我的 / samīhitam－想要 / karoṣi－您认为 / phalgu－微不足道的服务 / api－甚至 / uru－非常伟大 / dīna-vatsalaḥ－喜欢帮助穷人 / sve－自己的 / eva－肯定地 / dhiṣṇye－您的财富中 / abhiratasya－对完全满足的人 / kim－有什么必要 / tayā－与她

译文　我亲爱的宇宙之主，尽管幸运女神拉玡施蜜是宇宙的母亲，但我还是认为，她也许会因为我闯入她所依恋的服务领域而对我生气。即便如此，我仍充满希望，知道您会在有某种误解时支持我，因为您很袒护可怜之人，总是放大去看我们为您做的哪怕是微不足道的服务。因此，即使幸运女神生气，我想也伤不到您，因为您那么独立自足，没她也行。

要旨　幸运女神——拉玡施蜜母亲，以一直不断地为主纳茹阿亚纳的莲花足按摩而闻名于世。她极为细心地从各方面照顾至尊主，所以是位理想的妻子。她不仅照顾至尊主的莲花足，而且照顾着至尊主的生活起居的方方面面。她为至尊主烹煮美味的食物、在祂进食时为祂摇扇，把檀香浆涂抹在祂脸上，为祂铺床、整理座位。幸运女神就这样一直忙着侍奉至尊主，其他的奉献者很难有机会闯入祂的日常生活。为此，普瑞图王几乎能确定，自己闯入幸运女神的服务领域将会引起她的不快，令她对自己生气。然而，宇宙之母——拉玡施蜜母亲，为什么要对普瑞图王那样微不足道的奉献者生气呢？这是不太可能的事。但普瑞图王为了保护他自己，还是恳求至尊主站在他一边。普瑞图王按照韦达经中讲述功利性活动的部分(karma-kāṇḍa)举行普通的韦达仪式和祭祀，但至尊主是那么仁慈和慷慨大度，准备将奉爱服务这一生命的最高完美赐给普瑞图王。

人举行韦达仪式和祭祀，是为了使自己升上天堂星球。没人能靠举行这类祭祀变得有资格回归家园，回到首神身边。然而，至尊主是那么仁慈；祂接受最微小的服务。正因为如此，《维施努往世书》(Viṣṇu Purāṇa)中说，靠遵守社会四阶层和灵性四阶段制度，人就可以使至尊主满意。当至尊主感到满意时，举行祭祀的人就会被提升到做奉爱服务的层面。普瑞图王因此期望他为至尊主所做的微不足道的服务，能被至尊主所接受为是比幸运女神拉珂施蜜吉所做的还要优秀的服务。幸运女神被说成是“静不下来的(cañcalā)”，因为她总是来来去去，静不下来。所以，普瑞图王指出：即使她也许因为生气而出走，对主维施努也没伤害，因为主维施努独立自足，能在没有幸运女神帮助的情况下独自做任何事。例如：当嘎尔博达卡沙依·维施努(Garbhodakaśāyī Viṣṇu)从祂的肚脐生出主布茹阿玛时，祂并没有要幸运女神拉珂施蜜帮任何忙，而幸运女神当时就坐在祂身边，在按摩祂的莲花足。生孩子一般都是丈夫使妻子怀孕，过一段时间后，妻子才生下孩子。但主布茹阿玛并非是嘎尔博达卡沙依·维施努使幸运女神拉珂施蜜怀孕后生下的。作为独立自足的人，至尊主从祂自己的肚脐生出了布茹阿玛。正因为如此，普瑞图王坚信，即使幸运女神对他生气，也不会对至尊主和他本人构成伤害。

第 29 节 भजन्त्यथ त्वामत एव साधवो
व्युदस्तमायागुणविभ्रमोदयम् ।
भवत्पदानुस्मरणादृते सतां
निमित्तमन्यद्भगवन्न विद्महे ॥२९॥

bhajanty atha tvām ata eva sādhavo
　vyudasta-māyā-guṇa-vibhramodayam
bhavat-padānusmaraṇād ṛte satām
　nimittam anyad bhagavan na vidmahe

bhajanti—他们崇拜 / atha—因此 / tvām—您 / ataḥ eva—因此 / sādhavaḥ—所有神圣的人 / vyudasta—驱散……的 / māyā-guṇa—物质自然属性 / vibhrama—错误概念 / udayam—产生 / bhavat—您的 / pada—莲花足 / anusmaraṇāt—永远铭记 / ṛte—除了 / satām—伟大圣人的 / nimittam—原因 / anyat—其他 / bhagavan—至尊人格首神啊 / na—不 / vidmahe—我能明白

译文　永远解脱的大圣人们喜欢为您做奉爱服务，因为人只有靠做奉爱服务才能去除物质存在的假象和错觉。我的主啊！解脱的灵魂托庇于您莲花足的唯一原因是，这样的灵魂一刻不停地想着您的莲花足。

要旨　功利性活动者(karmī)一般都是为了物质躯体的舒适而从事功利性活动。但思辨者(jñānī)已经厌倦了追求物质上的舒适。他们明白：他们作为灵性的灵魂，与这个物质世界没有关系。正如《博伽梵歌》第7章的第19节诗中说，思辨者们在具有知识、觉悟了自我、真正变得成熟后，必会投靠至尊主的莲花足(bahūnāṁ janmanām ante)。人除非上升到为至尊主做奉爱服务的层面上，否则对自我的觉悟并不完善。对此，《圣典博伽瓦谭》中说：自足之人(ātmārāma)免于一切物质自然属性的污染。人只要还受到物质自然属性的影响，尤其是激情属性(rajas)和愚昧属性(tamas)的影响，就会十分贪婪，贪图物质享乐，并为此而日以继夜地辛苦操劳。这种错误的自我意识永无止境地将人从生命的一个物种带向另一个物种，并在任何物种中都得不到安静。思辨者们了解这一事实，所以停止工作(karma-sannyāsa)。

然而，这并不能使人感到真正的满足。在觉悟自我后，思辨者所具有的成熟的智慧，引导他去投靠至尊主的莲花足。那以后，他变得只有一直不断地冥想至尊主的莲花足才感到满足。但是，普瑞图王得出的结论是：走奉爱服务之途的解脱之人，才达到了生命的最高目标。如果解脱本身是最终目标，就不会有解脱之人做奉爱服务的问题了。换句话说，由觉悟自我得到的超然喜悦(ātmānanda)，与通过为至尊主的莲花足做奉爱服务所得到的喜悦相比，简直是微不足道的。正因为如此，普瑞图王得出结论：他唯一要做的是，一直不断地聆听至尊主的荣耀，从而使自己全神贯注于至尊主的莲花足。那是生命最完美的境界。

第 30 节 मन्ये गिरं ते जगतां विमोहिनीं
वरं वृणीष्वेति भजन्तमात्थ यत् ।
वाचा नु तन्त्या यदि ते जनोऽसितः
कथं पुनः कर्म करोति मोहितः ॥३०॥

manye giraṁ te jagatāṁ vimohinīṁ
varaṁ vṛṇīṣveti bhajantam āttha yat
vācā nu tantyā yadi te jano 'sitaḥ
kathaṁ punaḥ karma karoti mohitaḥ

manye—我认为 / giram—话语 / te—您的 / jagatām—对物质世界 / vimohinīm—迷惑 / varam—赐福 / vṛṇīṣva—只要接受 / iti—以这样的方法 / bhajantam—对您的奉献者 / āttha—您说 / yat—因为 / vācā—以韦达经的宣言 / nu—肯定地 / tantyā—用绳子 / yadi—如果 / te—您的 / janaḥ—普通人 / asitaḥ—不受捆绑 / katham—如何 / punaḥ—再三 / karma—功利性活动活动 / karoti—从事 / mohitaḥ—迷住

译文　我亲爱的至尊主，您对您纯粹的奉献者所说的话，无疑令人十分困惑。您在韦达经中所给予的诱惑，无疑并不适合纯粹奉献者。普通大众被韦达经中的甜言蜜语所束缚，使自己再三忙于功利性活动，被自己活动的结果迷住。

要旨　高迪亚师徒传承(Gauḍīya-sampradāya)中一位伟大的灵性导师(ācārya)——圣纳柔塔玛·达斯·塔库尔(Śrīla Narottama dāsa Ṭhākura)曾经说过：十分执著韦达经中推荐的功利性活动和哲学性研究内容的人，无疑注定要遭遇失败的命运。韦达经中介绍了三类活动，它们分别是：功利性活动(karma-kāṇḍa)，哲学性研究(jñāna-kāṇḍa)和为了得到物质利益而崇拜不同的半神人(upāsanā-kāṇḍa)。说从事功利性活动和哲学性研究的人注定失败是指，被囚禁在物质躯体中的每一个生物都注定会失败，无论那躯体是半神人的，君王的、低等动物的，还是其他种类的，都不例外。众生都得受物质自然的三种苦。为了解自己的灵性身份而培养知识，从一定的程度上说也是在浪费时间。生物是至尊主不可缺少的一部分，所以他立刻该做的事情是，让自己为至尊主做奉爱服务。正因为如此，普瑞图王说：物质利益的诱惑是使人深陷在这个物质世界里的另一个陷阱。为此，他坦率地告诉至尊主，至尊主以赐予物质利益的形式所给予的祝福，无疑是使人迷惑的原因。纯粹的奉献者对享乐(bhukti)或解脱(mukti)不感兴趣。

对于还不了解物质的便利条件并不能使人快乐这一事实的初级奉献者，至尊主有时会赐予他们那类祝福。所以，在《永恒的柴坦亚经》(Caitanya-caritāmṛta)中，至尊主说：不太有智慧的真诚奉献者有时也许会向祂要求物质利益，但全知的祂一般不给予这样的奉献者物质的奖赏，而是把祂奉献者正在享用的一切物质便利条件都拿走，以使那奉献者最终完全投靠祂。换句话说，对奉献者来说，以赐予物质利益的形式所给予的祝福，永远都不是吉祥的。韦达经中就有关举行盛大的祭祀就可以被升上天堂星球的说明，只不过使人迷惑而已。为此，在《博伽梵歌》第2章的第42节诗中，至尊主说：智力欠佳的人过分执著韦达经的华丽辞藻(yām imāṁ puṣpitāṁ vācaṁ pravadanty avipaścitaḥ)。他们为得到物质的利益而从事功利性活动，因此一生复一生地在不同的躯体中轮回，苦苦追寻。

第 31 节

त्वन्माययाद्धा जन ईश खण्डितो
यदन्यदाशास्त ऋतात्मनोऽबुधः ।
यथा चरेद्बालहितं पिता स्वयं
तथा त्वमेवार्हसि नः समीहितुम् ॥३१॥

tvan-māyayāddhā jana īśa khaṇḍito
yad anyad āśāsta ṛtātmano 'budhaḥ
yathā cared bāla-hitaṁ pitā svayaṁ
tathā tvam evārhasi naḥ samīhitum

tvat—您的 / māyayā—用错觉能量 / addhā—肯定地 / janaḥ—普通大众 / īśa—我的主啊 / khaṇḍitaḥ—分离 / yat—因为 / anyat—其他 / āśāste—他们想要 / ṛta—真正的 / ātmanaḥ—从自我 / abudhaḥ—没有正确的理解 / yathā—如 / caret—会从事于 / bāla-hitam—他孩子的利益 / pitā—父亲 / svayam—亲自 / tathā—同样的 / tvam—您圣上 / eva—肯定地 / arhasi naḥ samīhitum—请替我去做

译文 我的主，您的错觉能量使这个物质世界里的芸芸众生忘了他们真正原本的状态和地位；出于愚昧无知，他们总是想得到以社会、友谊和爱为表现形式的物质快乐。因此，请不要让我向您要求物质利益，而请您像一位不等儿子请求便为他做一切有利于他的事情的父亲那样，赐予我您认为对我最好的一切。

国际奎师那意识协会创办人、一代宗师
圣恩 A. C. 巴克提韦丹塔·斯瓦米·帕布帕德

天帝因铎对自己的所作所为感到羞愧，扑倒在普瑞图王的面前，触碰他的莲花足。普瑞图王立刻欣喜地拥抱因铎，不再因为他偷走祭祀用马匹而对他怀恨在心。（见第 24 页）

普瑞图王进入他的首都城市时发现，人们把整个城市装点得十分华丽。德高望重的臣民和普通市民都热诚地迎接君王，君王也赐予他们想要的祝福。（见第 57—60 页）

普瑞图王向库玛尔四兄弟顶礼后，洗他们的莲花足，并把那水洒在自己头上。君王作为典范人物，用这种充满敬意的举动向人们示范该如何迎接灵性进步的人物。(见第 139 页)

普瑞图王乘坐着接他的飞机飞向外琨塔星球，他妻子乘坐另一架飞机跟在后面。半神人的妻子们说：看这位贞节的女士阿尔祺是怎样靠她不可思议的虔诚活动，跟着她丈夫不断上升的吧。（见第 270 页）

主希瓦对帕柴塔们说：带着一颗纯净的心履行你们做君王的职责吧。吟唱我刚才吟唱的这祈祷文，把注意力专注于至尊主的莲花足。那将给你们带来一切好运。（见第 391 页）

主希瓦想要看受到奉献者崇拜的至尊主尽善尽美的形象。那形象就是在温达文享受与牧牛姑娘嬉戏及牧牛童陪伴的年轻享乐者的形象。（见第 347 页）

主希瓦描述奎师那的美“恰似雨季中的黑色云朵”。奎师那在温达文从事与祂亲爱的牧牛童朋友们共进午餐的娱乐活动时，就充分展现了祂的美。（见第 349 页）

当帕祺纳巴黑沙特王请求纳茹阿达·牟尼给予灵性上的指导时，纳茹阿达开始给君王讲述有关普冉佳纳王的寓言故事，以此方式向君王指出物质生活的危害。（见第409页）

普冉佳纳王的死期一到，阎罗王和他的随从们便立刻逮捕他，把他像绑动物一样捆绑起来，带到审判之地。（见第 591 页）

主奎师那的超灵扩展处在每一个生物体的心脏之湖中。祂的四只手中分别持有莲花、飞轮、海螺和大头棒。（见第 635 页）

在物质自然的汪洋中，时间的巨浪一直下断地把火花般微小的生物抛掷到不同的处境中。这些灵魂就这样按自己的业报在各种各样的物种中游荡。（见第 687 页）

人如有机会聆听从纯粹奉献者嘴里发出、似浪涛般不停涌流的赞颂至尊主的甘露，就会忘记饥饿和口渴等生活所需，免于所有种类的恐惧、悲伤和错觉。（见第 698 页）

帕祺纳巴黑王那些被称为帕柴塔的儿子们，为执行他们父亲的命令在海水中从事艰巨的苦修。靠不断地吟诵主希瓦给的赞歌，取悦了至尊人格首神维施努。（见第776页）

帕柴塔们祈祷道：亲爱的至尊主，您是一切不吉祥事物的消灭者。您透过您神像化身的扩展，向您可怜的奉献者们表示同情。您一定要把我们视为您永恒的仆人啊！（见第 811 页）

从水中出来的帕柴塔们看到树木覆盖了全世界的大地后十分生气，从嘴里喷出火和气，几乎烧毁了地球表面所有的树木。剩下的树木因为十分害怕，所以立刻听从主布茹阿玛的劝告，交出他们的女儿玛瑞莎。（见第838—842页）

要旨 依靠父亲而不向父亲提出要求，是当儿子的责任。优秀的儿子对父亲有信心，知道父亲最了解怎么做才对他好。同样道理，纯粹的奉献者既不向至尊主要求物质利益，也不要求灵性利益。纯粹的奉献者全心投靠在至尊主的莲花足旁，让至尊主负责照管他；因为至尊主在《博伽梵歌》第18章的第66节诗中说，我将把你从所有的恶报中解救出来。不必害怕(ahaṁ tvāṁ sarva-pāpebhyo mokṣayiṣyāmi)！父亲知道儿子的需要并提供所需，至尊主知道生物的需要并大量地供给。正因为如此，《至尊奥义书》(Īśo-paniṣad)中祈祷说：这个物质世界里的一切都是齐全的(pūrṇam idam)。困难的是：由于遗忘，生物杜撰出不必要的要求，把自己捆绑在物质活动中，使自己一生复一生地从事永无止境的物质活动。

在我们面前有许多种类的生物体，每一个都被束缚在轮回和活动中。我们的责任其实非常简单，就是投靠、服从至尊人格首神，让祂来照管我们，因为祂知道什么对我们有好处。

正因为如此，普瑞图王告诉至尊主说：作为至高无上的父亲，祂可以选择祂认为对普瑞图王有利的恩典赐予他。那是生物的完美地位和状态。所以，圣柴坦亚·玛哈帕布在祂的“八训规(Śikṣāṣṭaka)”中教导我们说：

na dhanaṁ na janaṁ na sundarīṁ
kavitāṁ vā jagad-īśa kāmaye
mama janmani janmanīśvare
bhavatād bhaktir ahaitukī tvayi

“全能的主啊！我无意累积财富，不想要漂亮的女人，也不想要任何追随者。我只想一世复一世无求地为您做奉爱服务。”

结论是：纯粹奉献者既不该想要通过做奉爱服务得到物质的利益，也不该受功利性活动和哲学思辨的吸引。他应该总是善意地为至尊主做服务。那是生命最高的完美境界。

第32节

मैत्रेय उवाच
इत्यादिराजेन नुतः स विश्वदृक्
तमाह राजन्मयि भक्तिरस्तु ते ।
दिष्ट्येदृशी धीर्मयि ते कृता यया
मायां मदीयां तरति स्म दुस्त्यजाम् ॥३२॥

maitreya uvāca
ty ādi-rājena nutaḥ sa viśva-dṛk
tam āha rājan mayi bhaktir astu te
diṣṭyedṛśī dhīr mayi te kṛtā yayā
māyāṁ madīyāṁ tarati sma dustyajām

maitreyaḥ—伟大的圣人麦垂亚 / uvāca—说 / iti—如此 / ādi-rājena—由最初的君王(普瑞图) / nutaḥ—受崇拜的 / saḥ—祂(至尊人格首神) / viśva-dṛk—全宇宙的观看者 / tam—对他 / āha—说 / rājan—我亲爱的君王 / mayi—对我 / bhaktiḥ—奉爱服务 / astu—愿…… / te—你的 / diṣṭyā—因好运 / īdṛśī—像这样 / dhīḥ—智慧 / mayi—对我 / te—由你 / kṛtā—已执行了 / yayā—由…… / māyām—错觉能量 / madīyām—我的 / tarati—穿过 / sma—肯定 / dustyajām—极难放弃

译文 伟大的圣人麦垂亚继续说，至尊主——宇宙的观看者，听了普瑞图王的祈祷后，对这位君王说：亲爱的君王，我祝福你一直不断地为我做奉爱服务。只有具有像你十分明智地表达的这种纯净的目的，才能使人超越玛亚那无法战胜的错觉能量。

要旨 《博伽梵歌》也证实了这节诗的内容。至尊主在《博伽梵歌》中说明：错觉能量是不可战胜的。没人能靠功利性活动、哲学性思辨或练神秘瑜伽超越玛亚的错觉能量。至尊主本人在《博伽梵歌》第7章的第14节诗中说，只有皈依祂，为祂做奉爱服务，才能超越错觉能量(mām eva ye prapadyante māyām etāṁ taranti te)。人要想跨越物质存在的海洋，就必须为至尊主做奉爱服务，没有其他选择。因此，奉献者不该在意天堂或地狱的物质处境。纯粹奉献者应该总是忙于为至尊主做服务，因为那是他真正的职责。仅仅靠严守这种状态，人就能战胜严厉的物质自然法律。

第33节 तत्त्वं कुरु मयादिष्टमप्रमत्तः प्रजापते ।
मदादेशकरो लोकः सर्वत्राप्नोति शोभनम् ॥३३॥

tat tvaṁ kuru mayādiṣṭam
apramattaḥ prajāpate
mad-ādeśa-karo lokaḥ
sarvatrāpnoti śobhanam

tat—因此 / tvam—你 / kuru—做 / mayā—由我 / ādiṣṭam—命令的内容 / apramattaḥ—不被误导 / prajā-pate—臣民的主人啊 / mat—我的 / ādeśa-karaḥ—执行命令的 / lokaḥ—任何人 / sarvatra—任何地方 / āpnoti—获得 / śobhanam—所有的好运

译文 我亲爱的君王，臣民的保护者啊！今后要十分谨慎地执行我的命令，不要被任何事物所误导。这样生活的人，只要忠诚地执行我的命令，就会在世界各地碰上好运。

要旨 执行至尊人格首神的命令是宗教生活的实质。这么做的人是完美、虔诚的宗教人士。在《博伽梵歌》第18章的第65节诗中，至尊主奎师那说：“永远想着我，成为我的奉献者(man-manā bhava mad-bhaktaḥ)。随后在《博伽梵歌》第18章的第66节诗中祂又进一步说：“停止从事一切种类的物质事务，只向我皈依(sarva-dharmān parityajya mām ekaṁ śaraṇaṁ vraja)。”这是宗教的首要原则。直接执行人格首神下达的这道命令的人，是真正的宗教人士。其他人被说成是伪装者，因为世上虽然到处有打着宗教的幌子从事的各种活动，但其实都与宗教无关。然而，执行至尊人格首神命令的人，在世界各地碰到的，都只是好运。

第34节 मैत्रेय उवाच

इति वैन्यस्य राजर्षेः प्रतिनन्द्यार्थवद्वचः ।
पूजितोऽनुगृहीत्वैनं गन्तुं चक्रेऽच्युतो मतिम् ॥३४॥

maitreya uvāca
iti vainyasya rājarṣeḥ
pratinandyārthavad vacaḥ
pūjito 'nugṛhītvainaṁ
gantuṁ cakre 'cyuto matim

maitreyaḥ uvāca－伟大的圣人麦垂亚继续说／iti－如此／vainyasya－维纳王的儿子(普瑞图王)的／rāja-ṛṣeḥ－圣洁的君王的／pratinandya－欣赏／artha-vat vacaḥ－充满意义的祷告／pūjitaḥ－被崇拜的／anugṛhītvā－充分的祝福／enam－普瑞图王／gantum－从那个地方出发／cakre－作出／acyutaḥ－不会坠落的至尊主／matim－决定

译文 大圣人麦垂亚告诉维杜茹阿：至尊人格首神十分欣赏普瑞图王充满意义的祷告。这样，在接受了君王的恰当的崇拜后，至尊主便祝福他并决定启程离去。

要旨 这节诗中最重要的句子是“至尊主十分欣赏君王充满意义的祷告(pratinandyārthavad vacaḥ)”。奉献者向至尊主祈祷时并非向祂要求物质利益，而是请求祂的恩准，使自己能一生复一生地为至尊主的莲花足做服务。奉献者甚至对停止轮回都不感兴趣，主柴坦亚因此而用了“一生复一生(mama janmani janmani)”这个短句。至尊主和祂的奉献者一生复一生地出现在这个物质世界里，但这样的出生是超然的。在《博伽梵歌》第4章中，至尊主告诉阿尔诸纳说，祂与阿尔诸纳以前已经经历了许多次出生，但祂记得有关他们的一切，可阿尔诸纳都忘了。至尊主和祂信任的奉献者为实现祂的使命而多次显现，但这种出生因为是超然的(divya)，所以完全不同于痛苦不堪、受制约的物质出生。

我们必须清楚至尊主和祂的奉献者的超然出生。至尊主显现的目的是建立宗教的完美体系——奉爱服务，奉献者出生的目的是在全世界推广这一宗教体系——奉爱文化。普瑞图王是至尊主传播奉爱文化的力量化身，至尊主祝福他稳定地保持他的地位和状态。因此，当君王拒绝接受物质的利益时，至尊主很欣赏这种拒绝。这节诗中的另一个重要词汇是“绝对可靠、永不坠落的(acyuta)”。至尊主虽然出现在这个物质世界，但永远不该被视为是会坠落、受制约的灵魂之一。至尊主显现时，祂保持着祂的灵性状态，不受物质自然属性的污染。因此，在《博伽梵歌》中，至尊主说祂显现的特性是“通过内在能量完成的(ātma-māyayā)”。作为永不坠落、绝对可靠的人，至尊主并非被物质自然强迫投生在这个物质世界里。祂显现是为了重建宗教原则，消灭人类社会中的邪恶影响。

第 35—36 节

देवर्षिपितृगन्धर्वसिद्धचारणपन्नगाः ।
किन्नराप्सरसो मर्त्याः खगा भूतान्यनेकशः ॥३५॥
यज्ञेश्वरधिया राज्ञा वाग्वित्ताञ्जलिभक्तितः ।
सभाजिता ययुः सर्वे वैकुण्ठानुगतास्ततः ॥३६॥

devarṣi-pitṛ-gandharva-
　siddha-cāraṇa-pannagāḥ
kinnarāpsaraso martyāḥ
　khagā bhūtāny anekaśaḥ

yajñeśvara-dhiyā rājñā
　vāg-vittāñjali-bhaktitaḥ

sabhājitā yayuḥ sarve
vaikuṇṭhānugatās tataḥ

deva—半神人们 / ṛṣi—圣哲们 / pitṛ—祖先星球的居民 / gandharva—甘达尔瓦星球的居民 / siddha—希达哈星球的居民 / cāraṇa—查冉纳星球的居民 / pannagāḥ—蛇星球的居民 / kinnara—克伊纳尔星球的居民 / apsarasaḥ—阿菩萨茹阿星球的居民 / martyāḥ—居住在众多地球星球上的居民 / khagāḥ—飞禽 / bhūtāni—其他生物体 / anekaśaḥ—许多 / yajña-īśvara-dhiyā—具有完美的知识——在清楚自己是至尊主的一部分的情况下思考 / rājñā—由君王 / vāk—以甜美的话语 / vitta—财富 / añjali—双手合十 / bhaktitaḥ—怀着做奉爱服务的精神 / sabhājitāḥ—受到适当的崇拜 / yayuḥ—去 / sarve—所有 / vaikuṇṭha—至尊人格首神维施努的 / anugatāḥ—追随者 / tataḥ—从那个地方

译文 普瑞图王崇拜了在场的半神人、伟大的圣哲，以及来自祖先星球、歌仙星球、希达哈星球、查冉纳星球、番纳嘎星球、克伊纳尔星球、阿菩萨茹阿星球、地球星球和飞禽星球上的居民们。他还崇拜了出现在祭祀现场上的许多其他生物体。他双手合十，用甜蜜的话语和尽可能多的财物，崇拜了所有这些生物体及至尊人格首神和祂的私人随从。大家在参加了这场盛会后，纷纷步主维施努的后尘，回到各自的住所。

要旨 在现代所谓的科学社会中普遍流行的概念是：其他星球上没有生命，只有这个地球上才存在有着智慧和科学知识的生物体。然而，韦达文献并不承认这种愚蠢的理论。韦达知识的追随者们清楚地知道，在各种各样的星球上住着各种各样的生物体，他们分别是：半神人、圣哲、祖先(Pitās)、歌仙(Gandharvas)、番纳嘎(Pannagas)、克伊纳尔(Kinnaras)、优伶仙(Cāraṇas)、神秘仙(Siddhas)和天堂社交女郎(Apsarās)。韦达经给予的资讯是：在所有的星球上，不仅是这个物质天空中的，也包括灵性天空中的星球上，住着各种各样的生物体；尽管所有这些生物体本质都是灵性的，在质上与至尊人格首神一样，但却被由土、水、火、气、空间、心、智和假我这八种物质元素构成的躯体包裹着，以不同的物种呈现出来。然而，在灵性世界中，不存在躯体和被躯体包裹之间的区别。在物质世界里，不同的星球上不同的躯体展示出不同的特征。我们从韦达文献中得到完整的资讯，知道在物质世界和灵性世界的每一个星球上都住着呈现出不同智慧的生物。地球是地球星系(Bhūrloka)内众多的星球中的一个星球。在地球星系之上有六个星系，之下有七个星系。因此，整个宇宙被说成是由十四个不同的星系组成的(catur-daśa-bhuvana)。在物质天空里的这些星系之外，有另一个被称为灵性天空(paravyoma)的天空，那里有无数的灵性星球。那些星球上的居民都分别按照与至尊人格首神的各种关系忙着为祂做各种各样的爱心服务。至尊主与他们的关系(rasa)分别是：主仆之间的关系(dāsya-rasa)、朋友之间的关系(sakhya-rasa)、父母与孩子之间的关系(vātsalya-rasa)、夫妻之间的关系(mādhurya-rasa)，以及超越所有这些关系之上的情侣之间的关系(parakīya-rasa)。情侣之爱存在于主奎师那居住的奎师那珞卡(Kṛṣṇaloka)上。奎师那珞卡这个星球又叫做哥珞卡·温达文(Goloka Vṛndāvana)，主奎师那虽然永恒地居住在那里，但也扩展出无数个祂自己的形象。祂以这些形象中的一个呈现在这个物质星球上的一个名叫温达文圣地的地方，为吸引受制约的灵魂回归家园，回到首神身边，在那里展出祂在灵性天空中从事的娱乐活动。

第 37 节　भगवानपि राजर्षेः सोपाध्यायस्य चाच्युतः ।
हरन्निव मनोऽमुष्य स्वधाम प्रत्यपद्यत ॥३७॥

bhagavān api rājarṣeḥ
sopādhyāyasya cācyutaḥ
harann iva mano 'muṣya
sva-dhāma pratyapadyata

bhagavān—至尊人格首神 / api—也 / rāja-ṛṣeḥ—圣洁君王的 / sa-upādhyāyasya—与所有的祭师一起 / ca—也 / acyutaḥ—永不坠落、绝对可靠的至尊主 / haran—迷住 / iva—实际上 / manaḥ—心 / amuṣya—祂的 / sva-dhāma—到祂的居所 / pratyapadyata—回去

译文 永不坠落的至尊人格首神，迷住了普瑞图王及在场所有祭司的心后，回到祂在灵性天空的住所。

要旨 至尊人格首神是绝对灵性的，能够在不改变祂身体的情况下从灵性天空降临这个世界，因此被称为永不坠落、绝对可靠的人(acyuta)。然而，当普通生物坠入物质世界时，他必须接受物质躯体，而由于他被物质躯体所包裹，他不能被称为永不坠落或绝对可靠的人。生物因为从原本真正为至尊主做服务的环境中坠落而得到物质躯体，在痛苦的物质环境中受苦或试图享乐。所以，坠落了生物被称为秋塔(cyuta)，而至尊主是永不坠落的——阿秋塔(acyuta)。至尊主吸引着每一个人，不仅吸引了普瑞图王本人，也吸引了那些沉醉于举行韦达仪式的祭司们。由于至尊主是绝对有魅力的，祂被称为奎师那——吸引每一个人的人。出现在普瑞图王的祭祀场上的，是主奎师那的完整扩展祺柔达卡沙依·维施努(Kṣīrodakaśāyī Viṣṇu)。祂是物质创造的源头卡冉诺达卡沙依·维施努(Kāraṇodakaśāyī Viṣṇu)的第二个扩展。卡冉诺达卡沙依·维施努的第一个扩展是嘎尔博达卡沙依·维施努，这第一个扩展进入每一个宇宙。祺柔达卡沙依·维施努是控制物质自然属性的主宰之一。

第 38 节 अदृष्टाय नमस्कृत्य नृपः सन्दर्शितात्मने ।
अव्यक्ताय च देवानां देवाय स्वपुरं ययौ ॥३८॥

adṛṣṭāya namaskṛtya
nṛpaḥ sandarśitātmane
avyaktāya ca devānāṁ
devāya sva-puraṁ yayau

adṛṣṭāya—向物质眼睛看不到的人 / namaḥ-kṛtya—致以顶拜 / nṛpaḥ—君王 / sandarśita—显露了 / ātmane—向至尊灵魂 / avyaktāya—超越物质世界展示的…… / ca—也 / devānām—半神人的 / devāya—向至尊主 / sva-puram—到他自己的房子 / yayau—回去

译文 接下来，普瑞图王恭恭敬敬地顶拜全体半神人的至尊主——至尊人格首神。虽然物质的眼睛看不到至尊主，但祂却在普瑞图王的眼前展示了自己。君王向至尊主顶礼后，返回自己的住家。

要旨 物质的眼睛看不到至尊主；但当物质感官被用来为至尊主做超然的爱心服务时，就会得到净化，至尊主就会在祂奉献者的面前揭示自己。诗中说至尊主“不在物质世界的展示范围内(avyakta)”。尽管物质世界是至尊人格首神的创造，但祂不在物质的眼睛前展示。普瑞图王靠他做的纯粹的奉爱服务，发展出了灵性的眼睛。为此，这节诗将至尊主描述为是，普通的眼睛虽然看不见祂，但祂却在奉献者面前揭示了祂自己(sandarśitātmā)。

到此为止，结束了巴克提韦丹塔对《圣典博伽瓦谭》第4篇第20章——“主维施努亲临普瑞图王的祭祀场”所作的阐释。

第二十一章

普瑞图王的教诲

第 1 节

मैत्रेय उवाच

मौक्तिकैः कुसुमस्रग्भिर्दुकूलैः स्वर्णतोरणैः ।
महासुरभिभिर्धूपैर्मण्डितं तत्र तत्र वै ॥ १ ॥

maitreya uvāca
mauktikaiḥ kusuma-sragbhir
dukūlaiḥ svarṇa-toraṇaiḥ
mahā-surabhibhir dhūpair
maṇḍitaṁ tatra tatra vai

maitreyaḥ uvāca—伟大的圣人麦垂亚继续说 / mauktikaiḥ—用珍珠 / kusuma—用鲜花的 / sragbhiḥ—用花环 / dukūlaiḥ—布 / svarṇa—金的 / toraṇaiḥ—通过大门 / mahā-surabhibhiḥ—特别香的 / dhūpaiḥ—用香 / maṇḍitam—装饰 / tatra tatra—这里和那里 / vai—肯定地

译文 大圣人麦垂亚告诉维杜茹阿：君王进入他的首都城市时发现，为了迎接他，人们用珍珠、花环、美丽的织物和金色的大门把整个城市装点得十分华丽，城市里弥漫着高级熏香的芳香。

要旨 真正的财富是黄金、白银、珍珠、宝石、鲜花、树木和丝绸织物等自然提供的礼物。因此，韦达文明推荐这样的富有，推荐用至尊人格首神给予的这些自然礼物作装饰。这种财富立刻改变人的心理状态，整个环境都变得灵性化了的普瑞图王的首都，当时就是由这种高度富有的装饰品装饰着。

第 2 节

चन्दनागुरुतोयार्द्ररथ्याचत्वरमार्गवत् ।
पुष्पाक्षतफलैस्तोक्मैर्लाजैरर्चिर्भिरर्चितम् ॥ २ ॥

candanāguru-toyārdra
rathyā-catvara-mārgavat
puṣpākṣata-phalais tokmair
lājair arcirbhir arcitam

candana—檀香木 / aguru—一种香草 / toya—……的水 / ārdra—洒 / rathyā—供马车行驶的道路 / catvara—小公园 / mārgavat—小路 / puṣpa—鲜花 / akṣata—未损坏的 / phalaiḥ—用水果 / tokmaiḥ—矿物质 / lājaiḥ—湿润的谷物 / arcirbhiḥ—用油灯 / arcitam—装饰

译文 城市的大街小巷及小型公园里，到处喷洒着用檀香和芦荟提炼的香水，点缀着完好无缺的水果、鲜花、被淋湿的谷物、各种矿物及灯火等所有吉祥的物品。

第3节 सवृन्दैः कदलीस्तम्भैः पूगपोतैः परिष्कृतम् ।
तरुपल्लवमालाभिः सर्वतः समलङ्कृतम् ॥ ३ ॥

savṛndaiḥ kadalī-stambhaiḥ
pūga-potaiḥ pariṣkṛtam
taru-pallava-mālābhiḥ
sarvataḥ samalaṅkṛtam

sa-vṛndaiḥ—伴以水果和鲜花 / kadalī-stambhaiḥ—用香蕉树的干 / pūga-potaiḥ—由收集来的年轻动物和排成一队的大象 / pariṣkṛtam—很清洁 / taru—嫩的植物 / pallava—芒果树的嫩叶 / mālābhiḥ—用花环 / sarvataḥ—到处 / samalaṅkṛtam—装饰得很好

译文 所有的十字路口都有成串的水果和鲜花，以及香蕉树的树干和槟榔树枝。因为有这一切组合在一起的装饰，各处显得分外动人。

第4节 प्रजास्तं दीपबलिभिः सम्भृताशेषमङ्गलैः ।
अभीयुर्मृष्टकन्याश्च मृष्टकुण्डलमण्डिताः ॥ ४ ॥

prajās taṁ dīpa-balibhiḥ
sambhṛtāśeṣa-maṅgalaiḥ
abhīyur mṛṣṭa-kanyāś ca
mṛṣṭa-kuṇḍala-maṇḍitāḥ

prajāḥ—国民 / tam—对他 / dīpa-balibhiḥ—用油灯 / sambhṛta—装备着 / aśeṣa—无限的 / maṅgalaiḥ—吉祥物 / abhīyuḥ—前来欢迎 / mṛṣṭa—身体散发着美丽的光泽 / kanyāḥ ca—未婚的少女 / mṛṣṭa—闪亮的 / kuṇḍala—耳环 / maṇḍitāḥ—装饰着

译文 当君王进入城市大门时，城市中的全体居民纷纷用油灯、鲜花和酸奶(优酪乳)等许多吉祥物迎接他；来欢迎他的还有众多美丽动人的未婚少女，她们全身佩戴着各种装饰品，耳朵上挂着闪亮的耳环。

要旨 国民们供奉给君王或散布在城市各处的槟琅、香蕉、新鲜小麦、米、酸奶(优酪乳)和朱砂等自然产物，都是吉祥的物品。按照韦达文明的标准，这些都是用来迎接新郎、君王或灵性导师等贵宾的。同样，由内外都很清洁并穿戴着漂亮衣服和首饰的未婚少女迎接宾客，也非常吉祥。未婚少女(kumārī)尚未被异性的手触碰过，是社会中的吉祥的成员。即使在今天的印度社会里，最保守的家庭还是不允许未婚少女自由地与少年们一起外出。她们未婚时被她们的父母谨慎地保护着，结婚后受到她们年轻丈夫的保护，年老时受到孩子的保护。受到这样保护的女性作为一个阶层，对男性来说，始终是吉祥的能量源头。

第 5 节 शङ्खदुन्दुभिघोषेण ब्रह्मघोषेण चर्त्विजाम् ।
विवेश भवनं वीरः स्तूयमानो गतस्मयः ॥ ५ ॥

śaṅkha-dundubhi-ghoṣeṇa
brahma-ghoṣeṇa cartvijām

viveśa bhavanaṁ vīraḥ
stūyamāno gata-smayaḥ

śaṅkha—海螺 / dundubhi—定音鼓 / ghoṣeṇa—以……的声音 / brahma—韦达的 / ghoṣeṇa—吟诵 / ca—也 / ṛtvijām—由祭司的 / viveśa—进入 / bhavanam—宫殿 / vīraḥ—君王 / stūyamānaḥ—受崇拜的 / gata-smayaḥ—没有骄傲的

译文 当君王进入宫殿时，海螺声和定音鼓声响起，祭司们吟唱韦达赞歌，职业朗诵者朗诵各种赞美诗。然而，面对所有这些欢迎仪式，君王丝毫不为所动。

要旨 尽管对君王的迎接富丽辉煌，但他并没有因此而变得骄傲。所以说，真正强有力且富有的伟大人物从不骄傲，就好比结满花果的树木不会傲慢得直挺挺地站着，而是弯下身展现谦逊的姿态。这是伟大的人物所具有的美好品德的展现。

第 6 节 पूजितः पूजयामास तत्र तत्र महायशाः ।
पौराञ्जानपदांस्तांस्तान् प्रीतः प्रियवरप्रदः ॥ ६ ॥

pūjitaḥ pūjayām āsa
tatra tatra mahā-yaśāḥ
paurāñ jānapadāṁs tāṁs tān
prītaḥ priya-vara-pradaḥ

pūjitaḥ—被崇拜的 / pūjayām āsa—致以崇拜 / tatra tatra—这里和那里 / mahā-yaśāḥ—从事过许多伟大的活动 / paurān—城市中高贵的人 / jāna-padān—普通国民 / tān tān—那样 / prītaḥ—满足了 / priya-vara-pradaḥ—准备给他们所有的赐福

译文 德高望重的臣民和普通国民都热诚地迎接君王，君王也赐予他们想要的祝福。

要旨 有责任心的君王总是很容易让他的国民接近。绝大多数的国民，无论地位高低，一般都很渴望见到君王，从他那里得到祝福。君王了解这一点，因此无论何时遇到他的国民，都立刻满足他们的愿望或设法减轻他们的不满情绪。就有关这种交流，一个负责任的君主政体比所谓的民主政府要强；因为在民主政府中，没人具体承担减轻国民不满情绪的责任，国民也无法自己去面见最高的行政首脑。在负责任的君主政体中，国民对政府没有要反抗的不满情绪，即使有，在他们直接去找君王后，也立刻得到满足。

第 7 节 स एवमादीन्यनवद्यचेष्टितः
कर्माणि भूयांसि महान्महत्तमः ।
कुर्वन् शशासावनिमण्डलं यशः
स्फीतं निधायारुरुहे परं पदम् ॥ ७ ॥

sa evam ādīny anavadya-ceṣṭitaḥ
karmāṇi bhūyāṁsi mahān mahattamaḥ
kurvan śaśāsāvani-maṇḍalaṁ yaśaḥ
sphītaṁ nidhāyāruruhe paraṁ padam

saḥ—普瑞图王 / evam—如此 / ādīni—从一开始 / anavadya—宽宏大量 / ceṣṭitaḥ—作各种工作 / karmāṇi—工作 / bhūyāṁsi—重复地 / mahān—伟大的 / mahat-tamaḥ—比最伟大的还要伟大 / kurvan—执行 / śaśāsa—统治 / avani-maṇḍalam—地球表面 / yaśaḥ—名望 / sphītam—广为传播 / nidhāya—获得 / āruruhe—被提高了 / param padam—到至尊主的莲花足

译文 普瑞图王比最伟大的灵魂还伟大，因此值得受所有人的敬仰和崇拜。在统治整个地球期间，他从事了许多光荣的活动，而且总是宽宏大量、品德高尚。在取得如此非凡的成就、美名传遍全宇宙后，他终于到达至尊人格首神的莲花足旁。

要旨 一个有责任心的君王或执政领袖，为管理国民要承担许多责任。统治者或政府最重要的责任是，按照韦达文献中的指示举行各种祭祀。君王的第二项责任是，要确保每一个国民都完美地履行自己所在阶层的规定职责，也就是他所在的社会四阶层(varṇa)和灵性四阶段(āśrama)中的规定职责。除此之外，按照普瑞图王所树立的榜样，执政首脑必须开垦土地，以便大量地生产粮食。

伟大的人物伟大的程度各不相同，有的是伟大，有的是更伟大，有的是最伟大，但普瑞图王胜过所有这些伟大的人物。正因为如此，这节诗中描述他是“比最伟大的还伟大(mahattamaḥ)”。普瑞图王(Mahārāja Pṛthu)是一个查锺亚(kṣatriya, 刹帝利)，而他完美地履行了他作为查锺亚的职责。同样，布茹阿玛纳(brāhmaṇa, 婆罗门)、外夏(vaiśya, 吠舍)和庶铎(śūdra, 首陀罗)也可以完美地履行他们各自的职责，以使自己在此生结束时被提升到超然的世界去。那个世界被称为至高无上的地点或外琨塔(Vaikuṇṭha)星球，人只有靠做奉爱服务才能到达那里。不具人格特性的梵(Brahman)的区域，也被称为至高无上的地点，但人除非依恋上人格首神，否则必会从那个不具人格特性的区域再次掉落下来。正因为如此，《圣典博伽瓦谭》(Śrīmad-Bhāgavatam)第10篇第2章的第32节诗中说，非人格神主义者经过艰苦的努力要到达不具人格特征的梵光(brahmajyoti)，但不幸的是，因为没有恢复与至尊人格首神的关系，他们再次掉到这个物质世界来(āruhya kṛcchreṇa paraṁ padaṁ tataḥ)。一个人如果在外太空飞翔，是可以上升到很高的地方，但除非他到一个星球上，否则必然会掉回到地球上来。同样道理，由于到达不具人格特征的梵光(paraṁ padam)的非人格神主义者没进入外琨塔星球，他们再次掉到这个物质世界里来，住在其中的一个物质星球上。尽管他们也许能到达布茹阿玛珞卡(Brahmaloka)或萨提亚珞卡(Satyaloka)，但所有这类星球都坐落在物质世界里。

第8节

सूत उवाच
तदादिराजस्य यशो विजृम्भितं
गुणैरशेषैर्गुणवत्सभाजितम् ।
क्षत्ता महाभागवतः सदस्पते
कौषारविं प्राह गृणन्तमर्चयन् ॥ ८ ॥

sūta uvāca
tad ādi-rājasya yaśo vijṛmbhitaṁ
guṇair aśeṣair guṇavat-sabhājitam
kṣattā mahā-bhāgavataḥ sadaspate
kauṣāraviṁ prāha gṛṇantam arcayan

sūtaḥ uvāca－苏塔·哥斯瓦米说 / tat－那 / ādi-rājasya－由天下第一君王 / yaśaḥ－名誉 / vijṛmbhitam－高品质 / guṇaiḥ－由品质 / aśeṣaiḥ－无限的 / guṇa-vat－合适的 / sabhājitam－受赞扬 / kṣattā－维杜茹阿 / mahā-bhāgavataḥ－伟大、圣洁的奉献者 / sadaḥ-pate－大圣人们的领袖 / kauṣāravim－对麦垂亚 / prāha－说 / gṛṇantam－在说话的时候 / arcayan－致以所有虔敬的顶礼

译文　苏塔·哥斯瓦米继续道：啊，绍纳卡——大圣人们的领袖，天下第一位君王——普瑞图王具有充分的资格受到赞美，整个世界都在颂扬他。聆听麦垂亚讲述这位君王的各种活动后，伟大的奉献者维杜茹阿十分谦恭地敬拜了麦垂亚圣人，并询问他如下的问题。

第 9 节 विदुर उवाच

सोऽभिषिक्तः पृथुर्विप्रैर्लब्धाशेषसुरार्हणः ।
बिभ्रत्स वैष्णवं तेजो बाह्वोर्याभ्यां दुदोह गाम् ॥ ९ ॥

vidura uvāca
so 'bhiṣiktaḥ pṛthur viprair
labdhāśeṣa-surārhaṇaḥ
bibhrat sa vaiṣṇavaṁ tejo
bāhvor yābhyāṁ dudoha gām

viduraḥ uvāca—维杜茹阿说 / saḥ—他(普瑞图王) / abhiṣiktaḥ—登基时 / pṛthuḥ—普瑞图王 / vipraiḥ—由伟大的圣人和布茹阿玛纳 / labdha—获得 / aśeṣa—数不清的 / sura-arhaṇaḥ—半神人送的礼物 / bibhrat—扩大 / saḥ—他 / vaiṣṇavam—从主维施努那里接受……的人 / tejaḥ—力量 / bāhvoḥ—手臂 / yābhyām—用……的 / dudoha—开发 / gām—地球

译文 维杜茹阿说：亲爱的布茹阿玛纳·麦垂亚，了解伟大的圣人和布茹阿玛纳们立普瑞图·玛哈茹阿佳为王，使人深受启发。全体半神人送给他无数的礼物，他还因为主维施努亲赐力量而扩展了他的影响力，从而大规模地开发了地球。

要旨 普瑞图王是被主维施努赋予了力量的化身，自然也是至尊主伟大的外士纳瓦(Vaiṣṇava)奉献者，因此全体半神人都对他很满意，送给他各种礼物以帮助他行使他的王权；伟大的智者和圣人们也都参加了他的加冕典礼。就这样，凭借他们的祝福，他统治地球，并为极大地满足人民大众的需求而开发了地球资源。就有关普瑞图王的活动，前面的章节中都作了解释。从下一节诗我们可以看到，所有的国家行政首脑都应该学习普瑞图王统治他的王国的做法。无论政府最高首长是国王还是总统，或者无论政府是君主制还是民主制，普瑞图王的做法都是如此完美，以至如果按照他的方法去做，每一个人都会变得快乐，而且所有的人都会发现，为至尊人格首神做奉爱服务是很容易的。

第10节

को न्वस्य कीर्तिं न शृणोत्यभिज्ञो
यद्विक्रमोच्छिष्टमशेषभूपाः ।
लोकाः सपाला उपजीवन्ति काम-
मद्यापि तन्मे वद कर्म शुद्धम् ॥१०॥

ko nv asya kīrtiṁ na śṛṇoty abhijño
yad-vikramocchiṣṭam aśeṣa-bhūpāḥ
lokāḥ sa-pālā upajīvanti kāmam
adyāpi tan me vada karma śuddham

kaḥ—……的 / nu—但 / asya—普瑞图王 / kīrtim—光荣的活动 / na śṛṇoti—不听 / abhijñaḥ—明智的 / yat—他的 / vikrama—骑士精神 / ucchiṣṭam—剩余物 / aśeṣa—数不清的 / bhūpāḥ—国王们 / lokāḥ—众星球 / sa-pālāḥ—以及居住其上的半神人 / upajīvanti—维持生计 / kāmam—想得到的 / adya api—直到那 / tat—那 / me—对我 / vada—请说 / karma—活动 / śuddham—吉祥的

译文 普瑞图王的活动如此非凡，其统治方法充分体现了他的宽宏大量，以致所有的国王和各个星球上的半神人至今仍在效法他。有谁会不设法聆听有关他光荣的活动啊？我期望更多地聆听有关普瑞图王的一切，因为他的活动是那么虔诚和吉祥。

要旨 圣人维杜茹阿(Vidura)之所以想要一遍又一遍地聆听有关普瑞图王的一切，是想要为普通君王和执政首脑们树立榜样，让他们知道，他们都应该想要再三地聆听普瑞图王的活动，以使自己能够为人民大众的和平与繁荣，忠实、正确地管理他们的王国或国家。不幸的是，如今没人想要聆听有关普瑞图王的一切或向他学习；因此世上没有一个国家的人民是幸福的或在灵性上正在取得进步，尽管那是人类生活的唯一目标。

第 11 节

मैत्रेय उवाच
गङ्गायमुनयोर्नद्योरन्तरा क्षेत्रमावसन् ।
आरब्धानेव बुभुजे भोगान् पुण्यजिहासया ॥११॥

maitreya uvāca
gaṅgā-yamunayor nadyor
antarā kṣetram āvasan
ārabdhān eva bubhuje
bhogān puṇya-jihāsayā

maitreyaḥ uvāca—大圣人麦垂亚说 / gaṅgā—恒河 / yamunayoḥ—雅沐娜河的 / nadyoḥ—从两条河的 / antarā—之间 / kṣetram—土地 / āvasan—住在那儿 / ārabdhān—注定了 / eva—好像 / bubhuje—享受 / bhogān—幸运 / puṇya—虔诚的活动 / jihāsayā—为了减少

译文 大圣人麦垂亚告诉维杜茹阿说：我亲爱的维杜茹阿，普瑞图王住在非凡的河流恒河与雅沐娜河之间的辽阔大地上。由于他极为富有，他看似为了减少他过去虔诚活动的善报而在享受他命中注定的好运。

要旨 “虔诚”与“不虔诚”这些词，只适用于描述有关普通生物的活动时。但普瑞图王是直接由主维施努赋予了力量的化身，所以不受虔诚或不虔诚活动的反应的制约。正如我们在前面解释过的，当一个生物被至尊主特殊赋予力量，为达到某一个目的而行事时，他被称为“被赋予了力量的化身(śaktyāveśa-avatāra)”。普瑞图王不仅是被赋予了力量的化身，而且还是伟大的奉献者。奉献者不受制于业报。《布茹阿玛·萨密塔》第5章的第54节诗中说，至尊人格首神使奉献者过去从事的虔诚与不虔诚活动所造成的结果失效(karmāṇi nirdahati kintu ca bhakti-bhājām)。尽管诗中说“像是由过去的所为赢得的(ārabdhān eva)”，但对普瑞图王来说，根本不存在“过去所为的结果”的问题，因此这里用“像是(eva)”一词是指与普通人相比。在《博伽梵歌》(Bhagavad-gītā)第9章的第11节诗中，至尊主说：愚蠢的人轻视我(avajānanti māṁ mūḍhāḥ)。这意思是说，人们有时误把至尊人格首神的化身视为是普通人。至尊首神、祂的化身或祂的奉献者也许把自己装扮成普通人，但我们从不该认为他们就是如此。众多的启示经典(śāstra)和灵性导师的权威说明，也都没有把普通人接受为是神的化身或奉献者。依据经典提供的证明，萨纳坦·哥斯瓦米(Sanātana Gosvāmī)看出主柴坦亚·玛哈帕布(Caitanya Mahāprabhu)是至尊人格首神主奎师那(Kṛṣṇa)的直接化身，尽管主柴坦亚从没透露这一事实。正因为如此，经典一般都忠告不要把灵性导师(guru)当成是普通人。

第 12 节　सर्वत्रास्खलितादेशः सप्तद्वीपैकदण्डधृक् ।
अन्यत्र ब्राह्मणकुलादन्यत्राच्युतगोत्रतः ॥१२॥

sarvatrāskhalitādeśaḥ
　sapta-dvīpaika-daṇḍa-dhṛk
anyatra brāhmaṇa-kulād
　anyatrācyuta-gotrataḥ

sarvatra—到处 / askhalita—不可违抗的 / ādeśaḥ—命令 / sapta-dvīpa—七个岛屿 / eka——/ daṇḍa-dhṛk—手持权杖的统治者 / anyatra—除了 / brāhmaṇa-kulāt—布茹阿玛纳和圣人的 / anyatra—除了 / acyuta-gotrataḥ—至尊人格首神的后裔(外士纳瓦)

译文 普瑞图王是位无敌的君王，拥有统治地球上所有七大岛屿的王权。除了神圣之人、布茹阿玛纳和至尊人格首神的子孙(奉献者)，没人能违抗他发出的不可撤回的命令。

要旨 地球上的七大岛屿(sapta-dvīpa)指的是七大洲，即：(1)亚洲，(2)欧洲，(3)非洲，(4)北美洲，(5)南美洲，(6)澳洲，(7)大洋洲。现代人认为，在韦达时代或史前时代，美国和世上许多其他地方还没被发现，但那不是事实。在所谓的史前时代，普瑞图王统治世界达好几千年之久。这节诗中的内容也明确说明：那时，人们不仅知道世上所有不同的地方，而且所有不同的地方都由一个帝王——普瑞图王统治。普瑞图王当时所居住的区域必定是在现在的印度境内，因为这一章的第11节诗中说，他住在恒河(Ganges)与雅沐娜河(Yamunā)之间的辽阔大地上。这片辽阔的大地被称为布茹阿玛瓦尔特(Brahmāvarta)，由如今的旁遮普邦和北印度组成。很清楚，印度的君王们曾统治过全世界，他们的文化是韦达文化。

“不可撤回或改变(askhalita)”一词是指，全世界任何人都不能违抗君王下的命令。然而这样的命令从不是为了控制神圣的人或至尊主维施努的子孙的。至尊主被称为绝对可靠的人阿秋塔(Acyuta)，阿尔诸纳(Arjuna)在《博伽梵歌》第1章的第21节诗中就这样称呼主奎师那说，绝对可靠的人啊！请驾我的战车到两军之间(senayor ubhayor madhye rathaṁ sthāpaya me 'cyuta)。绝对可靠的人是指从不犯错、从不坠落的至尊主，因为祂从不受物质自然属性的影响。生物从他原本的状态中坠落到这个物质世界时，就变成“坠落了的(cyuta)”，意思是他忘了自己与绝对可靠、从不坠落的人阿秋塔的关系。

事实上，每一个生物都是至尊人格首神不可缺少的一部分，是祂的孩子。当生物受到物质自然属性的影响时，他便忘了他与至尊主的这种关系，便根据自己所在的不同的物种去思考。然而，当他再次恢复自己原本的意识时，他就不再看对躯体的称呼了。《博伽梵歌》第5章的第18节诗中用有知识的人平等看待一切(paṇḍitāḥ sama-darśinaḥ)一句，指出了这一点。

物质性的称呼制造了种姓、肤色、信仰和国籍等区别。对各种家庭的称呼(gotra)都是以物质躯体作区分，但当人具有奎师那意识后，就立刻成为至尊人格首神的后裔(Acyuta-gotra)之一，从而超越所有对种族、信仰、肤色和国籍的考虑。

普瑞图王并没有去控制拥有渊博的韦达知识的学者(brāhmaṇa-kula)，没有去控制超越韦达知识思考范围的外士纳瓦(Vaiṣṇava)。因此《莲花往世书》(Padma Purāṇa)中说：

arcye viṣṇau śilā-dhīr guruṣu nara-matir vaiṣṇave jāti-buddhir
viṣṇor vā vaiṣṇavānāṁ kali-mala-mathane pāda-tīrthe 'mbu-buddhiḥ
śrī-viṣṇor nāmni mantre sakala-kaluṣa-he śabda-sāmānya-buddhir
viṣṇau sarveśvareśe tad-itara-sama-dhīr yasya vā nārakī saḥ

“谁认为庙里的神像由木头或石头制成，认为师徒传承中的灵性导师是普通人，认为至尊人格首神的子孙外士纳瓦属于某个阶层、宗教，或者认为恒河水(caraṇāmṛta)是普通之水，谁就该被视为是地狱的居民。”

从这节诗所呈现的事实看，人民大众应该受到君王的控制，直到他们上升到不受任何人控制的外士纳瓦和布茹阿玛纳层面为止。布茹阿玛纳是指知道梵(Brahman)或绝对真理的不具人格特征的人；而外士纳瓦是为至尊人格首神做纯粹奉爱服务的人。

第13节　एकदासीन्महासत्रदीक्षा तत्र दिवौकसाम् ।
समाजो ब्रह्मर्षीणां च राजर्षीणां च सत्तम ॥१३॥

ekadāsīn mahā-satra-
dīkṣā tatra divaukasām
samājo brahmarṣīṇāṁ ca
rājarṣīṇāṁ ca sattama

ekadā—从前 / āsīt—发誓 / mahā-satra—盛大的祭祀 / dīkṣā—启迪 / tatra—在那典礼上 / diva-okasām—半神人的 / samājaḥ—聚集 / brahma-ṛṣīṇām—神圣的布茹阿玛纳的 / ca—也 / rāja-ṛṣīṇām—伟大神圣的君王的 / ca—也 / sat-tama—最伟大的奉献者

译文 一次，普瑞图王开始举行一场极其盛大的祭祀，伟大的圣人、布茹阿玛纳、高等星系的半神人及被称为圣君的杰出君王，都到场参加。

要旨 这节诗中的要点是，尽管普瑞图王的私人住所在印度境内位于恒河及雅沐娜河之间的地方，但半神人们还是来参加他所举行的盛大祭祀。这表明，半神人以前曾经常来到这个星球。同样，像阿尔诸纳、尤帝士提尔(Yudhiṣṭhira)等许多伟大的人物也经常到访高等星系。因此，当时借由适当的飞机和空中交通工具，各星球的居民之间有着星际交流。

第 14 节 तस्मिन्नर्हत्सु सर्वेषु स्वर्चितेषु यथार्हतः ।
उत्थितः सदसो मध्ये ताराणामुडुराडिव ॥१४॥

tasminn arhatsu sarveṣu
sv-arciteṣu yathārhataḥ
utthitaḥ sadaso madhye
tārāṇām uḍurāḍ iva

tasmin—在那隆重的集会上 / arhatsu—所有值得崇拜的人的 / sarveṣu—所有人 / su-arciteṣu—按他们各自的地位接受崇拜 / yathā-arhataḥ—按他们应得的 / utthitaḥ—站立 / sadasaḥ—在集会的成员

中 / madhye－在最中间 / tārāṇām－群星中的 / uḍu-rāṭ－月亮 / iva－如同

译文 在那盛大的集会上，普瑞图王首先按照全体来宾各自的地位一一崇拜了他们。之后，他站在与会者中间，看似众星中升起的满月。

要目 按照韦达传统，对伟大、崇高的人物的迎接，正如普瑞图王在盛大的祭祀场上所做的安排，是极为重要的。迎接宾客的第一个步骤是为他们洗脚。从韦达文献中我们得知：当尤帝士提尔王举行茹阿佳苏亚祭祀(rājasūya-yajña)时，主奎师那负责洗所有来宾的脚。同样，普瑞图王也安排了迎接半神人、圣人、布茹阿玛纳和杰出君王的恰当的仪式。

第 15 节 प्रांशुः पीनायतभुजो गौरः कञ्जारुणेक्षणः ।
सुनासः सुमुखः सौम्यः पीनांसः सुद्विजस्मितः ॥१५॥

prāṁśuḥ pīnāyata-bhujo
gauraḥ kañjāruṇekṣaṇaḥ
sunāsaḥ sumukhaḥ saumyaḥ
pīnāṁsaḥ sudvija-smitaḥ

prāṁśuḥ－非常高 / pīna-āyata－粗壮的 / bhujaḥ－手臂 / gauraḥ－肤色白皙 / kañja－如莲花般 / aruṇa-īkṣaṇaḥ－眼如旭日般明亮 / su-nāsaḥ－挺直的鼻梁 / su-mukhaḥ－俊美的脸庞 / saumyaḥ－性格稳重 / pīna-aṁsaḥ－宽肩膀 / su－美好 / dvija－牙齿 / smitaḥ－微笑

译文 普瑞图王身材高大魁梧，肤色白皙。他的臂膀粗壮、圆润，眼睛如太阳般炯炯有神。他鼻子挺直，脸庞极其俊美，性格庄重。他的牙齿在微笑的衬托下显得极为漂亮。

要旨 在社会四阶层(布茹阿玛纳、查锤亚、外夏和庶铎)之中，属于查锤亚阶层的男人和女人通常都长得很美。正如看接下来的几首诗的描述所得出的结论，普瑞图王的身体特征不仅像这节诗所描述的那样富有魅力，而且身体上还有着特殊的绝对吉祥的标志。

俗话说“相由心生”。人的心理状态都由相貌展示出来。生物过去的所作所为决定了他得到的下一个躯体是人类的躯体、半神人的躯体还是动物的躯体，所以一个人的身体特征是根据他过去的所作所为展示出来的。这是灵魂在不同种类的躯体中轮回的证明。

第 16 节 व्यूढवक्षा बृहच्छ्रोणिर्वलिवल्गुदलोदरः ।
आवर्तनाभिरोजस्वी काञ्चनोरुरुदग्रपात् ॥१६॥

vyūḍha-vakṣā bṛhac-chroṇir
vali-valgu-dalodaraḥ
āvarta-nābhir ojasvī
kāñcanorur udagra-pāt

vyūḍha—宽阔 / vakṣāḥ—胸膛 / bṛhat-śroṇiḥ—厚腰 / vali—皱纹 / valgu—非常美 / dala—像榕树叶 / udaraḥ—腹部 / āvarta—呈螺旋状 / nābhiḥ—肚脐 / ojasvī—有光泽 / kāñcana—金色的 / uruḥ—大腿 / udagra-pāt—脚背隆起

译文 普瑞图王胸膛宽阔、腰部粗壮；腹部呈现出的皮肤纹路，恰似一片榕树叶的纹路。他的肚脐深陷，呈螺旋状。他大腿的颜色是金黄色，脚背呈拱形。

第 17 节 सूक्ष्मवक्रासितस्निग्धमूर्धजः कम्बुकन्धरः ।
महाधने दुकूलाग्र्ये परिधायोपवीय च ॥१७॥

sūkṣma-vakrāsita-snigdha-
mūrdhajaḥ kambu-kandharaḥ
mahā-dhane dukūlāgrye
paridhāyopavīya ca

sūkṣma—很细 / vakra—卷曲的 / asita—黑的 / snigdha—光滑 / mūrdhajaḥ—头发 / kambu—像海螺 / kandharaḥ—颈部 / mahā-dhane—非常昂贵 / dukūla-agrye—穿着兜提 / paridhāya—上身 / upavīya—像一条圣线 / ca—也

译文　他油黑光滑且细密的头发漂亮地卷曲着，他恰似海螺的颈部有吉祥的纹路作装饰。他下半身着一件贵重的兜提，上半身裹着质量上乘的衣衫。

第 18 节　व्यञ्जिताशेषगात्रश्रीर्नियमे न्यस्तभूषणः ।
कृष्णाजिनधरः श्रीमान् कुशपाणिः कृतोचितः ॥१८॥

vyañjitāśeṣa-gātra-śrīr
niyame nyasta-bhūṣaṇaḥ
kṛṣṇājina-dharaḥ śrīmān
kuśa-pāṇiḥ kṛtocitaḥ

vyañjita—描述 / aśeṣa—无数的 / gātra—身体的 / śrīḥ—美丽 / niyame—有规律的 / nyasta—放弃 / bhūṣaṇaḥ—衣服 / kṛṣṇa—黑色 / ajina—皮肤 / dharaḥ—穿上 / śrīmān—美丽的 / kuśa-pāṇiḥ—手指上有库沙(kusa)草 / kṛta—执行 / ucitaḥ—按照要求

译文　普瑞图王因为要开始执行祭祀，所以必须脱下贵重的衣衫，因此而露出了他身体的自然美。他裹一块黑鹿皮，手指上戴一个用库沙草做的戒指时，更增加了他身体的自然美，使看他的人感到赏心悦目。普瑞图王看上去在执行祭祀前奉行了所有的规范守则。

第 19 节 शिशिरस्निग्धताराक्षः समैक्षत समन्ततः ।
ऊचिवानिदमुर्वीशः सदः संहर्षयन्निव ॥१९॥

śiśira-snigdha-tārākṣaḥ
samaikṣata samantataḥ
ūcivān idam urvīśaḥ
sadaḥ saṁharṣayann iva

śiśira－露珠 / snigdha－湿的 / tārā－星星 / akṣaḥ－眼睛 / samaikṣata－扫视 / samantataḥ－周围 / ūcivān－开始说话 / idam－这 / urvīśaḥ－巨大地提高了 / sadaḥ－在聚会的成员中 / saṁharṣayan－增加他们的喜悦 / iva－如同

译文 为了激励与会者，增强他们的快乐，普瑞图王用他那仿佛被露水淋湿了的天空中星星般的眼睛扫视他们，接着以洪亮的嗓音对众人讲话。

第 20 节 चारु चित्रपदं श्लक्ष्णं मृष्टं गूढमविक्लवम् ।
सर्वेषामुपकारार्थं तदा अनुवदन्निव ॥२०॥

cāru citra-padaṁ ślakṣṇaṁ
mṛṣṭaṁ gūḍham aviklavam
sarveṣām upakārārthaṁ
tadā anuvadann iva

cāru－美丽的 / citra-padam－动听的 / ślakṣṇam－非常清洁 / mṛṣṭam－很伟大 / gūḍham－含义深刻 / aviklavam－毫无怀疑 / sarveṣām－对所有的人 / upakāra-artham－只是为了赐福他们 / tadā－那时 / anuvadan－开始重复 / iva－像

译文 普瑞图王的演讲极为出色，充分利用比喻的表达方式，明确易懂，十分悦耳动听。他的话语真诚严肃、确凿可靠。他在演讲时，像是为了全体与会者的利益在表达他个人对绝对真理的觉悟。

要旨　普瑞图王不仅身体外观俊美，他的演讲从各方面看都极为出色。他在谈话中大量运用比喻的修辞手法，听起来不仅令人轻松愉快，而且非常明确易懂，没有模棱两可的语言，不会令人疑惑。

第21节

राजोवाच
सभ्याः शृणुत भद्रं वः साधवो य इहागताः ।
सत्सु जिज्ञासुभिर्धर्ममावेद्यं स्वमनीषितम् ॥२१॥

rājovāca
sabhyāḥ śṛṇuta bhadraṁ vaḥ
sādhavo ya ihāgatāḥ
satsu jijñāsubhir dharmam
āvedyaṁ sva-manīṣitam

rājā uvāca—君王开始说话 / sabhyāḥ—问候女士和先生们 / śṛṇuta—请听 / bhadram—好运 / vaḥ—你们的 / sādhavaḥ—所有伟大的灵魂 / ye—……的 / iha—这里 / āgatāḥ—出席的 / satsu—向高贵的人 / jijñāsubhiḥ—渴望得到知识的人 / dharmam—宗教原则 / āvedyam—必须说出 / sva-manīṣitam—自己的想法

译文　普瑞图王说：与会的绅士们啊！愿你们鸿运当头！请你们——所有来参加此次盛会的伟大灵魂，专注地听我祈祷。真正渴望得到知识的人，必须在所有与会的高尚灵魂面前说出自己的想法。

要旨　这节诗中的“所有高尚的灵魂(sādhavaḥ)”一句非常重要。当一个人非常优秀和出名时，许多没有道德的人就会成为他的敌人，因为忌妒是物质主义者的本性。在任何一个聚会上都有不同等级的人，因此可以想象，由于普瑞图王十分优秀，聚会中必有几个敌视他的人，尽管他们无法表达出自己的想法。然而，普瑞图王考虑的是那些和善之人，所以他首先对所有诚实、正直的人讲话，而不在意忌妒他的人。他并没有以被授予了王权的人自居去命令大家，因为他要在全体与会的伟大智者和圣人们面前以谦恭的态度发表他的声明。尽管作为整个世界的伟大君王，他本可以向他们发布命令，但他是那么谦逊、温顺和正直诚实，提出他的说明只是为了得到伟大人物的认可，以澄清他成熟的决定是否正确。这个物质世界里每一个人都受制于物质自然属性，都有四种缺陷。然而，普瑞图王虽然超越这一切，但还是像普通受制约的灵魂一样，向到场的伟大灵魂、智者和圣人说出自己的想法。

第 22 节 अहं दण्डधरो राजा प्रजानामिह योजितः ।
रक्षिता वृत्तिदः स्वेषु सेतुषु स्थापिता पृथक् ॥२२॥

aham daṇḍa-dharo rājā
prajānām iha yojitaḥ
rakṣitā vṛttidaḥ sveṣu
setuṣu sthāpitā pṛthak

aham—我 / daṇḍa-dharaḥ—手执权杖者 / rājā—君王 / prajānām—臣民的 / iha—在这个世界中 / yojitaḥ—从事 / rakṣitā—保护者 / vṛtti-daḥ—雇主 / sveṣu—在他们自己的 / setuṣu—各自的社会阶层 / sthāpitā—建立 / pṛthak—不同的

译文 普瑞图王继续道：凭至尊主的恩典，我被委任当这个星球的君王；我手持权杖统治臣民，保护他们免遭一切危险，并按照他们在社会中各自所处的根据韦达训谕建立的阶层安排他们的工作。

要旨　君王应该是由至尊人格首神任命，负责照管他管辖的那个星球上的居民的利益。每一个星球上都有一个统治者，正如我们现在看到每一个国家都有一个总统一样。当总统或国王的人应该明白，这个机会是至尊主赐予他的。按照韦达体系，君王被视为是首神的代表，国民会像尊重神一样地尊重他。事实上，按照韦达文献中给予的资讯，至尊主维系着一切众生，尤其是人类，以使他们升上最高的完美境界。生物在经历了许许多多次在低等物种中的出生后，逐渐上升，享受到人体生命，尤其是文明的人类生命。按照至尊人格首神在《博伽梵歌》第4章第13节诗中的命令，人类社会必须分为四个阶层(cātur-varṇyaṁ mayā sṛṣṭam)。布茹阿玛纳(婆罗门)、查锤亚(刹帝利)、外夏(吠舍)和庶铎(首陀罗)这四个社会阶层，是对人类社会的自然划分；而正如普瑞图王所声明的，在各个社会阶层中的人，为了维持生活必须有适当的工作。君王或政府的责任是：确保人民奉行社会四阶层制度，而且都受雇，有自己的工作，都在履行各自的职责。如今，由于政府或国王撤销了对国民这样的保护，社会四阶层制度实际上已经垮掉。没人知道谁是布茹阿玛纳，谁是查锤亚，谁是外夏，谁是庶铎，人们声称自己只凭出身就属于某个社会阶层。政府的责任是按照职责和物质自然属性对人的影响重建社会阶层，因为那将使全世界人口真正文明化。如果不奉行社会四阶层制度，人类社会就不比动物社会强，人类社会中就永无安宁、和平与繁荣，相反只有混乱和困惑。普瑞图王作为一位理想的君王，严格遵守维系韦达社会阶层的原则。

梵文“帕佳(prajā)”一词是指经过出生者(prajāyate iti prajā)。因此，普瑞图王承诺要保护在他的王国中出生的众生(prajānām)。“帕佳”不仅指人类，也指动物、树木和所有其他种类的生物体。君王的职责是给予众生保护和食物。现代社会中的愚蠢之人和无赖们，对政府的责任范围一无所知。动物也是它们出生的那片土地上的居民，也有权利在至尊主的照管下继续它们的生存。大规模地宰杀动物对动物所造成的伤害，使屠宰者、他的土地和他的政府面临灾难深重的将来。

第 23 节 तस्य मे तदनुष्ठानाद्यानाहुर्ब्रह्मवादिनः ।
लोकाः स्युः कामसन्दोहा यस्य तुष्यति दिष्टदृक् ॥२३॥

tasya me tad-anuṣṭhānād
yān āhur brahma-vādinaḥ
lokāḥ syuḥ kāma-sandohā
yasya tuṣyati diṣṭa-dṛk

tasya—他的 / me—我的 / tat—那 / anuṣṭhānāt—通过执行 / yān—……的 / āhuḥ—据说 / brahma-vādinaḥ—由韦达知识的专家 / lokāḥ—星球 / syuḥ—变成 / kāma-sandohāḥ—满足自己的愿望 / yasya—……的 / tuṣyati—满足 / diṣṭa-dṛk—一切命运的观看者

译文 普瑞图王说：我想，由于我履行作为君王的职责，我将能够达到精通韦达知识的专家们所描述的值得追求的目标。毫无疑问，使一切命运的观看者至尊人格首神满意，就能达到这目标。

要旨 普瑞图王格外强调“精通韦达知识(brahma-vādinaḥ)”一句，句中梵文“布茹阿么(Brahma)”指的是韦达经(Vedas)。韦达经又被说成是超然的声音(śabda-brahma)。超然的声音并非普通语言，尽管它看起来是用普通的语言文字写成的。韦达文献中所提供的证据和证明，都应该被接受为是最高的权威。在韦达文献中有许多资讯，当然也有关于如何履行君王职责的知识。有责任心的君王通过正确保护他管辖范围内的众生履行他被指定的职责，从而被提升到天堂星系。当然，这取决于至尊主是否满意。并不是一个人正确地履行了他的职责，就会自动得到提升，是否晋级取决于至尊人格首神是否满意。最终的结论是：人能否得到他想要的活动结果，取决于至尊主对他是否满意。就有关这一点，《圣典博伽瓦谭》第1篇第2章的第13节诗中确认说：

ataḥ pumbhir dvija-śreṣṭhā
varṇāśrama-vibhāgaśaḥ
svanuṣṭhitasya dharmasya
saṁsiddhir hari-toṣaṇam

"履行按社会阶层和灵性阶段制度规定给自己的职责，所能获得的最高完美成就，就是取悦人格首神。"诗中说"得到想要的结果(kāma-sandohāḥ)"。每一个人想要的结果都是达到生命最高的目标，但在现代文明中，大科学家们认为人生是没有计划的。这种十足的愚昧非常危险，使文明充满了危机。人们不知道至尊人格首神制定的自然法律。他们因为是十足的无神论者，所以不相信神的存在和祂的统治，因而不知道大自然是如何运作的。大众甚至包括所谓的科学家和哲学家这种十足的愚昧，使人生的处境十分危险，在这种处境中的人根本不知道他们在人生中是否取得了进步。按照《圣典博伽瓦谭》第7篇第5章的第30节诗所说，他们只是在向物质存在的黑暗区域迈进(adānta-gobhir viśatāṁ tamisram)。为挽救这一局面，奎师那意识运动开始教授哲学家、科学家和人民大众有关命运的知识。人们都应该利用这一运动，了解生命的真正目的。

第24节　य उद्धरेत्करं राजा प्रजा धर्मेष्वशिक्षयन् ।
प्रजानां शमलं भुङ्क्ते भगं च स्वं जहाति सः ॥२४॥

ya uddharet karaṁ rājā
prajā dharmeṣv aśikṣayan
prajānāṁ śamalaṁ bhuṅkte
bhagaṁ ca svaṁ jahāti saḥ

yaḥ—任何人(国王或政府官员) / uddharet—征收 / karam—税 / rājā—国王 / prajāḥ—臣民 / dharmeṣu—在执行他们各自的职责 / aśikṣayan—没有教导他们该如何去执行各自的职责 / prajānām—臣民的 / śamalam—不虔诚的 / bhuṅkte—享乐 / bhagam—好运 / ca—也 / svam—自己 / jahāti—放弃 / saḥ—那个君王

译文 当君王的人，如果不教导他的臣民按社会四阶层和灵性四阶段制度履行他们各自的职责，而只是向国民征收税金，就会承受他的国民从事的非虔诚活动的恶果。除此之外，那君王还会失去他自己的好运。

要旨 君王、总督或总统不该趁机占据领导者的位置，但却不履行他的职责。他必须教导他国内的人民奉行社会四阶层(varṇa)和灵性四阶段制度(āśrama)。君王如果忽视给予这样的教导，只是满足于征收税金，那么所有享受收集来的税金的人，无论是在政府中服务的人还是国家首脑，都要受到惩罚——分担大众不虔诚的活动结果。自然法律十分精微。例如：一个人如果在一个十分罪恶的场所进食，就要分担在那里从事的罪恶活动所产生的恶报。正因为如此，韦达制度规定，当居士的人要在自己家举行仪式后，请布茹阿玛纳和外士纳瓦在家中进餐，因为布茹阿玛纳和外士纳瓦可以使他免除罪恶活动的报应。但接受各处的邀请并不是严格的布茹阿玛纳和外士纳瓦应该承担的责任。当然，参加那些有派发帕萨达(prasāda)的典礼并没有什么不妥。有许多精微的法律都是大众所不知的，但为了全体世人的利益，奎师那意识运动正十分科学化地传播着所有的韦达知识。

第 25 节　तत्प्रजा भर्तृपिण्डार्थं स्वार्थमेवानसूयवः ।
कुरुताधोक्षजधियस्तर्हि मेऽनुग्रहः कृतः ॥२५॥

tat prajā bhartṛ-piṇḍārthaṁ
svārtham evānasūyavaḥ
kurutādhokṣaja-dhiyas
tarhi me 'nugrahaḥ kṛtaḥ

tat—因此 / prajāḥ—我亲爱的国民 / bhartṛ—主人的 / piṇḍa-artham—死后的利益 / sva-artham—自己的利益 / eva—肯定地 / anasūyavaḥ—毫无忌妒心 / kuruta—只要执行 / adhokṣaja—至尊人格首神 / dhiyaḥ—想着祂 / tarhi—因此 / me—对我 / anugrahaḥ—仁慈 / kṛtaḥ—完成了

译文　普瑞图王继续道：因此，我亲爱的国民们，为你们君王死后的利益着想，你们应该按自己在社会四阶层和灵性四阶段中的地位正确地履行你们的职责，应该总是在你们的心中想着至尊人格首神。这样做，你们就不但可以保护自己的利益，还可以把仁慈赐予你们的君王，使他死后也能享有福利。

要旨　这节诗中的"奎师那意识(adhokṣaja-dhiyaḥ)"一词极为重要。君王和国民都该具有奎师那意识，否则两者都会在死后被判投生到低等的物种中。负责任的政府为了全体国人的利益，必须十分积极地教授有关奎师那意识的知识。没有奎师那意识，无论是国家还是国民，都不可能有责任心。正因为如此，普瑞图王特别要求国民们要怀着奎师那意识行事，并非常渴望教导他们如何变得具有奎师那意识。《博伽梵歌》第9章的第27节诗对奎师那意识作了如下概述：

yat karoṣi yad aśnāsi
yaj juhoṣi dadāsi yat

yat tapasyasi kaunteya
tat kuruṣva mad-arpaṇam

“无论你做什么，吃什么，供奉或施舍什么，从事什么苦行，都应该怀着奎师那意识去做，或说为了取悦至尊人格首神去做。”尽管所有的人都本该受到严格的物质自然法律所给予的各种惩罚，但如果包括政府公务人员在内的全体国人都学习过灵性生活，那他们就不会再受到惩罚。

第 26 节 यूयं तदनुमोदध्वं पितृदेवर्षयोऽमलाः ।
कर्तुः शास्तुरनुज्ञातुस्तुल्यं यत्प्रेत्य तत्फलम् ॥२६॥

yūyaṁ tad anumodadhvaṁ
pitṛ-devarṣayo 'malāḥ
kartuḥ śāstur anujñātus
tulyaṁ yat pretya tat phalam

yūyam—在场的所有令人尊敬的人 / tat—那 / anumodadhvam—敬请通过我的提议 / pitṛ—从祖先星球来的人 / deva—从天堂星球来的人 / ṛṣayaḥ—伟大的圣人和圣人 / amalāḥ—那些清除了所有罪恶活动的人 / kartuḥ—执行者 / śāstuḥ—发号施令者 / anujñātuḥ—支持者的 / tulyam—平等 / yat—……的 / pretya—死后 / tat—那个 / phalam—结果

译文 我要求所有心地纯洁的半神人、祖先和圣人们支持我的提议，因为一个行为的结果在人死后由它的行为者、指导者和支持者共同分享。

要旨 普瑞图王的政府完全按照韦达训谕在管理，所以是理想、完美的。普瑞图王已经解释过，政府的首要责任是看到每一个人都在履行自己的职责，被提升到奎师那意识的层面。政府应该这样管理，以至每一个国人自动就被提升到奎师那意识的层面上。为此，普瑞图王要求他的国民完全与他合作，因为如果他们赞成，他们就会分享他死后所享有的利益。普瑞图王作为理想的君王，如果被提升到天堂星球，通过赞成他的方法与他合作的国民也将与他一起得到提升。由于我们现在推动的奎师那意识运动是名副其实、完美且经过授权的，而且是以普瑞图王为榜样的，因此与这场运动合作或接受它的原则的人，就会得到正在积极地传播奎师那意识的人所享有的同样的结果。

第 27 节　अस्ति यज्ञपतिर्नाम केषाञ्चिदर्हसत्तमाः ।
इहामुत्र च लक्ष्यन्ते ज्योत्स्नावत्यः क्वचिद्भुवः ॥२७॥

asti yajña-patir nāma
keṣāñcid arha-sattamāḥ
ihāmutra ca lakṣyante
jyotsnāvatyaḥ kvacid bhuvaḥ

asti—必须 / yajña-patiḥ—一切祭祀的享受者 / nāma—以……为名 / keṣāñcit—有人认为 / arha-sattamāḥ—最受人尊敬的人啊 / iha—在这个物质世界里 / amutra—死后 / ca—也 / lakṣyante—可以看到的 / jyotsnā-vatyaḥ—强有力、漂亮的 / kvacit—某地 / bhuvaḥ—身体

译文　我亲爱的、令人尊敬的女士们和绅士们，按照经典的权威说明，世上必有一位能够按我们现在的活动给予我们不同利益的至尊权威。否则，为什么会有人在这一生和来世长相绝美并拥有非凡的力量呢？

要旨　普瑞图王管理他的王国的唯一目的是，把国民提升到具有神意识的层面上。尽管祭祀场上聚集着许多人，其中各种人都有，但他特别有志于对那些不是无神论者的人讲话。前面的诗

中已经解释了普瑞图王忠告国民要变得具有神意识——奎师那意识(adhokṣaja-dhiyaḥ)。在这节诗中，他着重提出了经典的权威，尽管他父亲是不遵守韦达经典训谕的十足的无神论者。他父亲当时实际上停止了所有祭祀的举行，布茹阿玛纳那么讨厌他，以致不但罢免了他，还诅咒并杀死了他。无神论者不相信神的存在，因此以为我们日常生活中所发生的一切都是偶然的和由物质能量造成的。无神论者只相信有关“能量(prakṛti)和能量享受者(puruṣa)结合”的无神论数论(Sāṅkhya)哲学。他们只相信物质，认为将物质在一定的条件下混合便产生以享受者(puruṣa)为表现形式的生命力；然后，由于物质与生命力的结合，多种物质展示进入存在。无神论者不相信韦达经中的指示。按照他们的想法，所有的韦达训谕都只不过是不适用于实际生活的理论而已。考虑到所有这一切，普瑞图王建议信奉神的人要坚决抵制无神论的观点。他提出的理由是：没有更高的智慧所制定的计划，存在中不可能有丰富多彩的一切。无神论者们含混不清地解释说，存在中的这些多样化只不过是偶然产生的。然而，相信韦达训谕的有神论者们应该在韦达经的指导下得出所有的结论。

《维施努往世书》说：整个社会四阶层和灵性四阶段制度，都是为满足至尊人格首神而设的。制度中所制定的履行布茹阿玛纳、查锤亚、外夏和庶铎，以及独身禁欲的学生(brahmacārī)、居士(gṛhastha)、退出家庭生活的人(vānaprastha)和托钵僧(sannyāsīs)的职责所要遵守的规范守则，都是为了取悦至尊主。如今，尽管所谓的布茹阿玛纳、查锤亚、外夏和庶铎已经丧失了他们原本的文化，尽管他们拒绝承认划分这样的社会阶层和灵性阶段是为了崇拜主维施努，但他们仍声称，一个人是布茹阿玛纳、查锤亚、外夏或是庶铎，是由出身决定的。由商卡尔阿查尔亚(Śaṅkarācārya)提出的“神没有人格特性”的危险的假象宗理论，并不符合韦达经的训谕。因此，圣柴坦亚·玛哈帕布说假象宗哲学是对人格首神的最大冒犯。按照韦达制度，不奉行韦达经命令的人是无神论者(nāstika)。佛祖在传播他的非暴力理论时，不得不否认韦达经的权威，并为此被韦达经的追随者视为是无神论者。但尽管主柴坦亚·玛哈帕布明确声明"佛祖的追随者是无神论者"，但由于他们直接否定韦达经的权威，主柴坦亚认为比起他们这些佛教徒来，试图以欺骗的方式建立韦达权威，但实际上却追随佛教假象宗哲学的商卡尔查尔亚则更危险。追随商卡尔查尔亚的哲学家提出的"我们必须想象一个神的形象"的理论，比否定神的存在的理论还要危险得多。尽管无神论者或假象宗人士发明了各种哲学理论，但奎师那意识的追随者严格地按照被公认为是一切韦达经典之精华的《博伽梵歌》中的教导生活。《博伽梵歌》第18章的第46节诗中说：

yataḥ pravṛttir bhūtānāṁ
yena sarvam idaṁ tatam
sva-karmaṇā tam abhyarcya
siddhiṁ vindati mānavaḥ

"履行自己的职责，崇拜众生的源头——无所不在的至尊主，可以使人达到完美。"这说明至尊人格首神是万事万物的最初源头，对此《圣典博伽瓦谭》第1篇第1章的第1节诗中也说：祂是展示了的物质宇宙创造、维系和毁灭的根源(janmādy asya yataḥ)。至尊主本人在《博伽梵歌》第10章第8节诗中也证实说：我是一切的根源(ahaṁ sarvasya prabhavaḥ)。至尊人格首神作为最初的源头，发散出一切，同时又作为超灵(Paramātmā)遍布一切存在。正因为如此，《博伽梵歌》第18章的第46节诗中说：绝对真理是至尊人格首神，而每一个生物都该通过履行他自己的职责去满足至尊首神(sva-karmaṇā tam abhyarcya)。普瑞图王想向他的国民介绍这一准则。

人类文明中最首要的重点是：人在履行他的各种职责时，必须是通过这么做努力取悦至尊主。那是人生的最高完美境界。《圣典博伽瓦谭》第1篇第2章的第13节诗中说：人只要取悦至尊人格首神，就可以靠履行自己的规定职责在人生中取得巨大的成功(sva-nuṣṭhitasya dharmasya saṁsiddhir hari-toṣaṇam)。阿尔诸纳就是一个生动的例子。他是查锤亚，他的职责是作战，而他靠履行他的规定职责满足了至尊主，从而达到完美境界。大家都该遵守这一原则。不这样做的无神论者，在《博伽梵歌》第16章的第19节诗中受到这样的谴责，即：我把忌妒、爱捣鬼、最下贱的人永远抛进物质存在的海洋(tān ahaṁ dviṣataḥ krūrān saṁsāreṣu narādhamān)。这节诗中明确地说：忌妒至尊人格首神的人是最低等的人，总是爱捣鬼。按照至尊者规定的原则，这种爱捣鬼的人被抛进物质存在最黑暗的地区，出生当恶魔(asura)——无神论者。这样的恶魔一生复一生地继续往下降，最后投生在老虎等凶猛野兽的动物躯体里，从而千百万年地保持在对有关奎师那的知识一无所知的状态中。

至尊人格首神被称为一切生物中最杰出的生物(Puruṣottama)。祂像其他生物一样是一个人，但祂是领袖，是一切生物中最杰出的生物。对此，韦达经典《喀塔奥义书》第2篇第2章的第13节诗中也说明道：祂是一切永恒者的领袖，全体生物的领袖，是完整的整体(nityo nityānāṁ cetanaś cetanānām)。祂不需要通过干涉其他生物所从事的事务获取利益，因为祂是全体生物的维系者，有权利把他们带到正确的标准层面，以使他们变得快乐。父亲想要他所有的孩子在他的指导下变得快乐。同样道理，神——至尊人格首神奎师那，有权利确保全体生物都很快乐。然而，在这个物质世界里没有可能变得快乐。父亲和儿子们都是永恒的，但如果生物不上升到他永恒、极乐和充满知识的层面，就没有快乐可言。尽管全体生物中最杰出者(Puruṣottama)不必从普通生物那里获取利益，但祂有权区分他们所走的是正确的路途还是错误的路途。正确的路途是为满足至尊人格首神而活动的路途，正如我们已经谈过的，《圣典博伽瓦谭》第1篇第2章的第13节诗中说：人只要取悦至尊人格首神，就可以靠履行自己的规定职责在人生中取得巨大的成功。生物可以履行任何职责，但如果他想要通过履行职责达到完美，就必须满足至尊主。取悦了祂的人得到更好的生活条件，相反则纠缠在令人不快的处境中。

因此结论是，责任分两种，一种是世俗责任，另一种是为了祭祀而履行的责任(yajñārthāt karma)。不是为了祭祀(yajña)的目的而从事的活动(karma)，导致生物被捆绑。《博伽梵歌》第3章的第9节诗中说：应该把活动当祭祀奉献给维施努，否则活动就会把人捆绑在物质世界里(yajñārthāt karmaṇo'nyatra loko'yaṁ karma-bandhanaḥ)。“活动捆绑(karma-bandhanaḥ)”由物质自然的严格法律掌管。物质存在是为克服由物质自然设置的障碍所做的挣扎。无神论者们总是为克服这些障碍而奋战；在物质自然错觉力量的影响下，愚蠢的生物在这个物质世界里辛勤工作，以为这就是快乐。这称为错觉玛亚(māyā)。在为生存而苦苦挣扎的过程中，他们否认至尊权威——至尊人格首神(Puruṣottama)的存在。

为了规范化生物的活动，神为我们制定了法典，就像君王制定国家法律一样，违反法律的人就会受到惩罚。同样，至尊主给予我们绝对正确、不受人所具有的四种缺陷的污染的韦达知识。人所具有的四种缺陷是：感官不完美、总是被迷惑，有容易犯错的倾向并欺骗他人。如果我们不接受韦达经的指导，而是随心所欲地按照自己的选择行事，我们无疑就会受到至尊主的法律的惩罚，在祂所提供的八百四十万种生命形式中轮回。物质存在——感官享乐的过程，是按照物质自然(prakṛti)给予我们的躯体的种类进行的。正因为如此，必须要有对虔诚活动(puṇya)和不虔诚活动(pāpa)的区分。《博伽梵歌》第7章的第28节诗中明确说明：

yeṣāṁ tv anta-gataṁ pāpaṁ
janānāṁ puṇya-karmaṇām
te dvandva-moha-nirmuktā
bhajante māṁ dṛḍha-vratāḥ

这节诗的意思是：彻底消除了罪恶活动造成的恶报的人(只有专一从事虔诚活动的人才可能彻底消除恶报)，能够明白他与至尊人格首神的永恒关系，从而为至尊主做超然的爱心服务。这种始终为至尊主做爱心服务的生活，被称为具有奎师那意识的生活(adhokṣaja-dhiyaḥ)，正是普瑞图王想要他的国民遵循的。

物质存在及生存中的多样化并非是偶然形成或必然存在；他们是至尊主为了生物的虔诚活动和非虔诚活动所做的不同的安排。从事虔诚活动的人可以投生在一个好的国家中的良好家庭里，可以得到美丽的身体，或者可以得到良好的教育、变得富有。所以我们看到，在不同的地方、不同的星球，有不同的生活标准、身体特征和教育情况。这些都是至尊人格首神根据生物从事的虔诚或不虔诚的活动所给予的。因此，生存的多样化并非偶然的发展，而是预先作的安排。整个存在有一个计划，韦达知识对此作了解释。人必须利用这知识，以这样的形式安排自己的生活，即：通过练习培养奎师那意识，使自己在人生结束时能回归家园，回到首神身边。

韦达文献中的“活动者在不知道的情况下从事的虔诚活动(ajñāta-sukṛti)”一句，可以最清楚地解释“偶然”的理论。即使这样，也是计划好的。例如：奎师那像一个普通人降临，祂以奉献者主柴坦亚的身份降临，或者派祂的代表、灵性导师或纯粹奉献者来。这些都是至尊人格首神计划好的活动。他们来宣讲、教育，以使受至尊主的错觉能量控制的人得到与他们在一起，与他们交谈，向他们学习的机会。如果受制约的灵魂以某种方式投靠、服从了这样的人物，靠与他们的亲密交往变得具有奎师那意识，那他就从物质处境中得到了拯救。为此，奎师那教导说：

sarva-dharmān parityajya
  mām ekaṁ śaraṇaṁ vraja
ahaṁ tvāṁ sarva-pāpebhyo
  mokṣayiṣyāmi mā śucaḥ

“抛弃一切种类的宗教，只向我皈依。我将把你从所有的恶报中解救出来。不必害怕！”(《博伽梵歌》18.66)这节诗中明确说明，把皈依奎师那的人“从一切罪恶活动中(sarva-pāpebhyaḥ)”拯救出来。谁利用与纯粹奉献者、灵性导师或像普瑞图王那样被授权了的首神其他的化身联谊的机会投靠、服从至尊主，谁就会得到主奎师那的拯救，他的生命因此而圆满。

第 28—29 节　मनोरुत्तानपादस्य ध्रुवस्यापि महीपतेः ।
प्रियव्रतस्य राजर्षेरङ्गस्यास्मत्पितुः पितुः ॥२८॥
ईदृशानामथान्येषामजस्य च भवस्य च ।
प्रह्लादस्य बलेश्चापि कृत्यमस्ति गदाभृता ॥२९॥

manor uttānapādasya
  dhruvasyāpi mahīpateḥ
priyavratasya rājarṣer
  aṅgasyāsmat-pituḥ pituḥ

īdṛśānām athānyeṣām
  ajasya ca bhavasya ca
prahlādasya baleś cāpi
  kṛtyam asti gadābhṛtā

manoḥ—玛努(斯瓦阳布瓦·玛努)的 / uttānapādasya—杜茹瓦王

的父亲乌塔纳帕达的 / dhruvasya—杜茹瓦王的 / api—肯定地 / mahī-pateḥ—伟大的君王的 / priyavratasya—杜茹瓦王家中的普瑞亚瓦塔的 / rājarṣeḥ—伟大圣洁的君王的 / aṅgasya—名叫安嘎 / asmat—我的 / pituḥ—我父亲的 / pituḥ—父亲的 / īdṛśānām—如此伟大的人物的 / atha—也 / anyeṣām—其他人的 / ajasya—至尊不朽者的 / ca—也 / bhavasya—生物体的 / ca—也 / prahlādasya—帕拉德王的 / baleḥ—巴利王的 / ca—也 / api—肯定地 / kṛtyam—被他们所证实 / asti—有 / gadā-bhṛtā—手持大头棒的至尊人格首神

译文 这一事实不仅由韦达经提供的证据所证实，而且由玛努、乌塔纳帕达、杜茹瓦、普瑞亚瓦塔和我祖父安嘎等许多伟大的人物和普通生物体的个人行为，以及帕拉德王和巴利王树立的榜样所证实。他们都是有神论者，都相信手持大头棒的至尊人格首神的存在。

要旨 纳柔塔玛·达斯·塔库尔(Narottama dāsa Ṭhākura)说：人必须以伟大的圣人为榜样并在灵性导师的指导下学习经典知识，确定自己所走的路和所从事的活动是正确的(sādhu-śāstra-guru-vākya)。遵守至尊人格首神在韦达经典中所给予的训谕的人是圣人。“古茹(guru)”一词是指按照韦达训谕和伟大人物的生活榜样给人以正确指导的人。规划人生的最佳方式，是按照这部经典中所提到的从斯瓦阳布瓦·玛努(Svāyambhuva Manu)到普瑞图王等被授予了权利的人物所树立的榜样，设计自己的一生。人生最安全的路是走那些伟大人物所走过的路，尤其是《圣典博伽瓦谭》中谈到的那些伟大人物(mahājanas)，他们分别是：布茹阿玛(Brahmā)、希瓦(Śiva)、纳茹阿达·牟尼(Nārada Muni)、玛努(Manu)、库玛尔四兄弟(Kumāras)、帕拉德王(Prahlāda Mahārāja)、巴利王(Bali Mahārāja)、阎罗王(Yamarāja)、彼士玛(Bhīṣma)、佳纳卡(Janaka)、舒卡戴瓦·哥斯瓦米(Śukadeva Gosvāmī)和卡皮拉·牟尼(Kapila Muni)。

第30节　दौहित्रादीनृते मृत्योः शोच्यान्धर्मविमोहितान् ।
वर्गस्वर्गापवर्गाणां प्रायेणैकात्म्यहेतुना ॥३०॥

dauhitrādīn ṛte mṛtyoḥ
śocyān dharma-vimohitān
varga-svargāpavargāṇāṁ
prāyeṇaikātmya-hetunā

dauhitra-ādīn一孙辈中如我的父亲维纳 / ṛte一除……之外 / mṛtyoḥ一死亡的人格化身的 / śocyān一令人厌恶的 / dharma-vimohitān一在宗教之途上感到迷惑 / varga一宗教、经济发展、感官享乐和解脱 / svarga一提升至天堂星球 / apavargāṇām一清除了物质污染 / prāyeṇa一几乎总是 / eka一一 / ātmya一至尊人格首神 / hetunā一由于

译文　尽管像死亡之人格化身的孙子——我父亲维纳那样可恶的人，在宗教之途上感到迷惑，但我刚才提到过的所有伟大的人物一致同意，在这世上，唯一能赐予宗教、经济发展、感官享乐、解脱或升上天堂等祝福的人，是至尊人格首神。

要旨　普瑞图王的父亲维纳王(Vena)，因为否认至尊人格首神的存在，拒绝以举行韦达祭祀的方式取悦祂，所以受到布茹阿玛纳和圣人们的谴责。换句话说，他是个不相信神存在的无神论者，因此在他的王国中停止了一切韦达祭祀仪式。普瑞图王认为维纳王的品质之所以令人厌恶，是因为维纳对有关执行宗教原则所表现出的愚蠢和荒谬。无神论者的看法是，没必要为了在宗教、经济发展、感官享乐或解脱方面取得成功而接受至尊人格首

神的权威。按照他们的观点，宗教原则(dharma)是为了鼓励人变得有道德、诚实而在想象出一个神的基础上制定的，以便维持社会的和平与稳定。他们进一步说：实际上没必要为达到上述目的而接受神，只要遵守道德和诚实的原则就够了。同样，人如果为发展经济而制定精密的计划并辛勤工作，经济就自然而然得到发展。感官享乐也如此，根本不需要依靠至尊人格首神的恩典，因为人只要不择手段赚到了足够的钱，就有充足的感官享乐的机会。至于解脱，他们说，由于人死后一切都结束了，谈论解脱是在白费唇舌。然而，普瑞图王不接受以他父亲为首的这些无神论者的理论。他父亲是死亡的人格化身的孙子。通常是女儿继承父亲的品质，儿子则继承母亲的品质。因此，死亡的人格化身弥瑞提尤(Mṛtyu) 的女儿苏妮塔(Sunīthā)继承了他父亲的所有品质，而维纳作为苏妮塔的儿子继承了他母亲的品质。始终受制于生死轮回法则的人，无法接受超越物质主义观点的任何事物。既然维纳王是这样一个人，他便不相信有神的存在。现代文明赞同维纳王的原则，但事实上，如果我们仔细分析宗教、经济发展、感官享乐和解脱等所有的情况，我们就必会接受至尊人格首神制定的权威性的原则。按照韦达文献的解释，宗教是神给予的法规。

人如果不接受至尊首神在宗教和道德方面的权威性，就必须解释“为什么两个不同的人在遵守同一道德准则的情况下得到两种结果”这一问题。人们通常看到，遵守诚实等同一个伦理道德准则的两个人，处境却各不相同。同样，从赚钱的角度看，两个都日以继夜辛勤工作的人，所得到的结果也不一样。一个人也许甚至不需要工作就能享受极为富有的生活，而另一个人虽然辛勤工作，但所赚的钱却不够一天吃两顿饭。再从感官享乐方面看，有的人虽然衣食无忧，但还是不快乐，甚至连妻子都没有，而有的人虽然经济条件不好，但却有大好机会进行感官享乐。就连猪、狗等动物都比人有更多的机会进行感官享乐。除了解脱之外，在宗教(dharma)、经济发展(artha)和感官享乐(kāma)这些即使是我们认为最基本的生活需求中，我们都找不到所有的人享受同一个结果的例子。因此，我们必须接受世上存在着一个决定不同标准的人。结论是：人不仅为了解脱要依靠至尊主，甚至为了满足在这个物质世界里的普通需求都要依靠至尊主。为此，普瑞图王指出，即使父母很有钱，做孩子的也不总是感到快乐。同样，即使经验丰富的医生用最昂贵的药，有时也阻止不了病人的死亡；尽管有又大又安全的船，还是会有人因为翻船或船触礁而淹死在水里。所以，我们虽然为冲破物质自然给我们设置的障碍而苦苦奋斗，但我们除非得到至尊人格首神的恩典，否则无论如何努力，也不会获得成功。

第 31 节　यत्पादसेवाभिरुचिस्तपस्विना-
मशेषजन्मोपचितं मलं धियः ।
सद्यः क्षिणोत्यन्वहमेधती सती
यथा पदाङ्गुष्ठविनिःसृता सरित् ॥३१॥

yat-pāda-sevābhirucis tapasvinām
aśeṣa-janmopacitaṁ malaṁ dhiyaḥ
sadyaḥ kṣiṇoty anvaham edhatī satī
yathā padāṅguṣṭha-viniḥsṛtā sarit

yat-pāda—莲花足……的祂 / sevā—服务 / abhiruciḥ—倾向 / tapasvinām—从事艰巨苦行的人 / aśeṣa—无数的 / janma—出生 / upacitam—获得 / malam—污垢 / dhiyaḥ—心念 / sadyaḥ—立刻 / kṣiṇoti—摧毁 / anvaham—一天又一天 / edhatī—增长 / satī—正在 / yathā—如 / pada-aṅguṣṭha—祂莲花足的脚趾 / viniḥsṛtā—从……流出 / sarit—水

译文 愿意侍奉至尊人格首神的莲花足，能使受苦的人类立刻清除他们无数生世在心中积累的污垢。正如从至尊主莲花足的脚趾流出的恒河之水，这一程序立刻净化人心，从而逐渐增强灵性意识——奎师那意识。

要旨 在印度，人们可以亲眼看到每天在恒河水中沐浴的人几乎从不生病。在加尔各答有位可敬的布茹阿玛纳，从不吃医生给的药。尽管他有时生病，他也不接受医生给的药，而只是喝恒河水，而每一次都在很短的时间内就康复了。印度人和我们都知道恒河水的荣耀。恒河流经加尔各答；河水中虽然有时有许多粪便及附近工厂排出的污染物，但还是有成千上万的人在恒河水中沐浴。这些人不仅身体非常健康，也倾向于过灵性生活。那就是恒河之水的效力。恒河之所以光荣，是因为它从至尊主的脚趾流出。同样，人如果侍奉至尊主的莲花足——培养奎师那意识，就能立刻清除他在无数生世中积累起的污垢。我们看到许多人尽管在过去的生活中极为罪恶，但培养奎师那意识后却彻底清除了一切恶习，迅速取得灵性上的进步。正因为如此，普瑞图王忠告大家，没有至尊主的祝福，没人能在所谓的道德、经济发展或感官享乐方面取得进步和成功。所以，人应该按照《博伽梵歌》确认的方法行事，开始为至尊主做服务——培养奎师那意识，以便很快成为一个完美的人(kṣipraṁ bhavati dharmātmā śaśvac chāntiṁ nigacchati)。作为负责任的君王，普瑞图王建议人们托庇于至尊人格首神，从而立刻得到净化。圣主奎师那在《博伽梵歌》中也说：仅仅通过投靠、服从祂，人就能立刻从一切恶报中被解放出来。正如奎师那立刻拿走投靠、服从祂的人的一切恶报，奎师那的外在展示——作为至尊人格首神仁慈展示的奎师那的代表们(灵性导师)，在给予门徒启迪后立刻拿走门徒过去罪恶生活的一切恶报。那之后，如果门徒遵守灵性导师教导的原则，他就始终保持纯净的状态，不受物质的污染。

圣柴坦亚·玛哈帕布说：扮演奎师那代表之角色的灵性导师，必须销毁他门徒的一切恶报。有时，灵性导师要冒受门徒恶报影响的危险，在接受门徒，拿走门徒的恶报后经历一番磨难。正因为如此，柴坦亚·玛哈帕布忠告说，不要接受许多门徒。

第 32 节　विनिर्धुताशेषमनोमलः पुमा-
नसङ्गविज्ञानविशेषवीर्यवान् ।
यदङ्घ्रिमूले कृतकेतनः पुन-
र्न संसृतिं क्लेशवहां प्रपद्यते ॥३२॥

vinirdhutāśeṣa-mano-malaḥ pumān
asaṅga-vijñāna-viśeṣa-vīryavān
yad-aṅghri-mūle kṛta-ketanaḥ punar
na saṁsṛtiṁ kleśa-vahāṁ prapadyate

vinirdhuta—……被彻底清除 / aśeṣa—无限 / manaḥ-malaḥ—心智思辨或心中积累的污垢 / pumān—……的人 / asaṅga—感到厌烦 / vijñāna—科学的 / viśeṣa—特别的 / vīrya-vān—因练奉爱瑜伽而变得强大有力 / yat—……的 / aṅghri—莲花足 / mūle—在……的根部 / kṛta-ketanaḥ—托庇 / punaḥ—再次 / na—永不 / saṁsṛtim—物质存在 / kleśa-vahām—充满痛苦 / prapadyate—走向

译文　当奉献者托庇于至尊人格首神的莲花足时，他所有的误解或说主观臆测就会被彻底清除，他就会展示出弃绝精神。这只有当人靠练奉爱瑜伽变得强而有力时才有可能。奉献者一旦托庇在至尊主的莲花足旁，就永远都不会返回这充满三种苦的物质存在。

要旨　正如主柴坦亚·玛哈帕布在祂的八训规中声明的，通过吟诵、吟唱至尊主的圣名哈瑞·奎师那 哈瑞·奎师那 奎师那·奎师那 哈瑞·哈瑞/哈瑞·茹阿玛 哈瑞·茹阿玛 茹阿玛·茹阿玛 哈瑞·哈瑞(Hare Kṛṣṇa, Hare Kṛṣṇa, Kṛṣṇa Kṛṣṇa, Hare Hare/ Hare Rāma, Hare Rāma, Rāma Rāma, Hare Hare)，或者依靠聆听和歌唱至尊主的荣耀的程序，人就会消除心中所有的污垢。由于我们从无法追溯的时代起与物质的结合，我们在心中存下了堆积如山的污垢。这一切都以如下的形式展现，即：生物把自己与他的躯体认同，从而受制于物质自然的严厉律法，在与躯体认同的错误印象中被置于重复生死的轮回。当人靠练奉爱瑜伽(bhakti-yoga)使自己变得强而有力时，他就能去除心中所有的误解，就不再对物质存在或感官享乐感兴趣了。

奉爱服务(Bhakti)具有“了解自己不是躯体(jñāna)”及“对感官享乐不感兴趣(vairāgya)”的特征。奉爱瑜伽的力量可以使人领悟到令真我摆脱物质束缚的这两条首要原则。至尊主在《博伽梵歌》第4章的第9节诗中确认说，稳定地为至尊主的莲花足做爱心服务的奉献者，离开他的躯体后永远不再返回这个物质存在(tyaktvā dehaṁ punar janma naiti mām eti so 'rjuna)。

这节诗中的“符合科学的(vijñāna)”一词尤为重要。《博伽梵歌》中把人不再认为自己是躯体后所获得的有关灵性身份的知识(jñāna)，解释为是灵性觉悟的复苏(brahma-bhūta)。在受物质存在制约的状态下，人因为把自己与物质相认同，所以无法认识到自己是灵性的。了解物质存在和灵性存在之间的区别，称为知识(jñāna)。人一旦达到知识的层面——有了对梵的觉悟(brahma-bhūta)后，就会最终上升到做奉爱服务的层面，在这个层面上完全了解自己的地位及至尊人格首神的地位。这种理解在这节诗中被解释为是“极为科学的(vijñāna-viśeṣa)”。正因为如此，至尊主说有关祂的知识是科学的知识。换句话说，当人因为具有有关至尊人格首神的科学知识而变得强而有力时，他的解脱就有了保证。在《博伽梵歌》第9章的第2节诗中：奉爱服务这门科学被描述为是通过觉悟对宗教原则的直接理解(pratyakṣāvagamaṁ dharmyam)。

靠练奉爱瑜伽(bhakti-yoga)，人可以直接感受到他在灵性生活中的进步。在练活动瑜伽(karma-yoga)、思辨瑜伽(jñāna-yoga)和禅瑜伽(dhyāna-yoga)的过程中，人也许无法确信自己是否有了进步，但练奉爱瑜伽时，人可以直接察觉到自己在灵性生活中的进步，就像吃饭的人能明白自己是否吃饱了一样。激情属性和愚昧属性对我们的影响，使我们产生享乐及主宰物质世界的错误愿望。练奉爱瑜伽可以减少这两种物质自然属性的影响，使人处在善良属性的影响下，并逐渐超越善良属性，处在没有物质属性污染的纯粹善良属性的层面上。在纯粹善良属性层面上的奉献者，不再有任何疑问，知道自己将不再返回这个物质世界。

第33节　तमेव यूयं भजतात्मवृत्तिभि-
मर्नोवचःकायगुणैः स्वकर्मभिः ।
अमायिनः कामदुघाङ्घ्रिपङ्कजं
यथाधिकारावसितार्थसिद्धयः ॥३३॥

tam eva yūyaṁ bhajatātma-vṛttibhir
mano-vacaḥ-kāya-guṇaiḥ sva-karmabhiḥ
amāyinaḥ kāma-dughāṅghri-paṅkajaṁ
yathādhikārāvasitārtha-siddhayaḥ

tam—向祂 / eva—肯定地 / yūyam—你们全体国民 / bhajata—崇拜 / ātma—自己 / vṛttibhiḥ—规定的职责 / manaḥ—心念 / vacaḥ—话语 / kāya—身体 / guṇaiḥ—以特殊的品质 / sva-karmabhiḥ—通过履行职责 / amāyinaḥ—毫无保留地 / kāma-dugha—满足所有的欲望 / aṅghri-paṅkajam—莲花足 / yathā—直到 / adhikāra—能力 / avasitaartha—对自己的利益有十足的信心 / siddhayaḥ—满足

译文 普瑞图王劝告他的国民：你们都该始终敞开心扉，利用你们的心、话语和身体及你们履行职责的结果，为至尊主做奉爱服务。你们应该满怀信心、毫无保留地根据你们的能力和所从事的职业为至尊人格首神的莲花足做奉爱服务。那样，你们必会成功地达到你们生命的最高目标。

要旨 正如《博伽梵歌》第18章中声明的，人必须通过履行自己的职责崇拜至尊人格首神(sva-karmaṇā tam abhyarcya)。这需要人接受社会四阶层和灵性四阶段制度的原则。正因为如此，普瑞图王说“根据你们的特性和从事的职业(guṇaiḥ sva-karmabhiḥ)”。对这个句子，《博伽梵歌》中解释说：至尊人格首神根据物质自然属性和受那些属性影响的不同职责，设计了(布茹阿玛纳、查锤亚、外夏和庶铎在内的)社会四阶层(cātur-varṇyaṁ mayā sṛṣṭaṁ guṇa-karma-vibhāgaśaḥ)。处在善良属性影响下的人无疑比其他人更有智慧，因此能够实践讲述真理、控制感官、控制心念、始终保持清洁、练习忍受、充分理解自己的真实身份和理解奉爱服务等布茹阿玛纳(婆罗门)该从事的活动。这样，如果他作为一名真正的布茹阿玛纳为至尊主做爱心服务，他就能达到他人生最高的目标。同样，查锤亚(刹帝利)的职责是保护国民；布施自己拥有的一切；严格按照韦达训谕管理国家事务；一旦遭到敌人的攻击便奋起作战，绝不畏惧。查锤亚可以通过这样履行他的职责取悦至尊人格首神。外夏(吠舍)的职责是生产粮食、保护乳牛并在必要时从事贸易，买卖生产过剩的农作物，靠这样履行他们的职责使至尊首神满意。庶铎(首陀罗)因为不是太有智慧，所以应该只是从事为社会高阶层人士服务的工作。每一个人的目标都应该是为了取悦至尊人格首神，总是在心中想着奎师那，总是用话语向至尊主献上祈祷或宣传有关至尊主的荣耀，用身体做能够使至尊主满意的服务。正如我们的身体分头、手臂、腹部和腿四个部分，人类社会作为一个整体，按照人们的物质特性和职责也分为四个阶层。布茹阿玛纳——智者，应该执行头脑的责任，查锤亚必须履行手臂的责任，外夏必须履行肚子的责任，而庶铎必须执行腿的责任。在履行人生的规定职责时，人不分高低贵贱；即使在表面上有“更高”或“较低”的区分，但因为大家的共同目标是使至尊人格首神满意，所以并没有实质的区别。

人们也许会问，既然至尊主该受到主布茹阿玛、希瓦和其他大半神人的崇拜，那么在这个星球上的普通人怎么能侍奉祂呢？对此，普瑞图王用“按照自己的能力(yathādhikara)”一词作了明确的解释。人只要认真、诚恳地履行自己的规定职责就够了，而不需要成为像主布茹阿玛、希瓦、天帝因铎(Indra)、主柴坦亚或茹阿玛努佳查尔亚(Rāmānujācārya)那样伟大的人物，他们的能力无疑是我们所不能比的。就连按照其物质特性处在生活最低层面的庶铎，都能获得同样的成功。任何人只要不口是心非，而是真诚地做奉爱服务，就能取得成功。这节诗中解释说，人必须非常坦率，心胸开阔(amāyinaḥ)。处在社会生活的较低阶层，并不意味着没有资格在奉爱服务中取得成功。在奉爱服务中取得成功所需要具备的唯一资格是：人必须坦率，没有保留，无论其身份是布茹阿玛纳、查锤亚、外夏还是庶铎。这样，在真正的灵性导师指导下履行自己的规定职责，人就能获得生命中最高的成就。对此，至尊主本人在《博伽梵歌》第9章的第32节诗中证实说，即使是妇女、外夏、庶铎或出身低贱的人，也能到达至高无上的目的地(striyo vaiśyās tathā śūdrās te 'pi yānti parāṁ gatim)。人无论是布茹阿玛纳、查锤亚、外夏、庶铎或甚至一个堕落了的妇女，只要认真地用自己的身、心和智力做奉爱服务，就必定能成功地回归家园，回到首神身边。这节诗中描述至尊主的莲花足具有所有的力量，能满足每一个生物的一切愿望(kāma-dughāṅghri-paṅkajam)。奉献者甚至在今生就很快乐，因为尽管我们在物质存在中有许多需求，但奉献者的需求都能被满足。当奉献者最后离开这个躯体时，他无疑回归家园，回到首神身边。

第 34 节 असाविहानेकगुणोऽगुणोऽध्वरः
पृथग्विधद्रव्यगुणक्रियोक्तिभिः ।
सम्पद्यतेऽर्थाशयलिङ्गनामभि-
र्विशुद्धविज्ञानघनः स्वरूपतः ॥३४॥

asāv ihāneka-guṇo 'guṇo 'dhvaraḥ
pṛthag-vidha-dravya-guṇa-kriyoktibhiḥ
sampadyate 'rthāśaya-liṅga-nāmabhir
viśuddha-vijñāna-ghanaḥ svarūpataḥ

asau—至尊人格首神 / iha—在这个物质世界 / aneka—不同的 / guṇaḥ—品质 / aguṇaḥ—超然的 / adhvaraḥ—祭祀 / pṛthak-vidha—多样的 / dravya—物质元素 / guṇa—成分 / kriyā—执行 / uktibhiḥ—通过吟唱不同的曼陀 / sampadyate—受崇拜 / artha—利益 / āśaya—目的 / liṅga—形象 / nāmabhiḥ—名字 / viśuddha—无污染的 / vijñāna—科学 / ghanaḥ—纯粹的 / sva-rūpataḥ—以祂自己的形象

译文 至尊人格首神是超然的，不受这个物质世界的污染。然而，尽管祂是绝对纯粹、不含丝毫物质杂质的灵性灵魂，但为了受制约灵魂的利益，祂还是接受了各种人为了获得不同的利益、达到不同的目标，而利用各种物质元素、仪式和赞歌，以不同的名义向半神人们举行的祭祀。

要旨 韦达经中介绍了各种为取得物质繁荣所要举行的祭祀(yajña)。《博伽梵歌》第3章的第10节诗中证实说，主布茹阿玛创造了众生，包括人类和半神人，建议他们根据自己的物质欲望举行不同的祭祀(saha-yajñāḥ prajāḥ sṛṣṭvā)。之所以把举行的仪式称为祭祀，是因为它们最终的目标是取悦至尊人格首神维施努。举行祭祀的目的是为了获得物质利益，但由于目标同时也是满足至尊主，所以韦达经中就推荐了这样的祭祀。当然，举行这些祭祀被称为物质活动(karma-kāṇḍa)，而所有的物质活动无疑都受到物质自然三种属性的污染。尽管韦达经业报之部中推荐的祭祀仪式都是在激情属性的影响下举行的，但人类和半神人还是要举行这些祭祀，否则他们就没有快乐可言。

圣维施瓦纳特·查夸瓦尔提·塔库尔(Viśvanātha Cakravartī Ṭhākura)评论道：这些属于物质活动的祭祀仪式虽然受到污染，但还是包含有奉爱服务的成分，因为无论何时举行这些祭祀，主维施努都被放在核心的地位上。这极为重要，因为即使是为取悦主维施努所做的一点点努力，都是奉爱(bhakti)，都有巨大的价值。点滴的奉爱都能净化物质自然对活动的影响，使人可以逐渐靠做奉爱服务达到超然的状态。因此，尽管这些祭祀从表面看是物质活动，但结果却是超然的。太阳神祭祀(Sūrya-yajña)、天帝祭祀(Indra-yajña)和月亮神祭祀(Candra-yajña)等祭祀，虽然都是以半神人的名义举行的，但这些半神人都是至尊人格首神身体的不同部分。正如在政府税收部门工作的人不能为积累自己的存款而征收税金，但可以为政府征税；半神人不能接受供奉给他们本人的祭品，但可以为至尊人格首神而接受那些祭品。《博伽梵歌》中把这种带着完整的知识和理解所举行的祭祀，称为是向至尊人格首神供奉的祭祀(brahmārpaṇam)。由于除了至尊主，谁也无法享受祭祀的结果，至尊主便在《博伽梵歌》第5章的第29节诗中说：祂是一切祭祀的真正享受者(bhoktāraṁ yajña-tapasāṁ sarva-loka-maheśvaram)。人应该秉持这样的观点举行祭祀，正如《博伽梵歌》第4章的第24节诗说：

brahmārpaṇaṁ brahma havir
brahmāgnau brahmaṇā hutam
brahmaiva tena gantavyaṁ
brahma-karma-samādhinā

“全神贯注于奎师那意识的人，必定进入灵性王国，因为他全身心投入那种供奉的一切是灵性的，祭品消耗的过程也是绝对的灵性活动。”祭祀的举行者必须始终保持这种观念，即《维施努往世书》第3篇第8章的第9节诗中所说的：韦达经中提到的祭祀都是为取悦至尊人格首神而设的(viṣṇur ārādhyate panthāḥ)。为了至尊主的满足而从事的一切物质或灵性的活动，都被理解为是真正的祭祀，举行这种祭祀的人可以摆脱物质的束缚。摆脱物质束缚的直接方法就是做包含了九个内容的奉爱服务：

śravaṇaṁ kīrtanaṁ viṣṇoḥ
smaraṇaṁ pāda-sevanam
arcanaṁ vandanaṁ dāsyaṁ
sakhyam ātma-nivedanam

(《圣典博伽瓦谭》 7.5.23)

这节诗中讲述的九种奉爱程序，被说成是靠超然的知识全神贯注于至尊主维施努的形象来直接取悦至尊人格首神(viśuddha-vijñāna-ghanaḥ)。这是取悦至尊主的最佳方法。不能接受这一直接程序的人，应该采用为满足维施努(雅格亚)而举行祭祀的间接方法。由于祭祀的目的是为了取悦维施努，维施努又被称为祭祀之主(yajña-pati)。《圣典博伽瓦谭》第2篇第9章的第15节诗中说：幸运女神的夫君、一切祭祀之主和宇宙之主(śrīyaḥ patiṁ yajña-patiṁ jagat-patim)。

至尊人格首神具有的深奥的科学知识，是纯科学知识。举例说明：医生凭借医学知识对身体只有一些肤浅的了解，但对身体发生的具体情况并不清楚。然而，主奎师那知道每一件事情的每一个细节。祂的知识没有物质科学的缺陷，因此被称为“纯科学知识(vijñāna-ghana)”。至尊人格首神是超然的纯科学知识(viśud-dha-vijñāna-ghana)，因此即使祂接受属于物质活动的祭祀，祂也总是保持超然的状态。诗中说至尊人格首神有许多超然的品质(ane-ka-guṇa)，不受物质属性的影响。不同的物质用品或物质元素也逐渐被转为灵性的理解，因为一切都由至尊灵魂发散出来，物质和灵性属性最终并没有区别。这一点要靠一个循序渐进的认识和净化过程被觉悟到。就有关这一点，杜茹瓦王的觉悟过程就是一个生动的例子。杜茹瓦王为获得物质的利益而在森林中冥想，但最后在灵性上取得巨大的进步，不再想要任何对物质利益的赐福。他只满足于与至尊主的联谊。梵文“阿沙亚(Āśaya)”一词的意思是“决心”。受制约的灵魂通常有决心获取物质的利益，但当这些想要获取物质利益的欲望通过举行祭祀得到满足时，人就逐渐达到灵性的层面。那时他的生命就完美了。因此，《圣典博伽瓦谭》第2篇第3章的第10节诗忠告道：

akāmaḥ sarva-kāmo vā
　mokṣa-kāma udāra-dhīḥ
tīvreṇa bhakti-yogena
　yajeta puruṣaṁ param

每一个人，无论他是没有物质欲望的人(akāma)——奉献者，是心中充满各种物质欲望的功利性活动者(sarva-kāma)，还是想要得到解脱的人(mokṣa-kāma)——思辨者或瑜伽师，都被鼓励要用作奉爱服务的直接方法崇拜至尊人格首神。这样，人就能同时得到物质和灵性的利益。

第 35 节　　प्रधानकालाशयधर्मसङ्ग्रहे
　　　　शरीर एष प्रतिपद्य चेतनाम् ।

क्रियाफलत्वेन विभुर्विभाव्यते
यथानलो दारुषु तद्गुणात्मकः ॥३५॥

pradhāna-kālāśaya-dharma-saṅgrahe
śarīra eṣa pratipadya cetanām
kriyā-phalatvena vibhur vibhāvyate
yathānalo dāruṣu tad-guṇātmakaḥ

pradhāna—物质自然 / kāla—时间 / āśaya—欲望 / dharma—职责 / saṅgrahe—聚集 / śarīre—身体 / eṣaḥ—这 / pratipadya—接受 / cetanām—意识 / kriyā—活动 / phalatvena—由……的结果 / vibhuḥ—至尊人格首神 / vibhāvyate—展示 / yathā—正如 / analaḥ—火 / dāruṣu—在木中 / tat-guṇa-ātmakaḥ—根据不同的形状和本质

译文 至尊人格首神虽然无所不在，但还是展现在由物质自然、时间、欲望和职责组成的各种躯体中。由此，不同类型的意识发展出来；正如火，尽管其本质永不改变，但木柴的形状和大小不同，它所展现的火焰就不同。

要旨 至尊人格首神一直以超灵(Paramātmā)的形式与个体灵魂住在一起。受制约的灵魂所具有的察觉能力，与他所得到的由物质自然(prakṛti)给予的躯体有关。时间的力量激活物质因素，物质自然三种属性因而展现。生物按照他与物质自然三种属性的联系发展出一个某种类型的躯体。在动物生活中，物质的愚昧属性占绝对主导优势，以致居住在动物躯体中的生物很少有机会认识到同样也居住在动物心中的超灵。然而在人体生命中，由于有充分发展了的意识(cetanām)，居住在人体中的生物可以靠他活动的结果(kriyā-phalatvena)使自己从激情和愚昧属性的影响下，转为受善良属性的影响。正因为如此，经典建议人要与灵性上进步的人物交往、联谊。韦达经中指导说，为了达到生命的完美境界或说了解生物真正的原本状态和地位，人必须去找一位灵性导师(tad-vijñānārthaṁ sa gurum evābhigacchet)。经典中说“人必须(gurum evābhigacchet)”，那不是可有可无的。接近一位灵性导师是至关重要的紧急大事，因为靠这样的联谊，人才能发展出神意识。这种意识的最高完美状态被称为奎师那意识。按照物质自然所给予的躯体，人的意识已经存在其中。根据意识的发展程度，人从事相应的活动，而根据这些活动的纯洁度，人觉悟到处在每一个生物体心中的至尊人格首神。这节诗中所举的例子很恰当。同样的火，按照燃料或木柴体积的大小而现出笔直、弯曲、微小或巨大等不同的火焰形状。

对神的觉悟程度取决于意识的发展程度。因此，经典推荐生物在人体生命内要从事《博伽梵歌》中描述的各种苦修(活动瑜伽、思辨瑜伽、禅瑜伽和奉爱瑜伽)。恰似楼梯，瑜伽(yoga)也有到达顶端的各层阶梯；按照人所在的不同阶梯，他被认为是处在活动瑜伽的层面上、思辨瑜伽的层面上、禅瑜伽的层面上或奉爱瑜伽的层面上。当然，奉爱瑜伽是对至尊人格首神认识的最顶端的阶梯。换句话说，人的意识高度发展后，人就觉悟到自己的灵性身份。当人的生存状态得到彻底净化时，他便处在最终不受约束的状态中(brahmānanda)。由至尊人格首神以主柴坦亚的身份推展的“集体歌唱神的圣名运动(saṅkīrtana movement)”，是使人上升到最纯净的意识——奎师那意识层面上的最直接、最容易的方法；在这个层面上，人完全觉悟到了至尊人物。在《博伽梵歌》第4章的第11节诗中，至尊主本人证实说，对各种祭祀的举行所给予的指导，是专门用来让人获得对至尊主的最高认识的(ye yathā māṁ prapadyante tāṁs tathaiva bhajāmy aham)。对至尊人格首神的认识程度，取决于人对祂皈依的程度。当人完美地处在知识的层面上时，他就会彻底皈依至尊主(bahūnāṁ janmanām ante jñānavān māṁ prapadyate)。

第36节 अहो ममामी वितरन्त्यनुग्रहं
हरिं गुरुं यज्ञभुजामधीश्वरम् ।
स्वधर्मयोगेन यजन्ति मामका
निरन्तरं क्षोणितले दृढव्रताः ॥३६॥

aho mamāmī vitaranty anugrahaṁ
harim guruṁ yajña-bhujām adhīśvaram
sva-dharma-yogena yajanti māmakā
nirantaraṁ kṣoṇi-tale dṛḍha-vratāḥ

aho—你们所有的人啊 / mama—对我 / amī—他们所有的人 / vitaranti—派发 / anugraham—仁慈 / harim—至尊人格首神 / gurum—至尊灵性导师 / yajña-bhujām—所有有资格接受祀品的半神人 / adhīśvaram—至尊的主人 / sva-dharma—职责 / yogena—凭借 / yajanti—崇拜 / māmakāḥ—因为与我有关 / nirantaram—不断地 / kṣoṇi-tale—在地球上 / dṛḍha-vratāḥ—怀着坚定的决心

译文 至尊人格首神既是一切祭祀结果的主人和享受者，又是至高无上的灵性导师。你们——所有生活在这个地球上的居民，都与我有关系，透过你们履行的职责崇拜祂，就是在赐予我你们的仁慈。因此，我的国民们啊！我感谢你们。

要旨 普瑞图王劝告他的国民做奉爱服务，其内容现在分成了两个部分。他在前面的诗中再三建议刚接触奉爱服务的人，要按照自己所在的社会阶层和灵性阶段做奉爱服务；但在这节诗中，他特别感谢那些已经在这样为至尊人格首神做奉爱服务的人。至尊人格首神实际上不仅是一切祭祀仪式的享受者，作为超灵(antaryāmī or Paramātmā)还是至高无上的灵性导师。诗中特别提到“至高无上的灵性导师(gurum)”一词，以指作为每个生物体心中的灵性导师(caitya-guru)的至尊人物。至尊首神以祂的超灵形象处在每一个生物体的心中，并总是试着劝告个体灵魂向祂皈依，为祂做奉爱服务，因此是存在中的第一位灵性导师。祂从生物体的内在和外在展示自己为灵性导师，以便从内在和外在帮助受制约的灵魂。所以，祂在这节诗中被称为“至高无上的灵性导师 (gurum)”。看来在普瑞图王的时代，所有在地球上居住的人都是他的国民，而他们大多数人事实上都在做奉爱服务。为此，他谦恭地感谢他们做奉爱服务，以此方式把他们的仁慈赐予他。换句话说，在一个国民和国家首脑都做奉爱服务的国家里，大家彼此帮助，互惠互利。

第 37 节　मा जातु तेजः प्रभवेन्महर्द्धिभि-
स्तितिक्षया तपसा विद्यया च ।
देदीप्यमानेऽजितदेवतानां
कुले स्वयं राजकुलाद् द्विजानाम् ॥३७॥

mā jātu tejaḥ prabhaven maharddhibhis
titikṣayā tapasā vidyayā ca
dedīpyamāne 'jita-devatānāṁ
kule svayaṁ rāja-kulād dvijānām

mā－绝不做 / jātu－在任何时候 / tejaḥ－至尊的力量 / prabhavet－展示 / mahā－伟大的 / ṛddhibhiḥ－因为富有 / titikṣayā－靠忍受 / tapasā－苦行 / vidyayā－靠教育 / ca－也 / dedīpyamāne－向那些已经受到赞美的人 / ajita-devatānām－外士纳瓦或称至尊人格首神的奉献者 / kule－在社会中 / svayam－亲自 / rāja-kulāt－比皇室成员伟大 / dvijānām－布茹阿玛纳的

译文　布茹阿玛纳和外士纳瓦因为具有忍受、苦修、知识及教育等特殊力量而受到赞美。凭借所有这些灵性的资产，外士纳瓦比皇室成员更有力量。为此，按照规定，皇室成员不得在这两类人面前展示其物质能力，应该避免冒犯他们。

要旨 普瑞图王在前面的诗中解释了奉爱服务对国家统治者和国民两者所具有的重要性。他现在解释人怎样才能坚定不移地做奉爱服务。圣柴坦亚·玛哈帕布在教导圣茹帕·哥斯瓦米(Rūpa Gosvāmī)时，把为至尊主所做的奉爱服务比喻为是一株藤蔓。藤蔓的茎很柔弱，需要靠树的支撑成长，在生长的过程中需要得到充分的保护，以防半路夭折。圣柴坦亚·玛哈帕布在描述系统保护奉爱服务这株藤蔓时，特别强调要保护它不受“冒犯外士纳瓦莲花足”的侵害。这样的冒犯梵文称为外士纳瓦·阿帕茹阿德(vaiṣ-ṇava-aparādha)。梵文“阿帕茹阿德(aparādha)”的意思是“冒犯”。冒犯奉献者的人在奉爱服务的路途上停止不前。人即使通过做奉爱服务取得巨大的进步，如果他冒犯外士纳瓦的莲花足，他的进步也都被糟蹋了。在经典中我们看到，有一个名叫杜尔瓦萨·牟尼(Durvāsā Muni)的很了不起的瑜伽师，冒犯了一位外士纳瓦，结果在整整一年的时间里被迫游遍宇宙各地，甚至去了外琨塔星球，以保护自己免遭冒犯结果的惩罚。最后，甚至当他去找住在外琨塔星球上的至尊人格首神，至尊人格首神也拒绝保护他。所以，人应该十分小心不要冒犯外士纳瓦。对外士纳瓦最严重的冒犯是对灵性导师莲花足的冒犯(gurv-aparādha)。《莲花往世书》(Padma Purāṇa)中说，在吟诵、吟唱至尊人格首神的圣名的程序中，对灵性导师的冒犯被视为是最严重的冒犯(guror avajñā śruti-śāstra-nindanam)。在吟诵、吟唱圣名时会作出的十项冒犯中，最首要的冒犯是不服从灵性导师，亵渎韦达文献。

圣柴坦亚·玛哈帕布对外士纳瓦所下的一个简明的定义是，使人立刻想起至尊人格首神奎师那的人是外士纳瓦。这节诗中提到外士纳瓦和布茹阿玛纳。外士纳瓦是博学的布茹阿玛纳，因此被称为布茹阿玛纳·外士纳瓦、布茹阿玛纳学者(brāhmaṇa-paṇḍita)或外士纳瓦和布茹阿玛纳。换句话说，外士纳瓦已经是布茹阿玛纳了，但布茹阿玛纳也许并非纯粹的外士纳瓦。当人了解自己的真实身份(brahma jānāti)时，他立刻成为一名布茹阿玛纳。在布茹阿玛纳的阶段，人主要从不具人格特性的方面了解绝对真理。然而，当一位布茹阿玛纳上升到了解至尊首神的个人特征的层面上时，他就成为一名外士纳瓦了。外士纳瓦甚至超越布茹阿玛纳。在物质性的概念中，布茹阿玛纳的地位在人类社会中最高。然而，外士纳瓦甚至超越布茹阿玛纳。布茹阿玛纳和外士纳瓦两者在灵性上都极为进步。《博伽梵歌》谈到布茹阿玛纳的品质是：诚实，内心平静，控制了感官，具有忍受力，纯朴、有对绝对真理的知识，对经典有坚定的信心，在生活中实际展示布茹阿玛纳的品质。除了具有所有这些品质外，当人全身心投入地为至尊主做超然的爱心服务时，他成了一名外士纳瓦。普瑞图王警告他那些在真正为至尊主做奉爱服务的国民，要小心不要冒犯布茹阿玛纳和外士纳瓦。冒犯他们的莲花足是如此具有毁灭性，以致就连出生在主奎师那家庭中的雅杜(Yadu)王朝的后裔们，都因冒犯他们的莲花足而遭到了毁灭。至尊人格首神不能容忍对布茹阿玛纳和外士纳瓦莲花足的任何冒犯。有时，王子或政府公务人员因为有权有势，便忽视布茹阿玛纳和外士纳瓦的地位，不知道自己因为对他们的冒犯而将遭到毁灭。

第 38 节　ब्रह्मण्यदेवः पुरुषः पुरातनो
नित्यं हरिर्यच्चरणाभिवन्दनात् ।
अवाप लक्ष्मीमनपायिनीं यशो
जगत्पवित्रं च महत्तमाग्रणीः ॥३८॥

brahmaṇya-devaḥ puruṣaḥ purātano
nityaṁ harir yac-caraṇābhivandanāt
avāpa lakṣmīm anapāyinīṁ yaśo
jagat-pavitraṁ ca mahattamāgraṇīḥ

brahmaṇya-devaḥ－布茹阿玛纳文化的主人 / puruṣaḥ－至尊人格 / purātanaḥ－最年长者 / nityam－永恒 / hariḥ－至尊人格首神 / yat－……的 / caraṇa－莲花足 / abhivandanāt－用崇拜的方法 / avāpa－获得 / lakṣmīm－财富 / anapāyinīm－永久的 / yaśaḥ－声望 / jagat－宇宙的 / pavitram－净化 / ca－也 / mahat－伟大的 / tama－至尊 / agraṇīḥ－最重要的

译文 所有伟大的人物中最非凡的至尊人格首神，最古老、永恒的首神，通过崇拜那些布茹阿玛纳和外士纳瓦的莲花足，赢得坚不可摧的美名。这财富净化整个宇宙。

要旨 这节诗中描述至尊人是“布茹阿玛纳文化的主人(brahmaṇya-deva)”，其中梵文“布茹阿曼亚(brahmaṇya)”是指布茹阿玛纳、外士纳瓦或布茹阿玛纳文化；“戴瓦(deva)”的意思是“值得崇拜的至尊主”。因此，人除非处在外士纳瓦的超然层面上，或者作为布茹阿玛纳处在善良属性这一最高的物质属性层面上，否则无法察知、赏识到至尊人格首神。在愚昧和激情这些低等物质属性控制下的人，很难了解至尊主。正因为如此，这节诗中把至尊主描述为是具有布茹阿玛纳和外士纳瓦文化的人所崇拜的神明。《维施努往世书》(Viṣṇu Purāṇa)第1篇第19章的第65节诗说：

namo brahmaṇya-devāya
go-brāhmaṇa-hitāya ca
jagad-dhitāya kṛṣṇāya
govindāya namo namaḥ

至尊人格首神主奎师那，是布茹阿玛纳文化和乳牛最好的保护者。不了解和尊重这些的人无法领悟神的科学；在没有这方面知识的情况下所从事的一切福利活动和人道主义宣传，都无法取得成功。至尊主是至高无上的享乐者(puruṣa)。祂不仅在以化身显现时是享乐者，而是从无法追溯的时间的一开始(purātanaḥ)，就永恒(nityam)是享受者了。普瑞图王说：至尊主仅仅靠崇拜布茹阿玛纳的莲花足，就得到了永恒的名望这一财富(yac-caraṇābhivanda-nāt)。《博伽梵歌》中说：至尊主不需要为得到物质利益而工作。由于祂是永恒最完美的，祂什么都不需要，但诗中还是说祂通过崇拜布茹阿玛纳的莲花足获得了美名这一财富。这些都是祂为世人树立榜样所从事的活动。圣主奎师那在杜瓦尔卡(Dvārakā)时，曾通过向纳茹阿达(Nārada)的莲花足顶礼表示祂的敬意。当苏达玛·维帕(Sudāmā Vipra)去主奎师那家看祂时，祂亲自为苏达玛·维帕洗脚，让苏达玛·维帕坐在祂自己的床上。圣主奎师那虽然是至尊人格首神，但却向尤帝士提尔王(Mahārāja Yudhiṣṭhira)和琨缇(Kuntī)致敬。至尊主在以身作则教导我们。我们应该学习祂亲自树立的榜样，学习该如何保护乳牛，如何培养布茹阿玛纳的品德，如何尊敬布茹阿玛纳和外士纳瓦。在《博伽梵歌》第3章的第21节诗中，至尊主说：“无论伟人以模范行为建立什么标准，整个世界都会遵从。”世上有谁能比至尊人格首神更能是领袖人物，有谁的行为能比祂的行为更值得学习呢？祂做这一切并非为了得到物质的利益，而是为了教育我们该如何在这个物质世界里行为处事。

这节诗中说至尊人格首神是“最伟大的人物(mahattama-agra-ṇīḥ)”。这个世界里的伟大人物(mahattama)是主布茹阿玛和主希瓦，但祂比他们更伟大。至尊人格首神在超然的位置上，超越这个被创造的物质世界里的一切(nārāyaṇaḥ paro'vyaktāt)。祂辉煌的财富，祂的富有、祂的美丽、祂的智慧，祂的知识，祂的弃绝和祂的名望，都是净化宇宙的(jagat-pavitram)。我们越谈论祂辉煌的财富，这个宇宙就越得到净化。在物质世界里，物质之人所拥有的财富从不是固定不变的。一个人今天可能还是个大富翁，明天可能就变得一贫如洗；一个人今天还很有名，明天就变得名不见经传了。人获得的物质财富永远都不是一成不变的，但至尊人格首神在灵性世界和物质世界里所具有的全部六种财富却是永恒的。主奎师那之名永流传，祂的智慧之书《博伽梵歌》至今仍受到推崇。与至尊人格首神有关的一切永恒存在。

第 39 节 यत्सेवयाशेषगुहाशयः स्वराड्
विप्रप्रियस्तुष्यति काममीश्वरः ।
तदेव तद्धर्मपरैर्विनीतैः
सर्वात्मना ब्रह्मकुलं निषेव्यताम् ॥३९॥

yat-sevayāśeṣa-guhāśayaḥ sva-rāḍ
vipra-priyas tuṣyati kāmam īśvaraḥ
tad eva tad-dharma-parair vinītaiḥ
sarvātmanā brahma-kulaṁ niṣevyatām

yat—……的 / sevayā—通过服务 / aśeṣa—无限的 / guhā-āśayaḥ—住在众生的心中 / sva-rāṭ—但仍完全独立 / vipra-priyaḥ—布茹阿玛纳和外士纳瓦都很爱祂 / tuṣyati—满足 / kāmam—欲望的 / īśvaraḥ—至尊人格首神 / tat—那 / eva—肯定地 / tat-dharma-paraiḥ—通过追随至尊主的步伐 / vinītaiḥ—以谦卑 / sarva-ātmanā—在各方面 / brahma-kulam—布茹阿玛纳或外士纳瓦的后代 / niṣevyatām—总是在为他们服务

译文 永远独立且处在每一个生物体心中的至尊人格首神，对效法祂，毫无保留地为布茹阿玛纳及外士纳瓦服务的人非常满意，因为他们永远爱祂，而祂也永远爱他们。

要旨　经典中说，至尊主看到有人为祂的奉献者服务时感到最高兴。祂本身俱足了一切，因此根本不需要任何人为祂做任何服务；是我们为了自己的利益而需要为至尊人格首神做各种服务。这些服务可以不需要直接为至尊人做，而是通过为布茹阿玛纳和外士纳瓦做间接地献给祂。圣纳柔塔玛·达斯·塔库尔歌唱道：人除非为外士纳瓦和布茹阿玛纳服务，否则无法摆脱物质的钳制(chāḍiyā vaiṣṇava-sevā nistāra pāyeche kebā)。圣维施瓦纳特·查夸瓦尔提·塔库尔也说：靠满足灵性导师的感官，人可以满足至尊人格首神的感官(yasya prasādād bhagavat-prasādaḥ)。因此，不仅经典教导我们这么做，灵性导师们也这么做。普瑞图王劝告他的国民学习至尊主本人树立的榜样，为布茹阿玛纳和外士纳瓦服务。

第40节　पुमाँल्लभेतानतिवेलमात्मनः
प्रसीदतोऽत्यन्तशमं स्वतः स्वयम् ।
यन्नित्यसम्बन्धनिषेवया ततः
परं किमत्रास्ति मुखं हविर्भुजाम् ॥४०॥

pumāl̐ labhetānativelam ātmanaḥ
prasīdato 'tyanta-śamaṁ svataḥ svayam
yan-nitya-sambandha-niṣevayā tataḥ
paraṁ kim atrāsti mukhaṁ havir-bhujām

pumān—一个人 / labheta—能获得 / anati-velam—不延迟地 / ātmanaḥ—他灵魂的 / prasīdataḥ—满足 / atyanta—最伟大的 / śamam—平静 / svataḥ—自动地 / svayam—亲自 / yat—……的 / nitya—经常 / sambandha—关系 / niṣevayā—靠服务 / tataḥ—之后 / param—高于 / kim—什么 / atra—这儿 / asti—有 / mukham—快乐 / haviḥ—纯净的牛油 / bhujām—那些喝……的人

译文 人可以靠经常为布茹阿玛纳和外士纳瓦服务，清除心中的污垢，从而享受到至高无上的平静，去除物质执著，感到满足。在这个世界里，没有任何一项功利性活动优于为布茹阿玛纳阶层服务，因为这服务可以取悦那些经典推荐要为之举行许多祭祀的半神人。

要旨 《博伽梵歌》第2章的第65节诗中说，“对如此满足的人来说，其智力很快变得稳定(prasāde sarva-duḥkhānāṁ hānir asyo-pajā-yate)。人除非从内心感到满足，否则无法摆脱物质存在的痛苦处境。要达到内心满足的完美境界，为布茹阿玛纳和外士纳瓦服务是关键。因此，圣纳柔塔玛·达斯·塔库尔说：

tāṅdera caraṇa sevi bhakta-sane vāsa
janame janame haya, ei abhilāṣa

“我想要一生复一生地为灵性导师的莲花足服务，生活在奉献者的团体中。”只有在奉献者的团体中生活并按照灵性导师(ācārya)的命令做服务，才能维系一个灵性的气氛。灵性导师是最优秀的布茹阿玛纳。在如今的喀历年代中，要为布茹阿玛纳阶层(brāhmaṇa-kula)服务极为困难。按照《瓦茹阿哈往世书》中的解释是：困难在于，恶魔利用喀历年代(Kali-yuga)，投生到布茹阿玛纳的家庭中(rākṣasāḥ kalim āśritya jāyante brahma-yoniṣu)。换句话说，这个年代里有许多所谓的世袭布茹阿玛纳和哥斯瓦米(Gosvāmī)，他们利用经典和大众的无知，声称世袭的权利让人当布茹阿玛纳和外士纳瓦。为这种假布茹阿玛纳服务，不会使人得到任何利益。因此，人必须寻求真正的灵性导师和他的同伴的保护，并为他们做服务，因为这样的活动极有助于初习者达到完全满足的状态。对此，圣维施瓦纳特·查夸瓦尔提·塔库尔，在解释《博伽梵歌》第2章的第41节诗“库茹族的宠儿啊！在这条路上的人目标专一(vyavasāyātmikā buddhir ekeha kuru-nandana)”时作了明确的解释。

靠遵守圣纳柔塔玛·达斯·塔库尔推荐的奉爱瑜伽的规范守则，人可以很快地升上解脱的层面，获得这节诗中解释的至高无上的平静(atyanta-śamam)。

这节诗中特别用的“不要延误(anativelam)”一词非常重要，因为仅仅靠为布茹阿玛纳和外士纳瓦服务，人就可以得到解脱，而根本不需要经历艰难的苦行。纳茹阿达·牟尼本人的例子就生动地说明了这一点 。纳茹阿达在前生只不过是一个女仆的儿子，但他得到侍奉崇高的布茹阿玛纳和外士纳瓦的机会，所以不仅在来生得到了解脱，还因为成为整个外士纳瓦师徒传承中最重要的灵性导师而闻名全宇宙。这就是为什么在韦达体系中，人在举行过典礼仪式后，要按照传统请布茹阿玛纳在家吃饭的缘故。

第 41 节　अश्नात्यनन्तः खलु तत्त्वकोविदैः
श्रद्धाहुतं यन्मुख इज्यनामभिः ।
न वै तथा चेतनया बहिष्कृते
हुताशने पारमहंस्यपर्यगुः ॥४१॥

aśnāty anantaḥ khalu tattva-kovidaiḥ
śraddhā-hutaṁ yan-mukha ijya-nāmabhiḥ
na vai tathā cetanayā bahiṣ-kṛte
hutāśane pāramahaṁsya-paryaguḥ

aśnāti－吃 / anantaḥ－至尊人格首神 / khalu－虽然如此 / tattva-kovidaiḥ－具有绝对真理的知识的人 / śraddhā－信心 / hutam－供奉火祭 / yat-mukhe－嘴……的 / ijya-nāmabhiḥ－由不同半神人的名字 / na－绝不 / vai－肯定地 / tathā－正如 / cetanayā－以生命力 / bahiḥ-kṛte－被剥夺 / huta-aśane－在火祭中 / pāramahaṁsya－关于奉献者 / paryaguḥ－绝不离开

译文 尽管至尊人格首神阿南塔，透过以各种半神人的名义举行的火祭进食，但祂透过火进食所感到的快乐，却不如祂通过接受博学的圣人及奉献者的嘴巴品尝过的供品所得到的快乐，因为祂通过这样做始终与祂的奉献者在一起。

要旨 按照韦达训谕，举行火祭是为了以不同的半神人的名义，给至尊人格首神供奉食物。在举行火祭时，人在吟诵曼陀时发出斯瓦哈(svāhā)的声音震荡，例如：因铎亚·斯瓦哈(indrāya svāhā)和阿迪缇亚亚·斯瓦哈(ādityāya svāhā)。吟诵这些曼陀是为了透过因铎和阿迪缇等半神人取悦至尊人格首神，因为至尊人格首神说：

nāhaṁ tiṣṭhāmi vaikuṇṭhe
yogināṁ hṛdayeṣu vā
tatra tiṣṭhāmi nārada
yatra gāyanti mad-bhaktāḥ

“我不在外琨塔或瑜伽师的心中。哪里有我的奉献者在赞美我的活动，我就在哪里。”要了解的是：至尊人格首神从不离开祂奉献者的陪伴。

火当然没有生命，但奉献者和布茹阿玛纳是至尊主活着的代表。所以，请布茹阿玛纳和外士纳瓦进食，是直接请至尊人格首神进食。人也许得出结论说，与其供奉火祭，不如给布茹阿玛纳和外士纳瓦供奉食物，因为这样做比举行火祭更有效力。有关这一行事原则，阿兑塔·帕布的例子十分生动。当祂为祂父亲举行刷达(śrāddha)仪式时，祂首先请来哈瑞达斯·塔库尔(Haridāsa Ṭhākura)，请他进食。按照惯例，人应该在结束刷达仪式后请崇高的布茹阿玛纳进食，但阿兑塔·帕布却把食物先献给了出生在穆斯林家庭中的哈瑞达斯·塔库尔。为此，哈瑞达斯·塔库尔问阿兑塔·帕布，祂为什么要做有可能会危及到祂在布茹阿玛纳社会中的地位的事。阿兑塔·帕布回答说：通过把食物献给哈瑞达斯·塔库尔，祂在供千百万一流的布茹阿玛纳进食。就有关这一点，祂准备与任何一位博学的布茹阿玛纳对谈，明确证实通过把食物供奉给像哈瑞达斯·塔库尔那样的纯粹奉献者，祂得到了把食物供给成千上万博学的布茹阿玛纳所能得到的祝福。在举行祭祀时，人向祭祀之火中供奉祭品，但当这样的祭品供奉给外士纳瓦时，功效无疑更强了。

第42节　यद् ब्रह्म नित्यं विरजं सनातनं
श्रद्धातपोमङ्गलमौनसंयमैः ।
समाधिना बिभ्रति हार्थदृष्टये
यत्रेदमादर्श इवावभासते ॥४२॥

yad brahma nityaṁ virajaṁ sanātanaṁ
śraddhā-tapo-maṅgala-mauna-saṁyamaiḥ
samādhinā bibhrati hārtha-dṛṣṭaye
yatredam ādarśa ivāvabhāsate

yat—……的 / brahma—布茹阿玛纳文化 / nityam—永恒的 / virajam—无污染的 / sanātanam—无开始 / śraddhā—信心 / tapaḥ—苦行 / maṅgala—吉祥 / mauna—沉默 / saṁyamaiḥ—控制心念和感官 / samādhinā—全神贯注 / bibhrati—照亮 / ha—如他所做的 / artha—韦达经的真正目的 / dṛṣṭaye—为了找出 / yatra—在其中 / idam—所有这些 / ādarśe—在镜子中 / iva—像 / avabhāsate—展示

译文　在布茹阿玛纳文化中，布茹阿玛纳永恒拥有超然的地位，因为韦达训谕是经由信心、苦修、灵性意识、完全控制感官和心，以及冥想接收的。生命真正的目的通过这种方式得以揭示，正如明镜清晰地映出人的面孔。

要旨 由于前一节诗讲述说，请一位活着的布茹阿玛纳进食所得到的效果，比向祭祀之火中供奉祭品要强；这节诗便清楚地讲解布茹阿玛纳文化是什么，什么样的人是布茹阿玛纳。在喀历年代中，有一类没有布茹阿玛纳品格的人，利用"请布茹阿玛纳进食所具有的功效比举行祭祀要强"这一事实，声称只要出生在布茹阿玛纳家庭中，就有权利享受布茹阿玛纳的待遇，去吃别人供奉的食物(brāhmaṇa-bhojana)。 为了让人分清这种人和真正的布茹阿玛纳之间的区别，普瑞图王精确地描述了布茹阿玛纳和布茹阿玛纳文化。人不该像没有光的火一样，只是利用他的地位去生活。布茹阿玛纳必须精通《博伽梵歌》中讲述的韦达结论；至尊主在其中第15章的第15节诗中说，研习韦达经的目的是要了解我——奎师那(vedaiś ca sarvair aham eva vedyaḥ)。韦达结论——最终的了解(Vedānta)，是了解有关奎师那的一切。这是事实，因为正如《博伽梵歌》第4章的第9节诗中所说，谁能了解我显现和活动的超然本质，谁就在离开躯体后到达我永恒的住所(janma karma ca me divyam evaṁ yo vetti tattvataḥ)；仅仅靠如实地了解奎师那，人就能成为完美的布茹阿玛纳。完美地了解奎师那的布茹阿玛纳，永远处在超然的状态中。对此，《博伽梵歌》第14章的第26节诗确认说：

māṁ ca yo 'vyabhicāreṇa
bhakti-yogena sevate
sa guṇān samatītyaitān
brahma-bhūyāya kalpate

"在任何情况下都全心全意地做奉爱服务，且在任何情况下都不堕落的人，能立刻超越物质自然属性，达到梵(Brahman)的层面。"

因此，主奎师那的奉献者实际上是完美的布茹阿玛纳。他的状态超然，因为他免于受制约生活的四种缺陷。这四种缺陷是：容易犯错，被迷惑，有欺骗他人的倾向，感官不完美。完美的外士纳瓦——具有奎师那意识的人，总是处在超然的状态中，因为他按照奎师那和祂的代表讲述的信息讲话。由于外士纳瓦完全按照奎师那讲述的内容去讲，他们无论说什么都免于上述四种缺陷。例如：奎师那在《博伽梵歌》中说，每一个人都该总是想着祂，都该成为祂的奉献者，向祂致敬并崇拜祂，最终投靠、服从祂。这些奉爱活动都是超然的，没有错误、迷惑、欺骗和不完美。所以，任何人，只要他是主奎师那真诚的奉献者，在传播奎师那意识的文化，只是按照奎师那的教导讲话，他就被理解为是免于物质污染所带来的缺陷(virajam)。名副其实的布茹阿玛纳或外士纳瓦永远依据韦达经的结论，也就是至尊人格首神本人所给予的韦达知识。我们只有透过韦达知识才能了解绝对真理的真正地位，而《圣典博伽瓦谭》中描述绝对真理以三种特征展示，即：不具人格特性的梵(Brahman)，处在局部区域的超灵(Paramātmā)和最终的至尊人格首神。这知识从无法追溯的年代起就是完美的，布茹阿玛纳或外士纳瓦文化都永恒地依靠这一原则。因此，人应该怀着对至尊人格首神和韦达经的信心学习韦达经，不仅是为了个人获得知识，也是为了传播这些知识和有关的活动。

这节诗中的“吉祥(maṅgala)”一词，意义重大。圣施瑞达尔·斯瓦米引述道：做好事，排斥不好的事物，称为吉祥(maṅgala)。做好事的意思是，接受有利于做奉爱服务的一切；排斥不好的事物的意思是，排斥不利于做奉爱服务的一切。在我们的奎师那意识运动中，我们遵循这一原则的具体做法是：不过非法性生活，不服用麻醉自我的物品，不赌博及不吃肉；每日吟诵哈瑞·奎师那玛哈·曼陀(Hare Kṛṣṇa mahā-mantra)至少十六圈，每日三次通过吟诵嘎雅垂·曼陀(Gāyatrī mantra)冥想。这样做可以使人保持他的布茹阿玛纳文化和灵性力量不受损害。通过严格遵守奉爱服务的原则，一天二十四小时吟诵、吟唱“哈瑞·奎师那 哈瑞·奎师那 奎师那·奎师那 哈瑞·哈瑞/哈瑞·茹阿玛 哈瑞·茹阿玛 茹阿玛·茹阿玛 哈瑞·哈瑞”这首玛哈·曼陀，人就会在灵性生活中取得实实在在的进步，最终变得完全有资格面见至尊人格首神。学习或了解韦达知识的最终目的就是要找到奎师那，因此遵守上述描述的韦达原则，就会从一开始便能清晰地看到绝对真理主奎师那的一切特征，如同人可以从明镜中看到自己清晰的影像一样。所以结论是：并非一个人是一个生物或出生在布茹阿玛纳的家庭中就是布茹阿玛纳了；他必须拥有经典中提到的布茹阿玛纳该具有的一切品德，并在自己的生活中实践布茹阿玛纳的原则。这样，他最终就会成为一个满怀奎师那意识的人，能够了解奎师那是什么。就有关“奉献者是如何在他心中面对面地看到奎师那的”这一点，《布茹阿玛·萨密塔》第5章的第38节诗中描述说：

premāñjana-cchurita-bhakti-vilocanena
santaḥ sadaiva hṛdayeṣu vilokayanti
yaṁ śyāmasundaram acintya-guṇa-svarūpaṁ
govindam ādi-puruṣaṁ tam ahaṁ bhajāmi

诗的意思是：发展了对奎师那纯洁之爱的奉献者，在自己心中一直不断地看到被称为夏玛逊达尔(Śyāmasundara)的至尊人格首神。那是布茹阿玛纳文化的完美境界。

第43节 तेषामहं पादसरोजरेणु-
मार्या वहेयाधिकिरीटमायुः ।
यं नित्यदा बिभ्रत आशु पापं
नश्यत्यमुं सर्वगुणा भजन्ति ॥४३॥

teṣāṁ ahaṁ pāda-saroja-reṇum
āryā vaheyādhi-kirīṭam āyuḥ
yaṁ nityadā bibhrata āśu pāpaṁ
naśyaty amuṁ sarva-guṇā bhajanti

teṣām—他们全体的 / aham—我 / pāda—足 / saroja—莲花 / reṇum—灰尘 / āryāḥ—值得尊敬的人啊 / vaheya—会忍受 / adhi—直到 / kirīṭam—头盔 / āyuḥ—到生命的终点 / yam—……的 / nityadā—总是 / bibhrataḥ—顶着 / āśu—很快 / pāpam—罪恶活动 / naśyati—被征服 / amum—所有那些 / sarva-guṇāḥ—具备完全的资格 / bhajanti—崇拜

译文　在场值得尊敬的人们啊！我乞求你们全体的祝福，允许我直到生命终结时都能用我的王冠一直顶着这些布茹阿玛纳和外士纳瓦莲花足上的尘土。能够在自己头上顶着这些尘土的人，很快就可以清除罪恶生活带来的一切恶报，最终培养起所有值得拥有的美好品质。

要旨　《圣典博伽瓦谭》第5篇第18章的第12节诗中说：对至尊人格首神有坚定信心的人(是指对至尊主的纯粹奉献者外士纳瓦有坚定信心)，发展出半神人所具有的一切美好品德(yasyāsti bhaktir bhagavaty akiñcanā/ sarvair guṇais tatra samāsate surāḥ)。在《圣典博伽瓦谭》第7篇第5章的第32节诗中，帕拉德王也说：人除非把纯粹外士纳瓦莲花足上的尘土放在自己头上，否则无法明白至尊人格首神是什么；人除非找到至尊人格首神，否则生活始终是不完美的(naiṣāṁ matis tāvad urukramāṅghrim)。在经历许许多多生世的苦修并完全了解至尊主后全心投靠、服从至尊主的伟大灵魂，极为罕见。君王或国家首脑头上的王冠如果不真正顶着布茹阿玛纳和外士纳瓦莲花足上的尘土，就只不过是一个巨大的负担而已。换句话说，如果像普瑞图王那样心胸开阔的明君不遵守布茹阿玛纳和外士纳瓦的指示，或不遵循布茹阿玛纳文化，他就只不过是国家的负担，因为他无法利益他的国民。普瑞图王是理想的执政领袖的典范。

第 44 节

गुणायनं शीलधनं कृतज्ञं
वृद्धाश्रयं संवृणतेऽनु सम्पदः ।
प्रसीदतां ब्रह्मकुलं गवां च
जनार्दनः सानुचरश्च मह्यम् ॥४४॥

guṇāyanaṁ śīla-dhanaṁ kṛta-jñaṁ
vṛddhāśrayaṁ saṁvṛṇate 'nu sampadaḥ
prasīdatāṁ brahma-kulaṁ gavāṁ ca
janārdanaḥ sānucaraś ca mahyam

guṇa-ayanam—培养了所有优秀品质的人 / śīla-dhanam—拥有良好品行这一财富的人 / kṛta-jñam—感恩的人 / vṛddha-āśrayam—向学者寻求庇护的人 / saṁvṛṇate—达到 / anu—无疑 / sampadaḥ—所有的财富 / prasīdatām—对……满意 / brahma-kulam—布茹阿玛纳阶层 / gavām—乳牛 / ca—和 / janārdanaḥ—至尊人格首神 / sa—和 / anucaraḥ—以及祂的奉献者 / ca—和 / mahyam—向我

译文 无论何人，只要他获得布茹阿玛纳的品质，即虔诚的作为是他拥有的唯一财富，心怀感恩并托庇于有经验的人，他就能得到世上的一切财富。因此，我期望至尊人格首神和祂的同伴对布茹阿玛纳阶层、乳牛及我满意。

要旨 人通过祷告“至尊主是值得全体布茹阿玛纳崇拜的神，是乳牛和布茹阿玛纳的祝福者(namo brahmaṇya-devāya go-brāhmaṇa-hitāya ca)”崇拜至尊人格首神。这段祈祷清楚地说明，至尊主尊敬和保护布茹阿玛纳、布茹阿玛纳文化和乳牛。换句话说，有布茹阿玛纳和布茹阿玛纳文化的地方，就有乳牛和对乳牛的保护。一个没有布茹阿玛纳文化，乳牛被当做普通动物对待并宰杀的社会或文明，是在摧毁人类文明。普瑞图王特别提到的“乳牛(gavām)”一词十分重要，因为至尊主总是与乳牛和祂的奉献者在一起。在主奎师那的画像中，我们总是看到有乳牛，以及牧牛童和牧牛姑娘等祂的同伴。至尊人格首神奎师那不喜欢独处。正因为如此，普瑞图王说“与祂的奉献者一起(sānucaras ca)”，以指至尊人格首神永远与祂的追随者和奉献者在一起。

奉献者具有半神人所具有的一切美好品质；他是一切美好品质的宝库(guṇāyanam)。虔诚的行为是他唯一的财富；他总是心怀感激之情。感谢至尊人格首神的仁慈是布茹阿玛纳和外士纳瓦的品德之一。每一个人都应该对至尊人格首神心怀感激之情，因为祂维系着一切众生，为他们提供所需的一切。正如韦达经《喀塔奥义书》第2篇第2章的第13节诗中所说：那位至尊者为众生提供一切所需(eko bahūnāṁ yo vidadhāti kāmān)。因此，对至尊人格首神心怀感激的人，无疑具有美好的品质。

这节诗中的“托庇于博学者的人(vṛddhāśrayam)”一词十分重要，其中梵文 vṛddha 一词是指有高等知识的人。世上有两种老人，一种是上了年纪的人，一种是经验丰富、具有高等知识的人。具有高等知识的人是真正的博学之人(vṛddha)，人不是光上了年纪就可以成为博学之人的。托庇于具有高等知识的长辈(vṛddhāśrayam)，能够获得布茹阿玛纳所有的美好品质，并受到训练，行为良好。人一旦真正具有了美好品德，变得感激至尊人格首神的仁慈，托庇于真正的灵性导师，他就会拥有所有的财富。这样的人是布茹阿玛纳或外士纳瓦。为此，普瑞图王祈求至尊人格首神及祂的同伴、奉献者外士纳瓦、布茹阿玛纳和乳牛的祝福及仁慈。

第 45 节

मैत्रेय उवाच
इति ब्रुवाणं नृपतिं पितृदेवद्विजातयः ।
तुष्टुवुर्हृष्टमनसः साधुवादेन साधवः ॥४५॥

maitreya uvāca
iti bruvāṇaṁ nṛpatiṁ
pitṛ-deva-dvijātayaḥ
tuṣṭuvur hṛṣṭa-manasaḥ
sādhu-vādena sādhavaḥ

maitreyaḥ uvāca－伟大的圣人麦垂亚继续说 / iti－如此 / bruvāṇam－在说话时 / nṛ-patim－君王 / pitṛ－祖先星球的居民 / deva－众半神人 / dvi-jātayaḥ－及再生者(布茹阿玛纳和外士纳瓦) / tuṣṭuvuḥ－满意 / hṛṣṭa-manasaḥ－心中很平静 / sādhu-vādena－通过表达祝贺 / sādhavaḥ－所有在场的圣哲贤人

译文 大圣人麦垂亚说：聆听了普瑞图王极为出色的演讲后，与会的全体半神人、祖先星球上的居民、布茹阿玛纳和圣人们，纷纷向他表达他们美好的祝愿，祝贺他。

要旨 韦达时代，在集会上演讲出色的人会得到听众的祝贺，听众通过说萨杜(sādhu)、萨杜(sādhu)表示他们良好的祝愿。梵文称其为是“表示祝贺(sādhu-vāda)”。当时，在场所有圣洁的人、祖先星球上的居民(Pitā)及半神人，都在聆听了普瑞图王的演讲后，用发出萨杜(sādhu)、萨杜(sādhu)一词的方式向他表示他们良好的祝愿。他们都接受普瑞图王的虔诚使命，都感到十分满意。

第 46 节

पुत्रेण जयते लोकानिति सत्यवती श्रुतिः ।
ब्रह्मदण्डहतः पापो यद्वेनोऽत्यतरत्तमः ॥४६॥

putreṇa jayate lokān
iti satyavatī śrutiḥ
brahma-daṇḍa-hataḥ pāpo
yad veno 'tyatarat tamaḥ

putreṇa－通过儿子 / jayate－得胜 / lokān－所有的天堂星球 / iti－如此 / satya-vatī－实现 / śrutiḥ－韦达经 / brahma-daṇḍa－被布茹阿玛纳的诅咒 / hataḥ－杀 / pāpaḥ－最邪恶的 / yat－如 / venaḥ－普瑞图王的父亲 / ati－伟大的 / atarat－被拯救 / tamaḥ－从地狱般生活的黑暗中

译文　他们一致公认，有关人可以靠儿子的作为成功地登上天堂星球的韦达结论实现了，因为被布茹阿玛纳的诅咒杀死的罪大恶极的维纳，现在被他儿子普瑞图王从最黑暗的地狱生活地带解救了出来。

要旨　按照韦达经中的描述，宇宙中有一个名叫普特(put)的地狱星球，把人从那里救出来的人被称为普特茹阿(putra)。因此，结婚的目的是期望有一个能够拯救父亲的儿子(putra)，哪怕父亲坠落到普特那样的地狱星球中，他也能把父亲拯救出来。普瑞图王的父亲维纳曾是个罪大恶极的人，因此而被布茹阿玛纳诅咒置死。此刻，所有在集会现场的伟大圣人、智者和布茹阿玛纳，在聆听了普瑞图王谈他人生的宏伟使命后都确信，韦达经的说明被完全证实了。被韦达经认可的在宗教婚姻中接受一名妻子，是为了有一个能够把父亲从最黑暗的地狱生活地带拯救出来的儿子(putra)。结婚不是为了感官享乐，而是为了得到一个完全有能力拯救父亲的儿子。但如果把儿子抚养成一个没有资格的恶魔，他怎么能把父亲从地狱生活中拯救出来呢？所以，父亲的责任是不但自己成为一名外士纳瓦，还要把孩子抚养成外士纳瓦。

这样，即使父亲不幸在来世坠入地狱，他的外士纳瓦儿子也能够拯救他，就像普瑞图王拯救他父亲一样。

第 47 节 हिरण्यकशिपुश्चापि भगवन्निन्दया तमः ।
विविक्षुरत्यगात्सूनोः प्रह्लादस्यानुभावतः ॥४७॥

hiraṇyakaśipuś cāpi
bhagavan-nindayā tamaḥ
vivikṣur atyagāt sūnoḥ
prahlādasyānubhāvataḥ

hiraṇyakaśipuḥ—帕拉德王的父亲 / ca—也 / api—再次 / bhagavat—至尊人格首神的 / nindayā—因亵渎 / tamaḥ—在地狱般生活的最黑暗地带 / vivikṣuḥ—进入 / atyagāt—被拯救 / sūnoḥ—他儿子的 / prahlādasya—帕拉德王的 / anubhāvataḥ—在……的影响下

译文 同样，黑冉亚卡希普因为总是从事罪恶活动，蔑视至尊人格首神的至高地位，而进入了最黑暗的地狱生活地带，但靠他非凡的儿子帕拉德王的恩典，他也得到拯救，回归家园，回到首神身边。

要旨 当尼尔星哈戴瓦(Nṛsiṁhadeva)要给帕拉德王祝福时，帕拉德王出于他巨大的奉爱之情和容忍精神，拒绝接受至尊主给予的恩赐，认为真诚的奉献者不适合接受至尊主的祝福。帕拉德轻视那种怀着想要从至尊人格首神那里得到好处的心态做奉爱服务的做法，认为那是在做交易。帕拉德王因为是一名外士纳瓦，所以没有为个人请求祝福，而是对他父亲充满感情。尽管他父亲折磨他，如果没有被至尊人格首神杀死就会杀了他，但帕拉德王还是乞求至尊主宽恕他父亲。至尊主立刻给予他这一恩赐；黑冉亚卡希普靠他儿子的恩典，从地狱生活最黑暗的地带被救出，最后回归家园，回到了首神身边。帕拉德王是外士纳瓦的最佳典范，他总是怜悯那些在这个物质世界地狱般的生活中受苦的罪人。奎师那被说成是同情受苦者而且是仁慈之洋的人(para-duḥkha-duḥkhī kṛpāmbudhiḥ)。像帕拉德王一样，至尊主所有的纯粹奉献者都满怀同情地来到这个物质世界，拯救罪恶之人。他们经历各种各样的磨难，忍受所遭受的痛苦，而这是努力把所有罪恶之人救出物质存在的地狱般环境的外士纳瓦所具有的另一种品质。因此，人们这样向外士纳瓦祈祷说：

vāñchā-kalpatarubhyaś ca
kṛpā-sindhubhya eva ca
patitānāṁ pāvanebhyo
vaiṣṇavebhyo namo namaḥ

“我恭恭敬敬地向至尊主的全体外士纳瓦奉献者顶礼。他们恰似如愿树，能满足每一个人的愿望，对堕落的灵魂充满怜悯之心。”

外士纳瓦最关心的事情是，拯救堕落的灵魂。

第 48 节　वीरवर्य पितः पृथ्व्याः समाः सञ्जीव शाश्वतीः ।
यस्येदृश्यच्युते भक्तिः सर्वलोकैकभर्तरि ॥४८॥

vīra-varya pitaḥ pṛthvyāḥ
samāḥ sañjīva śāśvatīḥ
yasyedṛśy acyute bhaktiḥ
sarva-lokaika-bhartari

vīra-varya—最杰出的勇士 / pitaḥ—父亲 / pṛthvyāḥ—全球的 / samāḥ—年龄相仿 / sañjīva—活着 / śāśvatīḥ—永远 / yasya—……的 / īdṛśī—像这样 / acyute—向至尊 / bhaktiḥ—奉爱 / sarva—所有的 / loka—星球 / eka—一 / bhartari—维系者

译文 为此，全体神圣的布茹阿玛纳齐声对普瑞图王说：啊，最杰出的勇士、这地球的父亲！永无过失的至尊人格首神是所有宇宙的主人，而您对祂怀有巨大的奉爱之情，所以祝您长寿。

要旨 聚集在现场的圣人们祝愿普瑞图王长寿，因为他有对至尊人格首神的坚定信心和奉爱之情。尽管人的寿命有限，但如果他有机会成为奉献者，他就可以活得比他原该享受的寿命要长的时间。事实上，有些瑜伽师按照自己的意愿死去，而不是按照物质自然的法律。奉献者的另一个特点是，他因为对至尊主怀有忠贞不渝的奉爱之情而永远活着。经典中说："背后留下美名的人永远活着(kīrtir yasya sa jīvati)。"尤其是有至尊主奉献者之名的人，更无疑是永远活着的。主柴坦亚·玛哈帕布在与茹阿玛南达·若依(Rāmānanda Rāya)谈话时询问道："最佳的美名是什么？" 茹阿玛南达·若依回答道：一个以伟大的奉献者闻名于世的人，有最佳的美名，因为奉献者不仅永远活在外琨塔星球上，而且还因他的声望而永远活在这个物质世界里。

第49节 अहो वयं ह्यद्य पवित्रकीर्ते
त्वयैव नाथेन मुकुन्दनाथाः ।
य उत्तमश्लोकतमस्य विष्णो-
र्ब्रह्मण्यदेवस्य कथां व्यनक्ति ॥४९॥

aho vayaṁ hy adya pavitra-kīrte
tvayaiva nāthena mukunda-nāthāḥ
ya uttamaślokatamasya viṣṇor
brahmaṇya-devasya kathāṁ vyanakti

aho－天啊 / vayam－我们 / hi－肯定地 / adya－今天 / pavitra-kīrte－至纯至粹啊 / tvayā－由您 / eva－肯定地 / nāthena－由至尊

主 / mukunda－至尊人格首神 / nāthāḥ－作为至高无上的主题 / ye－……的人 / uttama-śloka-tamasya－被精选诗歌赞美的至尊人格首神 / viṣṇoḥ－维施努的 / brahmaṇya-devasya－受到布茹阿玛纳崇拜的至尊主的 / kathām－话语 / vyanakti－表达

译文 他们继续说：亲爱的普瑞图王，您的名声最清白无瑕，因为至尊人格首神——布茹阿玛纳的主人，是最值得赞美的人物，而您就在传播祂的荣耀。既然我们极为幸运地有您当我们的主人，我们便认为自己直接生活在至尊主代理的统治下。

要旨 国民们宣称：在普瑞图王的保护下，他们直接受到至尊人格首神的保护。这是物质世界中社会安定的基础。韦达经中说，至尊人格首神是众生的维系者和领袖，君王或政府行政首脑必须是至尊人的代表，这样他才能要求人们像尊敬神一样地尊敬他。这节诗中说明普瑞图王在宣传至尊人格首神维施努的最高地位和荣耀，因而是至尊主真正的代表，以此告诉君王或社会领袖如何才能成为至尊人格首神的代表。在这样的君王或领袖管理、统治下的人类社会，将保持最佳的状态。这种君王或领袖的首要责任，是在他的国家里保护布茹阿玛纳文化和乳牛。

第 50 节 नात्यद्भुतमिदं नाथ तवाजीव्यानुशासनम् ।
प्रजानुरागो महतां प्रकृतिः करुणात्मनाम् ॥५०॥

nātyadbhutam idaṁ nātha
tavājīvyānuśāsanam
prajānurāgo mahatāṁ
prakṛtiḥ karuṇātmanām

na－不 / ati－很伟大 / adbhutam－奇妙 / idam－这 / nātha－大人

啊 / tava—您的 / ājīvya—收入之源 / anuśāsanam—统治国民 / prajā—国民 / anurāgaḥ—情感 / mahatām—伟大者的 / prakṛtiḥ—自然 / karuṇa—仁慈 / ātmanām—生物体的

译文 亲爱的君主，统治您的国民是您的职责。由于您慈悲为怀，这职责对您这样满怀深情地关照国民利益的人来说，并不是一项非同寻常的任务，因为那本就是您的崇高品格。

要旨 君王的责任是保护他的国民，并靠征收税金维持自己的生活。由于韦达社会分为布茹阿玛纳、查锺亚、外夏和庶铎这四个阶层，经典中也谈到了他们各自维持生活的方法。布茹阿玛纳应该靠传播知识过活，所以应该从他们的学生那里收取捐款。君王应该保护国民，使他们过上最高水平的生活，所以可以向国民征收税金。商人和农场主为全社会生产粮食，因此可以从中赚取一些利润。庶铎因为既不能像布茹阿玛纳和查锺亚那样工作，也不能像外夏一样工作，所以应该为那些社会高阶层的人做服务，靠他们提供生活的必需品生活。

这节诗中谈到合格的君王或政治领袖的特征说：他必须很仁慈，对人们充满怜悯之心，关照他们的首要利益——使他们成为至尊人格首神的高级奉献者。伟大的灵魂自然想要为他人谋福利，外士纳瓦尤其是社会中最慈悲为怀的人物。因此我们这样向外士纳瓦领袖致敬说：

vāñchā-kalpatarubhyaś ca
　kṛpā-sindhubhya eva ca
patitānāṁ pāvanebhyo
　vaiṣṇavebhyo namo namaḥ

“我恭恭敬敬地向至尊主的全体外士纳瓦奉献者顶礼。他们恰似如愿树，能满足每一个人的愿望，对堕落的灵魂充满怜悯之心。”

只有外士纳瓦领袖可以满足人们的一切愿望(vāñchā-kalpataru)，因为他为人类社会的利益做出最大的贡献，所以说他慈悲为怀。他是一切堕落灵魂的拯救者(patita-pāvana)，因为如果君王或政府首脑追随自然是传教事业的领袖的布茹阿玛纳和外士纳瓦，外夏就会也追随布茹阿玛纳和外士纳瓦，而庶铎就会为他们服务。这样，整个社会就会成为彼此合作向最完美的生活迈进的人类共同体。

第 51 节　अद्य नस्तमसः पारस्त्वयोपासादितः प्रभो ।
भ्राम्यतां नष्टदृष्टीनां कर्मभिर्दैवसंज्ञितैः ॥५१॥

adya nas tamasaḥ pāras
tvayopāsāditaḥ prabho
bhrāmyatāṁ naṣṭa-dṛṣṭīnāṁ
karmabhir daiva-saṁjñitaiḥ

adya—今天 / naḥ—我们的 / tamasaḥ—物质存在的黑暗的 / pāraḥ—另一面 / tvayā—由您 / upāsāditaḥ—增长 / prabho—主人啊 / bhrāmyatām—流浪者 / naṣṭa-dṛṣṭīnām—失去了生活目标的人 / karmabhiḥ—因为过去的行为 / daiva-saṁjñitaiḥ—由高级权威安排

译文　国民们继续道：今天，您启亮了我们的双眼，向我们揭示该如何跨越无知的海洋。我们过去的所作所为及更高权威的安排，使我们身陷功利性活动的罗网中，看不到生命的目的地，因而一直在物质宇宙中游荡。

要旨　在这节诗中，“过去的所作所为及更高权威的安排(karmabhir daiva-saṁjñitaiḥ)”一句极为重要。由于我们的活动性质，我们与物质自然属性纠缠在一起；由于更高权威的安排，我们得到机会，在不同的躯体中享受这种功利性活动的结果。就这样，看不到生命之目的地的众生在遍布宇宙的不同物种中游荡，有时在低等物种中出生，有时投生在高等星系里；从无法追溯的时候起，我们就都这样游荡着。凭借灵性导师和至尊人格首神的恩典，我们得到奉爱生活的线索，从此开始迈向成功的生命。普瑞图王的国民们在此公认了这一点。他们在完全觉悟的情况下公认，普瑞图王的活动使他们受益匪浅。

第 52 节 नमो विवृद्धसत्त्वाय पुरुषाय महीयसे ।
यो ब्रह्म क्षत्रमाविश्य बिभर्तीदं स्वतेजसा ॥५२॥

namo vivṛddha-sattvāya
puruṣāya mahīyase
yo brahma kṣatram āviśya
bibhartīdaṁ sva-tejasā

namaḥ—全部的敬意 / vivṛddha—高层次的 / sattvāya—向存在 / puruṣāya—向某人 / mahīyase—向光荣的人 / yaḥ—……的 / brahma—布茹阿玛纳文化 / kṣatram—行政职责 / āviśya—进入 / bibharti—维持 / idam—这 / sva-tejasā—靠他自己的力量

译文 亲爱的君主，您处在善良属性的存在状态中，因此是至尊主完美的代表。您本人的非凡能力使您光荣无比；您通过介绍布茹阿玛纳文化，并作为查锤亚保护您负责照管的每一个人来维护整个世界。

要旨 不传播布茹阿玛纳文化，国民得不到政府适当的保护，便没有社会标准可以得到严格的维持。普瑞图王因为处在纯粹善良属性的状态中而能够维护社会极佳的状态，普瑞图王的国民们一致认同这一点。诗中“高层次的存在(vivṛddha-sattvāya)”一句极为重要。物质世界里有善良、激情和愚昧三种属性。人必须靠做奉爱服务把自己从愚昧属性的层面提升到善良属性的层面。从生命的低等状态提升至高等状态没有其他方法，只有靠做奉爱服务。正如《圣典博伽瓦谭》前面的篇章忠告的，仅仅靠与奉献者联谊，有规律地聆听他们讲述的《圣典博伽瓦谭》，人就能把自己从低等状态提升到最高的境界。《圣典博伽瓦谭》第1篇第2章的第17节诗说：

śṛṇvatāṁ sva-kathāḥ kṛṣṇaḥ
puṇya-śravaṇa-kīrtanaḥ
hṛdy antaḥ-stho hy abhadrāṇi
vidhunoti suhṛt satām

诗中大意是：当人从事聆听和歌唱至尊主这两项基本的奉爱服务时，在每一个人心中的至尊主就会帮助奉献者净化他的心。在逐渐的净化过程中，人摆脱激情和愚昧属性的影响，处在善良属性的层面上。受激情和愚昧属性影响的结果是，人变得好色和贪婪。人上升到善良属性的层面上时，就满足于生活的任何状况，不再贪婪及好色。有这种心理状态说明人处在善良属性的层面上。人必须超越这善良属性，将自己提升到称为纯粹善良属性的层面(vivṛddha-sattva)上。在纯粹善良属性的层面上，人充满了奎师那意识。正因为如此，普瑞图王在这节诗中被说成是处在超然状态中的人。然而，普瑞图王虽然处在纯粹奉献者的超然层面上，但却为了人类社会的利益下到布茹阿玛纳和查锤亚的层面，用他个人的非凡力量保护整个世界。他虽然是君王——查锤亚，但因为是外士纳瓦，也就是布茹阿玛纳。作为布茹阿玛纳，他可以给国民以正确的教导；作为查锤亚，他可以正确地保护全体国民。就这样，普瑞图王的国民们在所有的方面都得到了完美君王的保护。

到此为止，结束了巴克提韦丹塔对《圣典博伽瓦谭》第4篇第21章——“普瑞图王的教诲”所作的阐释。

第二十二章

普瑞图王会见库玛尔四兄弟

第 1 节

मैत्रेय उवाच
जनेषु प्रगृणत्स्वेवं पृथुं पृथुलविक्रमम् ।
तत्रोपजग्मुर्मुनयश्चत्वारः सूर्यवर्चसः ॥१॥

maitreya uvāca
janeṣu pragṛṇatsv evaṁ
pṛthuṁ pṛthula-vikramam
tatropajagmur munayaś
catvāraḥ sūrya-varcasaḥ

maitreyaḥ uvāca一圣人麦垂亚继续说 / janeṣu一国民 / pragṛṇatsu一当为……而祈祷时 / evam一如此 / pṛthum一对普瑞图王 / pṛthula一高度的 / vikramam一强有力的 / tatra一那儿 / upajagmuḥ一到达 / munayaḥ一库玛尔兄弟 / catvāraḥ一四 / sūrya一如太阳 / varcasaḥ一发亮

译文 大圣人麦垂亚说：就在国民们这样赞美最强有力的普瑞图王时，如太阳般放光的库玛尔四兄弟抵达现场。

第 2 节

तांस्तु सिद्धेश्वरान् राजा व्योम्नोऽवतरतोऽर्चिषा ।
लोकानपापान् कुर्वाणान् सानुगोऽचष्ट लक्षितान् ॥२॥

tāṁs tu siddheśvarān rājā
vyomno 'vatarato 'rciṣā
lokān apāpān kurvāṇān
sānugo 'caṣṭa lakṣitān

tān一他们 / tu一但 / siddha-īśvarān一所有神秘力量之主 / rājā一君王 / vyomnaḥ一从天空 / avataratah一降临时 / arciṣā一以他们熠熠的

光华 / lokān—所有的星球 / apāpān—无罪的 / kurvāṇān—如此做 / sa-anugaḥ—与他的同伴 / acaṣṭa—认出 / lakṣitān—因看到他们

译文 看到从天而降的神秘力量的主人库玛尔四兄弟放射出的强烈光芒，君王及他的同伴们，都认出了他们。

要旨 这里把库玛尔(Kumāra)四兄弟描述为是“一切神秘力量的主人(siddheśvarān)”练瑜伽达到完美境界的人，立刻控制了八种神通：可以变得比最小的还小，比最轻的还轻，比最大的还大，得到想要的一切，控制一切，等等。库玛尔四兄弟作为一切神秘力量的主人，具有所有这些瑜伽神通，因此可以在没有交通工具的情况下在外太空旅行。他们从其他星球来，不是乘坐飞机，而是自己就来了。换句话说，库玛尔四兄弟也是不用交通工具就能在太空旅行的太空人。住在名叫希达珞卡(Siddhaloka)上的居民，都能在不用交通工具的情况下在外太空中从一个星球到另一个星球去旅行。然而，这里谈到的库玛尔四兄弟的特殊力量是，他们所去的地方马上就变得不再有丝毫罪恶。在普瑞图王(Mahārāja Pṛthu)统治期间，这个地球上的一切都是无罪的，因此库玛尔四兄弟决定去看君王。他们通常根本不去罪孽深重的星球。

第3节 तद्दर्शनोद्गतान् प्राणान् प्रत्यादित्सुरिवोत्थितः ।
ससदस्यानुगो वैन्य इन्द्रियेशो गुणानिव ॥ ३ ॥

tad-darśanodgatān prāṇān
pratyāditsur ivotthitaḥ
sa-sadasyānugo vainya
indriyeśo guṇān iva

tat—他 / darśana—看着 / udgatān—因为有极大的欲望 / prāṇān—生活 / pratyāditsuḥ—平和地进行 / iva—像 / utthitaḥ—起来 / sa—和 /

sadasya—同伴及追随者 / anugaḥ—官员 / vainyaḥ—普瑞图王 / indriya-īśaḥ—生物体 / guṇān iva—因受物质自然属性的影响

译文 看到库玛尔四兄弟，普瑞图王迫切地想要迎接他们，于是与他的官员们一起匆忙起立，急切程度仿佛感官立刻受到物质自然属性吸引的受制约的灵魂一般。

要旨 《博伽梵歌》(Bhagavad-gītā)第3章的第27节诗中说：

prakṛteḥ kriyamāṇāni
guṇaiḥ karmāṇi sarvaśaḥ
ahaṅkāra-vimūḍhātmā
kartāham iti manyate

“灵魂受假我迷惑，以为是自己在活动，却不知实际是物质自然的三种属性在活动。”

每一个受制约的灵魂都受到物质自然三种属性以某种比例混合在一切的影响。他因为完全受物质自然的影响，所以执著于被迫从事的某类活动。普瑞图王在这节诗中被比作这样一个受制约的灵魂，并非因为他是受制约的灵魂，而因为他是那么急切地想要迎接库玛尔四兄弟，以至于好像如果没有他们，他就会失去生命一样。受制约的灵魂受到感官享乐对象的吸引；他的眼睛受吸引去看美丽的事物，耳朵受吸引去听动听的音乐，鼻子受吸引去享受鲜花的芳香，舌头受吸引去品尝美味的食物。同样，他所有其他的感官，他的手、腿、肚子、生殖器和心念等，都那么容易受享乐对象的吸引，以至于他根本控制不了自己。同样，普瑞图王无法抑制自己要迎接库玛尔四兄弟的冲动；库玛尔四兄弟因为灵性上的进步而光芒四射，所以不仅他本人，就连他的官员和同伴们都要迎接他们。俗话说：物以类聚，人以群分。在这个世界上，每个人都受与他有同样兴趣爱好的人的吸引。酒鬼愿意与酒鬼在一起。同样道理，圣洁之人受另一个圣洁之人的吸引。普瑞图王处在灵性上最进步的状态中，所以受到与他相似的库玛尔四兄弟的吸引。因此俗话说，看一个人的同伴，就知道他本人是什么样的人。

第 4 节 गौरवाद्यन्त्रितः सभ्यः प्रश्रयानतकन्धरः ।
विधिवत्पूजयां चक्रे गृहीताध्यर्हणासनान् ॥ ४ ॥

gauravād yantritaḥ sabhyaḥ
praśrayānata-kandharaḥ
vidhivat pūjayāṁ cakre
gṛhītādhyarhaṇāsanān

gauravāt—荣耀 / yantritaḥ—完全的 / sabhyaḥ—最文明的 / praśraya—靠谦卑 / ānata-kandharaḥ—低下肩膀 / vidhi-vat—根据经典的训示 / pūjayām—靠崇拜 / cakre—执行 / gṛhīta—接受 / adhi—包括 / arhaṇa—迎接客人的物品 / āsanān—座位

译文 当非凡的圣人接受了他们按启示经典的指示所作的迎接并最终在君王奉上的坐椅上坐下时，受到圣人的光荣影响的君王，立刻向他们顶礼，以此方式崇拜库玛尔四兄弟。

要旨 库玛尔四兄弟是外士纳瓦传承(Vaiṣṇava sampradāya)中的灵性导师。在布茹阿玛传承(Brahma-sampradāya)、幸运女神传承(Śrī-sampradāya)、库玛尔传承(Kumāra-sampradāya)和茹铎传承(Rudra-sampradāya)这四个传承中，名叫库玛尔传承的这支师徒传承，是由库玛尔四兄弟传下来的。普瑞图王非常尊敬师徒传承中的灵性导师们(sampradāya-ācāryas)。正如圣维施瓦纳特·查夸瓦尔提·塔库尔(Viśvanātha Cakravartī Ṭhākura)所说，应该像尊敬至尊人格首神一样地尊敬师徒传承中的灵性导师(sākṣād-dharitvena samasta-śāstraiḥ)。这节诗中的梵文“按照经典中的教导(vidhivat)”一词非常重要，意思是说，普瑞图王在迎接一位来自超然的师徒传承中的灵性导师(ācārya)时，也严格遵守经典(śāstra)中的教导。人一旦看到一位灵性导师，就该立刻向他顶礼。普瑞图王正确地做到了这一点，所以诗中说他出于谦卑，向库玛尔四兄弟顶礼(praśrayānata-kandharaḥ)。

第5节　तत्पादशौचसलिलैर्मार्जितालकबन्धनः ।
तत्र शीलवतां वृत्तमाचरन्मानयन्निव ॥ ५॥

tat-pāda-śauca-salilair
mārjitālaka-bandhanaḥ
tatra śīlavatāṁ vṛttam
ācaran mānayann iva

tat-pāda—他们的莲花足 / śauca—洗 / salilaiḥ—水 / mārjita—洒 / alaka—头发 / bandhanaḥ—一束 / tatra—那儿 / śīlavatām—值得尊敬的绅士的 / vṛttam—行为 / ācaran—举止 / mānayan—练习 / iva—如

译文　这以后，君王将洗过库玛尔四兄弟的莲花足的水洒在自己头上。君王作为典范人物，用这种充满敬意的举动向人们示范该如何迎接灵性进步的人物。

要旨　圣柴坦亚·玛哈帕布(Caitanya Mahāprabhu)说：人必须通过自己的正确行为教导他人(āpani ācari prabhu jīvere śikhāya)。人们很清楚：圣柴坦亚·玛哈帕布在祂的一生当中，总是身体力行地按照祂作为灵性导师所教导的一切去做。当祂以奉献者的身份传教时，尽管有几位伟大的人物认出祂就是奎师那的化身，但祂从不同意被称为化身。即使一个人也许是奎师那的化身，或被奎师那特殊赋予了力量，他也不该宣传自己是化身。在适当的时候，人们自然会接受真正的事实。普瑞图王是理想的外士纳瓦君王，因此以身作则教导他人如何迎接和尊敬像库玛尔四兄弟那样的圣人。韦达传统是：当一位圣人来到自己家时，人应该首先用水洗他的双足，然后把这水洒在自己和家人的头上。普瑞图王作为人民大众的模范教师，就是这样做的。

第6节 हाटकासन आसीनान् स्वधिष्ण्येष्विव पावकान् ।
श्रद्धासंयमसंयुक्तः प्रीतः प्राह भवाग्रजान् ॥ ६ ॥

hāṭakāsana āsīnān
sva-dhiṣṇyeṣv iva pāvakān
śraddhā-saṁyama-saṁyuktaḥ
prītaḥ prāha bhavāgrajān

hāṭaka-āsane—在金制的王座上 / āsīnān—他们都坐下时 / sva-dhiṣṇyeṣu—在祭坛上 / iva—就像 / pāvakān—火 / śraddhā—尊敬 / saṁyama—克制 / saṁyuktaḥ—用……装饰 / prītaḥ—取悦 / prāha—说 / bhava—主希瓦 / agra-jān—兄长

译文 四位伟大的圣人比主希瓦年长；他们在黄金宝座上坐下时，看似神坛上燃烧的火焰。普瑞图王出于他极度的和善及对他们的尊重，开口彬彬有礼地对他们说了如下的话。

要旨 这节诗中说库玛尔四兄弟是主希瓦(Śiva)的哥哥。当主布茹阿玛(Brahmā)从他的身体中生出库玛尔四兄弟时，曾要求他们结婚，以增加宇宙人口。在创造的一开始，急需增加宇宙中的人口，主布茹阿玛于是一个又一个地创造出儿子，并要求他们负责这项工作。然而，当库玛尔四兄弟被要求这样做时，他们拒绝了。他们想要一生都当独身禁欲的贞守生(brahmacārī)，全身心投入地为至尊主做奉爱服务。库玛尔四兄弟被称为终生贞守生(naiṣṭhika-brahmacārī)，意思是他们永不结婚。他们拒绝结婚，使主布茹阿玛愤怒得眼睛都红了。这时，从他的两眉间出来了主希瓦，也就是茹铎(Rudra)。结果，这种愤怒的状态便被称为茹铎。主希瓦也有一个师徒传承，称为茹铎传承，传承中的人都是外士纳瓦(Vaiṣṇava)。

第7节　**पृथुरुवाच**

अहो आचरितं किं मे मङ्गलं मङ्गलायनाः ।
यस्य वो दर्शनं ह्यासीद् दुर्दर्शानां च योगिभिः ॥७॥

pṛthur uvāca
aho ācaritaṁ kiṁ me
maṅgalaṁ maṅgalāyanāḥ
yasya vo darśanaṁ hy āsīd
durdarśānāṁ ca yogibhiḥ

pṛthuḥ uvāca—普瑞图王说 / aho—主人啊 / ācaritam—练习 / kim—什么 / me—由我 / maṅgalam—好运 / maṅgala-āyanāḥ—好运的人格化身啊 / yasya—……的 / vaḥ—您们的 / darśanam—听众 / hi—肯定地 / āsīt—变得可能 / durdarśānām—很难被看到 / ca—也 / yogibhiḥ—被伟大的神秘瑜伽师

译文　普瑞图王说：我亲爱的非凡圣人，吉祥的人格化身，见到您们极不容易，就连神秘瑜伽师也不例外。事实上，您们难得被看见。我不知道自己曾从事过什么样的虔诚活动，竟使您们这样轻易地出现在我面前，赐予我仁慈。

要旨　人在灵性生活的路途上向前迈进时，如果发生什么不寻常的事，就应该明白是由人所不知的虔诚活动(ajñāta-sukṛti)导致的。见到至尊人格首神本人或祂纯粹的奉献者并非普通事件。当这样的事情发生时，应该了解是由过去从事过的虔诚活动引起的，正如《博伽梵歌》第7章的第28节诗中所说：在前生或今生行善并彻底消除了恶报的人，才能做奉爱服务(yeṣāṁ tv anta-gataṁ pāpaṁ janānāṁ puṇya-karmaṇām)。普瑞图王虽然一生从事虔诚活动，但还是觉得奇怪自己怎么会见到库玛尔四兄弟。他无法想象自己究竟从事过什么样的虔诚活动。这是普瑞图王谦逊的表现，他一生从事那么多虔诚活动，就连主维施努(Viṣṇu)都来看他，并预言了库玛尔四兄弟的到来。

第8节 किं तस्य दुर्लभतरमिह लोके परत्र च ।
यस्य विप्राः प्रसीदन्ति शिवो विष्णुश्च सानुगः ॥८॥

kiṁ tasya durlabhataram
iha loke paratra ca
yasya viprāḥ prasīdanti
śivo viṣṇuś ca sānugaḥ

kim—什么 / tasya—他的 / durlabha-taram—很难达到 / iha—在这个世界里 / loke—世界 / paratra—死后 / ca—或 / yasya—……的人 / viprāḥ—布茹阿玛纳和外士纳瓦 / prasīdanti—感到满意 / śivaḥ—绝对吉祥的 / viṣṇuḥ—主维施努 / ca—与……一样好 / sa-anugaḥ—由……陪伴着的

译文 任何人只要取悦了布茹阿玛纳和外士纳瓦，就能得到在这一世及死后很难得到的一切。不仅如此，他还得到由布茹阿玛纳和外士纳瓦陪伴着的、吉祥的主希瓦和主维施努的喜爱。

要旨 布茹阿玛纳(brāhmaṇa)和外士纳瓦是携带绝对吉祥者主维施努的人。正如《布茹阿玛·萨密塔》(Brahma-saṁhitā)第5章的第38节诗中证实说：

premāñjana-cchurita-bhakti-vilocanena
santaḥ sadaiva hṛdayeṣu vilokayanti
yaṁ śyāmasundaram acintya-guṇa-svarūpaṁ
govindam ādi-puruṣaṁ tam ahaṁ bhajāmi

奉献者出于对至尊人格首神哥文达(Govinda)极度的爱，总是把至尊主带在自己的心中。至尊主已经在每一个生物体的心中了，但外士纳瓦和布茹阿玛纳真正感知到祂的存在，总是在如痴如醉的状态中看着祂。因此，布茹阿玛纳和外士纳瓦是携带主维施努的人。他们无论去哪里，主维施努、主希瓦或主维施努的其他奉献者就都被带着一起去。库玛尔四兄弟是布茹阿玛纳，他们来拜访普瑞图王，主维施努和祂的奉献者自然也都到场了。在这样的情况下，结论是：当布茹阿玛纳和外士纳瓦对谁满意，主维施努也对那个人满意。对此，圣维施瓦纳特·查夸瓦尔提·塔库尔在他赞颂灵性导师的八节诗中证实道：人通过取悦既是布茹阿玛纳又是外士纳瓦的灵性导师，取悦至尊人格首神(yasya prasādād bhagavat-prasādaḥ)。至尊人格首神一旦对谁高兴，这个人就取得了最高成就，在这世上或死后别无所求。

第9节　नैव लक्षयते लोको लोकान् पर्यटतोऽपि यान् ।
यथा सर्वदृशं सर्व आत्मानं येऽस्य हेतवः ॥ ९ ॥

naiva lakṣayate loko
lokān paryaṭato 'pi yān
yathā sarva-dṛśaṁ sarva
ātmānaṁ ye 'sya hetavaḥ

na－不 / eva－如此 / lakṣayate－能够看到 / lokaḥ－人们 / lokān－所有的星球 / paryaṭataḥ－旅游 / api－虽然 / yān－……的 / yathā－正

如 / sarva-dṛśam—超灵 / sarve—在所有的……中 / ātmānam—在众生中 / ye—那些 / asya—宇宙展示的 / hetavaḥ—源头

译文 普瑞图王继续道：尽管您们游遍所有的星系，但人们无法了解您们，正如尽管超灵在每个人的心中见证着一切，人们却无法了解祂。就连主布茹阿玛和主希瓦都无法了解超灵。

要旨 《圣典博伽瓦谭》(Śrīmad-Bhāgavatam)在一开篇说：就连伟大的半神人有时都对至尊主感到迷惑(muhyanti yat sūrayaḥ)。主布茹阿玛、主希瓦、天帝因铎(Indra)和月亮神昌铎(Candra)在试图了解至尊人格首神时有时会感到迷惑。主奎师那来到这个星球时，就连主布茹阿玛和天帝因铎也误解祂，更何况认为绝对真理——人格首神是不具人格特性的那些大瑜伽师(yogī)或思辨者(jñānī)呢？同样，像库玛尔四兄弟那样伟大的人物和外士纳瓦，虽然在全宇宙不同的星系旅行，但普通人却看不见他们。当萨纳坦·哥斯瓦米去见主柴坦亚·玛哈帕布时，昌铎晒卡尔·阿查尔亚(Candraśekhara Ācārya)认不出他。结论是：至尊人格首神处在每一个生物体的心中，祂纯粹的奉献者外士纳瓦也在全世界旅行，但被物质自然属性控制的人无法了解至尊人格首神的形象、这个宇宙展示的源头，以及外士纳瓦。因此，经典中说：人用物质的眼睛看不到至尊人格首神或外士纳瓦。人必须首先净化他的感官，为至尊主做服务，然后才能逐渐认识到谁是至尊人格首神，谁是外士纳瓦。

第 10 节 अधना अपि ते धन्याः साधवो गृहमेधिनः ।
यद्गृहा ह्यर्हवर्याम्बुतृणभूमीश्वरावराः ॥१०॥

adhanā api te dhanyāḥ
sādhavo gṛha-medhinaḥ
yad-gṛhā hy arha-varyāmbu-
tṛṇa-bhūmīśvarāvarāḥ

adhanāḥ—不是很富有 / api—虽然 / te—他们 / dhanyāḥ—光荣的 / sādhavaḥ—圣人 / gṛha-medhinaḥ—依恋家庭生活的人 / yat-gṛhāḥ—家……的人 / hi—无疑 / arha-varya—最值得崇拜的 / ambu—水 / tṛṇa—草 / bhūmi—土地 / īśvara—主人 / avarāḥ—仆人

译文 不太富有并依恋家庭生活的人，在神圣之人出现在他家中时变得极为光荣。忙着迎接崇高的到访者并为他们奉上水、座位和各种用品的主人及仆人，都变得光荣，就连住家也光荣起来。

要旨 从物质的角度看，不是很有钱的人并不光荣；从灵性的角度看，太依恋家庭生活的人也不光荣。但圣洁的人却愿意去探望贫穷之人或依恋物质家庭生活的人。圣人到这些人家去时，房子的主人和他的仆人用水给圣洁之人洗脚，给圣人铺设座位并奉上其他用品，通过这样做而变得光荣。结论是：当圣人甚至到一个不重要的人家去时，那人也会因圣人的祝福而变得光荣；所以，韦达制度规定，居士要邀请圣人去他家，接受圣人的祝福。印度国内至今还保留这种做法，因此无论圣人去哪里，都受到居士的接待，而居士则有机会接收到超然的知识。托钵僧(sannyāsī)的责任是，为给一般不知道灵修价值的居士带去灵性的利益而到处旅行。

人们也许辩论说：并不是所有的居士都很有钱，所以并不是每一个居士都能接待伟大的圣人或传教士，因为这些圣人或传教士总是由他们的门徒陪伴着。居士如果要接待圣人，也就要接待他的随行人员。经典中说，杜尔瓦萨·牟尼总是有六万个门徒随行，如果对他们的接待有一点不周到，他就会变得非常愤怒，有时甚至诅咒接待他们的居士。事实上，每一个居士无论他的经济条件如何，都能至少满怀奉爱之情地接待圣洁的宾客，为他们端上喝的水，因为饮用水随处可得。印度的习俗是，如果有人突然到访，哪怕是最普通的人，主人即使没有食物可以给他，也会给他奉上一杯水。如果家中没有水，那么主人至少可以奉上一个座位，哪怕是稻草垫也可以。人如果连稻草垫都没有，就可以立刻清扫地面，请客人就地坐下。假设一个居士就连这都无法做到，那他可以双手合十地对客人说“欢迎”。他如果不能这么做，就应该为他可怜的处境感到非常难过，流着泪与他的妻子和孩子等全家人一起向客人致敬。他这样可以使任何宾客满意，哪怕那客人是圣人或君王也不例外。

第 11 节 व्यालालयद्रुमा वै तेष्वरिक्ताखिलसम्पदः ।
यद्गृहास्तीर्थपादीयपादतीर्थविवर्जिताः ॥११॥

vyālālaya-drumā vai teṣv
ariktākhila-sampadaḥ
yad-gṛhās tīrtha-pādīya-
pādatīrtha-vivarjitāḥ

vyāla—毒蛇 / ālaya—家 / drumāḥ—树 / vai—肯定地 / teṣu—在那些房子里 / arikta—大量的 / akhila—所有的 / sampadaḥ—财富 / yat—那些 / gṛhāḥ—房子 / tīrtha-pādīya—与伟大圣人的双足有关 / pāda-tīrtha—洗他们的双足的水 / vivarjitāḥ—没有

译文 相反，如果居士从不允许至尊主的奉献者进入自己的房子，不用水洗他们的莲花足，那么哪怕他再富有，取得所有的物质成就，他的住家也被视为是有各种毒蛇居住其中的一棵树。

要旨　这节诗中的梵文“与伟大圣人的双足有关(tīrtha-pādīya)”一句，指的是主维施努的奉献者——外士纳瓦。至于布茹阿玛纳，前一节诗已经讲述了迎接他们的心态。现在这节诗特别强调的是外士纳瓦。在人生弃绝阶层中的人——托钵僧(sannyāsī)，通常都不顾麻烦去启发居士们。托钵僧分单棒托钵僧(ekadaṇḍī sannyāsī)和三棒托钵僧(tridaṇḍī sannyāsī)。单棒托钵僧一般是商卡尔阿查尔亚的追随者，也被称为假象宗托钵僧(Māyāvādī sannyāsī)。相反，三棒托钵僧追随茹阿玛努佳查尔亚(Rāmānujācārya)、玛达瓦查尔亚(Madhvācārya)等外士纳瓦的灵性导师，不顾麻烦地去启发居士们。单棒托钵僧察觉到灵魂不同于躯体，所以可以处在纯粹的梵(Brahman)的层面上，但主要都是非人格神主义者。外士纳瓦知道绝对真理是至尊人，而梵光是至尊人格首神放射出的光芒，正如祂在《博伽梵歌》第14章的第27节诗证实的，我是非人格梵的基础(brahmaṇo hi pratiṣṭhāham)。结论是，“与伟大圣人的双足有关”一句，指的是外士纳瓦。《圣典博伽瓦谭》第1篇第13章的第10节诗中说：把所到之处都转化为圣地(tīrthī-kurvanti tīrthāni)。这是指，外士纳瓦无论去哪里，都立刻把那个地方转化为朝圣之地(tīrtha)。外士纳瓦托钵僧在全世界旅行，靠他们莲花足的触碰把每一处都变成了朝圣之地。这节诗中谈到，不用上节诗解释过的方法去接待外士纳瓦的房子，被视为是毒蛇居住的地方。据说檀香树这种珍贵的树木周围，就有毒蛇居住。檀香很凉，毒蛇因为它们的毒牙总是感到很热，所以依靠檀香树使自己变得凉一些。同样，有许多富人在家中饲养看门狗或雇用看门人，并在大门上写着“禁止入内”、“小心有狗”等。在西方国家，有时人们即使射杀侵入者也没有罪。这就是现代邪恶社会中的居士们的状态，不接待外士纳瓦的房子被视为是毒蛇的住所。这种家庭中的成员不比毒蛇强，因为毒蛇生性极为忌妒，当忌妒直接对着圣人时，忌妒之人的状态就更加危险了。查纳克亚·潘迪特(Cāṇakya Paṇḍita)说：有两种生性忌妒的生物体，一种是毒蛇，一种是忌妒之人。忌妒之人比毒蛇还危险，因为毒蛇可以用咒语或一些草药加以制服，但忌妒之人无论用什么方法都无法使其平静下来。

第12节 स्वागतं वो द्विजश्रेष्ठा यद्व्रतानि मुमुक्षवः ।
चरन्ति श्रद्धया धीरा बाला एव बृहन्ति च ॥१२॥

svāgataṁ vo dvija-śreṣṭhā
yad-vratāni mumukṣavaḥ
caranti śraddhayā dhīrā
bālā eva bṛhanti ca

su-āgatam—欢迎 / vaḥ—对你 / dvija-śreṣṭhāḥ—最好的布茹阿玛纳 / yat—……的 / vratāni—誓言 / mumukṣavaḥ—渴望解脱的人的 / caranti—举止 / śraddhayā—以极大的信心 / dhīrāḥ—被控制 / bālāḥ—男孩 / eva—就像 / bṛhanti—遵守 / ca—也

译文 普瑞图王向库玛尔四兄弟表示欢迎，称他们为最优秀的布茹阿玛纳。他欢迎他们说：您们一出生就严格遵守独身禁欲的誓言；您们虽然很熟悉解脱之途，却保持自己如孩童一般。

要旨 库玛尔四兄弟的独特之处在于，他们是贞守生，从出生就一直过独身禁欲的生活(brahmacaryi)。他们有意把自己保持在四到五岁的孩童状态，因为孩童的感官从不受性的打扰，而人长大到青少年时期，他的感官就会受性冲动的打扰，保持独身禁欲就非常困难了。这是库玛尔四兄弟生活的独特之处，普瑞图王因此称他们是最优秀的布茹阿玛纳。库玛尔四兄弟不仅由最优秀的布茹阿玛纳(主布茹阿玛)生出，而且因为本身也是外士纳瓦，所以在这节诗中被称为“最优秀的布茹阿玛纳(dvija-śreṣṭhāḥ)”。

正如我们已经解释过的，他们有他们的师徒传承(sampradāya)，他们的传承至今还有，被称为宁巴卡传承(Nimbārka-sampradāya)。在四个外士纳瓦灵性导师的传承中，宁巴卡传承是其中之一。普瑞图王尤其欣赏库玛尔的状态是因为，他们毕生都在遵守独身禁欲的誓言(brahmacarya)。然而，普瑞图王通过把库玛尔四兄弟称为"最优秀的外士纳瓦(vaiṣṇava-śreṣṭhāḥ)"，表达了对外士纳瓦的极度欣赏。换句话说，人们都应该向外士纳瓦致敬，而不必考虑他的家庭背景。人不该从出身去看外士纳瓦(vaiṣṇave jāti-buddhiḥ)。外士纳瓦永远是最优秀的布茹阿玛纳，所以人应该向外士纳瓦致以所有的敬意，因为他不仅是布茹阿玛纳，而且是最优秀的布茹阿玛纳。

第 13 节　**कच्चिन्नः कुशलं नाथा इन्द्रियार्थार्थवेदिनाम् ।**
व्यसनावाप एतस्मिन् पतितानां स्वकर्मभिः ॥१३॥

kaccin naḥ kuśalaṁ nāthā
indriyārthārtha-vedinām
vyasanāvāpa etasmin
patitānāṁ sva-karmabhiḥ

kaccit－是否 / naḥ－我们的 / kuśalam－好运 / nāthāḥ－主人啊 / indriya-artha－把感官享乐当做生命的最高目标 / artha-vedinām－只知道感官享乐的人 / vyasana－疾病 / āvāpe－得到 / etasmin－在这个物质存在中 / patitānām－堕落的人 / sva-karmabhiḥ－以他们自己的能力

译文　就有关人因为以前的所作所为而被束缚在这个危险的物质存在中的问题，普瑞图王询问圣人们道："这种只追求感官享乐的人能受到获得好运的祝福吗？"

要旨　普瑞图并没有询问库玛尔四兄弟是否鸿运当头，因为他们毕生都在过独身禁欲的生活，所以总是吉祥的。由于他们始终走在解脱的路途上，对他们来说不存在不吉祥的问题。换句话说，严格走灵性进步路途的布茹阿玛纳和外士纳瓦总是吉祥的。普瑞图王因为是居士(gṛhastha)兼君王，所以在这节诗中为自己问了个问题。通常，君王们不仅是沉溺于感官享乐的居士，而且为了练习断杀本领，战胜敌人，有时还要在狩猎时杀死动物。这些事情都不吉祥。非法性行为、吃肉、麻醉自我和赌博这四项罪恶活动，对查锤亚(kṣatriya, 刹帝利)来说是被允许的。为了政治的原因，他们有时不得不从事这些罪恶活动。查锤亚不受禁赌的限制。有关这一点，潘达瓦五兄弟的例子就可以说明问题。当潘达瓦五兄弟接到他们的对手杜尤丹(Duryodhana)的挑战，让他们以他们的王国作赌注赌博时，他们无法拒绝，结果那场赌博不仅使他们失去了王国，他们的妻子也收到侮辱。同样，查锤亚不能拒绝对方要求作战的挑战。普瑞图王考虑到所有这些事实后，询问库玛尔四兄弟有没有什么吉祥之途可以走。居士生活之所以不吉祥，是因为居士意味着感官享乐的意识；而只要有感官享乐，人的状态就总是充满危险的。《圣典博伽瓦谭》第10篇第14章的第58节诗中说，这个物质世界里每一步都有危险(padaṁ padaṁ yad vipadāṁ na teṣām)。众生都在这个物质世界里为感官享乐而苦苦奋斗。普瑞图王在清楚这些事实的情况下询问库玛尔四兄弟，所有因为过去从事的不吉祥活动而在这个物质世界里腐烂的坠落、受制约灵魂，是否有可能过上吉祥的灵性生活。这节诗中的“把感官享乐作为生命的最高目标(indriyārthārtha-vedi-nām)”一句非常重要。它指的是那些把满足感官当做生活的唯一目标的人。这种人被说成是“堕落的(patitānām)”。只有不再把感官享乐当做一切活动目标的人，才被视为是进步的。诗中另一个重要的词是“凭他们自身的能力(sva-karmabhiḥ)”。人因为他过去从事的有害活动而坠落，每一个人都该为此而负责。当人把活动转为奉爱服务时，他的吉祥生活便开始了。

第 14 节 भवत्सु कुशलप्रश्न आत्मारामेषु नेष्यते ।
कुशलाकुशला यत्र न सन्ति मतिवृत्तयः ॥१४॥

bhavatsu kuśala-praśna
ātmārāmeṣu neṣyate
kuśalākuśalā yatra
na santi mati-vṛttayaḥ

bhavatsu—对你 / kuśala—好运 / praśnaḥ—问题 / ātma-ārāmeṣu—总是处在灵性喜乐中的人 / na iṣyate—没有必要 / kuśala—好运 / akuśalāḥ—不吉祥的 / yatra—……的地方 / na—绝不 / santi—存在 / mati-vṛttayaḥ—心智杜撰

译文 普瑞图王继续说：我亲爱的先生，您们始终专注于灵性的极乐，所以没必要向您们询问有关好运和坏运。您们心中根本没有吉祥和不吉祥这种心智杜撰的产物。

要旨 《永恒的主柴坦亚经》末篇第4章的第176节诗中说：

'dvaite' bhadrābhadra-jñāna, saba—'manodharma'
'ei bhāla, ei manda',—ei saba 'bhrama'

在这个物质世界中，吉祥与不吉祥只不过是内心杜撰的概念，因为这样的事情只有与物质世界有联系时才存在。这称为错觉、假象(ātma-māyā)。正如我们在梦中以为自己正经历很多事情一样，我们认为自己是由物质自然创造的。然而，灵性的灵魂永远是超然的，根本不存在被物质覆盖的问题。这覆盖只不过是种幻觉或一个梦而已。《博伽梵歌》第2章的第62节诗中也说：注视和想念感官对象，就会对其产生依恋(dhyāyato viṣayān puṁsaḥ saṅgas teṣūpajāyate)；而对感官对象的依恋，使人杜撰出享乐的需要(saṅgāt sañjāyate kāmaḥ)。我们忘了自己的真正地位和状态，想要享受物质资源，于是产生了物质欲望，接着进行各种物质享乐。只要有进行物质享乐的想法，我们就会因接触而产生想要享受感官对象的渴望。当虚假的享受并不能真正使我们快乐时，我们便产生另一种错觉——愤怒，而愤怒的展现使错觉更加强烈。我们这样受迷惑时，就忘了自己与奎师那的关系，从而失去奎师那意识，真正的智慧遭到挫败。就这样，我们被束缚在这个物质世界里。《博伽梵歌》第2章的第63节诗说：

krodhād bhavati sammohaḥ
sammohāt smṛti-vibhramaḥ
smṛti-bhraṁśād buddhi-nāśo
buddhi-nāśāt praṇaśyati

“愤怒导致错觉，错觉使记忆迷乱。当记忆迷乱时，智力就丧失。智力一丧失，人就重新坠入物质泥潭。”与物质的接触使我们失去灵性意识，结果就产生了吉祥与不吉祥的问题。然而，觉悟了自我的人们(ātmārāma)超越这些问题。他们在灵性的快乐中逐渐进步，最终上升到与至尊人格首神交往、联谊的层面上。那是生命的完美境界。库玛尔四兄弟开始时曾是觉悟了自我的非人格神主义者，但逐渐变得受至尊主本人的娱乐活动的吸引。结论是：始终为人格首神做奉爱服务的人，不产生吉祥与不吉祥的相对性。因此，普瑞图王询问有关吉祥的问题是为自己问的，而不是为库玛尔四兄弟问的。

第 15 节 तदहं कृतविश्रम्भः सुहृदो वस्तपस्विनाम् ।
सम्पृच्छे भव एतस्मिन् क्षेमः केनाञ्जसा भवेत् ॥१५॥

tad ahaṁ kṛta-viśrambhaḥ
suhṛdo vas tapasvinām
sampṛcche bhava etasmin
kṣemaḥ kenāñjasā bhavet

tat一因此 / aham一我 / kṛta-viśrambhaḥ一完全肯定 / su-hṛdaḥ一朋友 / vaḥ一我们 / tapasvinām一受物质的痛苦 / sampṛcche一想探询 / bhave一在这个物质世界里 / etasmin一这个 / kṣemaḥ一最终的真实存在 / kena一靠…… / añjasā一毫不拖延 / bhavet一可以达到

译文　我确信，您们这样的人物是正被物质存在之火烧灼的人的唯一朋友。为此我请问您们，在这个物质世界里，我们怎么才能尽快达到生命的最终目的。

要旨　应该明白，圣人挨家挨户地去看那些太专注于物质活动的人时，并不是去要求个人利益。事实上，圣人去物质主义者那里，只是为了给他们有关吉祥的真正知识。普瑞图王坚信这一事实，因此并没有浪费时间询问库玛尔四兄弟本人的幸福安康，而是询问他们，他能否很快摆脱物质存在的危险状态。然而，这其实并非普瑞图王的个人问题。他之所以提这个问题，是为了教育普通大众，让他们知道，人一旦遇到伟大的圣人，就该立刻投靠他，询问他如何解除物质存在的痛苦。圣纳若塔玛·达斯·塔库尔(Narottama dāsa Ṭhākura)说：“我们一直在承受物质痛苦的折磨，我们的心备受煎熬，但却找不到去除这煎熬的方法(saṁsāra-viṣānale, divāniśi hiyā jvale, juḍāite nā kainu upāya)。”梵文又称物质主义者是“始终受物质痛苦折磨的人(tapasvī)”。人其实只要托庇于吟诵、吟唱哈瑞·奎师那曼陀(Hare Kṛṣṇa mantra)，就能摆脱所有这些物质痛苦。对此，纳若塔玛·达斯·塔库尔也解释说：“哥珞卡·温达文中神性之爱的宝库，以集体吟唱主哈尔依圣名的形式降临。为何我总不受那吟唱的吸引(golokera prema-dhana, hari-nāma-saṅkīrtana, rati nā janmila kene tāya)？”纳若塔玛·达斯·塔库尔后悔他不受哈瑞·奎师那曼陀这一超然的声音震荡的吸引。结论是：这个物质世界里所有的人都在受物质痛苦的煎熬，谁要是想摆脱痛苦，就必须与至尊主的奉献者——圣洁的人，在一起吟诵、吟唱伟大的曼陀：哈瑞·奎师那 哈瑞·奎师那 奎师那·奎师那 哈瑞·哈瑞/哈瑞·茹阿玛 哈瑞·茹阿玛 茹阿玛·茹阿玛 哈瑞·哈瑞(Hare Kṛṣṇa, Hare Kṛṣṇa, Kṛṣṇa Kṛṣṇa, Hare Hare/ Hare Rāma, Hare Rāma, Rāma Rāma, Hare Hare)。这是物质主义者能用的唯一吉祥的方法。

第 16 节 व्यक्तमात्मवतामात्मा भगवानात्मभावनः ।
स्वानामनुग्रहायेमां सिद्धरूपी चरत्यजः ॥१६॥

vyaktam ātmavatām ātmā
bhagavān ātma-bhāvanaḥ
svānām anugrahāyemāṁ
siddha-rūpī caraty ajaḥ

vyaktam—清楚 / ātma-vatām—超然主义者的 / ātmā—生命的目标 / bhagavān—至尊人格首神 / ātma-bhāvanaḥ—总是想要提升生物 / svānām—自己奉献者……的祂 / anugrahāya—只为了表示仁慈 / imām—这样 / siddha-rūpī—完美的自我觉悟 / carati—旅游 / ajaḥ—纳茹阿亚纳

译文 至尊人格首神一直急切地要提升作为祂不可缺少的一部分的生物；为他们的特殊利益着想，至尊主以像您们这样的觉悟了自我的人的形象游遍全世界。

要旨 超然主义者有很多种，分别是：非人格神主义者(jñānī)，神秘瑜伽师(yogī)，以及至尊人格首神的全体奉献者(bhakta)。然而，库玛尔四兄弟不仅是瑜伽师、非人格神主义者，后来又当了奉献者。他们开始时是非人格神主义者，后来逐渐从事奉爱性活动，因此是最优秀的超然主义者。奉献者是至尊人格首神的代表；为了把受制约的灵魂的意识提升到灵魂原本的意识层面上，他们在全宇宙旅行，启发受制约的灵魂恢复原有的意识——奎师那意识。最优秀的奉献者是充分认识到超灵的人(ātmavat)。至尊人格首神作为超灵(Paramātmā)坐在每一个生物体的心中，努力将其意识提升到奎师那意识的层面上。正因为如此，祂被说成是“总是需要提升生物(ātma-bhāvana)”。至尊人格首神一直努力给予个体灵魂以智慧，使其对祂有所了解。祂总是像朋友一样与个体灵魂在一起，按照众生的愿望给他们提供所有的便利条件。

这节诗中的“超然主义者的(ātmavatām)”一词非常重要。奉献者分三个等级，即：初习者(kaniṣṭha-adhikārī)，传教者(madhyama-adhikārī)和灵性上高度进步的奉献者(uttama-adhikārī)，也就是玛哈·巴嘎瓦特(mahā-bhāgavata)。灵性上高度进步的奉献者是精通韦达经(Vedas)结论并因而成为奉献者的人。事实上，他不仅自己有坚定的信心，也可以依靠韦达知识使他人信服。进步的奉献者还可以看到所有其他众生都是至尊主不可缺少的一部分，不对众生加以区分。传教者(madhyama-adhikārī)也精通经典，也能使他人信服，但他对心怀善意的人及反对者作区分。换句话说，传教者回避心怀恶意的人。初习者(kaniṣṭha-adhikārī)对经典了解不多，但对至尊人格首神充满信心。库玛尔四兄弟是灵性上高度进步的奉献者玛哈·巴嘎瓦特(mahā-bhāgavata)，因为在详细研究绝对真理后，他们成为奉献者。换句话说，他们对韦达结论非常清楚。至尊主在《博伽梵歌》中证实说：尽管奉献者有很多，但祂非常喜爱精通韦达结论的奉献者。每个人都根据自己的心理状态，努力使自己达到最高的境界。具有生命的躯体化概念的功利性活动者

(karmī)，试图使自己最大限度地享受感官的满足。非人格神主义者认为的最高境界是融入至尊主的光芒中。但奉献者认定的最高境界是，在全世界传播至尊人格首神的荣耀。因此，奉献者是至尊主的真正代表，并因为把至尊主纳茹阿亚纳(Nārāyaṇa)装在心中而直接作为纳茹阿亚纳游遍世界，传播祂的荣耀。至尊主纳茹阿亚纳的代表与至尊主本人一样好，但人并不能因此就像假象宗人士那样，得出结论说，他就变成了纳茹阿亚纳。假象宗人士(Māyāvādī)通常把托钵僧称为纳茹阿亚纳。他们的概念是：仅仅靠当托钵僧，人就可以与至尊主纳茹阿亚纳平等或成为纳茹阿亚纳本人。外士纳瓦的结论不同，正如圣维施瓦纳特·查夸瓦尔提·塔库尔所说：

sākṣād-dharitvena samasta-śāstrair
uktas tathā bhāvyata eva sadbhiḥ
kinto prabhor yaḥ priya eva tasya
vande guroḥ śrī-caraṇāravindam

按照外士纳瓦哲学，奉献者并非通过成为纳茹阿亚纳本人变得与纳茹阿亚纳一样，而是通过成为纳茹阿亚纳最信赖的仆人变得与纳茹阿亚纳一样好。这些伟大的人物为了大众的利益而以灵性导师的身份行事，正因为如此，应该把传播纳茹阿亚纳的荣耀的灵性导师视为是纳茹阿亚纳，并像尊敬至尊主本人一样尊敬这样的灵性导师。

第 17 节

मैत्रेय उवाच
पृथोस्तत्सूक्तमाकर्ण्य सारं सुष्ठु मितं मधु ।
स्मयमान इव प्रीत्या कुमारः प्रत्युवाच ह ॥१७॥

maitreya uvāca
pṛthos tat sūktam ākarṇya
sāraṁ suṣṭhu mitaṁ madhu

smayamāna iva prītyā
kumāraḥ pratyuvāca ha

maitreyaḥ uvāca—伟大的圣人麦垂亚继续说 / pṛthoḥ—普瑞图王的 / tat—那个 / sūktam—韦达结论 / ākarṇya—聆听 / sāram—非常重要的 / suṣṭhu—适当的 / mitam—最小的 / madhu—动听 / smayamānaḥ—微笑 / iva—就像 / prītyā—因为极大的满足 / kumāraḥ—贞守生 / pratyuvāca—回答 / ha—如此

译文　伟大的圣人麦垂亚继续道：最优秀的独身禁欲者萨纳特·库玛尔听了普瑞图王充满意义和赞美的动听话语后，心满意足地微笑着开口说了如下一番话。

要旨　普瑞图王对库玛尔四兄弟说的一番话因为具备了那么多的“资格”而非常值得赞赏。人讲出来的话应该由精选过的词语组合而成，应该非常悦耳动听，适合当时的情况。这样的话语被说成是有意义的。普瑞图王因为是完美的奉献者，所以话语中充满了这些优点。《圣典博伽瓦谭》第5篇第18章的第12节诗中说：“对至尊人格首神有坚定不移的信心并为祂做服务的人，展示出所有美好的品质(yasyāsti bhaktir bhagavaty akiñcanā sarvair guṇais tatra samāsate surāḥ)。”库玛尔四兄弟对普瑞图王说的一番话感到很满意，萨纳特·库玛尔(Sanat-kumāra)因此开口说了如下一番话。

第18节

सनत्कुमार उवाच
साधु पृष्टं महाराज सर्वभूतहितात्मना ।
भवता विदुषा चापि साधूनां मतिरीदृशी ॥१८॥

sanat-kumāra uvāca
sādhu pṛṣṭaṁ mahārāja
sarva-bhūta-hitātmanā

bhavatā viduṣā cāpi
sādhūnāṁ matir īdṛśī

sanat-kumāraḥ uvāca—萨纳特·库玛尔说 / sādhu—圣洁的 / pṛṣṭam—问题 / mahārāja—我亲爱的君王 / sarva-bhūta—众生 / hita-ātmanā—由希望造福众生的人 / bhavatā—由你 / viduṣā—博学 / ca—和 / api—虽然 / sādhūnām—圣人的 / matiḥ—智慧 / īdṛśī—像这样

译文 萨纳特·库玛尔说：亲爱的普瑞图王，你巧妙地提出了问题。这样的问题有利于所有的生物，尤其是，它们是由始终为他人利益着想的你提出的。你虽然知道一切，但却询问这样的问题，因为这是神圣之人的作为。这样的智慧正符合你的地位。

要旨 普瑞图王虽然精通超然的科学，但在库玛尔四兄弟面前还是使自己显得对这门科学一无所知。概念是：人即使地位崇高，了解一切，但在自己的上级或长辈面前还是应该提问咨询。例如，阿尔诸纳虽然了解所有超然的科学知识，但还是仿佛什么都不知道似的向奎师那提问。同样，普瑞图王了解一切，但在库玛尔四兄弟面前却显得一无所知。这其中的原因是：崇高之人向至尊人格首神或祂的奉献者提出的问题，是为了利益人民大众。伟大的人物们总是想着他人的利益，所以有时让自己显得无知，从而向更高的权威询问。

第19节 सङ्गमः खलु साधूनामुभयेषां च सम्मतः ।
यत्सम्भाषणसम्प्रश्नः सर्वेषां वितनोति शम् ॥१९॥

saṅgamaḥ khalu sādhūnām
ubhayeṣāṁ ca sammataḥ
yat-sambhāṣaṇa-sampraśnaḥ
sarveṣāṁ vitanoti śam

saṅgamaḥ－联谊 / khalu－肯定地 / sādhūnām－奉献者的 / ubhayeṣām－对两者 / ca－也 / sammataḥ－结论性 / yat－……的 / sambhāṣaṇa－讨论 / sampraśnaḥ－问题和回答 / sarveṣām－所有的 / vitanoti－扩展 / śam－真的快乐

译文　奉献者聚集一堂时，他们的谈论、提问和回答对讲述者和听众双方都是决定性的。因此这样的聚会有利于每一个人的真正快乐。

要旨　聆听奉献者之间的谈论，是接收至尊人格首神强有力的讯息的唯一方法。例如《博伽梵歌》传遍世界的历史源远流长，尤其是西方世界，但由于其中的主题没有在奉献者之间讨论，结果却并没有产生什么影响。当时因为没有奎师那意识运动，西方没有一个人变得具有奎师那意识。然而，当同样一部《博伽梵歌》通过师徒传承呈现出来的时候，灵性觉悟的效果立刻展现出来。

库玛尔四兄弟之一的萨纳特·库玛尔告诉普瑞图王说：君王与他们的会面不仅有利于君王，也有利于他们兄弟。当纳茹阿达·牟尼(Nārada Muni)向主布茹阿玛询问有关至尊人格首神时，主布茹阿玛感谢纳茹阿达·牟尼给他机会讲述有关至尊主。因此，一位圣人向另一位圣人提出的有关至尊人格首神或生命最高目标的问题，充满了灵性的力量。能利用这种谈论的人，今生和来世都受益无穷。

这节诗中的“对两者(ubhayeṣām)”一词可以有多种解释。人通常分两类，物质主义者和超然主义者。聆听奉献者之间的谈论，使物质主义者和超然主义者都受益。说物质主义者通过与奉献者的联谊受益，是因为随着他对生物真正地位和状态的了解增多，他的生活从此变得有规律、受控制，以至他有机会成为奉献者或使今生获得成功。能利用这一机会的人，来生保证还能当人，或甚至得到彻底的解脱，回归家园，回到首神身边。结论是：人如果参加奉献者之间的讨论，就能够既获得物质的利益，又获得灵性的利益。讲述者及听众双方受益，功利性活动者和非人格神主义者都受益。奉献者之间对灵性内容的讨论绝对有利于所有的人。库玛尔四兄弟最后承认，这样的会面不仅君王受益，他们自己也受益。

第 20 节 अस्त्येव राजन् भवतो मधुद्विषः
पादारविन्दस्य गुणानुवादने ।
रतिर्दुरापा विधुनोति नैष्ठिकी
कामं कषायं मलमन्तरात्मनः ॥२०॥

asty eva rājan bhavato madhudviṣaḥ
pādāravindasya guṇānuvādane
ratir durāpā vidhunoti naiṣṭhikī
kāmaṁ kaṣāyaṁ malam antar-ātmanaḥ

asti—有 / eva—肯定地 / rājan—君王啊 / bhavataḥ—你的 / madhu-dviṣaḥ—至尊主的 / pāda-aravindasya—莲花足的 / guṇa-anuvādane—荣耀 / ratiḥ—依恋 / durāpā—非常困难 / vidhunoti—洗 / naiṣṭhikī—坚定不移的 / kāmam—贪图物质享乐的欲望 / kaṣāyam—贪图物质享乐欲望的修饰物 / malam—骯脏的 / antaḥ-ātmanaḥ—从心底

译文 萨纳特·库玛尔继续说：我亲爱的君王，你已经有赞美至尊人格首神莲花足的爱好。这样的爱好极难得到，但当人得到对至尊主的这种坚不可摧的信心时，它将自动清除人心中贪图物质享乐的欲望。

要旨 《圣典博伽瓦谭》第3篇第25章的第25节诗说：

satāṁ prasaṅgān mama vīrya-saṁvido
bhavanti hṛt-karṇa-rasāyanāḥ kathāḥ
taj-joṣaṇād āśv apavarga-vartmani
śraddhā ratir bhaktir anukramiṣyati

“在与纯粹奉献者联谊的过程中，谈论至尊人格首神的娱乐时光和活动，能使耳朵及内心感到极为快乐与满足。通过培养这样的知识，人在解脱之途上逐步向前迈进。之后，他达到解脱的状态，变得稳定地受这一切的吸引。接着，真正的热爱之情及奉爱服务就开始了。”通过与奉献者联谊，物质主义者心中的脏东西逐渐靠至尊人格首神的恩典被洗净。正如银子在抛光后闪闪发亮，通过与奉献者的良好联谊，物质主义者心中贪图物质享乐的欲望被彻底清除。事实上，生物与贪图物质享乐的物质欲望根本没有关系。他只是在想象或做梦。然而，依靠纯粹奉献者的联谊，灵性的灵魂清醒过来，立刻因为明白他的原本地位是“至尊主永恒的仆人”这一事实而处在他自身的光荣中。普瑞图王已经是觉悟了自我的灵魂，所以自然而然就喜欢赞美至尊人格首神的活动。为此，库玛尔四兄弟向他保证，他根本不可能坠落成为至尊主错觉能量的牺牲者。换句话说，聆听和歌唱至尊主荣耀的方法，是净化内心物质污染的唯一方法。靠功利性活动(karma)、哲学思辨(jñāna)和神秘瑜伽(yoga)的方法，没人能成功地清除心中的污染。然而，人一旦通过奉爱服务托庇于至尊主的莲花足，内心的污垢就立刻自动被轻而易举地清除掉。

第 21 节　शास्त्रेष्वियानेव सुनिश्चितो नृणां
क्षेमस्य सध्र्यग्विमृशेषु हेतुः ।
असङ्ग आत्मव्यतिरिक्त आत्मनि
दृढा रतिर्ब्रह्मणि निर्गुणे च या ॥२१॥

śāstreṣv iyān eva suniścito nṛṇāṁ
kṣemasya sadhryag-vimṛśeṣu hetuḥ
asaṅga ātma-vyatirikta ātmani
dṛḍhā ratir brahmaṇi nirguṇe ca yā

śāstreṣu—在经典中 / iyān eva—这是唯一的 / su-niścitaḥ—明确的定论 / nṛṇām—人类社会的 / kṣemasya—最高的利益的 / sadhryak—完美地 / vimṛśeṣu—通过全面考虑 / hetuḥ—原因 / asaṅgaḥ—不执著 / ātma-vyatirikte—躯体化的生命概念 / ātmani—向至尊的灵魂 / dṛḍhā—强大 / ratiḥ—依恋 / brahmaṇi—超然性 / nirguṇe—在超越物质属性的至尊者中 / ca—和 / yā—……的

译文 经全面思考后，经典中明确声明，人类社会福利的最高目标是去除躯体化的生命概念，增强和巩固对超越物质自然属性的至尊主的依恋。

要旨 人类社会中的每一个成员都想获得人生的最高利益，但有躯体化生命概念的人既无法达到最高的目标，也了解不了它是什么。《博伽梵歌》第2章的第59节诗中说，人生的最高目标是通过体验高品位的快乐来放弃物质享乐(paraṁ dṛṣṭvā nivartate)。当人找到人生的最高目标时，自然就不会再执著躯体化的概念。这节诗表明的内容是：人应该稳定地增强对神的超然存在(brahmaṇi)的依恋。正如《韦丹塔经》(Vedānta-sūtra,《吠檀陀经》)第1篇第1章的第1节诗中确认说：不询问有关至尊者——神的超然存在，没人能停止对这个物质世界的执著(athāto brahma jijñāsā)。只靠在八百四十万种生命形式中进化，生物无法了解生命的最终目的，因为在所有这些物种中，躯体化的概念都极为突出。“不询问有关至尊者——神的超然存在，没人能停止对这个物质世界的执著”这句话的意思是，为了去除躯体化的概念，人必须越来越喜爱询问有关梵(Brahman)的一切。这样，他才能处在做超然的奉爱服务的状态中(śravaṇaṁ kīrtanaṁ viṣṇoḥ)。“要越来越喜爱询问有关梵的一切”的意思是：做奉爱服务。喜爱梵的非人格特性的人，无法长时间地保持这种喜爱。非人格神主义者在把这个世界当假象(jagan mithyā)的情况下排斥它后，虽然去当托钵僧以增强他们对梵的依恋，但还是再次坠回到这个假象世界里。同样，许多依恋梵的处在局部区域的超灵特征的瑜伽师，例如像维施瓦弥陀(Viśvāmitra)那样伟大的圣人，也还是因被女人降服而坠落。正因为如此，所有的经典都忠告人应该增强对至尊人格首神的依恋。那是超越物质存在的唯一方法，而且也正是《博伽梵歌》第2章的第59节诗所解释的，通过体验高品位的快乐来放弃物质享乐(paraṁ dṛṣṭvā nivartate)。当人真正体验到奉爱服务的美好时，就可以停止从事物质活动了。圣柴坦亚·玛哈帕布也说对神的爱是生命最高的目标(premā pum-artho mahān)。人如果不增加对首神的爱，就无法达到超然状态的完美阶段。

第22节　सा श्रद्धया भगवद्धर्मचर्यया
जिज्ञासयाध्यात्मिकयोगनिष्ठया ।
योगेश्वरोपासनया च नित्यं
पुण्यश्रवःकथया पुण्यया च ॥२२॥

sā śraddhayā bhagavad-dharma-caryayā
jijñāsayādhyātmika-yoga-niṣṭhayā
yogeśvaropāsanayā ca nityaṁ
puṇya-śravaḥ-kathayā puṇyayā ca

sā—那奉爱服务 / śraddhayā—满怀信心 / bhagavat-dharma—奉爱服务 / caryayā—通过讨论 / jijñāsayā—由询问 / adhyātmika—灵性的 /

yoga-niṣṭhayā－以坚定的灵性理解 / yoga-īśvara－至尊人格首神 / upāsanayā－通过崇拜祂 / ca－和 / nityam－有规律地 / puṇya-śravaḥ－靠聆听 / kathayā－通过讨论 / puṇyayā－由虔诚的 / ca－也

译文 练习做奉爱服务、询问有关至尊人格首神，在生活中运用奉爱瑜伽、崇拜至尊人格首神尤给士瓦尔，以及聆听和吟诵、吟唱有关至尊人格首神的荣耀，可以增强对至尊者的依恋之情。这些活动是虔诚的。

要旨 梵文"尤给士瓦尔(yogeśvara)"一词，既适用于至尊人格首神奎师那，也适用于祂的奉献者。《博伽梵歌》中在两个地方用了这个词：一处是在第18章的第78节诗中，奎师那被描述为是一切神秘力量的主人——至尊人格首神哈尔依(yatra yogeśvaraḥ kṛṣṇaḥ)；另一处是在第6章的第47节诗中说，他被我视为是最高级的瑜伽师——奉献者(sa me yuktatamo mataḥ)。所有奉献者也可以被称为尤给士瓦尔。在这节诗中，梵文"通过崇拜至尊人格首神(yogeśvara-upāsanā)"一句，也可以理解为是为纯粹奉献者做服务。因此，纳若塔玛·达斯·塔库尔说：不为纯粹奉献者做服务的人，无法在灵性生活中取得进步(chāḍiyā vaiṣṇava-sevā nistāra pāyeche kebā)。帕拉德王(Prahlāda Mahārāja)也说过：

naiṣāṁ matis tāvad urukramāṅghriṁ
spṛśaty anarthāpagamo yad-arthaḥ
mahīyasāṁ pāda-rajo-'bhiṣekaṁ
niṣkiñcanānāṁ na vṛṇīta yāvat

（《圣典博伽瓦谭》 7.5.32)

诗的大意是：人应该托庇于纯粹奉献者，这样的奉献者与这个物质世界无关，而只是在做奉爱服务。仅仅靠为这样的奉献者服务，人就可以超越物质性的环境。这节诗推荐到：人应该侍奉最高级的瑜伽师——奉献者的莲花足(yogeśvara-upāsanā)。侍奉最优秀的奉献者的意思是：聆听他讲述至尊人格首神的荣耀。聆听纯粹奉献者讲述至尊人格首神的荣耀，就是在过虔诚的生活。《博伽梵歌》第 7 章的第 28 节诗中也说，没有虔诚，人无法做奉爱服务：

yeṣāṁ tv anta-gataṁ pāpaṁ
janānāṁ puṇya karmaṇām
te dvandva-moha-nirmuktā
bhajanti māṁ dṛḍha-vratāḥ

“在前世和今生行善并彻底消除了恶报的人，摆脱由错觉产生的相对性，坚定地为我服务”。要想稳定地做奉爱服务，人必须彻底清除物质自然属性的污染。为了能够做奉爱服务，人首先应该接受一位真正的灵性导师(ādau gurv-āśrayam)，向他询问有关人的超然职责(sad-dharma-pṛcchā)，并向伟大的圣洁之人、奉献者学习(sādhu-mārga-anugamanam)。这些都是茹帕 · 哥斯瓦米在《奉爱服务的纯粹甘露之洋》(Bhakti-rasāmṛta-sindhu)中所给予的教导。

结论是：要增强对至尊人格首神的依恋之情，人必须接受一位真正的灵性导师，从他那里学习做奉爱服务的方法，聆听他讲述超然的讯息和至尊人格首神的荣耀。人这样增强对奉爱服务的信心后，就很容易增强对至尊人格首神的依恋之情。

第 23 节　अर्थेन्द्रियारामसगोष्ठ्यतृष्णया
तत्सम्मतानामपरिग्रहेण च ।
विविक्तरुच्या परितोष आत्मनि
विना हरेर्गुणपीयूषपानात् ॥२३॥

arthendriyārāma-sagoṣṭhy-atṛṣṇayā
tat-sammatānām aparigraheṇa ca

vivikta-rucyā paritoṣa ātmani
  vinā harer guṇa-pīyūṣa-pānāt

artha一财富 / indriya一感官 / ārāma一满足 / sa-goṣṭhī一与他们交往 / atṛṣṇayā一通过厌恶 / tat一那 / sammatānām一经他们同意 / apari-graheṇa一通过不接受 / ca一也 / vivikta-rucyā一令人厌恶的滋味 / paritoṣe一欢乐 / ātmani一自己 / vinā一没有 / hareḥ一至尊人格首神的 / guṇa一品质 / pīyūṣa一甘露 / pānāt一喝饮

译文 要在灵性生活中取得进步，就必须停止与只对感官享乐和赚钱感兴趣的人联谊。不仅是这种人，就连与这种人交往的人也该回避。人应该设法过一种“喝不到至尊人格首神哈尔依荣耀的甘露就无法平静生活”的人生。这样，人就会对感官享乐的体验感到作呕，从而得到提升。

要旨 物质世界里的人都对金钱和感官享乐感兴趣，唯一的目标就是尽可能多地赚钱并用它来进行感官享乐。因此，圣舒卡戴瓦·哥斯瓦米(Śukadeva Gosvāmī)描述物质主义者的活动是：

nidrayā hriyate naktaṁ
  vyavāyena ca vā vayaḥ
divā cārthehayā rājan
  kuṭumba-bharaṇena vā

(《圣典博伽瓦谭》2.1.3)

这节诗描述的是物质主义者的典型生活。他们浪费时间的方式是：夜晚睡觉(超过6个小时)或沉溺于性行为；白天到办公室或生意场所去赚钱，而一旦赚到些钱，就忙着为孩子或其他人买东西。这种人从不想了解生命的价值；了解什么是神，什么是个体灵魂，个体灵魂与神的关系是什么，等等。世人堕落到如此程度，甚至就连所谓的宗教人士如今也只关心感官享乐。在喀历(Kali)年代中，物质主义者的人数急剧增加，远远多于其他年代中的数量。正因为如此，想要回归家园，回到首神身边的人，不仅应该为觉悟了自我的灵魂服务，而且应该停止与那些唯一的目标是赚钱和感官享乐的物质主义者联谊，不该认同物质主义者赚钱和进行感官享乐的人生目标。为此，《圣典博伽瓦谭》第11篇第2章的第42节诗中说：想要在奉爱服务中取得进步的人，不该对物质主义者的生活方式产生兴趣(bhaktiḥ pareśānubhavo viraktir anyatra ca)。非奉献者对使奉献者感到满足的一切没兴趣。

仅仅是消极的做法——不与物质主义者联谊，并不足够，还必须有积极的作为。我们有时看到，一个有志于灵性进步的人切断与物质社会的关系，按照专门推荐给瑜伽师的做法，到偏僻之地去，但那并不有助于人的灵性进步；历史上曾有许多这样练瑜伽的人堕落的例子。至于思辨者——非人格神主义者，他们通常因为没有托庇于至尊主的莲花足而坠落。非人格神主义者或虚无主义者只能回避物质的交往、联谊，但因为没有做奉爱服务，所以不能稳定地处在超然的状态中。聆听有关至尊人格首神的荣耀是奉爱服务的开始。对此，这节诗中劝告人要达到“喝不到至尊人格首神哈尔依荣耀的甘露就无法平静生活(vinā harer guṇa-pīyūṣa-pānāt)”的状态。人必须畅饮至尊人格首神荣耀的甘露，这意味着人必须始终聆听和吟诵、吟唱至尊主的荣耀。这是在灵性生活中取得进步的首要方法。在《永恒的柴坦亚经》(Caitanya-caritāmṛta)中，主柴坦亚·玛哈帕布也推荐了这一方法。想要在灵性生活中取得进步的人，靠天赐良机会遇上一位真正的灵性导师，从他那里学习有关奎师那的一切。通过侍奉灵性导师和奎师那，他得到奉爱服务的种子(bhakti-latā-bīja)。如果他把那种子播撒在心田中，用聆听和吟诵、吟唱浇灌它，它就会成长为一棵茁壮的奉爱蔓藤(bhakti-latā)。那蔓藤如此茁壮，以致刺穿宇宙之壳，到达灵性世界，继续生长直至奎师那的莲花足旁，托庇在那里。正如普通的蔓藤生长直至找到坚固的屋顶可以依靠，随后便极为稳定的生长，生产出需要的果实。用聆听和吟诵、吟唱之水浇灌奉爱服务的蔓藤，才能得到这节诗中谈到的“聆听至尊人格首神荣耀的甘露”这一果实。关键在于：人不能在社会之外生活，而必须与奉献者在一起，一直不断地吟诵、吟唱和聆听至尊主的荣耀。奎师那意识运动就是为此目的而创办，以便世界各地好几百所奎师那意识协会的中心可以给人们提供机会，让他们聆听，吟诵、吟唱，接受灵性导师，从而避免与物质主义者交往、联谊。只有这样，人才能在回归家园、回到首神身边的路途上稳步向前迈进。

第 24 节 अहिंसया पारमहंस्यचर्यया
स्मृत्या मुकुन्दाचरिताग्र्यसीधुना ।
यमैरकामैर्नियमैश्चाप्यनिन्दया
निरीहया द्वन्द्वतितिक्षया च ॥२४॥

ahiṁsayā pāramahaṁsya-caryayā
smṛtyā mukundācaritāgrya-sīdhunā
yamair akāmair niyamaiś cāpy anindayā
nirīhayā dvandva-titikṣayā ca

ahiṁsayā－通过非暴力 / pāramahaṁsya-caryayā－通过追随伟大的灵性导师的步伐 / smṛtyā－靠记忆 / mukunda－至尊人格首神 / ācarita-agrya－只要向他人宣传祂的活动 / sīdhunā－由甘露 / yamaiḥ－通过遵守规范原则 / akāmaiḥ－没有物质欲望 / niyamaiḥ－通过严格地遵守规则原则 / ca－也 / api－肯定地 / anindayā－没有亵渎的 / nirīhayā－简单的生活 / dvandva－相对性 / titikṣayā－通过容忍 / ca－和

译文 想要取得灵性进步的人，必须非暴力，必须走伟大的灵性导师走过的路，必须始终铭记至尊人格首神娱乐活动的甘露，必须不怀物质渴求地遵守规范原则，而且不该对他人口出恶言。奉献者应该过极为简朴的生活；不该受相对事物的打扰，而该学习忍受它们。

要旨　奉献者是真正的圣人(sādhu)。圣人或说奉献者的首要品质是非暴力(ahiṁsā)。对奉爱之途感兴趣，要回归家园，回到首神身边的人，必须先实践非暴力。《圣典博伽瓦谭》第3篇第25章的第21节诗中说：要忍受和慈悲(titikṣavaḥ kāruṇikāḥ)。奉献者应该忍受，应该对其他生物体充满怜悯之心。例如，如果他本人遭受被伤害之苦，他就要忍受，但如果其他人遭受被伤害之苦，奉献者就不必容忍。整个世界充满了暴力，奉献者的首要责任是阻止这种包括不必要地宰杀动物在内的暴力。奉献者不仅是人类社会的朋友，也是众生的朋友，因为他看众生都是至尊人格首神的孩子。他不会一面声称自己是神唯一的儿子，一面却允许其他生物体被宰杀，认为他们没有灵魂。至尊主纯粹的奉献者永远都不会认同这种哲学。纯粹的奉献者是众生的朋友(suhṛdaḥ sarva-dehinām)。奎师那在《博伽梵歌》中宣称祂是所有种类的生物体的父亲，奎师那的奉献者就必然永远是众生的朋友。这称为非暴力。只有当我们向伟大的灵性导师(ācārya)学习时，我们才能实践这样的非暴力。因此，按照我们的外士纳瓦哲学，我们必须跟随四个师徒传承(sampradāya)中的伟大的灵性导师。

试图在不进入师徒传承的情况下取得进步，是在做梦。为此，《昌窦给亚奥义书》(Chāndogya Upaniṣad)第6篇第14章的第2节诗中说：跟随师徒传承中的人了解事物的真相(ācāryavān puruṣo veda)。《曼杜克亚奥义书》第1篇第2章的第12节诗中说：要了解超然的科学，人必须接近一位真正的灵性导师(tad-vijñānārthaṁ sa gurum evā-bhigacchet)。诗中梵文“靠记忆(smṛtyā)”一词，在灵性生活中非常重要。“靠记忆”的意思是永远铭记奎师那。人应该这样安排自己的生活，以使自己时时刻刻地想着奎师那。我们应该活在对奎师那的记忆中，无论是进食、睡觉、走路和工作，都只记着奎师那。我们的奎师那意识协会推荐我们要安排好自己的生活，以使我们能够铭记奎师那。我们奎师那意识协会中的奉献者，在制作灵性天空的焚香时也在聆听奎师那或祂奉献者的荣耀。经典(śāstra)推荐道：人应该一直不断地始终想起主维施努(smartavyaḥ satataṁ viṣṇuḥ)；永远不要忘了主维施努(vismartavyo na jātucit)。这就是灵性的生活方式。我们如果一直不断地聆听有关至尊主，就能不间断地记住至尊主。为此，这节诗中推荐说：必须始终铭记至尊人格首神娱乐活动的甘露(mukundācaritāgrya-sīdhunā)。甘露的梵文词是“希杜(sīdhu)”。从《圣典博伽瓦谭》、《博伽梵歌》及类似的权威文献聆听有关奎师那的一切，是为了生活在具有奎师那意识的状态中。严格遵守规范原则的人，可以达到这种全神贯注于奎师那意识的状态。在我们的奎师那意识运动中，我们推荐奉献者要每天手持念珠吟诵哈瑞·奎师那曼陀十六圈，遵守规范守则。那将确保奉献者在他的生活中取得灵性的进步。

这节诗中还说：人可以靠控制感官取得进步(yamaiḥ)。控制感官可以使人成为斯瓦米(svāmī)或哥斯瓦米(gosvāmī)。因此，享受斯瓦米或哥斯瓦米尊称的人，必须严格控制自己的感官。事实上，他必须成为他感官的主人。这只有在人不想要进行物质的感官享乐时才能做到。如果他的感官偶尔想要独立工作，他必须控制住它们。我们只要练习避开物质的感官享乐，对感官的控制就会自动达成。

这节诗中谈到的另一个重点是，不该对他人口出恶言(anindayā)。我们不该批评其他的宗教法门。在不同的物质自然属性影响下有不同的宗教法门。受愚昧和激情属性影响的宗教法门，不可能像在善良属性影响下的法门那样完善。《博伽梵歌》中说，一切都被分为三种性质，宗教法门也同样有这样的划分。当人们几乎完全是在物质的激情和愚昧属性控制下时，他们的宗教法门也一样。与其批评这样的法门，奉献者会鼓励它们的信众严格遵守它们的原则，以便逐渐上升到受善良属性影响的宗教层面上。一味地批评它们，会使奉献者的心受到打扰。奉献者应该容忍，学习防止自己的心变得激动不安。

奉献者的另一个特征是生活俭朴(nirīhayā)。梵文“尼瑞哈(nirīha)”的意思是“温和”、“柔顺”和“简朴”。奉献者不该过奢侈的生活，不该模仿物质主义者的生活方式，而应该只接受足够维持身体健康所需的事物，以便做好奉爱服务。经典推荐奉献者应该具有“崇高的思想”，过“简朴的生活”。他不该吃得过量或睡得过长。进食是为了活着，但活着不是为了进食。奉献者应该一天只睡六到七个小时。只要我们还有物质躯体，它就要受到气候变化、疾病、自然灾害等物质存在三种苦的影响。我们避免不了这些。有时，初习奉献者来问我们：他们既然在培养奎师那意识，为什么还会生病。从这节诗中他们应该学到，他们必须忍受(dvandva-titikṣayā)。这是个相对的世界。人不该认为，由于他们生病，他们的奎师那意识就减少了。任何物质的障碍都不能阻止人继续培养奎师那意识。正因为如此，圣主奎师那在《博伽梵歌》第2章的第14节诗中说：“我亲爱的阿尔诸纳，请忍受这一切打扰。怀着奎师那意识坚定不移地从事你的活动(tāṁs titikṣasva bhārata)。”

第25节　हरेर्मुहुस्तत्परकर्णपूर-
गुणाभिधानेन विजृम्भमाणया ।
भक्त्या ह्यसङ्गः सदसत्यनात्मनि
स्यान्निर्गुणे ब्रह्मणि चाञ्जसा रतिः ॥२५॥

harer muhus tatpara-karṇa-pūra-
guṇābhidhānena vijṛmbhamāṇayā
bhaktyā hy asaṅgaḥ sad-asaty anātmani
syān nirguṇe brahmaṇi cāñjasā ratiḥ

hareḥ—至尊人格首神的 / muhuḥ——一直不断地 / tat-para—与至尊人格首神有关 / karṇa-pūra—耳朵的装饰品 / guṇa-abhidhānena—讨论超然的品质 / vijṛmbhamāṇayā—通过增强奎师那意识 / bhaktyā—通过奉爱 / hi—肯定地 / asaṅgaḥ—不受沾染的 / sat-asati—物质世界 / anātmani—与灵性理解相反的 / syāt—应该 / nirguṇe—在超然中 / brahmaṇi—在至尊主中 / ca—和 / añjasā—轻易地 / ratiḥ—吸引

译文 奉献者应该靠一直不断的聆听至尊人格首神的超然品质，逐渐提高奉爱服务文化的修养。这些娱乐活动恰似戴在奉献者耳朵上的装饰品。做奉爱服务并超越物质属性，可以使人轻易地稳处在至尊人格首神的超然存在中。

要旨 这节诗的内容证实了聆听这项奉爱服务的重要性。奉献者不喜欢听与灵性活动或至尊人格首神的娱乐活动无关的内容。从觉悟了的灵魂那里聆听《博伽梵歌》和《圣典博伽瓦谭》，可以增强我们想要做奉爱服务的愿望。我们越多地从觉悟了的灵魂那里聆听，在我们的奉爱生活中就取得越大的进步。在奉爱生活中越进步，我们就越不留恋这个物质世界。就如主柴坦亚·玛哈帕布所说的，我们越不留恋这个物质世界，就会越依恋至尊人格首神。正因为如此，真正想要在奉爱服务中取得进步，回归家园，回到首神身边的奉献者，必须失去对感官享乐的兴趣，停止与追求金钱和感官享乐的人联谊。这是主柴坦亚·玛哈帕布的忠告：

niṣkiñcanasya bhagavad-bhajanonmukhasya
pāraṁ paraṁ jigamiṣor bhava-sāgarasya

sandarśanaṁ viṣayiṇām atha yoṣitāṁ ca
hā hanta hanta viṣa-bhakṣaṇato 'py asādhu
(《永恒的柴坦亚经》中篇11.8)

“唉，对认真想要跨越物质汪洋，不怀物质动机为至尊主做超然的爱心服务的人来说，看到忙于感官享乐的物质主义者或有着同样兴趣的女人，比自愿喝毒液都更令人厌恶。”

非人格神主义者，以及提倡“人的社会地位由出身决定”这一邪恶主张并以朗诵《博伽瓦谭》为职业赚钱的人，对这节诗中的“布茹阿玛尼(brahmaṇi)”一词加以评论。他们说这个词是指不具人格特性的梵。然而，他们无法把它与诗中的“靠奉爱(bhaktyā)”和“讨论超然的品质(guṇābhidhānena)”这两个词联系起来得出结论。按照非人格神主义者的观念，非人格梵中没有超然的品质。所以，我们应该明白“布茹阿玛尼”的意思是“在至尊人格首神中”。正如阿尔诸纳在《博伽梵歌》中承认的，奎师那是至尊人格首神，因此只要有用到“布茹阿玛(brahma)”一词，它必定是指奎师那，而不是不具人格特征的梵光。《圣典博伽瓦谭》第1篇第2章的第11节诗中说：梵光、超灵和至尊人格首神本人(Bhagavān)，可以被统称为梵，但在涉及奉爱(bhakti)一词或对超然品质的记忆时，梵就是指至尊人格首神，而不是不具人格特征的梵光(brahmeti paramātmeti bhagavān iti śabdyate)。

第26节　यदा रतिर्ब्रह्मणि नैष्ठिकी पुमा-
नाचार्यवान् ज्ञानविरागरंहसा ।
दहत्यवीर्यं हृदयं जीवकोशं
पञ्चात्मकं योनिमिवोत्थितोऽग्निः ॥२६॥

yadā ratir brahmaṇi naiṣṭhikī pumān
ācāryavān jñāna-virāga-raṁhasā

dahaty avīryaṁ hṛdayaṁ jīva-kośaṁ
pañcātmakaṁ yonim ivotthito 'gniḥ

yadā—当……时 / ratiḥ—依恋 / brahmaṇi—在至尊人格首神中 / naiṣṭhikī—稳定地 / pumān—某人 / ācāryavān—完全皈依灵性导师 / jñāna—知识 / virāga—不执著 / raṁhasā—靠……的力量 / dahati—燃烧 / avīryam—无力的 / hṛdayam—在内心 / jīva-kośam—灵性灵魂的覆盖物 / pañca-ātmakam—五种元素 / yonim—出生的根源 / iva—如 / utthitaḥ—发出 / agniḥ—火

译文 凭借灵性导师的恩赐及知识和弃绝的觉醒而变得稳定地依恋至尊人格首神后，处在躯体心中而被五种元素包裹的生物，就会像由木头燃出却烧尽木头的火一样，烧尽包裹他的物质事物。

要旨 经典中说，个体灵魂(jīvātmā)和超灵(Paramātmā)都处在心中。韦达经典中说：灵魂和超灵都住在心中(hṛdi hy ayam ātmā)。从物质的心脏出来，或者净化内心，使其灵性化后，个体灵魂就解脱了。正如由木头燃出却烧尽木头的火一样(yonim ivotthito'gniḥ)，这节诗中所举的例子非常恰当。当生物增强他对至尊人格首神的依恋之情时，他被视为是火。燃烧的火散发出的热和光使火得以被看到；同样，当处在心中的生物具足了灵性知识，不再留恋物质世界时，他烧毁由土、水、火、气和空间这五种元素组成的物质覆盖物，去除愚昧、错误的自我意识，以及依恋物质世界、忌妒和专注于物质的意识这五种物质附着。这节诗谈到的五种元素(pañcātmakam)，是指五种元素或五层物质污染的覆盖。当这些都被知识和超脱的烈火烧成灰烬时，人就坚定不移地为至尊人格首神做奉爱服务了。人除非托庇于真正的灵性导师，依靠灵性导师的教导增强对主奎师那的依恋之情，否则无法从心脏上揭开包裹生物的五层覆盖物。生物住在心脏中，将他从心中带走是解放他。这就是方法。人必须托庇于真正的灵性导师，靠他的指示增进对奉爱服务的了解，变得与物质世界没有连接，从而获得解脱。正因为如此，进步的奉献者不住在物质躯体中，而住在灵性的躯体内，就像干椰子肉虽然在椰壳中，但却与椰壳是分开的。为此，纯粹奉献者的躯体被称为灵性化了的身体(cin-maya-śarīra)。换句话说，奉献者的身体与物质活动没有关系，正如《博伽梵歌》第14章的第26节诗证实的，奉献者始终处在解脱的状态中(brahma-bhūyāya kalpate)。对此，圣茹帕·哥斯瓦米确认说：

īhā yasya harer dāsye
　karmaṇā manasā girā
nikhilāsv apy avasthāsu
　jīvan-muktaḥ sa ucyate

"用自己的身心和话语全心全意地为至尊主服务的人，无论其境况如何，都是解脱的，甚至在这个躯体中就已经解脱了。"

第27节　दग्धाशयो मुक्तसमस्ततद्गुणो
　नैवात्मनो बहिरन्तर्विचष्टे ।
परात्मनोर्यद्व्यवधानं पुरस्तात्
　स्वप्ने यथा पुरुषस्तद्विनाशे ॥२७॥

dagdhāśayo mukta-samasta-tad-guṇo
　naivātmano bahir antar vicaṣṭe
parātmanor yad-vyavadhānaṁ purastāt
　svapne yathā puruṣas tad-vināśe

dagdha-āśayaḥ—所有的物质欲望都被烧掉 / mukta—解脱了 / samasta—所有的 / tat-guṇaḥ—与物质有关的品质 / na—不 / eva—肯定地 / ātmanaḥ—灵魂或超灵 / bahiḥ—外在的 / antaḥ—内在的 / vicaṣṭe—活动 / para-ātmanoḥ—超灵的 / yat—那 / vyavadhānam—区

别 / purastāt－就像在开始时 / svapne－在梦中 / yathā－如 / puruṣaḥ－一个人 / tat－那 / vināśe－完成

译文　当人不再有物质欲望并去除了所有的物质品质时，他便超越从外在和内心从事活动的区别。那时，存在于觉悟自我之前的灵魂与超灵间的区别就被去除。梦醒后，梦与做梦者的区别不再有。

要旨　正如圣茹帕·哥斯瓦米讲述的，人必须免除一切物质欲望(anyābhilāṣitā-śūnyam)。当人不再有任何物质欲望时，思辨知识或功利性活动就不再有用。要明白的是，人在那种状态下已经与物质躯体没关系了。就有关这一点，前面已经举了干椰子肉与它外面的椰壳分开的例子。这就是解脱的状态。正如《圣典博伽瓦谭》第2篇第10章的第6节诗中所说：解脱(mukti)的意思是处在自己的原本状态中(svarūpeṇa vyavasthitiḥ)。人只要还有生命的躯体化观念，就会有各种物质欲望；但当人认识到自己是奎师那永恒的仆人时，他的欲望就不再是物质性的了。奉献者在这样的意识状态中行事。换句话说，当与躯体有关的物质欲望熄灭时，人就真正得到了解脱。

人摆脱物质属性的影响后，不会再为满足个人的感官做事。那时，他所从事的一切活动都是绝对的。在受制约的状态中，人的活动分两种：一种是为躯体从事的活动，一种是同时为解脱而从事的活动。奉献者在彻底去除所有的物质欲望或不再受物质属性的影响时，便超越为躯体和灵魂而行事的二元性活动。随后，生命的躯体化概念不再有。因此，圣茹帕·哥斯瓦米说：

īhā yasya harer dāsye
　karmaṇā manasā girā
nikhilāsv apy avasthāsu
　jīvan-muktaḥ sa ucyate

当人坚定不移地为至尊主服务时，他在人生的任何境况下都是解脱之人。他被称为“甚至在这个躯体中就已经解脱了的人(jīvan-muktaḥ)。在这种解脱的状态中，他的活动不分为感官享乐而从事的活动或为解脱而从事的活动。人摆脱感官享乐的欲望后，便不再承受由悲伤或错觉的反应所引起的痛苦。功利性活动者和思辨者所从事的活动，都受制于悲伤和错觉。然而，觉悟了自我的解脱之人因为只为至尊人格首神而活动，所以体会不到由悲伤和错觉引起的痛苦。这才是融入至尊人格首神存在的“合一”状态。这意味着个体灵魂在保持自己的个体性的同时，不再有与至尊主无关的兴趣和爱好。他全身心投入地为至尊主服务，不再为他个人的感官享乐做事。这使他只看到至尊人格首神，而不是自己。他的个人兴趣完全消失了。人从梦中醒来时，梦消失了。在做梦时，人也许以为自己是个君王，并看到皇室用品、他的士兵等，但梦结束时，他除了自己什么也看不到。同样，解脱之人明白自己是至尊主不可缺少的一部分，于是按至尊主的愿望做事。这使他本人与至尊主之间不分彼此，尽管两人都保持着自己的个体性。《喀塔奥义书》第2篇第2章的第13节诗中说：祂是永恒中最主要的永恒，生物中的至尊生物(nityo nityānāṁ cetanaś cetanānām)。这是对“超灵与灵魂的关系是一体”的概念的完美解释。

第 28 节　आत्मानमिन्द्रियार्थं च परं यदुभयोरपि ।
सत्याशय उपाधौ वै पुमान् पश्यति नान्यदा ॥२८॥

ātmānam indriyārthaṁ ca
paraṁ yad ubhayor api
saty āśaya upādhau vai
pumān paśyati nānyadā

ātmānam — 灵魂 / indriya-artham — 为了感官享乐 / ca — 和 /

param—超然 / yat—那 / ubhayoḥ—两者 / api—肯定地 / sati—因为处于 / āśaye—物质欲望 / upādhau—称号 / vai—肯定地 / pumān—那个人 / paśyati—看 / na anyadā—相反则不行

译文 灵魂在为感官享乐而生存时会编造出各种欲望，并因而受到各种称号的制约。然而，当人处在超然的状态中时，他除了想满足至尊主的愿望，别无其他兴趣。

要旨 被物质欲望覆盖的灵性灵魂，还受到属于某类躯体的称号的遮蔽，因而认为自己是动物、人、半神人、飞禽、走兽等。他在那么多方面都受到由错误的自我意识导致的错误认同的影响，在虚假的物质欲望的遮蔽下区分物质与灵性。当人没有这种分别心时，就不再有物质和灵性的区别。那时，灵魂是唯一占主导地位的因素。人只要还受物质欲望的遮蔽，就会认为自己是主人或享受者，因而为感官享乐而做事，受物质快乐与痛苦的影响。但人去除这种生命概念后，就不再受名号的影响。他那时将认为，万事万物因为与至尊主有关系而是灵性的。对此，圣茹帕·哥斯瓦米在《奉爱服务的纯粹甘露之洋》第1篇第2章的第225节诗中解释道：

anāsaktasya viṣayān
yathārham upayuñjataḥ
nirbandhaḥ kṛṣṇa-sambandhe
yuktaṁ vairāgyam ucyate

解脱之人不依恋物质的一切或与感官享乐有关的一切。他认识到，一切都与至尊人格首神有关，所以应该用一切为至尊主服务。他因此而没有放弃任何事物。对属于至尊天鹅阶层(paramahaṁsa)的奉献者来说，不存在弃绝什么的问题，因为他们知道如何把一切用于为至尊主服务。一切原本是灵性的；没有什么是物质的。《永恒的柴坦亚经》中篇第8章的第274节诗中也解释说：

高度进步的奉献者(mahā-bhāgavata)看一切都不是物质的。

sthāvara-jaṅgama dekhe, nā dekhe tāra mūrti
sarvatra haya nija iṣṭa-deva-sphūrti

他看树木、山峦，以及四处走动、飞翔的生物体，都是至尊主的创造，并因为了解真相而只看创造者，不看被创造的一切。换句话说，他不再区分被创造的和创造者。他只看到至尊人格首神在一切之中。他看到奎师那在一切之中，一切都在奎师那之中。这就是一体性。

第29节　निमित्ते सति सर्वत्र जलादावपि पूरुषः ।
आत्मनश्च परस्यापि भिदां पश्यति नान्यदा ॥२९॥

nimitte sati sarvatra
　jalādāv api pūruṣaḥ
ātmanaś ca parasyāpi
　bhidāṁ paśyati nānyadā

nimitte—因为各种原因 / sati—作为 / sarvatra—到处 / jala-ādau api—水和其他反射物 / pūruṣaḥ—那个人 / ātmanaḥ—他自己 / ca—和 / parasya api—另一个人的自我 / bhidām—区分 / paśyati—看 / na anyadā—没有其他原因

译文　正如人在水中、油中或镜子中看到自己的身体被反射出不同的影像，仅仅是各种不同的原因，才使生物看到自己与他人的不同。

要旨　灵性的灵魂就一个，至尊人格首神。祂展示为个人扩展(svāṁśa)和分开的扩展(vibhinnaṁśa)。个体灵魂(jīva)都是祂的分开的扩展，至尊人格首神的不同化身都是祂的个人扩展。因此，至尊主有不同的能量，以及不同能量的不同扩展。就这样，至尊人格首神作为一个整体，出于不同的原因展示出不同的扩展。这种理解是真正的知识，但当生物被指定给他的躯体(upādhi)包裹住时，他看到的区别，恰似人在水中、油中和镜子里看到了自己的不同影像。某物在水中的影像看似是移动的，在冰上的影像看似是固定的，在油中的影像看起来则是模糊的。主体是一个，但在不同的情况下显得不同。当把限制的因素拿走时，看起来就是一个个体。换句话说，当人通过练奉爱瑜伽(bhakti-yoga)上升到生命的完美阶段——至尊天鹅阶段(paramahaṁsa)时，他在各处只看到奎师那。对他来说，世上根本没有其他的存在。

总之，由于不同的原因，生物以动物、人类、半神人和树木等不同的形象展现。事实上，每一个生物都是至尊主的边缘能量。为此，《博伽梵歌》第5章的第18节中解释说：真正看到灵性灵魂的人，对博学的布茹阿玛纳(婆罗门)、一条狗、一头大象或一头牛，不作区分(paṇḍitāḥ sama-darśinaḥ)。真正有学问的人只看到生物，不看外在的包裹。分别心是由不同的功利性活动(karma)造成的；我们一旦停止从事功利性活动，将活动的性质转为奉爱服务，就能明白：无论外形如何，众生其实是一样的。人只有具有奎师那意识，才可能具有这种洞察力。在我们奎师那意识运动中，有来自世界各地不同种族的人，但他们因为知道自己是至尊人格首神的仆人，所以不对人作黑人、白人、黄种人或红种人的区分。因此，只有奎师那意识运动才能使人去除分别心。

第30节 इन्द्रियैर्विषयाकृष्टैराक्षिप्तं ध्यायतां मनः ।
चेतनां हरते बुद्धेः स्तम्बस्तोयमिव ह्रदात् ॥३०॥

indriyair viṣayākṛṣṭair
ākṣiptaṁ dhyāyatāṁ manaḥ
cetanāṁ harate buddheḥ
stambas toyam iva hradāt

indriyaiḥ－由感官／viṣaya－感官对象／ākṛṣṭaiḥ－受吸引／ākṣiptam－收到刺激／dhyāyatām－总是想着／manaḥ－心念／cetanām－意识／harate－失去／buddheḥ－智慧的／stambaḥ－粗壮的草／toyam－水／iva－像／hradāt－从湖里

译文　当人的心念和感官为享乐而受感官对象的吸引时，心就变得激动。一直不断地想着感官对象，就会使人真正的意识丧失殆尽，恰似湖水被生长在湖畔边的粗壮芦苇逐渐吸尽一般。

要旨　这节诗十分生动地解释了我们原本的奎师那意识如何被污染，我们是如何逐渐遗忘了我们与至尊主的关系的。前面的诗中推荐说，我们应该一直不断地为至尊主做奉爱服务，以便奉爱服务的烈火可以逐渐把物质欲望烧成灰烬，我们因而能摆脱生死轮回。这样做也能间接地使我们更坚信至尊人格首神的莲花足。当我们允许心念一直不断地去想感官享乐时，心念就成了使我们受物质捆绑的原因。如果我们的心中只装满了感官享乐的欲念，那么即使我们想要奎师那意识并为此一直不断地练习，我们也无法忘记感官享乐的内容。人即使当了托钵僧，但如果控制不了自己的心念，就会一直想着家庭、社会、豪宅等感官享乐的对象。他即使去喜马拉雅山或森林，内心也会一直不断想着感官享乐的对象。这样，人的智力就会逐渐受到影响。当智力受到影响时，人就失去了他原本对奎师那意识具有的美好体验。

这节诗中举的例子非常恰当。如果一个大湖周围长满了像棍子一样长长的库沙(kuśa)草，湖水就会被吸干。同样道理，当如同粗壮的库沙草般的物质欲望增加时，意识的清水就会被吸干。因此，必须从一开始就砍断、丢掉这些粗壮的库沙草。圣柴坦亚·玛哈帕布教导说：如果我们从一开始不注意稻田中的杂草，那么无论施肥或浇水都被杂草所吸收，稻谷就会枯萎掉。感官享乐的物质欲望是使我们坠入这个物质世界的原因，我们因而不停地受三种苦，以及生老病死的痛苦。但是，如果我们把欲望转向为至尊主做超然的爱心服务，我们的欲望就会被净化。我们无法消除欲望，所以必须净化由各种称号引起的欲望。如果我们一直想着自己是某个国家、社会或家庭的成员，不断地想着它们，我们就会被紧紧地捆绑在重复生死的受制约的生活中。但如果我们把欲望用于为至尊主服务，它们就会得到净化，从而使我们立刻免于物质的污染。

第 31 节 भ्रश्यत्यनुस्मृतिश्चित्तं ज्ञानभ्रंशः स्मृतिक्षये ।
तद्रोधं कवयः प्राहुरात्मापह्नवमात्मनः ॥३१॥

bhraśyaty anusmṛtiś cittaṁ
jñāna-bhraṁśaḥ smṛti-kṣaye
tad-rodhaṁ kavayaḥ prāhur
ātmāpahnavam ātmanaḥ

bhraśyati—被毁灭 / anusmṛtiḥ—始终想着 / cittam—意识 / jñāna-bhraṁśaḥ—被夺去了真正的知识 / smṛti-kṣaye—通过破坏记忆 / tat-rodham—阻碍那个程序 / kavayaḥ—伟大而学识渊博的学者 / prāhuḥ—认为 / ātma—灵魂的 / apahnavam—毁灭 / ātmanaḥ—灵魂的

译文 人偏离自己原本的意识时，便失去记住他以前的状态或认清现有状态的能力。记忆一旦失去，所得到的认知便是建立在虚幻基础上的认知。当这种情况发生时，学识渊博的学者便认为是失去了灵魂。

要旨 生物——灵魂，永恒存在，是永恒的。灵魂不可能被失去，但学者们说，当真正的知识不起作用时，就是失去了灵魂。那是动物与人之间的区别。智力欠佳的哲学人士说动物没有灵魂，但动物实际上有灵魂。然而，动物因为处在十足的愚昧状态中，所以显得像是它们失去了灵魂。没有灵魂，躯体动都不能动。那就是活的躯体与死尸之间的区别。灵魂一旦离开躯体，躯体被说成是死了。当生物体没有展示出适当的知识时，就说失去了灵魂。我们是奎师那不可缺少的一部分，所以我们原本的意识是奎师那意识。当这意识误入歧途，灵魂被置于污染原本意识的物质氛围中时，他就以为他是物质元素的产物，从而失去了他真正的记忆，想不起他是至尊人格首神不可缺少的一部分，恰似熟睡之人忘了自己一样。这样，当正常意识的活动受到阻碍时，迷失了的灵魂所从事的一切活动就都是错误的。如今的现代文明基础于对躯体认同的错误层面上，因此可以说，现代人失去了他们的灵魂。从这方面看，他们并不比动物强。

第 32 节 नातः परतरो लोके पुंसः स्वार्थव्यतिक्रमः ।
यदध्यन्यस्य प्रेयस्त्वमात्मनः स्वव्यतिक्रमात् ॥३२॥

nātaḥ parataro loke
puṁsaḥ svārtha-vyatikramaḥ
yad-adhy anyasya preyastvam
ātmanaḥ sva-vyatikramāt

na－不 / ataḥ－在这之后 / parataraḥ－更大 / loke－在这个世界里 / puṁsaḥ－生物体的 / sva-artha－利益 / vyatikramaḥ－阻碍 / yat-adhi－除此之外 / anyasya－其他的 / preyastvam－利益更大 / ātmanaḥ－为自我 / sva－自己的 / vyatikramāt－因阻碍

译文 认为其他一切都比个人的自我觉悟更令人愉快，是对获取个人利益最大的妨碍，天下没有比这更强大的障碍。

要旨 人体生命是专门用来觉悟自我的。“自我”是指至尊自我与个体自我，也就是至尊人格首神和个体生物。然而，当人对躯体和与躯体有关的感官享乐感兴趣时，他就为自己在自我觉悟的路途上设置了障碍。错觉能量玛亚(māyā)的影响，使人对感官享乐更有兴趣，而这是有志于认识自我的人在这个世界中不能做的事。人不该对感官享乐感兴趣，而应该转而用活动去满足至尊灵魂的感官。毫无疑问，凡是违背这一原则的活动，都不利于人获取真正的自我利益。

第33节 अर्थेन्द्रियार्थाभिध्यानं सर्वार्थापह्नवो नृणाम् ।
भ्रंशितो ज्ञानविज्ञानाद्येनाविशति मुख्यताम् ॥३३॥

arthendriyārthābhidhyānaṁ
sarvārthāpahnavo nṛṇām
bhraṁśito jñāna-vijñānād
yenāviśati mukhyatām

artha—财富 / indriya-artha—为了感官的满足 / abhidhyānam—始终想着 / sarva-artha—四种成就 / apahnavaḥ—破坏性 / nṛṇām—人类社会的 / bhraṁśitaḥ—完全缺乏 / jñāna—知识 / vijñānāt—奉爱服务 / yena—由所有这些 / āviśati—进入 / mukhyatām—不能动的物种

译文 对人类社会来说，一直不断地想着如何赚钱和用它来进行感官享乐，将摧毁每一个人的利益。当人缺乏知识，不做奉爱服务时，他便进入树木和石头那样的生命种族。

要旨 格亚纳(jñāna)——知识，意思是了解自己的原本地位和状态，“维格亚纳(vijñāna)”是指那知识在生活中的实际运用。在人体生命形式中，人应该上升到具有知识和对知识的实际运用的层面上，但尽管有了这样一次很大的机会，但如果他不依靠灵性导师及经典的帮助开发并实际运用那知识，也就是说他如果误用这个机会，那他在来生无疑就会投生在不动的生命物种中。不动的生命物种包括丘陵、山脉、树木和植物等。这种生命状态被说成是“使一切活动归于零(puṇyatām 或者 mukhyatām)。支持停止一切活动的哲学家，被称为虚无主义者(śūnyavādī)。我们应该依靠大自然的安排把我们的活动逐渐转向奉爱服务。但有些哲学家不去净化他们自身的活动，反而试图把一切归为乌有或去除一切活动。这种没有活动的状态由树木和山丘表现出来。这是自然法律给予的一种惩罚。如果我们不正确地执行我们的人生使命——觉悟自我，自然法律的惩罚就会把我们放进树木和山丘的形体中，使我们无法活动。这节诗里谴责了导向感官享乐的活动。不断想着赚钱和满足感官的活动，是在走自杀之途。事实上，如今的人类社会就在走这条路。人们下决心千方百计地赚钱，或者靠借、乞讨、偷盗拿到钱，用它们进行感官享乐。这样的文明是觉悟自我路途上最大的绊脚石。

第 34 节　न कुर्यात्कर्हिचित्सङ्गं तमस्तीव्रं तितीरिषुः ।
धर्मार्थकाममोक्षाणां यदत्यन्तविघातकम् ॥३४॥

na kuryāt karhicit saṅgaṁ
tamas tīvraṁ titīriṣuḥ
dharmārtha-kāma-mokṣāṇāṁ
yad atyanta-vighātakam

na－不 / kuryāt－活动 / karhicit－在任何时候 / saṅgam－接触 / tamaḥ－愚昧 / tīvram－迅速地 / titīriṣuḥ－希望穿越无知的人 / dharma－宗教 / artha－经济发展 / kāma－感官享乐 / mokṣāṇām－解脱的 / yat－……的 / atyanta－非常 / vighātakam－阻止或阻塞

译文 具有想要跨越无知海洋之强烈愿望的人，一定不要与愚昧属性接触，因为及时行乐的活动是宗教原则、经济发展、规范化的感官享乐和最终获得解脱的路途上的最大障碍。

要旨 人类社会允许人从事四类活动，即：按照宗教原则生活，根据个人在社会中的地位赚钱，按照宗教原则进行感官享乐，并沿着去除对这个物质世界依恋的解脱之途向前迈进。只要有物质躯体，就不可能完全免于所有这些物质的兴趣。然而，经典并不建议人只为感官享乐和赚钱而行事，并为了达到那些目的而牺牲所有的宗教原则。如今的人类文明中根本不在乎宗教原则；相反，人们对在不遵守宗教原则的情况下发展经济极有兴趣。例如，在屠宰场里的屠夫无疑很容易赚到钱，但这样的职业是违背宗教原则的。同样，全世界还有许多让人进行感官享乐的夜总会和从事非法性行为的妓院。在婚姻生活中当然允许有性行为，但卖淫嫖妓受到禁止，因为我们所有的活动最终都应该是以解脱，以摆脱物质存在的钳制为目标。还有，政府虽然给卖酒的商店发许可证，但这并不意味着应该不受限制地开设这样的商店和非法走私酒品。发许可证就意味着限制。卖糖、小麦和牛奶就不需要得到许可证，因为实际并不需要限制这些食品的买卖。换句话说，经典忠告，人不该从事妨碍自己在灵性生活和解脱的路途上向前迈进的活动。正因为如此，韦达经典推荐的感官享乐方式，既可以使人发展经济和进行感官享乐，最终又可以使人获得解脱。韦达文明在经典中给我们提供了所有的知识，如果我们按照经典(śāstra)和灵性导师(guru)的指导过一种规范化的生活，我们所有的物质欲望就会得到满足，同时又能走向解脱。

第35节 तत्रापि मोक्ष एवार्थ आत्यन्तिकतयेष्यते ।
त्रैवर्ग्योऽर्थो यतो नित्यं कृतान्तभयसंयुतः ॥३५॥

tatrāpi mokṣa evārtha
ātyantikatayeṣyate
traivargyo 'rtho yato nityaṁ
kṛtānta-bhaya-saṁyutaḥ

tatra—那里 / api—也 / mokṣaḥ—解脱 / eva—肯定地 / arthe—对……的事物 / ātyantikatayā—最重要的 / iṣyate—以那种方法 / traivargyaḥ—宗教，经济发展和感官享乐其他三个 / arthaḥ—利益 / yataḥ—自何处 / nityam—有规律地 / kṛta-anta—死亡 / bhaya—害怕 / saṁyutaḥ—执著

译文　在宗教、经济发展、感官享乐和解脱这四项内容中，人们必须认真地对待解脱。另外三项内容都是自然的严酷法律——死亡所毁灭的对象。

要旨　我们必须非常认真地对待解脱(mokṣa)，即使要牺牲其他三项内容也在所不惜。正如苏塔·哥斯瓦米(Sūta Gosvāmī)在《圣典博伽瓦谭》的一开始忠告的那样，宗教原则不以成功地发展经济为基础。我们因为十分依恋感官享乐，所以便为了一些经济上的原因到庙宇或教堂去找神。然而要再次强调，经济发展并不是为了感官享乐。我们应该调整一切，使其有利于我们获得解脱。为此，这节诗强调了解脱。其他三项内容是物质性的，所以必定遭受毁灭。我们即使在这一生中用某种方法积累了大笔的银行存款，拥有了许多物质事物，但随着死亡的到来一切都将结束。《博伽梵歌》中说，死亡是至尊人格首神，祂最终会拿走物质主义者所获得的一切。我们愚蠢地不在乎这些，愚蠢地不怕死，甚至不考虑死亡会带走我们透过宗教(dharma)、经济发展(artha)和感官享乐(kāma)所获取的一切。通过宗教——虔诚活动，我们也许被提升到天堂星球去，但这并不意味着摆脱了生老病死的钳制。关键在于：我们可以牺牲我们对宗教原则、经济发展和

感官享乐的兴趣，但不能牺牲解脱的目标。关于解脱，《博伽梵歌》第 4 章的第 9 节诗中说：解脱意味着，人在放弃现有的躯体后不必再接受另一个物质躯体(tyaktvā dehaṁ punar janma naiti)。对非人格神主义者来说，解脱意味着融入不具人格特性的梵(Brahman)的存在中。但事实上，这并非解脱，因为那灵魂不得不从不具人格特性的状态中再次坠入这个物质世界。因此，人应该寻求至尊人格首神的庇护，为祂做奉爱服务。那才是真正的解脱。结论是：我们不该强调虔诚活动、经济发展和感官享乐，而应该关心如何接近住在灵性星球上的主维施努，而在所有的灵性星球中最高的星球是主奎师那居住的哥珞卡·温达文(Goloka Vṛndāvana)。所以，这场奎师那意识运动，是给予真正想要解脱的人的最非凡的礼物。

第 36 节 परेऽवरे च ये भावा गुणव्यतिकरादनु ।
न तेषां विद्यते क्षेममीशविध्वंसिताशिषाम् ॥३६॥

pare 'vare ca ye bhāvā
guṇa-vyatikarād anu
na teṣāṁ vidyate kṣemam
īśa-vidhvaṁsitāśiṣām

pare－在生命的更高阶段 / avare－在生命的更低阶段 / ca－和 / ye－所有这些 / bhāvāḥ－观念 / guṇa－物质品质 / vyatikarāt－因相互作用 / anu－追随 / na－绝不 / teṣām－他们的 / vidyate－存在 / kṣemam－纠正 / īśa－至尊主 / vidhvaṁsita－毁灭 / āśiṣām－赐福的

译文 我们相信，尽管有别于低等生存状态的高等生存的不同阶段都是神的赐福，但却该知道，存在这种区别的唯一原因是，物质自然属性间的相互作用。事实上，这些生存状态并非持久不变，因为至尊的控制者将摧毁这一切。

要旨　在我们的物质生存中，我们将高等生活形式视为是一种赐福，把低等生活形式视为是一种诅咒。这种“高等”和“低等”的区别只有在不同的物质属性(guṇas)相互作用时才存在。换句话说，凭我们的善行，我们被提升到高等星系或被允许过高标准的生活(得到良好的教育和美丽的身体等)。这些都是虔诚活动的结果。同样，从事不虔诚的活动，使我们当文盲、得到丑陋的躯体，以及贫穷的生活水平等。但所有这些不同的生活状态，都是物质自然法律通过善良、激情和愚昧属性的相互作用在控制。然而，所有这些属性在整个宇宙展示瓦解时都会停止活动。正因为如此，至尊主在《博伽梵歌》第8章的第16节诗中说：

ābrahma-bhuvanāl lokāḥ
punar āvartino 'rjuna
mām upetya tu kaunteya
punar janma na vidyate

“在物质世界中，从最高等的星球到最低等的星球都是有生死轮回的痛苦之地。但是，琨缇的儿子啊！到达我住所的人，永远不再投生。”

尽管我们靠先进的科技知识，或者靠举行盛大的祭祀和从事功利性活动等宗教活动，将自己提升到这个物质世界里最高等的星系上，但在宇宙展示瓦解时，这些高等星系和生活其上的生物体都将遭到毁灭。这节诗中说，“至尊的控制者将摧毁这一切赐福(īśa-vidhvaṁsitāśiṣām)”。那时，我们将不受保护。我们的躯体，无论是在这个星球上还是其他星球上，都会被摧毁，而我们将不得不再次在玛哈·维施努的体内保持无意识的状态达千百万年之久。随后，当创造再次展示时，我们不得不投生在不同的物种中，开始我们的活动。了解这些后，我们不该只是满足于升上高等星系，而是应该努力逃出这个物质宇宙展示，到灵性世界去，托庇于至尊人格首神。那才是我们最高的成就。我们不该受任何所谓高等或低等的物质事物的吸引，而应该平等看待一切。我们真正应该做的事情是：询问有关生命的真正目的，并为至尊主做奉爱服务。这样，我们就会在我们的灵性活动中永恒地受到祝福，充满了知识和极乐。

被规范化的人类文明，促进宗教(dharma)、经济发展(artha)、感官享乐(kāma)和解脱(mokṣa)。人类社会中必须有宗教。没有宗教的人类社会只不过是动物社会。经济发展和感官享乐必须以宗教原则为基础。当人在经典的指导下从事宗教、经济发展和感官享乐的活动时，摆脱生老病死就有了保障。然而，在如今这个喀历年代中，没有宗教和解脱。人们只对经济发展和感官享乐感兴趣。正因为如此，尽管全世界的经济有了足够的发展，但人类社会中的彼此交往却几乎像动物一样了。当一切都变得十足的动物化时，毁灭、瓦解就会发生。这毁灭、瓦解被视为是“至尊的控制者将摧毁这一切赐福(īśa-vidhvaṁsitāśiṣām)”。至尊主就经济发展和感官享乐方面的所谓赐福，将以决定性的毁灭、瓦解而告终。在喀历年代结束时，至尊主将化身为考克依(Kalki)显现，祂那时唯一做的事情，将是杀尽地球表面的人类。在那场杀戮后，将开始另一个黄金年代。所以我们要知道，我们的物质活动只不过像孩子的游戏一样。孩子在海滩上玩耍时，父亲会坐在一旁观看孩子玩的游戏；孩子用沙子盖房子、筑墙，还制作许多东西，但父亲最终会叫孩子回家。孩子制作的一切随后就毁灭了。太沉溺于经济发展和感官享乐等儿童活动的人，有时会得到至尊主以毁灭他们所建造的一切的方式赐予他们的特殊恩宠。

至尊主告诉尤帝士提尔王(Yudhiṣṭhira Mahārāja)，祂以拿走祂奉献者拥有的一切物质财富的方式，向祂的奉献者表示特殊的恩宠(yasyāham anugṛhṇāmi hariṣye tad-dhanaṁ śanaiḥ)。因此，人们的一般体会是，外士纳瓦从物质的角度看并非很富有。当外士纳瓦——纯粹的奉献者，试图在物质上变得富有，同时又想要侍奉至尊主时，他的奉爱服务就受到阻碍。至尊主为了向他表示特殊的恩宠，就摧毁他所谓发展了的经济和物质财富。这样，那个奉献者在他再三努力发展经济的过程中感到沮丧，最终便完全投靠在至尊主的莲花足旁。这样的行事方式也被视为是“至尊的控制者将摧毁这一切赐福(īśa-vidhvaṁsitāśiṣām)”。至尊主通过毁灭一个人的物质财富，让那个人增进他的灵性理解。在我们传教的过程中，我们有时看到物质主义者来找我们，向我们致敬，以得到他们想要的祝福——越来越多的物质财富。他们如果得不到他们想要的，就没兴趣再向奉献者致以敬意了。这样的物质主义者总是在担心他们的经济发展问题。他们向圣人或至尊主致以敬意或为传教工作捐献一些财物，以期得到回报，使自己将来赚更多的钱。

然而，当奉献者真诚地做奉爱服务时，至尊主就会迫使他停止物质方面的发展，全身心地投靠、服从祂。由于至尊主不给祂的奉献者物质财富方面的赐福，人们看到崇拜主维施努的人表面上看起来缺少物质财富，于是便害怕崇拜主维施努。这样的物质主义者通过崇拜主希瓦(Śiva)得到无数赚钱的机会，因为主希瓦是杜尔嘎(Durgā)女神的丈夫，而杜尔嘎是这个宇宙的拥有者。靠主希瓦的恩典，他的奉献者得到机会获得杜尔嘎女神的赐福。例如，茹阿瓦纳(Rāvaṇa)就是主希瓦的崇拜者和奉献者；作为回报，他得到杜尔嘎女神所有的赐福，以至他的整个王国都是用金子建造的。在如今的巴西，人们发现了大量的金子。根据众多往世书(Purāṇa)中给予的历史证明，我们可以有把握地推测，那是茹阿瓦纳的王国。然而，他的王国被主茹阿玛禅铎(Rāmacandra)摧毁了。

通过研究这类事件，我们可以明白“至尊的控制者将摧毁这一切赐福(īśa-vidhvaṁsitāśiṣām)”的完整含义。至尊主不给祂的奉献者以物质的赐福，因为他们也许会被再次捆绑在这个生老病死从不间断的物质世界里。物质财富使茹阿瓦纳那样的人因为感官享乐而狂妄自大。茹阿瓦纳甚至绑架了主茹阿玛禅铎的妻子——幸运女神悉塔(Sītā)，以为这样他就可以享受至尊主的快乐能量了。但事实上，茹阿瓦纳因为他的所作所为而遭到毁灭(vidhvaṁsita)。如今的人类文明太依靠经济发展和感官享乐，所以离毁灭不远了。

第 37 节 तत्त्वं नरेन्द्र जगतामथ तस्थूषां च
देहेन्द्रियासुधिषणात्मभिरावृतानाम् ।
यः क्षेत्रवित्तपतया हृदि विश्वगाविः
प्रत्यक्चकास्ति भगवांस्तमवेहि सोऽस्मि ॥३७॥

tat tvaṁ narendra jagatām atha tasthūṣāṁ ca
dehendriyāsu-dhiṣaṇātmabhir āvṛtānām
yaḥ kṣetravit-tapatayā hṛdi viśvag āviḥ
pratyak cakāsti bhagavāṁs tam avehi so 'smi

tat—因此 / tvam—你 / nara-indra—最优秀的君王啊 / jagatām—可移动的 / atha—因此 / tasthūṣām—不可移动的 / ca—也 / deha—身体 / indriya—感官 / asu—生命之气 / dhiṣaṇā—通过思考 / ātmabhiḥ—觉悟自我 / āvṛtānām—那些被如此覆盖的 / yaḥ—……的 / kṣetra-vit—场所的知悉者 / tapatayā—通过控制 / hṛdi—在内心 / viśvak—到处 / āviḥ—展示 / pratyak—在每一个发囊内 / cakāsti—闪亮 / bhagavān—至尊人格首神 / tam—向祂 / avehi—努力了解 / saḥ asmi—我是那个

译文 萨纳特·库玛尔忠告君王道：因此，我亲爱的普瑞图王，努力了解至尊人格首神，祂与个体灵魂一起住在每一个人的心中，每一个动与不动的生物体中。个体灵魂完全被粗糙的物质躯体，以及由生命之气和智力构成的精微躯体所包裹。

要旨　这节诗中特别忠告，人不该把人体生命形式浪费在经济发展和感官享乐上，而应该努力通过了解与个体灵魂一起住在每一个生物体心中的至尊人格首神，培养灵性的价值观。个体灵魂和以超灵形象展现的至尊人格首神，都坐在我们这个由粗糙和精微的元素构成的躯体中。了解这一事实，就获得了真正的灵性文化。在灵性文化中取得进步有两种方式，一种是非人格神主义哲学家所采用的方式，一种是做奉爱服务。非人格神主义者得到的结论是：他与至尊灵魂是一体。然而，奉献者——人格神主义者，通过了解"绝对真理是至尊的主宰者，我们个体生物是被主宰者，因此我们的职责是为祂服务"这一事实，认识到绝对真理。韦达经中说："你是相同的(tat tvam asi)"，"我是相同的(so'ham)"。非人格神主义者把这些曼陀(mantra)解释为：至尊主——绝对真理，与生物是一体。但在奉献者看来，这些曼陀是声明，至尊主和我们在质上相同。至尊主和生物都是灵性的(tat tvam asi, ayam ātmā brahma)。了解这一事实就是觉悟了自我。人体生命形式是专门用来通过培养灵性知识了解至尊主和自我的。人不该浪费宝贵的生命只是去发展经济和进行感官享乐。

这节诗中的梵文"场所的知悉者(kṣetra-vit)"一词也十分重要。《博伽梵歌》第13章的第2节诗中解释这个词说：琨缇的儿子啊！这个躯体称为活动的场所(idaṁ śarīraṁ kaunteya kṣetram ity abhidhīyate)。躯体的拥有者(坐在躯体中的个体灵魂和超灵)被称为场所的知悉者(kṣetra-vit)。然而，两种躯体的知悉者之间存在着差别。一种躯体的知悉者是超灵(Paramātmā)，指导着个体灵魂。当我们正确地接受超灵的指导时，我们的生活就圆满了。祂从内在和外在给予指导。从内在，祂作为处在心中的灵性导师(caitya-guru)给予指导。从外在，祂以灵性导师的形式展示自己，给生物以间接的帮助。至尊主以这两种方式指导生物，以使他结束物质活动，回归家园，回到首神身边。至尊灵魂与个体灵魂同在一个躯体里的真相，可以被任何人透过这一事实感知到，即：只要个体灵魂和超灵都住在身体中，身体就总是发亮、有精力。然而，超灵和个体灵魂一旦双双放弃他们所占有的粗糙躯体，它便立刻开始腐烂。灵性进步的人因此能明白死尸与活的躯体之间的区别。总而言之，人不该用所谓的经济发展和感官享乐浪费他的时间，而应该培养灵性的知识，以了解超灵、个体灵魂及他们之间的关系。这样，凭借知识的提高，人可以获得解脱，到达生命的最终目的地。经典中所，走解脱之途的人即使不再履行他在物质世界里的所谓的责任，也没有任何损失。然而，不走解脱之途的人即使小心谨慎地赚钱和进行感官享乐，也还是要失去一切。就有关这一点，纳茹阿达(Nārada)对维亚萨戴瓦(Vyāsadeva)说的一番话非常适用：

tyaktvā sva-dharmaṁ caraṇāmbujaṁ harer
bhajann apakvo 'tha patet tato yadi
yatra kva vābhadram abhūd amuṣya kiṁ
ko vārtha āpto 'bhajatāṁ sva-dharmataḥ

“普通大众自然都很喜欢享受，而你鼓励他们以宗教的名义那么做。这无疑受到谴责，而且极不明智。他们以你的教导为指南，所以将把以宗教名义从事这种活动视为理所当然，根本不在乎这么做是被禁止的。”（《圣典博伽瓦谭》1.5.17)

人如果出于情感或其他原因托庇于至尊主的莲花足，即使到时没有成功地达到生命的最终目的地，或者因为缺乏经验而坠落，也没有任何损失。然而，对一个不做奉爱服务但却很好地履行他的物质职责的人来说，他最终什么都得不到。

第38节 यस्मिन्निदं सदसदात्मतया विभाति
माया विवेकविधुति स्रजि वाहिबुद्धिः ।

तं नित्यमुक्तपरिशुद्धविशुद्धतत्त्वं
प्रत्यूढकर्मकलिलप्रकृतिं प्रपद्ये ॥३८॥

yasminn idaṁ sad-asad-ātmatayā vibhāti
māyā viveka-vidhuti sraji vāhi-buddhiḥ
taṁ nitya-mukta-pariśuddha-viśuddha-tattvaṁ
pratyūḍha-karma-kalila-prakṛtiṁ prapadye

yasmin—其中 / idam—这个 / sat-asat—至尊主和祂不同的能量 / ātmatayā—作为所有原因和结果的根源 / vibhāti—展示 / māyā—错觉 / viveka-vidhuti—经由深思熟虑获得解脱 / sraji—绳子上 / vā—或 / ahi—蛇 / buddhiḥ—智慧 / tam—向祂 / nitya—永恒的 / mukta—解脱的 / pariśuddha—不受污染的 / viśuddha—纯粹的 / tattvam—真理 / pratyūḍha—超然 / karma—功利性活动 / kalila—不纯的 / prakṛtim—处在灵性的能量中 / prapadye—皈依

译文　至尊人格首神在这个躯体中将自己展示为原因和结果，但凭借可以清除视绳为蛇之误解的深思熟虑超越了错觉能量的人能够了解，超灵永远超越物质创造，处在纯净的内在能量中。因此，至尊主超越所有的物质污染，人必须只依靠、服从祂。

要旨　这节诗是专为反驳假象宗的“个体灵魂与超灵之间没有区别”的一元论而说的。假象宗(Māyāvāda)的结论是：生物与超灵是一体，没有区别。假象宗人士声称，在不具人格特性的梵之外没有其他存在，分离的感觉是视绳为蛇的错觉玛亚。是绳还是蛇的争论一般都由假象宗人士提出。为此，这节诗特别谈到了代表“假象理论(vivarta-vāda)”的这些词。事实上，超灵(Paramātmā)是至尊人格首神，而祂是永恒解脱的。换句话说，至尊人格首神与个体灵魂同住在这个躯体中，而这一事实得到了韦达经的证实。他们像两个朋友一样坐在同一棵树上，但超灵不受错觉能量的影响。错觉能量被称为外在能量(bahiraṅgā śakti)，生物被称为边缘能量(taṭasthā śakti)。正如《博伽梵歌》中所说，以土、水、火、气和空间等为代表的物质能量与生物这一灵性能量，都是至尊主的能量。尽管能量和拥有能量者是一体的，但生物——个体灵魂，因为有受外在能量影响的倾向，所以认为他自己与至尊人格首神是一样的。

这节诗中的梵文“投靠、服从(prapadye)”一词也很重要，因为它与《博伽梵歌》的结论有关。《博伽梵歌》第18章的第66节诗中说：抛弃一切种类的宗教，只向我皈依(sarva-dharmān parityajya mām ekaṁ śaraṇaṁ vraja)。在《博伽梵歌》的另一节诗——第7章的第19节诗中，至尊主说：经过许许多多次生死后，一个真正处在知识层面上的人就会皈依我(bahūnāṁ janmanām ante jñānavān māṁ prapadyate)。这“投靠、服从或皈依(prapadyate 或 śaraṇaṁ vraja)”，是指个体灵魂皈依超灵。个体灵魂一旦皈依，就可以明白至尊人格首神虽然处在个体灵魂的心中，但高于个体灵魂。至尊主永远超越物质展示，即使看起来至尊主与物质展示是同一的。按照外士纳瓦哲学，祂与祂的展示既是一体同时又有区别。物质能量是祂外在力量的一种展示，既然力量与有力量者是同一体，至尊主与个体灵魂看起来就是同一体，但事实上，个体灵魂受物质能量的影响，而至尊主永远超越物质能量。除非至尊主高于个体灵魂，否则不存在向祂皈依的问题。“皈依”或“投靠、服从”与奉爱服务的程序有关。仅仅靠对“是绳子还是蛇”这类没有奉爱之情的推测，人无法接近绝对真理。因此，要了解绝对真理，做奉爱服务比研究或心智思辨更重要。

第 39 节 यत्पादपङ्कजपलाशविलासभक्त्या
कर्माशयं ग्रथितमुद्ग्रथयन्ति सन्तः ।

तद्वन्न रिक्तमतयो यतयोऽपि रुद्ध-
स्रोतोगणास्तमरणं भज वासुदेवम् ॥३९॥

yat-pāda-paṅkaja-palāśa-vilāsa-bhaktyā
karmāśayaṁ grathitam udgrathayanti santaḥ
tadvan na rikta-matayo yatayo 'pi ruddha-
sroto-gaṇās tam araṇaṁ bhaja vāsudevam

yat一……的 / pāda一足 / paṅkaja一莲花 / palāśa一花瓣或足尖 / vilāsa一享乐 / bhaktyā一靠奉爱服务 / karma一功利性活动 / āśayam一欲望 / grathitam一死结 / udgrathayanti一连根拔起 / santaḥ一奉献者们 / tat一那 / vat一如同 / na一绝不 / rikta-matayaḥ一根本不做奉爱服务的人 / yatayaḥ一不断地努力 / api一即使 / ruddha一停止 / srotaḥ-gaṇāḥ一感官享乐的波浪 / tam一向祂 / araṇam一值得寻求庇护 / bhaja一做奉爱服务 / vāsudevam一向瓦苏戴瓦的儿子奎师那

译文　始终忙于为至尊主莲花足的足尖服务的奉献者，能轻而易举地打开要从事功利性活动的顽石般的欲望之结。要解开这个结极为困难，思辨者及瑜伽师等非奉献者虽然竭力阻止感官享乐的汹涌波涛，但却做不到。因此，你被建议要为瓦苏戴瓦的儿子奎师那做奉爱服务。

要旨　世上有三种超然主义者在努力超越物质自然三种属性的影响，他们分别是：知识思辨者(jñānīs)、瑜伽师(yogī)和奉献者(bhakta)。他们都努力征服感官的影响，这影响被比喻为是像河中的浪涛般一个接一个连续不断。河水流动形成的波涛连续不断，很难阻止。同样，物质享乐的欲望波涛是如此强劲，除了奉爱瑜伽外，其他方法根本无法使其停下来。奉献者们靠他们为至尊主的莲花足所做的超然奉爱服务，完全沉浸在超然的极乐中，这使他们的物质享乐欲望自动停了下来。知识思辨者和瑜伽师不喜欢至尊主的莲花足，因此只有挣扎着反抗欲望的波涛。他们在这节诗中被说成是“不做奉爱服务(rikta-matayaḥ)”。换句话说，知识思辨者和瑜伽师虽然试图去除从事物质活动的欲望，但实际上却越来越被捆绑在错误的哲学推测或想要阻止感官活动的艰苦努力中。前面谈到过：

vāsudeve bhagavati
bhakti-yogaḥ prayojitaḥ
janayaty āśu vairāgyaṁ
jñānaṁ ca yad ahaitukam

“通过为人格首神圣奎师那做奉爱服务，人立刻不明原因地获得知识，不再依恋这个世界。”(《圣典博伽瓦谭》1.2.7)

这节诗也强调了同一个重点。梵文“为瓦苏戴瓦的儿子奎师那做奉爱服务(bhaja vāsudevam)”一句指出，为至尊主做奉爱服务的人能轻易阻止欲望的波涛。一直靠人为的力量停止欲望波涛的人，一定会被击败。这就是这节诗要说明的内容。从事功利性活动的欲望根深蒂固，但奉爱服务可以将欲望之树连根拔起，因为奉爱服务运用了更高级的欲望。人在运用高级欲望时就可以放弃低级欲望。试图停止欲望是办不到的。为了不让自己受低级欲望的束缚，人必须想要得到至尊者。非人格神主义者(jñānī)一直持有想要与至尊者合而为一的欲望，但这样的欲望也被视为是贪图感官享乐的欲望(kāma)。同样，瑜伽师想要得到神秘力量，那也是贪图感官享乐的欲望。只有不想要任何物质享乐的奉献者才能得到净化。没有什么人为的努力可以停止欲望。在至尊主莲花足脚趾的保护下，欲望会成为灵性享乐的源头。库玛尔四兄弟在这节诗中说，主奎师那的莲花足是一切快乐的宝库。所以，人应该托庇于至尊主的莲花足，而不是在注定要失败的情况下去尝试中止物质享乐的欲望。人只要无法停止物质享乐的欲望，就不可能摆脱物质存在的束缚。人们也许争辩说，河水流动形成的波涛连续不断，根本无法停下来。然而，滔滔不尽的河水流向大海。大海涨潮时，潮水压过了河中的水流，使河水泛滥；从大海灌入的浪涛比河中的浪涛大。同样，奉献者怀着奎师那意识用智慧制订许多为至尊主服务的计划，结果为至尊主服务的欲望压倒了污浊的物质欲望。雅沐娜查尔亚(Yāmunācārya)证实说：自从他开始为至尊主的莲花足做服务，总是有日益更新的要为至尊主服务的欲望之流在涌动，以至想要有性生活的污浊欲望变得微不足道了。雅沐娜查尔亚甚至说，他唾弃这种欲望。《博伽梵歌》第2章的第59节诗也确认说：通过体验高品位的快乐来放弃物质享乐(paraṁ dṛṣṭvā nivartate)。结论是：靠培养为至尊主莲花足服务的爱心愿望，我们征服想要进行感官享乐的一切物质欲望。

第40节　कृच्छ्रो महानिह भवार्णवमप्लवेशां
षड्वर्गनक्रमसुखेन तितीर्षन्ति ।
तत्त्वं हरेर्भगवतो भजनीयमङ्घ्रिं
कृत्वोडुपं व्यसनमुत्तर दुस्तरार्णम् ॥४०॥

kṛcchro mahān iha bhavārṇavam aplaveśāṁ
ṣaḍ-varga-nakram asukhena titīrṣanti
tat tvaṁ harer bhagavato bhajanīyam aṅghriṁ
kṛtvoḍupaṁ vyasanam uttara dustarārṇam

kṛcchraḥ－困难 / mahān－非常伟大 / iha－这儿(在这一生) / bhava-arṇavam－物质存在的海洋 / aplava-īśām－没有托庇于至尊人格首神莲花足的非奉献者的 / ṣaṭ-varga－六个感官 / nakram－鲨鱼 / asukhena－极困难地 / titīrṣanti－穿越 / tat－因此 / tvam－你 / hareḥ－至尊人格首神的 / bhagavataḥ－至尊的 / bhajanīyam－值得崇拜的 / aṅghrim－莲花足 / kṛtvā－做 / uḍupam－船 / vyasanam－所有的危险 / uttara－穿越 / dustara－非常困难 / arṇam－海洋

译文 要跨越无知之洋难比登天，因为有很多危险的鲨鱼寄生其中。尽管非奉献者们为跨越那汪洋历经艰难的苦修，但我们建议，你只要托庇于至尊主的莲花足就够了。那莲花足就如同跨越海洋的船只般。尽管无知之洋难以跨越，但托庇于祂的莲花足将使你克服一切危险。

要旨 这节诗把物质存在比喻为是无知的汪洋。这种汪洋的另一个梵文名字是外塔茹阿尼(Vaitaraṇī)。在那个外塔茹阿尼汪洋，也就是原因之洋中，漂浮着数不胜数的像足球一样的宇宙。汪洋的另一边是叫做外琨塔(Vaikuṇṭha)的灵性世界。《博伽梵歌》第8章的第20节诗中描述那世界“超越这个展示和不展示的物质(paras tasmāt tu bhāvo 'nyaḥ)”。因此，在这个物质自然之外，有一个永恒存在的灵性自然。尽管所有的物质宇宙在原因之洋中被再三地毁灭，但灵性的外琨塔星球永恒存在着，不属于毁灭的对象。人体生命给生物一个机会，使其能够跨越无知之洋——这个物质宇宙，进入灵性天空。尽管世间有许多能使人跨越无知之洋的法门或船只，但库玛尔四兄弟建议君王托庇于至尊主的莲花足，正如人们都会托庇于性能优良的船只。不托庇于至尊主莲花足的非奉献者，试图靠其他方法(功利性活动、哲学思辨和瑜伽)跨越无知之洋，但他们必须面对重重困难。事实上，他们有时为应付他们的烦恼和麻烦而忙得团团转，以致永远都跨越不了那汪洋。非奉献者得不到必会跨越那汪洋的保证，他们即使能跨越，也必须历经艰难的苦修。然而，因为确信至尊主的莲花足是跨越那汪洋的安全船只而采取做奉爱服务的人，必将轻易而舒适地跨越无知之洋。

所以，普瑞图王得到的建议是乘坐至尊主莲花足的船只，轻松跨越充满了各种危险的汪洋。物质宇宙中的危险元素被比喻为是汪洋中的鲨鱼。哪怕是游泳健将的人如果遇到鲨鱼的攻击，也无法幸免于难。人们经常看到有许多所谓的斯瓦米和瑜伽师宣传自己不但能够跨越无知之洋，而且还可以帮助他人跨越，但真相大白后却被发现，他们也只不过是他们感官的受害者而已。这种斯瓦米和瑜伽师不但没有帮助他们的追随者跨越无知之洋，自己也被以女性为代表的错觉能量玛亚所捕食，被无知之洋中的鲨鱼所吞没。

第 41 节

मैत्रेय उवाच
स एवं ब्रह्मपुत्रेण कुमारेणात्ममेधसा ।
दर्शितात्मगतिः सम्यक्प्रशस्योवाच तं नृपः ॥४१॥

maitreya uvāca
sa evaṁ brahma-putreṇa
kumāreṇātma-medhasā
darśitātma-gatiḥ samyak
praśasyovāca taṁ nṛpaḥ

maitreyaḥ uvāca—伟大的圣人麦垂亚说 / saḥ—君王 / evam—如此 / brahma-putreṇa—由主布茹阿玛的儿子 / kumāreṇa—被库玛尔兄弟的其中一个 / ātma-medhasā—精通灵性知识 / darśita—被展示 / ātma-gatiḥ—灵性进步 / samyak—完全地 / praśasya—崇拜 / uvāca—说 / tam—对他 / nṛpaḥ—君王

译文　伟大的圣人麦垂亚继续说：布茹阿玛的儿子库玛尔四兄弟完全处在灵性知识的层面上；君王这样被他们中的一位所给予的完整的灵性知识启发后，用如下的话语崇拜他们。

要旨　圣维施瓦纳特·查夸瓦尔提·塔库尔(Śrīpāda Viśvanātha Cakravartī Ṭhākura)评论这节诗中的“精通灵性知识(ātma-medhasā)”一句说，其中的“灵魂(ātmani)”一词的意思是：向主奎师那——超灵。主奎师那是超灵。《布茹阿玛·萨密塔》第5章的第1节诗中说：奎师那是至高无上的控制者(īśvaraḥ paramaḥ kṛṣṇaḥ)。因此，满怀奎师那意识去思考问题的人，被称为是精通灵性知识的人(ātma-medha)。他与满脑子想的都是物质活动的人(gṛha-medhī)相反。精通灵性知识的人总是怀着奎师那意识想着奎师那的活动。由于主布茹阿玛之子萨纳特·库玛尔的意识完全是奎师那意识，他能够指引灵性进步之途。“灵性进步(ātma-gatiḥ)”一词指的是能使人越来越了解奎师那。

第 42 节 राजोवाच

कृतो मेऽनुग्रहः पूर्वं हरिणार्तानुकम्पिना ।
तमापादयितुं ब्रह्मन् भगवन् यूयमागताः ॥४२॥

rājovāca
kṛto me 'nugrahaḥ pūrvaṁ
hariṇārtānukampinā
tam āpādayituṁ brahman
bhagavan yūyam āgatāḥ

rājā uvāca—君王说 / kṛtaḥ—完成 / me—对我 / anugrahaḥ—没有缘故的仁慈 / pūrvam—先前的 / hariṇā—由至尊人格首神主维施努 / ārta-anukampinā—对痛苦之人的怜悯 / tam—那 / āpādayitum—为了证实 / brahman—布茹阿玛纳啊 / bhagavan—强有力的人啊 / yūyam—你们全体 / āgatāḥ—到这里

译文 君王说：啊，布茹阿玛纳、强有力的人！主维施努较早前向我展示祂的仁慈，指出您们将会光临我的住宅，而为证实那赐福，您全体驾临。

要旨 普瑞图王举行盛大的马祭(aśvamedha)时，主维施努出现在巨大的祭祀场上。祂预言库玛尔四兄弟很快会来并给予君王建议。普瑞图王铭记至尊主没有缘故的仁慈，欢迎为实现至尊主预言而到来的库玛尔四兄弟。换句话说，当至尊主预言时，祂通过祂的一些奉献者实现那预言。同样，主柴坦亚·玛哈帕布预言道：祂光荣的名字和哈瑞·奎师那玛哈·曼陀，将传遍全世界的每一个城镇和乡村。圣巴克提维诺德·塔库尔(Śrīla Bhaktivinoda Ṭhākura)和圣巴克提希丹塔·萨茹阿斯瓦提·帕布帕德(Śrīla Bhaktisiddhānta Sarasvatī Prabhupāda)，渴望实现这伟大的预言，我们追随他们的步伐。

在《博伽梵歌》第9章的第31节诗中，主奎师那就有关祂的奉献者告诉阿尔诸纳说："琨缇的儿子啊！你勇敢地宣布，我的奉献者永不毁灭(kaunteya pratijānīhi na me bhaktaḥ praṇaśyati)。"关键在于：至尊主本可以亲自宣布这些内容，但祂想要通过阿尔诸纳去宣布，以双倍地保证祂的诺言从不会落空。至尊主本人给予承诺，祂信赖的奉献者实施那诺言。为利益受苦的人类，至尊主给予了那么多许诺。然而，尽管至尊主对受苦的人类十分同情，但人们一般都不十分想要为祂服务。至尊主与人类的关系有点像父亲和儿子的关系；父亲总是为儿子的幸福安康而焦虑，哪怕儿子忘了或忽视了父亲，父亲对儿子仍是一片深情。梵文"怜悯(anukampinā)"一词意义重大；至尊主对生物是那么的慈悲为怀，甚至自己亲自来到这个世界，以利益坠落了的灵魂。《博伽梵歌》第4章的第7节诗说：

yadā yadā hi dharmasya
glānir bhavati bhārata
abhyutthānam adharmasya
tadātmānaṁ sṛjāmy aham

"巴茹阿特的后裔啊！无论何时何地，每当宗教衰落，反宗教盛行，我就会亲自降临。"

就这样，至尊主出于同情而以祂不同的形象显现。圣主奎师那因为同情坠落的灵魂而降临这个地球；佛祖(Buddha)出于同情被恶魔宰杀的动物而显现；对帕拉德王的同情促使主尼尔星哈戴瓦(Nṛsiṁhadeva)显现。结论是：至尊主是那么同情坠入这个物质世界里的灵魂，因此要么亲自前来，要么派祂的奉献者和祂的仆人来实现祂那让所有的坠落灵魂回归家园，回到祂身边的愿望。为利益整个人类社会，圣主奎师那讲述《博伽梵歌》教导阿尔诸纳。因此，有智慧的人应该认真看待这场奎师那意识运动，充分利用经由祂纯粹的奉献者如实传播的《博伽梵歌》的教导。

第 43 节 निष्पादितश्च कार्त्स्न्येन भगवद्भिर्घृणालुभिः ।
साधूच्छिष्टं हि मे सर्वमात्मना सह किं ददे ॥४३॥

niṣpāditaś ca kārtsnyena
bhagavadbhir ghṛṇālubhiḥ
sādhūcchiṣṭaṁ hi me sarvam
ātmanā saha kiṁ dade

niṣpāditaḥ ca—也正确地执行了命令 / kārtsnyena—认真仔细地 / bhagavadbhiḥ—由至尊人格首神的代表 / ghṛṇālubhiḥ—被最有怜悯心的人 / sādhu-ucchiṣṭam—圣人吃剩的食物 / hi—肯定地 / me—我的 / sarvam—一切 / ātmanā—全心全意 / saha—与……一起 / kim—什么 / dade—将给予

译文 我亲爱的布茹阿玛纳，您们像至尊主一样仁慈，所以认真执行祂的命令。因此，我理应向您们献贡，但我唯一拥有的是伟大的圣人们吃剩的食物。我该给什么？

要旨 这节诗中的“圣人吃剩的食物(sādhūcchiṣṭam)”一句意味深长。正如人得到他人吃剩的食物，普瑞图王从布瑞古(Bhṛgu)那样伟大的圣人们和其他人那里得到了他的王国。维纳(Vena)王死后，整个世界的人民失去了统治者。当时世界各地灾祸不断，以布瑞古为首的伟大圣人们，用普瑞图王死去的父亲维纳王的尸体创造出普瑞图王的身体。普瑞图王因为是这样靠伟大的圣人们的仁慈得到他们给予的王国的，所以不想在库玛尔四兄弟那样的圣人中划分他的王国。父亲在进食时，也许会出于同情把自己的食物分给儿子。那食物可能已经是咀嚼过的，因此不能在给回父亲。普瑞图王的地位有点像这种情况；他所拥有的一切都已经被咀嚼过，所以不能献给库玛尔四兄弟。尽管如此，他还是把他有的一切献给库玛尔四兄弟，让他们以他们喜欢的任何方式去用他拥有的一切。下一节诗就会说明这一内容。

第 44 节 प्राणा दाराः सुता ब्रह्मन् गृहाश्च सपरिच्छदाः ।
राज्यं बलं मही कोश इति सर्वं निवेदितम् ॥४४॥

prāṇā dārāḥ sutā brahman
gṛhāś ca sa-paricchadāḥ
rājyaṁ balaṁ mahī kośa
iti sarvaṁ niveditam

prāṇāḥ—生活 / dārāḥ—妻子 / sutāḥ—孩子 / brahman—伟大的布茹阿玛纳啊 / gṛhāḥ—家 / ca—也 / sa—和 / paricchadāḥ—所有的随身用具 / rājyam—王国 / balam—力量 / mahī—土地 / kośaḥ—财富 / iti—如此 / sarvam—一切 / niveditam—供奉

译文 君王继续道：为此，亲爱的布茹阿玛纳，我要把我的生命、妻子、孩子、房子、家具、家用品、王国、力量、土地，尤其是我的宝库都献给您们。

要旨 在某些版本中不用梵文“妻子(dārāḥ)”一词，而是用“钱财(rāyaḥ)”一词。印度境内至今仍有被国家视为是茹阿亚(rāya)的富有之人。主柴坦亚·玛哈帕布的一位优秀的奉献者名叫茹阿玛南达·茹阿亚(Rāmānanda Rāya)，他曾是印度马德拉斯的总督，非常富有。如今印度境内还有许多有着茹阿亚头衔的人，例如：茹阿亚·巴哈铎(Rāya Bahadur)、茹阿亚·朝杜瑞(Rāya Chaudhuri)等。传统不允许把妻子(dārāḥ)捐给布茹阿玛纳(婆罗门)。一切都可以献给有资格接受布施的可尊敬的人，但在哪里都找不到要把自己的妻子给予他人的例子；正因为如此，用“钱财(rāyaḥ)”一词比用“妻子(dārāḥ)”一词更准确。而且，既然普瑞图王把一切都献给库玛尔四兄弟，那么“宝库(kośaḥ)”一词就不需要单独谈到了。皇帝、国王们过去一直保有被称为茹阿特纳·般达(ratna-bhāṇḍa)的私人宝库。这种宝库专门用来存放国民敬献给君王的手镯、项链等特殊的珠宝首饰。这些珠宝单独存放，而不放在存放征收来的税金的一般库房中。为此，普瑞图王把存放的私人首饰也献在库玛尔兄弟的莲花足下。公认的事实是，君王的一切资产都归布茹阿玛纳所有，普瑞图王只不过是用它来发展国家的福利事业。如果一切资产实际上都是布茹阿玛纳的，怎么能再把这些资产供奉给布茹阿玛纳？就有关这一点，圣施瑞达尔·斯瓦米解释道：这种供奉恰似仆人把食物供奉给他的主人一样。食物本就是主人的，因为主人购买了它，但仆人准备食物，使它能够被主人接受，然后供奉给主人。就这样，普瑞图王把他所拥有的一切都献给了库玛尔四兄弟。

第45节 सैनापत्यं च राज्यं च दण्डनेतृत्वमेव च ।
सर्व लोकाधिपत्यं च वेदशास्त्रविदर्हति ॥४५॥

sainā-patyaṁ ca rājyaṁ ca
daṇḍa-netṛtvam eva ca

sarva lokādhipatyaṁ ca
veda-śāstra-vid arhati

sainā-patyam—统帅的职位 / ca—和 / rājyam—统治王国的职位 / ca—和 / daṇḍa—统治 / netṛtvam—领导权 / eva—肯定地 / ca—和 / sarva—所有的 / loka-adhipatyam—星球的所有权 / ca—和 / veda-śāstra-vit—精通韦达文献之含义的人 / arhati—应得的

译文 既然唯有按照韦达知识的原则受过完整教育的人，才配当统帅、国家的统治者、第一个有权惩处他人的人、整个星球的管理者，普瑞图王便把一切都献给库玛尔四兄弟。

要旨 这节诗中明确说明，王国、国家或帝国必须在库玛尔四兄弟那样的圣人和布茹阿玛纳的指导下统治。当全世界实行君主制时，君王们实际上接受由布茹阿玛纳和圣人组成的委员会的指导。作为国家的最高行政长官，君王以布茹阿玛纳的仆人的身份履行他的职责。君王或布茹阿玛纳并非独裁者，他们也不认为自己拥有整个国家。以前的君王们也都精通韦达文献，熟悉《至尊奥义书》(Śrī Īśopaniṣad)第一节诗中的训谕，即：存在的一切都属于至尊人格首神(īśāvāsyam idaṁ sarvam)。在《博伽梵歌》第5章的第29节诗中，主奎师那也声称：祂是所有星系的拥有者(sarva-loka-maheśvaram)。既然是这样，就没人能声称自己拥有国家。君王、总统或国家首脑应该永远记住，他不是拥有者，而是仆人。

如今的君王或总统，忘了自己是神的仆人，以为自己是人民的仆人。现今的民主制政府声明是人民的政府，是人民掌权并为人民服务的政府，但韦达经并不认可这样的政府。韦达经中提到：应该为满足至尊人格首神而管理王国，所以应该由至尊主的代表统治王国。不该委派没有韦达知识的人当国家首脑。这节诗中明确地说，政府中的所有高级职位，都该专门由精通韦达经教导的人承担。韦达经中明确解释了君王、司令官、战士和国民各自的行为举止该是怎样的。不幸的是：如今这个年代中有许多所谓的哲学家在不引经据典的情况下给予指示，而许多领袖听从他们没有权威性的指示。结果是：人民不快乐。

按照韦达共产主义，一个国家中永远都不该有人挨饿。目前世上有许多打着为挨饿的人提供食物的幌子向大众筹募资金的冒牌机构，但这些资金的绝大部分都被误用了。按照韦达教导，政府应该做各种安排，以使国家根本不存在有人挨饿的问题。《圣典博伽瓦谭》中说：居士必须保证，就连蜥蜴和蛇都没有挨饿；必须也给它们食物。但事实上，因为一切都归至尊主所有，而祂负责照顾安排所有的生物体都有足够的食物吃。韦达经《喀塔奥义书》第2篇第2章的第13节诗中说，至尊主独自维系着众生(eko bahūnāṁ yo vidadhāti kāmān)。至尊主为众生提供生活所需，根本不存在挨饿的问题。如果有饥饿的问题发生，就是所谓的统治者、总督或总统的管理不恰当导致的。

因此很清楚，不精通韦达训谕的人(veda-śāstra-vit)不该参选总统或州长。过去的君王都是圣君(rājarṣi)，意思是：他们虽然以君王的身份做服务，但因为从不违反韦达经典的训谕并在伟大的圣人和布茹阿玛纳的指导下统治王国，所以本身就是圣洁的人。按照这种标准，现代的总统、州长、总督和行政长官们都不称职，因为他们并不熟悉韦达经典中有关管理的知识，也不接受伟大的圣人和布茹阿玛纳的指导。普瑞图王的父亲维纳王因为违抗韦达经和布茹阿玛纳的命令而被布茹阿玛纳杀死。所以普瑞图王很清楚，他应该作为圣人和布茹阿玛纳的仆人统治整个星球。

第 46 节 स्वमेव ब्राह्मणो भुङ्क्ते स्वं वस्ते स्वं ददाति च ।
तस्यैवानुग्रहेणान्नं भुञ्जते क्षत्रियादयः ॥४६॥

svam eva brāhmaṇo bhuṅkte
svaṁ vaste svaṁ dadāti ca
tasyaivānugraheṇānnaṁ
bhuñjate kṣatriyādayaḥ

svam－自己的 / eva－肯定地 / brāhmaṇaḥ－布茹阿玛纳 / bhuṅkte－享受 / svam－自己的 / vaste－衣服 / svam－自己的 / dadāti－布施 / ca－和 / tasya－他的 / eva－肯定地 / anugraheṇa－靠……的仁慈 / annam－谷物 / bhuñjate－吃 / kṣatriya-ādayaḥ－以查锤亚为首的社会其他阶层

译文 查锤亚、外夏和庶铎都是靠布茹阿玛纳的仁慈进食。事实上，唯有布茹阿玛纳是在享受自己的财产，用自己的衣服遮盖身体，用自己的钱财在施舍。

要旨 人们通过吟诵意思是“至尊主把布茹阿玛纳视为值得崇拜的神明(namo brahmaṇya-devāya)”的赞美诗，崇拜至尊人格首神。尽管至尊主受到每一个人的崇拜，但为了教导他人，祂崇拜布茹阿玛纳。布茹阿玛纳唯一做的事情就是在全世界传播韦达知识(śabda-brahma)，所以人人都该按布茹阿玛纳的指示做。每当世上没有布茹阿玛纳在传播韦达知识，人类社会就变得混乱不堪。由于布茹阿玛纳和外士纳瓦都是至尊人格首神的亲密仆人，他们不依靠任何人。事实上，世上的一切都属于布茹阿玛纳，但他们出于谦逊，接受君王(查锤亚)和商人(外夏)的布施。一切都属于布茹阿玛纳，但查锤亚政府和商人就像银行家一样负责保管一切。每当布茹阿玛纳想要钱时，行政管理者和商人就应该为他们提供。这就像把钱存进银行，存款人可以按他的意愿随时把钱取出来。布茹阿玛纳因为忙于为至尊主服务，很少有时间处理世上的金融财政问题，因此君王(查锤亚)负责保管钱财，按照布茹阿玛纳的要求取出钱来。事实上，布茹阿玛纳和外士纳瓦不靠他人生活，他们用自己的钱维生，尽管表面看来他们是从其他人那里收到这钱的。统治者和商人其实没有权利布施，因为他们所拥有的一切都属于布茹阿玛纳。因此，他们应该按照布茹阿玛纳的指示布施。不幸的是：如今的人类社会中缺乏布茹阿玛纳，由于所谓的统治者和商人不在布茹阿玛纳的指导下行事，整个世界一片混乱。

这节诗指出，查锤亚(刹帝利)、外夏(vaiśya, 吠舍)和庶铎(śūdra, 首陀罗)都是靠布茹阿玛纳的仁慈进食。换句话说，他们不该吃布茹阿玛纳禁止人吃的东西。布茹阿玛纳和外士纳瓦知道该吃什么，他们以身作则不吃没有先给至尊人格首神供奉过的食物。他们只吃给至尊主供奉过的食物(prasāda)。查锤亚、外夏和庶铎应该只吃给主奎师那供奉过的食物(kṛṣṇa-prasāda)，而这些是经由布茹阿玛纳的仁慈给予他们的。他们不被允许开设屠宰场，吃鱼、肉、蛋或喝酒，不应该在未经批准的情况下为达到这些目的赚钱。现代社会因为没有布茹阿玛纳的教育作指导，全人类都只是专注于罪恶活动。因此，所有的人都会受到自然法律的惩罚。这就是这个喀历年代的处境。

第 47 节 यैरीदृशी भगवतो गतिरात्मवाद
एकान्ततो निगमिभिः प्रतिपादिता नः ।
तुष्यन्त्वदभ्रकरुणाः स्वकृतेन नित्यं
को नाम तत्प्रतिकरोति विनोदपात्रम् ॥४७॥

yair īdṛśī bhagavato gatir ātma-vāda
ekāntato nigamibhiḥ pratipāditā naḥ

tuṣyantv adabhra-karuṇāḥ sva-kṛtena nityaṁ
ko nāma tat pratikaroti vinoda-pātram

yaiḥ—由那些 / īdṛśī—这样的 / bhagavataḥ—至尊人格首神的 / gatiḥ—进步 / ātma-vāde—灵性的考量 / ekāntataḥ—在完全了解的情况下 / nigamibhiḥ—由韦达证据 / pratipāditā—结论性地建立了 / naḥ—向我们 / tuṣyantu—满意 / adabhra—无限的 / karuṇāḥ—仁慈 / sva-kṛtena—通过你自己的活动 / nityam—永恒的 / kaḥ—谁 / nāma—无人 / tat—那 / pratikaroti—抵消 / vinā—不 / uda-pātram—献上捧在双手中的水

译文　普瑞图王继续道：他们通过指明与至尊人格首神有关的觉悟之途做了无尽的服务，他们运用十足的说服力和韦达证据所给予的解释启发了我们，除了用双手捧水取悦他们，我们怎么才能报答他们啊？如此伟大的人物只有靠他们自己的活动得到满足，即：出于无尽的仁慈造福人类。

要旨　物质世界里的伟大人物们都非常渴望为人类社会的幸福安康做服务，但事实上，传播与至尊人格首神有关的灵性觉悟方面的知识是最好的服务，没人能做比这更好的服务。众生都在错觉能量的钳制中。他们因为忘了自己的真正身份而在物质存在中徘徊，为寻找平静的生活从一个躯体转入另一个躯体。他们因为缺乏有关觉悟自我的知识，所以虽然极其渴望获得内心的平静和真正的快乐，但他们的痛苦却得不到丝毫的缓解。像库玛尔四兄弟、纳茹阿达、帕拉德、佳纳卡(Janaka)、舒卡戴瓦·哥斯瓦米(Śukadeva Gosvāmī)和卡皮拉戴瓦(Kapiladeva)那样的圣人，以及这些作为外士纳瓦灵性导师的权威们的追随者和他们的仆人，才能通过传播个体灵魂与至尊人格首神的关系方面的知识，为人类提供有价值的服务。这样的知识对人类来说是完美的祝福。

有关奎师那的知识是如此非凡的礼物，以至人们根本无法报答赐予这礼物的恩人。正因为如此，普瑞图王请求库玛尔四兄弟满足于他们本身从事的从错觉能量玛亚的钳制中拯救灵魂的慈善活动。君王看到他们的活动太崇高了，没有其他方法可以比他们的活动本身更能让他们满足。梵文“不献上捧在双手中的水(vinoda-pātram)”一句，既可以分为“不(vinā)”和“献上捧在双手中的水(uda-pātram)”两个词，也可以理解为“逗笑者(vinoda-pātram)”一词。逗笑者的活动就是引人发笑；谁试图回报灵性导师或教导有关奎师那的超然知识的教师，谁就会像逗笑者一样成为他人的笑柄，因为要偿还这样的债务是不可能的。全体人类最好的朋友和祝福者，是那些唤醒人们原本就有的奎师那意识的人。

第 48 节

मैत्रेय उवाच
त आत्मयोगपतय आदिराजेन पूजिताः ।
शीलं तदीयं शंसन्तः खेऽभवन्मिषतां नृणाम् ॥४८॥

maitreya uvāca
ta ātma-yoga-pataya
ādi-rājena pūjitāḥ
śīlaṁ tadīyaṁ śaṁsantaḥ
khe 'bhavan miṣatāṁ nṛṇām

maitreyaḥ uvāca—伟大的圣人麦垂亚继续说 / te—他们 / ātma-yoga-patayaḥ—通过奉爱服务获得自我觉悟的灵性导师 / ādi-rājena—最初的君王(普瑞图) / pūjitāḥ—受崇拜 / śīlam—性格 / tadīyam—君王 / śaṁsantaḥ—颂扬 / khe—在天空中 / abhavan—出现 / miṣatām—当观察时 / nṛṇām—人们的

译文 伟大的圣人麦垂亚继续说：奉爱服务的导师库玛尔四兄弟受到普瑞图王的如此崇拜后，感到非常满意。事实上，他们出现在空中，赞美君王的品德，所有的人都看到了他们。

要旨　据说半神人永远都不触碰地面。他们只是在空中行走和旅行。就像伟大的智者、圣人纳茹阿达一样，库玛尔四兄弟在空中旅行时从不需要任何机器。神秘仙星球(Siddhaloka)的居民也能在没有交通工具的情况下在空中旅行。他们因为可以从一个星球到另一个星球去，所以被称为神秘仙，也就是说他们拥有所有的神通和瑜伽力量。地球上这个年代里的人，看不到这种得到了所有瑜伽神通的伟大圣人，因为人类不配让他们现身。然而，库玛尔四兄弟现身赞扬普瑞图王的品德，以及他非凡的奉爱态度和谦逊。普瑞图王崇拜他们的方式令他们非常满意。凭借普瑞图王的恩典，在他领土上的普通国民才能够看到库玛尔四兄弟飞在空中。

第49节　वैन्यस्तु धुर्यो महतां संस्थित्याध्यात्मशिक्षया ।
आप्तकाममिवात्मानं मेन आत्मन्यवस्थितः ॥४९॥

vainyas tu dhuryo mahatāṁ
saṁsthityādhyātma-śikṣayā
āpta-kāmam ivātmānaṁ
mena ātmany avasthitaḥ

vainyaḥ—维纳王的儿子(普瑞图) / tu—当然 / dhuryaḥ—主要的 / mahatām—伟大的人物的 / saṁsthityā—稳定地处于 / ādhyātma-śikṣayā—在觉悟自我这件事上 / āpta—获得 / kāmam—欲望 / iva—如同 / ātmānam—自我满足 / mene—考虑 / ātmani—自我中 / avasthitaḥ—处于

译文　在伟大的人物中，普瑞图王因为他坚定地追求觉悟自我而最杰出。作为在灵性认识中获得一切成就的人，他始终处在满足的状态中。

要旨 稳定地做奉爱服务，使人感到极大的满足。事实上，只有纯粹的奉献者才能感到彻底的满足，这样的奉献者除了侍奉至尊人格首神没有其他的愿望。至尊人格首神没有欲望，祂完全满足。同样，除了侍奉至尊人格首神外没有其他愿望的奉献者，也像至尊主一样感到自我满足。所有的人都追求内心的平静和满足，但只有成为至尊主的纯粹奉献者才能达到这样的状态。

这节诗证明普瑞图王在前面的诗文中根据他博学的知识和完美的奉爱服务所做的说明，是完全正确的。他被视为是最优秀的伟大灵魂。在《博伽梵歌》第9章的第13节诗中，圣奎师那谈到伟大的灵魂(mahātmā)时这样说：

mahātmānas tu māṁ pārtha
daivīṁ prakṛtim āśritāḥ
bhajanty ananya-manaso
jñātvā bhūtādim avyayam

“普瑞塔的儿子啊！不受蒙蔽的伟大灵魂，受神性自然的保护。他们因为知道我是至尊人格首神，是第一位生物，是无穷无尽的，所以完全投入到奉爱服务中。”

伟大的灵魂不受错觉能量的钳制，而是在灵性能量的保护下。正因为如此，真正的伟大灵魂始终忙于为至尊主做奉爱服务。普瑞图王展示了伟大的灵魂所具有的一切征象，所以在这节诗中被说成是最优秀的伟大灵魂(dhuryo mahatām)。

第 50 节 कर्माणि च यथाकालं यथादेशं यथाबलम् ।
यथोचितं यथावित्तमकरोद् ब्रह्मसात्कृतम् ॥५०॥

karmāṇi ca yathā-kālaṁ
yathā-deśaṁ yathā-balam
yathocitaṁ yathā-vittam
akarod brahma-sāt-kṛtam

karmāṇi—活动 / ca—和 / yathā-kālam—在适当的时间和情况 / yathā-deśam—在适当的地点和环境 / yathā-balam—适合自己的力量 / yathā-ucitam—尽可能地 / yathā-vittam—就人在这方面可以花的钱 / akarot—执行 / brahma-sāt—在绝对真理中 / kṛtam—做了

译文　在自我满足的状态中，普瑞图王根据时间及他的地位、力量和经济情况，尽可能完美地履行他的职责。他从事一切活动的唯一目的，是使绝对真理高兴。他就这样以恰当的方式行事。

要旨　普瑞图王是一位有责任心的君王，他必须同时履行君王(查锤亚)和奉献者的职责。完美地为至尊主做奉爱服务，使他能够根据时间、环境、他个人的力量和能力，十分完美地履行他的规定职责。就有关这一点，这节诗中的梵文“活动(karmāṇi)”一词意义重大。普瑞图王的活动都与至尊人格首神有关，所以不是普通活动。圣茹帕·哥斯瓦米忠告说：不该拒绝有利于做奉爱服务的事物，也不该把有利于奉爱服务的活动视为是普通活动或功利性活动。例如，普通工作者因为感官享乐需要钱而去赚钱。奉献者也许以同样的方式做同样的工作，但他的目的却是要取悦至尊主，因此他的活动不是普通的活动。

普瑞图王的活动不是普通的，相反全是灵性和超然的，因为他的目标是要取悦至尊主。正如阿尔诸纳作为战将必须为满足奎师那而战，普瑞图王作为君王要为使奎师那满意而履行他统治王国的职责。事实上，他作为全世界的帝王所做的一切，都完全符合一个纯粹奉献者的身份。正因为如此，一位外士纳瓦诗人说道：没人能了解纯粹奉献者的活动(vaiṣṇavera kriyāmudrā vijñe nā bujhāya)。纯粹奉献者的活动也许看似普通活动，但他们内心的愿望是使至尊主满意。要了解外士纳瓦的活动，人必须精通奉爱服务的科学。尽管普瑞图王作为一名外士纳瓦，处在至尊天鹅(paramahaṁsa)的层面上，超越一切物质活动，但他不允许自己做任何超出社会四阶层(varṇa)和灵性四阶段(āśrama)制度原则的事。他作为一名查锺亚君王留在他的位置上统治全世界，同时通过使至尊人格首神满意保持超越这种活动的状态。他隐瞒自己是一名纯粹奉献者的身份，展现他作为强大有力、负责任的君王的一面。换句话说，他所从事的每一项活动都是为了满足至尊主的感官，没有一项是为自己的感官享乐而从事的。下一节诗对此作了明确的解释。

第 51 节 फलं ब्रह्मणि सन्न्यस्य निर्विषङ्गः समाहितः ।
कर्माध्यक्षं च मन्वान आत्मानं प्रकृतेः परम् ॥५१॥

phalaṁ brahmaṇi sannyasya
nirviṣaṅgaḥ samāhitaḥ
karmādhyakṣaṁ ca manvāna
ātmānaṁ prakṛteḥ param

phalam—结果 / brahmaṇi—在绝对真理中 / sannyasya—放弃 / nirviṣaṅgaḥ—未受污染 / samāhitaḥ—彻底奉献 / karma—活动 / adhyakṣam—监管人 / ca—和 / manvānaḥ—总是想到 / ātmānam—超灵 / prakṛteḥ—物质自然的 / param—超然的

译文 为当至尊人格首神永恒的仆人，超越物质自然，普瑞图王献出了自己的一切。他为此把所有的活动成果都献给至尊主，始终想着自己是一切的拥有者至尊人格首神的仆人。

要旨　普瑞图王为至尊人格首神做超然爱心服务的一生及奉献，是活动瑜伽(karma-yoga)的一个典范。《博伽梵歌》中经常用到活动瑜伽一词，普瑞图王则为我们树立了实际的榜样，让我们看到什么是真正的活动瑜伽。这节诗中给出了正确地练活动瑜伽的第一个要求，即：人必须把他的活动结果献给至尊梵(Para-brahman)奎师那(phalaṁ brahmaṇi sannyasya or vinyasya)。这样做可以使人真正处在生活的弃绝(sannyāsa)状态中。正如《博伽梵歌》第18章的第2节诗说：把自己活动的结果献给至尊人格首神称为弃绝：

kāmyānāṁ karmaṇāṁ nyāsaṁ
sannyāsaṁ kavayo viduḥ
sarva-karma-phala-tyāgaṁ
prāhus tyāgaṁ vicakṣaṇāḥ

“伟大而有学问的人把不按物质欲望去活动称为生活的弃绝阶段(sannyāsa)，明智之人把放弃一切活动的结果称为弃绝(tyāga)。”普瑞图王表面上虽然是居士，但实际上处在生活的弃绝阶段。这在下面的诗文中将有更明确的说明。

梵文“未被污染的(nirviṣaṅgaḥ)”一词非常重要，因为普瑞图王一点都不依恋他活动的结果。这个物质世界里的人总想着他们所积累的一切或工作所得的所有权问题。当人把他的活动结果用于为至尊主服务时，他就是真正在练活动瑜伽了。活动瑜伽(karma-yoga)谁都可以练，但对居士来说尤其容易。居士可以在家中安放至尊主的神像，按照奉爱瑜伽(bhakti-yoga)的程序崇拜祂。这程序包括九项内容，即：聆听、吟诵(吟唱)、记忆、服务，崇拜神像、祈祷、执行命令、像对待朋友一样侍奉奎师那，向奎师那献出一切。

śravaṇaṁ kīrtanaṁ viṣṇoḥ
smaraṇaṁ pāda-sevanam

arcanaṁ vandanaṁ dāsyaṁ
sakhyam ātma-nivedanam

（《圣典博伽瓦谭》7.5.23）

活动瑜伽和奉爱瑜伽的这些方法，经由国际奎师那意识协会传遍了全世界。任何人只要以协会成员为榜样，就可以学到这些方法。

在人的家里或在神庙中，神像被视为一切的拥有者，而每一个人都是神像永恒的仆人。至尊主不是这个物质创造的一部分，因此是超然的。诗中用了“超越物质自然(prakṛteḥ param)”一句，是因为这个物质世界里的一切虽然都是由至尊主的外在、物质能量创造的，但祂自己并非由这种物质能量所创造。正如《博伽梵歌》第9章的第10节诗确认的，至尊主是所有物质创造的至尊监督者：

mayādhyakṣeṇa prakṛtiḥ
sūyate sa-carācaram
hetunānena kaunteya
jagad viparivartate

“琨缇的儿子啊！物质自然是我的一种能量，在我的指挥下活动，产生动与不动的一切。在物质自然的控制下，这个展示被再三地创造和毁灭。”

所有的物质改变和物质进步都是在至尊人格首神奎师那的指挥下由物质神奇的相互作用导致的。物质世界里发生的一切都并非盲目发生。人如果始终当奎师那的仆人，把一切用于为祂做服务，就被公认为是解脱了的灵魂(jīvan-mukta)，甚至在这个物质世界里的这一生就是如此。解脱通常发生在人放弃这个躯体之后，但我们只要以普瑞图王为榜样生活，那么甚至在这一生就已经解脱了。具有奎师那意识的人知道，人的活动结果取决于至尊人的意愿。事实上，在所有的情况下，结果都不取决于个人的聪明机智，而是完全取决于至尊者的意愿。这就是“为绝对真理奉献一切(phalaṁ brahmaṇi sannyasya)”这一句的真正含义。献身为至尊主服务的灵魂，永远都不要以为自己是拥有者或监督者。献身做奉爱服务的奉献者，应该根据经典对奉爱服务所作的规定做事。他活动的结果完全取决于至尊主的至尊意愿。

第52节　गृहेषु वर्तमानोऽपि स साम्राज्यश्रियान्वितः ।
नासज्जतेन्द्रियार्थेषु निरहम्मतिरर्कवत् ॥५२॥

gṛheṣu vartamāno 'pi
　sa sāmrājya-śriyānvitaḥ
nāsajjatendriyārtheṣu
　niraham-matir arkavat

gṛheṣu—在家 / vartamānaḥ—出现的 / api—虽然 / saḥ—普瑞图王 / sāmrājya—整个帝国 / śriyā—富裕 / anvitaḥ—专注于 / na—绝不 / asajjata—受吸引 / indriya-artheṣu—为感官享乐 / niḥ—不 / aham—我 / matiḥ—考虑 / arka—太阳 / vat—如同

译文　因为整个帝国繁荣昌盛而十分富有的普瑞图王，留在家中当一名居士。由于他从没有利用自己的财富进行感官享乐的倾向，他恰似太阳不受一切环境的影响般保持不依附的状态。

要旨　这节诗中的“在家(gṛheṣu)”一词十分重要。在独身禁欲的学生阶段(brahmacarya)、居士阶段(gṛhastha)、退出家庭阶段(vānaprastha)和托钵僧阶段(sannyāsa)这四个生命阶段中，只有在居士阶段中的人允许与女性接触。因此，居士生活是给奉献者进行感官享乐的一种许可。普瑞图王虽然作为居士得到许可，但他在此方面表现得极为特殊。他作为帝王虽然拥有无限的财富，但却从不进行感官享乐。这特殊的表现说明他是至尊主纯粹的奉献者。纯粹奉献者从不受感官享乐的吸引，因此是解脱的。在物质生活中，从事感官享乐的人都追求要满足自己，但在奉爱生活或解脱的生活中，人的目标是要满足至尊主的感官。

这节诗中把普瑞图王比作太阳(arka-vat)。太阳有时照在粪便、尿液和许多其他污秽的东西上，但由于太阳绝对的强大有力，它永远都不会被它所接触到的脏东西影响到。相反，阳光消毒和净化被污染的脏地方。同样道理，奉献者也许从事许多物质性的活动，但由于他并不想要进行感官享乐，那些活动永远都不会影响到他。相反，他把所有的物质活动与为至尊主做服务结合起来。纯粹奉献者因为知道如何利用一切为至尊主服务，所以永远都不受物质活动的影响，而是通过他超然的计划净化那些活动。《奉爱服务的纯粹甘露之洋》对此阐述说，奉献者的目的是在为至尊主做服务的过程中得到净化，而不受物质称号的影响。

第 53 节 एवमध्यात्मयोगेन कर्माण्यनुसमाचरन् ।
पुत्रानुत्पादयामास पञ्चार्चिष्यात्मसम्मतान् ॥५३॥

evam adhyātma-yogena
karmāṇy anusamācaran
putrān utpādayām āsa
pañcārciṣy ātma-sammatān

evam—如此 / adhyātma-yogena—通过奉爱瑜伽的方法 / karmāṇi—活动 / anu—总是 / samācaran—执行 / putrān—儿子们 / utpādayām āsa—生了 / pañca—五个 / arciṣi—在他的妻子阿尔祺体内 / ātma—自己的 / sammatān—按他自己的意愿

译文 处在做奉爱服务的解脱状态中的普瑞图王，不仅从事了所有的功利性活动，而且还与他妻子阿尔祺一同生了五个儿子。事实上，他所有的儿子都是按他本人的意愿生的。

要旨 作为居士，普瑞图王跟他妻子阿尔祺(Arci)生了五个儿子，所有这些儿子都是按他的意愿生的，而不是随性或意外生的。在目前这个年代(喀历年代)，人们几乎不知道怎么按自己的意愿生孩子了。就有关这一点，成功的秘密在于，父母要接受被称为萨么斯卡尔(saṁskāra)的各种净化法。第一个必须做的净化仪式是子宫净化仪式(garbhādhāna-saṁskāra)，布茹阿玛纳和查锤亚这些高阶层人士尤其要做。《博伽梵歌》中说：不违反宗教原则的性生活是奎师那本人。按照宗教原则，当人想要生孩子时，他必须在有性生活前举行子宫净化仪式。父母在交媾前的心态无疑会影响因此而出生的孩子的心态。因为色欲而导致性生活生出的孩子，也许并不是父母想要的孩子。正如经典中所说，yathā yonir yathā bījam，其中 yathā yonir 是指母亲，而 yathā bījam 是指父亲。如果父母在有性生活之前先准备自己的心态，那他们今后生出的孩子自然就会反映出他们的心理状况。因此透过“按照他自己的意愿(ātma-sammatān)”一句可以明白，普瑞图王和阿尔祺在生孩子之前经历了子宫净化程序，所以生下的儿子都符合他们的愿望和净化了的心态。普瑞图王并非为了感官享乐而受他妻子的吸引，在色欲的驱使下生出他的孩子。他作为居士生孩子，是为了今后管理他遍布全世界的疆土。

第 54 节 विजिताश्वं धूम्रकेशं हर्यक्षं द्रविणं वृकम् ।
सर्वेषां लोकपालानां दधारैकः पृथुर्गुणान् ॥५४॥

vijitāśvaṁ dhūmrakeśaṁ
haryakṣaṁ draviṇaṁ vṛkam
sarveṣāṁ loka-pālānāṁ
dadhāraikaḥ pṛthur guṇān

vijitāśvam—名为维吉塔施瓦 / dhūmrakeśam—名为杜姆尔凯沙 /

haryakṣam—名为哈尔亚克沙 / draviṇam—名为铎维纳 / vṛkam—名为维卡 / sarveṣām—所有的 / loka-pālānām—所有星球的统治者 / dadhāra—接受 / ekaḥ—一 / pṛthuḥ—普瑞图王 / guṇān—所有的品质

译文 得到维吉塔施瓦、杜姆尔凯沙、哈瑞亚克沙、铎维纳和维卡这五个儿子后，普瑞图王继续统治整个地球。他具有统治所有其他星球的神明所拥有的一切品质。

要旨 每一个星球上都有一个负责主管的神明。从《博伽梵歌》中得知，太阳上的主管神明叫维瓦斯万(Vivasvān)。同样，月亮上和各种其他的星球上都有主管神明。事实上，所有其他星球上的主管神明都是太阳神和月亮神的后裔。在这个地球上也有两个王朝，一个来自太阳神，名叫苏尔亚王朝(Sūrya-vaṁśa)；一个来自月亮神，名叫昌铎王朝(Candra-vaṁśa)。当这个星球上还存在着君主政体时，统领全球的君王就是太阳王朝(Sūrya-vaṁśa)中的一员，而从属的君王们都属于月亮王朝——昌铎王朝。普瑞图王是如此强大有力，他能展示所有其他星球上的主管神明所具有的一切品质。

在如今这个年代，地球上的人们试图到月亮上去，却没能找到那里有任何生物体，更不要说遇到主管月亮的神明了。然而，韦达文献一再告诉我们，月亮上住满了被看做半神人一类的高级居民。因此我们总是怀疑，这个地球上的现代科学家们究竟做了什么样的月球探险。

第 55 节 गोपीथाय जगत्सृष्टेः काले स्वे स्वेऽच्युतात्मकः ।
मनोवाग्वृत्तिभिः सौम्यैर्गुणैः संरञ्जयन् प्रजाः ॥५५॥

gopīthāya jagat-sṛṣṭeḥ
kāle sve sve 'cyutātmakaḥ

mano-vāg-vṛttibhiḥ saumyair
guṇaiḥ saṁrañjayan prajāḥ

gopīthāya—为了保护 / jagat-sṛṣṭeḥ—至尊创造者的 / kāle—在适当的时候 / sve sve—自己 / acyuta-ātmakaḥ—具有奎师那意识 / manaḥ—心念 / vāk—话语 / vṛttibhiḥ—靠工作 / saumyaiḥ—非常温和地 / guṇaiḥ—以资格 / saṁrañjayan—取悦 / prajāḥ—国民

译文 普瑞图王因为是至尊人格首神完美的奉献者，所以想要按照各类国民的各种愿望取悦他们，以这种方式保护至尊主的创造。为此，普瑞图王曾时常用他的话语、态度、工作及和善的行为取悦他们。

要旨 正如下一节诗将要解释的，普瑞图王曾凭他非凡的能力了解他人的心态，从而取悦了所有的国民。事实上，他的行为处世是那么圆满，以至每一个国民对他都很满意，完全心平气和地生活着。这节诗中的“具有奎师那意识(acyutātmakaḥ)”一句极为重要，因为普瑞图王曾经作为至尊人格首神的代表统治这个星球。他知道他是至尊主的代表，而至尊主的创造必须受到明智的保护。无神论者无法了解创造背后的目的。这个物质世界在与灵性世界相比时虽然受到谴责，但仍有它存在的目的。现代科学家和哲学家既无法了解那目的，也不相信存在着一个创造者。他们试图靠他们所谓的科学研究证实一切，但却不以至尊创造者为中心。然而，奉献者能够明白创造的目的，是要为那些想要主宰物质自然的个体生物提供便利条件。这个星球的统治者应该知道，所有的居民，尤其是人类，到这个物质世界里来是为了感官享乐。因此，统治者的责任是，在满足他们的感官享乐欲望的同时，提升他们的奎师那意识，以使他们都能够在最后回归家园，回到首神身边。

君王或政府首脑应该心怀这样的理想统治世界。这样就会使每一个人满意。怎么做到这一点呢？历史上有许多像普瑞图王一样的例子，而他在这个星球上的统治历史在《圣典博伽瓦谭》中也有详细的描述。即使是在这堕落的年代，如果君王、行政长官和总统以普瑞图王为榜样治理国家，全世界也无疑就会有和平与繁荣。

第 56 节 राजेत्यधान्नामधेयं सोमराज इवापरः ।
सूर्यवद्विसृजन् गृह्णन् प्रतपंश्च भुवो वसु ॥५६॥

rājety adhān nāmadheyaṁ
soma-rāja ivāparaḥ
sūryavad visṛjan gṛhṇan
pratapaṁś ca bhuvo vasu

rājā—君王 / iti—如此 / adhāt—拿起 / nāmadheyam—名为 / soma-rājaḥ—月球的君王 / iva—就像 / aparaḥ—另一方面 / sūrya-vat—像太阳神 / visṛjan—散发 / gṛhṇan—吸取 / pratapan—靠强大的统治 / ca—也 / bhuvaḥ—世界的 / vasu—税收

译文 普瑞图王变得像月亮神骚玛·茹阿佳那样著名。他还像散发光和热，同时吸取所有星球上的水分的太阳神一样强大有力和严格。

要旨 这节诗中把普瑞图王比喻为是月亮和太阳上的君王。就至尊主想要如何统治宇宙这方面，月亮神和太阳神为所有的君王树立了榜样。太阳散发光和热，同时吸取所有星球上的水分。月亮在夜晚令人非常愉快；当人白天在太阳下劳动后感到疲乏时，他可以享受月光。普瑞图王像太阳神一样散发他的光和热，以保护他的王国，因为没有光和热没人能生存。同样，普瑞图王收集税金，向国民和政府发出强有力的命令，没人能违抗他。另一方面，他如同月光般令人愉快。太阳和月亮都有它们各自特殊的影响力，而它们就是靠这特殊的影响力维持宇宙内的秩序。现代科学家和哲学家应该熟悉至尊主为维系宇宙所制定的完美计划。

第 57 节　दुर्धर्षस्तेजसेवाग्निर्महेन्द्र इव दुर्जयः ।
तितिक्षया धरित्रीव द्यौरिवाभीष्टदो नृणाम् ॥५७॥

durdharṣas tejasevāgnir
mahendra iva durjayaḥ
titikṣayā dharitrīva
dyaur ivābhīṣṭa-do nṛṇām

durdharṣaḥ—不可征服的 / tejasā—靠勇敢 / iva—如同 / agniḥ—火 / mahā-indraḥ—天堂的君王 / iva—比喻 / durjayaḥ—强大无比的 / titikṣayā—以宽容 / dharitrī—地球 / iva—如同 / dyauḥ—天堂星球 / iva—如同 / abhīṣṭa-daḥ—满足愿望 / nṛṇām—人类社会的

译文　普瑞图王是那么强劲有力，以至没人能违抗他的命令，就像人无法征服火一样。他是那么强劲，以至被比作强大无比的天帝因铎。另一方面，普瑞图又像大地般忍受。就实现人类社会各种愿望而言，他就像天堂本身。

要旨　君王的责任是保护国民，实现他们的愿望。同时，国民必须服从国家的法律。普瑞图王保持良好政府的一切标准，而他本人是那样无敌，以至就像没人能阻止火散发光和热一样，无人能违抗他的命令。他是那么强大有力，甚至被比喻为天帝因铎。这个年代里的现代科学家试验发射了核武器，在过去的年代里，他们曾经发射布茹阿玛斯陀(brahmāstra)武器，但所有这些布茹阿玛斯陀武器和核武器与天帝的霹雳相比就显得微不足道了。当因铎发射霹雳时，就连最大的丘陵和山脉都爆裂开来。另一方面，普瑞图王像大地本身一样忍受，而且恰似从天空倾泻下的雨水般满足他的国民的一切愿望。没有降雨，这个地球上的生物体的各种愿望无法得到满足。《博伽梵歌》第3章的第14节诗中说：五谷靠雨水生长(parjanyād anna-sambhavaḥ)。没有谷物，地球上没人能感到满足。因此，无限地给予仁慈被比作从云层降下的雨水。普瑞图王不停地给予他的仁慈，恰似降雨一样。换句话说，普瑞图王比一朵玫瑰还柔软，比霹雳还强硬。他就这样统治着他的王国。

第 58 节 वर्षति स्म यथाकामं पर्जन्य इव तर्पयन् ।
समुद्र इव दुर्बोधः सत्त्वेनाचलराडिव ॥५८॥

varṣati sma yathā-kāmaṁ
parjanya iva tarpayan
samudra iva durbodhaḥ
sattvenācala-rāḍ iva

varṣati－倾泻 / sma－曾经 / yathā-kāmam－按照人的愿望 / parjanyaḥ－水 / iva－如同 / tarpayan－取悦 / samudraḥ－海洋 / iva－比喻 / durbodhaḥ－不可理解的 / sattvena－以存在的状态 / acala－山丘 / rāṭ iva－像……的君王

译文 正如降雨满足每一个生物体的愿望，普瑞图王曾使所有的人感到满意。他仿佛深不可测的海洋，他坚强的意志如同山丘之王梅茹一般。

要旨 普瑞图王曾向痛苦的人类分发他的仁慈，那就像酷热后的降雨一般。海洋宽广辽阔，很难丈量它的长和宽。同样，普瑞图王是那么深沉、严肃，没人能揣摩他的用意。名叫梅茹的山丘作为宇宙的枢轴固定在宇宙中，没人能使它移动哪怕一英吋。同样，当普瑞图王下定决心后，甚至没人能劝他改变主意。

第 59 节　धर्मराडिव शिक्षायामाश्चर्ये हिमवानिव ।
कुवेर इव कोशाढ्यो गुप्तार्थो वरुणो यथा ॥५९॥

dharma-rāḍ iva śikṣāyām
āścarye himavān iva
kuvera iva kośāḍhyo
guptārtho varuṇo yathā

dharma-rāṭ iva—像阎罗王(死亡的掌管者) / śikṣāyām—教育方面 / āścarye—富裕方面 / himavān iva—像喜马拉雅山 / kuveraḥ—天堂星球的司库 / iva—像 / kośa-āḍhyaḥ—拥有财富方面 / gupta-arthaḥ—秘密 / varuṇaḥ—名为瓦茹纳的半神人 / yathā—如同

译文　普瑞图王具有的智慧和教育，与监管死神的阎罗王所具有的一样。他的财富可被比作蕴藏着所有珍贵宝石和金属的喜马拉雅山脉。他像天堂星球中的司库库维尔般极其富有。没人能揭开他的秘密，因为它们恰似半神人瓦茹纳的秘密。

要旨　阎罗王(Yamarāja 或 Dharmarāja)作为死亡的监管人，必须判断犯罪的生物体一生所犯的罪行，因此被认为是最精通判案的人。普瑞图王也学识渊博，对他的国民的判断极为准确。他的财富可被比作蕴藏着所有珍贵宝石和金属的喜马拉雅山脉，没人能比他富有。为此，他被比作天堂司库库维尔(Kuvera)。就像没人知道掌管水、夜晚和西方天空的半神人瓦茹纳(Varuṇa)的秘密一样，没人能发现普瑞图王生活的秘密。瓦茹纳是全知的，而由于他负责惩罚罪恶，人们向他祈祷，祈求得到他的宽恕。他还负责发送疾病，他经常与弥陀(Mitra)和天帝因铎在一起。

第 60 节 मातरिश्वेव सर्वात्मा बलेन महसौजसा ।
अविषह्यतया देवो भगवान् भूतराडिव ॥६०॥

mātariśveva sarvātmā
balena mahasaujasā
aviṣahyatayā devo
bhagavān bhūta-rāḍ iva

mātariśvā—空气 / iva—如同 / sarva-ātmā—无所不在 / balena—靠身体的力量 / mahasā ojasā—靠勇气和力量 / aviṣahyatayā—靠无敌的力量 / devaḥ—半神人 / bhagavān—最强有力的 / bhūta-rāṭ iva—像茹铎或萨达希瓦

译文 普瑞图王所拥有的身体力量和感官力量，使他如同那可以吹往各处的风一样强壮。就他的所向无敌而言，他仿佛主希瓦(萨达希瓦)最强大地扩展茹铎。

第 61 节 कन्दर्प इव सौन्दर्ये मनस्वी मृगराडिव ।
वात्सल्ये मनुवन्नृणां प्रभुत्वे भगवानजः ॥६१॥

kandarpa iva saundarye
manasvī mṛga-rāḍ iva
vātsalye manuvan nṛṇāṁ
prabhutve bhagavān ajaḥ

kandarpaḥ—丘比特 / iva—如同 / saundarye—美丽方面 / manasvī—深思熟虑方面 / mṛga-rāṭ iva—如同兽中之王狮子 / vātsalye—爱心方面 / manu-vat—像斯瓦阳布瓦·玛努 / nṛṇām—人类社会的 / prabhutve—控制方面 / bhagavān—主人 / ajaḥ—布茹阿玛

他身体的俊美可与丘比特媲美，他在深思熟虑方面则恰似雄狮。他的深情如同斯瓦阳布瓦·玛努，而他控制的能力就像主布茹阿玛。

第 62 节　बृहस्पतिर्ब्रह्मवादे आत्मवत्त्वे स्वयं हरिः ।
भक्त्या गोगुरुविप्रेषु विष्वक्सेनानुवर्तिषु ।
ह्रिया प्रश्रयशीलाभ्यामात्मतुल्यः परोद्यमे ॥६२॥

bṛhaspatir brahma-vāde
ātmavattve svayaṁ hariḥ
bhaktyā go-guru-vipreṣu
viṣvaksenānuvartiṣu
hriyā praśraya-śīlābhyām
ātma-tulyaḥ parodyame

bṛhaspatiḥ—天堂星球的祭师 / brahma-vāde—在灵性理解方面 / ātma-vattve—在自我控制方面 / svayam—亲自的 / hariḥ—至尊人格首神 / bhaktyā—在奉爱方面 / go—母牛 / guru—灵性导师 / vipreṣu—对布茹阿玛纳 / viṣvaksena—至尊人格首神 / anuvartiṣu—追随者 / hriyā—因害羞 / praśraya-śīlābhyām—以最温和的举止 / ātma-tulyaḥ—如同他个人的利益 / para-udyame—在慈善工作中

译文　普瑞图王的个人行为展示出所有的美好品德，他就像毕尔哈斯帕提那样精通灵性知识。在自我控制方面，他与至尊人格首神本人一样。至于他的奉爱服务，他是奉献者的优秀追随者，他们喜欢保护乳牛，为灵性导师和布茹阿玛纳做所有的服务。他十分害羞，行为举止极其温和。他从事慈善活动时，就像为自己的利益而工作那样尽力。

要旨　主柴坦亚与萨尔瓦宝玛·巴塔查尔亚(Sārvabhauma Bhaṭṭācārya)谈话时，把他敬为是毕尔哈斯帕提(Bṛhaspati)的化身。

毕尔哈斯帕提是天堂中的首席祭司、优秀的逻辑学家，他信奉非人格神主义哲学(brahma-vada 或 māyāvāda)。从这节诗的说明看，普瑞图王作为一直不断为至尊主做奉爱服务的杰出奉献者，能够用自己所具有的韦达经典的渊博知识，打败所有种类的非人格神主义者和假象宗人士。我们应该向普瑞图王学习，即：一个奉献者——外士纳瓦，不仅要坚定不移地做奉爱服务，还必须在必要时准备用所有的逻辑和哲学与持非人格神主义哲学的假象宗人士辩论，打败他们说绝对真理不具人格特性的理论。

至尊人格首神是理想的自制者或贞守生(brahmacārī)。当主奎师那在尤帝士提尔王举行的茹阿佳苏亚祭祀(Rājasūya)上当选为主席时，彼士玛戴瓦(Bhīṣmadeva)祖父称赞主奎师那是最伟大的贞守生。彼士玛戴瓦祖父是贞守生，因此完全能识别谁是贞守生谁不是贞守生。普瑞图王虽然是居士和五个孩子的父亲，但仍被认为是最自制的人。为人类的利益生养具有奎师那意识的孩子的人，是真正的贞守生。只是像猫狗一样生孩子的人，不是合格的父亲。“贞守生(brahmacārī)”一词也指在奉爱服务(梵)的层面上行事的人。在非人格梵的概念中不存在活动，但当人从事与至尊人格首神有关的活动时，他就被称为贞守生。因此，普瑞图王既是完美的贞守生，又是理想的居士。“跟随人格首神的人(viṣvaksenā-nuvartiṣu)”一词是指那些一直不断在为至尊主做服务的人。其他的奉献者必须以他们为榜样。圣纳若塔玛·达斯·塔库尔说：他准备成为跟随六位哥斯瓦米的人的门徒(ei chaya gosāñi yāra, mui tāra dāsa)。

而且，就像所有的外士纳瓦一样，普瑞图王致力于保护乳牛、侍奉灵性导师和有资格的布茹阿玛纳。普瑞图王也非常谦逊、温顺和儒雅，每当为大众从事慈善或福利活动时，都像是为获得个人所需那样尽心尽力。换句话说，他从事慈善活动并非为了表演，而是出于个人的情感和承担的义务。所有的慈善活动都应该以这样的态度去从事。

第 63 节　कीर्त्योर्ध्वगीतया पुम्भिस्त्रैलोक्ये तत्र तत्र ह ।
प्रविष्टः कर्णरन्ध्रेषु स्त्रीणां रामः सतामिव ॥६३॥

kīrtyordhva-gītayā pumbhis
trailokye tatra tatra ha
praviṣṭaḥ karṇa-randhreṣu
strīṇāṁ rāmaḥ satām iva

kīrtyā—凭声誉 / ūrdhva-gītaya—被大声地宣布 / pumbhiḥ—由普通大众 / trai-lokye—全宇宙的 / tatra tatra—这里和那里 / ha—肯定地 / praviṣṭaḥ—进入 / karṇa-randhreṣu—耳孔中 / strīṇām—妇女的 / rāmaḥ—主茹阿玛禅铎 / satām—奉献者的 / iva—像

译文　在整个宇宙的高等、中等和低等星系中，普瑞图王的名字受到高度的颂扬，所有的女士和神圣之人聆听他的荣耀时，感到就像聆听主茹阿玛禅铎的荣耀般甜美。

要旨　这节诗中的“女士的(strīṇām)”和“主茹阿玛禅铎(rāmaḥ)”两个词十分重要。女士们习惯聚在一起聆听和享受对英雄人物的赞美。从这节诗的内容看，普瑞图王的美名远扬，全宇宙的女士都欣喜地听到了它。同时，全宇宙的奉献者们也都听到了他的荣耀，而听到他的荣耀时感到就像聆听主茹阿玛禅铎的荣耀时令人愉快。主茹阿玛禅铎的王国至今尚存，最近印度有一个名叫茹阿玛王国的政治党派想要建立一个类似茹阿玛王国的王国。不幸的是，现代政治家想要茹阿玛的王国，但不想要茹阿玛本人。他们虽然排除神意识的概念，但却期望建立茹阿玛的王国。这样的提议遭到奉献者们的拒绝。圣人们之所以听到普瑞图王的美名，是因为他完全代表了主茹阿玛禅铎——理想的君王。

到此为止，结束了巴克提韦丹塔对《圣典博伽瓦谭》第4篇第22章——“普瑞图王会见库玛尔四兄弟”所作的阐释。

第二十三章

普瑞图王返回家园

第1—3节 मैत्रेय उवाच

दृष्ट्वात्मानं प्रवयसमेकदा वैन्य आत्मवान् ।
आत्मना वर्धिताशेषस्वानुसर्गः प्रजापतिः ॥ १ ॥
जगतस्तस्थुषश्चापि वृत्तिदो धर्मभृत्सताम् ।
निष्पादितेश्वरादेशो यदर्थमिह जज्ञिवान् ॥ २ ॥
आत्मजेष्वात्मजां न्यस्य विरहाद्रुदतीमिव ।
प्रजासु विमनःस्वेकः सदारोऽगात्तपोवनम् ॥ ३ ॥

maitreya uvāca
dṛṣṭvātmānaṁ pravayasam
ekadā vainya ātmavān
ātmanā vardhitāśeṣa-
svānusargaḥ prajāpatiḥ

jagatas tasthuṣaś cāpi
vṛttido dharma-bhṛt satām
niṣpāditeśvarādeśo
yad-artham iha jajñivān

ātmajeṣv ātmajāṁ nyasya
virahād rudatīm iva
prajāsu vimanaḥsv ekaḥ
sa-dāro 'gāt tapo-vanam

maitreyaḥ uvāca—圣人麦垂亚继续说 / dṛṣṭvā—在看过之后 / ātmānam—身体的 / pravayasam—年老 / ekadā—从前 / vainyaḥ—普瑞图王 / ātma-vān—精通灵性知识 / ātmanā—靠自己 / vardhita—增加 / aśeṣa—无限的 / sva-anusargaḥ—物质财富的创造 / prajā-patiḥ—国民的

保护者 / jagataḥ—动的 / tasthuṣaḥ—不动的 / ca—也 / api—肯定地 / vṛtti-daḥ—发放抚恤金的人 / dharma-bhṛt—遵守宗教原则的人 / satām—奉献者们的 / niṣpādita—彻底执行 / īśvara—至尊人格首神的 / ādeśaḥ—命令 / yat-artham—与祂配合 / iha—在这个世界 / jajñivān—执行 / ātma-jeṣu—对他的儿子们 / ātma-jām—地球 / nyasya—指出 / virahāt—由于分离 / rudatīm iva—好像悲伤一样 / prajāsu—对国民 / vimanaḥsu—对委屈 / ekaḥ—独自 / sa-dāraḥ—和他妻子 / agāt—去 / tapaḥ-vanam—在供人苦修的森林

译文 普瑞图王在他生命的最后阶段看到自己老了；这位作为全世界帝王的伟大灵魂，便把一生积累的财富分发给所有动与不动的生物体。他根据宗教原则为每一个人设立了养老金，并在完全与至尊人格首神配合的情况下执行祂的命令后，把自己的儿子献给了被视为是他女儿的地球。随后，普瑞图离开因为感到与君王离别而在他面前悲伤哭泣着的国民们，只携带他妻子一起前往森林苦修。

要旨 普瑞图王(Mahārāja Pṛthu)是至尊人格首神赋予了力量的化身(śaktyāveśa)之一；他以这种身份出现在地球上，执行至尊者的命令。正如《博伽梵歌》(Bhagavad-gītā)中所说：至尊主是所有星球的拥有者，祂总是渴望看到每一个星球上的生物体都生活幸福，履行他们的义务。在履行义务时一旦出现不符合标准的事，至尊主就显现在地球上，正如《博伽梵歌》第4章的第7节诗确认说：每当宗教衰落，反宗教盛行，我就会亲自降临(yadā yadā hi dharmasya glānir bhavati bhārata)。

由于维纳(Vena)王统治期间做了那么多违背宗教原则的事情，至尊主便派祂最信任的奉献者普瑞图王来进行整顿。普瑞图王执行至尊人格首神的命令安排好世界事物后准备退休。他先是为政府如何治理国家树立了榜样，现在则准备以身作则为如何过退休生活树立榜样。他把他所有的财产分给他的儿子们，任命他们统治世界，然后与他妻子一起去了森林。这节诗很重要的一点是说，普瑞图王独自过隐居生活的同时还带着他妻子。按照韦达原则，人在退出家庭生活时可以带着他妻子，因为夫妻被视为是一个整体，所以他们可以为解脱而合作苦修。这是典范人物普瑞图王遵循的路，也是韦达文明之途。人不该到死都只是留在家中，而应该及时离开家庭生活，为回到首神身边去做准备。事实上，普瑞图王是来自灵性世界外琨塔(Vaikuṇṭha)的主奎师那的代表，是被神赋予了力量的化身，因此必定回到首神身边。然而，为了从所有的方面给世人树立榜样，他也到可以让人从事苦修的森林(tapo-vana)去经历艰难的苦修。看来过去有许多专门供人过隐居生活并苦修的森林。事实上，到供人过隐居生活并苦修的森林去，完全接受至尊人格首神的保护，是每一个人的义务，因为住在家中过退出家庭的生活是十分困难的。

第 4 节　तत्राप्यदाभ्यनियमो वैखानससुसम्मते ।
आरब्ध उग्रतपसि यथा स्वविजये पुरा ॥ ४ ॥

tatrāpy adābhya-niyamo
　vaikhānasa-susammate
ārabdha ugra-tapasi
　yathā sva-vijaye purā

tatra—那里 / api—也 / adābhya—严厉的 / niyamaḥ—苦修 / vaikhānasa—隐退生活的规范原则 / su-sammate—完美地遵守 / ārabdhaḥ—开始 / ugra—严格的 / tapasi—苦修 / yathā—如同 / sva-vijaye—在征服世界方面 / purā—以前

译文　退出家庭生活后，普瑞图王严格遵守退隐生活的规范守则，在森林中从事艰难的苦修。他像从前执政并征服全世界一样认真地从事这些苦修活动。

要旨 过居家生活时需要非常勤奋，但退出家庭生活时则需要控制心念和感官。人在全身心投入地为至尊主做奉爱服务时，才有可能做到这一点。事实上，整个韦达体制——对韦达社会阶层的安排，所要达到的目的是让人能够最终回归家园、回到首神身边。居士阶段(gṛhastha-āśrama)是感官享乐和规范化生活结合的一种类似有点妥协的生活阶段。它使人能够更容易地从居家生活中退出，为了永远超越物质感官享乐而全心苦修。正因为如此，在退出家庭生活阶段(vānaprastha)中特别强调苦修(tapasya)。普瑞图王严格遵守退出家庭生活的人该遵守的所有规则(vaikhānasa-āśrama)。“完美地遵守规范守则(vaikhānasa-susammate)”一句非常重要，因为在退出家庭生活阶段也必须严格遵守规范原则。换句话说，普瑞图王在生活的每一个阶段都是理想的人物。人应该以伟大的人物为榜样(mahājano yena gataḥ sa panthāḥ)。因此，学习普瑞图王示范的品德，可以使人在这一生的居士生活阶段和退出家庭生活阶段的方方面面都达到完美。这样，人在放弃这个躯体后，就可以解脱，回到首神身边。

第5节 कन्दमूलफलाहारः शुष्कपर्णाशनः क्वचित् ।
अब्भक्षः कतिचित्पक्षान् वायुभक्षस्ततः परम् ॥ ५॥

kanda-mūla-phalāhāraḥ
śuṣka-parṇāśanaḥ kvacit
ab-bhakṣaḥ katicit pakṣān
vāyu-bhakṣas tataḥ param

kanda—树干 / mūla—根 / phala—果实 / āhāraḥ—吃 / śuṣka—干枯 / parṇa—叶子 / aśanaḥ—吃 / kvacit—有时 / ap-bhakṣaḥ—喝水 / katicit—几个 / pakṣān—两周 / vāyu—空气 / bhakṣaḥ—呼吸 / tataḥ param—那以后

译文 在供人苦修的森林中，普瑞图王有时吃树干和树根，有时吃水果和干树叶，有几个星期只喝水。最后，他靠只呼吸空气活着。

要旨　《博伽梵歌》中建议瑜伽师(yogī)去森林的僻静处，独自在被神圣化了的地方生活。透过普瑞图王的实际行动，我们可以明白，他去森林后从不吃由一些奉献者或门徒在城里烹煮好送去给他的食物。人一旦发誓要住在森林中后，就必须只吃树根、树干、水果、落叶等大自然以那种方式提供的一切。普瑞图王严格遵守住在森林中该遵守的这些原则，有时除了落叶和一点水之外什么都不吃、不喝；有时只靠呼吸维生；有时则吃一些树上长的水果。他就这样住在森林中，从事严格的苦修，尤其是在吃的方面。换句话说，想要在灵性生活中取得进步的人绝不该过量饮食。圣茹帕·哥斯瓦米(Rūpa Gosvāmī)在《教诲的甘露》第2节诗中也警告说：吃得过多和过度努力，都违反使人在灵性生活中取得进步的原则。

另一点值得注意的是：按照韦达训谕，生活在森林中是在完全善良属性的状态中生活；生活在城市里，是在激情属性的状态中生活；妓院或酒吧中的生活则是愚昧属性的生活。然而，住在庙里是生活在超越一切物质属性的灵性世界外琨塔中。这场奎师那意识运动，为人提供生活在如同外琨塔的至尊主庙宇中的机会。因此，具有奎师那意识的人不需要到森林去，试图从表面上模仿普瑞图王或曾住在森林中的大圣人和牟尼们(munis)。

圣茹帕·哥斯瓦米从政府大臣的岗位上离职后去了温达文(Vṛndāvana)，像普瑞图王一样住在一棵树下。从那以后，有许多人去温达文，模仿茹帕·哥斯瓦米的做法。那些人中有许多人不但没有取得灵性的进步，相反坠落恢复了物质的习性，甚至在温达文变成非法性行为、赌博和毒品的牺牲者。奎师那意识运动被介绍到西方国家，但对西方人来说，到森林去从事普瑞图王或茹帕·哥斯瓦米经历过的严格的苦修是不可能的事。然而，西方人或任何人都能够以圣巴克提希丹塔·萨茹阿斯瓦提·塔库尔(Bhaktisiddhānta Sarasvatī Ṭhākura)为榜样，住在至尊主的一个庙里，那比住在森林中更超然。他们可以发誓只接受给奎师那供奉过的食物(kṛṣṇa-prasāda)，遵守规范原则，每天捻着念珠吟诵十六圈的哈瑞·奎师那曼陀(Hare Kṛṣṇa mantra)。这样做可以保证人的灵性生活永远不会被破坏。

第6节 ग्रीष्मे पञ्चतपा वीरो वर्षास्वासारषाण्मुनिः ।
आकण्ठमग्नः शिशिरे उदके स्थण्डिलेशयः ॥ ६ ॥

grīṣme pañca-tapā vīro
varṣāsv āsārasāṇ muniḥ
ākaṇṭha-magnaḥ śiśire
udake sthaṇḍile-śayaḥ

grīṣme—在夏季 / pañca-tapāḥ—五种热 / vīraḥ—英雄 / varṣāsu—在雨季 / āsārasāt—在倾盆大雨中 / muniḥ—像伟大的圣人 / ākaṇṭha—直到颈部 / magnaḥ—淹没 / śiśire—在冬天 / udake—在水中 / sthaṇḍile-śayaḥ—躺在地上

译文 遵守森林生活的原则并以伟大的圣人和牟尼们为榜样，普瑞图王在夏季里按五种加热的程序做，在雨季中让自己暴露在倾盆大雨中，冬季时则站在齐脖深的水中。他一直是就地而眠。

要旨 诗中谈到的这些内容，都是那些无法接受奉爱瑜伽(bhakti-yoga)程序的知识思辨者(jñānī)和瑜伽师(yogī)从事的一些苦行。他们为了净化物质污染，必须经历这些艰巨的苦行。五种加热的程序(pañca-tapāḥ)中的一种是：人按经典的训谕端坐在火圈的中央，四周是燃烧的烈火，头顶是灼热的太阳。这是经典推荐的一种苦行。同样，经典指示人在雨季时要把自己暴露在倾盆大雨中，在冬季要坐在淹到脖子的冰凉刺骨的水中。至于床铺，苦修者应该满足于只是睡在地上。正如下一节诗将要解释的，历经这些艰难苦行的目的，是为了成为至尊人格首神奎师那的奉献者。

第 7 节　तितिक्षुर्यतवाग्दान्त ऊर्ध्वरेता जितानिलः ।
आरिराधयिषुः कृष्णमचरत्तप उत्तमम् ॥ ७ ॥

titikṣur yata-vāg dānta
urdhva-reta jitānilaḥ
ārirādhayiṣuḥ kṛṣṇam
acarat tapa uttamam

titikṣuḥ－容忍 / yata－控制 / vāk－话语 / dāntaḥ－控制感官 / ūrdhva-retāḥ－不释放精液 / jita-anilaḥ－控制生命之气 / ārirādhayiṣuḥ－只想要 / kṛṣṇam－主奎师那 / acarat－练习 / tapaḥ－苦修 / uttamam－最好的

译文　普瑞图王历经所有这些艰难的苦修，是为了控制自己的言语和感官，避免射精，同时在体内控制自己的生命之气。他做这一切纯粹是为了取悦奎师那，没有其他目的。

要旨　针对喀历年代(Kali-yuga)，经典有如下的推荐：

harer nāma harer nāma
harer nāmaiva kevalam
kalau nāsty eva nāsty eva
nāsty eva gatir anyathā

(《永恒的柴坦亚经》首篇17.21)

“在这纷争、虚伪的年代中，得救的唯一方法是吟诵、吟唱至尊主的圣名，别无他法，别无他法，别无他法。”

为了得到至尊人格首神奎师那的认可，人应该一天二十四小时不断地吟诵、吟唱至尊主的圣名。不幸的是，人们不接受这个方案，而是更愿意在不接受苦修的其他程序的情况下从事某种假冥想。然而事实是：人必须要么从事上述的艰难苦行以净化自己，要么接受经典推荐的为取悦至尊主奎师那而做奉爱服务的方法。具有奎师那意识的人最有智慧，因为在喀历年代里根本不可能经受得住这样艰难的苦行。 我们只需要听从主柴坦亚·玛哈帕布(Caitanya Mahāprabhu)那样伟大的人物。主柴坦亚·玛哈帕布在祂的“八训规(Śikṣāṣṭaka)”中写道，一切荣耀归于主奎师那的圣名(paraṁ vijayate śrī-kṛṣṇa-saṅkīrtanam)，它从一开始便净化人心，使人立刻解脱(bhava-mahā-dāvāgni-nirvāpa-nam)。如果所有真正瑜伽的目的是为了取悦主奎师那，那么光是为这个年代推荐的奉爱瑜伽体系就已经足够了。然而，练习奉爱瑜伽需要一直不断地为至尊主做服务。尽管普瑞图王在主奎师那显现前很久就在从事苦行，但他的目的还是为了取悦奎师那。

有许多愚蠢的人声称，对奎师那的崇拜只是从五千年前主奎师那在印度显现后开始的。但那不是事实。普瑞图王在几百万年前就在崇拜奎师那，因为他是杜茹瓦王(Mahārāja Dhruva)家族的后裔，而杜茹瓦王在萨提亚年代(Satya-yuga，金器年代)期间曾执政三万六千年。除非杜茹瓦王的一生寿命是十万年，否则他怎么可能统治世界达三万六千年呢？关键在于：对奎师那的崇拜从创造的一开始就有了，而且历经萨提亚年代(金器年代)、特瑞塔年代(Tretā-yuga，银器年代)和杜瓦帕尔年代(Dvāpara-yuga，铜器年代)，直至喀历年代(铁器年代)，从未中断。正如《博伽梵歌》中所说：奎师那不仅在布茹阿玛(Brahmā)一生的这一天显现，而是在他的每一天显现。因此，对奎师那的崇拜一直都有，而不是只有当奎师那五千年前显现在这个地球上时才开始有的。这种愚蠢的推论在韦达文献中找不到证明。

这节诗中的“从事这些苦修纯粹是为了取悦奎师那(ārirādhayiṣuḥ kṛṣṇam acarat tapa)”一句意义重大。普瑞图王从事艰难的苦修，是为了表达对至尊主的崇拜。奎师那无比仁慈，尤其是在这个年代，祂以祂圣名的超然声音震荡的形式出现。正如《纳茹阿达·潘查茹阿陀》(Nārada-pañcarātra)中所说：如果奎师那受到崇拜，如果祂是人追求进步所要达到的目标，那么人就无须再去从事艰难的苦修，因为人已经达到了他的目的(ārādhito yadi haris tapasā tataḥ kim)。《圣典博伽瓦谭》第1篇第2章的第8节诗中说：如果人在从事了所有种类的苦修后没能接近奎师那，那他从事的一切苦修都没有价值，因为没有奎师那，所有的苦修都只不过是在浪费精力和体力(śrama eva hi kevalam)。所以，我们不该因为没能去森林从事艰难的苦修而感到沮丧。我们的一生如此短暂，我们必须严格遵守外士纳瓦灵性导师制定的原则，平静地培养奎师那意识；根本不需要变得沮丧。纳若塔玛·达斯·塔库尔(Narottama dāsa Ṭhākura)评论说：要过一种超然、极乐的生活，就要吟诵、吟唱哈瑞·奎师那曼陀，崇拜温达文圣地，总是为至尊主、灵性导师和外士纳瓦服务(ānande bala hari, bhaja vṛn-dāvana, śri-guru-vaiṣṇava-pade majāiyā mana)。因此，这场奎师那意识运动最安全、最容易。我们只需要听从至尊主的命令，全身心地皈依祂。我们只需要执行灵性导师的命令，传播奎师那意识，沿着外士纳瓦走的路向前迈进。灵性导师是主奎师那和外士纳瓦的代表，所以听从灵性导师的指示并吟诵、吟唱哈瑞·奎师那，一切就都会是安全、正确的。

第8节　तेन क्रमानुसिद्धेन ध्वस्तकर्ममलाशयः ।
प्राणायामैः सन्निरुद्धषड्वर्गश्छिन्नबन्धनः ॥ ८ ॥

tena kramānusiddhena
dhvasta-karma-malāśayaḥ
prāṇāyāmaiḥ sanniruddha-
ṣaḍ-vargaś chinna-bandhanaḥ

tena—靠经历这样的苦行 / krama—逐渐地 / anu—不断地 / siddhena—靠完美 / dhvasta—粉碎 / karma—功利性活动 / mala—污

垢 / āśayaḥ－欲望 / prāṇa-āyāmaiḥ－通过练瑜伽的呼吸法 / san－作为 / niruddha－停止 / ṣaṭ-vargaḥ－心念和感官 / chinna-bandhanaḥ－彻底斩断一切束缚

译文 经历这样艰难的苦修后，普瑞图王在灵性生活中逐渐变得坚定，不再有从事功利性活动的欲望。他还练习呼吸，以控制自己的心和感官，而这使他彻底免于一切功利性活动的欲望。

要旨 这节诗中的“靠呼吸练习(prāṇāyāmaiḥ)”一词非常重要，因为练哈塔瑜伽(haṭha-yoga)和八部瑜伽(aṣṭāṅga-yoga)的人都练呼吸，但一般都不知道练呼吸的真正目的是什么。练呼吸——神秘瑜伽的目的，是要使心念和感官停止从事功利性活动。在西方国家里练这些瑜伽的所谓瑜伽师，根本不了解这一点。练呼吸的目的不是为了使身体强壮，更适合辛勤工作，而是为了崇拜奎师那。前一节诗特别谈到，普瑞图王无论是苦修、练呼吸还是神秘瑜伽，其目的都是为了崇拜奎师那。所以普瑞图王对瑜伽师们来说也是一个完美的典范。他无论做什么，都是为取悦至尊人格首神奎师那而做。

沉溺于功利性活动的人的心中，总是充满了不洁的欲望。功利性活动是我们想要主宰物质自然这一被污染的欲望的外在表现。人只要继续受这些被污染了的欲望的控制，就不得不一个接一个地接受物质躯体。所谓的瑜伽师们不知道练瑜伽的真正目的，所以只是为了保持身体健康而练习，从而使自己忙于功利性活动，结果被欲望捆绑着接受另一个躯体。他们不知道生命的最终目的是接近奎师那。为了拯救这种在不同的物种中游荡的“瑜伽师”，经典(śāstra)警告说：在这个年代中，这种瑜伽练习只不过是在浪费时间。提升自我唯一的方法是吟诵、吟唱哈瑞·奎师那·玛哈·曼陀(Hare Kṛṣṇa mahā-mantra)。

普瑞图王是在萨提亚年代(金器年代)从事这些活动的。在如今这个年代中，这种练习被那些没能力按任何灵修程序练习的堕落灵魂所误解。为此，经典命令道：在这纷争、虚伪的年代中，得救的唯一方法是吟诵、吟唱至尊主的圣名，别无他法，别无他法，别无它法(kalau nāsty eva nāsty eva nāsty eva gatir anyathā)。结论是：除非功利性活动者(karmī)、知识思辨者和瑜伽师上升到为主奎师那做奉爱服务的层面，否则他们从事的所谓苦行、练的所谓瑜伽，都没有价值，毫无益处。至尊人格首神哈尔依(Hari)如果没有受到崇拜，练打坐冥想瑜伽、活动瑜伽或培养经验主义的知识就没有意义(Nāradhi-taḥ)。至于呼吸练习(prāṇāyāma)，吟诵、吟唱至尊主的圣名并如痴如醉地跳舞，呼吸就已经得到锻炼了。在前一章中，萨纳特·库玛尔(Sanat-kumāra)教导普瑞图王要一直不断地为至尊主华苏戴瓦(Vāsude-va)服务时说：

yat pāda-paṅkaja-palāśa-vilāsa-bhaktyā
karmāśayaṁ grathitam udgrathayanti santaḥ
tadvan na rikta-matayo yatayo 'pi ruddha-
sroto-gaṇās tam araṇaṁ bhaja vāsudevam

（《圣典博伽瓦谭》4.22.39）

“始终忙于为至尊主莲花足的足尖服务的奉献者，能轻而易举地打开要从事功利性活动的顽石般的欲望之结。要解开这个结极为困难，思辨者及瑜伽师等非奉献者虽然竭力阻止感官享乐的汹涌波涛，但却做不到。因此，你被建议要为瓦苏戴瓦的儿子奎师那做奉爱服务。”

这节诗中谈到“呼吸练习(prāṇāyāma)”并非为了其他目的；真正的目的是强健心和感官，以使它们能够做奉爱服务。在目前这个年代里，我们只要吟诵、吟唱哈瑞·奎师那　哈瑞·奎师那　奎师那·奎师那　哈瑞·哈瑞/哈瑞·茹阿玛　哈瑞·茹阿玛　茹阿玛·茹阿玛　哈瑞·哈瑞(Hare Kṛṣṇa, Hare Kṛṣṇa, Kṛṣṇa Kṛṣṇa, Hare Hare/ Hare Rāma, Hare Rāma, Rāma Rāma, Hare Hare)，就能轻易地达到这种坚定的状态。

第9节 सनत्कुमारो भगवान् यदाहाध्यात्मिकं परम् ।
योगं तेनैव पुरुषमभजत्पुरुषर्षभः ॥ ९ ॥

sanat-kumāro bhagavān
yad āhādhyātmikaṁ param
yogaṁ tenaiva puruṣam
abhajat puruṣarṣabhaḥ

sanat-kumāraḥ—萨纳特·库玛尔 / bhagavān—最强有力的 / yat—……的 / āha—说 / ādhyātmikam—灵性进步 / param—最终 / yogam—神秘主义 / tena—由那 / eva—肯定地 / puruṣam—至尊者 / abhajat—崇拜 / puruṣa-ṛṣabhaḥ—人类中最优秀的

译文 就这样，最杰出的人——普瑞图王，走萨纳特·库玛尔推荐的灵性进步之途；换句话说，他崇拜至尊人格首神奎师那。

要旨 这节诗明确地说，练瑜伽呼吸法(prāṇāyāma-yoga)的普瑞图王，按照圣人萨纳特·库玛尔(Sanat-kumāra)的建议为至尊人格首神服务。这节诗中“最优秀的人崇拜至尊人(puruṣam abhajat puruṣarṣa-bhaḥ)”一句意义重大，其中“最优秀的人(puruṣarṣabha)”是指普瑞图王，“至尊人(puruṣam)”就是至尊人格首神，意思是：最优秀的人忙于为至尊人服务。一位享受者(puruṣa)是值得崇拜的人，另一位享受者是崇拜者。当崇拜者-享受者——生物，想要与至尊人合而为一时，他得到的结果只不过是困惑并坠入无知的黑暗中。正如主奎师那在《博伽梵歌》第2章的第12节诗中说：聚集在战场上的所有生物体，包括奎师那本人在内，过去也以个体的形式出现，将来还会以个体的形式出现。因此，两种享受者——生物与至尊人格首神，永远都不会失去他们各自的个体性。

事实上，觉悟了自我的人无论在今生还是来世都永恒地为至尊主做服务。对奉献者来说，这一生其实和下一世根本没有区别。在这一生中，初习奉献者受训练为至尊人格首神服务，下一世他在外琨塔星球上接近至尊人，为祂做同样的奉爱服务。《博伽梵歌》第14章的第26节诗中说，即使是初级奉献者做的奉爱服务，也被认为是在梵的层面上(brahma-bhūyāya kalpate)。为至尊主所做的奉爱服务，从不被视为是物质的活动。奉献者既然在梵觉(brahma-bhūta)的层面上活动，就已经是解脱了的，所以不需要为了达到这种状态再去练其他种类的瑜伽。如果一个奉献者认真听从灵性导师的命令，严格遵守规范原则，吟诵、吟唱哈瑞·奎师那曼陀，就应该明白他已经处在梵觉的层面上了。正如《博伽梵歌》第14章的第26节诗中所说：

mām ca yo 'vyabhicāreṇa
bhakti-yogena sevate
sa guṇān samatītyaitān
brahma-bhūyāya kalpate

“在任何情况下都全心全意地做奉爱服务，就能立即超越物质自然属性，达到梵的层面。”

第 10 节　भगवद्धर्मिणः साधोः श्रद्धया यततः सदा ।
भक्तिर्भगवति ब्रह्मण्यनन्यविषयाभवत् ॥१०॥

bhagavad-dharmiṇaḥ sādhoḥ
śraddhayā yatataḥ sadā
bhaktir bhagavati brahmaṇy
ananya-viṣayābhavat

bhagavat-dharmiṇaḥ—做奉爱服务的人／sādhoḥ—奉献者的／śraddhayā—满怀信心／yatataḥ—努力／sadā—总是／bhaktiḥ—奉爱／bhagavati—向人格首神／brahmaṇi—非人格梵的源头／ananya-viṣayā—坚定不移／abhavat—变成

译文 普瑞图把一天二十四小时完全用来做奉爱服务，严格按照原则履行各种规定。他对至尊人格首神奎师那的奉爱之情因此不断增强，变得坚定不移。

要旨 诗中用“做奉爱服务的人(bhagavad-dharmiṇaḥ)”一句说明，普瑞图王所实践的宗教程序远远超越一切自命不凡、做作和伪装。正如《圣典博伽瓦谭》第1篇第1章的第2节诗所说：充满矫饰、做作和炫耀的宗教只不过是欺骗。维尔茹阿嘎瓦·阿查尔亚(Vīrarāgha-va Ācārya)把“做奉爱服务的人”一句解释为是“没有物质动机这种污染(nivṛtta-dharmeṇa)”。对此，圣茹帕·哥斯瓦米说：

anyābhilāṣitā-śūnyaṁ
jñāna-karmādy-anāvṛtam
ānukūlyena kṛṣṇānu-
śīlanaṁ bhaktir uttamā

诗的大意是：人如果不受物质欲望的驱使，不被功利性活动和经验思辨所污染，而是全心全意地为至尊主服务，他的服务就被称为纯粹的奉爱服务(bhagavad-dharma)。这节诗中说“非人格梵的源头(brahmaṇi)”，而不是说非人格梵。不具人格特性的梵(Brahman)是至尊人格首神拥有的一个特征；崇拜至尊主的“不具人格特征的梵”的人想要融入这梵光，所以不能被视为是做纯粹奉爱的人。非人格神主义者在物质享乐方面感到挫折后，产生要融入至尊主的存在的想法，但至尊主纯粹的奉献者没有这种欲望。因此，纯粹的奉献者才是真正的“做奉爱服务的人”。

从这节诗中清楚地看到，普瑞图王从不崇拜不具人格特性的梵，而是把所有的时间都奉献给了至尊人格首神。“做奉爱服务的人(bhagavati brahmaṇi)”是指为人格首神做奉爱服务的人。有关不具人格特征的梵的知识，自然而然就会向奉献者揭示出来，而他并没有兴趣要融入不具人格特性的梵之中。普瑞图王所做的奉爱服务，使他能够在不依靠功利性活动(karma)、知识思辨(jñāna)或神秘瑜伽

(yoga)的情况下，坚定不移地做纯粹的奉爱服务。

第 11 节 तस्यानया भगवतः परिकर्मशुद्ध-
सत्त्वात्मनस्तदनुसंस्मरणानुपूर्त्या ।
ज्ञानं विरक्तिमदभून्निशितेन येन
चिच्छेद संशयपदं निजजीवकोशम् ॥११॥

tasyānayā bhagavataḥ parikarma-śuddha-
sattvātmanas tad-anusaṁsmaraṇānupūrtyā
jñānaṁ viraktimad abhūn niśitena yena
ciccheda saṁśaya-padaṁ nija-jīva-kośam

tasya—他的 / anayā—通过 / bhagavataḥ—至尊人格首神的 / parikarma—奉爱服务的活动 / śuddha 纯粹、超然 / sattva—存在 / ātmanaḥ—心念的 / tat—至尊人格首神的 / anusaṁsmaraṇa—一直不断地想着 / anupūrtyā—完美地完成 / jñānam—知识 / virakti—不执著 / mat—拥有 / abhūt—展示了 / niśitena—靠使……增强的 / yena—……的 / ciccheda—分离 / saṁśaya-padam—疑惑的状态 / nija—自己 / jīva-kośam—生物体的受困状态

译文 通过有规律地做奉爱服务，普瑞图王的心变得很超然，从而能一直不断地想着至尊主的莲花足。这使他变得完全不执著，并获得可以使他清除一切疑虑的完美知识。他因而摆脱了错误的自我意识及物质生命概念的钳制。

要旨 经典《纳茹阿达·潘查茹阿陀》(Nārada-pañcarātra)中把奉爱服务比作王后。当王后接见来觐见她的人时，许多侍女跟随在她身后。奉爱服务的侍女是物质财富、解脱和神秘力量。功利性活动者十分喜爱物质享受，知识思辨者很渴望摆脱物质的钳制，神秘瑜伽师追求的则是八种神通。从《纳茹阿达·潘查茹阿陀》中我们了

解到，人一旦达到做纯粹奉爱服务的阶段，自然就会得到从事功利性活动、经验性哲学思辨和练神秘瑜伽所能获得的一切成果。正因为如此，圣彼尔瓦蒙嘎拉·塔库尔(Bilvamaṅgala Ṭhākura)在他的《奎师那·卡尔纳姆瑞塔》(Kṛṣṇa-karṇāmṛta)中祈祷说："亲爱的主，只要我对您有坚定不移的奉爱之情，您就会亲自展现在我面前，功利性活动和经验性哲学思辨的结果，即：宗教、经济发展、感官享乐和解脱，就会亲自前来，像仆人一样站在我面前等着我发号施令。"这里说明的是：知识思辨者艰苦奋斗培养灵性知识(brahma-vidyā)，以期摆脱物质自然的钳制；然而，奉献者凭借在奉爱服务中不断取得进步，自然变得不再依恋他的物质躯体。当奉献者的灵性躯体开始展示时，他就真正参加超然生活中的活动了。

目前，我们与物质躯体、物质心念和物质智慧有着千丝万缕的联系，但当我们变得摆脱这些物质制约，我们的灵性躯体、灵性心念和灵性智力就展示了。在那超然的阶段，奉献者得到功利性活动、知识思辨和练神秘瑜伽的一切成果。尽管他在做奉爱服务的过程中从未通过从事功利性活动或知识思辨获得神秘力量，但在他做服务的过程中，神秘力量自动显示出来。奉献者虽然不想要任何物质财富，但这样的财富自动出现在他面前。他不需要为得到它而努力。由于他所做的奉爱服务，他自然而然就具有了对梵的觉悟。正如我们在前面谈到，《博伽梵歌》第14章的第26节诗对此证实道：

māṁ ca yo 'vyabhicāreṇa
bhakti-yogena sevate
sa guṇān samatītyaitān
brahma-bhūyāya kalpate

"在任何情况下都全心全意地做奉爱服务，就能立刻超越物质自然属性，达到梵的层面。"

奉献者因为他所做的坚定不移的服务达到生命的超然状态。由于他的心念是超然的，除了至尊主的莲花足他无法想别的。这就是

“完美地记忆(saṁsmaraṇa-anupūrtyā)”一句的含义。靠一直不断地想着至尊主的莲花足，奉献者立刻处在纯粹善良属性的层面上(śuddha-sattva)。纯粹的善良属性超越所有的物质属性，甚至物质的善良属性。在物质世界里，善良属性被视为是最完美的，但人必须甚至超越这一属性，上升到纯粹善良属性这个物质自然三种属性不起作用的层面上。

圣维施瓦纳特·查夸瓦尔提·塔库尔(Viśvanātha Cakravartī Ṭhākura)举例说，如果一个人的消化能力很强，那么在他进食后，他的胃火自然就燃起，消化他吃进去的一切，而不需要吃药帮助他的消化。同样，奉爱服务之火是如此强烈，以至奉献者不需要为获得完美的知识或超脱物质事物的吸引而做格外的努力。知识思辨者也许靠长时间地讨论知识变得不受物质的吸引，也许靠这种方式最终上升到梵觉的层面，但奉献者不需要经历那么多麻烦。他靠做奉爱服务无疑就能上升到梵觉的层面上。知识思辨者和神秘瑜伽师总是不清楚他们的原本地位，于是错误地想要与至尊者合而为一。然而，奉献者与至尊者的关系随着奉献者做奉爱服务逐渐展示出来；那超越一切疑惑，使他立刻明白他的地位是至尊主永恒的仆人。对至尊主没有奉爱之情的知识思辨者和瑜伽师也许认为自己解脱了，但事实上他们的智力并不像奉献者那样纯洁。换句话说，知识思辨者和瑜伽师除非上升到奉献者的层面，否则不可能真正解脱。《圣典博伽瓦谭》第10篇第2章的第32节诗中说：

āruhya kṛcchreṇa paraṁ padaṁ tataḥ
patanty adho 'nādṛta-yuṣmad-aṅghrayaḥ

知识思辨者和瑜伽师也许获得对梵的觉悟，但由于他们对至尊主的莲花足没有奉爱之情，他们会再次坠入物质自然。因此，不该把对知识的思辨和练神秘瑜伽当做可以使人解脱的真正方法。普瑞图王通过做奉爱服务，自然而然地超越了所有那些阶段。普瑞图王是被至尊主赋予了力量的化身(śaktyāveśa)，因此并不需要为获得解脱而做什么。他来自外琨塔世界——灵性天空，以实现至尊主对地球的想法，所以根本不需要靠知识思辨、练神秘瑜伽或功利性活动回归家园，回到首神身边。普瑞图王虽然是至尊主永恒的纯粹奉献者，但仍然采用做奉爱服务的方式，以身作则教育人民大众如何正确履行人生的责任，最终回归家园、回到首神身边。

第 12 节 छिन्नान्यधीरधिगतात्मगतिर्निरीह-
स्तत्तत्यजेऽच्छिनदिदं वयुनेन येन ।
तावन्न योगगतिभिर्यतिरप्रमत्तो
यावद्गदाग्रजकथासु रतिं न कुर्यात् ॥१२॥

chinnānya-dhīr adhigatātma-gatir nirīhas
tat tatyaje 'cchinad idaṁ vayunena yena
tāvan na yoga-gatibhir yatir apramatto
yāvad gadāgraja-kathāsu ratiṁ na kuryāt

chinna－分开 / anya-dhīḥ－所有其他的生命概念(躯体化的生命概念) / adhigata－完全确信 / ātma-gatiḥ－灵性生活的最终目标 / nirīhaḥ－无欲望的 / tat－那 / tatyaje－放弃 / acchinat－他斩断 / idam－这 / vayunena－以知识 / yena－……的 / tāvat－只要 / na－绝不 / yoga-gatibhiḥ－练神秘瑜伽 / yatiḥ－修习者 / apramattaḥ－无任何错觉 / yāvat－就 / gadāgraja－奎师那的 / kathāsu－话语 / ratim－吸引 / na－绝不 / kuryāt－做

译文 普瑞图王彻底去除了躯体化的生命概念后，觉悟到主奎师那以超灵的形象坐在每一个生物体心中。他这样能从超灵得到所有指示后，便不再理会练瑜伽和知识思辨等其他程序。他甚至对瑜伽和思辨体系的完美毫无兴趣，因为他清楚地认识到：为奎师那做奉爱服务才是生命最终的目的，瑜伽师和知识思辨者除非变得受谈论有关奎师那的话题的吸引，否则他们无法去除对存在的错误认识。

要旨　人只要还太专注于生命的躯体化概念，就会对神秘瑜伽体系或经验性的哲学思辨等认识自我的许多其他程序感兴趣。然而，人一旦明白生命最高的目标是奎师那，认识到奎师那就在每个人的心中，就会去帮助那些对恢复奎师那意识有兴趣的人。事实上，能否达到生命的完美境界，取决于人是否有聆听奎师那的话题的倾向。正因为如此，这节诗中说：人除非变得有兴趣聆听奎师那的娱乐时光和活动，否则靠练神秘瑜伽和思辨知识不可能解脱(yāvad gadāgraja-kathāsu ratiṁ na kuryāt)。

普瑞图王达到对至尊主有奉爱之情的阶段后，根本没兴趣练神秘瑜伽和进行知识思辨，于是不去理会它们。这就是茹帕·哥斯瓦米描述的纯粹奉爱生活的阶段。

anyābhilāṣitā-śūnyaṁ
jñāna-karmādy-anāvṛtam
ānukūlyena kṛṣṇānu-
śīlanaṁ bhaktir uttamā

真正的知识意味着了解生物是至尊主永恒的仆人。这知识要经过许许多多次出生后才能得到。对此，《博伽梵歌》第7章的第9节诗中证实说：经过许许多多次生死后，一个真正处在知识层面上的人就会皈依我(bahūnāṁ janmanām ante jñānavān māṁ prapadyate)。在生命的至尊天鹅(paramahaṁsa)阶段，人完全觉悟到奎师那就是一切(vāsudevaḥ sarvam iti sa mahātmā sudurlabhaḥ)。当人完全明白奎师那就是一切，而具有奎师那意识是生命最完美的状态时，他就成为至尊天鹅——伟大的灵魂(mahātmā)。这样伟大的灵魂——至尊天鹅，很罕见。至尊天鹅——纯粹的奉献者，从不受哈塔瑜伽(haṭha-yoga)或知识推敲的吸引。他只喜爱为至尊主做纯粹的奉爱服务。我们有时看到，从前沉溺于这些觉悟自我的方法的人，在做奉爱服务的同时练哈塔瑜伽和思辨知识，但他一旦上升到纯粹奉爱服务的层面时，就能放弃觉悟自我的所有其他方法。换句话说，当人最终认识到奎师那是最高目标时，他就不再受神秘瑜伽练习和思辨知识等方法的吸引。

第 13 节 एवं स वीरप्रवरः संयोज्यात्मानमात्मनि ।
ब्रह्मभूतो दृढं काले तत्याज स्वं कलेवरम् ॥१३॥

evaṁ sa vīra-pravaraḥ
samyojyātmānam ātmani
brahma-bhūto dṛḍhaṁ kāle
tatyāja svaṁ kalevaram

evam—如此 / saḥ—他 / vīra-pravaraḥ—英雄们的首领 / saṁyojya—运用 / ātmānam—内心 / ātmani—向超灵 / brahma-bhūtaḥ—解脱 / dṛḍham—坚定地 / kāle—在适当的时候 / tatyāja—放弃 / svam—自己的 / kalevaram—身体

译文 在适当的时候，普瑞图王准备放弃他的躯体。他全神贯注于奎师那的莲花足，完全处在梵觉的层面上，随后放弃了物质躯体。

要旨 孟伽拉谚语说：人在一生中所取得的灵性进步在死亡时受到检验。《博伽梵歌》第8章的第6节诗也证实说：“琨缇的儿子啊！人在离开躯体时无论记起什么情形，就必会到达那情境(yaṁ yaṁ vāpi smaran bhāvaṁ tyajaty ante kalevaram/ taṁ tam evaiti kaunteya sadā tad-bhāva-bhāvitaḥ)。”培养奎师那意识的人知道，他们在死亡时刻到来时会受到检验。人在死亡时如果能想起奎师那，就立刻转升到哥珞卡·温达文(Goloka Vṛndāvana)或奎师那珞卡(Kṛṣṇaloka)上，从而使他的生命变得成功。普瑞图王靠奎师那的恩典能够明白他此生将尽，于是非常高兴，按照瑜伽程序准备在具有梵觉的阶段彻底放弃他现有的躯体。后面的诗文中详细解释了人如何能做到自愿放弃这躯体，回顾家园，回到首神身边。普瑞图王在死亡时所用的瑜伽程序，在人身心健康的状态下帮助他加速放弃躯体。所有的奉献者都希望在身心健康的状态下放弃身体。库拉晒卡尔王(Kulaśekhara)在他写的《颂扬穆琨达的赞美诗花环》(Mukunda-mālā-stotra)第33节诗中也表达这一愿望说：

kṛṣṇa tvadīya-padapaṅkaja-pañjarāntam
adyaiva me viśatu mānasa-rāja-haṁsaḥ
prāṇa-prayāṇa-samaye kapha-vāta-pittaiḥ
kaṇṭhāvarodhana-vidhau smaraṇaṁ kutas te

库拉晒卡尔王想要在身心健康的状态下放弃他的躯体，因此祈求奎师那让他在身体健康、心智健全的状态下立刻死去。一般的情况下，人临死时都被黏液和胆汁等堵住呼吸，窒息得说不出话来。因此，只有靠主奎师那的恩典，人才能在死亡时吟诵、吟唱哈瑞·奎师那。但是，瑜伽师可以靠解脱坐姿(muktāsana)立刻放弃他的躯体，去他想要去的星球。练瑜伽臻至完美境界的瑜伽师，可以按照他的意愿随时放弃他的躯体。

第 14 节　सम्पीड्य पायुं पार्ष्णिभ्यां वायुमुत्सारयञ्छनैः ।
नाभ्यां कोष्ठेष्ववस्थाप्य हृदुरःकण्ठशीर्षणि ॥१४॥

sampīḍya pāyuṁ pārṣṇibhyāṁ
vāyum utsārayañ chanaiḥ
nābhyāṁ koṣṭheṣv avasthāpya
hṛd-uraḥ-kaṇṭha-śīrṣaṇi

sampīḍya－靠堵住 / pāyum－肛门 / pārṣṇibhyām－小腿 / vāyum－上行气 / utsārayan－向上推 / śanaiḥ－逐渐地 / nābhyām－以肚脐 / koṣṭheṣu－在心脏和喉咙 / avasthāpya－稳处 / hṛt－在内心 / uraḥ－向

上的 / kaṇṭha－喉咙 / śīrṣaṇi－在两眉间

译文 普瑞图王在练习一个特定的瑜伽坐姿时，用他的脚踝堵住肛门，挤压他的左右两条小腿，逐渐将他的生命之气向上提，使其到肚脐周围，再上升到心脏和咽喉部，最后上推到眉心。

要旨 这节诗中描述的瑜伽体位名叫解脱坐姿。在瑜伽练习中，当人严格遵守控制睡眠、进食和性生活的规范原则后，就被允许练习不同的坐姿。练瑜伽的最终目的是使人能够按照个人的愿望放弃这个躯体。练瑜伽达到最高造诣的人，可以想在这个躯体中住多久就住多久；或者，只要他还没彻底达到完美，也可以离开这个躯体到宇宙各处去旅行。有些瑜伽师离开他们的躯体到高等星系去享受那里的物质设施。但是，有智慧的瑜伽师根本不想把他们的时间浪费在这个物质世界中；他们不在乎高等星系里的物质设施，而是想要直接去灵性天空，回归家园，回到首神身边。

从这节诗中的描述看，普瑞图王并不想将自己提升到高等星系去。他想要立刻回归家园，回到首神身边。尽管普瑞图王具有奎师那意识后完全停止练神秘瑜伽，但现在却利用以前的练习，立刻把自己置于梵觉的层面上，以便尽快回到首神身边。采取这个名叫解脱坐姿的瑜伽姿势，是为了成功地把生命能量(kuṇḍalinī))从下至上逐渐从海底轮(mūlādhāra-cakra)提升到生殖轮(svādhiṣṭhāna-cakra)、肚轮(maṇipūra-cakra)、心轮(anāhata-cakra)、喉轮(viśuddha-cakra)，最后到眉心轮(ājñā-cakra)。瑜伽师把生命之气提升到眉心轮时，就可以冲破顶轮(brahma-randhra)——头盖骨正中的梵穴，到他想去的任何一个星球去，甚至到外琨塔灵性王国或奎师那·珞卡。结论是：人必须为回到首神身边而将自己提升到梵觉的层面上。然而，《圣典博伽瓦谭》第7篇第5章的第23节诗中说，练习奉爱瑜伽的有奎师那意识之人(śrava-ṇaṁ kīrtanaṁ viṣṇoḥ smaraṇaṁ pāda-sevanam)，甚至能够在没有练解脱坐姿的情况下回到首神身边。练解脱坐姿是为了上升到梵觉的阶段，因为达不到这一阶段的人，无法被提升到灵性天空。《博伽梵歌》第14章的第26节诗中说：

mām ca yo 'vyabhicāreṇa
bhakti-yogena sevate
sa guṇān samatītyaitān
brahma-bhūyāya kalpate

练奉爱瑜伽的瑜伽师，总是处在梵觉的层面上(brahma-bhūyāya kalpate)。这样的奉爱瑜伽师死后自然进入灵性天空，回到首神身边。因此，奉献者不必为没有练习把生命之气逐一从六个轮向上提升而感到遗憾。至于普瑞图王，他已经练过这种瑜伽，既然他不想等待死亡自然到来，他就利用这套穿过六个脉轮(ṣaṭ-cakra)的程序，按照他的自由意愿，立刻进入灵性天空。

第 15 节　उत्सर्पयंस्तु तं मूर्ध्नि क्रमेणावेश्य निःस्पृहः ।
वायुं वायौ क्षितौ कायं तेजस्तेजस्ययूयुजत् ॥१५॥

utsarpayaṁs tu taṁ mūrdhni
krameṇāveśya niḥspṛhaḥ
vāyuṁ vāyau kṣitau kāyaṁ
tejas tejasy ayūyujat

utsarpayan－如此放置 / tu－但 / tam－气 / mūrdhni－在头上 / krameṇa－逐渐 / āveśya－放置 / niḥspṛhaḥ－摆脱了所有的物质欲望 / vāyum－体内之气 / vāyau－在覆盖宇宙的气层中 / kṣitau－进入整体土元素 / kāyam－这个物质躯体 / tejaḥ－躯体中的火 / tejasi－进入整体火元素 / ayūyujat－混合

译文　就这样，普瑞图王把生命之气逐渐提升到他头盖骨正中的梵穴，从而彻底失去了物质的生存愿望。他逐一地把他的生命之气融入整个大气，把他的躯体融入整体土元素，把体内之火融入整体火元素。

要旨 当被描述为是只有头发尖的万分之一大小的灵性火花被迫进入物质存在时，这火花便被粗糙和精微的物质元素所包裹。物质躯体由土、水、火、气和空间这五种粗糙元素，以及心、智力和假我这三种精微元素构成。灵魂获得解脱时，就摆脱了这些物质包裹。事实上，能够摆脱物质包裹并进入灵性天空，才算练成了瑜伽。佛祖教导的涅槃(nirvāṇa)便是以这个原则为基础。佛祖指示他的追随者靠冥想和瑜伽的方式放弃这些物质覆盖。他没有告诉他们有关灵魂的知识，但人如果严格遵照他的指示做，自然就可以摆脱物质包裹，达到涅槃的状态。

生物放弃包裹着他的物质时，就展示出灵性灵魂的状态。灵性的灵魂必须进入灵性天空才能融入梵光(brahmajyoti)。不幸的是：他除非掌握有关灵性世界和外琨塔的信息，否则有百分之九十九点九的机会再次坠入物质存在。然而，从梵光被提升到灵性星球的机会很小。非人格神主义者认为这梵光是没有多样化的存在，佛教徒认为它是一片虚无。无论对灵性天空是上述两种认识中的哪一种认识，那里没有在外琨塔或奎师那珞卡等灵性星球上所享受的极乐这一点倒是事实。在没有丰富多彩的享乐的情况下，灵魂会逐渐受到享受极乐生活的吸引，因此在没有对奎师那星球或外琨塔星球的任何知识的情况下，他自然会为了享受物质的多样化而从灵性天空中坠落，重新从事物质活动。

第 16 节 खान्याकाशे द्रवं तोये यथास्थानं विभागशः ।
क्षितिमम्भसि तत्तेजस्यदो वायौ नभस्यमुम् ॥१६॥

khāny ākāśe dravaṁ toye
yathā-sthānaṁ vibhāgaśaḥ

kṣitim ambhasi tat tejasy
ado vāyau nabhasy amum

khāni—身体上各种感官的孔洞 / ākāśe—在空中 / dravam—液体 / toye—在水中 / yathā-sthānam—按照适当的情况 / vibhāgaśaḥ—在它们被分开时 / kṣitim—地球 / ambhasi—在水中 / tat—那 / tejasi—在火中 / adaḥ—火 / vāyau—在空气中 / nabhasi—在空中 / amum—那

译文　以此方式，普瑞图王按照他躯体各个部分的不同状态处理它们，把他感官的孔洞融入天空，把血液及各种分泌物等他的体液，融入整体水元素。随后，他把土融入水，把水融入火，把火融入气，把气融入空间，等等。

要旨　这节诗中的"按照适当的情况(yathā-sthānaṁ)"和"在它们被分开时(vibhāgaśaḥ)"两个词十分重要。在《圣典博伽瓦谭》第2篇的第5章中，主布茹阿玛清楚地对纳茹阿达(Nārada)解释了创造是如何进行的。他逐一解释了感官的适当分类、感官的控制者、感官对象和物质元素，也解释了它们是怎么被逐一创造出来的，即：气产自空间，火产自气，水产自火，土产自水等。了解这个宇宙展示的整个创造过程很重要。同样，这个身体也是按照至尊主制定的用一个程序创造的。人格首神进入宇宙后，逐一创造了宇宙内的展示。同样，生物进入母亲的子宫后，也从空间、气、火、水和土的集合体中收集各种元素构成他粗糙和精微的躯体。"按照适当的情况在它们被分开时"一句表明，人应该了解创造的程序，按照创造程序逆向冥想，从而摆脱物质的污染。

第 17 节　इन्द्रियेषु मनस्तानि तन्मात्रेषु यथोद्भवम् ।
भूतादिनामून्युत्कृष्य महत्यात्मनि सन्दधे ॥१७॥

indriyeṣu manas tāni
tan-mātreṣu yathodbhavam

bhūtādināmūny utkṛṣya
mahaty ātmani sandadhe

indriyeṣu－在感官中 / manaḥ－心念 / tāni－感官 / tat-mātreṣu－在感官对象中 / yathā-udbhavam－它们诞生的地方 / bhūta-ādinā－由五元素 / amūni－所有那些感官对象 / utkṛṣya－取出 / mahati－在物质能量总体玛哈·塔特瓦中 / ātmani－对自我 / sandadhe－合并

译文 他把心念与感官合并，把感官按照它们各自的状态与感官对象合并；他还把物质的自我意识融入物质能量总体玛哈特·塔特瓦。

要旨 有关自我意识，物质能量总体被分为两个部分，一部分受到物质自然愚昧属性的刺激，另一部分受到物质自然激情属性和善良属性的刺激。受到愚昧属性刺激的那一部分产生了五种粗糙的元素，另一部分受到激情属性的刺激后产生了心念，受到善良属性的刺激后产生了错误的自我意识——与物质的认同。心念受到某种半神人的保护。心念(manaḥ)有时也被理解为是有一个控制它的神明——半神人。就这样，被物质的半神人们控制着的物质心念——心念的总体，与感官混合在一起。感官进而与感官对象混合。形象、滋味、气味和声音等都是感官对象。声音是感官对象的最初源头。心念受感官的吸引，而感官受感官对象的吸引，所有这些最终都融入空间。创造的安排使原因与结果一个接着一个地连锁发生，融入的程序则是将结果与最初的原因合并。由于物质世界的最初原因是物质能量总体(mahat-tattva)，一切便被逆向逐一地并入它。这也许被比作是虚无(śūnya-vāda)，但却是恢复真正的灵性意识的净化过程。

心镜上的物质尘埃被彻底清除时，纯粹的意识开始起作用。来自灵性天空的声音震荡可以自动清除一切物质污染，正如柴坦亚·玛哈帕布所确认的：拭净心灵的镜子ceto-darpaṇa-mārjanam。我们唯一需要做的是，听从主柴坦亚·玛哈帕布的忠告，吟诵、吟唱哈瑞·奎师那曼陀，以彻底净化心中的物质污染；这也许就是对这节难懂的诗文的总结。这吟诵、吟唱的程序一旦彻底清除所有的物质污染，也就立刻征服了对物质活动的欲望和反应，真正的生活——平静的生存状态随之开始。在这个喀历年代中采用这节诗中谈到的瑜伽程序极为困难。人除非很精通这种瑜伽，否则最好采用主柴坦亚·玛哈帕布提倡的“集体吟唱奎师那圣名(śrī-kṛṣṇa-saṅkīrtanam)”的方法。哈瑞·奎师那 哈瑞·奎师那 奎师那·奎师那 哈瑞·哈瑞/哈瑞·茹阿玛 哈瑞·茹阿玛 茹阿玛·茹阿玛 哈瑞·哈瑞，这种简单的吟诵、吟唱圣名的方式可以使人彻底清除一切物质污染。正如在物质世界里的生活始于物质的声音，灵性生活始于灵性的声音震荡。

第 18 节 तं सर्वगुणविन्यासं जीवे मायामये न्यधात् ।
तं चानुशयमात्मस्थमसावनुशयी पुमान् ।
ज्ञानवैराग्यवीर्येण स्वरूपस्थोऽजहात्प्रभुः ॥१८॥

taṁ sarva-guṇa-vinyāsaṁ
jīve māyāmaye nyadhāt
taṁ cānuśayam ātma-stham
asāv anuśayī pumān
jñāna-vairāgya-vīryeṇa
svarūpa-stho 'jahāt prabhuḥ

tam—对祂 / sarva-guṇa-vinyāsam—所有品质的储藏所 / jīve—向称号 / māyā-maye—所有力量的宝库 / nyadhāt—放置 / tam—那 / ca—也 / anuśayam—称号 / ātma-stham—处在觉悟自我的状态中 / asau—他 / anuśayī—生物体 / pumān—享受者 / jñāna—知识 / vairāgya—弃绝 / vīryeṇa—靠勇敢 / svarūpa-sthaḥ—处在生物的原本状态中 / ajahāt—回家 / prabhuḥ—控制者

译文 接着，普瑞图王把生物体的总体称号，供奉给错觉能量的最高控制者。摆脱使生物陷入罗网的一切称号后，他透过知识、弃绝和做奉爱服务具有的力量而获得自由。这样，他在他原本的奎师那意识状态中，作为感官的控制者帕布，放弃了他的物质躯体。

要旨 正如韦达经中声明的，至尊人格首神是物质能量的源头，因此有时被称为“能够用祂名叫物质能量的力量从事娱乐活动的至尊人(māyā-maya)”。个体灵魂吉瓦(jīva)按照至尊人格首神的至尊意愿陷入物质能量的罗网中。《博伽梵歌》第18章的第61节诗告诉我们：

īśvaraḥ sarva-bhūtānāṁ
hṛd-deśe 'rjuna tiṣṭhati
bhrāmayan sarva-bhūtāni
yantrārūḍhāni māyayā

至尊人格首神伊士瓦尔(īśvara)，处在所有受制约灵魂的心中，凭借祂的至尊意愿，生物——个体灵魂，在各种不同的躯体中享受主宰物质自然的便利条件。这些躯体被称为活动的运输工具(yantra)，由物质能量总体(māyā)提供。尽管个体灵魂和至尊主同处在物质能量中，但至尊主通过物质能量给予个体灵魂不同的躯体，以此指挥个体灵魂的活动。生物就这样在遍布宇宙的各种躯体中游荡，被纠缠在不同的处境中，分享承担功利性活动的反作用。

普瑞图王因为灵性知识(jñāna)不断提高及摒弃物质欲望而充满了灵性力量，从而成为他感官的主人——帕布(有时被称为哥斯瓦米或斯瓦米)。这意味着他不再受物质能量影响的控制。当人强有力到能够不再受物质能量的影响时，他就被称为他感官的主人——帕布。这节诗中“处在生物的原本状态中(svarūpa-sthaḥ)”一句也很重要。人在获得知识后就会明白：个体灵魂真正的身份是主奎师那永恒的仆人。这种理解被说成是，对自己真正的灵性状态所具有的正确了解(svarūpopalabdhi)。奉献者通过不断地做奉爱服务，逐渐了解自己与至尊人格首神的真正关系。当人达到这一阶段时，他就能了解自己与至尊人格首神的关系究竟是主仆的关系、父母子女的关系还是夫妻的关系。这一明了阶段被称为“处在生物的原本状态中”。普瑞图王完全认清了他与至尊主的关系(svarūpa)。这在后面的诗文中会有清楚的解释，说明他乘坐来自外琨塔的马车离开了这个世界——他现有的躯体。

这节诗中的“控制者——帕布(prabhu)”一词也很重要。如前所述，当人彻底认清了自我的真实身份和原本状态，并按其真实身份和原本状态行事时，他就被称为帕布。灵性导师之所以被称为帕布帕德(Prabhupāda)，因为他是完全觉悟了自我的灵魂。梵文“帕德(pāda)”的意思是“地位、状态”，帕布帕德是指，帕布——至尊人格首神，授予他帕布这一地位，让他代表至尊人格神做事。人除非是帕布——感官的控制者，否则无法担当由至高无上的帕布——主奎师那授权的灵性导师职责。圣维施瓦纳特·查夸瓦尔提·塔库尔在他赞美灵性导师的诗文中写道：

sākṣād-dharitvena samasta-śāstrair
uktas tathā bhāvyata eva sadbhiḥ

“灵性导师是至尊主最信赖的仆人，因此要像尊敬至尊主那样尊敬灵性导师。”这样看来，普瑞图王也可以被称为帕布帕德，就像这节诗称他为帕布一样。就有关这一点，人们也许会问：既然普瑞图王是至尊人格首神赋予了力量的化身(śaktyāveśa-avatāra)，他还需要为成为帕布而遵守规范守则吗？回答是：由于他以一个理想君王的身份出现在这个地球上，也由于君王的职责是教导国民做奉爱服务，他便为了教导他人而以身作则遵守奉爱服务的所有规范原则。同样，柴坦亚·玛哈帕布虽然是主奎师那本人，却以奉献者的身份教导我们如何接近奎师那。经典中说，主柴坦亚·玛哈帕布为了教导世人奉爱服务的程序，以身作则树立榜样(āpani ācari' bhakti śikhāinu sabāre)。所以，普瑞图王虽然是被至尊主赋予了力量的化身，但为了树立榜样，还是行为处事完全像奉献者一样，为达到帕布(控制自己的感官)的状态而遵守所有的规范守则。此外，“处在生物的原本状态中(svarūpa-sthaḥ)”一句是指“彻底解脱了”。正如《圣典博伽瓦谭》第2篇第10章的第6节诗中说：当生物停止在错觉的影响下活动而达到做奉爱服务的状态时，他的这种状态便被说成是彻底解脱了(svarūpa-sthaḥ)。

第 19 节 अर्चिर्नाम महाराज्ञी तत्पत्न्यनुगता वनम् ।
सुकुमार्यतदर्हा च यत्पद्भ्यां स्पर्शनं भुवः ॥१९॥

arcir nāma mahā-rājñī
tat-patny anugatā vanam
sukumāry atad-arhā ca
yat-padbhyāṁ sparśanaṁ bhuvaḥ

arciḥ nāma—名叫阿尔祺 / mahā-rājñī—王后 / tat-patnī—普瑞图王的妻子 / anugatā—追随她丈夫的…… / vanam—在森林里 / sukumārī—娇贵的身体 / a-tat-arhā—不值得……的人 / ca—也 / yat-padbhyām—用她的足触碰 / sparśanam—触碰 / bhuvaḥ—在地球上

译文 王后——普瑞图王那位名叫阿尔祺的妻子，跟随她丈夫进入森林。由于她是王后，她的身体极为娇贵。她虽然不该住在森林，但还是自愿用她的莲花足去触碰大地。

要旨 普瑞图王的妻子因为是王后，也是君王的女儿，平日未出过王宫，所以从没在土地上行走过。他们无疑从未去森林承受过生活在人迹罕至的地方所要经历的一切困难。这种王后抛弃舒适的生活为丈夫献身的例子，在韦达文明时代有成百上千。主茹阿玛禅铎(Rāmacandra)去森林时，幸运女神悉塔(Sītā)母亲就曾跟随她丈夫一同前去。主茹阿玛禅铎依照祂父亲达沙茹阿特王(Mahārāja Daśaratha)的命令去森林，但悉塔母亲并未被要求这样去做。然而，她自愿随她丈夫一同前去。同样，兑塔瓦施陀(Dhṛtarāṣṭra)王的妻子甘妲瑞(Gāndhārī)，也随她丈夫进了森林。作为普瑞图、主茹阿玛禅铎和兑塔瓦施陀这些伟大人物的妻子，这些女士都是理想的贞节女士。这样的王后们也以身作则教导大众，该如何成为贞节的妻子，在丈夫生活的每一个阶段都不离左右。当丈夫是君王时，她作为王后坐在丈夫的身边；当丈夫去森林时，虽然必须忍受住在森林中会遇到的一切困难，她也在所不辞，一同前往。正因为如此，这节诗中说：她虽然并不想用脚触碰土地，但还是在与丈夫一同前往森林时接受了所有的困难(atad-arhā)。

第 20 节　अतीव भर्तुर्व्रतधर्मनिष्ठया
शुश्रूषया चार्षदेहयात्रया ।
नाविन्दतार्तिं परिकर्शितापि सा
प्रेयस्करस्पर्शनमाननिर्वृतिः ॥२०॥

atīva bhartur vrata-dharma-niṣṭhayā
śuśrūṣayā cārṣa-deha-yātrayā
nāvindatārtiṁ parikarśitāpi sā
preyaskara-sparśana-māna-nirvṛtiḥ

atīva－非常 / bhartuḥ－丈夫的 / vrata-dharma－发誓侍奉他 / niṣṭhayā－以决心 / śuśrūṣayā－以服务 / ca－也 / ārṣa－像伟大圣洁的圣人 / deha－身体 / yātrayā－生活状况 / na－不 / avindata－感觉 / ārtim－任何困难 / parikarśitā api－虽然变得消瘦 / sā－她 / preyaḥ-kara－非常高兴 / sparśana－触碰 / māna－忙于 / nirvṛtiḥ－喜悦

译文　阿尔祺王后虽然不习惯这种困境，但还是跟着丈夫像大圣人们一样在森林中按规范原则生活。她席地而睡，只吃水果、鲜花和叶子，身体因为不适应这些活动而变得瘦弱不堪。尽管如此，侍奉丈夫所感受到的满足使她不以为苦。

要旨 梵文“发誓决心侍奉丈夫(bhartur vrata-dharma-niṣṭha-yā)”一句是指，妇女的职责——宗教原则，是在所有的情况下都侍奉丈夫。在韦达时代，男人受到训练在生活的开始阶段成为独身禁欲的学生(brahmacārī)，然后是理想的居士(gṛhastha)，接着退出家庭生活(vānaprastha)，最后当托钵僧(sannyāsī)；当妻子的则受到教育要在生活的任何情况下都不离开丈夫。男子在经历独身禁欲的学生(贞守生)生活阶段后进入居士的生活阶段，女子则在父母的教导下准备当一名贞节的妻子。当男女这样结合时，双方都受到训练，过一种献身人生更高目的的生活。少年受训练为实现人生的更高目的而履行他的职责，少女受训练始终跟随丈夫。贞节妻子的责任是：使丈夫对居士生活的各方面都感到称心如意；当丈夫退出家庭生活时，随丈夫一起去森林过退休的隐居生活(vana-vāsī)，像在家居生活时一样地侍奉丈夫。但是，当丈夫当托钵僧时，妻子就要返回家中，当一名圣洁的女子，为自己的孩子和媳妇树立榜样，以身作则教他们如何过一种苦修的生活。

柴坦亚·玛哈帕布当托钵僧时，她妻子维施努普瑞亚 (Viṣṇupri-yā-devī)虽然只有十六岁，但还是在丈夫离开家后发誓苦修。她捻着念珠吟诵圣名，每念完一圈就用一粒米计算。这样，她念多少圈，就煮几粒米，并在供奉后食用。这称为苦修。在印度境内直至今日，寡妇或丈夫当了托钵僧的妇女，仍然在遵守苦修的原则，哪怕是与自己的孩子生活在一起也不例外。普瑞图王的妻子阿尔祺(Arci)下定决心要履行妻子的责任，因此当她与丈夫在森林中生活时，她跟着丈夫只吃水果、叶子，并就地而眠。由于女性的身体比男性的身体娇弱，阿尔祺王后变得非常虚弱、消瘦(parikarśitā)。人在苦行时，身体通常变得很瘦。身体变胖说明灵性生活的质量并非很好，因为过灵性生活的人必须在吃、睡和性生活方面降低身体的舒适度到最低限度。阿尔祺王后虽然因为按照规范守则住在森林中而变得消瘦不堪，但心情却很愉快，因为她感到侍奉她非凡的丈夫非常光荣。

第 21 节　देहं विपन्नाखिलचेतनादिकं
पत्युः पृथिव्या दयितस्य चात्मनः ।
आलक्ष्य किञ्चिच्च विलप्य सा सती
चितामथारोपयदद्रिसानुनि ॥२१॥

dehaṁ vipannākhila-cetanādikaṁ
patyuḥ pṛthivyā dayitasya cātmanaḥ
ālakṣya kiñcic ca vilapya sā satī
citām athāropayad adri-sānuni

deham—身体 / vipanna—完全失败 / akhila—所有的 / cetana—感觉 / ādikam—征象 / patyuḥ—她丈夫的 / pṛthivyāḥ—世界 / dayitasya—仁慈者的 / ca ātmanaḥ—也由她本人 / ālakṣya—通过看 / kiñcit—非常小 / ca—和 / vilapya—悲伤 / sā—她 / satī—贞节 / citām—向火 / atha—现在 / āropayat—放置 / adri—山丘 / sānuni—顶上

译文　阿尔祺王后看到对她和大地曾那么仁慈的丈夫不再有生命迹象时，悲伤了片刻，随后在一个山丘上堆起火葬用柴堆，把她丈夫的尸体放在上面。

要旨　看到丈夫不再有任何生命迹象后，王后悲伤了片刻。诗中说“片刻(kiñcit)”，是因为王后十分清楚：尽管行动、智力和感官感知等生命迹象都不再展现，但她丈夫并没有死。正如《博伽梵歌》第2章的第13节诗中说：

dehino 'smin yathā dehe
kaumāraṁ yauvanaṁ jarā

tathā dehāntara-prāptir
dhīras tatra na muhyati

“就像灵魂在这个物质躯体中经历童年、青年和老年的变化一样，当这个躯体死亡时，其中的灵魂便进入另一个躯体。清醒的人不会为这种变化所迷惑。”

生物从一个躯体转入另一个躯体的过程一般被称为死亡，头脑清醒的人不会为此而悲伤，因为他知道生物并没有死，只不过是从一个躯体转到另一个躯体去了。王后本应该害怕独自在森林中守着她丈夫的尸体，但由于她是非凡人物的优秀妻子，她只悲伤了片刻，就立刻明白自己还有许多责任要履行。因此，她并没有把时间浪费在悲伤上，而是立刻堆起一个如山丘般的火葬用柴堆，随后把她丈夫的尸体放在上面火化。

诗中描述普瑞图王是“仁慈的(dayita)”，因为他不仅是地球的帝王，而且像保护自己的孩子一样对待地球。同样，他也保护他的妻子。君王的职责是保护众生，尤其是他统治范围内的生物体，包括他的国民和家人。普瑞图王是理想的君王，他保护地球上的每一个生物体，因此被描述为是“仁慈的”。

第 22 节 विधाय कृत्यं ह्रदिनीजलाप्लुता
दत्त्वोदकं भर्तुरुदारकर्मणः ।
नत्वा दिविस्थांस्त्रिदशांस्त्रिः परीत्य
विवेश वह्निं ध्यायती भर्तृपादौ ॥२२॥

vidhāya kṛtyaṁ hradinī-jalāplutā
dattvodakaṁ bhartur udāra-karmaṇaḥ
natvā divi-sthāṁs tridaśāṁs triḥ parītya
viveśa vahniṁ dhyāyatī bhartṛ-pādau

vidhāya—执行 / kṛtyam—规定仪式 / hradinī—在河水中 / jalaāplutā－全身沐浴 / dattvā udakam－供奉水 / bhartuḥ－她丈夫的 / udāra-karmaṇaḥ－如此心胸开阔的人 / natvā－顶礼 / divi-sthān－在空中 / tri-daśān－三千万半神人 / triḥ－三次 / parītya－绕行 / viveśa－进入 / vahnim－火 / dhyāyatī－想着 / bhartṛ－她丈夫的 / pādau－莲花足

译文 这之后，王后执行必要的丧葬仪式，把水当做祭品供奉。她在河中沐浴后，向住在天上不同星系中的各位半神人顶礼；接着，在绕行火堆后，她边想着她丈夫的莲花足边进入大火中。

要旨 贞节的妻子进入火化死去丈夫的火堆中，梵文称为“随丈夫死去(saha-gamana)”。从无法追溯的韦达文明时代就一直有这种“随丈夫死去”的做法，甚至在英国殖民统治后的印度还可以看到这种做法。然而，它很快堕落成为即使妻子没有坚强到愿意进入火化她死去丈夫的火堆中时，她的亲属仍强迫她进入。为此，这种做法被禁止了。但甚至在如今，仍有一些当妻子的自愿进入火堆，随丈夫死去；1940年后，我们还亲眼目睹一位贞节的妻子以这种方式死去。

第23节 विलोक्यानुगतां साध्वीं पृथुं वीरवरं पतिम् ।
तुष्टुवुर्वरदा देवैर्देवपत्न्यः सहस्रशः ॥२३॥

vilokyānugatāṁ sādhvīṁ
pṛthuṁ vīra-varaṁ patim
tuṣṭuvur varadā devair
deva-patnyaḥ sahasraśaḥ

vilokya－观看 / anugatām－随着丈夫死去 / sādhvīm－贞节的女子 / pṛthum－普瑞图王的 / vīra-varam－伟大的战士 / patim－丈夫 / tuṣṭuvuḥ－献上祷文 / vara-dāḥ－能够给予赐福 / devaiḥ－由半神人 / deva-patnyaḥ－半神人的妻子们 / sahasraśaḥ－数千的

译文 成千上万半神人的妻子，与她们的丈夫一起观看了伟大的普瑞图王贞节的妻子阿尔祺的英勇举动后，都极为满意地对王后唱赞歌。

第 24 节 कुर्वत्यः कुसुमासारं तस्मिन्मन्दरसानुनि ।
नदत्स्वमरतूर्येषु गृणन्ति स्म परस्परम् ॥२४॥

kurvatyaḥ kusumāsāraṁ
tasmin mandara-sānuni
nadatsv amara-tūryeṣu
gṛṇanti sma parasparam

kurvatyaḥ—洒 / kusuma-āsāram—花雨 / tasmin—在那 / mandara—曼达尔山的 / sānuni—顶上 / nadatsu—振动 / amara-tūryeṣu—击打天鼓 / gṛṇanti sma—她们在谈论 / parasparam—相互间

译文 那时，半神人们都在曼达尔山上，他们的妻子开始向火葬用的柴堆抛洒鲜花，并相互讨论起来。

第 25 节 देव्य ऊचुः
अहो इयं वधूर्धन्या या चैवं भूभुजां पतिम् ।
सर्वात्मना पतिं भेजे यज्ञेशं श्रीर्वधूरिव ॥२५॥

devya ūcuḥ
aho iyaṁ vadhūr dhanyā
yā caivaṁ bhū-bhujāṁ patim
sarvātmanā patiṁ bheje
yajñeśaṁ śrīr vadhūr iva

devyaḥ ūcuḥ—半神人的妻子们说 / aho—唉呀 / iyam—这 / vadhūḥ—妻子 / dhanyā—最光荣的 / yā—……的 / ca—也 / evam—如同 / bhū—世界的 / bhujām—全体君王的 / patim—君王 / sarva-ātmanā—完全理解地 / patim—对丈夫 / bheje—崇拜 / yajña-īśam—向主维施努 / śrīḥ—幸运女神 / vadhūḥ—妻子 / iva—像

译文　半神人们的妻子说：所有的荣耀归于阿尔祺！我们可以看到，世上全体君王的帝王——伟大的普瑞图王的这位王后，像幸运女神侍奉至尊人格首神雅格耶沙(维施努)一样，用她的身心和话语侍奉她丈夫。

要旨　这节诗中说阿尔祺王后“像幸运女神作为妻子侍奉主维施努一样(yajñeśaṁ śrīr vadhūr iva)”侍奉她的丈夫。我们可以看到，即使在这个世界的历史中，当至高无上的维施努—主奎师那统治杜瓦尔卡(Dvārakā)时，奎师那的第一位王后茹珂蜜妮(Rukmiṇī)虽然有好几百个女仆在协助她，她还是一直亲自侍奉主奎师那。同样，在外琨塔星球上，尽管有成千上万的奉献者准备侍奉至尊主，但幸运女神却亲自侍奉纳茹阿亚纳(Nārāyaṇa)。半神人们的妻子，以及过去年代的人的妻子们也都遵循同样的原则。在韦达文明时代，丈夫和妻子是不会通过由人制定的法律离婚的。我们应该明白在人类社会中维持家庭生活的必要性，因此应该废除离婚这一人编造的法律。丈夫和妻子应该一起过具有奎师那意识的生活，应该以拉珂施蜜·纳茹阿亚纳或奎师那·茹珂蜜妮为榜样。这样，这个世界才能有和平与协调。

第 26 节　सैषा नूनं व्रजत्यूर्ध्वमनु वैन्यं पतिं सती ।
पश्यतास्मानतीत्यार्चिर्दुर्विभाव्येन कर्मणा ॥२६॥

saiṣā nūnaṁ vrajaty ūrdhvam
anu vainyaṁ patiṁ satī
paśyatāsmān atītyārcir
durvibhāvyena karmaṇā

sā—她 / eṣā—这 / nūnam—肯定地 / vrajati—去 / ūrdhvam—向上 / anu—追随 / vainyam—维纳的儿子 / patim—丈夫 / satī—贞节 / paśyata—看吧 / asmān—我们 / atītya—越过 / arciḥ—名为阿尔祺 / durvibhāvyena—以不可思议的 / karmaṇā—活动

译文 半神人的妻子们继续道：尽我们的所能看这位贞节的女士阿尔祺是怎样靠她不可思议的虔诚活动，继续跟着她丈夫不断地上升吧。

要旨 普瑞图王和阿尔祺王后所乘坐的飞机都从天堂女士们的眼前飞过并超出她们的视野。这些女士都惊讶地看到普瑞图王和他的妻子是如何上升到那么崇高的位置的。尽管她们都是高等星球居民的妻子，而普瑞图王是比较低等的星系(地球)上的居民，但君王和他妻子却越过半神人的领域，上升到了外琨塔星球。这节诗中的“向上(ūrdhvam)”一词意义重大，因为说话的这些女士们都来自包括月亮、太阳、维纳斯等高等星球，甚至最高的星球布茹阿玛珞卡(Brahmaloka)。布茹阿玛珞卡之上是灵性天空，而灵性天空中有无数的外琨塔星球。因此，“向上 (ūrdhvam)”一词说明：外琨塔星球处在这些物质星球之上，普瑞图王和他妻子阿尔祺去的是外琨塔星球。这还说明，普瑞图王和他妻子阿尔祺在物质之火中放弃他们的物质身躯后，立刻展现他们的灵性身体，登上可以穿过物质元素到达灵性天空的灵性飞机。由于他们分别乘坐两架飞机，我们可以得出结论说，他们甚至在火葬用的柴堆中放弃他们的物质躯体后，仍保持他们作为个体之人的身份。换句话说，他们永远都不失去他们的个体性，或变成非人格神主义者所想象的虚无状态。

高等星系上的女士们有能力看到在她们之上和之下的世界所发生的事情。当她们向下看时，她们可以看到普瑞图王正在燃烧，他的妻子阿尔祺正进入火中。当她们向上看时，她们能够看到普瑞图王和他妻子是如何分别乘坐两架飞机去外琨塔星球的。所有这一切的发生都经由不可思议的活动(durvibhāvyena karmaṇā)而成为可能。普瑞图王是纯粹的奉献者，而他妻子阿尔祺王后只是追随她的丈夫。这样，他们二人就都可以被视为纯粹的奉献者，因而有能力从事不可思议的活动。这样的活动对普通人来说是天方夜谭。事实上，普通人甚至无法为至尊主做奉爱服务，普通的妇女也无法遵守这种在各方面都追随丈夫的贞节誓言。妇女不必有很高的资格和能力，而只要跟随她那位必须是奉献者的丈夫就可以了。这样，丈夫和妻子就可以双双获得解脱，被提升到外琨塔星球上去。普瑞图王和他妻子不可思议的活动证明了这一事实。

第 27 节　तेषां दुरापं किं त्वन्यन्मर्त्यानां भगवत्पदम् ।
भुवि लोलायुषो ये वै नैष्कर्म्यं साधयन्त्युत ॥२७॥

teṣāṁ durāpaṁ kiṁ tv anyan
　martyānāṁ bhagavat-padam
bhuvi lolāyuṣo ye vai
　naiṣkarmyaṁ sādhayanty uta

teṣām－他们的 / durāpam－难以获得 / kim－什么 / tu－但 / anyat－任何其他的 / martyānām－人类的 / bhagavat-padam－神的王国 / bhuvi－在世界里 / lola－短暂的 / āyuṣaḥ－寿命 / ye－那些 / vai－肯定地 / naiṣkarmyam－解脱之途 / sādhayanti－执行 / uta－确切的

译文　这物质世界里所有的人的寿命都不长，但忙于做奉爱服务的人因为已经走在解脱之途上，所以最终一定会回归家园，回到首神身边。对这样的人来说，没有什么是得不到的。

要旨　主奎师那在《博伽梵歌》第9章的第33节诗中说：既然来到这短暂、痛苦的世界，就为我做爱心服务吧(anityam asukhaṁ lokam imaṁ prāpya bhajasva mām)！至尊主说这物质世界充满了痛苦

(asukham)，同时很无常(anityam)。因此，人的唯一职责就是让自己做奉爱服务。这是人类生活所能设定的最佳目标。一直不断为至尊主的莲花足做奉爱服务的奉献者们，不仅获得所有的物质利益，而且得到所有的灵性利益，因为他们在此生结束时将回归家园，回到首神身边。他们的目的地在这节诗中被描述为是“神的王国(bhagavat-padam)”。也就是说，奉献者最终会去的地方是至尊人格首神的住所(bhagavat padam)。

这节诗中的“解脱之途(naiṣkarmyam)”一词非常重要，指的是“超然的知识”。人除非上升到超然知识的层面，为至尊主做奉爱服务，否则无法变得完美。在一般情况下，人在得到为至尊主做纯粹奉爱服务的机会之前，要经过生生世世地从事功利性活动、进行知识思辨和练瑜伽的过程。为至尊主做奉爱服务的机会是由纯粹的奉献者给予的，人只有走奉爱服务之途才能真正获得解脱。这节叙事诗中说，半神人的妻子们感到很后悔，因为她们虽然得到在高等星系中出生的机会，可以享受几百万年的寿命及所有舒适的物质生活，但却不如普瑞图王和他妻子那么幸运；普瑞图王和他妻子的情况实际上比她们强。换句话说，普瑞图王和他妻子并不重视升上天堂星系，甚至是布茹阿玛星球，因为那些跟他们所达到的境界根本无法相比。至尊主在《博伽梵歌》第8章的第16节诗中证实说：“在物质世界中，从最高等的星球到最低等的星球都是有生死轮回的痛苦之地(ābrahma-bhuva-nāl lokāḥ punar āvartino 'rjuna)。”换句话说，人即使去到最高等的星球——布茹阿玛珞卡，也还是要经历生死的痛苦。在《博伽梵歌》第9章的第21节诗中，主奎师那还声明：

te taṁ bhuktvā svarga-lokaṁ viśālaṁ
kṣīṇe puṇye martya-lokaṁ viśanti

“他们就这样享受天堂星球巨大的感官快乐，在耗尽自己虔诚活动的结果后重新回到这个终有一死的星球来。”回到这个较低的星系再重新开始从事虔诚活动。正因为如此，《圣典博伽瓦谭》第1篇第5章的第12节诗中说：人除非上升到为至尊主做奉爱服务的层面，否则他的解脱之途一点儿都不安全(naiṣkarmyam apy acyuta-bhāva-varjitam)。生物即使被升上不具人格特征的梵光中，也还是有随时会坠入物质世界的危险。如果在超越这个物质世界高等星球之上的梵光中都有可能再次坠落，那还用说那些只能升上高等物质星球的普通瑜伽师和功利性活动者的结局吗？所以，高等星球居民的妻子们并不欣赏从事功利性活动(karma)、对知识进行思辨(jñāna)和练瑜伽(yoga)的结果。

第28节　स वञ्चितो बतात्मध्रुक्कृच्छ्रेण महता भुवि ।
लब्ध्वापवर्ग्यं मानुष्यं विषयेषु विषज्जते ॥२८॥

sa vañcito batātma-dhruk
kṛcchreṇa mahatā bhuvi
labdhvāpavargyaṁ mānuṣyaṁ
viṣayeṣu viṣajjate

saḥ—他 / vañcitaḥ—欺骗 / bata—肯定地 / ātma-dhruk—忌妒自己 / kṛcchreṇa—以极大的困难 / mahatā—以伟大的活动 / bhuvi—在这个世界 / labdhvā—通过达到 / āpavargyam—解脱之途 / mānuṣyam—在人体生命中 / viṣayeṣu—感官享乐方面 / viṣajjate—变得从事于

译文　在得到一个有机会摆脱被迫从事艰苦的功利性活动之困境的人体后，还要在这个物质世界里忙于从事需要苦苦奋斗的活动之人，必被视为是受骗上当并在跟自己过不去。

要旨　这个物质世界里的人从事不同的活动，只是为了在感官享乐的过程中获得一点点成功。功利性活动者辛勤劳动，从而开设大工厂，建筑大型城市，在科学上有重大的发现，等等。换句话说，他们为了升上高等星球而举行花费昂贵的祭祀(作出代价高昂的牺牲)。同样，瑜伽师靠长时间地练习乏味的神秘瑜伽达到类似的目标；知识思辨者通过哲学推测摆脱物质自然的钳制。就这样，每一个人都只是为了感官享乐而苦苦奋斗。这一切之所以被视为是感官享乐的活动(viṣaya)，是因为他们都追求物质存在中的某些能力或设施。事实上，这些活动的结果都很短暂。正如奎师那本人在《博伽梵歌》第7章的第23节诗中宣布的：崇拜半神人得到的结果有限而短暂(antavat tu phalaṁ teṣām)。瑜伽师、功利性活动者和知识思辨者的活动结果短暂易逝。此外，奎师那还说：只有智力欠佳的人才想要得到它们(tad bhavaty alpa-medhasām)。这节诗中的梵文“维沙亚(viṣaya)”一词的意思是感官享乐。功利性活动者明确表明他们想要感官享乐。瑜伽师也想要感官享乐，但追求的是高水平的感官享乐。他们想要通过练瑜伽显示神通，于是刻苦练习，以便能成功地变得比最小的还小，比最大的还大，或像科学家发明许多神奇的机器一样，创造一个如地球般的星球。同样，知识思辨者唯一想要的是与至尊者合而为一，所以说他们也从事与感官享乐有关的活动。因此，所有这些活动的目的都是为了得到程度高低不同的感官享乐。然而，奉献者(bhakta)对感官享乐没兴趣，他们只满足于能够得到为至尊主服务的机会。尽管他们在任何情况下都很知足，但由于他们一心只为至尊主服务，所以没有他们得不到的东西。

半神人的妻子们谴责人从事自己欺骗自己(vañcita)的感官享乐活动。这样做的人其实是在自杀(ātma-hā)。正如《圣典博伽瓦谭》第11篇第20章的第17节诗说：

nṛ-deham ādyaṁ sulabhaṁ sudurlabhaṁ
plavaṁ sukalpaṁ guru-karṇadhāram
mayānukūlena nabhasvateritaṁ
pumān bhavābdhiṁ na taret sa ātma-hā

要跨越汪洋，就需要有一艘坚固的船只。经典中说：这个人体生命是能使人跨越无知之洋的性能优良的船只。在人的生命形式中，我们可以得到优秀领航员——灵性导师的指导，也可以借由奎师那的仁慈得到顺风——奎师那的教导。人体是一艘船，主奎师那的教导是顺风，灵性导师是领航员。灵性导师很清楚如何调整风帆，以乘风破浪，把船驾驶到它的目的地。但是，如果我们不抓住这一机会，就会浪费人体生命。这样浪费时间和生命等同于自杀。

这节诗中的“通过踏上解脱之途(labdhvāpavargyam)”一句意味深长，因为按照吉瓦·哥斯瓦米(Jīva Gosvāmī)的说法，“解脱之途(āpavargyam)”并非是指融入不具人格特性的梵光，而是指到达至尊人格首神所居住的星球(sālokyādi-siddhi)。解脱分五种，其中的一种是融入至尊者的存在——不具人格特性的梵光(sāyujya-mukti)。然而，由于灵魂有从梵光再次坠入物质天空的危险，圣吉瓦·哥斯瓦米忠告说：人唯一的目标应该是利用这一人体生命形式回归家园，回到首神身边去。梵文“他被骗(sa vañcitaḥ)”一句是指，得到人体生命后如果不为回归家园、回到首神身边做准备，实际上是在自己欺骗自己。所有对回到首神身边不感兴趣的非奉献者的状态都极为可悲，因为人体生命就是为让灵魂做奉爱服务而设计的，不是为了其他目的。

第29节

मैत्रेय उवाच
स्तुवतीष्वमरस्त्रीषु पतिलोकं गता वधूः ।
यं वा आत्मविदां धुर्यो वैन्यः प्रापाच्युताश्रयः ॥२९॥

maitreya uvāca
stuvatīṣv amara-strīṣu
pati-lokaṁ gatā vadhūḥ
yaṁ vā ātma-vidāṁ dhuryo
vainyaḥ prāpācyutāśrayaḥ

maitreyaḥ uvāca－伟大的圣人麦垂亚继续说 / stuvatīṣu－当赞颂时 / amara-strīṣu－被天堂居民的妻子们 / pati-lokam－丈夫去到的星

球 / gatā－到达 / vadhūḥ－妻子 / yam－那里 / vā－或 / ātma-vidām－自我觉悟的灵魂的 / dhuryaḥ－最高的 / vainyaḥ－维纳王的儿子(普瑞图王) / prāpa－到达 / acyuta-āśrayaḥ－在至尊人格首神的保护下

译文 大圣人麦垂亚继续说：亲爱的维杜茹阿，就在天堂居民的妻子们这样相互谈论时，王后阿尔祺上升到最优秀的觉悟了自我的灵魂(她丈夫普瑞图王)所到达的星球。

要旨 按照韦达经典的说明，随丈夫死去或进入火化丈夫的火中的妇女，也进入她丈夫去的同一个星球。这个物质世界里有一个名叫帕提珞卡(Patiloka)的星球，也有祖先星球(Pitṛloka)。但这节诗中的帕提珞卡并不是指这个物质宇宙中的任何一个星球，因为普瑞图王作为最优秀的觉悟了自我的灵魂，必定回归家园，回到首神身边，进入众多外琨塔星球中的一个星球。阿尔祺王后也随着她丈夫进入了同一个灵性星球。在这个物质世界里，一位妇女随她丈夫死去时，会在来生与她丈夫再次结合。同样，普瑞图王和阿尔祺王后在外琨塔星球也再次结合了。外琨塔星球中有夫妻，但那里的夫妻没有性生活，不存在生孩子的问题。外琨塔星球中的夫妻都美丽非凡，相互受对方的吸引，但他们没有性生活。事实上，他们因为始终全神贯注于奎师那意识，总在歌唱、赞美至尊主的荣耀，所以并不喜欢性生活。

按照巴克提维诺德·塔库尔(Bhaktivinoda Ṭhākura)的说法，夫妻两人甚至在这个物质世界里就可以把家转变成像外琨塔一样的地方。全神贯注于奎师那意识的夫妻，即使在这个物质世界里，也可以通过按照经典(śāstra)的指示在家安放神像和侍奉神像，住在外琨塔般的地方。这样，他们永远都不会感到性的冲动。这是对在奉爱服务中是否取得进步的检验。在奉爱服务中取得进步的人从不受性生活的吸引，而人一旦不再理会性生活，相反更受为至尊主服务的吸引，他(她)就会真正体验到住在外琨塔星球的感受了。事实上，最终并没有物质世界，但当人忘了为至尊主服务而忙于为自己的感官服务时，他就被说成是住在物质世界中了。

第 30 节　इत्थम्भूतानुभावोऽसौ पृथुः स भगवत्तमः ।
कीर्तितं तस्य चरितमुद्दामचरितस्य ते ॥३०॥

ittham-bhūtānubhāvo 'sau
pṛthuḥ sa bhagavattamaḥ
kīrtitaṁ tasya caritam
uddāma-caritasya te

ittham-bhūta—如此 / anubhāvaḥ—非常伟大、强有力 / asau—那 / pṛthuḥ—普瑞图王 / saḥ—他 / bhagavat-tamaḥ—最优秀的主宰者 / kīrtitam—描述 / tasya—他的 / caritam—性格 / uddama—非常伟大 / caritasya—拥有如此品质的人 / te—向你

译文　麦垂亚接着说：最优秀的奉献者普瑞图王极为强大有力，他心胸开阔、宽宏大量、品德高尚，因此我尽自己的能力为你讲述有关他的一切。

要旨　这节诗中的"最优秀的主宰者(bhagavattamaḥ)"一词十分重要，因为主宰者特别用来指至尊人格首神，梵文"至尊人格首神(bhagavān)"一词就来自"主宰者(bhagavat)"一词。但是，我们有时也看到"主宰者"一词也用来指像主布茹阿玛(Lord Brahmā)、主希瓦(Lord Śiva)和纳茹阿达·牟尼(Nārada Muni)那些伟大的人物。普瑞图王就是一例，他在这节诗中被描述为是"最优秀的主宰者"。只有展示了非凡特质的伟大人物，或者离开人世后达到最崇高的目标的人，或者了解知识与愚昧之间的区别的人，才配得到这一称号。换句话说，不该用主宰者一词形容普通人。

第31节 य इदं सुमहत्पुण्यं श्रद्धयावहितः पठेत् ।
श्रावयेच्छृणुयाद्वापि स पृथोः पदवीमियात् ॥३१॥

ya idaṁ sumahat puṇyaṁ
śraddhayāvahitaḥ paṭhet
śrāvayec chṛṇuyād vāpi
sa pṛthoḥ padavīm iyāt

yaḥ—任何人 / idam—这 / su-mahat—非常伟大 / puṇyam—虔诚 / śraddhayā—以巨大的信心 / avahitaḥ—全神贯注地 / paṭhet—读 / śrāvayet—解释 / śṛṇuyāt—聆听 / vā—或 / api—肯定地 / saḥ—那个人 / pṛthoḥ—普瑞图王 / padavīm—处境 / iyāt—到达

译文 任何人，只要他信心坚定地讲述普瑞图王的品格，那么无论是他自己阅读或聆听它们，或帮助他人聆听有关这一切，他都无疑会到达普瑞图王所去的那个星球。换句话说，这人也将回到外琨塔星球中他的家园，回到首神身边。

要旨 在奉爱服务中尤其强调聆听和吟诵、吟唱与主维施努有关的主题(śravaṇaṁ kīrtanaṁ viṣṇoḥ)。这意味着，奉爱服务(bhakti)始于聆听和吟诵、吟唱有关主维施努的一切。当我们谈到维施努时，我们也指与维施努有关的一切。在《希瓦往世书》(Śiva Purāṇa)中，主希瓦推荐说：对维施努的崇拜是最高的崇拜，比对崇拜维施努更好的崇拜是对外士纳瓦(Vaiṣṇava)或与维施努有关的一切的崇拜。对这一事实，这节诗的解释是：聆听和吟诵、吟唱有关外士纳瓦的一切，就像聆听和吟诵、吟唱有关维施努的一切一样。麦垂亚解释说：专注地聆听有关普瑞图王的人，也到达普瑞图王所到达的星球。维施努和外士纳瓦之间没有区别，这称为一元性的知识(advaya-jñāna)。外士纳瓦与维施努一样重要。正因为如此，圣维施瓦纳特·查夸瓦尔提·塔库尔在他的八颂灵性导师(Gurv-aṣṭaka)中写道：

sākṣād-dharitvena samasta-śāstrair
uktas tathā bhāvyata eva sadbhiḥ
kintu prabhor yaḥ priya eva tasya
vande guroḥ śrī-caraṇāravindam

“要像尊敬至尊主一样尊敬灵性导师，因为他是至尊主最信赖的仆人。这是所有的启示经典中公认且被所有的权威人士遵循的事实。因此，我恭恭敬敬地向我灵性导师的莲花足顶礼，他是圣主哈尔依(Hari)真正的代表。”

灵性导师是最高级的外士纳瓦，他与至尊人格首神没有区别。经典中说，主柴坦亚·玛哈帕布经常吟诵、吟唱牧牛姑娘(gopī)的名字。至尊主的一些学生曾试图建议祂吟诵、吟唱奎师那的名字，但听了他们的话后，祂对他们非常生气。对这个问题的争论导致的结果是：主柴坦亚·玛哈帕布在发生这件事情后决定当托钵僧，因为祂当居士时并没有得到适当的尊敬。关键在于：既然圣柴坦亚·玛哈帕布吟诵、吟唱牧牛姑娘的名字，就说明崇拜至尊主的奉献者或牧牛姑娘与直接为至尊主做奉爱服务一样。至尊主本人也说，为祂的奉献者做服务比直接为祂做服务好。把奉爱服务看做很廉价的事情的奉献者(sahajiyā)，只对奎师那本人的娱乐活动感兴趣，但却轻视至尊主的奉献者们的活动。这种奉献者的水平并不高。平等看待至尊主和祂的奉献者的人更进步。

第 32 节　ब्राह्मणो ब्रह्मवर्चस्वी राजन्यो जगतीपतिः ।
वैश्यः पठन् विट्पतिः स्याच्छूद्रः सत्तमतामियात् ॥३२॥

brāhmaṇo brahma-varcasvī
rājanyo jagatī-patiḥ
vaiśyaḥ paṭhan viṭ-patiḥ syāc
chūdraḥ sattamatām iyāt

brāhmaṇaḥ－布茹阿玛纳们 / brahma-varcasvī－获得灵性成功的力

量的人 / rājanyaḥ－王室阶层 / jagatī-patiḥ－世界之王 / vaiśyaḥ－商业阶层的人 / paṭhan－通过阅读 / viṭ-patiḥ－成为动物的主人 / syāt－成为 / śūdraḥ－劳动阶层的人 / sattama-tām－伟大奉献者的地位 / iyāt－到达

译文 听到普瑞图王的品格的人如果是布茹阿玛纳，就会变得完全有资格具有布茹阿玛纳的力量；如果是查锤亚，就会成为这世上的一个君王；如果是外夏，就会成为其他外夏和众多动物的主人；如果是庶铎，就会成为最优秀的奉献者。

要旨 《圣典博伽瓦谭》中推荐说：人无论其条件如何，都应该成为奉献者。人无论是没有欲望(akāma)，是有欲望(sakāma)，还是想要解脱(mokṣa-kāma)，都被建议要崇拜至尊主并为祂做奉爱服务。这样做可以使人在生活的任何领域中达到完美。奉爱服务的程序，尤其是聆听和吟诵、吟唱是如此强大有力，它可以把人带向完美的阶段。这节诗中谈到了布茹阿玛纳(brāhmaṇa)、查锤亚(kṣatriya)、外夏(vaiśya)和庶铎(śūdra)，但我们应该明白，那是指出生在布茹阿玛纳家庭、查锤亚家庭、外夏家庭和庶铎家庭中的人。然而，无论是布茹阿玛纳(婆罗门)、查锤亚(刹帝利)、外夏(吠舍)或庶铎(首陀罗)，人都能仅仅靠聆听和吟诵、吟唱达到完美。

出生在布茹阿玛纳家庭中并不是最终的目的，人必须具有布茹阿玛纳的力量(brahma-tejas)。同样，出生在查锤亚家庭并非一切，人必须拥有统治世界的力量；出生在外夏的家庭并非全部，人必须拥有成千上万的家畜(尤其是乳牛)，必须能够像南达王(Nanda Mahārāja)在温达文(Vṛndāvana)做的一样，能够管理其他的外夏。南达王是位拥有九十万头乳牛并管理着许多牧牛郎和牧牛童的外夏。出生在庶铎家中的人只要为至尊主做奉爱服务，聆听至尊主和祂奉献者的娱乐活动，就可以变得比布茹阿玛纳还优秀。

第 33 节　त्रिः कृत्व इदमाकर्ण्य नरो नार्यथवादृता ।
अप्रजः सुप्रजतमो निर्धनो धनवत्तमः ॥३३॥

triḥ kṛtva idam ākarṇya
naro nāry athavādṛtā
aprajaḥ suprajatamo
nirdhano dhanavattamaḥ

triḥ—三倍的 / kṛtvaḥ—重复 / idam—这 / ākarṇya—聆听 / naraḥ—男人 / nārī—女人 / athavā—或 / ādṛtā—充满敬意 / aprajaḥ—没有孩子的人 / su-praja-tamaḥ—被许多孩子围绕 / nirdhanaḥ—身无分文 / dhana-vat—富有 / tamaḥ—最伟大的

译文　无论是男人还是女人，只要满怀敬意地聆听了这段对普瑞图王的描述，没孩子的人就会成为众多孩子的父母，没钱的人就会成为最富有的人。

要旨　很喜欢钱财和大家庭的物质主义者，为得到他们想要的一切，就举行盛大的崇拜半神人的仪式；他们尤其喜欢崇拜杜尔嘎女神(Durgā)、主希瓦和主布茹阿玛。这样的物质主义者被称为“想要得到美丽、钱财和孩子的人(śriyaiśvarya-prajepsavaḥ)”，其中梵文 śri 的意思是“美丽”，aiśvarya 的意思是“富有”，prajā 的意思是“孩子”，而 īpsavaḥ 的意思是“欲望”。正如《圣典博伽瓦谭》第2篇所描述的，人要为得到不同的利益而崇拜不同的半神人。然而，这节诗中指出，仅仅靠聆听普瑞图王的生平和品德，人就能得到大量的钱财和很多的孩子。人只要阅读和了解普瑞图王的生活和活动就够了。经典推荐要阅读至少三遍。受物质痛苦折磨的人将从聆听至尊主和祂的奉献者的这一活动中得到那么大的利益，以至根本不需要去找任何半神人。诗中 “被许多孩子围绕着(suprajatamaḥ)”一句非常重要，因为人也许有许多孩子，但没有一个有资格的孩子。

然而，这节诗中说明，他所得到的所有的孩子，都拥有教育、财富、美丽和力量等资格，一切都是圆满的。

第 34 节　अस्पष्टकीर्तिः सुयशा मूर्खो भवति पण्डितः ।
इदं स्वस्त्ययनं पुंसाममङ्गल्यनिवारणम् ॥३४॥

aspaṣṭa-kīrtiḥ suyaśā
mūrkho bhavati paṇḍitaḥ
idaṁ svasty-ayanaṁ puṁsām
amaṅgalya-nivāraṇam

aspaṣṭa-kīrtiḥ—不展示的声誉 / su-yaśāḥ—非常著名 / mūrkhaḥ—文盲 / bhavati—变成 / paṇḍitaḥ—有学识的 / idam—这 / svasti-ayanam—吉祥 / puṁsām—人们的 / amaṅgalya—不吉祥 / nivāraṇam—禁止

译文　同样，只要聆听这叙述三次，不曾被社会承认的人将受到极度的赏识，文盲将成为杰出的学者。换句话说，聆听对普瑞图王的讲述是如此吉祥，以至于可以驱除一切厄运。

要旨　物质世界里的每一个人都想要得到一些钱财、崇拜和名望。通过以不同的方式与至尊人格首神或祂的奉献者联谊，人可以轻易地在各个方面变得富有，甚至不为社会了解或承认的人，如果做奉爱服务并传教，可以变得非常著名和有权势。至于教育，人可以仅仅通过聆听描述至尊主和祂奉献者的《圣典博伽瓦谭》及《博伽梵歌》，成为受到社会认可的博学学者。这个物质世界里每一步都危机重重，但奉献者却没有恐惧，因为做奉爱服务是那么吉祥，以至于它会自动抵消掉所有的坏运气。既然聆听有关普瑞图王是一项奉爱服务(śravaṇam)，那么聆听有关他的一切自然会给人带来所有的好运。

第35节　धन्यं यशस्यमायुष्यं स्वर्ग्यं कलिमलापहम् ।
धर्मार्थकाममोक्षाणां सम्यक्सिद्धिमभीप्सुभिः ।
श्रद्धयैतदनुश्राव्यं चतुर्णां कारणं परम् ॥३५॥

dhanyaṁ yaśasyam āyuṣyaṁ
svargyaṁ kali-malāpaham
dharmārtha-kāma-mokṣāṇāṁ
samyak siddhim abhīpsubhiḥ
śraddhayaitad anuśrāvyaṁ
caturṇāṁ kāraṇaṁ param

dhanyam－财富的源头 / yaśasyam－名誉之源 / āyuṣyam－长寿的源头 / svargyam－提升到天堂星球的缘由 / kali－喀利年代的 / mala-apaham－减少污染 / dharma－宗教 / artha－经济发展 / kāma－感官享乐 / mokṣāṇām－解脱的 / samyak－彻底的 / siddhim－完美 / abhīpsubhiḥ－被那些想要的 / śraddhayā－以极大的敬意 / etat－这个故事 / anuśrāvyam－人需要聆听 / caturṇām－四个当中 / kāraṇam－原因 / param－最终的

译文　靠聆听对普瑞图王的叙述，人可以变得优秀、长寿，可以被提升到天堂星球，可以抵抗这个喀历年代的污染。此外，人可以提升他有关宗教、经济发展、感官享乐和解脱的理想。因此，从各方面看，对有志于这些事物的物质主义者来说，阅读和聆听对普瑞图王的生活及品德的描述都是明智的。

要旨　阅读和聆听对普瑞图王的生平及品德的叙述，使人自然而然成为奉献者，而人一旦成为奉献者，他的物质欲望不知不觉间就得到了满足。因此，《圣典博伽瓦谭》第2篇第3章的第10节诗中建议说：

akāmaḥ sarva-kāmo vā
mokṣa-kāma udāra-dhīḥ
tīvreṇa bhakti-yogena
yajeta puruṣaṁ param

“有高度智慧的人，无论内心是充满各种物质欲望，是根本没有物质欲望，还是想要得到解脱，都必须用尽所有的方法崇拜至尊的整体——人格首神。”

所以说，一个人无论是想要回归家园，回到首神身边或成为纯粹的奉献者(akāma)，是想要得到物质的成功(sakāma 或 sarva-kāma)，还是想要融入至尊者放射出的梵光(mokṣa-kāma)，他都被建议要走奉爱服务之途，聆听和吟诵、吟唱与主维施努和祂的奉献者有关的一切。这是所有韦达文献的核心。《博伽梵歌》第15章的第15节诗中说：研习韦达经的目的是要了解我(vedaiś ca sarvair aham eva vedyaḥ)。韦达知识的目的就是要让人了解奎师那和祂的奉献者。我们一旦谈到奎师那，也就包括了祂的奉献者，因为祂从不是独自一人。祂从不是不存在多样化(nirviśeṣa)或空无的(śūnya)。奎师那充满了丰富多彩的变化；奎师那一旦出现，就不存在空无的问题。

第 36 节 विजयाभिमुखो राजा श्रुत्वैतदभियाति यान् ।
बलिं तस्मै हरन्त्यग्रे राजानः पृथवे यथा ॥३६॥

vijayābhimukho rājā
śrutvaitad abhiyāti yān
baliṁ tasmai haranty agre
rājānaḥ pṛthave yathā

vijaya-abhimukhaḥ—将要获胜的人 / rājā—国王 / śrutvā—聆听 / etat—这 / abhiyāti—开始 / yān—在战车上 / balim—税 / tasmai—向他 / haranti—给予 / agre—在……的面前 / rājānaḥ—其他的国王 / pṛthave—向普瑞图王 / yathā—如同

译文 如果一位君王想要赢得胜利和统治权，那么他在登上战车前只要歌唱对普瑞图王的叙述三遍，所有附属国的君王就会自动向他缴纳各类税金，正如普瑞图王一声令下，他们就向他进贡一样。

要旨 查锤亚君王自然想要统治世界，因此希望所有其他的君王都听从他的命令。普瑞图王统治地球时也是这种状态。那时，他是这个地球上的唯一一个帝王。甚至在五千年前，尤帝士提尔王(Mahārāja Yudhiṣṭhira)和帕瑞克西特王(Mahārāja Parīkṣit)，也是这个地球上唯一的帝王。从属国的国王有时会反叛，帝王因此有必要去惩戒他们。经典推荐那些想要实现统治世界的愿望的君王，在出征之前要吟诵、吟唱对普瑞图王的生平及品德的叙述。

第 37 节 मुक्तान्यसङ्गो भगवत्यमलां भक्तिमुद्वहन् ।
वैन्यस्य चरितं पुण्यं शृणुयाच्छ्रावयेत्पठेत् ॥३७॥

muktānya-saṅgo bhagavaty
amalāṁ bhaktim udvahan
vainyasya caritaṁ puṇyaṁ
śṛṇuyāc chrāvayet paṭhet

mukta-anya-saṅgaḥ一摆脱了所有的物质欲望 / bhagavati一向至尊人格首神 / amalām一纯洁的 / bhaktim一奉爱服务 / udvahan一执行 / vainyasya一维纳王的儿子的 / caritam一品德 / puṇyam一吉祥 / śṛṇuyāt一必须聆听 / śrāvayet一必须让其他人聆听 / paṭhet一继续读

译文 正在以各种方式做奉爱服务的纯粹奉献者，也许已处在超然的状态中，全神贯注于奎师那意识，但即使是这样的奉献者在做奉爱服务时，也必须聆听、阅读并劝导他人聆听有关普瑞图王的品德及生平。

要旨 有一类初级奉献者很渴望聆听有关至尊主的娱乐活动，尤其是《圣典博伽瓦谭》中描述祂跳茹阿萨舞(rāsa-līlā)的那些篇章。这样的奉献者应该通过这节诗的指示了解到，普瑞图王的娱乐活动与至尊人格首神的娱乐活动没有区别。普瑞图王这位理想的君王，就有关如何统治国民，如何教育他们，如何发展国家的经济，如何与敌人作战，如何举行盛大的祭祀(yajña)等方面，展现了他所有的才能。正因为如此，经典推荐初级奉献者(sahajiyā)聆听、吟诵(吟唱)并让其他人也聆听有关普瑞图王的活动，甚至是认为自己已经在奉爱服务中取得进步并处在超然状态中的人也该这么做。

第 38 节 वैचित्रवीर्याभिहितं महन्माहात्म्यसूचकम् ।
अस्मिन् कृतमतिमर्त्यं पार्थवीं गतिमाप्नुयात् ॥३८॥

vaicitravīryābhihitaṁ
mahan-māhātmya-sūcakam
asmin kṛtam atimartyaṁ
pārthavīṁ gatim āpnuyāt

vaicitravīrya－维祺陀维雅的儿子(维杜茹阿) / abhihitam－解释 / mahat－伟大 / māhātmya－伟大之处 / sūcakam－醒觉的 / asmin－在这中 / kṛtam－执行 / ati-martyam－不同寻常 / pārthavīm－与普瑞图王有关 / gatim－进步、目的 / āpnuyāt－人应该获得

译文 伟大的圣人麦垂亚继续道：亲爱的维杜茹阿，我已经尽力讲述了对普瑞图王的描述，而这使人增进奉爱的心态。善用这些利益的人也将像普瑞图王一样回归家园，回到首神身边。

要旨 前面一节诗中谈到的“必须让其他人聆听(śrāvayet)”一句是指，人不仅要自己阅读，还应该劝他人阅读和聆听。那就叫传教。在《永恒的柴坦亚经》中篇第7章的第128节诗中，柴坦亚·玛哈帕布推荐这一做法说：“无论你遇到谁，唯一要做的事情就是，告诉他有关奎师那的教导或对奎师那的叙述(yāre dekha, tāre kaha 'kṛṣṇa'-upadeśa)。”普瑞图王做奉爱服务的历史，与对至尊人格首神的活动叙述一样有效力。人不该区别看待至尊主的娱乐活动和普瑞图王的活动。奉献者无论何时一旦有可能，就要劝他人聆听有关普

瑞图王的一切。人不该仅仅为了自己的利益阅读普瑞图王的娱乐活动，而且应该劝他人阅读和聆听这些活动。这样，所有的人就都受益了。

第 39 节　अनुदिनमिदमादरेण शृण्वन्
पृथुचरितं प्रथयन् विमुक्तसङ्गः ।
भगवति भवसिन्धुपोतपादे
स च निपुणां लभते रतिं मनुष्यः ॥३९॥

anudinam idam ādareṇa śṛṇvan
pṛthu-caritaṁ prathayan vimukta-saṅgaḥ
bhagavati bhava-sindhu-pota-pāde
sa ca nipuṇāṁ labhate ratiṁ manuṣyaḥ

anu-dinam—一天又一天 / idam—这 / ādareṇa—以极高的敬意 / śṛṇvan—聆听 / pṛthu-caritam—普瑞图王的讲述 / prathayan—歌唱 / vimukta—解脱的 / saṅgaḥ—联谊 / bhagavati—向至尊人格首神 / bhava-sindhu—无知的海洋 / pota—船 / pāde—莲花足……的 / saḥ—他 / ca—也 / nipuṇām—完全 / labhate—达到 / ratim—依恋 / manuṣyaḥ—人

译文　任何人，只要怀着巨大的敬意有规律地阅读、歌唱和描述普茹图王的活动史，无疑就会更坚定信心，更加受至尊主莲花足的吸引。至尊主的莲花足是可以载人跨越无知之洋的船。

要旨　这节诗中的“其莲花足是载人跨越无知之洋的船(bhava-sindhu-pota-pāde)”一句意义重大。至尊主的莲花足被说成是整个物质存在始源的依靠。正如《博伽梵歌》第10章的第8节诗所说：一切都从祂那里发散出来(ahaṁ sarvasya prabhavaḥ)。这个被比作无知之洋的宇宙展示，也依靠在至尊主的莲花足上。纯粹的奉献者把这巨大的无知之洋缩到最小。托庇于至尊主莲花足的人无须跨越这汪洋，他在至尊主莲花足上所赢得的位置使他已经跨越了它。聆听和吟诵、吟唱至尊主或祂奉献者的荣耀，可以使人坚定不移地为至尊主的莲花足服务。每天有规律地叙述普瑞图王的生活历史，也可以使人轻而易举地达到这种状态。这节诗中的“使人获得自由的联谊(vimukta-saṅgaḥ)”一句也很重要。我们每天都与物质自然三种属性打交道，在这个危机四伏的物质世界里随时都可能遇到危险。然而，当我们通过聆听(śravaṇam)和吟诵、吟唱(kīrtanam)与至尊主有关的一切为至尊主做奉爱服务时，我们立刻就获得了自由(vimukta-saṅga)。

到此为止，结束了巴克提韦丹塔对《圣典博伽瓦谭》第4篇第23章——“普瑞图王返回家园”所作的阐释。

第二十四章

吟唱主希瓦唱的赞歌

第 1 节 मैत्रेय उवाच

विजिताश्वोऽधिराजासीत्पृथुपुत्रः पृथुश्रवाः ।
यवीयोभ्योऽददात्काष्ठा भ्रातृभ्यो भ्रातृवत्सलः ॥१॥

maitreya uvāca
vijitāśvo 'dhirājāsīt
pṛthu-putraḥ pṛthu-śravāḥ
yavīyobhyo 'dadāt kāṣṭhā
bhrātṛbhyo bhrātṛ-vatsalaḥ

maitreyaḥ uvāca—麦垂亚继续说 / vijitāśvaḥ—名为维基塔施瓦 / adhirājā—帝王 / āsīt—成为 / pṛthu-putraḥ—普瑞图王的儿子 / pṛthu-śravāḥ—伟大活动的 / yavīyobhyaḥ—向弟弟 / adadāt—给予 / kāṣṭhāḥ—不同的方向 / bhrātṛbhyaḥ—向弟弟们 / bhrātṛ-vatsalaḥ—非常爱弟弟们

译文 大圣人麦垂亚接着说：与父亲一样声名卓著的普瑞图王的长子维基塔施瓦成为世界帝王；他深爱自己的弟弟们，因此把世界不同方向的地区让给弟弟统治。

要旨 大圣人麦垂亚(Maitreya)在上一章中描述了普瑞图王(Mahārāja Pṛthu)的生活及品德后，开始讲述在普瑞图王朝家系中的儿子和孙子们的情况。普瑞图王离开人世后，他的长子维基塔施瓦(Vijitāśva)当了世界帝王。维基塔施瓦王深爱他的弟弟们，因此让他们统治世界不同方向的地区。前国王死后通常由其长子继承王位的做法，从无法追溯的时代起就一直沿袭下来。潘达瓦兄弟(Pāṇḍavas)统治地球时期，由潘杜王(Pāṇḍu)的长子尤帝士提尔王(Mahārāja Yudhiṣṭhira)

当帝王，他的弟弟们则协助他治理国家。同样，维基塔施瓦王指定他的弟弟们统治地球不同方向的地区。

第 2 节 हर्यक्षायादिशत्प्राचीं धूम्रकेशाय दक्षिणाम् ।
प्रतीचीं वृकसंज्ञाय तुर्यां द्रविणसे विभुः ॥२॥

haryakṣāyādiśat prācīṁ
dhūmrakeśāya dakṣiṇām
pratīcīṁ vṛka-saṁjñāya
turyāṁ draviṇase vibhuḥ

haryakṣāya—向哈尔亚克沙 / adiśat—给予 / prācīm—东方 / dhūmrakeśāya—向杜穆茹阿凯沙 / dakṣiṇām—南边 / pratīcīm—西边 / vṛka-saṁjñāya—向他名叫布瑞喀的兄弟 / turyām—北边 / draviṇase—向另一个名叫铎维纳的兄弟 / vibhuḥ—主人

译文 维基塔施瓦王把世界的东部地区赐给弟弟哈尔亚克沙，把南部地区赐给杜穆茹阿凯沙，把西部地区赐给布瑞喀，把北部地区赐给铎维纳。

第 3 节 अन्तर्धानगतिं शक्राल्लब्ध्वान्तर्धानसंज्ञितः ।
अपत्यत्रयमाधत्त शिखण्डिन्यां सुसम्मतम् ॥३॥

antardhāna-gatiṁ śakrāl
labdhvāntardhāna-saṁjñitaḥ
apatya-trayam ādhatta
śikhaṇḍinyāṁ susammatam

antardhāna—失去踪影 / gatim—成就 / śakrāt—从因铎王 / labdhvā—得到 / antardhāna—名为 / saṁjñitaḥ—这样称呼 / apatya—孩子 / trayam—三个 / ādhatta—生育 / śikhaṇḍinyām—在他妻子锡刊迪妮体内 / su-sammatam—得到众人的同意

译文　维基塔施瓦王曾取悦过天帝因铎，因铎授予他安塔尔达纳的称号。他妻子名叫锡刊迪妮，与他一起生了三个优秀的儿子。

要旨　维基塔施瓦王又名安塔尔达纳(Antardhāna)，意思是“失去踪影”。这个称号是天帝因铎(Indra)授予他的。这称号与因铎从普瑞图王的祭祀场上偷走祭祀用马匹有关。因铎在偷马的时候采用隐身术使自己不被他人看见，但普瑞图王的儿子维基塔施瓦能看见他。然而，维基塔施瓦虽然知道因铎在偷他父亲的马，但却没去攻击因铎。这说明维基塔施瓦王尊重该尊重的人物。尽管因铎从维基塔施瓦王的父亲那里偷走马匹，但维基塔施瓦知道因铎不是普通的盗贼。由于因铎是非凡而强有力的半神人，是至尊人格首神的仆人，维基塔施瓦便感情用事地有意放过他，哪怕他的行为是错的。这使因铎对维基塔施瓦非常满意。半神人们都有可以按自己的意愿让人看见或消失踪迹的神秘力量，因铎因为对维基塔施瓦很满意，所以就赐予他这种神通。维基塔施瓦从此以安塔尔达纳(失去踪影者)著称。

第4节　पावकः पवमानश्च शुचिरित्यग्नयः पुरा ।
वसिष्ठशापादुत्पन्नाः पुनर्योगगतिं गताः ॥४॥

pāvakaḥ pavamānaś ca
śucir ity agnayaḥ purā
vasiṣṭha-śāpād utpannāḥ
punar yoga-gatiṁ gatāḥ

pāvakaḥ－名叫帕瓦卡 / pavamānaḥ－名叫帕瓦玛纳 / ca－也 / śuciḥ－名为舒祺 / iti－如此 / agnayaḥ－火神 / purā－从前 / vasiṣṭha－大圣人瓦希施塔 / śāpāt－因为被诅咒 / utpannāḥ－现在投生为 / punaḥ－再次 / yoga-gatim－练神秘瑜伽的目的 / gatāḥ－到达

译文 安塔尔达纳王的三个儿子分别叫帕瓦卡、帕瓦玛纳和舒祺。这三个人曾经都是火神，但由于被大圣人瓦西施塔所诅咒，他们当了安塔尔达纳的儿子。因此，他们都与火神一样强大有力。他们都获得了神秘瑜伽力量，再次坐上火神的位置。

要旨 《博伽梵歌》第6章的第41—43节诗中说：练瑜伽未取得成功的人被提升到天堂星球，在那里享受物质的舒适设施后再次降到这个地球星球，投生在富贵人家或很虔诚的布茹阿玛纳(brāhmaṇa, 婆罗门)家庭中。因此应该明白：当半神人降到地球上时，他们会当富有人家或虔诚人家的儿子。在这样的家庭里，生物得到培养奎师那(Kṛṣṇa)意识的机会，从而变得有资格被提升到他所要去的目的地。安塔尔达纳王的儿子们曾经都是掌管火的半神人，他们重新得到他们以前的职位，靠神秘力量返回天堂星球。

第5节 अन्तर्धानो नभस्वत्यां हविर्धानमविन्दत ।
य इन्द्रमश्वहर्तारं विद्वानपि न जघ्निवान् ॥ ५॥

antardhāno nabhasvatyāṁ
havirdhānam avindata
ya indram aśva-hartāraṁ
vidvān api na jaghnivān

antardhānaḥ—名为安塔尔达纳的国王 / nabhasvatyām—向他妻子娜芭斯瓦缇 / havirdhānam—名叫哈维尔达纳 / avindata—获得 / yaḥ—……的 / indram—因铎王 / aśva-hartāram—偷了他父亲的马匹的 / vidvān api—虽然他知道 / na jaghnivān—没有杀

译文 安塔尔达纳王有另一个妻子名叫娜芭斯瓦缇。君王与她快乐地生下名叫哈维尔达纳的儿子。安塔尔达纳因为心胸开阔，所以当半神人因铎在祭祀期间偷走他父亲的马匹时，他并没有去杀因铎。

要旨 从各种经典和往世书(purāṇa)中我们可以了解到，天帝因铎很精通偷窃、绑架和诱拐。他可以隐身偷走物主的任何东西，可以不被察觉地绑架或诱拐他人的妻子。一次，他采用隐身术强奸了高塔玛·牟尼(Gautama Muni)的妻子。他用同样的方法偷走了普瑞图王的马匹。尽管这些活动在人类社会中被视为是可恶的，但半神人因铎却并不因为这些而被视为是堕落的。安塔尔达纳虽然知道因铎王在偷他父亲的马，却没有杀因铎，因为他知道：应该忽视极为强大有力的人物有时做出的可恶的事情。《博伽梵歌》第9章的第30节诗中明确地说：

api cet su-durācāro
bhajate mām ananya-bhāk
sādhur eva sa mantavyaḥ
samyag vyavasito hi saḥ

“一个人即使从事过最令人憎恶的活动，但如果做奉爱服务，也就被认为是圣洁的，因为他下的决心是正确的。”至尊主的奉献者从不是有意要从事罪恶活动，但有时会因为他们过去的习惯而做出可恶的事情。然而，我们不该把这种事情看得太严重，因为至尊主的奉献者强大有力，不管他们是在天堂星球还是在这个地球上。他们如果意外地做出令人憎恶的事情，我们不该念念不忘，而应该宽恕他们。

第6节 राज्ञां वृत्तिं करादानदण्डशुल्कादिदारुणाम् ।
मन्यमानो दीर्घसत्त्रव्याजेन विससर्ज ह ॥ ६ ॥

rājñāṁ vṛttiṁ karādāna-
daṇḍa-śulkādi-dāruṇām
manyamāno dīrgha-sattra-
vyājena visasarja ha

rājñām—君王的 / vṛttim—谋生的来源 / kara—税 / ādāna—觉悟 /

daṇḍa－惩罚 / śulka－罚款 / ādi－其他等 / dāruṇām－非常严格的 / manyamānaḥ－那样想 / dīrgha－长时间的 / sattra－祭祀 / vyājena－以……为借口 / visasarja－放弃 / ha－在过去

译文 具有最高统治权的安塔尔达纳每当要收税、惩罚他的臣民或施以重金罚款时，心中便百般不愿。他于是不再履行这样的职责，而是忙于举行各种不同的祭祀。

要旨 这里很清楚地说，君王有时并不情愿履行一些责任，但因为是君王而不得不履行。同样，阿尔诸纳(Arjuna)并不想打仗，因为没人想与自己的家人和朋友打仗或杀死他们。尽管如此，查锤亚出于责任不得不做这种令人厌恶的事情。安塔尔达纳王并不愿意征税或因为国民从事的罪恶活动而惩罚他们，因此以举行祭祀为借口在他统治的早期就交出了崇高的王权。

第 7 节 तत्रापि हंसं पुरुषं परमात्मानमात्मदृक् ।
यजंस्तल्लोकतामाप कुशलेन समाधिना ॥ ७ ॥

tatrāpi haṁsaṁ puruṣaṁ
paramātmānam ātma-dṛk
yajaṁs tal-lokatām āpa
kuśalena samādhinā

tatra api－他虽然从事 / haṁsam－消除他亲人痛苦的人 / puruṣam－向至尊者 / parama-ātmānam－至爱的超灵 / ātma-dṛk－觉悟了自我的人 / yajan－通过崇拜 / tat-lokatām－达到同样的星球 / āpa－达到 / kuśalena－轻而易举地 / samādhinā－他总是处在极乐中

译文 安塔尔达纳王虽然举行不同的祭祀，但因为是觉悟了自我的灵魂，所以很明智地为消除奉献者一切恐惧的至尊主做奉爱服务。靠这样崇拜至尊主，安塔尔达纳王沉浸在心醉神迷的狂喜状态中，很轻松地就到达了至尊主所在的星球。

要旨 由于祭祀一般都是功利性活动者举行的，这里便特意说“他虽然从事(tatrāpi)”，以表明安塔尔达纳王虽然表面上忙于举行祭祀，但真正做的却是通过聆听和吟诵、吟唱为至尊主做奉爱服务。换句话说，他通过集体吟唱神的圣名(saṅkīrtana-yajña)的方法举行祭祀，正如《圣典博伽瓦谭》(Śrīmad-Bhāgavatam)第7篇第5章的第23节诗中所推荐的：

śravaṇaṁ kīrtanaṁ viṣṇoḥ
smaraṇaṁ pāda-sevanam
arcanaṁ vandanaṁ dāsyaṁ
sakhyam ātma-nivedanam

奉爱服务被称为“吟唱神的圣名的祭祀(kīrtana-yajña)”，通过集体吟唱神的圣名祭祀(saṅkīrtana-yajña)，人可以轻易地被提升到至尊主居住的星球上。在五种解脱中，到达至尊主所住的星球并与祂生活在一起的解脱，被称为萨珞克亚(sālokya)解脱。

第8节 हविर्धानाद्धविर्धानी विदुरासूत षट् सुतान् ।
बर्हिषदं गयं शुक्लं कृष्णं सत्यं जितव्रतम् ॥ ८ ॥

havirdhānād dhavirdhānī
vidurāsūta ṣaṭ sutān
barhiṣadaṁ gayaṁ śuklaṁ
kṛṣṇaṁ satyaṁ jitavratam

havirdhānāt—从哈维尔达纳 / havirdhānī—哈维尔达纳的妻子的名字 / vidura—维杜茹阿啊 / asūta—生出 / ṣaṭ—六个 / sutān—儿子 / barhiṣadam—名叫巴黑沙特 / gayam—名叫嘎亚 / śuklam—名叫舒克拉 / kṛṣṇam—名叫奎师那 / satyam—名为萨提亚 / jitavratam—名为吉塔布阿塔

译文 安塔尔达纳王的儿子哈维尔达纳，有一位妻子名叫哈维尔妲妮。她生了六个儿子，名叫巴黑沙特、嘎亚、舒克拉、奎师那、萨提亚和吉塔布阿塔。

第 9 节 बर्हिषत्सुमहाभागो हाविर्धानिः प्रजापतिः ।
क्रियाकाण्डेषु निष्णातो योगेषु च कुरूद्वह ॥९॥

barhiṣat sumahā-bhāgo
hāvirdhāniḥ prajāpatiḥ
kriyā-kāṇḍeṣu niṣṇāto
yogeṣu ca kurūdvaha

barhiṣat－名叫巴黑沙特 / su-mahā-bhāgaḥ－非常幸运 / hāvirdhāniḥ－名叫哈维尔达尼 / prajā-patiḥ－生物体祖先的职位 / kriyā-kāṇḍeṣu－有关功利性活动 / niṣṇātaḥ－投入其中 / yogeṣu－在神秘瑜伽的修炼中 / ca－也 / kuru-udvaha－库茹族中的俊杰(维杜茹阿)啊

译文 伟大的圣人麦垂亚继续道：我亲爱的维杜茹阿，哈维尔达纳强有力的儿子巴黑沙特不但非常精通举行各种功利性的祭祀，而且也很精通练神秘瑜伽。他凭借非凡的资格而成为生物体的祖先帕佳帕提。

要旨 创造的开始阶段，宇宙中还没有许多生物体，强有力的生物体——半神人们，就被任命当生物体的祖先(Prajāpati)，以便生孩子、增加宇宙内生物体的数量。生物体的祖先有很多，布茹阿玛(Brahmā)、达克沙(Dakṣa)都是，玛努(Manu)有时也被称为生物体的祖先。哈维尔达纳(Havirdhāna)的儿子巴黑沙特(Barhiṣat)，也成为生物体的祖先。

第 10 节 यस्येदं देवयजनमनुयज्ञं वितन्वतः ।
प्राचीनाग्रैः कुशैरासीदास्तृतं वसुधातलम् ॥१०॥

yasyedaṁ deva-yajanam
anuyajñaṁ vitanvataḥ
prācīnāgraiḥ kuśair āsīd
āstṛtaṁ vasudhā-talam

yasya—……的 / idam—这 / deva-yajanam—以祭祀满足半神人 / anuyajñam—持续的祭祀 / vitanvataḥ—执行 / prācīna-agraiḥ—把库沙草朝向东方 / kuśaiḥ—库沙草 / āsīt—保持 / āstṛtam—播撒 / vasudhā-talam—整个球体的表面

译文 巴黑沙特王在全世界主持了许许多多祭祀。他播撒库沙草，使草尖全部朝向东方。

要旨 正如前一节诗所说的，巴黑沙特王"沉浸在功利性的祭祀活动中(kriyā-kāṇḍeṣu niṣṇātaḥ)"。这意味着他一旦在一个地方做完一场祭祀(yajña)，就立刻到附近的另一个地方去举行另一场祭祀。如今，全世界需要这样举行集体吟唱神的圣名祭祀。奎师那意识运动已经开始在不同的地方举行集体吟唱神的圣名祭祀，我们的经验是，无论在哪里举行这样的祭祀，都会有成千上万的人来参加。我们应该继续不断地在全世界举行这种让人在不知不觉间得到吉祥的祭祀。奎师那意识运动的成员应该一个接一个地举行集体吟唱神的圣名祭祀，以使全世界人民都能以玩笑的或严肃的方式吟唱哈瑞·奎师那 哈瑞·奎师那 奎师那·奎师那 哈瑞·哈瑞/哈瑞·茹阿玛 哈瑞·茹阿玛 茹阿玛·茹阿玛 哈瑞·哈瑞(Hare Kṛṣṇa, Hare Kṛṣṇa, Kṛṣṇa Kṛṣṇa, Hare Hare/ Hare Rāma, Hare Rāma, Rāma Rāma, Hare Hare)。这样，人们就能从这样的祭祀活动中得到净化心灵的利益。至尊主的圣名(harer nāma)是如此强大有力，以至人们无论是以玩笑的方式吟唱，还是严肃地吟唱，这超然声音震荡的影响力都一样传播开来。在如今这个年代中要像巴黑沙特王那样重复举行盛大的祭祀是不可能的事，但我们所能举行的集体吟唱神的圣名祭祀却没有任何花费。人们可以在任何地方坐下，吟唱哈瑞·奎师那 哈瑞·奎师那 奎师那·奎师那 哈瑞·哈瑞/哈瑞·茹阿玛 哈瑞·茹阿玛 茹阿玛·茹阿玛 哈瑞·哈瑞。如果地球表面到处都在吟诵、吟唱哈瑞·奎师那曼陀(man-tra)，全世界人民就会非常非常快乐。

第 11 节 सामुद्रीं देवदेवोक्तामुपयेमे शतद्रुतिम् ।
यां वीक्ष्य चारुसर्वाङ्गीं किशोरीं सुष्ठ्वलङ्कृताम् ।
परिक्रमन्तीमुद्वाहे चकमेऽग्निः शुकीमिव ॥११॥

sāmudrīṁ devadevoktām
upayeme śatadrutim
yāṁ vīkṣya cāru-sarvāṅgīṁ
kiśorīṁ suṣṭhv-alaṅkṛtām
parikramantīm udvāhe
cakame 'gniḥ śukīm iva

sāmudrīm—向海洋的女儿 / deva-deva-uktām—得到最高的半神人布茹阿玛的忠告 / upayeme—娶了 / śatadrutim—名叫莎塔杜茹缇 / yām—……的 / vīkṣya——看见 / cāru—非常吸引人 / sarva-aṅgīm—身体的所有特征 / kiśorīm—年轻 / suṣṭhu—充足的 / alaṅkṛtām—用装饰品装饰 / parikramantīm—绕行 / udvāhe—在婚礼上 / cakame—受吸引 / agniḥ—火神 / śukīm—向舒克伊 / iva—像

译文 从那以后，被称为帕祺纳巴尔黑的巴黑沙特王，奉最高的半神人布茹阿玛之命，娶海洋的女儿莎塔杜茹缇为妻。莎塔杜茹缇外貌绝美，而且非常年轻。她穿着得体。当她进入婚礼现场并开始绕场行走时，火神阿格尼深受她的吸引，以至于想要与她为伴，就像他从前想要享有舒克伊那样。

要旨 这节诗中的“用大量的装饰品打扮(suṣṭhv-alaṅkṛtām)”一句非常重要。按照韦达系统，当一位姑娘结婚时，她会穿戴贵重的莎丽(sari)和珠宝首饰把自己打扮得艳丽、华美。在婚礼期间，新娘要绕着新郎走七圈。那以后，新郎和新娘互相对望，终生被对方所吸引。当新郎发现新娘很美丽时，他们对彼此的吸引力就会立刻变得很牢固。正如《圣典博伽瓦谭》中所说，男人和女人自然受对方的吸引，当他们以婚姻的形式结合在一起时，彼此的吸引力就变得非常牢固。受到新娘强烈吸引的新郎会努力建立一个美好的家园，得到一片可以生产谷物的良田；随之而来的是孩子、朋友和财富。就这样，男人变得越来越受到物质生活概念的束缚，开始想"这是我的"、"是我在做事"。物质存在的错觉就这样一直延续下去。

诗中梵文"像舒克伊(śukīm iva)"一句也很重要，因为火神阿格尼(Agni)在莎塔杜茹缇(Śatadruti)绕着新郎帕祺纳巴尔黑行走时，被莎塔杜茹缇的美丽所吸引，就像他以前被圣人萨普塔(Saptarṣi)的妻子舒克伊(Śukī)的美所吸引一样。很久很久以前，当火神出现在圣人萨普塔的聚会现场，看到舒克伊正在以同样的方式绕行时，被她的美所吸引。火神的妻子斯娃哈(Svāhā)变成舒克伊的形象，享受与火神阿格尼的性生活。不仅是火神阿格尼，就连天帝因铎，甚至主布茹阿玛和希瓦(Śiva)这些地位崇高的半神人们也随时受性的吸引。生物体的性冲动是如此强烈，整个物质世界就围绕着性吸引而运转；由于性的吸引，生物才留在物质世界里，不得不接受各种类型的躯体。下一节诗更清楚地解释了性生活的吸引力。

第 12 节　विबुधासुरगन्धर्वमुनिसिद्धनरोरगाः ।
विजिताः सूर्यया दिक्षु क्वणयन्त्यैव नूपुरैः ॥१२॥

vibudhāsura-gandharva-
muni-siddha-naroragāḥ
vijitāḥ sūryayā dikṣu
kvaṇayantyaiva nūpuraiḥ

vibudha－有学识的 / asura－恶魔 / gandharva－歌仙星球上的居民 / muni－伟大的圣人 / siddha－神秘仙星球上的居民 / nara－地球星球上的居民 / uragāḥ－蛇仙星球上的居民 / vijitāḥ－迷住 / sūryayā－被新娘 / dikṣu－在所有的方向 / kvaṇayantyā－叮叮响 / eva－只有 / nūpuraiḥ－被她的脚铃

译文 当莎塔杜茹缇这样出嫁时，半神人、歌仙星球上的居民、大圣人们、神秘仙星球上的居民、地球星球和蛇仙星球上的居民虽然地位都很尊贵，但都被她脚铃的叮叮声迷住了。

要旨 妇女一般在年轻时结婚生了一个孩子后会变得更加漂亮。生孩子是女性的天职，因此妇女在一个接一个地生孩子后，会变得越来越美。但莎塔杜茹缇是那么美丽，甚至在婚礼上就吸引了整个宇宙。事实上，她仅仅靠她脚铃的叮叮声就迷住了所有博学、高贵的半神人。这说明全体半神人都想看清她美丽的全貌，但因为她用衣物、首饰把自己完全遮盖住，他们无法看到她的美貌。由于他们只能看到莎塔杜茹缇的双脚，所以在她走路时脚铃发出的叮叮声便吸引了他们。换句话说，半神人们仅仅因为听到她脚铃的叮叮声就受到吸引，根本没看到她美丽的全貌。我们知道，有时一个人只因为听到女性手镯的碰撞声、脚铃的叮叮声或看到女子身上的莎丽，就会产生色欲。所以结论是：女性完全是错觉能量玛亚(māyā)的代表。维施瓦弥陀·牟尼(Viśvāmitra Muni)虽然闭着双眼在练神秘瑜伽，但梅娜卡(Menakā)的手镯碰撞出的叮叮声却打破了他超然的冥想。就这样，维施瓦弥陀·牟尼被梅娜卡的色相所俘获，当了闻名宇宙的莎琨塔拉(Śakuntalā)的父亲。结论是：没人能保证自己不受女性的吸引，就连生活在高等星球上的尊贵的半神人也做不到。只有至尊主的奉献者因为受主奎师那的吸引，所以才能免受女性的诱惑。人一旦被奎师那所吸引，物质世界的错觉能量就吸引不了他了。

第 13 节 प्राचीनबर्हिषः पुत्राः शतद्रुत्यां दशाभवन् ।
तुल्यनामव्रताः सर्वे धर्मस्नाताः प्रचेतसः ॥१३॥

prācīnabarhiṣaḥ putrāḥ
śatadrutyāṁ daśābhavan
tulya-nāma-vratāḥ sarve
dharma-snātāḥ pracetasaḥ

prācīnabarhiṣaḥ — 由帕祺纳巴尔黑王 / putraḥ — 儿子们 / śatadrutyām — 在莎塔杜茹缇的子宫中 / daśa — 十个 / abhavan — 展现出 / tulya — 等同的 / nāma — 名字 / vratāḥ — 誓言 / sarve — 所有的 / dharma — 笃信宗教 / snātāḥ — 完全投入 / pracetasaḥ — 他们都被称为帕柴塔

译文 帕祺纳巴尔黑王与莎塔杜茹缇生了十个儿子。这十个儿子个个笃信宗教，都被称为帕柴塔。

要旨 “笃信宗教(dharma-snātāḥ)”一句意义重大，因为十个孩子都完全专注于宗教活动。此外，他们都拥有所有的美好品质。人只要绝对笃信宗教、完美地遵守做奉爱服务的誓言、具有完美的知识、行为举止良好等，就会是完美的。所有的帕柴塔们(Pracetās)都处在同等完美的层面上。

第 14 节 पित्रादिष्टाः प्रजासर्गे तपसेऽर्णवमाविशन् ।
दशवर्षसहस्राणि तपसार्चंस्तपस्पतिम् ॥१४॥

pitrādiṣṭāḥ prajā-sarge
tapase 'rṇavam āviśan
daśa-varṣa-sahasrāṇi
tapasārcaṁs tapas-patim

pitrā — 被父亲 / ādiṣṭāḥ — 得到命令 / prajā-sarge — 有关生孩子 / tapase — 为了从事苦行 / arṇavam — 在海洋里 / āviśan — 进入 / daśa-varṣa—十年 / sahasrāṇi—数千 / tapasā—靠他们的苦行 / ārcan—崇拜 / tapaḥ—苦行的 / patim—主人

译文 当这十位帕柴塔的父亲命令他们结婚生子时，他们都进入海洋，用一万年的时间从事艰巨的苦修。他们以此方式崇拜了一切苦修的主人——至尊人格首神。

要旨 伟大的智者和苦修之人为避开混乱的尘世，有时会进入喜马拉雅山隐居起来。然而，帕祺纳巴尔黑的儿子们——全体帕柴塔，却进入深海的一个与世隔绝的地方去苦修。诗中说他们苦修了一万年，这表明事情发生在萨提亚年代(Satya-yuga, 金器年代)，那时人们的寿命通常是十万年。他们通过苦修崇拜了苦修的主人——至尊人格首神圣奎师那，这一点也很重要。人要想靠从事苦修达到最高的目标，就必须争取至尊人格首神的恩宠。人只要得到至尊主的恩典，就应该明白他完成了所有种类的苦行、苦修，获得了功效。另一方面，人如果没有达到奉爱服务的完美阶段，他所从事的一切苦行或苦修都没有意义，因为没有至尊主的认可，没人能从中得到最高的结果。正如《博伽梵歌》第5章的第29节诗所说，圣主奎师那是一切祭祀和苦行的主人(bhoktāraṁ yajña-tapasāṁ sarva-loka-maheśvaram)。因此，从事苦修所要得到的结果都由主奎师那赐予。

《圣典博伽瓦谭》第3篇第33章的第7节诗说：

aho bata śva-paco 'to garīyān
yaj-jihvāgre vartate nāma tubhyam
tepus tapas te juhuvuḥ sasnur āryā
brahmānūcur nāma gṛṇanti ye te

"用舌头歌唱您圣名的那些人有多光荣啊！这样的人哪怕是生在吃狗肉的家庭中，都是值得敬重的。吟诵、吟唱您圣名的人，必然从事过所有种类的苦修，举行过各种火祭，获得了阿尔延人(雅利安人)所有的美好品质。能够歌唱您圣上的圣名，他们必定在圣地沐浴过，必定研究过韦达经，按要求做到了一切。”

一个人即使出生在人类社会最低阶层的家庭——吃狗肉者(caṇḍāla)的家庭中，只要他吟诵、吟唱至尊主的圣名，他就是光荣的，因为我们明白：这样一位奉献者的这种吟诵、吟唱证明，他前生经历了所有的苦行和苦修。凭借主柴坦亚·玛哈帕布的教导，谁吟诵、吟唱伟大的曼陀(哈瑞·奎师那　哈瑞·奎师那　奎师那·奎师那　哈瑞·哈瑞/哈瑞·茹阿玛　哈瑞·茹阿玛　茹阿玛·茹阿玛　哈瑞·哈瑞)，谁就能达到最高的完美境界，而这种境界古人要进入深海，从事一万年的苦修才能达到。这个机会是至尊主特别关心喀历(Kali)年代里堕落人类的情况而特殊赐予的，所以要明白：在这个年代中不抓住机会吟诵、吟唱哈瑞·奎师那曼陀的人，必定是被至尊主的错觉能量完全迷惑了。

第 15 节　यदुक्तं पथि दृष्टेन गिरिशेन प्रसीदता ।
तद्ध्यायन्तो जपन्तश्च पूजयन्तश्च संयताः ॥१५॥

yad uktaṁ pathi dṛṣṭena
girिśena prasīdatā
tad dhyāyanto japantaś ca
pūjayantaś ca saṁyatāḥ

yat—那 / uktam—说 / pathi—在去……的路上 / dṛṣṭena—会见时 / giriśena—由主希瓦 / prasīdatā—因为非常满意 / tat—那 / dhyāyantaḥ—冥想 / japantaḥ ca—也吟诵(吟唱) / pūjayantaḥ ca—也崇拜 / saṁyatāḥ—紧紧控制住

译文　帕祺纳巴尔黑的儿子们离开家去苦修时，遇到了主希瓦。主希瓦出于巨大的仁慈，教导他们有关绝对真理的知识。帕祺纳巴尔黑的儿子们冥想那些教导，努力专心地吟诵、吟唱并崇拜它们。

要旨 很显然，无论是苦行、苦修或以任何形式做奉爱服务，人都必须得到灵性导师的指导。这节诗中明确地说，主希瓦出于巨大的仁慈出现在帕祺纳巴尔黑王的十个儿子面前，给予他们特别的优待——指导他们从事苦修。主希瓦实际上成了帕祺纳巴尔黑王十个儿子的灵性导师，而他的门徒们也极为认真地对待他的话语，所以仅仅通过按他的教导(dhyāyantaḥ)冥想，就达到了完美的境界。这是成功的秘诀。得到灵性导师的启迪和命令后，门徒应该毫不犹豫地开始思考灵性导师的教导或命令，应该不受任何干扰地加以执行。这也是圣维施瓦纳特·查夸瓦尔提·塔库尔(Viśvanātha Cakravartī Ṭhākura)的看法。他在解释《博伽梵歌》第2章第41节诗“库茹族的宠儿啊！坚定地培养奎师那意识的人目标专一，坚定地向目的地迈进(vyavasāyātmi-kā buddhir ekeha kuru-nandana)”时指出，灵性导师的命令是门徒的生命实质。门徒不该考虑自己是否回归家园，回到首神身边；他首要的责任应该是执行他灵性导师的命令。因此，门徒应该一直不断地认真思考灵性导师的命令，那才是完美的冥想。不仅如此，他还应该想方设法完成那命令，以此方式完美的崇拜并执行那命令。

第16节

विदुर उवाच
प्रचेतसां गिरित्रेण यथासीत्पथि सङ्गमः ।
यदुताह हरः प्रीतस्तन्नो ब्रह्मन् वदार्थवत् ॥१६॥

vidura uvāca
pracetasāṁ giritreṇa
yathāsīt pathi saṅgamaḥ
yad utāha haraḥ prītas
tan no brahman vadārthavat

viduraḥ uvāca—维杜茹阿询问 / pracetasām—全体帕柴塔的 / giritreṇa—被主希瓦 / yathā—如同 / āsīt—它是 / pathi—在路上 /

saṅgamaḥ—会见 / yat—……的 / uta āha—说 / haraḥ—主希瓦 / prītaḥ—满足 / tat—那 / naḥ—向我们 / brahman—伟大的布茹阿玛啊 / vada—说 / artha-vat—意义清楚地

译文 维杜茹阿询问麦垂亚道：我亲爱的布茹阿玛纳，帕柴塔们怎么会在路上遇到主希瓦？请告诉我那次会面是如何发生的？主希瓦怎么会变得对他们非常满意？他是如何教导他们的？这样的谈话无疑十分重要，我希望您对我仁慈，为我讲述这一切。

要旨 无论是奉献者与至尊主还是崇高的奉献者之间有过什么重要的谈话，我们都应该非常渴望聆听它们。在奈弥沙冉亚(Naimiṣāraṇya)森林的聚会上，当苏塔·哥斯瓦米(Sūta Gosvāmī)给全体伟大的圣人讲述《圣典博伽瓦谭》时，圣人们也曾要求他告诉他们有关帕瑞克西特王(Mahārāja Parīkṣit)和舒卡戴瓦·哥斯瓦米(Śukadeva Gosvāmī)之间的谈话，因为他们相信，帕瑞克西特王和舒卡戴瓦·哥斯瓦米之间的谈话，必定与主奎师那和阿尔诸纳之间的谈话一样重要。正如世人为了得到彻底的启发都一直渴望聆听《博伽梵歌》的主题，维杜茹阿(Vidura)同样渴望聆听大圣人麦垂亚(Maitreya)讲述有关主希瓦与帕柴塔们之间的对话。

第 17 节 सङ्गमः खलु विप्रर्षे शिवेनेह शरीरिणाम् ।
दुर्लभो मुनयो दध्युरसङ्गाद्यमभीप्सितम् ॥१७॥

saṅgamaḥ khalu viprarṣe
śiveneha śarīriṇām
durlabho munayo dadhyur
asaṅgād yam abhīpsitam

saṅgamaḥ—联谊 / khalu—肯定地 / vipra-ṛṣe—最优秀的布茹阿玛纳 / śivena—伴随着主希瓦 / iha—在这个世界 / śarīriṇām—那些受物质

躯体束缚的人 / durlabhaḥ－非常罕有 / munayaḥ－伟大的圣人 / dadhyuḥ－专注地冥想 / asaṅgāt－完全不依恋任何其他事物 / yam－向他 / abhīpsitam－欲望

译文 伟大的圣人维杜茹阿继续说：最优秀的布茹阿玛纳啊！被关在这物质躯体中的生物极难与主希瓦本人有个人的接触。就连不依恋物质的大圣人们都没接触过他，尽管他们为了能与他本人接触，总是在全神贯注地冥想。

要旨 主希瓦除非有特殊的原因，否则不会化身出现，因此普通人要想接触到他是极为困难的。然而，当至尊人格首神命令主希瓦前来时，他就会在特殊的时刻降临。就有关这一点，《莲花往世书》(Padma Purāṇa)中说明，主希瓦会在喀历年代中以一位布茹阿玛纳(婆罗门)的身份出现，传播假象宗(Māyāvāda)哲学。这假象宗哲学不是别的，就是一种佛教哲学。《莲花往世书》中说：

māyāvādam asac-chāstraṁ
pracchannaṁ bauddham ucyate
mayaiva vihitaṁ devi
kalau brāhmaṇa-mūrtinā

主希瓦对帕尔瓦缇女神(Pārvatī-devī)预言道：为了铲除佛教哲学，他将装扮成一个布茹阿玛纳托钵僧(sannyāsī brāhmaṇa)传播假象宗哲学。这位托钵僧就是圣商卡尔阿查尔亚(Śrīpāda Śaṅkarācārya)。为了清除佛教哲学的影响，传播韦丹塔(Vedānta)哲学，圣商卡尔阿查尔亚必须对佛教哲学做一些妥协，因此他传播一元论哲学，以适应当时的需求。否则，他根本无须传播假象宗哲学。目前的时代不需要假象宗哲学或佛教哲学，主柴坦亚拒绝了它们。这场奎师那意识运动传播主柴坦亚的哲学，抵制上述两种假象宗哲学。严格地说，佛教哲学和商卡尔哲学都只不过是在物质存在的层面上做文章的假象宗哲学，它们并没有任何灵性上的意义。人只有接受《博伽梵歌》以皈依至尊人格首神为最高目标的哲学后，才真正接触了有灵性意义的内容。人们虽然看不到主希瓦本人，但通常都会为获取某种物质利益而崇拜他，并因而得到巨大的物质利益。

第 18 节 आत्मारामोऽपि यस्त्वस्य लोककल्पस्य राधसे ।
शक्त्या युक्तो विचरति घोरया भगवान् भवः ॥१८॥

ātmārāmo ’pi yas tv asya
loka-kalpasya rādhase
śaktyā yukto vicarati
ghorayā bhagavān bhavaḥ

ātma-ārāmaḥ－自我满足 / api－虽然他是 / yaḥ－……的他 / tu－但 / asya－这 / loka－物质世界 / kalpasya－当展示时 / rādhase－为了帮助它的存在 / śaktyā－力量 / yuktaḥ－从事于 / vicarati－他活动 / ghorayā－非常危险 / bhagavān－阁下 / bhavaḥ－希瓦

译文 地位仅次于主维施努的、最有力的半神人主希瓦，自给自足。尽管他不期望从这个物质世界得到什么，但为物质世界里众生的利益着想，他总是由他的危险能量——卡莉女神和杜尔嘎女神陪伴着到处忙碌。

要旨 主希瓦以至尊人格首神最伟大的奉献者著称，被称为是所有种类的外士纳瓦(Vaiṣṇava)中最优秀的外士纳瓦(vaiṣṇavānāṁ yathā śambhuḥ)。因此，主希瓦有他的外士纳瓦师徒传承，名叫茹铎传承(Rudra-sampradāya)。正如布茹阿玛传承(Brahma-sampradāya)直接来自主布茹阿玛，茹铎传承直接来自主希瓦。主希瓦是十二位伟大的人物之一，正如《圣典博伽瓦谭》第6篇第3章的第20节诗中说：

svayambhūr nāradaḥ śambhuḥ
kumāraḥ kapilo manuḥ
prahlādo janako bhīṣmo
balir vaiyāsakir vayam

这节诗中列出了十二位传播神意识的伟大的权威人士，其中梵文“桑布(Śambhu)”一词的意思就是主希瓦。他的师徒传承又叫做维施努·斯瓦米传承(Viṣṇusvāmī-sampradāya)，近代的维施努·斯瓦米传承也被称为瓦拉巴传承(Vallabha-sampradāya)。近代的布茹阿玛传承又叫做玛德瓦·高迪亚传承(Madhva-Gauḍīya-sampradāya)。尽管主希瓦显现来宣传假象宗哲学，但他在从事商卡尔阿查尔亚的娱乐活动结束时宣传外士纳瓦的哲学说：要想真正获得解脱，就必须崇拜哥文达、崇拜哥文达、崇拜哥文达(bhaja govindaṁ bhaja govindaṁ bhaja govindaṁ mūḍha-mate)。他在这节诗中连续三次强调崇拜主奎师那——哥文达(Govinda)，特别警告他的追随者们：仅仅靠玩使人迷惑的文字、文法游戏，不可能使人获得解脱(mukti)；人要想解脱就必须崇拜主奎师那。这就是圣恩商卡尔阿查尔亚最后的教导。

这节诗中谈到主希瓦总是有他的物质能量(śaktyā ghorayā)陪伴在左右。他的物质能量——杜尔嘎(Durgā)女神或卡莉(Kālī)女神，始终由他控制着。卡莉女神和杜尔嘎女神通过以杀死所有的恶魔(asura)的形式侍奉他。卡莉有时会变得极为愤怒，以致不加区别地屠杀所有种类的恶魔。有一张著名的卡莉女神画像，画中的她带着用恶魔的头颅穿成的花环，左手抓住一个恶魔的头，右手挥舞着巨大的斧头(khaḍga)，准备杀死那恶魔。大型的战争都是卡莉要消灭恶魔的代表作，实际上都是由卡莉女神引发的。

《布茹阿玛·萨密塔》(Brahma-saṁhitā)第5章的第44节诗中说：

sṛṣṭi-sthiti-pralaya-sādhana-śaktir ekā

恶魔企图用物质财富安抚卡莉女神——杜尔嘎女神，但当恶魔变得太令人无法容忍时，卡莉女神就会不加区分地屠杀他们。恶魔不知道主希瓦能量的秘密，他们宁愿为了物质的利益去崇拜卡莉女神、杜尔嘎女神或主希瓦。他们的邪恶品性使他们不愿意投靠、服从主奎师那，正如《博伽梵歌》第7章的第15节诗中所说：

na māṁ duṣkṛtino mūḍhāḥ
prapadyante narādhamāḥ
māyayāpahṛta-jñānā
āsuraṁ bhāvam āśritāḥ

“邪恶之徒不皈依我。他们分别是：粗俗的愚氓，最低贱的人，被错觉和假象窃取了知识的人，以及有不信神的恶魔本性的人。”

主希瓦承担的责任很危险，因为他必须使用卡莉女神(杜尔嘎女神)这一能量。在另一幅著名的画中可以看到，卡莉女神站在主希瓦卧倒在地的身体上。这说明主希瓦有时不得不倒在地上以阻止卡莉女神屠杀恶魔。由于主希瓦控制着巨大的物质能量(杜尔嘎女神)，崇拜主希瓦的人就会在这个物质世界中变得很富有。在主希瓦的指导下，崇拜主希瓦的人得到各种各样的物质便利条件。相反，主维施努(Viṣṇu)的崇拜者——外士纳瓦，却在物质方面变得越来越贫穷。这其中的原因是：主维施努不会通过给他的奉献者物质财产误导他们，使他们受物质的束缚。主维施努从祂奉献者的内心给予智慧，正如《博伽梵歌》第10章的第10节诗中说：

teṣāṁ satata-yuktānāṁ
bhajatāṁ prīti-pūrvakam
dadāmi buddhi-yogaṁ taṁ
yena mām upayānti te

“对一直以爱心侍奉我的人，我赐予他们理解力，使他们来到我这里。”

就这样，主维施努把智慧给予祂的奉献者，以使奉献者能够在回归家园，回到首神身边的路途上向前迈进。奉献者与物质拥有没有任何关系，所以不受卡莉女神——杜尔嘎女神的控制。

主希瓦还负责掌管这个物质世界里的愚昧属性(tamo-guṇa)。他的能量——杜尔嘎女神，被描述为是负责把众生留在愚昧的黑暗中的人物(yā devī sarva-bhūteṣu nidra-rūpaṁ saṁsthitā)。主布茹阿玛和主希瓦都是主维施努的化身，但主布茹阿玛负责创造，而主希瓦在他的物质能量卡莉女神——杜尔嘎女神的帮助下，负责毁灭物质宇宙。正因为如此，这节诗中描述主希瓦由危险的能量(śaktyā ghorayā)陪伴着，而那正是主希瓦的真实情况。

第 19 节

मैत्रेय उवाच
प्रचेतसः पितुर्वाक्यं शिरसादाय साधवः ।
दिशं प्रतीचीं प्रययुस्तपस्यादृतचेतसः ॥१९॥

maitreya uvāca
pracetasaḥ pitur vākyaṁ
śirasādāya sādhavaḥ
diśaṁ pratīcīṁ prayayus
tapasy ādṛta-cetasaḥ

maitreyaḥ uvāca—伟大的圣人麦垂亚继续说 / pracetasaḥ—帕祺纳巴尔黑王所有的儿子 / pituḥ—被父亲 / vākyam—话语 / śirasā—在头上 / ādāya—接受 / sādhavaḥ—绝对虔诚、举止良好的 / diśam—方向 / pratīcīm—西方 / prayayuḥ—走开 / tapasi—在苦修中 / ādṛta—认真地接受苦修 / cetasaḥ—在心中

译文 大圣人麦垂亚接着说：亲爱的维杜茹阿，帕祺纳巴尔黑的儿子们都具有虔诚的本性，因此全心全意、严肃认真地聆听他们父亲的话，并铭记着这些话语向西方进发，去执行他们父亲的命令。

要旨 这节诗中“绝对虔诚、举止良好的(sādhavaḥ)”一词十分重要，尤其是对当今人类社会来说。这个词来自梵文“圣人(sādhu)”一词。始终忙于为至尊人格首神做奉爱服务的人是完美的圣人。帕祺纳巴尔黑的儿子们之所以被说成是“绝对虔诚、举止良好

的”，是因为他们完全顺从他们的父亲。父亲、君王和灵性导师，都应该是至尊人格首神的代表，因此人们都该像尊重至尊主一样地尊重他们。父亲、灵性导师和君王的责任是，以能够使他们的晚辈、下属最终成为至尊主的纯粹奉献者的方式管教他们。这是长者、上级的责任，而晚辈、下属的责任则是以完全服从的态度听从执行他们的命令。梵文“在他们头上(śirasā)”一词也很重要，因为帕柴塔们接受他们父亲的命令，“把它们顶在自己的头上”。这意思是：他们以完全顺从的态度接受那些命令。

第 20 节 सससमुद्रमुप विस्तीर्णमपश्यन् सुमहत्सरः ।
महन्मन इव स्वच्छं प्रसन्नसलिलाशयम् ॥२०॥

sa-samudram upa vistīrṇam
apaśyan sumahat saraḥ
mahan-mana iva svaccham
prasanna-salilāśayam

sa-samudram—几乎接近海洋 / upa—或多或少 / vistīrṇam—很长、很宽 / apaśyan—他们看 / su-mahat—非常伟大 / saraḥ—水库 / mahat—伟大的灵魂 / manaḥ—内心 / iva—如同 / su-accham—清楚 / prasanna—欢乐 / salila—水 / āśayam—托庇于

译文 在旅行途中，帕柴塔们看到几乎如海洋一般大的一片湖水。这片湖水是那么波平浪静，以至看似伟大灵魂的心；住在其中的水生物在这样一片湖水的保护下显得极为平静和快乐。

要旨 诗中说“海洋附近(sa-samudra)”。那水体恰似一个海湾，因为它离海不远。梵文“或多或少(upa)”一词有很多用法，正如 upapati 一词是指一个或多或少像丈夫的人，也就是说一个像丈夫一样行事的情人。它的意思还有“大一些、小一些或更近一些”。

考虑到所有这些因素，我们可以知道，帕柴塔们在旅行途中看到的水体实际上是一个大海湾或湖泊。它不像海洋那样有着惊涛骇浪，而是非常平静，没有波浪。事实上，那里的水极为清澈透明，以至就像某类伟大灵魂的内心一样。世上有很多伟大的灵魂，知识思辨者(jñānī)、瑜伽师(yogī)和纯粹的奉献者(bhakta)都被称为伟大的灵魂。人们可以在瑜伽师和知识思辨者中找到很多伟大的灵魂，但《博伽梵歌》第7章的第19节诗中说，真正伟大的灵魂——全心全意皈依至尊主的纯粹奉献者，却极为罕见(sa mahātmā sudurlabhaḥ)。奉献者的内心总是很沉着、平静，没有欲望的波澜，因为他除了想要以主奎师那的仆人、朋友、父亲、母亲或爱侣的身份侍奉主奎师那外，没有其他愿望(anyā-bhilāṣitā-śūnyam)。与奎师那本人的交往联谊，使奉献者总是沉着、冷静。诗中谈到那个湖波平浪静这一点也很有意义，因为伟大奉献者的门徒们托庇于他这个伟大的灵魂后也变得沉着、平静，不再因为受物质世界波澜的刺激而变得激动不安。

这个物质世界常常被描述为是无知的海洋。在这样一个海洋中，所有的一切都激荡不安。伟大的奉献者的心也恰似一个海洋或很大的湖泊，但其中却没有烦乱、不安。正如《博伽梵歌》第2章的第41节诗中所说：坚定不移地为至尊主服务的人，不会因为任何事物的刺激而变得烦躁不安(vyavasāyātmikā buddhir ekeha kuru-nandana)。《博伽梵歌》第6章的第22节诗中也说：奉献者即使陷入最大的困境，也永远不会动摇(yasmin sthito na duḥkhena guruṇāpi vicālyate)。正因为如此，托庇于伟大的灵魂或伟大的奉献者的人，都变得内心平静。《永恒的柴坦亚经》中篇19章的第149节诗中说：主奎师那的奉献者因为没有欲望，所以永远平静(kṛṣṇa-bhakta-niṣkāma, ataeva 'śānta')；相反，瑜伽师、功利性活动者和知识思辨者却有很多欲望需要满足。人们也许会争论说，奉献者也有欲望，因为他们想要回归家园，回到首神身边。然而，这样的欲望并不会刺激内心。奉献者虽然想要回到首神身边，但无论生活状况如何，他都会满足现状。为此，这节诗中用“伟大灵魂的心(mahan-manaḥ)”加以说明，那湖水恰似伟大奉献者的心一样平静、安定。

第21节 नीलरक्तोत्पलाम्भोजकह्लारेन्दीवराकरम् ।
हंससारसचक्राह्वकारण्डवनिकूजितम् ॥२१॥

nīla-raktotpalāmbhoja-
kahlārendīvarākaram
haṁsa-sārasa-cakrāhva-
kāraṇḍava-nikūjitam

nīla—蓝色 / rakta—红色 / utpala—莲花 / ambhaḥ-ja—从水中长出 / kahlāra—另一种莲花 / indīvara—另一种莲花 / ākaram—宝库 / haṁsa—天鹅 / sārasa—鹤 / cakrāhva—名叫……的鸭子 / kāraṇḍava—名叫……的鸟儿 / nikūjitam—它们鸣叫

译文 那片巨大的湖中有各种莲花，其中有些是蓝色，有些呈红色；有些在夜晚盛开，有些在白天绽放；有些则像因迪瓦尔莲花那样在夜晚才开花。所有这些莲花加在一起，把整片湖挤得满满的，以致那片湖看似莲花的宝库。结果是，天鹅、鹤、查夸瓦卡、卡冉达瓦及其他美丽的水鸟们都只好站在湖岸边。

要旨 这节诗中“宝库(ākaram)”一词非常重要，因为那片湖水盛产各种各样的莲花，看似莲花宝库。有些莲花白天生长，有些在深夜，有些则在傍晚，因此相应的就有不同的名字和颜色。由于湖中长满了所有这些莲花，湖水出奇的平静、安详，引得天鹅、查夸瓦卡(cakravāka)和卡冉达瓦(kāraṇḍava)等高级飞禽都站在湖畔引颈高歌，一派美丽、动人的景象。正如世上有不同种类的人，按照与三种物质自然属性的接触，鸟类、蜂类和树木等也各不相同。世间所有的一切都按照物质自然三种属性的影响分为不同的类别。喜欢清水和莲花的天鹅、仙鹤等飞禽，不同于喜欢污秽之地的乌鸦。同样，受愚昧和激情属性控制的人，不同于受善良属性控制的人。创造是那么地丰富多彩，因此在每一个物种中都还有千差万别的变化。就这样，这个湖畔上住着所有的高级鸟类，享受那长满了莲花的大湖所营造的氛围。

第 22 节 मत्तभ्रमरसौस्वर्यहृष्टरोमलताङ्घ्रिपम् ।
पद्मकोशरजो दिक्षु विक्षिपत्पवनोत्सवम् ॥२२॥

matta-bhramara-sausvarya-
hṛṣṭa-roma-latāṅghripam
padma-kośa-rajo dikṣu
vikṣipat-pavanotsavam

matta—疯狂 / bhramara—雄蜂 / sau-svarya—大声地嗡嗡叫 / hṛṣṭa—欢乐地 / roma—身体的毛发 / latā—爬藤 / aṅghripam—树木 / padma—莲花 / kośa—花心 / rajaḥ—花粉 / dikṣu—所有的方向 / vikṣipat—抛撒 / pavana—空气 / utsavam—节庆

译文 湖畔四周生长着各种树木和匍匐植物，陶醉了的雄蜂围着它们团团转，嗡嗡地叫着。树木看上去因为雄蜂甜美的哼唱而非常快乐，莲花蕊上的花粉被吹到空中。这一切在四周营造了一派节日的气氛。

要旨 树木和蔓藤也是不同的生物体。当雄蜂到树上和这些匍匐植物上采蜜时，这些植物无疑非常快乐。在这种时候，风也趁机把莲花花粉吹向各处。这一切加上天鹅的鸣叫及平静的湖水，使那个地方在帕柴塔看来，仿佛是节日不断的喜庆之地。从这节诗的描述中看，帕柴塔们到了喜马拉雅山附近的希瓦的住所(Śivaloka)。

第23节　तत्र गान्धर्वमाकर्ण्य दिव्यमार्गमनोहरम् ।
विसिस्म्यू राजपुत्रास्ते मृदङ्गपणवाद्यनु ॥२३॥

tatra gāndharvam ākarṇya
divya-mārga-manoharam
visismyū rāja-putrās te
mṛdaṅga-paṇavādy anu

tatra－那里 / gāndharvam－音乐 / ākarṇya－聆听 / divya－天堂的 / mārga－对称的 / manaḥ-haram－美丽 / visismyuḥ－他们很惊讶 / rāja-putrāḥ－巴黑沙特王所有的儿子 / te－他们所有人 / mṛdaṅga－鼓 / paṇava－定音鼓 / ādi－全部的 / anu－总是

译文　*君王的儿子们听到各种鼓声、定音鼓声，以及其他悠扬悦耳的乐声齐响，感到十分惊讶。*

要旨　那片区域除了湖中的莲花和附近的生物体之外，还有许多乐器发出的声音。非人格神主义者追求的没有多样化的虚无境界，根本无法与这种令人愉快的环境相比。《布茹阿玛·萨密塔》第5章的第1节诗中说，灵魂实际上应该达到永恒、极乐和知识的完美境界(sac-cid-ānanda)。非人格神主义者因为否认这些多样化的创造，所以无法真正享受超然的极乐。帕柴塔所到达的地方是主希瓦的住所。非人格神主义者通常都崇拜主希瓦，但主希瓦的住所内从来都是多姿多彩的。事实上，人无论去哪里，无论是主希瓦居住的星球、主维施努的居所，还是主布茹阿玛的所在地，都会发现，那里有充满知识和极乐的人在享受着多样化。

第24－25节　तर्ह्येव सरसस्तस्मान्निष्क्रामन्तं सहानुगम् ।
उपगीयमानममरप्रवरं विबुधानुगैः ॥२४॥
तप्तहेमनिकायाभं शितिकण्ठं त्रिलोचनम् ।
प्रसादसुमुखं वीक्ष्य प्रणेमुर्जातकौतुकाः ॥२५॥

tarhy eva sarasas tasmān
  niṣkrāmantaṁ sahānugam
upagīyamānam amara-
  pravaraṁ vibudhānugaiḥ
tapta-hema-nikāyābhaṁ
  śiti-kaṇṭhaṁ tri-locanam
prasāda-sumukhaṁ vīkṣya
  praṇemur jāta-kautukāḥ

tarhi—在那一刻 / eva—肯定地 / sarasaḥ—从水中 / tasmāt—从那里 / niṣkrāmantam—出来 / saha-anugam—由伟大的灵魂陪伴 / upagīyamānam—被追随者们所赞美 / amara-pravaram—半神人的首领 / vibudha-anugaiḥ—由他的同伴跟随着 / tapta-hema—熔金 / nikāya-ābham—身体特征 / śiti-kaṇṭham—蓝色的喉部 / tri-locanam—有三只眼 / prasāda—仁慈地 / su-mukham—漂亮的面容 / vīkṣya—看 / praṇemuḥ—顶礼 / jāta—激起 / kautukāḥ—对处境感到惊讶

译文 帕柴塔们幸运地看到，半神人们的领袖主希瓦与他的同伴们从水中浮现出来。他身体的光泽如同熔化的金子，喉咙部位呈淡蓝色。他有三只眼睛，用它们极为仁慈地看着他的奉献者。许多音乐家簇拥着他，在赞美他。帕柴塔们一看到主希瓦，立刻惊讶万分地扑倒在他的莲花足旁，向他顶礼。

要旨 诗中“由他的同伴们跟随着(vibudhānugaiḥ)”一句是指，主希瓦总是由歌仙(Gandharva)和克伊纳尔(Kinnara)等高等星球的居民们陪伴着。他们都十分精通音乐艺术，主希瓦一直受到他们的崇拜。画像中一般都把主希瓦的肤色画成白色，但我们在这节诗中发现，他的肤色并非白色，而是像熔化的金子般鲜艳的淡黄色。由于主希瓦总是非常、非常仁慈，他的名字又叫阿舒头沙(Āśutoṣa)。在全体半神人中，只有主希瓦才接受最低等的人对他的崇拜，他们只需要向他致敬，给他供奉孟加拉苹果树叶就能使他满意。为此，他的名字又叫阿舒头沙，意思说他很快就被取悦。

很想得到物质成功的人一般就会为得到物质利益接近主希瓦。极为仁慈的主希瓦会很快给予他的奉献者向他要求的一切赐福。恶魔利用主希瓦的这种仁慈，有时从他那里争取一些对他人来说非常危险的祝福。例如，维卡苏茹阿(Vṛkāsura)从主希瓦那里要到了“只要触碰他人的头就能把那人杀死”的祝福。尽管主希瓦有时很大方地就把这样的祝福给予他的奉献者，但问题是，奸诈的恶魔有时想要试验这种祝福是否灵验。例如，维卡苏茹阿得到他想要的祝福后，就曾企图触碰主希瓦的头。然而，主维施努的奉献者根本不想要这样的赐福，而主维施努也不赐予给祂的奉献者有可能对整个世界造成打扰的祝福。

第 26 节　स तान् प्रपन्नार्तिहरो भगवान्धर्मवत्सलः ।
धर्मज्ञान् शीलसम्पन्नान् प्रीतः प्रीतानुवाच ह ॥२६॥

sa tān prapannārti-haro
bhagavān dharma-vatsalaḥ
dharma-jñān śīla-sampannān
prītaḥ prītān uvāca ha

saḥ—主希瓦 / tān—他们 / prapanna-ārti-haraḥ—消除所有危险的人 / bhagavān—主人 / dharma-vatsalaḥ—极喜欢宗教原则 / dharma-jñān—精通宗教原则的人 / śīla-sampannān—良好的行为 / prītaḥ—满意 / prītān—举止文雅地 / uvāca—与他们谈论 / ha—过去

译文　主希瓦通常总是保护虔诚之士及行为和善、有教养的人，所以对帕柴塔们感到很满意。由于王子们令他非常高兴，他开口说了如下的话。

要旨　至尊人格首神维施努——奎师那，被称为“极喜爱奉献者的人(bhakta-vatsala)”，我们看到这节诗中把主希瓦称为“极喜欢宗教原则的人(dharma-vatsala)”。当然，“极喜欢宗教原则的人”一句是指，按照宗教原则生活的人。这是理所当然的。但这两个词都还有另外的意义。主希瓦有时必须与那些受激情和愚昧属性控制的人打交道。这种人不总是很有宗教心，所从事的活动也大多不是虔诚的。然而，他们为得到某些物质利益而崇拜主希瓦，有时就会遵守宗教原则。主希瓦一旦看到他的奉献者遵守宗教原则，就会祝福他们。帕祺纳巴尔黑的儿子帕柴塔们，天生虔诚、和善，所以立刻得到了主希瓦的喜爱。主希瓦知道这些王子都是外士纳瓦的儿子，为此而向至尊人格首神献上以下诗文中记载的祈祷。

第 27 节 श्रीरुद्र उवाच

यूयं वेदिषदः पुत्रा विदितं वश्चिकीर्षितम् ।
अनुग्रहाय भद्रं व एवं मे दर्शनं कृतम् ॥२७॥

śrī-rudra uvāca
yūyaṁ vediṣadaḥ putrā
viditaṁ vaś cikīrṣitam
anugrahāya bhadraṁ va
evaṁ me darśanaṁ kṛtam

śrī-rudraḥ uvāca－主希瓦开始说 / yūyam－你们所有人 / vediṣadaḥ－帕祺纳巴尔黑王的 / putrāḥ－儿子们 / viditam－知道 / vaḥ－你们的 / cikīrṣitam－欲望 / anugrahāya－为了对你们表示仁慈 / bhadram－祝你们有所有的好运 / vaḥ－你们全体 / evam－如此 / me－我的 / darśanam－晋见的机会 / kṛtam－你们得到了

译文 主希瓦说：你们都是帕祺纳巴尔黑王的儿子，我祝你们有一切的好运。我知道你们准备做什么，因此为向你们表示我的仁慈而让你们能看到我。

要旨 主希瓦说明他知道王子们将要做的事。事实上，他们准备通过从事艰难的苦修崇拜主维施努。了解这一事实后，主希瓦立刻变得很高兴，下一节诗对此有清楚地描述。这说明，还不是至尊人格首神的奉献者，但却想要为至尊主服务的人，会得到以半神人的领袖主希瓦为首的半神人的祝福。因此，至尊主的奉献者不需要为取悦半神人而做额外的努力。仅仅靠崇拜至尊主，奉献者就能取悦所有的半神人。奉献者也不需要向半神人要求物质利益，因为半神人只要对奉献者满意，就会自动为他提供他所需要的一切。半神人都是至尊主的仆人，他们随时随地都准备帮助奉献者。正因为如此，圣彼尔瓦蒙嘎拉·塔库尔(Bilvamaṅgala Ṭhākura)说：人只要为至尊主做纯粹的奉爱服务，掌管解脱的女神就准备侍奉他，更不要说掌管物质财富的半神人了。事实上，所有的半神人都在等待为奉献者服务的机会。因此，奎师那的奉献者根本无需为得到物质财富或解脱而努力。他只要处在做奉爱服务的超然状态中，就会得到信奉宗教(dharma)、经济发展(artha)、从事功利性活动(kāma)和追求解脱(mokṣa)所能得到的一切利益。

第28节 यः परं रंहसः साक्षात्त्रिगुणाज्जीवसंज्ञितात् ।
भगवन्तं वासुदेवं प्रपन्नः स प्रियो हि मे ॥२८॥

yaḥ paraṁ raṁhasaḥ sākṣāt
tri-guṇāj jīva-saṁjñitāt
bhagavantaṁ vāsudevaṁ
prapannaḥ sa priyo hi me

yaḥ—任何人 / param—超然的 / raṁhasaḥ—控制者的 / sākṣāt—直接 / tri-guṇāt—从物质自然三属性中 / jīva-saṁjñitāt—被称为吉瓦的生物 / bhagavantam—向至尊人格首神 / vāsudevam—向奎师那 / prapannaḥ—皈依 / saḥ—他 / priyaḥ—非常亲密 / hi—无疑 / me—我的

译文 主希瓦继续说：我其实非常珍视投靠至尊人格首神奎师那的人，祂是物质自然及生物等一切的控制者。

要旨 主希瓦现在解释他亲自来到王子们面前的原因，即：因为所有的王子都是主奎师那的奉献者。主奎师那在《博伽梵歌》第7章的第19节诗中说明：

bahūnāṁ janmanām ante
jñānavān māṁ prapadyate
vāsudevaḥ sarvam iti
sa mahātmā sudurlabhaḥ

“经过许许多多次生死后，一个真正处在知识层面上的人就会皈依我，知道我是一切原因的起因，是一切。这样的灵魂是伟大的、罕见的。”

普通人极难见到主希瓦，也很难看到全身心投靠华苏戴瓦(Vāsudeva)——奎师那的人，因为这样的人太罕见了(sa mahātmā sudurlabhaḥ)。正因为如此，主希瓦特意来见帕柴塔们，因为他们全身心地投靠至尊人格首神华苏戴瓦。《圣典博伽瓦谭》一开始的赞美诗(mantra)中也提到华苏戴瓦说：我崇拜至尊人格首神华苏戴瓦(oṁ namo bhagavate vāsudevāya)。由于华苏戴瓦是最高的真理，主希瓦公开宣布：他实际上非常喜爱主华苏戴瓦的奉献者——皈依主奎师那的人。主华苏戴瓦——奎师那，不仅值得普通生物体的崇拜，而且值得主希瓦、主布茹阿玛等半神人的崇拜。《圣典博伽瓦谭》第12篇第13章的第1节诗中说：奎师那受到主布茹阿玛、主希瓦、水神瓦茹纳(Varuṇa)、天帝因铎、月亮神昌铎(Candra)和所有其他半神人的崇拜(yaṁ brahmā-varuṇendra-rudra-marutaḥ stuvanti divyaiḥ stavaiḥ)。这也是奉献者的情况。事实上，为奎师那做奉爱服务的人，立刻受到刚接触或开始了解奎师那意识真正内涵的人的喜爱。同样，所有的半神人也都试图找到真正投靠、服从主华苏戴瓦的人。由于帕柴塔王子们都投靠、服从华苏戴瓦，主希瓦便很乐意出来见他们。

《博伽梵歌》中把主华苏戴瓦——奎师那描述为是至尊享受者(Puruṣottama)。祂其实既是享受者(puruṣa)，也是至尊者(uttama)。祂是一切能量(prakṛti)和享受者(puruṣa)的享受者。生物在物质自然三种属性的影响下试图支配物质自然，但他实际上并非享受者(puruṣa)，而是能量(prakṛti)。正如《博伽梵歌》第7章的第5节诗所说：除此之外，我还有一种高等能量，由利用低等能量的生物组成(apareyam itas tv anyāṁ prakṛtiṁ viddhi me parām)。所以，个体灵魂(jīva)——生物，实际上是至尊主的边缘能量(prakṛti)。他因为与物质能量接触而试图主宰物质自然。对此，《博伽梵歌》第15章的第7节诗也证实说：

mamaivāṁśo jīva-loke
jīva-bhūtaḥ sanātanaḥ
manaḥ-ṣaṣṭhānīndriyāṇi
prakṛti-sthāni karṣati

"在这个受制约的世界里的众生，都是我永恒的碎片部分。受制约的生活使他们与包括心念在内的六种感官苦苦争斗。"

生物因为努力要支配物质自然，所以落得个为生存而苦苦挣扎的结局。事实上，他虽然拼命要自己享受，却连物质的资源都享受不了。他属于边缘能量，所以被称为能量(prakṛti) ——个体灵魂(jīva)。存在中有两种生物：一种是坠落下来受到制约的，被称为"克沙茹阿(kṣara)"；另一种是不受制约的，被称为"阿克沙茹阿(akṣara)"。绝大多数生物生活在灵性世界中，是"阿克沙茹阿"。他们处在纯粹灵性的存在状态中，不同于受物质自然三种属性制约的生物。

主奎师那——华苏戴瓦，超越受制约的灵魂和不受制约的灵魂，所以在《博伽梵歌》第15章的第18节诗中被称为至尊者(Puruṣottama)。非人格神主义者也许会说：华苏戴瓦是不具人格特性的梵，但事实上不具人格特性的梵也从属于奎师那，《博伽梵歌》第14章的第27节诗中说，我是非人格梵的基础(brahmaṇo hi pratiṣṭhā-ham)。对此，《布茹阿玛·萨密塔》第5章的第40节诗中也证实说：奎师那是不具人格特性的梵的源头(yasya prabhā prabhavato jagadaṇḍa-koṭi)。非人格梵只不过是奎师那身体放射出的光芒，在那光芒中有无数的宇宙飘浮其中。因此，华苏戴瓦——奎师那，从所有的方面都是至尊主，而希瓦对全身心投靠祂的人很满意。奎师那希望个体灵魂完全投靠、服从祂，正如祂在《博伽梵歌》第18章的第66节诗中指出的：抛弃一切种类的宗教，只向我皈依(sarva-dharmān paritya-jya mām ekaṁ śaraṇaṁ vraja)。这节诗中“直接地(sākṣāt)”一词非常重要。世上有许多所谓的奉献者，但他们并没有直接当主奎师那的奉献者，所以事实上只不过是功利性活动者和知识思辨者。功利性活动者有时把他们活动的结果供奉给主华苏戴瓦，这种供奉叫做供奉结果(karmārpaṇam)。他们这么做仍被视为是功利性活动，因为他们认为主维施努是向主希瓦和主布茹阿玛那样的半神人，与半神人同属一个层面，所以投靠半神人与投靠华苏戴瓦一样。这种观点在这节诗中遭到了否定，因为如果他们的观点正确，主希瓦就会在此说，投靠他、主华苏戴瓦或布茹阿玛都是一样的。然而，主希瓦并没有这么说。他不仅自己投靠、服从华苏戴瓦，而且非常珍爱投靠、服从华苏戴瓦的任何人。这节诗清楚地表达了这一内容。结论是：主希瓦并不珍视他自己的奉献者，但却极其喜爱主奎师那的奉献者。

第29节 स्वधर्मनिष्ठः शतजन्मभिः पुमान्
विरिञ्चतामेति ततः परं हि माम् ।
अव्याकृतं भागवतोऽथ वैष्णवं
पदं यथाहं विबुधाः कलात्यये ॥२९॥

sva-dharma-niṣṭhaḥ śata-janmabhiḥ pumān
viriñcatām eti tataḥ paraṁ hi mām
avyākṛtaṁ bhāgavato 'tha vaiṣṇavaṁ
padaṁ yathāhaṁ vibudhāḥ kalātyaye

sva-dharma-niṣṭhaḥ—履行自己职责的人 / śata-janmabhiḥ——一百次的投生 / pumān—生物体 / viriñcatām—主布茹阿玛的位置 / eti—获得 / tataḥ—那以后 / param—以上 / hi—肯定地 / mām—到达我 / avyākṛtam—毫不偏离 / bhāgavataḥ—向至尊人格首神 / atha—因此 / vaiṣṇavam—至尊主的纯粹奉献者 / padam—位置 / yathā—如同 / aham—我 / vibudhāḥ—半神人 / kalā-atyaye—在物质世界毁灭后

译文　连续一百世都在正确履行自己职责的人，有资格坐上布茹阿玛的位置；他如果变得更有资格，就能接近我(希瓦)。直接投靠、服从主奎师那(维施努)的人，将在做纯粹奉爱服务时被立刻提升上灵性星球。我(希瓦)和其他半神人在这个物质世界毁灭后才能去灵性星球。

要旨　这节诗给出了进化程序中最高完美境界的概念。佳亚戴瓦·哥斯瓦米(Jayadeva Gosvāmī)在他写的外士纳瓦诗歌中描述道：奎师那的鱼化身玛茨亚在毁灭之水中承载了韦达经(pralaya-payodhi jale dhṛtavān asi vedam)。让我们从毁灭(pralaya)后开始追踪现代科学家所描述的进化程序，当时整个宇宙都充满了水。那时，水中有许多鱼和其他水生物，从这些水生物，逐步发展出了匍匐植物、树木等。从树木等植物发展出昆虫和爬行动物；从它们那里，飞禽、走兽，接着是人类发展出来，最后是文明的人类。现在，文明人正处在十字路口，要决定朝什么方向走才能在灵性生活中取得进步。这节诗中说“履行自己职责的人(sva-dharma-niṣṭhaḥ)”，意思是：当生物得到文明人的躯体时，就必然按照他的工作和品德归属到不同的社会阶层中(sva-dharma)。就有关这一点，《博伽梵歌》第4章的第13节诗中说：

cātur-varṇyaṁ mayā sṛṣṭaṁ
guṇa-karma-vibhāgaśaḥ

“根据物质自然的三种属性和与它们有关的不同活动，我把人类社会划分为四个阶层。”

文明的人类社会中必然有对布茹阿玛纳(brāhmaṇa, 婆罗门)、查锤亚(kṣatriya, 刹帝利)、外夏(vaiśya, 吠舍)和庶铎(śūdra, 首陀罗)的划分。每一个人都必须按照自己所在的阶层正确地履行自己的职责。这节诗中“履行自己职责的人(svadharma-niṣṭhaḥ)”一句说明，人无论是布茹阿玛纳、查锤亚、外夏或庶铎，只要严守自己的岗位，正确地履行规定职责，就被视为是文明人，否则就并不比动物强。这节诗中也谈到，连续一百世都在正确履行自己职责(sva-dharma)的人(例如布茹阿玛纳连续不断地从事符合他身份的活动)，就有资格被提升到布茹阿玛居住的星球(Brahmaloka)。创造中还有一个名叫希瓦珞卡(Śiva-loka)或叫萨达希瓦珞卡(Sadāśivaloka)的星球，它地处灵性世界和物质世界之间。住在布茹阿玛珞卡上继续使自己具备更多的资格后，就可以被提升到萨达希瓦珞卡上。同样，当人甚至更有资格时，就能到灵性世界的外琨塔星球去。外琨塔星球(Vaikuṇṭhaloka)是每一个人追求的目标，就连半神人也不例外。不想追求物质利益的奉献者可以到那里去。《博伽梵歌》第8章的第16节诗中指出，人即使上升到布茹阿玛珞卡也摆脱不了物质的痛苦(ābrahma-bhuvanāl lokāḥ punar āvartino 'rjuna)。同样，人即使被提升到希瓦珞卡上也不是很安全，因为希瓦珞卡处在灵性世界和物质世界的边缘地带。然而，人如果到达外琨塔星球，就达到了生命的最完美境界，结束了进化的过程(mām upetya tu kaunteya punar janma na vidyate)。换句话说，这节诗中证实：具有发达意识的人，必须为使自己在离开这个躯体后立刻被提升到外琨塔星球或奎师那居住的星球(Kṛṣṇaloka)而培养奎师那意识(tyaktvā dehaṁ punar janma naiti mām eti so 'rjuna)。充满奎师那意识、不受包括布茹阿玛星球和希瓦星球在内的任何星球吸引的人，立刻被升上奎师那星球(mām eti)。那才是生命的最高完美境界，是进化程序中最高的阶段。

第30节 अथ भागवता यूयं प्रियाः स्थ भगवान् यथा ।
न मद्भागवतानां च प्रेयानन्योऽस्ति कर्हिचित् ॥३०॥

atha bhāgavatā yūyaṁ
priyāḥ stha bhagavān yathā
na mad bhāgavatānāṁ ca
preyān anyo 'sti karhicit

atha—因此 / bhāgavatāḥ—奉献者 / yūyam—你们所有人 / priyāḥ—我很珍视你们 / stha—你们是 / bhagavān—至尊人格首神 / yathā—如同 / na—也不 / mat—比我 / bhāgavatānām—奉献者的 / ca—也 / preyān—非常珍爱 / anyaḥ—其他人 / asti—有 / karhicit—在任何时候

译文 你们都是至尊主的奉献者，我认为你们就像至尊人格首神本人那样值得尊敬。我知道因为这样，奉献者们也尊敬我，喜爱我。因此，没人能比我更珍视奉献者了。

要旨 经典中说，主希瓦是所有奉献者中最优秀的奉献者(vaiṣṇavānāṁ yathā śambhuḥ)。因此，主奎师那的全体奉献者也是主希瓦的奉献者。温达文(Vṛndāvana)内有一座名叫哥琵施瓦尔(Gopīśvara)的主希瓦的庙。牧牛姑娘(gopī)曾经不仅崇拜主希瓦，也崇拜卡提雅亚妮(Kātyāyanī)——杜尔嘎，但她们这样做的目的，是为了得到主奎师那的喜爱。主奎师那的奉献者并不轻视主希瓦，而是把主希瓦当做主奎师那最崇高的奉献者加以崇拜。因此，奉献者每当崇拜主希瓦时，都会向主希瓦祈祷，希望得到主奎师那的恩典，而不是要求物质利益。《博伽梵歌》第7章的第20节诗中说：人们通常为得到某些物质利益而崇拜半神人(kāmais tais tair hṛta jñānāḥ)。他们在物质享乐欲望的驱使下去崇拜半神人，但奉献者因为从不受物质享乐欲望的驱使，所以从不这样做。这就是奉献者尊敬主希瓦与恶魔向主希瓦表示敬意的区别之所在。恶魔崇拜主希瓦是为了从希瓦那里得到某些物质利益；他在误用那利益后最终被至尊人格首神杀死，而至尊人格首神杀死他是赐予他解脱。

主希瓦因为是至尊人格首神的伟大的奉献者，所以深爱至尊主所有的奉献者。主希瓦告诉帕柴塔们：由于他们是至尊主的奉献者，他非常爱他们。主希瓦不仅对帕柴塔们亲切、仁慈，而是非常珍爱至尊人格首神所有的奉献者。主希瓦不仅爱至尊主的奉献者，而且像尊敬至尊人格首神那样尊敬他们。同样，至尊主的奉献者们也把主希瓦当做主奎师那最爱的奉献者去崇拜他。他们不会在不崇拜人格首神的情况下单独崇拜他。在列举对圣名的冒犯(nāma-aparādha)中说，认为吟诵、吟唱哈尔依(Hari)的圣名，与吟诵、吟唱哈茹阿(Hara)——希瓦的名字一样，是对至尊主的圣名的一种冒犯。奉献者必须始终清楚，主维施努是至尊人格首神，主希瓦是祂的奉献者。人们应该像尊敬至尊人格首神一样尊敬祂的奉献者，有时甚至应该给予奉献者更多的尊敬。事实上，主茹阿玛(Rāma)——人格首神本人，有时也崇拜主希瓦。如果至尊主本人都崇拜奉献者，那么奉献者为什么不能受到与崇拜至尊主一样的崇拜呢？这就是结论。从这节诗中可以看出，主希瓦给恶魔祝福只不过是在例行公事；他真正爱的是那些把自己奉献给至尊人格首神的人。

第 31 节 इदं विविक्तं जप्तव्यं पवित्रं मङ्गलं परम् ।
निःश्रेयसकरं चापि श्रूयतां तद्वदामि वः ॥३१॥

idaṁ viviktaṁ japtavyaṁ
pavitraṁ maṅgalaṁ param
niḥśreyasa-karaṁ cāpi
śrūyatāṁ tad vadāmi vaḥ

idam—这 / viviktam—非常、独特的 / japtavyam—总是被吟诵、吟唱 / pavitram—非常纯粹 / maṅgalam—吉祥 / param—超然 / niḥśreyasa-karam—极有益的 / ca—也 / api—肯定地 / śrūyatām—请听 / tat—那 / vadāmi—我说 / vaḥ—向你们

译文 我现在要吟诵一首赞歌，这赞歌不仅超然、纯净和吉祥，而且对想要达到生命最高目的的人来说是最好的祈祷。在我吟诵这首赞歌时，请专注地用心聆听。

要旨 诗中梵文“非常、独特的(viviktam)”一词意义重大。我们不该认为主希瓦吟诵的祈祷赞歌具有宗派性；相反，它们十分机密，以至想要得到最高的成就或达到生命的吉祥目的的人，必须听从主希瓦的教导，像主希瓦本人做的那样，向至尊人格首神祈祷并赞美祂。

第 32 节

मैत्रेय उवाच
इत्यनुक्रोशहृदयो भगवानाह ताञ्छिवः ।
बद्धाञ्जलीन् राजपुत्रान्नारायणपरो वचः ॥३२॥

maitreya uvāca
ity anukrośa-hṛdayo
bhagavān āha tāñ chivaḥ
baddhāñjalīn rāja-putrān
nārāyaṇa-paro vacaḥ

maitreyaḥ uvāca—伟大的圣人麦垂亚继续说 / iti—如此 / anukrośa-hṛdayaḥ—心地善良的 / bhagavān—主人 / āha—说 / tān—向帕柴塔 / śivaḥ—主希瓦 / baddha-añjalīn—双手合十站立着的 / rāja-putrān—君王的儿子 / nārāyaṇa-paraḥ—纳茹阿亚纳的伟大奉献者主希瓦 / vacaḥ—话语

译文 伟大的圣人麦垂亚继续道：崇高的人物、主纳茹阿亚纳伟大的奉献者——主希瓦，出于他没有缘故的仁慈，继续对双手合十站着的王子们讲话。

要旨 主希瓦自愿来祝福君王的儿子们，并为他们做一些有利于他们的事情。他亲自吟诵那赞歌——曼陀(mantra)，以使它更具功效。主希瓦建议君王的儿子们(rāja-putras)吟诵那首赞歌。当一首赞歌被伟大的奉献者吟诵、吟唱时，那赞歌就会变得更有力量。尽管哈瑞·奎师那这首伟大的曼陀(Hare Kṛṣṇa mahā-mantra)本身就很强大有力，但门徒还是要在启迪时从他的灵性导师那里接受这曼陀，因为当灵性导师吟诵这曼陀时，它变得更强大有力。主希瓦让君王的儿子们专注地聆听他的吟诵，因为不专注地听是一种冒犯。

第 33 节

श्रीरुद्र उवाच
जितं त आत्मविद्वर्यस्वस्तये स्वस्तिरस्तु मे ।
भवताराधसा राद्धं सर्वस्मा आत्मने नमः ॥३३॥

śrī-rudra uvāca
jitaṁ ta ātma-vid-varya-
svastaye svastir astu me
bhavatārādhasā rāddhaṁ
sarvasmā ātmane namaḥ

śrī-rudraḥ uvāca－主希瓦开始说 / jitam－所有的荣耀 / te－归于您 / ātma-vit－觉悟自我的 / varya－最好的 / svastaye－向吉祥的 / svastiḥ－吉祥 / astu－愿…… / me－向我 / bhavatā－由您 / ārādhasā－由十全十美的 / rāddham－值得崇拜的 / sarvasmai－至尊灵魂 / ātmane－向至尊灵魂 / namaḥ－顶礼

译文 主希瓦这样对至尊人格首神祈祷说，至尊人格首神啊！一切荣耀归于您。您是所有觉悟了自我的灵魂中最崇高的人。由于您对觉悟自我的人来说总是吉祥无比，我希望您对我来说也是吉祥的。您因为给予绝对完美的教导而值得崇拜。您是超灵，所以我顶拜您——至尊生物。

要旨 奉献者一旦受到至尊主的激励向至尊主献上祈祷，就会立刻以赞美至尊主为开始说："所有的荣耀归于您，我的至尊主"。至尊主之所以受到赞美，是因为祂被视为是全体觉悟了自我的灵魂的领袖。正如韦达经《喀塔奥义书》第2篇第2章的第13节诗中说：至尊神——人格首神，是所有生物的领袖(nityo nityānāṁ cetanaś cetanānām)。个体灵魂分很多种，他们有些在这个物质世界里，有些在灵性世界中。在灵性世界中的灵魂是完全觉悟了自我的灵魂，因为在灵性的层面上，灵魂(生物)不忘自己该为至尊主做的服务。因此，在灵性世界中为至尊主做奉爱服务的灵魂永恒不变，明白至尊神的地位，以及他们自己的原本地位和个体性。在觉悟了自我的灵魂中，至尊主被称为是完美的觉悟自我的灵魂(nityo nityānāṁ cetanaś cetanānām)。当个体灵魂清楚至尊主作为人格首神的地位，而且坚定不移地做奉爱服务时，他实际上就确立了他绝对吉祥的状态。主希瓦在这节诗中祈祷，希望靠至尊主对他的仁慈，他能够永恒不变地保持他吉祥的状态。

至尊主绝对完美；祂教导说，崇拜祂的人也变得完美。正如《博伽梵歌》第15章的第15节诗中说：记忆、知识和遗忘都来自我(mattaḥ smṛtir jñānam apohanaṁ ca)。至尊主作为超灵处在每一个生物体的心中；祂对祂的奉献者是如此仁慈，教导他们不断取得进步。他们从绝对完美的人那里接受指示，就没机会被误导了。对此，《博伽梵歌》第10章的第10节诗中也确认说：我赐予他们理解力，使他们来到我这里(dadāmi buddhi-yogaṁ taṁ yena mām upayānti te)。至尊主随时准备给纯粹奉献者以指示，好让奉献者能够在做奉爱服务的过程中不断取得进步。由于至尊主以超灵(sarvāsmā)的形式给予指示，主希瓦便用“向超灵致敬(sarvasmā ātmane namaḥ)”对祂表示敬意。个体灵魂被称为阿特玛(ātmā)，至尊主既被称为阿特玛，又因为处在每一个生物体的心中而被称为至尊灵魂、超灵——帕茹阿玛特玛(Paramātmā)。为此，所有的敬意都要献给祂。就有关这一点，我们也许可以参考《圣典博伽瓦谭》第1篇第8章的第20节诗中琨缇(Kuntī)的祈祷内容：

tathā paramahaṁsānāṁ
munīnām amalātmanām
bhakti-yoga-vidhānārthaṁ
kathaṁ paśyema hi striyaḥ

“进步的超然主义者和心智思辨者，因为能分清物质与灵性的差别而得到净化。您亲自降临，将奉爱服务的超然科学植入他们心中。然而，我们女人该如何完美地了解您呢？”

至尊主总是准备给祂那些完全清楚了物质世界一切污染的最优秀的奉献者以指示。祂随时指示这些崇高的奉献者，告诉他们如何才能坚定不移地做奉爱服务。同样，《圣典博伽瓦谭》第1篇第7章的第10节诗中说：

ātmārāmāś ca munayo
nirgranthā apy urukrame
kurvanty ahaitukīṁ bhaktim
ittham-bhūta-guṇo hariḥ

“所有满足于灵性自我的人，特别是稳定地走在觉悟自我路途上的人，虽然摆脱了各种各样的物质束缚，但都渴望为人格首神做纯粹的奉爱服务。这意味着至尊主拥有超然的特质，所以能吸引所有的人，包括解脱的灵魂。”

梵文“那些满足于灵性自我的人(ātmārāma)”，是指那些对物质世界不感兴趣，而只是忙于灵性觉悟的人。这种觉悟自我的人一般分两类，非人格神主义者和人格神主义者。非人格神主义者在受到至尊主超然的人的特征吸引时，也会变成奉献者。结论是：主希瓦想要永远当至尊人格首神华苏戴瓦的奉献者。正如下面的诗文所解释的，主希瓦从不像非人格神主义者那样想要融入至尊主的存在。相反，他认为如果能始终不变地明白至尊主是至尊人格首神，将是非常幸运的事。这样的理解可以使人认识到：所有的生物，包括主希瓦、主布茹阿玛和其他半神人，都是至尊主的仆人。

第 34 节 नमः पङ्कजनाभाय भूतसूक्ष्मेन्द्रियात्मने ।
वासुदेवाय शान्ताय कूटस्थाय स्वरोचिषे ॥३४॥

namaḥ paṅkaja-nābhāya
bhūta-sūkṣmendriyātmane
vāsudevāya śāntāya
kūṭa-sthāya sva-rociṣe

namaḥ－向您致以所有的顶礼 / paṅkaja-nābhāya－向那位从肚脐中长出莲花的人至尊人格首神 / bhūta-sūkṣma－感官对象 / indriya－感官 / ātmane－原本的 / vāsudevāya－向主华苏戴瓦 / śāntāya－总是平和 / kūṭa-sthāya－未被改变的 / sva-rociṣe－向至高无上的光芒

译文 我的至尊主，宇宙的莲花生长自您的肚脐，因此您是创造的源头。您是感官和感官对象的至尊控制者，也是无所不在的华苏戴瓦。您最平静，由于您至高无上的自明存在，您不受六种变化的干扰。

要旨 至尊主作为嘎尔博达卡沙依·维施努(Garbhodakaśāyī Viṣṇu)躺在这个宇宙的孕诞之洋中，从祂的肚脐生长出一朵莲花。主布茹阿玛就诞生于那朵莲花，他随后开始了这个物质世界的创造。因此，至尊人格首神嘎尔博达卡沙依·维施努，是物质感官和感官对象的起源。主希瓦认为自己是物质世界的产物之一，他的感官受至尊控制者的控制。至尊主的另一个名字是慧希凯施(Hṛṣīkeśa)——

感官的主人，这说明我们的感官和感官对象都是由至尊主塑造的。正因为如此，祂可以控制我们的感官，并仁慈地安排它们为感官的主人做服务。在受制约的状态中，生物在这个物质世界里挣扎，并用其感官获取物质性的满足。然而，生物如果得到至尊人格首神的恩典，就能用他的这些感官为至尊主服务。主希瓦希望不要被物质感官误导，而能够始终忙于为至尊主服务，不被物质的影响所污染。凭借无所不在的主华苏戴瓦的恩典和帮助，人可以像至尊主的行为从无偏差一样，不偏不离地用自己的感官为祂做奉爱服务。

诗中“因自明而始终保持平静的状态不变(śāntāya kūṭa-sthāya sva-rociṣe)”一句很重要。至尊主虽然在这个物质世界里，但却不受物质存在波澜的打扰。然而，受制约的灵魂却受六种变化的干扰，这六种变化分别是：饥饿、口渴、悲伤、被迷惑、变老和面临死亡。尽管受制约的灵魂很容易就被物质世界里的这些情况所迷惑，但至尊人格首神作为超灵华苏戴瓦却从不受这些变化的打扰。为此，这节诗中说祂始终平静不变(kūṭa-sthāya)，因为具有非凡的能力而不受干扰。这非凡的能力在诗中被描述为是“自明的(sva-rociṣe)”，以说明祂凭自己的超然状态而自放光明。换句话说，个体灵魂虽然在至尊者的光芒照耀中，但有时因为自己的微小状态而从那光明中坠落，坠入物质的、受制约的生活中。然而，至尊主不受这样的制约，所以被描述为是自明的。因此，在这个物质宇宙中受制约的灵魂，只要受到华苏戴瓦的保护或忙于做奉爱服务，就能保持十分完美的状态。

第 35 节 सङ्कर्षणाय सूक्ष्माय दुरन्तायान्तकाय च ।
नमो विश्वप्रबोधाय प्रद्युम्नायान्तरात्मने ॥३५॥

saṅkarṣaṇāya sūkṣmāya
durantāyāntakāya ca

namo viśva-prabodhāya
pradyumnāyāntar-ātmane

saṅkarṣaṇāya—向一切整合的主人 / sūkṣmāya—向精微的未展示的物质元素 / durantāya—向无法超越的 / antakāya—向一切瓦解的主人 / ca—也 / namaḥ—顶礼 / viśva-prabodhāya—向宇宙发展的主人 / pradyumnāya—向主帕杜么纳 / antaḥ-ātmane—向每一个生物体心中的超灵

译文 我亲爱的至尊主，您是精微物质元素的源头，是名为桑卡尔珊的主宰神明，控制着一切整合与瓦解。您作为名叫帕杜么纳的主宰神明，控制着所有的智力。为此，我恭恭敬敬地向您致敬。

要旨 整个宇宙都由至尊主的整合力量维系着，而展示那种力量的祂被称为桑卡尔珊(Saṅkarṣaṇa)。物质科学家也许发现了重力定律，这重力使物体在物质能量中得以整合；但他们不知道，控制一切整合的人也可以用从祂嘴里发射出的毁灭大火摧毁一切。就有关这一内容的描述，可以在《博伽梵歌》的第11章中看到，那里描述了至尊主的宇宙形象。控制整合的人也可以用祂的毁灭能量摧毁一切。桑卡尔珊是整合与毁灭的控制者，而帕杜么纳(Pradyumna)展现了主华苏戴瓦的另一个特征，负责宇宙的成长和维系。诗中“向精微的未展示的物质元素(sūkṣmāya)”一词非常重要，因为这个粗糙的物质躯体中有精微的物质躯体，即：心念、智力和假我。至尊主用祂不同的特质(华苏戴瓦、阿尼如达、帕杜么纳和桑卡尔珊)维系着这个世界粗糙和精微的物质元素。《博伽梵歌》中谈到，粗糙的物质元素是土、水、火、气和空间，精微的物质元素是心念、智力和假我。所有这些都由至尊人格首神以华苏戴瓦、桑卡尔珊、帕杜么纳和阿尼如达的特质控制着，下一节诗中将对这些做进一步的解释。

第 36 节 नमो नमोऽनिरुद्धाय हृषीकेशेन्द्रियात्मने ।
नमः परमहंसाय पूर्णाय निभृतात्मने ॥३६॥

namo namo 'niruddhāya
hṛṣīkeśendriyātmane
namaḥ paramahaṁsāya
pūrṇāya nibhṛtātmane

namaḥ—再次顶礼 / aniruddhāya—向主阿尼如达 / hṛṣīkeśa—感官的主人 / indriya-ātmane—感官的指导者 / namaḥ—向您致以所有的顶礼 / parama-haṁsāya—向至尊的完美 / pūrṇāya—向至尊的完整 / nibhṛta-ātmane—处在远离这个物质创造的地方

译文 我的至尊主，作为名叫阿尼如达的至尊指导神明，您控制着感官和心念。所以，我再三地向您致敬。您被称为阿南塔、桑卡尔珊，是因为您具有用您嘴里喷出的熊熊烈火烧毁整个创造的能力。

要旨 诗中说“感官的主人和指导者(hṛṣīkeśendriyātmane)”。心念是感官的指导者，主阿尼如达(Aniruddha)是心念的指导者。为了做奉爱服务，人必须把他的心念专注于奎师那的莲花足。为此，主希瓦向心念的控制者主阿尼如达祈祷，希望主阿尼如达愿意帮助他把心念专注于至尊主的莲花足。《博伽梵歌》第9章的第34节诗中说：总用心想着我；成为我的奉献者，向我顶礼，崇拜我(man-manā bhava mad-bhakto mad-yājī māṁ namaskuru)。我们应该用心冥想至尊主的莲花足，以便能够做奉爱服务。《博伽梵歌》第15章的第15节诗中也说，记忆、知识和遗忘都来自至尊主(mattaḥ smṛtir jñānam apohanaṁ ca)。因此，如果主阿尼如达高兴，祂就能帮助心念为至尊主做服务。这节诗还表明主阿尼如达扩展出了太阳神。由于太阳的控制神明是主阿尼如达的扩展，主希望便在这节诗中也向太阳神祈祷。

主奎师那用祂的四个一套的扩展(华苏戴瓦、桑卡尔珊、帕杜么纳和阿尼如达)，控制着思想、感觉，意愿和行动等活动。主希瓦把主阿尼如达视为太阳神向祂祈祷，祂是控制构成物质躯体结构的外在物质元素的神明。按照圣维施瓦纳特 · 查夸瓦尔提 · 塔库尔的说法，梵文“至尊天鹅(paramahaṁsa)”一词也是太阳神的另一个名字。太阳神在此被说成是“处在远离这个物质创造的地方(nibhṛtātmane)”，以表明他一直通过操纵降雨维系不同的星球。太阳神从海面蒸发水分，再使水形成云，最后用降雨的形式把水洒向大地。雨水充沛时，大地就盛产谷物，这些谷物维系着每一个星球上的生物体。太阳神在此又被说成是“完整的(pūrṇa)”，因为太阳放射出的光线从未停止过。自这个宇宙创造以来，千百万、千百万年的时间，太阳神提供的光和热从没有减少过。“至尊天鹅(paramahaṁsa)”一词适用于绝对纯洁的人。阳光充足时，人就会头脑清醒、思维清晰。换句话说，太阳神帮助生物的心念处在绝对纯净的层面上。因此，主希瓦祈祷阿尼如达对他仁慈，以使他的心念总保持在纯净的完美状态中，能够为至尊主做奉爱服务。正如火能消毒，使所有不洁的东西不起作用；太阳神也把一切都消毒，尤其是思想中的污垢，从而使人能上升到灵性理解的层面上。

第 37 节 स्वर्गापवर्गद्वाराय नित्यं शुचिषदे नमः ।
नमो हिरण्यवीर्याय चातुर्होत्राय तन्तवे ॥३७॥

svargāpavarga-dvārāya
nityaṁ śuci-ṣade namaḥ
namo hiraṇya-vīryāya
cātur-hotrāya tantave

svarga—天堂星球 / apavarga—解脱之途 / dvārāya—向……之门 / nityam—永恒的 / śuci-sade—向最纯粹的 / namaḥ—我向您顶礼 /

namaḥ－我顶拜 / hiraṇya－黄金 / vīryāya－精液 / cātuḥ-hotrāya－名为……的韦达祭祀 / tantave－向那位扩展的人

译文 我的至尊主，阿尼如达啊！您是权威，您的威望打开了高等星系和解脱的大门。您总是处在生物体纯净的心中。因此，我向您致敬。您是如同黄金般精子的拥有者，所以您以火焰的形式帮助由四位祭司主持开始的韦达祭祀。为此，我向您致以敬意。

要旨 诗中谈到“天堂或高等星球(svarga)”和“解脱(apavarga)”。韦达经(Vedas)业报之部(karma-kāṇḍīya)中描述的活动，实际上都受物质自然三种属性的束缚。正因为如此，《博伽梵歌》中说：人应该超越功利性活动的范围。解脱(mukti)有不同的种类。最高级的解脱是处在为至尊主做奉爱服务的状态中。主阿尼如达不仅以提升功利性活动者到高等星球上去的方式帮助他们，还用祂无穷尽的能量帮助奉献者做奉爱服务。正如热是物质能量的源泉，主阿尼如达的激励是使人能够做奉爱服务的能量。

第38节 नम ऊर्ज इषे त्रय्याः पतये यज्ञरेतसे ।
तृप्तिदाय च जीवानां नमः सर्वरसात्मने ॥३८॥

nama ūrja iṣe trayyāḥ
pataye yajña-retase
tṛpti-dāya ca jīvānāṁ
namaḥ sarva-rasātmane

namaḥ－我向您致以所有的顶礼 / ūrje－向祖先星球的供给者 / iṣe－半神人的供给者 / trayyāḥ－由三部韦达经 / pataye－向……的主人 / yajña－祭祀 / retase－向月亮星球的控制神明 / tṛpti-dāya－向给所有人带来满足的人 / ca－也 / jīvānām－生物体的 / namaḥ－我顶拜 / sarva-rasa-ātmane－向无所不在的超灵

译文　我的至尊主，您为祖先星球和全体半神人提供一切。您是月亮的主宰神明，是所有三部韦达经的主人。我恭恭敬敬地顶拜您，因为您对全体生物来说是满足的根源。

要旨　生物一旦在这个物质世界里出生，尤其是以人体生命的形式出生，就对半神人、圣人、亲戚、朋友、祖先、一般人和一般生物体负有不同的责任了(devarṣi-bhūtāpta-nṛṇāṁ pitṝṇām)。主希瓦祈祷主阿尼如达赐予他力量，以使他能不受对祖先(Pitā)、半神人、一般生物体和圣人的应尽责任的约束，全身心投入地为至尊主做奉爱服务。正如经典中所说：

devarṣi-bhūtāpta-nṛṇāṁ pitṝṇāṁ
na kiṅkaro nāyam ṛṇī ca rājan
sarvātmanā yaḥ śaraṇaṁ śaraṇyaṁ
gato mukundaṁ parihṛtya kartam

人如果全心全意地为至尊主做奉爱服务，对半神人、圣人、祖先等就不再有任何应尽的责任。为此，主希瓦祈祷主阿尼如达赐予他力量，以使他能够免于这类责任，用全部的精力为至尊主服务。

月亮神索玛(Soma)负责让生物体有能力透过舌头品尝食物的滋味。主希瓦祈祷主阿尼如达赐予他力量，以使他除了品尝给至尊主供奉过的食物(prasāda)，不去品尝任何其他的东西。圣巴克提维诺德·塔库尔(Śrīla Bhaktivinoda Ṭhākura)唱出一节诗表明，在所有的感官中，舌头是最可怕的敌人。人如果能控制舌头，就能轻易地控制其他的感官，而只有吃给至尊主的神像供奉过的食物才能控制舌头。主希瓦向主阿尼如达祈祷就是为了这个目的：他请主阿尼如达帮助他只满足于吃给至尊主供奉过的食物(tṛpti-dāya)。

第 39 节　सर्वसत्त्वात्मदेहाय विशेषाय स्थवीयसे ।
नमस्त्रैलोक्यपालाय सह ओजोबलाय च ॥३९॥

sarva-sattvātma-dehāya
viśeṣāya sthavīyase
namas trailokya-pālāya
saha ojo-balāya ca

sarva—所有的 / sattva—存在 / ātma—灵魂 / dehāya—向身体 / viśeṣāya—多样性 / sthavīyase—向物质世界 / namaḥ—顶拜 / trai-lokya—三个星系 / pālāya—维系者 / saha—伴随着 / ojaḥ—非凡的能力 / balāya—向力量 / ca—也

译文 我亲爱的至尊主，您是容纳了众生每一个躯体的巨大的宇宙形体。您是三个世界的维系者，因而维护着生物体的心智、感官、躯体，以及他们体内的生命之气。为此，我恭恭敬敬地向您致敬。

要旨 正如每一个生物体的躯体内都有亿万个细胞、微生物和细菌，至尊主的宇宙形体也包含了众生的每一个躯体。主希瓦向包含了其他躯体的宇宙形体致敬，愿每一个生物体的身体都能完全被用来做奉爱服务。每一个躯体都由感官构成，而所有的感官都该用于做奉爱服务。例如，负责闻味道的工具——鼻子，能够用来闻给至尊主的莲花足供奉过的鲜花，双手可以用于清扫至尊主的庙宇，等等。事实上，至尊主以每一个生物体的生命之气的形式维系着三个世界，因此可以使每一个生物体用他全身心的力量履行他真正的生命责任。所以，每一个生物体都该用他的生命(prāṇa)、财富(artha)、智力和话语，为至尊人格首神做服务。正如《圣典博伽瓦谭》第10篇第22章的第35节诗中说：

etāvaj janma-sāphalyaṁ
dehinām iha dehiṣu
prāṇair arthair dhiyā vācā
śreya-ācaraṇaṁ sadā

“用自己的生命、财富、智力和话语为其他生物体谋福利，是每一个生物体的责任。”一个人即使想要为至尊主做服务，如果没有得到允许也做不了。主希瓦用许多不同的方式祈祷，以便让生物了解该如何为至尊主做奉爱服务。

第 40 节 अर्थलिङ्गाय नभसे नमोऽन्तर्बहिरात्मने ।
नमः पुण्याय लोकाय अमुष्मै भूरिवर्चसे ॥४०॥

artha-liṅgāya nabhase
namo 'ntar-bahir-ātmane
namaḥ puṇyāya lokāya
amuṣmai bhūri-varcase

artha—意义 / liṅgāya—显露 / nabhase—向天空 / namaḥ—顶礼 / antaḥ—内在 / bahiḥ—外在 / ātmane—向自我 / namaḥ—顶礼 / puṇyāya—虔诚活动 / lokāya—为了创造 / amuṣmai—超越死亡 / bhūri-varcase—至尊的光芒

译文 我亲爱的至尊主，您通过扩展您超然的声音震荡，揭示一切的真相。您是遍布内在和外在的空间，是在这个物质世界内外所从事的虔诚活动的最高目标。所以，我再三虔敬地向您顶礼。

要旨 梵文称韦达证据为“超然的声音(śabda-brahma)”，尽管世上有许多事物超出我们不完美的感官所能知觉的范围，但具有权威性的由声音震荡出的证据却是完美的。韦达经之所以被称为超然的声音，是因为韦达经中的证据被认为是绝对真理。这原因在于：超然的声音——韦达经，代表了至尊人格首神。然而，韦达经真正的实质是让人吟诵、吟唱哈瑞·奎师那曼陀(Hare Kṛṣṇa mantra)。靠发出这超然的声音震荡，一切存在的真相，无论是物质的还是灵性的，都会被揭示出来。这首哈瑞·奎师那曼陀与人格首神本人没有区别。一切存在的意义都透过空气中传导的声音震荡得以揭示。那声音震荡也许是物质的，也许是灵性的，但没有声音震荡，就没人能理解事物的含义。韦达经中说：“纳茹阿亚纳(Nārāyaṇa)无所不在，祂存在于内，存在于外(antar bahiś ca tat sarvaṁ vyāya nārāyaṇaḥ sthitaḥ)。”对此，《博伽梵歌》第13章的第34节诗也确认说：

yathā prakāśayaty ekaḥ
kṛtsnaṁ lokam imaṁ raviḥ
kṣetraṁ kṣetrī tathā kṛtsnaṁ
prakāśayati bhārata

巴茹阿特的子孙啊！正如太阳独自照亮这整个宇宙，躯体里的灵魂和超灵用意识照亮整个躯体。

换句话说，个体灵魂和超灵的意识都遍布各处，但个体灵魂有限的意识遍布整个物质躯体，而至尊主的至尊意识遍布整个宇宙。由于灵魂在躯体中，意识遍布整个躯体；由于至尊灵魂——奎师那在整个宇宙中，一切就都有序地运作。《博伽梵歌》第9章的第10节诗中说：“琨缇的儿子啊！物质自然是我的一种能量，在我的指挥下活动，产生动与不动的一切(mayādhyakṣeṇa prakṛtiḥ sūyate sa-carācaram)。”

正因为如此，主希瓦祈祷人格首神对我们仁慈，以使我们能够仅仅靠吟诵、吟唱哈瑞·奎师那曼陀，就能理解物质世界和灵性世界里的一切。就有关这一点，诗中“超越死亡(amuṣmai)”一词意义重大，因为它表明人到达高等星系后所能追求的最佳目标是什么。从事功利性活动的人(karmī)靠他们从事过的活动到高等星系去，追求融入至尊主光芒的心智思辨者(jñānī)也达到他们想要达到的目的地。然而，想要与至尊主本人联谊的奉献者被提升到至高无上的目的地——外琨塔星球或哥珞卡·温达文(Goloka Vṛndāvana)。《博伽梵歌》第10章的第12节诗中说，至尊主是“至纯至粹的(pavitraṁ paramam)”。这节诗中也证实了这一点。舒卡戴瓦·哥斯瓦米(Śukadeva Gosvāmī)说，与主奎师那玩耍的牧牛童们不是普通生物。只有在生生世世中积累了许许多多虔诚活动的结果后，才有机会与至尊人格首神本人联谊，因为祂是至纯至粹的，只有纯洁的灵魂才能接近祂。

第 41 节　प्रवृत्ताय निवृत्ताय पितृदेवाय कर्मणे ।
नमोऽधर्मविपाकाय मृत्यवे दुःखदाय च ॥४१॥

pravṛttāya nivṛttāya
pitṛ-devāya karmaṇe
namo 'dharma-vipākāya
mṛtyave duḥkha-dāya ca

pravṛttāya—活动的倾向 / nivṛttāya—不活动的倾向 / pitṛ-devāya—向祖先星球的主人 / karmaṇe—向功利性活动的结果 / namaḥ—致以敬意 / adharma—反宗教的 / vipākāya—向结果 / mṛtyave—向死亡 / duḥkha-dāya—所有痛苦的根源 / ca—也

译文　我亲爱的至尊主，您是虔诚活动结果的观看者。您是活动与不活动的倾向，及由它们导致的结果。您是由非宗教所致的痛苦生活的根源，因此您是死亡。我恭敬地顶拜您。

要旨　至尊人格首神处在每一个生物体的心中，生物对事物的喜爱和厌恶倾向都来自祂。对此，《博伽梵歌》第15章的第15节诗证实说：

sarvasya cāhaṁ hṛdi sanniviṣṭo
mattaḥ smṛtir jñānam apohanaṁ ca

“我在众生的心中。记忆、知识和遗忘都来自我。”

至尊人格首神使恶魔遗忘祂，奉献者记住祂。人的厌恶之情由至尊人格首神引起。《博伽梵歌》第16章的第7节诗说：邪恶之徒不知道该做什么，不该做什么（pravṛttiṁ ca nivṛttiṁ ca janā na vidur āsurāḥ）。应该明白，即使恶魔反对奉爱服务，也是至尊人格首神让他们有那种倾向的。由于恶魔不喜欢为至尊主做奉爱服务，至尊主就从他们的内心让他们遗忘与祂的关系。普通功利性活动者想要被提升到祖先住的星球去，至尊主就在《博伽梵歌》第9章的第25节诗中说："崇拜半神人的人将在半神人中投生；崇拜祖先的人到祖先那里去(yānti deva-vratā devān pitṝn yānti pitṛ-vratāḥ)。"

这节诗中的"导致各种痛苦的原因(duḥkha-dāya)"一句也很重要，因为非奉献者被永恒地置于生死轮回中。这是极为痛苦的状态。一个人的活动会导致他的生活状态，恶魔——非奉献者因他们的活动而被置于痛苦的状态中。

第42节 नमस्त आशिषामीश मनवे कारणात्मने ।
नमो धर्माय बृहते कृष्णायाकुण्ठमेधसे ।
पुरुषाय पुराणाय साङ्ख्ययोगेश्वराय च ॥४२॥

namas ta āśiṣām īśa
manave kāraṇātmane
namo dharmāya bṛhate
kṛṣṇāyākuṇṭha-medhase
puruṣāya purāṇāya
sāṅkhya-yogeśvarāya ca

namaḥ—顶礼 / te—向您 / āśiṣām īśa—在所有的祝福赐予者中地位最高的人啊 / manave—向至尊的玛努、至高的心念 / kāraṇa-ātmane—一切缘由的最终原因 / namaḥ—顶礼 / dharmāya—向最精通一切宗教的人 / bṛhate—最伟大的 / kṛṣṇāya—向奎师那 / akuṇṭha-medhase—向头脑的活动从不受阻碍的人 / puruṣāya—至尊者 / purāṇāya—最年长的人 / sāṅkhya-yoga-īśvarāya—数论瑜伽原理的主人 / ca—和

译文 我亲爱的至尊主，您在所有的祝福赐予者中地位最高，在所有的享受者中最年长、至高无上。您是一切原因的最高原因主奎师那，所以是所有世界里形而上学的主人。您是非

凡的宗教原则、至高无上的心智，您有一个不受任何情况阻碍的头脑。为此，我一再地向您致以敬意。

要旨　这节诗中“向头脑的活动从不受阻碍的奎师那(kṛṣṇāya akuṇṭha-medhase)”一句十分重要。现代科学家发现有一种“不确定定律”阻碍他们头脑的工作；事实上对生物体来说，不可能有任何头脑的活动是不受时间和空间限制的。生物是至尊灵魂不可缺少的一个原子颗粒(aṇu)，所以他的脑子也很小，根本容纳不了无限的知识。但这并不意味着至尊人格首神奎师那有一个受限制的头脑。奎师那说的和做的，根本不受时空的限制。在《博伽梵歌》第7章的第26节诗中，至尊主说：

vedāhaṁ samatītāni
　vartamānāni cārjuna
bhaviṣyāṇi ca bhūtāni
　māṁ tu veda na kaścana

“阿尔诸纳啊！作为至尊人格首神，我知道过去发生的每一件事，现在正发生的一切和将来要发生的一切；我还了解所有的生物。但是，没有谁了解我。”

奎师那知道一切，但没人可以在没有得到奎师那的恩赐的情况下了解祂。因此对奎师那和祂的代表来说，根本不存在有“不确定定律”这一问题。奎师那说的一切都完美、可靠，适用于过去、现在和未来。不仅如此，完全清楚奎师那的话语的人，也没有任何不确定的问题。奎师那意识运动以主奎师那讲述的《博伽梵歌原意》为基础，对投身于这场运动的人来说，不存在“不确定”的问题。

这节诗中把主奎师那称为“在所有的祝福赐予者中地位最高的人(āśiṣām īśa)”。伟大神圣的人物、智者、半神人，都能给予普通的生物体以祝福，但他们都要接受至尊人格首神的祝福。没有奎师那的祝福，人无法祝福任何人。“向至尊的玛努(manave)”一句也很重要。韦达文献中记载的至尊的玛努，是斯瓦扬布瓦·玛努(Svāyambhuva Manu)，而他是奎师那的化身。所有的玛努都是被奎师那赋予了力量的化身(manvantara-avatāra)。布茹阿玛的一天中有十四位玛努(Manu)，一个月中有四百二十位，所有的玛努都是人类社会的指导者，而奎师那最终是人类社会至高无上的指导者。从另一个意义上说，梵文“玛纳维(manave)”是指最完美的曼陀。曼陀使受制约的灵魂摆脱束缚；所以只要吟诵、吟唱哈瑞 · 奎师那　哈瑞 · 奎师那　奎师那 · 奎师那　哈瑞 · 哈瑞/哈瑞 · 茹阿玛　哈瑞 · 茹阿玛　茹阿玛 · 茹阿玛　哈瑞 · 哈瑞，人就可以从任何状态中获得解放。

诗中说“一切都有原因(kāraṇātmane)”。偶然或意外之理论在此遭到驳斥。世上所发生的一切都有它的原因，所以根本不存在偶然或意外的问题。所谓的哲学家和科学家无法找出真正的原因，因此就愚蠢地说，一切都是碰巧发生的。《布茹阿玛 · 萨密塔》中描述奎师那是一切原因的起因，所以在此也被说成是一切原因的最高原因(kāraṇ-ātmane)。祂本人就是万事万物的起因，一切的根源和种子。《圣典博伽瓦谭》第1篇第1章的第1节诗中引述《韦丹塔经》(Vedānta-sūtra)第1篇第1章的第2节诗说：绝对真理是一切展示的至尊根源(janmādy asya yataḥ)。

这节诗中的“数论瑜伽原理的主人(sāṅkhya-yogeśvarāya)”一句也很重要，因为奎师那在《博伽梵歌》中被称为一切神秘理论的主人(Yogeśvara)。只有拥有不可思议的神秘力量的人，才能被接受为是神。在这个喀历年代中，那些有少许神秘力量的人自称为神，但这类假神只能被愚蠢之人所接受；奎师那是拥有一切神秘瑜伽神通的至尊人。当今流行的数论瑜伽体系是由无神论者卡皮拉杜撰的，但最原初的数论瑜伽(sāṅkhya-yoga)体系是由奎师那的一个化身给予的，祂也叫卡皮拉(Kapila)，是黛瓦瑚缇(Devahūti)的儿子。同样，奎师那的另一个化身达塔垂亚(Dattātreya)也解释了数论瑜伽。因此说，奎师那是所有数论瑜伽体系和神秘瑜伽力量的源头。

诗中的“最老的至尊人(puruṣāya purāṇāya)”一句尤其值得注意。《布茹阿玛·萨密塔》中承认奎师那是存在中的第一个人(ādi-puruṣa)——第一位享受者。《博伽梵歌》中也承认主奎师那是最老的人。祂虽然是所有人物中最老的，但也是最年轻的(nava-yauvana)。诗中另一个重要的梵文词是“最精通一切宗教的人(dharmāya)”。由于奎师那是一切种类的宗教原则的始建者，《圣典博伽瓦谭》第6篇第3章的第19节诗中就说，世上没有谁还能提出一种新的宗教(dharmaṁ tu sākṣād bhagavat-praṇītam)，因为主奎师那早就建立了所有的宗教。奎师那在《博伽梵歌》中告诉我们什么是我们原本的职责(dharma)，要求我们放弃一切种类的宗教原则。我们真正的责任是投靠、服从祂。《玛哈巴茹阿特》(Mahābhārata,《摩诃婆罗多》)中也说：

ye ca veda-vido viprā
　ye cādhyātma-vido janāḥ
te vadanti mahātmānaṁ
　kṛṣṇaṁ dharmaṁ sanātanam

这节诗的大意是：谁完全彻底地研究了韦达经，精通了解韦达经，知道什么是真正的灵性生活，谁就把讲述有关至尊人奎师那的一切当做自己永恒的职责(sanātana-dharma)。正因为如此，主希瓦教导我们永恒的宗教原则。

第 43 节　शक्तित्रयसमेताय मीढुषेऽहङ्कृतात्मने ।
चेतआकूतिरूपाय नमो वाचो विभूतये ॥४३॥

śakti-traya-sametāya
　mīḍhuṣe 'haṅkṛtātmane
ceta-ākūti-rūpāya
　namo vāco vibhūtaye

śakti-traya—三种能量 / sametāya—向储藏所 / mīḍhuṣe—向茹铎 /

ahaṅkṛta-ātmane—向自我意识的源头 / cetaḥ—知识 / ākūti—对活动的渴望 / rūpāya—向……的形象 / namaḥ—我顶拜 / vācaḥ—向声音 / vibhūtaye—向各种财富

译文 我亲爱的至尊主，您是活动者、感官活动和感官活动结果(业报)的至尊控制者。所以，您控制着身体、心念和感官。您也是被称为茹铎的自我意识的至尊控制者。您是知识和按照韦达训谕所从事的活动的源头。

要旨 所有的生物都按自我意识的指导行事。为此，主希瓦努力靠至尊人格首神的仁慈净化错误的自我意识。主希瓦——茹铎(Rudra)本人，因为是自我意识的控制者，所以间接地希望靠至尊主的仁慈得到净化，以使他真正的自我意识得以复苏。当然，主茹铎在灵性上永远是清醒的，他是为了我们的利益才这样祈祷。对非人格神主义者来说，纯净的自我意识是："我不是这个躯体；我是灵性的灵魂。"然而，灵魂在他的真实状态中是要做奉爱服务的。为此，主希瓦祈祷能够按照韦达经的指导，用思想和行动为至尊主做奉爱服务。这是净化错误的自我意识的方法。诗中谈到"知识(cetaḥ)"。没有完美知识的人，行事不可能完美。而韦达教导所发出的声音震荡，是知识真正的来源(vācaḥ)。这节诗中所说的"声音震荡(vācaḥ)"，是指讲述韦达知识的声音震荡。创造的源头就是声音震荡，如果声音震荡清晰、纯净，完美的知识和完美的活动就得以展示。这一切通过吟诵、吟唱伟大的曼陀展示出来，哈瑞·奎师那 哈瑞·奎师那 奎师那·奎师那 哈瑞·哈瑞/哈瑞·茹阿玛 哈瑞·茹阿玛 茹阿玛·茹阿玛 哈瑞·哈瑞。正因为如此，主希瓦再三祈祷，希望通过知识的净化及完全在韦达经的指导下活动得到身心和活动的净化。主希瓦向至尊人格首神祈祷，以使他的心念、感官和话语全部转向奉爱性的活动。

第 44 节　दर्शनं नो दिदृक्षूणां देहि भागवतार्चितम् ।
रूपं प्रियतमं स्वानां सर्वेन्द्रियगुणाञ्जनम् ॥४४॥

darśanaṁ no didṛkṣūṇāṁ
dehi bhāgavatārcitam
rūpaṁ priyatamaṁ svānāṁ
sarvendriya-guṇāñjanam

darśanam—视阈 / naḥ—我们 / didṛkṣūṇām—渴望看到 / dehi—仁慈地展示 / bhāgavata—奉献者的 / arcitam—被他们崇拜 / rūpam—形象 / priya-tamam—最爱的 / svānām—您的奉献者的 / sarva-indriya—所有的感官 / guna—品质 / añjanam—令人喜悦

译文　亲爱的至尊主，我希望看到由您最爱的奉献者们所崇拜的您的那个形象。您有许多其他的形象，但我想要看奉献者们特别喜欢的您的那个形象。请仁慈待我，向我展示那个形象，因为只有奉献者们崇拜的那个形象，才能彻底满足感官。

要旨　韦达文献(śruti)，也就是韦达赞歌(veda-mantra)中说：至尊绝对真理是一切甜美关系的源头(sarva-kāmaḥ sarva-gandhaḥ sarva-rasaḥ)。我们不同的感官有着不同的能力，其中包括看的能力、品尝的能力、嗅的能力和触碰的能力等，而所有这些感官的倾向，都可以通过为至尊主做服务得到满足。《纳茹阿达·潘查茹阿陀》(Nārada-pañcarātra)中说：奉爱(Bhakti)的意思是让所有的感官为感官的主人慧希凯施服务(hṛṣīkeṇa hṛṣīkeśa-sevanaṁ bhaktir ucyate)。然而，这些物质的感官无法被用来为至尊主服务，所以人必须清除所有的称号概念。人必须不再有所有的称号概念——错误的自我意识，从而变得净化(sarvopādhi-vinirmuktaṁ tatparatvena nirmalam)。当我们把我们的感官用于为至尊主服务时，感官的欲望或喜好才能得到彻底的满足。因此，主希瓦想要看至尊主的那个对佛教哲学或佛教徒来说是不可思议的形象。

非人格神主义者和虚无主义者也必须看绝对者的形象。在佛教寺庙中有佛祖在冥想的形象，但他们的那些形象没有受到至尊主的形象(茹阿妲·奎师那、悉塔·茹阿玛或拉珂施蜜·纳茹阿亚纳)在外士纳瓦庙里的那种崇拜。在外士纳瓦各个不同的传承中(sampradāya)，无论是茹阿妲·奎师那(Rādhā-Kṛṣṇa)还是拉珂施蜜·纳茹阿亚纳(Lakṣmī-Nārāyaṇa)都受到崇拜。主希瓦想要清清楚楚地看到那形象，如同奉献者们想要看到祂一样。他在这节诗中特别谈到想要看"奉献者最喜爱的您的那个形象(rūpaṁ priyatamaṁ svānām)"，其中"您的奉献者的(svānām)"一词特别重要，因为只有奉献者才让至尊人格首神极其喜爱。至尊主并不特别喜欢心智思辨者、瑜伽师和功利性活动者是因为：功利性活动者只希望至尊人格首神成为他们的供应商；心智思辨者只想融入祂，与祂一样；瑜伽师只想看到祂作为超灵(Paramātmā)在他们心中的部分展示。然而，奉献者(bhakta)想要看到祂完整的尽善尽美的形象。正如《布茹阿玛·萨密塔》第5章的第30节诗中说：

veṇuṁ kvaṇantam aravinda-dalāyatākṣaṁ
barhāvataṁsam asitāmbuda-sundarāṅgam
kandarpa-koṭi-kamanīya-viśeṣa-śobhaṁ
govindam ādi-puruṣaṁ tam ahaṁ bhajāmi

"我崇拜哥文达(Govinda)，最原始的至尊主。祂善于吹笛子；祂的眼睛恰似盛开的莲花瓣，头上用孔雀羽毛作装饰；祂美丽的肤色仿佛蓝色的云朵；祂独一无二可爱的美迷住了千万个丘比特。"正因为如此，主希瓦想要看到被这样描述的至尊人格首神的真貌，想要看祂展现在祂奉献者(bhāgavata)面前的这个形象。结论是：主希瓦想要看祂完整的尽善尽美的形象，而不是看祂不具人格特性或空无的展示。尽管至尊主具有各种各样的形象(advaitam acyutam anādim)，但祂那享受与牧牛姑娘的嬉戏及牧牛童陪伴的年轻享乐者的形象(kiśora-mūrti)仍是最完美的形象。为此，外士纳瓦公认，至尊主在温达文从事娱乐活动的形象是最首要的形象。

第 45—46 节 स्निग्धप्रावृड्घनश्यामं सर्वसौन्दर्यसङ्ग्रहम् ।
चार्वायतचतुर्बाहु सुजातरुचिराननम् ॥४५॥
पद्मकोशपलाशाक्षं सुन्दरभ्रु सुनासिकम् ।
सुद्विजं सुकपोलास्यं समकर्णविभूषणम् ॥४६॥

snigdha-prāvṛḍ-ghana-śyāmaṁ
sarva-saundarya-saṅgraham
cārv-āyata-catur-bāhu
sujāta-rucirānanam
padma-kośa-palaśākṣaṁ
sundara-bhru sunāsikam
sudvijaṁ sukapolāsyaṁ
sama-karṇa-vibhūṣaṇam

snigdha—闪亮 / prāvṛṭ—雨季 / ghana-śyāmam—乌云 / sarva—所有的 / saundarya—美丽 / saṅgraham—收集 / cāru—美丽的 / āyata—身体特征 / catuḥ-bāhu—向四只手臂的 / su-jāta—极其美丽 / rucira—令人高兴 / ānanam—面庞 / padma-kośa—莲花心 / palāśa—花瓣 / akṣam—眼睛 / sundara—美丽 / bhru—眉毛 / su-nāsikam—高挺的鼻子 / su-dvijam—美丽的牙齿 / su-kapola—美丽的额头 / āsyam—脸 / sama-karṇa—同样美丽的耳朵 / vibhūṣaṇam—充分装饰着

译文 至尊主的美丽恰似雨季中的黑色云朵。正如雨水的闪耀，祂的身体特征也闪闪发光。事实上，祂是一切美丽的集合体。至尊主有四条手臂，长着如莲花瓣似的眼睛的、精致美丽的面庞，俊美高挺的鼻子，使人心醉神迷的微笑，美丽的前额，以及同样美丽并被充分装饰过的双耳。

要旨 在被夏季的炎热烤得委靡不振后，天空中的黑色云朵就会看了令人感到愉快。《布茹阿玛·萨密塔》中确认说：至尊主头上用孔雀羽毛作装饰，祂的肤色恰似微黑色的云朵(barhāvataṁsam asitāmbuda-sundarāṅgam)。这节诗中说祂的形象“十分美丽、看了令人很满足(sundara 或 snigdha)”。经典中说：奎师那的美是那么令人赏心悦目，甚至就连亿万个丘比特都无法与之相比(kandarpa-koṭi-kamanīya)。维施努的形象有着所有华丽的装饰，所以主希瓦想要看维施努(纳茹阿亚纳)的最辉煌富裕的形象。崇拜至尊主通常始于崇拜纳茹阿亚纳——维施努，而对主奎师那(Kṛṣṇa)和茹阿妲(Rādhā)的崇拜最机密。崇拜主纳茹阿亚纳要靠规范守则(pāñcarātrika-vidhi)，而崇拜主奎师那要靠侍奉纯粹奉献者和传播《圣典博伽瓦谭》的信息这一奉爱程序(bhāgavata-vidhi)。没人可以在不经过遵守规范守则的阶段就直接用侍奉纯粹奉献者和传播《圣典博伽瓦谭》的信息这一奉爱方式崇拜至尊主。事实上，初习奉献者要根据《纳茹阿达·潘查茹阿陀》中教导的规范守则(pāñcarātrika-vidhi)崇拜至尊主。初习奉献者无法接近茹阿妲·奎师那，因此神庙中按照规范守则所做的崇拜，实际上都是供奉给拉珂施蜜·纳茹阿亚纳的。尽管庙里安放的也许是茹阿妲·奎师那神像，但初习奉献者所作的崇拜，被视为是对拉珂施蜜·纳茹阿亚纳的崇拜。按照规范守则所作的崇拜，被称为按照规范守则做奉爱服务之途(vidhi-mārga)；按照侍奉纯粹奉献者和传播《圣典博伽瓦谭》的信息这一奉爱程序的原则所作的崇拜，被称为怀着对首神自发的爱做奉爱服务之途(rāga-mārga)。怀着对首神自发的爱做奉爱服务的原则，只适于被提升到温达文层面上的奉献者遵守。

温达文的居民，牧牛姑娘(gopī)、雅首达妈妈(Yaśodā)、南达王(Nanda Mahārāja)、牧牛童和乳牛等，实际上都在怀着对首神自发的爱做奉爱服务(rāga-mārga或bhāgavata-mārga)的层面上。他们以主仆的关系(dāsya)、朋友的关系(sakhya)、父母子女的关系(vātsalya)、爱侣的关系(mādhurya)和中性的关系(śānta)这五种基本的关系与至尊主交流。尽管这五种关系都能在怀着对首神自发的爱做奉爱服务之途中找到，但怀着对首神自发的爱做奉爱服务之途尤其适用于与至尊主有父母子女的关系和爱侣关系的奉献者。除此之外，奉献者，尤其是牧牛童们，还享受以更高级的、不含敬畏之心的朋友之情(viśram-bhasa-khya)对至尊主的崇拜。奎师那与牧牛童的友情，不同于祂与阿尔诸纳的友情——怀有敬畏之心的友情(aiśvarya)。阿尔诸纳在看到至尊主巨大的宇宙形象(viśva-rūpa)时，为自己曾经把奎师那当朋友对待而害怕后果，因此乞求奎师那的原谅。然而，奎师那在温达文的牧牛童有时甚至骑在奎师那的肩膀上。他们平等对待奎师那，就向他们平等对待彼此一样。他们从不怕祂，从没有请求过祂的原谅。因此，怀着对首神奎师那自发的爱的友情，在更高的层面上——不含敬畏之心的友情的层面上。在温达文的怀着对首神自发的爱做奉爱服务的关系中，能看到长兄的友情、父母对孩子的情感，以及情侣的爱。

肆无忌惮的人想在不按照规范守则崇拜主奎师那的情况下，直接跳到怀着对首神自发的爱做奉爱服务的阶段。这样的人被称为萨哈吉亚(sahajiyā)。世上还有一些邪恶之人，他们享受对奎师那及祂与牧牛姑娘从事的娱乐活动的描述，利用奎师那放纵他们放荡的品性。这些恶魔就有关怀着对首神自发的爱做奉爱服务的内容印书、写抒情诗，这样做无疑使他们走向地狱。不幸的是，他们也带领着其他人向下走。有奎师那意识的奉献者应该十分谨慎地避开这种恶魔。尽管至尊主以茹阿妲·奎师那的形象出现在庙里，我们还是应该严格遵守崇拜拉珂施蜜·纳茹阿亚纳的规范守则崇拜祂们。茹阿妲·奎师那包含了拉珂施蜜·纳茹阿亚纳，所以当人按照规范守则崇拜祂们时，至尊主以拉珂施蜜·纳茹阿亚纳的角色接受服务。《奉爱的甘露》一书中，就有关按照规范守则崇拜茹阿妲·奎师那或拉珂施蜜·纳茹阿亚纳给予了充分的教导。尽管在按照规范守则做奉爱服务的崇拜过程中有六十四种冒犯，但在怀着对首神自发的爱做奉爱服务的过程中不考虑这些冒犯，因为在那个层面上的奉献者灵性上非常进步，根本不存在冒犯的问题。但如果我们在必须按规范守则做奉爱服务的层面上不遵守规范守则，不警惕地训练自己减少冒犯，我们就无法取得进步。

主希瓦在描述奎师那之美时说“祂是一切美丽的集合体。祂有四条手臂，美丽的面庞令人赏心悦目(cārvāyata-catur-bāhu sujāta-rucirāna-nam)”。这是指纳茹阿亚纳(维施努)的美。崇拜主奎师那的人描述祂“绝美的面庞令人赏心悦目(sujāta-rucirānanam)”。在维施努范畴(viṣṇu-tattva)中，至尊主有成千上万的形象，但在所有这些形象中，奎师那的形象最美。因此那些崇拜奎师那的奉献者说，祂俊美的脸庞令人赏心悦目。

主维施努的四条手臂有不同的用处，手持莲花和海螺的手臂针对的是奉献者，而手持飞轮和大头棒的两条手臂针对的是恶魔。事实上，至尊主的手臂无论是手持海螺、莲花，还是飞轮、大头棒，都是吉祥的。被主维施努用飞轮和大头棒杀死的恶魔，都被提升到了灵性世界，得到与至尊主用莲花和海螺保护着的奉献者得到的结果。然而，被提升到灵性世界的恶魔处在不具人格特性的梵光中，奉献者则被允许进入外琨塔星球。主奎师那的奉献者被立刻提升到哥珞卡·温达文。

至尊主的美被比喻为是降雨，因为雨季中的降雨使人变得越来越愉快。熬过夏季令人枯萎的酷热后，人们很享受雨季。事实上，村庄里的人甚至在降雨时走出户外，享受雨水直接落在身上的畅快淋漓的感受。为此，至尊主的身体特征被比喻为是雨季中的云朵。奉献者享受至尊主的美，因为那是所有种类的美的集合。正因为如此，主希瓦说“是一切美丽的集合体(sarva-saundarya-saṅgraham)”。没人能说至尊主的身体有哪一部分是不够美的。它十全十美(pūr-ṇam)。一切都是完整的：神的创造，神的美和神的身体特征。所有这些是如此的完整，以至人一旦看到至尊主的美，所有的欲望就立刻得到了满足。梵文“一切的美(sarva-saundarya)”一词是指，物质世界和灵性世界中有各种不同的美，至尊主的美包含了所有种类的美。物质主义者和灵性主义者都可以享受至尊主的美。至尊主吸引每一个生物体，包括恶魔和奉献者，物质主义者和灵性主义者，因此被称为奎师那(Kṛṣṇa)。同样，祂的奉献者也吸引所有的生物体。正如《赞颂六位哥斯瓦米的诗》(Ṣad-gosvāmī-stotra)中说：奉献者(dhīra)和恶魔(adhīra)都同样喜欢哥斯瓦米们(dhīrādhīra-jana-priyau)。主奎师那在温达文时，恶魔们不喜欢祂，但六位哥斯瓦米(Gosvāmī)在温达文时，甚至使恶魔们都喜欢他们。这就是至尊主与祂的奉献者交往的美；至尊主有时让奉献者得到比祂还大的功劳。例如，在库茹柴陀(Kurukṣetra)战场上，主奎师那只是给予如何战斗的指导，而让阿尔诸纳赢得战斗的功劳。祂在《博伽梵歌》第11章的第33节诗中说：“你，萨维雅萨祺啊！只不过是战斗中的一个工具(nimitta-mātraṁ bhava savyasācin)。”主奎师那已经安排好了一切，但却把胜利的荣誉给予了阿尔诸纳。同样，在奎师那意识运动中，一切都按照主柴坦亚的预言在发生，但功劳却属于主柴坦亚的真诚的仆人。正因为如此，至尊主被描述为是“一切美丽的集合体(sarva-saundarya-saṅgraham)”。

第 47—48 节

प्रीतिप्रहसितापाङ्गमलकै रूपशोभितम् ।
लसत्पङ्कजकिञ्जल्कदुकूलं मृष्टकुण्डलम् ॥४७॥
स्फुरत्किरीटवलयहारनूपुरमेखलम् ।
शङ्खचक्रगदापद्ममालामण्युत्तमर्द्धिमत् ॥४८॥

prīti-prahasitāpāṅgam
alakai rūpa-śobhitam
lasat-paṅkaja-kiñjalka-
dukūlaṁ mṛṣṭa-kuṇḍalam

sphurat-kirīṭa-valaya-
hāra-nūpura-mekhalam
śaṅkha-cakra-gadā-padma-
mālā-maṇy-uttamarddhimat

prīti—仁慈 / prahasita—微笑 / apāṅgam—瞥视 / alakaiḥ—有卷发 / rūpa—美丽 / śobhitam—增长的 / lasat—闪耀的 / paṅkaja—莲花的 / kiñjalka—橙黄色 / dukūlam—衣服 / mṛṣṭa—闪烁的 / kuṇḍalam—耳环 / sphurat—闪亮的 / kirīṭa—头盔 / valaya—手镯 / hāra—项链 / nūpura—脚铃 / mekhalam—腰带 / śaṅkha—海螺 / cakra—飞轮 / gadā—大头棒 / padma—莲花 / mālā—花环 / maṇi—珍珠 / uttama—一流的 / ṛddhi-mat—比这还要更美丽的

译文 至尊主开朗、仁慈的微笑及扫向祂奉献者们的瞥视，使祂看去无比的美。祂黑色的头发卷曲着，祂的衣衫随风飘动，仿佛飞扬在空中的橙黄色的莲花花粉。祂闪耀的耳环，以及华丽光亮的头盔、手镯、花环、脚铃、腰带和身上佩戴的其他装饰品，与手持的海螺、飞轮、大头棒和莲花一起交相辉映，增添了佩戴在祂胸膛上的考斯图巴珍珠的自然美。

要旨 诗中谈到“奎师那的微笑和祂扫向祂奉献者的瞥视（prahasitāpāṅga）”，尤其适用于祂与牧牛姑娘交往时的神态。奎师那在牧牛姑娘的心中增强她们对祂的情侣之爱时，总是怀着戏谑的心态。海螺、大头棒、飞轮和莲花要么是拿在祂的手中，要么是在祂的手掌上。按照手相术，只有伟大的人物手掌上才有海螺、大头棒、莲花和飞轮的标志，尤其是至尊人格首神的手上才有。

第 49 节 सिंहस्कन्धत्विषो बिभ्रत्सौभगग्रीवकौस्तुभम् ।
श्रियानपायिन्या क्षिप्तनिकषाश्मोरसोल्लसत् ॥४९॥

siṁha-skandha-tviṣo bibhrat
saubhaga-grīva-kaustubham

śriyānapāyinyā kṣipta-
nikaṣāśmorasollasat

siṁha—一头狮子 / skandha—肩膀 / tviṣaḥ—卷曲头发 / bibhrat—承受 / saubhaga—幸运的 / grīva—颈部 / kaustubham—名为……的珍珠 / śriyā—美丽 / anapāyinyā—绝不减少 / kṣipta—击败 / nikaṣa—试金石 / aśma—石头 / urasā—以胸部 / ullasat—闪耀的

译文　至尊主有雄师般的肩膀，肩膀上扛着花环、项链、肩章，而所有这一切都永远光彩夺目。除了这些，祂还带着美丽的考斯图巴珍珠。至尊主微黑色的胸膛上有名叫施瑞瓦特萨条纹，那是幸运女神的标志。这些条纹的闪光，恰似试金石上金色的条纹般美丽；事实上，甚至使试金石黯然失色。

要旨　雄师肩上披散着的卷发总是显得很美。同样，至尊主的肩膀恰似雄师的肩膀，项链、花环与考斯图巴(Kaustubha)珍珠项链交相辉映，使那肩膀看上去胜过狮子的美。至尊主的胸膛上有施瑞瓦特萨条纹，那是幸运女神的标志。因此至尊主的胸膛的美胜过试金石的美。有着金色条纹的黑色试金石总是显得很美，但至尊主的胸膛甚至胜过这种石头的美。

第50节　पूररेचकसंविग्नवलिवल्गुदलोदरम् ।
प्रतिसङ्क्रामयद्विश्वं नाभ्यावर्तगभीरया ॥५०॥

pūra-recaka-saṁvigna-
vali-valgu-dalodaram
pratisaṅkrāmayad viśvaṁ
nābhyāvarta-gabhīrayā

pūra—吸气 / recaka—呼气 / saṁvigna—使动摇 / vali—腹部的条纹 / valgu—美丽 / dala—榕树叶 / udaram—腹部 / pratisaṅkrāmayat—卷

曲而下 / viśvam—宇宙 / nābhyā—肚脐 / āvarta—螺旋 / gabhīrayā—以深度

译文 至尊主的腹部因肌肉层有三道波纹而很美，而且像榕树叶那么圆。随着祂的一呼一吸，波纹的运动显得极美。至尊主肚脐中心是那么深，以致像是整个宇宙虽然从其中生出，但还想要再次回归其中。

要旨 整个宇宙从生长自至尊主肚脐的莲花茎诞生。主布茹阿玛坐在这莲花茎的顶部，创造了整个宇宙。至尊主的肚脐呈盘旋状而且极深，看上去像是整个宇宙受至尊主美丽的吸引，还想要回到其中。至尊主的肚脐和腹部的波纹总是在增添祂身体特征的美。至尊主身体特征的细节特别表明祂作为人格首神的身份。非人格神主义者无法欣赏主希瓦在这些祈祷中描述的至尊主健美的身体。他们虽然总是在崇拜主希瓦，但却理解不了主希瓦针对主维施努的身体特征所献上的祈祷。《圣典博伽瓦谭》第11篇第5章的第33节诗中说，主维施努始终受到主布茹阿玛和主希瓦的崇拜(śiva-viriñci-nutam)。

第51节 श्यामश्रोण्यधिरोचिष्णुदुकूलस्वर्णमेखलम् ।
समचार्वङ्घ्रिजङ्घोरुनिम्नजानुसुदर्शनम् ॥५१॥

śyāma-śroṇy-adhi-rociṣṇu-
dukūla-svarṇa-mekhalam
sama-cārv-aṅghri-jaṅghoru-
nimna-jānu-sudarśanam

śyāma—黑色的 / śroṇi—腰的下部 / adhi—额外 / rociṣṇu—令人快乐 / dukūla—衣服 / svarṇa—金色 / mekhalam—腰带 / sama—均匀的 / cāru—美丽 / aṅghri—莲花足 / jaṅgha—小腿 / ūru—大腿 / nimna—低的 / jānu—膝盖 / su-darśanam—非常美丽

译文 至尊主的下腰部裹着黄色的丝布，腰带上点缀着金色的刺绣。祂匀称的莲花足、小腿、大腿和腿部关节，格外地美。事实上，至尊主的整个身体看上去构造完美。

要旨 主希瓦是《圣典博伽瓦谭》第6篇第3章的第20节诗中提到的十二位伟大的权威人士之一。这十二位权威人士是：斯瓦阳布(Svayambhū)、纳茹阿达(Nārada)、商布(Śambhu)、库玛尔(Kumāra)、卡皮拉(Kapila)、玛努(Manu)、帕拉德(Prahlāda)、佳纳卡(Janaka)、彼士玛(Bhīṣma)、巴利(Bali)、外亚萨克依(Vaiyāsaki)——舒卡戴瓦·哥斯瓦米(Śukadeva Gosvāmī)，以及阎罗王(Yamarāja)。通常都崇拜主希瓦的非人格神主义者们，应该了解《布茹阿玛·萨密塔》第5章的第1节诗中所描述的至尊主超然永恒、极乐和充满知识的形象(sac-cidānanda-vigraha)。主希瓦在这节诗中仁慈地描述了至尊主身体特征的细节。因此，非人格神主义者有关“至尊主没有形象”的辩说，在任何情况下都无法被接受。

第52节 पदा शरत्पद्मपलाशरोचिषा
नखद्युभिर्नोऽन्तरघं विधुन्वता ।
प्रदर्शय स्वीयमपास्तसाध्वसं
पदं गुरो मार्गगुरुस्तमोजुषाम् ॥५२॥

padā śarat-padma-palāśa-rociṣā
nakha-dyubhir no 'ntar-aghaṁ vidhunvatā
pradarśaya svīyam apāsta-sādhvasaṁ
padaṁ guro mārga-gurus tamo-juṣām

padā—由莲花足 / śarat—秋天 / padma—莲花 / palāśa—花瓣 / rociṣā—令人快乐 / nakha—趾甲 / dyubhiḥ—由光芒 / naḥ—我们的 / antaḥ-agham—污垢 / vidhunvatā—可以清洁的 / pradarśaya—只是显示 / svīyam—您自己的 / apāsta—减少 / sādhvasam—物质世界的困难 /

padam－莲花足／guro－至尊的灵性导师啊／mārga－途径／guruḥ－灵性导师／tamaḥ-juṣām－因愚昧而受苦的人

译文 我亲爱的至尊主，您的两只莲花足是如此美丽，以致恰似两片在秋季盛开的莲花花瓣。事实上，您莲花足上的趾甲放射出的耀眼光芒，立刻驱散了受制约灵魂心中愚昧的黑暗。我亲爱的至尊主，请向我展示您那总是驱散奉献者心中各种愚昧的形象。我亲爱的至尊主，您是每一个生物的至尊灵性导师，因此所有被愚昧覆盖着的受制约的灵魂，都能靠您这位灵性导师去除愚昧。

要旨 主希瓦就这样具有权威性地描述了至尊主的身体特征。现在，他想要看至尊主的莲花足。奉献者想要看至尊主的超然形象时，会首先看至尊主的莲花足，以此开始他对至尊主身体的冥想。《圣典博伽瓦谭》被看做至尊主超然的声音形象，并依照至尊主的超然形象被划分为十二篇。它的第1篇和第2篇被称为是至尊主的两只莲花足。为此，主希瓦建议，人应该先努力看至尊主的莲花足。这也意味着，人如果真诚地想要阅读《圣典博伽瓦谭》，就必须从第1篇和第2篇开始认真地学起。

至尊主莲花足的美被比喻为是在秋季盛开的莲花花瓣。大自然的规律是：河中和湖中骯脏、浑浊的水，在秋季就会变得清澈透明。那时，湖水中生长的莲花显得鲜亮、美丽。莲花本身被比作至尊主的莲花足，而花瓣被比作至尊主的脚趾甲。至尊主的脚趾甲极为明亮，正如《布茹阿玛·萨密塔》第5章的第32节诗中证实：至尊主超然身体的每一个肢体都由快乐、真理和永恒存在构成，因此闪耀着最灿烂的光芒(ānanda-cinmaya-sad-ujjvala-vigrahasya)。正如阳光驱散这个物质世界的黑暗，至尊主身体放射出的光芒立刻驱散受制约灵魂心中的黑暗。换句话说，认真想要了解超然的科学并看到至尊主超然形象的人，都必须先通过学习《圣典博伽瓦谭》第1篇和第2

篇观看至尊主的莲花足。当人看到至尊主的莲花足时，心中所有的疑问和恐惧就会被消除。

《博伽梵歌》第16章的第1节诗中说，为了取得灵性的进步，人必须变得无畏(abhayaṁ sattva-saṁśuddhiḥ)。恐惧是从事物质活动的结果。《圣典博伽瓦谭》第11篇第2章的第37节诗中说：恐惧是躯体化的生命概念制造的产物(bhayaṁ dvitīyābhiniveśataḥ syāt)。人只要还一心一意地认为自己是这个物质躯体，就会恐惧；人一旦去除了这种物质概念，就觉悟了自我(brahma-bhūta)，立刻变得无畏。《博伽梵歌》第18章的第54节诗中说：这样处在超然境界中的人，立刻觉悟至尊梵，变得充满喜悦(brahma-bhūtaḥ prasannātmā)。没有大无畏的心态，人无法充满喜悦。奉献者(bhakta)之所以没有恐惧，始终满心欢喜，是因为他们一直不断地为至尊主的莲花足做服务。《圣典博伽瓦谭》第1篇第2章的第20节诗中也说：

evaṁ prasanna-manaso
　bhagavad-bhakti-yogataḥ
bhagavat-tattva-vijñānaṁ
　mukta-saṅgasya jāyate

“这样处在纯粹善良属性层面上的人，因为不断地为至尊主做奉爱服务而心中充满喜悦，在摆脱了一切物质接触的阶段，获得对人格首神实质性的科学认识。”通过练习与至尊主相连的奉爱瑜伽(bhagavad-bhakti-yoga)，人变得无畏并内心充满喜悦。人除非变得无畏和内心充满喜悦，否则无法了解神的科学。在摆脱了一切物质接触的阶段，获得对人格首神的实质性的科学认识(bhagavat-tattva-vijñānaṁ mukta-saṅgasya jāyate)，这句诗文指的是那些彻底摆脱了这个物质世界的恐惧的人。这样获得解放的人，能够真正了解至尊主形象的超然特征。正因为如此，主希瓦建议人们练与至尊主相连的奉爱瑜伽。正如下面的诗文将要解释的，人通过这样做，就能真正获得解脱，享受灵性的极乐。

经典中说：

om ajñāna-timirāndhasya
jñānāñjana-śalākayā
cakṣur unmīlitaṁ yena
tasmai śrī-gurave namaḥ

至尊主是至高无上的灵性导师，至尊主真正的代表也是灵性导师。至尊主用祂莲花足的趾甲照亮人的内心，祂的代表——灵性导师，从外在给人以启发。仅仅靠想着至尊主的莲花足，始终按照灵性导师的教导做，人就能在灵性生活中取得进步，理解韦达知识。《水塔刷塔尔奥义书》第6章的第23节诗说：

yasya deve parā bhaktir
yathā deve tathā gurau
tasyaite kathitā hy arthāḥ
prakāśante mahātmanaḥ

诗中指示说：韦达知识的真正含义，将揭示给对至尊主的莲花足和灵性导师具有坚定不移之信心的人。

第 53 节 एतद्रूपमनुध्येयमात्मशुद्धिमभीप्सताम् ।
यद्भक्तियोगोऽभयदः स्वधर्ममनुतिष्ठताम् ॥५३॥

etad rūpam anudhyeyam
ātma-śuddhim abhīpsatām
yad-bhakti-yogo 'bhayadaḥ
sva-dharmam anutiṣṭhatām

etat—这 / rūpam—形体 / anudhyeyam—必须冥想 / ātma—自我 / śuddhim—净化 / abhīpsatām—那些渴望……的人的 / yat—……的 / bhakti-yogaḥ—奉爱服务 / abhaya-daḥ—实际的无畏 / sva-dharmam—人的个人职责 / anutiṣṭhatām—执行

译文 我亲爱的至尊主，想要净化自身存在的人，必须始终像刚才描述的那样冥想着您的莲花足。认真履行自己职责的人，想要摆脱恐惧的人，必须采用奉爱瑜伽这一程序。

要旨　经典中说：迟钝的物质感官无法欣赏至尊主超然的名字、形象、娱乐活动和与祂有关的一切，因此人必须让自己做奉爱服务，以使感官得到净化，最终能够看到至尊人格首神。但这节诗中指出，一直不断地冥想至尊主莲花足的人，无疑净化了感官的物质污染，从而能够面对面地看到至尊主。“冥想”一词虽然在现代人中极为流行，但他们并不知道冥想的真正含义是什么。然而，我们从韦达文献中得知，瑜伽师始终冥想至尊主的莲花足。《圣典博伽瓦谭》第12篇第13章的第1节诗中说：瑜伽真正该做的事情是一直想着至尊主的莲花足(dhyānāvasthita-tad-gatena manasā paśyanti yaṁ yoginaḥ)。为此，主希瓦忠告说：真正有志于净化自我的人，必须从事这种冥想或练神秘瑜伽系统中的冥想。那将有助于他不仅从内心看到至尊主，而且是面对面地看到祂，并成为祂在外琨塔星球或哥珞卡·温达文中的同伴。

梵文“人自己的规定职责(sva-dharmam)”一句是指：如果人们真正想要在生活中感到安全，那么规定了布茹阿玛纳、查锤亚、外夏和庶铎的职责的社会四阶层及灵性四阶段系统(varṇāśrama)这一人类社会的完美制度，必须有奉爱瑜伽(bhakti-yoga)作支撑。人们一般都以为：只要履行好布茹阿玛纳、查锤亚、外夏或庶铎的职责，或者尽到独身禁欲的学生(brahmacārī)、居士(gṛhastha)、退出家庭生活的人(vānaprastha)或托钵僧(sannyāsī)应尽的责任，人就不会再有恐惧，并无疑得到解脱。然而事实上，除非这些职责与奉爱瑜伽的内容结合起来，否则人无法变得无畏。《博伽梵歌》中讲述了活动瑜伽(karma-yoga)、知识思辨瑜伽(jñāna-yoga)、奉爱瑜伽(bhakti-yoga)和禅瑜伽(dhyāna-yoga, 冥想瑜伽)等，但也说人除非上升到奉爱瑜伽的层面，否则其他瑜伽无法帮助人达到生命的完美境界。换句话说，奉爱瑜伽是解脱的唯一方法。在《永恒的柴坦亚经》(Caitanya-caritāmṛta)中我们看到，就有关人类从这个物质世界解脱出去的问题，主柴坦亚与茹阿玛南达·若依(Rāmānanda Rāya)谈论时也谈到了这一结论。在那次谈话中，茹阿玛南达·若依提到对社会四阶层和灵性四阶段制度的执行，主柴坦亚指出，社会四阶层与灵性四阶段制度(varṇāśrama-dharma)只不过是外在的形式(eho bāhya)。主柴坦亚想要茹阿玛南达·若依牢记住：仅仅靠履行社会四阶层和灵性四阶段制度中的职责，无法使人保证得到解脱。最后，茹阿玛南达·若依谈到奉爱瑜伽的程序说：无论人的生活条件如何，只要他从聆听奉献者讲述至尊主的超然信息开始练奉爱瑜伽，就能逐渐征服不可征服的神(sthāne sthitāḥ śruti-gatāṁ tanu-vāṅ-manobhiḥ)。

世人都知道神是不可征服的，但谦恭地聆听觉悟了自我的灵魂所讲的话，就可以征服那位不可征服的神。结论是：人如果真诚地想要获得解脱，就不仅应该履行社会四阶层和灵性四阶段制度中的规定职责，还应该从聆听觉悟了自我的灵魂的讲述为开始练奉爱瑜伽。这程序将帮助奉献者征服不可征服的至尊人格首神，在放弃物质躯体后成为祂的同伴。

第 54 节 भवान् भक्तिमता लभ्यो दुर्लभः सर्वदेहिनाम् ।
स्वाराज्यस्याप्यभिमत एकान्तेनात्मविद्गतिः ॥५४॥

bhavān bhaktimatā labhyo
durlabhaḥ sarva-dehinām
svārājyasyāpy abhimata
ekāntenātma-vid-gatiḥ

bhavān—您阁下 / bhakti-matā—被奉献者 / labhyaḥ—可获得的 / durlabhaḥ—极难获得的 / sarva-dehinām—所有其他的生物体的 / svārājyasya—天堂的帝王的 / api—甚至 / abhimataḥ—最高的目标 / ekāntena—由同一性 / ātma-vit—觉悟自我者的 / gatiḥ—最终的目的地

译文　我亲爱的至尊主，负责掌管天堂星球的君王也想要达到奉爱服务生活的最高目标。同样，您是那些把自己认同于您的人所追求的最高目标。然而，对他们来说，要得到您极为困难。相反，奉献者却能轻易地得到您圣上。

要旨　《布茹阿玛·萨密塔》第5章的第33节诗中说明：仅仅靠研究韦丹塔哲学或韦达文献，很难使人达到生命的最高目标，到达至高无上的目的地——外琨塔珞卡或哥珞卡·温达文，但奉献者却可以轻易地到达这最高的完美境界(vedeṣu durlabham adurlabham ātma-bhaktau)。就有关这一点，主希瓦在这节诗中给予了确认。他说活动瑜伽师(karma-yogī)、知识思辨瑜伽师(jñāna-yogī)和禅瑜伽师(dhyāna-yogī)很难得到至尊主，但奉爱瑜伽师(bhakti-yogī)却能轻易地实现他们的愿望。在“天堂的帝王(svārājyasya)”一词中，梵文 svar 是指天堂星球(Svargaloka)，svārājya 是指天堂的统治者因铎。功利性活动者通常都想要升上天堂星球，但天帝因铎却想通过练奉爱瑜伽变得完美。那些想要与绝对真理融为一体，认为“我就是至尊梵”的人(ahaṁ brahmāsmi)，其最终的愿望也是想在外琨塔星球或哥珞卡·温达文获得完美的解脱。《博伽梵歌》第18章的第55节诗说：

bhaktyā mām abhijānāti
yāvān yaś cāsmi tattvataḥ
tato māṁ tattvato jñātvā
viśate tad-anantaram

“只有做奉爱服务，才能如实地了解作为至尊人格首神的我。当人这样满怀对我的意识时，他就能进入神的王国。”

因此，想要进入灵性世界的人，必须靠努力练奉爱瑜伽了解至尊人格首神。只有练奉爱瑜伽，人才能真正了解至尊主；在没有这种了解的情况下，人无法进入灵性世界。人也许可以提升到天堂星球或认识到自己是梵(ahaṁ brahmāsmi)，但那并不是觉悟的顶峰。人必须通过练奉爱瑜伽了解至尊人格首神的地位，这样才能达到生命的完美境界。

第 55 节 तं दुराराध्यमाराध्य सतामपि दुरापया ।
एकान्तभक्त्या को वाञ्छेत्पादमूलं विना बहिः ॥५५॥

tam̐ durārādhyam ārādhya
satām api durāpayā
ekānta-bhaktyā ko vāñchet
pāda-mūlam̐ vinā bahiḥ

tam一向您 / durārādhyam一极难崇拜 / ārādhya一崇拜了 / satām api一就算对最卓越的人 / durāpayā一极难达到 / ekānta一纯粹 / bhaktyā一靠奉爱服务 / kaḥ一谁 / vāñchet一应渴望 / pāda-mūlam一莲花足 / vinā一无 / bahiḥ一外人

译文 亲爱的至尊主，甚至对解脱了的灵魂来说，要做纯粹的奉爱服务都很困难，可只有奉爱服务才能取悦您。真正认真追求生命完美境界的人，有谁会采用觉悟自我的其他方法呢？

要旨 诗中谈到超然主义者(satām)。世上有三种超然主义者，推敲知识的心智思辨者、瑜伽师和奉献者。在这三种超然主义者中，奉献者被选为是接近至尊人格首神的最合适的人选。这节诗中强调，唯有不做奉爱服务的人才不寻找至尊主的莲花足。有的愚蠢之人坚持说：条条大路通罗马，人可以用任何方式得到神，活动瑜伽、知识思辨瑜伽和禅瑜伽等都可以。但这节诗里明确地说：除了奉爱瑜伽，其他方法无法取悦至尊主。诗中“极难崇拜(durārādhya)”一词尤其重要，它说明除了奉爱瑜伽，其他方法极难接触到至尊主的莲花足。

第 56 节 यत्र निर्विष्टमरणं कृतान्तो नाभिमन्यते ।
विश्वं विध्वंसयन् वीर्यशौर्यविस्फूर्जितभ्रुवा ॥५६॥

yatra nirviṣṭam araṇaṁ
kṛtānto nābhimanyate
viśvaṁ vidhvaṁsayan vīrya-
śaurya-visphūrjita-bhruvā

yatra—在哪里 / nirviṣṭam araṇam—完全皈依的灵魂 / kṛta-antaḥ—不可征服的时间 / na abhimanyate—不去攻击 / viśvam—整个宇宙 / vidhvaṁsayan—通过征服 / vīrya—英勇 / śaurya—影响 / visphūrjita—只通过扩展 / bhruvā—眉毛的

译文 不可思议的时间人格化身只是动一下祂的眉毛，就能立刻征服整个宇宙。然而，可怕的时间却接近不了全心托庇在您莲花足旁的奉献者。

要旨 至尊主在《博伽梵歌》第10章的第34节诗中说，我是吞噬一切的死亡(mṛtyuḥ sarva-haraś cāham)。至尊主以死亡的形象和形式摧毁人拥有的一切，拿走受制约灵魂创作的一切。这个物质世界里的一切都会在适当的时候被毁灭。然而，时间的力量无法阻碍奉献者的活动；奉献者全心托庇于至尊主的莲花足，而仅仅因为他这么做，他便不再受强有力的时间的影响。不做奉爱服务的功利性活动者和心智思辨者所从事的一切活动，在适当的时候都会被摧毁。功利性活动者取得的物质成就注定要被毁灭。同样，心智思辨者通过推敲得到的对神的非人格特征的觉悟，在适当的时候也会被消灭。《圣典博伽瓦谭》第10篇第2章的第32节诗中说：

āruhya kṛcchreṇa paraṁ padaṁ tataḥ
patanty adho 'nādṛta-yuṣmad-aṅghrayaḥ

不要说功利性活动者了，就连心智思辨者历经艰巨的苦行到达了不具人格特征的梵光，也会因为不寻找至尊主的莲花足而最终又坠回这个物质存在。人除非坚定不移地全心投入做纯粹的奉爱服务，否则解脱是没有保证的，哪怕是上升到天堂星球或不具人格特征的梵光也不例外。然而，奉献者获得的一切从不会在时间的影响下失去。奉献者即使无法完成他的奉爱瑜伽练习，那么在来生也会从他停止的那一点从新开始。功利性活动者和心智思辨者却没有这样的机会，他们努力所得到的一切，最终都会被毁灭。奉献者获得的一切都是永恒的，无论是完整或不完整的，都永不遭毁灭。这是所有韦达文献的定论。《博伽梵歌》第6章的第41节诗中说：没有完成奉爱瑜伽练习的人，来世会出生在奉献者的圣洁家庭或富贵人家的家中(śucīnāṁ śrīmatāṁ gehe yoga-bhraṣṭo 'bhijāyate)。在这种家庭出生的人获得在奉爱服务中继续进步的良机。

死亡的监管者阎罗王(Yamarāja)在吩咐他的助手不要接近奉献者时说："应该向奉献者致以敬意，但不要靠近他们。" 所以，至尊主的奉献者不在阎罗王的管辖范围内。阎罗王是至尊人格首神的一个代表，控制着每一个生物体的死亡。然而，他与奉献者的死无关。时间的人格化身只要眨一下他的眼睛，就能毁灭整个宇宙展示，但他与奉献者没关系。换句话说，奉献者在这一生所做的奉爱服务，永远不可能被时间所毁灭。这样的灵性资产永远保留着，超出时间的影响范围。

第 57 节 क्षणार्धेनापि तुलये न स्वर्गं नापुनर्भवम् ।
भगवत्सङ्गिसङ्गस्य मर्त्यानां किमुताशिषः ॥५७॥

kṣaṇārdhenāpi tulaye
na svargaṁ nāpunar-bhavam
bhagavat-saṅgi-saṅgasya
martyānāṁ kim utāśiṣaḥ

kṣaṇa-ardhena－片刻 / api－甚至 / tulaye－比较 / na－绝不 / svargam－天堂星球 / na－也不 / apunaḥ-bhavam－融入至尊者 / bhagavat－至尊人格首神 / saṅgi－联谊 / saṅgasya－把握住联谊机会的人 / martyānām－受制约的灵魂的 / kim uta－有什么 / āśiṣaḥ－祝福

译文 人如果有机会与奉献者联谊，哪怕是片刻，都不会再受功利性活动或心智思辨的吸引。因此，他对那些连自己都受生死法律控制的半神人所给的祝福能有何兴趣？

要旨 在功利性活动者、心智思辨者和奉献者这三种人中，奉献者在此被描述为是最崇高的人。在《柴坦亚月亮的甘露般》中，圣帕博达南达·萨茹阿斯瓦提歌唱道：对奉献者来说，融入至尊人格首神放射出的光芒无异于下地狱，门上半神人们住的天堂星球不过是黄粱一梦(kaivalyaṁ narakāyate tridaśa-pūr ākāśa-puṣ-pāyate)。这节诗歌中的 kaivalya-sukha 的意思是融入至尊主的存在，tridaśa-pūr 是指半神人住的天堂星球。所以奉献者认为融入至尊主的梵光存在是地狱般的状况，因为那就像自杀一样，使他失去个体性。奉献者总是要恢复他原本的个体身份，以便为至尊主服务，因此他认为升上天堂星系并不比做一场梦强。如昙花一现的物质快乐在奉献者眼里毫无价值。在这种崇高状态中的奉献者对功利性活动或心智思辨活动毫无兴趣。对处在超然层面上的奉献者来说，功利性活动和思辨知识所得到的结果太微不足道，根本引不起他的兴趣。奉爱瑜伽足以给予奉献者所有的快乐。正如《圣典博伽瓦谭》第1篇第2章的第6节诗中说：要想彻底满足自我，就必须毫无自私动机、连续不断地做奉爱服务(yayātmā suprasīdati)。仅仅靠做奉爱服务，人就能感到彻底的满足，而这就是与奉献者交往、联谊的结果。没有纯粹奉献者的祝福，没人能感到彻底的满足，也没人能了解至尊人格首神的超然地位。

第 58 节 अथानघाङ्घ्रेस्तव कीर्तितीर्थयो-
रन्तर्बहिःस्नानविधूतपाप्मनाम् ।
भूतेष्वनुक्रोशसुसत्त्वशीलिनां
स्यात्सङ्गमोऽनुग्रह एष नस्तव ॥५८॥

athānaghāṅghres tava kīrti-tīrthayor
antar-bahiḥ-snāna-vidhūta-pāpmanām
bhūteṣv anukrośa-susattva-śīlinām
syāt saṅgamo 'nugraha eṣa nas tava

atha—因此 / anagha-aṅghreḥ—莲花足驱散所有不吉祥事物的我的主人的 / tava—您的 / kīrti—光荣 / tīrthayoḥ—神圣的恒河之水 / antaḥ—内在 / bahiḥ—外在 / snāna—沐浴 / vidhūta—清洗 / pāpmanām—污染了的心 / bhūteṣu—向普通生物体 / anukrośa—赐福或仁慈 / su-sattva—完全处在善良属性中 / śīlinām—拥有如此特征的人 / syāt—愿…… / saṅgamaḥ—联谊 / anugrahaḥ—仁慈 / eṣaḥ—这 / naḥ—向我们 / tava—您的

译文 我亲爱的至尊主，您的莲花足是一切吉祥的根源，是一切罪恶污染的摧毁者。所以我乞求您圣上赐予我与您奉献者联谊的祝福，您的奉献者靠崇拜您的莲花足被完全净化，他们对受制约的灵魂极为仁慈。我认为您真正的祝福将是允许我与这样的奉献者交往、联谊。

要旨 恒河水以能够清除所有种类的恶报而闻名于世。换句话说，人一旦在恒河中沐浴，就洗净了生命中所有的污染。恒河水因此而闻名，是因为它从至尊人格首神的莲花足流出。同样，那些直接接触至尊人格首神的莲花足、全神贯注地歌唱祂荣耀的人，免于一切物质污染。这种纯粹的奉献者能够向普通受制约的灵魂展示仁慈。圣温达文 · 达斯 · 塔库尔(Vṛndāvana dāsa Ṭhākura)歌唱道：主柴坦亚的奉献者是如此强大有力，以至他们每一个人都能拯救一个宇宙。换句话说，奉献者的职责是宣传至尊主的荣耀，把全体受制约的灵魂提升到纯粹善良属性(śuddha-sattva)的层面上。这节诗中的“完全处在善良属性中(su-sattva)”的意思是指“纯粹的善良属性”，是指超越物质善良属性的超然状态。主希瓦通过他示范性的祈祷，教导我们：托庇于主维施努和祂的外士纳瓦奉献者，是最佳的做法。

第 59 节　न यस्य चित्तं बहिरर्थविभ्रमं
तमोगुहायां च विशुद्धमाविशत् ।
यद्भक्तियोगानुगृहीतमञ्जसा
मुनिर्विचष्टे ननु तत्र ते गतिम् ॥५९॥

na yasya cittaṁ bahir-artha-vibhramaṁ
tamo-guhāyāṁ ca viśuddham āviśat
yad-bhakti-yogānugṛhītam añjasā
munir vicaṣṭe nanu tatra te gatim

na—绝不 / yasya—……的 / cittam—心 / bahiḥ—外在的 / artha—兴趣 / vibhramam—受迷惑 / tamaḥ—黑暗 / guhāyām—在洞里 / ca—也 / viśuddham—净化 / āviśat—进入 / yat—那 / bhakti-yoga—奉爱服务 / anugṛhītam—因……而受惠 / añjasā—高兴地 / muniḥ—有思想的人 / vicaṣṭe—看 / nanu—然而 / tatra—哪里 / te—您的 / gatim—活动

译文　靠奉爱服务的程序彻底净化了心灵并得到奉爱女神宠爱的奉献者，不受如同黑井般的外在能量的迷惑。这样彻底清除一切物质污染后，奉献者便能很快乐地了解您的名字、声望和活动等。

要旨　《圣典博伽瓦谭》第3篇第25章的第25节诗说：

satāṁ prasaṅgān mama vīrya-saṁvido
bhavanti hṛt-karṇa-rasāyanāḥ kathāḥ
taj-joṣaṇād āśv apavarga-vartmani
śraddhā ratir bhaktir anukramiṣyati

“在与纯粹奉献者联谊的过程中，谈论至尊人格首神的娱乐时光和活动，能使耳朵及心感到极为快乐与满足。通过培养这样的知识，人在解脱之途上逐步向前迈进。之后，他达到解脱的状态，变得稳定地受这一切的吸引。接着，真正的热爱之情及奉爱服务就开始了。”

仅仅靠与纯粹奉献者联谊，人就能明白至尊人格首神超然的名字、形象、品质和活动。圣柴坦亚·玛哈帕布一再重复说：

'sādhu-saṅga', 'sādhu-saṅga'—sarva-śāstre kaya
lava-mātra sādhu-saṅge sarva-siddhi haya

（《永恒的柴坦亚经》中篇22.54）

仅仅靠与纯粹奉献者联谊，人就能在培养奎师那意识的过程中获得惊人的进步。“与奉献者联谊(Sādhu-saṅga)”的意思是：通过吟诵、吟唱哈瑞·奎师那曼陀和为奎师那做事，始终忙于培养奎师那意识。吟诵、吟唱哈瑞·奎师那曼陀尤其净化人，圣柴坦亚·玛哈帕布因而推荐这吟诵、吟唱的方法。吟诵、吟唱奎师那的名字能净化心境，使奉献者失去对一切外在事物的兴趣(idaṁ hi viśvaṁ bhagavān ivetaraḥ)。人在受到至尊主外在能量的影响时，内心是不纯净的。内心一旦不纯洁，人就看不到万事万物是如何与至尊人格首神有关系的。《圣典博伽瓦谭》第1篇第5章的第20节诗中说：人格首神至尊主虽然本身就是这宇宙，但却离它很远(idaṁ hi viśvaṁ bhagavān ivetaraḥ)。内心纯净的人能够看到整个宇宙展示就是至尊人格首神，但内心被污染的人却以不同的眼光看事情。与奉献者联谊(sat-saṅga)可以使人的内心得到净化。

内心纯洁的人从不被那驱使个体灵魂尝试去支配物质自然的外

在能量所吸引。内心纯洁的奉献者在以聆听、吟诵(吟唱)和记忆等形式做奉爱服务的过程中，内心从不受打扰。奉爱服务一共有九项内容可以让人遵循。无论是做哪项奉爱服务，内心纯净的奉献者都从不会受外界事物的打扰。人在吟诵、吟唱哈瑞·奎师那这一伟大的曼陀时必须避免十项冒犯，在崇拜神像时必须避免六十四项冒犯，以使自己能顺利地完成奉爱瑜伽的修炼。当奉献者严格遵守规范原则时，奉爱女神(Bhaktidevī)就会对这样的奉献者非常满意。那时，奉献者就不会再被任何外界的事物所打扰。奉献者也被称为牟尼(muni)。牟尼的意思是“富有思想的人”。奉献者在思索方面与非奉献者一样善于思考。非奉献者的思辨不纯洁，但奉献者的思想是纯洁的。主卡皮拉和舒卡戴瓦·哥斯瓦米也都被称为牟尼，维亚萨戴瓦则被称为是玛哈牟尼(Mahāmuni)。奉献者一旦能清楚地了解至尊人格首神，就被称为是富有思想的人——牟尼。结论是：人的内心一旦通过与奉献者的联谊，并在吟诵、吟唱至尊主的圣名和崇拜至尊主时避免冒犯得到净化，至尊主就会向这样的人揭示祂超然的名字、形象和活动。

第60节　यत्रेदं व्यज्यते विश्वं विश्वस्मिन्नवभाति यत् ।
तत्त्वं ब्रह्म परं ज्योतिराकाशमिव विस्तृतम् ॥६०॥

yatredaṁ vyajyate viśvaṁ
viśvasminn avabhāti yat
tat tvaṁ brahma paraṁ jyotir
ākāśam iva vistṛtam

yatra一那里 / idam一这 / vyajyate一展示的 / viśvam一宇宙 / viśvasmin一在宇宙展示中 / avabhāti一展示出 / yat一那 / tat一那 / tvam一您 / brahma一非人格梵 / param一超然 / jyotiḥ一光芒 / ākāśam一天空 / iva一如同 / vistṛtam一散开

译文 我亲爱的至尊主，恰似阳光或天空，不具人格特征的梵(布茹阿曼)遍布各处。那遍布宇宙、整个宇宙展示在其中的非人格梵，就是您。

要旨 韦达文献中说：一切都是梵(Brahman)，不是别的。整个宇宙展示就以梵光为依托。然而，非人格神主义者无法理解，这么巨大的宇宙展示怎么能由一个人支撑着。他们理解不了至尊人格首神不可思议的力量，因此困惑不已，始终否认绝对真理是一个人。主希瓦本人通过说“遍布整个宇宙的不具人格特征的梵不是别的，而是至尊主本人”，澄清了这种错误概念。这节诗中明确地说：恰似阳光，至尊主凭祂的梵的特性无所不在。这例子非常容易理解。所有的星系都飘浮在阳光中，但阳光和阳光的源头远离所有的星球。同样，天空或空气遍布各处；空气既在一个罐子里，也触碰到污浊的地方和圣洁的地方，但无论如何，天空始终未被污染。阳光也触碰到污浊的地方和圣洁的地方，但太阳远离所有不洁的东西。同样，至尊主无处不在。世上有虔诚的事物和不虔诚的事物，但经典描述说，虔诚的事物来自至尊主的前部，而不虔诚的事物是至尊人格首神的背部。在《博伽梵歌》第9章的第4节诗中，至尊主明确地说：

mayā tatam idaṁ sarvaṁ
jagad avyakta-mūrtinā
mat-sthāni sarva-bhūtāni
na cāhaṁ teṣv avasthitaḥ

“我以不展示的形象遍布整个宇宙。众生都在我之中，我却不在他们中。”

至尊主在《博伽梵歌》的这节诗中解释，祂以祂的梵的特征遍布各处。一切都在祂体内安息，但祂却不在那一切之中。结论是：没有奉爱瑜伽，没有为至尊主做奉爱服务，非人格神主义者甚至无法明白梵的特性(brahma-tattva)。《韦丹塔经》中说：应该了解梵、超灵或至尊梵(athāto brahma jijñāsā)。《圣典博伽瓦谭》中也说：绝对真理被描述为是独一无二的，但人们从三个方面了解祂，即：不具人格特性的梵、在局部区域展示的超灵和至尊人格首神。至尊人格首神是最高的目标，主希瓦在这节诗中确认说，绝对真理最终是一个人。他清楚地说“恰似天空，您那不具人格特征的梵光遍布各处(tat tvaṁ brahma paraṁ jyotir ākāśam iva vistṛtam)”。一个常见的例子是：成功的生意人也许有许多工厂和办公室，一切都依靠他的指挥运作。如果有人说整个生意都有赖于某某人，那并不意味着他把所有的工厂和办公室都顶在他的头上。相反，应该明白，靠他的头脑或精力的扩展，生意连续不断地进行着。同样道理，至尊人格首神的头脑和能量使物质和灵性世界的全部展示持续运作着。这节诗里清楚地解释一元论的哲学说，一切能量的最高源头就是至尊人格首神奎师那。这一点解释得非常清楚。《博伽梵歌》第7章的第8节诗也就人如何才能理解奎师那的非人格特征给予了说明：

raso 'ham apsu kaunteya
prabhāsmi śaśi-sūryayoḥ
praṇavaḥ sarva-vedeṣu
śabdaḥ khe pauruṣaṁ nṛṣu

“琨缇的儿子啊！我是水的滋味，日月的光华，韦达经中的音节欧么；我是空间里的声音，人的能力。”

我们以这样的方式可以了解，奎师那是遍布万事万物的神秘力量。

第 61 节 यो माययेदं पुरुरूपयासृजद्
बिभर्ति भूयः क्षपयत्यविक्रियः ।
यद्भेदबुद्धिः सदिवात्मदुःस्थया
त्वमात्मतन्त्रं भगवन् प्रतीमहि ॥६१॥

yo māyayedaṁ puru-rūpayāsṛjad
bibharti bhūyaḥ kṣapayaty avikriyaḥ
yad-bheda-buddhiḥ sad ivātma-duḥsthayā
tvam ātma-tantraṁ bhagavan pratīmahi

yaḥ—谁 / māyayā—用祂的能量 / idam—这 / puru—多种的 / rūpayā—展示 / asṛjat—创造 / bibharti—维系 / bhūyaḥ—再次 / kṣapayati—毁灭 / avikriyaḥ—未被改变 / yat—那 / bheda-buddhiḥ—区分的概念 / sat—永恒的 / iva—如同 / ātma-duḥsthayā—给自己找麻烦 / tvam—向您 / ātma-tantram—自我完全独立的 / bhagavan—主啊，至尊人格首神 / pratīmahi—我能明白

译文 亲爱的至尊主，您有多种能量，这些能量以多种形式展现。您用这些能量也创造了这个宇宙展示。尽管您维系它就像它是永恒的，您最终还是毁灭它。尽管您从不被这类变化所打扰，但众生却备受干扰，因此认为宇宙展示与您不同或与您是分开的。我的至尊主，您永远独立，我已经能看清这一事实。

要旨 这节诗清楚地解释了主奎师那有多种能量。这些能量大体可以分为三类，即：外在能量、内在能量和边缘能量。世界的展示也不同，除了灵性世界和物质世界，还有不同种类的生物。在这些生物中，有的是受制约的，其他的则是永恒自由的。永恒自由的生物被称为是永恒解脱的(nitya-mukta)，因为他们从不与物质能量接触。然而，有些生物在这个物质世界里受制约，因此以为他们自己与至尊主是分开的。由于他们与物质能量接触，他们的存在永远充满了困境。总是痛苦不堪的处境使受制约的灵魂认为，物质能量是给人制造麻烦的。《永恒的柴坦亚经》中篇第20章的第117节诗中说：

kṛṣṇa bhuli' sei jīva anādi-bahirmukha
ataeva māyā tāre deya saṁsāra-duḥkha

当生物遗忘了至尊主，想要独自享受并模仿至尊主时，就会被“我是享受者，是独立于至尊主的”错误观念所俘获。就这样，灵性能量——生物，很受物质能量的打扰，但至尊主从不受物质能量的打扰。事实上，对至尊主来说，物质和灵性的能量都一样。主希瓦在这节诗中解释道，至尊主从不受物质能量的打扰。至尊主永远独立自主，生物因为并不独立，但却错误地认为可以独自快乐，所以就受物质能量的干扰。物质能量因而制造出区分。

假象宗哲学家因为无法明白这一点，就想要摆脱物质能量。然而，外士纳瓦哲学家充分了解至尊人格首神，所以甚至在物质能量中都不觉得受打扰。这原因是：他知道如何利用物质能量为至尊主做服务。在政府机关中，负责治理犯罪问题的部门和负责照顾国民的部门，在国民的眼中也许不一样，但在政府首脑的眼中却是一样的。罪犯觉得负责治理犯罪的部门给他们找麻烦，但服从国家法律的国民却没有这种感觉。同样道理，受制约的灵魂感到受物质能量的干扰，但为至尊主做服务的解脱了的灵魂却丝毫不受打扰。至尊人格首神的主宰化身(puruṣa-avatāra)玛哈·维施努(Mahā-Viṣṇu)，创造了整个宇宙展示。祂作为主维施努通过呼吸呼出所有的宇宙，以此创造和维系宇宙展示。之后，祂作为桑卡尔珊(Saṅkarṣaṇa)毁灭宇宙展示。然而，尽管宇宙创造、维系和毁灭，至尊主却不受影响。至尊主所从事的各种活动，对微小的生物来说必定是备受打扰，但由于至尊主最伟大，祂从不受影响。主希瓦或其他纯粹的奉献者能够看清这一事实，而不受内心所产生的分别概念(bheda-buddhi)的蒙蔽。对奉献者来说，至尊主是至尊灵魂；由于祂最强大有力，祂的各种力量也是灵性的。对奉献者来说，没什么是物质的，因为物质存在只不过是对至尊人格首神的遗忘。

第 62 节　क्रियाकलापैरिदमेव योगिनः
श्रद्धान्विताः साधु यजन्ति सिद्धये ।

भूतेन्द्रियान्तःकरणोपलक्षितं
वेदे च तन्त्रे च त एव कोविदाः ॥६२॥

kriyā-kalāpair idam eva yoginaḥ
śraddhānvitāḥ sādhu yajanti siddhaye
bhūtendriyāntaḥ-karaṇopalakṣitaṁ
vede ca tantre ca ta eva kovidāḥ

kriyā—活动 / kalāpaiḥ—由程序 / idam—这 / eva—肯定地 / yoginaḥ—超然主义者 / śraddhā-anvitāḥ—满怀信心 / sādhu—正确地 / yajanti—崇拜 / siddhaye—为了完美 / bhūta—物质能量 / indriya—感官 / antaḥ-karaṇa—心 / upalakṣitam—以……为表征 / vede—在韦达经中 / ca—也 / tantre—在韦达经的补充文献中 / ca—也 / te—您圣上 / eva—肯定地 / kovidāḥ—那些精通……的人

译文 亲爱的至尊主，五种元素和感官、心智、错误的自我意识(物质的)，以及您的部分扩展——作为一切的指导者的超灵，构成了您的宇宙形象。除奉献者之外的其他瑜伽师——活动瑜伽师和思辨瑜伽师，都在各自的状态中以各自的活动崇拜您。韦达经等及其补充文献都声明，您是唯一该受到崇拜的。这是所有韦达经典的权威看法。

要旨 在前一节诗中，主希瓦想看奉献者们总是很向往看的至尊主的形象。至尊主在物质世界里也展示了其他形象，包括布茹阿玛和其他半神人，这些都是物质主义者崇拜的。《圣典博伽瓦谭》第2篇第3章中说明，想要得到物质利益的人被推荐去崇拜不同的半神人。但最终，《圣典博伽瓦谭》第2篇第3章的第10节诗中还是推荐道：

akāmaḥ sarva-kāmo vā
mokṣa-kāma udāra-dhīḥ
tīvreṇa bhakti-yogena
yajeta puruṣaṁ param

“有高度智慧的人，无论内心是充满各种物质欲望，是根本没有欲望，还是想要得到解脱，都必须用尽所有方法崇拜至尊的整体——人格首神。”

奉献者、渴望解脱的心智思辨者(mokṣa-kāma)，以及满心物质欲望的功利性活动者(sarva-kāma)，都该渴望崇拜至尊人格首神维施努。正如这节诗中所说，人即使在举行祭祀(yajña)时，也应该始终牢记，半神人不过是至尊主的代理。事实上，真正值得崇拜的是主维施努——祭祀的主人(Yajñeśvara)。所以，即使在举行韦达经典(Vedic 和 Tantric)推荐的祭祀中崇拜不同的半神人，祭祀的真正目标也是主维施努。正因为如此，《博伽梵歌》第9章的第23节诗中说：

ye 'py anya-devatā-bhaktā
　yajante śraddhayānvitāḥ
te 'pi mām eva kaunteya
　yajanty avidhi-pūrvakam

“琨缇的儿子啊！半神人的奉献者怀着信心崇拜半神人，但实际上崇拜的只是我，然而他们的崇拜方式错了。”

因此，不同半神人的崇拜者也是在崇拜至尊主，但他们崇拜的方式违反规定原则。遵守规定原则的目的是要使主维施努满意。在《维施努往世书》第3篇第8章的第9节诗中，也确认这一点说：

varṇāśramācāravatā
　puruṣeṇa paraḥ pumān
viṣṇur ārādhyate panthā
　nānyat tat-toṣa-kāraṇam

“人可以通过遵守社会四阶层和灵性四阶段制度(varṇāśrama)崇拜至尊人格首神维施努(Viṣṇu)。这是取悦至尊主的唯一方法。”

这节诗中明确地说，事实上，每一个真正精通韦达经典及其补充文献的人，无论是功利性活动者、心智思辨者或瑜伽师，都在崇拜主维施努。梵文“是专家的人(kovidāḥ)”一词非常重要，因为它指的是至尊主的奉献者。只有奉献者才十分清楚至尊人格首神维施努无所不在的事实。在物质能量中，祂展现为五种粗糙的物质元素，以及心念、智力和自我意识。祂还展现为另一种能量——生物。其实，在灵性世界和物质世界里的所有这些展示，都不过是至尊主不同能量组合在一起的展示。结论是：至尊主作为一个个体扩展为一切(sarvaṁ khalv idaṁ brahma)。这是韦达经典的看法。了解这一点的人用他所有的精力崇拜主维施努。

第 63 节 त्वमेक आद्यः पुरुषः सुप्तशक्ति-
स्तया रजःसत्त्वतमो विभिद्यते ।
महानहं खं मरुदग्निवार्धराः
सुरर्षयो भूतगणा इदं यतः ॥६३॥

tvam eka ādyaḥ puruṣaḥ supta-śaktis
tayā rajaḥ-sattva-tamo vibhidyate
mahān ahaṁ khaṁ marud agni-vār-dharāḥ
surarṣayo bhūta-gaṇā idaṁ yataḥ

tvam一您圣上 / ekaḥ一一 / ādyaḥ一原本的 / puruṣaḥ一人 / supta一静止状态的 / śaktiḥ一能量 / tayā一……的 / rajaḥ一激情的能量 / sattva一善良 / tamaḥ一愚昧 / vibhidyate一使多样化 / mahān一物质能量总体 / aham一自我意识 / kham一天空 / marut一气 / agni一火 / vāḥ一水 / dharāḥ一土 / sura-ṛṣayaḥ一半神人和伟大的圣人 / bhūta-gaṇāḥ一生物体 / idam一所有这些 / yataḥ一从……

译文 我亲爱的至尊主，您是唯一至尊的人，是一切原因的起因。在这个物质世界创造前，您的物质能量处于静止状态。当您的物质能量受到刺激，名为善良、激情和愚昧的三种属性便开始行动，结果使整体物质能量展示出自我意识、空间、气、火、水、土，以及所有种类的半神人和圣洁的人。物质世界就这样被创造出来。

要旨 如果整个创造都只不过是至尊主维施努一人，有经验的超然主义者为什么要作上面诗文中的范畴划分？博学的专家学者为什么要区分物质和灵性？为回答这些问题，主希瓦说：灵性和物质并非各种哲学家想象的产物，而是主维施努的展示。他在这节诗中说：您是唯一至尊的人，是一切原因的起因(tvam eka ādyaḥ puruṣaḥ)。是至尊人格首神划分了灵性与物质，但这些对始终忙于为至尊主做服务的生物来说实际上并无区别。对想要模仿至尊主成为享受者的生物来说，才存在着物质世界。事实上，物质世界不是别的，而是对一切的创造者——最初的至尊人格首神的遗忘。当至尊主想要为那些渴望模仿祂去享乐的生物提供便利条件时，祂就用祂的睡眠能量制造了物质和灵性的区别。至尊主的睡眠能量正是为那些生物才创造这个物质世界的。例如，孩子有时想要模仿他们的母亲在厨房煮饭，母亲这时就会为他们提供一些玩具，让他们能模仿她烹饪。同样，当有些生物想要模仿至尊主的活动时，至尊主就为他们创造这个物质展示。至尊主用祂的物质能量引发了这个物质创造，是至尊主的扫视激活了物质能量。那时，物质自然三种属性开始运作；物质能量首先展示为物质能量总体(mahat-tattva)，随后逐一地展示为自我意识、空间、气、火、水和土。这样创造后，生物被注入宇宙展示，随后逐步地以主布茹阿玛、七位伟大的圣人、不同的半神人等展示出来。从半神人那里，人类、动物、树木、飞禽、走兽等一切也逐一地展现出来。然而，正如这节诗中所声明的，最初的原因是至尊人格首神(tvam eka ādyaḥ puruṣaḥ)。对此，《布茹阿玛·萨密塔》第5章的第1节诗也证实说：

īśvaraḥ paramaḥ kṛṣṇaḥ
sac-cid-ānanda-vigrahaḥ
anādir ādir govindaḥ
sarva-kāraṇa-kāraṇam

“至尊绝对真理就是人格首神——主奎师那。祂是存在中的第一位至尊主、一切快乐的源泉，祂是哥文达(Govinda)，拥有极乐、全知的永恒形象。”

被物质能量覆盖着的生物，无法了解至尊人格首神奎师那是一切的起源。就有关这一点，《韦丹塔经》第1篇第1章的第2节诗中总结说：我冥想圣主奎师那，因为祂是绝对真理，是展示了的物质宇宙创造、维系和毁灭的根源(janmādy asya yataḥ)。对此，奎师那也在《博伽梵歌》第10章的第8节诗中证实说：

ahaṁ sarvasya prabhavo
mattaḥ sarvaṁ pravartate
iti matvā bhajante māṁ
budhā bhāva-samanvitāḥ

“我是灵性世界和物质世界的源头。一切都来自我。精通这一点的明智之人为我做奉爱服务，诚心诚意地崇拜我。”

当奎师那说祂是一切的源头时，祂的意思是：祂甚至是主布茹阿玛、主希瓦、主宰化身们、物质展示和物质世界里的一切众生的源头。事实上，“创造(prabhava)”一词只与这个物质世界有关，因为既然灵性世界是永恒的存在，就不存在创造的问题。在《圣典博伽瓦谭》最原初的四句诗(Catuḥ-ślokī)中，也就是现在的第2篇第9章的第33节诗中，至尊主说：我存在于创造之前(aham evāsam evāgre)。韦达经中也说：“创造之前只有纳茹阿亚纳(eko nārāyaṇa āsīt)。”商卡尔阿查尔亚(Śaṅkarācārya)在《对博伽梵歌的哲学评注》(Gīta-bhāṣya)中也证实说：“纳茹阿亚纳超越整个创造(nārāyaṇaḥ paro 'vyaktāt)。”由于纳茹阿亚纳所有的活动都是超然的，当纳茹阿亚纳说“让创造发生吧”时，那创造是绝对灵性的。对那些忘记纳茹阿亚纳是一切的最初原因的灵魂而言，才存在“物质”一说。

第 64 节 सृष्टं स्वशक्त्येदमनुप्रविष्ट-
श्चतुर्विधं पुरमात्मांशकेन ।

अथो विदुस्तं पुरुषं सन्तमन्त-
भुंङ्क्ते हृषीकैर्मधु सारघं यः ॥६४॥

sṛṣṭaṁ sva-śaktyedam anupraviṣṭaś
catur-vidhaṁ puram ātmāṁśakena
atho vidus taṁ puruṣaṁ santam antar
bhuṅkte hṛṣīkair madhu sāra-ghaṁ yaḥ

sṛṣṭam—创造中 / sva-śaktyā—以您自己的能量 / idam—这宇宙展示 / anupraviṣṭaḥ—之后进入 / catuḥ-vidham—四种 / puram—身体 / ātma-aṁśakena—由您自己的部分 / atho—因此 / viduḥ—知道 / tam—他 / puruṣam—享受者 / santam—存在 / antaḥ—在……之中 / bhuṅkte—享受 / hṛṣīkaiḥ—被感官 / madhu—甜美 / sāra-gham—蜂蜜 / yaḥ—……的人

译文　亲爱的至尊主，您用自己的能量创造后，便以四种形式进入创造。您因为处在生物体的心中，所以了解他们，知道他们怎样享受他们的感官。这个物质创造里的所谓快乐，恰似蜜蜂采蜜放进蜂巢后对它的享受。

要旨　物质展示是至尊人格首神外在能量的展示，但由于无生命的物质无法独立运作，至尊主本人便不仅以部分展示(超灵)的形式进入这物质创造，还以祂不可缺少的分离部分(生物)的形式进入。换句话说，生物和至尊人格首神进入物质创造是为了激活它。正如《博伽梵歌》第7章的第5节诗所说：

apareyam itas tv anyāṁ
prakṛtiṁ viddhi me parām
jīva-bhūtāṁ mahā-bāho
yayedaṁ dhāryate jagat

“臂力强大的阿尔诸纳啊！除此之外，我还有一种高等能量，由利用低等能量——这个物质自然的生物所组成。”

由于物质世界无法独自运行，生物便利用四种不同的躯体进入物质展示。这节诗中的“四种……(catur-vidham)”一词非常重要。生物以四种方式在这个物质世界中出生，有些以胚胎(jarāyu ja)的方式出生，有些以蛋(aṇḍa ja)的方式出生，有些出生在汗水中(sveda ja)，有些，像树木那样，以种子的方式出生(udbhijja)。无论这些生物体是如何出现的，他们都忙于追求感官享乐。

物质主义科学家的主张是：除了人类以外，别的生物体都没有灵魂。但这节诗里不同意这一观点。以八百四十万种生命形式存在于世上的生物，无论是以胚胎、蛋、汗水还是种子的形式出生，都是至尊人格首神不可缺少的一部分，每一个都是个体的灵性火化和灵魂。至尊人格首神处在每一个生物体的心中，无论那生物体是人、动物、树木、微生物还是细菌。至尊主住在每一个生物体的心中，由于众生来到这个物质世界就是为了满足他们感官享乐的欲望，至尊主便指导生物享受他们的感官。因此，超灵——至尊人格首神，知道每一个生物体的愿望。正如《博伽梵歌》第15章的第15节诗中说：

sarvasya cāhaṁ hṛdi sanniviṣṭo
mattaḥ smṛtir jñānam apohanaṁ ca

“我在众生的心中。记忆、知识和遗忘都来自我。”

驻留在众生心中的至尊主，把生物体能借以享受一定事物的记忆赐予每一个生物体。生物体因而建造可供他们享乐的蜂巢并加以享受。在这节诗中用蜜蜂的例子给予说明非常恰当，因为当蜜蜂试图享受它们的蜂巢时，必须承受被其他蜜蜂螫的痛苦。由于蜜蜂在享受蜂蜜时会互相螫对方，它们无法专心地享受蜂蜜的甜美，所以也是一种痛苦。换句话说，生物受制于物质享乐的痛苦与快乐，但知道他们感官享乐计划的至尊人格首神，远离一切。奥义书(Upaniṣad)中举了两只鸟坐在同一棵树上的例子：一只鸟(个体生物)在享受那树上的果实，另一只鸟(超灵)只是在旁边观看。《博伽梵歌》第13章的第23节诗中，把以超灵形式展示的至尊人格首神描述为是监督者(upadraṣṭā)和批准者(anumantā)。

因此，至尊主只是见证并批准生物的感官享乐。蜜蜂之所以有智慧能够建筑蜂巢、从不同的鲜花采集蜂蜜、储藏并享受它，也是因为超灵给予他们所需的智慧。尽管超灵远离生物，但祂知道他们的喜好，赐予他们便利条件，使他们能够享受自己活动的快乐结果，承受自己活动的痛苦后果。人类生活恰似蜂巢，因为每一个人都在忙着从各种鲜花采集蜂蜜——从各处收集金钱，建造供大众享受的庞大帝国。然而，在建造这些帝国后，就必须承受其他国家的撕咬。有时，国与国之间相互宣战，人类的蜂巢成为痛苦的根源。人类虽然为他们感官的“甜蜜”享受建造了蜂巢，但同时也为之承受其他人或国家的螯咬。至尊人格首神作为超灵只是见证着所有这些活动。结论是：至尊人格首神和个体灵魂都进入这个物质世界，但超灵——至尊人格首神，为个体灵魂在这个物质世界里的快乐做了所有的安排，因此值得崇拜。然而，由于这个世界是物质世界，没人能够只享受快乐而不承受痛苦。物质享乐是有缺陷、不足的，而灵性享乐意味着在至尊人格首神的保护下进行纯粹的享乐。

第 65 节 स एष लोकानतिचण्डवेगो
विकर्षसि त्वं खलु कालयानः ।
भूतानि भूतैरनुमेयतत्त्वो
घनावलीर्वायुरिवाविषह्यः ॥६५॥

sa eṣa lokān aticaṇḍa-vego
vikarṣasi tvaṁ khalu kāla-yānaḥ
bhūtāni bhūtair anumeya-tattvo
ghanāvalīr vāyur ivāviṣahyaḥ

saḥ－那／eṣaḥ－这／lokān－所有的星系／ati－非常／caṇḍa-vegaḥ－巨大的力量／vikarṣasi－毁灭／tvam－您圣上／khalu－然而／kāla-yānaḥ－在适当的时候／bhūtāni－众生／bhūtaiḥ－被其他生物体／anumeya-tattvaḥ－绝对真理可以被猜测／ghana-āvalīḥ－云／vāyuḥ－空气／iva－如同／aviṣahyaḥ－不可忍受的

译文 我亲爱的至尊主，人无法直接体验到您绝对的权威，但可以通过看这个世界的活动——一切都在适当的时候被摧毁，而作出猜测。时间的力量极其强大，每一件事物都会被另一件事物所毁坏，就像一个动物被另一个动物吃掉一样。时间如风吹散天空中的云朵般使一切分开。

要旨 毁灭的过程按照大自然的法律持续着。尽管科学家、哲学家、工作者等所有的人都试图让事物变得永恒，但这个物质世界里没有什么是永恒常在的。有个愚蠢的科学家最近宣称，科学最终可以使人变得永恒不死。一些所谓的科学家也试图在实验室里制造出活的生物体。就这样，人们都忙着以各种方式否认至尊人格首神的存在，拒绝至尊主至高无上的权威。然而，至尊主是如此强大有力，祂以死亡的形式摧毁一切。主奎师那在《博伽梵歌》第10章的第34节诗中说："我是吞噬一切的死亡(mṛtyuḥ sarva-haraś cāham)。"对无神论者来说，至尊主就像死亡，因为祂拿走他们在物质世界里累积的一切。帕拉德(Prahlāda)的父亲黑冉亚卡希普(Hiraṇyakaśipu)，总是否认至尊主的存在，并因为他五岁的儿子帕拉德对神具有坚定不移的信心，而企图杀死自己的儿子。然而，时间一到，至尊主就显现为半人半狮的尼尔星哈戴瓦(Nṛsiṁhadeva)，当着帕拉德的面杀死了他的恶魔父亲。《圣典博伽瓦谭》第1篇第13章的第47节诗中，谈到杀的程序是自然的规则说：弱肉强食，一种生物体是另一种生物体的食物(jīvo jīvasya jīvanam)。青蛙被蛇吃，蛇被猫鼬吃，猫鼬被其他的动物吃。就这样，毁灭按至尊主的至尊意愿进行着。我们虽然无法直接看到至尊主的手在操纵一切，但能够透过至尊主的毁灭程序感觉到至尊主的手无所不在。我们虽然因为无法看到风，所以看不到它究竟是如何吹散云朵的，但确实可以看到云朵被风吹散了。同样道理，尽管我们不能直接看到至尊人格首神，但我们可以看到祂控制着毁灭的过程。毁灭在至尊主的控制下残酷、凶猛地进行着，但无神论者看不到它。

第 66 节　**प्रमत्तमुच्चैरिति कृत्यचिन्तया**
प्रवृद्धलोभं विषयेषु लालसम् ।
त्वमप्रमत्तः सहसाभिपद्यसे
क्षुल्लेलिहानोऽहिरिवाखुमन्तकः ॥६६॥

pramattam uccair iti kṛtya-cintayā
pravṛddha-lobhaṁ viṣayeṣu lālasam
tvam apramattaḥ sahasābhipadyase
kṣul-lelihāno 'hir ivākhum antakaḥ

pramattam－疯狂的人 / uccaiḥ－大声地 / iti－如此 / kṛtya－要做 / cintayā－以这样的愿望 / pravṛddha－非常进步 / lobham－贪婪 / viṣayeṣu－在物质享受方面 / lālasam－如此欲望 / tvam－您圣上 / apramattaḥ－完全超然的 / sahasā－突然 / abhipadyase－抓住他们 / kṣut－饥饿 / lelihānaḥ－用贪婪的舌头 / ahiḥ－蛇 / iva－如同 / ākhum－老鼠 / antakaḥ－毁灭者

译文　亲爱的至尊主，这个物质世界里的众生不断疯狂地制定各种计划，并总是怀着想要做这做那的愿望忙碌着。这是由无法控制的贪婪所致。生物体心中一直有贪图物质享乐的欲望，但您圣上总是保持警觉，并在适当的时候打击他，就像蛇抓住老鼠，轻而易举地吞食掉它一样。

要旨 每一个人都很贪婪，都为物质享乐而制定各种计划。在贪图物质享乐的状态下，人就像疯子一样。正如《博伽梵歌》第3章的第27节诗说：

prakṛteḥ kriyamāṇāni
guṇaiḥ karmāṇi sarvaśaḥ
ahaṅkāra-vimūḍhātmā
kartāham iti manyate

“灵魂受假我的迷惑，以为是自己在活动，却不知实际是物质自然的三种属性在活动。”

一切都由大自然的法律定好了，而这些法律由至尊人格首神掌控。无神论者——缺乏智慧的人，不了解这一点。他们忙忙碌碌地制定他们自己的计划，大国则忙于扩张他们的帝国。但我们知道，随着时间的流逝，许多帝国出现过并遭到了摧毁。我们可以看到，许多所谓的贵族家族因人们的极度疯狂而产生，但在一定的时间内，那些家族和帝国都遭到了毁灭。尽管如此，愚蠢的无神论者还是不接受至尊主至高无上的权威。这种愚蠢之人毫无必要地给自己编造出一些与至尊主的最高权威毫无关系的责任。所谓的政治领袖看似都忙于制定各种计划，以提高他们国家的物质繁荣，但实际上只是想让自己登上高位。他们虽然被物质自然的法律紧紧地钳制着，但因为贪求物质地位而愚蠢地以领袖的姿态出现在人民大众面前，收集选票。这些都是现代文明中存在的缺陷。如果不培养神意识、不接受至尊主的权威，人最终就会在他们努力的过程中变得迷惑和沮丧。他们在未经授权的情况下制定的发展经济的政策和计划，使全世界的物价每天都在上升。情况变得如此糟糕，以致穷人面临极度的困境，痛苦不堪。由于缺乏奎师那意识，人们受到所谓领袖和计划制定者的愚弄，因此世上受苦的人越来越多。按照由至尊主控制的物质自然的法律，这个物质世界里的一切都无法永恒常存，所以应该让人们为了获救而托庇于绝对者。就有关这一点，主奎师那在《博伽梵歌》第5章的第29节诗说：

bhoktāraṁ yajña-tapasāṁ
sarva-loka-maheśvaram
suhṛdaṁ sarva-bhūtānāṁ
jñātvā māṁ śāntim ṛcchati

“完全意识到我的人知道我是一切祭祀和苦行的最终受益者，是一切星球和半神人的至尊主，是众生的恩人和祝愿者，因此获得平静，不再受物质痛苦的折磨。”

要想心情平静、社会安定，就必须接受至尊人格首神是真正的享乐者这一事实。至尊主是整个宇宙的拥有者，是万事万物的拥有者，是众生最好的朋友。明白这一点后，无论是个体还是集体，都能快乐与平静。

第 67 节

कस्त्वत्पदाब्जं विजहाति पण्डितो
यस्तेऽवमानव्ययमानकेतनः ।
विशङ्कयास्मद्गुरुरर्चति स्म यद्
विनोपपत्तिं मनवश्चतुर्दश ॥६७॥

kas tvat-padābjaṁ vijahāti paṇḍito
yas te 'vamāna-vyayamāna-ketanaḥ
viśaṅkayāsmad-gurur arcati sma yad
vinopapattiṁ manavaś caturdaśa

kaḥ－谁 / tvat－您的 / pada-abjam－莲花足 / vijahāti－避免 / paṇḍitaḥ－有学识的 / yaḥ－谁 / te－向您 / avamāna－嘲笑的 / vyayamāna－减少 / ketanaḥ－这个身体 / viśaṅkayā－毫无疑问 / asmat－我们的 / guruḥ－灵性导师、父亲 / arcati－崇拜 / sma－在过去 / yat－那 / vinā－没有 / upapattim－激动 / manavaḥ－玛努 / catuḥ-daśa－十四位

译文 我亲爱的至尊主，任何博学的人都知道，人除非崇拜您，否则他的人生就糟蹋了。在知道这一点的情况下，他怎么能停止崇拜您的莲花足呢？就连我们的父亲和灵性导师主布茹阿玛都毫不犹豫地崇拜您，十四位玛努都以他为榜样。

要旨 这里谈到“智者(paṇḍita)”，什么人才是真正有智慧的人呢？对此，《博伽梵歌》第7章的第19节诗说：

bahūnāṁ janmanām ante
jñānavān māṁ prapadyate
vāsudevaḥ sarvam iti
sa mahātmā sudurlabhaḥ

“经过许许多多次生死后，一个真正处在知识层面上的人就会皈依我，知道我是一切原因的起因，是一切。这样的灵魂是伟大的、罕见的。”

人在经历了众多的生世并靠自己的努力了解自我后，在成为真正的智者时，就会投靠、服从至尊人格首神奎师那。这样的博学之人——伟大的灵魂(mahātmā)，知道奎师那(华苏戴瓦)是一切(vāsudevaḥ sarvam iti)。有学问的人总是认为，他们的生命除非用来崇拜主奎师那或成为祂的奉献者，否则就被浪费掉了。《永恒的柴坦亚经》中篇23章的第18—19节诗中记载，圣茹帕·哥斯瓦米(Rūpa Gosvāmī)说：当人成为进步的奉献者时，他就明白自己应该沉默含蓄、锲而不舍(kṣāntiḥ)，应该为至尊主做服务，不浪费时间(avyartha-kālatvam)；他还应该不再受一切物质的吸引(viraktiḥ)，不再为获得物质利益而从事活动(māna-śūnyatā)；他应该确信，奎师那会把祂的仁慈赐给他(āśā-bandhaḥ)，应该总是很渴望忠心耿耿地为至尊主服务(samutkaṇṭhā)；智者总是很渴望通过吟诵、吟唱和聆听(nāma-gāne sadā ruciḥ)赞美至尊主，总是渴望描述至尊主超然的品质(āsaktis tad-guṇākhyāne)；他还应该受至尊主从事过娱乐活动的地方的吸引(prītis tad-vasati-sthaleprītis tad vasati sthāle)。这些都是进步奉献者的征象。

进步的奉献者——真正明智和博学的完美之人，无法停止为至尊主的莲花足服务。主布茹阿玛虽然寿命极长(他的十二个小时是我们的四十三亿二千万年)，但也惧怕死亡，因此为至尊主做奉爱服务。同样，在布茹阿玛的一天中出现和消失的所有的玛努(Manu)，也忙着为至尊主做奉爱服务。在布茹阿玛的一天中，有十四位玛努出生和死亡，其中第一位玛努是斯瓦阳布瓦·玛努(Svāyambhuva Manu)。每一位玛努的寿命都是七十一个年代循环，而每一个年代循环都是四百三十二万年。玛努的寿命虽然是如此的长，但他们还是为至尊主做奉爱服务，以便为自己的来世做好准备。如今的人的寿命只有六十或八十年，而就连这么短的寿命还在逐渐的缩短中。因此，人类更有必要按照主柴坦亚·玛哈帕布的教导，通过一直不断地吟诵、吟唱哈瑞·奎师那曼陀崇拜至尊主的莲花足：

tṛṇād api sunīcena
taror iva sahiṣṇunā
amāninā mānadena
kīrtanīyaḥ sadā hariḥ

(八训规3)

忙于做奉爱服务的人常被忌妒之人所围绕，有许多满怀敌意的人就会经常来试图打垮他或阻止他。这并不是这个年代里的新鲜事，因为即使在帕拉德王所在的那个古老年代，帕拉德王也因为做奉爱服务而遭到他邪恶的父亲黑冉亚卡希普的不停的骚扰。无神论者始终想要干扰奉献者，柴坦亚·玛哈帕布因此忠告奉献者要容忍他们。但是，我们必须一直不断地吟诵、吟唱哈瑞·奎师那曼陀，并向他人作宣传，鼓励人们也吟诵、吟唱这个曼陀，这样的吟诵、吟唱使生命达到完美境界。人应该吟诵、吟唱，并宣传使这一生在所有方面达到完美的紧迫性。人应该这样为至尊主做奉爱服务，追随以主布茹阿玛为开端的历代前辈灵性导师。

第 68 节 अथ त्वमसि नो ब्रह्मन् परमात्मन् विपश्चिताम् ।
विश्वं रुद्रभयध्वस्तमकुतश्चिद्भया गतिः ॥६८॥

atha tvam asi no brahman
paramātman vipaścitām
viśvaṁ rudra-bhaya-dhvastam
akutaścid-bhayā gatiḥ

atha一因此 / tvam一您，我的主人 / asi一是 / naḥ一我们的 / brahman一至尊梵啊 / parama-ātman一超灵啊 / vipaścitām一对那些有学识的智慧之人 / viśvam一整个宇宙 / rudra-bhaya一因害怕茹铎 / dhvastam一毁灭 / akutaścit-bhayā一无疑是不惧怕的 / gatiḥ一目标

译文 亲爱的至尊主，所有真正博学的人都知道您是至尊梵、超灵。尽管整个宇宙都惧怕最终会毁灭一切的主茹铎，但对博学的奉献者来说，您是全体生物毫不惧怕的目标。

要旨 为了这个宇宙展示的创造、维系和毁灭，至尊主扩展出布茹阿玛、维施努和希瓦(Maheśvara)三位神明。物质躯体在毁灭的时刻到来时结束，无论是宇宙之躯还是受制约的个体生物的小身体，无一例外。然而，奉献者不惧怕躯体的毁灭，因为他们坚信，正如《博伽梵歌》第4章的第9节诗中所说，他们在躯体毁灭后就会回归家园，回到首神身边(tyaktvā dehaṁ punar janma naiti mām eti so 'rjuna)。

严格按照奉爱服务程序做的人不惧怕死亡，因为他注定回归家园，回到首神身边。非奉献者惧怕死亡，因为他们不确定他们来生会去哪里，会得到什么样的躯体。这节诗中的“因为害怕茹铎(rudra-bhaya)”一句十分重要，因为主希瓦，也就是茹铎本人说“害怕茹铎”。这表明世上有许多茹铎——共十一位，向至尊人格首神献上祈祷的茹铎(主希瓦)不同于其他的茹铎，尽管他与其他茹铎一样强大。结论是：茹铎们自己都互相惧怕，因为他们每一个人都担负着

毁灭这个宇宙展示的责任。尽管每一个人都惧怕茹铎，甚至茹铎自己都不例外，但奉献者却从不怕茹铎，因为他在至尊主莲花足的保护下始终感到很安全。圣主奎师那在《博伽梵歌》第9章的第31节诗中说：“我亲爱的阿尔诸纳，你勇敢地宣布，我的奉献者永不毁灭(kaunteya pra-tijānīhi na me bhaktaḥ praṇaśyati)。”

第69节 इदं जपत भद्रं वो विशुद्धा नृपनन्दनाः ।
स्वधर्ममनुतिष्ठन्तो भगवत्यर्पिताशयाः ॥६९॥

idaṁ japata bhadraṁ vo
viśuddhā nṛpa-nandanāḥ
sva-dharmam anutiṣṭhanto
bhagavaty arpitāśayāḥ

idam—这 / japata—当吟唱时 / bhadram—所有的吉祥 / vaḥ—你们全体 / viśuddhāḥ—净化 / nṛpa-nandanāḥ—君王的儿子 / sva-dharmam—自己的职责 / anutiṣṭhantaḥ—执行 / bhagavati—向至尊人格首神 / arpita—放弃 / āśayāḥ—充满信心

译文 我亲爱的王子们，带着一颗纯净的心履行你们做君王的职责吧。吟唱这祈祷文，把注意力专注于至尊主的莲花足。那将给你们带来一切好运，因为至尊主会对你们非常满意。

要旨 主希瓦供奉的祈祷十分具有权威性，而且意义重大，甚至在履行规定职责的人只要向至尊主献上祈祷，都可以变得完美。生命的真正目的是成为至尊主的奉献者，身处何方、身份地位并不重要。人无论是布茹阿玛纳、查锤亚、外夏、庶铎，还是美国人、英国人、印度人等，仅仅用向至尊人格首神祈祷的方式，就能够在这个物质存在中的任何一个地方、一个位置上做奉爱服务。哈瑞·奎师那这一伟大的曼陀也是一篇祈祷文，因为祈祷实际上是通过呼唤至尊人格首神的圣名呼唤祂，并请求祂允许我们为祂做奉爱服务，从而好运当头。哈瑞·奎师那玛哈·曼陀中说："啊！亲爱的主奎师那，亲爱的主茹阿玛，至尊主的能量！请仁慈地安排我为您做服务。"无论贫富贵贱，人在任何情况下都可以做奉爱服务。《圣典博伽瓦谭》第1篇第2章的第6节诗中说：任何的物质条件都无法阻止人做奉爱服务(ahaituky apratihatā)。主柴坦亚·玛哈帕布也推荐做奉爱服务这一方法说：

jñāne prayāsam udapāsya namanta eva
jīvanti san-mukharitāṁ bhavadīya-vārtām
sthāne sthitāḥ śruti-gatāṁ tanu-vāṅ-manobhir
ye prāyaśo 'jita jito 'py asi tais tri-lokyām

（《圣典博伽瓦谭》10.14.3)

人可以留在自己的所在地，可以继续履行自己的规定职责，但同时用自己的耳朵从觉悟的灵魂那里聆听至尊主的信息。奎师那意识运动就以这一原则为基础，我们在全世界开设中心，好让所有的人都有机会聆听主奎师那的信息，以便可以回归家园，回到首神身边。

第 70 节

तमेवात्मानमात्मस्थं सर्वभूतेष्ववस्थितम् ।
पूजयध्वं गृणन्तश्च ध्यायन्तश्चासकृद्धरिम् ॥७०॥

tam evātmānam ātma-sthaṁ
sarva-bhūteṣv avasthitam
pūjayadhvaṁ gṛṇantaś ca
dhyāyantaś cāsakṛd dharim

tam—向祂 / eva—的确 / ātmānam—至尊灵魂 / ātma-stham—在你内心 / sarva—所有 / bhūteṣu—在每个生物体中 / avasthitam—处于 / pūjayadhvam—崇拜祂 / gṛṇantaḥ ca—总是歌唱 / dhyāyantaḥ ca—总是冥想 / asakṛt—一直不断地 / harim—至尊人格首神

译文　君王的儿子们啊！至尊人格首神哈尔依处在每一个生物体的心中。祂也处在你们的心中。因此，歌唱至尊主的荣耀，一直不断地冥想祂。

要旨　诗中“一直不断地(asakṛt)”一词很重要，因为它说明并非只有几分钟，而是要一直不断地做。这是主柴坦亚·玛哈帕布在“八训规”第三条中给予的指示，即：应该一天二十四小时地吟诵、吟唱至尊主的圣名(kīrtanīyaḥ sadā hariḥ)。正因为如此，在这场奎师那意识运动中，我们要求奉献者每天用他们的念珠计算至少吟诵十六圈。事实上，人应该一天二十四小时地吟诵、吟唱至尊主的圣名；就像塔库尔·哈瑞达斯(Ṭhākura Haridāsa)一样，祂每天吟诵哈瑞·奎师那曼陀三十万次。他每天除了吟诵至尊主的圣名，不做别的。有些哥斯瓦米(Gosvāmī)，例如茹阿古纳特·达斯·哥斯瓦米(Raghunātha dāsa Gosvāmī)，也非常严格地吟诵至尊主的圣名和顶礼达一定数量。正如在赞诵六位圣哥斯瓦米的八节诗中，施瑞尼瓦斯阿查尔亚(Śrīnivāsācārya)说：他们每天定量吟诵、吟唱至尊主的圣名并顶礼(saṅkhyā-pūrvaka-nāma-gāna-natibhiḥ kālāvasānī-kṛtau)。诗中梵文saṅkhyā-pūrvaka的意思是“按一定的数量”。茹阿古纳特·达斯·哥斯瓦米不仅吟诵至尊主的圣名一定的数量，而且以同样的数量顶礼。

由于王子们准备为崇拜至尊主而从事艰巨的苦修，主希瓦便劝告他们要一直不断地吟诵至尊主的圣名，冥想至尊人格首神。重要的是：主希瓦不仅按照他父亲布茹阿玛对他的教导，亲自向至尊人格首神祈祷，而且按照师徒传承的做法向王子们讲道。人不仅应该身体力行地按照从灵性导师那里得到的指示去做，而且应该把这知识传给自己的学生。

诗中“至尊人格首神哈尔依处在每一个生物体的心中，也处在你们的心中(ātmānam ātma-sthaṁ sarva-bhūteṣv avasthitam)”一句也很重要。所有的生物都源自人格首神；而由于生物是至尊主不可缺少的一部分，至尊主便是所有生物的父亲。至尊主处在每一个生物体的心中，因此人很容易就可以在自己心中找到祂。从这节诗中可以看出，崇拜至尊主的方法极为简单和完整，因为任何人都可以在任何地方、任何条件下坐下，吟诵、吟唱至尊主的圣名。靠吟诵、吟唱和聆听，人自动就进入冥想的状态。

第 71 节 योगादेशमुपासाद्य धारयन्तो मुनिव्रताः ।
समाहितधियः सर्व एतदभ्यसतादृताः ॥७१॥

yogādeśam upāsādya
dhārayanto muni-vratāḥ
samāhita-dhiyaḥ sarva
etad abhyasatādṛtāḥ

yoga-ādeśam—这个奉爱瑜伽的训示 / upāsādya——一直不断地阅读 / dhārayantaḥ—铭记在心 / muni-vratāḥ—像伟大的圣人一样起誓，发誓沉默 / samāhita—总是保持内心稳定 / dhiyaḥ—以智慧 / sarve—你们全体 / etat—这 / abhyasata—练习 / ādṛtāḥ—满怀敬意

译文 亲爱的王子们，我以祈祷的形式描述了吟唱圣名的瑜伽体系。你们都该承诺，为成为伟大的圣人而把这重要的祈祷文铭记在心。你们应该像伟大的圣人那样默默行事，专心并满怀敬意地实践这一方法。

要旨 练哈塔瑜伽(haṭha-yoga)的人必须进行身体姿势(āsana)、冥想(dhyāna)及收回感官感知力(dhāraṇā)的练习，必须以某一个坐姿稳坐在一个地方，把目光集中在鼻尖上。要练哈塔瑜伽必须遵守那么多的规范守则，以致人在这个年代中几乎不可能练这种瑜伽。相反，奉爱瑜伽不仅在这个年代中很容易练，在其他年代中也是最容易练的；主希瓦在很久以前的年代，就向王子们——帕祺纳巴黑沙特王(Mahārāja Prācīnabarhiṣat)的儿子们，推荐了这种瑜伽。奉爱瑜伽

并非是新介绍给人们的，甚至在五千年前，主奎师那就介绍说，奉爱瑜伽是最高级的瑜伽。正如在《博伽梵歌》第6章的第47节诗中，主奎师那告诉阿尔诸纳说：

yogināṁ api sarveṣāṁ
mad-gatenāntarātmanā
śraddhāvān bhajate yo māṁ
sa me yuktatamo mataḥ

"在所有的瑜伽师中，谁信心坚定地总在内心想着我，为我做奉爱服务，谁就通过瑜伽与我最紧密地连在一起，就是最高级的瑜伽师。这就是我的看法。"

最高级的瑜伽师是一直不断在内心想着奎师那并吟诵、吟唱至尊主的荣耀的人。换句话说，奉爱瑜伽体系自从无法追溯的年代起就已经存在，至今以这场奎师那意识运动不断延续着。

就有关这一点，诗中"发大圣人们所发的沉默的誓言(muni-vratāḥ)"一句非常重要，因为有志于在灵性生活中取得进步的人必须沉默。沉默的意思是，只谈有关奎师那的话题(kṛṣṇa-kathā)。请看安巴瑞施王(Mahārāja Ambarīṣa)的沉默：

sa vai manaḥ kṛṣṇa-padāravindayor
vacāṁsi vaikuṇṭha-guṇānuvarṇane

"安巴瑞施王总是把心念集中在至尊主的莲花足上，只谈论祂(《圣典博伽瓦谭》9.4.19)。"我们必须抓住生命中的这一机会，通过不与不值得交谈的人谈废话而成为像伟大的圣人一样的人。我们应该要么谈论奎师那，要么专心地吟诵、吟唱哈瑞·奎师那。这就是"发大圣人们所发的沉默的誓言(muni-vratāḥ)"。智者必须非常机警(samāhita-dhiyaḥ)，应该总是怀着奎师那意识行事。"满怀敬意地实践这一方法(etad abhyasatādṛtāḥ)"一句是说明，人如果怀着敬意(ādṛta)从灵性导师那里接受指示，并按照指示实践，就会发现奉爱瑜伽这一程序极为容易。

第 72 节 इदमाह पुरास्माकं भगवान् विश्वसृक्पतिः ।
भृग्वादीनामात्मजानां सिसृक्षुः संसिसृक्षताम् ॥७२॥

idam āha purāsmākaṁ
bhagavān viśvasṛk-patiḥ
bhṛgv-ādīnām ātmajānāṁ
sisṛkṣuḥ saṁsisṛkṣatām

idam—这 / āha—说 / purā—以前 / asmākam—向我们 / bhagavān—至尊主 / viśva-sṛk—宇宙的创造者 / patiḥ—主人 / bhṛgu-ādīnām—以布瑞古为首的大圣人们 / ātmajānām—他的儿子们的 / sisṛkṣuḥ—创造的欲望 / saṁsisṛkṣatām—负责创造的

译文 这祷告由一切创造者的主人主布茹阿玛最先说给我们听。以布瑞古为首的创造者们因为想要创造，所以得到指示吟唱这些祈祷文。

要旨 主维施努创造了主布茹阿玛，主布茹阿玛随后创造了主希瓦和以布瑞古·牟尼(Bhṛgu Muni)为首的其他大圣人。这些伟大的圣人包括布瑞古、玛瑞祺(Marīci)、阿垂亚(Ātreya)和瓦希施塔(Vasiṣṭha)等。所有这些伟大的圣人都负责繁衍宇宙中的生物体。由于创造的初期并没有什么生物体，主维施努便委托布茹阿玛去创造，布茹阿玛接着创造出成千上万的半神人和伟大的圣人，并让他们继续创造。同时，主布茹阿玛通过吟唱主希瓦在此吟唱的祈祷文告诫他的儿子们和门徒们。物质的创造意味着物质活动，但如果我们始终铭记主希瓦吟唱的这些祈祷文中描述的我们与至尊主的关系，就可以抵消物质活动的反应。以这种方式，我们可以一直不断地保持与至尊人格首神的接触，使我们无论在创造中从事什么活动，都不可能偏离奎师那意识之途。奎师那意识运动就是专为实现这一目的而开创的。在这个物质世界里，每一个人都在履行社会四阶层和灵性四阶段(varṇāśrama-dharma)中规定的某种特定职责。布茹阿玛纳、查锤亚、外夏、庶铎等所有的人，都在忙于履行自己的规定职责，但人如果牢记他的首要责任——始终与至尊人格首神保持联系，一切就都会成功。如果人只是遵守社会四阶层和灵性四阶段中的布茹阿玛纳、查锤亚、外夏或庶铎该遵守的规范原则，整日忙忙碌碌，但却想不起自己与至尊主的永恒关系，那么他的日常工作、活动和职责就只是在浪费他的时间。对此，《圣典博伽瓦谭》第1篇第2章的第8节诗中证实说：

dharmaḥ svanuṣṭhitaḥ puṁsāṁ
viṣvaksena-kathāsu yaḥ
notpādayed yadi ratiṁ
śrama eva hi kevalam

“如果人们按各自的状况所从事的职业活动并没有使他们受人格首神信息的吸引，那么从事这些活动就是徒劳无益的。”

结论是：人再怎么忙于履行自己的职责，也不能妨碍自己培养奎师那意识。人只要在生活中加进聆听、吟诵(吟唱)和记忆这些奉爱服务的内容(śravaṇaṁ kīrtanam)就可以，而不需要放弃自己的职责。正如《博伽梵歌》第18章的第46节诗说明：

yataḥ pravṛttir bhūtānāṁ
yena sarvam idaṁ tatam
sva-karmaṇā tam abhyarcya
siddhiṁ vindati mānavaḥ

“履行自己的职责，崇拜众生的源头——无所不在的至尊主，可以使人达到完美。”

因此，人在继续履行职责的同时，如果按照主希瓦在这节诗里所说的崇拜至尊人格首神，就能达到他生命的完美境界。《圣典博伽瓦谭》第1篇第2章的第13节诗中说，履行自己的职责所能获得的最高完美成就，就是取悦人格首神(svanuṣṭhitasya dharmasya saṁsiddhir hari-toṣaṇam)。我们应该继续履行自己的职责，但如果我们努力通过这么做取悦至尊人格首神，那我们的生活就完美了。

第 73 节 ते वयं नोदिताः सर्वे प्रजासर्गे प्रजेश्वराः ।
अनेन ध्वस्ततमसः सिसृक्ष्मो विविधाः प्रजाः ॥७३॥

te vayaṁ noditāḥ sarve
prajā-sarge prajeśvarāḥ
anena dhvasta-tamasaḥ
sisṛkṣmo vividhāḥ prajāḥ

te—被他 / vayam—我们所有人 / noditāḥ—得到命令 / sarve—所有的 / prajā-sarge—在繁衍后代的时候 / prajā-īśvarāḥ—所有生物体的控制者 / anena—由这 / dhvasta-tamasaḥ—从所有的愚昧中摆脱出来 / sisṛkṣmaḥ—我们创造了 / vividhāḥ—各种各样的 / prajāḥ—生物体

译文 主布茹阿玛命令所有的生物体祖先进行创造时，我们吟唱这祈祷文，赞颂至尊人格首神，从而完全免于一切愚昧。这样我们才能创造不同种类的生物体。

要旨 从这节诗中我们可以了解到，不同的生物体都是在创造的初始阶段被同时创造出来的。荒谬的达尔文进化论不符合这里的说法。事实并不是千百万年前不存在有智慧的人类。相反，最先被创造的是最有智慧的生物体——主布茹阿玛。主布茹阿玛接着创造了玛瑞祺、布瑞古、阿垂亚、瓦希施塔等圣人和主希瓦。他们随后又按照业报法则(karma)创造了不同的躯体。在《圣典博伽瓦谭》中，主卡皮拉戴瓦(Kapiladeva)告诉祂母亲：生物根据自己从事过的活动得到特定的躯体，而究竟是那种躯体要由更高的权威作出决定。由至尊人格首神委派的更高权威是主布茹阿玛、所有其他的生物体祖先(Prajāpati)及玛努们。因此可以看出，创造的一开始被创造的第一个生物体最有智慧。“现代智慧是经过进化的过程逐渐发展而来”的说法并不正确。《布茹阿玛·外瓦尔塔往世书》中说，是存在着一个逐渐进化的过程，但那并不是躯体的进化。所有的躯体在创造初期就已经创造好了。是躯体中的灵性生物——灵性的火化，在更高权威的监督下由物质自然法律负责提升。从这节诗中我们可以明白，创造的一开始就已经有了所有不同种类的生物体。有些物种绝种的说法也并不正确。一切都存在着，只是我们因为缺乏知识而无法看到事物的真相。

这节诗中“免于一切种类的愚昧(dhvasta-tamasaḥ)”一句十分重要，因为但凡有愚昧，就无法控制对不同种类的生物体的创造。正如《圣典博伽瓦谭》第3篇第31章的第1节诗所说：躯体是在更高的力量监督下判给我们的(daiva-netreṇa)。这些更高的力量如果没有免于所有的缺陷，怎么能控制生物的进化程序呢？遵循韦达教导的人无法接受达尔文的进化论，因为它受到不完美的知识的玷污。

第 74 节 अथेदं नित्यदा युक्तो जपन्नवहितः पुमान् ।
अचिराच्छ्रेय आप्नोति वासुदेवपरायणः ॥७४॥

athedaṁ nityadā yukto
japann avahitaḥ pumān
acirāc chreya āpnoti
vāsudeva-parāyaṇaḥ

atha－如此 / idam－这 / nityadā－始终 / yuktaḥ－全神贯注 / japan－低声说话 / avahitaḥ－完全专注地 / pumān－一个人 / acirāt－毫不延迟 / śreyaḥ－吉祥的 / āpnoti－获得 / vāsudeva-parāyaṇaḥ－主奎师那的奉献者

译文 总是全神贯注于主奎师那的奉献者，只要专注、崇敬地吟唱这祈祷文，就会立刻达到生命的最高完美境界。

要旨 完美意味着成为主奎师那的奉献者。正如《圣典博伽瓦谭》第1篇第2章的第28节诗中所说：在启示经典中，知识的最终目标是至尊人格首神奎师那。举行祭祀的目的是为取悦祂(vāsudeva-parā vedā vāsudeva-parā makhāḥ)。生命最终的目的是要回到华苏戴瓦(奎师那)的身边。主奎师那的任何一位奉献者只要向祂献上祈祷，无论是在物质所得方面还是解脱方面，就都能获得圆满的结局。由伟大的圣人和主布茹阿玛、主希瓦等伟大的人物向主奎师那献上的祈祷文有很多种。《圣典博伽瓦谭》第11篇第5章的第33节诗中，把主奎师那说成是“主希瓦和主布茹阿玛始终在崇拜的那一位(śiva- viriñcinutam)”。他们这两位半神人都忙着向主华苏戴瓦(奎师那)献上祈祷。如果我们以这些伟大的人物为榜样，成为主奎师那的奉献者，我们的生命就成功了。不幸的是，人们不知道这个秘密。《圣典博伽瓦谭》第7篇第5章的第31节诗中说：“他们不知道生命真正的利益和最高的完美是崇拜主维施努——奎师那(na te viduḥ svārtha-gatiṁ hi viṣṇum)。仅仅靠调整至尊主的外在能量所造就的一切，不可能让人感到满足。不成为主奎师那的奉献者，人就只能做徒劳无益的挣扎并感到困惑不已。为了把生物从这种灾难中解救出来，主奎师那在《博伽梵歌》第7章的第19节诗中指出：

bahūnāṁ janmanām ante
  jñānavān māṁ prapadyate
vāsudevaḥ sarvam iti
  sa mahātmā sudurlabhaḥ

“经过许许多多次生死后，一个真正处在知识层面上的人就会皈依我，知道我是一切原因的起因，是一切。这样的灵魂是伟大的、罕见的。”

只要我们成为华苏戴瓦的奉献者，我们就能够得到我们想要的一切恩赐。

第 75 节 श्रेयसामिह सर्वेषां ज्ञानं निःश्रेयसं परम् ।
सुखं तरति दुष्पारं ज्ञाननौर्व्यसनार्णवम् ॥७५॥

śreyasām iha sarveṣāṁ
jñānaṁ niḥśreyasaṁ param
sukhaṁ tarati duṣpāraṁ
jñāna-naur vyasanārṇavam

śreyasām—在所有的赐福中 / iha—在这个世界 / sarveṣām—每个人的 / jñānam—只是 / niḥśreyasam—最高的利益 / param—超然的 / sukham—欢乐 / tarati—跨越 / duṣpāram—不可克服的 / jñāna—知识 / nauḥ—船 / vyasana—危险 / arṇavam—海洋

译文 这个物质世界里有各种成就，但其中知识的成就被视为是最高的，因为仅仅凭借知识之船，人就可以跨越愚昧之洋；否则那汪洋是无法跨越的。

要旨 事实上，每一个生物体都因为愚昧而在这个物质世界里受苦。我们每天都看到有人因为没知识而犯罪，结果被捕并受到惩罚，尽管他也许并没意识到自己从事的是罪恶活动。这种愚昧遍布全世界。人们不考虑他们为过非法性生活所做的努力，以及从事服用麻醉品、赌博、为满足舌头而杀害动物等活动是在冒怎样的风险。令人遗憾的是：世界领袖们不知道从事这些罪恶活动会招致什么后果。相反，他们把这些事情的后果看得无足轻重，结果把无知之洋拓展得越来越宽。

与这种愚昧相反，获得完美的知识是在这个物质世界里能够取得的最高成就。我们实际看到，有足够知识的人可以避免落入生活中许多危险的陷阱。正如《博伽梵歌》第7章的第19节诗所说：人真正变得有知识时，就投靠、服从至尊人格首神了(bahūnāṁ janmanām ante jñānavān māṁ prapadyate)；这样的伟大灵魂极为罕见(vāsudevaḥ sarvam iti sa mahātmā sudurlabhaḥ)。

这场奎师那意识运动就是要让愚昧无知的所谓领袖们睁大双眼，以避免落入生活的圈套和危险状态之中。最大的危险是得到比人体更低的躯体。我们历尽艰辛才得到这个人体生命，所以应该抓住这个躯体所给予的机会重建我们与至尊人格首神哥文达的关系。主希瓦忠告说，那些善用他给予的祈祷文的人，将很快成为主华苏戴瓦的奉献者，从而能够跨越无知之洋，使生命达到完美的境界。

第 76 节 य इमं श्रद्धया युक्तो मद्गीतं भगवत्स्तवम् ।
अधीयानो दुराराध्यं हरिमाराधयत्यसौ ॥७६॥

ya imaṁ śraddhayā yukto
mad-gītaṁ bhagavat-stavam
adhīyāno durārādhyaṁ
harim ārādhayaty asau

yaḥ－任何人 / imam－这 / śraddhayā－信心 / yuktaḥ－满怀 / mat-gītam－由我编写和唱的赞歌 / bhagavat-stavam－供奉给至尊人格首神的祈祷文 / adhīyānaḥ－通过有规律学习 / durārādhyam－难以崇拜 / harim－至尊人格首神 / ārādhayati－他却能崇拜祂 / asau－这样一个人

译文 尽管为至尊人格首神做奉爱服务并崇拜祂极为困难，但如果人朗诵或仅仅是阅读这由我编纂和唱出的祈祷文，他就能轻而易举地祈求到至尊人格首神的仁慈。

要旨 主希瓦是主华苏戴瓦的纯粹奉献者这一点尤其重要。经典中说："在所有的外士纳瓦中，主希瓦是最高级的外士纳瓦(vaiṣṇavānāṁ yathā śambhuḥ)。"因此，主希瓦有一个外士纳瓦师徒传承(sampradāya)，称为茹铎师徒传承(Rudra-sampradāya)。如今，那些属于维施努斯瓦米传承的奉献者，都来自茹铎——主希瓦。要成为主奎师那(华苏戴瓦)的奉献者极为困难。就有关这一点，诗中特别用了“很难崇拜(durārādhyam)”一词。崇拜半神人并不十分困难，但要成为主奎师那(华苏戴瓦)的奉献者并不容易。然而，人如果听从主希瓦的忠告，严格遵守原则，追随更高的权威，成为主华苏戴瓦的奉献者就容易了。对此，帕拉德王也给予了证实。心智思辨者无法实际地做奉爱服务。奉爱服务极为特殊，只有投靠、服从纯粹奉献者的人才能得到。在《圣典博伽瓦谭》第7篇第5章的第32节诗中，帕拉德王证实道：“纯粹奉献者免于一切物质污染，人除非接受纯粹奉献者莲花足上的尘土，否则无法进入为至尊主做奉爱服务的领域(mahīyasāṁ pāda-rajo-'bhiṣekaṁ niṣkiñcanānāṁ na vṛṇīta yāvat)。”

第77节　विन्दते पुरुषोऽमुष्माद्यद्यदिच्छत्यसत्वरम् ।
मद्गीतगीतात्सुप्रीताच्छ्रेयसामेकवल्लभात् ॥७७॥

vindate puruṣo 'muṣmād
yad yad icchaty asatvaram
mad-gīta-gītāt suprītāc
chreyasām eka-vallabhāt

vindate－获得／puruṣaḥ－奉献者／amuṣmāt－从人格首神那里／yat yat－……的／icchati－欲望／asatvaram－稳处／mat-gīta－由我唱／gītāt－用歌曲／su-prītāt－从非常愉快的至尊主那里／śreyasām－所有的赐福的／eka－一／vallabhāt－从最亲爱的人那里

译文　至尊人格首神是一切吉祥祝愿的最珍贵的目标。歌唱这首由我唱出的歌的人，能够取悦至尊人格首神。这样一位专注地为至尊主做奉爱服务的奉献者，能够从至尊主那里得到他想要的一切。

要旨　正如《博伽梵歌》第6章的第22节诗所说：能够得到至尊人格首神恩宠的人，不再渴望得到其他的一切(yaṁ labdhvā cāparaṁ lābhaṁ manyate nādhikaṁ tataḥ)。当杜茹瓦王(Dhruva Mahārāja)通过苦修变得完美并面对面地看到至尊人格首神时，至尊主准备赐予他任何他想要的祝福。然而，杜茹瓦的回答是：他什么都不想要，因为能够看到至尊主已经使他心满意足了。除了为至尊主服务，我们想要的其他的一切都是错觉或假象——玛亚(māyā)。在《永恒的柴坦亚经》中篇第20章的第108节诗中，圣柴坦亚·玛哈帕布说：每一个生物都是至尊主永恒的仆人(jīvera 'svarūpa' haya-kṛṣṇera 'nitya-dāsa')；因此当人忙于为至尊主服务时，他就悟到了生命最高的完美境界。忠诚的仆人凭借主人的恩典可以满足任何愿望，为至尊主做超然爱心服务的人不再有额外的渴求；仅仅靠一直不断地为至尊主做爱心服务，他所有的愿望就都实现了。主希瓦告诉我们，任何一位奉献者都能够仅仅靠吟唱他所吟唱的祈祷文获得成功。

第 78 节　इदं यः कल्य उत्थाय प्राञ्जलिः श्रद्धयान्वितः ।
शृणुयाच्छ्रावयेन्मर्त्यो मुच्यते कर्मबन्धनैः ॥७८॥

idaṁ yaḥ kalya utthāya
prāñjaliḥ śraddhayānvitaḥ
śṛṇuyāc chrāvayen martyo
mucyate karma-bandhanaiḥ

idam－这祈祷文 / yaḥ－……的奉献者 / kalye－凌晨 / utthāya－起床后 / prāñjaliḥ－双手合十 / śraddhayā－满怀信心和奉爱之情 / anvitaḥ－如此专注于 / śṛṇuyāt－亲自吟唱和聆听 / śrāvayet－让他人聆听 / martyaḥ－这样的人 / mucyate－摆脱了 / karma-bandhanaiḥ－从功利性活动中产生的一切结果

译文　奉献者如果清晨早起，双手合十地吟唱这些由主希瓦歌唱的祈祷文，并为他人聆听它们提供便利条件，无疑将摆脱一切功利性活动的束缚。

要旨　解脱(mukti)的意思是摆脱功利性活动的结果。正如《圣典博伽瓦谭》第2篇第10章的第6节诗中所说：解脱是指生物停止更换粗糙和精微的物质躯体(muktir hitvānyathā-rūpam)，恢复他永恒形象的状态(svarupeṇa vyavasthitiḥ)。在受制约的状态中，我们被一个又一个的功利性活动束缚着。诗中说“功利性活动的束缚(karma-bandhana)”。人的心只要还专注于功利性活动，他就会为获得快乐而制定各种计划。之所以说奉爱瑜伽的程序不一样，是因为奉爱瑜伽意味着按照至尊权威的命令行事。当我们在至尊权威的指导下活动时，我们就不再受功利性活动结果的束缚。例如，阿尔诸纳之所以打仗，是因为至尊人格首神要他这么做；因此，他不为打仗的结果承担责任。就奉爱服务而言，甚至光是聆听和吟诵、吟唱，就能得到我们用身心和感官做事的结果。事实上，聆听和吟诵、吟唱也是感官的活动。当我们把感官用来满足自己的感官享乐欲望时，它们就会把人捆绑在业报(karma)中；然而，当它们被用来取悦至尊主时，它们就使人建立对至尊主的奉爱之情。

第79节　गीतं मयेदं नरदेवनन्दनाः
परस्य पुंसः परमात्मनः स्तवम् ।
जपन्त एकाग्रधियस्तपो महत्
चरध्वमन्ते तत आप्स्यथेप्सितम् ॥७९॥

gītaṁ mayedaṁ naradeva-nandanāḥ
parasya puṁsaḥ paramātmanaḥ stavam
japanta ekāgra-dhiyas tapo mahat
caradhvam ante tata āpsyathepsitam

gītam－吟唱 / mayā－由我 / idam－这 / naradeva-nandanāḥ－君王的儿子们啊 / parasya－至尊的 / puṁsaḥ－人格首神 / parama-ātmanaḥ－众生的超灵 / stavam－祈祷文 / japantaḥ－吟唱 / eka-agra－

全神贯注 / dhiyaḥ—智慧 / tapaḥ—苦行 / mahat—伟大的 / caradhvam—你们练习 / ante—最终 / tataḥ—从那以后 / āpsyatha—将获得 / īpsitam—想要的结果

译文 亲爱的君王之子们，我给你们吟唱的祈祷文是专门用来取悦至尊人格首神超灵的。我建议你们吟唱这些祈祷文，它们像艰巨的苦行一样有效。这样，当你们成熟后，你们的生活就会成功，你们必将获得你们想得到的一切。

要旨 如果我们坚持不懈地做奉爱服务，我们所有的欲望无疑就会在适当的时候得到满足。

到此为止，结束了巴克提韦丹塔对《圣典博伽瓦谭》第4篇第24章——“吟唱主希瓦唱的赞歌”所作的阐释。

第二十五章

对普冉佳纳王的描述

第 1 节

मैत्रेय उवाच
इति सन्दिश्य भगवान् बार्हिषदैरभिपूजितः ।
पश्यतां राजपुत्राणां तत्रैवान्तर्दधे हरः ॥१॥

maitreya uvāca
iti sandiśya bhagavān
bārhiṣadair abhipūjitaḥ
paśyatāṁ rāja-putrāṇāṁ
tatraivāntardadhe haraḥ

maitreyaḥ uvāca—伟大的圣人麦垂亚继续说 / iti—如此 / sandiśya—发出训示 / bhagavān—最强大的主人 / bārhiṣadaiḥ—由巴黑沙特王的儿子 / abhipūjitaḥ—受崇拜 / paśyatām—他们在看着时 / rāja-putrāṇām—君王的儿子 / tatra—那里 / eva—肯定地 / antardadhe—变得看不见 / haraḥ—主希瓦

译文 大圣人麦垂亚接着对维杜茹阿说：我亲爱的维杜茹阿，主希瓦就这样教导了巴黑沙特王的儿子，君王的儿子们也满怀热爱和敬仰之情崇拜了他。最后，主希瓦从王子们眼前消失了。

要旨 这一章的内容就有关古代君主制王国的实际情况给我们上了重要的一课。巴黑沙特王(Barhiṣat)当时一旦开始考虑退休不再履行君王的职责，就立刻派他的儿子们去苦修，以使他们能成为完美的君王，照顾国民过幸福安康的生活。在那期间，伟大的圣人纳茹阿达(Nārada)就有关物质世界及想要享受物质世界的众生等内容，教导了巴黑沙特王本人。这使我们清楚地看到，君王及王子们是如何受到管理国家的教育的。对国民真正有利的福利活动，是让国民了解至尊人格首神。人体生命是专为让我们了解神，了解我们与祂的关系，以及为祂服务而设的。君王们如果负责国民的灵性教育，君王和国民就都可以过上具有奎师那意识的幸福生活。就有关这一点而言，我们应该铭记至尊主伟大的奉献者、纳茹阿达·牟尼最著名的门徒杜茹瓦王(Mahārāja Dhruva)的后裔帕祺纳巴黑沙特王的例子。帕祺纳巴黑沙特王后来因为举行各种各样的祭祀(yajña)而太热衷于功利性活动。事实上，举行各种祭祀可以使人升上更高的星系——天堂王国，但却无法使人获得解脱或回归家园，回到首神身边。伟大的圣人纳茹阿达看到杜茹瓦王的后裔被功利性活动误导时，十分怜悯他，于是亲自来教导他有关人生的最高利益——奉爱瑜伽(bhakti-yoga)。这第25章生动地描述了纳茹阿达·牟尼是如何间接向帕祺纳巴黑沙特王介绍奉爱瑜伽的。

第2节 रुद्रगीतं भगवतः स्तोत्रं सर्वे प्रचेतसः ।
जपन्तस्ते तपस्तेपुर्वर्षाणामयुतं जले ॥ २ ॥

rudra-gītaṁ bhagavataḥ
stotraṁ sarve pracetasaḥ
japantas te tapas tepur
varṣāṇām ayutaṁ jale

rudra-gītam－主希瓦唱的歌 / bhagavataḥ－至尊主的 / stotram－祈祷文 / sarve－全体 / pracetasaḥ－被称为帕柴塔的王子们 / japantaḥ－吟诵 / te－他们全体 / tapaḥ－苦修 / tepuḥ－执行 / varṣāṇām－年 / ayutam－一万 / jale－在水中

译文 全体帕柴塔王子用一万年的时间站在水中，吟诵主希瓦赐给他们的祈祷文。

要旨 现代人当然无法想象王子们怎么能站在水中达一万年之

久。然而，生活在由大气包围的环境中和生活在水的世界里的过程是一样的，人只要学习如何去做就是了。水生物整个一生都生活在水中，而他们的身体被创造成正适合他们生活在水中。在远古黄金年代(Satya-yuga)，人们的寿命都是十万年。在有这样长的寿命的情况下，人们如果能用一万年的时间苦修，就必定能在将来的生活中获得成功。这并不太令人惊奇。这虽然在如今这个年代中是不可能的事，但在黄金年代中是可以做到的。

第3节 प्राचीनबर्हिषं क्षत्तः कर्मस्वासक्तमानसम् ।
नारदोऽध्यात्मतत्त्वज्ञः कृपालुः प्रत्यबोधयत् ॥ ३ ॥

prācīnabarhiṣaṁ kṣattaḥ
karmasv āsakta-mānasam
nārado 'dhyātma-tattva-jñaḥ
kṛpāluḥ pratyabodhayat

prācīnabarhiṣam－向帕祺纳巴黑沙特王 / kṣattaḥ－维杜茹阿啊 / karmasu－在功利性活动中 / āsakta－依恋 / mānasam－以这样的心态 / nāradaḥ－伟大的圣人纳茹阿达 / adhyātma－灵性主义 / tattva-jñaḥ－了解真理的人 / kṛpāluḥ－因怜悯 / pratyabodhayat－给予教导

译文 王子们于水中经历艰难的苦修时，他们的父亲在从事各种功利性活动。这时，伟大的圣人纳茹阿达——一切灵修生活的导师，变得对君王深感同情，决定教导他有关灵性的生活。

要旨 正如主柴坦亚(Caitanya)的一位优秀奉献者帕博达南达·萨茹阿斯瓦提·塔库尔(Prabodhānanda Sarasvatī Ṭhākura)所指出的，融入梵光(kaivalya)恰似下地狱。他还说：想要提升到高等星系以享受天堂生活，只不过是追求海市蜃楼而已。这意味着奉献者从不看重功利性活动者(karmī)和知识思辨者(jñānī)所追求的最高目标。功利性活动者追求的最高目标是升上天堂王国，知识思辨者追求的最高目标是融入梵光。当然，主柴坦亚证实说，思辨知识的人比功利性活动者强。祂在《永恒的柴坦亚经》中篇第19章的第147节诗中说：“一个非人格神主义者——知识思辨者，强过好几千个功利性活动者(koṭi-karmaniṣṭha-madhye eka 'jñānī' śreṣṭha)。”正因为如此，奉献者从不走靠从事功利性活动被提升到天堂星球去的功利性活动之途(karma)。纳茹阿达·牟尼看到帕祺纳巴黑沙特王忙于功利性活动时，对他深感同情。与世俗工作者相比，那些努力靠举行祭祀被提升上高等星系的人无疑更高级。然而，在做纯粹奉爱服务的人眼中，无论是功利性活动者还是知识思辨者，都是被错觉能量的特征迷惑了的人。

第4节 श्रेयस्त्वं कतमद्राजन् कर्मणात्मन ईहसे ।
दुःखहानिः सुखावाप्तिः श्रेयस्तन्नेह चेष्यते ॥४॥

śreyas tvaṁ katamad rājan
karmaṇātmana īhase
duḥkha-hāniḥ sukhāvāptiḥ
śreyas tan neha ceṣyate

śreyaḥ—最高的利益 / tvam—你 / katamat—那是什么 / rājan—君王啊 / karmaṇā—由功利性活动 / ātmanaḥ—灵魂的 / īhase—你想要 / duḥkha-hāniḥ—所有痛苦的消失 / sukha-avāptiḥ—所有快乐的获得 / śreyaḥ—赐福 / tat—那 / na—绝不 / iha—与此相关 / ca—和 / iṣyate—可获得的

译文 纳茹阿达·牟尼向君王帕祺纳巴黑沙特询问道：我亲爱的君王，你想靠从事这些功利性活动得到什么？生命的首要目标是摆脱一切痛苦，享受快乐，但功利性活动并不能使人实现这两个目的。

要旨 这个物质世界里有一个巨大的错觉遮住了真正的智慧。受制于激情属性的人想要辛勤工作以得到某些利益，但却不知道时间永远都不允许他永恒地享受任何事物。与他的付出相比，他的所得很可怜。即使他得到一定的利益，那也是夹杂着痛苦在内的。不是生来富有的人如果想购买房子、汽车和其他物质的东西，就必须年复一年夜以继日地辛勤工作，以拥有它们。因此，这个世界里的快乐始终有痛苦伴随。

事实上，这个物质世界里没有纯粹的快乐。我们想要享受什么，就必须也准备承受痛苦。总体而言，受苦是这个物质世界的本性，我们试图得到的任何享受，都只不过是错觉和假象而已。毕竟我们不得不承受生老病死的痛苦。我们也许可以找到许多效果不错的药，但却无法中止疾病或死亡的痛苦。事实上，医药并不能对抗疾病或死亡。总而言之，这个物质世界里并没有快乐，但被迷惑的人却为了所谓的快乐而辛勤工作。实际上，辛勤工作的过程已经被视为是快乐了。这称为错觉。

为此，纳茹阿达·牟尼问帕祺纳巴黑沙特王道：他一直不断地举行那么多花费昂贵的祭祀是想要得到什么？人即使到达天堂星球，也无法避免生老病死的痛苦。有人也许会辩论说：即使是奉献者在从事与奉爱服务有关的苦行时也要经历许多痛苦和烦恼。当然，对初习者来说，按照奉爱服务的规定程序做也许很苦，但他们至少有希望最终能避免所有的痛苦和烦恼，达到快乐的最高完美阶段。然而对功利性活动者(karmī)来说，他们没有这样的希望，因为即使他们被升上高等星系，他们也得不到不受生老病死之苦的保证。就连住在最高的星系布茹阿玛珞卡(Brahmaloka)中的主布茹阿玛(Brahmā)也得面临死亡。他的生与死也许不同于普通人，但在这个物质世界里的他并不能免于生老病死。人如果当真想要摆脱这些痛苦，就必须走奉爱服务之途。对此，至尊主本人在《博伽梵歌》

(Bhagavad-gītā)第4章的第9节诗中证实道：

janma karma ca me divyam
evaṁ yo vetti tattvataḥ
tyaktvā dehaṁ punar janma
naiti mām eti so 'rjuna

“阿尔诸纳啊！谁能了解我显现和活动的超然本质，谁就在离开躯体后到达我永恒的住所，不再投生于这个物质世界。”

因此，完全恢复了奎师那意识的奉献者，死后不再回到这个物质世界。他直接回归家园，回到首神身边。那是快乐的完美状态，其中没有夹杂丝毫的痛苦。

第5节

राजोवाच
न जानामि महाभाग परं कर्मापविद्धधीः ।
ब्रूहि मे विमलं ज्ञानं येन मुच्येय कर्मभिः ॥५॥

rājovāca
na jānāmi mahā-bhāga
paraṁ karmāpaviddha-dhīḥ
brūhi me vimalaṁ jñānaṁ
yena mucyeya karmabhiḥ

rājā uvāca－君王回答道 / na－不 / jānāmi－我知道 / mahā-bhāga－伟大的灵魂啊 / param－超然 / karma－由功利性活动 / apaviddha－被刺穿 / dhīḥ－我的智慧 / brūhi－请说 / me－向我 / vimalam－无瑕的 / jñānam－知识 / yena－……的 / mucyeya－我可以摆脱 / karmabhiḥ－从功利性活动

译文 君王回答说：伟大的灵魂纳茹阿达啊！我的智力被功利性活动所束缚，我因此而不知道生命的最高目标。请用纯粹的知识教导我，以使我能摆脱功利性活动的束缚。

要旨 圣纳若塔玛·达斯·塔库尔(Narottama dāsa Ṭhākura)唱道：

sat-saṅga chāḍi' kainu asate vilāsa
te-kāraṇe lāgila ye karma-bandha-phāṅsa

“为了在这短暂的物质展示中享乐，我离弃了纯净的意识状态，从此陷入业报的罗网。”

人只要卷入功利性活动，就必定会接受一个又一个的躯体。这称为纠缠在功利性活动中(karma-bandha-phāṅsa)。无论是从事虔诚的活动还是不虔诚的活动都无一例外，两者都是使灵魂进一步受物质躯体束缚的原因。靠从事虔诚的活动，灵魂可以投生在富有的家庭中，受到良好的教育，获得一具漂亮的躯体，但这并不意味着生活中就不再有痛苦和烦恼了。在西方国家，出身富贵、受到良好教育及外貌漂亮的人很多，但这并不意味着西方人生活中没有痛苦和烦恼。西方国家的年轻人们虽然都受到良好的教育，都足够富有，也很漂亮，虽然都丰衣足食，享有感官享乐的便利条件，但他们生活在痛苦和烦恼中。事实上，他们那么苦恼，以致成为嬉皮士。大自然的法律迫使他们接受一种悲惨、可怜的痛苦生活；他们浑身上下骯脏不堪地四处游荡，没有住处，没有食物，被迫露宿街头。可以得出结论，人不可能靠从事虔诚活动变得快乐。口里含着金汤匙出生的人也并不能免于生老病死的痛苦。因此结论是，没人能只靠从事虔诚或不虔诚的活动变得快乐。这些活动只是使受制约的灵魂不断地从一个躯体移居到另一个躯体，不断地受各种躯体的束缚。纳若塔玛·达斯·塔库尔把这称为“纠缠在功利性活动中(karma-bandha-phāṅsa)”。

帕祺纳巴黑沙特王承认这一事实，坦率地向纳茹阿达·牟尼询问，他如何才能摆脱这功利性活动的纠缠(karma-bandha-phāṅsa)。这其实就是《韦丹塔经》(Vedānta-sūtra,《吠檀陀经》)的第一节诗中所指出的“知识的阶段(athāto brahma jijñāsā)”。当纠缠在功利性活动中的人真正感到沮丧、挫败时，他就会询问生命的真正价值(brahma jijñāsā)。就有关询问生命的最高目标这一点，韦达经中所给予的命令是：“要了解超然的科学，人必须找一位真正的灵性导师(tad-vijñā-nārthaṁ sa gurum evābhigacchet)。”

帕祺纳巴黑沙特王找到了最优秀的灵性导师——纳茹阿达·牟尼，因此向他询问有关能使人摆脱功利性活动纠缠的知识。这才是人生真正该做的事情。正如《圣典博伽瓦谭》(Śrīmad-Bhāgavatam)第1篇第2章的第10节诗中说：人唯一该做的是，向一位真正的灵性导师询问如何摆脱功利性活动的束缚(jīvasya tattva jijñāsā nārtho yaś ceha karmabhiḥ)。

第 6 节 गृहेषु कूटधर्मेषु पुत्रदारधनार्थधीः ।
न परं विन्दते मूढो भ्राम्यन् संसारवर्त्मसु ॥ ६ ॥

gṛheṣu kūṭa-dharmeṣu
putra-dāra-dhanārtha-dhīḥ
na paraṁ vindate mūḍho
bhrāmyan saṁsāra-vartmasu

gṛheṣu－在家庭生活中 / kūṭa-dharmeṣu－在虚假的职位中 / putra－儿子们 / dāra－妻子 / dhana－财富 / artha－生命的目标 / dhīḥ－认为……的人 / na－不 / param－超然性 / vindate－获得 / mūḍhaḥ－无赖 / bhrāmyan－游荡 / saṁsāra－物质存在的 / vartmasu－在……之途

译文 那些只想维持被儿子、妻子和追求钱财所束缚的居士生活状态，只对这种所谓的美好生活感兴趣的人，认为这类事物才是生命中要追求的最高目标。这种人只会在遍布这个物质存在中的各种躯体里流浪，找不到生命的最高目标。

要旨　太依恋由妻子、孩子、钱财和家庭等内容纠缠在一起的居家生活的人，忙于履行所谓的职责(kūṭa-dharma)。帕拉德王把那些所谓的职责比作一口黑井(andha-kūpam)。帕拉德之所以意味深长地谈论这口黑井，是因为掉到这口井里的人就会面临死亡。他也许会大声呼救，但没人会听到他的呼救声，也没人会来救他。

诗中“在物质存在的各条路上游荡(bhrāmyan saṁsāra-vartmasu)”一句意义重大。在《永恒的柴坦业经》中篇第19章的第151节诗中，圣柴坦亚·玛哈帕布明确地解释说：众生在遍布不同的星球上的各种躯体中游荡；如果他们在游荡的过程中借由至尊人格首神的指导接触到一位奉献者，他们的生活就会成功(brahmāṇḍa bhramite kona bhāgyavān jīva)。尽管帕祺纳巴黑沙特王在忙着从事功利性活动，但伟大的圣人纳茹阿达来到他面前。这位君王很幸运能够与纳茹阿达联谊，纳茹阿达用灵性的知识教育了他。所有圣洁的人都该以纳茹阿达为榜样，走遍全世界的每一个国家和乡村，给迷茫的人们指明生命的目标，把他们从功利性活动(karma-bandha)的纠缠中拯救出来。

第7节

नारद उवाच
भो भोः प्रजापते राजन् पशून् पश्य त्वयाध्वरे ।
संज्ञापिताञ्जीवसङ्घान्निर्घृणेन सहस्रशः ॥ ७ ॥

nārada uvāca
bho bhoḥ prajāpate rājan
paśūn paśya tvayādhvare
saṁjñāpitāñ jīva-saṅghān
nirghṛṇena sahasraśaḥ

nāradaḥ uvāca－伟大的圣人纳茹阿达回答说 / bhoḥ bhoḥ－喂 / prajā-pate－国民的统治者啊 / rājan－君王啊 / paśūn－动物 / paśya－请看 / tvayā－被你 / adhvare－在祭祀中 / saṁjñāpitān－杀死 / jīvasaṅghān一成群的动物 / nirghṛṇena一毫无怜悯心地 / sahasraśaḥ一数千的

译文 伟大的圣人纳茹阿达说：啊！国民的统治者，我亲爱的君王，请看向天空，看那些被你在祭祀场中无情地牺牲掉的动物们。

要旨 由于韦达经(Vedas)中推荐了动物祭祀，所以几乎所有的宗教仪式中都有献祭动物的内容。然而，人不该只满足于按照经典的指示杀死动物的作法，而应该超越这些仪式，努力了解真相——生命的目的。纳茹阿达·牟尼想要向君王指明人生的真正目的，唤起他心中的弃绝精神。知识与弃绝精神(jñāna-vairāgya)是人生应该追求的基本目标。没有知识，人无法离开物质享乐；不停止物质享乐，人无法取得灵性进步。功利性活动者一般都忙于感官享乐，为了达到这一目的，他们愿意从事那么多罪恶的活动，动物祭祀只不过是其中的一种罪恶活动而已。为了达到教育的目的，纳茹阿达·牟尼运用他的神秘力量，让帕祺纳巴黑沙特王看到他所献祭的那些死去的动物。

第8节 एते त्वां सम्प्रतीक्षन्ते स्मरन्तो वैशसं तव ।
सम्परेतमयःकूटैश्छिन्दन्त्युत्थितमन्यवः ॥८॥

ete tvāṁ sampratīkṣante
smaranto vaiśasaṁ tava
samparetam ayaḥ-kūṭaiś
chindanty utthita-manyavaḥ

ete一它们全体 / tvām一你 / sampratīkṣante一等待 / smarantaḥ一记忆 / vaiśasam一伤害 / tava一你的 / samparetam一你死后 / ayaḥ一用铁制作的 / kūṭaiḥ一用角 / chindanti一刺穿 / utthita一活跃的 / manyavaḥ一愤怒

译文　所有那些动物都在等待你的死亡，以找你报仇，报复你强加在它们身上的痛苦。你死后，它们将用铁刺愤怒地把你的身体刺穿。

要旨　纳茹阿达·牟尼想要让帕祺纳巴黑沙特王注意到在祭祀中杀死动物是一种暴行。启示经典(śāstra)中说，人通过在祭祀中杀死动物，使它们立刻提升，投生到人体中。同样，为了正义在战场上杀敌的查锤亚(kṣatriya, 刹帝利)，死后被提升到天堂星球去。《玛努法典》(Manu-saṁhitā, 《摩奴法典》)中说，君王必须处死谋杀犯，以使谋杀犯在来生不必为他的罪行而受苦。基于这样的理解，纳茹阿达·牟尼警告君王说：君王在祭祀中杀死的动物们都在等待他的死亡，以便为它们自己报仇。纳茹阿达·牟尼在此说的与经典并不矛盾。他要说服君王，沉溺于动物祭祀非常危险，因为在举行这样的祭祀中一旦犯一个小小的错误，被宰杀的动物就不会被提升到人体的生命形式中，而举行祭祀的人将要为无辜死去的动物负责，就像谋杀犯要为杀死另一个人而承担责任一样。一个动物被杀时，有六种与这一谋杀有关的人要承担责任。这六种人分别是批准去杀的人，动手杀的人，帮助杀的人，买肉的人，烹煮肉的人和吃肉的人，他们都卷入了这一谋杀活动。纳茹阿达·牟尼想要君王注意到这一事实。所以我们看到，杀动物的行为并未受到鼓励，哪怕是在祭祀中杀也不例外。

第 9 节　अत्र ते कथयिष्येऽमुमितिहासं पुरातनम् ।
पुरञ्जनस्य चरितं निबोध गदतो मम ॥ ९ ॥

atra te kathayiṣye 'mum
itihāsaṁ purātanam
purañjanasya caritaṁ
nibodha gadato mama

atra—有关这方面 / te—向你 / kathayiṣye—我要说 / amum—就这个主题 / itihāsam—历史 / purātanam—非常古老 / purañjanasya—关于普冉佳纳 / caritam—他做过的事 / nibodha—努力明白 / gadataḥ mama—当我说话时

译文 就有关这一点，我想讲一段与普冉佳纳王这个人物有关的古史。请注意听。

要旨 大圣人纳茹阿达·牟尼转向另一个话题——普冉佳纳(Purañjana)王的经历。其实，他只不过是在用另一种方式谈帕祺纳巴黑沙特王的经历。换句话说，他是用比喻的方式在说明事实。梵文“普冉佳纳(purañjana)”的意思是“在躯体中享受的人”。这在下面几章中将有更明确的解释。由于被纠缠在物质活动中的人想要听与物质活动有关的故事，纳茹阿达·牟尼便把话题转向普冉佳纳王，而他其实就是帕祺纳巴黑沙特王本人。纳茹阿达·牟尼并没有直接反对举行献祭动物的祭祀。然而，佛祖就直接排斥所有的动物祭祀。圣佳亚戴瓦·哥斯瓦米(Jayadeva Gosvāmī)曾说：“您谴责按韦达经典的祭祀规则屠杀动物的行径(nindasi yajña-vidher ahaha śruti-jātam)。”动物祭祀是韦达经中推荐的(śruti jātam)，但佛祖为了阻止动物祭祀，直接否定了韦达经的权威性。为此，韦达经的遵循者不接受佛祖。佛祖因为不接受韦达经的权威性而被说成是不可知论者或无神论者。非凡的圣人纳茹阿达并不会指责韦达经的权威性，而是要向帕祺纳巴黑沙特王指出，功利性活动(karma-kāṇḍa)之途极其艰难及危险。

愚蠢之人为了感官享乐而接受功利性活动这条艰难的路；那些太依恋感官享乐的人被称为无赖(mūḍha)。无赖很难了解生命的最高目标。在奎师那意识运动不断扩大的过程中，我们实际上看到有许多人并不受其吸引，而原因就在于：他们是忙着从事功利性活动的无赖。有句话说：良言劝告愚蠢的无赖，只会让他变得愤怒，转而反对那教导，而不是运用它(upadeśo hi mūrkhāṇāṁ prakopāya na śāntaye)。纳茹阿达很清楚这一点，因此通过告诉君王他整个一生的经历，间接地教育君王。为了能戴黄金或钻石的鼻针或耳环，人必须刺穿耳朵或鼻子。这种为了感官享乐而忍受痛苦的状态，就是人走在功利性活动之途上所要经历的。人要想在将来享受什么，就必须在现在忍受苦痛。人要想在将来成为百万富翁并享受他的富有，就必须现在辛勤工作，以积累金钱。这就是功利性活动(karma-kāṇḍīya)。太依恋这条路的人无论如何都要冒险。纳茹阿达·牟尼想要让帕祺纳巴黑沙特王看到，为了从事功利性活动，人要经历多大的烦恼和痛苦。极度依恋物质活动的人被称为维沙依(viṣayī)，维沙依(viṣaya)是享受维沙亚(viṣaya)的人，而维沙亚是吃、睡、防卫和交配这四项活动。纳茹阿达·牟尼透过普冉佳纳王的故事间接指出，吃、睡、防卫和交配这四项活动，都是引起麻烦和危险的活动。

诗中梵文“历史(itihāsam)”和“古老的(purātanam)”两个词指出：受制约的生物生活在物质躯体中的历史已经很久了。就有关这一点，圣巴克提维诺德·塔库尔(Bhaktivinoda Ṭhākura)唱道：“我过去从事的功利性活动，使我坠入物质存在之水中。我找不到出去的路(anādi karama-phale, padi' bhavārṇava jale, taribāre nā dekhi upāya)。”众生都在这个物质世界里承受过去活动造成的痛苦，因此每一个都有很久的历史。愚蠢的物质主义科学家编造出他们自己的一套进化论，而那只不过跟物质躯体有关。事实上，那不是真正的进化。真正的进化是住在躯体里的生物(purañjana)的经历。为了头脑清醒之人的利益，圣纳茹阿达·牟尼将以不同的方式解释这一进化论。

第 10 节 आसीत्पुरञ्जनो नाम राजा राजन् बृहच्छ्रवाः ।
तस्याविज्ञातनामासीत्सखाविज्ञातचेष्टितः ॥१०॥

āsīt purañjano nāma
rājā rājan bṛhac-chravāḥ
tasyāvijñāta-nāmāsīt
sakhāvijñāta-ceṣṭitaḥ

āsīt—曾有 / purañjanaḥ—普冉佳纳 / nāma—名叫 / rājā—君王 / rājan—君王啊 / bṛhat-śravāḥ—活动非凡的 / tasya—他的 / avijñāta—默默无闻者 / nāmā—名叫 / āsīt—曾有 / sakhā—朋友 / avijñāta—不被人知的 / ceṣṭitaḥ—活动……的

译文 我亲爱的君王，在很久以前有一个名叫普冉佳纳的君王，他因为所从事的非凡活动而闻名天下。他有个朋友叫阿维格亚塔(默默无闻者)。没人能明白阿维格亚塔的活动。

要旨 每一个受制约的生物都是普冉佳纳(purañjana)。梵文“普茹阿么(puram)”的意思是“在这个躯体中”，“佳纳(jana)”的意思是“生物”。因此受制约的众生都是普冉佳纳。每一个生物都是他躯体的君王，因为生物被给予了按他自己的喜好利用他的躯体的全部自由。具有躯体化生命概念的生物认为，侍奉感官是生命的最高目标，因此通常都是用他的躯体从事感官享乐。这就是功利性活动的过程。没有对内在的知识，不知道自己其实是住在躯体中的灵性灵魂，因而只听从感官命令的人，被称为物质主义者。物质主义者只对感官享乐感兴趣，因此可以被称作普冉佳纳。这样的物质主义者随心所欲地利用自己的感官，所以也可以被称为一个君王。一个不负责任的君王把王位视为是他个人的财产，误用他的国库进行感官享乐。

这节诗中的“活动非凡者(bṛhac-śravāḥ)”一词也很重要，梵文“刷瓦哈(śravaḥ)”的意思是“名望”。生物自远古以来就很著名，正如《博伽梵歌》第2章的第20节诗中所说：“生物永远都不生不死(na jāyate mriyate vā)。”由于他是永恒的，他的活动也是永恒的，尽管那些活动是在不同的躯体中从事的。《博伽梵歌》第2章的第20节诗中说："他不死，即使他的躯体毁灭后也不死(na hanyate hanyamāne śarīre)。"就这样，生物从一个躯体移居到另一个躯体，从事不同的活动。在每一个躯体中，生物都从事那么多的活动。有时，他甚至成为大英雄，就像黑冉亚卡希普(Hiraṇyakaśipu)和康萨(Kaṁsa)，或者现代的拿破仑或希特勒那样。这种人的活动无疑是不寻常的，但他们的身体一旦终结，一切也就随之结束。他们留下的只有名字而已。所以，生物也许会因为从事过的各种活动而赢得巨大的威望，被称为"活动非凡者(bṛhac-śravāḥ)"。但他不知道，他有一个他不了解的朋友。物质主义者不知道神作为处在每一个生物体心中的超灵存在着。尽管超灵(Paramātmā)作为朋友就坐在个体灵魂(jīvātmā)的旁边，个体灵魂却不知道这一事实。正因为如此，个体灵魂被描述为是"有个默默无闻的朋友的人(avijñāta-sakhā)"。诗中"他的活动不为人知(avijñāta-ceṣṭitaḥ)"一句也很重要，因为生物虽然在超灵的指导下辛勤工作并受到自然法律的摆布，但还以为自己不依赖神，独立于物质自然的严格法律。《博伽梵歌》第2章的第24节诗说：

acchedyo 'yam adāhyo 'yam
akledyo 'śoṣya eva ca
nityaḥ sarva-gataḥ sthāṇur
acalo 'yaṁ sanātanaḥ

"个体灵魂不破碎，不溶解，不枯萎，烧不毁。灵魂永存，不变，无所不在，不可移动，始终如一。"

生物——灵魂，是永恒的(sanātana)；由于任何武器砍不碎他，火无法把他烧成灰烬，水浸湿不了他，风吹不干他，他被视为免于物质的反作用。他虽然不断地更换躯体，却不受物质条件的影响。他被置于物质的环境中，在他朋友超灵的指导下行事。至尊主在《博伽梵歌》第15章的第15节诗中说：

sarvasya cāhaṁ hṛdi sanniviṣṭo
mattaḥ smṛtir jñānam apohanaṁ ca

“我在众生的心中。记忆、知识和遗忘都来自我。”因此，至尊主作为超灵处在每一个生物体的心中，指导生物按照他想要的方式行事。生物在他的今生和前世都不知道至尊主是在给予他机会满足他的各种欲望。没有至尊主的批准，没人能实现任何愿望。受制约的灵魂不知道，所有的便利条件都是由至尊主提供的。

第 11 节 सोऽन्वेषमाणः शरणं बभ्राम पृथिवीं प्रभुः ।
नानुरूपं यदाविन्ददभूत्स विमना इव ॥११॥

so 'nveṣamāṇaḥ śaraṇaṁ
babhrāma pṛthivīṁ prabhuḥ
nānurūpaṁ yadāvindad
abhūt sa vimanā iva

saḥ—那位普冉佳纳王 / anveṣamāṇaḥ—寻找 / śaraṇam—庇护 / babhrāma—到处旅行 / pṛthivīm—整个地球 / prabhuḥ—为了成为独立的主人 / na—绝不 / anurūpam—符合他愿望的 / yadā—当……时 / avindat—他可以找到 / abhūt—成为 / saḥ—他 / vimanāḥ—郁闷的 / iva—如同

译文 普冉佳纳王启程去寻找一个适合他居住的地方，于是在全世界各地旅行。他虽然历尽千辛万苦，但却找不到一个他喜欢的地方。这使他最后变得阴郁、沮丧。

要旨 普冉佳纳的旅行类似现代嬉皮士们的旅行。嬉皮士一般都是富有的父亲和家庭的儿子。他们并非一直处在贫穷的状态中。然而，他们因为某种原因离弃了他们富有的父亲的保护，在全世界旅行。正如这节诗中所说，生物想要成为主人——帕布(prabhu)。梵文“帕布”的意思是“主人”，但生物实际上并不是主人，而是神永恒的仆人。当生物离弃至尊神奎师那(Kṛṣṇa)的保护，试图成为独立的主人时，他就在整个创造中到处游荡。整个创造中有无数的星球和八百四十万种生命形式。生物就像游遍全世界寻找合适住处的普冉佳纳王一样，在这些不同的躯体中和星球上游荡。

圣纳若塔玛·达斯·塔库尔唱道："功利性活动(karma-kāṇḍa)之途及知识思辨(jñāna-kāṇḍa)，恰似盛放毒药的罐子(karma-kāṇḍa, jñānakāṇḍa, kevala viṣera bhāṇḍa)。误把这毒药当甘露喝下去的人，在不同的生命形式中游荡(amṛta baliyā yebā khāya, nānā yoni sadā phire)。他根据他得到的躯体，吃各种令人作呕的东西(kadarya bhakṣaṇa kare)。"例如，当生物在一头猪的躯体中时，他就吃粪便。当生物在一只乌鸦的躯体中时，他吃各种垃圾，甚至脓汁和黏液，并觉得很享受。因此，纳若塔玛·达斯·塔库尔指出，生物在不同的躯体中游荡，吃各种令人作呕的东西。当他最后得不到快乐时，他变得阴郁，或者去当嬉皮士。

正因为如此，这节诗中说：君王一直找不到一个适合他满足愿望的地方(na anurūpam)。这是因为：生物是灵性的灵魂，而在这个物质世界里没有一个适合灵性的灵魂住的地方，因此他无论在哪一种生命形式中或哪一个星球上都不可能快乐。这节诗要说明的是：生物想要独立，成为主人；然而他一旦放弃这种念头，成为至尊神奎师那的仆人，他就立刻开始变得快乐。圣巴克提维诺德·塔库尔唱道：

miche māyāra vaśe, yāccha bhese',
khāccha hābuḍubu, bhāi

"亲爱的生物，你为什么被错觉能量玛亚的浪涛卷走了？"正如《博伽梵歌》第18章的第61节诗所说：

īśvaraḥ sarva-bhūtānāṁ
hṛd-deśe 'rjuna tiṣṭhati
bhrāmayan sarva-bhūtāni
yantrārūḍhāni māyayā

"阿尔诸纳啊！每个生物都坐在一台由物质能量制成的机器

上，至尊主处在他们心中，指导他们周游四方。”

生物被躯体这台机器带着游荡在那么多星球上的那么多物种中。因此，巴克提维诺德·塔库尔询问生物，为什么在这些躯体机器中被带走，被置于那么多不同的环境中。他劝告人们通过投靠奎师那战胜玛亚(māyā)的波涛说：

jīva kṛṣṇa-dāsa, ei viśvāsa,
karle ta' āra duḥkha nāi

“请承认自己是奎师那的仆人吧！那将使你摆脱一切痛苦。”

我们一旦把脸朝向奎师那，奎师那就建议我们说：

sarva-dharmān parityajya
mām ekaṁ śaraṇaṁ vraja
ahaṁ tvāṁ sarva-pāpebhyo
mokṣayiṣyāmi mā śucaḥ

“抛弃一切种类的宗教，只向我皈依。我将把你从所有的恶报中解救出来。不必害怕！”(《博伽梵歌》18.66)

这样，我们就立刻停止在一个接一个的躯体中游荡的状态。在《永恒的柴坦亚经》中篇第19章的第151节诗中，圣柴坦亚·玛哈帕布说：生物如果在四处游荡的过程中有幸得到奉献者的联谊，从而得到祝福开始培养奎师那意识，他真正的生活就开始了(brahmāṇḍa bhra-mite kona bhāgyavān jīva)。这场奎师那意识运动给予所有在游荡的生物一个机会托庇于奎师那，从而变得快乐。

这节诗中的“变得阴郁(vimanā iva)”一句十分重要。在这个物质世界里，就连了不起的主布茹阿玛都心中充满焦虑。如果连他都心中充满焦虑，那还用说在这个星球上工作的普通生物体吗？对此，《博伽梵歌》第8章的第16节诗确认说：

ābrahma-bhuvanāl lokāḥ
punar āvartino 'rjuna

“在物质世界中，从最高等的星球到最低等的星球，都是有生死轮回的痛苦之地。”生物在物质世界里永远都不会感到满足。即使在布茹阿玛、天帝因铎(Indra)或月亮神昌铎(Candra)的地位上的生物，也因为把这个物质世界当做快乐之地而心中充满焦虑。

第 12 节 न साधु मेने ताः सर्वा भूतले यावतीः पुरः ।
कामान् कामयमानोऽसौ तस्य तस्योपपत्तये ॥१२॥

na sādhu mene tāḥ sarvā
bhūtale yāvatīḥ puraḥ
kāmān kāmayamāno 'sau
tasya tasyopapattaye

na—绝不 / sādhu—好的 / mene—思想 / tāḥ—他们 / sarvāḥ—所有 / bhū-tale—在这个地球上 / yāvatīḥ—所有种类的 / puraḥ—住房 / kāmān—感官享乐的对象 / kāmayamānaḥ—想要 / asau—那位君王 / tasya—他的 / tasya—他的 / upapattaye—为了获得

译文 普冉佳纳王心中有无数想要进行感官享乐的欲望，于是到世界各地旅行，以找到能满足他所有欲望的地方。不幸的是，没一个地方让他感到满意。

要旨 杰出的外士纳瓦(Vaiṣṇava)诗人圣维迪亚帕提(Vidyāpati)作诗唱道：

tātala saikate, vāri-bindu-sama,
suta-mita-ramaṇī-samāje

这节诗中把包括交际、友情和爱在内的物质性感官享乐比作滴到沙漠上的一滴水。沙漠需要有一汪洋的水才能使它湿润，只给它一滴水又有什么用？同样，生物是至尊人格首神不可缺少的一部分，而《韦丹塔经》中描述至尊人格首神是充满极乐的(ānandamayo 'bhyāsāt)。作为至尊人格首神不可缺少的一部分，生物也寻找完整的享乐。然而，在与至尊人格首神分开的情况下得不到完整的享乐。生物在不同的生命种族中游荡时，也许能在一个躯体或另一个躯体中品尝到某种乐趣，但却无法在任何一个物质躯体中得到所有的感官享乐。为此，受制约的生物——普冉佳纳，虽然在各种不同的躯体中游来荡去，但却在每一个他试图用以享乐的躯体中都遭遇挫败。换句话说，被物质包裹住的灵性火花，无法在物质生活的每一种情况下都充分享受感官。一头鹿也许被猎人发出的音乐声所迷住，但结果是命丧黄泉。同样，一条鱼很精通如何满足它的舌头，但当它吃进渔民用来钓鱼的诱饵时，它就会为之丧命。就连那么庞大、健壮的大象，都会在与雌象交配，满足它的生殖器时被捕获，失去它的自由。在每一种生命形式中，生物都可以得到一个满足感官的躯体，但却无法同时享受所有的感官。在人体生命形式中，他得到一个可以以违法自然的方式享受他所有感官的机会，但结果是：他在试图进行感官享乐的过程中体会到越来越多的烦恼，以致最后变得阴郁、低沉。他越要努力满足他的感官，就会在物质的沼泽地里陷得越深。

第 13 节 स एकदा हिमवतो दक्षिणेष्वथ सानुषु ।
दद‍र्श नवभिर्द्वार्भिः पुरं लक्षितलक्षणाम् ॥१३॥

sa ekadā himavato
dakṣiṇeṣv atha sānuṣu
dadarśa navabhir dvārbhiḥ
puraṁ lakṣita-lakṣaṇām

saḥ－那个普冉佳纳王 / ekadā－从前 / himavataḥ－喜马拉雅山的 / dakṣiṇeṣu－南方 / atha－这之后 / sānuṣu－山脉的 / dadarśa－发现 / navabhiḥ－有九个 / dvārbhiḥ－大门 / puram－一座城市 / lakṣita－可见的 / lakṣaṇām－拥有所有吉祥的设施

译文 一次，就在他这样四处游荡之际，他看到在喜马拉雅山的南边一个叫巴茹阿特·瓦尔萨(印度)的地方，有个共有九个大门的城市，其中装备了所有吉祥的设施。

要旨 喜马拉雅山脉南部的辽阔大地，是曾经被称为巴茹阿特·瓦尔萨(Bhārata-varṣa)的印度大地。生物投生到巴茹阿特·瓦尔萨大地上时，被认为是最幸运的。事实上，柴坦亚·玛哈帕布曾说过：

bhārata-bhūmite haila manuṣya-janma yāra
janma sārthaka kari' kara para-upakāra

(《永恒的柴坦亚经》首篇9.41)

"出生在印度(巴茹阿特·瓦尔萨)的人，应该使自己的生命成功，并为所有其他人的利益而工作。"

投生在巴茹阿特·瓦尔萨大地上的生物，得到生命所需的一切便利设施。他应该利用所有这些设施取得物质和灵性双方面的进步，从而使他的生命达到圆满境界。人在达到生命的目标后，应该出于人道主义的博爱精神，把他的知识和体会传遍全世界。换句话说，凭借前世从事的活动投生在巴茹阿特·瓦尔萨大地上的生物，得到发展人体生命形式的一切便利设施。印度的风土人情和气候，使人能够不受物质环境打扰地平静生活。事实上，在尤帝士提尔王(Mahārāja Yudhiṣṭhira)或主茹阿玛禅铎(Rāmacandra)统治期间，人们的生活无忧无虑，气候中甚至没有严寒或酷暑。在他们统治期间，由身心(adhyātmika)、其他生物体(adhibhautika)和自然灾害(adhidaivika)引起的三种苦，都消失得无影无踪。但如今，与地球上的其他国家相比，印度的整个环境都被人为地破坏了。然而，尽管有这些物质性的干扰，印度的文化却可以使人轻易地达到人生的目的——摆脱物质的束缚，获得解脱。因此，投生在印度的人，必定在前世从事过许多虔诚活动。

在这节诗中，"可以看到有所有的吉祥设施(lakṣita-lakṣaṇām)"

一句是指，在巴茹阿特·瓦尔萨大地上得到人体是非常吉祥的。韦达文化充满了知识，出生在印度的人可以充分利用韦达文化知识及被称为社会四阶层和灵性四阶段(varṇāśrama-dharma)的文化制度。即使现在，当我们在全世界旅行时，我们也可以看到，某些国家中的人虽然有许多物质上的便利条件，但没有取得灵性进步的便利条件。所到之处，我们都发现存在着只有一方面的便利条件而没有全方位便利设施的缺陷。盲人可以走路但眼睛不能看，断了腿的人无法走路但眼睛可以看(andha-paṅgu-nyāya)。盲人可以让跛脚之人坐在自己的肩膀上，以便走路时跛脚之人可以给他指路。他们这样合作就很有效，但盲人和跛脚之人分开走路就都无法成功地到达目的地。同样道理，我们得到的这个人体是专为我们取得灵性生活的进步，同时得到适当的物质所需而设的。西方国家有大量的追求物质舒适的便利设施，但却没人对灵性进步有丝毫的概念。许多人追求灵性上的进步，结果骗子纷纷到来，利用追求灵性进步之人的金钱，欺骗愚弄他们后一走了之。幸亏有奎师那意识运动为人们提供取得物质和灵性进步的一切便利条件，让西方人可以靠这场运动得到利益。在印度，不受印度工业城市影响的村庄里，还能看到可以在任何情况下生活，同时取得灵性进步的人。

躯体被称为是“有九个大门的城市”，这九个门包括两只眼睛，两个耳朵，两个鼻孔，一张嘴巴，一个生殖器和一个肛门。当九个门都清洁并正常工作时，身体就是健康的。在印度，乡村居民保持这九个门清洁的方式是：清晨早起，到井边或河里沐浴，到庙里去参加清晨崇拜至尊神的仪式(maṅgala-ārati)，吟诵、吟唱哈瑞·奎师那曼陀(Hare Kṛṣṇa mahā-mantra)，以及吃给至尊神供奉过的食物(prasāda)。这样做，人就可以充分利用人体生命的所有便利设施。在西方国家我们协会设的各个中心里，我们正逐渐介绍这一系统方法。充分运用这一系统方法的人，在灵性生活中变得越来越有知识。如今的印度也许可以被比作跛脚之人，而西方国家可以被比作是盲人。在过去的两千年中，印度一直屈从于外来者的统治，因此进步之腿的发育被阻断了。在西方国家，人们的眼睛被物质财富的耀眼光芒射瞎了。西方国家的盲人和印度的跛脚之人，应该在这场奎师那意识运动中结合起来。这样，印度的跛脚之人就可以在西方盲人的帮助下走路，而西方的盲人可以在印度的跛脚之人的帮助下看清事物的真相。总之，西方国家的物质进步和印度的灵性资产应该结合起来，以便整个人类社会的提升。

第 14 节　प्राकारोपवनाट्टालपरिखैरक्षतोरणैः ।
स्वर्णरौप्यायसैः शृङ्गैः सङ्कुलां सर्वतो गृहैः ॥१४॥

prākāropavanāṭṭāla-
parikhair akṣa-toraṇaiḥ
svarṇa-raupyāyasaiḥ śṛṅgaiḥ
saṅkulāṁ sarvato gṛhaiḥ

prākāra－城墙 / upavana－公园 / aṭṭāla－塔楼 / parikhaiḥ－有沟渠 / akṣa－窗户 / toraṇaiḥ－有大门 / svarṇa－金子 / raupya－银子 / ayasaiḥ－用铁制的 / śṛṅgaiḥ－有圆顶 / saṅkulām－拥挤的 / sarvataḥ－到处 / gṛhaiḥ－被房子

译文　那座城市由城墙和公园环绕，城中有塔楼、沟渠、窗户和大门，房子上都有用金子、银子和铁制成的圆顶做装饰。

要旨　整个躯体由皮肤之墙保护着。躯体上的毛发被比作公园，鼻子和头等身躯的最高部分被比作塔楼。躯体不同部位上的皱纹和凹陷处被比作沟渠和运河，眼睛被比作是窗户，而眼皮被比作是防卫之门。金、银和铁三种金属，代表了物质自然三种属性：金代表善良属性，银代表激情属性，铁代表愚昧属性。躯体有时也被视为是三种物质元素(tri-dhātu)的大容器，这三种物质分别是：黏液(kapha)、胆汁(pitta)和气(vāyu)。《博伽瓦谭》第10篇第84章的第13节诗中说：把这个装满黏液、胆汁和气的袋子当做自我的人，不比一头乳牛或驴强(yasyātma-buddhiḥ kuṇape tri-dhātuke)。

第 15 节 नीलस्फटिकवैदूर्यमुक्तामरकतारुणैः ।
क्लृप्तहर्म्यस्थलीं दीप्तां श्रिया भोगवतीमिव ॥१५॥

nīla-sphaṭika-vaidūrya-
muktā-marakatāruṇaiḥ
kḷpta-harmya-sthalīṁ dīptāṁ
śriyā bhogavatīm iva

nīla—蓝宝石 / sphaṭika—水晶 / vaidūrya—钻石 / muktā—珍珠 / marakata—绿宝石 / aruṇaiḥ—用红宝石 / kḷpta—装饰着 / harmya-sthalīm—宫殿的地板 / dīptām—有光泽的 / śriyā—由美丽 / bhogavatīm—名叫博嘎瓦提的天堂城市 / iva—如同

译文 那座城市中所有房子的地板都用蓝宝石、水晶、钻石、珍珠、绿宝石和红宝石铺设。首府内的房子放射的光彩，使整座城市堪与天堂城市博嘎瓦提相媲美。

要旨 在躯体之城中，心被视为是首都。正如一个国家的首都因为充满了各种高楼大厦和华丽的宫殿而显得尤其辉煌，躯体内的心中也充满了各种要进行物质享乐的欲望和计划。这些计划有时被比喻为是蓝宝石、红宝石、珍珠和绿宝石等贵重的珠宝。内心是制定各种物质享乐计划的中心。

第 16 节 सभाचत्वररथ्याभिराक्रीडायतनापणैः ।
चैत्यध्वजपताकाभिर्युक्तां विद्रुमवेदिभिः ॥१६॥

sabhā-catvara-rathyābhir
ākrīḍāyatanāpaṇaiḥ
caitya-dhvaja-patākābhir
yuktāṁ vidruma-vedibhiḥ

sabhā—大会堂 / catvara—广场 / rathyābhiḥ—由街道 / ākrīḍa-āyatana—赌场 / āpaṇaiḥ—由商店 / caitya—休息场所 / dhvaja-patākābhiḥ—用旗帜和花彩 / yuktām—装饰 / vidruma—没有树木 / vedibhiḥ—由平台

译文　那座城市里有许多大会堂、街道、十字路口、餐厅、赌场、市集、休息场所、旗帜、花彩和美丽的公园。这一切在那座城中处处可见。

要旨　诗中这样描述了首都城市。在首都城市中有许多大会堂、广场、十字路口和大街小巷，有许多赌博场所、市集和休息场所，所有这些地方都用旗帜和花彩装饰着。广场周围没有树木，而是用栏杆环绕着。躯体的心脏可以被比作大会堂，因为生物和超灵都居住在其中。至尊主在《博伽梵歌》第15章的第15节诗中说：我在众生的心中。记忆、知识和遗忘都来自我(sarvasya cāhaṁ hṛdi sanniviṣṭo mattaḥ smṛtir jñānam apohanaṁ ca)。心脏是一切记忆、遗忘和思虑的中心。在躯体中，眼睛、耳朵和鼻子是受感官享乐吸引的不同地方，纵横交错、四通八达的街道可以被比作在体内循环的各种气。控制体内之气和各种神经的瑜伽练习程序称为解脱之途(suṣumnā)。躯体也是休息的场所，因为生物感到累了时，就会在躯体内休息。手掌和脚底被比作旗帜和花彩。

第 17 节　पुर्यास्तु बाह्योपवने दिव्यद्रुमलताकुले ।
नदद्विहङ्गालिकुलकोलाहलजलाशये ॥१७॥

puryās tu bāhyopavane
divya-druma-latākule

nadad-vihaṅgāli-kula-
kolāhala-jalāśaye

puryāḥ—那城市的 / tu—那时 / bāhya-upavane—在城外的一个花园内 / divya—非常好 / druma—树木 / latā—爬藤 / ākule—充满 / nadat—发出声响 / vihaṅga—小鸟 / ali—蜜蜂 / kula—成群的 / kolāhala—嗡嗡叫 / jala-āśaye—有一座湖泊

译文 那座城市的郊外有许多漂亮的树木和一个由匍匐植物环绕着的可爱的湖，成群的鸟儿和蜜蜂绕着湖不停地歌唱、嗡嗡叫着。

要旨 既然躯体是一座巨大的城市，其中一定有为感官享乐而设计的各种湖泊和花园等。这节诗里间接地谈到了那些激起性欲的躯体的各个部分。身躯上长着生殖器，当生物体到达成熟年龄时，无论是雌雄、男女，都会有性欲的冲动。儿童不会因为看到一个漂亮的女人而感到性的冲动；尽管有性器官，但除非到达成熟年龄，否则没有性冲动。有利于激发起性冲动的环境，在此被比作花园或环境幽静、漂亮的公园。人一旦看到异性，性冲动自然就增强起来。据说，一个男人如果在僻静的地方看到一个女子而没有性冲动，就被视为是布茹阿玛查瑞(brahmacārī)——贞守生。但这几乎是不可能的。性冲动如此强烈，以致就连看、触碰、谈话、接触，或甚至是想起异性，哪怕是很精微的方式，都能激起人的性冲动。因此，贞守生(brahmacārī)或托钵僧(sannyāsī)被禁止与女性交往，尤其是在僻静处。经典的命令是：人甚至不该在僻静处与女性交谈，哪怕她是自己的女儿、姐妹或母亲都不行。性冲动是那么强劲，就连很有学问的人也会在这种情况下受到性的刺激。如果是这样，年轻的男人在环境幽雅的公园里看到美丽的年轻女子时，又怎么可能保持内心平静，不产生欲念？

第 18 节 हिमनिर्झरविप्रुष्मत्कुसुमाकरवायुना ।
चलत्प्रवालविटपनलिनीतटसम्पदि ॥१८॥

hima-nirjhara-vipruṣmat-
kusumākara-vāyunā
calat-pravāla-viṭapa-
nalinī-taṭa-sampadi

hima-nirjhara—从冰冷的瀑布 / vipruṭ-mat—携带水分 / kusuma-ākara—春天 / vāyunā—被空气 / calat—移动 / pravāla—树枝 / viṭapa—树木 / nalinī-taṭa—在长满莲花的湖岸边 / sampadi—富裕

译文 立在湖畔的树木用树枝接受由春风携带着、从冰山上流下的瀑布飞溅出的水。

要旨 这节诗中的"冰山上流下的瀑布(hima-nirjhara)"一句尤其重要。瀑布代表一种流动着的情绪或情感(rasa)。我们的身体里有着各种情绪或情感，最高的情感(关系)是性情感(ādi-rasa)。当这种性的欲念或情感与丘比特吹动的春风接触上时，它就激动起来。换句话说，所有这些景物都是形象(rūpa)、滋味(rasa)、气味(gandha)、声音(śabda)和接触物(sparśa)的代表。风代表的是接触物，瀑布代表的是滋味(rasa)，春风(kusumākara)代表的是气味。所有这些不同的享乐，使生活变得令人愉快，而我们就这样被物质存在迷惑了。

第 19 节 नानारण्यमृगव्रातैरनाबाधे मुनिव्रतैः ।
आहूतं मन्यते पान्थो यत्र कोकिलकूजितैः ॥१९॥

nānāraṇya-mṛga-vrātair
anābādhe muni-vrataiḥ
āhūtaṁ manyate pāntho
yatra kokila-kūjitaiḥ

nānā—多样的 / araṇya—森林 / mṛga—动物 / vrātaiḥ—成群的 / anābādhe—就非暴力的问题 / muni-vrataiḥ—像伟大的圣人 / āhūtam—仿佛受到邀请似的 / manyate—想 / pānthaḥ—旅客 / yatra—那里 / kokila—杜鹃的 / kūjitaiḥ—咕咕叫

译文 在这样的环境中，就连森林动物都变得像伟大的圣人一样没有暴力倾向、没有嫉妒，所以从不攻击任何人。除了这一切，还有杜鹃轻柔的低语声。所有的旅客路经那里，都会受那种环境的吸引，停下来在那可爱的花园中休息。

要旨 由妻子和孩子组成的和谐家庭，被比作森林中平静的环境。孩子被比喻为没有暴力倾向的动物。然而有时，妻子和孩子也被说成以亲属为名的盗贼(svajanākhya-dasyu)。一个男人辛辛苦苦地赚钱维生，但结果是财产都被他的妻子和孩子掠夺走，就好比在森林中遭到盗贼抢劫的人一样。然而，在家庭生活中，妻子和孩子显得像是在家庭生活的花园中柔情低语、咕咕叫着的杜鹃。处在这种环境中的人，想要不惜代价地一直过这种乐而忘忧的家庭生活。

第 20 节 यदृच्छयागतां तत्र ददर्श प्रमदोत्तमाम् ।
भृत्यैर्दशभिरायान्तीमेकैकशतनायकैः ॥२०॥

yadṛcchayāgatāṁ tatra
dadarśa pramadottamām
bhṛtyair daśabhir āyāntīm
ekaika-śata-nāyakaiḥ

yadṛcchayā—突然、无所事事 / āgatām—到达 / tatra—那里 / dadarśa—他看到 / pramadā—一个女子 / uttamām—十分美丽 / bhṛtyaiḥ—由仆人簇拥着 / daśabhiḥ—十个 / āyāntīm—走来 / eka-eka—他们每个人 / śata—数百 / nāyakaiḥ—领队

译文 普冉佳纳王正在那美妙的公园中四处走动时，突然遇到一位正在悠闲散步、十分美丽的女子。她有十个仆人，而每一个仆人的身边都带着好几百位妻子。

要旨 躯体已经被比作一个美丽的花园。在青少年时期，性冲动被唤醒，智力根据人的想象倾向于与异性接触。少年男女即使不是直接去接触异性，也会靠智力或想象寻找异性。智力影响心念，而心念控制着十个感官；其中五个感官负责收集信息，五个感官直接负责行动。每一个感官都有许多欲望要满足。这就是躯体及住在躯体内的躯体拥有者(普冉佳纳)的状态。

第 21 节 पञ्चशीर्षाहिना गुप्तां प्रतीहारेण सर्वतः ।
अन्वेषमाणामृषभमप्रौढां कामरूपिणीम् ॥२१॥

pañca-śīrṣāhinā guptāṁ
pratīhāreṇa sarvataḥ
anveṣamāṇām ṛṣabham
aprauḍhāṁ kāma-rūpiṇīm

pañca—五个 / śīrṣa—头 / ahinā—被蛇 / guptām—保护 / pratīhāreṇa—由保镖 / sarvataḥ—周围 / anveṣamāṇām—寻找……的 / ṛṣabham—丈夫 / aprauḍhām—不是很老 / kāma-rūpiṇīm—十分有吸引力，能满足色欲

译文 那女子由五头蛇环绕保护着。她极为美丽和年轻，看上去像是很急切地在寻找一位适合自己的丈夫。

要旨 生物体的生命力包括在体内运行的五种气，这五种气分别是吐出之气(prāṇa)、下行气(apāna)、收缩和扩张之气(vyāna)，以及平衡之气(samāna)和上行气(udāna)。生命力之所以被比作一条蛇，是因为蛇只靠吸气就可以活着。由气携带着的生命力被描述为是保镖

(pratīhāra)。没有生命力的人一刻都活不下去。事实上，所有的感官都在生命力的保护下运作。

代表着智力的女子在寻找丈夫。这说明在没有意识的情况下，智力无法行事。美丽的女子应该由适合的丈夫给予保护。智力必须总是很清新，因此这节诗中用了“很年轻(apraudhām)”一词。物质享乐意味着运用智力获得形象、滋味、气味、声音和触摸等享受。

第 22 节 सुनासां सुदतीं बालां सुकपोलां वराननाम् ।
समविन्यस्तकर्णाभ्यां बिभ्रतीं कुण्डलश्रियम् ॥२२॥

sunāsāṁ sudatīṁ bālāṁ
sukapolāṁ varānanām
sama-vinyasta-karṇābhyāṁ
bibhratīṁ kuṇḍala-śriyam

su-nāsām—十分美丽的鼻子 / su-datīm—很漂亮的牙齿 / bālām—少女 / su-kapolām—秀美的前额 / vara-ānanām—漂亮的脸庞 / sama—同样的 / vinyasta—安排 / karṇābhyām—双耳 / bibhratīm—耀眼的 / kuṇḍala-śriyam—带着美丽的耳环

译文 那女子的鼻子、牙齿和前额长得都很漂亮。她的耳朵也很美，耳朵上戴着放射着灿烂光芒的耳环。

要旨 智力之躯享受着覆盖它的不同的感官享乐对象，包括气味及看到和听到的事物等。诗中“秀美的鼻子(sunāsām)”是指靠闻气味获取知识的器官。同样，嘴巴是靠品尝滋味获取知识的工具，因为我们可以靠咀嚼某种东西和用舌头触碰它了解它的滋味。“漂亮的前额(sukapolām)”一词是指能够了解事物真相的清晰的头脑。人可以靠智力理顺事情。两只耳朵上戴着的耳环是靠智力的工作放置在那里的。这节诗就这样以比喻的手法描述了对知识的获取。

第 23 节 पिशङ्गनीवीं सुश्रोणीं श्यामां कनकमेखलाम् ।
पद्भ्यां क्वणद्भ्यां चलन्तीं नूपुरैर्देवतामिव ॥२३॥

piśaṅga-nīvīṁ suśroṇīṁ
śyāmāṁ kanaka-mekhalām
padbhyāṁ kvaṇadbhyāṁ calantīṁ
nūpurair devatām iva

piśaṅga—黄色 / nīvīm—衣服 / su-śroṇīm—美丽的腰部 / śyamām—黑色的 / kanaka—金色的 / mekhalām—腰带 / padbhyām—脚 / kvaṇadbhyām—叮叮声 / calantīm—走动 / nūpuraiḥ—带着脚铃 / devatām—天堂的居民 / iva—恰似

译文 那女子的腰和臀部曲线优美。她穿着一件黄色莎丽，系一条金腰带，走路时脚铃叮叮作响，看上去恰似一位天堂居民。

要旨 这节诗表达了人看到女子用漂亮的莎丽和装饰品包裹装饰着的翘臀和丰胸时的喜悦心情。

第 24 节 स्तनौ व्यञ्जितकैशोरौ समवृत्तौ निरन्तरौ ।
वस्त्रान्तेन निगूहन्तीं व्रीडया गजगामिनीम् ॥२४॥

stanau vyañjita-kaiśorau
sama-vṛttau nirantarau
vastrāntena nigūhantīṁ
vrīḍayā gaja-gāminīm

stanau—胸 / vyañjita—象征着 / kaiśorau—青春 / sama-vṛttau—同样的浑圆 / nirantarau—紧靠在一起 / vastra-antena—用莎丽的末端 / nigūhantīm—试图遮盖 / vrīḍayā—因为害羞 / gaja-gāminīm—走动时像大象

译文 女子试图用她莎丽的末端盖住自己那对浑圆、对称的双乳。她在像一头大象那样行走时，一再害羞地尝试遮盖它们。

要旨 双乳代表执著和憎恶。《博伽梵歌》第3章的第34节诗描述执著(rāga)和憎恶(dveṣa)说：

indriyasyendriyasyārthe
rāga-dveṣau vyavasthitau
tayor na vaśam āgacchet
tau hy asya paripanthinau

“有些原则能帮人控制对感官和感官对象产生执著或憎恶。人不该受制于这些执著或憎恶，因为它们是自我觉悟路途上的绊脚石。”

执著与憎恶的这些代表，非常不利于人在灵性生活中取得进步。人不该受年轻女子的乳房的吸引。伟大的圣人商卡尔阿查尔亚(Śaṅkarācārya)描述女性的乳房，尤其是年轻女性的乳房说，它们只不过是肌肉和血液的组合。因此，人不该被以长着乳头的丰满乳房为代表的错觉能量所吸引。

双乳是错觉能量玛亚的代理，专门负责欺骗异性。它们因为同样具有吸引力，所以被描述为是“同样的浑圆(sama-vṛttau)”。性冲动也存在于老年男人的心里，甚至到死都有。要想根除这种冲动，人必须具有极其高度的灵性意识，正如雅沐纳查尔亚(Yāmunācārya)所说：

yad-avadhi mama cetaḥ kṛṣṇa-pādāravinde
nava-nava-rasa-dhāmany udyataṁ rantum āsīt
tad-avadhi bata nārī-saṅgame smaryamāṇe
bhavati mukha-vikāraḥ suṣṭhu niṣṭhīvanaṁ ca

“我因为忙于为奎师那做超然的爱心服务，领悟到祂永远更新的快乐，所以每当想起性快乐，就会厌恶地撇嘴并向那念头吐口水。”人在灵性上取得进步时，就不会再受血肉团——年轻女性的乳房的吸引。这节诗中的梵文“紧紧地靠在一起(nirantarau)”一句很重要，因为双乳虽然分处两边，但作用是一样的。我们不要把执著和憎恶分开来看。《博伽梵歌》第3章的第37节诗中说：它们都是激情属性的产物(kāma eṣa krodha eṣa rajo-guṇa-samudbhavaḥ)。

诗中梵文“试图遮盖(nigūhantīm)”是指：人即使受到贪图物质享乐的欲望(kāma)、贪婪(lobha)、愤怒(krodha)等的污染，但还是可以靠培养奎师那意识得到净化。换句话说，人可以利用贪图物质享乐的欲望为奎师那服务。普通的工作者受贪图物质享乐的欲望的驱使，会夜以继日地辛苦工作；而奉献者可以为取悦奎师那夜以继日地辛勤工作。功利性活动者(karmī)为了满足贪图物质享乐的欲望、抚平愤怒而努力工作，奉献者应该为取悦奎师那而以同样的方式工作。同样，当奉献者把愤怒用在恶魔身上时，愤怒也可以被用来为奎师那服务。哈努曼(Hanumān)就以这种方式运用他的愤怒。他是主茹阿玛禅铎的伟大奉献者；他运用他的愤怒在恶魔茹阿瓦纳(Rāvaṇa)的王国纵火烧城。因此，贪图物质享乐的欲望可以用来取悦奎师那，愤怒可以用来处罚恶魔。当两者都用来为奎师那做服务时，它们就失去了它们的物质意义，而变得具有灵性的重要性。

第25节　तामाह ललितं वीरः सव्रीडस्मितशोभनाम् ।
स्निग्धेनापाङ्गपुङ्खेन स्पृष्टः प्रेमोद्भ्रमद्भ्रुवा ॥२५॥

tām āha lalitaṁ vīraḥ
savrīḍa-smita-śobhanām
snigdhenāpāṅga-puṅkhena
spṛṣṭaḥ premodbhramad-bhruvā

tām－向她／āha－说话／lalitam－很温柔地／vīraḥ－英雄／savrīḍa－害羞地／smita－微笑／śobhanām－十分美丽／snigdhena－被色欲／apāṅga-puṅkhena－用瞥视之箭／spṛṣṭaḥ－如此刺穿／prema-udbhramat－刺激爱／bhruvā－用眉毛

译文 英雄普冉佳纳深受那绝美少女的眉毛及微笑脸庞的吸引，一下就被她的性欲之箭射中了。她羞怯地微笑着的神态，在普冉佳纳看来是那么美，以致他虽然是个英雄，但却无法克制自己不对她说话。

要旨 每一个生物都可以在两个方面成为英雄。在成为错觉能量的受害者时，他工作得如同物质世界里的大英雄，就像大政治家、领袖人物、大商人和大企业家等一样，他的"英勇活动"为推动物质文明的进步作出了一份贡献。人也可以靠当感官的主人哥斯瓦米(gosvāmī)成为英雄。物质活动是虚假的英勇活动，而控制感官使其不从事物质活动，才是非凡的英雄作为。在物质世界里，一个人无论是个多了不起的英雄，都会立刻被呈现为女性双乳的血肉团所征服。在物质活动的历史长河中，有无数的例子可以证明这一点，例如，罗马英雄安东尼就被古埃及艳后克利欧佩特拉所俘获。同样，印度的大英雄巴吉·绕，在玛哈拉施特拉省政变期间成为一个女人的牺牲品，最后被打败。我们从历史中可以了解到，以前的政治家曾雇用一些被训练为是身体带毒的漂亮少女(viṣa-kanyā)。这些少女从婴儿开始，身体就被注射毒药，以致她们到一定时候对毒药有了免疫力，而她们的身体本身充满了毒性，仅仅靠亲吻一个人就可以杀死那个人。这些充满毒性的少女被政治家们安排与政敌见面，用亲吻杀死他。因此，在人类历史上有太多的英雄被女人控制的事例。作为至尊主奎师那不可缺少的一部分，生物无疑是了不起的英雄，但由于他本身的软弱，他受到物质特征的吸引。

kṛṣṇa-bahirmukha hañā bhoga-vāñchā kare
nikaṭa-stha māyā tāre jāpaṭiyā dhare

"遗忘了奎师那的生物从无法追溯的时候起受到外在能量的吸引。为此，错觉能量(玛亚)在他的物质存在中给予他所有种类的痛苦。"

《对神的爱所引发的转变》(Prema-vivarta)中说：生物一旦想要

享受物质自然，就立刻成为物质能量的受害者。生物并非被迫来到这个物质世界。是他自己作出选择，要被漂亮的女人所吸引的。每一个生物都可以自由选择是受物质自然的吸引，还是作为英雄屹立不动，抗拒那种吸引。这只不过是生物受吸引或不受吸引的问题，根本不存在他被迫与物质能量接触的问题。能够使自己保持稳定，拒不受物质自然吸引的人，无疑是英雄，有资格被称为哥斯瓦米。人除非当感官的主人，否则无法成为哥斯瓦米。在这个物质世界里，生物只能在两种状态中选择一种；他要么成为感官的仆人，要么成为它们的主人。成为感官仆人的人变成了不起的物质英雄，而成为感官主人的人当哥斯瓦米——灵性英雄。

第 26 节　का त्वं कञ्जपलाशाक्षि कस्यासीह कुतः सति ।
इमामुप पुरीं भीरु किं चिकीर्षसि शंस मे ॥२६॥

kā tvaṁ kañja-palāśākṣi
kasyāsīha kutaḥ sati
imām upa purīṁ bhīru
kiṁ cikīrṣasi śaṁsa me

kā—谁 / tvam—你 / kañja-palāśa—像莲花瓣 / akṣi—眼睛 / kasya—……的 / asi—你是 / iha—这里 / kutaḥ—从哪里 / sati—贞洁的人啊 / imām—这 / upa—附近 / purīm—城市 / bhīru—害羞者啊 / kim—什么 / cikīrṣasi—你想做 / śaṁsa—请解释 / me—向我

译文　(他说：)我亲爱的眼如莲花的人，请告诉我，你从哪里来？你是谁？是谁的女儿？你看上去很贞洁。你来这里的目的是什么？你想要做什么？请向我解释这一切。

要旨　《韦丹塔经》中的第一句箴言是：询问绝对真理的时刻到了(athāto brahma jijñāsā)。在人体生命形式中，生物应该询问自己和他的智力许多问题。在比人体生命低等的众多生命形式中，智力没有超出吃、睡、防卫和交配这些生存基本所需的范畴。狗、猫和老虎总是忙于寻找食物或睡觉的地方，试图防卫自己，以及能够成功地交配。然而，在人体生命形式中，人应该有足够的智慧询问自己是什么，为什么来到这世界，自己的责任是什么，谁是至高无上的控制者，无生命的物质与生物之间的区别是什么，等等问题。人有那么多问题，真正有智慧的人应该只是询问与万事万物的最高源头有关的问题(athāto brahma jijñāsā)。生物在不同的躯体中展现不同程度的智力，但在人体生命中的生物必须询问与他的灵性身份有关的问题。这才是真正的人类智慧。经典中说，只意识到躯体的人不比动物强，尽管他的形象是人形。在《博伽梵歌》第15章的第15节诗中，圣奎师那说："我在众生的心中。记忆、知识和遗忘都来自我(sarvasya cāhaṁ hṛdi sanniviṣṭo mattaḥ smṛtir jñānam apohanaṁ ca)。"在动物躯体中的生物完全忘了他与神的关系。这称为遗忘(apohanam)。然而在人体生命形式中，意识高度发达，因此人有机会了解自己与神的关系。在人体中，生物应该利用他具有的智力询问所有这些问题，就像生物普冉佳纳询问那陌生的少女她从哪里来，在做什么，为什么来到这里，等等。这些都是认识自我(ātma-tattva)要问的问题。结论是：人除非询问与认识自我有关的问题，否则不比动物强。

第27节 क एतेऽनुपथा ये त एकादश महाभटाः ।
एता वा ललनाः सुभ्रु कोऽयं तेऽहिः पुरःसरः ॥२७॥

ka ete 'nupathā ye ta
ekādaśa mahā-bhaṭāḥ
etā vā lalanāḥ subhru
ko 'yaṁ te 'hiḥ puraḥ-saraḥ

ke—谁 / ete—所有这些 / anupathāḥ—追随者 / ye—……的他们 / te—你的 / ekādaśa—十一个 / mahā-bhaṭāḥ—十分强大的护镖 / etāḥ—所

有这些 / vā－也 / lalanāḥ－女子 / su-bhru－眼睛漂亮的人啊 / kaḥ－谁 / ayam－这 / te－你的 / ahiḥ－蛇 / puraḥ－在前面 / saraḥ－走着

译文　我亲爱的眼如莲花的人，与你在一起的那十一个保镖是何人？那十个特殊的仆人又是谁？跟着那十个仆人的女子都是何人？在你前面的那条蛇是谁？

要旨　心念的十个强壮的仆人是五个工作的感官和五个收集知识的感官。所有这些感官都在心念的控制下做事。心念和十个感官结合成为十一个强壮的保镖。围绕着感官的千百个欲望在此被称为“女子(lalanāḥ)”。心念在智力的手下工作，而心念的手下是十个感官，十个感官之下是无数要实现的欲望。然而，所有这些都依赖以蛇为代表的生命力。只要有生命力，心念就会工作，由心念掌管的感官也会工作，感官则引起无数的物质欲望。事实上，被称为普冉佳纳的生物被那么多他周围的事物搞得很尴尬。这一切只是构成各种焦虑的起因。然而，谁投靠、服从至尊人格首神，让祂处理这一切，谁就免于这样的焦虑。正因为如此，帕拉德王忠告要过短暂不持久的物质主义生活的人，应该托庇于至尊人格首神，把他所谓的职责丢到一旁，以摆脱一切焦虑。

第 28 节　त्वं ह्रीर्भवान्यस्यथ वाग्रमा पतिं
विचिन्वती किं मुनिवद्रहो वने ।
त्वदङ्घ्रिकामाप्तसमस्तकामं
क्व पद्मकोशः पतितः कराग्रात् ॥२८॥

tvaṁ hrīr bhavāny asy atha vāg ramā patiṁ
vicinvatī kiṁ munivad raho vane
tvad-aṅghri-kāmāpta-samasta-kāmaṁ
kva padma-kośaḥ patitaḥ karāgrāt

tvam—你 / hrīḥ—害羞 / bhavānī—主希瓦的妻子 / asi—是 / atha—更 / vāk—学问女神萨茹阿斯瓦缇 / ramā—幸运女神 / patim—丈夫 / vicinvatī—寻求、想着 / kim—你是否 / muni-vat—像个圣人 / rahaḥ—在这偏僻之地 / vane—在森林 / tvat-aṅghri—你的脚 / kāma—渴望 / āpta—获得 / samasta—所有的 / kāmam—想要的事物 / kva—哪里 / padma-kośaḥ—莲花 / patitaḥ—掉落 / kara—从手中 / agrāt—从手掌

译文 我亲爱的美丽少女，你恰似幸运女神或主希瓦的妻子，或者主布茹阿玛的妻子学问女神。尽管你必是她们其中的一位，但我看你却在这森林中闲逛。你甚至如同圣人般沉默。你是在寻找你丈夫吗？无论你丈夫是谁，只是认识到你对他如此忠贞，他就会拥有所有的财富。我认为你必是幸运女神，但却没看到你手持莲花。因此，我向你询问，你把那莲花扔到哪儿去了？

要旨 每个人都认为自己有完美的智力。有人有时会用智力崇拜主希瓦(Śiva)的妻子乌玛(Umā)，以得到一位美丽的妻子。有人有时想要变得像主布茹阿玛(Brahmā)那样博学，于是用智力崇拜学问女神萨茹阿斯瓦缇(Sarasvatī)。而人想要变得像主维施努一样富有时，就崇拜幸运女神拉珂施蜜(Lakṣmī)。在这节诗中，被迷惑且不知如何运用自己智力的生物普冉佳纳王，询问了所有这些问题。智力应该被用于为至尊人格首神做服务。人一旦这样运用自己的智力，幸运女神自动就会宠幸他。幸运女神拉珂施蜜从不会留在没有她丈夫主维施努的地方。因此，人一旦崇拜主维施努，自然就得到幸运女神的恩惠。人不该像恶魔茹阿瓦纳一样单独崇拜幸运女神，因为她不可能独自留在没有她丈夫的地方。正因为如此，她的另一个名字叫“静不下来者(Cañcalā)”。这节诗中明确表明，普冉佳纳与少女谈话时是在代表了我们的智力。他不仅欣赏少女的羞怯，而且事实上越来越受那羞怯的吸引。他实际上在想成为她的丈夫，因此向她询

问，她是在想她未来的丈夫，还是已经结婚了。这是想要享乐(bhoga-icchā)的一个例子。被这种欲望吸引的人就会受这个物质世界的制约，对获得解脱没有兴趣。普冉佳纳王在欣赏少女的美丽，看她就好似幸运女神，但同时小心地认识到，除了主维施努，没人能享受幸运女神。他因为不能肯定少女是不是幸运女神，所以询问她怎么没有手持莲花。物质世界也是幸运女神，因为正如《博伽梵歌》中所说，物质能量在主维施努的指挥下工作(mayādhyakṣeṇa prakṛtiḥ sūyate sa-carācaram)。

任何生物都无法享受物质世界。人如果想要享受它，就会立刻变得像恶魔茹阿瓦纳、黑冉亚卡希普(Hiraṇyakaśipu)或康萨(Kaṁsa)一样。茹阿瓦纳想要享受幸运女神悉塔黛薇(Sītādevī)，结果连同他的家庭、财富一起被毁灭。然而，人可以享受主维施努赐予他的那个玛亚。人的感官和欲望的满足意味着享受玛亚，而不是幸运女神。

第29节

नासां वरोर्वन्यतमा भुविस्पृक्
पुरीमिमां वीरवरेण साकम् ।
अर्हस्यलङ्कर्तुमदभ्रकर्मणा
लोकं परं श्रीरिव यज्ञपुंसा ॥२९॥

nāsāṁ varorv anyatamā bhuvi-spṛk
purīm imāṁ vīra-vareṇa sākam
arhasy alaṅkartum adabhra-karmaṇā
lokaṁ paraṁ śrīr iva yajña-puṁsā

na一不 / āsām一这些……中 / varoru一最幸运的人啊 / anya-tamā一任何人 / bhuvi-spṛk一触及地面 / purīm一城市 / imām一这 / vīra-vareṇa一伟大的英雄 / sākam一伴随着 / arhasi一你应得 / alaṅkartum一装饰 / adabhra一光荣 / karmaṇā一活动……的 / lokam一世界 / param一超然的 / śrīḥ一幸运女神 / iva一就像 / yajña-puṁsā一和所有祭祀的享受者

译文 极度幸运的人啊！你看来并非我提到的那些女士，因为我看你双脚触及地面。但你如果是这星球上的女子，你就可以像陪伴主维施努的幸运女神为外琨塔星球增添美丽那样，陪伴我以增添这城市的美。你该明白，我是个大英雄，是这个星球上一位强有力的君王。

要旨 邪恶的心态与虔诚的心态之间存在着天壤之别。奉献者们清楚地知道，生物不能享受主维施努——纳茹阿亚纳(Nārāyaṇa)永恒的伴侣幸运女神。这种对真相的深刻的认识被称为奎师那意识。但是，每个人都想通过模仿纳茹阿亚纳的伟大变得快乐。在这节诗中，普冉佳纳说那少女看起来是个普通的女子。然而，他因为受她的吸引，便要求她通过与他交往变得如幸运女神般快乐。为此，他把自己介绍为是有着巨大影响力的伟大君王，以期望她能接受他当丈夫，从而变得像幸运女神般快乐。在视至尊人格首神为至高者的情况下想要享受这个物质世界，是敬神的想法。然而，恶魔想要在排除至尊人格首神的情况下享受这个物质世界。这就是恶魔与半神人之间的区别。

这节诗中谈到的“触及地面(bhuvi-spṛk)”一词十分重要。半神人有时来到这个星球时，双脚不触碰地面。普冉佳纳看到这少女的双脚接触了地面，所以能明白她不属于超然的世界或高等星系。由于这个世界里的每一个女性都希望自己的丈夫非常有势力、富有和强有力，普冉佳纳为了引诱这少女，便介绍自己是这样一个人物。在物质世界里，无论是男人还是女人，都想要享乐。男人想要享受美丽的女子，女人想要享受强有力和富有的男人。有这种物质欲望的生物被称为享受者(puruṣa)。从表面看，女人是被享受者，而男人是享受者，但在内心，每个人都想当享受者。因此，物质世界里的一切都被称为玛亚——错觉和假象。

第 30 节 यदेष मापाङ्गविखण्डितेन्द्रियं
सव्रीडभावस्मितविभ्रमद्भ्रुवा ।
त्वयोपसृष्टो भगवान्मनोभवः
प्रबाधतेऽथानुगृहाण शोभने ॥३०॥

yad eṣa māpāṅga-vikhaṇḍitendriyaṁ
savrīḍa-bhāva-smita-vibhramad-bhruvā
tvayopasṛṣṭo bhagavān mano-bhavaḥ
prabādhate 'thānugṛhāṇa śobhane

yat—因为 / eṣaḥ—这 / mā—我 / apāṅga—被你的瞥视 / vikhaṇḍita—刺激 / indriyam—心或感官……的 / sa-vrīḍa—带着羞怯 / bhāva—爱 / smita—微笑 / vibhramat—迷惑了 / bhruvā—用眉毛 / tvayā—被你 / upasṛṣṭaḥ—受影响 / bhagavān—最强有力的 / manaḥ-bhavaḥ—丘比特 / prabādhate—折磨 / atha—因此 / anugṛhāṇa—仁慈 / śobhane—美丽的人啊

译文 你今天对我的瞥视无疑使我心绪激荡。你满含羞怯但同时充满色欲的微笑，刺激了我内在最强有力的爱神丘比特。所以，最美丽的人啊！我请求你仁慈待我。

要旨 每个人的心中都有色欲；人一旦受到美丽女子眉毛挑动的刺激，内在的丘比特就立刻向他心中射箭，使人很快就被美丽女子的眉毛所征服。人受到色欲的刺激时，他的感官就会被声音、触碰、形象、气味和滋味等各种可享受的对象(viṣaya)所吸引。这些有吸引力的感官对象迫使人受到女性的控制。生物受制约的生活也就这样开始了。受制约的生活意味着受女性的控制，而生物无疑总是受女人或男人的摆布。生物就这样彼此捆绑，在错觉能量玛亚的迷惑下一直不断地过这种受制约的物质生活。

第 31 节 त्वदाननं सुभ्रु सुतारलोचनं
व्यालम्बिनीलालकवृन्दसंवृतम् ।
उन्नीय मे दर्शय वल्गुवाचकं
यद् व्रीडया नाभिमुखं शुचिस्मिते ॥३१॥

tvad-ānanaṁ subhru sutāra-locanaṁ
vyālambi-nīlālaka-vṛnda-saṁvṛtam
unnīya me darśaya valgu-vācakaṁ
yad vrīḍayā nābhimukhaṁ śuci-smite

tvat—你的 / ānanam—脸 / su-bhru—长着美丽的眉毛 / su-tāra—可爱的瞳孔 / locanam—眼睛 / vyālambi—散开 / nīla—蓝色的 / alaka-vṛnda—被一缕缕头发 / saṁvṛtam—环绕 / unnīya—举起 / me—向我 / darśaya—展示 / valgu-vācakam—听来十分动听的话语 / yat—那脸庞 / vrīḍayā—以羞怯 / na—不 / abhimukham—面对面 / śuci-smite—有着迷人微笑的女子啊

译文 亲爱的少女，你那长着可爱双眉和眼睛，垂着微蓝色秀发的脸庞太美了。此外，你嘴里发出的声音极为甜美。但你却害羞地紧紧遮盖自己，不正视我。为此，我请求你，我亲爱的少女，微笑着抬起头来看着我。

要旨 这番话是生物体受到异性吸引后的典型谈话。这称为受物质自然制约导致的迷惑。受到物质能量的美的吸引后，人变得急切地想要享受。这种情况在普冉佳纳受到美丽女子吸引这一实例中有详尽的描述。在受制约的生活中，生物体被脸庞、眼眉、声音或其他事物所吸引。总之，当男人或女人受到异性的吸引，不管异性美丽与否，一切都变得有吸引力了。情人眼里出西施。这种吸引致使生物坠入这个物质世界。对此，《博伽梵歌》第7章的第27节诗描述说：

icchā-dveṣa-samutthena
dvandva-mohena bhārata
sarva-bhūtāni sammohaṁ
sarge yānti parantapa

“啊！巴茹阿特的后裔，征服敌人的人！众生都出生在假象中，被由欲望和憎恨产生的相对性所迷惑。”

梵文中称这种受制约的生活为“愚昧(avidyā)”，与愚昧相反的是真知(vidyā)。圣典《至尊奥义书》(Īśopaniṣad)对真知(vidyā)和愚昧(avidyā)作了区分。愚昧使人受制约，真知使人解脱。普冉佳纳在此承认他受愚昧的吸引。他现在想要看到愚昧的全貌，于是请求少女抬起头来，好让他面对面地看她。他就这样想要看看使愚昧变得有魅力的各种特征。

第 32 节

नारद उवाच
इत्थं पुरञ्जनं नारी याचमानमधीरवत् ।
अभ्यनन्दत तं वीरं हसन्ती वीर मोहिता ॥३२॥

nārada uvāca
itthaṁ purañjanaṁ nārī
yācamānam adhīravat
abhyanandata taṁ vīraṁ
hasantī vīra mohitā

nāradaḥ uvāca—伟大的圣人纳茹阿达继续说 / ittham—这样 / purañjanam—向普冉加纳 / nārī—妇人 / yācamānam—乞求 / adhīravat—迫不及待地 / abhyanandata—她对 / tam—他 / vīram—英雄 / hasantī—微笑 / vīra—英雄啊 / mohitā—受他吸引

译文　纳茹阿达继续道：我亲爱的君王，当普冉佳纳深受那少女的吸引，迫不及待地触摸她、享受她时，那少女也受他话语的引诱，微笑着接受了他的要求。到这时，她无疑已受到君王的吸引。

要旨 从这个事件中我们可以了解，当男人发起攻势，向女人求爱时，女人就会受到男人的吸引。《博伽瓦谭》第5篇第5章的第8节诗中描述这一过程是：男性和女性相互吸引，以便能过性生活(puṁsaḥ striyā mithunī-bhāvam etam)。性冲动是物质层面的事。物质感官享乐这一受制约的生活，导致人遗忘灵性生活。生物原本有的奎师那意识就这样被覆盖，或者说转化为物质意识。人们因而忙于感官享乐。

第33节 न विदाम वयं सम्यक्कर्तारं पुरुषर्षभ ।
आत्मनश्च परस्यापि गोत्रं नाम च यत्कृतम् ॥३३॥

na vidāma vayaṁ samyak
kartāraṁ puruṣarṣabha
ātmanaś ca parasyāpi
gotraṁ nāma ca yat-kṛtam

na—不 / vidāma—知道 / vayam—我 / samyak—准确地 / kartāram—制造者 / puruṣa-ṛṣabha—最优秀的人啊 / ātmanaḥ—我自己的 / ca—和 / parasya—其他人的 / api—也 / gotram—家史 / nāma—名字 / ca—和 / yat-kṛtam—被……制造的

译文 那少女说：最优秀的人啊！我不知是谁生下了我。我非但无法准确地告诉你这一点，也不知道我同伴的名字或出身。

要旨 生物不知道自己的来源；不知道这个物质世界被创造出来的原因是什么，大家究竟为什么在这个物质世界里忙忙碌碌，这个宇宙展示的源头是什么。没人了解这些问题的答案，而这称为愚昧。狂妄自大的科学家们靠调查研究生命的起源，发现一些化学成分或细胞组合，但事实上，没人知道这个物质世界里的生命最初的来源。梵文短语“有关对绝对真理的询问(brahma jijñāsā)”一句被用来指出，要探询了解我们在这个物质世界里生存的最初起源。事实上，没有一个哲学家、科学家或政治家了解我们究竟从哪里来，为什么要为生存而苦苦挣扎，我们的归宿是什么。人们大都以为，我们是偶然在这里的；这些躯体一旦完结，我们所从事的一切活动也就结束，我们将化为乌有。持这种观点的科学家和哲学家，都是非人格神主义者和虚无主义者。在这节诗中，少女表现了受制约生物的真实状态。她无法告诉普冉佳纳她父亲的名字，因为她既不知道自己来自何方，也不知道自己为什么会出现在那里。她坦率地说：她对所有这一切一无所知。这就是物质世界里的生物的状态。世上有那么多的科学家、哲学家和大领袖，但他们都既不知道自己是从那里来的，也不知道自己为什么要为了达到所谓的快乐状态而在这个物质世界里忙碌。我们在这个物质世界里已经有许多良好的生活条件和设施，但却那么愚蠢，以至不问一问，是谁把这个世界安排得适合我们居住。一切都有序地运作着，但人们却愚蠢地以为，这个物质世界里的一切都是碰巧产生出来的，死亡后一切都化为乌有。他们以为这适合人居住的美丽地方将自动地继续存在下去。

第 34 节 इहाद्य सन्तमात्मानं विदाम न ततः परम् ।
येनेयं निर्मिता वीर पुरी शरणमात्मनः ॥३४॥

ihādya santam ātmānaṁ
vidāma na tataḥ param
yeneyaṁ nirmitā vīra
purī śaraṇam ātmanaḥ

iha—这里 / adya—今天 / santam—存在 / ātmānam—生物体 / vidāma—我们所知道的就这么多 / na—不 / tataḥ param—除此之外 /

yena—由谁 / iyam—这 / nirmitā—创造 / vīra—大英雄啊 / purī—城市 / śaraṇam—居住的地方 / ātmanaḥ—所有生物体的

译文 大英雄啊！我们只知道我们现在活在这个地方。我们不知道今后会发生什么。事实上，我们是那么愚蠢，以致根本不屑了解是谁为我们创造了这美丽的住地。

要旨 这种缺乏奎师那意识的状态被称为愚昧。《圣典博伽瓦谭》第5篇第5章的第5节诗中说：我们都诞生在物质世界的愚昧中(parābhavas tāvad abodha jātaḥ)。处在愚昧状态中的我们也许会编造出民族主义、人道主义、国际主义、科学、哲学等许多理论。但这一切背后的基础是愚昧。如果基本原则是愚昧的，那么建筑在这上面的知识又有什么价值呢？人除非具有奎师那意识，否则他的一切活动都会以失败而告终。我们得到的这个人体生命是专为去除愚昧而设的，但人们却在不了解如何去除愚昧的情况下制定许多计划、建立许多东西。然而这一切在人死后都会完结。

第35节 एते सखायः सख्यो मे नरा नार्यश्च मानद ।
सुप्तायां मयि जागर्ति नागोऽयं पालयन् पुरीम् ॥३५॥

ete sakhāyaḥ sakhyo me
narā nāryaś ca mānada
suptāyāṁ mayi jāgarti
nāgo 'yaṁ pālayan purīm

ete—所有这些 / sakhāyaḥ—男朋友 / sakhyaḥ—女同伴 / me—我的 / narāḥ—男人们 / nāryaḥ—女人们 / ca—和 / māna-da—令人尊敬的人啊 / suptāyām—睡觉时 / mayi—我是 / jāgarti—保持醒着 / nāgaḥ—蛇 / ayam—这 / pālayan—保护 / purīm—这个城市

译文　我亲爱的绅士，与我在一起的所有这些男人和女人都是我的朋友。这条蛇负责保护这个城市，它始终保持清醒，即使在我睡觉时也不例外。我知道的就这么多，别的就不知道了。

要旨　普冉佳纳询问少女有关那十一个男人和他们的妻子，以及那条蛇的身份。少女只给予了简略的介绍，她显然对围绕在她身边的男人、女人和那条蛇并不很了解。正如前面解释过的，那条蛇是生物体的生命力。这生命力始终保持醒觉的状态；哪怕我们的躯体和感官都变得疲劳不工作了，哪怕我们处在无意识的状态或睡眠状态，这条生命力之蛇还是保持原本的状态，保持清醒。正因为如此，我们睡觉时会做梦。当生物放弃这个物质躯体时，生命力依旧保持原本的状态，被带入另一个物质躯体。那称为轮回——更换躯体；我们现在知道这过程就是死亡。事实上，并没有死亡这回事。生命力总是与灵魂同在，当灵魂从所谓的睡眠状态中醒来时，他可以看到自己那包括心念和活跃的感官在内的十一个朋友，以及他们的各种欲望(妻子)。生命力始终保持不变，即使在我们睡觉的那几个小时内，我们也可以凭我们的呼吸明白，那条生命之蛇靠进食在这个躯体内循环的空气活着。气以呼吸的形式展现，只要还有呼吸，人就可以明白一个沉睡的人是活着的。即使粗糙的躯体进入睡眠状态，生命力还很活跃，依然保护着躯体。为此，那条蛇被描述为是充满生气，靠进食空气保持身体的健康状态。

第36节　दिष्ट्यागतोऽसि भद्रं ते ग्राम्यान् कामानभीप्ससे ।
उद्वहिष्यामि तांस्तेऽहं स्वबन्धुभिररिन्दम ॥३६॥

distyāgato 'si bhadraṁ te
grāmyān kāmān abhīpsase
udvahiṣyāmi tāṁs te 'haṁ
sva-bandhubhir arindama

diṣṭyā－对我来说很幸运 / āgataḥ asi－你来到这里 / bhadram－全面吉祥的 / te－向你 / grāmyān－感官享受 / kāmān－渴望享受对象 / abhīpsase－你想享受 / udvahiṣyāmi－我会提供 / tān－它们全部 / te－向你 / aham－我 / sva-bandhubhiḥ－和我所有的朋友 / arim-dama－杀敌者啊

译文 杀敌者啊！您不知怎的来到这里。这对我来说无疑极幸运。我祝您万事吉祥如意。您有要满足您感官的巨大愿望，我所有的朋友和我本人将尽全力在各方面满足您。

要旨 生物为感官享乐而下来到这个物质世界，他那以少女为代表的智力给予他适当的指导，使他能最大限度地满足他的那些感官。但事实上，智力来自超灵——至尊人格首神，祂为下来到这个物质世界里的生物提供所有的便利设施。正如《博伽梵歌》第2章的第41节诗说：

vyavasāyātmikā buddhir
ekeha kuru-nandana
bahu-śākhā hy anantāś ca
buddhayo 'vyavasāyinām

"库茹族的宠儿啊！在灵性路途上的人目标专一，坚定地向目的地迈进，而犹豫不决之人则智力枝蔓、不得要领。"

当奉献者在灵性觉悟的路途上向前迈进时，他的唯一目标就是为至尊人格首神服务。他不在乎其他的物质或灵性活动。普冉佳纳王代表了受制约的生物，那少女代表了受制约生物的智力。两者结合在一起，生物享受他的物质感官，智力为他的享乐提供所需。受制约的生物一旦进入人体内，就陷入家庭传统、民主主义、社会习俗等之中。所有这些都是由至尊人格首神的错觉能量玛亚提供的，以使生物在躯体化的生命概念影响下，最大程度地运用他的智力满足他的感官。

第 37 节 इमां त्वमधितिष्ठस्व पुरीं नवमुखीं विभो ।
मयोपनीतान् गृह्णानः कामभोगान् शतं समाः ॥३७॥

imāṁ tvam adhitiṣṭhasva
purīṁ nava-mukhīṁ vibho
mayopanītān gṛhṇānaḥ
kāma-bhogān śataṁ samāḥ

imām—这 / tvam—您阁下 / adhitiṣṭhasva—要留下 / purīm—在城中 / nava-mukhīm—有九个门的 / vibho—我的主人啊 / mayā—由我 / upanītān—安排 / gṛhṇānaḥ—取 / kāma-bhogān—用于感官满足的物质 / śatam——百 / samāḥ—年

译文 亲爱的君王，我刚好为您安排了这有九个门的城市，以便您能得到所有种类的感官享乐。您可以在这里生活一百年，我们会为您提供您感官享乐所需的一切。

要旨 妻子是人在信奉宗教、经济发展、感官享乐和最终解脱这些活动中取得各种成就的动因(dharmārtha-kāma-mokṣānāṁ dārāḥ samprāpti-hetavaḥ)。我们应该明白，当人接受一位妻子时，他在解脱路途上向前迈进的过程中就得到了协助。一个人在人生的开始阶段先受训练当一名独身禁欲的学生(brahmacārī, 贞受生)，然后被允许与一位适合他的少女结婚，成为居士。受到过居士生活的完整训练的人，会发现吃、睡、交媾和防卫等人类生活的一切便利条件都已存在。只要他按照规范守则生活，生活中不会短缺任何事物。

第 38 节 कं नु त्वदन्यं रमये ह्यरतिज्ञमकोविदम् ।
असम्परायाभिमुखमश्वस्तनविदं पशुम् ॥३८॥

kaṁ nu tvad-anyaṁ ramaye
hy arati-jñam akovidam

asamparāyābhimukham
aśvastana-vidaṁ paśum

kam—对谁 / nu—那时 / tvat—比你 / anyam—其他 / ramaye—我会允许享受 / hi—肯定地 / arati-jñam—没有性享乐的知识 / akovidam—因此几乎是愚蠢的 / asamparāya—没有有关下一世的知识 / abhimukham—向前看 / aśvastana-vidam—不知道下一步会发生什么的人 / paśum—像动物

译文　我怎能想要与那些既不熟悉性生活，也没能力了解在活着时或死后享受生活的其他人结合呢？ 那类愚蠢的人就如同动物，因为他们不知道在此生或死后进行感官享乐的方法。

要旨　物质世界里既然有八百四十万种生命形式，就有许多不同的生活条件。在低等生命形式(植物和树木的生命形式)中没有性生活。在稍微高级一些的生命形式(飞禽和蜜蜂的生命形式)中有性生活，但昆虫和动物并不知道如何享受性生活。然而在人体生命形式中，人们有如何享受性生活的一切知识。事实上，世上有许多所谓的哲学家，就指导人如何享受性生活。世上甚至有一部专门谈论性科学的被称为《爱经》(kāma-śāstra)的科学专著。在人类生活中，有对生活的各个阶段的划分，它们分别是：独身禁欲的学生生活阶段(brahmacarya)、居士生活阶段(gṛhastha)、退出家庭生活阶段(vāna-prastha)和托钵僧生活阶段(sannyāsa)。除了居士生活阶段(gṛhastha āśrama)，其他的生活阶段中不该有性生活。独身禁欲的学生生活阶段不允许任何性行为，退出家庭生活阶段的人自愿控制自己不过性生活，托钵僧过的是完全弃绝的生活。功利性活动者(karmī)非常喜欢过居士生活，所以不过其他三个阶段的生活。换句话说，人类的物质倾向很重。事实上，所有的生物体都倾向物质生活。人们之所以喜欢过居士生活，是因为居士生活中允许过性生活。功利性活动者认为其他的生活状态都还不如动物生活，因为动物至少还可以有性生活，而独身禁欲的学生、退出家庭生活的人和托钵僧却完全放弃了性生活。为此，功利性活动者讨厌灵性生活中的这些阶段。

第 39 节 धर्मो ह्यत्रार्थकामौ च प्रजानन्दोऽमृतं यशः ।
लोका विशोका विरजा यान्न केवलिनो विदुः ॥३९॥

dharmo hy atrārtha-kāmau ca
prajānando 'mṛtaṁ yaśaḥ
lokā viśokā virajā
yān na kevalino viduḥ

dharmaḥ—宗教仪式 / hi—肯定地 / atra—这里(在居士生活中) / artha—经济发展 / kāmau—感官享乐 / ca—和 / prajā-ānandaḥ—出生的快乐 / amṛtam—祭祀牺牲的结果 / yaśaḥ—声望 / lokāḥ—星系 / viśokāḥ—无悲伤 / virajāḥ—无疾病 / yān—……的 / na—绝不 / kevalinaḥ—超然主义者 / viduḥ—知道

译文 那女子继续道：在这个物质世界里，居士生活透过宗教、经济发展、感官享乐和生育子孙等形式给人带来所有种类的快乐。那之后，人也许想要获得解脱和物质名望。居士可以品尝到祭祀的结果，也就是被提升到更高的星系去。超然主义者们几乎不知道所有这些物质快乐。他们甚至无法想象这种快乐。

要旨 按照韦达教导，人类活动有两种途径：一条是感官享乐之途(pravṛtti-mārga)，另一条是灵性进步之途(nivṛtti-mārga)。宗教生活是这两条途径的基本原则。动物生活只有感官享乐的内容。在动物和恶魔的生活中，既没有灵性进步之途的概念，也没有真正的感官享乐之途的概念。感官享乐之途坚持：人既然有感官享乐的倾向，就可以按照韦达教导的指示去满足他的感官。例如，每个人都有过性生活的欲望，但邪恶的文明主张，人可以不受限制地享受性生活；可是按照韦达文化，人应该在韦达教导的指导下享受性生活。为此，韦达经(Vedas)给予文明人以指导，使他们能够满足他们要感官享乐的愿望。

然而，在灵性进步之途——超然觉悟的路途上，性是被完全禁止的。人类生活被划分为四个阶段，独身禁欲的贞守生阶段、居士阶段、退出家庭生活阶段和托钵僧阶段。按照韦达教导，在这四个生活阶段中，只有在居士生活阶段的人被允许走感官享乐之途，处在独身禁欲的学生生活阶段、退出家庭生活阶段和托钵僧阶段的人，都不允许过性生活。

在这节诗中，那少女只提倡感官享乐之途，不鼓励灵性进步之途。她明确地说：只关心灵性生活(kaivalya)的超然主义者们(yatis)，无法想象感官享乐之途上的快乐。换句话说，她认为：按照韦达原则享受物质生活的人，不仅在今生变得快乐，在来世也会因为被提升进天堂星球而享受到快乐。这样的人因为始终忙于执行各种宗教仪式，所以在今生可以得到儿孙等所有的物质财富。生老病死是物质的痛苦，但那些喜爱感官享乐之途的人，在生、老、病、死的时刻举行各种宗教仪式。他们不在乎生老病死的痛苦，而是沉溺于按照韦达经中就有关宗教仪式的指导举行各种特殊的仪式。

但是，感官享乐之途实际上是以性生活为基础。正如《圣典博伽瓦谭》第7篇第9章的第45节诗中所说：不了解灵性知识的居士，认为性享乐是最高的快乐(yan maithunādi-gṛhamedhi-sukhaṁ hi tuccham)。迷恋感官享乐之途的居士其实该被称为贵哈梅迪(gṛhamedhī)，而不是贵哈斯塔(gṛhastha)。贵哈斯塔想要进行感官享乐，却是按韦达指示行事。然而，只关心感官享乐的贵哈梅迪，却不理会任何韦达训示。贵哈梅迪们不仅自己提倡性生活，而且允许他的子女们也放纵性生活，致使自己在生命结束时丧失一切荣誉。贵哈斯塔不仅在今生享受性生活，在来世也享受，但贵哈梅迪因为只对这一生的性生活感兴趣，所以根本不知道来生是什么。总而言之，人一旦对性太着迷，就不会在乎超然的灵性生活。尤其在这个喀历(Kali)年代里，没人对灵性进步有兴趣。即使有人也许对灵性进步有兴趣，他也极有可能去接受一种假的灵修生活，被许多冒牌货所误导。

第 40 节　पितृदेवर्षिमर्त्यानां भूतानामात्मनश्च ह ।
क्षेम्यं वदन्ति शरणं भवेऽस्मिन् यद् गृहाश्रमः ॥४०॥

pitṛ-devarṣi-martyānāṁ
bhūtānām ātmanaś ca ha
kṣemyaṁ vadanti śaraṇaṁ
bhave 'smin yad gṛhāśramaḥ

pitṛ—祖先 / deva—半神人 / ṛṣi—圣人 / martyānām—人类大众 / bhūtānām—无数的生物体的 / ātmanaḥ—自己的 / ca—也 / ha—肯定地 / kṣemyam—有益的 / vadanti—他们说 / śaraṇam—庇护 / bhave—在物质世界里 / asmin—这 / yat—……的 / gṛha-āśramaḥ—居士生活

译文　那女子接着说：按权威人士的说法，居士生活不仅令居士本人快乐，而且使祖先、半神人、大圣人等所有的生物体都高兴。因此，居士生活是有益处的。

要旨　按照韦达制度规定，人一旦在这个物质世界里出生，就有了许多责任。他对太阳神、月亮神、天帝因铎(Indra)和风神瓦尤(Varuṇa)等半神人有责任，因为他们为人类提供生活所需。我们靠半神人的仁慈得到的热、光、水和所有其他大自然的舒适设施。我们欠祖先们的债，因为他们给了我们这些躯体、祖传的财产，让我们有机会、有足够的智力享受社会交往、友谊和爱。我们对普通大众也有债，因为他们构成了我们生活的政治环境和社会环境。不仅如此，我们还欠马、牛、驴、狗和猫等低等动物的债。因此，生物一旦在这个物质世界里出生当人，肩上就已经扛上了许多责任，就必须回报众生所给予的恩惠。他如果不报答他们，就会被更紧地捆绑在生死轮回圈中。然而，过度迷恋物质事物的贵哈梅迪不知道，他只要托庇于至尊主穆昆达(Mukunda)的莲花足，就立刻不再有对其他生物体应尽的责任。不幸的是：贵哈梅迪对奎师那意识丝毫不感兴趣。帕拉德王说：

matir na kṛṣṇe parataḥ svato vā
mitho 'bhipadyeta gṛha-vratānām

(《圣典博伽瓦谭》7.5.30)

“无论是他人的教导，自己的努力，还是两者的结合，都永远无法唤起他们对奎师那的喜爱。”诗中“对物质主义生活方式着迷的人(gṛha-vrata)”就是贵哈梅迪。把性生活当做是最高享受的人，认为具有奎师那意识的活动令人困惑。无论是他自己的思考，还是从他人那里得到的指示或与他人商讨的结果，都使他变得更放纵性生活，根本无法怀着奎师那意识行事。

第41节 का नाम वीर विख्यातं वदान्यं प्रियदर्शनम् । न वृणीत प्रियं प्राप्तं मादृशी त्वादृशं पतिम् ॥४१॥

kā nāma vīra vikhyātaṁ
vadānyaṁ priya-darśanam
na vṛṇīta priyaṁ prāptaṁ
mādṛśī tvādṛśaṁ patim

kā—谁 / nāma—实际上 / vīra—我亲爱的英雄 / vikhyātam—著名的 / vadānyam—宽宏大量的 / priya-darśanam—美丽的 / na—不 / vṛṇīta—会接受 / priyam—容易地 / prāptam—获得的 / mādṛśī—像我 / tvādṛśam—像你 / patim—丈夫

译文　我亲爱的英雄啊！这个世界里有谁会不接受您这样的丈夫？您那么有名，那么宽厚，那么英俊，而且又如此容易得到。

要旨　每一个丈夫都无疑是他妻子心目中的英雄。换句话说，女人一旦爱上一个男人，那男人在她眼里就会非常英俊和宽厚。人除非在他人眼里显得很美，否则无法把自己的整个一生献给他人。妻子之所以认为丈夫很宽厚，是因为妻子无论想要多少孩子，丈夫都会给她。所有的女性都喜欢孩子，因此任何一个丈夫都可以通过性生活给妻子孩子，以此取悦妻子，让她认为当丈夫的很宽厚。丈夫不仅靠让妻子怀孕让妻子感到很宽厚，而且还靠给妻子首饰、美食和衣服，让她完全顺从自己。这样一位感到心满意足的妻子从不会离开丈夫的陪伴。《玛努法典》(Manu-saṁhitā)中推荐道：要想让妻子满意，丈夫要给妻子一些装饰品，因为女性一般都喜欢房子、首饰、衣服和孩子等。女性就这样成了一切物质享乐的中心。

就有关这一点，诗中梵文“著名的(vikhyātam)”一词很有意思。男人总是因为他对美丽女子采取主动进取而出名，这种主动进取有时被视为是侵犯行为。当然，过度的侵犯行为因为在法律上被视为是强奸而不被允许。但事实上，女性喜欢很善于主动进取，有男子汉气概的男人。

第 42 节　कस्या मनस्ते भुवि भोगिभोगयोः
स्त्रिया न सज्जेद्भुजयोर्महाभुज ।
योऽनाथवर्गाधिमलं घृणोद्धत-
स्मितावलोकेन चरत्यपोहितुम् ॥४२॥

kasyā manas te bhuvi bhogi-bhogayoḥ
striyā na sajjed bhujayor mahā-bhuja
yo 'nātha-vargādhim alaṁ ghṛṇoddhata-
smitāvalokena caraty apohitum

kasyāḥ－……的 / manaḥ－心 / te－你的 / bhuvi－在这个世界上 / bhogi-bhogayoḥ－巨蛇身体般的 / striyāḥ－女人的 / na－不 / sajjet－受吸引 / bhujayoḥ－用手臂 / mahā-bhuja－臂力强大的人啊 / yaḥ－……的 / anātha-vargā－像我这样可怜的女子 / adhim－内心痛苦 / alam－能够 / ghṛṇā-uddhata－以有进取精神的仁慈 / smita-avalokena－以迷人的微笑 / carati－旅游 / apohitum－驱散

译文 臂力强大的人啊！这世上有谁会不受您那如蟒蛇身体般粗壮的臂膀的吸引？事实上，您动人的微笑和有进取精神的仁慈，解除了我们这些没有丈夫的女子的痛苦。我们认为您正是为了利益我们，才在地球上旅行的。

要旨 没有丈夫的女人会把男人对她的侵犯行为当做他的仁慈。女性一般很受长臂男人的吸引。蟒蛇的身体是圆柱形的，在尾部才变细变窄。男人健美的手臂在女性看来恰似蟒蛇，她会很想让这样的手臂拥抱她。

这节诗中的“像我这样的可怜女子(anātha-vargā)”很重要。梵文“nātha”的意思是丈夫，前面加一个“a”的意思是没有丈夫。没有丈夫的年轻女性被称为阿纳塔(anātha)，意思是“不受保护的”。女性一旦到了青春期，就会立刻变得很受性欲的刺激。因此父亲的职责是，在女儿到达青春期之前让她嫁人。否则，她就会因为没有丈夫而感到窘迫。在她青春期满足她性欲的任何人，都会成为令她满意的对象。真实的心理状态是：当一个女性在青春期遇到一个男人，而那个男人满足她的性欲后，她就会毕生去爱那个男人，无论他是谁。这个物质世界里的这种所谓的爱，不过是性的满足而已。

第 43 节 नारद उवाच

इति तौ दम्पती तत्र समुद्य समयं मिथः ।
तां प्रविश्य पुरीं राजन्मुमुदाते शतं समाः ॥४३॥

nārada uvāca
iti tau dam-patī tatra
samudya samayaṁ mithaḥ
tāṁ praviśya purīṁ rājan
mumudāte śataṁ samāḥ

nāradaḥ uvāca－伟大的圣人纳茹阿达说 / iti－如此 / tau－他们 / dam-patī－丈夫和妻子 / tatra－那里 / samudya－以同样的热情 / samayam－彼此接受 / mithaḥ－相互地 / tām－在那个地方 / praviśya－进入 / purīm－在那个城市 / rājan－君王啊 / mumudāte－他们享受生活 / śatam－一百 / samāḥ－年

译文 伟大的圣人纳茹阿达继续说：我亲爱的君王，那一男一女两个人，因为有共同的理解而相互赞赏，携手进入那城市，享受一百年的生活。

要旨 这里谈到的一百年的时间很重要，因为每一个受制约的生物一生都被给予一百年的寿命。按照不同的星球离太阳的距离远近不同，时间的长短也各不相同。换句话说，在这个星球上的一百年，不同于另一个星球上的一百年。主布茹阿玛的寿命按照布茹阿玛星球上的时间是一百年，但布茹阿玛一天的时间相当于我们这个星球上的百万年。同样，天堂星球上的一天，相当于我们这个星球上的六个月。然而，在每一个星球上的人类的寿命，都大约是一百年。在不同星球上的生物体的寿命不同，生活水平也不一样，是成正比的关系。

第 44 节 उपगीयमानो ललितं तत्र तत्र च गायकैः ।
क्रीडन् परिवृतः स्त्रीभिर्ह्रदिनीमाविशच्छुचौ ॥४४॥

upagīyamāno lalitaṁ
tatra tatra ca gāyakaiḥ

krīḍan parivṛtaḥ strībhir
hradinīm āviśac chucau

upagīyamānaḥ—歌唱 / lalitam—很好地 / tatra tatra—这里和那里 / ca—也 / gāyakaiḥ—由歌唱者 / krīḍan—玩乐 / parivṛtaḥ—围绕着 / strībhiḥ—被女人 / hradinīm—在河水中 / āviśat—进入 / śucau—当天气太热时

译文 曾有许多职业歌手歌唱普冉佳纳王的荣耀和他光荣的活动。当夏季天气太热时，君王习惯进入水中，由许多女子簇拥着，陪他享乐。

要旨 生物体在生活的不同阶段有不同的活动。生命中有一个阶段称为觉醒的阶段(jāgrata)，有一个阶段称为做梦期(svapna)，另一个阶段称为无意识状态的生命阶段，还有一个阶段发生在死亡后。前面的诗文中描述了生命的觉醒期，即：男人和女人结婚，享受一百年的生活。这节诗中描述了生命的做梦期，因为普冉佳纳在白天从事过的活动到夜晚做梦时也有反映。普冉佳纳曾与他妻子一起生活，从事感官享乐的活动，这感官享乐在夜晚以不同的方式得到体验。一般的男人在很累的情况下倒头便睡；而有钱人在很累的时候会与他的众多女友一起去花园，进入水池中享受她们的陪伴。这是这个物质世界的生物的倾向。一个男人从不满足于只与一个女人交往，除非他受过独身禁欲的学生生活训练。男人一般都想要享受许多女人，哪怕到快死的时候仍有强烈的性冲动；即使是很老的男人，都想要享受年轻少女的陪伴。正是这强烈的性冲动，使生物越来越深地陷在这个物质世界里。

第 45 节 सप्तोपरि कृता द्वारः पुरस्तस्यास्तु द्वे अधः ।
पृथग्विषयगत्यर्थं तस्यां यः कश्चनेश्वरः ॥४५॥

saptopari kṛtā dvārāḥ
puras tasyās tu dve adhaḥ
pṛthag-viṣaya-gaty-arthaṁ
tasyāṁ yaḥ kaścaneśvaraḥ

sapta—七 / upari—上 / kṛtāḥ—制造 / dvārāḥ—大门 / puraḥ—城市的 / tasyāḥ—那 / tu—那时 / dve—二个 / adhaḥ—在下面 / pṛthak—不同的 / viṣaya—地方 / gati-artham—为了去 / tasyām—在那城市中 / yaḥ—……的 / kaścana—无论谁 / īśvaraḥ—主管人

译文 在那座城市的九个大门中，有七个大门在地面上，另外两个在地下。这九个大门通向不同的地方。所有的大门都供城市的主人使用。

要旨 躯体上部的七个门户分别是，两只眼睛、两个鼻孔、两只耳朵和一个嘴巴。躯体下部的两个门户分别是肛门和生殖器。生物作为躯体的统治者——君王，用这些门户享受不同的物质满足。我们在古印度城市建筑的遗址中，还可以看到在不同的地方开大门的作法。古时候，首都城市都由围墙环绕着，从首都去不同的城市或特殊的地方，要经过不同的城门。在旧德里如今还可以看到古城墙的残墙断壁和被称为喀施米尔门、拉浩瑞门等城门。同样，在阿玛达巴城也有德里门。这些城门与生物体身上的门户的相似作用是，生物想要享受各种不同的物质财富，为了让他达到这一目的，大自然赐予他有各种孔洞的身体，以便他用来进行感官享乐。

第 46 节 पञ्च द्वारस्तु पौरस्त्या दक्षिणैका तथोत्तरा ।
पश्चिमे द्वे अमूषां ते नामानि नृप वर्णये ॥४६॥

pañca dvāras tu paurastyā
dakṣiṇaikā tathottarā
paścime dve amūṣāṁ te
nāmāni nṛpa varṇaye

pañca－五个 / dvāraḥ－门 / tu－于是 / paurastyāḥ－朝向东方 / dakṣiṇā－南方 / ekā－一 / tathā－也 / uttarā－一个向着北方 / paścime－同样朝向西方 / dve－两个 / amūṣām－他们的 / te－向你 / nāmāni－名字 / nṛpa－君王啊 / varṇaye－我要讲述

译文 亲爱的君王，在九个大门中，有五个通向东方，一个通向北方，一个通向南方，两个通向西方。我要尝试说出这些不同的门的名字。

要旨 两只眼睛、两个耳朵、两个鼻孔和一张嘴巴这七个在脸上的门户中，有五个朝向前方，被描述为是面朝东方的门户。由于朝向前方意味着看到太阳，而太阳从东方升起，这些门户便被说成是东门。北边和南边的门分别代表两个耳朵，朝西的两个门代表的是肛门和生殖器。下面的诗文中对所有这些门作了描述。

第 47 节 खद्योताविर्मुखी च प्राग्द्वारावेकत्र निर्मिते ।
विभ्राजितं जनपदं याति ताभ्यां द्युमत्सखः ॥४७॥

khadyotāvirmukhī ca prāg
dvārāv ekatra nirmite
vibhrājitaṁ janapadaṁ
yāti tābhyāṁ dyumat-sakhaḥ

khadyotā－名叫卡丢塔 / āvirmukhī－名叫阿维尔穆克伊 / ca－也 / prāk－向东方 / dvārau－两个大门 / ekatra－在一个地方 / nirmite－建造了 / vibhrājitam－名叫维布茹阿吉塔 / jana-padam－城市 / yāti－习惯去 / tābhyām－被他们 / dyumat－名为迪尤曼 / sakhaḥ－和他的朋友

译文 名叫卡丢塔和阿维尔穆克伊的两个大门面朝东方，但它们被建在同一个地方。君王经常在他朋友迪尤曼的陪伴下，穿过那两个大门到名叫维布茹阿吉塔的城市去。

要旨　梵文“卡丢塔(khadyotā)”的意思是“萤火虫”，“阿维穆克伊(āvirmukhī)”的意思是“火炬”。这表明：在两只眼睛中，左边眼睛的视力比较弱。两只眼睛虽然同处一处，但一只的视力比另一只强。君王——躯体中的生物，用这两个眼睛之门清楚地看事物，但他除非有名叫迪尤曼(Dyumān)的朋友陪伴，否则无法看。而名叫迪尤曼的朋友就是太阳。尽管两只眼睛同处一处，但如果没有阳光，它们就没能力看。人要想清清楚楚地(vibhrājitam)看东西，就必须在他朋友阳光的协助下，用两只眼睛看(vibhrājitaṁ janapadam)。躯体中的生物是他躯体之城的君王，因为他可以按自己的愿望使用他躯体之城上的不同门户。他虽然对自己具有看或听的能力很自豪，但还是要依靠大自然的协助。

第48节　नलिनी नालिनी च प्राग्द्वारावेकत्र निर्मिते ।
अवधूतसखस्ताभ्यां विषयं याति सौरभम् ॥४८॥

nalinī nālinī ca prāg
dvārāv ekatra nirmite
avadhūta-sakhas tābhyāṁ
viṣayaṁ yāti saurabham

nalinī—名叫拿利尼 / nālinī—名叫纳利尼 / ca—也 / prāk—东方 / dvārau—两个大门 / ekatra—在一个地方 / nirmite—建造了 / avadhūta—名叫阿瓦杜塔 / sakhaḥ—和他的朋友 / tābhyām—透过那两个大门 / viṣayam—地方 / yāti—习惯去 / saurabham—名叫骚茹阿巴

译文　同样，在东方还有两个名叫拿利尼和纳利尼的大门，这两个大门也建在同一个地方。君王经常在他朋友阿瓦杜塔的陪伴下，穿过这两个门到名叫骚茹阿巴的城市去。

要旨　名叫拿利尼(Nalinī)和纳利尼(Nālinī)的大门是两个鼻孔，生物在呼吸过程中形成的各种气流阿瓦杜塔(avadhūta)的帮助下享受这两个门。穿过这两个门，生物到梵文称为骚茹阿巴的气味(Saurabha)之城去。换句话说，拿利尼和纳利尼是一对鼻孔，在它们的朋友各种气流的帮助下，经由吸气和呼气享受气味这一感官享乐对象。

第 49 节 मुख्या नाम पुरस्ताद् द्वास्तयापणबहूदनौ ।
विषयौ याति पुरराड्रसज्ञविपणान्वितः ॥४९॥

mukhyā nāma purastād dvās
tayāpaṇa-bahūdanau
viṣayau yāti pura-rāḍ
rasajña-vipaṇānvitaḥ

mukhyā一首领 / nāma一叫 / purastāt一向东方 / dvāḥ一大门 / tayā一由那 / āpaṇa一名叫阿帕纳 / bahūdanau一名叫巴胡达纳 / viṣayau一两个地方 / yāti一习惯去 / pura-rāṭ一城市的君王(普冉佳纳) / rasa-jña一名叫茹阿萨格亚 / vipaṇa一名叫维帕纳 / anvitaḥ一跟着

译文 第五个大门坐落在东面，名叫穆克亚——领袖。君王曾在他的朋友茹阿萨格亚和维帕纳的陪伴下，穿过这个门到名叫巴胡达纳和阿帕纳的两个地方去。

要旨 嘴巴在此被描述为是领袖或最重要的门户。嘴巴之所以是非常重要的门户，是因为它有两种功用——进食和说话。我们在朋友茹阿萨格亚——舌头的帮助下进食，它可以品尝到食物的那么多不同的滋味。舌头也用于说话，它既可以讲与物质感官享乐有关的事，也可以讲韦达知识。当然，这里强调的是感官享乐，所以用了“茹阿萨格亚”一词。

第 50 节 पितृहूर्नृप पुर्या द्वार्दक्षिणेन पुरञ्जनः ।
राष्ट्रं दक्षिणपञ्चालं याति श्रुतधरान्वितः ॥५०॥

pitṛhūr nṛpa puryā dvār
dakṣiṇena purañjanaḥ
rāṣṭraṁ dakṣiṇa-pañcālaṁ
yāti śrutadharānvitaḥ

pitṛhūḥ－名叫琵垂乎 / nṛpa－君王啊 / puryāḥ－城市的 / dvāḥ－大门 / dakṣiṇena－在南方 / purañjanaḥ－普冉佳纳王 / rāṣṭram－国家 / dakṣiṇa－南方 / pañcālam－名叫潘查拉 / yāti－习惯去 / śruta-dhara-anvitaḥ－与他的朋友施茹塔达尔

译文 城市的南门被称为琵垂乎，普冉佳纳王经常在他的朋友施茹塔达尔的陪伴下，穿过那个门到名叫南潘查拉的城市去。

要旨 右耳用来听与功利性活动(karma-kāṇḍīya)有关的话题。人只要依恋对物质资源的享受，就会从右耳去听，然后用五个感官把自己提升到像祖先星球琵垂珞卡(Pitṛloka)那样的高等星系上去。因此，右耳在此被描述为是琵垂乎(Pitṛhū)大门。

第51节 देवहूर्नाम पुर्या द्वा उत्तरेण पुरञ्जनः ।
राष्ट्रमुत्तरपञ्चालं याति श्रुतधरान्वितः ॥५१॥

devahūr nāma puryā dvā
uttareṇa purañjanaḥ
rāṣṭram uttara-pañcālaṁ
yāti śrutadharānvitaḥ

devahūḥ－名叫戴瓦乎 / nāma－它被称为 / puryāḥ－城市的 / dvāḥ－大门 / uttareṇa－向北方 / purañjanaḥ－普冉佳纳王 / rāṣṭram－国家 / uttara－北方 / pañcālam－名叫潘查拉 / yāti－习惯去 / śruta-dhara-anvitaḥ－和他的朋友施茹塔达尔

译文 在城市北边的大门叫戴瓦乎。普冉佳纳王经常与他朋友施茹塔达尔一起，穿过那个门，去一个名叫北潘查拉的地方。

要旨 两个耳朵分别处在北边和南边。南边的耳朵的听力非常强，总是渴望听与感官享乐有关的一切。北边的耳朵是用来从灵性导师那里得到启示，以便被升上灵性天空。右耳——南边的耳朵，被称为琵垂乎，以表明人为了达到名叫琵垂路卡的高等星系利用它，但左边被称为戴瓦乎(Devahū)的耳朵，被用于聆听与玛哈尔路卡(Maharloka)、塔珀路卡(Tapoloka)和布茹阿玛路卡(Brahmaloka)等更高等的星系有关，甚至与灵性宇宙中那些还要高的星球有关的信息；生物在灵性宇宙中过永久的生活。对此，主奎师那在《博伽梵歌》第9章的第25节诗解释道：

yānti deva-vratā devān
pitṝn yānti pitṛ-vratāḥ
bhūtāni yānti bhūtejyā
yānti mad-yājino 'pi mām

“崇拜半神人的人将在半神人中投生；崇拜祖先的人到祖先那里去；崇拜鬼魂和精灵的人，在那些生物体中投生；崇拜我的人，将与我生活在一起。”

对这个星球上的快乐感兴趣，以及死后想要被提升到祖先星球琵垂路卡上去的人，能够用右耳聆听韦达教导。但是，对去塔珀路卡、布茹阿玛路卡、外琨塔(Vaikuṇṭha)星球或奎师那星球(Kṛṣṇaloka)感兴趣的人，就会为了被提升到这些星球上去而聆听灵性导师的教导。

第52节 आसुरी नाम पश्चाद् द्वास्तया याति पुरञ्जनः ।
ग्रामकं नाम विषयं दुर्मदेन समन्वितः ॥५२॥

āsurī nāma paścād dvās
tayā yāti purañjanaḥ

grāmakaṁ nāma viṣayaṁ
durmadena samanvitaḥ

āsurī—名叫阿苏瑞 / nāma—叫做 / paścāt—向西方 / dvāḥ—大门 / tayā—由那 / yāti—习惯去 / purañjanaḥ—普冉佳纳王 / grāmakam—名叫瓜玛卡 / nāma—叫做 / viṣayam—感官享乐的城市 / durmadena—由杜尔玛德 / samanvitaḥ—由……陪同

译文　在城市西面的大门名叫阿苏瑞。普冉佳纳王经常由他朋友杜尔玛德陪同，穿过那个门去瓜玛卡城。

要旨　城市西边的大门之所以被称为阿苏瑞(Āsurī)，是因为它特别为阿苏茹阿(asura)使用而设。梵文“阿苏茹阿(asura)”一词指那些对感官享乐感兴趣，尤其是沉溺于性生活的人。受制约的生物普冉佳纳靠生殖器这一工具得到最大的满足。因此他经常去名叫瓜玛卡(Grāmaka)的地方。物质感官享乐又被称为瓜弥亚(grāmya)，而最大限度放纵性生活的地方被称为瓜玛卡。普冉佳纳去瓜玛卡时都由他朋友杜尔玛德陪着。诗中梵文“维萨亚(viṣaya)”是指吃、睡、防卫和交媾这四种生活的基本需求。对梵文“杜尔玛德纳(durmadena)”一词可以作这样的分析，即：“杜尔(dur)”的意思是“罪恶(duṣṭa)”，“玛达(mada)”的意思是“疯狂”。每一个与物质自然接触的生物，都被称为玛达——疯狂。经典中说：

piśācī pāile yena mati-cchanna haya
māyā-grasta jīvera haya se bhāva udaya
《对神的爱所引发的转变》(Prema-vivarta)

人被鬼魂附体时，就会变得精神错乱，说各种各样的胡话。因此，从事感官享乐的人必须接受深受物质疾病影响的朋友杜尔玛德。

诗中“在城市西面的大门名叫阿苏瑞(āsurī nāma paścād dvāḥ)”一句有另一个重要的含义。升起的太阳最初被看到的地方是东边——

孟加拉海湾，它随后逐渐向西移动。事实上可以看到，西方人更沉溺于感官享乐。在《永恒的柴坦亚经》首篇第10章的第89节诗中，圣柴坦亚·玛哈帕布本人就证实说，祂发现：越往西边去，人们越不关心灵性生活，人们的行为越违反韦达标准(paścimera loka saba mūḍha anācāra)。由于这个原因，住在西方的人们更沉溺于感官享乐。《博伽瓦谭》这节诗中确认说：在城市西面的大门名叫阿苏瑞。换句话说，西方人对恶魔文明，也就是物质主义生活方式感兴趣。为此，主柴坦亚希望这场奎师那意识运动传到世界的西方，以便沉溺于感官享乐的人们能从祂的教导中获得利益。

第53节 निर्ऋतिर्नाम पश्चाद् द्वास्तया याति पुरञ्जनः ।
वैशसं नाम विषयं लुब्धकेन समन्वितः ॥५३॥

nirṛtir nāma paścād dvās
tayā yāti purañjanaḥ
vaiśasaṁ nāma viṣayaṁ
lubdhakena samanvitaḥ

nirṛtiḥ—名叫尼瑞提 / nāma—叫做 / paścāt—西方 / dvāḥ—大门 / tayā—由那 / yāti—习惯去 / purañjanaḥ—普冉佳纳王 / vaiśasam—名叫外沙萨 / nāma—叫做 / viṣayam—到那个地方 / lubdhakena—由名叫鲁布达卡的朋友 / samanvitaḥ—由……陪同

译文 城市西面有另一个大门被称为尼瑞提。普冉佳纳王经常由他朋友鲁布达卡陪着，穿过这个门到名叫外沙萨的地方去。

要旨 这里谈到的是肛门。肛门应该位于眼睛、鼻子和耳朵的西面。这个门是专为死亡准备的。受制约的生物在放弃他现有的躯体后，一般是经由肛门离开，因此对死亡的体验是痛苦的。人在顺应大自然的呼唤要排便时，也会体会到痛苦。陪伴生物穿过这个门的朋友名叫鲁布达卡(lubdhaka)，意思是“贪婪”。我们因为贪婪而吃超过身体所需的量，以及不该吃的东西，这样的暴饮暴食在排泄时也造成痛苦。生物如果能正常排泄，就会感觉健康。这个门叫做尼瑞提，意思是“痛苦之门”。

第 54 节　अन्धावमीषां पौराणां निर्वाक्पेशस्कृतावुभौ ।
अक्षण्वतामधिपतिस्ताभ्यां याति करोति च ॥५४॥

andhāv amīṣāṁ paurāṇāṁ
nirvāk-peśaskṛtāv ubhau
akṣaṇvatām adhipatis
tābhyāṁ yāti karoti ca

andhau—盲目的 / amıṣām—在……之中 / paurāṇām—居民的 / nirvāk—名叫尼尔瓦克 / peśaskṛtau—名叫佩沙斯奎特 / ubhau—他们两人 / akṣaṇ-vatām—长眼睛的人的 / adhipatiḥ—统治者 / tābhyām—与他们两者 / yāti—习惯去 / karoti—习惯做 / ca—和

译文　在这座城市的许多居民中，有两个分别名叫尼尔瓦克和佩沙斯奎特的人。普冉佳纳王虽然统治着拥有眼睛的臣民，但却经常与这两个盲人交往。他习惯由他俩陪伴着到各处去从事各种活动。

要旨　这两个盲人是指生物体的手臂和腿。两条腿不能说话，而且是瞎子。人如果只是任由他的腿载着他走，就会坠入坑里或被绊倒。因此，由不能视物的双腿引领，人的生活就很危险。

在负责工作的感官中，手和腿都非常重要，但它们没有看东西的眼睛。这意味着，手臂和腿上都没有洞。头上有许多洞，两只眼睛、两个鼻孔、两个耳朵和一张嘴。但再往下，手臂和腿上就没有洞。因此，手臂和腿被描述为是盲人(andha)。生物体的身上虽然有许多孔洞，但还是要用手和腿工作。生物虽然是许多其他感官的主人，但当他要去某个地方、做某件事情或触碰某样东西时，他就不得不用他那些看不见东西的手和腿了。

第 55 节 स यर्ह्यन्तःपुरगतो विषूचीनसमन्वितः ।
मोहं प्रसादं हर्षं वा याति जायात्मजोद्भवम् ॥५५॥

sa yarhy antaḥpura-gato
viṣūcīna-samanvitaḥ
mohaṁ prasādaṁ harṣaṁ vā
yāti jāyātmajodbhavam

saḥ—他 / yarhi—当……时 / antaḥ-pura—去他自己家 / gataḥ—习惯去 / viṣūcīna—由心念 / samanvitaḥ—由……陪同 / moham—虚幻 / prasādam—满足 / harṣam—欢乐 / vā—或者 / yāti—习惯享受 / jāyā—妻子 / ātma-ja—儿女 / udbhavam—由他们所生

译文 他有时与他主要的仆人之一维舒祺纳(心念)一起去他自己的家。那时，他的妻子和孩子就会给予他迷惑、满足和快乐等感觉。

要旨 按照韦达结论，我们真正的自我处在心脏内(hṛdy ayam ātmā pratiṣṭhitaḥ)。然而在物质的环境中，灵性的灵魂被善良、激情和愚昧这三种物质自然属性所包裹，它们在心中相互作用。例如，人在受善良属性影响时，就会感到快乐；受激情属性影响时，就会通过物质享乐感到满足；而受愚昧属性控制时，就感到迷惑。所有这些都是心念的活动，内容是思考、感觉和意愿。

当生物被妻子、孩子和家所包围时，他的内心活动就很多。他有时很快乐，有时感到心满意足，有时不是很满足，有时则感到迷惑。梵文称迷惑是“错觉(moha)”。被社会、友谊和爱所迷惑的生物，以为他所谓的社会、友谊、爱、国家和团体等会保护他。他不知道，死后的他，会被极为强大的物质自然的手钳制着，被迫接受按他现在的活动所判给他的某种类型的躯体。那躯体也许甚至不是人体。因此，被社会、妻子和友谊围绕着的生物所具有的安全感，只不过是错觉而已。所有被囚禁在不同的物质躯体中的生物，都被他们现在所从事的物质享乐活动所迷惑，忘了他们真正该做的事情是回归家园，回到首神身边。

没有奎师那意识的人必然处在错觉中。物质事物给人带来的所谓的快乐感和满足感，也都是错觉。事实上，无论是社会、友谊、爱，还是其他的一切，都不能把生物从以生老病死为表现形式的外在能量的猛烈攻击中救出去。哪怕是让一个生物摆脱错觉的状态都很困难。因此，主奎师那在《博伽梵歌》第7章的第14节诗中说：

daivī hy eṣā guṇa-mayī
mama māyā duratyayā
mām eva ye prapadyante
māyām etāṁ taranti te

“我这由物质自然三种属性组成的神圣能量难以克服。但是，皈依我的人却能轻易地跨越它。”所以，人除非全身心地投靠在主奎师那的莲花足旁，否则无法摆脱物质自然三种属性的纠缠。

第 56 节 एवं कर्मसु संसक्तः कामात्मा वञ्चितोऽबुधः ।
महिषी यद्यदीहेत तत्तदेवान्ववर्तत ॥५६॥

evaṁ karmasu saṁsaktaḥ
kāmātmā vañcito 'budhaḥ
mahiṣī yad yad īheta
tat tad evānvavartata

evam—如此 / karmasu—在功利性活动中 / saṁsaktaḥ—太依恋 /

kāma-ātmā－充满物质欲望 / vañcitaḥ－被欺骗 / abudhaḥ－智慧不足的人 / mahiṣī－王后 / yat yat－无论什么 / īheta－她会想要 / tat tat－所有这一切 / eva－肯定地 / anvavartata－他跟随

译文 普冉佳纳王就这样被纠缠在各种情感中，从事着功利性活动，最后完全被物质智力所控制，从而受到欺骗。事实上，他曾经总是去满足他妻子——王后的一切愿望。

要旨 生物处在这种迷惑的状态中时，完全受制于他妻子——物质智力；他必须满足他所谓的妻子——智力，完全按她的命令行事。各种典籍中都忠告说，为了物质方面的舒适和自在，人应该通过送妻子装饰品并按她的话去做，始终让她感到满意；这样做，家庭生活就不会有麻烦。然而，人一旦成为他妻子的仆人，他就必须按照妻子的愿望做事，从此被越来越紧地捆绑住。孟加拉语中有一种说法，即：人如果成为他妻子的顺从的仆人，他就失去了一切美名。然而困难在于：人除非成为他妻子最顺从的仆人，否则家庭生活就会不和谐。这种不和谐在西方国家导致了离婚法律的出笼，在印度等东方国家则是以分居为解决方式。如今，印度新引进的离婚法也证实了这种不和谐。在生物体的心中，心念在物质智力的控制下行事、思考、感受和产生意愿，这种控制与一个人受到他妻子的控制是一样的。就这样，人通过他的妻子生孩子，在心智杜撰出的种种念头的控制下卷入众多的活动。

第57－61节

क्वचित्पिबन्त्यां पिबति मदिरां मदविह्वलः ।
अश्नन्त्यां क्वचिदश्नाति जक्षत्यां सह जक्षिति ॥५७॥
क्वचिद्गायति गायन्त्यां रुदत्यां रुदति क्वचित् ।
क्वचिद्धसन्त्यां हसति जल्पन्त्यामनु जल्पति ॥५८॥
क्वचिद्धावति धावन्त्यां तिष्ठन्त्यामनु तिष्ठति ।
अनु शेते शयानायामन्वास्ते क्वचिदासतीम् ॥५९॥

क्वचिच्छृणोति शृण्वन्त्यां पश्यन्त्यामनु पश्यति ।
क्वचिज्जिघ्रति जिघ्रन्त्यां स्पृशन्त्यां स्पृशति क्वचित् ॥६०॥
क्वचिच्च शोचतीं जायामनु शोचति दीनवत् ।
अनु हृष्यति हृष्यन्त्यां मुदितामनु मोदते ॥६१॥

kvacit pibantyāṁ pibati
madirāṁ mada-vihvalaḥ
aśnantyāṁ kvacid aśnāti
jakṣatyāṁ saha jakṣiti

kvacid gāyati gāyantyāṁ
rudatyāṁ rudati kvacit
kvacid dhasantyāṁ hasati
jalpantyām anu jalpati

kvacid dhāvati dhāvantyāṁ
tiṣṭhantyām anu tiṣṭhati
anu śete śayānāyām
anvāste kvacid āsatīm

kvacic chṛṇoti śṛṇvantyāṁ
paśyantyām anu paśyati
kvacij jighrati jighrantyāṁ
spṛśantyāṁ spṛśati kvacit

kvacic ca śocatīṁ jāyām
anu śocati dīnavat
anu hṛṣyati hṛṣyantyāṁ
muditām anu modate

kvacit一有时 / pibantyām一在喝……时 / pibati一他喝过后 / madirām一酒 / mada-vihvalaḥ一醉了 / aśnantyām一她吃东西时 / kvacit一有时 / aśnāti一他吃 / jakṣatyām一她咀嚼时 / saha一和她 / jakṣiti一他咀嚼 / kvacit一有时 / gāyati一他唱歌 / gāyantyām一他妻子唱歌时 / rudatyām一妻子哭泣时 / rudati一他也哭泣 / kvacit一有时 /

kvacit一有时 / hasantyām一她欢笑时 / hasati一他也欢笑 / jalpantyām一她随便说话时 / anu一跟着她 / jalpati一他也随便说话 / kvacit一有时 / dhāvati一他也散步 / dhāvantyām一她散步时 / tiṣṭhantyām一她静静地站立时 / anu一和她一样 / tiṣṭhati一他也站立 / anu一和她一样 / śete一他躺着 / śayānāyām一她躺在床上时 / anu一与她一样 / āste一他也坐着 / kvacit一有时 / āsatīm一她坐着时 / kvacit一有时 / śṛṇoti一他听 / śṛṇvantyām一当她听时 / paśyantyām一当她看东西时 / anu一和她一样 / paśyati一他也看 / kvacit一有时 / jighrati一他嗅 / jighrantyām一他妻子嗅时 / spṛśantyām一他妻子触摸某物时 / spṛśati一他也触摸 / kvacit一那时 / kvacit ca一有时也 / śocatīm一她悲伤时 / jāyām一他妻子 / anu一和她一样 / śocati一他也悲伤 / dīna-vat一像个穷人 / anu一像她一样 / hṛṣyati一他享受 / hṛṣyantyām一她享受时 / muditām一她满足 / anu一和她一样 / modate一他也感到满足

译文 王后喝酒，普冉佳纳王也跟着喝。王后进餐时，他就与她一起吃。王后咀嚼，普冉佳纳王就同她一起咀嚼。王后唱歌，他也唱。同样地，王后哭泣，他也哭；王后笑，他也笑。王后说话随便，他也说话不严谨。王后散步，他就跟在她后面走。王后站立不动，君王也站着不动。王后在床上躺下，他也跟着一起躺下。王后坐下，他也就坐下。王后听什么，他就跟着听什么。王后看什么，他也去看什么。王后嗅什么，他就跟着去嗅同一样东西。王后触碰某物，他也去摸它。当他亲爱的王后悲哭时，可怜的君王也随之悲伤不已。同样，当王后感到享受时，他也享受；王后满意时，君王也感到满足。

要旨 心是自我的所在地，心念听智力的指挥。处在心中的生物，听从智力的引导。智力在这节诗中被描述为是王后，灵魂在内心的控制下听从物质智力的指挥，就像君王仿效他妻子一样。结论是：物质的智力是生物被束缚的原因。关键在于：人必须运用灵性的智慧摆脱这束缚。

在安巴瑞施王(Mahārāja Ambarīṣa)的一生中，我们看到：这位伟大的君王首先把他的心念专注于奎师那的莲花足。这样，他的智力就得到净化。安巴瑞施王也用他的其他感官为至尊主服务。他用眼睛看神庙中用鲜花打扮得美丽非凡的神像；用他的鼻子嗅给神像供奉过的鲜花的香气；用他的腿走去神庙；用他的双手清洁庙宇；用他的耳朵聆听有关主奎师那的一切。他的舌头被他以两种方式加以利用：谈论有关奎师那，品尝给神像供奉过的食物帕萨达(prasāda)。完全受物质智力控制的物质主义者，无法从事这些活动。他们在有意识或无意识的情况下被物质智力指挥得团团转，从而受到束缚。这一事实在下一节诗中作了总结。

第 62 节 **विप्रलब्धो महिष्यैवं सर्वप्रकृतिवञ्चितः ।**
नेच्छन्ननुकरोत्यज्ञः क्लैब्यात्क्रीडामृगो यथा ॥६२॥

vipralabdho mahiṣyaivaṁ
sarva-prakṛti-vañcitaḥ
necchann anukaroty ajñaḥ
klaibyāt krīḍā-mṛgo yathā

vipralabdhaḥ—着迷 / mahiṣyā—被王后 / evam—如此 / sarva—所有的 / prakṛti—存在 / vañcitaḥ—被欺骗 / na icchan—没有愿望 / anukaroti—曾跟从和模仿 / ajñaḥ—愚蠢的君王 / klaibyāt—被强迫 / krīḍā-mṛgaḥ—一只宠物 / yathā—恰似

译文 就这样，普冉佳纳王深深地被他可爱的妻子迷住了，从而受到欺骗。事实上，他在物质世界中变得被他的整个存在所欺骗。如同宠物按照它主人的命令跳舞，愚蠢、可怜的君王心中即使再不情愿，也还得受他妻子的控制。

要旨 这节诗中的梵文“着迷(vipralabdhaḥ)”一词意义重大，其中 vi 的意思是“特别地”，pralabdha 的意思是“得到”。君王为了满足自己的欲望而得到了王后，从此被物质存在所欺骗。他虽然并不愿意这样，但还是像个宠物一样听从物质智力的指挥。正如供人玩赏的猴子按照它主人的意愿跳舞一样，君王按照王后的意愿起舞。《圣典博伽瓦谭》第5篇第5章的第2节诗中说：人如果与圣洁之人——奉献者交往，他解脱的路途就通畅无阻(mahat-sevāṁ dvāram āhur vimukteḥ)。但人如果与女性或太依恋女性的人交往，他就走在被捆绑的坦途上。

总之，为取得灵性进步，人必须放弃女性的陪伴。这是弃绝阶层的人(sannyāsa)该做的事。人在进入弃绝阶层之前，或者说完全退出物质世界之前，必须练习不过非法性生活。性生活，无论是合法的还是非法的，基本上都一样，但过非法性生活使人越来越迷惑。控制性生活使人有机会最终能完全停止过性生活，或不再与女性联谊。人如果能做到这一点，就很容易在灵性生活中取得进步。

纳茹阿达 · 牟尼在这一章中解释了人如何通过与心爱的妻子联谊变得迷惑。受自己妻子的吸引，意味着受物质属性的吸引。被愚昧的物质属性所吸引的人，处在生命的最低阶段。受物质善良属性吸引的人，处在比较好的状态中。我们有时看到，处在物质的善良属性层面上的人，或多或少地受培养知识的吸引。这当然是较好的状态，因为知识使人更喜欢接受奉爱服务之途。人除非上升到知识的层面——觉悟梵的层面，否则无法在奉爱服务之途上取得进步。正如奎师那在《博伽梵歌》第18章的第54节诗中所说：

brahma-bhūtaḥ prasannātmā
na śocati na kāṅkṣati
samaḥ sarveṣu bhūteṣu
mad-bhaktiṁ labhate parām

“这样处在超然境界中的人，立刻觉悟到至尊梵，变得充满喜悦。他永不悲伤，不再想得到什么。他平等对待众生。在这种状态下，他达到为我做纯粹奉爱服务的境界。”

处在知识的层面上之所以对人有益，是因为它能使人进入到为至尊主做奉爱服务的阶段。然而，一个人如果直接为至尊主做奉爱服务，知识就会在他没有做额外努力的情况下揭示给他。对此，《圣典博伽瓦谭》第1篇第2章的第7节诗确认说：

vāsudeve bhagavati
bhakti-yogaḥ prayojitaḥ
janayaty āśu vairāgyaṁ
jñānaṁ ca yad ahaitukam

“通过为人格首神圣奎师那做奉爱服务，人立刻不明原因地获得知识，不再依恋这个世界。”奉爱服务自动向我们揭示出物质存在的真相。有足够智慧的人立刻达到放弃所谓的社会、家庭和爱等一切的阶段。我们只要还依恋物质世界的社会、家庭和爱，就既不可能有知识，也不可能为至尊主做奉爱服务。然而，直接采取做奉爱服务的方式，人的心中就会充满知识和弃绝精神，人生因而变得圆满。

到此为止，结束了巴克提韦丹塔对《圣典博伽瓦谭》第4篇第25章——“对普冉佳纳王的描述”所作的阐释。

第二十六章

普冉佳纳王去森林打猎使王后愤怒

第 1—3 节

नारद उवाच
स एकदा महेष्वासो रथं पञ्चाश्वमाशुगम् ।
द्वीषं द्विचक्रमेकाक्षं त्रिवेणुं पञ्चबन्धुरम् ॥ १ ॥
एकरश्म्येकदमनमेकनीडं द्विकूबरम् ।
पञ्चप्रहरणं सप्तवरूथं पञ्चविक्रमम् ॥ २ ॥
हैमोपस्करमारुह्य स्वर्णवर्माक्षयेषुधिः ।
एकादशचमूनाथः पञ्चप्रस्थमगाद्वनम् ॥ ३ ॥

nārada uvāca
sa ekadā maheṣvāso
rathaṁ pañcāśvam āśu-gam
dvīṣaṁ dvi-cakram ekākṣaṁ
tri-veṇuṁ pañca-bandhuram

eka-raśmy eka-damanam
eka-nīḍaṁ dvi-kūbaram
pañca-praharaṇaṁ sapta-
varūthaṁ pañca-vikramam

haimopaskaram āruhya
svarṇa-varmākṣayeṣudhiḥ
ekādaśa-camū-nāthaḥ
pañca-prastham agād vanam

nāradaḥ uvāca—纳茹阿达·牟尼说 / saḥ—普冉佳纳王 / ekadā—从前 / mahā-iṣvāsaḥ—带着他的强弓利箭 / ratham—战车 / pañca-aśvam—五匹马 / āśu-gam—跑得很快 / dvi-īṣam—两只箭 / dvi-cakram—两个轮子 / eka—一个 / akṣam—车轴 / tri—三个 / veṇum—旗帜 / pañca—五个 / bandhuram—障碍 / eka—一根 / raśmi—绳子 /

eka—一个 / damanam—战车驾驭者 / eka—一个 / nīḍam—座位 / dvi—两个 / kūbaram—固定缰绳的杆子 / pañca—五个 / praharaṇam—武器 / sapta—七个 / varūtham—身体的覆盖物或构成身体的材料 / pañca—五个 / vikramam—程序 / haima—金制的 / upaskaram—装饰物 / āruhya—驾驶着 / svarṇa—金制的 / varmā—盔甲 / akṣaya—无穷无尽的 / iṣu-dhiḥ—箭筒 / ekādaśa—十一个 / camū-nāthaḥ—指挥官 / pañca—五个 / prastham—方向、目标 / agāt—去 / vanam—到森林

译文 伟大的圣人纳茹阿达接着说：我亲爱的君王，一次，普冉佳纳王拿起他的大弓，穿上金制的盔甲，带着装有无数只利箭的箭筒，由十一位指挥官陪同，坐上他那由五匹快马拉着的战车，前往潘查·帕斯塔森林。他随车携带了两只火箭。战车车体安放在两个车轮和一根轴上；车上有三面旗帜、一根缰绳、一位战车御者、一个座位、两根固定缰绳的杆子、五个武器和七层覆盖物。战车以五种方式行进，在它前面有五种障碍物。战车上所有的装饰品都是用金子打造的。

要旨 这三节诗解释了受制约灵魂的物质躯体如何受外在能量三种属性的控制。躯体本身是战车，生物是躯体的拥有者，正如《博伽梵歌》(Bhagavad-gītā)第2章的第13节诗所解释：灵魂处在这个物质躯体中(dehino 'smin yathā dehe)。梵文把躯体的拥有者说成是“在躯体中(dehī)”，他处在这个躯体中，尤其是心脏里。生物听由一位战车御者驾驭他的躯体之车。战车本身由物质自然三种属性(guṇa)构成，正如《博伽梵歌》第18章的第61节诗中说：被物质能量迷惑的生物坐在一台机器上(yantrārūḍhāni māyayā)，其中梵文 yantra 的意思是“马车”。躯体由物质自然给予，驾驭那躯体之车的是超灵(Paramātmā)，生物坐在那辆战车里。这就是真实的状况。

生物总是受善良(sattva)、激情(rajas)和愚昧(tamas)这三种物质自然属性的影响。对此，《博伽梵歌》第7章的第13节诗中确认说：生物被物质自然三种属性所迷惑(tribhir guṇamayair bhāvaiḥ)。这三种属性在这段诗文中被描述为是三面旗帜。靠辨认旗帜，人可以了解谁是战车的拥有者。同样，靠观察物质自然三种属性的影响，人很容易就知道躯体之车朝什么方向行驶。换句话说，明眼之人可以了解躯体之车受哪种物质自然属性的影响，将会如何行驶。这三节诗中描述的生物的活动证明，躯体如何受到愚昧属性的影响，哪怕当一个人想要虔诚修道也不例外。纳茹阿达·牟尼(Nārada Muni)想向帕祺纳巴黑沙特王(Prācīnabarhiṣat)证明：尽管君王很虔诚，但他还是受到愚昧属性(tamo-guṇa)的影响。

按照功利性活动的程序(karma-kāṇḍīya)，人在韦达经(Vedas)的指导下举行各种祭祀；而韦达经指示，所有那些祭祀中都要杀动物，也就是用它们的生命做实验，测试韦达曼陀(mantra)的力量。杀动物无疑是在愚昧属性影响下的作为。人也许有信奉宗教的倾向，但所有的经典中，不仅韦达经，甚至其他现代教派的典籍，都推荐动物祭祀。这些动物祭祀都是以宗教的名义推荐的，但事实上，动物祭祀专为受愚昧属性控制的人而设计。这种人在杀动物时，至少可以打着宗教的幌子这么做。然而，像外士纳瓦宗(Vaiṣṇava)这样的超然宗教体系中，就根本没有动物祭祀。在《博伽梵歌》第18章的第66节诗中，主奎师那本人就亲自推荐这一超然的宗教体系说：

sarva-dharmān parityajya
　mām ekaṁ śaraṇaṁ vraja
ahaṁ tvāṁ sarva-pāpebhyo
　mokṣayiṣyāmi mā śucaḥ

“抛弃一切种类的宗教，只向我皈依。我将把你从所有的恶报中解救出来。不必害怕！”由于帕祺纳巴黑沙特王举行各种牵涉到杀动物的祭祀，纳茹阿达·牟尼便向他指出，这样的祭祀受愚昧属性的影响。《圣典博伽瓦谭》(Śrīmad-Bhāgavatam)第1篇第1章的第2节诗中说：这部《博伽梵往世书》剔除所有包含了欺骗成分的宗教活动(projjhita-kaitavo 'tra)。在恢复自我与至尊人格首神的关系的宗教中(bhagavad-dharma)，没有动物祭祀。在举行集体吟唱神的圣名的祭祀时不献祭动物，这集体吟唱神的圣名祭祀就是，人们聚集在一起吟唱：哈瑞·奎师那 哈瑞·奎师那 奎师那·奎师那 哈瑞·哈瑞/哈瑞·茹阿玛 哈瑞·茹阿玛 茹阿玛·茹阿玛 哈瑞·哈瑞(Hare Kṛṣṇa, Hare Kṛṣṇa, Kṛṣṇa Kṛṣṇa, Hare Hare/ Hare Rāma, Hare Rāma, Rāma Rāma, Hare Hare)。

在这三节诗中，君王普冉佳纳(Purañjana)要去森林中杀动物象征着，生物受愚昧属性的驱使，因而从事各种感官享乐活动。物质躯体本身说明，生物已经由物质自然三种属性驱使着要享受物质的资源。躯体受愚昧属性的影响时，它得的传染病已经病入膏肓。躯体受激情属性影响时，它得的传染病还在有表征的反应期。躯体受善良属性影响时，它所受的物质主义传染病在被治愈的过程中。宗教系统中推荐的祭祀仪式，无疑都处在善良属性的层面上，但由于在这个物质世界里就连善良属性有时都会受到其他属性(激情和愚昧属性)的污染，所以受善良属性影响的人有时也被愚昧属性的影响所驱使。

这三节诗中描述说，普冉佳纳王有一次要去森林打猎。这意味着他——生物，被愚昧属性的影响控制了。普冉佳纳王要去打猎的森林名叫潘查·帕斯塔(Pañca-prastha)。梵文“潘查(pañca)”的意思是“五个”，这里是指五个感官对象。躯体有五个工作感官，分别是：手、腿、舌头、肛门和生殖器。躯体靠充分利用这些工作感官享受物质生活。诗中说战车由五匹马拉着，这五匹马分别代表了眼睛、耳朵、鼻子、皮肤和舌头这五个感觉器官。这些感觉器官很容易受感官对象的吸引，因此诗中描述它们是五匹快马。在战车上，普冉佳纳王放置了两只火箭，这两个爆炸性的武器代表了假我——错误的自我意识(ahaṅkāra)。假我有两种典型的观念，一种是“我是这个躯体(ahantā)”，另一种是“与我身体有关的一切都是我的(mamatā)”。

战车的两个轮子可以用来比作两种生活——罪恶生活和宗教生活。插在战车上的三面旗帜，代表物质自然三种属性。车前的五种障碍，五条崎岖的道路，代表在体内循环的五种气，而这五种气是：吐出之气(prāṇa)、下行气(apāna)、上行气(udāna)、平衡之气(samāna)及收缩和扩张之气(vyāna)。躯体本身由七种覆盖物组成，它们分别是皮肤、肌肉、脂肪、血液、骨髓、骨头和精液。生物被三种精微的物质元素和五种粗糙元素所覆盖。这些实际上是挡在生物摆脱物质束缚之路上的障碍。

这段诗文中的“缰绳(raśmi)”一词指的是心念。诗中代表飞鸟休息的地方——“鸟巢(nīḍa)”一词也很重要，因为它在此是指生物的所在地——心脏。生物只坐在一个地方。他被捆绑的原因有两个：悲伤和错觉。物质存在中的生物只是在追求一些他永远无法得到的东西。他因而活在错觉和假象中；而处在错觉状态中的结果是，生物总是悲伤。为此，这段诗文中把悲伤和错觉描述为是“两根固定缰绳的杆子(dvi-kūbara)”。

生物透过五种方法，也就是靠五个工作感官的工作，实现各种欲望。车上所有的黄金装饰品是指生物受激情属性(rajo-guṇa)的影响。很有钱或说很富有的人，尤其受物质自然激情属性的控制。受激情属性影响的人欲壑难填，想要在这个物质世界里享受许许多多的事物。十一位指挥官代表着十个感官和心念。心念总是与其他十个指挥官一起制订享受物质世界的计划。君王要去打猎的名叫潘查·帕斯塔的森林，是指形象、滋味、声音、气味和触碰物这五个感官对象。就这样，纳茹阿达·牟尼在这三节诗中描述了物质躯体的状况，以及被困在其中的生物所从事的活动。

第 4 节 चचार मृगयां तत्र दृप्त आत्तेषुकार्मुकः ।
विहाय जायामतदर्हां मृगव्यसनलालसः ॥ ४ ॥

cacāra mṛgayāṁ tatra
dṛpta ātteṣu-kārmukaḥ
vihāya jāyām atad-arhāṁ
mṛga-vyasana-lālasaḥ

cacāra－执行 / mṛgayām－打猎 / tatra－那里 / dṛptaḥ－骄傲地 / ātta－拿起 / iṣu－箭 / kārmukaḥ－弓 / vihāya－放弃 / jāyām－他妻子 / a-tat-arhām－虽然不可能 / mṛga－打猎 / vyasana－邪恶的活动 / lālasaḥ－受……鼓励

译文 君王几乎片刻都离不开他的王后。尽管如此，他那一天因为太想打猎，于是便极为自豪地拿起他的弓箭前往森林，没理会他的妻子。

要旨 有一种打猎是追女人。受制约的灵魂从不满足于只有一个妻子。那些放纵自己感官的人尤其喜欢追女人。普冉佳纳王抛开他正式娶的妻子的陪伴，表示受制约的灵魂企图为感官享乐去追许多女人。君王无论去哪里，都应该有王后陪伴，但当君王——受制约的灵魂，被感官享乐的欲望所征服时，他就不在乎宗教原则了。相反，他趾高气扬地佩带上执著和憎恨的弓箭。我们的意识总是以正确的和错误的两种方式运作。当人对自己的地位和状态感到很骄傲，完全受激情属性影响时，他就放弃正确的路途，走上错误之途。查锤亚(kṣatriya, 刹帝利)君王有时被建议要到森林中去猎取凶猛的野兽，以学习杀敌本领，但绝不是为了感官享乐。对人类来说，杀动物吃它们的肉，是受到禁止的。

第 5 节　आसुरीं वृत्तिमाश्रित्य घोरात्मा निरनुग्रहः ।
न्यहनन्निशितैर्बाणैर्वनेषु वनगोचरान् ॥ ५ ॥

āsurīṁ vṛttim āśritya
ghorātmā niranugrahaḥ
nyahanan niśitair bāṇair
vaneṣu vana-gocarān

āsurīm—恶魔般的 / vṛttim—活动 / āśritya—托庇于 / ghora—恐怖的 / ātmā—意识、心 / niranugrahaḥ—无情地 / nyahanat—杀害 / niśitaiḥ—用锐利的 / bāṇaiḥ—箭 / vaneṣu—在森林里 / vana-gocarān—森林里的动物

译文　那时，普冉佳纳王深受邪恶习性的影响。正因为如此，他的心变得很硬、很冷酷。他不假思索地用利箭杀死森林中许多无辜的动物。

要旨　当男人太骄傲自己的物质地位或状态时，他就会在物质自然激情和愚昧属性的影响下，试图以放纵的形式享受他的感官。这时，他就被形容为是邪恶的(asuric)。内心邪恶的人不会仁慈地对待可怜的动物，因此开设各种动物屠宰场。这在梵文术语中称为“对生物体的杀害(sūnā 或 hiṁsā)”。在喀历年代中(Kaliyuga)，由于激情属性和愚昧属性的增强，几乎所有的人的内心都是邪恶的，所以特别喜欢吃肉，并为了达到这一目的而开设各种动物屠宰场。

在这个喀历年代，人们的仁慈之心几乎已全部泯灭。正因为如此，人与人之间争斗不断，国与国之间战争连绵。人们不知道，由于他们不受限制地杀害了无数的动物，他们自己也必然会在大战中像动物一样被宰杀。这在西方国家已经成为明显的事实。西方国家不受限制地开设屠宰场，所以每隔五到十年就会有

一场大型战争，在战争中不计其数的人被杀死，死的方式甚至比被宰杀的动物还悲惨。在战争期间，一方的军队有时把他们俘虏的敌军士兵关在集中营里，以非常残酷的方式杀死他们。这些都是在屠宰场中杀死无数动物和在森林中打猎所招致的报应。狂妄自大的邪恶之人不知道物质自然的法律——神的法律，因此无限制地杀害可怜的动物，对它们毫无怜悯之心。奎师那意识运动中完全禁止伤害动物的行为。人除非承诺要遵守不吃肉、不麻醉自我、不从事非法性行为和不赌博这四项规范原则，否则不被接受为是这个运动中的有诚意的学生。这场奎师那意识运动，是这个喀历年代中唯一一个能对抗人的罪恶活动的运动。

第6节　तीर्थेषु प्रतिदृष्टेषु राजा मेध्यान् पशून् वने ।
यावदर्थमलं लुब्धो हन्यादिति नियम्यते ॥ ६ ॥

tīrtheṣu pratidṛṣṭeṣu
rājā medhyān paśūn vane
yāvad-artham alaṁ lubdho
hanyād iti niyamyate

tīrtheṣu－在圣地 / pratidṛṣṭeṣu－根据韦达经的指导 / rājā－君王 / medhyān－适合献祭 / paśūn－动物 / vane－在森林里 / yāvat－如……一样多 / artham－要求 / alam－不多于 / lubdhaḥ－贪婪的 / hanyāt－可以杀 / iti－如此 / niyamyate－规定

译文　君王如果太贪恋吃肉，他可以按照启示经典中对举行祭祀的指导，到森林中去杀一些经典建议要杀的动物。经典不允许人不必要或不受限制地宰杀动物。韦达经限制对动物的杀戮，以阻止那些受激情和愚昧属性影响的、无节制的愚蠢之人滥杀无辜。

要旨　人们也许会问，为什么要限制生物的感官享乐？如果一个君王要学习杀敌本领，就可以去森林杀动物，为什么被给予了感官的生物不被允许不受限制地进行感官享乐？如今，就连所谓的斯瓦米(svāmī)和瑜伽师(yogī)也问出这样的问题，他们在大庭广众之下说：因为我们有感官，所以我们必须靠感官享乐满足它们。然而，这些愚蠢的斯瓦米和瑜伽师不知道启示经典(śāstra)的训谕。事实上，这些无赖有时跳出来公然反对启示经典。他们甚至对公众宣称，不该再有启示经典，不该再有书籍。他们说："到我这里来就行了；我会触碰你，让你立刻变得在灵性上很进步。"

由于内心邪恶的人们想要被骗，骗子们便纷纷出来骗他们。在如今这个喀历年代中，整个人类社会充满了骗子和被骗的人。为了防止人们被骗，韦达经典就如何进行感官享乐给予我们正确的指导。这个年代里的人都喜欢吃鱼吃肉、喝酒并放纵性行为，但按照韦达训谕：只有在婚姻生活中才允许有性生活；只有把被宰杀的动物供奉到卡莉(Kālī)女神面前后才允许吃肉；只有在被限定的情况下才允许喝酒。这节诗中的"规定(niyamyate)"一词是指，杀动物、喝酒和性生活等所有这些活动，都应该受到控制。

规定是针对人类而言，不是对动物。告诉人们行走在街上时应该走在右边还是左边的交通规则，是给人类制定的，而不是给动物。动物违反法律时从不会受到惩罚，但人违反法律时就会受到惩罚。韦达经并非给动物准备，而是让人类社会去了解的。随意违反韦达经中给予的命令和规定的人，必会受到惩罚。因此，人不该在贪图物质享乐的欲望的驱使下随意进行感官享乐，而是应该按照韦达经中规定的规范原则约束自己。允许君王去森林打猎并非是允许他进行感官享乐。我们不能只为测试自己杀敌的技术而去杀可怜的动物。如果一个国王因为害怕面对恶棍和盗贼就去宰杀可怜的动物，并在家怡然自得地吃它们的肉，他就必然会失去他的地位。由于这个年代里的君王都有这种邪恶的倾向，大自然的法律便在所有的国家废除了君主制。

这个年代里的人变得如此堕落，以致他们一方面限定要一夫一妻制，一方面却以多种方式追猎其他女人。许多做生意的公司都公然做广告宣传，可以在这个俱乐部或那个商店找到袒胸露怀的少女。女性就这样在现代社会中成为感官享乐的工具。然而，鉴于布茹阿玛纳(brāhmaṇa，婆罗门)、查锤亚(kṣatriya，刹帝利)和外夏(vaiśya，吠舍)等社会高等阶层的人，甚至有时是庶铎(śūdra，首陀罗)，都有享受更多妻子的倾向，韦达经便给予指示，允许不满足只享受一个妻子的男人娶更多的妻子。结婚意味着完全负责照顾娶进家的女性，在不放纵性生活的情况下平静地生活。可是在如今的社会中，尽管社会法律规定人只能娶一个妻子，但人们却可以不受限制地纵情声色。这是魔鬼社会所表现出的一个特征。

第 7 节 य एवं कर्म नियतं विद्वान् कुर्वीत मानवः ।
कर्मणा तेन राजेन्द्र ज्ञानेन न स लिप्यते ॥ ७ ॥

ya evaṁ karma niyataṁ
vidvān kurvīta mānavaḥ
karmaṇā tena rājendra
jñānena na sa lipyate

yaḥ—任何人 / evam—如此 / karma—活动 / niyatam—规定 / vidvān—有学问的 / kurvīta—应该执行 / mānavaḥ—人类 / karmaṇā—以这样的活动 / tena—由这 / rāja-indra—君王啊 / jñānena—靠培养知识 / na—绝不 / saḥ—他 / lipyate—陷入了

译文 纳茹阿达·牟尼对帕祺纳巴黑沙特王继续说：我亲爱的君王，按照韦达经典的指导行事的人，不会被纠缠在功利性活动中。

要旨　正如一个政府为了让它的国民以特定的方式做生意，便签发贸易许可证，韦达经中给予的训谕是为了限制和规范化我们从事的功利性活动。来到这个物质世界的全体生物，都是要来享乐的，因此至尊神给予韦达经，以规范化生物体的感官享乐。按照韦达规范原则享受其感官的生物，不会被纠缠在他活动的作用与反作用(业报)中。正如《博伽梵歌》第3章的第9节诗所说：人应该只为了满足主维施努而活动(yajñārthāt karmaṇaḥ)；否则活动所产生的报应就会捆绑生物(anyatra loko 'yaṁ karma-bandhanaḥ)。做人的目的就是为了摆脱生老病死的束缚。正因为如此，韦达经中给出规范守则，指导人们以在满足感官享乐欲望的同时逐渐摆脱物质束缚的方式活动。按照这样的原则行事被称为知识。事实上，梵文“韦达(veda)”一词的意思就是“知识”。这节诗中说，按照韦达原则从事活动的人，不会被纠缠在他从事的功利性活动的作用与反作用中。

因此，所有的人都被劝告要按照韦达训谕行事，不要不负责任地任意行事。当一个人按照他所在的国家的法律和政府的许可做事时，他就不会被卷入罪恶活动。然而，人定的法律总是漏洞百出，因为它们是由有犯错倾向、被迷惑、爱欺骗和具有不完美的感官的人制定的。韦达教导不同于人定的法律，因为其中没有这四项缺陷。韦达教导中没有错误。韦达经中的知识是从神那里直接接收到的知识，因此不存在错觉、欺骗、错误和不完美的感官等问题。所有的韦达知识都是完美的，因为它是直接经由师徒传承(paramparā)传下来的神的教导。《圣典博伽瓦谭》第1篇第1章的第1节诗中说：这个宇宙的第一个生物体是主布茹阿玛(ādi-kavi)，至尊主直接用心传的方式教导了他(tene brahma hṛdā ya ādi-kavaye)。布茹阿玛从主奎师那本人那里得到这些韦达教导后，透过师徒传承，把知识传给了纳茹阿达；纳茹阿达接着又把知识传给了维亚萨(Vyāsa)。因此，韦达知识是完美的。我们如果按照韦达知识行事，就不会被卷入罪恶活动。

第 8 节 अन्यथा कर्म कुर्वाणो मानारूढो निबध्यते ।
गुणप्रवाहपतितो नष्टप्रज्ञो व्रजत्यधः ॥८॥

anyathā karma kurvāṇo
mānārūḍho nibadhyate
guṇa-pravāha-patito
naṣṭa-prajño vrajaty adhaḥ

anyathā—否则 / karma—功利性活动 / kurvāṇaḥ—活动时 / māna-ārūḍhaḥ—因受到虚假声望的影响 / nibadhyate—变得受束缚 / guṇa-pravāha—在物质属性的影响下 / patitaḥ—坠落 / naṣṭa-prajñaḥ—被夺去所有的智慧 / vrajati—他这样就去 / adhaḥ—往下

译文 相反，随心所欲行事的人因虚荣而坠落，从而被缠在由三种属性(善良、激情和愚昧)组成的物质自然法网中。就这样，生物失去了他真正的智慧，长久地迷失在生死轮回中，从粪便中的细菌到布茹阿玛星球上的高等位置，不断地上上下下轮回着。

要旨 这节诗中有许多重要的词汇，其中第一个是“否则(anyathā)”，以指不理会韦达规范原则的人。韦达经中记载的规范守则被称为“经典规定(śāstra-vidhi)”。《博伽梵歌》中明确地说：不接受韦达经典中提到的规范守则(śāstra-vidhi)而随心所欲凭骄傲的虚荣心行事之人，不仅这一生不可能达到完美，而且也不可能得到快乐或摆脱物质的制约。

yaḥ śāstra-vidhim utsṛjya
vartate kāma-kārataḥ
na sa siddhim avāpnoti
na sukhaṁ na parāṁ gatim

“不顾经典训示而随心所欲行事的人，既不能变得完美、快乐，也达不到至高无上的目的地。”(《博伽梵歌》16.23)所以，拒不遵守经典规范守则的人，只是使自己越来越紧地被纠缠在充斥着物质自然三种属性的物质存在中。因此，人类社会应该遵守《博伽梵歌》中总结的韦达生活原则，否则就会继续留在物质存在中。愚蠢的人不知道灵魂历经八百四十万种生命形式。生物靠渐进的进化程序得到人体生命后，就该遵守韦达经给予的规范守则。圣柴坦亚·玛哈帕布说：生物自无法追溯的时候起，就因为他的邪恶心态而承受物质自然的三种苦；他的邪恶心态是指他内心对至尊人格首神的反叛。对此，奎师那在《博伽梵歌》第15章的第7节诗中也证实说：

mamaivāṁśo jīva-loke
jīva-bhūtaḥ sanātanaḥ
manaḥ-ṣaṣṭhānīndriyāṇi
prakṛti-sthāni karṣati

“在这个受制约的世界里的众生，都是我永恒的碎片部分。受制约的生活使他们与包括心念在内的六种感官苦苦挣斗。”每一个生物都是神不可缺少的一部分，因此没有理由要把生物置于物质存在的痛苦环境中，是生物自己产生要当享乐者的错误念头后，自愿接受物质存在的生活状态的。为了把他救出这可怕的处境，至尊主透过祂的化身维亚萨戴瓦(Vyāsadeva)给予了全部的韦达教导。经典中说：

kṛṣṇa bhuli' sei jīva anādi-bahirmukha
ataeva māyā tāre deya saṁsāra-duḥkha

“由于遗忘了奎师那，生物从无法追溯的时代起成了物质主义者。为此，奎师那的错觉能量在物质存在中给予他各种痛苦。”(《永恒的柴坦亚经》中篇20.117)

māyā-mugdha jīvera nāhi svataḥ kṛṣṇa-jñāna
jīvere kṛpāya kailā kṛṣṇa veda-purāṇa

"生物对外在能量着迷时，无法靠他自己的力量使他原本的奎师那意识复苏过来。有鉴于此，奎师那仁慈地赐予他四部韦达经(Veda)和八部往世书(Purāṇa)等韦达文献。"(《永恒的柴坦亚经》中篇20.122)因此，每一个人都应该充分利用韦达教导，否则他就会在没有任何指导下随心所欲地行事，并因而被紧紧地捆绑住。

这节诗中的"受虚荣的影响(mānārūḍhaḥ)"一句也很重要。以要成为哲学家和科学家为借口，全世界的人按照自己的想法行事。这种人一般都不是奉献者，因为他们不理会至尊主给予第一个生物体布茹阿玛的教导。《博伽瓦谭》第5篇第18章的第12节诗中说：

harāv abhaktasya kuto mahad-guṇā
mano-rathenāsati dhāvato bahiḥ

非奉献者没有好品质，因为他按照自己的想法行事。按照自己的想法行事的人，不得不周期性地改变他的知识标准。因此我们看到一个哲学家不同意另一个哲学家的观点；一个科学家提出反驳另一个科学家的理论。这一切都源于他们没有知识的标准，都只按照自己的想法行事。然而，韦达教导中是公认的知识标准；尽管其中的说明有时看起来是矛盾的，人们还是应该接受它们。不接受这些教导的人，将被捆绑在物质环境中。

这节诗中把物质环境描述为是"物质自然三种属性的洪流(guṇa-pravāha)"。圣巴克提维诺德·塔库尔(Bhaktivinoda Ṭhākura)因此歌唱道："你为什么受苦？为什么在物质自然的波涛中沉浮(miche māyāra vaśe, yāccha bhese', khāccha hābuḍubu, bhāi)？请承认自己是奎师那的仆人吧！那将使你摆脱一切痛苦(jīva kṛṣṇa-dāsa, ei viśvāsa, karle ta' āra duḥkha nāi)。"人一旦投靠、服从奎师那，接受完美的知识——《博伽梵歌原意》，他就能摆脱物质自然属性，不再坠落，失去他的知识。

诗中说“失去所有的智慧(naṣṭa-prajñaḥ)”，其中梵文prajña的意思是“完美的知识”，而“失去所有的智慧”一句是指没有完美知识的人。没有完美知识的人只会进行心智思辨，而这种心智思辨使人坠入地狱般的生活状态。违反经典中给予的法律，使人的心灵无法得到净化。人的心不纯净时，人就会在物质自然属性的控制下行事。这些活动在《博伽梵歌》第17章的第1—6节诗中有生动的解释。《博伽梵歌》第2章的第45节诗中进一步解释说：

traiguṇya-viṣayā vedā
nistraiguṇyo bhavārjuna
nirdvandvo nitya-sattva-stho
niryoga-kṣema ātmavān

“韦达经论述的主要是物质自然三种属性。阿尔诸纳啊！超越这三种属性，摆脱一切相对性，不为利益和安全焦虑，稳定地处在觉悟自我的层面上。”整个世界和所有的物质知识，都在物质自然三种属性的控制下。人必须超越这些属性，而要达到那超然的层面，人必须遵循至尊人格首神的教导，从而在生活中变得完美。否则，人就会被物质自然三种属性的波涛击沉。就有关这一点，在《圣典博伽瓦谭》第7篇第5章的第30节诗中，帕拉德王(Prahlāda Mahārāja)这样进一步解释说：

matir na kṛṣṇe parataḥ svato vā
mitho 'bhipadyeta gṛha-vratānām
adānta-gobhir viśatāṁ tamisraṁ
punaḥ punaś carvita-carvaṇānām

诗的大意是：忙于物质享乐且对超越他物质体验之外的事一无所知的物质主义者，在物质自然的浪涛中随波逐流。咀嚼已经咀嚼过的东西是他们的生活性质，他们被他们不受控制的感官控制着，就这样下到最黑暗愚昧的区域过可憎的地狱生活。

第9节 तत्र निर्भिन्नगात्राणां चित्रवाजैः शिलीमुखैः ।
विप्लवोऽभूद् दुःखितानां दुःसहः करुणात्मनाम् ॥ ९ ॥

tatra nirbhinna-gātrāṇāṁ
citra-vājaiḥ śilīmukhaiḥ
viplavo 'bhūd duḥkhitānāṁ
duḥsahaḥ karuṇātmanām

tatra一那里 / nirbhinna一被刺穿 / gātrāṇām一身体……的 / citra-vājaiḥ一用各种羽毛 / śilī-mukhaiḥ一被箭 / viplavaḥ一毁灭 / abhūt一完成 / duḥkhitānām一最痛苦的 / duḥsahaḥ一无可忍受的 / karuṇa-ātmanām一对非常仁慈的人

译文 当普冉佳纳王这样打猎时，森林中的许多动物都因被利箭射穿而在极为痛苦中失去了性命。所有天性善良、慈悲的人，看到君王从事的这些毁灭性恐怖活动，都极为难过。慈悲之人不忍看到这样的屠杀。

要旨 邪恶之人宰杀动物时，使至尊主的奉献者——半神人感到极为苦恼。如今这个年代中的邪恶文明，促使世界各地开设各种各样的屠宰场，而无赖“斯瓦米”和“瑜伽师”们还鼓励愚蠢之人在吃肉、杀动物的同时，继续他们所谓的打坐冥想和神秘瑜伽练习。世上发生的这一切很恐怖，慈悲为怀的人——至尊主的奉献者，看到这种事情后很难过。打猎这一活动也以各种方式进行着，正如我们已经解释过的，追女人、喝酒吸毒、杀动物和放纵性生活，都是现代文明的基本活动。外士纳瓦看到世上的这种情况很难过，因此忙着拓展这场奎师那意识运动。

奉献者看到在森林中打猎杀动物、在屠宰场中成批地屠宰动物，以及在俱乐部和夜总会等各种形式的妓院中剥削、利用年轻女性的事情时感到痛心疾首。伟大的圣人纳茹阿达因为很同情在祭祀中被杀的动物，所以开始教育帕祺纳巴黑沙特王。在他的教导中，他解释说：人类社会中发生的这种杀戮行为，使像他那样的奉献者很苦恼。不仅圣洁之人对这种杀戮感到痛心疾首，就连神本人都很难过，因此化身为佛祖降临世间。对此，佳亚戴瓦·哥斯瓦米(Jayadeva Gosvāmī)歌唱道：为了阻止对动物的杀害，佛祖满怀同情地显现了(sadaya-hṛdaya-darśita-paśu-ghātam)。有些无赖提出“动物没有灵魂或像无生命的石头”的理论。他们以这种方式合理化他们杀动物的罪行，辩说那么做没有罪。但事实上，动物并非没有生命的石头，而是杀动物的人铁石心肠。因此，没有什么道理或哲学可以吸引他们。他们继续保留屠宰场，并在森林中杀动物。结论是：谁不理会纳茹阿达那样的圣人及他的师徒传承给予的教导，谁就必定堕落为没有完美知识的一类人，并因而坠入地狱。

第 10 节　**शशान् वराहान्महिषान् गवयान् रुरुशल्यकान् ।**
मेध्यानन्यांश्च विविधान् विनिघ्नन् श्रममध्यगात् ॥१०॥

śaśān varāhān mahiṣān
gavayān ruru-śalyakān
medhyān anyāṁś ca vividhān
vinighnan śramam adhyagāt

śaśān—兔子 / varāhān—野猪 / mahiṣān—水牛 / gavayān—野牛 / ruru—黑鹿 / śalyakān—豪猪 / medhyān—被当做猎物的动物 / anyān—其他的 / ca—和 / vividhān—各种各样的 / vinighnan—因为杀戮 / śramam adhyagāt—精疲力竭

译文　就这样，普冉佳纳王杀死了包括兔子、野猪、水牛、野牛、黑鹿、豪猪和其他许多被当做猎物的动物。在一直不停的杀戮后，君王变得精疲力竭。

要旨 受愚昧属性控制的人犯下许多恶行。在《奉爱服务的纯粹甘露之洋》(Bhakti-rasāmṛta-sindhu)中，圣茹帕·哥斯瓦米(Rūpa Gosvāmī)解释说：愚昧使人变得罪孽深重。罪恶生活导致人受苦。没有知识、违反法律的人，被刑事法律判为有罪并受到惩罚。同样，大自然的法律极为严厉。孩子在不知后果的情况下碰到火也必会被灼伤，哪怕他是个孩子。孩子违反大自然的法律也不会得到宽恕。人只有在愚昧的情况下才会违反物质自然法律，他一旦有知识，就不会再继续从事罪恶活动。

普冉佳纳王在杀死许多动物后感到累了。人一旦与圣洁的人接触上，就会开始了解大自然严厉的法律，从而成为虔诚的宗教人士。没有宗教信仰的人就像动物；然而在这场奎师那意识运动中，这种人可以清醒过来了解事实真相，停止从事非法性行为、吃肉、赌博和麻醉自我这四项启示经典中所禁止的活动。这是虔诚的宗教生活的开始。那些沉溺于这四项被禁止的活动中的所谓宗教人士，是伪君子、骗子。虔诚的宗教生活和罪恶活动不可能同时并进。人如果真诚地接受宗教生活——解脱之途，就必须坚持四项基本规范守则。然而，无论一个人有多罪恶，只要他从真正的灵性导师那里接受知识，忏悔他过去从事过的罪恶生活，不再去犯，他就立刻变得有资格回归家园，回到首神身边。人只要遵守经典中给予的规范守则，按照真正的灵性导师的指导去做，就会使这一切成为可能。

目前，整个世界都在准备放弃如同在森林中打猎般的盲目的物质主义文明。人们应该利用这场奎师那意识运动，摆脱他们那令人厌恶的牵涉到杀生的生活。据说杀害动物的人既不该活着，也不该死去。这种人一生的活动内容如果只是杀动物和享受女人，他活着时就已经不吉祥了；他一旦死去，就会进入生死轮回圈中的低等生命形式中，而那也不是人想要的。结论是：参与杀害动物的活动的人，应该退出这种活动，参加这场奎师那意识运动，使自己的生活变得圆满。迷惑、沮丧的人并不能通过自杀得到解脱，因为自杀只会使他投生在更低等的物种中，或者停留在鬼魂的状态，无法得到粗糙的物质躯体。所以，完美的做法是完全停止罪恶活动，开始培养奎师那意识。这样，人就可以彻底改变自己，使自己变得完美，最终回归家园，回到首神身边。

第 11 节 ततः क्षुत्तृट्परिश्रान्तो निवृत्तो गृहमेयिवान् ।
कृतस्नानोचिताहारः संविवेश गतक्लमः ॥११॥

tataḥ kṣut-tṛṭ-pariśrānto
nivṛtto gṛham eyivān
kṛta-snānocitāhāraḥ
saṁviveśa gata-klamaḥ

tataḥ—那以后 / kṣut—饥饿 / tṛṭ—口渴 / pariśrāntaḥ—因为太累 / nivṛttaḥ—停止了 / gṛham eyivān—回到他家 / kṛta-snāna—沐浴 / ucita-āhāraḥ—完全符合需要的食物 / saṁviveśa—休息 / gata-klamaḥ—去除疲劳

译文 这之后，精疲力竭且饥渴交加的君王回到他的皇宫。到皇宫后，他洗澡并吃了一顿恰当的晚餐，然后休息，让身心安静下来。

要旨 物质主义者一整个星期都辛辛苦苦地工作。他总是问：“钱在哪里？钱在哪里？”接下来到周末时，他想要停止从事这些活动，到一个僻静的地方去休息。普冉佳纳王在森林中打猎感到累了，于是回到他家里。他的良心以这种方式出来阻止他继续从事罪恶活动，让他回家。《博伽梵歌》中把物质主义者描述为是邪恶之徒(duṣkṛtinaḥ)，以说明他们总是在从事罪恶活动。

当一个人清醒过来，明白自己在从事什么样的罪恶活动时，他就会恢复良知。这节诗把良心比喻为是皇宫。物质主义者通常都受物质自然的激情和愚昧属性的污染，而它们的表现是物质享乐的欲望和贪婪。在物质主义者的一生中，活动意味着怀着物质享乐的欲望和贪婪工作。然而，当他清醒过来时，他就想要退休。按照韦达文明，这样的退休受到鼓励，而这种退休生活被称为瓦纳帕斯塔(vānaprastha)。不想再继续从事罪恶活动的物质主义者，绝对有必要过退休的生活。

诗中说普冉佳纳王回到家后沐浴并吃了一顿恰当的晚餐是说明，物质主义者必须退出罪恶活动，通过接受一位灵性导师和聆听他讲述什么是有价值的生活得到净化。这样做的人会感到精神重新振作起来，就像沐浴后的感觉一样。接受灵性导师的启迪后，人应该停止从事包括非法性生活、服用麻醉自我的物品、赌博和吃肉在内的一切罪恶活动。这节诗中用的“完全符合需要的食物(ucitāhāraḥ)”一词十分重要，其中ucita一词的意思是“恰当的”。人必须吃恰当的食物，而不是像猪吃的粪便一样的食物。《博伽梵歌》第17章的第8节诗中描述说，人类可以吃的食物是善良型食物(sāttvika-āhāra)。人不该沉溺于吃激情型和愚昧型的食物。这称为恰当的饮食(ucitāhāra)。总是吃肉、喝酒的人，是吃喝激情和愚昧型的食物及饮料，因此必须放弃这些东西，以便自己真正的意识能够复苏。这样做的人可以变得平静、精神面貌焕然一新。焦躁不安或疲劳的人，无法了解神的科学。正如《圣典博伽瓦谭》第1篇第2章的第20节诗中说：

evaṁ prasanna-manaso
　bhagavad-bhakti-yogataḥ
bhagavat-tattva-vijñānaṁ
　mukta-saṅgasya jāyate

“这样处在纯粹善良属性层面上的人，因为不断为至尊主做奉爱服务而心中充满喜悦，在摆脱了一切物质接触的阶段，获得对人格首神实质性的科学认识。”人除非免于激情和愚昧属性的影响，否则无法感到平静；没有平静，人无法了解神的科学。说普冉佳纳王返回家中是暗示人恢复他原本的意识——奎师那意识。从事过许多罪恶活动的人，尤其是屠杀动物或在森林中打猎的人，绝对需要奎师那意识。

第 12 节　आत्मानमर्हयां चक्रे धूपालेपस्रगादिभिः ।
साध्वलङ्कृतसर्वाङ्गो महिष्यामादधे मनः ॥१२॥

ātmānam arhayāṁ cakre
dhūpālepa-srag-ādibhiḥ
sādhv-alaṅkṛta-sarvāṅgo
mahiṣyām ādadhe manaḥ

ātmānam－他自己 / arhayām－适当地 / cakre－做了 / dhūpa－香 / ālepa－用檀香浆涂抹身体 / srak－花环 / ādibhiḥ－从……开始 / sādhu－圣洁、美丽的 / alaṅkṛta－装饰着 / sarva-aṅgaḥ－全身 / mahiṣyām－向王后 / ādadhe－他给予 / manaḥ－心

译文　接着，普冉佳纳王用适当的装饰品装扮自己的身体，还用芳香的檀香浆涂抹全身并戴上花环。这使他完全恢复了精神。之后，他开始寻找他的王后。

要旨　当人恢复好的意识状态并接受一个圣洁之人当灵性导师时，他就会听到以哲学、故事的形式讲述的有关优秀奉献者的一切，以及神与祂的奉献者之间的交流，使内心感到清新和振作，就像人在全身上下涂抹了芳香的檀香浆并用装饰品打扮过自己一样。诗中所说的装饰品是指宗教及有关自我的知识。这种知识可以使人变得不再依恋物质主义的生活方式，并一直不断地聆听《圣典博伽瓦谭》、《博伽梵歌》和其他韦达文献。诗中用的

“被圣洁、美丽地装饰着(sādhv-alaṅkṛta)”一句是指，人必须专注于从圣洁之人的教导那里得到的知识。正如普冉佳纳王开始寻找他的妻子——王后，用知识和从圣洁之人那里得到的指示武装自己的人，应该努力寻找出自己原本的意识——奎师那意识。人除非得到圣洁之人的教导，否则无法恢复奎师那意识。为此，圣纳若塔玛·达斯·塔库尔唱道：我们要想成为圣洁之人或者回到我们原本的奎师那意识状态，就必须与圣人、经典和灵性导师联谊(sādhu-śāstra-guru-vākya, cittete kariyā aikya)。这就是正确的方法。

第 13 节 तृप्तो हृष्टः सुदृप्तश्च कन्दर्पाकृष्टमानसः ।
न व्यचष्ट वरारोहां गृहिणीं गृहमेधिनीम् ॥१३॥

tṛpto hṛṣṭaḥ sudṛptaś ca
kandarpākṛṣṭa-mānasaḥ
na vyacaṣṭa varārohāṁ
gṛhiṇīṁ gṛha-medhinīm

tṛptaḥ－满意 / hṛṣṭaḥ－高兴的 / su-dṛptaḥ－十分骄傲 / ca－也 / kandarpa－被丘比特 / ākṛṣṭa－吸引 / mānasaḥ－他的心 / na－不 / vyacaṣṭa－努力 / vara-ārohām－更高的意识 / gṛhiṇīm－妻子 / gṛha-medhinīm－把丈夫留在物质生活中的人

译文 吃过晚饭，不再感到饥饿和口渴的普冉佳纳王，心中有一种喜悦感。然而，他不努力提升自己的意识，相反却受丘比特的蛊惑，产生要去找他妻子的愿望，他妻子使他对居士生活很满意。

要旨 这节诗对那些想要把自我提升到更高的奎师那意识层面上的人很重要。人得到灵性导师的启迪后，就要改变自己的生活习惯，不再吃不该吃的东西——鱼、肉和蛋，不再喝酒、过非法性生活及赌博。经典中介绍说，善良型的食物(sāttvika-āhāra)

是小麦、大米、蔬菜、水果、牛奶、糖和奶制品。米饭、豆汤(dhal)、面饼(capātī)、蔬菜、牛奶和糖，构成平衡的饮食。但有时我们发现，得到启迪的人以吃给神供奉过的食物(prasāda)为名，吃得过于丰盛。过去的罪恶生活使他变得受爱神丘比特的吸引，喜欢吃丰盛的食物。可以很清楚地看到，培养奎师那意识的初学者吃得太多时就会堕落；不是提升到纯粹的奎师那意识层面，而是变得受丘比特的吸引。所谓的独身禁欲的学生(brahmacārī)受到女性的刺激，而处在退出家庭生活阶段的人(vānaprastha)有可能再次受到诱惑，重新与他妻子发生性关系，或者去找另一个妻子。有些人也许感情用事地离弃自己的妻子来与奉献者和灵性导师联谊，但由于过去的罪恶生活，他无法坚持下去，最后没有上升到奎师那意识的层面，而是堕落受丘比特的蛊惑，为了性享乐去娶另一个妻子。在《圣典博伽瓦谭》第1篇第5章的第17节诗中，纳茹阿达·牟尼描述从培养奎师那意识的路途上坠落到物质生活中的初学者说：

tyaktvā sva-dharmaṁ caraṇāmbujaṁ harer
bhajann apakvo 'tha patet tato yadi
yatra kva vābhadram abhūd amuṣya kiṁ
ko vārtha āpto 'bhajatāṁ sva-dharmataḥ

“放弃俗世的职责转而为至尊主做奉爱服务的人，在不成熟的阶段也许间或会堕落，但那并不影响他最终获得成功。然而一个非奉献者，即使全心全意履行他的职责，也不会有任何收获。”这说明，初习奉献者虽然因为不成熟而有可能在培养奎师那意识的路途上跌倒，但他为奎师那所做的服务永远都不会是徒劳无功的。可是，不培养奎师那意识的人再怎么坚定地履行他的家庭责任或所谓的社会、家庭义务，也得不到利益。开始培养奎师那意识的人必须特别小心谨慎，避免从事被禁止的活动。正如茹帕·哥斯瓦米在他的《教诲的甘露》(Upadeśāmṛta)中明确地说：

atyāhāraḥ prayāsaś ca
prajalpo niyamāgrahaḥ
jana-saṅgaś ca laulyaṁ ca
ṣaḍbhir bhaktir vinaśyati

初习奉献者既不该吃得太多，也不该收集超过自己所需的金钱。梵文称吃得太多或收集太多的金钱是阿提亚哈茹阿(atyāhāra)。为了达到这一目的，人必须十分努力。这称为帕亚萨(prayāsa)。人表面上表现得很忠实于规范原则，但同时并不严格遵守规范原则。这称为尼亚玛卦哈(niyamāgraha)。与不值得交往的人(jana-saṅga)混在一起，使人受到物质享乐欲望和贪婪的污染，从奉爱服务之途上坠落下来。

第 14 节 अन्तःपुरस्त्रियोऽपृच्छद्विमना इव वेदिषत् ।
अपि वः कुशलं रामाः सेश्वरीणां यथा पुरा ॥१४॥

antaḥpura-striyo 'pṛcchad
vimanā iva vediṣat
api vaḥ kuśalaṁ rāmāḥ
seśvarīṇāṁ yathā purā

antaḥ-pura一居士 / striyaḥ一女士们 / apṛcchat一他问 / vimanāḥ一非常渴望 / iva一就像 / vediṣat一帕祺纳巴黑沙特王啊 / api一是否 / vaḥ一你的 / kuśalam一好运 / rāmāḥ一美丽的女士啊 / sa-īśvarīṇām一和你们的女主人 / yathā一如同 / purā一以前

译文 普冉佳纳王那时有点儿担心，于是询问家中的女士说：亲爱的美丽女士们，你们和你们的女主人是否都像从前一样很快乐？

要旨 这节诗在说帕祺纳巴黑沙特王。当人通过与奉献者联谊清醒过来，奎师那意识复苏时，他就会观察他的思想、感受和意愿等心念活动，决定他是该回去从事他的物质活动，还是稳定地保持灵性意识。“好运(kuśalam)”一词所涉及的是吉祥的事物。人在为主维施努做奉爱服务时，可以把自己的家变得十分吉祥。不为主维施努做奉爱服务而始终忙于物质活动的人，总是心中充满焦虑。头脑清醒的人应该分析、观察他的思想、感受和意愿等心念过程，决定应该如何运用这些过程。如果人总是想着奎师那，感受着如何为祂服务，下决心执行奎师那的命令，就应该知道，他听取了他那被称为母亲的智力所给予的良言劝告。君王虽然恢复了精神，但还是询问有关他的妻子。他就这样在考虑、思量和下决心如何能恢复他稳定的良好意识状态。心念也许建议人通过感官享乐得到快乐，但当人的奎师那意识增强时，他就不会再靠从事物质活动获取快乐了。对此，《博伽梵歌》第2章的第59节诗解释道：

viṣayā vinivartante
nirāhārasya dehinaḥ
rasa-varjaṁ raso 'py asya
paraṁ dṛṣṭvā nivartate

“物质躯体中的灵魂也许限制自己的感官享乐，但对感官对象的嗜欲依然存在。然而，通过体验高品位的快乐来放弃这种享乐，就会有稳固的意识。”人除非在奉爱服务中找到更有意义的活动，否则不可能不依恋感官对象。人只有在真正忙着做奉爱服务时，才能停止从事物质活动。

第 15 节　न तथैतर्हि रोचन्ते गृहेषु गृहसम्पदः ।
यदि न स्याद् गृहे माता पत्नी वा पतिदेवता ।
व्यङ्गे रथ इव प्राज्ञः को नामासीत दीनवत् ॥१५॥

na tathaitarhi rocante
gṛheṣu gṛha-sampadaḥ

yadi na syād gṛhe mātā
patnī vā pati-devatā
vyaṅge ratha iva prājñaḥ
ko nāmāsīta dīnavat

na—不 / tathā—像从前 / etarhi—这时 / rocante—变得令人愉快 / gṛheṣu—在家 / gṛha-sampadaḥ—所有的家用品 / yadi—如果 / na—不 / syāt—有 / gṛhe—在家 / mātā—母亲 / patnī—妻子 / vā—或者 / pati-devatā—对丈夫忠心耿耿 / vyaṅge—没有轮子 / rathe—在战车上 / iva—如同 / prājñaḥ—有学识的人 / kaḥ—谁 / nāma—实际上 / āsīta—会坐下 / dīna-vat—像一个穷困潦倒的生物

译文 普冉佳纳王说：我不明白我家中的一切为何不像先前那样吸引我。我认为，既没有母亲也没有忠贞妻子的家，就像是没有轮子的战车。哪里有人会愚蠢到在这种没用的战车上坐下呢？

要旨 杰出的政治家查纳克亚·潘迪特(Cāṇakya Paṇḍita)说：

mātā yasya gṛhe nāsti
bhāryā cāpriya-vādinī
araṇyaṁ tena gantavyaṁ
yathāraṇyaṁ tathā gṛham

“如果家中既没有母亲，也没有令人愉快的妻子，人就该离开家去森林，因为对他来说，森林和家没有区别。”真正的母亲(mātā)，是为至尊主所做的奉爱服务；真正忠贞的妻子(patnī)，是帮助丈夫遵守奉爱服务中的宗教原则的妻子。一个快乐的家中需要有这两者。

事实上，女人应该是男人的力量。综观历史，每一个伟大男人的背后，都有一位非凡的母亲或妻子。人如果同时具有优秀的妻子和母亲，他的居士生活就会十分成功。在这样的情况下，每一件家务事和家中所有的一切，都变得令人非常愉快。主柴坦亚·玛哈帕布既有一位优秀的母亲，也有令祂满意的妻子，祂在家非常愉快。尽管如此，为了整个人类的利益，祂还是当了托钵僧，离开了母亲和妻子。换句话说，家中有贤妻和良母的人，才会感到在家十分快乐。否则家庭生活没有意义。对圣洁的人来说，除非有智慧虔诚地引导，并且为至尊人格首神做奉爱服务，否则家永远都不可能令人十分愉快。换句话说，一个人如果有优秀的母亲和妻子，就不需要去当托钵僧，除非像主柴坦亚·玛哈帕布那样，在绝对需要的情况下才这么做。

第 16 节　क्व वर्तते सा ललना मज्जन्तं व्यसनार्णवे ।
या मामुद्धरते प्रज्ञां दीपयन्ती पदे पदे ॥१६॥

kva vartate sā lalanā
majjantaṁ vyasanārṇave
yā mām uddharate prajñāṁ
dīpayantī pade pade

kva—哪里 / vartate—现在所在的…… / sā—她 / lalanā—女士 / majjantam—溺水时 / vyasana-arṇave—在危险的海洋中 / yā—谁 / mām—我 / uddharate—拯救 / prajñām—良好的智慧 / dīpayantī—启发 / pade pade—在每一步

译文　请告诉我，每当我快淹死在危险之洋时就会拯救我的美丽女士在哪里。她总是靠随时给我智慧来拯救我。

要旨　优秀的妻子和良好的智慧之间没有区别。拥有良好智慧的人能够正确地思考，从许多危险的情况中救出自己。物质存在中每一步都有危险。《圣典博伽瓦谭》第10篇第14章的第58节诗中说：这个物质世界不是智者或奉献者真正该住的地方，因为这里是步步充满危机的地方(padaṁ padaṁ yad vipadāṁ na teṣām)。

外琨塔(Vaikuṇṭha)才是奉献者真正的家，因为那里没有焦虑、没有危险。良好的智慧意味着变得具有奎师那意识。《永恒的柴坦亚经》中说：人除非具有奎师那意识，否则不能被称为智者(kṛṣṇa ye bhaje se baḍa catura)。

我们在这节诗中看到，普冉佳纳王在寻找他优秀的妻子，她总是在危难时帮助他，而物质存在中时刻都有危险。正如前面已经解释过的，真正的妻子是按照宗教原则举行婚礼时所接受的妻子(dharma-patnī)。根据宗教原则结婚的妇女所生的孩子，有权继承父亲的财产，但没有正式结婚的女子所生的孩子，没有权利继承父亲的财产。根据宗教原则结婚的妇女(dharma-patnī)，也是指贞节的妻子。贞节的妻子永远都不会在结婚前与男人有任何关系。女人在年轻时只要有一次得到随便与各种男人厮混的机会，就很难保持贞节了。她通常无法保持贞节。黄油(butter)靠近火时就会融化。女人恰似火，男人则好比黄油。但一个人如果通过宗教婚姻仪式接受一位贞节的妻子，她就能在她丈夫受到生活中许多危险情况的威胁时给她丈夫以巨大的帮助。事实上，这样的妻子能成为一切良好智慧的源头。有这样一位优秀的妻子，在家为至尊主做奉爱服务，就会把家变成真正的居士灵修所(gṛhastha-āśrama)。

第 17 节

रामा ऊचुः
नरनाथ न जानीमस्त्वत्प्रिया यद्व्यवस्यति ।
भूतले निरवस्तारे शयानां पश्य शत्रुहन् ॥१७॥

rāmā ūcuḥ
nara-nātha na jānīmas
tvat-priyā yad vyavasyati
bhūtale niravastāre
śayānāṁ paśya śatru-han

rāmāḥ ūcuḥ—女士们如此说 / nara-nātha—君王啊 / na jānīmaḥ—我们不知道 / tvat-priyā—你亲爱的 / yat vyavasyati—为什么她要过这样的生活 / bhū-tale—在地上 / niravastāre—没有铺床 / śayānām—躺下 / paśya—看 / śatru-han—杀敌者啊

译文　家中的女子们异口同声地对君王说：臣民的主人啊！我们不知道您亲爱的妻子为何会呈现这种状态。啊！杀敌者，请看！她躺在没有床铺的地上。我们无法理解她为何这样做。

要旨　不做奉爱服务(viṣṇu-bhakti)的人就会从事许多罪恶活动。普冉佳纳王抛开他的妻子离开家，去森林杀动物。这是所有物质主义者的状态。他们不在乎自己娶的贞节的妻子，只把妻子当做感官享乐的一个工具，而不是做奉爱服务的助手。为了能有不受限制的性生活，物质主义者辛勤工作。他们认为，最好的做法是与随便一个女子有性关系，只要付钱给她就可以了，就当她是一件商品。他们为得到这样的猎物而拼命工作。这种物质主义者失去了他们的良好智慧。他们必须从内心找出他们的智慧。没有按宗教原则接受一个贞节妻子的人，智力总是混乱不堪、迷惑不清。

普冉佳纳王的妻子之所以躺在地上，是因为她被丈夫忽视了。事实上，女性必须一直受到她丈夫的保护。我们总是说幸运女神被置于纳茹阿亚纳的胸口。换句话说，丈夫必须始终拥抱自己的妻子，使她成为被钟爱的对象并受到很好的保护。正如人存钱后把钱置于自己的保护下，人应该尽力关照、保护好自己的妻子。正如智慧永远在心中，心爱的贞节妻子应该在好丈夫的胸膛上总是有自己的一席之地。这是丈夫与妻子之间恰当的关系。为此，妻子被称为是丈夫身体的另一半(ardhāṅganī)。人只有一条腿、一只手或一半身体无法存活，必须要有另一半身体。同样，按照大自然的方式，丈夫和妻子应该一起生活。我们可以看到，在大自然的安排下，飞禽和走兽等低等动物，都是丈夫和妻子在一起生活。人类生活也同样，丈夫和妻子生活在一起。家应该是做奉爱服务的一个场所，妻子应该是贞节的，通过婚姻仪式接受的。这样，人就可以在家中快乐地生活。

第 18 节 नारद उवाच

पुरञ्जनः स्वमहिषीं निरीक्ष्यावधुतां भुवि ।
तत्सङ्गोन्मथितज्ञानो वैक्लव्यं परमं ययौ ॥१८॥

nārada uvāca
purañjanaḥ sva-mahiṣīṁ
nirīkṣyāvadhutāṁ bhuvi
tat-saṅgonmathita-jñāno
vaiklavyaṁ paramaṁ yayau

nāradaḥ uvāca—伟大的圣人纳茹阿达说 / purañjanaḥ—普冉佳纳王 / sva-mahiṣīm—他自己的王后 / nirīkṣya—在看到之后 / avadhu-tām—像个乞丐 / bhuvi—在地上 / tat—她 / saṅga—通过联谊 / unma-thita—鼓励 / jñānaḥ—知识……的 / vaiklavyam—迷惑 / paramam—至高的 / yayau—获得

译文 伟大的圣人纳茹阿达继续说：我亲爱的帕祺纳巴尔黑王，普冉佳纳王一看到他的王后如乞丐般躺在地上，顿时感到十分困惑。

要旨 这节诗中“看起来像乞丐(avadhutām)”一句尤其重要，以说明人不照顾自己的身体。看到王后不是躺在床上而是躺在地上且衣衫不整，普冉佳纳王感到很难过。换句话说，他后悔忽视自己的智力而去森林杀害动物。再换句话说，人一旦忽视自己良好的智慧——奎师那意识，不听从它的劝告，就会变得迷惑，去从事罪恶活动。认识到这一点的人感到后悔。纳若塔玛·达斯·塔库尔描述这样的后悔说：

hari hari viphale janama goṅāinu
manuṣya-janama pāiyā,
rādhā-kṛṣṇa nā bhajiyā,
janiyā śuniyā viṣa khāinu

纳若塔玛·达斯·塔库尔在这节诗中说：他为糟蹋了自己的人体生命并明知故犯地喝下毒药而感到后悔。不培养奎师那意识的人自愿喝下物质生活的毒药。要点是：当人没有优秀的贞节妻子时，或说当他失去优良的智慧，不培养奎师那意识时，他无疑就会沉溺在罪恶活动中。

第 19 节　सान्त्वयन् श्लक्ष्णया वाचा हृदयेन विदूयता ।
प्रेयस्याः स्नेहसंरम्भलिङ्गमात्मनि नाभ्यगात् ॥१९॥

sāntvayan ślakṣṇayā vācā
hṛdayena vidūyatā
preyasyāḥ sneha-saṁrambha-
liṅgam ātmani nābhyagāt

sāntvayan－安抚 / ślakṣṇayā－以甜美的 / vācā－话语 / hṛdayena－内心 / vidūyatā－非常后悔 / preyasyāḥ－他所爱的人的 / sneha－从爱中 / saṁrambha－愤怒的 / liṅgam－征象 / ātmani－在她心中 / na－不 / abhyagāt－引起

译文　心中感到难过的君王开始对他妻子甜言蜜语。他虽然满心懊悔，试图安抚她，但却看不到他心爱的妻子因爱而产生愤怒的征象。

要旨 君王很后悔离开王后去森林从事罪恶活动。当人后悔他从事过罪恶活动，遗弃奎师那意识和良好的智慧时，他挣脱物质钳制的路就在他面前展开了。正如《圣典博伽瓦谭》第5篇第5章的第5节诗中所说：人只要不询问灵性生活的价值，就会被由愚昧而产生的痛苦所征服(parābhavas tāvad abodha jāto yāvan na jijñāsata ātma-tattvam)。失去奎师那意识且对认识自我不感兴趣的人，必然从事罪恶活动。一生从事毫无奎师那意识的活动之人，只会糟蹋自己的生活，最终成为失败者。很自然，开始培养奎师那意识的人会后悔自己曾误用人体生命从事罪恶活动。而只有这样，人才能摆脱物质生活中愚昧、无知的钳制。

第20节 अनुनिन्येऽथ शनकैर्वीरोऽनुनयकोविदः ।
पस्पर्श पादयुगलमाह चोत्सङ्गलालिताम् ॥२०॥

anuninye 'tha śanakair
vīro 'nunaya-kovidaḥ
pasparśa pāda-yugalam
āha cotsaṅga-lālitām

anuninye—开始奉承 / atha—如此 / śanakaiḥ—逐渐地 / vīraḥ—英雄 / anunaya-kovidaḥ—很善于奉承的人 / pasparśa—触碰 / pāda-yugalam—双脚 / āha—他说 / ca—也 / utsaṅga—在他膝盖上 / lālitām—如此被拥抱

译文 君王因为很精通奉承之术，所以开始节奏缓慢地安抚他的王后。他首先触碰她的双足，然后温柔地拥抱她，使她坐在自己腿上，并开口对她说了如下一番话。

要旨 后悔自己过去的所作所为，是人的奎师那意识复苏的第一步。正如普冉佳纳王开始向王后献殷勤，人应该通过深思熟虑把自己提升到奎师那意识的层面。为了达到这一目的，人必须触碰灵性导师的莲花足。奎师那意识无法靠自己的努力获得。所以，人必须找到觉悟了自我的人——具有奎师那意识的人，去触碰他的莲花足。对此，帕拉德王说：

naiṣāṁ matis tāvad urukramāṅghriṁ
spṛśaty anarthāpagamo yad-arthaḥ
mahīyasāṁ pāda-rajo-'bhiṣekaṁ
niṣkiñcanānāṁ na vṛṇīta yāvat

（《圣典博伽瓦谭》7.5.32）

“依恋物质主义生活的人，除非用完全无物质污染的外士纳瓦莲花上的尘土涂抹自己的身体，否则无法喜欢因从事非凡活动而受到赞美的至尊主的莲花足。只有靠这样培养奎师那意识，托庇于至尊主的莲花足，人才能摆脱物质的污染。”因此，人除非触碰到伟大的奉献者(mahātmā)莲花足上的尘土，否则无法进入奎师那意识的领域。这是投靠、服从至尊主的过程的开始。主奎师那想要每一个生物都投靠、服从祂，这投靠、服从的程序始于人触碰真正的灵性导师的莲花足。人通过真诚地为真正的灵性导师做服务，开始他培养奎师那意识的灵性生活。触碰灵性导师的莲花足意味着去除自己的虚荣心，以及对自己在物质世界里的地位和处境感到的多余、无聊的骄傲。那些对自己得到的所谓科学家或哲学家的虚假地位及名望感到骄傲，因而留在物质存在黑暗中的人，实际上是无神论者。他们不知道万事万物最根本的原因。他们虽然很困惑，但并不准备投靠、服从那些用正确的眼光看清事物真相的人。换句话说，人不可能靠自己的心智思辨唤醒奎师那意识。人必须投靠、服从真正的灵性导师，只有这么做才能得到帮助。

第21节

पुरञ्जन उवाच
नूनं त्वकृतपुण्यास्ते भृत्या येष्वीश्वराः शुभे ।
कृतागःस्वात्मसात्कृत्वा शिक्षादण्डं न युञ्जते ॥२१॥

purañjana uvāca
nūnaṁ tv akṛta-puṇyās te
bhṛtyā yeṣv īśvarāḥ śubhe
kṛtāgaḥsv ātmasāt kṛtvā
śikṣā-daṇḍaṁ na yuñjate

purañjanaḥ uvāca—普冉佳纳说 / nūnam—肯定地 / tu—于是 / akṛta-puṇyāḥ—不虔诚的人 / te—如此 / bhṛtyāḥ—仆人们 / yeṣu—向……的 / īśvarāḥ—主人 / śubhe—最吉祥的人啊 / kṛta-āgaḥsu—犯错 / ātmasāt—接受为是自己人 / kṛtvā—这样做 / śikṣā—有教育性的 / daṇḍam—惩罚 / na yuñjate—不给

译文 普冉佳纳王说：我亲爱的美丽妻子，当主人把一个仆人当做自己人，但却不为他的过错惩罚他时，那仆人必被视为是不幸的。

要旨 根据韦达文明的做法，家里的主人像对待自己的孩子一样对待家里的动物和仆人。一家之主有时会惩罚家中的动物和孩子，但不是为了报复，而是出于爱。同样，主人有时也处罚他的仆人，不是要报复，而是出于爱，要纠正仆人的为人处世。正因为如此，普冉佳纳王把他妻子——王后，所给予他的惩罚，视为对他的仁慈。他认为自己是王后最顺从的仆人。君王去森林中打猎并把王后丢在家里的罪恶行为，使王后感到愤怒。普冉佳纳王把王后给予的惩罚视为是妻子对他真正的爱和关心。同样，人在受到大自然法律按照神的意愿所给予的惩罚时不该生气。真正的奉献者被置于困境时，会把它视为是至尊主的仁慈。《圣典博伽瓦谭》第10篇第14章的第8节诗说：

tat te 'nukampāṁ susamīkṣamāṇo
  bhuñjāna evātma-kṛtaṁ vipākam
hṛd-vāg-vapurbhir vidadhan namas te
  jīveta yo mukti-pade sa dāya-bhāk

“我亲爱的至尊主，真诚地等待您赐予没有缘故的仁慈之人，会一直耐心地承受他的恶报所导致的痛苦，用他的心、言语和身体恭恭敬敬地向您致以敬意。这样的人无疑有资格获得解脱，因为解脱已经成为他的合法权利。”

这节诗说明，奉献者把他生活中的逆境视为是至尊主所给予的仁慈，因此更多地向至尊主致以敬意和祈祷，认为痛苦是对他过去罪行的惩罚，而至尊主对他的惩罚已经很温和了。国家或神因为人犯的错误而给予的惩罚，实际上对犯错之人是有益的。《玛努法典》(Manu-saṁhitā)中说，应该把君王处罚谋杀者视为是君王仁慈的作为，因为谋杀者在这一生受到惩罚后就会免于恶报，来生没有受恶报之苦的担忧。人如果感激主人所给予的惩罚，就会变得有足够的智慧不再犯同样的错。

第22节　परमोऽनुग्रहो दण्डो भृत्येषु प्रभुणार्पितः ।
बालो न वेद तत्तन्वि बन्धुकृत्यममर्षणः ॥२२॥

paramo ’nugraho daṇḍo
  bhṛtyeṣu prabhuṇārpitaḥ
bālo na veda tat tanvi
  bandhu-kṛtyam amarṣaṇaḥ

paramaḥ－至尊的 / anugrahaḥ－仁慈 / daṇḍaḥ－惩罚 / bhṛtyeṣu－向仆人 / prabhuṇā－由主人 / arpitaḥ－赐予 / bālaḥ－愚蠢 / na－不 / veda－知道 / tat－那 / tanvi－苗条的少女啊 / bandhu-kṛtyam－朋友的责任 / amarṣaṇaḥ－愤怒

译文 我亲爱的纤纤少女，当主人训斥他的仆人时，仆人该把这视为巨大的仁慈；因此而愤怒的人必然愚蠢至极，不知道那是朋友的责任。

要旨 经典中说，愚蠢之人在听到金玉良言时，一般都不能接受。事实上，他反而会生气、愤怒。这样的愤怒被比喻为毒蛇的毒液，因为如果给毒蛇喂牛奶和香蕉等上好的食物，毒蛇不但不会变得温顺或冷静，反而会更增强它毒液的毒性。同样，教育愚蠢之人时，愚蠢之人不但不会改正，反而变得愤怒。

第 23 节 सा त्वं मुखं सुदति सुभ्र्वनुरागभार-
व्रीडाविलम्बविलसद्धसितावलोकम् ।
नीलालकालिभिरुपस्कृतमुन्नसं नः
स्वानां प्रदर्शय मनस्विनि वल्गुवाक्यम् ॥२३॥

sā tvaṁ mukhaṁ sudati subhrv anurāga-bhāra-
vrīḍā-vilamba-vilasad-dhasitāvalokam
nīlālakālibhir upaskṛtam unnasaṁ naḥ
svānāṁ pradarśaya manasvini valgu-vākyam

sā—那(你——我妻子) / tvam—你 / mukham—你的脸庞 / su-dati—有美丽的牙齿 / su-bhru—有美丽的眉毛 / anurāga—依恋 / bhāra—充满 / vrīḍā—女性的羞赧 / vilamba—垂下 / vilasat—闪亮的 / hasita—微笑 / avalokam—以瞥视 / nīla—蓝色的 / alaka—以头发 / alibhiḥ—蜜蜂一样的 / upaskṛtam—如此美丽 / unnasam—有高鼻梁 / naḥ—向我 / svānām—属于你的 / pradarśaya—请让我看 / manasvini—最有思想的女士啊 / valgu-vākyam—以甜美的话语

译文 我亲爱的妻子，你的皓齿长得很美，你动人的外貌使你显得很有思想。请不要再生气，仁慈待我。请满怀爱恋地对我微笑。我一看到你美丽脸庞上的微笑、青丝般美丽的秀发、高挺的鼻子，一听到你甜美的话语，你在我眼中就顿时变得更加美丽动人，从而吸引我，使我感激涕零。你是我最尊敬的女主人。

要旨　软弱的丈夫仅仅因为受他妻子外貌美的吸引，就试图成为她最服从的仆人。为此，圣商卡尔阿查尔亚(Śaṅkarācārya)劝告我们，不要受血肉团的吸引。有一个故事说，一次，有个男人深受一位美丽女子的吸引，不断向她求婚，以致那女子想出一个计划，要让那男人看看构成她美丽的元素是什么。那女子与那男人相约再次见面的时间后，便在见他之前吃下通便药，整天整晚地排便并把粪便存在一个罐子里。第二天夜晚，当那男人来看她时，她已经显得很丑很憔悴了。那男人问那女子，跟他相约见面的美丽女子在哪里，那女子回答道："我就是那女子。"那男人不知道她因为整天整夜地泻肚已经失去了她所有的美丽，于是不相信那女子说的话并跟她辩论。那女子便告诉他，自己之所以看上去不美丽了，是因为她把她的美与自己分开了。当那男人要求看她是怎么做的时，那女子说："来，我会给你看。"她接着给那男人看了装满她粪便和呕吐物的罐子，使那男人明白到：美人只不过是由血液、粪便、尿液等令人作呕的原料构成的。尽管这是事实真相，但处在错觉状态中的男人却受这种虚假的美的吸引，从而成为错觉能量玛亚(māyā)的受害者。

普冉佳纳王乞求他的王后恢复她原有的美丽状态。他唤醒她，就像生物试图唤醒他原有的意识——非常美好的奎师那意识。王后所有美丽的特征，都可以被比作奎师那意识的美好特征。当人恢复他原本就有的奎师那意识时，他就会真正变得稳定、沉着，他的生活就成功了。

第 24 节 तस्मिन्दधे दममहं तव वीरपत्नि
योऽन्यत्र भूसुरकुलात्कृतकिल्बिषस्तम् ।
पश्ये न वीतभयमुन्मुदितं त्रिलोक्या-
मन्यत्र वै मुररिपोरितरत्र दासात् ॥२४॥

tasmin dadhe damam ahaṁ tava vīra-patni
yo 'nyatra bhūsura-kulāt kṛta-kilbiṣas tam
paśye na vīta-bhayam unmuditaṁ tri-lokyām
anyatra vai mura-ripor itaratra dāsāt

tasmin—向他 / dadhe—将给予 / damam—惩罚 / aham—我 / tava—向你 / vīra-patni—英雄的妻子啊 / yaḥ—……的 / anyatra—除了 / bhū-sura-kulāt—从地球上的半神人阶层(布茹阿玛纳)中 / kṛta—做了 / kilbiṣaḥ—冒犯 / tam—他 / paśye—我明白 / na—不 / vīta—没有 / bhayam—害怕 / unmuditam—没有焦虑 / tri-lokyām—在三个世界中 / anyatra—其他地方 / vai—肯定地 / mura-ripoḥ—穆茹阿的敌人(奎师那)的 / itaratra—另外 / dāsāt—比仆人

译文 英雄的妻子啊！如果有谁冒犯了你，就请告诉我。只要他不属于布茹阿玛纳阶层，我就要惩罚他。但除了穆茹阿瑞菩(奎师那)的仆人，我不会原谅这三个世界之内或之外的任何人。没人能在冒犯你之后还能自由行动，因为我准备惩罚他。

要旨 主奎师那的另一个名字叫穆茹阿兑沙(Muradviṣa)，意思是“恶魔穆茹阿(Mura)的敌人”。布茹阿玛纳(brāhmaṇa, 婆罗门)——有资格了解绝对真理的人，属于最有智慧的阶层。按照韦达文明，这样的布茹阿玛纳和主奎师那的奉献者——外士纳瓦(Vaiṣṇava)，不受国家规定的限制。换句话说，除了布茹阿玛纳和外士纳瓦，凡是违反国家法律的人都会受到政府的惩罚。布茹阿玛纳和外士纳瓦从不违反国家或大自然的法律，因为他们清楚地知道违反这些法律的后果是什么。即使他们也许有时看起来是违反了法律，君王也不会惩罚他们。这条训示由纳茹阿达·牟尼讲给帕祺纳巴黑沙特王听。普冉佳纳王是帕祺纳巴黑沙特王的代表，纳茹阿达·牟尼提醒帕祺纳巴黑沙特王，他的祖先普瑞图王(Mahārāja Pṛthu)，从不惩罚布茹阿玛纳和外士纳瓦。

从事物质活动使人纯净的智力——纯净的奎师那意识，受到污染。祭祀、布施和虔诚的活动等，可以唤醒人纯净的意识，但当人因为冒犯布茹阿玛纳和外士纳瓦而污染了他的奎师那意识时，这意识就很难复苏了。圣柴坦亚·玛哈帕布描述对外士纳瓦的冒犯(vaiṣṇava-aparādha)就像“疯狂大象的攻击”。人应该非常小心不要冒犯外士纳瓦或布茹阿玛纳。就连伟大的瑜伽师杜尔瓦萨(Durvāsā)，都因为冒犯至尊主的奉献者安巴瑞施王(Mahārāja Ambarīṣa)而被苏达尔珊飞轮(Sudarśana cakra)追得到处逃。安巴瑞施王既不是布茹阿玛纳，也不是托钵僧(sannyāsī)，而只不过是一个居士；但因为他是外士纳瓦，冒犯他的杜尔瓦萨·牟尼便受到惩罚。

结论是：如果奎师那意识是被物质罪恶所覆盖，人可以仅仅靠吟诵、吟唱哈瑞·奎师那曼陀(Hare Kṛṣṇa mantra)去除罪恶；但如果人的奎师那意识受到冒犯布茹阿玛纳和外士纳瓦的污染，那么直到他通过取悦被他冒犯的外士纳瓦和布茹阿玛纳正确地赎罪，否则根本无法唤醒他的奎师那意识。这是杜尔瓦萨·牟尼后来做的——他去向安巴瑞施王自首并忏悔。冒犯了外士纳瓦的人除非向被冒犯的外士纳瓦乞求原谅，否则没有其他弥补的方法。

第25节　वक्त्रं न ते वितिलकं मलिनं विहर्ष
संरम्भभीममविमृष्टमपेतरागम् ।

पश्ये स्तनावपि शुचोपहतौ सुजातौ
बिम्बाधरं विगतकुङ्कुमपङ्करागम् ॥२५॥

vaktraṁ na te vitilakaṁ malinaṁ viharṣaṁ
saṁrambha-bhīmam avimṛṣṭam apeta-rāgam
paśye stanāv api śucopahatau sujātau
bimbādharaṁ vigata-kuṅkuma-paṅka-rāgam

vaktram—脸庞 / na—从不 / te—你的 / vitilakam—没装饰的 / malinam—不干净的 / viharṣam—郁闷的 / saṁrambha—以愤怒 / bhīmam—危险 / avimṛṣṭam—没有光泽 / apeta-rāgam—没有爱 / paśye—我看见过 / stanau—你的胸部 / api—也 / śucā-upahatau—被你的眼泪沾湿 / su-jātau—那么好 / bimba-adharam—红色的嘴唇 / vigata—没有 / kuṅkuma-paṅka—朱红 / rāgam—颜色

译文 我亲爱的妻子，直到今天，我才看到你不用提拉克装扮的脸。我从没见过你如此阴郁，没有光泽和情感，从没见过你可爱的双乳被您的泪水沾湿，甚至从没见过你平日红得像槟芭果似的嘴唇变得如此惨白。

要旨 所有妇女在用提拉克(tilaka)和朱砂打扮自己后，都显得十分美丽。女性的嘴唇呈朱红色时一般很有魅力。但当人的意识和智力中没有对奎师那的闪光思考时，它们就变得阴郁、无光，以致人的智力无论有多敏锐，人都无法从中受益。

第 26 节 तन्मे प्रसीद सुहृदः कृतकिल्बिषस्य
स्वैरं गतस्य मृगयां व्यसनातुरस्य ।
का देवरं वशगतं कुसुमास्त्रवेग-
विस्रस्तपौंस्नमुशती न भजेत कृत्ये ॥२६॥

tan me prasīda suhṛdaḥ kṛta-kilbiṣasya
svairaṁ gatasya mṛgayāṁ vyasanāturasya

kā devaraṁ vaśa-gataṁ kusumāstra-vega-
visrasta-pauṁsnam uśatī na bhajeta kṛtye

tat－因此 / me－向我 / prasīda－仁慈地 / su-hṛdaḥ－亲密的朋友 / kṛta-kilbiṣasya－因从事了罪恶活动 / svairam－独立地 / gatasya－去了 / mṛgayām－打猎 / vyasana-āturasya－受罪恶欲望的影响 / kā－哪一个女人 / devaram－丈夫 / vaśa-gatam－在她的控制下 / kusuma-astra-vega－被丘比特的箭击中 / visrasta－消散 / pauṁsnam－他的耐性 / uśatī－非常美丽 / na－绝不 / bhajeta－会拥抱 / kṛtye－正确地

译文　我亲爱的王后，罪恶的欲念驱使我在不问你的情况下去森林打猎。因此我必须承认，我得罪了你。然而，只要把我当做你最亲的下属，你就仍会对我感到很满意。其实我很难受，但由于被丘比特的箭射中，我感到性欲高涨。但哪有美丽的女子会抛弃她好色的丈夫，拒绝跟他结合呢？

要旨　异性相吸是物质存在的基本原理。女人一般总是使自己保持光彩照人，以便能吸引她们好色的丈夫。好色的丈夫到他妻子面前时，妻子就会利用她丈夫男子汉的进取精神享受性生活。换句话说，当人正确地运用智力时，智力和有智力之人就会因相互享受而感到巨大的满足。正如《圣典博伽瓦谭》第7篇第9章的第45节诗说：

yan maithunādi-gṛhamedhi-sukhaṁ hi tucchaṁ
kaṇḍūyanena karayor iva duḥkha-duḥkham

“性生活被比作两只手相互摩擦以缓解痒的感觉。没有灵性知识的所谓居士，以为这种痒的感觉就是最高的快乐享受，尽管它实际上是痛苦的根源。”所以，物质主义者认为真正的快乐是性生活。他们出门去辛苦地工作，然后回到家享受性生活，以补偿他们的辛劳。普冉佳纳王去森林打猎，辛苦一番后返回家中享受性生活。一个男人如果整个星期都不住在家中，而是住在外面什么地方，就会在周末渴望返回家中，与妻子享受性生活。对此，《圣典博伽瓦谭》中确认说：物质主义者辛苦工作，就是为了享受性生活(yan maithunādi-gṛhamedhi-sukhaṁ hi tuccham)。现代人类社会靠劝诱人们以多种方式放纵性生活，促进物质主义的生活方式。这种现象在西方世界尤为突出。

到此为止，结束了巴克提韦丹塔对《圣典博伽瓦谭》第4篇第26章——“普冉佳纳王去森林打猎使王后愤怒”所作的阐释。

第二十七章

时间攻击普冉佳纳王的城市（卡拉刊雅的故事）

第1节

नारद उवाच
इत्थं पुरञ्जनं सध्र्यग्वशमानीय विभ्रमैः ।
पुरञ्जनी महाराज रेमे रमयती पतिम् ॥१॥

nārada uvāca
itthaṁ purañjanaṁ sadhryag
vaśamānīya vibhramaiḥ
purañjanī mahārāja
reme ramayatī patim

nāradaḥ uvāca—纳茹阿达说／ittham—如此／purañjanam—普冉佳纳王／sadhryak—完全／vaśamānīya—把……置于她的控制下／vibhramaiḥ—被她的魅力／purañjanī—普冉佳纳王的妻子／mahā-rāja—君王啊／reme—享受／ramayatī—给予所有的满足／patim—给她丈夫

译文 大圣人纳茹阿达继续说：我亲爱的君王，普冉佳纳王的妻子用各种方法迷惑丈夫，把他置于自己的控制下，给予他所有的满足并与他共享性生活。

要旨 普冉佳纳(Purañjana)王在森林打猎后回到家中，沐浴并吃过美食，使自己恢复了精力，随后便去找他妻子。他看到王后躺在没有床铺的地上、衣衫不整，像是被遗弃的人时，心里感到很难过。这使他更受她的吸引，开始享受她的陪伴。生物在物质世界里从事罪恶活动，而这些罪恶活动就好比普冉佳纳王在森林中打猎一样。

有不同的宗教方法可以对抗罪恶生活，例如，举行祭祀(yajña)，发誓举行某些宗教仪式(vrata)，以及布施(dāna)。这样做可以使人免于罪恶生活的报应，同时唤醒人原有的奎师那意识。普冉佳纳王回家、沐浴、吃美食、恢复精力、找寻妻子这一系列活动，使他恢复过家庭生活的良好的意识状态。换句话说，韦达经(Vedas)中教导的一系列家庭生活的内容，比不负责任的罪恶生活强。丈夫和妻子如果能合作培养奎师那意识，平静地生活在一起，就非常好。然而，如果当丈夫变得太依恋自己的妻子，忘了自己的人生责任，就会重新以物质主义者的方式生活。为此，在《纯粹奉爱服务的甘露之洋》第1篇第2章的第225节诗中，圣茹帕·哥斯瓦米(Rūpa Gosvāmī)忠告说：人不该有任何执著(anāsaktasya viṣayān)。丈夫和妻子应该为了取得灵性生活的进步而不受性生活的吸引。丈夫应该忙着做奉爱服务，妻子应该按照韦达训令对丈夫忠贞且很虔诚。这样的结合非常好。然而，如果丈夫因为性的关系变得太依恋妻子，情况就很危险了。女人的性欲一般都很强。事实上，经典中说女性的性欲比男人强九倍。为此，男人的责任是通过满足她，给她首饰、美食和衣服，让她从事宗教活动，将她置于自己的控制之下。当然，一个女人应该有几个孩子，这样她就不会打扰男人了。不幸的是：如果男人仅仅因为性享乐而依恋上女人，那么从灵性进步的角度看，家庭生活就令人厌恶了。

大政治家查纳克亚·潘迪特(Cāṇakya Paṇḍita)曾经说：美丽的妻子是敌人(bhāryā rūpavatī śatruḥ)。当然，丈夫看自己的妻子都是美的；他人也许看她并不是很美，但当丈夫的人很受妻子的吸引，看她总是很美丽。如果丈夫看自己的妻子很美，可以想象他很依恋自己的妻子。这种吸引力实际上是受性的吸引。整个世界都被物质自然的激情属性(rajo-guṇa)和愚昧属性(tamo-guṇa)所迷惑。女性一般都很感情用事，缺少智慧。为此，男人无论如何不要被她们的激情和愚昧所控制。练奉爱瑜伽(bhakti-yoga) ——做奉爱服务，可以使人上升到善良属性的层面上。丈夫如果受善良属性的影响，就可以控制自己那受激情和愚昧属性影响的妻子，使妻子受益。超越自己那受激情和愚昧属性影响的本性的女性，就会对处在善良属性层面上的丈夫忠贞并服从他。这样的生活将很受欢迎。这样，男人和女人的智力就会合作良好地工作，使双方都在灵性觉悟的路途上向前迈进。否则，丈夫如果受妻子的控制，牺牲自己的善良属性去屈就激情和愚昧属性，整个情况就变得败坏不堪。

结论是：居士生活好过不负责任的罪恶生活，但如果当丈夫的人在居士生活中受到妻子的控制，就会再次以物质主义者的方式生活，结果被越来越紧地捆绑在物质束缚中。鉴于此，韦达制度建议，男人到了一定的年龄后应该退出家庭生活，进入退出家庭生活阶段(vānaprastha)和彻底弃绝的阶段(sannyāsa)。

第 2 节　स राजा महिषीं राजन् सुस्नातां रुचिराननाम् ।
कृतस्वस्त्ययनां तृप्तामभ्यनन्ददुपागताम् ॥ २ ॥

sa rājā mahiṣīṁ rājan
susnātāṁ rucirānanām
kṛta-svastyayanāṁ tṛptām
abhyanandad upāgatām

saḥ一他 / rājā一君王 / mahiṣīm一王后 / rājan一君王啊 / su-snātām一洗得干干净净 / rucira-ānanām一吸引人的脸庞 / kṛta-svasti-ayanām一穿戴着吉祥的衣饰 / tṛptām一满意 / abhyanandat一他欢迎 / upāgatām一接近

译文 王后沐浴并用各种吉祥、奢华的衣服和装饰品把自己打扮得漂漂亮亮。在进食并感到心满意足后，她回到君王身边。看到她修饰得妩媚动人的脸庞，君王满心爱意地迎接她。

要旨 女性通常习惯用漂亮的衣服和首饰打扮自己，有时甚至将鲜花插在自己的头发上。她们尤其是在傍晚时打扮自己，因为丈夫在辛勤工作一整天后就要回家了。妻子的责任是把自己打扮得漂亮、整洁，以便丈夫回到家后受到吸引，从而感到满足。换句话说，妻子是一切良好智慧的灵感。看到自己的妻子打扮得漂亮、整洁，人就会认真思考自己对家庭的责任。人在对家庭事务忧心忡忡的时候，无法很好地履行他的家庭责任。这时，妻子就应该给丈夫灵感及鼓励，使丈夫的智力保持良好的状态，以便两人可以不受阻碍地共同处理好家庭事务。

第 3 节

तयोपगूढः परिरब्धकन्धरो
रहोऽनुमन्त्रैरपकृष्टचेतनः ।
न कालरंहो बुबुधे दुरत्ययं
दिवा निशेति प्रमदापरिग्रहः ॥ ३ ॥

tayopagūḍhaḥ parirabdha-kandharo
raho 'numantrair apakṛṣṭa-cetanaḥ
na kāla-raṁho bubudhe duratyayaṁ
divā niśeti pramadā-parigrahaḥ

tayā—由王后 / upagūḍhaḥ—被拥抱 / parirabdha—拥抱 / kandharaḥ—肩膀 / rahaḥ—在隐秘的地方 / anumantraiḥ—以玩笑的话语 / apakṛṣṭa-cetanaḥ—以堕落的意识 / na—不 / kāla-raṁhaḥ—时间的流逝 / bubudhe—意识到 / duratyayam—不可克服的 / divā—白天 / niśā—晚上 / iti—如此 / pramadā—被女人 / parigrahaḥ—迷住

译文　普冉佳妮王后拥抱君王，君王也抱住她的双肩回应她。他们这样在一个隐秘处享受开玩笑的乐趣。这使普冉佳纳王深受他美丽妻子的诱惑，失去了良好的判断力。他忘记飞逝的昼夜意味着他的寿命在毫无益处地缩短。

要旨　这节诗中的“被女人(pramadā)”一词十分重要。美丽的妻子无疑使丈夫感到快乐，但同时也是堕落的原因。这个梵文词另外的意思还有“使快活”及“使疯狂”。居士一般不太在意日夜的流逝。处在愚昧状态中的人把“天亮了，随后白天过去黑夜降临”当做是理所当然的事。这是物质自然的定律。但愚昧的人不知道，太阳清晨升起时，便开始带走他人生的剩余部分。人的寿命就这样一天一天地缩短，而遗忘了自己人生责任的愚蠢之人，只是在僻静处享受妻子的陪伴。这种受制约的状态被称为意识的堕落(apakṛṣṭa-cetana)。人应该把自己的意识提升到奎师那意识的层面。然而，当人太依恋自己的妻子并执著家庭事务时，他无法认真地培养奎师那意识。他就这样堕落下去，不知道哪怕是用百万美元也买不回他生命的一秒钟。人一生中最大的损失是：在不了解奎师那的情况下，时间就这样流逝掉了。我们应该正确地运用我们生命中的每一刻，而正确地运用方式就是为至尊主做奉爱服务。不为至尊主做奉爱服务，生命中的其他活动就都只是在浪费时间。光是变得“忠于职守”并能不使我们获得人生的利益。正如《圣典博伽瓦谭》(Śrīmad-Bhāgavatam)第1篇第2章的第8节诗证实说：

dharmaḥ svanuṣṭhitaḥ puṁsāṁ
viṣvaksena-kathāsu yaḥ
notpādayed yadi ratiṁ
śrama eva hi kevalam

“如果人们按各自的状况所从事的职业活动并没有使他们受人格首神信息的吸引，那么从事这些活动就是徒劳无益的。”因此应该明白，如果一个人在很完美地履行了自己的职责后并没有增强奎师那意识，那么他只不过是在浪费时间做无用功。

第4节　　शयान उन्नद्धमदो महामना
महार्हतल्पे महिषीभुजोपधिः ।
तामेव वीरो मनुते परं यत-
स्तमोऽभिभूतो न निजं परं च यत् ॥ ४ ॥

śayāna unnaddha-mado mahā-manā
mahārha-talpe mahiṣī-bhujopadhiḥ
tām eva vīro manute paraṁ yatas
tamo-'bhibhūto na nijaṁ paraṁ ca yat

śayānaḥ—躺下 / unnaddha-madaḥ—越来越迷惑 / mahā-manāḥ—高等意识 / mahā-arha-talpe—在贵重的床上 / mahiṣī—王后的 / bhuja—手臂 / upadhiḥ—枕头 / tām—她的 / eva—肯定地 / vīraḥ—英雄 / manute—他认为 / param—生命的目标 / yataḥ—由那 / tamaḥ—被愚昧 / abhibhūtaḥ—淹没 / na—不 / nijam—他真正的自我 / param—至尊人格首神 / ca—和 / yat—什么

译文　普冉佳纳王就这样越来越受错觉和假象的迷惑，虽然有高等意识，但却始终头枕她妻子的双臂躺着。这使他把女人视为是他最终的生命之魂。如此受愚昧属性迷惑的他，无法理解觉悟自我的意义，不了解他自己或至尊人格首神。

要旨　人生是用来觉悟自我的。人首先应该认识自己，也就是这节诗中说的“他真正的自我(nijam)”；然后了解或认识超灵(Paramātmā)——至尊人格首神。可是，人一旦太依恋物质主义的生活方式，他就会把女人视为是一切。这是物质执著的根源。处在这种情况下的人，无法认识到自我及至尊人格首神。因此，《圣典博伽瓦谭》第5篇第5章的第2节诗中说，人如果与伟大的灵魂(mahātmā)—— 奉献者联谊，解脱之路就在他面前展开了；但人如果太依恋女人或与依恋女人的人交往(即：直接或间接地依恋女人)，通向黑暗的地狱生活的大门就向他敞开着(mahat-sevāṁ dvāram āhur vimuktes tamo-dvāraṁ yoṣitāṁ saṅgi-saṅgam)。

普冉佳纳王曾经是伟大的灵魂，具有高度的智慧和进步的意识，但由于太迷恋女人，他整个的意识都被覆盖起来。现代人的意识都被酒、女人和肉覆盖了。因此，人们完全无法在觉悟自我的路途上取得任何进步。觉悟自我的第一步是认识到自己与躯体不同，而是灵性的灵魂。觉悟自我的第二个阶段是，认识到每一个个体灵魂——个体生物，都是至尊人格首神不可缺少的一部分。对此，《博伽梵歌》(Bhagavad-gītā)第15章的第7节诗确认说：

mamaivāṁśo jīva-loke
jīva-bhūtaḥ sanātanaḥ
manaḥ-ṣaṣṭhānīndriyāṇi
prakṛti-sthāni karṣati

"在这个受制约的世界里的众生，都是我永恒的碎片部分。受制约的生活使他们与包括心念在内的六种感官苦苦争斗。"

所有的生物都是至尊主不可缺少的一部分。不幸的是，在现代文明中，男人和女人都被允许在很小的时候就相互吸引，而这使他们完全无法上升到觉悟自我的层面。他们不知道，没有觉悟自我使他们承受人体生命形式中最大的损失之痛。始终在心中想着女人的人，相当于在贵重的床上与女人躺在一起。我们的内心就是卧床，而且是最珍贵的卧床。当人想着女人和金钱时，就等于他躺在他心爱的女人或妻子的臂膀上休息。这使他放纵性生活，从而无法觉悟自我。

第5节 तयैवं रममाणस्य कामकश्मलचेतसः ।
क्षणार्धमिव राजेन्द्र व्यतिक्रान्तं नवं वयः ॥५॥

tayaivaṁ ramamāṇasya
kāma-kaśmala-cetasaḥ
kṣaṇārdham iva rājendra
vyatikrāntaṁ navaṁ vayaḥ

tayā—与她 / evam—这样 / ramamāṇasya—享受 / kāma—充满色欲 / kaśmala—罪恶的 / cetasaḥ—他的心 / kṣaṇa-ardham—在片刻中 / iva—如同 / rāja-indra—君王啊 / vyatikrāntam—消耗了 / navam—新的 / vayaḥ—生命

译文 我亲爱的帕祺纳巴黑沙特王，就这样，普冉佳纳王内心充满罪恶活动的反应，满心淫欲地开始与他妻子享受性生活，在瞬间便把他的新生活和青春耗尽。

要旨 圣哥文达·达斯·塔库尔(Govinda dāsa Ṭhākura)吟唱道：

ei-dhana, yauvana, putra, parijana,
ithe ki āche paratīti re
kamala-dala-jala, jīvana ṭalamala,
bhaja huṁ hari-pada nīti re

在这首诗歌中，圣哥文达·达斯·塔库尔实际上在说，享受青春生活时并没有极乐的感觉。人在青春年少时变得贪图享受各种感官对象，而形象、滋味、气味、触碰物和声音都是感官对象。现代科学方法或所谓进步的科学文明，鼓励人们享受这五种感官对象。年轻人很高兴看到美丽的形象，听到收音机里的物质新闻和感官享乐的歌曲所传达的信息，闻到香水和鲜花的香甜气味，触摸到年轻女子柔软的身体或乳房，然后逐渐触摸到性器官。所有这些也让动物很愉快；因此，人类社会有对享受这五种感官对象的限制。不遵守限制规定的人，无异于动物。

正因为如此，这节诗中说：普冉佳纳王的意识被色欲和罪恶活动所污染。前一节诗中说，普冉佳纳王虽然有高等意识，但却与他的妻子一起趟在十分柔软的床上。这说明他太沉溺于性生活。这节诗中的“新生活(navaṁ vayaḥ)”一词也很重要，它是指从十六岁到三十岁之间的青年期。这十三或十五年的时间，是人可以大量、充分地享受感官的时间。人在这时就会想：“生命会一直持续下去，我只要不断地享受我的感官就可以了”。然而，岁月飞逝，时不我予。青年期一晃而过。年轻时把时间都浪费在从事罪恶活动上的人，等这短暂的青春期一过，就立刻感到幻想破灭的沮丧。青春期的物质享乐尤其让没受过灵性训练的人感到高兴。只接受过躯体化的生命概念训练的人，由于躯体的感官享乐在大约四十岁时便趋于结束，他接下来就会沮丧过日。没有灵性知识使人四十岁后只能过一种幻想破灭的生活。对这样的人来说，青春期在瞬间就结束了。因此，普冉佳纳王与妻子躺在一起的快乐很快就结束了。

“内心充满罪恶念头和色欲(kāma-kaśmala-cetasaḥ)”一句也指，大自然的法律不允许生物在人体生命形式中无限制地进行感官享乐。无限制地享受自己感官的人，过一种罪恶的生活。动物不会打破大自然的法律。例如：动物在一年中特定的几个月中性冲动特别强烈。狮子十分强大有力；它是食肉动物，而且非常强健，但一年也只享受一次性生活。同样，按照宗教训谕的规定，男人一个月只享受一次性生活，是在妻子月经期后；妻子如果怀孕，就不允许再过性生活了。这是给人类制定的法律。经典之所以允许人娶多个妻子，是因为妻子怀孕后他就不能享受性生活了。所以，当他想要在妻子怀孕时享受性生活，就要去找另一个没有怀孕的妻子。这些都是《玛努法典》(Manu-saṁhitā)和其他经典中谈到的法律。

这些法律和经典是专为人类制定的。因此，违反这些法律的人有罪。结论是：无限制地感官享乐等同于罪恶活动。违反经典给出的法律规定的性生活，是非法性生活。当人违反韦达经典中的法律时，他就是在从事罪恶活动。从事罪恶活动的人无法改变他的意识状态。我们这一生真正该做的事情，就是要把我们的罪恶意识(kaśmala)改变成最纯洁的奎师那意识。正如《博伽梵歌》第10章的第12节诗所证实的，至尊绝对真理至纯至粹(paraṁ brahma paraṁ dhāma pavitraṁ paramaṁ bhavān)。奎师那是最纯洁的，如果我们把物质享乐的意识改变成奎师那意识，我们就变得纯洁。这就是主柴坦亚·玛哈帕布(Caitanya Mahāprabhu)推荐的“清洁心灵之镜(ceto-darpaṇa-mārjanam)”的程序。

第6节 तस्यामजनयत्पुत्रान् पुरञ्जन्यां पुरञ्जनः ।
शतान्येकादश विराडायुषोऽर्धमथात्यगात् ॥ ६ ॥

tasyām ajanayat putrān
　purañjanyāṁ purañjanaḥ
śatāny ekādaśa virāḍ
　āyuṣo 'rdham athātyagāt

tasyām—在她之中 / ajanayat—他生下 / putrān—儿子们 / purañjanyām—在普冉佳妮中 / purañjanaḥ—普冉佳纳王 / śatāni—数百 / ekādaśa—十一 / virāṭ—君王啊 / āyuṣaḥ—生命的 / ardham—一半 / atha—就这样 / atyagāt—他度过

译文　伟大的圣人纳茹阿达接着对帕祺纳巴黑沙特王说：长寿之人啊！普冉佳纳以此方式与他妻子普冉佳妮生了一千一百个儿子。然而，这么做用掉了他一半的寿命。

要旨　这节诗中有好几个关键词，第一个是“一千一百个(śatāni ekādaśa)”。普冉佳纳王与他妻子一起生育了一千一百个儿子，以这种方式度过了他一生一半的时间。实际上所有的男人都经过同样的过程。一个人如果最多活一百年，他就在家庭生活中直到五十岁为止都在生孩子。不幸的是，如今的人甚至活不到一百岁，但却直到六十岁都还在生孩子。另一个重点是：过去人们生很多很多的儿子和女儿，就像下一节诗所证实的，普冉佳纳王不仅生了一千一百个儿子，还生了一百一十个女儿。但如今的人们不能生这么多的孩子，相反却忙于靠避孕措施阻止人口的增加。

我们在韦达文献中找不到人们曾经用过避孕措施的记载，尽管他们生育成百上千的孩子。靠避孕措施阻止人口增加是另一种罪恶活动，但这个喀历年代里的人变得如此罪恶，以致根本不在乎他们的罪恶生活会招致什么样的恶报。这些诗文中谈到普冉佳纳王与他妻子普冉佳妮躺下，生出大量的孩子，但却没有提到他采取过避孕措施。按照韦达经典，正确的避孕措施应该是不过性生活。人不该放纵性生活，同时靠采用避孕措施避免生孩子。男人如果意识状态良好，就会与他虔诚的妻子商量，运用智慧估量生命的价值，争取取得灵性进步。换句话说，人如果足够幸运得到一位优秀、诚实的妻子，就能通过彼此商量得出结论，人生是为增强奎师那意识而有的，不该只是用来生大量的孩子。孩子被称为“副产品(pariṇāma)”，人与自己良好的智力对话时就能看到，他的副产品应该是他奎师那意识的扩展。

第7节 दुहितॄर्दशोत्तरशतं पितृमातृयशस्करीः ।
शीलौदार्यगुणोपेताः पौरञ्जन्यः प्रजापते ॥ ७ ॥

duhitṝr daśottara-śataṁ
pitṛ-mātṛ-yaśaskarīḥ
śīlaudārya-guṇopetāḥ
paurañjanyaḥ prajā-pate

duhitṝḥ－女儿们 / daśa-uttara－比……多十个 / śatam－一百个 / pitṛ－像父亲 / mātṛ－母亲 / yaśaskarīḥ－光荣的 / śīla－行为举止良

好 / audārya－宽宏大量的 / guṇa－好品质 / upetāḥ－拥有 / paurañjanyaḥ－普冉佳纳的女儿们 / prajā-pate－生物体的祖先啊

译文 生物体的祖先——帕祺纳巴黑沙特王啊！普冉佳纳王还以此方式生了一百一十个女儿。他所有的子女都像他们的父亲和母亲一样受到赞美。他们行为举止温和有礼，拥有宽宏大量等美好的品质。

要旨 在遵守经典规范原则的情况下生的孩子，一般都跟父母一样优秀。不遵守宗教原则生出的孩子，大都是要不得的孩子(varṇa-saṅkara)。要不得的孩子对家庭、社会，甚至自己都没有责任感。过去，人们靠举行名叫“生孩子的宗教仪式(garbhādhāna-saṁskāra)”这一净化方法，防止要不得的孩子的出生。我们在这节诗中看到，普冉佳纳王虽然生了那么多孩子，但他们都不是要不得的孩子。他们都是优秀、举止得体的孩子，具有像他们的父母一样的优秀品质。

尽管我们也许会生许多优秀的孩子，但我们想要在不遵守规定的情况下过性生活的欲望被认为是罪恶的。过度享受任何一个感官(不仅是性器官)，都属于罪恶活动。因此，人最终应该成为斯瓦米(svāmī)或哥斯瓦米(gosvāmī)。人也许直到五十岁都在生孩子，但五十岁之后，人必须停止生孩子，应该进入瓦纳帕斯塔阶段(vānaprastha)，过退出家庭的生活，然后去当托钵僧(sannyāsī)。对托钵僧的称呼是斯瓦米或哥斯瓦米，意思是：他完全戒除了感官享乐。人不该异想天开地加入托钵僧的行列；他必须完全确定自己能够控制感官享乐的欲望。当然，普冉佳纳王的家庭生活很快乐。这些诗文中谈到他生了一千一百个儿子和一百一十个女儿。所有的人都想要有更多的儿子，既然这里的数字表明，君王女儿数量少于儿子的数量，看来普冉佳纳王的家庭生活很舒适、愉快。

第 8 节　स पञ्चालपतिः पुत्रान् पितृवंशविवर्धनान् ।
दारैः संयोजयामास दुहितृः सदृशैर्वरैः ॥ ८ ॥

sa pañcāla-patiḥ putrān
pitṛ-vaṁśa-vivardhanān
dāraiḥ saṁyojayām āsa
duhitṝḥ sadṛśair varaiḥ

saḥ—他 / pañcāla-patiḥ—潘查拉的国王 / putrān—儿子们 / pitṛ-vaṁśa—父系家族 / vivardhanān—增长 / dāraiḥ—与妻子 / saṁyojayām āsa—结婚了 / duhitṝḥ—女儿们 / sadṛśaiḥ—资格 / varaiḥ—和丈夫

译文　那之后，普冉佳纳王——潘查拉国的国王，为了增加他父系家族的后裔，便给他的儿子们娶了有资格的妻子，把女儿们嫁给有资格的丈夫。

要旨　按照韦达制度，所有的人都该结婚。人应该娶妻，是因为妻子将会生孩子，而孩子今后会为父母举行葬礼，给祖先供奉食物，以使祖先无论住在哪里都会感到快乐。以主维施努的名义供奉的祭品称为频窦达卡(piṇḍodaka)，家中的后代必须给祖先供奉给主维施努供奉过的祭品。

潘查拉的国王普冉佳纳不仅对自己的性生活感到满意，而且还为他一千一百个儿子和一百一十个女儿的性生活作安排。这样，人就可以把一个贵族家庭提升为一个王朝。这节诗中很重要的一点是：普冉佳纳王让他的儿子和女儿都结婚了。安排自己的儿子和女儿的婚事，是做父母的责任。那是韦达社会中的人应尽的义务。人不该允许儿子和女儿在没结婚前就与异性随便交往。韦达社会的这种安排可以非常有效地阻止如今以各种名义出现的非法性生活的泛滥，以及随之而来的要不得的后代。不幸的是：在这个年代中，当父母的虽然很渴望孩子结婚，但孩子却拒绝由父母安排的婚姻。因此，全世界要不得的孩子以各种方式大量增加着。

第9节 पुत्राणां चाभवन् पुत्रा एकैकस्य शतं शतम् ।
यैर्वै पौरञ्जनो वंशः पञ्चालेषु समेधितः ॥ ९ ॥

putrāṇāṁ cābhavan putrā
ekaikasya śataṁ śatam
yair vai paurañjano vaṁśaḥ
pañcāleṣu samedhitaḥ

putrāṇām－儿子们的 / ca－也 / abhavan－生了 / putrāḥ－儿子们 / eka-ekasya－每一个的 / śatam－一百 / śatam－一百 / yaiḥ－……的 / vai－肯定地 / pauranjanaḥ－普冉佳纳王的 / vaṁśaḥ－家庭 / pañcāleṣu－在潘查拉之地 / samedhitaḥ－大量增长

译文 他这么多的儿子，每一个都给他生了几百上千的孙子。就这样，潘查拉城中挤满了普冉佳纳王的儿孙们。

要旨 我们必须记住，普冉佳纳是生物，潘查拉城是躯体。《博伽梵歌》中说，躯体是生物活动的场所(kṣetra-kṣetrajña)。生物体由生物(kṣetra-jña)和包裹生物的躯体(kṣetra)组成。任何人只要用点心好好想想自己的躯体，就能知道自己被躯体包裹着。只要稍微想一下，人就能明白躯体是他的拥有物。靠具体的体验和权威的经典，任何人都能明白这一点。《博伽梵歌》第2章的第13节诗中说：躯体的拥有者——灵魂在躯体中(dehino'smin yathā dehe)。躯体被视为是活动的场所潘查拉·戴沙(pañcāla-deśa)，生物在其中可以享受与五种感官对象有关的感官。这些感官对象都由土、水、火、气和空间所构成，分别是：气味(gandha)、滋味(rasa)、形象(rūpa)、声音(sparśa)和触碰物(śabda)。在这个物质世界里，每一个被包裹在精微和粗糙物质元素中的生物，都不断地制造活动和报应，这些活动和报应在这节诗中被纳茹阿达·牟尼比喻为是儿孙。活动和报应有两种，分别是虔诚的和不虔诚的。我们的物质存在就这样被各种活动和报应所覆盖。就有关这一点，圣纳若塔玛·达斯·塔库尔说明道：

karma-kāṇḍa, jñāna-kāṇḍa, kevala viṣera bhāṇḍa,
amṛta baliyā yebā khāya
nānā yoni sadā phire, kadarya bhakṣaṇa kare,
tāra janma adhaḥ-pāte yāya

“功利性活动和心智思辨只不过是一杯杯的毒药。认为毒药是甘露而喝下它们的人，必会在不同的躯体中生生世世地苦苦挣扎。这样的人吃各种垃圾，因为从事所谓感官享乐的罪恶活动而受到处罚。”

因此，活动和报应始于繁衍后代的性生活。普冉佳纳通过生儿子，儿子为他生孙子的方式增加他整个家族的人数。生物就这样因为喜欢性享乐而被纠缠在千百万的活动与报应中。只是为了感官享乐，他就这样留在物质世界中，从一个躯体移居到另一个躯体。他繁衍那么多儿子和孙子的结果是，产生了所谓的社会、国家、族群等。所有这些族群、社会、王朝和国家，只不过是性生活的扩展。正如在《圣典博伽瓦谭》第7篇第9章的第45节诗中记载，帕拉德王(Prahlāda Mahārāja)说：以依恋家庭、社会和友情为基础的各种物质快乐，实际上只不过是以享受性生活为代表的感官享乐，是微不足道的(yan maithunādi-gṛhamedhi-sukhaṁ hi tuc-cham)。物质主义的居士(gṛhamedhī)想要留在这个物质存在中。这就是说，他想要留在这个躯体或社会中，享受友谊、爱和群体生活。他唯一的享受是增加性享乐者的数量。他享受性生活，生育孩子；这些孩子转而结婚，生育孙子、孙女。接下来，他的孙子、孙女也结婚，生育重孙子辈的孩子。就这样，整个地球出现人口过剩问题，然后突然，物质自然法律以战争、饥荒、瘟疫和地震等形式发动反作用，使得整个人口再次锐减，然后等待再次被繁殖出来。这种过程在《博伽梵歌》第8章的第19节诗中被解释为是：反反复复地创造和毁灭(bhūtvā bhūtvā pralīyate)。由于缺乏奎师那意识，所有这些创造和毁灭都以人类文明的名义进行着。这循环圈的形成原因就是，人们缺乏对灵魂和至尊人格首神的知识。

第 10 节 तेषु तद्रिक्थहारेषु गृहकोशानुजीविषु ।
निरूढेन ममत्वेन विषयेष्वन्वबध्यत ॥१०॥

teṣu tad-riktha-hāreṣu
gṛha-kośānujīviṣu
nirūḍhena mamatvena
viṣayeṣv anvabadhyata

teṣu－向他们 / tat-riktha-hāreṣu－财富的掠夺者 / gṛha－家 / kośa－国库 / anujīviṣu－向追随者们 / nirūḍhena－根深蒂固 / mamatvena－被依恋之情 / viṣayeṣu－对感官对象 / anvabadhyata－受捆缚

译文 这些儿孙实际上都在掠夺普冉佳纳王的财富，包括他的住家、国库、仆人和所有其他的一切。普冉佳纳王对这些事物的依恋根深蒂固。

要旨 这节诗中“财富的掠夺者(riktha-hāreṣu)”一词非常重要。人的儿子、孙子等后代，实际上都是他所积累的财富的掠夺者。世上有许多著名的商人和企业家；他们产出巨大的财富，受到公众的高度赞扬，但他们赚的钱最终都被他们的儿子和孙子侵吞了。在印度，我们实际看到一位像普冉家纳王一样的企业家。他非常喜欢性生活，有许多妻子。每一个妻子都有个人的住宅，都需要很大的开销。我在跟他谈话时看到，他忙着处理他的钱财，以确保他所有的儿子和女儿都能每人得到至少五十万卢比。经典把这样的企业家、商人——功利性活动者，称为愚蠢之人(mūḍha)。他们辛辛苦苦地工作，积累金钱，然后心满意足地看着他们的儿子和孙子们掠夺这些钱财。这种人不想把钱还给它真正的拥有者，而正如《博伽梵歌》第5章的第29节诗中说：一切财富真正的拥有者是至尊人格首神(bhoktāraṁ yajña-tapasāṁ sarva-loka-maheśvaram)。祂才是真正的享受者。所谓赚钱的人都是精通哄骗术，假借做生意和办企业为名拿走神的钱的人。他们把这些钱积累起来后，享受地看着他们的儿子和孙子们掠夺、侵吞他们。这是物质主义者的生活方式。在物质主义的生活中，生物被囚禁在躯体中，受错误的自我意识(假我)的哄骗，从而认为“我是这个躯体”、“我是人”、“我是美国人”、“我是印度人”。这种躯体概念都是由错误的自我意识引起的。被错误的自我意识哄骗的人，与一定的家庭、国家和群体相认同。这使人对物质世界的依恋越来越深，越来越不容易摆脱对他的束缚。对这样的人，《博伽梵歌》第16章的第13—15节诗生动地描述说：

idam adya mayā labdham
  imaṁ prāpsye manoratham
idam astīdam api me
  bhaviṣyati punar dhanam

asau mayā hataḥ śatrur
  haniṣye cāparān api
īśvaro 'ham ahaṁ bhogī
  siddho 'haṁ balavān sukhī

āḍhyo 'bhijanavān asmi
  ko 'nyo 'sti sadṛśo mayā
yakṣye dāsyāmi modiṣya
  ity ajñāna-vimohitāḥ

“邪恶之徒想：‘我今天拥有这么多财富，按我的计划还会得到更多。现在这么多都是我的，将来会越来越多。他是我的敌人，我已经杀了他，我其他的敌人也会被杀掉。我是一切的主人。我是享受者。我完美、有力、快乐。我最富有，周围都是贵族亲戚。没人像我这么快乐、有势力。我要举行祭祀，我要施舍，以使自己高兴。’这种人就这样被愚昧蒙蔽了。”

人们就这样从事需要花费很多努力的活动，他们的身体、房子、家人、国家和社团越来越深地扎根在他们心中。

第 11 节 ईजे च क्रतुभिर्घोरैर्दीक्षितः पशुमारकैः ।
देवान् पितॄन् भूतपतीन्नानाकामो यथा भवान् ॥११॥

īje ca kratubhir ghorair
dīkṣitaḥ paśu-mārakaiḥ
devān pitṝn bhūta-patīn
nānā-kāmo yathā bhavān

īje—他崇拜 / ca—也 / kratubhiḥ—靠祭祀 / ghoraiḥ—恐怖的 / dīkṣitaḥ—激发 / paśu-mārakaiḥ—涉及杀可怜的动物 / devān—半神人 / pitṝn—祖先 / bhūta-patīn—人类社会中的伟大领袖 / nānā—各种各样的 / kāmaḥ—欲求 / yathā—如同 / bhavān—你

译文 伟大的圣人纳茹阿达继续说：我亲爱的帕祺纳巴黑沙特王，普冉佳纳王也像你一样受到那么多欲望的纠缠。为此，他举行各种牵涉到杀动物的恐怖祭祀，以崇拜半神人、祖先和社会领袖。

要旨 在这节诗中，伟大的圣人纳茹阿达明确地说：描述普冉佳纳王这个人物，是为了教育帕祺纳巴黑沙特王(Prācīnabarhiṣat)。事实上，对普冉佳纳王所有的描述，都是在比喻帕祺纳巴黑沙特王的活动。在这节诗中，纳茹阿达坦率地说“像你一样(yathā bhavān)”，就是说明：普冉佳纳王不是别人，就是帕祺纳巴黑沙特王本人。作为伟大的外士纳瓦，纳茹阿达 · 牟尼想要阻止君王在祭祀中杀动物。他知道，如果他试图阻止君王举行祭祀，君王就会不听他说的话。因此，他讲述有关普冉佳纳王的故事。但在这节诗中，他通过说“像你一样”，首次透露自己的意图，尽管还不是全部的意图。执著于增加后代数量的功利性活动者(karmī)，必须举行很多祭祀，崇拜许许多多的半神人，用这种方式取悦很多领袖人物、政治家、哲学家和科学家，以便为了后代今后的利益而让事情进展顺利。所谓的科学家们非常渴望看到将来的人们能够生活得非常舒适，因此努力寻找各种生产能量的方法，让人们可以驾驶火车、汽车和飞机等。他们如今正在耗尽石油供应。《博伽梵歌》第2章的第41节诗中描述这些活动说：

vyavasāyātmikā buddhir
ekeha kuru-nandana
bahu-śākhā hy anantāś ca
buddhayo 'vyavasāyinām

“库茹族的宠儿啊！在这条路上的人目标专一，坚定地向目的地迈进，而犹豫不决之人则智力枝蔓、不得要领。”

事实上，明了一切的人下决心从事具有奎师那意识的活动，但失去了一切智慧(māyayāpahṛta jñānāḥ)的无赖们(mūḍhāḥ)、罪人们(duṣkṛtinaḥ)和人类中最低等的人(narādhamāḥ)，托庇于罪恶的生活方式(āsuraṁ bhāvam āśritāḥ)。这类人对奎师那意识没兴趣。他们就这样被缠在众多的活动中，而所有这些活动绝大多数都围绕着杀动物在进行。现代文明以杀动物为核心运作。物质主义者大肆宣传说：不吃肉就没有足够的维他命，身体就缺少动力，所以为了使自己的身体能够辛苦工作，人必须吃肉，而为了消化肉，就要喝酒，为了保持喝酒和吃肉后身体的平衡，就必须有足够的性生活，以便人可以保持像驴一样辛苦工作的状态。

杀动物有两种方式，其中一种是以宗教祭祀的名义去杀。世上所有的宗教，除了佛教，都有在祭祀场上杀动物的内容。按照韦达文明，吃动物肉的人被推荐要按照一定的规定在卡莉(Kālī)女神的庙里献祭山羊，然后吃它的肉。同样，他们被建议通过崇拜昌迪卡(Caṇḍikā)女神喝酒。给予这种推荐的目的是要作出限定。然而，人们如今不理会所有这些限制，而是大量地开设造酒厂和屠宰场，放纵地喝酒、吃肉。像纳茹阿达·牟尼那样的外士纳瓦灵性导师(Vaiṣṇava ācārya)很清楚地知道：以宗教的名义杀动物的人，无疑会被纠缠在生死轮回中，忘记生命真正的目的是回归家园，回到首神身边。

为此，伟大的圣人纳茹阿达在把《圣典博伽瓦谭》传给维亚萨·牟尼时，谴责了韦达经中谈到的功利性活动(karma-kāṇḍa)。纳茹阿达告诉维亚萨(Vyāsa)说：

jugupsitaṁ dharma-kṛte 'nuśāsataḥ
svabhāva-raktasya mahān vyatikramaḥ
yad vākyato dharma itītaraḥ sthito
na manyate tasya nivāraṇaṁ janaḥ

“普通大众自然很喜欢享受，而你鼓励他们以宗教的名义那么做。这无疑受到谴责，而且极不明智。他们以你的教导为指南，所以把以宗教名义从事这种活动视为理所当然，根本不在乎这么做是被禁止的。”(《圣典博伽瓦谭》1.5.15)

圣纳茹阿达·牟尼之所以谴责维亚萨戴瓦编纂了那么多本来是要指导人民大众的韦达文献，是因为它们没有直接谈到为至尊主做奉爱服务。听从纳茹阿达的训令，维亚萨戴瓦在《圣典博伽瓦谭》中提出了对至尊人格首神的直接崇拜。结论是：至尊人格首神维施努和祂的奉献者，都不支持以宗教的名义杀动物的做法。事实上，奎师那自己化身为佛祖降临，阻止了以宗教的名义杀动物的做法。以宗教的名义献祭动物的做法，是在物质自然愚昧属性(tamo-guṇa)影响下的做法，正如《博伽梵歌》第18章的第31—32节诗中说：

yayā dharmam adharmaṁ ca
kāryaṁ cākāryam eva ca

ayathāvat prajānāti
　buddhiḥ sā pārtha rājasī

adharmaṁ dharmam iti yā
　manyate tamasāvṛtā
sarvārthān viparītāṁś ca
　buddhiḥ sā pārtha tāmasī

“普瑞塔的儿子啊！受制于激情属性的智力，使人分不清宗教和非宗教；分不清什么事该做，什么事不该做。普瑞塔的儿子啊！受制于愚昧属性的智力，使人在错觉和无知的迷惑下把非宗教当宗教，把宗教当非宗教，总朝着错误的方向努力。”

那些受愚昧属性控制的宗教体系才有杀动物的内容。真正的宗教(dharma)是超然的。正如圣主奎师那在《博伽梵歌》第18章的第66节诗中教导的，我们必须放弃其他一切种类的宗教，只投靠、服从祂(sarva-dharmān parityajya)。因此，至尊主，以及祂的奉献者和代表，教导的是根本不允许杀动物的超然宗教。如今最大的不幸是，印度许多所谓的传教工作者以宗教的名义传播反宗教。他们声称普通人就是神，建议所有的人，包括所谓的托钵僧，都该吃肉。

第 12 节　युक्तेष्वेवं प्रमत्तस्य कुटुम्बासक्तचेतसः ।
आससाद स वै कालो योऽप्रियः प्रिययोषिताम् ॥१२॥

yukteṣv evaṁ pramattasya
　kuṭumbāsakta-cetasaḥ
āsasāda sa vai kālo
　yo ’priyaḥ priya-yoṣitām

yukteṣu－对有益的活动 / evam－如此 / pramattasya－粗心 / kuṭumba－对亲属 / āsakta－依恋 / cetasaḥ－意识 / āsasāda－到达 / saḥ－那 / vai－肯定地 / kālaḥ－时间 / yaḥ－……的 / apriyaḥ－不是很令人高兴的 / priya-yoṣitām－对迷恋女人的人

译文 就这样，普冉佳纳王执著于功利性活动(karma-kāṇḍīya)，依恋亲戚和朋友，沉迷于被污染的意识，最后沦落到就连极为依恋物质事物的人都不喜欢的一种状态。

要旨 这节诗中的“对迷恋女人的人(priya-yoṣitām)”和“不是很令人高兴(apriyaḥ)”两个短句非常重要，其中 yoṣit 的意思是“女人”，“priya”的意思是“可爱的”或“讨人喜欢的”。把性生活当做人生最高目标、太依恋物质享乐的人，不喜欢死亡。就有关这一点，有一个具有教育意义的故事。一次，有一位圣人在路上走着时，遇到了一个王子。他祝福王子说：“我亲爱的王子，愿你永远活着。”这位圣人接着又遇到了另一位圣人，于是对那位圣人说：“你既可以活着，也可以死去。”这位圣人后来遇到一位奉献者贞守生(brahmacārī)，便祝福他说：“我亲爱的奉献者，你应该立刻死去。”圣人最后遇到了一个猎人，于是祝福他说：“你既不该死，也不该活着。”关键是：那些沉溺于感官享乐的人不想死。王子通常会有足够的钱供他进行感官享乐，因此大圣人说他应该永远活着，因为只要他活着，他就可以享受生活，但他死后却要去地狱。那位奉献者贞守生为了使自己有资格回到首神身边而严格苦修，所以圣人说他应该立刻死去，这样就可以回归家园，回到首神身边，而不必继续苦修了。大圣人说另一位圣人既可以活着，也可以死去，是因为他活着时在为至尊主做服务，死后还可以继续为至尊主做服务，因此这一生和下一生对圣洁的奉献者来说都一样，都是为至尊主做服务。由于猎人杀动物，过的是一种很恐怖的生活，他死后会去地狱，圣人便告诉他既不该活着，也不要死去。

普冉佳纳王最后终于老了。在老年期，感官失去了它们的力量，尽管老年人想要享受他的感官，尤其是性生活，但因为他的享乐工具不再起作用而感到非常痛苦。这种好色之徒永远都没有准备死。他们只想要继续活下去，用所谓的先进科学技术延长他们的寿命。有些愚蠢的俄罗斯科学家也宣称，他们准备用先进的科学技术让人永生不死。现代文明就在这种疯子的领导下“向前发展”。然而，残酷的死亡来临，不顾他们要永远活下去的愿望，把他们统统带走了。恶魔黑冉亚卡希普(Hiraṇyakaśipu)也曾展示了这种心态，但当时机成熟时，至尊主在片刻间就亲手杀死了他。

第 13 节　चण्डवेग इति ख्यातो गन्धर्वाधिपतिर्नृप ।
गन्धर्वास्तस्य बलिनः षष्ट्युत्तरशतत्रयम् ॥१३॥

caṇḍavega iti khyāto
gandharvādhipatir nṛpa
gandharvās tasya balinaḥ
ṣaṣṭy-uttara-śata-trayam

caṇḍavegaḥ－禅达韦嘎 / iti－如此 / khyātaḥ－著名的 / gandharva－甘达尔瓦星球的 / adhipatiḥ－君王 / nṛpa－君王啊 / gandharvāḥ－其他的甘达尔瓦 / tasya－他的 / balinaḥ－英勇的士兵 / ṣaṣṭi－六十 / uttara－超过 / śata－一百个 / trayam－三个

译文　君王啊！甘达尔瓦星球上有一位名叫禅达韦嘎的君王。他手下有三百六十个强大有力的甘达尔瓦战士。

要旨　这节诗词里把时间比喻为是禅达韦嘎(Caṇḍavega)。既然似箭的光阴不等人，这里便把时间称为禅达韦嘎，意思是“飞逝过去”。时间流逝的性质，决定了要用年来计算它。一年有三百六十天，这节诗里谈到的禅达韦嘎的士兵数就代表了那些天数。时间飞逝，来自甘达尔瓦星球(Gandharvaloka)的禅达韦嘎那些强有力的士兵们，飞快拿走我们生命中的每一天。随着太阳的升起和落下，时间夺走了我们寿命的剩余部分。所以，每一天过去后，我们的寿命就又减少了一些。正因为如此，俗话说：人的寿命是存不住的。然而，太阳夺不走一直在做奉爱服务的人的时间。正如《圣典博伽瓦谭》第2篇第3章的第17节诗中说：日出日落缩减着每一个生物体的寿命，只有利用时间谈论至善的人格首神的人不受其影响(āyur harati vai puṁsām udyann astaṁ ca yann asau)。结论是：人要想永生不死，就该停止感官享乐。通过为至尊神做奉爱服务，人就可以逐渐进入神永恒的王国。

海市蜃楼及其他幻象有时都被称为甘达尔瓦(Gandharva)。我们失去我们的寿命，被视为是年龄的增长。这节诗中用甘达尔瓦们来比喻这种生命在不知不觉间流走的事实。正如后面的诗文所解释的，这些甘达尔瓦们有男有女。这说明，禅达韦嘎——时间，在不知不觉间夺走了男人和女人的寿命。

第 14 节 गन्धर्व्यस्तादृशीरस्य मैथुन्यश्च सितासिताः ।
परिवृत्त्या विलुम्पन्ति सर्वकामविनिर्मिताम् ॥१४॥

gandharvyas tādṛśīr asya
maithunyaś ca sitāsitāḥ
parivṛttyā vilumpanti
sarva-kāma-vinirmitām

gandharvyaḥ—甘达尔薇 / tādṛśīḥ—同样地 / asya—禅达韦嘎的 / maithunyaḥ—性伙伴 / ca—和 / sita—白色的 / asitāḥ—黑色的 / parivṛttyā—围绕着 / vilumpanti—掠夺 / sarva-kāma—所有想要的事物 / vinirmitām—生产

译文 与禅达韦嘎一起的还有数目与战士一样多的女性甘达尔薇，他们都一直不断地掠夺可供感官享乐用的一切用品和设施。

要旨 白天被比作禅达韦嘎的士兵。夜晚一般是性享乐的时间。白天被视为是白色的，夜晚被认为是黑色的。或者，从另一个角度看，有两种夜晚——黑色的夜晚和白色的夜晚。所有这些白天和黑夜联合在一起夺走了我们的寿命，以及我们为感官享乐所制造的一切。物质活动意味着为感官享乐而制造一切。科学家们做调查研究，以找出怎么才能越来越精巧地满足我们的感官。在这个喀历年代(Kali-yuga)里，智力被邪恶地用来发明、制造出各种机器，以方便感官享乐。如今有那么多机器被用来取代人做家务活，有清洗碗碟的洗碗机、清洗地板的洗尘器、刮胡器、剪发器，一切都由机器来做。所有这些为感官享乐而制造的方便设施，在这节诗中被称为“可供感官享乐用的一切用品和设施(sarva-kāma-vinirmitām)”。然而，时间的力量如此强大，不仅我们的寿命不能延长，就连我们为感官享乐而制造的所有机器和方便设施都不断老化。正因为如此，这节诗中用了“掠夺(vilumpanti)”一词。我们生活中的一切都从我们生命的一开始就被掠夺走。

这种对我们的拥有物和寿命的掠夺，从我们一出生就开始了。死亡结束一切的那一天终将会到来；那时，生物将进入另一个躯体，开始生命的另一个篇章，再次开始一段时间的物质感官享乐。在《圣典博伽瓦谭》第7篇第5章的第30节诗中，帕拉德王描述这种过程是：再三咀嚼已被咀嚼过的东西(punaḥ punaś carvita-carvaṇānām)。物质主义者的生活就是再三咀嚼已被咀嚼过的东西。物质生活的核心是感官享乐。在不同种类的躯体中，生物享受各种感官，虽然有各种不同的方便设施，但他一直在咀嚼已被咀嚼过的东西。我们从甘蔗中挤出糖汁，无论是用牙齿还是用机器，得到的结果都一样——糖汁。我们也许会找到许多从甘蔗挤出糖汁的方法，但结果都一样。

第 15 节　ते चण्डवेगानुचराः पुरञ्जनपुरं यदा ।
हर्तुमारेभिरे तत्र प्रत्यषेधत्प्रजागरः ॥१५॥

te caṇḍavegānucarāḥ
  purañjana-puraṁ yadā
hartum ārebhire tatra
  pratyaṣedhat prajāgaraḥ

te—他们所有人 / caṇḍavega—禅达韦嘎的 / anucarāḥ—追随者们 / purañjana—普冉佳纳王的 / puram—城市 / yadā—当……时 / hartum—掠夺 / ārebhire—开始了 / tatra—那里 / pratyaṣedhat—保卫 / prajāgaraḥ—巨蛇

译文 当甘达尔瓦之王(禅达韦嘎)和他的随从开始掠夺普冉佳纳的城市时，长着五个头的巨蛇为保卫城市奋起而战。

要旨 人在睡觉的时候，生命之气在不同的梦境中保持活跃的状态。有五个头的巨蛇代表由吐出之气(prāṇa)、下行气(apāna)、收缩和扩张之气(vyāna)、平衡之气(udāna)及上行气(samāna)这五种气围绕着的生命之气。躯体不活动时，生命之气依然活跃。人直到五十岁时都可以为感官享乐而勤奋工作，但五十岁以后，人的精力就减弱；人虽然还可以尽力再拼命工作两到三年，也许到五十五岁。政府规定人一般最迟到五十五岁时就要退休了。五十五岁以后人就会感到疲乏。生命之气在这节诗中被比作是有五个头的巨蛇。

第16节 स सप्तभिः शतैरेको विंशत्या च शतं समाः ।
पुरञ्जनपुराध्यक्षो गन्धर्वैर्युयुधे बली ॥१६॥

sa saptabhiḥ śatair eko
  viṁśatyā ca śataṁ samāḥ
purañjana-purādhyakṣo
  gandharvair yuyudhe balī

saḥ—他 / saptabhiḥ—与七个 / śataiḥ——百 / ekaḥ—单独 /

viṁśatyā—与二十 / ca—也 / śatam——百 / samāḥ—年 / purañjana—普冉佳纳王的 / pura-adhyakṣaḥ—城市的监管者 / gandharvaiḥ—和甘达尔瓦 / yuyudhe—战斗 / balī—英勇

译文 普冉佳纳王城市的监管者和保护者——有五个头的巨蛇，与甘达尔瓦们奋战了一百年。尽管他们总共有七百二十人之多，但它仍独自迎战他们。

要旨 三百六十个白天和三百六十个夜晚加在一起是禅达韦嘎(时间)的七百二十个士兵。人从一出生就开始用一生的时间与这些士兵奋战，直到死亡时才结束。这种奋战被说成是为生存而苦苦挣扎。然而，尽管这么挣扎，生物却不死。生物是永恒的，正如《博伽梵歌》第2章的第20节诗确认说：

na jāyate mriyate vā kadācin
nāyaṁ bhūtvā bhavitā vā na bhūyaḥ
ajo nityaḥ śāśvato 'yaṁ purāṇo
na hanyate hanyamāne śarīre

“灵魂任何时候都不生不死。他过去存在，现在存在，将来也存在，永远都没有从无到有的过程。他原始、永恒、长存，不经出生就存在。当躯体被杀时，他不被杀。”事实上，生物不生不灭，但却不得不用这个一生的时间与物质自然的严格法律苦苦奋战。他还必须面对不同的痛苦处境。尽管如此，错觉却使生物认为：这种感官享乐的状态令他很满意。

第 17 节 क्षीयमाणे स्वसम्बन्धे एकस्मिन् बहुभिर्युधा ।
चिन्तां परां जगामार्तः सराष्ट्रपुरबान्धवः ॥१७॥

kṣīyamāṇe sva-sambandhe
ekasmin bahubhir yudhā

cintāṁ parāṁ jagāmārtaḥ
sa-rāṣṭra-pura-bāndhavaḥ

kṣīyamāṇe一当他疲惫虚弱时 / sva-sambandhe一他的亲密朋友 / ekasmin一单独 / bahubhiḥ一和许多战士 / yudhā一通过战斗 / cintām一焦虑 / parām一巨大的 / jagāma一获得 / ārtaḥ一受侵害 / sa一以及 / rāṣṭra一王国的 / pura一城市的 / bāndhavaḥ一朋友和亲戚

译文 有五个头的巨蛇因为独自迎战那么多战士，而他们个个都是杰出的斗士，所以渐渐变得很虚弱。看到他最信赖的朋友越来越虚弱，普冉佳纳王与他住在城中的朋友及臣民们心急如焚。

要旨 生物居住在躯体中，用躯体的各个部分为生存而苦苦挣扎，这节诗中把四肢等躯体的各个部分称为臣民和朋友。一个人可以与许多战士奋战一段时间，但不可能一直打下去。住在躯体中的生物运气好的话最多可以奋战一百年，但那以后就不可能再继续奋战下去，而是被迫投降。就有关这一点，圣巴克提维诺德·塔库尔吟唱道：人变老之后就无法享受物质快乐了(vṛddha kāla āola saba sukha bhāgala)。人们一般以为，宗教和虔诚都是迟暮之年才会涉及的事，到那时，人逐渐变得喜欢沉思默想，采用一些所谓的瑜伽方法，以便用打坐冥想的方式放松自己。然而，对那些通过感官享乐享受生活的人来说，去打坐冥想只不过是在演一场闹剧。《博伽梵歌》第6章中描述说，打坐冥想(dhyāna, dhāraṇā)是很困难的事，必须从小学起。要想打坐冥想，人必须控制自己，不从事各种感官享乐。不幸的是，打坐冥想现今成为好色之徒赶时髦的做法。这样的打坐冥想在人为生存而奋战的过程中被挫败。这种打坐冥想有时被视为是“超然的冥想”。因此，普冉佳纳王——生物，在为生存而苦苦挣扎感到痛苦后，便与他的朋友和亲人们采用“超然的冥想”这一方法。

第 18 节　स एव पुर्यां मधुभुक्पञ्चालेषु स्वपार्षदैः ।
उपनीतं बलिं गृह्णन् स्त्रीजितो नाविदद्भयम् ॥१८॥

sa eva puryāṁ madhu-bhuk
pañcāleṣu sva-pārṣadaiḥ
upanītaṁ baliṁ gṛhṇan
strī-jito nāvidad bhayam

saḥ—他 / eva—肯定地 / puryām—在城里 / madhu-bhuk—享受性生活 / pañcāleṣu—在潘查拉王国(五个感官对象)中 / sva-pārṣadaiḥ—与他的追随者们 / upanītam—带来 / balim—税 / gṛhṇan—接受 / strī-jitaḥ—被女人征服 / na—不 / avidat—理解 / bhayam—对死亡的惧怕

译文　普冉佳纳王在潘查拉城里征税，以便能继续放纵性生活。完全被女人控制的他，根本无法了解他的生命正在流失，他的死期已到。

要旨　政府的人，包括君王、总统、秘书和大臣等，都在为感官享乐而利用从国民那里征来的税。《圣典博伽瓦谭》中预言道，喀历年代中的政府首脑(rājanyas)，以及部长、大臣、秘书等政府高官和工作人员，都将只是为了感官享乐而征收税金。一个高官过多的政府，不增加税收就无法维系下去。然而，收缴的税金都被政府官员们用于感官享乐了。这些不负责任的政治家忘了，时间一到，死亡就会把他们所有的感官享乐统统夺走。他们中有些人确信，人死后一切就都结束。这种无神论的谬论很久以前就由一个名叫查尔瓦卡(Cārvāka)的哲学人士提出过。查尔瓦夸说：人无论是用乞讨、借或偷的方式，都要让自己活得很奢侈。他还谈到，人不该惧怕死亡、来生、前生或过一种不虔诚的生活，因为当躯体被烧成灰烬后，一切就都结束了。这就是沉溺于物质生活的人的哲学。这样的人生哲学既不会把人从死亡的危险中拯救出来，也不会使人在来世免于过令人作呕的生活。

第 19 节 कालस्य दुहिता काचित्त्रिलोकीं वरमिच्छती ।
पर्यटन्ती न बर्हिष्मन् प्रत्यनन्दत कश्चन ॥१९॥

kālasya duhitā kācit
tri-lokīṁ varam icchatī
paryaṭantī na barhiṣman
pratyanandata kaścana

kālasya—强大的时间 / duhitā—女儿 / kācit—某人 / tri-lokīm—在三个世界中 / varam—丈夫 / icchatī—想要 / paryaṭantī—游遍整个宇宙 / na—绝不 / barhiṣman—帕祺纳巴黑沙特王啊 / pratyanandata—接受她的建议 / kaścana—任何人

译文 我亲爱的帕祺纳巴黑沙特王，令人畏惧的时间之女这时正游遍三个世界为自己找丈夫。尽管没人愿意接受她，她还是来了。

要旨 到一定的时候，躯体一旦变得老朽、体弱多病，人就要承受老年之苦了。生老病死是四种基本的痛苦。从没有一位科学家或哲学家能找出一种解决这四种痛苦状态的方法。老年体弱多病这种老年之苦(jarā)，在这节诗中被生动地解释为是时间的女儿。没人喜欢她，但她却心急如焚地要把任何一个人接受为是她的丈夫。没人想要变老和体弱多病，但这种情况会不可避免地发生在每个人的身上。

第 20 节 दौर्भाग्येनात्मनो लोके विश्रुता दुर्भगेति सा ।
या तुष्टा राजर्षये तु वृतादात्पूरवे वरम् ॥२०॥

daurbhāgyenātmano loke
viśrutā durbhageti sā
yā tuṣṭā rājarṣaye tu
vṛtādāt pūrave varam

daurbhāgyena－因不幸 / ātmanaḥ－她自己的 / loke－在世上 / viśrutā－因……而著名 / durbhagā－最不幸的 / iti－如此 / sā－她 / yā－……的 / tuṣṭā－因满足 / rāja-ṛṣaye－向伟大的君王 / tu－但 / vṛtā－接受 / adāt－给予 / pūrave－向普茹王 / varam－祝福

译文　时间的女儿(佳茹阿)非常不幸，因此被称为“厄运”。然而，有一次一位伟大的君王取悦了她，由于那君王接受她，她给了他一个重要的祝福。

要旨　正如巴克提维诺德·塔库尔所吟唱的：年老时，所有种类的快乐都消失了(saba sukha bhagala)。所以，没人喜欢老年——佳茹阿(jarā)。而正因为如此，老年作为时间的女儿，被称为是最不幸的女儿。但有一次，她被一位伟大的君王雅亚提(Yayāti)接受了。雅亚提被他岳父舒夸查尔亚(Śukrācārya)诅咒要接受她。当舒夸查尔亚的女儿想要嫁给雅亚提王时，她的一个名叫莎尔蜜施塔(Śarmiṣṭhā)的朋友随她一同前去。雅亚提王后来深受莎尔蜜施塔的吸引，舒夸查尔亚的女儿于是去向她父亲抱怨，结果使舒夸查尔亚诅咒雅亚提王过早变老。雅亚提王有五个正值青春期的儿子，他于是便去乞求他所有的儿子，请他们用自己的青春去换他的老年。在五个儿子中，只有名叫普茹(Pūru)的最小的儿子愿意这么做。普茹接受了雅亚提的老年，而雅亚提把王国赐给了他。据说雅亚提王的另外两个儿子因为不服从他们父亲的命令，结果被赐予印度之外的两个王国，极有可能是土耳其和希腊。要点是：人可以积累金钱和所有种类的物质财富，但在老年时却无法享受它们。普茹虽然得到了他父亲的王国，但因为他牺牲了自己的青春而无法享受所有的财富。人不该等到年老时才开始培养奎师那意识。由于年老时体弱多病，人无法增强奎师那意识，他在物质上多富有都无济于事。

第 21 节 कदाचिदटमाना सा ब्रह्मलोकान्महीं गतम् ।
वव्रे बृहद्व्रतं मां तु जानती काममोहिता ॥२१॥

kadācid aṭamānā sā
brahma-lokān mahīṁ gatam
vavre bṛhad-vratam māṁ tu
jānatī kāma-mohitā

kadācit—从前 / aṭamānā—旅游 / sā—她 / brahma-lokāt—从最高的星球布茹阿玛珞卡 / mahīm—在地球上 / gatam—到了 / vavre—她建议 / bṛhat-vratam—公认的布茹阿玛查瑞 / mām—向我 / tu—于是 / jānatī—知道 / kāma-mohitā—被色欲迷惑的

译文 当我有一次从最高等的星球布茹阿玛珞卡来到这地球时，在宇宙各处游荡的时间之女遇到我。了解我是众所周知的布茹阿玛查瑞(贞守生)时，她变得充满色欲，提议我接受她。

要旨 伟大的圣人纳茹阿达是终身的贞守生(naiṣṭhika-brahmacārī)，也就是说，从没有过性生活。正因为如此，他看上去永远风华正茂。老年之苦攻击不了他。年老时的体弱多病可以征服普通人，但却对纳茹阿达·牟尼不起作用。时间的女儿把纳茹阿达·牟尼当做普通人，充满色欲地去找他。抗拒女性的诱惑需要巨大的力量。这么做对老年人来说都很困难，更不要说对年轻人了。当独身禁欲的学生之人，必须以伟大的圣人纳茹阿达·牟尼为榜样，他从不接受时间的女儿佳茹阿的求婚。沉溺于性生活的人就会成为佳茹阿的牺牲品，很快地缩短自己的寿命。不用人体生命培养奎师那意识的人都是佳茹阿的受害者，在这个世界里会很快面对死亡。

第 22 节 मयि संरभ्य विपुलमदाच्छापं सुदुःसहम् ।
स्थातुमर्हसि नैकत्र मद्याञ्चाविमुखो मुने ॥२२॥

mayi saṁrabhya vipula-
  madāc chāpaṁ suduḥsaham
sthātum arhasi naikatra
  mad-yācñā-vimukho mune

mayi—向我 / saṁrabhya—因变得愤怒 / vipula—无限的 / madāt—由于错觉 / śāpam—诅咒 / su-duḥsaham—不可忍受的 / sthātum arhasi—你可以保持 / na—绝不 / ekatra—在一个地方 / mat—我的 / yācñā—要求 / vimukhaḥ—拒绝了 / mune—伟大的圣人啊

译文　伟大的圣人纳茹阿达接着说：当我拒绝她的请求时，她对我十分生气，狠狠地诅咒了我。由于我拒绝她的请求，她说我将无法长时间地停留在一个地方。

要旨　伟大的圣人纳茹阿达·牟尼有一个灵性的身体，因此生老病死都影响不了他。纳茹阿达是至尊主最仁慈的奉献者，他唯一做的事就是在宇宙各处旅行，传播神意识。换句话说，他的职责是把众生都培养成至尊主的奉献者——外士纳瓦。在这种情况下，他一般不需要在一个地方停留超过传教所需要的时间。既然他已经按自己的自由意愿在全宇宙旅行了，那么卡拉刊雅(Kālakanyā)对他的诅咒就该被视为是幸运的。至尊主还有许多其他奉献者都像纳茹阿达·牟尼一样，在世界各地和不同的宇宙忙于传播至尊主的荣耀。这样的人物不在物质法律裁决的范围内。

第23节　ततो विहतसङ्कल्पा कन्यका यवनेश्वरम् ।
मयोपदिष्टमासाद्य वव्रे नाम्ना भयं पतिम् ॥२३॥

tato vihata-saṅkalpā
  kanyakā yavaneśvaram
mayopadiṣṭam āsādya
  vavre nāmnā bhayaṁ patim

tataḥ－那以后 / vihata-saṅkalpā－因没有实现她的愿望 / kanyakā－时间的女儿 / yavana-īśvaram－向不可触碰之人的君王 / mayā upadiṣṭam－由我指出 / āsādya－接近了 / vavre－接受 / nāmnā－以……之名 / bhayam－恐惧 / patim－当她丈夫

译文 我令她失望后，她经我的许可去找名叫“恐惧”的亚瓦纳之王，把他接受为自己的丈夫。

要旨 作为最完美的外士纳瓦，圣纳茹阿达·牟尼总是想要为他人做善事，甚至对诅咒过他的人都不例外。他虽然拒绝了时间的女儿卡拉刊雅，但还是给予她保护。尽管没人能保护她，但纳茹阿达·牟尼作为外士纳瓦还是尽量给这么一个不幸的少女以保护。当老年(jarā)对人发起攻击时，所有的人都会寿命缩短、身体机能衰退。纳茹阿达·牟尼给予卡拉刊雅保护的方式是，让她转而向普通的物质主义者(karmī)发起攻势。接受纳茹阿达·牟尼教导的人，就能凭这位伟大的外士纳瓦的恩典，很快跨越恐惧(bhaya)的海洋。

第24节 ऋषभं यवनानां त्वां वृणे वीरेप्सितं पतिम् ।
सङ्कल्पस्त्वयि भूतानां कृतः किल न रिष्यति ॥२४॥

ṛṣabhaṁ yavanānāṁ tvāṁ
vṛṇe vīrepsitaṁ patim
saṅkalpas tvayi bhūtānāṁ
kṛtaḥ kila na riṣyati

ṛṣabham－最好的 / yavanānām－不可触碰之人的 / tvām－你 / vṛṇe－我接受 / vīra－伟大的英雄啊 / īpsitam－渴望 / patim－丈夫 / saṅkalpaḥ－决心 / tvayi－向你 / bhūtānām－众生的 / kṛtaḥ－如果做了 / kila－肯定地 / na－绝不 / riṣyati－挫败

译文　卡拉刊雅接近亚瓦纳的君王，称他为伟大的英雄，对他说：我亲爱的先生，你是亚瓦纳之王。我爱上了你，想要你当我的丈夫。我知道，人只要与你交朋友，就不再受到阻挠。

要旨　“亚瓦纳之王(ṛṣabham yavanānām)”是指亚瓦纳(Yavana)。梵文“亚瓦纳”和“摩累查(mleccha)”都用于指那些不遵守韦达原则的人。按照韦达原则，人应该清晨早起，沐浴，吟诵、吟唱哈瑞·奎师那，做崇拜神像的清晨吉祥仪式，学习韦达文献、吃给神像供奉过的食物帕萨达(prasāda)，给神像穿衣打扮。人还必须为神庙的开支收集资金，或者如果是居士的话，就必须履行作为布茹阿玛纳(brāhmaṇa，婆罗门)、查锤亚(kṣatriya，刹帝利)、外夏(vaiśya，吠舍)或庶铎(śūdra，首陀罗)的职责。总之，人应该过一种使自己能够具有灵性理解的生活；这就是韦达文明。不遵守韦达规范守则的人被称为亚瓦纳或摩累查。我们不要错误地以为这些词只用来指其他国家的某类人。这里不存在国家的限制。无论是住在印度之内或之外的人，只要他不遵守韦达原则，就被称为亚瓦纳或摩累查。不遵守韦达经典中规定的有关卫生原则，就会得许多传染病。在我们这个奎师那意识运动中的学生，因为都被劝告要遵守韦达原则，所以自然都很清洁。

具有奎师那意识的人即使到七十五或八十岁，也可以像年轻人一样地工作。时间(Kāla)的女儿无法战胜外士纳瓦。圣奎师那达斯·卡维茹阿佳·哥斯瓦米(Kṛṣṇadāsa Kavirāja Gosvāmī)虽然在他高龄时才开始撰写《永恒的柴坦亚经》(Caitanya-caritāmṛta)，但却呈献了有关主柴坦亚的最优秀的文献。圣茹帕·哥斯瓦米(Rūpa Gosvāmī)和萨纳坦·哥斯瓦米(Sanātana Gosvāmī)是在他们退出政府职责和家庭生活后，才彻底开始他们的灵修生活的。尽管如此，他们呈献了许多帮助人在灵性生活中取得进步的珍贵文献。对此，圣施瑞尼瓦斯·阿查尔亚(Śrīnivāsa Ācārya)这样证实并赞美他们说：

nānā-śāstra-vicāraṇaika-nipuṇau sad-dharma-saṁsthāpakau
lokānāṁ hita-kāriṇau tri-bhuvane mānyau śaraṇyākarau
rādhā-kṛṣṇa-padāravinda-bhajanānandena mattālikau
vande rūpa-sanātanau raghu-yugau śrī-jīva-gopālakau

“我恭恭敬敬地向六位哥斯瓦米顶礼，他们是，圣萨纳坦·哥斯瓦米、圣茹帕·哥斯瓦米、圣茹阿古纳特·巴塔·哥斯瓦米(Raghunātha Bhaṭṭa Gosvāmī)、圣茹阿古纳特·达斯·哥斯瓦米(Raghunātha dāsa Gosvāmī)、圣吉瓦·哥斯瓦米(Jīva Gosvāmī)和圣哥帕拉·巴塔·哥斯瓦米(Gopāla Bhaṭṭa Gosvāmī)。”他们都很善于仔细研究所有的启示经典，以便为了全人类的利益建立永恒的宗教原则。正因为如此，他们在三个世界受到尊敬。他们完全沉浸在牧牛姑娘(gopī)的心绪中，忙着为茹阿妲(Rādhā)和奎师那(Kṛṣṇa)做超然的爱心服务，因此值得人们去寻求托庇。”

老年的影响——佳茹阿，伤害不了奉献者。这其中的原因是：奉献者遵守纳茹阿达·牟尼给予的教导，以他为榜样，坚定地做奉爱服务。所有的奉献者都来自由纳茹阿达·牟尼传下的师徒传承，因为他们按照纳茹阿达·牟尼在《纳茹阿达·潘查茹阿陀》(Nārada-pañcarātra)或“潘查茹阿垂卡·维迪”(pāñcarātrika-vidhi)中给予的指示崇拜神像。奉献者遵守“潘查茹阿垂卡·维迪”和“巴嘎瓦特·维迪”(bhāgavata-vidhi)的原则。巴嘎瓦特·维迪包括传教工作，即：聆听和吟诵、吟唱至尊人格首神维施努的荣耀(śravaṇaṁ kīrtanaṁ viṣṇoḥ)。潘查茹阿垂卡·维迪包括崇拜神像(arcanaṁ)，献上祈祷(vandanaṁ)，当至尊主的仆人(dāsyaṁ)，以朋友的身份为至尊主服务(sakhyam)并为祂献出一切(ātma-nivedanam)。奉献者严格按照纳茹阿达·牟尼的指示做，因此根本不害怕老年、疾病或死亡。表面上看，奉献者也许会变老，但不会像普通人一样在老年期具有挫败的感觉。所以，老年并不会使奉献者像普通人那样惧怕死亡。当老年(jarā)去找奉献者时，卡拉刊雅就会减弱奉献者的恐惧感。奉献者知道他死后会回归家园、回到首神身边，因此根本不怕死。高龄帮助奉献者变得无畏并感到快乐，而不会让奉献者感到沮丧。

第 25 节　द्वाविमावनुशोचन्ति बालावसदवग्रहौ ।
यल्लोकशास्त्रोपनतं न राति न तदिच्छति ॥२५॥

dvāv imāv anuśocanti
bālāv asad-avagrahau
yal loka-śāstropanataṁ
na rāti na tad icchati

dvau—两种 / imau—这些 / anuśocanti—他们悲伤 / bālau—愚昧的 / asat—愚蠢之人 / avagrahau—走……之途 / yat—……的 / loka—因为习惯 / śāstra—由经典 / upanatam—呈现 / na—绝不 / rāti—追随 / na—也不 / tat—那 / icchati—想要

译文　不按习俗或经典训谕给予布施之人，不以那种方式接受布施之人，被视为是受愚昧属性的控制。这类人走愚蠢之途，最终必然会悲伤不已。

要旨　这节诗中说，人要想过吉祥的生活，就该严格遵守经典规定的原则。对此，《博伽梵歌》第16章的第23节诗解释说：

yaḥ śāstra-vidhim utsṛjya
vartate kāma-kārataḥ
na sa siddhim avāpnoti
na sukhaṁ na parāṁ gatim

“不顾经典指示而随心所欲行事的人，既不能变得完美、快乐，也达不到至高无上的目的地。”不严格按照韦达训谕行事的人，人生永远不可能成功或快乐。更不要说回归家园，回到首神身边了。

经典有一条训谕是：居士、查锤亚或行政首脑，在一位妇女自愿要求成为他妻子时不该拒绝。既然卡拉刊雅——时间的女儿，按纳茹阿达·牟尼的指示把自己献给亚瓦纳的君王(Yavana-rāja)，亚瓦纳的君王不能拒绝她。一切都应该按照经典的训谕去做。经典的训谕得到像纳茹阿达·牟尼那样伟大的圣人们的确认。正如纳若塔玛·达斯·塔库尔所说：人应该遵守圣人、经典和灵性导师给予的原则(sādhu-śāstra-guru-vākya, cittete kariyā aikya)。这样做确保人在人生中获得成功。卡拉刊雅——时间的女儿，严格按照圣人(sādhu)、经典(śāstra)和灵性导师(guru)的话去做，把自己献给亚瓦纳的君王，因此他没有理由不接受她。

第 26 节 अथो भजस्व मां भद्र भजन्तीं मे दयां कुरु ।
एतावान् पौरुषो धर्मो यदार्ताननुकम्पते ॥२६॥

atho bhajasva māṁ bhadra
bhajantīṁ me dayāṁ kuru
etāvān pauruṣo dharmo
yad ārtān anukampate

atho—因此 / bhajasva—接受 / mām—我 / bhadra—温和的人啊 / bhajantīm—愿意服务 / me—向我 / dayām—仁慈 / kuru—做 / etāvān—如此程度的 / pauruṣaḥ—对任何绅士 / dharmaḥ—宗教原则 / yat—……的 / ārtān—对痛苦的人 / anukampate—慈悲的

译文 卡拉刊雅继续道：温和之人啊！我此刻出现在你面前来侍奉你。请接受我，以此向我展示仁慈。同情痛苦、忧伤之人是绅士最重要的责任。

要旨 亚瓦纳的君王其实也可以拒绝接受卡拉刊雅——时

间的女儿，但他考虑是纳茹阿达·牟尼的要求，于是以另外一种方式接受了卡拉刊雅。换句话说，纳茹阿达·牟尼的指示——奉爱服务之途，可以被三个世界中的任何人接受，当然也可以被亚瓦纳的君王所接受。主柴坦亚本人要求所有的人都要传播奉爱瑜伽(bhakti-yoga)，把它传遍全世界的每一个乡村和城镇。奎师那意识运动中的传教者们都实际地体验到，在纳茹阿达·牟尼的“潘查茹阿垂卡·维迪”的力量推动下，就连不可触碰和不文明的人都接受了灵性生活。当人类像柴坦亚·玛哈帕布所建议的那样，接受师徒传承的教导时，全世界的每一个人就都会受益。

第 27 节　कालकन्योदितवचो निशम्य यवनेश्वरः ।
चिकीर्षुर्देवगुह्यं स सस्मितं तामभाषत ॥२७॥

kāla-kanyodita-vaco
niśamya yavaneśvaraḥ
cikīrṣur deva-guhyaṁ sa
sasmitaṁ tām abhāṣata

kāla-kanyā一由时间的女儿 / udita一表达 / vacaḥ一话语 / niśamya一聆听 / yavana-īśvaraḥ一亚瓦纳的君王 / cikīrṣuḥ一想要执行 / deva一天意的 / guhyam一秘密的责任 / saḥ一他 / sa-smitam一微笑着 / tām一她 / abhāṣata一说

译文　听了时间的女儿卡拉刊雅的说明后，亚瓦纳的君王脸上露出微笑，想出一个代表天意执行他秘密责任的一个方法。于是，他对卡拉刊雅说了如下一番话。

要旨　《永恒的柴坦亚经》首篇第5章的第142节诗说：

ekale īśvara kṛṣṇa, āra saba bhṛtya
yāre yaiche nācāya, se taiche kare nṛtya

事实上，人格首神奎师那才是至高无上的控制者，每一个生物都是祂的仆人。亚瓦纳的君王(Yavana-rāja)也是奎师那的仆人。因此，他想通过卡拉刊雅这一代理去实现奎师那的目的。尽管卡拉刊雅意味着体弱多病或老年，但亚瓦纳的君王想要通过把她介绍给每一个人，来为奎师那做服务。这样，头脑清醒的人变老后就会开始惧怕死亡。从事物质活动的愚蠢之人以为自己会永远活下去，享受物质进步，但实际上根本没有物质进步这回事。在错觉的影响下，人们以为物质财富会拯救他们，但尽管物质科技已经非常进步了，但人类社会的问题——生老病死，依然没有得到解决。尽管如此，愚蠢的科学家们仍然以为，他们在物质上很进步。当卡拉刊雅——老年的体弱多病攻击他们时，他们如果头脑清醒，就会开始惧怕死亡。只有愚蠢之极的人才既不在乎死亡，也不知道死后会发生什么。他们在错误观念的影响下认为，死后没有生命，因此这一生便很不负责地行事，放纵地进行感官享乐。对明智之人来说，老年的出现是敦促人开始过灵性生活。人们自然害怕正逼近的死亡。亚瓦纳的君王试图用卡拉刊雅达到这一目的。

第 28 节 मया निरूपितस्तुभ्यं पतिरात्मसमाधिना ।
नाभिनन्दति लोकोऽयं त्वामभद्रामसम्मताम् ॥२८॥

maya nirūpitas tubhyaṁ
patir ātma-samādhinā
nābhinandati loko ’yaṁ
tvām abhadrām asammatām

mayā—由我 / nirūpitaḥ—处理 / tubhyam—为你 / patiḥ—丈夫 / ātma—心的 / samādhinā—靠冥想 / na—绝不 / abhinandati—欢迎 / lokaḥ—人们 / ayam—这些 / tvām—你 / abhadrām—不吉祥的 / asammatām—不可接受的

译文　亚瓦纳的君王回答说：经过深思熟虑，我为你找了个丈夫。事实上，对每一个人来说，你都是不吉祥的。既然没人喜欢你，怎么可能有人接受你当妻子呢？

要旨　亚瓦纳的君王在深思熟虑后决定，要变不利为有利。卡拉刊雅是有害的因素，没人喜欢她，但一切都可以用来为至尊主服务。因此，亚瓦纳的君王试图用她来为奎师那服务。他所要达到的目的已经解释过了，即：卡拉刊雅作为老年的影响——体弱多病，可以被用来唤起人们的恐惧感，让他们通过从事具有奎师那意识的活动为来生做准备。

第 29 节　त्वमव्यक्तगतिर्भुङ्क्ष्व लोकं कर्मविनिर्मितम् ।
या हि मे पृतनायुक्ता प्रजानाशं प्रणेष्यसि ॥२९॥

tvam avyakta-gatir bhuṅkṣva
lokaṁ karma-vinirmitam
yā hi me pṛtanā-yuktā
prajā-nāśaṁ praṇeṣyasi

tvam—你 / avyakta-gatiḥ—活动无法被感知的 / bhuṅkṣva—享受 / lokam—这个世界 / karma-vinirmitam—由功利性活动产生 / yā—……的人 / hi—肯定地 / me—我的 / pṛtanā—士兵 / yuktā—在……的帮助下 / prajā-nāśam—生物体的毁灭 / praṇeṣyasi—你会毫无阻碍地执行它

译文　这世界是功利性活动的产物。因此你可以在大众不知不觉的情况下攻击他们。在我的士兵的帮助下，你可以在没有抵抗的情况下杀死他们。

要旨　诗中说“由功利性活动制造出的(karma-vinirmitam)”。这整个物质世界，尤其是现今的状况，都是功利性活动的结果。大家都忙忙碌碌、全身心地用高速公路、汽车、电器、摩天大楼、工业企业和贸易等装饰这个世界。这一切对那些只是沉溺于感官享乐且对自己的灵性身份一无所知的人来说，显得很美好。正如《圣典博伽瓦谭》第5篇第5章的第4节诗所说：

nūnaṁ pramattaḥ kurute vikarma
yad indriya-prītaya āpṛṇoti
na sādhu manye yata ātmano 'yam
asann api kleśada āsa dehaḥ

"当人把感官享乐作为人生的目标时，他无疑会疯狂地追求物质主义的生活方式，从事各种各样的罪恶活动。他不知道，由于他过去的不端行为，他已经接受了一个虽然短暂，但却使他痛苦的躯体。事实上，生物根本不该套上一个物质躯体，但他却被赐予一个供他感官享乐的物质躯体。因此我认为，明智之人不该让自己再次卷入使他不断得到一个又一个物质躯体的感官享乐活动。"

对灵性的灵魂一无所知的人，疯狂地从事物质主义的活动，只是为了感官享乐就从事各种罪恶活动。按照瑞沙巴戴瓦(Ṛṣabhadeva)的说法，这些活动因为迫使人在来世接受一个令人作呕的躯体，所以是不吉祥的。所有的人都有体会，尽管我们努力保持身体在一个舒适的状态，但它总是给我们痛苦的感觉，总是在受三种苦。否则世上为什么会有那么多的医院、福利委员会和保险公司呢？事实上，这个世界里没有快乐。人们只是在忙着抵消不快乐。愚蠢之人把不快乐当做快乐，亚瓦纳的君王为此决定，用老年、疾病和最终的死亡，在不知不觉的情况下攻击这种愚蠢之人。当然，死后必然有出生，因此亚瓦纳的君王认为透过卡拉刊雅这一代理杀死所有的物质主义者，以此让他们认识到物质进步其实并非真正的进步。每一个生物都是灵性的个体，所以如果没有灵性的进步，他的人体生命就被糟蹋了。

第 30 节　प्रज्वारोऽयं मम भ्राता त्वं च मे भगिनी भव ।
चराम्युभाभ्यां लोकेऽस्मिन्नव्यक्तो भीमसैनिकः ॥३०॥

prajvāro 'yaṁ mama bhrātā
tvaṁ ca me bhaginī bhava
carāmy ubhābhyāṁ loke 'sminn
avyakto bhīma-sainikaḥ

prajvāraḥ－名叫帕之瓦尔 / ayam－这 / mama－我的 / bhrātā－兄弟 / tvam－你 / ca－也 / me－我的 / bhaginī－妹妹 / bhava－成为 / carāmi－我将会 / ubhābhyām－由你们两人 / loke－在世上 / asmin－这 / avyaktaḥ－没有展示的 / bhīma－危险 / sainikaḥ－和士兵

译文　亚瓦纳的君王继续说：这是我的兄弟帕之瓦尔。我现在接受你为我妹妹。我将雇用你们俩以及我那些危险的士兵，让你们在这个世界里不被察觉地行事。

要旨　卡拉刊雅被纳茹阿达·牟尼派去找亚瓦纳的君王，以使她也许被接受为亚瓦纳君王的妻子，但亚瓦纳的君王没有接受她当妻子，而是认她做了妹妹。不遵守韦达原则的人在性生活方面非常放纵，有些人甚至毫不犹豫地与自己的姐妹发生性关系。在这个喀历年代里有许多乱伦的事件发生。亚瓦纳的君王虽然为表示对纳茹阿达·牟尼的尊重接受了他的要求，但还是想着非法性生活。这是因为他是亚瓦纳和不文明之人的君王。

诗中梵文“帕芝瓦茹阿哈(prajvāraḥ)”一词极为重要，其意思是“主维施努引起的发烧”。这样的发烧总是维持在42度——人死时的温度。因此，不文明之人和亚瓦纳的君王要求时间的女儿卡拉刊雅成为他妹妹。他不需要让卡拉刊雅成为他的妻子，因为不可触碰和不文明的人在发生性关系的方面根本不作区分。因此，一个人也许表面上是姐妹、母亲或女儿，但还是有性关系。

亚瓦纳君王的哥哥是帕芝瓦茹阿(Prajvāra) ——人死时的热度，而卡拉刊雅是年老体弱多病本身。他们这样联合起来，再加上不卫生、非法性行为和最终把人带向死亡的高热这些亚瓦纳王的士兵们的力量，就能够粉碎物质主义的生活方式。就有关这方面很重要的一点是，纳茹阿达免于老年体弱多病的攻击，同样的破坏性力量也攻击不了纳茹阿达·牟尼的追随者——纯粹的外士纳瓦。

到此为止，结束了巴克提韦丹塔对《圣典博伽瓦谭》第4篇第27章——“时间攻击普冉佳纳王的城市；卡拉刊雅的故事”所作的阐释。

第二十八章

普冉佳纳王来世变女人

第 1 节

नारद उवाच
सैनिका भयनाम्नो ये बर्हिष्मन्दिष्टकारिणः ।
प्रज्वारकालकन्याभ्यां विचेरुरवनीमिमाम् ॥ १ ॥

nārada uvāca
sainikā bhaya-nāmno ye
barhiṣman diṣṭa-kāriṇaḥ
prajvāra-kāla-kanyābhyāṁ
vicerur avanīm imām

nāradaḥ uvāca一伟大的圣人纳茹阿达继续说 / sainikāḥ一士兵们 / bhaya-nāmnaḥ一恐惧 (巴亚)的 / ye一他们所有人 / barhiṣman一帕祺纳巴黑沙特王啊 / diṣṭa-kāriṇaḥ一执行死亡命令的人 / prajvāra一和帕之瓦尔 / kāla-kanyābhyām一和卡拉刊雅 / viceruḥ一旅行 / avanīm一地球上 / imām一这

译文 伟大的圣人纳茹阿达继续道：我亲爱的帕祺纳巴黑沙特王，那之后，名字本身就叫“恐惧”的亚瓦纳的君王，与他的士兵、帕之瓦尔和卡拉刊雅，开始在全世界旅行。

要旨 死亡之前的一段时间无疑是很危险的，因为人们那时通常都受到年老体弱及各种疾病的攻击。这节诗中把攻击身体的疾病称为士兵。这些士兵都由他们的总司令——亚瓦纳(Yavana)的君王率领，所以都不是普通的士兵。诗中“执行死亡命令的人(diṣṭa-kāriṇaḥ)”一词是指，他是他们的指挥官。人年轻时不在乎老年，而是尽他最大的能量享受性生活，不知道在他生命的迟暮之年，他对性的放纵会给他带来各种疾病，使他的身体那么痛苦，以致他会祈求立刻死去。人在年轻时越多地享受性生活，老年时就越痛苦。

第2节 त एकदा तु रभसा पुरञ्जनपुरीं नृप ।
रुरुधुर्भौमभोगाढ्यां जरत्पन्नगपालिताम् ॥ २ ॥

ta ekadā tu rabhasā
purañjana-purīṁ nṛpa
rurudhur bhauma-bhogāḍhyāṁ
jarat-pannaga-pālitām

te—他们 / ekadā—从前 / tu—于是 / rabhasā—以强大的兵力 / purañjana-purīm—普冉佳纳的城市 / nṛpa—君王啊 / rurudhuḥ—围绕 / bhauma-bhoga-āḍhyām—充满感官享乐 / jarat—老的 / pannaga—被蛇 / pālitām—受保护

译文 一次，危险的士兵们向普冉佳纳的城市发起了猛攻。尽管城里满是供感官享乐用的用品和设施，但都由那年老的巨蛇保护着。

要旨 忙着进行感官享乐的身体，一天一天地衰弱下去。生命力最后变得那么虚弱，这节诗里甚至把它比喻为是一条虚弱的蛇。生命之气在前面的章节已经被比喻为是蛇了。当躯体内的生命力变得虚弱时，躯体本身也变得虚弱。这时，死亡的表征——死神危险的士兵——阎罗王的仆人们，就开始发起猛攻。按照韦达制度，人应该在这一阶段到来之前离开家当托钵僧(sannyāsi)，用剩余的时间传播神的信息。然而，人如果坐在家中，接受他心爱的妻子和孩子的照顾，他无疑就会因为感官享乐变得越来越虚弱。当死亡最终到来时，他就会在没有灵性资产的情况下离开躯体。如今，由于依恋妻子、孩子、金钱、财产和住宅等，就连家中最老的人都不离开家。因此在死亡到来时，他担心他的妻子如何继续受保护，她怎么才能承担巨大的家庭责任等。男人通常就这样在死亡前想着他的妻子，而按照《博伽梵歌》(Bhagavad-gītā)第8章的第6节诗说：

yaṁ yaṁ vāpi smaran bhāvaṁ
tyajaty ante kalevaram
taṁ tam evaiti kaunteya
sadā tad-bhāva-bhāvitaḥ

“人在离开躯体时无论记起什么情形，就必会到达那情景。”

在此生即将结束时，人会回忆他在这一生都做了什么，于是会根据他此生结束时的想法和愿望得到另一个躯体(dehāntara)。太依恋家庭生活的人自然会在死亡时想着他心爱的妻子。这使他在来生得到一个女人的躯体，同时也得到他过去从事虔诚活动和不虔诚活动的结果。这一章将详细地解释普冉佳纳(Purañjana)王接受女人躯体的事情。

第3节　कालकन्यापि बुभुजे पुरञ्जनपुरं बलात् ।
ययाभिभूतः पुरुषः सद्यो निःसारतामियात् ॥ ३ ॥

kāla-kanyāpi bubhuje
purañjana-puraṁ balāt
yayābhibhūtaḥ puruṣaḥ
sadyo niḥsāratām iyāt

kāla-kanyā—时间的女儿 / api—也 / bubhuje—占领……的领地 / purañjana-puram—普冉佳纳的城市 / balāt—用武力 / yayā—……的 / abhibhūtaḥ—被征服 / puruṣaḥ—一个人 / sadyaḥ—立即 / niḥsāratām—无用的 / iyāt—得到

译文 渐渐地，卡拉刊雅在危险的士兵们的协助下，攻击了普冉佳纳城中的全体居民，使他们个个变成了无用的废人。

要旨 在此生即将结束时，老年的体弱多病就会向人发起猛攻，使他躯体的各项功能都瘫痪变得无用。为此，韦达文明的训练方法是，男人在少年时就该受训练当独身禁欲的学生(brahmacarya)，即：他应该全身心地为至尊主做服务，不该以任何方式与女性交往、联谊。少年成为青年人时，就可以在二十到二十五岁之间结婚。在适当的年龄结婚的人，可以立刻生育强壮、健康的儿子。现在由于年轻人性机能很弱，女孩的出生率正在上升。丈夫的性机能比妻子的强，就会生男孩，反之则生女孩。因此，想要生男孩的人，在结婚前有必要接受当贞守生的训练。男人到五十岁时就该退出家庭生活。孩子们那时已经长大成人，当父亲的可以把家庭责任交给他们。丈夫和妻子随后应该到别处去过退休生活，到不同的圣地去朝圣。当丈夫和妻子双双失去对家庭的依恋时，妻子便返回家中，在她长大成人的孩子的照顾下生活，不介入家庭事务。丈夫随后应该当托钵僧，为至尊人格首神做奉爱服务。

这是完美的文明制度。人体生命形式是专门用来获得对神的认识的。人如果无法从人生的一开始就采用培养奎师那意识的方式，就必须在迟暮之年接受这些原则。不幸的是，世上现在既没有对孩子的训练，也没人可以在他的迟暮之年退出家庭生活。这就是这些诗文所生动描述的普冉佳纳城市的情况。

第 4 节 तयोपभुज्यमानां वै यवनाः सर्वतोदिशम् ।
द्वार्भिः प्रविश्य सुभृशं प्रार्दयन् सकलां पुरीम् ॥ ४ ॥

tayopabhujyamānāṁ vai
yavanāḥ sarvato-diśam

dvārbhiḥ praviśya subhṛśaṁ
prārdayan sakalāṁ purīm

tayā—由卡拉刊雅 / upabhujyamānām—因占领了……的领地 / vai—肯定地 / yavanāḥ—亚瓦纳 / sarvataḥ-diśam—从四面八方 / dvārbhiḥ—穿过大门 / praviśya—进入 / su-bhṛśam—巨大的 / prārdayan—制造麻烦 / sakalām—到处 / purīm—城市

译文　当时间的女儿卡拉刊雅攻击躯体时，亚瓦纳的君王率领的危险士兵们从不同的大门进入城市，然后开始折磨所有的居民。

要旨　躯体有九个门户，两只眼睛、两个鼻孔、两个耳朵、一张嘴巴、一个肛门和一个生殖器。当人受到年老体弱的侵扰时，各种疾病就会展示在躯体的各个门户上，例如，眼睛的视力会变得那么模糊，以致人需要借助眼镜的帮助才能看清东西；耳朵的听力变得那么弱，人必须借助助听器才能听清别人的讲话；鼻孔被黏液堵塞，人必须始终往鼻孔中喷含有氨水的药才能呼吸。同样，嘴巴里的牙齿都掉光了，没有足够的力气咀嚼，需要借助假牙的帮助。直肠和肛门也给人制造麻烦，排泄变得极为困难，有些人不得不灌肠。为了排尿顺利，有些人需要插尿管。就这样，普冉佳纳的各个城门都遭受到士兵的攻击，使躯体所有的门户都被许许多多的疾病封锁住。人不得不借助各种医药和医疗器械的帮助。

第5节　तस्यां प्रपीड्यमानायामभिमानी पुरञ्जनः ।
अवापोरुविधांस्तापान् कुटुम्बी ममताकुलः ॥५॥

tasyāṁ prapīḍyamānāyām
abhimānī purañjanaḥ
avāporu-vidhāṁs tāpān
kuṭumbī mamatākulaḥ

tasyām－当城市 / prapīḍyamānāyām－陷入各种困难中时 / abhimānī－沉溺于 / purañjanaḥ－普冉佳纳王 / avāpa－得到 / uru－许多 / vidhān－各种各样的 / tāpān－痛苦 / kuṭumbī－居士 / mamatā-ākulaḥ－太依恋家庭的人

译文 当城市这样几乎被士兵和卡拉刊雅捣毁时，过度沉浸在对家庭情感中的普冉佳纳王，也被亚瓦纳的君王和卡拉刊雅置于困境中。

要旨 我们在谈到躯体时，既包括有着四肢的外在粗糙的躯体，也包括由心念、智力和假我组成的精微躯体。所有这些在老年期遭到各种疾病攻击时都变得虚弱不堪。躯体的拥有者——充满生气的灵魂，因为没有能力恰当地运用这活动的场所而沮丧不已。《博伽梵歌》中明确地解释说：生物是躯体的拥有者(kṣetra jña)，躯体是活动的场所(kṣetra)。当一个场地上长满了荆棘和杂草时，场地的拥有者就很难在上面工作了。那就是灵性的灵魂在他居住的躯体因疾病变成负担时的情况。额外的负担以焦虑和躯体机能退化的形式被置于躯体之上。

第6节 कन्योपगूढो नष्टश्रीः कृपणो विषयात्मकः ।
नष्टप्रज्ञो हृतैश्वर्यो गन्धर्वयवनैर्बलात् ॥ ६ ॥

kanyopagūḍho naṣṭa-śrīḥ
kṛpaṇo viṣayātmakaḥ
naṣṭa-prajño hṛtaiśvaryo
gandharva-yavanair balāt

kanyā－由时间的女儿 / upagūḍhaḥ－拥抱 / naṣṭa-śrīḥ－被夺去了所有的美 / kṛpaṇaḥ－吝啬鬼 / viṣaya-ātmakaḥ－沉溺于感官享乐 / naṣṭa-prajñaḥ－失去了智慧 / hṛta-aiśvaryaḥ－失去了财富 / gandharva－被甘达尔瓦 / yavanaiḥ－被亚瓦纳 / balāt－以武力

译文　普冉佳纳王被卡拉刊雅拥抱后，逐渐失去了他所有的美。由于过度沉溺于性生活，他的智力降低到可怜的程度，他失去了他所有的财富。失去一切的他，被甘达尔瓦和亚瓦纳征服了。

要旨　人受到老年体弱多病的攻击，但却依然沉溺于感官享乐时，他就逐渐失去了他个人的美、智力和一切美好的拥有，因而无法对抗时间的女儿强有力的攻击。

第7节　विशीर्णां स्वपुरीं वीक्ष्य प्रतिकूलाननादृतान् ।
पुत्रान् पौत्रानुगामात्याञ्जायां च गतसौहृदाम् ॥ ७ ॥

viśīrṇāṁ sva-purīṁ vīkṣya
pratikūlān anādṛtān
putrān pautrānugāmātyāñ
jāyāṁ ca gata-sauhṛdām

viśīrṇām—消散 / sva-purīm—他自己的城市 / vīkṣya—看着 / pratikūlān—反抗的因素 / anādṛtān—不敬 / putrān—儿子们 / pautra—孙子们 / anuga—仆人们 / amātyān—大臣们 / jāyām—妻子 / ca—和 / gata-sauhṛdām—漠不关心

译文　普冉佳纳王随后看到他城中的一切都混乱不堪，他的儿子、孙子、仆人和大臣开始逐渐反对他。他还发现，他妻子对他的态度也变得冷冰冰的。

要旨　当人体弱多病时，他的感官和器官也都虚弱不堪。换句话说，它们不再受躯体拥有者的控制。接着，感官和感官对象开始与他对抗。人在生病时，就连他的儿子、孙子和妻子等家庭成员都变得不尊重他，不再听他这个一家之主的话。正如我们想要用我们的感官进行享乐，感官也需要从身体得到力量；男人养家是为了享乐，而家庭成员也要求一家之主供他们享乐。他们从他那里一旦得不到足够用以享乐的金钱，便逐渐对他冷漠，不理会他的命令或愿望。这一切的发生都源于人自己选择要当吝啬鬼(kṛpaṇa)。这一章的第16节诗所用的“吝啬鬼”一词，正好与“布茹阿玛纳(brāhmaṇa)”一词相反。在人体生命中，人应该成为布茹阿玛纳(婆罗门)，也就是说：应该了解绝对真理至尊梵(Brahman)本身的地位，然后作为一名外士纳瓦为祂做奉爱服务。我们得到人体这一便利设施，但如果不正确地运用它所提供的机会，我们就成了吝啬鬼。吝啬鬼是那些得到金钱，但没有正确运用它的人。人体生命是专为让生物了解至尊真理、成为布茹阿玛纳而设计的，如果我们不正确地运用它，就是个吝啬鬼。我们在现实中可以看到，有钱不花的吝啬鬼从来都不快乐。同样，当人因为沉溺于感官享乐而糟蹋了自己的智力时，他一生都会当吝啬鬼。

第8节 आत्मानं कन्यया ग्रस्तं पञ्चालानरिदूषितान् ।
दुरन्तचिन्तामापन्नो न लेभे तत्प्रतिक्रियाम् ॥ ८ ॥

ātmānaṁ kanyayā grastaṁ
pañcālān ari-dūṣitān
duranta-cintām āpanno
na lebhe tat-pratikriyām

ātmānam—他自己 / kanyayā—被卡拉刊雅 / grastam—拥抱 / pañcālān—潘查拉 / ari-dūṣitān—被敌人传染 / duranta—不可克服的 / cintām—焦虑 / āpannaḥ—获得了 / na—不 / lebhe—完成了 / tat—……的 / pratikriyām—抵抗

译文 普冉佳纳王看到他所有的家人、随从、仆人、秘书等都转而反对他时，心中焦虑不安。但他已彻底被卡拉刊雅征服，根本无力扭转局面。

要旨　老年的攻击使人变得虚弱不堪时，家人、仆人和秘书等都不再理会他。他无力扭转局面，因此越来越焦虑，为自己身陷可怕的处境而感到悲伤。

第 9 节　कामानभिलषन्दीनो यातयामांश्च कन्यया ।
विगतात्मगतिस्नेहः पुत्रदारांश्च लालयन् ॥ ९ ॥

kāmān abhilaṣan dīno
yāta-yāmāṁś ca kanyayā
vigatātma-gati-snehaḥ
putra-dārāṁś ca lālayan

kāmān－享受的对象 / abhilaṣan－总是贪图享受 / dīnaḥ－可怜的人 / yāta-yāmān－陈腐 / ca－也 / kanyayā－因卡拉刊雅的影响 / vigata－失去了 / ātma-gati－生活的真正目标 / snehaḥ－依恋于 / putra－儿子们 / dārān－妻子 / ca－和 / lālayan－深情地维系着

译文　卡拉刊雅的影响使享乐的对象都变得污浊、腐败。荒淫无度使普冉佳纳王变得在一切事情上都很不幸，因而已根本无法了解生命的目标了。他对妻子和孩子仍然满怀深情，担心如何供养他们。

要旨　这正是现代文明的真实写照。所有的人都忙着维护自己的身体、住宅和家庭，但结果是每个人都在一生即将结束时感到困惑，不知道什么是灵性生活，什么是人生的目标。在感官享乐的文明中不可能有灵性生活，因为人只想着这一生。尽管来生是不争的事实，但人们得不到有关它的资讯。

第 10 节　गन्धर्वयवनाक्रान्तां कालकन्योपमर्दिताम् ।
हातुं प्रचक्रमे राजा तां पुरीमनिकामतः ॥१०॥

gandharva-yavanākrāntāṁ
kāla-kanyopamarditām
hātuṁ pracakrame rājā
tāṁ purīm anikāmataḥ

gandharva—被甘达尔瓦士兵 / yavana—和被亚瓦纳士兵 / ākrāntām—征服 / kāla-kanyā—被卡拉刊雅(时间的女儿) / upamarditām—被摧毁 / hātum—放弃 / pracakrame—出发 / rājā—普冉佳纳王 / tām—那 / purīm—城市 / anikāmataḥ—不愿意

译文 甘达尔瓦和亚瓦纳的士兵征服了普冉佳纳王的城市，君王虽然并不想离开城市，但卡拉刊雅给予城市的破坏，使他受环境所迫，不得不离开。

要旨 不再与至尊人格首神联系的生物，企图享受这个物质世界。他被给予机会在上至布茹阿玛(Brahmā)下至细菌的一个特定的躯体中享受。从韦达文献记载的创造史中我们了解到，第一个被创造的生物体是布茹阿玛，他继而创造了七位伟大的圣人和其他负责繁殖宇宙生物体的生物体祖先(Prajāpati)。就这样，每一个生物都按他过去的欲望和活动(karma)得到一个特定的躯体，它也许是布茹阿玛的躯体，也许是粪便里的细菌的躯体。由于长时间地与每个特定的物质躯体接触，也由于卡拉刊雅的恩典及她制造的错觉的作用，人就会过于依恋其物质躯体，尽管它是痛苦的所在地。即使有人试图把粪便里的虫子与粪便分开，那虫子也将不愿意离开，会想方设法地回到粪便中。同样，猪一般都生活在非常骯脏的环境中，吃粪便，但如果有人试图让它离开那环境，给它一个环境整洁的居住地，它会不愿意住在那里。如果我们这样研究每一个生物体，我们就会发现，每一个生物体都会抗拒给他提供更舒适的环境。普冉佳纳王虽然受到各方面的攻击，但却不愿意离开他所在的城市。换句话说，生物无论自己的状况如何，都不愿意离开他所在的躯体。但由于这个物质躯体毕竟不可能永远存在下去，他最终还是要被迫放弃它。

生物想要以不同的方式享受物质世界，因此在物质自然法律的安排下，它被允许从一个躯体移居到另一个躯体，正如人经历躯体从婴儿、到儿童、到少年、到成人的变化。这种过程会一直不断地持续下去。到最后，当粗糙的躯体变得衰老并体弱多病时，生物就只得心不甘情不愿地放弃它，尽管它事实上已经不能再用了。为什么尽管物质存在和物质躯体并不舒适，生物却不愿意离开呢？生物一旦得到一个物质躯体，就必须辛苦努力地维护它。人从事的活动种类也许不同，但无论如何，每个人都必须辛苦努力地维护他的物质躯体。不幸的是：如今的社会不提供有关灵魂轮回的知识。生物因为本身并不想进入灵性王国，享受永恒、极乐、充满知识的生活，所以要死守他现有的躯体，哪怕它已经没用了。因此，在这个世界中，最有利于人类的福利活动，是推广奎师那意识运动。

这场运动为人类社会提供有关神的王国的知识。世上有神，有奎师那，每一个生物都能回到神身边，过永恒、极乐并充满知识的生活。有奎师那意识的人不害怕放弃他现有的躯体，因为他知道自己是永恒的。有奎师那意识的人永恒地忙着为至尊主做超然的爱心服务；因此他只要还在现有的躯体中，他就快乐地为至尊主做爱心服务；他放弃现有的躯体后，还是长期不变地继续为至尊主服务。圣洁的奉献者永远处在自由和解脱的状态中，但缺乏有关灵性生活或为至尊主做超然爱心服务的知识的物质主义者，却非常害怕放弃这个发臭的物质躯体。

第 11 节　भयनाम्नोऽग्रजो भ्राता प्रज्वारः प्रत्युपस्थितः ।
ददाह तां पुरीं कृत्स्नां भ्रातुः प्रियचिकीर्षया ॥११॥

bhaya-nāmno 'grajo bhrātā
prajvāraḥ pratyupasthitaḥ
dadāha tāṁ purīṁ kṛtsnāṁ
bhrātuḥ priya-cikīrṣayā

bhaya-nāmnaḥ—恐惧的 / agra-jaḥ—年长的 / bhrātā—兄弟 / prajvāraḥ—名叫帕之瓦尔 / pratyupasthitaḥ—因出现在那里 / dadāha—点火 / tām—向那 / purīm—城市 / kṛtsnām—大规模的 / bhrātuḥ—他的兄弟 / priya-cikīrṣayā—为了取悦

译文 在这种情况下，亚瓦纳的君王的哥哥帕之瓦尔，为取悦他这位又名“恐惧”的弟弟而放火烧城。

要旨 按照韦达制度，尸体要被火化掉，但在死亡之前有另一种火——梵文称为帕之瓦尔(prajvāra)或维施努·芝瓦尔(viṣṇu-jvāra)的高热。医学证明，当人的体温上升到42度时，人就会立刻死去。这种高热，在人濒临死亡时，把其中的生物置于熊熊烈火之中。

第12节 तस्यां सन्दह्यमानायां सपौरः सपरिच्छदः ।
कौटुम्बिकः कुटुम्बिन्या उपातप्यत सान्वयः ॥१२॥

tasyāṁ sandahyamānāyāṁ
sapauraḥ saparicchadaḥ
kauṭumbikaḥ kuṭumbinyā
upātapyata sānvayaḥ

tasyām—当那城市 / sandahyamānāyām—燃烧着 / sa-pauraḥ—和市民们一起 / sa-paricchadaḥ—和所有的仆人及随从 / kauṭumbikaḥ—有那么多亲戚的君王 / kuṭumbinyā—和他的妻子 / upātapyata—开始受灼热之苦 / sa-anvayaḥ—和他的后代们

译文 当整座城市燃烧起熊熊烈火时，君王所有的臣民和仆人，以及儿孙、妻子和其他亲戚等所有家人，都置身于火海。普冉佳纳王为此极为难过。

要旨　躯体分许多不同的部分，有感官、四肢、皮肤、黏液、血液、骨髓等，这节诗中把所有这些生动地比喻为是儿子、孙子、臣民和侍从等。当躯体受到高热的猛攻时，它变得那么灼热，有时甚至使人热得昏迷不醒。这说明躯体处在极为痛苦的状态中，使人变得昏迷不省人事，感觉不到躯体内的痛苦了。事实上，生物在死亡时是那么无助，尽管自己百般不愿，还是得被迫放弃现有的躯体，进入另一个躯体。《博伽梵歌》中说：依靠科技进步，人也许可以改善短暂的生存环境，但却无法回避生老病死的痛苦。这些都由至尊人格首神透过物质自然这一代理在控制。愚蠢之人无法了解这简单的事实。人们如今正忙着在海洋中寻找石油，极为渴望解决今后石油供应的问题。但他们却不为改变生老病死的状况做任何努力。这种对自己今后的生活一无所知的愚昧之人，所从事的活动无疑都将以失败而告终。

第13节　यवनोपरुद्धायतनो ग्रस्तायां कालकन्यया ।
पुर्यां प्रज्वारसंसृष्टः पुरपालोऽन्वतप्यत ॥१३॥

yavanoparuddhāyatano
grastāyāṁ kāla-kanyayā
puryāṁ prajvāra-saṁsṛṣṭaḥ
pura-pālo 'nvatapyata

yavana—被亚瓦纳 / uparuddha—攻击 / āyatanaḥ—他的居所 / grastāyām—当被抓住时 / kāla-kanyayā—被时间的女儿 / puryām—那城市 / prajvāra-saṁsṛṣṭaḥ—被帕之瓦尔接近 / pura-pālaḥ—城市的监督者 / anvatapyata—也感到难过

译文 城市的治安监督者——巨蛇，看到市民受到卡拉刊雅的攻击，又看到亚瓦纳袭击自己的住所后纵火，心中忧伤不已。

要旨 生物由粗糙和精微这两种躯体包裹着。死亡时我们可以看到粗糙的躯体完结了，但实际上，生物由精微的躯体携带着进入另一个粗糙的躯体内。现代所谓的科学家们，无法看到精微的躯体是如何把灵魂从一个躯体带入另一个躯体中的。这精微的躯体被生动地比喻为是一条巨蛇——城市治安的监督者。当城市里到处着火时，负责城市治安的警方人员不能临阵脱逃。城市里如果没有火灾而只有保安问题时，负责治安的警察还可以向城市居民施加影响力，但当整个城市都遭到攻击时，他便无能为力了。生命之气准备离开粗糙的躯体时，精微的躯体也开始体验到痛苦。

第 14 节 न शेके सोऽवितुं तत्र पुरुकृच्छ्रोरुवेपथुः ।
गन्तुमैच्छत्ततो वृक्षकोटरादिव सानलात् ॥१४॥

na śeke so 'vituṁ tatra
puru-kṛcchroru-vepathuḥ
gantum aicchat tato vṛkṣa-
koṭarād iva sānalāt

na—不 / śeke—能够 / saḥ—他 / avitum—保护 / tatra—那里 / puru—非常 / kṛcchra—困难 / uru—巨大的 / vepathuḥ—痛苦 / gantum—出去 / aicchat—想要 / tataḥ—从那里 / vṛkṣa——棵树的 / koṭarāt—从……的洞里 / iva—如同 / sa-analāt—燃烧着

译文 正如住在树洞中的蛇，在遇到森林大火时想要离开，它作为城市治安的监督者，因为大火的灼热也想要离开城市。

要旨　树林起火后，蛇要离开就很困难了。其他动物因为腿长还可以逃走，但只能爬行的蛇一般都会在大火中被烧死。在濒临死亡之际，躯体的四肢并不会像生命之气那样受影响。

第 15 节　शिथिलावयवो यर्हि गन्धर्वैर्हृतपौरुषः ।
यवनैररिभी राजन्नुपरुद्धो रुरोद ह ॥१५॥

śithilāvayavo yarhi
gandharvair hṛta-pauruṣaḥ
yavanair aribhī rājann
uparuddho ruroda ha

śithila—松弛 / avayavaḥ—他的四肢 / yarhi—当……时 / gandharvaiḥ—被甘达尔瓦 / hṛta—被打败 / pauruṣaḥ—他身体的力量 / yavanaiḥ—被亚瓦纳 / aribhiḥ—被敌人 / rājan—帕祺纳巴黑沙特王啊 / uparuddhaḥ—被阻拦 / ruroda—大声地哭泣 / ha—实际上

译文　甘达尔瓦和亚瓦纳的士兵彻底耗尽了巨蛇的体力，它的身躯变得松软无力。它在试图离开躯体时受到敌军的拦截。它在感到挫败时开始大声喊叫。

要旨　在濒临死亡之际，躯体因为胆汁、黏液和气失去平衡而导致疾病，从而堵塞住不同的门户，使生物无法清楚地表达自己的困难处境，围绕在他身边的家属只能听到正在死亡之人发出的"咕噜、咕噜"的声音。在韦达文献《颂扬穆琨达的赞美诗花环》(Mukunda-mālā-stotra)第33节诗中，库拉晒卡尔王(Kulaśekhara)说道：

kṛṣṇa tvadīya-padapaṅkaja-pañjarāntam
adyaiva me viśatu mānasa-rāja-haṁsaḥ
prāṇa-prayāṇa-samaye kapha-vāta-pittaiḥ
kaṇṭhāvarodhana-vidhau smaraṇaṁ kutas te

“亲爱的奎师那，请帮我立刻死去，以便我心念的天鹅能在您莲花足之茎的周围绕行。否则，在我吐最后一口气时，我的喉咙被堵塞，我怎么才能想到您呀？”天鹅极喜欢潜水并绕着莲花茎游玩。这对它来说是一种享乐。人如果在身体健康的状态下想着至尊主的莲花足死去，是非常幸运的事。人在老年时面对死亡，喉咙有时就会被黏液堵住或被气堵住，发不出哈瑞·奎师那(Hare Kṛṣṇa)这一伟大的曼陀(mahā-mantra)的声音震荡，也许还会忘了奎师那。当然，具有强烈的奎师那意识之人，在任何状态下都不可能忘了奎师那，因为他们已经习惯吟诵、吟唱哈瑞·奎师那曼陀，尤其是在身体发出死亡信号之际。

第 16 节 दुहितॄः पुत्रपौत्रांश्च जामिजामातृपार्षदान् ।
स्वत्वावशिष्टं यत्किञ्चिद् गृहकोशपरिच्छदम् ॥१६॥

duhitṝḥ putra-pautrāṁś ca
jāmi-jāmātṛ-pārṣadān
svatvāvaśiṣṭaṁ yat kiñcid
gṛha-kośa-paricchadam

duhitṝḥ—女儿们 / putra—儿子们 / pautrān—孙子们 / ca—和 / jāmi—儿媳妇们 / jāmātṛ—女婿们 / pārṣadān—同伴们 / svatva—财产 / avaśiṣṭam—保持 / yat kiñcit—无论如何 / gṛha—家 / kośa—收集的财富 / paricchadam—家用品

译文 这时，普冉佳纳王开始想他的女儿、儿子、孙子、女婿、儿媳妇、仆人和家中的其他人，以及家中用具和他的一点点积蓄。

要旨 太依恋物质躯体的人通常都会去找医生为他延长生命至少一段时间。如果所谓的具有科学知识的医生能靠用氧气或其他药物延长一个人的生命哪怕几分钟，他都会认为自己的努力是很成功的，尽管病人最后还是死了。这称为为生存而苦苦挣扎。当病人死亡时，他本人和医生都在想方设法延长他的生命，尽管他身体所有的组织都已经死去。

第 17 节　अहं ममेति स्वीकृत्य गृहेषु कुमतिर्गृही ।
दध्यौ प्रमदया दीनो विप्रयोग उपस्थिते ॥१७॥

aham̐ mameti svīkṛtya
gṛheṣu kumatir gṛhī
dadhyau pramadayā dīno
viprayoga upasthite

aham—我 / mama—我的 / iti—如此 / svī-kṛtya—接受 / gṛheṣu—在家里 / ku-matiḥ—心中充满各种令人厌恶的想法的 / gṛhī—居士 / dadhyau—把他的注意力转向 / pramadayā—和他的妻子 / dīnaḥ—贫困潦倒 / viprayoge—当分开时 / upasthite—发生

译文　普瑞佳纳王过度依恋自己的家庭及“我”和“我的”这些概念。而由于他过度依恋妻子，他已经变得贫困潦倒。在离别的时刻到来时，他感到十分难过。

要旨　这节诗表明，人死亡时还有物质享乐的想法。这说明，生物——灵魂，是由心念、智力和假我组成的精微躯体携带着。错误的自我意识——假我，使生物还想要在物质世界里享乐；而由于想要物质享乐，他感到遗憾、悲伤。他继续用他的智力制定有关他将来的生存计划，所以尽管他放弃了粗糙的躯体，但精微躯体把他带到另一个粗糙躯体中，我们永远无法用肉眼看到精微躯体轮回的情况，因此当人放弃粗糙躯体时，我们认为他不存在了。物质享乐的计划实际上由精微躯体制定，粗糙躯体是用来享受这些计划的工具。为此，粗糙躯体可以被比作妻子，因为妻子是一切感官享乐的媒介。由于长时间地与粗糙躯体接触，生物在离开它是会感到悲伤。生物体的心理活动迫使他接受另一个粗糙躯体，继续他的物质生存。

梵文“strī”的意思是“扩展”。通过妻子，人增加他依恋的各种对象，即：儿子、女儿和孙子等。人在死亡时尤其依恋自己的家人。我们经常看到，人在即将离开他的躯体时，会告诉他心爱的儿子负责照顾他妻子及家中的一切。他会说：“我亲爱的孩子，我被迫要离开了。请负责把家照顾好。”他在这样说的时候，甚至不知道他自己的归宿在哪里。

第 18 节 लोकान्तरं गतवति मय्यनाथा कुटुम्बिनी ।
वर्तिष्यते कथं त्वेषा बालकाननुशोचती ॥१८॥

lokāntaraṁ gatavati
mayy anāthā kuṭumbinī
vartiṣyate kathaṁ tv eṣā
bālakān anuśocatī

loka-antaram－进入另一种的生活 / gatavati mayi－我离去后 / anāthā－失去丈夫 / kuṭumbinī－被所有家庭成员围着 / vartiṣyate－将存在 / katham－如何 / tu－那时 / eṣā－这个妇人 / bālakān－孩子 / anuśocatī－为……而悲伤

译文 普冉佳纳王担心地想：“唉，我的妻子儿女成群。我离开这个身体后，她怎么能养活这一大家的人呵？唉，考虑养家的事将使她烦恼不堪。”

要旨 所有这些有关妻子的想法表明，君王太专注于对女人的思念了。贞节的女子一般都会成为非常服从的妻子。这使丈夫变得依恋妻子，因此在死亡时特别想妻子。正如普冉佳纳的生活所给予的证明，这种状态很危险。人在死亡时想的如果是自己的妻子而不是奎师那，无疑回不了家园，回不到首神身边，相反会被迫接受一个女人的躯体，开始物质存在的另一个篇章。

第 19 节　न मय्यनाशिते भुङ्क्ते नास्नाते स्नाति मत्परा ।
मयि रुष्टे सुसन्त्रस्ता भर्त्सिते यतवाग्भयात् ॥१९॥

na mayy anāśite bhuṅkte
nāsnāte snāti mat-parā
mayi ruṣṭe susantrastā
bhartsite yata-vāg bhayāt

na—绝不 / mayi—当我 / anāśite—没有吃 / bhuṅkte—她会吃 / na—绝不 / asnāte—没有沐浴 / snāti—她会沐浴 / mat-parā—对我总是忠心耿耿 / mayi—当我 / ruṣṭe—愤怒时 / su-santrastā—十分害怕 / bhartsite—当我训斥时 / yata-vāk—完全控制住语言 / bhayāt—因为恐惧

译文　普冉佳纳王随后又开始回忆他与妻子昔日相处的时光，想到妻子在他吃完他碗里的饭前绝不进食，等他洗完澡后自己才沐浴，而且总是很依恋他，甚至有时他生气训斥她，她也只是保持沉默，容忍他的无礼。

要旨　妻子应该总是顺从丈夫。妻子具有的顺从和举止温柔等品质使丈夫会很想她。就家庭生活来说，丈夫依恋妻子是好事，但对灵性进步来说却不太好。因此，奎师那意识必须进入每一个家庭。如果丈夫和妻子因为对方有奎师那意识而很依恋对方，双方就都会受益，因为奎师那是他们生活的核心。否则，太依恋妻子的男人在来世会当女人，太依恋丈夫的女人在来世会当男人。当然，来世当男人对女人来说有益，但来世当女人对男人来说却没什么好处。

第 20 节 प्रबोधयति माविज्ञं व्युषिते शोककर्शिता ।
वर्त्मैतद् गृहमेधीयं वीरसूरपि नेष्यति ॥२०॥

prabodhayati māvijñaṁ
vyuṣite śoka-karśitā
vartmaitad gṛha-medhīyaṁ
vīra-sūr api neṣyati

prabodhayati—提出好的建议 / mā—对我 / avijñam—愚蠢 / vyuṣite—当我不在时 / śoka—因难过 / karśitā—因难过而干枯 / vartma—道路 / etat—这 / gṛha-medhīyam—家庭责任的 / vīra-sūḥ—伟大英雄的母亲 / api—虽然 / neṣyati—她将能执行

译文 普冉佳纳王继续回忆，在他困惑之时，他妻子如何给予他忠告；他离开家时，她怎样伤心难过。尽管她是那么多儿子和英雄的母亲，君王仍害怕她无力承担起家务责任。

要旨 普冉佳纳王在死亡时想着他妻子，这种意识状态是被污染了的。正如主奎师那在《博伽梵歌》第15章的第7节诗中说：

mamaivāṁśo jīva-loke
jīva-bhūtaḥ sanātanaḥ
manaḥ-ṣaṣṭhānīndriyāṇi
prakṛti-sthāni karṣati

“在这个受制约的世界里的众生，都是我永恒的碎片部分。受制约的生活使他们与包括心念在内的六种感官苦苦争斗。”

生物毕竟是至尊灵魂奎师那不可缺少的一部分。换句话说，奎师那和生物在质上一样；唯一的区别是：生物永恒是至尊灵魂的原子微粒。《博伽梵歌》中说：在这个受制约的世界里的众生，都是我永恒的碎片部分(mamaivāṁśo jīva-loke jīva-bhūtaḥ sanātanaḥ)。至尊主的碎片部分——个体灵魂，因为他被污染的心念和意识，在这个物质世界里苦苦挣扎，过着受制约的生活。至尊主不可缺少的一部分——生物，本应该想着奎师那，但我们从这节诗里看到，普冉佳纳王(生物)却想着女人。全神贯注于某个感官对象，致使生物在这个物质世界里苦苦挣扎。普冉佳纳王想着他妻子使他在这个物质世界里苦苦挣扎的状态不会因死亡而结束。正如下面的诗文所揭示的，普冉佳纳王因为在临死时全神贯注地想着他妻子，来生接受了一个女人的躯体。心里总想着社会、政治、伪宗教、国家和团体等，导致人受束缚。为了使自己摆脱束缚，人应该在自己的一生中改变所从事的活动。对此，《博伽梵歌》第3章第9节诗中证实说：应该把活动当祭祀奉献给维施努，否则活动就会把人捆绑在物质世界里(yajñārthāt karmaṇo 'nyatra loko 'yaṁ karma-bandhanaḥ)。如果我们在这一生中不改变自己的意识状态，我们以社会、政治、宗教、团体和国家的名义所做的一切，都将导致我们受束缚。这意味着我们不得不继续在这个物质世界里过受制约的生活。正如《博伽梵歌》第15章的第7节诗所解释的：受制约的生活使他们与包括心念在内的六种感官苦苦争斗(manaḥ-ṣaṣṭhānīndriyāṇi prakṛti-sthāni karṣati)。心念和感官从事物质活动时，人就不得不继续他的物质生存，为获得快乐而奋斗。生物在每一生中都为变得快乐而奋斗。事实上，没有一个生物在这个物质世界里是快乐的，但奋斗给予他们虚假的快乐感。在这个世界里，人必须很辛苦的工作，当他得到他辛苦工作的结果时，他以为自己是快乐的。这世界里的人不知道什么是真正的快乐。《博伽梵歌》第6章的第21节诗说：人能以纯净的心看见至尊灵魂，并从至尊灵魂那里获得快乐(sukham ātyantikaṁ yat tad bud-dhi-grāhyam atīndriyam)。人只有用超然的感官才能体验到真正的快乐；而除非人得到净化，否则超然的感官不会展示出来。为了净化感官，人必须培养奎师那意识，用感官为至尊主做服务。这样才会有真正的快乐和解脱。

《博伽梵歌》第15章的第8节诗中说：

śarīraṁ yad avāpnoti
yac cāpy utkrāmatīśvaraḥ
gṛhītvaitāni saṁyāti
vāyur gandhān ivāśayāt

“就像空气携带芳香一样，物质世界里的生物带着不同的生命观从一个躯体到另一个躯体。他就这样接受一个躯体，然后离开它，又接受另一个躯体。” 风如果吹过玫瑰花园，就会携带玫瑰的芳香；如果吹过污浊的地方，就会携带令人恶心的东西发出的臭味。同样，普冉佳纳王——生物，现在把他的生命之气吹过他妻子，所以在他的来生必须接受一个女人的躯体。

第21节 कथं नु दारका दीना दारकीर्वापरायणाः ।
वर्तिष्यन्ते मयि गते भिन्ननाव इवोदधौ ॥२१॥

kathaṁ nu dārakā dīnā
dārakīr vāparāyaṇāḥ
vartiṣyante mayi gate
bhinna-nāva ivodadhau

katham－如何 / nu－实际上 / dārakāḥ－儿子们 / dīnāḥ－可怜的 / dārakīḥ－女儿们 / vā－或者 / aparāyaṇāḥ－无所依靠 / vartiṣyante－将活着 / mayi－当我……时 / gate－离开这个世界 / bhinna－断裂的 / nāvaḥ－船 / iva－如同 / udadhau－在海洋里

译文 普冉佳纳王接着担心地想：“我离开这个世界后，我那些现在完全依赖我的儿女们将如何继续生活下去呵？他们那时的处境就会像是遇到海难的船上的旅客。”

要旨 每一个人在死亡之际都担心自己的伴侣和孩子。同样，政治家也担心他的国家或政党今后的命运。人除非充满奎师那意识，否则就得按他的意识状态在来生接受一个躯体。由于普冉佳纳想着他的妻子和孩子，而且是全神贯注地想他妻子，他就会在来生接受一个女人的躯体。同样，一个政治家或极度依恋自己的出生地的所谓的爱国主义者，无疑就会再次投生在同样的地方。生物来世的生活也将受到他这一生从事的活动的影响。政客们有时为了自己的感官享乐从事罪大恶极的活动；一个政客杀死自己的对手是常见的事。尽管这样的政客也许被允许投生在他所谓的家乡，但他必须承受他前世从事罪恶活动的恶报之苦。

现代科学家对轮回这门科学一无所知。所谓的科学家不喜欢为这样的事情操心，因为如果他们从根本上思考这些微妙的主题和生活中的问题，他们就会看到，他们的将来黑暗异常。因此，他们努力避免思考将来，以社会、政治和国家的需要为借口从事各种罪恶活动。

第 22 节　एवं कृपणया बुद्ध्या शोचन्तमतदर्हणम् ।
ग्रहीतुं कृतधीरेनं भयनामाभ्यपद्यत ॥२२॥

evaṁ kṛpaṇayā buddhyā
śocantam atad-arhaṇam
grahītuṁ kṛta-dhīr enaṁ
bhaya-nāmābhyapadyata

evam－如此 / kṛpaṇayā－用吝啬的 / buddhyā－智力 / śocantam－悲伤 / a-tat-arhaṇam－他不该悲伤的 / grahītum－为了抓住 / kṛta-dhīḥ－下定了决心的亚瓦纳的君王 / enam－他 / bhaya-nāmā－名叫“恐惧”的 / abhyapadyata－立即来这里

译文　尽管普冉佳纳王根本没必要为他妻子和孩子的命运悲伤，但欠缺智慧的他还是忧心忡忡。这时，名叫“恐惧”的亚瓦纳的君王快速靠近他，要逮捕他。

要旨　愚蠢之人不知道，每一个个体灵魂都要为自己的行为负责，在生活中承担后果。生物在儿童或少年的躯体中时是幼稚的，父母有责任引导他对生活的价值有正确的了解。孩子长大后，就该自己正确地承担生活的责任。父母死后无法帮到自己的孩子。父亲可以给孩子留下一些遗产，使孩子得到一些暂时的帮助，但不该过度操心他死后家人将怎么活下去。这是受制约灵魂生的病。他不仅为自己的感官享乐去从事许多罪恶活动，而且还积累大量的钱财留给他的孩子，以便他们也能为感官享乐而挥霍。

无论如何，所有的人都怕死。正因为如此，死亡又被称为恐惧(bhaya)。尽管普冉佳纳王那时正在想他的妻子和孩子，但死亡并不等他。死亡不等任何人，而会立刻履行它的职责。由于死亡必须毫不犹豫地把生物带走，它成为那些浪费一生去想国家、社会和家人但却忽视神意识的无神论者最终对神的认识。这节诗中“他不该为……而悲伤(atad-arhaṇam)”一句非常重要，因为它的意思是：人不该过度忙于为家庭成员、国人、社会和团体谋福利。所有这些对象都不会帮助一个人在灵性上取得进步。不幸的是，如今社会中所谓受过教育的人根本不知道什么是灵性进步。他们虽然有机会在人体生命形式中取得灵性进步，但却始终要当吝啬鬼。他们以不正确的方式使用他们的生命，整天想着他们的家人、国人和社会等所能得到的物质福利，把他们的思想都浪费在这上面。人真正的责任是学习如何战胜死亡。在《博伽梵歌》第4章的第9节诗中，主奎师那说明战胜死亡的方法道：

janma karma ca me divyam
evaṁ yo vetti tattvataḥ
tyaktvā dehaṁ punar janma
naiti mām eti so 'rjuna

“阿尔诸纳啊！谁能了解我显现和活动的超然本质，谁就在离开躯体后到达我永恒的住所，不再投生于这个物质世界。”

充满奎师那意识的人放弃这个躯体后不再接受物质躯体，而是回归家园，回到首神身边。每一个人都该为达到这一完美的境界而努力。不幸的是：人们不这样做，相反满脑子想的都是社会、友谊、爱和亲属。这场奎师那意识运动就是教育全世界的人，告诉他们如何战胜死亡。不托庇于至尊人格首神的人无法战胜死亡(hariṁ vinā na mṛtiṁ taranti)。

第23节　पशुवद्यवनैरेष नीयमानः स्वकं क्षयम् ।
अन्वद्रवन्ननुपथाः शोचन्तो भृशमातुराः ॥२३॥

paśuvad yavanair eṣa
nīyamānaḥ svakaṁ kṣayam
anvadravann anupathāḥ
śocanto bhṛśam āturāḥ

paśu-vat—像个动物 / yavanaiḥ—被亚瓦纳 / eṣaḥ—普冉佳纳 / nīyamānaḥ—被逮捕并带走 / svakam—去他们自己的 / kṣayam—居所 / anvadravan—跟随 / anupathāḥ—他的随从 / śocantaḥ—悲伤 / bhṛśam—巨大的 / āturāḥ—受着苦

译文　当亚瓦纳像绑动物一样把普冉佳纳王捆绑起来，把他带到他们的驻地时，君王的随从们悲痛不已。就在他们悲伤时，他们也被强迫着跟他一起去。

要旨　当阎罗王(Yamarāja)和他的助手们把生物带去审判的地方时、生命、生命之气和欲望等这些生物的随从，也都随生物一起去。韦达经(Veda)中对此证实说：生物被阎罗王绑走(tam ut-krāmantam)，生命之气也随他同去(prāṇo 'nūtkrāmati)，生命之气一旦离开(prāṇam anūtkrāmantam)，所有的感官也随之而去(anūtkrā-manti)。生物、生命之气离开时，便把由土、水、火、气和空间这五种元素组成的臭皮囊遗弃了。生物到达审判的法庭，由阎罗王决定他来生会得到什么样的躯体。现代科学家对这一过程一无所知。每一个生物都要为他在今生的活动负责，死后会被带到阎罗王的审判庭，在那里接受他在来世会得到什么样的躯体的裁决。生物虽然遗弃了粗糙的躯体，但随身带走他的欲望和他过去活动的报应。至于他过去的行为会使来生得到什么样的躯体，则要由阎罗王来决定。

第 24 节 पुरीं विहायोपगत उपरुद्धो भुजङ्गमः ।
यदा तमेवानु पुरी विशीर्णा प्रकृतिं गता ॥२४॥

purīṁ vihāyopagata
uparuddho bhujaṅgamaḥ
yadā tam evānu purī
viśīrṇā prakṛtiṁ gatā

purīm—城市 / vihāya—放弃了 / upagataḥ—出去 / uparuddhaḥ—逮捕 / bhujaṅgamaḥ—那条蛇 / yadā—当……时 / tam—他 / eva—肯定地 / anu—跟随 / purī—城市 / viśīrṇā—瓦解了 / prakṛtim—物质 / gatā—变成

译文 已经被亚瓦纳的君王的士兵押解到城外的巨蛇，这时与其他人一道跟着他的主人。他们一旦离开城市，那座城立刻瓦解、破碎，归为尘土。

要旨 生物遭到逮捕时，他的生命之气、感官和感官对象等所有他的随从，都立刻丢弃掉粗糙的躯体。生物和他的同伴一离开，粗糙的躯体就不再工作，而是转化为土、水、火、气和空间这些基本的物质元素。城市遭到敌人的攻击时，城里的居民就会立刻撤走，而敌人就会乘虚而入，炸毁整个城市。当我们说“生于尘土，归于尘土”时，我们是指肉身——粗糙的躯体。敌人轰炸城市时，居民都会离开，城市不复存在。

只有愚蠢的人才会只注重改善城市的环境，而不在乎居住其中的居民。同样，没有受到灵性知识正确启发的生物，只在乎外在的躯体，而不知道灵性的灵魂才是躯体中的最重要的因素。当人的灵性知识增加时，灵性的灵魂就会从永恒轮回的状态中解脱出来。《博伽瓦谭》中说依恋物质躯体的人等同于牛和驴(sa eva go-kharaḥ)。牛是很无辜的动物，而驴是驮重物的畜生。具有躯体化的生命概念的人只是像驴一样地工作，不知道自己真正的利益所在。因此，《圣典博伽瓦谭》第10篇第84章的第13节诗中说：

yasyātma-buddhiḥ kuṇape tri-dhātuke
sva-dhīḥ kalatrādiṣu bhauma ijya-dhīḥ
yat-tīrtha-buddhiḥ salile na karhicij
janeṣv abhijñeṣu sa eva go-kharaḥ

“谁把自我与这个由三种元素构成的躯体相认同，认为这躯体的副产品是他的家人，认为自己的出生地值得崇拜，去圣地只是为了沐浴，而不是为了去见具有超然知识的人，谁就被认为是像驴或牛一样的人。”

缺乏奎师那意识的人类文明，只不过是低等动物的文明。这种文明也许会研究没有生命的躯体，考虑到大脑或心脏。然而，除非灵性的灵魂在那躯体中，否则那躯体没有一个部位是重要的。在牛和驴的现代文明中，科学家们试图从死人的大脑或心脏中找出一些有价值的东西。

第25节　विकृष्यमाणः प्रसभं यवनेन बलीयसा ।
नाविन्दत्तमसाविष्टः सखायं सुहृदं पुरः ॥२५॥

vikṛṣyamāṇaḥ prasabhaṁ
yavanena balīyasā

nāvindat tamasāviṣṭaḥ
sakhāyaṁ suhṛdaṁ puraḥ

vikṛṣyamāṇaḥ—被拖走 / prasabham—强制地 / yavanena—被亚瓦纳 / balīyasā—强大有力的 / na avindat—记不住 / tamasā—因愚昧的黑暗 / āviṣṭaḥ—被覆盖 / sakhāyam—他的朋友 / suhṛdam—永远是祝福者 / puraḥ—从一开始

译文 普冉佳纳王被强大的亚瓦纳强行拖走时，由于十足的愚昧，仍然无法记起他的朋友和祝愿者——超灵。

要旨 在《博伽梵歌》第5章的第29节诗中，主奎师那说：

bhoktāraṁ yajña-tapasāṁ
sarva-loka-maheśvaram
suhṛdaṁ sarva-bhūtānāṁ
jñātvā māṁ śāntim ṛcchati

“完全意识到我的人知道我是一切祭祀和苦行的最终受益者，是一切星球和半神人的至尊主，是众生的恩人和祝愿者，因此获得平静，不再受物质痛苦的折磨。”人如果知道三件事情，就可以在充满奎师那意识的情况下变得快乐和满足。这三件事情是：至尊主奎师那是一切利益的享受者；祂是一切的拥有者；祂是众生最好的朋友。不了解这些并始终怀着躯体化的生命概念行事的人，总是被物质自然给予的苦难所打扰，烦恼不堪。事实上，至尊主就坐在每一个生物的身边。《博伽梵歌》第18章的第61节诗中说：至尊主处在生物体的心中，指导他们周游四方(īśvaraḥ sarva-bhūtānāṁ hṛd-deśe 'rjuna tiṣṭhati)。生物和超灵就肩并肩地坐在同一棵树上，但愚蠢的生物虽然受物质自然的骚扰，却不转向至尊人格首神求取保护，相反认为自己能不受物质自然法律的制约。但这是不可能的。生物必须转向至尊人格首神，投靠、服从祂。只有这样做，他才能从阎罗王或亚瓦纳的猛攻中获得拯救。

这节诗中的梵文"朋友(sakhāyam)"一词很重要，因为神永恒地在生物身边。至尊主还被描述为是"永恒的祝福者(suhṛdam)"。至尊主就像父亲或母亲一样，永远是祝福者。尽管儿子总是犯错误，父母却永远是儿子的祝福者。同样，尽管我们蔑视至尊人格首神的意愿、总是冒犯祂，但只要我们投靠、服从祂，至尊主就会立刻把我们从物质自然给我们设置的困境中解救出来。正如《博伽梵歌》第7章的第14节诗所说：皈依我的人能轻易地跨越错觉能量(mām eva ye prapadyante māyām etāṁ taranti te)。不幸的是，我们因为不良的联谊和极度依恋感官享乐，所以不记得我们最好的朋友至尊人格首神。

第 26 节　तं यज्ञपशवोऽनेन संज्ञप्ता येऽदयालुना ।
कुठारैश्छिच्छिदुः क्रुद्धाः स्मरन्तोऽमीवमस्य तत् ॥२६॥

taṁ yajña-paśavo 'nena
saṁjñaptā ye 'dayālunā
kuṭhāraiś cicchiduḥ kruddhāḥ
smaranto 'mīvam asya tat

tam－他 / yajña-paśavaḥ－做祭祀用的动物 / anena－被他 / saṁjñaptāḥ－宰杀 / ye－所有……的 / adayālunā－被最无情的 / kuṭhāraiḥ－用斧头 / cicchiduḥ－砍成碎片 / kruddhāḥ－因为非常愤怒 / smarantaḥ－记住 / amīvam－罪恶活动 / asya－他的 / tat－那

译文　那个最不仁慈的君王普冉佳纳，在各种祭祀中杀死了许多动物。现在，所有那些动物都利用这一机会来用它们的犄角刺他，使他看上去就像被斧头砍成了碎片。

要旨　热衷于以宗教或食物为名杀动物的人，死后必然受到惩罚，落得跟那些被他杀害的动物同样的下场。梵文"肉(māṁsa)"一词是指，那些被我们杀害的动物会得到机会来杀我们。尽管事实上灵魂从不会被杀死，但我们死后会体验到那些动物用犄角把我们刺得千疮百孔的那种痛苦。无赖们在不了解这些知识的情况下，毫不犹豫地继续残杀可怜的动物。所谓文明的人类社会，以宗教或食物的名义开设了许多杀害动物的屠宰场。稍微有些宗教信仰的人在庙、清真寺或犹太教的教堂里杀动物，那些更堕落的人则开设各种大型的屠宰场。正如文明的人类社会中的法律是“一命偿一命”，对至尊主来说，没有一个生物可以去欺负另一个生物。每一个生物都有权在至尊父亲的供养下自由生活；而对动物的屠杀，无论是为了宗教还是为了食物，都永远会被至尊人格首神判为有罪。在《博伽梵歌》第16章的第19节诗中，主奎师那说：

tān ahaṁ dviṣataḥ krūrān
saṁsāreṣu narādhamān
kṣipāmy ajasram aśubhān
āsurīṣv eva yoniṣu

“我把忌妒、爱捣鬼、最下贱的人永远抛进物质存在的海洋，抛进各种各样邪恶的物种中。”杀动物的人(dviṣataḥ)、忌妒其他生物体和至尊人格首神的人，被置于愚昧中，无法了解生命的主题和目标。下面的诗文将对此作出进一步的解释。

第 27 节 अनन्तपारे तमसि मग्नो नष्टस्मृतिः समाः ।
शाश्वतीरनुभूयार्तिं प्रमदासङ्गदूषितः ॥२७॥

ananta-pāre tamasi
magno naṣṭa-smṛtiḥ samāḥ
śāśvatīr anubhūyārtiṁ
pramadā-saṅga-dūṣitaḥ

ananta-pāre－无限地扩展 / tamasi－在物质存在的黑暗中 / magnaḥ－被合并 / naṣṭa-smṛtiḥ－失去所有的智慧 / samāḥ－经过许多

年／śāśvatīḥ－几乎是永恒地／anubhūya－体验着／ārtim－三种苦／pramadā－妇人的／saṅga－通过联谊／dūṣitaḥ－受污染

译文　与女性不洁的交往，使普冉佳纳王那样的生物永恒地在物质存在中承受所有的痛苦，并留在物质生活最黑暗的地带，失去记忆许许多多年。

要旨　这是对物质存在的描述。人一旦开始依恋女人，遗忘自己真正的身份是奎师那永恒的仆人(naṣṭa-smṛtiḥ)，就会体验到物质存在。就这样，生物接受一个又一个的躯体，不断地受物质存在三种苦的折磨。我们这场奎师那意识运动，就是为了把人类文明拯救出愚昧的黑暗。这场运动最主要的目的是，使遗忘的生物摆脱愚昧的状态，唤醒他原有的奎师那意识。生物只有这样才能从愚昧造成的灾难中得救，摆脱生死轮回。对此，圣巴克提维诺德·塔库尔(Bhaktivinoda Ṭhākura)吟唱道：

anādi karama-phale,　padi' bhavārṇava-jale,
taribāre nā dekhi upāya
ei viṣaya-halāhale,　divā-niśi hiyā jvale,
mana kabhu sukha nāhi pāya

“我过去从事过的功利性活动，使我坠入无知的海洋。我找不到从这实际上像是毒海的汪洋中出去的方法。我们试图靠感官享乐获得快乐，但那所谓的享乐事实上如同过烫的食物，让人有烧心的感觉。我日日夜夜感受着这烧灼感，因此内心毫无快乐可言。”

物质存在总是充满了焦虑。人们始终想找出减轻焦虑的方法，但由于没有真正的领袖引导他们，他们只得靠喝酒和性生活去忘却物质的焦虑。愚蠢的人不知道，试图靠酒醉和性避免焦虑，只能更加长他们物质生活的时间。用这种方法不可能避免物质焦虑。

梵文“因为与女人联谊而受到污染(pramadā-saṅga-dūṣitaḥ)”一句是指，不算所有其他的污染，光是依恋女人这种污染，就足以延长人在物质世界里受苦的时间。因此，在韦达文明中，男人从小就受到训练不要依恋女人。人生的第一个阶段是独身禁欲的学生生活阶段，也就是贞守生(brahmacārī)；第二个阶段是居士阶段(gṛhastha)；第三阶段是退出家庭生活阶段(vānaprastha)；第四个阶段是托钵僧阶段(sannyāsa)。设计所有这些阶段，是为了让人能够不依恋女人。

第28节　तामेव मनसा गृह्णन् बभूव प्रमदोत्तमा ।
अनन्तरं विदर्भस्य राजसिंहस्य वेश्मनि ॥२८॥

tām eva manasā gṛhṇan
babhūva pramadottamā
anantaraṁ vidarbhasya
rāja-siṁhasya veśmani

tām—她的 / eva—肯定地 / manasā—由心念 / gṛhṇan—接受 / babhūva—变成 / pramadā—女人 / uttamā—很高的地位 / anantaram—在死后 / vidarbhasya—维达尔巴的 / rāja-siṁhasya—最强大的君王的 / veśmani—在……的家中

译文　普冉佳纳王在想着他的妻子时离开他的肉身，结果在来世变成了一个极为漂亮、处境优越的女人。他下一生在维达尔巴王的家中投生为这位君王的女儿。

要旨　普冉佳纳王因为在死亡时想着他的妻子，结果在来世得到了一个女人的躯体。对此，《博伽梵歌》第8章的第6节诗确认道：

yaṁ yaṁ vāpi smaran bhāvaṁ
tyajaty ante kalevaram

taṁ tam evaiti kaunteya
sadā tad-bhāva-bhāvitaḥ

“琨缇的儿子啊！人在离开躯体时无论记起什么情形，就必会到达那情景。”

生物一旦习惯于想某个主题或全神贯注于某种思维中，就会在死亡时想到那主题。死亡时，人会想到他在醒着时，在睡梦中或熟睡时念念不忘的内容。自从与至尊主断了关系后，生物就这样按照自然进程从一个躯体转入另一个躯体，直到最终得到人的躯体。他如果专注于物质思维，对灵性生活一无所知，如果不投靠能够解决所有生死问题的至尊人格首神哥文达(Govinda)的莲花足，尤其是他在死亡时想着他的妻子，他就会在来世当女人。正如《圣典博伽瓦谭》第3篇第31章的第1节诗中说：在至尊主的监督下，生物——灵魂，接受一个特定的躯体(karmaṇā daiva-netreṇa)。生物有时行为虔诚，有时不虔诚，有时两者兼具。更高的权威按照他所有的行为，在他的来世给予他一个新的躯体。普冉佳纳王虽然过度依恋他妻子，但也举行了许多虔诚的功利性活动，积累了许多功德。因此在来世，尽管他得到一个女人的躯体，但还是被赐予一个机会，当强有力的君王的女儿。正如《博伽梵歌》第6章的第41节诗所证实的：

prāpya puṇya-kṛtaṁ lokān
uṣitvā śāśvatīḥ samāḥ
śucīnāṁ śrīmatāṁ gehe
yoga-bhraṣṭo 'bhijāyate

“不成功的瑜伽师在虔诚生物居住的星球上享受许许多多年以后，投生在正直或富贵的人家里。”

如果一个人因为执著功利性活动、哲学思辨或神秘瑜伽而从奉爱瑜伽(bhakti-yoga)的层面上坠落，没有完成对神的认识，他就会被给予一次机会，投生到富贵人家中。至尊人格首神指定更高的权威人士按照生物的欲望给予生物公正的裁决。普冉佳纳王虽然全神贯注地想他妻子，所以在来生当了女人，但他也因为从事过的虔诚活动而投生在一个君王的家中。结论是：我们所有的活动都会被用来考虑该给我们一个什么样的躯体。正因为如此，纳茹阿达·牟尼告诫维亚萨戴瓦(Vyāsadeva)，人应该培养奎师那意识，做奉爱服务，抛开所有其他的职责。主奎师那本人也是这样建议的。奉献者也许会在培养灵性意识的路途上摔倒，但来世无论如何可以在奉献者或富贵人家当人，从而继续做他的奉爱服务。

第29节 उपयेमे वीर्यपणां वैदर्भीं मलयध्वजः ।
युधि निर्जित्य राजन्यान् पाण्ड्यः परपुरञ्जयः ॥२९॥

upayeme vīrya-paṇāṁ
vaidarbhīṁ malayadhvajaḥ
yudhi nirjitya rājanyān
pāṇḍyaḥ para-purañjayaḥ

upayeme－结婚／vīrya－勇猛或英勇的／paṇām－奖赏／vaidarbhīm－维达尔巴的女儿／malaya-dhvajaḥ－玛拉亚德瓦佳／yudhi－在战斗中／nirjitya－在征服后／rājanyān－其他的王子／pāṇḍyaḥ－最优秀的学者或出生在潘杜国的人／para－超然的／puram－城市／jayaḥ－征服者

译文 维达尔巴王的女儿外妲尔碧，已经定下来要与潘杜国的居民——强有力的玛拉亚德瓦佳结婚。他在战胜其他王子后，娶到了维达尔巴王的女儿。

要旨 查锤亚(kṣatriya)之间的习俗是：公主嫁人是要有一定条件的。例如，朵帕蒂(Draupadī)嫁人的条件是，那个人必须能够光凭看鱼的倒影，就一箭射穿真鱼的眼睛。另外，在奎师那的众多妻子中，其中的一位是在祂征服了七头强壮的公牛后娶到的。在韦达制度中，要娶君王的女儿必须具备一定的条件。维达尔巴(Vidarbha)王的女儿外妲尔碧(Vaidarbhī)，嫁给了伟大的奉献者兼强有力的君王玛拉亚德瓦佳(Malayadhvaja)。由于他既是强有力的君王，又是伟大的奉献者，他符合所有的要求。玛拉亚德瓦佳这个名字的意思是：像玛拉亚山一样坚定的奉献者，而且靠他的宣传，使其他奉献者也变得同样坚定。伟大的奉献者(mahā-bhāgavata)有能力驳倒违反奉爱服务原理的其他观点。强有力的奉献者靠宣传使人了解，为至尊主做奉爱服务的灵性观点，比知识思辨(jñāna)、功利性活动(karma)和神秘瑜伽(yoga)的灵性观点更全面、深入。他手持迎风招展的奉爱旗帜，巍然屹立，对其他超然觉悟的观点绝不让步。奉献者和非奉献者之间无论何时彼此辩论，纯粹、强有力的奉献者都会取得最后的胜利。

诗中梵文“最有知识的人(pāṇḍya)”一词，来自“知识(paṇḍā)”。人除非具有高度的知识，否则无法驳倒非奉献性的观念。诗中所说的“超然的城市(para-pura)”是指神的王国外琨塔(Vaikuṇṭha)，“佳亚(jaya)”一词是指可以得胜的人。它说明坚定地做奉爱服务的纯粹奉献者，可以驳倒所有非奉献性的观点，也可以进入神的王国。换句话说，仅仅靠做奉爱服务，就可以使人进入神的王国。至尊人格首神被称为“不可战胜的人(ajita)”，但奉献者靠坚定地做奉爱服务，真心依恋至尊人格首神，就能轻易地征服祂。对所有的人来说，主奎师那是恐惧的人格化身，但祂却自愿同意害怕雅首达(Yaśodā)母亲手持的小棍子。除了奎师那的奉献者，谁都无法征服奎师那——神。这样的一位奉献者仁慈地娶了维达尔巴王的女儿。

第30节　तस्यां स जनयां चक्र आत्मजामसितेक्षणाम् ।
यवीयसः सप्त सुतान् सप्त द्रविडभूभृतः ॥३०॥

tasyāṁ sa janayāṁ cakra
ātmajām asitekṣaṇām
yavīyasaḥ sapta sutān
sapta draviḍa-bhūbhṛtaḥ

tasyām—通过她 / saḥ—君王 / janayām cakre—生了 / ātmajām—女儿 / asita—蓝色或黑色 / īkṣaṇām—眼睛……的 / yavīyasaḥ—更年轻的、强大有力 / sapta—七个 / sutān—儿子们 / sapta—七个 / draviḍa—铎维达省或南印度 / bhū—土地 / bhṛtaḥ—君王们

译文 玛拉亚德瓦佳王做了父亲。他有一个女儿，眼睛是深黑色的；还有七个儿子，他们后来成为铎维达大地的统治者。这样，那片土地上就有了七个君王。

要旨 玛拉亚德瓦佳王是一位伟大的奉献者。他娶维达尔巴王的女儿为妻后，与她一起生了一个眼睛是黑色的漂亮女儿。这是一种比喻的说法，说明玛拉亚德瓦佳的女儿也被赐予了奉爱之情，因为她的眼睛总是看着奎师那。奉献者在其生活中，除了看奎师那，看不到别的。他们的七个儿子是比喻奉爱服务的七个程序，即：聆听、吟诵(吟唱)、记忆、崇拜、献上祈祷、做超然的奉爱服务，以及侍奉至尊主的莲花足。在九种奉爱服务中，这七种是立刻被赐予的；剩下的两种——与奎师那做朋友和把一切都献给祂，是后来发展出来的。换句话说，奉爱服务分为两个阶段，分别是按照规范守则做奉爱服务的阶段(vidhi-mārga)和成熟的奉爱服务阶段(rāga-mārga)。成为至尊主的朋友及把一切都献给祂，属于成熟的奉爱服务的阶段。对初习奉献者来说，重要的程序是聆听和吟诵、吟唱(śravaṇaṁ kīrtanam)，以及记忆奎师那，在庙里崇拜神像，献上祈祷，始终为至尊主服务，崇拜至尊主的莲花足。

诗中梵文“强有力(yavīyasaḥ)”一词是指，这些程序非常强大

有力。奉献者在按照《圣典博伽瓦谭》第7篇第5章的第23节诗中讲述的，聆听、吟诵(吟唱)、记忆、崇拜、献上祈祷、做超然的奉爱服务，以及侍奉至尊主的莲花足(śravaṇaṁ kīrtanaṁ viṣṇoḥ smaraṇaṁ pāda-sevanam/ arcanaṁ vandanaṁ dāsyam)这些程序去做，并因而变得坚定不移后，就能够不由自主地做“成为至尊主的朋友(sakhyam)”和“把一切献给至尊主(ātma-nivedanam)”这两项服务了。在全世界传播奉爱服务的伟大的灵性导师们，通常都是处在“成为至尊主的朋友”和“把一切献给至尊主”阶段的奉献者。初习奉献者无法成为一个真正的传教者。初习奉献者被建议要做前七项奉爱服务。人如果能成功地做好前七项服务，就能进一步上升到“成为至尊主的朋友”和“把一切献给至尊主”的层面上。

诗中特别谈到的“铎维达省(draviḍa-deśa)”是指南印度的五个铎维达省。这些地方的人都很坚定地做上述前七项奉爱服务。茹阿玛努佳查尔亚(Rāmānujācārya)和玛德瓦查尔亚(Madhvācārya)等一些伟大的灵性导师，都来自铎维达省，成为伟大的传教士。他们都处在“成为至尊主的朋友”和“把一切献给至尊主”的层面上。

第31节 एकैकस्याभवत्तेषां राजन्नर्बुदमर्बुदम् ।
भोक्ष्यते यद्वंशधरैर्मही मन्वन्तरं परम् ॥३१॥

ekaikasyābhavat teṣāṁ
rājann arbudam arbudam
bhokṣyate yad-vaṁśa-dharair
mahī manvantaraṁ param

eka-ekasya—各……/ abhavat—变成 / teṣām—他们的 / rājan—君王啊 / arbudam——一千万个 / arbudam——一千万个 / bhokṣyate—被统治 / yat—……的 / vaṁśa-dharaiḥ—被后裔 / mahī—全世界 / manu-antaram—直到玛努的寿命结束时 / param—和之后

译文 我亲爱的帕褀纳巴黑沙特王，玛拉亚德瓦佳的儿子们生了上千万的儿子，所有这些子孙一直保卫着整个世界，直到一位玛努的寿命结束，甚至更久。

要旨 布茹阿玛(Brahmā)的一天中有十四位玛努(Manu)。一位玛努的寿命(manvantara)是四百三十二万年乘以七十一那么长的时间。这样的一位玛努过世后，另一位玛努的一生就开始了。宇宙的生命周期就这样进行下去。一位玛努接一位玛努，奎师那意识的文化就这样被传授下来。正如《博伽梵歌》第4章的第1节诗所证实的：

śrī-bhagavān uvāca
imaṁ vivasvate yogaṁ
proktavān aham avyayam
vivasvān manave prāha
manur ikṣvākave 'bravīt

“至尊人格首神圣奎师那说：我给太阳神维瓦斯万讲授了这门不朽的瑜伽科学，维瓦斯万把它传授给人类之父玛努，玛努随后又将其传授给依克施瓦库。”太阳神维瓦斯万(Vivasvān)把《博伽梵歌》传授给玛努，这位玛努把它传授给他儿子，儿子又把它传授给下一代的玛努。就这样，对奎师那意识的宣传从未停止过。我们不该认为这场奎师那意识运动是一场新兴的运动。《博伽梵歌》和《圣典博伽瓦谭》都证实，它经由一位玛努传给另一位玛努，因此是非常非常古老的运动。

外士纳瓦们彼此之间也许会因为每个人的实际身份不同而看法有些不同，但尽管会有不同的看法，奎师那意识的文化还必须被传播下去。我们可以看到，圣巴克提希丹塔·萨茹阿斯瓦提·哥斯瓦米·玛哈茹阿佳(Bhaktisiddhānta Sarasvatī Gosvāmī Mahārāja)接受圣巴克提维诺德·塔库尔的指示后，开始在过去的一百年间有组织地传播奎师那意识运动。巴克提希丹塔·萨茹阿斯瓦提·哥斯瓦米·玛哈茹阿佳的门徒们都是灵性兄弟，尽管他们彼此之间存在着看法上的分歧，不能合作行事，但每一个人都在按自己的能力传播这场奎师那意识运动，在全世界各地培养了许多学生。至于我们自己，我们已经创立了国际奎师那意识协会，数千的欧洲人和美国人都加入了这场运动。事实上，这场运动恰似熊熊燃烧的野火一样迅速地蔓延开来。基础于九项奉爱服务(śravaṇaṁ kīrtanaṁ viṣṇoḥ smaraṇaṁ pā-da-sevanam/ arcanaṁ vandanaṁ dāsyaṁ sakhyam ātma-nivedanam)的奎师那意识文化的传播，永远都不会停止下来。它将不分阶级、教义、肤色或国家地传播下去。没人能阻止它。

这节诗中的“被统治(bhokṣyate)”一词十分重要。正如国王保护他的国民，这些遵守奉爱服务原则的奉献者，将保护世上所有的人。世人被所谓持宗教原则的斯瓦米、瑜伽师、功利性活动者和心智思辨者打扰得很厉害，但那些人和教义中没有一个可以给人指明升上灵性层面的正确路途。在整个宇宙中，有四个主要的师徒传承在传播奉爱服务，它们分别是：茹阿玛努佳师徒传承(Rāmānuja-sampradāya)、玛德瓦师徒传承(Madhva-sampradāya)、维施努·斯瓦米师徒传承(Viṣṇu Svāmī-sampradāya)和宁巴尔卡师徒传承(Nimbārka-sampradāya)。玛德瓦·高迪亚师徒传承(Madhva-Gauḍīya-sampradāya)得到主柴坦亚·玛哈帕布(Caitanya Mahāprabhu)的亲传。所有这些奉献者都在广泛传播这场奎师那意识运动，保护那些深受假化身、假斯瓦米、假瑜伽师等人欺骗的无辜大众。

第32节　अगस्त्यः प्राग्दुहितरमुपयेमे धृतव्रताम् ।
यस्यां दृढच्युतो जात इध्मवाहात्मजो मुनिः ॥३२॥

agastyaḥ prāg duhitaram
upayeme dhṛta-vratām

yasyāṁ dṛḍhacyuto jāta
idhmavāhātmajo muniḥ

agastyaḥ—伟大的圣人阿嘎斯提亚 / prāk—第一个 / duhitaram—女儿 / upayeme—嫁给了 / dhṛta-vratām—发誓 / yasyām—通过她 / dṛḍhacyutaḥ—名叫兑达秋塔 / jātaḥ—出生 / idhmavāha—名叫伊德玛瓦哈 / ātma-jaḥ—儿子 / muniḥ—伟大的圣人

译文 阿嘎斯提亚大圣人娶了公然宣称是主奎师那奉献者的玛拉亚德瓦佳生的第一个女儿。她生了一个儿子名叫兑达秋塔，兑达秋塔生了一个儿子名叫伊德玛瓦哈。

要旨 阿嘎斯提亚·牟尼(Agastya Muni)这名字非常重要。阿嘎斯提亚·牟尼代表人的心念。梵文“阿嘎斯提亚”是指“感官不独立行事”，“牟尼”的意思是“心念”。心念是所有感官的核心，因此感官必须在心念的支配下活动。心念一旦接受奉爱文化(bhakti-latā)，就会做奉爱服务。奉爱文化是玛拉亚德瓦佳的第一个女儿，正如前面介绍过的，她的眼睛总是看着奎师那(asitekṣaṇām)。人不可能对半神人表达奉爱之情，而只能对维施努表达(śravaṇaṁ kīrtanaṁ viṣṇoḥ)。假象宗人士(Māyāvādī)认为绝对真理没有形象，说“奉爱(bhakti)”一词可以用于任何形式的崇拜。如果真是这样，奉献者就可以想象出任何一个半神人或神的形象并加以崇拜。但这不符合真实情况。真相是：奉爱只适用于主维施努和祂的扩展。因此，奉爱服务是重要的誓言(dṛḍha-vrata)，因为心念一旦完全投入奉爱文化，就不会再堕落了。试图用活动瑜伽或思辨瑜伽等其他方法取得进步的人就会堕落，但坚定于奉爱瑜伽的人永远都不会堕落。

为此，奉爱文化(bhakti-latā)生了儿子兑达秋塔，兑达秋塔生了儿子伊德玛瓦哈(Idhmavāha)。梵文“伊德玛·瓦哈(idhma-vāha)”

是指“去找灵性导师时带着火祭用木柴的人”。重点是：奉爱文化使人稳处在他的灵性状态中。而如此坚定不移的人永远都不会堕落，他所生的孩子严格遵守经典的教导。正如韦达经中说：

tad-vijñānārthaṁ sa gurum evābhigacchet
samit-pāṇiḥ śrotriyaṁ brahma-niṣṭham

“为了正确地了解这一切，人必须手持祭祀用木柴，谦卑地接近一位精通韦达经并坚定地献身于绝对真理的灵性导师。”

在奉爱服务的传承中，受到启迪的人严格遵守韦达经典的指示。

第 33 节　विभज्य तनयेभ्यः क्ष्मां राजर्षिर्मलयध्वजः ।
आरिराधयिषुः कृष्णं स जगाम कुलाचलम् ॥३३॥

vibhajya tanayebhyaḥ kṣmāṁ
rājarṣir malayadhvajaḥ
ārirādhayiṣuḥ kṛṣṇaṁ
sa jagāma kulācalam

vibhajya—划分了 / tanayebhyaḥ—在他众多的儿子中 / kṣmām—全世界 / rāja-ṛṣiḥ—伟大的世界君王 / malayadhvajaḥ—名叫玛拉亚德瓦佳 / ārirādhayiṣuḥ—想要崇拜 / kṛṣṇam—主奎师那 / saḥ—他 / jagāma—去到 / kulācalam—名叫库拉查拉

译文　这以后，伟大、圣洁的玛拉亚德瓦佳王把他的整个王国分给他的儿子们。接着，为了全神贯注地崇拜主奎师那，他去了名叫库拉查拉的隐居地。

要旨　伟大的君王玛拉亚德瓦佳，无疑是最优秀的奉献者(mahā-bhāgavata)。他通过做奉爱服务生了许多去传播奉爱文化(śravaṇaṁ kīrtanaṁ viṣṇoḥ)的儿子兼门徒。事实上，他把整个世界分给了他的这些门徒。每一个人都该去传播奎师那意识的文化。换句话说，当门徒成长到能够去传教时，灵性导师就该退休，在一个僻静的地方坐下写作，独自做他的奉爱服务(nirjana-bhajana)。初习奉献者根本不可能做这样的奉爱服务。圣巴克提希丹塔·萨茹阿斯瓦提·塔库尔从不建议初习奉献者到一个隐居地去做奉爱服务。事实上，就有关这一点，他写了一首歌：

dusṭa mana! tumi kisera vaiṣṇava?
pratiṣṭhāra tare, nirjanera ghare,
tava hari-nāma kevala kaitava

“我亲爱的心念，你是怎样的奉献者啊？只是为了欺骗仰慕者，你就坐在一个僻静地，装作在吟诵哈瑞·奎师那玛哈·曼陀，但这全是骗人的。”因此，巴克提希丹塔·萨茹阿斯瓦提·塔库尔，提倡每一个奉献者都该在经验丰富的灵性导师的指导下，到全世界去传播奉爱文化——奎师那意识。人只有真正成熟时才能到一个隐居地坐下，退出在全世界传教的活动。国际奎师那意识协会的奉献者按照这一标准，正在世界各地做传教的服务。他们现在能让他们的灵性导师退出传教活动了。在灵性导师人生的最后阶段，灵性导师的奉献者们应该从灵性导师手中接过传教的接力棒。这样，灵性导师就能在一个僻静的地方坐下，独自做奉爱服务了(nirjana-bhajana)。

第34节

हित्वा गृहान् सुतान् भोगान् वैदर्भी मदिरेक्षणा ।
अन्वधावत पाण्ड्येशं ज्योत्स्नेव रजनीकरम् ॥३४॥

hitvā gṛhān sutān bhogān
vaidarbhī madirekṣaṇā
anvadhāvata pāṇḍyeśaṁ
jyotsneva rajanī-karam

hitvā—放弃 / gṛhān—家 / sutān—孩子们 / bhogān—物质快乐 / vaidarbhī—维达尔巴王的女儿 / madira-īkṣaṇā—有迷人的双眼 / anvadhāvata—跟随 / pāṇḍya-īśam—玛拉亚德瓦佳王 / jyotsnā iva—像月光 / rajanī-karam—月亮

译文　正如夜空中的月光跟着月亮，玛拉亚德瓦佳王离开家去库拉查拉后，他那长着迷人双眼的忠贞妻子，跟随他放弃一切家庭快乐，离开了家庭和孩子们。

要旨　正如在退出家庭生活阶段(vānaprastha)，妻子随丈夫离开家；当灵性导师退出传教活动去独自做奉爱服务时，他的一些进步的奉献者会随他而去，为他做个人的服务。换句话说，非常喜欢家庭生活的人应该去给灵性导师做服务，离开社会、友谊和爱等所谓快乐的家庭生活。就有关这一点，圣维施瓦纳特·查夸瓦尔提·塔库尔(Viśvanātha Cakravartī Ṭhākura)在他的赞歌“赞诵灵性导师八节诗(Gurv-aṣṭaka)”中的一节诗非常重要，即：门徒应该永远记住，靠为灵性导师服务，他很容易就能在培养奎师那意识的路途上取得进步(yasya prasādād bhagavat-prasādaḥ)。所有的经典都说，靠取悦灵性导师和直接为他做服务，人可以达到奉爱服务的最高完美境界。

这节诗中的“长着迷人双眼(madirekṣaṇā)”一词也很重要。圣吉瓦·哥斯瓦米在他的《桑达尔巴》(Sandarbha)中解释这个词的意思是“令人陶醉的”。人的眼睛在看到神像时现出令人陶醉的神情，就可以被称为“长着迷人双眼的人”。王后外妲尔碧的眼睛十分迷人，就像人的眼睛看到庙里的神像现出令人陶醉的神情一样。人除非是进步的奉献者，否则他的眼睛无法牢牢地盯在庙里的神像身上。

第 35—36 节 तत्र चन्द्रवसा नाम ताम्रपर्णी वटोदका ।
तत्पुण्यसलिलैर्नित्यमुभयत्रात्मनो मृजन् ॥३५॥
कन्दाष्टिभिर्मूलफलैः पुष्पपर्णैस्तृणोदकैः ।
वर्तमानः शनैर्गात्रकर्शनं तप आस्थितः ॥३६॥

tatra candravasā nāma
tāmraparṇī vaṭodakā
tat-puṇya-salilair nityam
ubhayatrātmano mṛjan
kandāṣṭibhir mūla-phalaiḥ
puṣpa-parṇais tṛṇodakaiḥ
vartamānaḥ śanair gātra-
karśanaṁ tapa āsthitaḥ

tatra—那里 / candravasā—昌铎瓦萨河 / nāma—名为 / tāmraparṇī—谭茹阿帕尔尼河 / vaṭodakā—瓦透达卡河 / tat—那些河流的 / puṇya—虔诚的 / salilaiḥ—用水 / nityam—每天 / ubhayatra—以两种方法 / ātmanaḥ—自己的 / mṛjan—清洗 / kanda—球茎 / aṣṭibhiḥ—以种子 / mūla—根 / phalaiḥ—和靠果实 / puṣpa—花朵 / parṇaiḥ—和靠叶子 / tṛṇā—草 / udakaiḥ—和靠水 / vartamānaḥ—维持生命 / śanaiḥ—逐渐地 / gātra—他的身体 / karśanam—消瘦 / tapaḥ—苦修 / āsthitaḥ—他经历了

译文 库拉查拉省内有昌铎瓦萨河、谭茹阿帕尔尼河及瓦透达卡河。玛拉亚德瓦佳王曾常到这些虔诚的河中沐浴，以此方式净化自己的内心和身体。他沐浴，吃球茎、种子、叶子、鲜花、根茎、水果和草，喝水。他就这样苦修，最终瘦得皮包骨了。

要旨 我们清楚地了解，要增强奎师那意识的人，必须控制他的体重。人如果变得太胖，就可以知道他在灵性上没有进步。圣巴克提希丹塔·萨茹阿斯瓦提·塔库尔严厉地批评他那些胖门徒。关键在于：想要增强奎师那意识的人一定不要吃得太多。过去的奉献者曾经去森林、高山上去朝圣，但如今的人们已经从事不了这类苦行了。人应该只吃帕萨达，而且不超过需要的量。外士纳瓦日历上记载着许多该断食的时间，如：艾卡达希(Ekādaśī)，以及神和祂的奉献者显现和隐迹的日子。所有这些都是为了让人的身体不要发胖，因而不需要睡得太多，变得不活跃和懒惰。吃得太多会使人睡觉超过实际需要的时间。这个人体生命是专门为了让人苦行而设的；苦行可以控制性和进食等，以便人可以把时间节省下来从事灵性活动，净化自己的内在和外在，使身心都得到净化。

第 37 节　शीतोष्णवातवर्षाणि क्षुत्पिपासे प्रियाप्रिये ।
सुखदुःखे इति द्वन्द्वान्यजयत्समदर्शनः ॥३७॥

śītoṣṇa-vāta-varṣāṇi
kṣut-pipāse priyāpriye
sukha-duḥkhe iti dvandvāny
ajayat sama-darśanaḥ

śīta－冷的 / uṣṇa－热的 / vāta－风 / varṣāṇi－和雨季 / kṣut－饥饿 / pipāse－和口渴 / priya－令人愉快 / apriye－和不愉快 / sukha－快乐 / duḥkhe－和痛苦 / iti－这样 / dvandvāni－相对性 / ajayat－他征服了 / sama-darśanaḥ－平等对待

译文　通过苦行，玛拉亚德瓦佳的身心逐渐变得不再受冷热，苦乐，风雨，饥饿和口渴，以及愉快和不愉快的影响。以这种方式战胜了所有的相对性。

要旨　解脱意味着超越这个世界的相对性。人除非觉悟了自我，否则必须经历在这个相对世界里的挣扎。在《博伽梵歌》

中，主奎师那(Kṛṣṇa)劝告阿尔诸纳(Arjuna)要通过忍受战胜所有的相对性。主奎师那指出，是物质世界里的冬夏等相对性在打扰我们。我们在冬天不喜欢沐浴，但在夏天就想要一天洗两次、三次或更多次的澡。所以，奎师那劝我们不要受这种来来去去的相对性的打扰。

面对相对性时，普通人必须经历许多磨炼才能变得平静和平衡。因为生活中的相对性而变得激动的人，接受了相对的状态，因此必须经历经典(śāstra)中描述的苦修，超越物质躯体，结束物质存在。玛拉亚德瓦佳历经离开家、去库拉查拉，在圣河中沐浴，以及只吃根、茎、种子、鲜花和叶子，不吃烹煮过的食物或五谷等苦行。这些都是非常严格的苦修。在如今这个年代，人很难离开家，去森林或喜马拉雅山苦修。事实上，那几乎是不可能的事了。就连放弃吃肉、喝酒、赌博和非法性行为，人们都做不到，更不要说去喜马拉雅山或库拉查拉去苦修了。这个年代中的人无法从事这样的弃绝活动。正因为如此，主奎师那建议我们要接受奉爱瑜伽的程序。奉爱瑜伽将自动把一个人从生活的相对性中解放出来。在奉爱瑜伽中，奎师那是中心，而奎师那永远是超然的。所以，要想超越相对性，人必须一直不断地为至尊主做服务。正如《博伽梵歌》第14章的第26节诗所说：

māṁ ca yo 'vyabhicāreṇa
bhakti-yogena sevate
sa guṇān samatītyaitān
brahma-bhūyāya kalpate

“在任何情况下都全心全意地做奉爱服务，就能立刻超越物质自然属性，达到梵的层面。”

真正忙于为至尊主做服务(奉爱瑜伽)的人，将自然而然控制住他的感官、舌头和许多其他的一切。真心实意地练奉爱瑜伽的人，没有机会堕落。即使堕落也没有损失。人的奉爱活动也许暂时停顿了，但只要有另一次机会，这位练奉爱瑜伽的人就会从他停止的那一点开始继续下去。

第38节　तपसा विद्यया पक्वकषायो नियमैर्यमैः ।
युयुजे ब्रह्मण्यात्मानं विजिताक्षानिलाशयः ॥३८॥

tapasā vidyayā pakva-
kaṣāyo niyamair yamaiḥ
yuyuje brahmaṇy ātmānaṁ
vijitākṣānilāśayaḥ

tapasā—靠苦修 / vidyayā—靠教育 / pakva—烧掉 / kaṣāyaḥ—所有的污垢 / niyamaiḥ—靠规范原则 / yamaiḥ—靠自我控制 / yuyuje—他专注于 / brahmaṇi—在灵性觉悟中 / ātmānam—他本人 / vijita—完全控制住的 / akṣa—感官 / anila—生命 / āśayaḥ—意识

译文　靠崇拜、苦修和遵守规范原则，玛拉亚德瓦佳王征服了他的感官、生存和意识，从而把至尊梵(奎师那)牢牢地置于一切的中心。

要旨　非人格神主义者一旦看到“梵(brahman)”这个词，就会把它当做是不具人格特征的梵光(brahmajyoti)。但事实上，至尊梵(Parabrahman)是奎师那——华苏戴瓦(Vāsudeva)。《博伽梵歌》第7章的第19节诗中说：至尊人格首神奎师那是一切的起因，是一切(vāsudevaḥ sarvam iti)。华苏戴瓦放射出的不具人格特征的梵光照遍各处。人无法把自己的心念集中在某种不具人格特征的事物上。为此，《博伽梵歌》第12章的第5节诗中说：“一心执著于至尊者不展示的非人格特征，很难取得进步(kleśo 'dhikataras teṣām avyaktāsakta-cetasām)。”因此，当这节诗中说玛拉亚德瓦佳王把注意力集中在梵上时，这梵是指至尊人格首神华苏戴瓦。

第 39 节 आस्ते स्थाणुरिवैकत्र दिव्यं वर्षशतं स्थिरः ।
वासुदेवे भगवति नान्यद्वेदोद्वहन् रतिम् ॥३९॥

āste sthāṇur ivaikatra
divyaṁ varṣa-śataṁ sthiraḥ
vāsudeve bhagavati
nānyad vedodvahan ratim

āste—保持 / sthāṇuḥ—不可动摇的 / iva—如同 / ekatra—在一个地方 / divyam—半神人的 / varṣa—年 / śatam——百 / sthiraḥ—坚定地 / vāsudeve—向主奎师那 / bhagavati—至尊人格首神 / na—不 / anyat—任何其他事 / veda—知道 / udvahan—拥有 / ratim—吸引

译文 他就这样坐在一个地方不动达半神人的一百年之久。这以后，他培养了对至尊人格首神奎师那充满依恋的奉爱之情，并一直保持在那种状态中。

要旨

bahūnāṁ janmanāṁ ante
jñānavān māṁ prapadyate
vāsudevaḥ sarvam iti
sa mahātmā sudurlabhaḥ

“经过许许多多次出生后，真正处在知识层面上的人就会皈依我，知道我是一切原因的起因，是一切。这样的灵魂伟大而又罕见。”(《博伽梵歌》7.19) 华苏戴瓦——至尊人格首神奎师那，是一切，了解这一点的人是最杰出的超然主义者。《博伽梵歌》中说，人在经历了许许多多生世受才认识到这一点。对此，这节诗中也用“按照半神人的日历算一百年的时间(divyaṁ varṣa-śatam)”一句作出证实。按照半神人的日历，他们的一个白天(十二个小时)，等于地球上的六个月。半神人的一百年时间，等于三万六千个地球年。因此，玛拉亚德瓦佳王从事了三万六千年的苦修。那以后，他开始坚定不移地为至尊主做奉爱服务。要在地球上活那么多年，人必须经历过许多次的出生。这证实了奎师那的结论。最终具有奎师那意识，坚定不移地相信奎师那就是一切并为祂做服务，是人在完美阶段所体现出的特征。正如《永恒的柴坦亚经》(Caitanya-caritāmṛta)中篇第22章的第62节诗所说：当人通过崇拜或为奎师那做奉爱服务得出奎师那就是一切的结论时，人实际上在所有的方面都完美了(kṛṣṇe bhakti kaile sarva-karma kṛta haya)。人不仅必须得出奎师那就是一切的结论，而且必须稳定地处在这种觉悟的状态中。这是生命的最高完美境界，也是玛拉亚德瓦佳王最终达到的完美境界。

第40节　स व्यापकतयात्मानं व्यतिरिक्ततयात्मनि ।
विद्वान् स्वप्न इवामर्शसाक्षिणं विरराम ह ॥४०॥

sa vyāpakatayātmānaṁ
vyatiriktatayātmani
vidvān svapna ivāmarśa-
sākṣiṇaṁ virarāma ha

saḥ—玛拉亚德瓦佳王 / vyāpakatayā—凭无所不在的特性 / ātmānam—超灵 / vyatiriktatayā—靠区分 / ātmani—在自我中 / vidvān—受到完美的教育 / svapne—在梦中 / iva—如同 / amarśa—深思熟虑的 / sākṣiṇam—见证人 / virarāma—变得不在乎 / ha—肯定地

译文　玛拉亚德瓦佳王通过区分超灵和个体灵魂获得了完美的知识。个体灵魂被局限在局部区域，相反超灵是无所不在的。他清楚地认识到，物质躯体不是灵魂，但灵魂是物质躯体的见证者。

要旨　受制约的灵魂在试图了解物质躯体、超灵和个体灵魂之间的区别时经常会感到沮丧。假象宗哲学人士分两类：一类是佛教哲学的追随者，另一类是商卡尔(Śaṅkara)哲学的追随者。佛教徒不认为有超越躯体的事物；商卡尔的追随者下结论说，超灵(Paramātmā)之外别无存在。信奉商卡尔哲学的人相信，个体灵魂与超灵最终是一体。但具有完美知识的外士纳瓦哲学家知道：躯体由外在能量构成；超灵——至尊人格首神，就坐在个体灵魂的边上，与个体灵魂不同。正如主奎师那在《博伽梵歌》第13章的第3节诗中说：

kṣetra-jñaṁ cāpi māṁ viddhi
sarva-kṣetreṣu bhārata
kṣetra-kṣetrajñayor jñānaṁ
yat taj jñānaṁ mataṁ mama

“巴茹阿特的后裔啊！你应该明白：我也是躯体的知悉者，是每一个躯体的知悉者。对这个躯体和躯体知悉者的了解，称为知识。这就是我的意见。”

躯体被视为是场所，个体灵魂是场所中的活动者。然而，还有被称为超灵的一位，祂与个体灵魂在一起，只当见证者。个体灵魂工作并享受躯体的果实，超灵则只是观看着个体灵魂的活动，不享受那些活动的结果。超灵出现在每一个活动场所，但个体灵魂只在他自己的躯体中。玛拉亚德瓦佳王获得这完美的知识，能够区分灵魂和超灵，以及灵魂和物质躯体。

第41节 साक्षाद्भगवतोक्तेन गुरुणा हरिणा नृप ।
विशुद्धज्ञानदीपेन स्फुरता विश्वतोमुखम् ॥४१॥

sākṣād bhagavatoktena
guruṇā hariṇā nṛpa
viśuddha-jñāna-dīpena
sphuratā viśvato-mukham

sākṣāt—直接地 / bhagavatā—被至尊人格首神 / uktena—训示 /

guruṇā—灵性导师 / hariṇā—由主哈尔伊 / nṛpa—君王啊 / viśuddha—纯粹的 / jñāna—知识 / dīpena—由……之光 / sphuratā—具有启发性的 / viśvataḥ-mukham—从所有角度的

译文　由于至尊人格首神在玛拉亚德瓦佳王纯净的状态中直接教导他，他获得了完美的知识。这样受到超然知识的启发后，他能够全面地了解事物。

要旨　这节诗中的“由于至尊人格首神直接教育他(sākṣād bhagavatoktena guruṇā hariṇā)”一句意义重大。至尊人格首神只有在奉献者通过为祂坐奉爱服务达到完全净化的状态时，才直接对个体灵魂说话。对此，主奎师那也在《博伽梵歌》第10章的第10节诗中确认说：

teṣāṁ satata-yuktānāṁ
bhajatāṁ prīti-pūrvakam
dadāmi buddhi-yogaṁ taṁ
yena mām upayānti te

“对一直以爱心侍奉我的人，我赐予他们理解力，使他们来到我这里。”

至尊主是处在每一个生物体心中的超灵，祂以内心的灵性导师的身份(caitya-guru)行事。然而，祂只给进步、纯粹的奉献者以直接的指导。最初，当奉献者很真诚时，至尊主直接从内在指导他去找真正的灵性导师。当人得到灵性导师按照奉爱服务的规范守则所给予的训练，并处在不由自主地依恋至尊主(rāga-bhakti)的层面上时，至尊主也从内心给他指导。主奎师那说：对那些一直怀着爱侍奉我的人，我赐予他们理解力(teṣāṁ satata-yuktānāṁ bhajatāṁ prīti-pūrvakam)。只有解脱的灵魂才能得到这难得的利益。达到这一阶段的玛拉亚德瓦佳王，与至尊主有了直接的接触，从祂那里直接得到指示。

第 42 节 परे ब्रह्मणि चात्मानं परं ब्रह्म तथात्मनि ।
वीक्षमाणो विहायेक्षामस्मादुपरराम ह ॥४२॥

pare brahmaṇi cātmānaṁ
param brahma tathātmani
vīkṣamāṇo vihāyekṣām
asmād upararāma ha

pare—超然的 / brahmaṇi—在绝对真理中 / ca—和 / ātmānam—自我 / param—至尊的 / brahma—绝对者 / tathā—也 / ātmani—在他之中 / vīkṣamāṇaḥ—如此观察 / vihāya—放弃 / īkṣām—保留 / asmāt—从这个程序 / upararāma—退出 / ha—肯定地

译文 玛拉亚德瓦佳王从而能观察到，超灵就坐在他旁边，而他作为个体灵魂正与超灵坐在一起。既然两者(超灵和个体灵魂)在一起，就不需要追求不同的兴趣和利益。正因为如此，他停止从事那类活动。

要旨 在奉爱服务的高级阶段，奉献者看到至尊人格首神的兴趣与自己的爱好完全相同。双方的兴趣和利益完全一样，因为奉献者从不为不同的兴趣和利益而行事。他无论做什么，都配合至尊人格首神的兴趣或爱好。那时，他看一切都在至尊人格首神之中，至尊人格首神在一切之中。达到这种程度的理解后，他看灵性世界和物质世界之间没有区别。他用完美的洞察力看到，物质世界因为是至尊主的外在能量，所以也是灵性世界。对完美的奉献者来说，能量与能量的拥有者之间没有区别，因此所谓的物质世界就成了灵性的(sarvaṁ khalv idaṁ brahma)。一切都本是用来为至尊主服务的，有经验的奉献者能利用一切所谓的物质事物为至尊主做服务。人无法在还没处在灵性层面上时为至尊主服务，因此所谓的物质事物被用于为至尊主服务，它就不在被认为是物质的了。纯粹的奉献者就这样用他完美的眼光全面地看问题。

第 43 节　पतिं परमधर्मज्ञं वैदर्भी मलयध्वजम् ।
प्रेम्णा पर्यचरद्धित्वा भोगान् सा पतिदेवता ॥४३॥

patiṁ parama-dharma-jñaṁ
vaidarbhī malayadhvajam
premṇā paryacarad dhitvā
bhogān sā pati-devatā

patim—她丈夫 / parama—至尊的 / dharma-jñam—知道宗教原则的人 / vaidarbhī—维达尔巴的女儿 / malaya-dhvajam—名叫玛拉亚德瓦佳 / premṇā—满怀深情 / paryacarat—怀着奉爱之心侍奉 / hitvā—放弃 / bhogān—感官享乐 / sā—她 / pati-devatā—把她丈夫视为至尊主

译文　维达尔巴的女儿把她丈夫视为是至尊。她放弃了所有的感官享乐，以彻底弃绝的态度遵守她这位极为进步的丈夫所遵守的原则。她就这样忙着侍奉他。

要旨　玛拉亚德瓦佳代表灵性导师，而他妻子外姐尔碧代表门徒。门徒把灵性导师当做至尊人格首神。正如维施瓦纳特·查夸瓦尔提·塔库尔在“赞颂灵性导师八节诗”中唱道：“人直接把灵性导师视为至尊人格首神(sākṣād-dharitvena)。”我们不该像假象宗哲学人士那样接受灵性导师，而是应该像这里介绍的那样接受灵性导师。由于灵性导师是至尊主最信赖的仆人，我们应该像对待至尊人格首神那样对待他。我们永远都不该像对待普通人那样怠慢灵性导师或不服从他的命令。

一个女人如果足够幸运能当一位纯粹奉献者的妻子，她就能在不怀丝毫感官享乐欲望的情况下侍奉她丈夫。如果她始终这样侍奉她崇高的丈夫，她就自然得到她丈夫所获得的灵性完美。门徒找到真正的灵性导师后，只要想方设法令他满意，就能得到与灵性导师一样的侍奉至尊人格首神的机会。

第 44 节 चीरवासा व्रतक्षामा वेणीभूतशिरोरुहा ।
बभावुप पतिं शान्ता शिखा शान्तमिवानलम् ॥४४॥

cīra-vāsā vrata-kṣāmā
veṇī-bhūta-śiroruhā
babhāv upa patiṁ śāntā
śikhā śāntam ivānalam

cīra-vāsā—穿着旧衣服 / vrata-kṣāmā—因苦行而身体消瘦 / veṇī-bhūta—纠缠在一起 / śiroruhā—她的头发 / babhau—她发亮 / upa patim—靠近她丈夫 / śāntā—宁静的 / śikhā—火焰 / śāntam—不受干扰的 / iva—如同 / analam—火

译文 维达巴尔王的女儿穿着旧衣服，因为遵守苦行的誓言而瘦得皮包骨头。由于她不整理头发，她的头发纠缠在一起成了一绺一绺的。她虽然总在丈夫身边，但却沉默、平静得如同宁静的火焰。

要旨 当人开始烧柴火时，最初会有烟和挑动不定的火焰。尽管刚开始时有许多干扰，等火一旦完全燃烧起来，木柴就会稳定地燃烧了。同样，夫妻在共同遵守苦修的规范原则时保持沉默，以便不刺激对方的性冲动。这时，夫妻在灵性上共同得到利益。我们可以靠完全放弃要过舒适生活的想法达到人生的这一阶段。

这节诗中的“穿着旧衣服(cīra-vāsā)”是指破旧的衣服。妻子尤其该保持禁欲的状态，不想要华美的服饰和极为舒适的生活设施。她应该只满足生活中最基本的需求，尽量减少进食量和睡觉的时间。他们根本不该过性生活。仅仅靠侍奉她崇高的丈夫，当然丈夫必须是纯粹的奉献者，妻子就不会受到性冲动的刺激。退出家庭生活的阶段(vānaprastha)，就完全是这样。尽管妻子还与丈夫在一起，但她经历严格的苦修，以至夫妻虽在一起，但没有性生活。这样的话，丈夫和妻子可以永远生活在一起。由于妻子比丈夫脆弱，这节诗中用“在丈夫身边(upa patim)”表达这种脆弱，其中 upa 的意思是“靠近”或“几乎等同于”。作为男人，丈夫一般比妻子要进步。无论如何，妻子要放弃所有奢侈的习惯。她甚至不该穿好衣服或梳头发。梳头是女人每天的重要活动之一。在退出家庭生活阶段，妻子不该照顾自己的头发。长期不梳头，她的头发就会纠缠在一起，打成结。在这种情况下，妻子对丈夫来说不再有吸引力，她自己也不再受性冲动的刺激。这样，夫妻俩就可以共同提升灵性的意识。这种进步阶段称为至尊天鹅(paramahaṁsa)阶段，只要到达这一阶段，夫妻俩就可以真正摆脱躯体意识了。门徒如果坚定不移地为灵性导师服务，他就不需要再害怕坠入错觉能量玛亚(māyā)的钳制中。

第 45 节　अजानती प्रियतमं यदोपरतमङ्गना ।
सुस्थिरासनमासाद्य यथापूर्वमुपाचरत् ॥४५॥

ajānatī priyatamaṁ
yadoparatam aṅganā
susthirāsanam āsādya
yathā-pūrvam upācarat

ajānatī—没有任何知识 / priya-tamam—她最亲爱的丈夫 / yadā—当……时 / uparatam—死去 / aṅganā—女人 / susthira—坚定地 / āsanam—在座位上 / āsādya—向上去 / yathā—如同 / pūrvam—从前 / upācarat—继续侍奉他

译文　维达尔巴的女儿一如既往地侍奉她那位稳坐不动的丈夫，直到最后确定他已离开了身体。

要旨　看起来王后甚至在侍奉她丈夫时都不跟他讲话。她只是默默地履行她的规定职责。她直到能确定她丈夫已经离开躯体之前，一直没有停止侍奉他。

第 46 节 यदा नोपलभेताङ्घ्रावूष्माणं पत्युरर्चती ।
आसीत्संविग्नहृदया यूथभ्रष्टा मृगी यथा ॥४६॥

yadā nopalabhetāṅghrāv
ūṣmāṇaṁ patyur arcatī
āsīt saṁvigna-hṛdayā
yūtha-bhraṣṭā mṛgī yathā

yadā—当……时 / na—不 / upalabheta—可以感觉 / aṅghrau—在脚中 / ūṣmāṇam—热 / patyuḥ—她丈夫的 / arcatī—当侍奉时 / āsīt—她变得 / saṁvigna—焦急 / hṛdayā—在心中 / yūtha-bhraṣṭā—失去了丈夫 / mṛgī—母鹿 / yathā—如同

译文 她在为他按摩双腿时感觉到他的脚冰凉，于是明白他已离开了躯体。剩下独自一人的她感到焦虑不安。失去丈夫陪伴的她，感觉恰似与配偶分离的母鹿。

要旨 体内的血液循环和气的循环一旦停止，就该明白，住在体内的灵魂已经离开了。血液循环的停止，可以从手脚失去热度感知到。检测一个人是否还活着的方法是，测一下有无心跳及手脚是否变得冰凉。

第 47 节 आत्मानं शोचती दीनमबन्धुं विक्लवाश्रुभिः ।
स्तनावासिच्य विपिने सुस्वरं प्ररुरोद सा ॥४७॥

ātmānaṁ śocatī dīnam
abandhuṁ viklavāśrubhiḥ
stanāv āsicya vipine
susvaraṁ praruroda sā

ātmānam—关于她自己 / śocatī—悲伤 / dīnam—可怜的 / abandhum—没有朋友 / viklava—心碎了 / aśrubhiḥ—被眼泪 / stanau—她的胸脯 / āsicya—湿了 / vipine—在森林里 / susvaram—大声地 / praruroda—开始哭泣 / sā—她

译文　维达尔巴的女儿现在成了寡妇，独自一人在森林中，于是感到悲伤不已。她大声哭喊，不停涌流的泪水打湿了她的胸脯。

要旨　王后恰似君王的门徒；因此，当灵性导师离开他的躯体后，他的门徒应该像王后在君王离开他的躯体后一样痛哭。然而，门徒和灵性导师从不分离，因为只要门徒严格遵守灵性导师的指示，灵性导师就始终与门徒在一起。这称为“通过话语联谊(vāṇī)”。躯体的临在称为瓦普(vapuḥ)。只要灵性导师身体还在世，门徒就该侍奉灵性导师的身体，灵性导师的身体不在世时，门徒该通过执行灵性导师的命令为他服务。

第 48 节　उत्तिष्ठोत्तिष्ठ राजर्षे इमामुदधिमेखलाम् ।
दस्युभ्यः क्षत्रबन्धुभ्यो बिभ्यतीं पातुमर्हसि ॥४८॥

uttiṣṭhottiṣṭha rājarṣe
imām udadhi-mekhalām
dasyubhyaḥ kṣatra-bandhubhyo
bibhyatīṁ pātum arhasi

uttiṣṭha—请起来 / rāja-ṛṣe—圣洁的君王啊 / imām—这地球 / udadhi—被海洋 / mekhalām—围绕 / dasyubhyaḥ—从恶棍 / kṣatra-bandhubhyaḥ—从不圣洁的君王们 / bibhyatīm—十分害怕 / pātum—保护 / arhasi—你应该

译文 君王中最优秀的人啊！请站起来！站起来！看看这被水包围，寄生着各种恶棍和所谓君王的世界吧。这世界非常害怕，保护她是你的职责。

要旨 正如《博伽梵歌》宣布的，灵性导师(ācārya)前来是为了按照至尊人格首神或祂代表的命令，建立宗教原则。宗教意味着服从至尊人格首神的命令。宗教原则始于人开始投靠、服从至尊人格首神之际。灵性导师的职责是，宣传真正的宗教体系，劝导所有的人向至尊主顶礼。人通过为至尊主做奉爱服务执行宗教原则，尤其是聆听、吟诵(吟唱)和记忆等九项奉爱服务。不幸的是，灵性导师隐迹后，无赖和非奉献者们便乘机以所谓斯瓦米、瑜伽师、慈善家和福利工作者的身份，立刻开始介绍未经许可的原则。事实上，人类生活是专为执行至尊主的命令而有的。对此，《博伽梵歌》第9章的第34节诗说：

man-manā bhava mad-bhakto
mad-yājī māṁ namaskuru
mām evaiṣyasi yuktvaivam
ātmānaṁ mat-parāyaṇaḥ

“总用心想着我；成为我的奉献者，向我顶礼，崇拜我。你这样全神贯注于我，就一定会来到我这里。”

人该做的最重要的事情是：始终想着至尊人格首神，成为祂的奉献者，崇拜祂并向祂顶礼。至尊主授权的代表——灵性导师，建立这些原则，当他离开时，情况便再次变得混乱。灵性导师理想的门徒，通过真诚地按照灵性导师的教导做，努力改变这种状态。如今，几乎整个世界都害怕无赖和非奉献者，这场奎师那意识运动为此而努力把世界拯救出非宗教的混乱状态。为了让世界真正有和平与快乐，大家都应该配合这场运动。

第 49 节　**एवं विलपन्ती बाला विपिनेऽनुगता पतिम् ।**
पतिता पादयोर्भर्तू रुदत्यश्रूण्यवर्तयत् ॥४९॥

evaṁ vilapantī bālā
vipine 'nugatā patim
patitā pādayor bhartū
rudaty aśrūṇy avartayat

evam—如此 / vilapantī—悲伤 / bālā—无辜的妇女 / vipine—在僻静的森林中 / anugatā—严格地坚持 / patim—向她丈夫 / patitā—倒在 / pādayoḥ—在……足下 / bhartuḥ—他丈夫的 / rudatī—哭泣时 / aśrūṇi—眼泪 / avartayat—她流下

译文　那最顺从的妻子就这样倒在她死去丈夫的脚边，在僻静的森林中可怜地放声大哭起来，眼泪滚滚而下。

要旨　正如奉献者的妻子为她丈夫的离世而感到悲痛，灵性导师离开后，门徒也同样感到丧失亲人之痛。

第 50 节　**चितिं दारुमयीं चित्वा तस्यां पत्युः कलेवरम् ।**
आदीप्य चानुमरणे विलपन्ती मनो दधे ॥५०॥

citiṁ dārumayīṁ citvā
tasyāṁ patyuḥ kalevaram
ādīpya cānumaraṇe
vilapantī mano dadhe

citim—火葬用的火堆 / dāru-mayīm—用柴火堆成 / citvā—堆起 / tasyām—在那之上 / patyuḥ—丈夫的 / kalevaram—身体 / ādīpya—点燃后 / ca—也 / anumaraṇe—和他一起死去 / vilapantī—悲伤 / manaḥ—她的心 / dadhe—稳定于

译文 她随后准备用木柴燃起一堆大火，把她丈夫的尸体放在上面。做完这件事，她悲痛欲绝，准备进入火中随她丈夫死去。

要旨 忠贞的妻子在丈夫死后也随他去死(saha-maraṇa)，是韦达制度中具有悠久历史的传统做法。这一做法在印度境内甚至直到英国占领时期还很盛行。然而，那时也会有妻子不愿意陪丈夫去死却被亲属逼迫着去死的事件发生。这在以前是不会发生的。妻子通常都是自愿进入火中。英国政府后来禁止这种做法，认为它是不人道的。然而，综观印度古老的历史，我们发现，潘杜王(Mahārāja Pāṇḍu)死后，他的两位妻子——玛德瑞(Mādrī)和琨缇(Kuntī)，甚至为两人应该一起随丈夫去死，还是其中的一个应该随他去死进行辩论。她们最后得出结论，琨缇应该留下来照顾还是小孩子的潘达瓦五兄弟(Pāṇḍava)，玛德瑞将随丈夫进入火中。甚至最后到1963年，我们还看到一位忠贞的妻子自愿进入火葬她丈夫的火堆中。

这说明：就像忠贞的妻子必须准备这样做一样，灵性导师忠诚的门徒宁愿随灵性导师去死，都不愿完不成灵性导师的使命。正如至尊人格首神降临这地球来重新建立宗教原则，所以祂的代表——灵性导师也来这么做。负责正确执行和完成灵性导师的使命是门徒的责任，否则门徒就应该决定与灵性导师一起死去。换句话说，为了实现灵性导师的意愿，门徒应该准备献出自己的生命，而根本不考虑个人的得失。

第 51 节 तत्र पूर्वतरः कश्चित्सखा ब्राह्मण आत्मवान् ।
सान्त्वयन् वल्गुना साम्ना तामाह रुदतीं प्रभो ॥५१॥

tatra pūrvataraḥ kaścit
sakhā brāhmaṇa ātmavān

sāntvayan valgunā sāmnā
tām āha rudatīṁ prabho

tatra—在那个地方 / pūrvataraḥ—以前的 / kaścit—某人 / sakhā—朋友 / brāhmaṇaḥ——一个布茹阿玛纳 / ātmavān—非常有学识的学者 / sāntvayan—安抚 / valgunā—以非常好的 / sāmnā—使人平静的话语 / tām—向她 / āha—他说 / rudatīm—在她哭泣时 / prabho—我亲爱的君王

译文　我亲爱的君王，这时，一位普冉佳纳王的老朋友布茹阿玛纳去到那里，开始用亲切的话语安抚王后。

要旨　以布茹阿玛纳的形象出现的老朋友十分重要。奎师那作为老朋友，以祂超灵(Paramātmā)的形象处在每一个生物体的心中。按照韦达教导，奎师那就坐在个体灵魂的身边。韦达文献中记载(śruti-mantra)，至尊主作为最好的朋友(suhṛt)坐在每一个生物体的心中(dvā suparṇā sayujā sakhāyāḥ)。至尊主始终渴望生物回归家园，回到祂身边。至尊主作为见证者与个体生物坐在一起，为个体生物提供所有他想要的物质享乐，但只要有机会，就会给生物以忠告，让他放弃试图通过作物质上的调整变得快乐的想法，把脸转向至尊人格首神，投靠服从祂。当人认真地想要追随灵性导师，协助灵性导师完成使命时，他的决心就等同于在看至尊人格首神。我们前面解释过，这意味着在灵性导师的教导中与至尊人格首神相遇。梵文术语把这称为“侍奉灵性导师的话语(vāṇī-sevā)”。圣维施瓦纳特·查夸瓦尔提·塔库尔，在他评注《博伽梵歌》第2章的第41节诗中的“库茹族的宠儿啊！坚定的培养奎师那意识的人目标专一(vyavasāyātmikā buddhir ekeha kuru-nandana)”一句时说，人应该为灵性导师的话语服务。门徒必须忠诚地执行灵性导师的命令。仅仅这样做，人就会看到至尊人格首神。

至尊人格首神——超灵，以布茹阿玛纳的形象出现在王后面前，但祂为什么没有以圣奎师那的原本形象出现呢？圣维施瓦纳特·查夸瓦尔提·塔库尔评论说，人除非对至尊人格首神有高度的爱，否则不可能看到祂的真实形象。但是，人如果坚守灵性导师宣布的原则，就会以某种方式与至尊人格首神联谊。由于至尊主在每一个人的心中，祂能够从内心给真诚的门徒以忠告。对此，《博伽梵歌》第10章的第10节诗证实道：

teṣāṁ satata-yuktānāṁ
bhajatāṁ prīti-pūrvakam
dadāmi buddhi-yogaṁ taṁ
yena mām upayānti te

“对一直以爱心侍奉我的人，我赐予他们理解力，使他们来到我这里。”

总之，如果门徒很认真地完成灵性导师的使命，他就立刻通过话语(vāṇī)或形象(vapuḥ)与至尊人格首神联谊。这是成功地看到至尊人格首神的唯一秘诀。与其在感官享乐的同时，渴望在温达文的某个灌木丛中看到奎师那，不如严格地按灵性导师的话去做；这样就会毫无困难地看到至尊主。为此，圣彼尔瓦蒙嘎拉·塔库尔(Bilvamaṅgala Ṭhākura)在《奎师那·卡尔纳姆瑞塔》(Kṛṣṇa-karṇāmṛta)的第107节诗中这样说：

bhaktis tvayi sthiratarā bhagavan yadi syād
daivena naḥ phalati divya-kiśora-mūrtiḥ
muktiḥ svayaṁ mukulitāñjali sevate 'smān
dharmārtha-kāma-gatayaḥ samaya-pratīkṣāḥ

“亲爱的至尊主，我如果为您做奉爱服务，就很容易察觉到您无所不在。至于解脱，我想解脱正双手合十地站在我门前等着侍奉我呢。不仅如此，笃信宗教(dharma)、经济发展(artha)、感官享乐(kāma)等所有的物质便利设施也都站在她身边。”在奉爱服务中高度进步的奉献者，不难看到至尊人格首神。为灵性导师服务的人，不仅看到至尊人格首神，而且获得解脱。至于物质的便利设施，它们会自动到来，就像女王的女仆随身侍奉女王一样。对纯粹的奉献者来说，解脱根本不成问题，所有的物质便利设施都在他一生的所有阶段等着他。

第 52 节

ब्राह्मण उवाच
का त्वं कस्यासि को वायं शयानो यस्य शोचसि ।
जानासि किं सखायं मां येनाग्रे विचचर्थ ह ॥५२॥

brāhmaṇa uvāca
kā tvaṁ kasyāsi ko vāyaṁ
śayāno yasya śocasi
jānāsi kiṁ sakhāyaṁ māṁ
yenāgre vicacartha ha

brāhmaṇaḥ uvāca—有学识的布茹阿玛纳说 / kā—谁 / tvam—你 / kasya—谁的 / asi—你是 / kaḥ—谁 / vā—或 / ayam—这个男人 / śayānaḥ—躺着的 / yasya—为谁 / śocasi—你在悲伤 / jānāsi kim—你知道吗 / sakhāyam—朋友 / mām—我 / yena—……的 / agre—以前 / vicacartha—你曾请教 / ha—肯定地

译文　那位布茹阿玛纳询问道：你是谁？是谁的妻子或女儿？躺在这里的这男人是谁？看来你正在为这具死尸悲伤。你不认识我吗？我是你永恒的朋友。你也许还记得，你以前曾多次请教过我。

要旨　当人失去亲人时，他自然就会变得弃绝。人只有去除一切物质执著的污染，才能够向坐在每个生物体心中的超灵请教。真诚、纯洁的人有机会与以超灵的形式坐在每个生物体心中的至尊人格首神交谈。超灵永远是内在的灵性导师(caitya-guru)；

从外在，祂以训示和启迪灵性导师的身份来到人的面前给予教导。至尊主既可以住在生物体的心中，也可以出来到人的面前给予指导。因此，灵性导师与坐在心中的超灵无异。内心纯净的灵魂或生物，可以有机会面对面地遇到超灵。正如人有机会在心中向超灵请教，人也有机会看到至尊主真正就在自己的面前，可以直接接受至尊灵魂的教导。面见灵性导师并向处在内心的超灵请教，是纯粹奉献者的责任。

当布茹阿玛纳询问王后躺在地上的男人是谁时，王后回答道：他是她的灵性导师，她感到困惑，不知道他不在时该做什么。在这样的时刻，超灵立刻显现在遵守灵性导师的指示而变得心地纯洁的奉献者面前。遵守灵性导师教导的真诚的奉献者，必会得到他心中超灵的教导。正因为这样，真诚的奉献者一直得到灵性导师和超灵的直接或间接的指导。对此，《永恒的柴坦亚经》中篇第19章的第151节诗说：如果奉献者真诚地侍奉他的灵性导师，奎师那自然就会对他满意(guru-kṛṣṇa-prasāde pāya bhakti-latā-bīja)。使灵性导师满意，自然就让奎师那满意了(yasya prasādād bhagavad-prasādaḥ)。这使奉献者得到灵性导师和奎师那两者的祝福。超灵永远是生物的朋友，永远与他在一起，始终准备帮助他，甚至在这个物质世界创造前就如此。所以，这节诗中说“你以前就请教过我(yenāgre vicacartha)”，其中梵文 agre 的意思是“创造以前”。因此说，超灵从创造前就一直陪伴着个体生物。

第 53 节 अपि स्मरसि चात्मानमविज्ञातसखं सखे ।
हित्वा मां पदमन्विच्छन् भौमभोगरतो गतः ॥५३॥

api smarasi cātmānam
avijñāta-sakhaṁ sakhe
hitvā māṁ padam anvicchan
bhauma-bhoga-rato gataḥ

api smarasi—你还记得吗 / ca—也 / ātmānam—超灵 / avijñāta—不知道的 / sakham—朋友 / sakhe—朋友啊 / hitvā—离弃 / mām—我 / padam—地位 / anvicchan—渴望 / bhauma—物质的 / bhoga—享乐 / rataḥ—依恋于 / gataḥ—你变得

译文　那位布茹阿玛纳继续道：我亲爱的朋友，你虽然无法立刻认出我，但难道不记得你过去有个亲密的朋友吗？不幸的是，你离弃了我的陪伴，到这物质世界里来享受。

要旨　《博伽梵歌》第7章的第27节诗说：

icchā-dveṣa-samutthena
dvandva-mohena bhārata
sarva-bhūtāni sammohaṁ
sarge yānti parantapa

"啊！巴茹阿特的后裔，征服敌人的人！众生都出生在假象中，被由欲望和憎恨所产生的相对性所迷惑。"这是对生物怎么坠入这个物质世界的解释。灵性世界中没有相对性，没有憎恨。至尊人格首神把自己扩展为许许多多。为了享受越来越多的快乐，至尊主把自己扩展为不同范畴的形象。《瓦茹阿哈往世书》(Varāha Purāṇa)中谈到，至尊主扩展出维施努范畴(svāṁśa)的形象，以及祂的边缘能量——生物(vibhinnāṁśa)。正如太阳放射的光芒中无数微小的光分子，至尊主的边缘能量扩展——生物，数不胜数。当生物想要自己享乐时，他们就发展出相对意识，变得痛恨为至尊主服务。这使生物坠入物质世界。《对神的爱所引发的转变》(Prema-vivarta)中说：

kṛṣṇa-bahirmukha hañā bhoga-vāñchā kare
nikaṭa-stha māyā tāre jāpaṭiyā dhare

怀着爱心为至尊主服务是生物的原本状态。当生物想要成为奎师那本人或模仿奎师那时，他就坠入物质世界。由于奎师那是至尊父亲，祂对生物的深情是永恒的。当生物坠入物质世界时，至尊主通过祂超灵的扩展(svāṁśa)继续陪伴生物，以便生物有一天会回归家园，回到首神身边。

生物因为误用自己的独立性，从为至尊主服务的层面坠落，在物质世界里当起了享受者。也就是说，生物选择了住进物质躯体的状态。生物想要攀上崇高的位置，但却陷入生与死的轮回中。他选择当人、半神人、猫、狗和树等，就这样在八百四十万种生命形式中不断地更换躯体，试图以种种物质享乐满足自己。然而，超灵不喜欢他这样做，因此教导他要投靠、服从至尊人格首神；至尊主随即便负责照顾他。但除非生物彻底清除物质欲望的污染，否则无法投靠至尊主。在《博伽梵歌》第5章的第29节诗中，至尊主说：

bhoktāraṁ yajña-tapasāṁ
sarva-loka-maheśvaram
suhṛdaṁ sarva-bhūtānāṁ
jñātvā māṁ śāntim ṛcchati

“完全意识到我的人知道我是一切祭祀和苦行的最终受益者，是一切星球和半神人的至尊主，是众生的恩人和祝愿者，因此获得平静，不再受物质痛苦的折磨。”

尽管至尊主是众生最好的朋友，但人如果继续制定自己想要变得快乐的计划，使自己纠缠在物质自然属性中，他就无法接受这位最好的朋友的教导。有创造发生时，生物就会得到符合自己过去有的愿望的各种形体。这说明所有的物种都同时被创造出来。按照达尔文的理论，人类在创造的一开始并不存在，而是在经历了许许多多次进化后才有的。这纯属无稽之谈。从韦达文献中我们看到，宇宙中的第一个生物体是布茹阿玛(Brahmā)。作为最有智慧的人物，主布茹阿玛能负责创造这个物质宇宙中丰富多彩的一切。

第 54 节　हंसावहं च त्वं चार्य सखायौ मानसायनौ ।
अभूतामन्तरा वौकः सहस्रपरिवत्सरान् ॥५४॥

haṁsāv ahaṁ ca tvaṁ cārya
sakhāyau mānasāyanau
abhūtām antarā vaukaḥ
sahasra-parivatsarān

haṁsau－两只天鹅 / aham－我 / ca－和 / tvam－你 / ca－也 / ārya－伟大的灵魂啊 / sakhāyau－朋友们 / mānasa-ayanau－一起在玛纳萨湖 / abhūtām－变得 / antarā－分离 / vā－实际上 / okaḥ－从原本的家园 / sahasra－数千的 / pari－连续的 / vatsarān－年

译文　我亲爱的、温和的朋友，你和我恰似两只天鹅。我们同住在如同玛纳萨湖的一颗心脏中。我们住在一起成千上万年，但离我们原本的家园却很遥远。

要旨　灵性世界是生物和至尊人格首神原本的家园。在灵性世界中，至尊主和生物很平静地住在一起。只要生物继续为至尊主服务，两者便共同分享灵性世界中的极乐生活。然而，当生物想要自己享受时，他坠入物质世界。哪怕是在那种状态中，至尊主作为他亲密的朋友还是以超灵的形式继续与他在一起。生物因为遗忘而不知道至尊主作为超灵在陪伴他，就这样在每一个创造期中继续过受制约的生活。尽管至尊主作为朋友一直陪伴着生物，生物却因为遗忘而不认识祂。

第 55 节　स त्वं विहाय मां बन्धो गतो ग्राम्यमतिर्महीम् ।
विचरन् पदमद्राक्षीः कयाचिन्निर्मितं स्त्रिया ॥५५॥

sa tvaṁ vihāya māṁ bandho
gato grāmya-matir mahīm
vicaran padam adrākṣīḥ
kayācin nirmitaṁ striyā

saḥ—那只天鹅 / tvam—你自己 / vihāya—离开 / mām—我 / bandho—朋友啊 / gataḥ—去了 / grāmya—物质的 / matiḥ—意识……的 / mahīm—到地球 / vicaran—旅游 / padam—地位 / adrākṣīḥ—你看到 / kayācit—由某人 / nirmitam—制造的 / striyā—被女性

译文　我亲爱的朋友，你此刻还是我那同一位朋友。自从你离开我，你就变得越来越物质化，不看我，而是在这个物质世界里由不同女性制造的各种形体内游荡。

要旨　生物从灵性世界坠落后，进入由至尊主的外在能量创造的物质世界。这节诗中把这外在能量描述为是“某个女人(prakṛti)”。这物质世界由物质的原材料构成，而物质的原材料来自物质能量总体(mahat-tattva)。用外在能量创造的物质世界，成为受制约的灵魂所谓的家园。在这个物质世界里，受制约的灵魂到处游荡，住进不同的公寓——各种形象的躯体。他有时旅游到高等星系，有时到低等星系；有时移居到高等物种中，有时移居到低等物种中，从无法追溯的时候起就一直在这个物质宇宙里流浪。圣柴坦亚·玛哈帕布解释说：

brahmāṇḍa bhramite kona bhāgyavān jīva
guru-kṛṣṇa-prasāde pāya bhakti-latā-bīja

(《永恒的柴坦亚经》中篇19.151)

生物在许许多多种生命形式中游荡；他再次遇见他朋友时，无论是遇到祂本人还是祂的代表，他就幸运了。

事实上，奎师那本人一直在劝告众生回归家园，回到首神身边。奎师那有时派祂的代表前来传达祂的信息，游说众生回归家园，回到首神身边。不幸的是，生物太依恋物质享乐，以致不认真对待奎师那或祂代表的教导。这节诗中把这种物质倾向说成是“感官享乐(grāmya-matiḥ)”，其中梵文 mahīm 的意思是“在这个物质世界里”。这个物质世界里的众生都喜欢感官享乐，因此被囚禁在不同的躯体中，承受物质存在的痛苦。

第 56 节　पञ्चारामं नवद्वारमेकपालं त्रिकोष्ठकम् ।
षट्कुलं पञ्चविपणं पञ्चप्रकृति स्त्रीधवम् ॥५६॥

pañcārāmaṁ nava-dvāram
eka-palam tri-koṣṭhakam
ṣaṭ-kulaṁ pañca-vipaṇaṁ
pañca-prakṛti strī-dhavam

pañca-ārāmam—五个花园 / nava-dvāram—九个大门 / eka—一个 / pālam—保护者 / tri—三个 / koṣṭhakam—公寓 / ṣaṭ—六个 / kulam—家庭 / pañca—五个 / vipanam—仓库 / pañca—五种 / prakṛti—物质元素 / strī—女人 / dhavam—主人

译文　在那座城市(物质躯体)中有五个花园，九个大门，一个保护者，三个公寓，六个家庭，五个店铺，五种物质元素和一个房子的女主人。

第 57 节　पञ्चेन्द्रियार्था आरामा द्वारः प्राणा नव प्रभो ।
तेजोऽबन्नानि कोष्ठानि कुलमिन्द्रियसङ्ग्रहः ॥५७॥

pañcendriyārthā ārāmā
dvāraḥ prāṇā nava prabho
tejo-'b-annāni koṣṭhāni
kulam indriya-saṅgrahaḥ

pañca—五个 / indriya-arthāḥ—感官对象 / ārāmāḥ—那些花园 / dvāraḥ—大门 / prāṇāḥ—感官的孔洞 / nava—九个 / prabho—君王啊 / tejaḥ-ap—火，水 / annāni—谷类或土 / koṣṭhāni—公寓 / kulam—家庭 / indriya-saṅgrahaḥ—五个感官和心念

译文 我亲爱的朋友，五个花园是五个感官享乐的对象，保护者是通过九个大门的生命之气。三个公寓是火、水和土这三种主要元素。六个家庭是心念及五个感官的集合体。

要旨 五个获取知识的感官分别是：眼睛、舌头、鼻子、耳朵和皮肤。它们通过九个门活动，而九个门分别是：两只眼睛、两个耳朵、一张嘴，两个鼻孔、一个生殖器和一个肛门。这些孔洞被比喻为是城墙上的大门。主要的原料是土、水和火，主要的行为者是受智力(buddhi)控制的心念。

第 58 节 विपणस्तु क्रियाशक्तिर्भूतप्रकृतिरव्यया ।
शक्त्यधीशः पुमांस्त्वत्र प्रविष्टो नावबुध्यते ॥५८॥

vipaṇas tu kriyā-śaktir
bhūta-prakṛtir avyayā
śakty-adhīśaḥ pumāṁs tv atra
praviṣṭo nāvabudhyate

vipaṇaḥ—店铺 / tu—于是 / kriyā-śaktiḥ—用于工作感官的能量 / bhūta—五种粗糙元素 / prakṛtiḥ—物质元素 / avyayā—永恒的 / śakti—那能量 / adhīśaḥ—控制者 / pumān—男人 / tu—于是 / atra—这里 / praviṣṭaḥ—进入 / na—不 / avabudhyate—变得具有知识

译文 五个仓库是五个工作的感觉器官。它们靠结合永恒的五个元素的力量做事。在这一切活动的背后是灵魂。灵魂是真正的人和享受者。然而，他现在因为藏身在躯体这座城市中而知识匮乏。

要旨 生物进入用土、水、火、气和空间这五种元素创造的物质躯体中，给他的躯体赋予了形象。生物虽然在躯体内工作，但却不为人知。生物进入物质创造，但由于被物质能量所迷惑，看起来像是藏起来了。由于愚昧(nāvabudhyate)，躯体化的生命概念显得极为突出。智力被描述为是女性，但由于她在所有的活动中都很突出，她又被描述为是控制者(adhīśaḥ)。生物体靠火、水和谷类食物生活。这三种物质结合在一起，使躯体得到保养。为此，躯体被称为物质创造(prakṛti)。所有的元素逐一组合出肉、骨头、血液等形式。所有这些看起来就像不同的公寓。韦达经中说，消化后的食物最终分为三类，其中固体的部分成为粪便、半流体的部分转化为肌肉，而液体的部分转为黄色并再次分为三个部分，其中一种被称为尿液。同样，火的部分也分为三类，一种以骨头见称。在五种元素中，火、水和谷类食物非常重要。前一节诗中提到了这三种元素，但并没有提到空间和气。这一切在《博伽梵歌》第13章的第20节诗中都有解释，即：

prakṛtiṁ puruṣaṁ caiva
viddhy anādī ubhāv api
vikārāṁś ca guṇāṁś caiva
viddhi prakṛti-sambhavān

“应该理解，生物与物质自然都是没有开始的，其变化和物质属性都是自然的产物。”物质自然(prakṛti)和生物(puruṣa)都是永恒的。当他们彼此接触时，就有了不同的反应和展示。所有这一切都应该被视为是物质自然三种属性的相互作用。

第59节　तस्मिंस्त्वं रामया स्पृष्टो रममाणोऽश्रुतस्मृतिः ।
तत्सङ्गादीदृशीं प्राप्तो दशां पापीयसीं प्रभो ॥५९॥

tasmiṁs tvaṁ rāmayā spṛṣṭo
ramamāṇo 'śruta-smṛtiḥ
tat-saṅgād īdṛśīṁ prāpto
daśāṁ pāpīyasīṁ prabho

tasmin－在那种情况下／tvam－你／rāmayā－和女人／spṛṣṭaḥ－交往／ramamāṇaḥ－享受／aśruta-smṛtiḥ－记不起灵性的存在／tat－和她／saṅgāt－通过联谊／īdṛśīm－像这样／prāptaḥ－你已到达／daśām－一个状态／pāpīyasīm－充满罪恶活动的／prabho－我亲爱的朋友

译文 我亲爱的朋友，当你与物质欲望这女子进入这样一个躯体时，你就变得过分专注于感官享乐，由此忘了你的灵性生活。你所具有的物质概念，把你置于各种痛苦的状态中。

要旨 人一旦专注于物质，便不再有能力聆听有关灵性的存在。对灵性存在的遗忘，使人越来越深地陷入物质存在。这都是罪恶生活的结果。不同的躯体都是由各种罪恶活动所导致的物质原材料组合发展形成的。普冉佳纳王得到一个名叫外妲尔碧的女人的躯体，是他过去从事罪恶活动的结果。《博伽梵歌》第9章的第32节诗中明确地说：这样的躯体是低等的(striyo vaiśyās tathā śūdrāḥ)。然而，托庇于至尊人格首神的人，可以被提升到最高的完美境界，即使是出身卑贱也不例外。人的灵性智力减弱时，就会出身低贱。

第60节 न त्वं विदर्भदुहिता नायं वीरः सुहृत्तव ।
न पतिस्त्वं पुरञ्जन्या रुद्धो नवमुखे यया ॥६०॥

na tvaṁ vidarbha-duhitā
nāyaṁ vīraḥ suhṛt tava
na patis tvaṁ purañjanyā
ruddho nava-mukhe yayā

na－不／tvam－你／vidarbha-duhitā－维达尔巴的女儿／na－不／ayam－这／vīraḥ－英雄／su-hṛt－善良的丈夫／tava－你的／na－不／

patiḥ－丈夫 / tvam－你 / purañjanyāḥ－普冉佳妮的 / ruddhaḥ－被囚禁 / nava-mukhe－在有九个门的躯体中 / yayā－由物质能量

译文　事实上，你并非维达尔巴的女儿，这个男人——玛拉亚德瓦佳，也并非你那善良的丈夫。你也不是普冉佳妮真正的丈夫。你只不过是被这有九个门的躯体囚禁住而已。

要旨　在物质世界中，众多的生物彼此接触，增强他们对某种躯体的依恋，形成父亲、丈夫、母亲、妻子等关系。事实上，每一个生物都是分开的个体，只是由于他与物质接触，就与其他躯体产生了虚假的关系。短暂的躯体制造出以家庭、团体、社会和国家为名的各种关系。而真实情况是，每一个生物都是至尊人格首神不可缺少的一部分，但却过于注重物质躯体。至尊人格首神奎师那显现，以《博伽梵歌》等韦达文献的形式给予教导。至尊主因为是生物永恒的朋友，所以给予这些教导。祂的教导极为重要，因为生物可以靠它们摆脱躯体的束缚。正如水流到河里时会从岸上带走许多稻草和青草。这些稻草和青草都随水流进入河中，但向不同方向拍打的浪涛会把它们分开，带向别处。同样，这个物质世界里数不胜数的生物都被物质自然的浪涛携带着，随波逐流。物质自然的浪涛有时把他们带到一起，使他们基于躯体的关系建立起友谊和亲属的关系，组成家庭、团体或国家。接着，物质自然的浪涛又把他们甩出这种关系。这种情况从物质自然的创造一开始就不断继续着。就有关这一点，圣巴克提维诺德·塔库尔吟唱道：

miche māyāra vaśe,　　yāccha bhese',
khāccha hābuḍubu, bhai
jīva kṛṣṇa-dāsa,　　ei viśvāsa,
karle ta' āra duḥkha nāi

“我亲爱的生物，你被物质自然的浪涛带走，有时被浪尖顶起，有时被淹没。你永恒的生命就这样被糟蹋了。你只要紧紧抓住奎师那，托庇于祂的莲花足，就能摆脱这一切痛苦的物质状态，重获自由。”

这节诗中的“祝愿者(suhṛt)”和“你的(tava)”两个词非常重要。一个人所谓的丈夫、亲属、儿子或父亲等，都不可能是真正的祝愿者。真正的祝愿者是奎师那本人。奎师那在《博伽梵歌》第5章的第29节诗中证实说，祂是众生的恩人和祝愿者(suhṛdaṁ sarva-bhūtānām)。社会、友谊、爱和祝愿者等，都只不过是被囚禁在不同躯体中的结果而已。我们应该清楚这一点，并努力冲出一生复一生被随处抛掷的躯体牢笼。人应该托庇于至尊人格首神奎师那，回归家园，回到首神身边。

第 61 节 माया ह्येषा मया सृष्टा यत्पुमांसं स्त्रियं सतीम् ।
मन्यसे नोभयं यद्वै हंसौ पश्यावयोर्गतिम् ॥६१॥

māyā hy eṣā mayā sṛṣṭā
yat pumāṁsaṁ striyaṁ satīm
manyase nobhayaṁ yad vai
haṁsau paśyāvayor gatim

māyā—错觉能量 / hi—肯定地 / eṣā—这 / mayā—由我 / sṛṣṭā—创造 / yat—从……的 / pumāṁsam—一个男性 / striyam—一个女性的 / satīm—贞洁的 / manyase—你想 / na—不 / ubhayam—两者 / yat—因为 / vai—肯定地 / haṁsau—摆脱了物质污染 / paśya—请看 / āvayoḥ—我们的 / gatim—实际状况

译文 你有时以为自己是男人，有时以为自己是贞洁的女子，有时则以为是个太监。这都是因为躯体的缘故，而躯体是由错觉能量制造的。这错觉能量是我的能量，你与我，我们俩，其实都是纯粹灵性的个体。现在请努力了解这一点。我正试图解释我们真正的状态。

要旨　至尊人格首神和生物的真正状态是：在质上一样。至尊主是至尊灵魂——超灵，生物是个体灵魂。尽管两者原本都是灵性的个体，但生物因为在与物质接触时遗忘了他的身份而受到制约。这时，他确认自己是物质自然的一个产物。物质躯体使他忘了自己永恒(sanātana)是至尊人格首神的一部分。对此，《博伽梵歌》第15章的第7节诗中证实说：在这个受制约的世界里的众生，都是我永恒的碎片部分(jīva-loke jīva-bhūtaḥ sanātanaḥ)。在《博伽梵歌》的好几个地方都有“永恒(sanātana)”一词。至尊主和生物都是永恒的。不仅如此，超出这个物质世界之外，还有一个被称为“永恒的”地方。生物和神真正的住所在永恒的领土上，而不在这个物质世界里。物质世界是短暂的，由至尊主的外在能量构成。生物被置于物质世界，是因为他想要模仿至尊人格首神。他在这个物质世界里尽全力享受他的感官。受制约的灵魂在这个物质世界从事的一切活动，都永恒地在不同的躯体里从事过，但当生物获得一个意识发达的躯体时，他应该努力调整自己的处境，再次成为灵性世界中的一员。能使人回归家园、回到首神身边的方法是奉爱瑜伽(bhakti-yoga)，有时也被称为永恒的职责(sanātana-dharma)。生物应该采用永恒的职责——奉爱瑜伽的程序，而不该接受基础于物质躯体的、短暂的规定职责。这样他才能挣脱在物质躯体中永恒被束缚的状态，回归家园，回到首神身边。人类社会只要还以错误的物质认同为基础运作，一切所谓的科技和哲学进步就都是无用的。它们只会误导人类社会。《圣典博伽瓦谭》第7篇第5章的第31节诗中说：在物质世界里，只不过是盲人领导着盲人而已(andhā yathāndhair upanī-yamānāḥ)。

第 62 节 अहं भवान्न चान्यस्त्वं त्वमेवाहं विचक्ष्व भोः ।
न नौ पश्यन्ति कवयश्छिद्रं जातु मनागपि ॥६२॥

ahaṁ bhavān na cānyas tvaṁ
tvam evāhaṁ vicakṣva bhoḥ
na nau paśyanti kavayaś
chidraṁ jātu manāg api

aham－我 / bhavān－你 / na－不 / ca－也 / anyaḥ－不同的 / tvam－你 / tvam－你 / eva－肯定地 / aham－像我一样 / vicakṣva－请考虑 / bhoḥ－我亲爱的朋友 / na－不 / nau－我们的 / paśyanti－观察 / kavayaḥ－有学识的学者 / chidram－错误地区分 / jātu－在任何时候 / manāk－在很小的程度上 / api－甚至

译文 亲爱的朋友，我——超灵，你——个体灵魂，因为都是灵性的，所以在质上没有区别。事实上，我亲爱的朋友，你原本的状态是在质上与我没有区别。请努力考虑这一点。那些真正进步的学者，真正处在知识层面上的人，看不到你与我在质上的区别。

要旨 至尊人格首神和生物在质上一样，没有真正的区别。假象宗哲学人士再三被错觉能量打败是因为，他们认为超灵与个体灵魂是一体或根本没有超灵，或者误以为一切都是超灵。然而，真正的学者(kavayaḥ)才真正了解真相。他们不会犯这种错误。他们知道神和个体灵魂在质上一样，但个体灵魂坠入错觉能量玛亚的钳制中，而超灵——至尊人格首神，是玛亚的控制者。玛亚是至尊主创造的(mayā sṛṣṭā)，因此至尊主是控制玛亚的人。个体灵魂虽然在质上与至尊主一样，但却受玛亚的控制。假象宗哲学人士分不清控制者与被控制者。

第 63 节 यथा पुरुष आत्मानमेकमादर्शचक्षुषोः ।
द्विधाभूतमवेक्षेत तथैवान्तरमावयोः ॥६३॥

yathā puruṣa ātmānam
ekam ādarśa-cakṣuṣoḥ
dvidhābhūtam avekṣeta
tathaivāntaram āvayoḥ

yathā－如同 / puruṣaḥ－生物体 / ātmānam－他的身体 / ekam－一 / ādarśa－在镜子中 / cakṣuṣoḥ－由眼睛 / dvidhā-ābhūtam－像是两个存在 / avekṣeta－看 / tathā－同样的 / eva－肯定地 / antaram－区别 / āvayoḥ－我们之间

译文　正如人看到镜子里的影像与他本人一样，但其他人却看到两个身体，当我们处在生物在其中既受影响又不受影响的物质环境中时，神与生物之间就有了区别。

要旨　假象宗哲学人士因为深受物质环境的影响，所以看不到至尊主与生物之间的区别。当太阳在一罐水的水面上投下倒影时，太阳知道他本人与他在水面上的倒影没有区别。然而，没有知识的人却感到在每一个水罐中都有一个小太阳。至于阳光，太阳本体和其倒影都有光芒，但倒影中的光芒要弱很多，照射的范围小很多，而太阳本体则放射着万丈光芒。外士纳瓦哲学家得出的结论是，生物只不过是原本的至尊人格首神的一个小样品而已。神与生物在质上一样，但从量上看，生物只不过是至尊人格首神的一个微小的碎片部分。至尊主完整、有力，拥有一切辉煌的财富。在前一节诗中，至尊主说："我亲爱的朋友，你和我没有区别。"这种没有区别是指在质上一样，因为至尊主——超灵，根本没有必要提醒受制约的灵魂说，他与自己在量上不同。真正认清自我的人从不会认为他与至尊人格首神在所有的方面都一样。生物虽然与至尊人格首神在质上一样，但却容易忘记自己的灵性身份；可是，至尊人物从不忘记。这就是至尊人格首神(lipta)和灵魂之间的区别(alipta)。至尊人格首神永远不受祂外在能量的影响，但受制约的灵魂一旦与物质自然接触，就忘了自己的真实身份。因此，当他在受制约的状态中看自己时，他把自己认同为是躯体。可是，至尊人格首神并没有躯体与灵魂之分。祂是完整的灵魂，没有物质躯体。尽管超灵(Paramātmā)与个体灵魂同在一个躯体中，超灵没有各种称号，但受制约的灵魂却因他所在的某个躯体而有了各种称号。超灵(antaryāmī)无所不在。对此，《博伽梵歌》第13章的第3节诗中确认说：巴茹阿特的后裔啊！你应该明白：我是所有躯体的知悉者(kṣetra-jñaṁ cāpi māṁ viddhi sarva-kṣetreṣu bhārata)。

超灵处在每一个生物体的体内，而个体灵魂只受制于某一个躯体。个体灵魂无法了解其他个体灵魂的躯体在发生什么事，但超灵却清楚地知道所有的躯体有什么情况。换句话说，超灵永远处在祂完全灵性的状态中，而个体灵魂却既容易忘记自己，又并非遍布各处。个体灵魂在受制约的状态中通常无法了解自己与超灵的关系，但当有的个体灵魂摆脱一切受制约的存在时，是可以看到超灵与自己真正的区别的。超灵在告诉受制约的灵魂“你和我一样”时，是在提醒受制约的灵魂他的灵性身份在质上与至尊主一样。《圣典博伽瓦谭》第3篇第28章的第40节诗中说：

yatholmukād visphuliṅgād
　dhūmād vāpi sva-sambhavāt
apy ātmatvenābhimatād
　yathāgniḥ pṛthag ulmukāt

“燃烧着的大火有别于火焰、火星和浓烟，尽管它们都产自同一块燃烧的木柴，因此彼此紧密相连。”

火有不同的表现特征，有火焰、火星和浓烟。尽管它们在质上一样，但大火、火焰、火星和浓烟彼此还是有区别的。生物与至尊人格首神的区别在于，生物受制约，但至尊人格首神从不受制约。韦达经(Veda)中说：ātmā tathā pṛthag draṣṭā bhagavān brahmasaṁjñitaḥ，其中阿特玛(ātmā)既指个体灵魂，也指一切的知悉者——至尊人格首神。两者虽然都是灵性的，但永远存在着区别。韦达文献(smṛti)中也说：正如火星是从大火中迸溅出来，微小的个体灵魂存在于灵性的大火之中(yathāgneḥ kṣudrā visphuliṅgā vyuccaranti)。在《博伽梵歌》第9章的第4节诗中，主奎师那说：众生都在我之中，我却不在他们中(mat-sthāni sarva-bhūtāni na cāhaṁ teṣv avasthitaḥ)。尽管所有的生物都像小火星依靠熊熊烈火一样处在祂体内，但两者所处的状态不同。同样《维施努往世书》(Viṣṇu Purāṇa)中说：

eka-deśa-sthitasyāgner
jyotsnā vistāriṇī yathā
parasya brahmaṇaḥ śaktis
tathedam akhilaṁ jagat

"大火在一处燃烧，但却向四处散发光和热。同样，至尊人格首神以不同的方式分配祂的能量。"生物只不过是这些能量中的一种能量——边缘能量。能量和拥有能量的人从一个意义上说是一样的，但作为能量和能量的拥有者所处的状态不同。《布茹阿玛·萨密塔》(Brahma-saṁhitā)第5章的第1节诗中描述的"至尊主具有永恒、极乐和充满知识的形象(īśvaraḥ paramaḥ kṛṣṇaḥ sac-cid-ānanda-vigrahaḥ)"，有别于生物在受制约的状态中和解脱的状态中的形象。只有无神论者才认为生物和人格首神在所有的方面都一样。柴坦亚·玛哈帕布因此说："如果人通过听从假象宗哲学人士的说教，相信至尊人格首神和个体灵魂是一体的，那他就永远都无法理解真正的哲学了。"

第64节　एवं स मानसो हंसो हंसेन प्रतिबोधितः ।
स्वस्थस्तद्व्यभिचारेण नष्टामाप पुनः स्मृतिम् ॥६४॥

evaṁ sa mānaso haṁso
haṁsena pratibodhitaḥ

sva-sthas tad-vyabhicāreṇa
naṣṭām āpa punaḥ smṛtim

evam—如此 / saḥ—他(个体灵魂) / mānasaḥ—和他一起生活在他心中 / haṁsaḥ—像天鹅 / haṁsena—被另一个天鹅 / pratibodhitaḥ—被指示 / sva-sthaḥ—处在觉悟自我的状态中 / tat-vyabhicāreṇa—通过与超灵区分开来 / naṣṭām—失去……的 / āpa—获得 / punaḥ—再次 / smṛtim—真正的记忆

译文 就这样，两只天鹅一起住在心脏中。当一只天鹅得到另一只天鹅的教导时，他就会处在他原本的状态中。这意味着他恢复了他原本的奎师那意识，这意识因他受物质的吸引而失去。

要旨 这节诗中明确地说："像一只天鹅得到另一只天鹅的教导(haṁso haṁsena pratibodhitaḥ)"。个体灵魂和超灵因为原本状态都是没有污染的、纯洁的，所以都被比喻为是天鹅(haṁsa)。然而，一只天鹅地位更高，因此在教育另一只。当地位较低的天鹅离开另一只天鹅时，他依恋起物质享受来，而这使他堕落。他听到另一只天鹅的教导后，明白了自己的原本状态，其原本的意识又被唤醒。至尊人格首神奎师那降临来营救祂的奉献者、杀恶魔，并以《博伽梵歌》的形式给予崇高的教导。个体灵魂必须依靠至尊主和灵性导师的恩典了解自己的原本状态和地位，光靠学术资格无法理解《博伽梵歌》的内容。人必须跟觉悟了自我的灵魂学习《博伽梵歌》：

tad viddhi praṇipātena
paripraśnena sevayā
upadekṣyanti te jñānaṁ
jñāninas tattva-darśinaḥ

"为理解真理而向一位灵性导师皈依，以服从的态度向他请教，为他服务。觉悟了自我的灵魂看到了真理，因此可以把知识

传授给你。”(《博伽梵歌》4.34)

所以，人必须选择一位真正的灵性导师，得到他的启发，唤醒自己原有的意识。这样，个体灵魂才能明白自己永远是超灵的属下。他一旦不愿意保持作为下属的状态，而想要成为享乐者，就开始过他受制约的物质生活。他一旦去除这种自己是拥有者或享受者的念头，就处在解脱的状态中。这节诗中的梵文“处在自己的原本状态中(sva-sthaḥ)”一句十分重要。当人去除他那要不得的要当主宰的心态时，他就处在他原本的地位和状态中。诗中“因为与超灵分开(tad-vyabhicāreṇa)”一句也很重要，因为它表明，当人因为不服从而离开神时，他真正的智慧便丧失了。凭借奎师那和灵性导师的恩典，他可以再次正确地处在他解脱的状态中。上述这些诗文都是圣纳茹阿达·牟尼讲的话，他说这些的目的是要唤醒我们原本的意识。尽管生物和超灵在质上一样，但个体灵魂向超灵请教。那是解脱的状态。

第 65 节　बर्हिष्मन्नेतदध्यात्मं पारोक्ष्येण प्रदर्शितम् ।
यत्परोक्षप्रियो देवो भगवान् विश्वभावनः ॥६५॥

barhiṣmann etad adhyātmaṁ
pārokṣyeṇa pradarśitam
yat parokṣa-priyo devo
bhagavān viśva-bhāvanaḥ

barhiṣman－帕祺纳巴黑王啊 / etat－这 / adhyātmam－自我觉悟的教导 / pārokṣyeṇa－间接地 / pradarśitam－教导了 / yat－因为 / parokṣa-priyaḥ－通过间接的描述令人感兴趣 / devaḥ－至尊主 / bhagavān－人格首神 / viśva-bhāvanaḥ－一切原因的起因

译文　我亲爱的帕祺纳巴黑王，至尊人格首神——一切原因的起因，以可以靠间接的方式去认识而闻名于世。至此，我给你叙述了普冉佳纳的故事。事实上，它教导人觉悟自我。

要旨 往世书(purāṇas)中记载了许多这类有关觉悟自我的故事。正如韦达经中说：parokṣa-priyā iva hi devāḥ。往世书中有许多使普通人对超然的主题感兴趣的故事，它们其实都与真实情况有关，其中一些就是史实。我们不该把它们看做一些没有超然目的的故事，而该关心故事所要达到的真正目的。以讲故事的形式间接地给予教导，让普通人更容易理解。事实上，奉爱瑜伽采用的是直接聆听至尊人格首神的娱乐活动的方式(śravaṇaṁ kīrtanaṁ viṣṇoḥ)，但不喜欢直接聆听至尊主的活动或无法理解它们的人，听纳茹阿达·牟尼讲的这种故事和寓言就很有效。

下面列举的是这一章中的一些重要词汇：

Ādeśa-kārī——罪恶活动的报应。

Agastya——心念。

Amātya——感官的主管(心念)。

Arbuda-arbuda——以各种方式对至尊主的圣名、品质和形象等的聆听和吟诵、吟唱。

Ari——像疾病一样的障碍。

Bhoga——享受。这里的享受一词是指灵性生活中的真正享受。

Bhṛtya——躯体的仆人(感官)。

Draviḍa-rāja——奉爱服务或一个人有资格做奉爱服务。

Dvāra——躯体的门户(眼睛和耳朵等)。

Gṛha——家。为了灵修，人需要有一个不受打扰的地方，以及与奉献者的良好联谊。

Idhmavāha——去找灵性导师的奉献者，其中Idhma 是指作为烧火用的燃料的木柴。一位独身禁欲的学生(brahmacārī)应该用这木柴点燃祭祀之火。他在灵性导师的训练下在清晨点燃祭祀之火，向火中供奉祭品。他应该去找灵性导师，学习超然的内容。韦达训谕是，人去找灵性导师时，必须带着举行祭祀(yajña)的燃料。具体的训示是：

tad-vijñānārthaṁ sa gurum evābhigacchet
samit-pāṇiḥ śrotriyaṁ brahma-niṣṭham

“要学习超然的内容，人必须去找灵性导师。在这样做时，他应该随身携带火祭用的燃料。真正的灵性导师的特征是，他精通韦达结论，因此一直不断地为至尊人格首神做服务。”(《蒙达卡奥义书》1.2.12)受制约的灵魂通过为这样的灵性导师服务，逐渐变得不依恋物质享乐，在灵性导师的指导下不断增加灵性觉悟。被错觉能量误导的人，从不愿意为有一个成功的人生而去接近灵性导师。

Jāyā——智力、智慧。

Jīrṇa-sarpa——疲乏的生命之气。

Kālakanyā——老年的体弱多病。

Kāma——高热。

Kulācala——不受打扰的地方。

Kuṭumbinī——智力、智慧。

Madirekṣaṇā——是指眼睛如此迷人的女人，以致看到它们的人因此而为她疯狂。换句话说，madirekṣaṇā的意思是“十分美丽的少女”。按照吉瓦·哥斯瓦米(Jīva Gosvāmī)的说法，madirekṣaṇā的意思是“奉爱的人格化身”。被奉爱瑜伽所吸引的人，为至尊主和灵性导师做服务，人生从此走向成功。外妲尔碧——女人，成为她丈夫的追随者。正如她为侍奉丈夫而离开她那舒适的家，真诚想要得到灵性理解的学生必须为侍奉灵性导师而放弃一切。

正如维施瓦纳特·查夸瓦尔提·塔库尔所说：人要想在人生中获得真正的成功，就必须严格遵守灵性导师的训示(yasya prasādād bhagavat-prasādaḥ)。遵守这样的训示，确保人在灵性生活中快速进步。维施瓦纳特·查夸瓦尔提·塔库尔是按照《水塔刷塔尔奥义书》第6章的第23节诗的内容作出这一说明的。那节诗说：

yasya deve parā bhaktir
yathā deve tathā gurau
tasyaite kathitā hy arthāḥ
prakāśante mahātmanaḥ

“韦达知识所有的要点只自动揭示给那些对至尊主和灵性导师有绝对信心的伟大灵魂。”《昌案给亚奥义书》中说：“去找灵性导师的人可以了解有关灵性觉悟的一切(ācāryavān puruṣo veda)。”

Malayadhvaja——像檀香浆般美好的奉献者。

Pañcāla——五个感官对象。

Paricchada——感官的集合体。

Paura-jana——构成躯体的七种元素。

Pautra——耐心和认真。

Prajvāra——一种被称为维施努·芝瓦茹阿(viṣṇu jvāra)的高热。

Pratikriyā——曼陀和冥想等起对抗性事物。

Pura-pālaka——生命之气。

Putra——意识。

Sainika——三种苦的情况。

Sapta-suta——聆听、吟诵(吟唱)、记忆、献上祈祷、侍奉至尊主的莲花足、崇拜神像和成为至尊主的仆人这七个儿子。

Sauhṛdya——努力。

Suta——外妲尔碧的儿子，或者换句话说，在功利性活动中取得一些进步并与奉献者灵性导师接触上的人。这样的人对奉爱服务的主题产生了兴趣。

Vaidarbhī——前生曾是男人，但因为太依恋女人而在来世当了女人的生物。梵文“妲尔巴”的意思是库沙草(kuśa grass)。从事功利性活动的人在举行功利性目的的祭祀(karma-kāṇḍīya)时需要用到库沙草。因此，外妲尔碧是指投生在从事功利性活动的人家中。然而，如果从事这种活动使人意外地与奉献者接触上，就像外妲尔碧嫁给了玛拉亚德瓦佳一样，那他的人生就成功了。他接下来就会为至尊主做奉爱服务。受制约的灵魂仅仅靠执行真正的灵性导师的训示，就能获得解脱。

Vidarbha-rājasiṁha——精通功利性活动的最优秀的人。

Vīrya——具有仁慈之心的人。

Yavana——阎罗王的仆人。

到此为止，结束了巴克提韦丹塔对《圣典博伽瓦谭》第4篇第28章——“普冉佳纳王来世变女人”所作的阐释。

第二十九章

纳茹阿达与帕祺纳巴黑王的对话

第 1 节 प्राचीनबर्हिरुवाच

भगवंस्ते वचोऽस्माभिर्न सम्यगवगम्यते ।
कवयस्तद्विजानन्ति न वयं कर्ममोहिताः ॥१॥

prācīnabarhir uvāca
bhagavaṁs te vaco 'smābhir
na samyag avagamyate
kavayas tad vijānanti
na vayaṁ karma-mohitāḥ

prācīnabarhiḥ uvāca－帕祺纳巴黑王说 / bhagavan－我的主人啊 / te－您的 / vacaḥ－话语 / asmābhiḥ－由我们 / na－绝不 / samyak－完美地 / avagamyate－理解 / kavayaḥ－那些精于……的人 / tat－那 / vijānanti－能够理解 / na－绝不 / vayam－我们 / karma－被功利性活动 / mohitāḥ－迷住

译文 帕祺纳巴黑王回答道：亲爱的阁下，我们不能完全了解您讲的有关普冉佳纳王的故事所具有的寓意。事实上，只有掌握完善的灵性知识的人才能了解，但对我们这些太执著于功利性活动的人来说，要领悟您故事中的要义则极为困难。

要旨 在《博伽梵歌》(Bhagavad-gītā) 第7章的第13节诗中，主奎师那说：

tribhir guṇamayair bhāvair
ebhiḥ sarvam idaṁ jagat
mohitaṁ nābhijānāti
mām ebhyaḥ param avyayam

“整个世界被三种属性(善良、激情、愚昧)所迷惑，不了解我。我超越这些属性，而且无穷无尽。”人们一般都被物质自然三种属性迷惑，因而几乎不可能了解，在宇宙展示中的一切物质活动的背后是至尊人格首神奎师那。人们都在对奉爱服务的完美知识不完全了解的情况下，从事罪恶或虔诚的活动。纳茹阿达·牟尼(Nārada Muni)为了让受制约的灵魂做奉爱服务，对帕祺纳巴黑王讲述了这个寓言故事。这以比喻的方式讲述的整个故事，对已经做奉爱服务的人来说很容易懂，但对还没做奉爱服务，而是忙于感官享乐的人来说，则无法完全了解它。帕祺纳巴黑王承认了这一点。

这第29章谈的是：太依恋女人的人来世会当女人；但与至尊人格首神或祂的代表联谊，可以去除所有的物质执著，从而获得解脱。

第 2 节

नारद उवाच
पुरुषं पुरञ्जनं विद्याद्यद्व्यनक्त्यात्मनः पुरम् ।
एकद्वित्रिचतुष्पादं बहुपादमपादकम् ॥ २ ॥

nārada uvāca
puruṣaṁ purañjanaṁ vidyād
yad vyanakty ātmanaḥ puram
eka-dvi-tri-catuṣ-pādaṁ
bahu-pādam apādakam

nāradaḥ uvāca—纳茹阿达说 / puruṣam—生物体、享受者 / purañjanam—普冉佳纳王 / vidyāt—人该知道 / yat—根据 / vyanakti—他产生 / ātmanaḥ—他自己的 / puram—居住地 / eka—一 / dvi—二 / tri—三 / catuḥ-pādam—有四条腿 / bahu-pādam—有许多腿的 / apādakam—没有腿的

译文　伟大的圣人纳茹阿达说：你必须了解，生物普冉佳纳按自己的活动在各种躯体中轮回，那些躯体有一条腿的、两条腿的、三条腿的、四条腿的、许多腿的或根本没有腿的。作为所谓的享乐者在这些躯体中轮回的生物，被称为普冉佳纳。

要旨　这里清楚地描述了灵性的灵魂是如何从一个躯体移居到另一个躯体的。梵文“只有一条腿的(eka-pāda)”是指鬼魂，因为据说鬼魂用一条腿走路。梵文“两条的(dvi-pāda)”是指人类。人到老年、体弱多病时，因为要借助手杖或拐杖，所以就会变成有“三条腿的(tri-pāda)”了。当然，“四条腿的(catuṣ-pāda)”是指有四条腿的动物。“许多腿的(bahu-pāda)”是指蜈蚣等许多有超过四条腿的昆虫和水生物。梵文“没有腿的(apādaka)”是指蛇。普冉佳纳(Purañjana)这个名字是指享受拥有各种躯体的生物。他想要在物质世界里享受的心态，导致他要接受不同的躯体。

第3节　योऽविज्ञाताहृतस्तस्य पुरुषस्य सखेश्वरः ।
यन्न विज्ञायते पुम्भिर्नामभिर्वा क्रियागुणैः ॥ ३ ॥

yo ’vijñātāhṛtas tasya
　puruṣasya sakheśvaraḥ
yan na vijñāyate pumbhir
　nāmabhir vā kriyā-guṇaiḥ

yaḥ—……的他 / avijñāta—默默无闻者 / āhṛtaḥ—描述 / tasya—他的 / puruṣasya—生物体的 / sakhā—永恒的朋友 / īśvaraḥ—主人 / yat—因为 / na—绝不 / vijñāyate—理解 / pumbhiḥ—被生物体 / nāmabhiḥ—被名字 / vā—或 / kriyā-guṇaiḥ—以活动或品质

译文　我所描述的那位“默默无闻者”是至尊人格首神——生物永恒的主人和朋友。由于生物无法靠物质的名称、活动或属性了解至尊人格首神，对受制约的灵魂来说，祂就永远是默默无闻的。

要旨 由于受制约的灵魂不知道至尊人格首神，韦达文献中有时就把祂描述为是“没有物质形象的(nirākāra)”、“默默无闻者”(avijñāta)”或“超越言语和想象的”(avāṅ-mānasa-gocara)。真实的情况是，物质的感官感知不到至尊人格首神的形象、名字、品质、娱乐活动或祂的随员及随身用品。然而，人在灵性上很进步时就能了解至尊主的名字、形象、品质、娱乐活动或随员及随身用品。对此，《博伽梵歌》第18章的第55节诗中确认说：只有做奉爱才能如实地了解作为至尊人格首神的我(bhaktyā mām abhijānāti yāvān yaś cāsmi tattvataḥ)。普通人从事虔诚和不虔诚的活动，根本无法了解至尊主的形象、名字和活动。但奉献者可以从许多方面了解人格首神。他可以了解到，奎师那(Kṛṣṇa)是至尊人格首神，祂的住址是哥珞卡·温达文(Goloka Vṛndāvana)，祂从事的一切活动都是灵性的。由于物质主义者无法了解至尊主的形象和活动，祂在启示经典(śāstra)中被说成是：物质主义者无法确定祂的形象(nirākāra)。这并不意味着至尊人格首神没有形象，而是说功利性活动者(karmī)无法了解。祂的形象在《布茹阿玛·萨密塔》(Brahma-saṁhitā)第5章的第1节诗中被描述为是，永恒、极乐和充满知识的形象(sac-cid-ānanda-vigraha)。正如《莲花往世书》(Padma Purāṇa)中确认说：

atah śrī-kṛṣṇa-nāmādi
na bhaved grāhyam indriyaiḥ
sevonmukhe hi jihvādau
svayam eva sphuraty adaḥ

“没人能凭迟钝的物质感官了解真实的奎师那。然而，至尊主因为很满意祂的奉献者为祂所做的超然爱心服务，所以主动向他们揭示祂自己。”

既然用物质的感官无法了解至尊人格首神奎师那的名字、形象、品质和活动，经典又把祂称为阿窦克沙佳(adhokṣaja)，意思是“超越感性知觉”。当奉爱活动净化了感官时，奉献者就可以凭至尊主的恩典了解有关至尊主的一切了。在这节诗中，“名字、活动或品质……被生物(pumbhir nāmabhir vā kriyā-guṇaiḥ)”一句尤其重要，因为神——奎师那——至尊人格首神，有许多名字、活动和品质，而这一切都不是物质的。尽管事实上这些名字、活动和娱乐时光都记载在启示经典中，也都为奉献者所了解，但功利性活动者就是无法了解它们，心智思辨者(jñānī)也无法了解。尽管主维施努(Viṣṇu)有好几千个名字，但功利性活动者和心智思辨者却把至尊首神的名字与半神人和人类的名字相混淆。他们因为无法了解至尊人格首神真正的名字，就理所当然地以为用什么名字都可以。他们相信绝对真理没有人格特征，所以要么认为可以用任何一个名字去称呼祂，要么坚持说祂没有名字。但这不是事实。这节诗里明确地谈道“名字、活动或品质(nāmabhir vā kriyā-guṇaiḥ)”。至尊主有祂具体的名字，如：茹阿玛(Rāma)、奎师那、哥文达(Govinda)、纳茹阿亚纳(Nārāyaṇa)、维施努和阿窦克沙佳等。祂确实有许多名字，但受制约的灵魂无法了解它们。

第4节　यदा जिघृक्षन् पुरुषः कार्त्स्न्येन प्रकृतेर्गुणान् ।
नवद्वारं द्विहस्ताङ्घ्रि तत्रामनुत साध्विति ॥ ४ ॥

yadā jighṛkṣan puruṣaḥ
kārtsnyena prakṛter guṇān
nava-dvāraṁ dvi-hastāṅghri
tatrāmanuta sādhv iti

yadā—当……时 / jighṛkṣan—渴望享受 / puruṣaḥ—生物体 / kārtsnyena—全部 / prakṛteḥ—物质自然的 / guṇān—属性 / nava-dvāram－有九个大门 / dvi－两个 / hasta－手 / aṅghri－腿 / tatra－那里 / amanuta－他想 / sādhu－非常好 / iti－如此

译文 当生物想要充分享受物质自然属性时，他在许多的形体中宁愿要那种有九个门、两只手和两条腿的形体。为此，他选择了当人或半神人。

要旨 这里很明确地解释了，灵性生物——至尊神奎师那不可缺少的一部分，是如何按自己的意愿接受物质躯体的。生物接受有两只手、两条腿的形象，充分享受物质自然属性。主奎师那在《博伽梵歌》第7章的第27节诗中说：

icchā-dveṣa-samutthena
dvandva-mohena bhārata
sarva-bhūtāni sammohaṁ
sarge yānti parantapa

"啊！巴茹阿特的后裔，征服敌人的人！众生都出生在假象中，被由欲望和憎恨产生的相对性所迷惑。"

生物原本在灵性的个体，在灵性的存在中，当他真想要享受这个物质世界时，他就下来了。从这节诗中我们可以明白，生物先接受了像人一样的躯体，但因从事的堕落活动而逐渐坠入动物、植物和水生物等低等的生命形式中。经过逐渐进化的程序，生物再次得到人类的躯体，得到摆脱轮回圈的另一个机会。他如果再次错失在人体生命形式中了解自己真实的状态和地位的机会，就被再次置于在各种躯体中经历生死轮回的循环圈中。

生物想要来到这个物质世界的愿望并不难理解。尽管一个人也许出生在阿尔延人(Āryan, 雅利安人)的家庭中，而家中有禁止吃肉、麻醉自我、赌博和非法性生活的规定，但他还是有可能想要享受这些被禁止的内容。总有些人要去找妓女从事非法性行为，或者到一个饭店去吃肉、喝酒。总有些人想要去夜总会赌博或享受所谓的运动比赛。所有这些欲望都已经在人的心中了，有些人实际去享受这些使自己坠落到更低层面的罪恶活动。心中越想过堕落的生活，生物就会坠落到越可恶的存在中去接受不同的形体。这是轮回和进化的程序。某种动物会有享受某类感官享乐的强烈倾向，但生物在人体中享受所有的感官。人类有可以利用所有的感官去享乐的便利条件。人除非受到正确的训练，否则就会成为物质自然属性的受害者。正如《博伽梵歌》第3章的第27节诗所证实的：

prakṛteḥ kriyamāṇāni
　guṇaiḥ karmāṇi sarvaśaḥ
ahaṅkāra-vimūḍhātmā
　kartāham iti manyate

“灵魂受假我的迷惑，以为是自己在活动，却不知道，其实是物质自然的三种属性在活动。”人一旦想要享受他的感官，他就把自己置于物质能量的控制下，结果自动进入在各种生命形式中经历生死的循环圈。

第5节　बुद्धिं तु प्रमदां विद्यान्ममाहमिति यत्कृतम् । यामधिष्ठाय देहेऽस्मिन् पुमान् भुङ्क्तेऽक्षभिर्गुणान् ॥५॥

buddhiṁ tu pramadāṁ vidyān
　mamāham iti yat-kṛtam
yām adhiṣṭhāya dehe 'smin
　pumān bhuṅkte 'kṣabhir guṇān

buddhim—智慧／tu—那时／pramadām—年轻女子普冉佳妮／vidyāt—人该知道／mama—我的／aham—我／iti—如此／yat-kṛtam—由智慧做的／yām—用智慧／adhiṣṭhāya—托庇于／dehe—在身体里／asmin—这／pumān—生物体／bhuṅkte—受苦和享受／akṣabhiḥ—由感官／guṇān—物质自然属性

译文 伟大的圣人纳茹阿达继续道：就有关这一点提到的“帕么达”一词是指物质的“智慧”——愚昧。这个词要这样理解。当人依赖这种“智慧”时，他就会把自我与物质躯体认同。受“我”和“我的”这种物质意识的影响，他开始透过他的感官受苦或享乐。生物就这样陷入罗网。

要旨 物质存在中的所谓智慧，其实是愚昧。净化智慧的程序被称为智慧瑜伽(buddhi-yoga)。换句话说，当智慧被用于配合奎师那的意愿时，它被称为智慧瑜伽或奉爱瑜伽。正因为如此，奎师那在《博伽梵歌》第10章的第10节诗中说：

teṣāṁ satata-yuktānāṁ
bhajatāṁ prīti-pūrvakam
dadāmi buddhi-yogaṁ taṁ
yena mām upayānti te

“对一直以爱心侍奉我的人，我赐予他们理解力，使他们来到我这里。”

与至尊人格首神相连才是真正的智慧。当人做到这一点时，至尊人格首神就从内在给予人真正的智慧，使其能够回归家园，回到首神身边。这节诗中将物质世界里的智慧说成是“年轻的女人(pramadā)”，因为物质存在中的生物都错误地把一切说成是自己的。他认为“我是我所看到的一切的主宰”。这是愚昧。事实上，没有什么是属于他的，就连躯体和感官也不属于他，而是至尊主为满足他的各种欲望，仁慈地经由物质能量赐予他的。没有什么是真正属于生物的，但他却疯狂地追逐一切并声称：“这是我的。这是我的。这是我的。”《圣典博伽瓦谭》(Śrīmad-Bhāgavatam)第5篇第5章的第8节诗中说，“我”和“我的”这种想法是生物的错觉(janasya moho 'yam ahaṁ mameti)。没有什么是属于生物的，但他还是声称一切都属于他。主柴坦亚·玛哈帕布(Caitanya Mahāprabhu)评论道：要净化这种假智慧(ceto-darpaṇa-mārjanam)。智慧的镜子被擦干净后，生物真正的活动就开始了。这意味着，当人上升到奎师那意识的层面时，他真正的智慧就开始行事了。那时，他知道一切都属于奎师那，什么都不属于自己。人只要还认为一切都属于自己，他的意识就是物质的意识。当他很清楚一切都属于奎师那时，他的意识就是奎师那意识。

第6节　सखाय इन्द्रियगणा ज्ञानं कर्म च यत्कृतम् ।
सख्यस्तद्वृत्तयः प्राणः पञ्चवृत्तिर्यथोरगः ॥ ६ ॥

sakhāya indriya-gaṇā
jñānaṁ karma ca yat-kṛtam
sakhyas tad-vṛttayaḥ prāṇaḥ
pañca-vṛttir yathoragaḥ

sakhāyaḥ－男性朋友 / indriya-gaṇāḥ－感官 / jñānam－知识 / karma－活动 / ca－也 / yat-kṛtam－由感官完成 / sakhyaḥ－女性朋友 / tat－感官的 / vṛttayaḥ－从事 / prāṇaḥ－生命之气 / pañca-vṛttiḥ－有五个程序 / yathā－如同 / uragaḥ－毒蛇

译文　五个工作感官和五个获取知识的感官都是普冉佳妮的男性朋友。生物在这些感官的协助下获得知识，从事活动。感官做的事情是普冉佳妮的女性朋友，而被描述为有五个头的巨蛇，是在五个循环系统中活动的生命之气。

要旨　kṛṣṇa-bahirmukha hañā bhoga-vāñchā kare
nikaṭa-stha māyā tāre jāpaṭiyā dhare

《对神的爱所引发的转变》(Prema-vivarta)

生物因为有要享受物质世界的欲望，被套上粗糙和精微的物质躯体，得到享受感官的机会。所以，感官是享受物质世界的工具，因而被描述为是朋友。生物因为从事太多的罪恶活动，有时甚至得不到粗糙的躯体，而是停留在只有精微躯体的状态中。这称为鬼魂的生活。没有粗糙躯体的他，会在他的精微躯体中给人制造很大的干扰。正因为如此，鬼魂的出现令有粗糙躯体的生物体感到毛骨悚然。正如《博伽梵歌》第15章的第10节诗说：

utkrāmantaṁ sthitaṁ vāpi
bhuñjānaṁ vā guṇānvitam
vimūḍhā nānupaśyanti
paśyanti jñāna-cakṣuṣaḥ

“愚蠢之人无法了解生物怎么能离开他的躯体，也无法了解他在自然属性的迷惑下享用的是哪类躯体。但是，受过知识训练的眼睛可以洞察这一切。”

生物融入以不同的方式循环的生命之气中。这些生命之气以吐出之气(prāṇa)、下行气(apāna)、上行气(udāna)、收缩及扩张之气(vyāna)和平衡之气(samāna)这五种方式运作，所以被比喻为是有五个头的蛇(uraga)。灵魂像在地上爬行的蛇一样穿过昆达利尼·查夸(kuṇḍalinī-cakra)。“有五个程序(Pañca-vṛtti)”一句是指受形象、滋味、声音、气味和触感这五个感官对象的吸引而产生的满足感官的欲望。

第7节 बृहद्बलं मनो विद्यादुभयेन्द्रियनायकम् ।
पञ्चालाः पञ्च विषया यन्मध्ये नवखं पुरम् ॥७॥

bṛhad-balaṁ mano vidyād
ubhayendriya-nāyakam
pañcālāḥ pañca viṣayā
yan-madhye nava-khaṁ puram

bṛhat-balam—非常强有力的 / manaḥ—心念 / vidyāt—人该知道 / ubhaya-indriya—两组感官的 / nāyakam—领导 / pañcālāḥ—名叫潘查拉的王国 / pañca—五个 / viṣayāḥ—感官对象 / yat—……的 / madhye—在……当中 / nava-kham—有九个孔 / puram—城市

译文　第十一个随从兼其他人的指挥官，是生物体的心念。他控制着获取知识的感官与活动感官。潘查拉王国是享受五个感官对象的环境。在潘查拉王国中，是有九个门的躯体之城。

要旨　心念是一切活动的中心，在此被描述为是“非常强有力的(bṛhad-bala)”。我们要想摆脱物质存在玛亚(māyā)的钳制，就必须控制自己的心念。根据我们对心念的训练，心念既可以是我们的朋友，也可以是我们的敌人。人如果有个好管家帮助自己管理庄园，庄园就会被管理得井井有条；如果庄园里的管家是盗贼的话，庄园就被糟蹋了。同样道理，生物在受制约的物质存在中，把管理权给了自己的心念。这使他容易被自己的心念误导去享受感官对象。为此，圣安巴瑞施王(Ambarīṣa Mahārāja)首先将自己的心专注于至尊主的莲花足(sa vai manaḥ kṛṣṇa-padāravindayoḥ《圣典博伽瓦谭》9.4.18)。当心念全神贯注于冥想至尊主的莲花足时，感官就得到了控制。这个控制程序被称为“征服感官(yama)”的程序。能够控制住感官的人被称为感官的主人——哥斯瓦米(gosvāmī)，征服不了感官的人被称为感官的仆人——哥达斯(godāsa)。心念指挥感官的活动，而正如下一节诗所描述的，这一切经由不同的出口表现出来。

第8节　अक्षिणी नासिके कर्णौ मुखं शिश्नगुदाविति ।
द्वे द्वे द्वारौ बहिर्याति यस्तदिन्द्रियसंयुतः ॥ ८ ॥

akṣiṇī nāsike karṇau
　mukhaṁ śiśna-gudāv iti
dve dve dvārau bahir yāti
　yas tad-indriya-saṁyutaḥ

akṣiṇī－两只眼睛 / nāsike－两个鼻孔 / karṇau－两个耳朵 /

mukham—嘴 / śiśna—生殖器 / gudau—肛门 / iti—如此 / dve—两个 / dve—两个 / dvārau—大门 / bahiḥ—外边的 / yāti—进行 / yaḥ—……的 / tat—通过大门 / indriya—由感官 / saṁyutaḥ—陪伴

译文 眼睛、鼻子和耳朵是那些双双建在一处的城门。嘴、生殖器和肛门也是不同的城门。生物被置于这有九个门的躯体中，表面上在物质世界里活动，享受形象和滋味等感官对象。

要旨 生物意识不到自己的灵性状态和地位，在心念的指挥下穿过九个门户去享受物质对象。由于长期与物质对象的接触，他忘了自己真正的灵性活动，就这样被误导着。整个世界都一直被那些不知道灵性灵魂的科学家和哲学家等所谓的领袖人物所误导。受制约的灵魂就这样被捆绑得越来越紧。

第9节 अक्षिणी नासिके आस्यमिति पञ्च पुरः कृताः ।
दक्षिणा दक्षिणः कर्ण उत्तरा चोत्तरः स्मृतः ।
पश्चिमे इत्यधो द्वारौ गुदं शिश्नमिहोच्यते ॥ ९ ॥

akṣiṇī nāsike āsyam
iti pañca puraḥ kṛtāḥ
dakṣiṇā dakṣiṇaḥ karṇa
uttarā cottaraḥ smṛtaḥ
paścime ity adho dvārau
gudaṁ śiśnam ihocyate

akṣiṇī—两只眼睛 / nāsike—两个鼻孔 / āsyam—嘴巴 / iti—如此 / pañca—五 / puraḥ—在前面 / kṛtāḥ—被做 / dakṣiṇā—南门 / dakṣiṇaḥ—右边 / karṇaḥ—耳朵 / uttarā—北门 / ca—也 / uttaraḥ—左耳 / smṛtaḥ—理解 / paścime—在西方 / iti—如此 / adhaḥ—向下 / dvārau—两个门 / gudam—肛门 / śiśnam—生殖器 / iha—这里 / ucyate—据说

译文 两只眼睛、两个鼻孔和一张嘴共五个门处在前方。右耳被视为是南门，左耳被视为是北门。处在西方的两个门户，分别是肛门和生殖器。

要旨 在所有的方向中，东方被认为是最重要的，这主要是因为太阳从东方升起。眼睛、鼻孔和嘴巴这五个坐落在东方的门户，因此是躯体很重要的大门。

第 10 节 खद्योताविर्मुखी चात्र नेत्रे एकत्र निर्मिते ।
रूपं विभ्राजितं ताभ्यां विचष्टे चक्षुषेश्वरः ॥१०॥

khadyotāvirmukhī cātra
netre ekatra nirmite
rūpaṁ vibhrājitaṁ tābhyāṁ
vicaṣṭe cakṣuṣeśvaraḥ

khadyotā—名叫卡迪尤塔 / āvirmukhī—名叫阿维尔穆克伊 / ca—也 / atra—这里 / netre—两只眼睛 / ekatra—在一个地方 / nirmite—被创造 / rūpam—形象 / vibhrājitam—名叫维布茹阿吉塔(明亮) / tābhyām—通过眼睛 / vicaṣṭe—感知到 / cakṣuṣā—用视觉器官 / īśvaraḥ—主人

译文 前面说的名叫卡迪尤塔和阿维尔穆克伊的两个同处一处的门是两只眼睛。要了解，名叫维布茹阿吉塔的城镇是指形象。两只眼睛始终忙着看不同的形象。

要旨 两只眼睛受到光芒等明亮的事物的吸引。我们有时发现小昆虫受火光吸引，因而进入其中。同样，生物体的两只眼睛受明亮、美丽的形象的吸引，就像昆虫被火吸引一样，被这些形象纠缠住。

第 11 节 नलिनी नालिनी नासे गन्धः सौरभ उच्यते ।
घ्राणोऽवधूतो मुख्यास्यं विपणो वाग्रसविद्रसः ॥११॥

nalinī nālinī nāse
gandhaḥ saurabha ucyate
ghrāṇo 'vadhūto mukhyāsyaṁ
vipaṇo vāg rasavid rasaḥ

nalinī—名叫拿利尼 / nālinī—名叫纳利尼 / nāse—两个鼻孔 / gandhaḥ—香气 / saurabhaḥ—骚茹阿巴(芳香的) / ucyate—被称为 / ghrāṇaḥ—嗅觉器官 / avadhūtaḥ—称为阿瓦杜塔 / mukhyā—名为穆克亚(主要的) / āsyam—嘴巴 / vipaṇaḥ—名叫维帕纳 / vāk—说话的能力 / rasa-vit—名叫茹阿萨格亚(专长品尝滋味) / rasaḥ—品尝的感官

译文 被称为拿利尼和纳利尼的大门是两个鼻孔，名叫骚茹阿巴的城市代表气味。被说成是阿瓦杜塔的陪伴者是嗅觉。名叫穆克亚的大门是嘴巴，而维帕纳是说话的能力，茹阿萨格亚是味觉。

要旨 梵文“阿瓦杜塔(avadhūta)”的意思是“最自由的”。达到阿瓦杜塔阶段的人不受规范守则的限制。换句话说，他可以按照自己的意愿行事。这种阿瓦杜塔阶段恰似不受任何阻碍的空气。《博伽梵歌》第6章的第34节诗说：

cañcalaṁ hi manaḥ kṛṣṇa
pramāthi balavad dṛḍham
tasyāhaṁ nigrahaṁ manye
vāyor iva suduṣkaram

“奎师那啊！由于心念多变、纷乱、难以控制、异常强大，我觉得征服它比控制风还要难。”

由于空气或风不受任何阻碍，坐落在一处的两个鼻孔没有障碍地享受嗅觉。有舌头时，嘴巴一直不断地品尝各种美味的食物。

第 12 节　आपणो व्यवहारोऽत्र चित्रमन्धो बहूदनम् ।
पितृहूर्दक्षिणः कर्ण उत्तरो देवहूः स्मृतः ॥१२॥

āpaṇo vyavahāro 'tra
citram andho bahūdanam
pitṛhūr dakṣiṇaḥ karṇa
uttaro devahūḥ smṛtaḥ

apaṇaḥ—名叫阿帕纳 / vyavahāraḥ—舌头的功能 / atra—这里 / citram—各种各样的 / andhaḥ—可吃的 / bahūdanam—名叫巴胡达纳 / pitṛ-hūḥ—名叫琵垂乎 / dakṣiṇaḥ—右边 / karṇaḥ—耳朵 / uttaraḥ—左边 / deva-hūḥ—戴瓦乎 / smṛtaḥ—名叫

译文　名叫阿帕纳的城市代表用舌头说话这一活动，而巴胡达纳是各种食物。右耳被称为琵垂乎门，左耳被称为戴瓦乎门。

第 13 节　प्रवृत्तं च निवृत्तं च शास्त्रं पञ्चालसंज्ञितम् ।
पितृयानं देवयानं श्रोत्राच्छ्रुतधराद् व्रजेत् ॥१३॥

pravṛttaṁ ca nivṛttaṁ ca
śāstraṁ pañcāla-saṁjñitam
pitṛ-yānaṁ deva-yānaṁ
śrotrāc chruta-dharād vrajet

pravṛttam—感官享乐的程序 / ca—也 / nivṛttam—弃绝的程序 / ca—也 / śāstram—经典 / pañcāla—潘查拉 / saṁjñitam—描述为 / pitṛ-yānam—去到祖先星球 / deva-yānam—去半神人的星球 / śrotrāt—通过聆听 / śruta-dharāt—由名叫施茹塔达尔的同伴 / vrajet—可以提升人

译文　纳茹阿达·牟尼接着说：被说成是南潘查拉的城市，代表专门指导人们通过从事功利性活动进行感官享乐的经典；另一个名叫北潘查拉的城市，代表专门引导人减少功利性活动并增加知识的经典。生物透过两个耳朵接收各种不同的知识，有些生物被提升到祖先星球，有些去半神人的星球。是两只耳朵使所有这些成为可能。

要旨 韦达经被称为施茹缇(śruti)，经由耳朵接收到的知识被称为施茹缇·达茹阿(śruta-dhara)。正如《博伽梵歌》中所说，仅仅靠聆听这一方法，人就可以被提升到半神人的星球或祖先(Pitā)星球上，甚至是外琨塔星球(Vaikuṇṭha)。前面的章节中对这些已经作了解释。

第 14 节 आसुरी मेढ्रमर्वाग्द्वार्व्यवायो ग्रामिणां रतिः ।
उपस्थो दुर्मदः प्रोक्तो निर्ऋतिर्गुद उच्यते ॥१४॥

āsurī meḍhram arvāg-dvār
vyavāyo grāmiṇāṁ ratiḥ
upastho durmadaḥ prokto
nirṛtir guda ucyate

āsurī—名叫阿苏瑞 / meḍhram—生殖器 / arvāk—愚人和无赖们的 / dvāḥ—大门 / vyavāyaḥ—从事性的活动 / grāmiṇām—普通人的 / ratiḥ—吸引 / upasthaḥ—生殖机能 / durmadaḥ—杜尔玛德 / proktaḥ—名叫 / nirṛtiḥ—尼瑞提 / gudaḥ—肛门 / ucyate—名叫

译文 通过底下的阿苏瑞门(生殖器)所去的瓜玛卡城，是指使愚人和无赖非常愉快的性生活。生殖机能被称为杜尔玛德，肛门被称为尼瑞提。

要旨 当世界文明堕落为邪恶的文明时，一般人就会很看重肛门和生殖器，把它们当做一切活动的中心。就连在印度的温达文这样神圣的地方，没有智慧的人也把肛门和生殖器的活动当做灵性活动去从事。这种人被说成是萨哈吉亚(sahajiyā)。按照他们的哲学，人可以靠性放纵把自己提升上灵性的层面。然而，从《圣典博伽瓦谭》的这些诗文中我们了解到，在人类中，只有最低级的人(arvāk)才把性享乐的欲望当做是令人愉快的事。但要矫正这些无赖和蠢人的想法非常困难。这些诗文中最终还是谴责了一般人的性欲望。诗中谈到“被误导(durmada)”和“罪恶活动(nirṛti)”。尽管这清楚地表明，即使从一般人的角度看，性放纵都是令人唾弃和被误导的结果，但萨哈吉亚们却仍然把自己标榜为是奉献者在从事灵性活动。由于他们可耻的行为，有智慧的人不再愿意去朝拜温达文了。人们时常会问我们，为什么要在温达文建立我们的中心。从表面看，人们可能会得出结论说，温达文因为被那些萨哈吉亚的活动污染而降级了，但从灵性的角度看，温达文是所有那些罪人能够通过投生在狗、猪和猴子的躯体中承受报应、矫正自己的唯一地方。经由在温达文的狗、猪或猴子的躯体里生活，生物可以在下一生被提升上灵性的层面。

第 15 节　वैशसं नरकं पायुर्लुब्धकोऽन्धौ तु मे शृणु ।
हस्तपादौ पुमांस्ताभ्यां युक्तो याति करोति च ॥१५॥

vaiśasaṁ narakaṁ pāyur
lubdhako 'ndhau tu me śṛṇu
hasta-pādau pumāṁs tābhyāṁ
yukto yāti karoti ca

vaiśasam—名叫外沙萨 / narakam—地狱 / pāyuḥ—肛门中的活动感官 / lubdhakaḥ—名叫鲁布达卡(十分贪婪) / andhau—瞎子 / tu—于是 / me—对我 / śṛṇu—听 / hasta-pādau—四肢 / pumān—生物体 / tābhyām—和他们 / yuktaḥ—用于 / yāti—去 / karoti—工作 / ca—和

译文　说普冉佳纳去外沙萨是指他去地狱。那时他由肛门中的排泄感官鲁布达卡陪伴着。我前面还提到过两个盲人同伴，应该了解那是指手和腿。生物在手和腿的帮助下到各处去从事各种活动。

第 16 节 अन्तःपुरं च हृदयं विषूचिर्मन उच्यते ।
तत्र मोहं प्रसादं वा हर्षं प्राप्नोति तद्गुणैः ॥१६॥

antaḥ-puraṁ ca hṛdayaṁ
viṣūcir mana ucyate
tatra mohaṁ prasādaṁ vā
harṣaṁ prāpnoti tad-guṇaiḥ

antaḥ-puram一私人住处 / ca一和 / hṛdayam一心脏 / viṣūciḥ一名叫维舒祺纳的仆人 / manaḥ一心念 / ucyate一据说 / tatra一那里 / moham一迷惑 / prasādam一满足 / vā一或者 / harṣam一欢喜 / prāpnoti一获得 / tat一心念的 / guṇaiḥ一被自然属性

译文 他自己的家是指心脏，维舒祺纳的意思是“四处飘荡”，以指心念。生物体在心念中享受物质自然属性的作用结果。这些结果有时制造错觉，时而是满足的感觉，时而是欢喜的感觉。

要旨 在物质存在中的生物体的心念和智力都受物质自然属性的影响。根据与不同的自然属性的接触，心念习惯于到处游荡。按照物质自然属性给予的影响，内心感到满足、欢喜或产生幻想。事实上，生物在他的物质环境中保持静止的状态，是物质自然属性一直在头脑和内心中行事。生物只是享受乐趣或承受痛苦。对此，《博伽梵歌》第3章的第27节诗中明确地说：

prakṛteḥ kriyamāṇāni
guṇaiḥ karmāṇi sarvaśaḥ
ahaṅkāra-vimūḍhātmā
kartāham iti manyate

“灵魂受假我的迷惑，以为是自己在活动，却不知道，其实是物质自然的三种属性在活动。”

第 17 节　यथा यथा विक्रियते गुणाक्तो विकरोति वा ।
तथा तथोपद्रष्टात्मा तद्वृत्तीरनुकार्यते ॥१७॥

yathā yathā vikriyate
guṇākto vikaroti vā
tathā tathopadraṣṭātmā
tad-vṛttīr anukāryate

yathā yathā—正如 / vikriyate—受刺激 / guṇa-aktaḥ—与自然属性接触 / vikaroti—使得 / vā—或 / tathā tathā—同样的 / upadraṣṭā—观看者 / ātmā—灵魂 / tat—智慧的 / vṛttīḥ—活动 / anukāryate—模仿

译文　前面解释过，王后是人的智力。当人清醒或进入睡眠状态时，智力就会制造各种境遇。生物受被污染了的智力的影响，想象一些事情，只是模仿他智力的作用与反应。

要旨　普冉佳纳的王后在此被描述为是智力本身。智力在睡梦和清醒这两种状态中行事，但它已经被物质自然三种属性所污染。由于智力受到污染，生物也就受到了污染。在受制约的状态中，生物按照他被污染的智力给予的指示行事。尽管他只是保持观看者的身份，但还是被污染的智力强迫着行事，而污染的智力实际上是个被动的代理。

第 18—20 节　देहो रथस्त्विन्द्रियाश्वः संवत्सररयोऽगतिः ।
द्विकर्मचक्रस्त्रिगुणध्वजः पञ्चासुबन्धुरः ॥१८॥
मनोरश्मिर्बुद्धिसूतो हृन्नीडो द्वन्द्वकूबरः ।
पञ्चेन्द्रियार्थप्रक्षेपः सप्तधातुवरूथकः ॥१९॥

आकूतिर्विक्रमो बाह्यो मृगतृष्णां प्रधावति ।
एकादशेन्द्रियचमूः पञ्चसूनाविनोदकृत् ॥२०॥

deho rathas tv indriyāśvaḥ
saṁvatsara-rayo 'gatiḥ
dvi-karma-cakras tri-guṇa-
dhvajaḥ pañcāsu-bandhuraḥ

mano-raśmir buddhi-sūto
hṛn-nīḍo dvandva-kūbaraḥ
pañcendriyārtha-prakṣepaḥ
sapta-dhātu-varūthakaḥ

ākūtir vikramo bāhyo
mṛga-tṛṣṇāṁ pradhāvati
ekādaśendriya-camūḥ
pañca-sūnā-vinoda-kṛt

dehaḥ—身体 / rathaḥ—战车 / tu—但 / indriya—获取知识的感官 / aśvaḥ—马匹 / saṁvatsara—整年 / rayaḥ—寿命 / agatiḥ—没有进步 / dvi—两个 / karma—活动 / cakraḥ—轮子 / tri—三个 / guṇa—自然属性 / dhvajaḥ—旗帜 / pañca—五个 / asu—生命之气 / bandhuraḥ—捆绑 / manaḥ—心念 / raśmiḥ—绳子 / buddhi—智力 / sūtaḥ—车夫 / hṛt—心 / nīḍaḥ—座位 / dvandva—相对性 / kūbaraḥ—固定缰绳的地方 / pañca—五个 / indriya-artha—感官对象 / prakṣepaḥ—武器 / sapta—七种 / dhātu—元素 / varūthakaḥ—覆盖物 / ākūtiḥ—五个工作感官的努力 / vikramaḥ—勇敢或程序 / bāhyaḥ—外在的 / mṛga-tṛṣṇām—错误的志向 / pradhāvati—追求 / ekādaśa—十一个 / indriya—感官 / camūḥ—士兵 / pañca—五 / sūnā—忌妒 / vinoda—欢乐 / kṛt—做

译文 纳茹阿达·牟尼继续道：我所说的战车实际是指躯体。感官是拉车的马匹。一年复一年，随着时间的推移，这些马一直不受阻碍地奔跑，但实际上却寸步不前。虔诚与不虔诚的活动是战车上的两个车轮。物质自然三种属性是车上的旗帜。五种生命之气组成对生物的束缚，而心念被视为是缰绳。智力是马车夫。心脏是车上的座位，苦乐等生存的相对性是固定缰绳的地方。七种元素是战车上的覆盖物，五个工作感官是五种行进方式。十一个感官都是战士。专注于感官享乐的生物坐在战车上，向往着实现他那些不切实际的欲望，一生复一生地追求感官享乐。

要旨　这几节诗生动地描述了生物在感官享乐中的束缚网。诗中"时间的进程(saṁvatsara)"一词意义重大。日复一日，月复一月，年复一年，生物在战车的行进过程中被捆绑起来。战车就架在虔诚活动和不虔诚活动的两个车轮上。生物根据他的虔诚和不虔诚的活动得到某个躯体，在生活中处在特定的状态中。但我们不该把他在不同的躯体中轮回当做是进步。《博伽梵歌》第4章的第9节诗中解释真正的进步说，生物不在被迫接收另一个物质躯体时才是真正的进步(tyaktvā dehaṁ punar janma naiti)。正如《永恒的柴坦亚经》中篇第19章的第138节诗说：

eita brahmāṇḍa bhari' ananta jīva-gaṇa
caurāśī-lakṣa yonite karaye bhramaṇa

生物在整个宇宙中到处游荡，在不同的星球上的不同物种中投生。他就这样有时上升，有时下降，但那不是真正的进步。真正的进步是从这个物质世界出去。《博伽梵歌》第8章的第16节诗中说：

ābrahma-bhuvanāl lokāḥ
punar āvartino 'rjuna
mām upetya tu kaunteya
punar janma na vidyate

"在物质世界中，从最高等的星球到最低等的星球，都是有生死轮回的痛苦之地。但是，琨缇的儿子啊！到达我住所的人，永远不再投生。”生物即使被提升上这个宇宙中最高的星球——布茹阿玛星球(Brahmaloka)，他还是会下降到低等星系中。他就这样在物质自然三种属性的影响下不断地上上下下。迷惘的他以为自己是在取得进步。他就像日夜环绕着地球飞的飞机，离不开地球引力的范畴。

生物好比坐在战车上的君王，坐在他得到的躯体中。座位在心脏，生物坐在那里为生存而在没有丝毫进步的情况下不断地奋争。纳若塔玛·达斯·塔库尔(Narottama dāsa Ṭhākura)说：

karma-kāṇḍa, jñāna-kāṇḍa, kevala viṣera bhāṇḍa,
amṛta baliyā yebā khāya
nānā yoni sadā phire, kadarya bhakṣaṇa kare,
tāra janma adhaḥ-pāte yāya

生物在功利性活动和心智思辨的影响下拼命奋争，但结果只是一生复一生地得到不同的躯体。他吃各种垃圾，并因为他所从事的感官享乐活动而受到谴责。人如果真想在生活中取得进步，就必须停止从事功利性活动(karma-kāṇḍa)和心智思辨(jñāna-kāṇḍa)。靠坚处在奎师那意识的状态中，人就能摆脱生与死的纠缠，以及为生存而苦苦挣扎的状态。这节诗中的“追求实现错误的志向(mṛga-tṛṣṇāṁ pradhāvati)”一句非常重要，因为生物受渴望感官享乐的影响。他就像一头到沙漠中找水喝的鹿一样。沙漠中当然没有水，动物找水只是白费精力，结果牺牲了自己的生命。每个人都计划要在将来得到快乐，以为只要努力就无论如何能达到特定的目标，就能快乐。然而事实上，他达到那目标时就会看到，那里并没有快乐。他接着计划再往前进，努力达到另一个目标。这称为“错误的志向(mṛga-tṛṣṇā)”。这志向以在这个物质世界里进行感官享乐为基础。

第 21 节 संवत्सरश्चण्डवेगः कालो येनोपलक्षितः ।
तस्याहानीह गन्धर्वा गन्धर्व्यो रात्रयः स्मृताः ।
हरन्त्यायुः परिक्रान्त्या षष्ट्युत्तरशतत्रयम् ॥२१॥

saṁvatsaraś caṇḍavegaḥ
kālo yenopalakṣitaḥ
tasyāhānīha gandharvā
gandharvyo rātrayaḥ smṛtāḥ
haranty āyuḥ parikrāntyā
ṣaṣṭy-uttara-śata-trayam

saṁvatsaraḥ—年 / caṇḍa-vegaḥ—名叫禅达维嘎 / kālaḥ—时间 / yena—……的 / upalakṣitaḥ—以为象征 / tasya—寿命的 / ahāni—白天 / iha—在这一生中 / gandharvāḥ—甘达尔瓦 / gandharvyaḥ—甘达尔薇 / rātrayaḥ—夜晚 / smṛtāḥ—被视为是 / haranti—他们拿走 / āyuḥ—寿命 / parikrāntyā—旅游 / ṣaṣṭi—六十 / uttara—以上的 / śata—百 / trayam—三

译文 前面说过的强有力的时间禅达维嘎，由名为甘达尔瓦的白天和甘达尔薇的黑夜组成。躯体的寿命随着日夜的行进逐渐缩短，而日与夜的数量各是三百六十。

要旨 诗中用了“通过旅行(parikrāntyā)”一词。生物坐在他的战车上日夜兼程不断旅行，一年中含有三百六十个白天(或更多)和黑夜。生命的进程就是这样在不必要的劳作情况下，度过三百六十个白天和三百六十个夜晚。

第 22 节 कालकन्या जरा साक्षाल्लोकस्तां नाभिनन्दति ।
स्वसारं जगृहे मृत्युः क्षयाय यवनेश्वरः ॥२२॥

kāla-kanyā jarā sākṣāl
lokas tāṁ nābhinandati

svasāraṁ jagṛhe mṛtyuḥ
kṣayāya yavaneśvaraḥ

kāla-kanyā一时间的女儿 / jarā一老年 / sākṣāt一直接地 / lokaḥ一众生 / tām一她 / na一绝不 / abhinandati一欢迎 / svasāram一做她的姐妹 / jagṛhe一接受 / mṛtyuḥ一死亡 / kṣayāya一为毁灭 / yavana-īśvaraḥ一亚瓦纳的君王

译文 前面描述过的卡拉刊雅该被理解为是老年。没人想要接受老年这一事实，但身为死亡的亚瓦纳之王，接受老年(佳茹阿)当他妹妹。

要旨 被囚禁在躯体中的生物在死亡前接受老年——卡拉刊雅(Kālakanyā)。亚瓦纳的君王(Yavaneśvara)是死亡的象征阎罗王(Yamarāja)。在去阎罗王的领地之前，生物先接受阎罗王的妹妹——老年(Jarā)。从事罪恶活动的人是受亚瓦纳的君王和他妹妹影响的对象。满怀奎师那意识，按照纳茹阿达·牟尼的教导忙于做奉爱服务的人，不受死亡和他妹妹老年的影响。具有奎师那意识的人战胜死亡，在离开物质躯体后不接受另一个物质躯体，而是回归家园，回到首神身边。《博伽梵歌》第4章的第9节诗对此给予了证实。

第23—25节 आधयो व्याधयस्तस्य सैनिका यवनाश्चराः ।
भूतोपसर्गाशुरयः प्रज्वारो द्विविधो ज्वरः ॥२३॥
एवं बहुविधैर्दुःखैर्दैवभूतात्मसम्भवैः ।
क्लिश्यमानः शतं वर्षं देहे देही तमोवृतः ॥२४॥
प्राणेन्द्रियमनोधर्मानात्मन्यध्यस्य निर्गुणः ।
शेते कामलवान्ध्यायन्ममाहमिति कर्मकृत् ॥२५॥

ādhayo vyādhayas tasya
sainikā yavanāś carāḥ

bhūtopasargāśu-rayaḥ
　prajvāro dvi-vidho jvaraḥ

evaṁ bahu-vidhair duḥkhair
　daiva-bhūtātma-sambhavaiḥ
kliśyamānaḥ śataṁ varṣaṁ
　dehe dehī tamo-vṛtaḥ

prāṇendriya-mano-dharmān
　ātmany adhyasya nirguṇaḥ
śete kāma-lavān dhyāyan
　mamāham iti karma-kṛt

ādhayaḥ—内心的不安 / vyādhayaḥ—身体的不适或疾病 / tasya—亚瓦纳的君王 / sainikāḥ—士兵 / yavanāḥ—亚瓦纳 / carāḥ—追随者 / bhūta—生物体的 / upasarga—在痛苦的时刻 / āśu—很快 / rayaḥ—强大有力 / prajvāraḥ—名叫帕之瓦尔 / dvi-vidhaḥ—两种 / jvaraḥ—发烧 / evam—如此 / bahu-vidhaiḥ—不同种类的 / duḥkhaiḥ—由苦难 / daiva—靠天意 / bhūta—由其他生物体 / ātma—由身体和心念 / sambhavaiḥ—产生 / kliśyamānaḥ—遭受痛苦 / śatam—百 / varṣam—年 / dehe—在身体里 / dehī—生物体 / tamaḥ-vṛtaḥ—由物质存在覆盖 / prāṇa—生命的 / indriya—感官的 / manaḥ—心念的 / dharmān—特征 / ātmani—对灵魂 / adhyasya—错误地归属于 / nirguṇaḥ—虽然超然 / śete—躺下 / kāma—感官享乐的 / lavān—碎片 / dhyāyan—冥想 / mama—我的 / aham—我 / iti—如此 / karma-kṛt—活动者

译文　亚瓦纳之王(阎罗王)的随从，被称为是死亡的士兵；他们是对身心的各种干扰。帕之瓦尔代表两种热度：极度的灼热和极度的寒冷——伤寒和肺炎。在躯体中的生物受到由天意、其他生物体和他自己的身心给予他的各种痛苦的折磨。尽管承受各种痛苦，受制于身心和感官的需求并受各种疾病折磨的生物，仍因为他贪图享受这个世界而忙于实现各种计划。生物虽然超越这个物质存在，但由于愚昧，还是在错误的自我意识(“我”和“我的”)影响下经历所有这些物质的痛苦。他就这样在这个躯体里生活一百年。

要旨 韦达经(Vedas)中说，生物——灵魂，实际上与物质存在是分开的(asaṅgo'yaṁ puruṣaḥ)，因为他不是物质的。《博伽梵歌》中也说：生物是高等能量，土、水、火、气等物质元素是低等能量。物质元素又被描述为是“被分离了的能量(bhinna)”。内在或高等能量与外在能量接触时，就开始承受许多痛苦。在《博伽梵歌》第2章的第14节诗中，至尊主也说：琨缇的儿子啊！正如冬季和夏季轮流到来，短暂的痛苦和快乐时来时去(mātrā-sparśās tu kaunteya śītoṣṇa-sukha-duḥkha-dāḥ)。因为有物质躯体，生物承受由气、水、火、炎热、寒冷、阳光、过量饮食、非健康食物，以及身体中的黏液(kapha)、胆汁(pitta)和气(vāyu)这三种元素的失调等造成的各种痛苦。肠子、喉咙、脑子和躯体的其他部位都受到各种疾病的影响，而影响力又是那么强，以致它们都成为让生物感到极度痛苦的根源。但是，生物不同于所有这些物质元素。这节诗中谈到的两种热度可以用肺炎和伤寒这两个现代词汇加以解释。肺炎和伤寒会造成体内极度的高热和寒冷，梵文术语称其为“帕之瓦尔(Prajvāra)”。还有一种痛苦是由其他生物体造成的。国家的苛捐杂税，以及许多盗贼、流氓和骗子都会让我们感到痛苦。由其他生物体带来的痛苦梵文称为阿迪包提卡(adhibhautika)。这类痛苦还包括饥荒、瘟疫、经济萧条、战争和地震等。而它们是由半神人和超出我们控制范围的其他来源造成的。生物其实有很多敌人，指出这些是为了让人了解这个痛苦的物质存在是怎样的。

了解物质存在的基本痛苦的人，应该想要摆脱物质的钳制，回归家园，回到首神身边。生物在这个物质躯体中实际上一点都不快乐。由于这个躯体，他要承受口渴和饥饿的痛苦，要受心念、话语、愤怒、肚腹、生殖器、肛门等的影响。各种各样的痛苦把超然的生物团团围住，仅仅就因为他想要在这个物质世界里满足他的感官。他只要退出这些感官享乐的活动，用他的感官为至尊主做服务，物质存在中的一切问题就会立刻减少。随着他的奎师那意识的增强，他将免于一切苦难，并在放弃这个躯体后，回归家园，回到首神身边。

第 26—27 节

यदात्मानमविज्ञाय भगवन्तं परं गुरुम् ।
पुरुषस्तु विषज्जेत गुणेषु प्रकृतेः स्वदृक् ॥२६॥
गुणाभिमानी स तदा कर्माणि कुरुतेऽवशः ।
शुक्लं कृष्णं लोहितं वा यथाकर्माभिजायते ॥२७॥

yadātmānam avijñāya
　bhagavantaṁ paraṁ gurum
puruṣas tu viṣajjeta
　guṇeṣu prakṛteḥ sva-dṛk

guṇābhimānī sa tadā
　karmāṇi kurute 'vaśaḥ
śuklaṁ kṛṣṇaṁ lohitaṁ vā
　yathā-karmābhijāyate

yadā—当……时 / ātmānam—至尊灵魂 / avijñāya—忘记 / bhagavantam—至尊人格首神 / param—至高无上的 / gurum—教导者 / puruṣaḥ—生物体 / tu—于是 / viṣajjeta—把自己给予 / guṇeṣu—向……属性 / prakṛteḥ—物质自然的 / sva-dṛk—了解自己利益的人 / guṇa-abhimānī—与物质自然认同 / saḥ—他 / tadā—那时 / karmāṇi—功利性活动 / kurute—执行 / avaśaḥ—自然而然地 / śuklam—白色 / kṛṣṇam—黑色 / lohitam—红色 / vā—或者 / yathā—根据 / karma—活动 / abhijāyate—投生

译文 生物运用他微小的独立性去选择他自己的好坏命运，可他一旦忘记他至尊的主人——人格首神，就把自己交给了物质自然属性。在自然属性的影响下，他把自己与躯体认同，为了躯体的利益而执著于各种活动。他有时受愚昧属性的影响，有时受激情属性的影响，有时则受善良属性的影响。正因为如此，生物得到受物质自然属性控制的各种躯体。

要旨 《博伽梵歌》第13章的第22节诗解释这些不同的躯体说：

puruṣaḥ prakṛti-stho hi
bhuṅkte prakṛti-jān guṇān
kāraṇaṁ guṇa-saṅgo 'sya
sad-asad-yoni-janmasu

“物质自然中的生物就这样生活，享受自然的三种属性。这是他与物质自然接触的缘故。他就这样在不同的物种中遭遇善恶。”

由于与不同的属性接触，生物得到八百四十万种生命形式中的各种躯体。这节诗中用“可以看到自己的利益之人(sva-dṛk)”一句清楚地解释说，生物有微小的独立性。微小是生物原本的状态，他可以作出错误的选择。他也许会选择要模仿至尊人格首神。仆人也许想要模仿主人开他自己的生意，当他选择这样做时，他就离开他主人的保护，面对他自己的成功与失败。同样道理，生物作为主奎师那不可缺少的一部分，开始他自己的生意去与至尊主竞争。世上有许多竞争者试图获得至尊主的地位，但要像至尊主一样是根本不可能的事。为此，试图要模仿至尊主的各种人便在这个物种世界里为生存而拼命奋争。不为至尊主服务并试图要模仿祂，导致生物受物质的束缚。假象宗(Māyāvādī)哲学人士想要以非自然的方式变得与至尊主一样，于是就模仿祂。假象宗哲学人士认为自己已经解脱时，其实只是被自己的想法所蒙骗。没人能与神一样或与神平等。有这种想法的人使自己继续被捆绑在物质存在中。

第 28 节 शुक्लात्प्रकाशभूयिष्ठाँल्लोकानाप्नोति कर्हिचित् ।
दुःखोदर्कान् क्रियायासांस्तमःशोकोत्कटान् क्वचित् ॥२८॥

śuklāt prakāśa-bhūyiṣṭhāl̐
lokān āpnoti karhicit
duḥkhodarkān kriyāyāsāṁs
tamaḥ-śokotkaṭān kvacit

śuklāt—被善良 / prakāśa—通过启明 / bhūyiṣṭhān—以……为特征 / lokān—星球 / āpnoti—到达 / karhicit—有时 / duḥkha—痛苦 / udarkān—以……为最后结果 / kriyā-āyāsān—许多体力劳动 / tamaḥ—黑暗 / śoka—悲伤 / utkaṭān—丰富的 / kvacit—有时

译文 受善良属性影响的生物，按照韦达训谕从事虔诚活动，因而被提升到半神人住的高等星系中。受激情属性影响的生物，在人类住的星系中忙于各种生产性的活动。同样道理，那些受愚昧属性影响的生物，承受各种痛苦与不幸，住进动物的王国。

要旨 物质宇宙中有上、中、下三个星系。受善良属性影响的人在布茹阿玛星球(Brahmaloka)——萨提亚星球(Satyaloka)、塔珀星球(Tapoloka)、佳纳星球(Janaloka)或玛哈尔星球(Maharloka)上被赐予居住权。受激情属性影响的人在布尔星球(Bhūrloka)和布瓦尔星球(Bhuvarloka)上得到居住地。受愚昧属性影响的人则在阿塔拉(Atala)、维塔拉(Vitala)、苏塔拉(Sutala)、塔拉塔拉(Talātala)、玛哈塔拉(Mahātala)、茹阿萨塔拉(Rasātala)、帕塔拉(Pātāla)或动物王国中得到一席之地。生物在质上与至尊人格首神一样，但由于他的健忘，他在不同的星球上得到不同的躯体。现如今，人类社会过度受激情属性的影响，人们因此而忙于兴建巨大的工厂。他们不考虑住在这样的地方有多令人苦恼。《博伽梵歌》中描述这样的活动是制造痛苦的活动(ugra-karma)。利用工人体力和精力的人被称为资本家，而实际在做工的人被称为劳工。但事实上，他们两者都是资本主义者，都受激情和愚昧属性的影响。结果是：情况永远令人苦恼。与这些人形成对比的，是那些受善良属性影响的人——功利性活动者和心智思辨者。功利性活动者在韦达教导的指导下，努力把自己提升到更高的星球去。心智思辨者努力融入至尊主不具人格特征的存在——梵(Brahman，布茹阿曼)。就这样，所有级别的生物以不同的生命形式存在于这个物质世界中。这解释了物质世界为什么有高等和低等的生命形式。

第 29 节

क्वचित्पुमान् क्वचिच्च स्त्री क्वचिन्नोभयमन्धधीः ।
देवो मनुष्यस्तिर्यग्वा यथाकर्मगुणं भवः ॥२९॥

kvacit pumān kvacic ca strī
kvacin nobhayam andha-dhīḥ
devo manuṣyas tiryag vā
yathā-karma-guṇaṁ bhavaḥ

kvacit—有时 / pumān—男性的 / kvacit—有时 / ca—也 / strī—女性的 / kvacit—有时 / na—不 / ubhayam—两者 / andha—瞎子 / dhīḥ—智慧……的人 / devaḥ—半神人 / manuṣyaḥ—人类 / tiryak—鸟、兽和牲畜 / vā—或 / yathā—根据 / karma—活动……的 / guṇam—性质 / bhavaḥ—诞生

译文 在物质世界里被愚昧属性蒙蔽的生物体，有时是男性，有时是女性，有时是没有性别的人；有时当人，有时当半神人，有时当飞禽，有时当走兽……他就这样在物质世界里游荡。他在物质自然属性的影响下所从事的活动，使他接受各种各样的躯体。

要旨　生物其实是至尊主不可缺少的一部分，因此本质是灵性的。生物从不是物质的，他的物质观念只不过是遗忘导致的误解。他像至尊人格首神一样闪烁着光芒。太阳和阳光都很明亮。至尊主恰似光芒万丈的太阳，生物好比太阳的一个微粒，构成了普照大地的阳光。当这些微粒被错觉能量玛亚的乌云遮住时，他们便失去了他们的光芒。玛亚的乌云一旦散去，微粒再次重现光辉。生物一旦被玛亚愚昧的黑暗所覆盖，就无法了解自己与至尊神的关系。然而，他一旦以某种方式来到至尊主面前，就能看到自己像至尊主一样闪烁着光芒，尽管照射的强度和范围远不如至尊主。生物因为想要模仿至尊主，所以被错觉能量玛亚遮住。我们既无法模仿至尊主，也成不了至高无上的享受者。这是不可能的事，所以当我们这样想时，就受到玛亚的制约。因此，生物遗忘他与至尊主的关系，是导致他在玛亚的钳制下被囚禁在躯体牢笼中的原因。

在玛亚的影响下，生物变得就像是被鬼魂附体的人一样。这种人胡说八道。生物被玛亚的影响蒙蔽时，就成为所谓的科学家、哲学家、政治家或社会主义者，不断地提出各种有利于人类社会的计划。然而，由于他们受错觉的蒙蔽，他们提出的所有这些计划最后都以失败而告终。就这样，生物忘了他永恒是至尊主的仆人的地位和状态，反而当了玛亚的仆人。他无论如何都始终是个仆人。由于遗忘自己与至尊主的真实联系而成为玛亚的仆人，是他的不幸。作为玛亚的仆人，他有时成为君王，有时当普通国民，有时是布茹阿玛纳(brāhmaṇa，婆罗门)，有时是庶铎(śūdra，首陀罗)；他有时是快乐的男人，有时是成功之人，有时当一个小昆虫，有时住在天堂，有时被罚下地狱；有时当一个半神人，有时是个恶魔，有时当仆人，有时当主人。就这样，生物在宇宙各处不停地游荡。只有当他与真正的灵性导师联系上，他才能明白自己真正的原本地位和状态，从此开始厌恶物质存在。那时，在奎师那意识完全觉醒的状态下，他为在物质存在中经历的一切感到后悔。这种后悔对生物很有帮助，因为它净化生物的受制约的物质生活。随后，生物向至尊主祈祷，祈求允许为祂做服务。那时，奎师那就会把他从玛亚的钳制中释放出来。在《博伽梵歌》第7章的第14节诗中，主奎师那解释说：

daivī hy eṣā guṇa-mayī
mama māyā duratyayā
mām eva ye prapadyante
māyām etāṁ taranti te

"我这由物质自然三种属性组成的神性能量难以克服。但是，皈依我的人却能轻易地跨越它。"

只要靠奎师那的恩典，人就能摆脱玛亚的钳制。心智思辨或其他活动无法使人做到这一点。当生物凭借奎师那的恩典了解自己的真实状态时，他使自己保持始终具有奎师那意识的状态，并在这种状态下行事。他这样逐渐彻底摆脱玛亚的钳制。在他具有强烈的奎师那意识时，玛亚无法触碰到他。因此，与具有奎师那意识的奉献者交往、联谊，生物就能去除物质存在的污染。就有关这一点，圣奎师那达斯·喀维茹阿佳·哥斯瓦米(Kṛṣṇadāsa Kavirāja Gosvāmī)说：

tāte kṛṣṇa bhaje, kare gurura sevana
māyā-jāla chuṭe, pāya kṛṣṇera caraṇa

"在奎师那意识的状态中，生物按照灵性导师的指导做奉爱服务。他这样就能摆脱玛亚的钳制，在主奎师那的莲花足下求取庇护。"（《永恒的柴坦亚经》中篇22.25)

第30—31节 क्षुत्परीतो यथा दीनः सारमेयो गृहं गृहम् ।
चरन् विन्दति यद्दिष्टं दण्डमोदनमेव वा ॥३०॥

तथा कामाशयो जीव उच्चावचपथा भ्रमन् ।
उपर्यधो वा मध्ये वा याति दिष्टं प्रियाप्रियम् ॥३१॥

kṣut-parīto yathā dīnaḥ
sārameyo gṛhaṁ gṛham
caran vindati yad-diṣṭaṁ
daṇḍam odanam eva vā

tathā kāmāśayo jīva
uccāvaca-pathā bhraman
upary adho vā madhye vā
yāti diṣṭaṁ priyāpriyam

kṣut-parītaḥ－被饥饿征服／yathā－如同／dīnaḥ－可怜的／sārameyaḥ－狗／gṛham－从一个房子／gṛham－到另一个房子／caran－游荡／vindati－接受／yat－……的／diṣṭam－根据命运／daṇḍam－惩罚／odanam－食物／eva－肯定地／vā－或者／tathā－同样地／kāma-āśayaḥ－受各种不同欲望的驱使／jīvaḥ－生物体／ucca－高／avaca－低／pathā－在路上／bhraman－游荡／upari－高／adhaḥ－低／vā－或者／madhye－中等／vā－或者／yāti－走向／diṣṭam－根据命运／priya－令人愉快／apriyam－令人不快

译文　生物就像一条饥饿难耐的狗，为了食物挨家挨户地乞讨。按照它的命运，它有时受惩罚并被赶走，有时得到少量食物果腹。同样，欲壑难填的生物按照其命运在不同种类的高级或低级物种中游荡，有时去天堂星球，有时去地狱，有时在中等星球……

要旨　这节诗中把受制约的生物的状态比作狗一样的状态。由于命运的安排，狗可能住在一个非常富有的主人家里，也可能是街上的一条流浪狗。住在富人家中的狗，生活就会很优越。在西方国家，我们有时听到，主人在自己的遗嘱中把几百万美金留给自己的爱犬。当然，街上也有许多流浪狗没有食物果腹。因此，用狗比喻生物受制约的存在非常恰当。然而，有智慧的人类能够明白，如果他必须过狗一样的生活，他最好还是成为奎师那的狗。在物质世界里，一条狗有时成为宠物，有时流落街头；但在灵性世界里，奎师那的狗永恒快乐地生活着。圣巴克提维诺德·塔库尔(Bhaktivinoda Ṭhākura)因此吟唱道：外士纳瓦，我的主人啊！请允许我当你们的狗(vaiṣṇava ṭhākura tomāra kukura baliyā jānaha more)。巴克提维诺德·塔库尔提议要成为外士纳瓦(Vaiṣṇava)的狗。狗始终守在自己主人的门前，不允许心怀恶意的人进入主人的家。同样，人应该为外士纳瓦服务，从各方面取悦他。人除非这样做，否则无法取得灵性的进步。除了灵性上的进步，人在物质世界里如果不培养善良属性的品格，就无法被提升到高等星系中去。对此，《博伽梵歌》第14章的第18节诗证实说：

ūrdhvaṁ gacchanti sattva-sthā
madhye tiṣṭhanti rājasāḥ
jaghanya-guṇa-vṛtti-sthā
adho gacchanti tāmasāḥ

“受制于善良属性的人，逐渐走向更高的星球；受制于激情属性的人，生活在与地球相似的星球上；受制于可恶的愚昧属性的人，坠入地狱般的世界。”

不同的星系中有丰富多彩的生活形式，而这取决于生物对他的善良、激情和愚昧属性的发展。受善良属性影响的人被升上高等世界，受激情属性影响的他留在中等世界；而如果受愚昧属性的影响，他就被罚到低等物种中生活。

第 32 节 दुःखेष्वेकतरेणापि दैवभूतात्महेतुषु ।
जीवस्य न व्यवच्छेदः स्याच्चेत्तत्तत्प्रतिक्रिया ॥३२॥

duḥkheṣv ekatareṇāpi
daiva-bhūtātma-hetuṣu
jīvasya na vyavacchedaḥ
syāc cet tat-tat-pratikriyā

duḥkheṣu—就痛苦而言 / ekatareṇa—从一种 / api—甚至 / daiva—天意 / bhūta—其他生物体 / ātma—身心 / hetuṣu—由于 / jīvasya—生物体的 / na—绝不 / vyavacchedaḥ—停止 / syāt—可能的 / cet—虽然 / tat-tat—那些痛苦的 / pratikriyā—抵抗

译文　生物试图抵消由天意、其他生物体或自己的身心造成的各种痛苦，但尽管所有的努力都违反自然法律，却仍必须继续受自然法律的制约。

要旨　正如一条到处流浪的狗有时可以得到一块面包，有时则遭到惩罚，生物为了得到快乐制定那么多抵消物质痛苦的计划，并为此不断地到处游荡。这叫做为生存而苦苦挣扎。我们实际可以看到，在我们的日常生活中，我们是如何在牵强地制定一些要去除痛苦状态的计划的。我们为了跳出一种痛苦的境况，必须跳进另一种痛苦的境况。穷人因为没钱而痛苦，但为了赚钱，他必须以各种方式奋争。那其实并非是有效的抵消痛苦的方法，而是物质能量设置的陷阱。人如果不为改变自己的物质处境奋争，而是满足现状，知道那是他过去的活动造成的，就会把节省下来的精力用于培养奎师那意识。这是所有的韦达文献所给予的建议。

tasyaiva hetoḥ prayateta kovido
na labhyate yad bhramatām upary adhaḥ
tal labhyate duḥkhavad anyataḥ sukhaṁ
kālena sarvatra gabhīra-raṁhasā

“真正有智慧并有哲学倾向的人，应该只为最有意义的目标而努力。人即使从最高的星球(布茹阿玛珞卡)游荡到最低的星球(帕塔拉珞卡)，也无法达到那目标。至于产自感官享乐的快乐，它会在一定的时候自动到来，就像我们虽然都不希望受苦，但却不可避免地会受苦一样。”（《圣典博伽瓦谭》1.5.18)人应该一心一意地努力增强他的奎师那意识，而不要把时间浪费在试图改善他的物质情况上。事实上，物质的情况不可能被改善。所谓的改善意味着接受另一种痛苦的情况。然而，如果我们努力增强奎师那意识，物质生活的痛苦就会在没做额外努力的情况下消失。正因为如此，奎师那承诺说：“琨缇的儿子啊！你勇敢地宣布，我的奉献者永不毁灭。”（《博伽梵歌》9.31)尽管有身心造成的痛苦，有其他生物体给予的痛苦，以及超出我们控制范围的天意所降下的痛苦，但走奉爱服务之途的人永远不会被击败。

第33节 यथा हि पुरुषो भारं शिरसा गुरुमुद्वहन् ।
तं स्कन्धेन स आधत्ते तथा सर्वाः प्रतिक्रियाः ॥३३॥

yathā hi puruṣo bhāraṁ
śirasā gurum udvahan
taṁ skandhena sa ādhatte
tathā sarvāḥ pratikriyāḥ

yathā—如同 / hi—肯定地 / puruṣaḥ——个人 / bhāram—负担 / śirasā—在头上 / gurum—沉重 / udvahan—顶着 / tam—那 / skandhena—在肩膀上 / saḥ—他 / ādhatte—放置 / tathā—同样的 / sarvāḥ—所有 / pratikriyāḥ—抵消

译文 人用头顶着包袱时如果感到太重，就会把包袱放到肩膀上，以便解除头部的压力。他试图以同样的方式解除他本人的沉重负担。然而，他设想出的所有解除重担的方法，都不外乎是把包袱从身体的一处移到另一处而已。

要旨 这是对人试图把负担从一处转移到另一处的生动描述。人用头顶着包袱感到累了时，就会把包袱移到肩膀上。但这并不表明他不用扛包袱了。同样，人类社会打着文明的幌子，在避免一种困境时制造另一种困境。在当代文明中我们看到，大量的汽车被制造出来，以便我们能快速地从一个地方到另一个地方去；但同时，我们却制造了其他问题。我们必须铺设许许多多的公路，但即使有那么多公路了，还是解决不了汽车生产量的增加造成的公路不足性交通堵塞问题，以及空气污染和燃料不足的问题。结论是：我们所杜撰的抵消或减轻我们痛苦的方法，并不能真止结束我们的痛苦。那些不过是错觉而已。我们只不过是把包袱从头上移到了肩膀上。真正能让我们减少问题的方法是，投靠、服从至尊人格首神，把我们自己交给祂，让祂保护我们。至尊主作为全能者，可以做出安排，减轻我们在物质存在中的痛苦。

第 34 节　नैकान्ततः प्रतीकारः कर्मणां कर्म केवलम् ।
द्वयं ह्यविद्योपसृतं स्वप्ने स्वप्न इवानघ ॥३४॥

naikāntataḥ pratīkāraḥ
karmaṇāṁ karma kevalam
dvayaṁ hy avidyopasṛtaṁ
svapne svapna ivānagha

na—从不 / ekāntataḥ—最终的 / pratīkāraḥ—抵消 / karmaṇām—不同活动的 / karma—其他活动 / kevalam—只有 / dvayam—两者 / hi—因为 / avidyā—由于错觉 / upasṛtam—接受 / svapne—在梦中 / svapnaḥ—一场梦 / iva—如同 / anagha—你这免于一切罪恶活动的人啊

译文　纳茹阿达继续道：免于一切罪恶活动的人啊！没人能仅仅靠从事缺乏奎师那意识的各种活动，抵消功利性活动的结果。所有这类活动都是我们出于愚昧而从事的。我们做噩梦时，并不能用另一场梦抵消它，而只有靠醒来才能结束那噩梦。同样，我们的物质存在状态是由我们的愚昧和错觉导致的。我们除非唤醒自身原有的奎师那意识，否则无法去除这样的梦。为了彻底解决所有的问题，我们必须唤醒自身的奎师那意识。

要旨 功利性活动分两种。我们可以把包袱放在头上，也可以把它放在肩膀上。事实上，无论用什么方法携带包袱，结果都一样。转移包袱是为了减轻痛苦，但痛苦依旧存在。就有关这一点，帕拉德王(Prahlāda Mahārāja)说：蠢人和无赖在物质世界里制定使躯体舒适的辉煌计划，却不知道这样的安排即使成功，也不过是错觉玛亚而已。人们为了让躯体感到不真实的快乐而夜以继日地辛勤工作。但这不是获得快乐的方法。人必须摆脱这物质的捆绑，回归家园、回到首神身边。那才是真正的快乐。为此，韦达经中命令道："不要停留在这个物质世界的黑暗中。到灵性世界的光明中去。"在这个物质躯体中，人要想抵消它的痛苦，就必须接受另一种痛苦的处境。而两种情况都只不过是错觉而已。用一种苦痛去抵消另一种苦痛毫无益处。结论是：人只要在这个物质世界里，就无法永远快乐。唯一的纠正方法是逃离这个物质世界，回归家园，回到首神身边。

第 35 节 अर्थे ह्यविद्यमानेऽपि संसृतिर्न निवर्तते ।
मनसा लिङ्गरूपेण स्वप्ने विचरतो यथा ॥३५॥

arthe hy avidyamāne 'pi
saṁsṛtir na nivartate
manasā liṅga-rūpeṇa
svapne vicarato yathā

arthe—实际的原因 / hi—肯定地 / avidyamāne—不存在 / api—虽然 / saṁsṛtiḥ—物质存在 / na—不 / nivartate—停止 / manasā—由心念 / liṅga-rūpeṇa—由精微的躯体 / svapne—在梦中 / vicarataḥ—活动 / yathā—如同

译文　我们有时因为在梦中看到一只老虎或一条蛇而感到痛苦，但实际上既没有老虎也没有蛇。我们就这样以精微的形式制造一种情景并因而受苦。除非我们从梦中醒来，否则这类痛苦无法得到缓解。

要旨　正如韦达经中所说，生物(灵魂)与精微和粗糙的两种物质躯体永远是分开的。我们感到的所有的痛苦，都是由这些物质躯体造成的。对此，《博伽梵歌》第2章的第14节诗中解释说：

mātrā-sparśās tu kaunteya
　śītoṣṇa-sukha-duḥkha-dāḥ
āgamāpāyino 'nityās
　tāṁs titikṣasva bhārata

“琨缇的儿子啊！正如冬季和夏季轮流到来，短暂的痛苦和快乐时来时去。巴茹阿特的后裔啊！它们来自感官的感觉，人必须学习忍受这一切，不受干扰。”主奎师那这样告诉阿尔诸纳(Arjuna)，躯体经历的一切痛苦来来去去。人必须学习如何忍受它们。物质存在是我们经历的一切痛苦的根源，因为我们一旦出去就不受苦了。韦达经因此嘱咐说：人应该真正了解自己不是物质的，实际是灵性的梵(ahaṁ brahmāsmi)。然而，人除非从事梵的活动——奉爱服务，否则不可能有这种理解。要想摆脱物质环境，人必须培养奎师那意识。这是唯一改变我们处境的方法。

第36—37节　अथात्मनोऽर्थभूतस्य यतोऽनर्थपरम्परा ।
संसृतिस्तद्व्यवच्छेदो भक्त्या परमया गुरौ ॥३६॥
वासुदेवे भगवति भक्तियोगः समाहितः ।
सध्रीचीनेन वैराग्यं ज्ञानं च जनयिष्यति ॥३७॥

athātmano 'rtha-bhūtasya
　yato 'nartha-paramparā

saṁsṛtis tad-vyavacchedo
bhaktyā paramayā gurau

vāsudeve bhagavati
bhakti-yogaḥ samāhitaḥ
sadhrīcīnena vairāgyaṁ
jñānaṁ ca janayiṣyati

atha—因此 / ātmanaḥ—生物体的 / artha-bhūtasya—他真正的利益 / yataḥ—从中 / anartha—所有不良的事物 / param-parā——一个接一个的 / saṁsṛtiḥ—物质存在 / tat—……的 / vyavacchedaḥ—停止 / bhaktyā—靠奉爱服务 / paramayā—纯粹的 / gurau—向至尊主及其代表 / vāsudeve—华苏戴瓦 / bhagavati—至尊人格首神 / bhakti-yogaḥ—奉爱服务 / samāhitaḥ—应用 / sadhrīcīnena—完全地 / vairāgyam—不执著 / jñānam—充满知识 / ca—和 / janayiṣyati—使展示

译文 生物真正的利益是去除致使他重复生死轮回的无知，而改变这种状态的唯一方法是，通过至尊人格首神的代表向祂皈依。人除非为至尊人格首神华苏戴瓦做奉爱服务，否则既无法彻底脱离这物质世界，也无法显露真正的知识。

要旨 这是使人脱离虚假的物质环境的方法。改变我们处境的唯一做法是发展奎师那意识，一直不断地为至尊人格首神华苏戴瓦做奉爱服务。大家都努力得到快乐，获取快乐的程序被称为获取自身利益。不幸的是，在这个物质世界里游荡的受制约的灵魂，不知道他最终的自身利益是托庇于华苏戴瓦。物质存在(Saṁsṛti)始于错误的躯体化的生命概念，在这种概念的基础上发展出一系列要不得的东西(anartha)。这些要不得的东西实际上是心中想要进行各种感官享乐的欲望。这使人在这个物质世界中接受不同的躯体。人首先必须控制心念，以便净化内心的欲望。《纳茹阿达·潘查茹阿陀》(Nārada-pañcarātra)解释这种方法是：人必须不再有所有的称号概念——错误的自我意识，从而变得净化(sarvopādhi-vinirmuktaṁ tatparatvena nirmalam)。人除非净化他的心念，否则谈不上脱离物质处境。正如《圣典博伽瓦谭》第1篇第7章的第6节诗所说：

anarthopaśamaṁ sākṣād
　bhakti-yogam adhokṣaje
lokasyājānato vidvāṁś
　cakre sātvata-saṁhitām

"生物所受的不必受的物质痛苦，可以通过做奉爱服务，与超然的至尊主连接得到缓解，但绝大多数人不知道这一点。为此，博学的维亚萨戴瓦编纂了讲述有关至尊真理的这部韦达文献。"心中要不得的东西(anartha)跟着我们从一个躯体到另一个躯体。要想摆脱这种纠缠，人必须采取为至尊人格首神奎师那——至尊主华苏戴瓦做奉爱服务的方法。对此，梵文"古茹(guru)"一词意义重大。古茹可以被翻译为是"沉重的"或"至高无上的"。换句话说，古茹是灵性导师。《圣典博伽瓦谭》第5篇第5章的第18节诗记载，圣瑞沙巴戴瓦(Ṛṣabhadeva)忠告他自己的儿子说："人除非能引导他的门徒摆脱生死轮回，否则不该占据灵性导师的位置(gurur na sa syāt...na mocayed yaḥ samupeta-mṛtyum)。"物质存在实际上是由各种功利性活动的作用与反作用形成的锁链。这是重复生死的原因。人只要为华苏戴瓦做服务，就可以停止此程序。

"奉爱(bhakti)"一般词是指为主华苏戴瓦做服务的活动。主华苏戴瓦至高无上，因此人应该让自己为祂做服务，而不是为半神人服务。奉爱服务始于遵守规范原则的初级阶段，逐渐发展到自觉自愿地为至尊主做爱心服务的阶段。在此过程中的所有阶段的目的，都是为了使主华苏戴瓦满意。当人在为华苏戴瓦做奉爱服务的过程中变得十分进步时，他就彻底不再为躯体服务；为躯体服务是他在物质存在中的状态。人变得这样超然后，就在知识的层面上真正达到完美，全心全意地为主华苏戴瓦做服务。《永恒的柴坦亚经》中篇第20章的第108节诗中记载，圣柴坦亚·玛哈帕布说："所有的生物原本都是奎师那永恒的仆人(jīvera 'svarūpa' haya-kṛṣṇera 'nitya-dāsa')。"人一旦为主华苏戴瓦服务，就回到他原本正常的状态。这种状态被称为解脱的状态。《圣典博伽瓦谭》第2篇第10章的第6节诗中说：在解脱的阶段，生物处在他原本的奎师那意识状态中(muktir hitvānyathā-rūpaṁ svarūpeṇa vyavasthitiḥ)。他停止一切在"我"和"我的"错觉影响下，以社会服务、国家服务、团体服务、狗服务和汽车服务等名义捏造出的许多物质性的服务。

正如《圣典博伽瓦谭》第1篇第2章的第7节诗所说：

vāsudeve bhagavati
   bhakti-yogaḥ prayojitaḥ
janayaty āśu vairāgyaṁ
   jñānaṁ ca yad ahaitukam

"通过为人格首神圣奎师那做奉爱服务，人立刻不明原因地获得知识，不再依恋这个世界。"因此，人必须不怀物质欲望地为华苏戴瓦做服务，停止功利性活动或心智思辨。

第 38 节 सोऽचिरादेव राजर्षे स्यादच्युतकथाश्रयः । शृण्वतः श्रद्दधानस्य नित्यदा स्यादधीयतः ॥३८॥

so 'cirād eva rājarṣe
   syād acyuta-kathāśrayaḥ
śṛṇvataḥ śraddadhānasya
   nityadā syād adhīyataḥ

saḥ—那 / acirāt—很快 / eva—肯定地 / rāja-ṛṣe—最优秀的君王啊 / syāt—变得 / acyuta—至尊人格首神的 / kathā—讲述 / āśrayaḥ—

依靠 / śṛṇvataḥ一聆听者的 / śraddadhānasya一充满信心的 / nityadā一总是 / syāt一变成 / adhīyataḥ一通过培养

译文　最优秀的君王啊，谁忠诚，总是聆听至尊人格首神的荣耀，一直不断地培养奎师那意识，聆听至尊主的活动，谁就会很快变得有资格面对面地看到至尊人格首神。

要旨　一直不断地为华苏戴瓦做超然的爱心服务意味着，一直不断地聆听至尊主的荣耀。《圣典博伽瓦谭》第7篇第5章的第23节诗中所记载的聆听、吟诵(吟唱)主维施努的圣名等奉爱瑜伽的九种方法(śravaṇaṁ kīrtanaṁ viṣṇoḥ smaraṇaṁ pāda-sevanam/ arcanaṁ vandanaṁ dāsyaṁ sakhyam ātma-nivedanam)，是唯一能使人达到完美境界的方法。仅仅靠聆听至尊主的荣耀，人就可以被提升到超然的状态中。

第39—40节　यत्र भागवता राजन् साधवो विशदाशयाः ।
भगवद्गुणानुकथनश्रवणव्यग्रचेतसः ॥३९॥
तस्मिन्महन्मुखरिता मधुभिच्चरित्र-
पीयूषशेषसरितः परितः स्रवन्ति ।
ता ये पिबन्त्यवितृषो नृप गाढकर्णै-
स्तान्न स्पृशन्त्यशनतृड्भयशोकमोहाः ॥४०॥

yatra bhāgavatā rājan
sādhavo viśadāśayāḥ
bhagavad-guṇānukathana-
śravaṇa-vyagra-cetasaḥ

tasmin mahan-mukharitā madhubhic-caritra-
pīyūṣa-śeṣa-saritaḥ paritaḥ sravanti
tā ye pibanty avitṛṣo nṛpa gāḍha-karṇais
tān na spṛśanty aśana-tṛḍ-bhaya-śoka-mohāḥ

yatra—那里 / bhāgavatāḥ—伟大的奉献者 / rājan—君王啊 / sādhavaḥ—圣人 / viśada-āśayāḥ—心胸开阔 / bhagavat—至尊人格首神的 / guṇa—品质 / anukathana—经常背诵 / śravaṇa—聆听 / vyagra—渴望 / cetasaḥ—意识……的 / tasmin—那里 / mahat—大圣人的 / mukharitāḥ—从口中流淌出 / madhu-bhit—杀死玛杜魔的人的 / caritra—活动或性格 / pīyūṣa—甘露的 / śeṣa—过剩的 / saritaḥ—河流 / paritaḥ—周围 / sravanti—流动 / tāḥ—他们所有人 / ye—……的人 / pibanti—喝 / avitṛṣaḥ—不满足 / nṛpa—君王啊 / gāḍha—专心 / karṇaiḥ—用他们的耳朵 / tān—他们 / na—从不 / spṛśanti—触碰 / aśana—饥饿 / tṛṭ—口渴 / bhaya—恐惧 / śoka—悲伤 / mohāḥ—错觉

译文 我亲爱的君王，纯粹的奉献者遵守规范原则，意识从而得到净化。他们十分热切地聆听和歌唱至尊人格首神的荣耀。人如有机会在这种纯粹奉献者居住的地方，聆听从他们嘴里似浪涛般不停涌流的赞颂至尊主的甘露，就会忘记饥饿和口渴等生活所需，免于所有种类的恐惧、悲伤和错觉。

要旨 在伟大的奉献者集体居住的地方，一直不断地聆听和吟诵、吟唱至尊主的荣耀，就有可能培养奎师那意识。在温达文这样的圣地，有许多奉献者一直不断地吟诵、吟唱和聆听至尊主的荣耀。人如果有机会到这样的地方聆听从纯粹奉献者的嘴里不停涌流出的甘露之河，培养奎师那意识就成为非常容易的一件事。一直不断地聆听至尊主荣耀的人，必定超越躯体化的生命概念。持有躯体化的生命概念的人，感受到饥饿、口渴、恐惧、悲伤和迷惑的痛苦。但人在聆听和吟诵、吟唱至尊主的荣耀时，超越躯体化的概念。

这节诗中“总是急切地寻找有聆听和吟诵、吟唱至尊主的荣耀的地方(bhagavad-guṇānukathana-śravaṇa-vyagra-cetasaḥ)”一句意义重大。生意人总是渴望去有生意做的地方。同样，奉献者很渴望聆听解脱的奉献者所讲的话。人一旦听到解脱的奉献者讲述至尊主的荣耀，就会立刻充满奎师那意识。对此，《圣典博伽瓦谭》第3篇第25章的第25节诗中证实说：

satāṁ prasaṅgān mama vīrya-saṁvido
bhavanti hṛt-karṇa-rasāyanāḥ kathāḥ
taj-joṣaṇad āśv apavarga-vartmani
śraddhā ratir bhaktir anukramiṣyati

“在与纯粹奉献者联谊的过程中，谈论至尊人格首神的娱乐时光和活动，能使耳朵及心感到极为快乐与满足。通过培养这样的知识，人在解脱之途上逐步向前迈进。之后，他达到解脱的状态，变得稳定地受这一切的吸引。接着，真正的热爱之情及奉爱服务就开始了。”

在与纯粹奉献者的联谊过程中，人变得依恋聆听和吟诵、吟唱至尊主的荣耀。这使人可以培养奎师那意识，而人的奎师那意识一旦增强，人就变得深爱、忠诚至尊主，依恋至尊主，从而很快达到充满奎师那意识的状态。成功培养奎师那意识的秘诀是，聆听真正的奉献者吟诵、吟唱至尊主的荣耀。有奎师那意识的人从不受吃、睡、防卫和性冲动这些躯体需求的打扰。

第 41 节 एतैरुपद्रुतो नित्यं जीवलोकः स्वभावजैः ।
न करोति हरेर्नूनं कथामृतनिधौ रतिम् ॥४१॥

etair upadruto nityaṁ
jīva-lokaḥ svabhāvajaiḥ
na karoti harer nūnaṁ
kathāmṛta-nidhau ratim

etaiḥ—被这些 / upadrutaḥ—打扰 / nityam—总是 / jīva-lokaḥ—物质世界中受制约的灵魂 / sva-bhāva-jaiḥ—自然 / na karoti—不做 /

hareḥ－至尊人格首神的 / nūnam－肯定地 / kathā－话语的 / amṛta－甘露的 / nidhau－海洋中 / ratim－依恋

译文 由于受制约的灵魂始终受到饥饿、口渴等身体需求的打扰，他很少有时间培养对聆听至尊人格首神甘露般甜美话语的依恋。

要旨 人除非与奉献者联谊，否则无法培养奎师那意识。独自一人在僻静的地方培养奎师那意识(nirjana-bhajana)，对初习奉献者来说是不可能的事，因为他会受到躯体需求(吃、睡、防卫和交媾)的打扰。他将那么受打扰，以致根本无法培养奎师那意识。正因为如此，我们看到那些把一切都看得很廉价的被称为萨哈吉亚的奉献者，从不与进步的奉献者联谊。这种人打着做奉爱服务的幌子，沉溺于非法性生活、麻醉自我、赌博和吃肉等所有罪恶的活动。有许多自称是奉献者的人，在扮演奉献者的同时从事这些罪恶活动。换句话说，从事罪恶活动的人无法被接受为是具有奎师那意识的人。正如这节诗所说：沉溺于罪恶活动的人无法发展奎师那意识。

第 42－44 节 प्रजापतिपतिः साक्षाद्भगवान् गिरिशो मनुः ।
दक्षादयः प्रजाध्यक्षा नैष्ठिकाः सनकादयः ॥४२॥
मरीचिरत्र्यङ्गिरसौ पुलस्त्यः पुलहः क्रतुः ।
भृगुर्वसिष्ठ इत्येते मदन्ता ब्रह्मवादिनः ॥४३॥
अद्यापि वाचस्पतयस्तपोविद्यासमाधिभिः ।
पश्यन्तोऽपि न पश्यन्ति पश्यन्तं परमेश्वरम् ॥४४॥

prajāpati-patiḥ sākṣād
bhagavān giriśo manuḥ
dakṣādayaḥ prajādhyakṣā
naiṣṭhikāḥ sanakādayaḥ

marīcir atry-aṅgirasau
　pulastyaḥ pulahaḥ kratuḥ
bhṛgur vasiṣṭha ity ete
　mad-antā brahma-vādinaḥ

adyāpi vācas-patayas
　tapo-vidyā-samādhibhiḥ
paśyanto 'pi na paśyanti
　paśyantaṁ parameśvaram

prajāpati-patiḥ－布茹阿玛(全体生物祖先的父亲) / sākṣāt－直接地 / bhagavān－最强有力的 / giriśaḥ－主希瓦 / manuḥ－玛努 / dakṣa-ādayaḥ－以达克沙王为首 / prajā-adhyakṣāḥ－人类的统治者 / naiṣṭhikāḥ－坚定的贞守生 / sanaka-ādayaḥ－以萨纳卡为首 / marīciḥ－玛瑞祺 / atri-aṅgirasau－阿特瑞和安给茹阿 / pulastyaḥ－菩拉斯提亚 / pulahaḥ－菩拉哈 / kratuḥ－克茹阿图 / bhṛguḥ－布瑞古 / vasiṣṭhaḥ－瓦希施塔 / iti－如此 / ete－他们所有人 / mat-antāḥ－最后是我 / brahma-vādinaḥ－布茹阿玛纳——韦达文献的讲述者 / adya api－至今 / vācaḥ-patayaḥ－权威的讲述者 / tapaḥ－苦修 / vidyā－知识 / samādhibhiḥ－及通过冥想 / paśyantaḥ－遵守 / api－虽然 / na paśyanti－不遵守 / paśyantam－看的人 / parama-īśvaram－至尊人格首神

译文　全体祖先的父亲——最强大的主布茹阿玛，主希瓦、玛努、达克沙和其他的人类统治者，以萨纳卡和萨纳坦为首的四位一流的贞守生，以及伟大的圣人玛瑞祺、阿特瑞、安给茹阿、菩拉斯提亚、菩拉哈、克茹阿图、布瑞古、瓦希施塔，包括在下我(纳茹阿达)，都是可以权威地讲述韦达文献的、杰出的布茹阿玛纳。我们因为苦修、冥想和受到的教育而力量强大。尽管如此，甚至在寻根究底地打听有关我们常看到的至尊人格首神后，我们还是无法完全了解祂。

要旨　达尔文的愚蠢的人类学理论中说，四万年前，这个地球上还没有智人，因为生物体还没有进化到那个阶段。然而，韦达历史文献——往世书(purāṇas)和《玛哈巴茹阿特》(Mahābhārata,《摩诃婆罗多》),记载的历史可以回溯到千百万、千百万万年前。在创造的一开始就有非常有智慧的人物——主布茹阿玛(Brahmā),从他的身体产生了全体玛努(Manu),萨纳卡(Sanaka)和萨纳坦(Sanātana)等布茹阿玛查瑞(brahmacārī, 贞守生),主希瓦(Śiva),以及像纳茹阿达那样伟大的圣人。所有这些人物都经历了巨大的苦行和苦修,从而成为韦达知识的权威。对人类等众生来说,完美的知识要属韦达经记载的内容。上述提到的所有伟大的人物,不仅是在过去、现在和未来强大有力的人物,而且都是奉献者。然而,尽管他们是知识权威,经常见到至尊人格首神主维施努(Viṣṇu),但他们还是无法真正了解生物与至尊主的完美关系。这意味着这些人物就有关无限者的知识依然有限。结论是:仅仅靠提高知识无法使人成为了解至尊人格首神的专家。要了解至尊人格首神无法靠高等知识,而是靠纯粹的奉爱服务。正如《博伽梵歌》第18章的第55节诗中确认的,人除非做纯粹、超然的奉爱服务,否则无法真正了解至尊人格首神(bhaktyā mām abhijānāti yāvān yaś cāsmi tattvataḥ)。每个人都对至尊主有一些不完整的概念。所谓的科学家和哲学思辨家无法靠他们的知识了解至尊主。人除非上升到做奉爱服务的层面,否则无法有完美的知识。对此,《圣典博伽瓦谭》第10篇第14章的第29节诗证实说:

athāpi te deva padāmbuja-dvaya-
prasāda-leśānugṛhīta eva hi
jānāti tattvaṁ bhagavan-mahimno
na cānya eko 'pi ciraṁ vicinvan

"我的至尊主,人哪怕得到您莲花足些微的仁慈,他都能了解您本人的伟大。但靠思辨了解至尊人格首神的人,即使多年一直不断地研究韦达经,也无法了解您。"心智思辨者(jñānī)用千百万年的时间推测至尊人格首神,但除非得到至尊人格首神的恩典，否则无法了解祂至高无上的荣耀。这节诗中谈到的所有伟大的圣人，在主布茹阿玛与萨纳卡(Sanaka)、萨纳坦(Sanātana)、萨南丹(Sanandana)和萨纳特·库玛尔(Sanat-kumāra)四位大圣人同住的布茹阿玛珞卡附近，都有自己的星球。这些圣人居住在环绕北极星、被称为南方之星的不同星球上。北极星的梵文名字叫杜茹瓦珞卡(Dhruvaloka)；它是这个宇宙的中心点，所有的星球都环绕着这颗北极星运行。所有的星星，至少是我们所能看到的这个宇宙中的星星，都是行星。按照西方理论，所有的星星都是不同的太阳，但按照韦达知识，这个宇宙中只有一个太阳。所有的星星都不过是行星而已。除了这个宇宙，物质世界里还有成千上万其他的宇宙，每一个都含有无数的星球。

第45节　शब्दब्रह्मणि दुष्पारे चरन्त उरुविस्तरे ।
मन्त्रलिङ्गैर्व्यवच्छिन्नं भजन्तो न विदुः परम् ॥४५॥

śabda-brahmaṇi duṣpāre
caranta uru-vistare
mantra-liṅgair vyavacchinnaṁ
bhajanto na viduḥ param

śabda-brahmaṇi－在韦达文献中 / duṣpāre－无限的 / carantaḥ－因从事于 / uru－极大地 / vistare－扩展 / mantra－韦达赞歌的 / liṅgaiḥ－靠……的特征 / vyavacchinnam－有部分力量的(半神人) / bhajantaḥ－崇拜 / na viduḥ－他们不知道 / param－至尊

译文　不管人怎样培养无限的韦达知识，崇拜韦达赞歌描述的具有不同特征的半神人，都无助于人了解人格首神的至尊力量。

要旨　正如《博伽梵歌》第7章的第20节诗所说：

kāmais tais tair hṛta-jñānāḥ
prapadyante 'nya-devatāḥ
taṁ taṁ niyamam āsthāya
prakṛtyā niyatāḥ svayā

“被物质欲望偷去智力的人皈依半神人，按自己的本性遵守特定的崇拜规则。”绝大多数人为了得到力量都喜欢崇拜半神人。每一个半神人都有一定的力量。例如：天帝因铎(Indra)具有向地球降雨的力量，使大地出产足够的植物。这个半神人在韦达经中被描述为是，手持霹雳掌管降雨供水系统的因铎(vajra-hastaḥ purandaraḥ)。雷电——霹雳就是由因铎控制的。同样，火神阿格尼(Agni)、水神瓦茹纳(Varuṇa)、月亮神昌铎(Candra)、太阳神苏尔亚(Sūrya)等其他半神人都有他们各自的力量。韦达赞歌中描述所有这些半神人都持有各自的武器。因此，这节诗中说：韦达赞歌描述的具有不同特征的半神人(mantra-liṅgair vyavacchinnam)。功利性活动者(karmī)靠这样崇拜半神人，得到动物、大米、漂亮的妻子、众多的追随者等各种物质财富。然而，这样的物质财富并不能使人了解至尊人格首神。

第46节 यदा यस्यानुगृह्णाति भगवानात्मभावितः ।
स जहाति मतिं लोके वेदे च परिनिष्ठिताम् ॥४६॥

yadā yasyānugṛhṇāti
bhagavān ātma-bhāvitaḥ
sa jahāti matiṁ loke
vede ca pariniṣṭhitām

yadā－当……时 / yasya－……的 / anugṛhṇāti－赐予没有缘故的仁慈 / bhagavān－至尊人格首神 / ātma-bhāvitaḥ－被奉献者认识到 / saḥ－这样的奉献者 / jahāti－放弃 / matim－意识 / loke－在物质世界中 / vede－在韦达仪式中 / ca－也 / pariniṣṭhitām－稳固于

译文　当人全心全意地做奉爱服务时，赐予人没有缘故的仁慈的至尊主就会优待他。这时，虔诚的奉献者就会停止所有的物质活动，不再举行韦达经中提到的各种仪式。

要旨　前一节诗中说那些有知识的人无法欣赏至尊人格首神。同样，这节诗指出，举行韦达仪式及从事功利性活动的人，看不到至尊人格首神。这两节诗中说，功利性活动者和心智思辨者都没有资格了解至尊主。正如圣茹帕·哥斯瓦米(Rūpa Gosvāmī)描述说：只有当人完全停止心智思辨和功利性活动时，他才能在没有物质欲望污染的情况下做纯粹的奉爱服务。诗中重要的词"被奉献者所认识到(ātma-bhāvitaḥ)"是指，人如果一直不断地想着至尊主，就会在内心认识到祂。《圣典博伽瓦谭》第9篇第4章的第18节诗中说，纯粹的奉献者总是想着至尊主的莲花足(sa vai manaḥ kṛṣṇa-padā-ravindayoḥ)。纯粹的奉献者无法不全神贯注地想着至尊人格首神，哪怕一刻都不行。《博伽梵歌》中把这种对至尊主无时无刻的思念，描述为是一直不断地为至尊主服务(satata-yuktānām)；是怀着深爱之情所做的奉爱服务(bhajatāṁ prīti-pūrvakam)。由于至尊人格首神在奉献者的心中给予指示，奉献者得到保护，不去从事物质活动。就连韦达仪式都被视为是物质活动，因为从事这样的活动只能使人升上半神人居住的高等星系。在《博伽梵歌》第9章的第25节诗中，主奎师那说：

yānti deva-vratā devān
pitṝn yānti pitṛ-vratāḥ
bhūtāni yānti bhūtejyā
yānti mad-yājino 'pi mām

"崇拜半神人的人，将在半神人中投生；崇拜祖先的人，到祖先那里去；崇拜鬼魂和精灵的人，在那些生物体中投生；崇拜我的人，将与我生活在一起。"

“被奉献者所认识到(ātma-bhāvitaḥ)”一词还指，奉献者总是忙于传教，以拯救受制约的灵魂。对六位哥斯瓦米的描述是：他们精于为利益全人类而建立永恒的宗教原则去深入研究所有的启示经典(nānā-śāstra-vicāraṇaika-nipuṇau sad-dharma-saṁsthāpakau lokānāṁ hita-kāriṇau)。至尊人格首神纯粹的奉献者，总是想着怎么拯救堕落、受制约的灵魂。至尊人格首神受到试图拯救堕落灵魂的奉献者仁慈的感动，出于祂没有缘故的仁慈在大众的心中启发他们。奉献者如果得到另一位奉献者的祝福，就可以停止从事功利性活动(karma-kāṇḍa)和心智思辨活动(jñāna-kāṇḍa)。正如《布茹阿玛·萨密塔》中证实说：靠从事功利性活动和心智思辨活动无法了解至尊人格首神(vedeṣu durlabham)；只有真诚的奉献者才能了解至尊主(adurlabham ātma-bhaktau)。

这个物质世界——宇宙展示，由至尊人格首神创造，生物来此寻求享乐。韦达训示指导他们按照不同的规范守则做，有智慧的人就采用这些教导，因而可以顺利地享受物质生活。这世界实际上是个假象，靠自己的努力脱离这假象非常困难。一般大众都从事普通的物质活动，当他们有一点点进步时，就依恋上韦达经中谈到的仪式、祭典。然而，当人在举行这些祭祀典礼受到挫折时，他便再重操旧业，重新开始从事一般的物质活动。举行韦达仪式和从事一般的物质活动的人，都被束缚在受制约的生活中。这些人只有靠灵性导师和奎师那的仁慈才能得到奉爱服务的种子(guru-kṛṣṇa-prasāde pāya bhakti-latā-bīja)。

人在做奉爱服务时，就不再依恋物质活动。被各种称号所蒙蔽的人，无法做奉爱服务。人不该去从事这种与称号有关的活动(sarvopādhi-vinirmuktam)，而应该通过净化感官使自己得到净化，以便为至尊人格首神做服务。用净化了感官为至尊主所做的服务称为奉爱瑜伽(bhakti-yoga)——奉爱服务(hṛṣīkeṇa hṛṣīkeśa-sevanaṁ bhaktir ucyate)。真诚的奉献者总是得到住在每一个生物体心中的超灵的帮助，正如主奎师那在《博伽梵歌》第10章的第10节诗证实说：

teṣāṁ satata-yuktānāṁ
bhajatāṁ prīti-pūrvakam
dadāmi buddhi-yogaṁ taṁ
yena mām upayānti te

“对一直以爱心侍奉我的人，我赐予他们理解力，使他们来到我这里。”

这是去除物质世界污染的阶段。在这一阶段的奉献者与其他奉献者交朋友，完全停止从事物质活动。那时，他得到至尊主的恩典，失去对始于社会四阶层和灵性四阶段制度(varṇāśrama-dharma)的物质文明的信心。圣柴坦亚·玛哈帕布清楚地阐明了一个人从人类文明最崇高的制度——社会四阶层和灵性四阶段中获得解脱的过程。到那时，就像圣柴坦亚·玛哈帕布本人所做的一样，解脱之人认定自己就是主奎师那永恒的仆人。

nāhaṁ vipro na ca nara-patir nāpi vaiśyo na śūdro
nāhaṁ varṇī na ca gṛha-patir no vana-stho yatir vā
kintu prodyan nikhila-paramānanda-pūrṇāmṛtābdher
gopī-bhartuḥ pada-kamalayor dāsa-dāsānudāsaḥ

《诗集》(Padyāvalī 63)

“我不是布茹阿玛纳(brāhmaṇa, 婆罗门)、查锤亚(kṣatriya, 刹帝利)、外夏(vaiśya, 吠舍)或庶铎(śūdra, 首陀罗)。我不是贞守生、居士、退出家庭生活之人(vānaprastha)或托钵僧(sannyāsī)。我是什么？我永恒是主奎师那仆人的仆人。”通过师徒传承，人可以得到这一使人升上超然层面的结论。

第 47 节　तस्मात्कर्मसु बर्हिष्मन्नज्ञानादर्थकाशिषु ।
मार्थदृष्टिं कृथाः श्रोत्रस्पर्शिष्वस्पृष्टवस्तुषु ॥४७॥

tasmāt karmasu barhiṣmann
ajñānād artha-kāśiṣu
mārtha-dṛṣṭiṁ kṛthāḥ śrotra-
sparśiṣv aspṛṣṭa-vastuṣu

tasmāt—因此 / karmasu—在功利性活动中 / barhiṣman—帕祺纳巴黑沙特王啊 / ajñānāt—出于愚昧 / artha-kāśiṣu—在诱人的功利性结果中 / mā—绝不 / artha-dṛṣṭim—当做生命的目标 / kṛthāḥ—做 / śrotra-sparśiṣu—动听的 / aspṛṣṭa—没有触碰 / vastuṣu—真正的利益

译文 我亲爱的巴尔黑施曼，即使韦达仪式或说功利性活动也许听来令人欢喜，看来像是能为自我获得最高利益，你都永远不要因愚昧而举行那样的仪式，从事那样的活动，把它们当做生命的最高目标。

要旨 《博伽梵歌》第2章的第42—43节诗说：

yām imāṁ puṣpitāṁ vācaṁ
pravadanty avipaścitaḥ
veda-vāda-ratāḥ pārtha
nānyad astīti vādinaḥ

kāmātmānaḥ svarga-parā
janma-karma-phala-pradām
kriyā-viśeṣa-bahulāṁ
bhogaiśvarya-gatiṁ prati

“普瑞塔的儿子啊！知识浅薄的人过分执著韦达经的华丽辞藻。这些辞藻推荐人们从事各种功利性活动，以便获得权利、高贵的出身或升向天堂星球等。他们追求感官享乐和富裕的生活，因此就说这些是最重要的。”

人们一般都很依恋韦达中推荐的举行韦达仪式等功利性活动。人们也许像巴尔黑施曼王那样，很执著地想要靠举行盛大的祭祀升上天堂星球。圣纳茹阿达·牟尼想要阻止巴尔黑施曼从事这样的功利性活动，因此现在便直接告诉他：“不要对这种短暂的利益感兴趣。”在现代文明中，人们热衷于利用科学方法剥削物质自然资源。而这被认为是进步。但这不是真正的进步，而只是听起来让人高兴而已。尽管按照杜撰出的标准看我们是进步的，但我们实际上忘了自己真正的目的。巴克提维诺德·塔库尔因此说：“物质主义者的研究只不过是玛亚那让人目眩的光亮而已，因为它们妨碍灵性进步。”

无论是在这个星球上还是在其他星球上，对短暂的舒适生活的体验都被视为是错觉，因为它们没有触及生命真正的目的。人生真正的目的是回归家园，回到首神身边。不知道人生真正目的之人，要么从事粗俗的物质主义活动，要么举行韦达仪式一类的活动。纳茹阿达·牟尼在这节诗中要求巴尔黑施曼王不要执著于这类活动。四部韦达经中说：举行祭祀是人生真正的目的。印度有一个名叫阿尔延·萨玛芝的协会(Ārya-samāj)，过于强调韦达经的祭祀部分。然而，这节诗指明，这样的祭祀被看成是使人迷惑的。人生真正的目标应该是认识神——奎师那意识。当然，韦达仪式看起来华丽耀眼，听起来令人高兴，但却没有帮助人达到人生真正的目的。

第48节　स्वं लोकं न विदुस्ते वै यत्र देवो जनार्दनः ।
आहुर्धूम्रधियो वेदं सकर्मकमतद्विदः ॥४८॥

svaṁ lokaṁ na vidus te vai
yatra devo janārdanaḥ
āhur dhūmra-dhiyo vedaṁ
sakarmakam atad-vidaḥ

svam－自己的 / lokam－居所 / na－不 / viduḥ－知道 / te－这样的人 / vai－肯定地 / yatra－那里 / devaḥ－至尊人格首神 / janārdanaḥ－奎师那或维施努 / āhuḥ－说 / dhūmra-dhiyaḥ－智力欠佳

的人 / vedam－四部韦达经 / sa-karmakam－满是各种祭祀仪式 / a-tat-vidaḥ－那些没有知识的人

译文 智力欠佳的人把韦达仪式视为一切。他们不知道韦达经的目的是让人了解自己的家园在至尊人格首神的住处。他们被错觉蒙蔽，对自己真正的家园不感兴趣，而是寻找其他的家。

要旨 人们一般都不知道他们人生真正的利益是回归家园，回到首神身边。人们不知道他们真正的家园在灵性世界。灵性世界里有许多外琨塔星球，最高的星球是奎师那珞卡(Kṛṣṇaloka)或称哥珞卡·温达文(Goloka Vṛndāvana)。现代社会尽管有所谓的文明进步，但却没有有关灵性星球外琨塔珞卡(Vaikuṇṭhaloka)的信息。现代所谓的文明进步人士都试图去其他星球，但他们不知道，哪怕他们到了这个宇宙里最高的星系布茹阿玛珞卡(Brahmaloka)，他们还是得回到这个星球。对此，《博伽梵歌》第8章的第16节诗说：

ābrahma-bhuvanāl lokāḥ
punar āvartino 'rjuna
mām upetya tu kaunteya
punar janma na vidyate

“在物质世界中，从最高等的星球到最低等的星球，都是有生死轮回的痛苦之地。但是，琨缇的儿子啊！到达我住所的人，永远不再投生。”

去这个宇宙中的最高星系的人，在享受完他虔诚活动的结果后，还是不得不返回这个星球。太空船也许可以冲上高空，可燃料一旦用完就必须回到地面上来。所有这些活动都是在错觉的影响下从事的。真正的努力应该是回归家园，回到首神身边。就有关具体的方法，《博伽梵歌》第9章的第25节诗词中说明道：崇拜我的人将与我生活在一起(yānti mad-yājino 'pi mām)。为至尊人格首神做奉爱服务的人，回归家园，回到首神身边。人类生命极为珍贵，人不该浪费它去勘察其他的星球，而应该有足够的智慧用它来为回归首神作努力。人应该对有关灵性的外琨塔星球的信息感兴趣，尤其是名叫哥珞卡·温达文的星球；应该通过做以聆听为开始的奉爱服务(śravaṇaṁ kīrtanaṁ viṣṇoḥ)，学习到那里去的艺术。对此，《圣典博伽瓦谭》第12篇第3章的第51节诗也证实说：

kaler doṣa-nidhe rājann
　asti hy eko mahān guṇaḥ
kīrtanād eva kṛṣṇasya
　mukta-saṅgaḥ paraṁ vrajet

“我亲爱的君王，尽管喀历年代是充满各种缺陷的海洋，但还是有一个好品质；也就是：仅仅靠吟诵、吟唱哈瑞·奎师那玛哈·曼陀，人就可以摆脱物质的束缚，被提升上超然的王国。”

我们可以仅仅靠吟诵、吟唱哈瑞·奎师那曼陀回到最高的灵性星球上(paraṁ vrajet)。这方法是专门为这个喀历年代里的人准备的(kaler doṣa-nidhe)。仅仅靠吟诵、吟唱哈瑞·奎师那玛哈·曼陀，人就可以净化一切物质污染，回归家园，回到首神身边！这是这个年代的特殊优点。这一点毫无疑问。

第49节　आस्तीर्य दर्भैः प्रागग्रैः कार्त्स्न्येन क्षितिमण्डलम् ।
स्तब्धो बृहद्वधान्मानी कर्म नावैषि यत्परम् ।
तत्कर्म हरितोषं यत्सा विद्या तन्मतिर्यया ॥४९॥

āstīrya darbhaiḥ prāg-agraiḥ
　kārtsnyena kṣiti-maṇḍalam
stabdho bṛhad-vadhān mānī
　karma nāvaiṣi yat param
tat karma hari-toṣaṁ yat
　sā vidyā tan-matir yayā

āstīrya—覆盖了 / darbhaiḥ—被库沙草 / prāk-agraiḥ—草尖向着东方 / kārtsnyena—一起 / kṣiti-maṇḍalam—世界的表面 / stabdhaḥ—骄傲自负的人 / bṛhat—伟大的 / vadhāt—通过杀 / mānī—自以为很重要 / karma—活动 / na avaiṣi—你不知道 / yat—……的 / param—至高无上的 / tat—那 / karma—活动 / hari-toṣam—满足至尊主 / yat—……的 / sā—那 / vidyā—教育 / tat—向至尊主 / matiḥ—意识 / yayā—由那

译文 我亲爱的君王，整个世界都被草尖锐利的库沙草覆盖着，你因为在祭祀中杀死各种动物而变得骄傲。由于愚蠢，你不知道奉爱服务是唯一能取悦至尊人格首神的方法。你无法了解这一事实。能取悦人格首神的活动，才是你唯一该从事的活动。能使我们提升奎师那意识的教育，才是我们该受的教育。

要旨 在这节诗中，大圣人纳茹阿达·牟尼因为君王举行需要杀大量动物的祭祀而直接谴责了他。君王为他举行了那么多祭祀而洋洋得意，但伟大的圣人纳茹阿达直接训斥他并告诉他，他对动物的屠杀只会使他因为虚假的名望而变得骄傲。事实上，不使人增强奎师那意识的活动都是罪恶活动，不让人理解奎师那的教育都是错误的教育。在没有奎师那意识的情况下，人只会从事错误的活动，进行不正确的教育。

第50节 हरिर्देहभृतामात्मा स्वयं प्रकृतिरीश्वरः ।
तत्पादमूलं शरणं यतः क्षेमो नृणामिह ॥५०॥

harir deha-bhṛtām ātmā
svayaṁ prakṛtir īśvaraḥ
tat-pāda-mūlaṁ śaraṇaṁ
yataḥ kṣemo nṛṇām iha

hariḥ—圣哈尔依 / deha-bhṛtām—有了物质躯体的生物 / ātmā—超

灵 / svayam—祂自己 / prakṛtiḥ—物质自然 / īśvaraḥ—控制者 / tat—祂的 / pāda-mūlam—双足 / śaraṇam—庇护 / yataḥ—……的 / kṣemaḥ—好运 / nṛṇām—人的 / iha—在这个世界里

译文 至尊人格首神圣哈尔依是超灵，是这个世界里接受了物质躯体的众生的指导者。祂是物质自然中一切物质活动的最高控制者。祂也是我们最好的朋友，众生都该托庇于祂的莲花足。这样做，生活就会吉祥。

要旨 《博伽梵歌》第18章的第61节诗中说：阿尔诸纳啊！至尊主在每个生物体的心中(īśvaraḥ sarva-bhūtānāṁ hṛd-deśe 'rjuna tiṣṭhati)。生物在躯体中；超灵——至尊人格首神，也在那里。祂被称为“处在内在的人(antaryāmī)”和“内心的灵性导师(caitya-guru)”。主奎师那控制着一切，正如祂在《博伽梵歌》第15章的第15节诗中说：

sarvasya cāhaṁ hṛdi sanniviṣṭo
matah smṛtir jñānam apohanaṁ ca

“我在众生的心中。记忆、知识和遗忘都来自我。”

超灵在我们的体内指导着我们的一切，因此我们最好是接受祂的指导，快乐地生活。人需要成为奉献者才能接受祂的指导。对此，《博伽梵歌》第10章的第10节诗确认说：

teṣāṁ satata-yuktānāṁ
bhajatāṁ prīti-pūrvakam
dadāmi buddhi-yogaṁ taṁ
yena mām upayānti te

“对一直以爱心侍奉我的人，我赐予他们理解力，使他们来到我这里。”

尽管《博伽梵歌》第18章的第61节诗中说，超灵在每一个生物体的心中(īśvaraḥ sarva-bhūtānāṁ hṛd-deśe 'rjuna tiṣṭhati)，但祂只对一直不断地为祂服务的纯粹奉献者说话。《柴坦亚·巴嘎瓦特》(Caitanya-bhāgavata)中说：

tāhāre se bali vidyā, mantra, adhyayana
kṛṣṇa-pāda-padme ye karaye sthira mana

“全神贯注于奎师那的莲花足的人，被理解为是受过最好的教育并研究了全部韦达经的人。”(首篇3.45)

sei se vidyāra phala jāniha niścaya
kṛṣṇa-pāda-padme yadi citta-vṛtti raya

“教育的完美结果是，使人把心念专注于奎师那的莲花足。”(首篇13.178)

'dig-vijaya kariba,'—vidyāra kārya nahe
īśvare bhajile, sei vidyā 'satya' kahe

“靠物质教育征服全世界并不值得向往。如果人让自己做奉爱服务，他的教育就是完美的。”(首篇13.173)

paḍe kene loka—kṛṣṇa-bhakti jānibāre
se yadi nahila, tabe vidyāya ki kare

“教育的目的是使人了解奎师那和为祂做奉爱服务。如果人不这样做，那么教育就是假的。”(首篇12.49)

tāhāre se bali dharma, karma sadācāra
īśvare se prīti janme sammata sabāra

“有文化、有教养、很活跃和虔诚的意思是，发展对奎师那发自内心的爱。”(末篇3.44)

每个人的心中都有沉睡着的对奎师那的爱，靠培养和教育就可以唤醒。这就是这场奎师那意识运动的目的。主柴坦亚有一次问圣茹阿玛南达·若依(Rāmānanda Rāya)“教育的最佳作用是什么”，茹阿玛南达·若依回答说：教育的最佳作用是使人增强奎师那意识。

第 51 节　स वै प्रियतमश्चात्मा यतो न भयमण्वपि ।
इति वेद स वै विद्वान् यो विद्वान् स गुरुर्हरिः ॥५१॥

sa vai priyatamaś cātmā
yato na bhayam aṇv api
iti veda sa vai vidvān
yo vidvān sa gurur hariḥ

saḥ—祂 / vai—肯定地 / priya-tamaḥ—最亲爱的 / ca—也 / ātmā—超灵 / yataḥ—从……的 / na—永不 / bhayam—害怕 / aṇu—一点点 / api—甚至 / iti—如此 / veda—知道……的人 / saḥ—他 / vai—肯定地 / vidvān—教育 / yaḥ—……的他 / vidvān—教育 / saḥ—他 / guruḥ—灵性导师 / hariḥ—与至尊主没有分别

译文　忙于做奉爱服务的人在物质存在中没有丝毫恐惧。这是因为至尊人格首神既是超灵，又是众生的朋友。知道这秘密的人是真正受过教育的，而受过这种教育的人可以当世人的灵性导师。真正合格的灵性导师、奎师那的代表，无异于奎师那。

要旨　圣维施瓦纳特·查夸瓦尔提·塔库尔(Viśvanātha Cakravartī Ṭhākura)说：所有的经典里都说灵性导师是至尊人格首神的代表(sākṣād-dharitvena samasta-śāstrair uktas tathā bhāvyata eva sadbhiḥ)。灵性导师是至尊主最信赖的仆人(kintu prabhor yaḥ priya eva tasya)，因此被公认为是与至尊人格首神一样。要点是：每一人都爱自己，当他变得更进步时，他也爱超灵，进而去爱所有的个体灵魂。觉悟了自我的人除了崇拜超灵，不会崇拜其他人。他知道崇拜至尊人格首神比在贪图物质享乐的色欲和贪欲的驱使下崇拜各种半神人要容易得多。正因为如此，奉献者总是怀着爱心忙于做奉爱服务。这样的人是真正的灵性导师。《莲花往世书》(Padma Purāṇa)中说：

ṣaṭ-karma-nipuṇo vipro
mantra-tantra-viśāradaḥ
avaiṣṇavo gurur na syād
vaiṣṇavaḥ śva-paco guruḥ

“即使一个布茹阿玛纳很精通韦达文献，清楚布茹阿玛纳的六项职责，但除非他是至尊人格首神的奉献者，否则他不能当灵性导师(guru)。然而，一个人即使出生在吃狗肉者的家中，但却是至尊主的纯粹奉献者，他就有资格当灵性导师。”结论是：人除非是至尊主的纯粹奉献者，否则不能成为灵性导师。符合上述描述的奉爱服务原则的灵性导师，被视为是至尊人格首神本人的代表。根据这节诗谈到的“灵性导师无异于至尊主(gurur hariḥ)”一句，我们知道，向真正的灵性导师请教就是在向至尊人格首神本人请教。因此，人应该托庇于真正的灵性导师。真正的灵性导师知道奎师那是唯一最值得爱的人。人只有接受这样的灵性导师，才能有成功的人生。人应该崇拜至尊主信赖的这样的奉献者。

第 52 节

नारद उवाच
प्रश्न एवं हि सञ्छिन्नो भवतः पुरुषर्षभ ।
अत्र मे वदतो गुह्यं निशामय सुनिश्चितम् ॥५२॥

nārada uvāca
praśna evaṁ hi sañchinno
bhavataḥ puruṣarṣabha
atra me vadato guhyaṁ
niśāmaya suniścitam

nāradaḥ uvāca—纳茹阿达·牟尼说 / praśnaḥ—问题 / evam—如此 / hi—肯定地 / sañchinnaḥ—回答 / bhavataḥ—你的 / puruṣa-ṛṣabha—伟大的人啊 / atra—这里 / me vadataḥ—当我说话时 / guhyam—机密

的 / niśāmaya—听 / su-niścitam—完美的确证

译文　大圣人纳茹阿达接着说：杰出的人啊！我明确地回答了你问我的所有的问题。现在请听被神圣之人接受且十分机密的另一段叙述。

要旨　圣纳茹阿达 · 牟尼是巴尔黑施曼王的灵性导师。纳茹阿达 · 牟尼是想要通过教导君王，让他立刻停止从事功利性活动，转而做奉爱服务。然而，尽管君王了解他所说的一切，但还没准备停止他在做的事。正如下面的诗文所要揭示的，君王正在考虑派人去把他那些离家去苦修的儿子们召回来；他们回家后，他将把王国委托给他们，然后离开家。这是绝大多数人的状态。他们接受一位真正的灵性导师，听他讲课，但当灵性导师指出他们该离开家全心全意地做奉爱服务时，他们却犹豫不决。灵性导师的职责是教育门徒，直到他了解这种物质生活的方式——从事功利性活动没有任何好处。事实上，人应该从人生的一开始就做奉爱服务，正如《圣典博伽瓦谭》第7篇第6章的第1节诗中记载的，帕拉德王忠告说：有足够智慧的人应该从童年起就练习为至尊主做奉爱服务(kaumāra ācaret prājño dharmān bhāgavatān iha)。按照韦达经全部的指示，我们可以了解到，人除非培养奎师那意识，做奉爱服务，否则只不过是浪费时间在物质存在中从事功利性活动。纳茹阿达 · 牟尼因此决定给君王讲另一个寓言，以使他能放弃物质存在中的家庭生活。

第53节　क्षुद्रं चरं सुमनसां शरणे मिथित्वा
रक्तं षडङ्घ्रिगणसामसु लुब्धकर्णम् ।
अग्रे वृकानसुतृपोऽविगणय्य यान्तं
पृष्ठे मृगं मृगय लुब्धकबाणभिन्नम् ॥५३॥

kṣudraṁ caraṁ sumanasāṁ śaraṇe mithitvā
raktaṁ ṣaḍaṅghri-gaṇa-sāmasu lubdha-karṇam
agre vṛkān asu-tṛpo 'vigaṇayya yāntaṁ
pṛṣṭhe mṛgaṁ mṛgaya lubdhaka-bāṇa-bhinnam

kṣudram—在草地上 / caram—放牧 / sumanasām—美丽的花园的 / śaraṇe—在……的保护下 / mithitvā—与一个女性一起 / raktam—依恋 / ṣaṭ-aṅghri—熊蜂的 / gaṇa—成群的 / sāmasu—歌唱 / lubdha-karṇam—耳朵收到吸引的 / agre—在……前 / vṛkān—老虎 / asu-tṛpaḥ—以其他生物体的生命为代价生存的 / avigaṇayya—忽略 / yāntam—移动 / pṛṣṭhe—……的后面 / mṛgam—鹿 / mṛgaya—寻找 / lubdhaka—猎人的 / bāṇa—用箭 / bhinnam—将被刺穿

译文 我亲爱的君王，请找到一个正在美丽的花园内与它妻子一道忙着吃草的雄鹿。那头鹿很依恋它做的事，这时正在享受熊蜂在它花园内的甜美歌唱。请尝试了解它的处境：它不知道，有一头靠吃其他生物体的肉维生的老虎就在它前面，而它的背后有一个想要用利箭刺穿它的猎人。因此，这头鹿的生命危在旦夕。

要旨 这里讲的是一个寓言，君王被告知要在这个寓言中找到一头总是处在危险状态中的鹿。尽管有来自各方面的威胁，这头鹿却只顾在美丽的花园中吃草，不知道自己已身处险境。所有的生物体，尤其是人类，都以为自己在家中很快乐。正如置身于花园中聆听蜜蜂发出的甜美的嗡嗡声，人们都以家庭生活之美——妻子，为生活核心。蜜蜂的嗡嗡叫声可以被比作是孩子在讲话。人就像鹿一样，不知道自己面前就是老虎般可怕的时间，因此在这种无知的情况下享受他的家庭生活。生物从事的功利性活动仅仅是在为自己制造另一个危险的处境，迫使他接受不同的躯体。很多鹿都在沙漠中追寻水的幻象。鹿还非常喜欢性生活。结论是：像鹿一样生活的人，在一定的时候就会被杀死。正因为如此，韦达文献忠告我们要了解自己的原本状态和地位，要在死亡来临前开始做奉爱服务。《圣典博伽瓦谭》第11篇第9章的第29节诗说：

labdhvā sudurlabham idaṁ bahu-sambhavānte
mānuṣyam arthadam anityam apīha dhīraḥ
tūrṇaṁ yateta na pated anumṛtyu yāvan
niḥśreyasāya viṣayaḥ khalu sarvataḥ syāt

“生物在经历了许许多多次生死轮回后获得罕见的人体生命，这人体生命虽然短暂，但却给生物以达到最完美境界的机会。为此，清醒之人应该趁他那最终会死的躯体还没倒地死亡之前，赶快为获得生命的最高完美境界而努力。毕竟，感官享乐即使在最令人恶心的物种中都能找到，但奎师那意识只有在人体生命中才能被唤醒。”我们在许许多多生世后才得到这个人体，因此在死亡来临前，我们应该让自己为至尊主做超然的爱心服务。那才是人类生活所取得的成就。

第54节　सुमनःसमधर्मणां स्त्रीणां शरण आश्रमे
पुष्पमधुगन्धवत्क्षुद्रतमं काम्यकर्मविपाकजं काम-
सुखलवं जैह्व्यौपस्थ्यादि विचिन्वन्तं मिथुनीभूय
तदभिनिवेशितमनसं षडङ्घ्रिगणसामगीतवदति-
मनोहरवनितादिजनालापेष्वतितरामतिप्रलोभितकर्णम्
अग्रे वृकयूथवदात्मन आयुर्हरतोऽहोरात्रान्तान् काल-
लवविशेषानविगणय्य गृहेषु विहरन्तं पृष्ठत एव
परोक्षमनुप्रवृत्तो लुब्धकः कृतान्तोऽन्तः शरेण यमिह
पराविध्यति तमिममात्मानमहो राजन् भिन्नहृदयं
द्रष्टुमर्हसीति ॥५४॥

sumanaḥ-sama-dharmaṇāṁ strīṇāṁ śaraṇa āśrame puṣpa-madhu-gandhavat kṣudratamaṁ kāmya-karma-vipākajaṁ kāma-sukha-lavaṁ jaihvyaupasthyādi vicinvantaṁ mithunī-bhūya tad-abhiniveśita-manasaṁ ṣaḍaṅghri-gaṇa-sāma-gītavad atimanohara-vanitādi-janālāpeṣv atitarām atipralobhita-karṇam agre vṛka-yūthavad ātmana āyur harato 'ho-rātrān tān kāla-lava-viśeṣān avigaṇayya gṛheṣu viharantaṁ pṛṣṭhata eva parokṣam anupravṛtto lubdhakaḥ kṛtānto 'ntaḥ śareṇa yam iha parāvidhyati tam imam ātmānam aho rājan bhinna-hṛdayaṁ draṣṭum arhasīti

sumanaḥ—花朵 / sama-dharmaṇām—恰似 / strīṇām—女人的 / śaraṇe—在……的庇护中 / āśrame—居士生活 / puṣpa—在花朵中 / madhu—蜂蜜的 / gandha—芳香的 / vat—如同 / kṣudra-tamam—最微不足道的 / kāmya—欲望 / karma—活动 / vipāka-jam—作为……的结果获得 / kāma-sukha—感官享乐的 / lavam—一个碎片 / jaihvya—舌头的享乐 / aupasthya—性享乐 / ādi—始于…… / vicinvantam—总想着 / mithunī-bhūya—过性生活 / tat—他妻子身上 / abhiniveśita—总是专注于 / manasam—心……的 / ṣaṭ-aṅghri—熊蜂的 / gaṇa—成群的 / sāma—温和的 / gīta—歌唱 / vat—恰似 / ati—非常 / manohara—吸引人的 / vanitā-ādi—从妻子开始 / jana—人们的 / ālāpeṣu—谈话 / atitarām—极度的 / ati—非常 / pralobhita—受吸引 / karṇam—耳朵……的 / agre—前面的 / vṛka-yūtha—一群老虎 / vat—如同 / ātmanaḥ—自己的 / āyuḥ—寿命 / harataḥ—拿走 / ahaḥ-rātrān—日日夜夜 / tān—所有的 / kāla-lava-viśeṣān—每时每刻 / avigaṇayya—没考虑 / gṛheṣu—在居士生活中 / viharantam—享乐 / pṛṣṭhataḥ—从后面 / eva—肯定地 / parokṣam—没被看见 / anupravṛttaḥ—在后面跟着 / lubdhakaḥ—猎人 / kṛta-antaḥ—死亡的监督者 / antaḥ—在心中 / śareṇa—被箭 / yam—……的他 / iha—在这个世界里 / parāvidhyati—刺穿 / tam—那 / imam—这个 / ātmānam—你自己 / aho rājan—君王啊 / bhinna-hṛdayam—心脏被刺穿的人 / draṣṭum—看 / arhasi—你应该 / iti—如此

译文 我亲爱的君王，开始很有魅力但最后使人心神不宁的女性，恰似那开花时有吸引力而凋谢时令人讨厌的鲜花。正如人享受鲜花的芳香，被好色欲望缠住的生物，与女人共享性生活。他就这样靠舌头和生殖器享受满足感官的生活，认为自己在家庭生活中很快乐。与他妻子的结合，使他总是专注于这类想法。他妻子和孩子的谈话在他听来，就像那在花丛间采蜜的蜜蜂发出的甜美的哼唱声，使他感到非常愉快。他忘了他前面是随着日夜的飞逝带走他寿命的时间。他既看不到自己的寿命在逐渐缩短，也不在乎那在他身后试图杀死他的死神。请努力了解这一点。你正处在险境中，受到来自各方面的威胁。

要旨　物质生活意味着生物忘记自己作为奎师那的永恒仆人这一原本的状态，而居士生活(gṛhastha-āśrama)更加重了这种遗忘。在居士生活阶段，年轻的男人先接受一位年轻、漂亮的妻子，但随着时间的推移，在生了许多孩子后，人也变得越来越老，妻子要求丈夫做许多事情以维持整个家庭。这时，对许多男人来说，早年接受的妻子就变得令人讨厌了。使人依恋居士生活的原因只有两个：妻子为满足丈夫的舌头而烹煮美味佳肴，晚上满足丈夫的性要求。依恋居士生活的人总是想着美食和性享乐这两件事。妻子和孩子讲的话作为家庭生活的娱乐消遣，让生物感到受吸引。他就这样忘了自己总有一天要面临死亡，忘了如果自己想要被安置进一个舒适的躯体，就该现在为来生做准备。

伟大的圣人纳茹阿达用在花园中的鹿作比喻，让君王知道，他正身陷类似的罗网。事实上，所有的人都身陷在这种误导人的家庭生活中。生物就这样忘了自己必须回到自己真正的家园，回到首神身边，而是纠缠在家庭生活中。对此，《圣典博伽瓦谭》第7篇第5章的第5节诗中记载，帕拉德王提示说：人应该放弃妨碍人觉悟的躯体化的生命概念及黑井般的居士生活，去森林托庇于至尊人格首神(hitvātma-pātaṁ gṛham andha-kūpaṁ vanaṁ gato yad dharim āśrayeta)。家庭生活被视为一口黑井(andha-kūpam)，跌入其中的人在得不到帮助的情况下死去。帕拉德王建议，人应该趁自己还有理智，还足够强壮时，放弃家庭生活，托庇于至尊主的莲花足，到温达文森林中去。按照韦达文明，人在一定的年龄(五十岁)就要退出家庭生活，当瓦纳帕斯塔(vānaprastha, 与妻子一起朝圣灵修的人)，最终当托钵僧(sannyāsī)独自一人去传教。那是韦达文明中的社会四阶层和灵性四阶段制度所规定的内容。人在享受家庭生活后当托钵僧，就会取悦至尊主维施努。

人必须了解自己在家庭或世俗生活中的状态，这被称为智慧。人不该总是身陷家庭生活中，通过与妻子在一起满足自己的舌头和生殖器。这样做的人只是在糟蹋自己的生命。按照韦达文明，人必须在一定的年龄离开家庭。不幸的是，所谓过韦达式生活的人甚至到一生结束时都不愿意离开他们的家，必须被死亡强迫着离开。社会制度需要得到彻底的检修，人类社会应该恢复韦达制度——社会四阶层(varṇas)和灵性四阶段制度(āśramas)。

第 55 节 स त्वं विचक्ष्य मृगचेष्टितमात्मनोऽन्त-
श्चित्तं नियच्छ हृदि कर्णधुनीं च चित्ते ।
जह्यङ्गनाश्रममसत्तमयूथगाथं
प्रीणीहि हंसशरणं विरम क्रमेण ॥५५॥

sa tvaṁ vicakṣya mṛga-ceṣṭitam ātmano 'ntaś
cittaṁ niyaccha hṛdi karṇa-dhunīṁ ca citte
jahy aṅganāśramam asattama-yūtha-gāthaṁ
prīṇīhi haṁsa-śaraṇaṁ virama krameṇa

saḥ—那个人 / tvam—你 / vicakṣya—思考 / mṛga-ceṣṭitam—鹿的活动 / ātmanaḥ—自我的 / antaḥ—内在 / cittam—意识 / niyaccha—修正 / hṛdi—在心中 / karṇa-dhunīm—听觉 / ca—和 / citte—向意识 / jahi—放弃 / aṅganā-āśramam—居士生活 / asat-tama—最令人厌恶的 /

yūtha-gātham—满是男人和女人的故事 / prīṇīhi—只是接受 / haṁsa-śaraṇam—解脱灵魂的庇护 / virama—变得不执著 / krameṇa—逐渐地

译文 我亲爱的君王，请尝试了解那头鹿富有寓意的状态。请认清自己，不再听有关靠从事功利性活动提升到天堂星球的快乐。放弃充斥着性的居士生活，不再听有关这种事情的故事。依靠解脱了的灵魂的仁慈，托庇于至尊人格首神。请以这种方式去除对物质存在的依恋。

要旨 圣纳若塔玛·达斯·塔库尔在他的一首歌中写道：

karma-kāṇḍa, jñāna-kāṇḍa, kevala viṣera bhāṇḍa,
amṛta baliyā yebā khāya
nānā yoni sadā phire, kadarya bhakṣaṇa kare,
tāra janma adhaḥ-pāte yāya

“功利性活动和心智思辨只不过是一杯杯的毒药。认为毒药是甘露而喝下它们的人，必会在不同的躯体中生生世世地苦苦挣扎。这样的人吃各种垃圾，因为从事所谓感官享乐的罪恶活动而受到处罚。”

人们一般都迷恋世俗活动和心智思辨的功利性结果。他们一般都想被提升到天堂星球，融入梵的存在，或者留在因为舌头和生殖器的快乐而使人着迷的家庭生活中。伟大的圣人纳茹阿达明确指示巴尔黑施曼王，不要让自己的一生都消耗在居士生活阶段。过居士生活的人意味着受妻子的控制。人必须放弃所有这一切，托庇于至尊天鹅(paramahaṁsa-āśrama)，也就是把自己置于灵性导师的控制下。托庇于至尊天鹅就是托庇于至尊人格首神，灵性导师们都托庇于至尊人格首神的照顾。《圣典博伽瓦谭》第11篇第3章的第21节诗，说明了真正的灵性导师的特征。

tasmād guruṁ prapadyeta
jijñāsuḥ śreya uttamam

śābde pare ca niṣṇātaṁ
brahmaṇy upaśamāśrayam

“真心想要得到真正快乐的人，必须去找一位真正的灵性导师，经由接受他的启迪得到他的保护。灵性导师的资格是，他必须通过深思熟虑和辩论领悟了经典的结论，从而能够使他人也信服这些结论。应该明白，这些完全托庇于至尊首神而没有丝毫物质考量的伟大人物，是真正的灵性导师。”

至尊天鹅(paramahaṁsa)是托庇于至尊人格首神(Parabrahman)的人。人如果托庇于至尊天鹅灵性导师，就会靠他的训练和教导逐渐脱离物质生活，最终回归家园，回到首神身边。这节诗中的“充斥着男人和女人的故事的最令人厌恶的居士生活(aṅganāśramam asatta-ma-yūtha-gātham)”一句非常重要。整个世界都在错觉能量玛亚的钳制中，都在女人的控制下。人不仅受作为自己妻子的女人控制，而且也受许许多多性文学的控制。那是致使人被捆绑在物质世界里的原因。光靠自己的努力无法切断这样令人作呕的接触，但如果托庇于真正的灵性导师——至尊天鹅，就可以逐渐提升到灵性生活的层面。

韦达经中激励人把自己提升到天堂星球或使自己与至尊者合一的动听话语，是为《博伽梵歌》中描述的那些知识被错觉能量偷走的欠缺智慧之人准备的。了解受制约的物质生活的痛苦，是真正的知识。人应该托庇于真正解脱了的灵魂——灵性导师，逐渐将自己提升到灵性的层面，从而变得不依恋物质世界。按照圣维施瓦纳特·查夸瓦尔提·塔库尔的说法，“解脱灵魂的庇护(haṁsa-śaraṇam)”是指圣洁之人居住的小屋。圣人一般都住在森林中的僻静处或茅草屋中。然而，我们应该注意到，时代变了。去森林住在茅草屋中对圣洁之人自己的利益有帮助，但人如果传播知识，尤其是在西方国家传教，他必须邀请许多习惯于住在舒适的公寓中的人来听讲座。因此在这个年代，圣人应该做适当的安排接待人们，吸引他们接受有关奎师那意识的信息。圣巴克提希丹塔·萨茹阿斯瓦提·塔库尔(Bhaktisiddhānta Sarasvatī Ṭhākura)，也许是为了吸引大城市中的大众而第一位坐汽车并住进宫殿般建筑的圣人。关键是，人必须与圣洁之人交往、联谊。在这个年代，人们不会去森林寻找圣人，所以圣人和智者不得不来到大城市，做出安排，接待习惯于现代舒适的物质生活的大众。这类人一般会认识到，宫殿般的建筑或舒适的公寓一点都不是必需的；真正的需要是想方设法挣脱物质捆绑。圣茹帕·哥斯瓦米指示我们说：

anāsaktasya viṣayān
yathārham upayuñjataḥ
nirbandhaḥ kṛṣṇa-sambandhe
yuktaṁ vairāgyam ucyate

“当人不再受任何事物的吸引，但同时承认一切都与奎师那有关系时，人就正确地超越了拥有感。”(《奉爱服务的纯粹甘露之洋》1.2.255)

人不该受物质财富的吸引，但可以把物质财富用于开展奎师那意识运动。换句话说，可以怀着弃绝的心态(yukta-vairāgya)利用物质财富。

第 56 节

राजोवाच
श्रुतमन्वीक्षितं ब्रह्मन् भगवान् यदभाषत ।
नैतज्ज्ञानन्त्युपाध्यायाः किं न ब्रूयुर्विदुर्यदि ॥५६॥

rājovāca
śrutam anvīkṣitaṁ brahman
bhagavān yad abhāṣata
naitaj jānanty upādhyāyāḥ
kiṁ na brūyur vidur yadi

rājā uvāca－君王说 / śrutam－被听到 / anvīkṣitam－被考虑 / brahman－布茹阿玛纳啊 / bhagavān－最强有力的 / yat－……的 / abhāṣata－你所说的 / na－不 / etat－这 / jānanti－知道 / upādhyāyāḥ－功利性活动的教师 / kim－为什么 / na brūyuḥ－他们不教导 / viduḥ－他们明白 / yadi－如果

译文 君王回答道：亲爱的布茹阿玛纳，我专注地聆听了您所说的一切，并在思考这一切后得出结论，让我从事功利性活动的导师不知道这机密的知识。他们如果知道，为什么不给我解释呢？

要旨 事实上，物质世界所谓的教师或领袖对人生的目的一无所知。《博伽梵歌》第7章的第15节诗中说，他们是被错觉窃取了知识的人(māyayāpahṛta jñānāḥ)。他们看起来像是博学的学者，但实际上错觉能量的影响已经拿走了他们的知识。能让人找到奎师那的知识是真正的知识。《博伽梵歌》第15章的第15节诗中说：研究韦达经的目的是要知道我(vedaiś ca sarvair aham eva vedyaḥ)。所有的韦达知识都在指导人找到奎师那，因为奎师那是一切的源头。《圣典博伽瓦谭》第1篇第1章的第1节诗中说：奎师那是展示了的物质宇宙创造、维系和毁灭的根源(janmādy asya yataḥ)。在《博伽梵歌》第10章的第2节中，主奎师那说："我是半神人的源头(aham ādir hi devānāṁ)。"因此，奎师那是包括主布茹阿玛、主希瓦(Śiva)和其他所有半神人的起源。韦达祭祀仪式是为满足不同的半神人而设的，但人除非十分进步，否则无法了解最原初的人物是圣奎师那(govindam ādi-puruṣaṁ tam ahaṁ bhajāmi)。

听了纳茹阿达的教导后，巴尔黑施曼王清醒过来，明白了人生真正的目标是获得为至尊人格首神做奉爱服务的机会。君王于是决定拒绝那些只是让他们的追随者举行惯例性仪式，但却不给予对人生目标以有效指示的所谓祭司们。现如今，全世界的教堂、庙宇和清真寺都没有多少人去，因为愚蠢的神职人员无法把他们的追随者提升上知识的层面。他们自己都不了解人生真正的目标，所以只有让他们的会众停留在愚昧的状态中。正因为如此，受过很好教育的人既对惯例性仪式不感兴趣，同时又得不到真正知识的利益。这场奎师那意识运动对教育社会各阶层人士都很重要。人们应该以巴尔黑施曼王为榜样，好好把握这场奎师那意识运动给人带来的利益，抛弃以各种宗教名义所举行的陈旧的惯例性仪式。哥斯瓦米们从一开始就不同意祭司阶层忙于惯例性仪式的做法。事实上，圣萨纳坦·哥斯瓦米为指导外士纳瓦们，汇编了《对主哈尔依的奉爱之美》(Hari-bhakti-vilāsa)。外士纳瓦不在乎祭司阶层从事的那些毫无生命力的活动，而是全身心投入地增进奎师那意识，争取在这一生达到完美境界。这在上一节诗被描述为是托庇于解脱了的灵魂(paramahaṁsa)，在这一生获得圆满的结果(paramahaṁsa-śaraṇam)。

第 57 节 संशयोऽत्र तु मे विप्र सञ्छिन्नस्तत्कृतो महान् ।
ऋषयोऽपि हि मुह्यन्ति यत्र नेन्द्रियवृत्तयः ॥५७॥

saṁśayo 'tra tu me vipra
sañchinnas tat-kṛto mahān
ṛṣayo 'pi hi muhyanti
yatra nendriya-vṛttayaḥ

saṁśayaḥ—怀疑 / atra—这里 / tu—但 / me—我的 / vipra—布茹阿玛纳啊 / sañchinnaḥ—澄清 / tat-kṛtaḥ—由那完成 / mahān—非常伟大 / ṛṣayaḥ—伟大的圣人 / api—甚至 / hi—肯定地 / muhyanti—被迷惑 / yatra—那里 / na—不 / indriya—感官的 / vṛttayaḥ—活动

译文 亲爱的布茹阿玛纳，您的教导和那些让我从事功利性活动的灵性导师的教导是抵触的。现在我可以明白奉爱服务、知识和弃绝之间的区别了。就有关这些，我本有些疑问，但您现在非常仁慈地去除了所有的疑问。我现在可以明白，为何就连大圣人都被生命的真正目的所迷惑。当然，并不存在感官享乐的问题。

要旨 巴尔黑施曼王为升上天堂星球而忙着举行各种不同的祭祀。正如圣柴坦亚·玛哈帕布所证实的，人们一般都受这些活动的吸引，很少有人受奉爱服务的吸引。人除非极为幸运，否则不会开始做奉爱服务。就连所谓的博学的韦达学者都对奉爱服务感到困惑。他们一般都是为了感官享乐而受宗教仪式的吸引。奉爱服务中没有感官享乐，而只有为至尊主做超然的爱心服务。因此，进行感官享乐的所谓的祭司，不喜欢奉爱服务。那些祭司——布茹阿玛纳，从主柴坦亚·玛哈帕布大规模发动这场奎师那意识运动的一开始就予以反对。当柴坦亚·玛哈帕布开始这场运动时，祭司阶层的人就去向穆斯林政府的地方行政长官抱怨。柴坦亚·玛哈帕布不得不领导不合作运动，反对所谓的韦达原则的追随者们所做的宣传。这些人被描述为是“为获得物质利益而举行仪式的祭司(karma jaḍa-smārtas)”。这节诗中说，这种人变得迷惑(ṛṣayo 'pi hi muhyanti)。为了使自己免受“迷恋仪式典礼的祭司”的害，人应该严格按照至尊人格首神在《博伽梵歌》第18章的第66节诗的指示做，即：

sarva-dharmān parityajya
mām ekaṁ śaraṇaṁ vraja
ahaṁ tvāṁ sarva-pāpebhyo
mokṣayiṣyāmi mā śucaḥ

“抛弃一切种类的宗教，只向我皈依。我将把你从所有的恶报中解救出来。不必害怕！”

第58节 कर्माण्यारभते येन पुमानिह विहाय तम् ।
अमुत्रान्येन देहेन जुष्टानि स यदश्नुते ॥५८॥

karmāṇy ārabhate yena
pumān iha vihāya tam
amutrānyena dehena
juṣṭāni sa yad aśnute

karmāṇi—功利性活动 / ārabhate—开始执行 / yena—通过 / pumān—生物体 / iha—在他的生活中 / vihāya—放弃 / tam—那 / amutra—在下一生 / anyena—另一个 / dehena—被一个躯体 / juṣṭāni—结果 / saḥ—他 / yat—那 / aśnute—享受

译文　生物要在下一生承受他在这一生所做一切的结果。

要旨　人们一般都不知道一个躯体怎么跟另一个躯体相连。在这个躯体里从事活动的结果，怎么可能会在来世的下一个躯体中去享受或受苦？这是君王想要问纳茹阿达·牟尼的问题。在这一生中有一个人类之躯的生物，怎么会在来世就没有呢？就连大哲学家和科学家都无法说明业报是怎么从一个躯体转移到另一个躯体去的。我们的实际经验是，每一个个体灵魂都有一个特定的躯体，一个人的活动或一个躯体的活动，无法由另一个人或另一个躯体代替去享受或受苦。问题是，一个躯体的活动怎么会使下一个躯体受苦或享受。

第 59 节　इति वेदविदां वादः श्रूयते तत्र तत्र ह ।
कर्म यत्क्रियते प्रोक्तं परोक्षं न प्रकाशते ॥५९॥

iti veda-vidāṁ vādaḥ
śrūyate tatra tatra ha
karma yat kriyate proktaṁ
parokṣaṁ na prakāśate

iti—如此 / veda-vidām—了解韦达结论的人的 / vādaḥ—这论题 / śrūyate—听到 / tatra tatra—这里和那里 / ha—肯定地 / karma—活动 /

yat—什么 / kriyate—被执行 / proktam—如其所说 / parokṣam—不知道 / na prakāśate—不直接展示

译文 精通韦达结论的人说，生物享受他前生的活动结果或为之受苦。但我们实际看到，那个在前生从事活动的躯体已经失去。那么，生物在另一个躯体中怎么可能享受活动的结果或为之受苦呢？

要旨 无神论者想要得到对过去活动的结果性作用的证明，因此便问："能够证明我享受过去活动的结果，或为之受苦的证据在哪里？"他们不知道精微的躯体是如何把在现有躯体中从事活动的结果带到下一个躯体中的。现有的躯体那粗糙的外壳——肉身，也许完结了，但精微躯体还在；它带着灵魂进入下一个躯体。事实上，粗糙的躯体有赖于精微的躯体。因此，下一个粗糙的躯体必然按照精微躯体的状况享乐或受苦。精微躯体一直携带着灵魂，直到灵魂摆脱物质的束缚为止。

第 60 节 नारद् उवाच
येनैवारभते कर्म तेनैवामुत्र तत्पुमान् ।
भुङ्क्ते ह्यव्यवधानेन लिङ्गेन मनसा स्वयम् ॥६०॥

nārada uvāca
yenaivārabhate karma
tenaivāmutra tat pumān
bhuṅkte hy avyavadhānena
liṅgena manasā svayam

nāradaḥ uvāca—纳茹阿达说 / yena—由那 / eva—肯定地 / ārabhate—开始 / karma—功利性活动 / tena—由那躯体 / eva—肯定地 / amutra—在下一生 / tat—那 / pumān—生物体 / bhuṅkte—享受 /

hi－因为 / avyavadhānena－毫无改变 / liṅgena－通过精微躯体 / manasā－由心念 / svayam－亲自

译文　伟大的圣人纳茹阿达继续道：生物在这一生中于粗糙的躯体内行事。这躯体被由心念、智力和假我组成的精微躯体驱使着做事。粗糙的躯体失去后，精微的躯体依然还在享乐或受苦。因此，实际情况并未改变。

要旨　生物有两类躯体，精微的躯体和粗糙的躯体。事实上，他透过由心念、智力和自我意识组成的精微躯体享乐或受苦。粗糙的躯体是外在的包裹。粗糙的躯体失去或死后，心念、智力和假我(错误的自我意识)这些使粗糙躯体形成的根源还继续存在，导致另一个粗糙躯体的产生。尽管粗糙躯体看起来一直在更换，但导致粗糙躯体形成的真正根源，由心念、智力和错误的自我意识组成的精微躯体一直都在。精微躯体从事的虔诚或不虔诚的活动，为生物下一个粗糙躯体中的享乐或受苦制造了另一个环境。因此，精微躯体继续存在，粗糙躯体则一个一个地更换。

由于现代科学家和哲学家都太物质化，由于他们的知识被错觉能量带走了，他们无法解释粗糙的躯体是如何更换的。物质主义哲学家达尔文试图研究粗糙躯体的更换，但他因为既没有精微躯体的知识，也没有有关灵魂的知识，所以无法清楚地解释进化的程序究竟是怎样的。生物可以不断地更换粗糙的躯体，但他的工作是在精微躯体中进行的。人们无法了解精微躯体的活动，因此对一个粗糙躯体的活动如何影响下一个粗糙躯体这一点迷惑不解。精微躯体的活动也受超灵的指导，正如《博伽梵歌》第15章的第15节诗所解释的：

sarvasya cāhaṁ hṛdi sanniviṣṭo
mattaḥ smṛtir jñānam apohanaṁ ca

“我在众生的心中。记忆、知识和遗忘都来自我。”

由于至尊人格首神作为超灵始终在指导个体灵魂，个体灵魂也就一直知道如何按照他过去活动的反应行事。换句话说，超灵提醒他以这种方式行事。因此，尽管表面上看粗糙的躯体在更换，但个体灵魂的生生世世之间都有精微躯体作连接。

第61节 शयानमिममुत्सृज्य श्वसन्तं पुरुषो यथा ।
कर्मात्मन्याहितं भुङ्क्ते तादृशेनेतरेण वा ॥६१॥

śayānam imam utsṛjya
śvasantaṁ puruṣo yathā
karmātmany āhitaṁ bhuṅkte
tādṛśenetareṇa vā

śayānam—躺在床上 / imam—这个躯体 / utsṛjya—在放弃后 / śvasantam—呼吸 / puruṣaḥ—生物体 / yathā—如同 / karma—活动 / ātmani—在心中 / āhitam—执行 / bhuṅkte—享受 / tādṛśena—以一个类似的躯体 / itareṇa—以不同的躯体 / vā—或者

译文 正在做梦的生物放弃真正有活力的躯体。他透过他的心念和智力在另一个半神人或狗的躯体里行事。在放弃这个粗糙的躯体后，生物要么进入一个动物的躯体，要么进入一个在这个星球上或另一个星球上的半神人的躯体，以此享受他在前世从事活动的结果。

要旨 尽管痛苦和快乐的根源是心念、智力和错误的自我意识，但还是需要有粗糙的躯体作为享乐的工具。粗糙的躯体也许会变，但是精微的躯体一直在活动。生物除非得到另一个粗糙的躯体，否则将会继续留在一个精微的躯体中，或说一个鬼魂的躯体中。鬼魂就是生物在没有粗糙躯体作为工具的情况下以精微躯体行事的状态。正如这节诗中所说："正在做梦的生物放弃真正有活力的躯体(śayānam imam utsṛjya śvasantam)"。粗糙的躯体也许躺在床上休息，即使粗糙躯体这台机器还在工作，生物有可能离开、进入梦中，然后再返回粗糙的躯体内。他回到现有的粗糙躯体后，便忘了他的梦。同样，生物接受另一个粗糙躯体时，就忘了现有的粗糙躯体。结论是：由心念、智力和错误的自我意识组成的精微躯体，用各种欲望和雄心制造了一种生物可以在其中享受的精微躯体。事实上，生物始终在精微的躯体中，即使表面看他的粗糙躯体一直在变化，甚至他住进了各个星球上的不同躯体中。生物在精微躯体中从事的一切活动都被说成是梦幻似的，因为它们都不长久。解脱意味着从精微躯体的钳制中脱身而出。摆脱粗糙的躯体只不过是灵魂从一个粗糙躯体移居到另一个粗糙的躯体中。当心念受到奎师那意识或处在善良属性层面上的高等意识的教育后，生物就会被提升到天堂星球或灵性世界外琨塔星球上。因此，人通过师徒传承接收至尊人格首神给予的韦达教导，通过学习这些知识改变自己的意识。如果我们通过在此生一直想着奎师那来训练我们的精微躯体，我们就会在离开粗糙的躯体后上升到奎师那珞卡。对此，至尊人格首神证实说：

janma karma ca me divyam
evaṁ yo vetti tattvataḥ
tyaktvā dehaṁ punar janma
naiti mām eti so 'rjuna

“阿尔诸纳啊！谁能了解我显现和活动的超然本质，谁就在离开躯体后到达我永恒的住所，不再投生于这个物质世界。”(《博伽梵歌》4.9)

所以，更换粗糙的躯体并不是很重要，重要的是改变精微躯体。奎师那意识运动教育人们摆脱精微躯体的愚昧。在这方面的完美典范是安巴瑞施王(Ambarīṣa Mahārāja)，《圣典博伽瓦谭》第9篇第4章的第18节诗中说，他总是使自己全神贯注于主奎师那的莲花足(sa vai manaḥ kṛṣṇa-padāravindayoḥ)。同样，我们在这一生中应该始终把我们的心智专注在奎师那的莲花足上，祂以神像化身(arcā-vigraha)出现在神庙中；我们还应该一直不断地致力于对祂的崇拜。如果我们用我们的话语描述至尊主的活动，用我们的耳朵聆听有关祂的娱乐活动，遵守规范原则以便全心全意地增强奎师那意识，我们无疑就会上升到灵性的层面上。到我们面对死亡时，我们的心念、智力和自我意识已经没有了物质污染。生物一直在，心念、智力和自我意识也都在。当心念、智力和自我意识得到净化后，生物所有的活动感官就变成灵性的，从而获得他永恒、极乐和充满知识(sac-cid-ānanda)的形象。至尊主始终保持祂永恒、极乐、充满知识的形象，生物虽然是至尊主不可缺少的一部分，但在想要来这个物质世界进行物质享乐时受到物质的污染。就有关如何回归家园，回到首神身边，至尊主本人在《博伽梵歌》第9章的第34节诗中给予教导说：

man-manā bhava mad-bhakto
mad-yājī māṁ namaskuru
mām evaiṣyasi yuktvaivam
ātmānaṁ mat-parāyaṇaḥ

“总用心想着我；成为我的奉献者，向我顶礼，崇拜我。你这样全神贯注于我，就一定会来到我这里。”

第62节 ममैते मनसा यद्यदसावहमिति ब्रुवन् ।
गृह्णीयात्तत्पुमान् राद्धं कर्म येन पुनर्भवः ॥६२॥

mamaite manasā yad yad
asāv aham iti bruvan
gṛhṇīyāt tat pumān rāddhaṁ
karma yena punar bhavaḥ

mama—心念 / ete—所有这些 / manasā—由心念 / yat yat—无论什么 / asau—那 / aham—我(是) / iti—如此 / bruvan—接受 / gṛhṇīyāt—

他携带着 / tat－那 / pumān－生物体 / rāddham－完美的 / karma－工作 / yena－由那 / punaḥ－再次 / bhavaḥ－物质存在

译文 生物为“我是这，我是那。这是我的责任，因此我该做这件事”的躯体概念而苦恼。这些都是心中制定的计划，所有这些活动都是短暂的。然而，靠至尊人格首神的恩典，生物得到实现所有这些计划的机会，并因而得到另一个躯体。

要旨 人只要专注于躯体概念，他就会在那个层面上活动。这并不难理解。在这个世界上，我们看到每一个国家都在试图取代另一个国家，每一个人都在与自己的同伴竞争。所有这些活动都打着文明进步的名义在进行。人们不断制定出使躯体舒适的计划，这些计划在粗糙的躯体毁灭后都继续由精微的躯体携带着。“肉体毁灭后，灵魂也就不存在”这一认识，并不反映事实真相。尽管这世上的许多大哲学家和导师都有“一切都随肉体毁灭而结束”的概念，但那并非事实。纳茹阿达·牟尼在这节诗中说，人死后把他的计划也带走(gṛhṇīyāt)，并在下一个躯体中继续执行这些计划。这称为“再一次的物质生存(punar bhavaḥ)”。当粗糙的躯体(肉身)不能再用时，心念就会带着生物的计划，在来生凭着至尊主的恩典得到一个完成这些计划的机会。这称为业报(karma)定律。心念只要还专注于业报定律，就必然会在来生得到一个特定的躯体。

业报是使这个躯体更舒适或更痛苦的功利性活动的集合体。我亲眼看到一个人在临死时要求他的医生尽量争取让他多活四年，以便他能完成自己的计划。这意味着，他在死亡时还在想着他的计划。他的躯体毁灭后，他无疑就会用由心念、智力和错误的自我意识组成的精微躯体带走他的计划。这样，凭总是处在生物体心中的至尊主——超灵的恩典，他会得到另一个机会。

sarvasya cāhaṁ hṛdi sanniviṣṭo
mattaḥ smṛtir jñānam apohanaṁ ca

"我在众生的心中。记忆、知识和遗忘都来自我。"(《博伽梵歌》15.15)

在来世，人从超灵那里得到记忆，再开始执行前生未完成的计划。对此，《博伽梵歌》的另一节诗中解释说：

īśvaraḥ sarva-bhūtānāṁ
hṛd-deśe 'rjuna tiṣṭhati
bhrāmayan sarva-bhūtāni
yantrārūḍhāni māyayā

"阿尔诸纳啊！每个生物都坐在一台由物质能量制成的机器上，至尊主处在他们心中，指导他们周游四方。"(《博伽梵歌》18.61)生物坐在由物质自然给予的运载工具上，依靠心中超灵的提示，在全宇宙中奋争，以实现自己的计划，心中想着"我是布茹阿玛纳(婆罗门)"、"我是查锤亚(刹帝利)"、"我是美国人"、"我是印度人"，等等。所有这些名号的本质都一样。"当布茹阿玛纳比当美国人强"或"当美国人比黑人强"，这些根本没有意义。毕竟所有这些躯体化的物质概念都受物质自然属性的影响。

第 63 节 यथानुमीयते चित्तमुभयैरिन्द्रियेहितैः ।
एवं प्राग्देहजं कर्म लक्ष्यते चित्तवृत्तिभिः ॥६३॥

yathānumīyate cittam
ubhayair indriyehitaiḥ
evaṁ prāg-dehajaṁ karma
lakṣyate citta-vṛttibhiḥ

yathā—如同 / anumīyate—可以想象的 / cittam—人的意识或心理状况 / ubhayaiḥ—两者 / indriya—感官的 / īhitaiḥ—由各种活动 /

evam－同样 / prāk－以前的 / dehajam－由躯体执行的 / karma－活动 / lakṣyate－可感知的 / citta－意识的 / vṛttibhiḥ－由活动

译文　人可以透过获取知识的感官和活动感官这两种感官的活动，了解一个生物的心态或意识状态。同样，透过一个人的心理状态或意识状态，人可以了解他前世生活的状态。

要旨　俗话说"相由心生"。人生气的时候，他脸上就会立刻表现出来。同样道理，其他心理状态也会由粗糙躯体的动作表现出来。换句话说，粗糙躯体的活动是内心状态的体现。思考、感觉和意志都是内心的活动。内心的意志就会通过身体的行动展现出来。结论是透过身体和感官的活动，我们可以明白内心的状态。内心的状态受过去躯体所从事过的活动的影响。当内心与某个感官连接上时，感官立刻以某种方式展现内心的意图。例如：内心愤怒时，舌头就会发出振荡，说出许多不好听的话。同样，当内心的愤怒通过手表达时，就是打人；透过腿表达时，就是踢。内心的精微活动可以透过不同的感官以各种各样的方式表现出来。具有奎师那意识的人的内心以同样的方式行事，与不同的感官连接，结果是：舌头吟诵、吟唱哈瑞·奎师那(Hare Kṛṣṇa)这首伟大的曼陀；在心醉神迷的奎师那意识状态下双手上举，双腿舞蹈。这些表现梵文术语称为八种超然的变化(aṣṭa-sāttvika-vikāra)。这些变化是内心在善良属性状态下或有时在超然的心醉神迷的影响下的表现。

第64节　नानुभूतं क्व चानेन देहेनादृष्टमश्रुतम् ।
कदाचिदुपलभ्येत यद्रूपं यादृगात्मनि ॥६४॥

nānubhūtaṁ kva cānena
dehenādṛṣṭam aśrutam

kadācid upalabhyeta
yad rūpaṁ yādṛg ātmani

na—从未 / anubhūtam—体验到 / kva—在任何时刻 / ca—也 / anena dehena—由这个身体 / adṛṣṭam—从未看到 / aśrutam—从未听到 / kadācit—有时 / upalabhyeta—可以体验到 / yat—……的 / rūpam—形象 / yādṛk—无论哪一类 / ātmani—心中

译文 我们有时突然体验到某种以前在这个现有的躯体中从未通过看或听体验过的事，有时在梦中突然看到这类事。

要旨 我们有时在梦中看到我们在这个身体中从未体验过的事，有时在梦中感到自己在空中飞翔，尽管我们从没有飞过。这意味着在我们的一次前生当中，要么当过半神人，要么当过宇航员，在空中飞过。在心念的记忆库中有这一印象，有一天它自己就突然传递出来。那就像水深处有时会有发酵产生，随后会有一串水泡升上水面。我们有时梦到去一个我们这一生从未到过或见过的地方，这证明我们在前生有关体验。这印象一直存在于我们的心念中，有时就会在梦中或思想中展现出来。结论是：心念是我们所有前世的各种思想和体验的储存库。因此在每一生之间有连接的链条，从过去的生生世世到今生，从今生到未来的生生世世。这有时也证明一个人生来就是诗人，生来就是科学家或生来就是奉献者的说法。如果我们像《圣典博伽瓦谭》第9篇第4章的第18节诗记载的安巴瑞施王那样，在这一生中一直不断地想着奎师那(sa vai manaḥ kṛṣṇa-padā-ravindayoḥ)，我们无疑就会在死亡时被转升到神的王国。即使我们培养奎师那意识的努力还不够彻底，我们也会在来生继续培养奎师那意识。对此，《博伽梵歌》第6章的第41节诗证实说：

prāpya puṇya-kṛtāṁ lokān
uṣitvā śāśvatīḥ samāḥ
śucīnāṁ śrīmatāṁ gehe
yoga-bhraṣṭo 'bhijāyate

“不成功的瑜伽师在虔诚生物居住的星球上享受许许多多年以后，投生在正直或富贵的人家里。”

如果我们严格按照冥想奎师那的原则做，我们来生就被转升到奎师那珞卡——哥珞卡·温达文。

第 65 节　तेनास्य तादृशं राजँल्लिङ्गिनो देहसम्भवम् ।
श्रद्धत्स्वाननुभूतोऽर्थो न मनः स्प्रष्टुमर्हति ॥६५॥

tenāsya tādṛśaṁ rājal̐
liṅgino deha-sambhavam
śraddhatsvānanubhūto ’rtho
na manaḥ spraṣṭum arhati

tena—因此 / asya—生物体的 / tādṛśam—向那 / rājan—君王啊 / liṅginaḥ—被精微的心智覆盖的 / deha-sambhavam—在前一个躯体中生产的 / śraddhatsva—把它接受为事实 / ananubhūtaḥ—没感知到 / arthaḥ——件事 / na—从未 / manaḥ—在心中 / spraṣṭum—展示 / arhati—能够

译文　因此，我亲爱的君王，有心智这层精微覆盖层的生物体，因前一个躯体而发展出各种思想或想象。相信我，在前一个躯体中没有体验过的事，心中是想象不出来的。

要旨　kṛṣṇa-bahirmukha hañā bhoga-vāñchā kare
nikaṭa-stha māyā tāre jāpaṭiyā dhare

《对神的爱所引发的转变》(Prema-vivarta)

“遗忘了奎师那的生物从无法追溯的时候起受到外在能量的

吸引。为此，错觉能量(玛亚)在他的物质存在中给予他所有种类的痛苦。”

事实上，至尊人格首神奎师那是至高无上的享乐者。生物想要模仿至尊主时，就被赐予一个机会，实现他想要主宰物质自然的欲望。那是他坠落的开始。他只要还在这个物质环境中，就有一个储存所有物质欲望的心念当运载他的精微工具。这样的欲望在不同形象的躯体中展现。圣纳茹阿达·牟尼要求君王接受他所说的这一事实，因为他是权威人士。结论是：心念是我们过去欲望的储存库，我们因为过去的欲望而有了现在这个躯体。同样道理，我们在现有的这个躯体中无论有什么欲望，就会在将来的躯体中展现出来。因此，心念是各种躯体的根源。

如果心念被奎师那意识所净化，生物自然就会在将来得到一个灵性的、充满奎师那意识的身体。这样的身体就是我们原本的形象；就有关这一点，《永恒的柴坦亚经》中篇第20章的第108节诗记载，圣柴坦亚·玛哈帕布证实说：众生原本都是奎师那永恒的仆人(jīvera 'svarūpa' haya-kṛṣṇera 'nitya-dāsa')。为至尊主做奉爱服务的人，被视为是甚至在这一生就解脱了的灵魂。对此，圣茹帕·哥斯瓦米证实说：

īhā yasya harer dāsye
karmaṇā manasā girā
nikhilāsv apy avasthāsu
jīvan-muktaḥ sa ucyate

“用自己的身体、心念和话语为至尊主做超然服务的人，被认为是摆脱了物质存在的一切束缚。”(《奉爱服务的纯粹甘露之洋》1.2.187) 奎师那意识运动就以这一原则为基础。我们必须教导人们始终专注地为至尊主做服务，因为那种状态是他们原本的状态。总是为至尊主做服务的人，应该被认为是已经解脱了。《博伽梵歌》第14章的第26节诗也证实这一点说：

mām ca yo 'vyabhicāreṇa
bhakti-yogena sevate
sa guṇān samatityaitān
brahma-bhuyāya kalpate

“在任何情况下都全心全意地做奉爱服务，就能立刻超越物质自然属性，达到梵的层面。”正因为如此，奉献者超越物质自然三种属性，甚至超越布茹阿玛纳的层面。一个布茹阿玛纳也有可能受激情(rajo-guṇa)和愚昧(tamo-guṇa)这两种低等属性的污染。内心没有丝毫物质欲望，而且从不进行经验主义哲学思辨、从不从事功利性活动的纯粹奉献者，永远超越物质制约，永远是解脱的。

第66节　मन एव मनुष्यस्य पूर्वरूपाणि शंसति ।
भविष्यतश्च भद्रं ते तथैव न भविष्यतः ॥६६॥

mana eva manuṣyasya
pūrva-rūpāṇi śaṁsati
bhaviṣyataś ca bhadraṁ te
tathaiva na bhaviṣyataḥ

manaḥ—心念 / eva—肯定地 / manuṣyasya—人的 / pūrva—过去 / rūpāṇi—形象 / śaṁsati—表明 / bhaviṣyataḥ—即将出生者的 / ca—也 / bhadram—好运 / te—向你 / tathā—如此 / eva—肯定地 / na—不 / bhaviṣyataḥ—即将出生者的

译文　君王啊，祝你有所有的好运！在生物与物质自然的接触过程中，不同的心念导致他得到不同特定的躯体。根据一个人的心态可以明白他前世是什么，今后会得到什么样的躯体。因此，心念表明过去和未来的身体。

要旨　心念是一个生物过去生活的反映及未来生活的预示。如果一个人这一生是至尊主的奉献者，就说明他在以前的生世中做过奉爱服务。同样道理，如果一个人的心中总想着邪恶的念头，那他在前生就曾是个罪犯。就这样，根据人的想法，我们可以了解今后会发生什么。《博伽梵歌》第14章的第18节诗说：

ūrdhvaṁ gacchanti sattva-sthā
madhye tiṣṭhanti rājasāḥ
jaghanya-guṇa-vṛtti-sthā
adho gacchanti tāmasāḥ

“受制于善良属性的人，逐渐走向更高的星球；受制于激情属性的人，生活在与地球相似的星球上；受制于可恶的愚昧属性的人，坠入地狱般的世界。”

受善良属性影响的人的内心活动，将把他提升到高等星系上。同样道理，如果他的想法很低级，他未来的生活就会是最令人憎恶的。生物的生生世世，无论是过去或未来，都由内心的状态表明了。在这节诗中，纳茹阿达·牟尼祝愿君王有所有的好运，以便君王不再想要得到什么或为感官享乐而制定计划。君王希望在来生有更好的生活，因此举行功利性的祭祀仪式。纳茹阿达·牟尼想要他抛弃全部的内心策划。正如前面解释过的，无论是天堂中的躯体还是地狱中的躯体，都是由我们的内心想法产生的，物质生活的痛苦与享乐只不过是内心作用的结果，都发生在心之战车上(mano-ratha)。因此，经典中说：

yasyāsti bhaktir bhagavaty akiñcanā
sarvair guṇais tatra samāsate surāḥ
harāv abhaktasya kuto mahad-guṇā
mano-rathenāsati dhāvato bahiḥ

“对人格首神有坚定不移的奉爱之情的人，具有半神人所有的美好品质。但不是至尊主奉献者的人只有微不足道的物质品质。这是因为他在心念的层面上徘徊，所以无疑会受到耀眼的物质能量的吸引。”(《圣典博伽瓦谭》5.18.12)

人除非成为至尊主的奉献者——充满奎师那意识，否则必然会徘徊在心念的层面上，在不同的躯体中上上下下。按照物质的算计认为好的一切品质，没有丝毫价值，因为这些所谓的好品质不会把人救出生与死的轮回。结论是：人应该去除一切心念杜撰出的物质欲望。人应该彻底清除物质欲望，不进行哲学思辨，不从事功利性活动(anyābhilāṣitā-śūnyaṁ jñāna-karmādy-anāvṛtam)。最佳的做法是，心甘情愿地接受为至尊主做奉爱服务的机会。这是人类生活最高的完美境界。

第 67 节 अदृष्टमश्रुतं चात्र क्वचिन्मनसि दृश्यते ।
यथा तथानुमन्तव्यं देशकालक्रियाश्रयम् ॥६७॥

adṛṣṭam aśrutaṁ cātra
kvacin manasi dṛśyate
yathā tathānumantavyaṁ
deśa-kāla-kriyāśrayam

adṛṣṭam—从未体验到 / aśrutam—从未听到过 / ca—和 / atra—在此生 / kvacit—在某个时刻 / manasi—在心中 / dṛśyate—可看见的 / yathā—如同 / tathā—相应地 / anumantavyam—可以理解的 / deśa—地点 / kāla—时间 / kriyā—活动 / āśrayam—依靠

译文 我们有时在梦中会看到自己在此生从未体验过或听过的事，但所有这些都表明我们在不同的时间、不同的地点和不同的情况下经历过。

要旨 前面诗文中解释过，我们在梦中看到的，是白天体验过的事。但为什么我们有时会在梦中看到我们在这一生中从未听说或看过的事呢？这节诗中说，这些事情即使在这一生中没有经历过，但在前世中体验过。按照时间和环境，它们组合起来，使我们有时在梦中看到我们从未体验过的神奇事物。例如：我们也许在梦中看到海洋在山顶上，或者看到海洋干枯了。这些只不过是我们在不同的时间和空间有过的不同经验的组合。我们在梦中有时会看到金山，这是因为我们分别看到过金子和高山。做梦时在错觉能量的作用下，我们把这些不同的因素组合在一起。这样我们就看到了金山或白天里的满天星斗。总之，这些都是我们在不同的环境中体验到的事经由内心加工的产物。它们组合在一起出现在梦中。下面的诗文中对这一事实将作进一步的解释。

第 68 节 सर्वे क्रमानुरोधेन मनसीन्द्रियगोचराः ।
आयान्ति बहुशो यान्ति सर्वे समनसो जनाः ॥६८॥

sarve kramānurodhena
manasīndriya-gocarāḥ
āyānti bahuśo yānti
sarve samanaso janāḥ

sarve—所有的 / krama-anurodhena—根据前后次序 / manasi—在心中 / indriya—由感官 / gocarāḥ—体验到的 / āyānti—来 / bahuśaḥ—以许多方式 / yānti—走开 / sarve—所有的 / samanasaḥ—以心念 / janāḥ—生物体

译文 生物的心念在各种粗糙的躯体中继续留存，按照他想要进行感官享乐的欲望记载下不同的想法。不同的念头组合在一起出现在心中，有时就会出现我们从未看过或听说过的影像。

要旨 生物在狗的躯体中从事过的活动，也许会在其他的躯体里时于心中经验到，因此那些活动看起来从未听说或看到过。躯体虽然不断更换，但心念一直继续存在并进入不同的躯体。即使是这一生，我们有时可以在梦中体验到我们孩童时的经历。尽管这类事情现在看起来很不可思议，但应该明白：它们都记录在心念中，因此在梦中可以看到。灵魂的轮回由精微躯体所导致，它是所有种类的物质欲望的储存库。人除非全神贯注于奎师那意识，否则物质欲望就会来来去去。那是由思想、感受和意志等构成的心念的本性。心念只要不冥想至尊人格首神的莲花足，就会想要进行各种各样的感官享乐。享乐的画面按照前后顺序记录在心念中，然后一个接一个地展现出来，致使生物一个接一个地接受躯体。心念作各种物质享乐的计划，粗糙的躯体作为工具将这些欲望和计划加以实现。心念是所有的欲望来来去去的平台。圣纳若塔玛·达斯·塔库尔因此歌唱道：

guru-mukha-padma-vākya,　　cittete kariyā aikya,
āra nā kariha mane āśā

“把我们灵性导师用他的莲花口讲出的教导记在心中，全然接受。”

在这首歌中，纳若塔玛·达斯·塔库尔忠告大家，坚持完成灵性导师的命令这一原则。除此之外，人不该有任何其他的愿望。如果我们严格按照灵性导师要我们遵守规范守则的命令做，心念就会逐渐受到训练，除了为奎师那服务外不想别的。这样的训练是生活的完美状态。

第69节　सत्त्वैकनिष्ठे मनसि भगवत्पार्श्ववर्तिनि ।
तमश्चन्द्रमसीवेदमुपरज्यावभासते ॥६९॥

sattvaika-niṣṭhe manasi
bhagavat-pārśva-vartini
tamaś candramasīvedam
uparajyāvabhāsate

sattva-eka-niṣṭhe－完全沉浸在奎施那意识中 / manasi－在心念中 / bhagavat－与至尊人格首神 / pārśva-vartini－因不断地与……联谊 / tamaḥ－黑暗的星球 / candramasi－月亮上 / iva－如同 / idam－这个宇宙展示 / uparajya－因与……相连 / avabhāsate－展示出来

译文 奎师那意识意味着奉献者一直处于在内心不断与至尊人格首神接触的状态中，以至可以看到至尊人格首神所展示的宇宙真貌。人并非总能看到那真貌，但正如满月出现时能看到名叫茹阿胡的黑暗星球，它会展示出来。

要旨 前面的诗文中解释过，内心的一切欲望都会一个接一个地展现出来。然而，有时凭至尊人格首神的至尊意愿，储存库里的一切可以同时展示。《布茹阿玛·萨密塔》(Brahma-saṁhitā)第5章的第54节诗中说：当人完全沉浸在奎师那意识的状态中时，他记忆库中的物质欲望会被清空到最少的程度(karmāṇi nirdahati kintu ca bhakti-bhājām)。事实上，欲望不再以粗糙躯体的形式展现；取而代之的是，凭至尊人格首神的恩典，欲望在内心变得可见。

就有关这一点，可以用名叫茹阿胡(Rāhu)的星球挡在满月前面造成黑暗现象——月食，加以解释。按照韦达天文学，宇宙中有一颗人们通常看不到的、名叫茹阿胡的星球。茹阿胡星球有时可以在满月的黑夜里被看到。这颗茹阿胡星球看来就在月亮运行轨道附近的一个地方。现代试图去月亮旅行的人之所以失败，也许是茹阿胡星球在从中作梗。换句话说，那些本该到月亮上去的人，实际上到这颗看不见的茹阿胡星球上去了一趟，然后返回地球。放下这一点不说，关键是：生物有无数想要进行物质享乐的欲望，除非这些欲望没有了，否则就会不断地从一个粗糙的躯体移居到一个粗糙的躯体去。

受制约的灵魂除非开始发展奎师那意识，否则不可能免予生与死的轮回。为此，这节诗中明确地说，当人完全沉浸在奎师那意识的状态中时(sattvaika-niṣṭhe)，只要一次敲击，他心念中储存的所有过去和未来的欲望就会被清空。那时，凭借至尊主的恩典，一切都在心中同时展现出来。就有关这一点，维施瓦纳特·查夸瓦尔提·塔库尔引用了雅首达(Yaśodā)母亲在奎师那嘴里看到整个宇宙展示的例子。凭借主奎师那的恩典，雅首达母亲看到主奎师那的嘴里有所有的宇宙和星球。同样，凭借至尊人格首神奎师那的恩典，有奎师那意识的人可以一次看到储存在他心中的他所有的欲望，彻底结束他未来的轮回。这种便利专门给予奉献者，使他回归家园，回到首神的路途变得畅通无阻。

这节诗里解释了我们为什么看到这一生从未体验过的事。我们所看到的一切都是对未来粗糙躯体的预示或已经储存在我们内心的资料。由于有奎师那意识的人不必再接受另一个粗糙躯体，他储存的欲望就在梦中得以实现。因此我们有时在梦中看到这一生从未经历过的事。

第 70 节　नाहं ममेति भावोऽयं पुरुषे व्यवधीयते ।
यावद् बुद्धिमनोऽक्षार्थगुणव्यूहो ह्यनादिमान् ॥७०॥

nāhaṁ mameti bhāvo 'yaṁ
puruṣe vyavadhīyate
yāvad buddhi-mano-'kṣārtha-
guṇa-vyūho hy anādimān

na—不 / aham—我 / mama—我的 / iti—如此 / bhāvaḥ—意识 / ayam—这 / puruṣe—在生物体中 / vyavadhīyate—被分开了 / yāvat—只要 / buddhi—智力 / manaḥ—心念 / akṣa—感官 / artha—感官对象 / guṇa—物质属性 / vyūhaḥ—展示 / hi—肯定地 / anādi-mān—精微的身体(自无法追溯的时候就存在的)

译文　只要由智力、心念、感官、感官对象，以及物质属性的反作用、错误认同的意识和与其相对的客观存在所组成的精微物质躯体依然存在，就会有粗糙的躯体。

要旨 由心念、智力和错误的自我意识构成的精微躯体所具有的欲望，除非有由土、水、火、气和空间这些物质元素组成的粗糙躯体，否则无法实现。粗糙的物质躯体不展示时，生物无法在物质自然属性的影响下行事。这节诗中清楚地解释说，生物的精微物质躯体的受苦及享乐，促使心念和智力继续从事精微的活动。“我”和“我的”等与物质认同的意识状态继续维持下去，是因为这样的意识从无法追溯的时候起就已存在。然而，当生物凭借发展奎师那意识转入灵性世界时，粗糙和精微躯体的作用与反作用就不在打扰灵性的灵魂了。

第 71 节 सुप्तिमूर्च्छोपतापेषु प्राणायनविघाततः ।
नेहतेऽहमिति ज्ञानं मृत्युप्रज्वारयोरपि ॥७१॥

supti-mūrcchopatāpeṣu
prāṇāyana-vighātataḥ
nehate ’ham iti jñānaṁ
mṛtyu-prajvārayor api

supti－在沉睡中 / mūrccha－昏厥的 / upatāpeṣu－或极大的震撼 / prāṇa-ayana－生命之气的流动的 / vighātataḥ－在阻止中 / na－不 / īhate－想到 / aham－我 / iti－如此 / jñānam－知识 / mṛtyu－在死亡之际 / prajvārayoḥ－或在高烧时 / api－也

译文 生物体在熟睡时，昏厥时，在因为重大的损失而受到严重打击时，在死亡时，或者身体的温度过高，生命之气的移动停滞时，就会失去把自我与躯体相认同的认知。

要旨 愚蠢之人否认灵魂的存在，但事实上，我们在睡觉时就忘了与肉体认同，醒来后则忘记与精微躯体认同。换句话说，我们睡觉时忘了粗糙躯体的活动，当粗糙躯体活动时，我们就忘了睡觉时精微躯体的活动。实际上，睡觉和醒着这两种状态都是错觉能量制造的产物。生物其实与睡觉时的活动或所谓醒着状态时的活动都没有关系。人在熟睡时或昏倒时就忘了自己的粗糙躯体。同样，在被麻醉的状态下，生物忘记自己的粗糙躯体，在外科手术期间感觉不到身体的疼痛。同样道理，当人因突然遭遇重大损失而被惊呆时，他忘记与粗糙躯体的认同。死亡时，当身体温度上升到42度时，生物陷入昏迷状态，无法与他的粗糙躯体认同。在这样的情况下，体内生命之气的循环被堵住，生物忘记与他的粗糙躯体的认同。由于我们对灵性身体一无所知，没有体验，不知道灵性身体的活动，于是便出于愚昧从一个虚假的戏台跳到另一个虚假的戏台上。我们有时在粗糙躯体的戏台上演戏，有时跳到精微躯体的戏台上演戏。如果我们能凭借奎师那的恩典用我们的灵性身体行事，我们就超越了粗糙和精微的躯体。换句话说，我们可以逐渐训练自己用灵性之躯行事。正如《永恒的柴坦亚经》中篇第19章的第170节诗中记载，“纳茹阿达·潘查茹阿陀(Nārada-pañcarātra)中说，奉爱服务意味着用灵性的身体和灵性的感官为至尊主服务(hṛṣīkeṇa hṛṣīke-śa-sevanaṁ bhaktir ucyate)。当我们从事这样的活动时，粗糙躯体和精微躯体的活动与反应就都停止了。

第 72 节 गर्भे बाल्येऽप्यपौष्कल्यादेकादशविधं तदा ।
लिङ्गं न दृश्यते यूनः कुह्वां चन्द्रमसो यथा ॥७२॥

garbhe bālye 'py apauṣkalyād
ekādaśa-vidhaṁ tadā
liṅgaṁ na dṛśyate yūnaḥ
kuhvāṁ candramaso yathā

garbhe一在子宫中 / bālye一童年 / api一也 / apauṣkalyāt一因为不成熟 / ekādaśa一十个感官和心念 / vidham一在……的形体中 / tadā一在那时 / liṅgam一精微躯体或假我 / na一不 / dṛśyate一可看见的 / yūnaḥ一年轻人的 / kuhvām一在月黑夜 / candramasaḥ一月亮 / yathā一如同

译文 人在年轻力壮时，所有十个感官和心智都充分展现。然而，在母亲的子宫中或幼年时期，感觉器官和心智尚处在被覆盖的状态。正如满月被月黑夜的黑暗遮住一样。

要旨 生物在子宫中时，他的粗糙躯体、十个感官和心念等都还没有生长发育成熟。因此那时的他，不受感官对象的打扰。一个年轻的男人之所以能在梦中看到年轻的女人，是因为他那时的感官相当活跃。小男孩因为感官还未发育成熟，所以不会在梦中看到年轻的女人。年轻人的感官甚至在梦中都很活跃，尽管也许并没有年轻女人出现在梦中，也会有排精的现象发生。精微和粗糙躯体的活动，有赖于它们成熟的情况。有关这一点，用月亮作比喻十分恰当。在月黑之夜，圆圆的月亮依旧在天空闪亮，但却因为被挡住，而显得没有出现。同样，生物的感官都在，但只有当粗糙和精微的躯体都发育成熟时才变得活跃。粗糙躯体的感官除非发育成熟，否则不会按精微躯体的指令行事。同样，精微躯体如果没有欲望，粗糙躯体就不会发展出来。

第 73 节 अर्थे ह्यविद्यमानेऽपि संसृतिर्न निवर्तते ।
ध्यायतो विषयानस्य स्वप्नेऽनर्थागमो यथा ॥७३॥

arthe hy avidyamāne 'pi
saṁsṛtir na nivartate
dhyāyato viṣayān asya
svapne 'narthāgamo yathā

arthe－感官对象 / hi－肯定地 / avidyamāne－没有出现 / api－虽然 / saṁsṛtiḥ－物质存在 / na－从不 / nivartate－停止 / dhyāyataḥ－冥想 / viṣayān－在感官对象上 / asya－生物体的 / svapne－在梦中 / anartha－不值得要的事物的 / āgamaḥ－表面 / yathā－如同

译文　生物体做梦时，感官对象并未真正出现。然而，由于人与感官对象接触过，感官对象便在梦中显示。同样，有着未充分发育的感官的生物体，虽然还未完全与感官对象接触，但也并没有停止物质存在。

要旨　有时人们会说，孩子无辜，所以十分纯洁。但这不是事实！功利性活动的结果都储存在精微的躯体中，以三种阶段状态同时并存；其中一种阶段被称为“根阶段(bīja)”，一种阶段被称为“欲望阶段(kūṭa-stha)”，另一中阶段被称为“即将结果阶段(phalonmukha)”。展示出来的阶段称为“已付诸行动阶段(prārab-dha)”。在清醒或无意识的状态中，精微或粗糙躯体也许并不展示，但这样的状态不能被称为是解脱的状态。孩子也许无辜，但并不意味着他是解脱了的灵魂。一切都保持在保留状态，时间一到就会展示出来。精微躯体中的某些记忆即使没展示，感官享乐的对象也还会行事，夜间遗精现象就是一例。在发生那种情况时，感官在没有具体形象出现时就行动了。物质自然三种属性也许并没有在精微躯体中展示自己，但这三种属性的污染被持续保留下来，在适当的时候便展示出来。精微和粗糙躯体的反应即使还没展示出来，但并不等于摆脱了物质束缚。因此“孩子就像解脱的灵魂一样”的说法是错误的。

第 74 节　एवं पञ्चविधं लिङ्गं त्रिवृत्षोडश विस्तृतम् ।
एष चेतनया युक्तो जीव इत्यभिधीयते ॥७४॥

evaṁ pañca-vidhaṁ liṅgaṁ
tri-vṛt ṣoḍaśa vistṛtam
eṣa cetanayā yukto
jīva ity abhidhīyate

evam－如此 / pañca-vidham－五个感官对象 / liṅgam－精微躯体 / tri-vṛt－受三种属性的影响 / ṣoḍaśa－十六 / vistṛtam－扩展 / eṣaḥ－这 / cetanayā－与生物体 / yuktaḥ－组合 / jīvaḥ－受制约的灵魂 / iti－如此 / abhidhīyate－可以被理解

译文 五种感官对象、五个感觉器官、五个获取知识的感官及心念，是十六种物质扩展。这些与生物组合并受到物质自然三种属性的影响。这样，我们就明白了受制约灵魂的存在。

要旨 主奎师那在《博伽梵歌》第15章的第7节诗说：

mamaivāṁśo jīva-loke
jīva-bhūtaḥ sanātanaḥ
manaḥ-ṣaṣṭhānīndriyāṇi
prakṛti-sthāni karṣati

"在这个受制约的世界里的众生，都是我永恒的碎片部分。受制约的生活使他们与包括心念在内的六种感官苦苦争斗。"

这节诗还解释，生物与十六种物质元素接触，受到物质自然三种属性的影响。生物与这些元素的组合相结合(jīva-bhūta)，随即受到制约，在物质自然中苦苦挣扎。整体物质存在首先受物质自然三种属性的刺激，这些成为生物的生活环境；接着，由土、水、火、气、空间等元素组成的精微和粗糙躯体逐渐发育成长。按照圣玛德瓦查尔亚(Madhvācārya)的说法，当意识——心中的生命力，受到物质自然三种属性的刺激时，由心念等构成的精微躯体，以及感官对象、五个获取知识的感官和五个行动感官，才有可能在物质环境中行事。

第 75 节　अनेन पुरुषो देहानुपादत्ते विमुञ्चति ।
हर्षं शोकं भयं दुःखं सुखं चानेन विन्दति ॥७५॥

anena puruṣo dehān
upādatte vimuñcati
harṣaṁ śokaṁ bhayaṁ duḥkhaṁ
sukhaṁ cānena vindati

anena－通过这个程序 / puruṣaḥ－生物体 / dehān－粗糙的躯体 / upādatte－获得 / vimuñcati－放弃 / harṣam－享受 / śokam－悲伤 / bhayam－恐惧 / duḥkham－不快乐 / sukham－快乐 / ca－也 / anena－通过粗糙身体 / vindati－享受

译文　因为拥有精微的躯体，生物发展并放弃粗糙的躯体。这称为灵魂的轮回转世。灵魂就这样受制于各种所谓的享乐、悲伤、恐惧、快乐和不快乐。

要旨　按照这一解释，我们可以清楚地了解，生物在他纯粹、灵性的存在状态中，原本与至尊人格首神在质上一样。然而，正如这节诗中所解释的，当心念被在物质世界里进行感官享乐的欲望污染时，生物便坠入物质受制约的状态。他就这样开始了他的物质存在，即：他从一个躯体移居到另一个躯体，被越来越紧地捆绑在物质存在中。使人总想着奎师那的增强奎师那意识的程序，是能够恢复他原本的灵性存在的超然程序。奉爱服务意味着总是想着奎师那。

man-manā bhava mad-bhakto
mad-yājī māṁ namaskuru
mām evaiṣyasi satyaṁ te
pratijāne priyo 'si me

“永远想着我，崇拜我，向我致敬，成为我的奉献者。这样，你就会成功地来到我这里。我向你保证这一点，因为你是我特别珍视的朋友。”（《博伽梵歌》18.65）

人应该总是忙着为至尊主做奉爱服务。正如“崇拜神像的程序(arcana-mārga)”中劝告，人应该崇拜庙里的神像，一直不断地向灵性导师和神像致敬。这些程序推荐给真正想要摆脱物质束缚的人。现代心理学家可以研究包括思想、感受和意志在内的心念活动，但无法深入地了解这一内容。这原因是：他们缺乏知识，而且不与解脱了的灵性导师联谊。

正如《博伽梵歌》第4章的第2节诗说：

evaṁ paramparā-prāptam
imaṁ rājarṣayo viduḥ
sa kāleneha mahatā
yogo naṣṭaḥ parantapa

“这门至高无上的科学就这样通过师徒传承世代相传，神圣的君王都经这渠道了解它。然而，由于传承随时光的流逝而中断，这门科学看似失传了。”现代人在所谓的心理学家和哲学家的指导下，不知道精微躯体的活动，因而无法了解灵魂是如何轮回的。就有关这一点，《博伽梵歌》第2章的第13节诗中作出权威性的说明：

dehino 'smin yathā dehe
kaumāraṁ yauvanaṁ jarā
tathā dehāntara-prāptir
dhīras tatra na muhyati

“就像灵魂在这个物质躯体中经历童年、青年和老年的变化一样，当这个躯体死亡时，其中的灵魂便进入另一个躯体。清醒的人不会为这种变化所迷惑。”除非人类社会理解《博伽梵歌》这节重要的诗，否则文明将在愚昧的基础上发展，而不是知识的基础上。

第 76—77 节 यथा तृणजलूकेयं नापयात्यपयाति च ।
न त्यजेन्म्रियमाणोऽपि प्राग्देहाभिमतिं जनः ॥७६॥

यावदन्यं न विन्देत व्यवधानेन कर्मणाम् ।
मन एव मनुष्येन्द्र भूतानां भवभावनम् ॥७७॥

yathā tṛṇa-jalūkeyaṁ
nāpayāty apayāti ca
na tyajen mriyamāṇo 'pi
prāg-dehābhimatiṁ janaḥ

yāvad anyaṁ na vindeta
vyavadhānena karmaṇām
mana eva manuṣyendra
bhūtānāṁ bhava-bhāvanam

yathā—如 / tṛṇa-jalūkā—毛虫 / iyam—这 / na apayāti —不去 / apayāti—去 / ca—也 / na—不 / tyajet—放弃 / mriyamāṇaḥ—在死亡的那一刻 / api—甚至 / prāk—前者 / deha—与身体 / abhimatim—认同 / janaḥ——个人 / yāvat—只要 / anyam—另一个 / na—不 / vindeta—获得 / vyavadhānena—通过中止 / karmaṇām—功利性活动的 / manaḥ—心念 / eva—肯定地 / manuṣya-indra—人类的统治者啊 / bhūtānām—众生的 / bhava—物质存在的 / bhāvanam—源头

译文 毛虫在放弃一片叶子前要先占领另一片，以此方式让自己从一片叶子转到另一片叶子上。同样，生物按照他过去从事的活动，必须在放弃他现有的躯体之前占领另一个躯体。这是因为心念是所有种类欲望的储存库。

要旨 沉溺于物质活动的生物变得太依恋物质躯体，甚至到死亡的那一刻，他还想着他现有的躯体，以及与他相关的亲属。就这样，他完全沉浸在物质化的躯体概念中，以致即使到死亡的那一刻都不想离开他现有的躯体。我们有时看到，一个濒于死亡的人在放弃他的躯体之前会昏迷好几天。这种现象在那些认为没有他们，整个国家和全社会都会混乱不堪的所谓领袖和政治家中很常见，这称为错觉(māyā)。政治领袖不愿意离开他们的政治岗位，他们要么遭到他们的政敌枪杀，要么在死亡到来是被迫离开。在更高权威的安排下，生物得到另一个躯体，但由于他对现有躯体的依恋，他不愿意搬迁到另一个躯体去。因此，只有被自然法律强迫着接收另一个躯体。

prakṛteḥ kriyamāṇāni
guṇaiḥ karmāṇi sarvaśaḥ
ahaṅkāra-vimūḍhātmā
kartāham iti manyate

“灵魂受假我的迷惑，以为是自己在活动，却不知道，其实是物质自然的三种属性在活动。”（《博伽梵歌》3.27）

物质自然非常强大，物质属性强迫生物接受另一个躯体。这种强迫的力量在生物从高级躯体搬迁到低级躯体时可以看到。在现有的躯体中像猪、狗一样行事的人，在来世无疑会被迫接受一个猪或狗的躯体。一个人也许享受一个首相或总统的躯体，但当他了解到自己就要被迫接受一个猪或狗的躯体时，他选择不离开现有的躯体。正因为如此，他临死前会昏迷很多天。许多政治家在死亡前都有这样的经验。结论是，生物在来生该接受什么样的躯体，已经由更高的控制者决定好了。生物放弃现有的躯体后，立刻进入另一个躯体。有时，生物在现有的躯体中感到还有许多欲望和幻想尚未实现。那些太依恋自己的生活处境的生物，被迫留在鬼魂的状态中，不被允许接受另一个粗糙的躯体。即使在鬼魂的躯体中，他们给邻居和亲属制造麻烦。心念是造成这种情况的主要原因。各种不同的躯体按照人的心念产生出来，生物被迫接受它们。正如《博伽梵歌》第8章的第6节诗证实说：

yaṁ yaṁ vāpi smaran bhāvaṁ
tyajaty ante kalevaram
taṁ tam evaiti kaunteya
sadā tad-bhāva-bhāvitaḥ

“琨缇的儿子啊！人在离开躯体时无论记起什么情形，就必会到达那情景。”在人的粗糙躯体和精微的心念中，人可以像狗一样的思考，也可以像半神人一样的思考；按照他的思想内容，他得到下一生的躯体。对此，《博伽梵歌》第13章的第22节诗解释说：

puruṣaḥ prakṛti-stho hi
bhuṅkte prakṛtijān guṇān
kāraṇaṁ guṇa-saṅgo 'sya
sad-asad-yoni-janmasu

“物质自然中的生物就这样生活，享受自然的三种属性。这是他与物质自然接触的缘故。他就这样在不同的物种中遭遇善恶。”生物按照他与物质自然的接触，要么上升到更高级的环境中，要么下降到更低级的环境中。如果他与愚昧属性接触，他得到动物或低等人的躯体。但如果他与善良或激情属性接触，他得到相应的躯体。对此，《博伽梵歌》第14章的第18节诗中也证实说：

ūrdhvaṁ gacchanti sattva-sthā
madhye tiṣṭhanti rājasāḥ
jaghanya-guṇa-vṛtti-sthā
adho gacchanti tāmasāḥ

“受制于善良属性的人，逐渐走向更高的星球；受制于激情属性的人，生活在与地球相似的星球上；受制于可恶的愚昧属性的人，坠入地狱般的世界。”

心念是决定一个人有什么样的接触的根本原因。这场伟大的奎师那意识运动，是对人类社会最大的恩惠，因为它教育每一个人都靠做奉爱服务一直不断地想着奎师那。这样，在此生结束时，人就有可能得到提升，与奎师那交往、联谊。这种境界术语称为“进入哥珞卡·温达文星球(nitya-līlā-praviṣṭa)”。《博伽梵歌》第18章的第55节诗解释说：

bhaktyā mām abhijānāti
yāvān yaś cāsmi tattvataḥ
tato māṁ tattvato jñātvā
viśate tad-anantaram

“只有做奉爱服务，才能如实地了解作为至尊人格首神的我。当人充满奉爱之情地全然意识到我时，他就能进入神的王国。”当人的心念完全专注于奎师那意识时，他就可以进入被称为哥珞卡·温达文的星球。要进入与至尊人格首神交往的氛围，人必须了解奎师那。而了解奎师那的方法是做奉爱服务。

如实地了解了真正的奎师那后，人就有资格进入奎师那居住的星球奎师那珞卡(Kṛṣṇaloka)，与祂交往、联谊。心念既可以使人达到这一崇高的境界，也可以使人得到一个像猪或狗那样的躯体。因此，让心念始终专注于奎师那意识，是人类生活的最高完美境界。

第 78 节 यदाक्षैश्चरितान्ध्यायन् कर्माण्याचिनुतेऽसकृत् ।
सति कर्मण्यविद्यायां बन्धः कर्मण्यनात्मनः ॥७८॥

yadākṣaiś caritān dhyāyan
karmāṇy ācinute 'sakṛt
sati karmaṇy avidyāyāṁ
bandhaḥ karmaṇy anātmanaḥ

yadā—当……时 / akṣaiḥ—由感官 / caritān—享乐 / dhyāyan—想到 / karmāṇi—活动 / ācinute—执行 / asakṛt—总是 / sati karmaṇi—当物质事务继续时 / avidyāyām—受迷惑 / bandhaḥ—捆绑 / karmaṇi—在活动中 / anātmanaḥ—物质躯体的

译文 只要我们想要享受感官满足，我们就会引起物质活动。生物在物质领域内行动时，就享受感官，而在享受感官时，他引起另一系列的物质活动。就这样，生物作为受制约的灵魂自投罗网。

要旨　在精微躯体中，我们制定各种各样进行感官享乐的计划。这些计划都作为功利性活动的种子(bīja)记录在心的记忆体内。在受制约的生活中，生物一个又一个地制造了一系列的躯体，这称为被业报所束缚(karma-bandhana)。正如《博伽梵歌》第3章的第9节诗所解释的：应该把活动当祭祀奉献给维施努，否则活动就会把人捆绑在物质世界里(yajñārthāt karmaṇo 'nyatra loko 'yam-karma-bandhanaḥ)。然而，我们违背了这条原则，结果被纠缠在一个又一个的物质活动中。在这种情况下，我们透过思想、感受和意志制造了未来一系列的物质躯体。巴克提维诺德·塔库尔说："我过去从事的功利性活动，使我坠入物质存在之水中(anādi kara-ma-phale, padi' bhavārṇava jale)。"过去从事的物质活动使生物坠入束缚人的业报之网中。人应该只从事维持生命所必需从事的物质活动，而不要跳进物质活动的海洋中；应该把剩余的时间献出来为至尊主做超然的爱心服务。这样做可以使人解除物质活动的反作用。

第 79 节　अतस्तदपवादार्थं भज सर्वात्मना हरिम् ।
पश्यंस्तदात्मकं विश्वं स्थित्युत्पत्त्यप्यया यतः ॥७९॥

atas tad apavādārthaṁ
bhaja sarvātmanā hariṁ
paśyaṁs tad-ātmakaṁ viśvaṁ
sthity-utpatty-apyayā yataḥ

ataḥ—因此 / tat—那 / apavāda-artham—为了抵消 / bhaja—做奉爱服务 / sarva-ātmanā—用你所有的感官 / harim—向至尊人格首神 / paśyan—看着 / tat—至尊主的 / ātmakam—在……的控制下 / viśvam—宇宙展示 / sthiti—维系 / utpatti—创造 / apyayāḥ—及毁灭 / yataḥ—来自他的……

译文 你该始终清楚，这个宇宙展示是靠至尊人格首神的意愿创造、维系和毁灭的。因此，这宇宙展示里的一切，必然都在至尊主的控制下。为得到这完美知识的启发，人该让自己始终为至尊主做奉爱服务。

要旨 认识自我，了解自我是灵性的灵魂—— 梵(Brahman)，在物质环境中很难做到。然而，如果我们为至尊主做奉爱服务，至尊主就会逐渐向我们揭示祂自己。不断进步的奉献者就这样逐渐觉悟到他的灵性状态。在漆黑的黑夜中，我们什么都看不见，甚至看不到我们自己，但当太阳出来时，我们就借助阳光看清了周围的一切。主奎师那在《博伽梵歌》第7章的第1节诗中解释说：

mayy āsakta-manāḥ pārtha
yogaṁ yuñjan mad-āśrayaḥ
asaṁśayaṁ samagraṁ māṁ
yathā jñāsyasi tac chṛṇu

“普瑞塔的儿子啊！现在听我讲，你只要全神贯注于我，完全意识到我，就能通过这样练瑜伽彻底了解我，摆脱疑惑。”

我们一旦为发展、提高奎师那意识而为至尊主做奉爱服务，就不仅可以了解奎师那，而且了解与奎师那有关的一切。换句话说，透过奎师那意识，我们不仅可以了解奎师那，了解宇宙展示，还可以了解我们原本的地位和状态。我们具有奎师那意识后就能明白，整个物质创造都由至尊人格首神创造、维系、毁灭并最终吸进祂体内。我们也都是至尊主不可缺少的一部分。一切都在至尊主的控制下，因此我们唯一该做的是投靠、服从祂，怀着爱心为祂做超然的服务。

第 80 节 मैत्रेय उवाच

भागवतमुख्यो भगवान्नारदो हंसयोर्गतिम् ।
प्रदर्श्य ह्यमुमामन्त्र्य सिद्धलोकं ततोऽगमत् ॥८०॥

maitreya uvāca
bhāgavata-mukhyo bhagavān
nārado haṁsayor gatim
pradarśya hy amum āmantrya
siddha-lokaṁ tato 'gamat

maitreyaḥ uvāca一麦垂亚说 / bhāgavata一奉献者的 / mukhyaḥ一领袖 / bhagavān一最强有力的 / nāradaḥ一纳茹阿达 · 牟尼 / haṁsayoḥ一生物和至尊主的 / gatim一原本地位 / pradarśya一展示了 / hi一肯定地 / amum一他(国王) / āmantrya一在邀请后 / siddha-lokam一去希达哈星球 / tataḥ一那以后 / agamat一离开

译文 伟大的圣人麦垂亚接着说：最高级的奉献者——伟大的圣人纳茹阿达，这样给帕祺纳巴黑王解释了至尊人格首神及生物的原本地位。在向君王发出邀请后，纳茹阿达启程回到希达哈星球。

要旨 希达哈星球(Siddhaloka)和布茹阿玛星球(Brahmaloka)在同一个星系中。布茹阿玛星球是这个宇宙中最高的星球。希达哈星球被认为是布茹阿玛星球的卫星。希达哈星球上的居民具有所有的瑜伽神秘力量。从这节诗的内容看，伟大的圣人纳茹阿达虽然到所有的星系旅行，但却是希达哈星球上的居民。希达哈星球上的居民都是太空人，他们不需要飞行器的帮助就可以在太空中旅行。希达哈的居民可以凭他们的瑜伽神通随意从一个星球到另一个星球去。纳茹阿达 · 牟尼教导伟大的帕祺纳巴黑(Prācīnabarhi)王之后，邀请君王去希达哈星球，接着便起身返回住所。

第 81 节 प्राचीनबर्ही राजर्षिः प्रजासर्गाभिरक्षणे ।
आदिश्य पुत्रानगमत्तपसे कपिलाश्रमम् ॥८१॥

prācīnabarhī rājarṣiḥ
prajā-sargābhirakṣaṇe

ādiśya putrān agamat
tapase kapilāśramam

prācīnabarhiḥ—帕祺纳巴黑王 / rāja-ṛṣiḥ—圣洁的君王 / prajā-sarga—众多国民 / abhirakṣaṇe—保护 / ādiśya—在命令……后 / putrān—他的儿子 / agamat—离开 / tapase—为了苦修 / kapila-āśramam—到卡皮拉灵修所

译文 圣洁的君王帕祺纳巴黑当着他大臣的面，发布命令让他的儿子们负责保护国民，随后离开家，到一个名叫卡皮拉灵修所的圣地去苦修。

要旨 这节诗中“众多国民(prajā-sarga)”一词很重要。当圣洁的君王帕祺纳巴黑得到伟大的圣人纳茹阿达的劝告，要离开家去为至尊主做奉爱服务时，他儿子并未结束在水中的苦修返回家中。然而，他并没有等他们回家，而是留下口信，让他的儿子们负责保护广大国民。按照维尔茹阿嘎瓦·阿查尔亚(Vīrarāghava Ācārya)的说法，这种保护意味着安排国民各自进入社会四阶层(varṇas)和灵性四阶段(āśramas)中。君王的责任是确保国民遵守布茹阿玛纳(brāhmaṇa, 婆罗门)、查锤亚(kṣatriya, 刹帝利)、外夏(vaiśya, 吠舍)和庶铎(śūdra, 首陀罗)这四个社会阶层，以及贞守生(brahmacarya)、居士(gṛhastha)、退出家庭生活(vānaprastha)和托钵僧(sannyāsa)这四个灵性阶段的规范原则。在没有这种社会四阶层和灵性四阶段制度(varṇāśrama-dharma)的国度里，要管辖国民非常困难。光靠立法院每年通过法律不可能妥善地管理广大国民，让他们集体有序地向前迈进。有效的政府必须推行社会四阶层和灵性四阶段制度。布茹阿玛纳阶层的人必须有智慧，具有布茹阿玛纳(婆罗门)的品质。查锤亚阶层的人必须受到管理方面的训练。外夏负责贸易，庶铎为他人提供劳动服务。这四个阶层的人按照本性自然就已存在，但政府的职责是监督所有处在社会四阶层和灵性四阶段的人井然有序地遵守他们各自该遵守的规范原则。这称为“保护(abhirakṣaṇa)”。

值得注意的是，帕祺纳巴黑王在纳茹阿达的教导下明确了人生的目标后，甚至没有等他儿子返家，就立刻离开了。他儿子返家后会有很多事情需要去做，但他只是给他们留了个口信。他知道他最首要的责任是什么，因此只是把训示留给他儿子，去完成他争取灵性进步的目标。这是韦达文明的体制。

施瑞达尔·斯瓦米(Śrīdhara Svāmī)告诉我们，卡皮拉灵修所位于恒河流入孟加拉海湾(Gaṅgā-sāgara)的地方。这个地方至今作为圣地而闻名，在每年的太阳向北方移动的第一天(Makara-saṅkrānti)的那一天，有千百万人聚集在那里，在水中沐浴。它之所以被称为卡皮拉灵修所，是因为主卡皮拉曾住在那里从事苦行。主卡皮拉提出了数论哲学(Sāṅkhya)体系。

第 82 节　**तत्रैकाग्रमना धीरो गोविन्दचरणाम्बुजम् ।**
विमुक्तसङ्गोऽनुभजन् भक्त्या तत्साम्यतामगात् ॥८२॥

tatraikāgra-manā dhīro
　govinda-caraṇāmbujam
vimukta-saṅgo 'nubhajan
　bhaktyā tat-sāmyatām agāt

tatra—那里 / eka-agra-manāḥ—全神贯注地 / dhīraḥ—头脑清醒 / govinda—奎师那的 / caraṇa-ambujam—向莲花足 / vimukta—从……中摆脱出来 / saṅgaḥ—物质接触 / anubhajan—不断地做奉爱服务 / bhaktyā—通过纯粹的奉爱 / tat—与至尊主 / sāmyatām—质上相同 / agāt—达到

译文　在卡皮拉灵修所从事严格的苦修后，帕祺纳巴黑王完全从物质的认同中解脱出来。他一直不断地为至尊主做超然的爱心服务，达到在质上与至尊人格首神一样的灵性状态。

要旨 这节诗中“达到在质上与至尊主一样的状态(tat-sāmyatām agāt)”一句有着特殊的重大意义。君王达到了与至尊主有同样形象的解脱。这无疑证明至尊人格首神永远是一个人。祂超然的身体放射出的光芒是祂非人格特性方面的展示。生物达到灵性的完美境界时，也获得与至尊主同样的身体，即：永恒、极乐和充满知识的身体(sac-cid-ānanda-vigraha)。这灵性的身体永远不掺杂物质的元素。尽管生物在受制约的生活中被物质因素(土、水、火、气、空间、心念、智力和自我意识)包围着，但他本身却一直保持与它们分开的状态。换句话说，生物只要自己愿意解脱，在任何时刻都可以获得解脱。物质的环境称为假象、错觉(māyā)。按照奎师那的教导：

daivī hy eṣā guṇa-mayī
mama māyā duratyayā
mām eva ye prapadyante
māyām etāṁ taranti te

“我这由物质自然三种属性组成的神性能量难以克服。但是，皈依我的人却能轻易地跨越它。”(《博伽梵歌》7.14)

《博伽梵歌》第14章的第26节诗中说，生物一旦为至尊主做超然的爱心服务，就立刻摆脱所有的物质状态(sa guṇān samatītyaitān brahma-bhūyāya kalpate)。在物质的状态中，生物处在受制于物质躯体(jīva-bhūta)的层面；然而，他一旦开始为至尊主做奉爱服务，他就被提升到梵觉(brahma-bhūta)的层面上。在梵觉的层面上，生物摆脱了物质束缚，为至尊主做服务。这节诗中的“认真、清醒(dhīra)”一词，有时被读作“英雄、勇士(vīra)”，其中的意思其实没有太大的区别。为战胜错觉(玛亚)而英勇奋战的人是英雄，认真了解自己的状态人是清醒的人。不清醒、不勇敢的人无法得到灵性的拯救。

第 83 节　एतदध्यात्मपारोक्ष्यं गीतं देवर्षिणानघ ।
यः श्रावयेद्यः शृणुयात्स लिङ्गेन विमुच्यते ॥८३॥

etad adhyātma-pārokṣyaṁ
gītaṁ devarṣiṇānagha
yaḥ śrāvayed yaḥ śṛṇuyāt
sa liṅgena vimucyate

etat一这 / adhyātma一灵性的 / pārokṣyam一权威性的叙述 / gītam一讲述 / deva-ṛṣiṇā一由大圣人纳茹阿达 / anagha一纯洁的维杜茹阿 / yaḥ一任何人 / śrāvayet一可以描述 / yaḥ一任何人 / śṛṇuyāt一可以聆听 / saḥ一他 / liṅgena一从躯体概念的生活中 / vimucyate一释放

译文　我亲爱的维杜茹阿，谁听到大圣人纳茹阿达讲解的这有关了解生物灵性存在的知识，或向他人重复这内容，谁就会去除生命的躯体化概念。

要旨　这个物质创造是灵性灵魂的梦境。实际上，物质世界里存在的一切，都是玛哈·维施努(Mahā-Viṣṇu)的梦。正如《布茹阿玛·萨密塔》第5章的第47节诗中所描述：

yaḥ kāraṇārṇava-jale bhajati sma yoga-
nidrām ananta-jagad-aṇḍa-saroma-kūpaḥ

这个物质世界是玛哈·维施努的梦创造的。真正实际的世界是灵性世界，但当灵性的灵魂想要模仿至尊人格首神时，他就被置于物质世界这一梦境中。他与物质自然属性接触后，发展出精微和粗糙的躯体。当生物有足够的好运与伟大的圣纳茹阿达·牟尼或他的仆人们交往、联谊时，他就从物质存在的梦境中脱身而出，去除了躯体化的生命概念。

第 84 节 एतन्मुकुन्दयशसा भुवनं पुनानं
देवर्षिवर्यमुखनिःसृतमात्मशौचम् ।
यः कीर्त्यमानमधिगच्छति पारमेष्ठ्यं
नास्मिन् भवे भ्रमति मुक्तसमस्तबन्धः ॥८४॥

etan mukunda-yaśasā bhuvanaṁ punānaṁ
devarṣi-varya-mukha-niḥsṛtam ātma-śaucam
yaḥ kīrtyamānam adhigacchati pārameṣṭhyaṁ
nāsmin bhave bhramati mukta-samasta-bandhaḥ

etat－这段叙述 / mukunda-yaśasā－满载至尊主的名望 / bhuvanam－这物质世界 / punānam－神圣化 / deva-ṛṣi－大圣人的 / varya－领袖的 / mukha－从……的嘴里 / niḥsṛtam－说出 / ātma-śaucam－净化内心 / yaḥ－任何人 / kīrtyamānam－歌唱 / adhigacchati－回到 / pārameṣṭhyam－灵性世界 / na－再也不 / asmin－在这 / bhave－物质世界 / bhramati－游荡 / mukta－摆脱了 / samasta－所有的 / bandhaḥ－捆绑

译文 大圣人纳茹阿达的这段叙述，满载至尊人格首神的超然声望。因此，当这段叙述被重复时，必定圣化这个物质世界。它净化人心，帮助人重获他灵性的身份。重复这超然的叙述之人，将摆脱一切物质束缚，不必再在这个物质世界中游荡。

要旨 正如第79节诗所叙述的，纳茹阿达·牟尼忠告帕祺纳巴黑王不要把时间浪费在举行仪式和功利性活动上，而应该抓紧时间做奉爱服务。这一章中对精微和粗糙躯体的生动描述极其科学，因为是伟大的圣人纳茹阿达所讲述，所以具有权威性。这些描述中充满了对至尊人格首神的赞美，因此构成了进化心念最有效的程序。正如圣柴坦亚·玛哈帕布证实说：试净心镜上的尘埃(ceto-darpaṇa-mārjanam)。我们越多地谈论奎师那、想奎师那、为奎师那做宣传，我们就变得越纯洁。这意味着我们不再接受引起幻觉的粗糙和精微躯体，而重获我们灵性的身份。努力理解对这灵性知识教导的人，从无知之洋中获得拯救。就有关这一点，“到灵性世界(pārameṣṭhyam)”一词非常重要，它也指主布茹阿玛居住的星球布茹阿玛珞卡。布茹阿玛珞卡上的居民总是谈论这些描述，以便物质世界毁灭后，他们能直接被转升到灵性世界去。转升到灵性世界的人，无须再在这个物质世界上中下星系中的高等或低等躯体中到处游荡。灵性活动有时也被称为至高无上的生活状态(pārameṣṭhyam)。

第 85 节　अध्यात्मपारोक्ष्यमिदं मयाधिगतमद्भुतम् ।
एवं स्त्रियाश्रमः पुंसश्छिन्नोऽमुत्र च संशयः ॥८५॥

adhyātma-pārokṣyam idaṁ
mayādhigatam adbhutam
evaṁ striyāśramaḥ puṁsaś
chinno 'mutra ca saṁśayaḥ

adhyātma—灵性的 / pārokṣyam—由权威叙述 / idam—这 / mayā—由我 / adhigatam—听 / adbhutam—美妙的 / evam—如此 / striyā—与妻子一起 / āśramaḥ—庇护 / puṁsaḥ—生物体的 / chinnaḥ—完成 / amutra—有关死后的生活 / ca—也 / saṁśayaḥ—怀疑

译文　按照权威人士的叙述在此讲述的有关普冉佳纳王的寓言，是我从我灵性导师那里听来的，其中充满了灵性知识。人如果能懂得这寓言的目的，无疑就会去除躯体化的概念，就会在死后对生命有明确的了解。人也许不了解灵魂真正经历的轮回是什么，但他可以靠学习这段叙述彻底了解它。

要旨　梵文“与妻子一起(striyā)”一词很重要。异性生活在一起构成物质存在的本质。这物质世界里的异性相吸力量非常强大。物质存在的基础就是，在所有的物种中都异性相吸。人类生活也是异性相吸，但有一定的规范。物质存在意味着异性互相吸引并生活在一起。然而，人完全了解灵性生活时，就完全不再受异性的吸引了。异性吸引使人过于执著、依恋这个物质世界。这种执著或依恋是心中的一个牢固的结。《圣典博伽瓦谭》第5篇第5章的第8节诗说：

puṁsaḥ striyā mithunī-bhāvam etaṁ
tayor mitho hṛdaya-granthim āhuḥ
ato gṛha-kṣetra-sutāpta-vittair
janasya moho 'yam ahaṁ mameti

到这个物质世界里来的每一个生物都受感官享乐的吸引，感官享乐这一牢固的心结就是异性间的相互吸引。这种吸引使人变得过于依恋以家庭、土地、孩子、朋友、金钱等(gṛha-kṣetra-suta-āpta-vitta)为表现形式的这个物质世界。人就这样受到“我”和“我的”等躯体化的概念的束缚。然而，人如果理解了普冉佳纳(Purañjana)王的寓言故事，明白他是怎么因为性吸引而在来生变成女人的，也就可以明白轮回的过程了。

特殊声明：按照玛德瓦查尔亚师徒传承(Madhvācārya-sampradāya)中的维佳亚德瓦佳·提尔塔(Vijayadhvaja Tīrtha)的说法，下面的前两节诗出现在这一章的第45节诗后面，最后的两节诗，出现在第79节诗后面。

第 1a—2a 节

sarveṣām eva jantūnāṁ
satataṁ deha-poṣaṇe
asti prajñā samāyattā
ko viśeṣas tadā nṛṇām

labdhvehānte manuṣyatvaṁ
hitvā dehādy-asad-graham

ātma-sṛtyā vihāyedaṁ
jīvātmā sa viśiṣyate

sarveṣām—所有的 / eva—肯定地 / jantūnām—动物的 / satatam—总是 / deha-poṣaṇe—为维持身体 / asti—这是 / prajñā—智力 / samāyattā—依靠 / kaḥ—什么 / viśeṣaḥ—区别 / tadā—那时 / nṛṇām—人类的 / labdhvā—到达了 / iha—这里 / ante—在许多生结束时 / manuṣyatvam—人类生命 / hitvā—在放弃后 / deha-ādi—在粗糙和精微的躯体中 / asat-graham—对生命的错误概念 / ātma—灵性知识的 / sṛtyā—由……途径 / vihāya—放弃了 / idam—这个躯体 / jīva-ātmā—个体灵魂 / saḥ—那 / viśiṣyate—变得突出

译文　想要维持生命，养活妻子和孩子的愿望，在动物社会中也可以观察到。动物有足够的智力可以处理好这些事。如果人只是在这方面做得更好，那他与动物之间有何区别呢？人应该彻底了解，这个人体生命是经过众多生世的进化得到的。放弃粗糙与精微的躯体化生命概念的博学之人，将借由灵性知识的启发成为像至尊主一样卓越的个体灵魂。

要旨　俗话说，人是理性的动物。然而从这节诗我们也可以了解到，动物也有理性。除非存在着理性，否则动物怎么会为了维持它的生命那么努力的工作呢？说动物没有理性并非事实；只是他们的理性不很发达而已。但我们无论如何不能否认它们有理性。关键在于：人应该用自己的智力来了解至尊人格首神，因为这才是人类生活的完美状态。

第 1b 节

bhaktiḥ kṛṣṇe dayā jīveṣv
akuṇṭha-jñānam ātmani
yadi syād ātmano bhūyād
apavargas tu saṁsṛteḥ

bhaktiḥ—奉爱服务 / kṛṣṇe—向奎施那 / dayā—仁慈 / jīveṣu—向其他生物体 / akuṇṭha-jñānam—完美的知识 / ātmani—自我的 / yadi—如果 / syāt—变成 / ātmanaḥ—自己的 / bhūyāt—必定 / apavargaḥ—解脱 / tu—那时 / saṁsṛteḥ—从物质生活的束缚中

译文 如果生物发展了奎师那意识，善待其他众生，如果他有完美的觉悟自我的灵性知识，他就会立刻从物质存在的束缚中解脱出来。

要旨 这节诗中“善待其他生物(dayā jīveṣu)”一句是指，人要想在觉悟自我的路途上取得进步，就必须善待其他生物。这意味着他必须在了解自己是奎师那永恒的仆人并完善自己后去传播这一知识。传播这知识是在向其他生物表示真正的慈悲。其他种类的人道主义工作也许对躯体有短暂的利益，但由于生物是灵性的灵魂，人可以仅仅靠向其他生物揭示有关他们灵性存在的知识，向他们表示真正的慈悲。正如柴坦亚·玛哈帕布说：“所有的生物原本都是奎师那的仆人(jīvera 'svarūpa' haya-kṛṣṇera 'nitya-dāsa')。”人应该清楚地了解这一事实，应该向大众宣传这一事实。如果人觉悟到他是奎师那永恒的仆人，但却不向他人宣说这一事实，那他的觉悟就不是完整的。为此，圣巴克提希丹塔·萨茹阿斯瓦提·塔库尔(Bhakti-siddhānta Sarasvatī Ṭhākura)歌唱道：“我亲爱的心念，你是怎样的外士纳瓦？只是为了虚假的声望和物质名誉，你才在僻静处吟诵哈瑞·奎师那曼陀(duṣṭa mana, tumi kisera vaiṣṇava? pratiṣṭhāra tare, nirjanera ghare, tava hari-nāma kevala kaitava)。”因此，不传播真正知识的人受到批评。温达文境内有许多外士纳瓦不喜欢传教，他们大多想模仿哈瑞达斯·塔库尔(Haridāsa Ṭhākura)。然而，他们在僻静处所谓吟诵的真正结果是，他们睡觉并在内心想着女人和金钱。同样道理，只对在庙里崇拜神像感兴趣，但却不在乎大众的利益或无法赏识其他奉献者的人，被称为是初习奉献者(kaniṣṭha-adhikāri)。《圣典博伽瓦谭》第11篇第2章的第47节诗说：

arcāyām eva haraye
　pūjāṁ yaḥ śraddhayehate
na tad-bhakteṣu cānyeṣu
　sa bhaktaḥ prākṛtaḥ smṛtah

“准确、忠实地崇拜庙里的神像，但却不向其他奉献者或大众表示尊重的奉献者，被称为是物质主义奉献者(prākṛta-bhakta)，被视为是层次最低的奉献者。”

第 2b 节

adṛṣṭaṁ dṛṣṭavan naṅkṣed
　bhūtaṁ svapnavad anyathā
bhūtaṁ bhavad bhaviṣyac ca
　suptaṁ sarva-raho-rahaḥ

adṛṣṭam—将来的欢乐／dṛṣṭa-vat—就像直接的体验／naṅkṣet—被征服／bhūtam—物质存在／svapnavat—如同一场梦／anyathā—否则／bhūtam—在过去发生的／bhavat—现在／bhaviṣyat—将来／ca—也／suptam——场梦／sarva—所有／rahaḥ-rahaḥ—秘密结论

译文　在由过去、现在和将来组成的时间内发生的一切，只不过是一场梦而已。那是所有韦达文献中的秘密结论。

要旨　所有的物质存在实际上只不过是一场梦，因此并不存在过去、现在或将来的问题。沉溺于“通过功利性活动争取将来的快乐(karma-kāṇḍa-vicāra)”的人，也都是在做梦。同样，过去的快乐和现在的快乐仅仅是梦而已。真相是奎师那和为奎师那服务，了解这一真相可以使我们摆脱错觉能量玛亚的钳制。至尊主在《博伽梵歌》第7章的第14节诗中说："皈依我的人能轻易跨越我的错觉能量(mām eva ye prapadyante māyām etāṁ taranti te)。"

到此为止，结束了巴克提韦丹塔对《圣典博伽瓦谭》第4篇第29章——"纳茹阿达与帕祺纳巴黑王的对话"所作的阐释。

第三十章

帕柴塔们的活动

第1节

विदुर उवाच
ये त्वयाभिहिता ब्रह्मन् सुताः प्राचीनबर्हिषः ।
ते रुद्रगीतेन हरिं सिद्धिमापुः प्रतोष्य काम् ॥१॥

vidura uvāca
ye tvayābhihitā brahman
sutāḥ prācīnabarhiṣaḥ
te rudra-gītena hariṁ
siddhim āpuḥ pratoṣya kām

viduraḥ uvāca—维杜茹阿说 / ye—……的人 / tvayā—由你 / abhihitāḥ—谈论有关……的话题 / brahman—布茹阿玛纳啊 / sutāḥ—儿子们 / prācīnabarhiṣaḥ—帕祺纳巴黑王 / te—他们所有人 / rudra-gītena—由希瓦作的歌 / harim—至尊主 / siddhim—成功 / āpuḥ—获得 / pratoṣya—满足了 / kām—什么

译文 维杜茹阿向麦垂亚询问道：布茹阿玛纳啊！您前面谈到帕祺纳巴黑的儿子们，并告诉我他们靠吟唱主希瓦作的歌取悦了至尊人格首神。他们因此而获得了什么？

要旨 圣人麦垂亚(Maitreya Ṛṣi)在前面讲述了帕祺纳巴黑王(Prācīnabarhi)的儿子们所从事的活动。他的这些儿子们去到一个如汪洋般的大湖边，幸运地遇到了主希瓦(Śiva)，向他学习如何靠吟唱他作的赞歌取悦至尊人格首神。纳茹阿达反对他们的父亲帕祺纳巴黑王对功利性活动的执著，并通过给他讲解普冉佳纳的寓言故事仁慈地教导他。现在，维杜茹阿(Vidura)想接着听有关帕祺纳巴黑的儿子们的情况，他尤其想知道他们取悦至尊人格首神后得到了什么。这节诗中的"达到完美(siddhim āpuḥ)"一句非常重要。在《博伽梵歌》第7章的第3节诗中，主奎师那说：在千百万人中，也许只有一个人力求达到灵性的完美(manuṣyāṇāṁ sahasreṣu kaścid yatati siddhaye)。就什么是至高无上的完美，《博伽梵歌》第8章的第15节诗说：

mām upetya punar janma
  duḥkhālayam aśāśvatam
nāpnuvanti mahātmānaḥ
  saṁsiddhiṁ paramāṁ gatāḥ

"伟大的灵魂——热爱着我的瑜伽师，到我那里后永不重返这个充满痛苦的短暂世界，因为他们达到了最高的完美境界。"什么是最高的完美境界？这节诗作出了解释。最高的完美境界是回归家园、回到首神身边。这样，人就不必再回到这个物质世界，在物质存在的梦境中一个接一个地更换躯体了。凭借主希瓦的恩典，帕祺纳巴黑王的儿子——帕柴塔们(Pracetās)，实际上达到了完美，在最高程度地享受了物质设施后回归家园，回到首神身边。麦垂亚接下来将给维杜茹阿讲述这一切。

第2节 किं बार्हस्पत्येह परत्र वाथ
  कैवल्यनाथप्रियपार्श्ववर्तिनः ।
आसाद्य देवं गिरिशं यदृच्छया
  प्रापुः परं नूनमथ प्रचेतसः ॥२॥

kiṁ bārhaspatyeha paratra vātha
  kaivalya-nātha-priya-pārśva-vartinaḥ
āsādya devaṁ giriśaṁ yadṛcchayā
  prāpuḥ paraṁ nūnam atha pracetasaḥ

kim—什么／bārhaspatya—毕尔哈斯帕提的门徒啊／iha—这里／paratra—在不同的星球／vā—或／atha—如此／kaivalya-nātha—向解脱

的赐予者 / priya－亲切地 / pārśva-vartinaḥ－与……联谊 / āsādya－在遇到……后 / devam－伟大的半神人 / giri-śam－凯拉斯山的主人 / yadṛcchayā－靠天意 / prāpuḥ－达到 / param－至高无上的 / nūnam－肯定地 / atha－因此 / pracetasaḥ－巴黑沙特的儿子们

译文 我亲爱的毕尔哈斯帕提的门生，巴黑沙特王那些被称为帕柴塔的儿子们，在遇到解脱的赐予者至尊人格首神十分喜爱的主希瓦后得到了什么？他们无疑被转升到了灵性世界，但除此之外，他们在这个物质世界里的这一生或其他生中得到了什么？

要旨 所有种类的物质快乐都可以在这一生或下一生，这个星球或另一个星球上得到。生物在这个物质宇宙各种各样的物种中和星球上游荡。梵文把生物在此生得到的痛苦与快乐称为依哈(iha)，来生得到的痛苦与快乐称为帕茹阿陀(paratra)。

主希瓦——玛哈戴瓦(Mahādeva)，实际上是这个物质世界里的伟大的半神人之一。他通常会给普通人以获得物质快乐的祝福。这个物质世界里的控制神明杜尔嘎(Durgā)，听命于主玛哈戴瓦——凯拉斯山(Giriśa)的主人。因此，主玛哈戴瓦可以给任何人提供任何物质快乐。人们为了得到物质快乐，一般都更愿意信奉主希瓦。帕柴塔们在天意的安排下遇到了主玛哈戴瓦。主玛哈戴瓦教导他们要崇拜至尊人格首神，而他本人也亲自向至尊主献上了一篇祈祷。正如前一节诗所说，帕柴塔们仅仅靠吟唱主希瓦向主维施努献上的祈祷赞歌(rudra-gītena)，就被转升到了灵性世界。奉献者有时也想要享受物质快乐，因此在至尊人格首神的安排下，奉献者在最终进入灵性世界前也可以得到享受物质世界的机会。奉献者有时会被转升到佳纳珞卡(Janaloka)、玛哈尔珞卡(Maharloka)、塔珀珞卡(Tapoloka)和希达哈珞卡(Siddhaloka)等天堂星球上。然而，纯粹的奉献者从不想要得到任何物质的快乐，因此将被直接转升到这节诗中描述的“至高无上的(param)”外琨塔星球。在这节诗中，维杜茹阿询问毕尔哈斯帕提(Bṛhaspati)的门徒麦垂亚，帕柴塔们获得了什么样的成就。

第3节

मैत्रेय उवाच
प्रचेतसोऽन्तरुदधौ पितुरादेशकारिणः ।
जपयज्ञेन तपसा पुरञ्जनमतोषयन् ॥ ३ ॥

maitreya uvāca
pracetaso 'ntar udadhau
pitur ādeśa-kāriṇaḥ
japa-yajñena tapasā
purañjanam atoṣayan

maitreyaḥ uvāca—麦垂亚说 / pracetasaḥ—帕柴塔们 / antaḥ—在……中 / udadhau—海洋 / pituḥ—他们父亲的 / ādeśa-kāriṇaḥ—命令的执行者 / japa-yajñena—通过吟诵曼陀 / tapasā—从事艰巨的苦修 / puram-janam—至尊人格首神 / atoṣayan—满足

译文 伟大的圣人麦垂亚说：帕祺纳巴黑王那些被称为帕柴塔的儿子们，为执行他们父亲的命令在海水中从事艰巨的苦修。靠不断地吟诵主希瓦给的赞歌，取悦了至尊人格首神维施努。

要旨 人可以直接向至尊人格首神献上祈祷，但如果复述主希瓦和主布茹阿玛(Brahmā)等伟大的奉献者所献上的祈祷内容，或者向伟大的人物学习，就可以很容易取悦至尊人格首神。例如：我们有时吟诵、吟唱《布茹阿玛·萨密塔》(Brahma-saṁhitā)第5章的第29节诗中的这节赞歌(mantra)：

cintāmaṇi-prakara-sadmasu kalpa-vṛkṣa-
lakṣāvṛteṣu surabhīr abhipālayantam

lakṣmī-sahasra-śata-sambhrama-sevyamānaṁ
govindam ādi-puruṣaṁ tam ahaṁ bhajāmi

“我崇拜哥文达——存在中的第一位至尊主、祖先，祂在用灵性宝石建造、由千万棵如愿树环绕的住所里照管乳牛，满足所有的愿望。成千上万的幸运女神(lakṣmī) ——牧牛姑娘(gopī)，一直怀着巨大的崇敬之情和深爱之心在侍奉祂。”由于这首祈祷诗是主布茹阿玛献上的，我们就跟着祂复述，而这是让至尊人格首神满意的最容易的方式。纯粹的奉献者从不试图直接接近至尊主。崇拜至尊主最重要的方式是透过奉献者的师徒传承。正因为如此，帕柴塔们复述主希瓦向至尊人格首神献上的祈祷，非常成功地取悦了至尊主。

这节诗中描述至尊人格首神是“普冉佳纳(purañjana)”。按照玛德瓦查尔亚(Madhvācārya)的说法，生物之所以被称为普冉佳纳，是因为他成为这个物质世界里的一个居民，在物质自然三种属性的影响下被迫生活在这个世界里。至尊人格首神创造了这个物质世界(pura)，也进入其中。《布茹阿玛·萨密塔》第5章的第35节诗中说：至尊主进入生物体的心中和原子中(aṇḍāntara-stha-para-māṇu-ca-yāntara-stham)。因此，生物和至尊主都被称为普冉佳纳。普通的普冉佳纳——生物，从属于至高无上的普冉佳纳。因此，作为下属的普冉佳纳的责任是，让至高无上的普冉佳纳满意。这就是奉爱服务。主茹铎(Rudra) ——主希瓦，是被称为茹铎传承(Rudra-sampradāya)的一个外士纳瓦传承的第一位灵性导师(ācārya)。“由希瓦作的赞歌(Rudra-gītena)”一句说明：在主茹铎的师徒传承中，帕柴塔们获得了灵性成就。

第4节 दशवर्षसहस्रान्ते पुरुषस्तु सनातनः ।
तेषामाविरभूत्कृच्छ्रं शान्तेन शमयन् रुचा ॥४॥

daśa-varṣa-sahasrānte
puruṣas tu sanātanaḥ
teṣām āvirabhūt kṛcchraṁ
śāntena śamayan rucā

daśa-varṣa—十年 / sahasra-ante—在一千的末尾 / puruṣaḥ—至尊人 / tu—于是 / sanātanaḥ—永恒的 / teṣām—帕柴塔们的 / āvirabhūt—显现 / kṛcchram—艰巨的苦修 / śāntena—令人满足 / śamayan—减轻 / rucā—被祂的美

译文 帕柴塔们在结束了一万年的艰辛苦修时，至尊人格首神为奖励他们，以祂令人赏心悦目的形象出现在他们面前。这正符合帕柴塔们的意愿，补偿了他们为苦修付出的辛劳。

要旨 从事一万年的苦修看来并非是轻松愉快的努力。尽管如此，奉献者——真诚灵修的人，仍然会为得到至尊人格首神的恩宠而从事这类苦修。那时，人的寿命都很长，因此人可以从事好几千年艰巨的苦修。据说，《茹阿玛亚纳》(Rāmāyaṇa)的作者瓦勒弥克依(Vālmīki)花六万年的时间从事冥想的苦修。至尊人格首神欣赏帕柴塔们从事苦修的做法，最终以令人赏心悦目的形象出现在他们面前。这使他们感到心满意足，忘记了从事苦修时的艰辛。在这个物质世界里，人艰苦努力后获得成功，就会感到很高兴。同样，奉献者一旦与至尊人格首神接触上，就会忘记所有的辛劳和苦行。杜茹瓦王(Dhruva Mahārāja)在还只是个五岁的孩童时，就从事了不进食而只靠吃干树叶、喝水维持生命的艰巨苦修，结果在六个月后就能够面对面地看到至尊人格首神。他一旦看到至尊主，就忘了自己经历的一切艰辛，对至尊主说："亲爱的至尊主，我非常高兴(svāmin kṛtārtho'smi)。"

当然，这些苦修都适合在萨提亚年代(Satya-yuga，金器年代)、杜瓦帕尔年代(Dvāpara-yuga, 银器年代)和特瑞塔年代(Tretā-yuga, 铜器年代)从事，而不适合在如今这个喀历年代(Kali-yuga, 铁器年代)从事。在这个喀历年代里，人可以仅仅靠吟诵、吟唱哈瑞·奎师那玛哈·曼陀(Hare Kṛṣṇa mahā-mantra)得到同样的结果。由于这个年代里的人都很堕落，至尊主便极为仁慈地把最容易的方法给予人们。仅仅靠吟诵、吟唱哈瑞·奎师那曼陀，哈瑞·奎师那　哈瑞·奎师那　奎师那·奎师那　哈瑞·哈瑞/哈瑞·茹阿玛　哈瑞·茹阿玛　茹阿玛·茹阿玛　哈瑞·哈瑞(Hare Kṛṣṇa, Hare Kṛṣṇa, Kṛṣṇa Kṛṣṇa, Hare Hare/ Hare Rāma, Hare Rāma, Rāma Rāma, Hare Hare)，人就可以获得同样的结果。然而，主柴坦亚·玛哈帕布(Caitanya Mahāprabhu)指出：我们如此不幸，甚至不受吟诵、吟唱玛哈·曼陀的吸引。

第 5 节　सुपर्णस्कन्धमारूढो मेरुशृङ्गमिवाम्बुदः ।
पीतवासा मणिग्रीवः कुर्वन् वितिमिरा दिशः ॥५॥

suparṇa-skandham ārūḍho
meru-śṛṅgam ivāmbudaḥ
pīta-vāsā maṇi-grīvaḥ
kurvan vitimirā diśaḥ

suparṇa—由主维施努的坐骑嘎茹达 / skandham—肩膀 / ārūḍhaḥ—坐在……上 / meru—梅茹山的 / śṛṅgam—在……的顶峰上 / iva—恰似 / ambudaḥ—一片云 / pīta-vāsāḥ—穿黄色的衣裳 / maṇi-grīvaḥ—祂的脖子上装饰着考斯图巴宝石 / kurvan—使得 / vitimirāḥ—摆脱黑暗 / diśaḥ—所有的方向

译文　站在嘎茹达肩膀上出现的人格首神，看似停在梅茹山上的一朵云。人格首神的超然身躯上裹着引人注目的黄色衣衫，颈部用名叫考斯图巴的宝石作装饰。至尊主身体放射的光芒驱散了宇宙中的一切黑暗。

要旨 正如《永恒的柴坦亚经》中篇第22章的第31节中说：

kṛṣṇa—sūrya-sama; māyā haya andhakāra
yāhāṅ kṛṣṇa, tāhāṅ nāhi māyāra adhikāra

诗的大意是：至尊人格首神就像光芒万丈的太阳，因此祂无论在哪里出现，哪里就不可能有黑暗或愚昧。事实上，是太阳照亮了这黑暗的宇宙，但太阳和月亮只是在反射至尊主身体放射的光芒。在《博伽梵歌》第7章的第8节诗中，至尊主说：“我是日月的光华(prabhāsmi śaśi-sūryayoḥ)。”结论是：至尊人格首神身体放射的光芒是一切生命的起源。对此，《布茹阿玛·萨密塔》第5章的第40节诗中也证实说：主奎师那身体放射出的光芒是万物赖以存在的梵光(yasya prabhā prabhavato jagad-aṇḍa-koṭi)。至尊人格首神身体放射出的光芒驱逐一切黑暗，照亮了一切。

第6节 काशिष्णुना कनकवर्णविभूषणेन
भ्राजत्कपोलवदनो विलसत्किरीटः ।
अष्टायुधैरनुचरैर्मुनिभिः सुरेन्द्रै-
रासेवितो गरुडकिन्नरगीतकीर्तिः ॥ ६ ॥

kāśiṣṇunā kanaka-varṇa-vibhūṣaṇena
bhrājat-kapola-vadano vilasat-kirīṭaḥ
aṣṭāyudhair anucarair munibhiḥ surendrair
āsevito garuḍa-kinnara-gīta-kīrtiḥ

kāśiṣṇunā—闪烁 / kanaka—金子 / varṇa—彩色的 / vibhūṣaṇena—用装饰品 / bhrājat—闪烁 / kapola—前额 / vadanaḥ—祂的脸 / vilasat—眼花缭乱的 / kirīṭaḥ—祂的头盔 / aṣṭa—八种 / āyudhaiḥ—以武器 / anucaraiḥ—由追随者 / munibhiḥ—由伟大的圣人 / sura-indraiḥ—由半神人 / āsevitaḥ—服务 / garuḍa—被嘎茹达 / kinnara—克伊纳尔星球的居民 / gīta—歌唱 / kīrtiḥ—祂的荣耀

译文 至尊主的脸庞极为俊美，祂头戴闪亮的头盔和黄金首饰。头盔光芒四射，被十分优美地顶在祂头上。至尊主有八条手臂，每只手中都持一种武器。至尊主由半神人、伟大的圣人和其他同伴簇拥着，他们都在侍奉祂。至尊主的坐骑嘎茹达扇动翅膀发出韦达赞歌的声音振荡，赞美至尊主。嘎茹达像是克伊纳尔星球上的居民。

要旨 维施努一般都展示为四只手分别持有海螺、飞轮、大头棒和莲花的四臂形象。但在这里，主维施努被描述为是八只手分别持有八种武器的八臂形象。按照维尔茹阿嘎瓦·阿查尔亚(Vīrarāghava Ācārya)的说法，海螺和莲花也被认为是武器。至尊主是至高无上的控制者，因此在祂手中的一切都可以被视为是武器。四只手中持有海螺、飞轮、大头棒和莲花这四种武器，另外的四只手中分别持有箭、弓、霹雳和蛇。圣维尔茹阿嘎瓦·阿查尔亚描述那八种武器分别是海螺(śaṅkha)、飞轮(cakra)、大头棒(gadā)、莲花(padma)、弓(śārṅga)和箭(śara)等。

君王始终有他的大臣、秘书和指挥官陪伴着，主维施努身边也始终有半神人、伟大的圣哲贤人等围绕着。祂从来不是独自一人。所以，至尊主根本不可能不具人格特性。祂永远是祂自己——至尊人格首神，祂的同伴们也都是人。从这节诗的描述看，嘎茹达(Garuḍa)看起来像是克伊纳尔(Kinnara)星球上的居民。克伊纳尔星球上的居民有着与嘎茹达一样的特征，他们的身体长得像人类，但都有翅膀。诗中“歌唱祂的荣耀(gīta-kīrtiḥ)”一句表明，克伊纳尔星球上的居民都很精通歌唱至尊主的荣耀。《布茹阿玛·萨密塔》中说：每一个宇宙中都有不同的星球，每一个星球都有各自的特点(jagad-aṇḍa-koṭi-koṭiṣv aśeṣa-vasudhādi-vibhūti-bhinnam)。基于这节诗我们可以了解，克伊纳尔星球上的居民都能用他们的翅膀飞翔。宇宙中还有一个名叫希达哈珞卡的星球，那里的居民甚至不用翅膀就能飞。就这样，每一个星球都有不同的便利设施。这就是至尊人格首神丰富多彩的创造之美。

第 7 节 पीनायताष्टभुजमण्डलमध्यलक्ष्म्या
स्पर्धच्छ्रिया परिवृतो वनमालयाद्यः ।
बर्हिष्मतः पुरुष आह सुतान् प्रपन्नान्
पर्जन्यनादरुतया सघृणावलोकः ॥ ७ ॥

pīnāyatāṣṭa-bhuja-maṇḍala-madhya-lakṣmyā
spardhac-chriyā parivṛto vana-mālayādyaḥ
barhiṣmataḥ puruṣa āha sutān prapannān
parjanya-nāda-rutayā saghṛṇāvalokaḥ

pīna—结实 / āyata—长长的 / aṣṭa—八条 / bhuja—手臂 / maṇḍala—包围 / madhya—在……中间 / lakṣmyā—和幸运女神 / spardhat—竞争 / śriyā—……的美 / parivṛtaḥ—包围 / vana-mālayā—被一条花环 / ādyaḥ—原初的人格首神 / barhiṣmataḥ—帕祺纳巴黑王 / puruṣaḥ—至尊人格首神 / āha—说话 / sutān—儿子们 / prapannān—顺从的 / parjanya—像一朵云 / nāda—祂的声音 / rutayā—被声音 / saghṛṇa—仁慈地 / avalokaḥ—祂的瞥视

译文 人格首神的颈部挂着一条直垂到祂膝盖的长长的花环，装饰着祂那八条健壮、修长的手臂，使幸运女神都黯然失色。至尊主仁慈地扫视帕祺纳巴黑沙特王的儿子们，用雷鸣般的声音对极为顺从祂的他们说话。

要旨 这节诗中的“最初的(ādyaḥ)”一词十分重要。至尊人格首神甚至是超灵(Paramātmā)和梵光(Brahman)的源头。正如《博伽梵歌》第14章的第27节诗中所证实：绝对真理始于原本的人格首神奎师那，而不是不具人格特性的梵光(brahmaṇo hi pratiṣṭhāham)。阿尔诸纳认识到奎师那的伟大时这样对祂说：

paraṁ brahma paraṁ dhāma
pavitraṁ paramaṁ bhavān
puruṣaṁ śāśvataṁ divyam
ādi-devam ajaṁ vibhum

“您是至尊人格首神，终极的住所，至纯至粹者，绝对的真理。您是永恒、超然的第一人。您不经出生就存在，最伟大，是无所不在的美。”

《布茹阿玛·萨密塔》第5章的第1节诗中也说：“至尊主没有来源，相反祂是一切原因的起因(anādir ādir govindaḥ sarva-kāraṇa-kā-raṇam)。”《韦丹塔经》(Vedānta-sūtra)中说：“绝对真理是展示了的一切的根源(janmādy asya yataḥ)”。绝对真理被描述为是存在中的第一人(ādi-puruṣa)，因此绝不是不具人格特征的。

第8节

श्रीभगवानुवाच
वरं वृणीध्वं भद्रं वो यूयं मे नृपनन्दनाः ।
सौहार्देनापृथग्धर्मास्तुष्टोऽहं सौहृदेन वः ॥ ८ ॥

śrī-bhagavān uvāca
varaṁ vṛṇīdhvaṁ bhadraṁ vo
yūyaṁ me nṛpa-nandanāḥ
sauhārdenāpṛthag-dharmās
tuṣṭo 'haṁ sauhṛdena vaḥ

śrī-bhagavān uvāca—至尊人格首神说 / varam—祝福 / vṛṇīdhvam—问 / bhadram—好运 / vaḥ—你们的 / yūyam—你们 / me—从我 / nṛpa-nandanāḥ—君王的儿子啊 / sauhārdena—因为友谊 / apṛthak—无异于 / dharmāḥ—职责 / tuṣṭaḥ—满意 / aham—我 / sauhṛdena—被友谊 / vaḥ—你们的

译文 至尊人格首神说：亲爱的王子们，你们之间的友好关系令我非常高兴。你们都在做一件事——奉爱服务。我对你们彼此间的友情是如此满意，以致要祝愿你们有所有的好运。你们现在可以向我要求一个祝福。

要旨 由于帕祺纳巴黑沙特(Prācīnabarhiṣat)王的儿子们在为奎师那做奉爱服务时团结一致，至尊主对他们非常满意。君王的每一个儿子都是个体灵魂，但他们却团结一致地为至尊主做超然的服务。个体灵魂联合起来为取悦至尊主而努力或为至尊主服务，是真正的团结。物质世界里不可能有这样的团结。人们即使表面上团结，但实际上却各怀心思。例如：在联合国中，所有的国家都有自己要追求的目标，因此无法团结一致。这个物质世界里的个体灵魂间是那么不团结，甚至在奎师那意识协会中的成员有时都会因为意见不统一及倾向于物质事物而显出分裂与不和。事实上，真正具有奎师那意识的人只有一个目标，那就是：尽自己最大的能力为奎师那服务。如果在服务中有不同意见，也应该以灵性的眼光看待这样的不一致。真正在为至尊人格首神做服务的人在任何情况下都不能不团结。正如这节诗中所指出的，团结使至尊人格首神非常高兴，愿意赐予祂的奉献者所有种类的祝福。我们可以看到，至尊主准备立刻赐予帕祺纳巴黑沙特王的儿子以所有的祝福。

第9节 योऽनुस्मरति सन्ध्यायां युष्माननुदिनं नरः ।
तस्य भ्रातृष्वात्मसाम्यं तथा भूतेषु सौहृदम् ॥ ९ ॥

yo ’nusmarati sandhyāyāṁ
yuṣmān anudinaṁ naraḥ
tasya bhrātṛṣv ātma-sāmyaṁ
tathā bhūteṣu sauhṛdam

yaḥ－……的人 / anusmarati－总是记住 / sandhyāyām－在晚上 / yuṣmān－你们 / anudinam－每天 / naraḥ－人类 / tasya bhrātṛṣu－与他

的兄弟 / ātma-sāmyam－待人平等 / tathā－也如同 / bhūteṣu－和众生 / sauhṛdam－友谊

译文　至尊主接着说：每天晚上想起你们的人，将变得对他们的兄弟和所有其他众生都十分友好。

第 10 节　ये तु मां रुद्रगीतेन सायं प्रातः समाहिताः ।
स्तुवन्त्यहं कामवरान्दास्ये प्रज्ञां च शोभनाम् ॥१०॥

ye tu māṁ rudra-gītena
sāyaṁ prātaḥ samāhitāḥ
stuvanty ahaṁ kāma-varān
dāsye prajñāṁ ca śobhanām

ye－……的人 / tu－但 / mām－向我 / rudra-gītena－主希瓦唱的歌 / sāyam－在晚上 / prātaḥ－在早上 / samāhitāḥ－专心地 / stuvanti－供奉祈祷文 / aham－我 / kāma-varān－满足欲望的一切赐福 / dāsye－将赐予 / prajñām－智慧 / ca－也 / śobhanām－超然

译文　在清晨和傍晚向我献上由主希瓦作的赞美诗的人，将得到我给予的祝福。这样，他们就既能实现他们的愿望，又能获得良好的智慧。

要旨　良好的智慧意味着回归家园、回到首神身边。就这一点，《博伽梵歌》第10章的第10节诗证实说：

teṣāṁ satata-yuktānāṁ
bhajatāṁ prīti-pūrvakam
dadāmi buddhi-yogaṁ taṁ
yena mām upayānti te

“对一直以爱心侍奉我的人，我赐予他们理解力，使他们来到我这里。”

为了满足自己的各种欲望而向至尊主祈祷的人必须知道，对欲望最完美的实现是回归家园，回到首神身边。这节诗中指出：记住帕祺纳巴黑沙特王的儿子帕柴塔所从事的活动之人，就将得到拯救和祝福。那还用说直接与至尊人格首神有接触的帕柴塔本人吗？这就是师徒传承的作用方式。我们只要跟随前辈灵性导师们，就能得到我们的前辈所得到的同样的利益。按照阿尔诸纳的决定去做的人，应该被视为是从至尊人格首神那里直接听到了《博伽梵歌》。直接聆听至尊主讲述《博伽梵歌》，与跟随以前直接聆听至尊主讲《博伽梵歌》的阿尔诸纳那样的人物没有区别。愚蠢之人有时争辩说：奎师那现在不在，所以人无法从祂那里得到直接的指示。这种愚蠢之人不知道，只要接受至尊主讲述的《博伽梵歌》原本的意思，那么是直接聆听《博伽梵歌》还是阅读它并没有区别。然而，人如果想要靠自己不完整的解释去理解《博伽梵歌》，那么无论按世俗的判断是多了不起的大学者，他都无法了解《博伽梵歌》的奥秘。

第 11 节 यद्यूयं पितुरादेशमग्रहीष्ट मुदान्विताः ।
अथो व उशती कीर्तिर्लोकाननु भविष्यति ॥११॥

yad yūyaṁ pitur ādeśam
agrahīṣṭa mudānvitāḥ
atho va uśatī kīrtir
lokān anu bhaviṣyati

yat—因为 / yūyam—你们 / pituḥ—你们的父亲的 / ādeśam—命令 / agrahīṣṭa—接受 / mudā-anvitāḥ—快乐地 / atho—因此 / vaḥ—你们的 / uśatī—有吸引力的 / kīrtiḥ—光荣 / lokān anu—全宇宙 / bhaviṣyati—将变得可能

译文 由于你们怀着喜悦的心情把你们父亲的命令记在

心上，而且忠贞不渝地执行那些命令，你们高尚的品质将传遍世界。

要旨 生物因为是至尊人格首神不可缺少的一部分，所以具有微小的独立性。缺乏智慧的人有时会问，既然每一个人都受至尊人格首神的控制，为什么有的人会被置于痛苦的境地。生物因为有微小的独立性，所以既可以服从也可以拒绝至尊主的命令。服从至尊主的命令，他就变得快乐；不服从至尊主的命令，他就不快乐。因此，快乐与不快乐都是生物自己引起的。至尊主没有把这一切强加在谁身上。至尊主之所以赞扬帕柴塔们，是因为他们都忠实地服从他们父亲的命令。为此，至尊主祝福帕祺纳巴黑沙特王的儿子们。

第12节 भविता विश्रुतः पुत्रोऽनवमो ब्रह्मणो गुणैः ।
य एतामात्मवीर्येण त्रिलोकीं पूरयिष्यति ॥१२॥

bhavitā viśrutaḥ putro'
navamo brahmaṇo guṇaiḥ
ya etām ātma-vīryeṇa
tri-lokīṁ pūrayiṣyati

bhavitā—将会 / viśrutaḥ—非常著名 / putraḥ—儿子 / anavamaḥ—不比……差 / brahmaṇaḥ—主布茹阿玛 / guṇaiḥ—由资格 / yaḥ—谁 / etām—这所有的 / ātma-vīryeṇa—被他的后裔 / tri-lokīm—三个世界 / pūrayiṣyati—将充满

译文 你们将有一个优秀的儿子，他绝不会比主布茹阿玛差。他必定闻名全宇宙，他的子孙后代将遍布三个世界。

要旨 正如下一节诗所解释的，帕柴塔们将娶大圣人侃杜(Kaṇḍu)的女儿为妻。他们被建议给儿子取名为维施茹塔(Viśruta)，而这个儿子因为自身的美好品质，将给他的父母增光。事实上，他将比主布茹阿玛还杰出。伟大的政治家查纳克亚(Cāṇakya)说，花园中或森林里如果有一棵好树，那棵树的鲜花就会让它们的芳香弥漫在整个森林中。同样道理，家里只要有一个优秀的儿子，就能使整个家庭闻名全世界。奎师那显现在雅杜(Yadu)王朝，整个王朝因此而享誉全世界。

第 13 节 कण्डोः प्रम्लोचया लब्धा कन्या कमललोचना ।
तां चापविद्धां जगृहुर्भूरुहा नृपनन्दनाः ॥१३॥

kaṇḍoḥ pramlocayā labdhā
kanyā kamala-locanā
tāṁ cāpaviddhāṁ jagṛhur
bhūruhā nṛpa-nandanāḥ

kaṇḍoḥ—圣人侃杜的 / pramlocayā—由天堂社交女郎帕么珞荼 / labdhā—获得 / kanyā—女儿 / kamala-locanā—莲花眼 / tām—她 / ca—也 / apaviddhām—放弃 / jagṛhuḥ—接受 / bhūruhāḥ—树木 / nṛpa-nandanāḥ—帕祺纳巴黑沙特王的儿子们

译文 帕祺纳巴黑沙特王的儿子啊，天堂社交女郎帕么珞荼把侃杜那长着莲花眼的女儿留给森林树木照管后，自己回到天堂星球。这女孩是天堂社交女郎帕么珞荼与侃杜结合后生的。

要旨 每当有优秀的圣人为得到物质力量而从事艰巨的苦修时，天帝因铎(Indra)就会变得非常忌妒。所有的半神人都各自负责管理不同的宇宙事务。他们因为从事虔诚活动而变得非常有资格，尽管都是普通的生物，但却能够站在管理的岗位上，当布茹阿玛、天帝因铎、月亮神昌铎(Candra)和水神瓦茹纳(Varuṇa)。这个物质世界的本性使然，天帝因铎一旦有大圣人从事艰巨的苦修，就会心中焦虑不安。整个物质世界充满了这种忌妒，以致每个人都害怕自己的邻居；每一个商人害怕自己的商业伙伴。这其中的原因是：这个物质世界，是让那些来此与至尊人格首神的财富作竞争的各种忌妒之人活动的场所。所以，因铎非常害怕大圣人侃杜(Kaṇḍu)从事艰巨的苦修。他派帕么珞茶(Pramlocā)去令侃杜打破自己的誓言、中止苦修。维施瓦弥陀(Viśvāmitra)也遇到过类似的事情。从其他经典的记载看，因铎总是很忌妒他人。普瑞图(Pṛthu)王举行各种祭祀胜过因铎时，因铎也变得非常忌妒，去打扰普瑞图王的祭祀。这在前面的篇章中已经谈过了。天帝因铎成功地使大圣人侃杜打破了自己的誓言，侃杜受到天堂社交女郎帕么珞茶美貌的吸引，与她生了个女孩。这孩子在这节诗中被描述为是有着莲花般的眼睛，非常美丽。帕么珞茶成功地完成了自己的任务后返回天堂，把新生儿留给树木照管。幸运的是，树木接受了孩子，同意抚养她。

第 14 节　क्षुत्क्षामाया मुखे राजा सोमः पीयूषवर्षिणीम् ।
देशिनीं रोदमानाया निदधे स दयान्वितः ॥१४॥

kṣut-kṣāmāyā mukhe rājā
somaḥ pīyūṣa-varṣiṇīm
deśinīṁ rodamānāyā
nidadhe sa dayānvitaḥ

kṣut—被饥饿 / kṣāmāyāḥ—当她痛苦时 / mukhe—在口中 / rājā—君王 / somaḥ—月亮 / pīyūṣa—甘露 / varṣiṇīm—倒入 / deśinīm—食指 / rodamānāyāḥ—当她哭泣时 / nidadhe—放置 / saḥ—他 / dayā-anvitaḥ—出于怜悯

译文 那孩子被丢给树木照管后开始因饥饿而大声哭喊。那时，森林之王，也就是月亮之王，出于同情把他流着甘露的手指放进孩子的嘴里。那孩子就这样靠月亮之王的仁慈成长起来。

要旨 尽管天堂社交女郎(Apsarā)把她的孩子留给树木照管，但树木无法给孩子以适当的照顾，于是把孩子交给了月亮神。月亮神昌铎把自己的手指放进孩子的嘴里，以解除她的饥饿感。

第 15 节 प्रजाविसर्ग आदिष्टाः पित्रा मामनुवर्तता ।
तत्र कन्यां वरारोहां तामुद्वहत मा चिरम् ॥१५॥

prajā-visarga ādiṣṭāḥ
pitrā mām anuvartatā
tatra kanyāṁ varārohāṁ
tām udvahata mā ciram

prajā-visarge一为繁衍后代 / ādiṣṭāḥ一接受命令 / pitrā一你们的父亲 / mām一我的指导 / anuvartatā一跟随 / tatra一那里 / kanyām一女儿 / vara-ārohām一品质优秀和美丽非凡 / tām一她 / udvahata一结婚 / mā一不 / ciram一浪费时间

译文 由于你们全体都很服从我的命令，我要求你们立刻去娶那美丽非凡、品质特优的少女。按照你们父亲的命令，透过她繁衍后代。

要旨 帕柴塔们不仅是至尊人格首神优秀的奉献者，而且很服从他们父亲的命令。因此，至尊主要求他们去娶帕么珞茶的女儿。

第 16 节 अपृथग्धर्मशीलानां सर्वेषां वः सुमध्यमा ।
अपृथग्धर्मशीलेयं भूयात्पत्न्यर्पिताशया ॥१६॥

aprthag-dharma-śīlānāṁ
　sarveṣāṁ vaḥ sumadhyamā
aprthag-dharma-śīleyaṁ
　bhūyāt patny arpitāśayā

apṛthak一无异于 / dharma一职责 / śīlānām一性格……的 / sarveṣām一所有的 / vaḥ一你们的 / su-madhyamā一腰肢纤细的女孩 / apṛthak一没有不同 / dharma一职责 / śīlā一行为得体 / iyam一这 / bhūyāt一愿她成为 / patnī一妻子 / arpita-āśayā一完全投靠

译文　你们兄弟具有同样的天性，都是你们父亲虔诚、孝顺的儿子。同样，那少女跟你们是同一类型的人，会全身心地为你们奉献。她与你们——帕祺纳巴黑沙特的儿子同属一个层次，因此会在遵守共同原则的基础上结合。

要旨　按照韦达原则，一个女人不能有很多丈夫，尽管一个丈夫可以有多个妻子。但在特殊的情况下，我们可以看到有一个女人多个丈夫的事件发生。例如，朵帕蒂(Draupadī)就嫁给了潘达瓦五兄弟(Pāṇḍavas)。同样，至尊人格首神命令帕祺纳巴黑沙特所有的儿子都去娶大圣人和帕么珞茶生的女儿。在特殊的情况下，允许一个少女嫁给多个男人，但条件是她能够平等对待她所有的丈夫。这对普通女子来说是不可能做到的。只有特别有资格的人才被允许嫁多个丈夫。在这个喀历年代中，要找到这样一位有平衡能力的女性极为困难。因此按照经典的教导：这个年代中禁止一个女人同时嫁给她丈夫的兄弟(kalau pañca vivarjayet)。这种同时嫁给兄弟的习俗，在印度山区至今还在实行。至尊主说："你们兄弟具有同样的天性，那少女跟你们是同一类型的人(apṛthag-dharma-śīleyaṁ bhūyāt patny arpitāśayā)"。有至尊主的祝福，一切都有可能。至尊主特别祝福那少女要平等、服从地对待所有的兄弟。"目标专一地履行职责(apṛthag-dharma)"这一点，《博伽梵歌》中给予了教导。《博伽梵歌》主要讲述了三个部分的主要内容，即：活动瑜伽(karma-yoga)、思辨瑜伽(jñāna-yoga)和奉爱瑜伽(bhakti-yoga)。梵文“瑜伽(yoga)”一词的意思是“代表至尊人格首神行事”。正如《博伽梵歌》第3章的第9节诗中证实的：

yajñārthāt karmaṇo 'nyatra
loko 'yaṁ karma-bandhanaḥ
tad-arthaṁ karma kaunteya
mukta-saṅgaḥ samācara

“应该把活动当祭祀奉献给维施努，否则活动就会把人捆绑在物质世界里。因此，琨缇的儿子啊！为满足祂而履行你的规定职责，这样你永远不会遭捆绑。”

人可以为取悦至尊人格首神(yajña-puruṣa)而根据自己的职责行事。这称为“目标专一(apṛthag-dharma)”。身体不同的肢体也许以不同的方式行动，但最终的目的都是为了维持整个机体的正常运作。同样，我们如果为使至尊人格首神满意而工作，就会发现我们使一切都满意了。帕柴塔们的唯一目标就是使至尊主满意，我们应该以他们为榜样。这称为目标专一。《博伽梵歌》第18章的第66节诗说：“抛弃一切种类的宗教，只向我皈依(sarva-dharmān parityajya mām ekaṁ śaraṇaṁ vraja)。”这是主奎师那给我们的忠告。我们唯一的目标应该是，为使至尊主满意而怀着奎师那意识做事。这就是同一性——目标专一。

第17节 दिव्यवर्षसहस्राणां सहस्रमहतौजसः ।
भौमान् भोक्ष्यथ भोगान् वै दिव्यांश्चानुग्रहान्मम ॥१७॥

divya-varṣa-sahasrāṇāṁ
sahasram ahataujasaḥ
bhaumān bhokṣyatha bhogān vai
divyāṁś cānugrahān mama

divya－天堂星球的 / varṣa－年 / sahasrāṇām－数千的 / sahasram－一千 / ahata－不被打败 / ojasaḥ－你们的力量 / bhaumān－这个世界的 / bhokṣyatha－你们会享受到 / bhogān－享受 / vai－肯定地 / divyān－天堂世界的 / ca－也 / anugrahāt－凭借……的仁慈 / mama－我的

译文 至尊主接着祝福全体帕柴塔说：我亲爱的王子，靠我的仁慈，你们不但能享受这个世界里所有的设施，而且能享受天堂世界。事实上，你们可以充满活力、毫无障碍地享受这一切达一百万天堂年之久。

要旨 至尊人格首神告诉帕柴塔的寿命是按高等星系的测量法计算的。我们地球的六个月等于高等星系的十二个小时，然后再按照三十天等于一个月，十二个月等于一年的算法计算。这样，按照高等星系的时间计算，帕柴塔被允许享受各种物质设施长达一百万年之久。尽管这寿命极长，但至尊主赐予帕柴塔们身体充满活力的祝福。在物质世界里，人要想活得很久，就必须忍受年老、体弱等许多痛苦的困境。然而，至尊主却让帕柴塔充满活力地享受物质设施。祂之所以给他们这一特殊的便利条件，是为了让他们能够继续做奉爱服务。对此，下面一节诗将给予解释。

第 18 节 अथ मय्यनपायिन्या भक्त्या पक्वगुणाशयाः ।
उपयास्यथ मद्धाम निर्विद्य निरयादतः ॥१८॥

atha mayy anapāyinyā
bhaktyā pakva-guṇāśayāḥ
upayāsyatha mad-dhāma
nirvidya nirayād ataḥ

atha－因此 / mayi－向我 / anapāyinyā－毫不偏离地 / bhaktyā－靠

奉爱服务 / pakva-guṇa－摆脱物质污染 / āśayāḥ－你们的心 / upayāsyatha－你们会到达 / mat-dhāma－我的居所 / nirvidya－因完全的弃绝 / nirayāt－从物质存在中 / ataḥ－如此

译文 那以后，你们靠为我做纯粹的奉爱服务，去除一切物质污染。那时，由于丝毫不再留恋所谓的天堂星球和地狱星球里的物质享乐，你们将回归家园，回到首神身边。

要旨 凭借至尊主的恩典，帕柴塔们得到特殊的能力，使他们即使能够活百万年，享受物质设施，但却不偏离为至尊主做超然爱心服务的正途。帕柴塔们在这样全心全意做奉爱服务的情况下，将彻底去除物质性的执著和依恋。物质的执著和依恋的力量非常强大。物质主义者的一生都在忙着扩大领地、赚钱、交朋友，追求社会地位、友谊、爱，等等。不仅如此，他还想在这个躯体完结后享受天堂的快乐。然而，做奉爱服务的人变得不再执著任何物质的享乐和痛苦。在物质世界里，升上高等星系的生物会享受到所有的物质便利设施，而被降到低等星系的生物就会生活在可憎恶的环境中。至于奉献者，他们将超越这一切。《博伽梵歌》第14章的第26节诗这样说：

mām ca yo 'vyabhicāreṇa
bhakti-yogena sevate
sa guṇān samatītyaitān
brahma-bhūyāya kalpate

“在任何情况下都全心全意地做奉爱服务，就能立刻超越物质自然三种属性，达到梵的层面。”

奉献者总是处在梵的层面上，与物质的快乐或痛苦毫无关系。人一旦坚定不移地做奉爱服务，去除一切物质执著及物质自然属性的污染，就变得有资格回归家园，回到首神身边。尽管帕柴塔们得到特殊的祝福，可以享受物质便利设施达百万年之久，但他们并不依恋这些。因此，他们结束他们的物质享乐时，将被提升到灵性世界，回到首神身边。

“你们的内心将免予物质污染(pakva-guṇāśayāḥ)”一句尤其重要，因为它说明，奉爱服务可以使人去除物质自然三种属性的污染。人只要还受物质自然三种属性的影响，就无法回到首神身边。经典中清楚地解释说，物质世界里所有的星球，上至布茹阿玛珞卡，下至地狱星球，都不适合奉献者生活。《圣典博伽瓦谭》第10篇第14节的第58节诗中说，物质世界是个每走一步都有危险的地方(padaṁ padaṁ yad vipadāṁ na teṣām)。而每走一步都有危险的地方，无疑不是让人感到安逸的地方。为此，至尊主在《博伽梵歌》第8章的第16节诗说：

ābrahma-bhuvanāl lokāḥ
punar āvartino 'rjuna
mām upetya tu kaunteya
punar janma na vidyate

“在物质世界中，从最高等的星球到最低等的星球，都是有生死轮回的痛苦之地。但是，琨缇的儿子啊！到达我住所的人，永远不再投生。”

所以说，即使升上物质宇宙最高等的星球布茹阿玛珞卡，也没有利益可言。然而，人如果想方设法升上至尊主的住所，就永远不用再返回物质世界了。

第19节　गृहेष्वाविशतां चापि पुंसां कुशलकर्मणाम् ।
मद्वार्तायातयामानां न बन्धाय गृहा मताः ॥१९॥

gṛheṣv āviśatāṁ cāpi
puṁsāṁ kuśala-karmaṇām
mad-vārtā-yāta-yāmānāṁ
na bandhāya gṛhā matāḥ

gṛheṣu—在家庭生活中／āviśatām—进入了……的／ca—也／api—甚至／puṁsām—人／kuśala-karmaṇām—从事吉祥活动／mat-vārtā—有关我的话题／yāta—度过／yāmānām—每时每刻……的／na—不／bandhāya—为纠缠／gṛhāḥ—家居生活／matāḥ—考虑

译文 在从事奉爱服务这种吉祥活动的人无疑了解，一切活动的最高享受者或受益者是至尊人格首神。因此，当他做事时，他把结果献给至尊人格首神，而且以始终谈论、聆听至尊主话题的方式度过他生命中的时光。这样的人即使过家庭生活，也不会受他活动结果的影响。

要旨 住在家里的人通常都变得过于执著功利性活动。换句话说，他试图享受他活动的结果。然而，奉献者知道奎师那是至高无上的享乐者、至尊的拥有者(bhoktāraṁ yajña-tapasāṁ sarva-loka-maheśvaram《博伽梵歌》5.29)。所以，奉献者不认为自己拥有什么。奉献者总是想至尊人格首神是拥有者，因此把他活动的结果献给至尊主。这样在物质世界里过家居生活的人，永远不会受物质世界污染的影响。对此，《博伽梵歌》第3章的第9节诗说：

yajñārthāt karmaṇo 'nyatra
loko 'yaṁ karma-bandhanaḥ
tad-arthaṁ karma kaunteya
mukta-saṅgaḥ samācara

“应该把活动当祭祀奉献给维施努，否则活动就会把人捆绑在物质世界里。因此，琨缇的儿子啊！为满足祂而履行你的规定职责，这样你永远不会遭捆绑。”试图享受自己的活动结果，就会被结果所束缚。然而，把结果或收益献给至尊人格首神，就不会被结果所纠缠。这是成功的秘诀。人们一般为了避免功利性活动的反作用而出家当托钵僧(sannyāsa)。但是，人如果把活动的结果献给至尊人格首神，而不是想要自己享受，无疑就会保持解脱的状态。对此，在《纯粹奉爱服务的甘露之洋》(Bhakti-rasāmṛta-sindhu)中，圣茹帕·哥斯瓦米(Rūpa Gosvāmī)证实说：

īhā yasya harer dāsye
karmaṇā manasā girā
nikhilāsv apy avasthāsu
jīvan-muktaḥ sa ucyate

人如果用自己的生命、钱财、话语和智慧等所有的一切为至尊主服务，就将在任何情况下都永远是解脱的。这样的人被称为在这一生就解脱了的人(jīvan-mukta)。那些没有奎师那意识，整天忙于物质活动的人，只会被越来越紧地捆绑在物质束缚中，被迫享受或承受一切活动的作用与反作用。这场奎师那意识运动使人总忙于为奎师那服务，所以是给予人类的最大的恩惠。奉献者想念奎师那，为奎师那做事，为奎师那而吃，为奎师那而睡，为奎师那工作，就这样把一切都用于为奎师那服务。毕生满怀奎师那意识，使人免受物质污染。正如巴克提希丹塔·萨茹阿斯瓦提·哥斯瓦米·玛哈茹阿佳(Bhaktisiddhānta Sarasvatī Gosvāmī Mahārāja)所说：

kṛṣṇa-bhajane yāhā haya anukūla
viṣaya baliyā tyāge tāhā haya bhūla

如果人精通如何把一切与为至尊主服务结合起来，那么所谓的出家当托钵僧就犯了个大错。人应该学习如何把一切用于为至尊主服务，因为一切都与奎师那有关。那才是人生的真正目的及成功的秘诀。正如《博伽梵歌》第3章的第19节诗所重申的：

tasmād asaktaḥ satataṁ
kāryaṁ karma samācara
asakto hy ācaran karma
param āpnoti pūruṣaḥ

“通过不带执著心地活动就能获得至尊真理，因此应该出于义务而活动，不要执著于活动的结果。”

《博伽梵歌》第3章特别分析了为感官享乐而从事的物质活动，以及为满足至尊主而从事的活动。结论是：它们两者是不一样的。为感官享乐而从事物质活动，是遭捆绑的原因；而为使奎师那满意而从事的同一个活动，却是使人解脱的原因。为什么同样的活动既可以使人遭捆绑，又可以使人获得解脱呢？解释是这样的：吃太多的浓缩牛奶和甜奶饭等奶制品会导致消化不良，但另一种奶制品，也就是酸奶(优酪乳)加黑胡椒和盐，却可以立刻解除消化不良或腹泻等疾病。换句话说，一种奶制品可以治疗消化不良和腹泻，另一种奶制品却可以导致这些疾病。

人因为至尊人格首神的特殊仁慈而被置于物质富裕的境况中时，不该认为那种富裕的状态是导致捆绑的原因。成熟的奉献者被赐予物质财富时，不会产生反感的情绪，因为他知道如何用这些物质财富为至尊主做服务。世界历史上有许多这样的例子；普瑞图王(Pṛthu Mahārāja)、帕拉德王(Prahlāda Mahārāja)、佳纳卡(Janaka)、杜茹瓦(Dhruva)、外瓦斯瓦塔·玛努(Vaivasvata Manu)和依克施瓦库王(Mahārāja Ikṣvāku)都是这方面的典范。所有这些人物都是伟大的君王，得到至尊人格首神的特殊优待。奉献者如果不成熟，至尊主就会拿走他的一切财富。至尊人格首神说明这样一条原则，即：“我向我的奉献者展示的第一个仁慈是，拿走他所有的物质财富(yasyā-ham anugṛhṇāmi hariṣye tad-dhanaṁ śanaiḥ)。”至尊主拿走不利于做奉爱服务的物质财富，为做奉爱服务成熟的奉献者提供所有的物质便利条件。

第20节 नव्यवद् धृदये यज्ञो ब्रह्मैतद् ब्रह्मवादिभिः ।
न मुह्यन्ति न शोचन्ति न हृष्यन्ति यतो गताः ॥२०॥

navyavad dhṛdaye yaj jño
brahmaitad brahma-vādibhiḥ

na muhyanti na śocanti
na hṛṣyanti yato gatāḥ

navya-vat—永远增长的新鲜感 / hṛdaye—在心中 / yat—如同 / jñaḥ—至尊的知悉者——超灵 / brahma—梵 / etat—这 / brahma-vādibhiḥ—绝对真理的信奉者 / na—从不 / muhyanti—被迷惑 / na—从不 / śocanti—悲伤 / na—从不 / hṛṣyanti—欢呼 / yataḥ—当……时 / gatāḥ—达到

译文　总是忙于做奉爱服务的奉献者，在他们所有的活动过程中都有日新月异的感觉。全知者——在奉献者心中的超灵，使一切都越来越新鲜。这种状态被绝对真理的信奉者说成是梵(布茹阿曼)的状态。处在这一解脱阶段的人，永远都不会感到困惑，也不会悲伤或不必要地变得喜气洋洋。

要旨　超灵在奉献者心中以各种方式激励他在奉爱服务中取得进步。奉献者在做奉爱服务的过程中既没有“总是按老一套行事”的陈腐感，也不会感到自己处在停滞不前的状态中。在物质世界里，一个人如果一直不断地重复一个物质的名字，就会在重复了几次后产生厌倦的感觉。然而，人可以日以继夜、连续不断地吟诵、吟唱哈瑞·奎师那玛哈·曼陀而从不感到厌倦。随着不断地吟诵、吟唱，人会产生日新月异的新鲜感。圣茹帕·哥斯瓦米说：如果他能得到百万只耳朵和百万条舌头，那他就能品尝吟诵、吟唱哈瑞·奎师那玛哈·曼陀的灵性极乐了。对灵性上高度进步的奉献者来说，实际上没有什么是不鼓舞人心的。在《博伽梵歌》中，至尊主说：祂处在每一个生物体的心中，帮助生物遗忘和记忆。凭借至尊主的恩典，奉献者得到灵感和启发。

teṣāṁ satata-yuktānāṁ
bhajatāṁ prīti-pūrvakam
dadāmi buddhi-yogaṁ taṁ
yena mām upayānti te

“对一直以爱心侍奉我的人，我赐予他们理解力，使他们来到我这里。”(《博伽梵歌》10.10)

正如上一节诗所说明的，从事奉爱服务这一吉祥活动的人得到超灵的指导，而超灵在这节诗中被称为“知道过去、现在和将来的人(jña)”。超灵指导真诚、纯洁的奉献者，让他知道如何能取得进步，越来越靠近至尊人格首神。就有关这一点，圣吉瓦·哥斯瓦米(Jīva Gosvāmī)说：超灵——人格首神的完整扩展，虽然存在于每一个生物体的心中，但在奉献者的心中，祂不断地揭示祂本人越来越多的内容，使奉献者感到祂永远是新鲜的。受到祂启发、激励的奉献者，在做奉爱服务的过程中感受到越来越强的超然极乐。

第21节 मैत्रेय उवाच

एवं ब्रुवाणं पुरुषार्थभाजनं
जनार्दनं प्राञ्जलयः प्रचेतसः ।
तद्दर्शनध्वस्ततमोरजोमला
गिरागृणन् गद्गदया सुहृत्तमम् ॥२१॥

maitreya uvāca
evaṁ bruvāṇaṁ puruṣārtha-bhājanaṁ
janārdanaṁ prāñjalayaḥ pracetasaḥ
tad-darśana-dhvasta-tamo-rajo-malā
girāgṛṇan gadgadayā suhṛttamam

maitreyaḥ uvāca—麦垂亚说 / evam—如此 / bruvāṇam—说 / puruṣa-artha—生命的最高目标的 / bhājanam—赐予者 / jana-ardanam—拿走奉献者所有缺点的人 / prāñjalayaḥ—双手合十 / pracetasaḥ—帕柴塔兄弟 / tat—祂 / darśana—通过看 / dhvasta—驱散 / tamaḥ—黑暗的 / rajaḥ—激情的 / malāḥ—污染……的人 / girā—用……嗓音 / agṛṇan—献上祈祷 / gadgadayā—颤抖的 / suhṛt-tamam—向最好的朋友

译文 大圣人麦垂亚说：人格首神说完这番话，帕柴塔们开始向祂献上祈祷。至尊主是生命中一切成就的赐予者，是至高无上的恩人。祂也是奉献者最好的朋友，移除奉献者所体验到的痛苦状态。帕柴塔们用狂喜所致的颤抖嗓声开始祈祷。他们被出现在他们面前的至尊主净化了。

要旨 至尊主在这节诗中被描述为是"生命最高目标的赐予者(puruṣārtha-bhājanam)"。我们在生活中想要达到的一切成就都可以凭至尊主的仁慈达到。帕柴塔们已经得到了至尊主的仁慈，所以不再受物质属性的污染。物质属性的影响从他们身上消失，就像太阳升起时夜晚的黑暗顿时消失一样。由于至尊主出现在他们面前，物质的激情(rajas)和愚昧(tamas)属性的污染自然就全部不复存在了。同样，当纯粹的奉献者吟诵、吟唱哈瑞·奎师那玛哈·曼陀时，由于至尊主的圣名与至尊主本人一样，奉献者受到的一切物质污染也就得到了清除。正如《圣典博伽瓦谭》第1篇第2章的第17节诗所说：

śṛṇvatāṁ sva-kathāḥ kṛṣṇaḥ
puṇya-śravaṇa-kīrtanaḥ
hṛdy antaḥ-stho hy abhadrāṇi
vidhunoti suhṛt satām

"作为众生心中的超灵、诚实奉献者的恩人，人格首神圣奎师那会把渴望聆听祂信息的奉献者心中的感官享乐欲望清除掉。正确地聆听和歌唱祂的信息是虔诚的活动。"

至尊主的圣名就是至尊主本人。吟诵、吟唱并聆听它的人就会得到净化，所有的物质污染就会逐渐消失。由于至尊主亲自出现在帕柴塔们面前，帕柴塔们已经得到了净化，因此能够双手合十地献上恰当的祈祷文。换句话说，奉献者一旦做奉爱服务，就立刻超越所有的物质污染，正如《博伽梵歌》第14章的第26节诗所证实的：他就能立刻超越物质自然属性，达到梵的层面(sa guṇān samatītyaitān brahma-bhūyāya kalpate)。奉献者有时因为没有亲眼看到至尊人格首神本人而感到不满足。帕柴塔们看到至尊主本人出现时，所有的不快都一扫而空。

第22节

प्रचेतस ऊचुः
नमो नमः क्लेशविनाशनाय
निरूपितोदारगुणाह्वयाय ।
मनोवचोवेगपुरोजवाय
सर्वाक्षमार्गैरगताध्वने नमः ॥२२॥

pracetasa ūcuḥ
namo namaḥ kleśa-vināśanāya
nirūpitodāra-guṇāhvayāya
mano-vaco-vega-puro-javāya
sarvākṣa-mārgair agatādhvane namaḥ

pracetasaḥ ūcuḥ－帕柴塔们说 / namaḥ－顶礼 / kleśa－物质痛苦 / vināśanāya－向毁灭……的人 / nirūpita－被断定 / udāra－宽宏大量 / guṇa－品质 / āhvayāya－名字……的 / manaḥ－心念的 / vacaḥ－话语的 / vega－速度 / puraḥ－在……之前 / javāya－……的速度 / sarva-akṣa－所有物质感官的 / mārgaiḥ－由……的道路 / agata－不可感知的 / adhvane－行事方式……的 / namaḥ－我们致以敬意

译文 帕柴塔们这样说：亲爱的至尊主，您解除所有种类的物质苦痛。您宽宏大量的超然品质和圣名都绝对吉祥。这已是定论。您行进的速度可以比心念和话语的速度还要快。物质的感官感知不到您。因此，我们一次又一次地向您致以恭敬的顶礼。

要旨 这节诗中的“被断定(nirūpita)”一词非常重要。找到神或增进灵性知识，并不需要去做调查工作。韦达经(Vedas)中已经有所有的断言。正因为如此，在《博伽梵歌》第15章的第15节诗中，至尊主说：透过韦达经推荐的程序了解至尊人格首神，是完美的和结论性的了解(vedaiś ca sarvair aham eva vedyaḥ)。韦达经说明：我们用我们迟钝的物质感官无法了解至尊主的超然名字、形象、品质、随身用品和随员，以及祂的娱乐活动(ataḥ śrī-kṛṣṇa-nā-mādi na bhaved grāhyam indriyaiḥ)；当奉献者用他的感官善意地为至尊主做奉爱服务时，至尊主就会出于祂没有缘故的仁慈向奉献者揭示祂自己(sevonmukhe hi jihvādau svayam eva sphuraty adaḥ)。这是决定性的韦达程序。韦达经还指出，仅仅靠吟诵、吟唱至尊主的圣名，人就必然能取得灵性进步。我们靠心念或说话的速度都追不上至尊人格首神，但如果我们坚持不懈地做奉爱服务，就能轻易、快速地接近祂。换句话说，至尊主受奉爱服务的吸引，祂能迅速地接近我们，比我们用心智思辨的速度接近祂要快得多。至尊主说，尽管祂超越心智思辨的范畴，以及思想的速度，但凭祂没有缘故的仁慈就能够轻易地接近祂。因此，只有靠祂没有缘故的仁慈才能得到祂；其他方法都无效。

第23节

शुद्धाय शान्ताय नमः स्वनिष्ठया
मनस्यपार्थं विलसद्द्वयाय ।
नमो जगत्स्थानलयोदयेषु
गृहीतमायागुणविग्रहाय ॥२३॥

śuddhāya śāntāya namaḥ sva-niṣṭhayā
manasy apārthaṁ vilasad-dvayāya
namo jagat-sthāna-layodayeṣu
gṛhīta-māyā-guṇa-vigrahāya

śuddhāya—向毫无瑕疵的人 / śāntāya—向最平静的人 / namaḥ—

我们致以顶礼 / sva-niṣṭhayā－通过处在自己原本的地位上 / manasi－在心中 / apārtham－没有任何意义 / vilasat－出现 / dvayāya－在充满相对性的世界里 / namaḥ－顶礼 / jagat－宇宙展示的 / sthāna－维系 / laya－毁灭 / udayeṣu－及为了创造 / gṛhīta－接受 / māyā－物质 / guṇa－自然属性的 / vigrahāya－形象

译文 亲爱的至尊主，我们向您致以我们的敬意。当心念专注于您时，这个尽管是物质享乐之地的相对世界便显得毫无意义。您超然的形象充满超然的极乐。为此，我们向您致以我们的敬意。您为了创造、维系和毁灭这个宇宙展示而显现为主布茹阿玛、主维施努和主希瓦。

要旨 总是全心全意地为至尊主服务的纯粹奉献者，无疑能察觉这个物质世界的短暂性，尽管这样的奉献者有可能正在从事物质活动也不例外。这一状态称为从不执著物质活动(anāsakti)。正如圣茹帕·哥斯瓦米所解释的，在解脱状态中的奉献者总是全神贯注于至尊主的莲花足，所以从不执著物质活动。

这个物质世界被称为“相对的世界(dvaita)”。奉献者很清楚，这个物质世界里的一切只不过是至尊主能量的展示。为了维系物质自然三种属性，至尊主呈现出主布茹阿玛、主维施努和主希瓦这些不同的形象。在不受物质自然属性影响的情况下，至尊主以不同的形象创造、维系和毁灭这个物质展示。结论是：纯粹的奉献者虽然表面看是在侍奉至尊主的过程中从事物质活动，但内心十分清楚物质的感官享乐毫无价值。

第 24 节 नमो विशुद्धसत्त्वाय हरये हरिमेधसे ।
वासुदेवाय कृष्णाय प्रभवे सर्वसात्वताम् ॥२४॥

namo viśuddha-sattvāya
haraye hari-medhase

vāsudevāya kṛṣṇāya
　prabhave sarva-sātvatām

namaḥ—顶礼 / viśuddha-sattvāya—向完全免予物质影响的您 / haraye—拿走奉献者所有痛苦的 / hari-medhase—只考虑如何拯救受制约灵魂的 / vāsudevāya—无所不在的至尊人格首神 / kṛṣṇāya—向奎施那 / prabhave—增强……的影响力的 / sarva-sātvatām—所有种类的奉献者的

译文　亲爱的至尊主，我们之所以恭恭敬敬地向您致敬，是因为您的存在完全不受一切物质的影响。您圣上总在思考如何移除奉献者的痛苦状态并付出行动。您以超灵的形式无所不在，所以被称为华苏戴瓦。您还把瓦苏戴瓦当做您父亲，并以奎师那闻名于世。您那么仁慈，总是在增加各类奉献者的影响力。

要旨　前一节诗中说，为了创造、维系和毁灭这个宇宙展示，至尊主接受了维施努、布茹阿玛和希瓦这三种形象(gṛhīta-māyā-guṇa-vigrahāya)。物质宇宙中的这三个主管神明被称为属性化身(guṇa-avatāra)。至尊人格首神有许多种化身，在这个物质世界里的第一批化身就是布茹阿玛、维施努和希瓦(Maheśvara)。在这三位化身中，主布茹阿玛和主希瓦接受了物质的躯体，但主维施努没有接受。为此，主维施努被说成是完全免予物质自然属性的污染(viśuddha-sattva)。所以我们不该认为主维施努与主布茹阿玛和希瓦同属一个范畴。经典中禁止我们这样去想：

yas tu nārāyaṇaṁ devaṁ
　brahma-rudrādi-daivataiḥ
samatvenaiva vīkṣeta
　sa pāṣaṇḍī bhaved dhruvam

(《永恒的柴坦亚经》中篇 18.116)

诗中说，认为主维施努与半神人主布茹阿玛或主希瓦同属一个范畴，或认为主布茹阿玛和希瓦平等于主维施努的人，被视为是不信神的人(pāṣaṇḍī)。也正因为如此，这节诗中用“亲爱的至尊主，我们之所以恭恭敬敬地向您致敬，是因为您的存在完全不受一切物质的影响(namo viśuddha-sattvāya)”一句作出区分。主布茹阿玛虽然是像我们一样的普通生物，但因为他所从事的虔诚活动而变得崇高，所以被委任承担布茹阿玛这一管理职责。主希瓦其实不是普通生物，但他也不是至尊人格首神。他的地位介于至尊人格首神维施努与生物体布茹阿玛之间。《布茹阿玛·萨密塔》第5章的第45节诗中这样解释主希瓦说：

kṣīraṁ yathā dadhi vikāra-viśeṣa-yogāt
sañjāyate na hi tataḥ pṛthag asti hetoḥ
yaḥ śambhutām api tathā samupaiti kāryād
govindam ādi-puruṣaṁ tam ahaṁ bhajāmi

主希瓦被比喻为是酸奶(dadhi, 优酪乳)。酸奶不过是转换了一种形式的牛奶；但也已经不是牛奶了。同样，主希瓦具有与主维施努几乎同等的力量；在品质方面，他也超越普通生物，但还不完全像维施努。正如酸奶虽是牛奶转化而来的，但不完全是牛奶。

至尊人格首神在这节诗中也被描述为是“奎师那——无所不在的至尊人格首神(vāsudevāya kṛṣṇāya)”。奎师那是存在中的第一位至尊人格首神，所有的维施努都是祂的完整扩展(svāṁśa或aṁśa)或完整扩展的扩展(kalā)。所有的维施努扩展(viṣṇu-tattvas)都是完整扩展或称直接扩展，是至尊人格首神奎师那的直接部分。奎师那被称为华苏戴瓦，是因为祂在这个物质世界里显现为瓦苏戴瓦(Vasudeva)的儿子。同样，祂还被称为黛瓦克伊的爱子(Devakī-nandana)、雅首达的爱子(Yaśodā-nandana)和南达的爱子(Nanda-nandana)等。

至尊主非常喜欢不断增加祂的奉献者的影响。为此，这节诗说祂“增加所有种类的奉献者的影响(prabhave sarva-sātvatām)”。所称的萨特瓦塔(sātvata)团体就是至尊主纯粹的奉献者外士纳瓦团体。至尊人格首神有无限的力量，祂要看到，祂的奉献者也被给予了无限的力量。因此，至尊主的奉献者不同于所有其他的生物体。

梵文“哈尔依(hari)”的意思是“拿走一切痛苦处境的人”，诗中说至尊主总是计划用各种方式把受制约的灵魂从错觉能量玛亚的钳制中拯救出来(hari-medhase)。至尊主如此仁慈，祂亲自化身前来拯救受制约的灵魂。祂每次来都作计划。

paritrāṇāya sādhūnāṁ
vināśāya ca duṣkṛtām
dharma-saṁsthāpanārthāya
sambhavāmi yuge yuge

“一个年代复一个年代，我亲自降临，以拯救虔诚的人，彻底消灭邪恶之徒，重建宗教原则。”(《博伽梵歌》4.8)

由于至尊主要从错觉能量玛亚(māyā)的钳制中拯救出所有受制约的灵魂，他被称为哈尔依·梅达斯(hari-medhas)。在至尊主化身的名单中，奎师那被描述为是至高无上的第一位人格首神。

ete cāṁśa-kalāḥ puṁsaḥ
kṛṣṇas tu bhagavān svayam
indrāri-vyākulaṁ lokaṁ
mṛḍayanti yuge yuge

(《圣典博伽瓦谭》1.3.28)

“上面提到的所有化身，要么是至尊主的完整扩展，要么是完整扩展的部分，但其中的圣主奎师那，却是存在中的第一位人格首神。每当无神论者制造混乱时，至尊主的这些化身就降临不同的星球，保护有神论者。”

每当这个物质世界里的半神人——至尊主的奉献者受到恶魔的打扰时，第一位人格首神奎师那就会显现。

第25节 नमः कमलनाभाय नमः कमलमालिने ।
नमः कमलपादाय नमस्ते कमलेक्षण ॥२५॥

namaḥ kamala-nābhāya
namaḥ kamala-māline
namaḥ kamala-pādāya
namas te kamalekṣaṇa

namaḥ—我们致以恭敬的顶礼 / kamala-nābhāya—向肚脐上长出第一枝莲花的至尊人格首神 / namaḥ—顶礼 / kamala-māline—总是用莲花装饰着的 / namaḥ—顶礼 / kamala-pādāya—双足如莲花般美丽及芳香的 / namaḥ te—向您顶礼 / kamala-īkṣaṇa—眼睛恰似莲花瓣的

译文 亲爱的至尊主，从您的腹部长出作为一切众生之源头的莲花，所以我们恭敬地向您顶礼。您总用一条莲花花环装扮自己，您的双足恰似芳香四溢的莲花，您的眼睛也仿佛莲花瓣。因此我们总是向您致以我们虔敬的顶礼。

要旨 “从其腹部长出原始莲花的至尊人格首神(kamala-nābhāya)”一句是指，主维施努是物质存在的源头。从嘎尔博达卡沙依·维施努(Garbhodakaśāyī Viṣṇu)的腹部，长出一枝莲花。主布茹阿玛——宇宙中第一个生物体，就诞生在这朵莲花上，接着创造了整个宇宙内的一切。所以，一切创造的起源是主维施努，而全体维施努的来源是主奎师那。因此，奎师那是一切的源头。对此，《博伽梵歌》第10章的第8节诗也证实说：

ahaṁ sarvasya prabhavo
mattaḥ sarvaṁ pravartate
iti matvā bhajante māṁ
budhā bhāva-samanvitāḥ

“我是灵性世界和物质世界的源头。一切都来自我。通晓这一点的明智之人为我做奉爱服务，诚心诚意地崇拜我。”主奎师那说：“我是一切的起源。”我们看到的一切都来源于祂。据《圣典博伽瓦谭》第1篇第1章的第1节诗记载，《韦丹塔经》(Vedānta-sūtra, 《吠檀陀经》)对此也证实说：“绝对真理就是一切都从祂发散出来的那个人(janmādy asya yataḥ)。”

第 26 节 नमः कमलकिञ्जल्कपिशङ्गामलवाससे ।
सर्वभूतनिवासाय नमोऽयुङ्क्ष्महि साक्षिणे ॥२६॥

namaḥ kamala-kiñjalka-
piśaṅgāmala-vāsase
sarva-bhūta-nivāsāya
namo 'yuṅkṣmahi sākṣiṇe

namaḥ—顶礼 / kamala-kiñjalka—像莲花花蕊 / piśaṅga—黄色的 / amala—无瑕的 / vāsase—向衣裳……的人 / sarva-bhūta—众生的 / nivāsāya—庇护 / namaḥ—顶礼 / ayuṅkṣmahi—让我们致以 / sākṣiṇe—向至尊的见证者

译文 亲爱的至尊主，您穿的衣服是黄色的，如同莲花花蕊的橙黄色，但它并非由任何物质原料制成。由于您住在每一个生物体的心中，您是众生一切活动的直接见证者。我们一次又一次恭敬地向您顶礼。

要旨 这节诗中描述了至尊人格首神的衣服，以及祂无所不在的本质。至尊主身穿黄色的衣服，但我们永远都不该认为这衣服是物质的。至尊主的衣服也是至尊主。它们因为具有灵性的本性，所以无异于至尊主。

“所有生物的保护者(sarva-bhūta-nivāsāya)”一句进一步阐明，主维施努住在众生的心中，直接见证着受制约灵魂的一切活动。

在这个物质世界中，受制约的灵魂都有欲望，并按照他们的欲望行事。至尊人格首神观看着所有这些活动。对此，《博伽梵歌》第15章的第15节诗也证实说：

sarvasya cāhaṁ hṛdi sanniviṣṭo
mattaḥ smṛtir jñānam apohanaṁ ca

“我在众生的心中。记忆、知识和遗忘都来自我。”至尊主住在每一个生物体的心中，祂给予生物体以智慧。至尊主按照生物的愿望，使他记住或遗忘事情。如果生物魔鬼附身，想要遗忘至尊人格首神，那祂就给予他能够永远忘记祂的智能。同样，当奉献者想要为至尊主服务时，至尊主作为超灵(Paramātmā)，就赐予奉献者智慧，使他能在做奉爱服务的过程中取得进步。至尊主直接见证着我们的活动，感受着我们的意愿。至尊主给我们提供便利条件，让我们可以按自己的意愿行事。

第 27 节 रूपं भगवता त्वेतदशेषक्लेशसङ्क्षयम् ।
आविष्कृतं नः क्लिष्टानां किमन्यदनुकम्पितम् ॥२७॥

rūpaṁ bhagavatā tv etad
aśeṣa-kleśa-saṅkṣayam
āviṣkṛtaṁ naḥ kliṣṭānāṁ
kim anyad anukampitam

rūpam—形象 / bhagavatā—由圣上您 / tu—但 / etat—这 / aśeṣa—无限的 / kleśa—痛苦 / saṅkṣayam—驱散……的 / āviṣkṛtam—揭示 / naḥ—我们的 / kliṣṭānām—因物质制约而痛苦的人 / kim anyat—更何况 / anukampitam—您总是善待的人

译文 亲爱的至尊主，我们受制约的灵魂始终被躯体化的生命概念的愚昧所蒙蔽，因此总是宁可选择物质存在的痛苦处境。为把我们救出这类痛苦的状态，您本人以这超然的形象降临，以此方式向我们这些受苦的灵魂证明您没有缘故的仁慈。我们都能得到您这般的仁慈，更不要说那些您始终善待的奉献者了。

要旨　至尊主以祂原本的形象显现时，拯救虔诚之人，消灭恶徒、无赖。(《博伽梵歌》4.8)祂虽然消灭恶魔，但却是利益他们。经典中说，死在库茹柴陀(Kurukṣetra)战场上的所有生物体，因为有机会面对面地看到为阿尔诸纳驾驭战车的奎师那的脸庞，都恢复了他们的原本状态(svarūpa)。在库茹柴陀战场上，表面看是恶魔被杀，奉献者阿尔诸纳受到保护，但其实每个人得到的结果都一样。因此说，至尊主的显现减轻物质存在所造成的一切痛苦状况。

这节诗中清楚地说：至尊主的这一驱散无限痛苦的形象(aśeṣa-kleśa-saṅkṣayam)，是专为减轻包括奉献者在内的众生在生活中体验到的一切痛苦状况而显现的。帕柴塔们用"揭示给在物质环境中受苦的我们(āviṣkṛtaṁ naḥ kliṣṭānām)"一句，说自己是普通人。至尊主总是善待奉献者(kim anyad anukampitam)。至尊主不仅向受制约的灵魂展示所有的仁慈，也向因为做奉爱服务已经解脱的奉献者们展示祂的仁慈。

至尊主在庙里受到崇拜的形象被称为神像化身(arca-vigraha)或可崇拜的形象(arcāvatāra)。这是为了便利初习奉献者，使他们能够面对面地看到至尊主的真实形象，向神像形象恭恭敬敬地致以敬意并献上供品。初习奉献者靠这些便利条件逐渐唤醒他们原本就有的奎师那意识。在神庙中所做的神像崇拜，是至尊主给予初习者最宝贵的恩赐。因此，所有的初习者都必须在家或庙中崇拜至尊主的神像化身。

第 28 节 एतावत्त्वं हि विभुभिर्भाव्यं दीनेषु वत्सलैः ।
यदनुस्मर्यते काले स्वबुद्ध्याभद्ररन्धन ॥२८॥

etāvat tvaṁ hi vibhubhir
bhāvyaṁ dīneṣu vatsalaiḥ
yad anusmaryate kāle
sva-buddhyābhadra-randhana

etāvat—如此 / tvam—您圣上 / hi—肯定地 / vibhubhiḥ—由扩展 / bhāvyam—构思 / dīneṣu—向谦卑的奉献者 / vatsalaiḥ—怜悯 / yat—……的 / anusmaryate—总是被记住 / kāle—在适当的时候 / sva-buddhyā—靠自己的奉爱服务 / abhadra-randhana—一切不吉祥事物的消灭者啊

译文 亲爱的至尊主，您是一切不吉祥事物的消灭者。您透过您神像化身的扩展，向您可怜的奉献者们表示同情。您一定要把我们视为您永恒的仆人啊！

要旨 至尊主那称为神像化身的形象，是祂的无限力量扩展出来的。当至尊主对奉献者的服务逐渐感到满意时，祂就会在适当的时候，把那位奉献者接受为是祂众多忠心耿耿的仆人之一。至尊主本性极为慈悲，因此接受初习奉献者所做的服务。正如《博伽梵歌》第9章的第26节诗所说：

patraṁ puṣpaṁ phalaṁ toyaṁ
yo me bhaktyā prayacchati
tad ahaṁ bhakty-upahṛtam
aśnāmi prayatātmanaḥ

“人如果怀着奉爱之心给我供奉一片叶、一朵花、一个水果或一些水，我将会接受。”奉献者给神像供奉蔬菜、水果、叶子和水等可以吃的食物。至尊主作为慈悲对待祂奉献者的人(bhakta-vatsala)，接受这些供品。无神论者也许会认为奉献者在进行偶像崇拜，但事实并非如此。至尊主佳纳尔丹(Janārdana)接受奉爱服务的态度(bhāva)。初习奉献者可能在不懂得这种崇拜的益处的情况下崇拜至尊主，但至尊主作为慈悲对待祂奉献者的人，接受祂的奉献者，在适当的时候带他回家。

就这一点，有个关于布茹阿玛纳(brāhmaṇa, 婆罗门)在自己心中给至尊主供奉甜奶饭的故事。那位布茹阿玛纳既没钱，也没有崇拜神像的器具，但他在心中把一切都安排好：用金水罐从圣河中盛水给神像沐浴，给神像供奉丰盛的美食，包括甜奶饭。一次，在供奉甜奶饭前，他认为它太烫了，于是心想："噢，让我来试一试，看看它是否太烫了。"当他把手指放进甜奶饭测试温度时，他的手指被烫到，他的冥想也被打断了。尽管他是在心中向至尊主供奉食物，但至尊主还是接受了它。因此，在灵性世界外琨塔(Vaikuṇṭha)里的至尊主，立刻派了一辆马车，把那位布茹阿玛纳接回家，接回到祂身边。所以，接受家中或庙里的神像化身，按照权威经典的建议及灵性导师的指导崇拜至尊主的神像形象，是每一个真诚奉献者的责任。

第 29 节　येनोपशान्तिर्भूतानां क्षुल्लकानामपीहताम् ।
अन्तर्हितोऽन्तर्हृदये कस्मान्नो वेद नाशिषः ॥२९॥

yenopaśāntir bhūtānāṁ
kṣullakānām apīhatām
antarhito 'ntar-hṛdaye
kasmān no veda nāśiṣaḥ

yena—靠……的程序 / upaśāntiḥ—满足所有的愿望 / bhūtānām—生物体的 / kṣullakānām—非常堕落的 / api—虽然 / īhatām—想要许多事物 / antarhitaḥ—隐藏的 / antaḥ-hṛdaye—在内心深处 / kasmāt—为什么 / naḥ—我们的 / veda—祂知道 / na—不 / āśiṣaḥ—欲望

译文 当至尊主出于祂慈悲的本性想着祂的奉献者时，仅仅靠想，祂初习奉献者的愿望就都得以实现。至尊主处在每个生物体的心中，无论那生物体有多微不足道，至尊主都知道有关那生物体的一切，包括他所有的愿望。因此，尽管我们如此渺小，您肯定了解我们的愿望。

要旨 非常进步的奉献者不认为自己是进步的。他总是很谦逊。至尊人格首神的完整扩展作为超灵坐在每一个生物体的心中，能够了解祂奉献者的态度和愿望。至尊主也给非奉献者以满足他们欲望的机会，正如《博伽梵歌》第15章的第15节诗所确认的："记忆、知识和遗忘都来自我(mattaḥ smṛtir jñānam apohanaṁ ca)。

无论生物有多么微不足道，至尊主都会知道他的愿望并给他机会，让他满足自己的愿望。如果非奉献者的欲望都会被满足，为什么奉献者的愿望就不被满足呢？纯粹的奉献者只想为至尊主做服务而没有物质欲望，如果他从心底深处就想要这么做，如果他没有任何私人的动机，处在他内心的至尊主怎么会不明白？如果真诚的奉献者为至尊主或祂的神像化身做服务，那他所有的活动就都会获得成功，因为至尊主就在他心中，了解他的真诚。因此，奉献者如果满怀信心一直不断地履行奉爱服务中的规定职责，最终一定会获得成功。

第 30 节 असावेव वरोऽस्माकमीप्सितो जगतः पते ।
प्रसन्नो भगवान् येषामपवर्गगुरुर्गतिः ॥३०॥

asāv eva varo 'smākam
īpsito jagataḥ pate
prasanno bhagavān yeṣām
apavarga-gurur gatiḥ

asau－那 / eva－肯定地 / varaḥ－赐福 / asmākam－我们的 / īpsitaḥ－想要的 / jagataḥ－宇宙的 / pate－主人啊 / prasannaḥ－满足 / bhagavān－至尊人格首神 / yeṣām－与……的人 / apavarga－超然爱心服务的 / guruḥ－教师 / gatiḥ－生命的最高目标

译文　宇宙之主啊！您其实才是奉爱服务科学的导师。我们满足于您圣上是我们生活的最高目标，我们祈祷您会对我们满意。那是我们的福气。除了想使您心满意足，我们不想要别的。

要旨　这节诗中的“超然爱心服务的导师——人生最高的目标(apavarga-gurur gatiḥ)”一句极为重要。按照《圣典博伽瓦谭》第1篇第2章的第11节诗的说明，至尊主是绝对真理的最高实体。绝对真理可从三个方面去认识(brahmeti paramātmeti bhagavān iti śabdyate)，即：不具人格特性的梵(Brahman)，处在局部区域的超灵(Paramātmā)，以及最终的至尊人格首神(Bhagavān)。有两个梵文词，一个是“解脱(apavarga)”，一个是“物质存在(pavarga)”。在物质存在中，生物体总是辛辛苦苦地工作，但结局是以失败而告终；而且死后还不得不接受另一个躯体，再次辛辛苦苦地工作。这就是物质存在的循环圈。然而“解脱(apavarga)”却恰恰相反。人不是像猫狗一样地辛苦工作，而是回归家园，回到首神身边。哲学思辨人士(jñānī-sampradāya)认为解脱始于融入至尊主的梵光，但其实认识至尊人格首神的境界更高。当奉献者明白至尊主对他感到满意时，解脱——融入至尊主的梵光，就不是什么困难的事了。正如，人必须穿过阳光才能接近太阳，人需要穿过不具人格特征的梵光才能接近至尊人格首神。人如果让至尊人格首神本人感到满意，进入祂不具人格特征的梵光就不是什么困难的事了。

第 31 节 वरं वृणीमहेऽथापि नाथ त्वत्परतः परात् ।
न ह्यन्तस्त्वद्विभूतीनां सोऽनन्त इति गीयसे ॥३१॥

varaṁ vṛṇīmahe 'thāpi
nātha tvat parataḥ parāt
na hy antas tvad-vibhūtīnāṁ
so 'nanta iti gīyase

varam—祝福 / vṛṇīmahe—我们将祈求 / atha api—因此 / nātha—至尊主啊 / tvat—从您那里 / parataḥ parāt—超越超然的存在 / na—不 / hi—肯定地 / antaḥ—结束 / tvat—您的 / vibhūtīnām—财富的 / saḥ—您 / anantaḥ—无限的 / iti—如此 / gīyase—闻名于世

译文 亲爱的至尊主，为此我们要祈求您的祝福，因为您是至尊者，超越一切超然的存在，也因为您的辉煌财富是无限的。正因为如此，您以阿南塔闻名于世。

要旨 帕柴塔们不需要向至尊主要求什么祝福，因为只要至尊人格首神在身边，奉献者就已经满足了。杜茹瓦王为要见到至尊主而从事艰巨的苦修，他当时的想法是从至尊主那里得到祝福；他想要得到他父亲的王位或者比那还高的地位，但当至尊主真正到他面前时，他竟忘记了一切。他说："亲爱的至尊主，我不想要任何祝福。"这就是奉献者的真实状态。奉献者只想与至尊主在一起，要么是这一生要么是来世，为祂做服务。这对奉献者来说才是最高的目标和祝福。

至尊主要求帕柴塔他们向祂祈求某种祝福，但他们说："我们该祈求什么祝福呢？至尊主是最高的，这就是最高的祝福了。"重点是：人如果一定要祈求祝福，就该祈求最高的祝福。这节诗中"从超然的您(tvat parataḥ)"一句意义重大。至尊人格首神超越超然的存在(parataḥ parāt)。诗中用了"超然，超越这个物质世界(para)”一词。不具人格特征的梵光超越这个物质世界，被称为最高的境界(parataḥ)。《圣典博伽瓦谭》第10篇第2章的第32节诗中说，哲学思辨人士靠从事艰难的苦修和艰苦的努力，达到最高的境界(āruhya kṛcchreṇa paraṁ padam)。尽管融入至尊者不具人格特征的梵光被称为最高的境界(paraṁ padam)，但事实上还有比那更高的超然状态和境界，即：与至尊人格首神本人交往、联谊。《圣典博伽瓦谭》第1篇第2章的第11节诗中说，对绝对真理的认识首先是不具人格特征的梵光，接着是超灵，最后是至尊人格首神本人(brahmeti paramātmeti bhagavān iti śabdyate)。因此，人格首神巴嘎万是超越超然存在的人(parataḥ parāt)，超越了对梵光和超灵的觉悟。就有关这一点，圣吉瓦·哥斯瓦米指出：梵文“超越超然的存在(parataḥ parāt)”一句的意思是“比最好的还好。”最好的是灵性世界，被称为梵(Brahman)。然而，至尊人格首神被称为至尊梵(Parabrahman)。因此，“超越超然存在”的意思是“比梵觉还要高的觉悟。”

正如下几节诗将解释的，帕柴塔们计划向至尊主请求无限的事物。至尊主的娱乐活动、品质、形象和名字都是无限的。祂的名字、形象、娱乐活动、创造和随身用品及随员都是无限的。生物无法想象不受限制的无限，但如果聆听有关至尊主无限的能量和力量，他们就会直接与无限真正地接触上。靠聆听和吟诵、吟唱可以使人对无限的了解变得不受限制。

第 32 节 पारिजातेऽञ्जसा लब्धे सारङ्गोऽन्यन्न सेवते ।
त्वदङ्घ्रिमूलमासाद्य साक्षात्किं किं वृणीमहि ॥३२॥

pārijāte ’ñjasā labdhe
sāraṅgo ’nyan na sevate
tvad-aṅghri-mūlam āsādya
sākṣāt kiṁ kiṁ vṛṇīmahi

pārijāte－天堂中名叫帕瑞佳塔的树 / añjasā－彻底 / labdhe－已到达 / sāraṅgaḥ－蜜蜂 / anyat－其他 / na sevate－不依靠 / tvat-aṅghri－您的莲花足 / mūlam－一切的根源 / āsādya－已接近 / sākṣāt－直接地 / kim－什么 / kim－什么 / vṛṇīmahi－我们可否问

译文 亲爱的至尊主，蜜蜂找到名叫帕瑞佳塔的天堂树时，自然不再离开那棵树，因为没必要这么做了。同样，当我们已经靠近您的莲花足并托庇于它们时，我们还能再向您要什么其他祝福呢？

要旨 奉献者真正在为至尊主的莲花足做服务时，他的活动本身就是如此完美，以至不需要再进一步要求什么祝福了。蜜蜂接近帕瑞佳塔(pārijāta)树时，就会得到那树本身提供的无限量的花蜜，所以没必要再到其他的树去采蜜了。人如果坚定不移地为至尊主的莲花足服务，就会感到无限的超然极乐，因而根本不需要再请求祝福。帕瑞佳塔树又名“如愿树(kalpa-vṛkṣa)”，并不是这个世界里能随便找到的普通的树。人可以从这种树得到想要的一切。在物质世界里，从橘子树可以得到橘子，从芒果树可以得到芒果，但无法从芒果树得到橘子，也无法从橘子树得到芒果。然而，人可以从帕瑞佳塔树得到想要的一切，无论是橘子、芒果、香蕉还是什么。这种树生长在灵性世界里。《布茹阿玛·萨密塔》第5章的第29节诗中说，灵性世界(cintāmaṇi-dhāma)由这些如愿树环绕着(cintāmaṇi-prakara-sadmasu kalpa-vṛkṣa-lakṣāvṛteṣu)。天帝因铎的天堂王国中也有这种帕瑞佳塔树。奎师那五千年前显现时，有一次为取悦祂的一位名叫萨缇亚芭玛(Satyabhāmā)的妻子，把这样一棵树从天帝因铎的花园拿走，移植到了祂在杜瓦尔卡(Dvārakā)为王后们建造的宫廷中。至尊主的莲花足恰似帕瑞佳塔树——如愿树，奉献者们就像蜜蜂。他们总是受至尊主莲花足的吸引。

第 33 节 यावत्ते मायया स्पृष्टा भ्रमाम इह कर्मभिः ।
तावद्भवत्प्रसङ्गानां सङ्गः स्यान्नो भवे भवे ॥३३॥

yāvat te māyayā spṛṣṭā
bhramāma iha karmabhiḥ
tāvad bhavat-prasaṅgānāṁ
saṅgaḥ syān no bhave bhave

yāvat—只要 / te—您的 / māyayā—被错觉能量 / spṛṣṭāḥ—污染 / bhramāmaḥ—我们游荡 / iha—在这物质世界中 / karmabhiḥ—被功利性活动的反应 / tāvat—就 / bhavat-prasaṅgānām—您亲爱的奉献者的 / saṅgaḥ—联谊 / syāt—愿…… / naḥ—我们的 / bhave bhave—在每一种生命形式中

译文 亲爱的至尊主，只要我们还因为物质的污染而留在这个物质世界，从一类躯体游荡到另一类躯体，从一个星球到另一个星球，我们就要向您祈祷，让我们与那些一直在谈论您的娱乐活动的人联谊。一生复一生，在不同的形体和不同的星球上，我们都要祈求您给予这一祝福。

要旨 这是奉献者能向至尊主要求的最佳祝福。对此，圣柴坦亚·玛哈帕布确认说：按照命运，一个人也许在这种处境或那种处境中，但无论环境如何，都必须继续聆听有关至尊主的活动和娱乐时光(sthāne sthitāḥ śruti-gatāṁ tanu-vāṅ-manobhiḥ)。纯粹的奉献者不为解脱或中止生死轮回而祈祷，因为他认为那根本不重要。对奉献者来说，最重要的是有机会聆听有关至尊主的娱乐活动和荣耀。在这个世界里为至尊主做服务的奉献者，在灵性世界里将得到同样的机会。因此对奉献者来说，只要他能听到至尊主的娱乐活动，无论到哪里都能吟诵、吟唱至尊主的荣耀，至尊主本人就在现场，一切就都在灵性世界里了(tatra tiṣṭhāmi nārada yatra gāyanti mad-bhaktāḥ)。当纯粹奉献者聚集在一起吟诵、吟唱、聆听和谈论至尊人格首神时，他们所聚会的地方就成了外琨塔。所以奉献者根本不需要祈求至尊主把他转升到外琨塔世界去。纯粹的奉献者能够光靠在没有冒犯的情况下吟诵、吟唱至尊主的荣耀，创造灵性世界外琨塔或温达文(Vṛndāvana)。

帕柴塔们祈求至尊主给予他们机会，让他们无论在什么样的生命形式中(bhave bhave)，都能听到至尊主的荣耀。生物从一个躯体移居到另一个躯体，奉献者并不特别渴望停止这种程序。主柴坦亚·玛哈帕布祈祷说："亲爱的至尊主，我要一生复一生坚定不移地为您做奉爱服务(mama janmani janmanīśvare bhavatād bhaktir ahaitukī tvayi)。"奉献者因为谦虚而认为自己不配被转升到灵性世界去。他总是认为自己被物质自然属性所污染。奉献者也根本不需要要求免予物质自然属性的影响，因为做奉爱服务本身就是超然的状态，所以没必要特殊要求这一点。结论是：纯粹奉献者并不渴望中止生与死的轮回，而总是渴望与其他正在吟诵、吟唱和聆听至尊主的荣耀的奉献者联谊。

第 34 节 तुलयाम लवेनापि न स्वर्गं नापुनर्भवम् ।
भगवत्सङ्गिसङ्गस्य मर्त्यानां किमुताशिषः ॥३४॥

tulayāma lavenāpi
na svargaṁ nāpunar-bhavam
bhagavat-saṅgi-saṅgasya
martyānāṁ kim utāśiṣaḥ

tulayāma－我们把……作比较／lavena－一瞬间／api－甚至／na－不／svargam－到达天堂星球／na－不／apunaḥ-bhavam－融入梵光中／bhagavat－至尊人格首神的／saṅgi－与……的同伴／saṅgasya－联谊的／m artyānām－注定要死亡之人的／kim uta－更不／āśiṣaḥ－利益

译文　转到天堂星球或甚至是融入梵光的彻底解脱，根本无法跟与纯粹奉献者联谊哪怕片刻相提并论。对命中注定要放弃躯体和死亡的生物来说，与纯粹奉献者联谊是最大的幸事。

要旨　主柴坦亚的一位奉献者——伟大的圣人帕博达南达·萨茹阿斯瓦提(Prabodhānanda Sarasvatī)曾说过：对纯粹的奉献者来说，融入梵光(kaivalya)不比生活在地狱中强(kaivalyaṁ narakāyate tri-daśa-pūr ākāśa-puṣpāyate)。同样，他认为升上天堂星球(tridaśa-pūr)只不过是进入另一个千变万化的幻景而已。换句话说，纯粹的奉献者不认为功利性活动者(karmī)追求的目标(去天堂星球)或哲学思辨者(jñānī)追求的目标(融入梵光)有什么价值。纯粹奉献者认为与另一位纯粹奉献者联谊哪怕一刻，远比居住在天堂星球或融入梵光要强得多。对那些居住在这个物质世界里重复生死的人最大的祝福，是与纯粹奉献者联谊。人应该找到这种纯粹的奉献者，与他们在一起。那将使人感到完全快乐，即使在这个物质世界里也不例外。这场奎师那意识运动，就是为达到这一目的而开创。过于物质化的人应该利用这场运动给人提供的便利条件，积极参加进来。这样，在这个物质世界里感到困惑和沮丧的居民们，就会在与奉献者的联谊过程中找到最高的快乐。

第 35 节　यत्रेड्यन्ते कथा मृष्टास्तृष्णायाः प्रशमो यतः ।
निर्वैरं यत्र भूतेषु नोद्वेगो यत्र कश्चन ॥३५॥

yatreḍyante kathā mṛṣṭās
　tṛṣṇāyāḥ praśamo yataḥ
nirvairaṁ yatra bhūteṣu
　nodvego yatra kaścana

yatra－那里 / īḍyante－被崇拜及谈论 / kathāḥ－话语 / mṛṣṭāḥ－纯

粹的 / tṛṣṇāyāḥ－物质渴望的 / praśamaḥ－满足 / yataḥ－靠……的 / nirvairam－无忌妒的 / yatra－那里 / bhūteṣu－在生物体中 / na－不 / udvegaḥ－害怕 / yatra－那里 / kaścana－任何

译文 每当谈论超然世界的纯净话题时，许多听众就会至少在那段时间里暂时忘却各种物质渴望。不仅如此，他们还变得不再忌妒彼此，不再受焦虑或恐惧之苦。

要旨 梵文“外琨塔(Vaikuṇṭha)”的意思是“没有焦虑”，物质世界则充满了焦虑。正如《圣典博伽瓦谭》第7篇第5章的第5节诗中记载，帕拉德王说：接受这个物质世界为居住地的生物，内心总是充满焦虑(sadā samudvigna-dhiyām asad-grahāt)。纯粹奉献者无论在哪里谈论人格首神的神圣话题，哪里就立刻变成外琨塔——没有焦虑的地方。这就是《圣典博伽瓦谭》第7篇第5章的第23节诗中所记载的吟诵、吟唱和聆听有关至尊主维施努的程序(śravaṇaṁ kīrtanaṁ viṣṇoḥ)。正如至尊主本人确认说：

nāhaṁ tiṣṭhāmi vaikuṇṭhe
yogināṁ hṛdayeṣu vā
tatra tiṣṭhāmi nārada
yatra gāyanti mad-bhaktāḥ

“亲爱的纳茹阿达，事实上，我既不住在我的居所外琨塔里，也不在瑜伽师的心中，而是住在我纯粹的奉献者吟诵、吟唱我的圣名，谈论我的形象、娱乐活动和品质的地方。”至尊主以超然的声音震荡临在，营造了外琨塔的氛围。这氛围中没有恐惧和焦虑。生物彼此之间互不惧怕。聆听至尊主圣名和荣耀的人在从事虔诚活动。《圣典博伽瓦谭》第1篇第2章的第17节诗中说：人格首神圣奎师那会把渴望聆听祂信息的奉献者心中的感官享乐欲望清除掉；正确地聆听和歌唱祂的信息是虔诚活动(śṛṇvatāṁ sva-kathāḥ kṛṣṇaḥ puṇya-śravaṇa-kīrtanaḥ)。这样，奉献者便立刻停止对物质的追求。国际奎师那意识协会展开的这场集体吟唱神的圣名(saṅkīrtana)运动，就是为了甚至在这个物质世界里创造没有焦虑的超然世界外琨塔。我们所用的方法就是在全世界宣传集体吟唱神的圣名的做法。在物质世界里的每一个人都忌妒他的同伴。人类社会只要不举行集体吟唱神的圣名祭祀(saṅkīrtana-yajña)，吟唱哈瑞·奎师那　哈瑞·奎师那　奎师那·奎师那　哈瑞·哈瑞/哈瑞·茹阿玛　哈瑞·茹阿玛　茹阿玛·茹阿玛　哈瑞·哈瑞(Hare Kṛṣṇa, Hare Kṛṣṇa, Kṛṣṇa Kṛṣṇa, Hare Hare/ Hare Rāma, Hare Rāma, Rāma Rāma, Hare Hare)，社会中就会有兽性的忌妒。为此，帕柴塔们决定永远留在奉献者的群体中，认为那是人类生活中能得到的最高利益。

第 36 节　यत्र नारायणः साक्षाद्भगवान्न्यासिनां गतिः ।
संस्तूयते सत्कथासु मुक्तसङ्गैः पुनः पुनः ॥३६॥

yatra nārāyaṇaḥ sākṣād
　bhagavān nyāsināṁ gatiḥ
saṁstūyate sat-kathāsu
　mukta-saṅgaiḥ punaḥ punaḥ

yatra－那里 / nārāyaṇaḥ－主纳茹阿亚纳 / sākṣāt－直接地 / bhagavān－至尊人格首神 / nyāsinām－处在人生弃绝阶段的人的 / gatiḥ－最终的目标 / saṁstūyate－被崇拜 / sat-kathāsu－通过谈论超然的主题 / mukta-saṅgaiḥ－由那些摆脱了物质污染的人 / punaḥ punaḥ－再三

译文　至尊主纳茹阿亚纳出现在聆听和吟诵、吟唱至尊人格首神圣名的奉献者中间。主纳茹阿亚纳是处在人生弃绝阶段的托钵僧追求的最高目标，清除了物质污染的人通过集体吟唱神的圣名运动崇拜祂。事实上，他们一再重复地吟诵、吟唱圣名。

要旨 假象宗托钵僧(Māyāvādī sannyāsī)找不到纳茹阿亚纳(Nārāyaṇa)的真正存在。这是因为他们错误地声称自己就是纳茹阿亚纳。假象宗托钵僧习惯互称彼此为纳茹阿亚纳。说每一个人都是纳茹阿亚纳的庙宇是正确的，但把另一个人当做是主纳茹阿亚纳则是很大的冒犯。“贫穷的纳茹阿亚纳(daridra-nārāyaṇa)”的概念——试图把贫穷与纳茹阿亚纳画等号，也是很大的冒犯。就连认为主纳茹阿亚纳与主布茹阿玛和主希瓦等半神人一样，都是冒犯。《永恒的柴坦亚经》中篇第18章的第116节诗说：

yas tu nārāyaṇaṁ devaṁ
brahma-rudrādi-daivataiḥ
samatvenaiva vīkṣeta
sa pāṣaṇḍī bhaved dhruvam

“认为主纳茹阿亚纳与主布茹阿玛和主希瓦等伟大的半神人在同一个层面上的人，立刻被列为是不信神的人。”事实是：靠举行集体吟唱神的圣名祭祀，人立刻就取悦了至尊人格首神。纳茹阿亚纳本人于是降临，立刻出现在现场。在这个喀历年代中，纳茹阿亚纳直接以主柴坦亚的形象出现。有关主柴坦亚，《圣典博伽瓦谭》第11篇第5章的第32节诗中说：

kṛṣṇa-varṇaṁ tviṣākṛṣṇaṁ
sāṅgopāṅgāstra-pārṣadam
yajñaiḥ saṅkīrtana-prāyair
yajanti hi sumedhasaḥ

“在喀历年代中，明智之人举行集体吟唱神的圣名运动，以崇拜那位一直歌唱奎师那的名字的首神化身。尽管祂的肤色不是微黑色，祂就是奎师那本人。祂由祂的同伴、仆人、武器和亲密的朋友陪伴着。”毕竟，人生是为了取悦纳茹阿亚纳，而通过举行集体吟唱神的圣名祭祀就能轻易做到。无论何时，只要有人聚集在一起吟唱至尊主的圣名，至尊人格首神就会立刻以主柴坦亚的化身高茹阿·纳茹阿亚纳(Gaura Nārāyaṇa)显现，接受人们靠举行集体吟唱神的圣名祭祀对祂的崇拜。

这节诗中说，“纳茹阿亚纳是托钵僧(sannyāsī)追求的最高目标(nyāsināṁ gatiḥ)”。弃绝这个物质世界的人追求的目标，是到纳茹阿亚纳身边去。为此，外士纳瓦托钵僧献出自己的一生侍奉纳茹阿亚纳，而绝不会错误地声称自己是纳茹阿亚纳。试图成为纳茹阿亚纳的人变得忌妒至尊主，而无法成为不忌妒其他生物的人(nirvaira)。因此，试图成为纳茹阿亚纳的人作出了最严重的冒犯。实际上，吟诵、吟唱或谈论至尊主超然活动的人，立刻没有了忌妒心。在这个物质世界里，人们彼此忌妒，但靠至尊主圣名的声音震荡或谈论至尊主的圣名，人就变得不再忌妒，不再有物质的渴望。我们因为忌妒至尊人格首神而变得忌妒其他生物。当我们不再忌妒至尊人格首神时，人类社会就会有真正的和平、团结及兄弟情义。没有至尊主纳茹阿亚纳或集体吟唱神的圣名祭祀，这个物质世界不可能有和平与平静。

第 37 节　तेषां विचरतां पद्भ्यां तीर्थानां पावनेच्छया ।
भीतस्य किं न रोचेत तावकानां समागमः ॥३७॥

teṣāṁ vicaratāṁ padbhyāṁ
tīrthānāṁ pāvanecchayā
bhītasya kiṁ na roceta
tāvakānāṁ samāgamaḥ

teṣām—他们的 / vicaratām—旅行的 / padbhyām—用他们的脚 / tīrthānām—圣地 / pāvana-icchayā—怀着净化的愿望 / bhītasya—对那些总是充满恐惧的物质主义者 / kim—为什么 / na—不 / roceta—令人快乐 / tāvakānām—您奉献者的 / samāgamaḥ—聚会

译文 亲爱的至尊主，您的私人同伴、奉献者们走遍全世界，净化甚至是朝圣的圣地。这样的活动难道不令那些实际上害怕物质存在的人高兴吗？

要旨 世上有两种奉献者，一种是“想要在全世界增加奉献者数量的奉献者(goṣṭhānandī)”，另一种是“只留在一个地方做奉爱服务的奉献者(bhajanānandī)”。只留在一个地方做奉爱服务的奉献者，始终忙于为至尊主做奉爱服务，吟诵、吟唱许多灵性导师教过的哈瑞·奎师那玛哈·曼陀，有时出去做一些传教的工作。想要在全世界增加奉献者数量的奉献者，为了净化整个世界及住在其中的人们而在全世界到处旅行。主柴坦亚·玛哈帕布建议道：

pṛthivīte āche yata nagarādi grāma
sarvatra pracāra haibe mora nāma

在这节诗中，主柴坦亚·玛哈帕布要祂的追随者到全世界旅行，去每一个城镇和乡村传教。在柴坦亚传承(Caitanya-sampradāya)中严格遵守主柴坦亚的原则的人，必须到全世界旅行，传播主柴坦亚的信息，也就是：传播奎师那的话语——《博伽梵歌》，以及《圣典博伽瓦谭》。奉献者越多地传播“谈论与奎师那有关的话题(kṛṣṇa-kathā)”的原则，全世界就有越多的人能够得到利益。

像伟大的圣人纳茹阿达那样到全世界传播知识的奉献者们，被称为“想要在全世界增加奉献者数量的奉献者”。纳茹阿达·牟尼为了培养各种类型的奉献者，总是在宇宙各处旅行。他甚至使一个猎人转变为奉献者。他还使杜茹瓦王和帕拉德王成为奉献者。事实上，所有的奉献者都要感激伟大的圣人纳茹阿达，因为他走遍天堂和地狱培养奉献者。至尊主的奉献者甚至不惧怕地狱。他到处去传播至尊主的荣耀，甚至是地狱；对奉献者来说，天堂与地狱没有区别。

nārāyaṇa-parāḥ sarve
na kutaścana bibhyati
svargāpavarga-narakeṣv
api tulyārtha-darśinaḥ

“纳茹阿亚纳的纯粹奉献者从不怕去任何地方。对他来说，天堂和地狱是一样的。”（《圣典博伽瓦谭》6.17.28)这样的奉献者在全世界旅行，拯救那些真正害怕这个物质存在的人。有些人因为对物质享乐感到迷惑和挫折，已经很讨厌这个物质存在；有些明智之人有志于了解至尊主。在全世界旅行的纯粹奉献者，可以使这两类人都得到利益。

纯粹奉献者去朝圣之地时，想要净化那朝圣地。许多罪恶的人去朝圣地的圣水中沐浴；他们到帕亚哥(Prayāga)、温达文和玛图茹阿(Mathurā)的恒河(Ganges)及雅沐娜(Yamunā)河中沐浴。罪恶之人靠这种方式得到净化，但却把他们的罪恶和报应留在了神圣的朝圣之地。奉献者在那些圣地沐浴时，便把罪恶之人留在那里的恶报抵消了。《圣典博伽瓦谭》第1篇第139章的第10节诗说：奉献者始终把人格首神安置在自己心中，因此把所到之处都转化为圣地，一个了解至尊人格首神的神圣之地(tīrthī-kurvanti tīrthāni svāntaḥ-sthena gadā-bhṛtā)。正因为如此，与纯粹奉献者联谊，从而清除物质的污染，是每一个人的责任。到处旅行的奉献者唯一要做的是，把受制约的灵魂拯救出错觉能量玛亚的钳制，因此大家都该利用这些奉献者所提供的利益。

第38节　वयं तु साक्षाद्भगवन् भवस्य
प्रियस्य सख्युः क्षणसङ्गमेन ।
सुदुश्चिकित्स्यस्य भवस्य मृत्यो-
र्भिषक्तमं त्वाद्य गतिं गताः स्म ॥३८॥

vayaṁ tu sākṣād bhagavan bhavasya
priyasya sakhyuḥ kṣaṇa-saṅgamena
suduścikitsyasya bhavasya mṛtyor
bhiṣaktamaṁ tvādya gatiṁ gatāḥ sma

vayam—我们 / tu—于是 / sākṣāt—直接地 / bhagavan—至尊主啊 / bhavasya—主希瓦的 / priyasya—非常亲密 / sakhyuḥ—您的朋友 / kṣaṇa—片刻 / saṅgamena—靠联谊 / suduścikitsyasya—极难治疗 / bhavasya—物质存在的 / mṛtyoḥ—死亡的 / bhiṣak-tamam—最优秀的医师 / tvā—您 / adya—今天 / gatim—目的地 / gatāḥ—已获得 / sma—肯定地

译文 亲爱的至尊主，因为与您那十分珍爱，且是您最亲密的朋友的主希瓦联谊片刻，我们幸运地得到了您。您是经验最丰富的医师，能治疗物质存在无可救药的疾病。我们鸿福齐天，居然能托庇在您的莲花足旁。

要旨 经典中说：不托庇于人格首神的莲花足，人无法从玛亚的钳制——重复生老病死的轮回中解脱出来(hariṁ vinā na mṛtiṁ taranti)。帕柴塔们凭借主希瓦的恩典得到至尊人格首神的庇护。主希瓦是至尊人格首神主维施努最优秀的奉献者。经典中说：最崇高的外士纳瓦是主希瓦；真正是主希瓦的奉献者的人，听从主希瓦的忠告，托庇于主维施努的莲花足(vaiṣṇavānāṁ yathā śambhuḥ)。主希瓦那些所谓的奉献者只是追求物质繁荣，因此受到主希瓦某种程度的哄骗。主希瓦不是真哄骗他们，因为他没必要骗人，但由于他所谓的奉献者们想要被骗，很容易被取悦的主希瓦就给予他们各种物质性的祝福。这些祝福反而促成了所谓的奉献者们的毁灭。例如：茹阿瓦纳(Rāvaṇa)从主希瓦那里得到所有的物质祝福，结果却是，他因为误用主希瓦的祝福而最终与他的家庭、王国等一切遭到毁灭。他因为自己拥有的物质力量而变得十分骄傲、狂妄，以致竟敢绑架主茹阿玛禅铎(Rāmacandra)的妻子。

这使他遭到灭顶之灾。从主希瓦那里得到物质祝福并不困难，但其实那些不是真正的祝福。帕柴塔们从主希瓦那里得到的才是真正的祝福，那祝福使他们得到主维施努莲花足的庇护。这才是真正的祝福。温达文的牧牛姑娘们(gopīs)也崇拜主希瓦，他至今还以哥琵施瓦尔(Gopīśvara)的身份留在那里。然而，牧牛姑娘们祈祷主希瓦祝福她们能得到主奎师那当她们的丈夫。人的目标如果是回归家园、回到首神身边，崇拜半神人就不会有害。然而，崇拜半神人的人通常是为了物质利益，正如《博伽梵歌》第7章的第20节诗中指出：

kāmais tais tair hṛta-jñānāḥ
prapadyante 'nya-devatāḥ
taṁ taṁ niyamam āsthāya
prakṛtyā niyatāḥ svayā

“被物质欲望偷去智力的人皈依半神人，按自己的本性遵守特定的崇拜规则。”迷恋物质利益的人被称为失去智慧的人(hṛta jñāna)。就有关这一点，要注意的是：有些启示经典中把主希瓦描述为是与至尊人格首神一样。关键点是：主希瓦与主维施努是如此紧密相连，他们之间没有不同的意见。《永恒的柴坦亚经》首篇第5章的第142节诗中说，事实真相是：“唯一至尊的主人是奎师那，其他人都是祂的奉献者或仆人(ekale īśvara kṛṣṇa, āra saba bhtya)。”这是事实真相，就有关这一点，主希瓦与主维施努之间没有不同的意见。启示经典中没有任何一个地方说，主希瓦声称自己等同于主维施努。有关“主希瓦就是主维施努”的说明，只不过是主希瓦的所谓奉献者编造的谎言。外士纳瓦经典(Vaiṣṇava-tantra)中严格禁止这样的看法。《永恒的柴坦亚经》中篇第18章的第116节诗中说：认为主维施努与半神人主布茹阿玛或主希瓦同属一个范畴，或认为主布茹阿玛和希瓦平等于主维施努的人，被视为是不信神的人(yas tu nārāyaṇaṁ devam)。《圣典博伽瓦谭》第11

篇第5章的第33节诗中说：主希瓦和主布茹阿玛向主维施努顶礼致敬(śiva-viriñci-nutam)。认为他们在同一个层面上是巨大的冒犯。从主维施努是至尊人格首神，其他人都是祂永恒的仆人的意义上说，他们是一样的。

第39—40节

यन्नः स्वधीतं गुरवः प्रसादिता
विप्राश्च वृद्धाश्च सदानुवृत्त्या ।
आर्या नताः सुहृदो भ्रातरश्च
सर्वाणि भूतान्यनसूययैव ॥३९॥
यन्नः सुतप्तं तप एतदीश
निरन्धसां कालमदभ्रमप्सु ।
सर्वं तदेतत्पुरुषस्य भूम्नो
वृणीमहे ते परितोषणाय ॥४०॥

yan naḥ svadhītaṁ guravaḥ prasāditā
viprāś ca vṛddhāś ca sad-ānuvṛttyā
āryā natāḥ suhṛdo bhrātaraś ca
sarvāṇi bhūtāny anasūyayaiva

yan naḥ sutaptaṁ tapa etad īśa
nirandhasāṁ kālam adabhram apsu
sarvaṁ tad etat puruṣasya bhūmno
vṛṇīmahe te paritoṣaṇāya

yat—什么 / naḥ—由我们 / svadhītam—学习 / guravaḥ—高级人物，灵性导师 / prasāditāḥ—满足 / viprāḥ—布茹阿玛纳 / ca—和 / vṛddhāḥ—年长的人 / ca—和 / sat-ānuvṛttyā—通过我们文雅的举止 / āryāḥ—在灵性知识上进步的人 / natāḥ—得到……顶礼 / su-hṛdaḥ—朋友 / bhrātaraḥ—兄弟 / ca—和 / sarvāṇi—所有的 / bhūtāni—生物体 / anasūyayā—无忌妒 / eva—肯定地 / yat—什么 / naḥ—我们的 / sutaptam—艰难的 / tapaḥ—苦修 / etat—这 / īśa—至尊主啊 / nirandhasām—没有进食 / kālam—时间 / adabhram—漫长的 / apsu—在水中 / sarvam—所有的 / tat—那 / etat—这 / puruṣasya—至尊人格首神的 / bhūmnaḥ—最杰出的 / vṛṇīmahe—我们想要这赐福 / te—您的 / paritoṣaṇāya—为了满足

译文　亲爱的至尊主，我们学习了韦达经，接受了灵性导师，向布茹阿玛纳、进步的奉献者及灵性上十分进步的长者致以敬意。我们向他们致敬，而且不忌妒任何兄弟、朋友或其他人。我们还在水中历经艰难的苦修，长时间断食。我们全部的这些灵性资产都只是为使您满意而献给您的。我们只祈求这一祝福，不要别的。

要旨　正如《圣典博伽瓦谭》第1篇第2章的第13节诗所证明的，生命真正的完美是使至尊人格首神高兴(saṁsiddhir hari-toṣaṇam)。《博伽梵歌》第15章的第15节诗说：要理解韦达经(Vedas)，就必须了解至尊人格首神(vedaiś ca sarvair aham eva vedyaḥ)。真正了解祂的人在经历了生生世世后投靠祂。我们在帕柴塔们的身上看到所有这些品质。他们在水中经历了艰难的苦修，长时间不进食。他们从事这些苦修不是为了物质利益，而是为了取悦至尊主。人可以从事任何一个物质或灵性的活动，但目的都应该是使至尊人格首神满意。这节诗呈现了韦达文明的完整画面。受训成为奉献者的人不仅应该尊敬至尊人格首神，还应该尊敬具有进步知识的长者、至尊主真正的奉献者——阿尔延人(Āryan, 雅利安人)。阿尔延人不是那些自吹自擂的人，而是至尊主真正的奉献者。以前被称为阿尔延的人，都是至尊主的奉献者。梵文“阿尔延”的意思是“进步的”。例如：在《博伽梵歌》第2章的第2节诗中，奎师那申斥阿尔诸纳说话不像阿尔延人。

śrī-bhagavān uvāca
kutas tvā kaśmalam idaṁ
iṣame samupasthitam
anārya-juṣṭam asvargyam
akīrti-karam arjuna

“至尊人格首神说：我亲爱的阿尔诸纳，你怎么会沾染上这些乌七八糟的东西？它们根本不是知道生存价值的人该有的。它们不会把人引向高等星球，只会使人声名狼藉。”阿尔诸纳作为一名查锤亚(kṣatriya, 刹帝利)拒绝作战，尽管那命令是由至尊主直接发出的。他为此而受到至尊主的申斥，说他的行为像是出自非阿尔延家庭的人所具有的。为至尊主做奉爱服务的高级奉献者无疑知道自己该履行的责任，无论那责任牵涉到暴力还是非暴力。只要是至尊主批准和命令的，就必须执行。阿尔延人履行自己的职责。他们不会没有必要地伤害其他生物体。阿尔延人从不开设屠宰场，从不伤害可怜的动物。帕柴塔们经历艰巨的苦修许许多多年，甚至是在水中。苦修是对高等文明感兴趣的人做的事。

诗中说“不进食 (nirandhasām)”。阿尔延人不该贪得无厌地大吃大喝。相反，应该尽可能地控制饮食。阿尔延人进食时，只吃规定可以吃的食物。对此，至尊主在《博伽梵歌》第9章的第26节诗中说：

patraṁ puṣpaṁ phalaṁ toyaṁ
yo me bhaktyā prayacchati
tad ahaṁ bhakty-upahṛtam
aśnāmi prayatātmanaḥ

“人如果怀着奉爱之心给我供奉一片叶、一朵花、一个水果或一些水，我将会接受。”这些是对进步的阿尔延人的规定。尽管至尊主本人可以什么都吃，但祂限制自己只吃蔬菜、水果、牛奶等食物。这节诗描述了声称自己是阿尔延人该从事的活动。

第 41 节　मनुः स्वयम्भूर्भगवान् भवश्च
येऽन्ये तपोज्ञानविशुद्धसत्त्वाः ।
अदृष्टपारा अपि यन्महिम्नः
स्तुवन्त्यथो त्वात्मसमं गृणीमः ॥४१॥

manuḥ svayambhūr bhagavān bhavaś ca
ye 'nye tapo-jñāna-viśuddha-sattvāḥ
adṛṣṭa-pārā api yan-mahimnaḥ
stuvanty atho tvātma-samaṁ gṛṇīmaḥ

manuḥ—斯瓦阳布瓦·玛努 / svayambhūḥ—主布茹阿玛 / bhagavān—最强有力的 / bhavaḥ—主希瓦 / ca—也 / ye—……的人 / anye—其他人 / tapaḥ—靠苦修 / jñāna—靠知识 / viśuddha—纯粹 / sattvāḥ—存在……的 / adṛṣṭa-pārāḥ—无法看到……的尽头的人 / api—虽然 / yat—您的 / mahimnaḥ—光荣的 / stuvanti—他们献上祈祷 / atho—因此 / tvā—向您 / ātma-samam—尽力 / gṛṇīmaḥ—我们祈祷

译文　亲爱的至尊主，就连伟大的瑜伽师，凭苦修和知识而十分进步，使自己完全处在纯净的存在中的神秘主义者，以及像玛努、主布茹阿玛和主希瓦那样伟大的人物，都无法完全了解您的荣耀和力量。尽管如此，他们还是尽自己的能力向您献上他们的祈祷。我们的层次虽然比这些人物低得多，但也以同样的方式尽我们最大的能力向您祷告。

要旨　主布茹阿玛、主希瓦、人类的祖先玛努(Manu)、伟大圣洁的人，以及靠苦行、苦修和奉爱服务把自己提升到超然层面上的伟大圣人们，与至尊人格首神相比，知识都不完善。这是在这个物质世界里的所有人的情况。没人能在任何方面与至尊主平等，在知识方面无疑也不例外。因此，向至尊人格首神祈祷的人从不会祈祷得尽善尽美。没人可以完整地估量无限的至尊主所具有的荣耀。就连至尊主本人以祂阿南塔(Ananta)——蛇沙(Śeṣa)的化身，也无法描述完祂自己的光荣。尽管阿南塔有千万张嘴，并用许许多多年赞美至尊主，祂都无法述说尽至尊主的荣耀。因此，至尊主完整的力量和荣耀根本无法估量。

尽管如此，做奉爱服务的人都可以向至尊主献上基本的祈祷。处在这个相对境况中的每一个人，都无法完美地歌颂至尊主。从主布茹阿玛和主希瓦开始，一直下到我们自己，每一个人都是至尊主的仆人。我们都按照自己的业报处在相对的境况中。但尽管如此，我们每一个人都可以全心全意地祈祷、赞美我们能欣赏到的至尊主的荣耀。那就是我们的完美。即便是生活在物质存在最黑暗地区的人，也被允许按照自己的能力向至尊主献上祈祷。正因为如此，至尊主在《博伽梵歌》第9章的第32节诗中说：

māṁ hi pārtha vyapāśritya
ye 'pi syuḥ pāpa-yonayaḥ
striyo vaiśyās tathā śūdrās
te 'pi yānti parāṁ gatim

“普瑞塔的儿子啊！托庇于我的人，即使是妇女、外夏(商人)、庶铎(劳工)或出身低贱的人，也能到达至高无上的目的地。”

人如果真诚地接受至尊主的莲花足，就会凭借至尊主和祂仆人的恩典得到净化。对此，据《圣典博伽瓦谭》第2篇第4章的第18节诗的记载，舒卡戴瓦·哥斯瓦米(Śukadeva Gosvāmī)证实说：甚至其他沉溺于罪恶活动的人，只要投靠至尊主的奉献者，就都能得到净化。我乞求允许我向祂致以恭恭敬敬的顶礼(ye 'nye ca pāpā yad-apāśrayāśrayāḥ śudhyanti tasmai prabhaviṣṇave namaḥ)。在至尊主的仆人——灵性导师的努力下，被带到至尊主莲花足下的人，无论出身有多低贱，都必然立刻得到净化，变得有资格回归家园，回到首神身边。

第42节 नमः समाय शुद्धाय पुरुषाय पराय च ।
वासुदेवाय सत्त्वाय तुभ्यं भगवते नमः ॥४२॥

namaḥ samāya śuddhāya
puruṣāya parāya ca
vāsudevāya sattvāya
tubhyaṁ bhagavate namaḥ

namaḥ—我们致以恭敬的顶礼 / samāya—平等对待众生的 / śuddhāya—从不被罪恶活动污染的 / puruṣāya—向至尊者 / parāya—超然的 / ca—也 / vāsudevāya—无所不在 / sattvāya—处在超然的境地的 / tubhyam—向您 / bhagavate—至尊人格首神 / namaḥ—顶礼

译文 亲爱的至尊主，您没有敌人或朋友，因此平等对待众生。罪恶活动玷污不了您，您超然的形象永远超越物质创造。您无所不在，因此是至尊人格首神，被称为华苏戴瓦。我们恭恭敬敬地顶拜您。

要旨 至尊人格首神被称为华苏戴瓦，因为祂无所不在，居住在所有的地方。梵文“瓦斯(vas)”的意思是“居住、生活”。正如《布茹阿玛·萨密塔》第5章的第35节诗中说明的，至尊主透过祂完整的扩展进入每一个宇宙，创造物质展示(eko 'py asau racayituṁ jagad-aṇḍa-koṭim)。祂还进入每一个生物体的心中，以及每一个原子中(paramāṇu-cayāntara-stham)。由于至尊主无所不在，住在所有的地方，祂被称为华苏戴瓦。祂虽然在这个物质世界里的每一个地方，但却不受物质自然的污染。为此，至尊主在《至尊奥义书》中被描述为是“永不受罪恶的污染(apāpa-viddham)”。祂从不受物质自然属性的污染。当至尊主降临这个地球时，祂以多种方式行事。祂杀恶魔，从事韦达原则不允许的活动，也就是被视为罪恶的活动。尽管祂这么做，但祂却从不受祂活动的污染。正因为如此，这节诗描述祂“始终免予污染(śuddha)”。而且，至尊主平等对待所有的生物(sama)。就有关这一点，祂在《博伽梵歌》第9章的第29节诗中说：我不忌妒谁，也不偏袒谁。我平等对待众生(samo'haṁ sarva-bhūteṣu na me dveṣyo 'sti na priyaḥ)。

这节诗词中的“处在超然状态中(sattvāya)”一句是指，至尊主的形象不是物质的。祂的形象是永恒、充满知识的快乐形象(sac-cid-ānanda-vigrahaḥ)。对此，《布茹阿玛·萨密塔》第5章的第1节诗中给予证实说：奎师那是至高无上的控制者，祂具有快乐、充满知识的永恒形象(īśvaraḥ paramaḥ kṛṣṇaḥ sac-cid-ānanda-vigrahaḥ)。祂的身体不同于我们的物质躯体。我们不该认为至尊人格首神有一个像我们有的物质躯体。

第 43 节

मैत्रेय उवाच
इति प्रचेतोभिरभिष्टुतो हरिः
प्रीतस्तथेत्याह शरण्यवत्सलः ।
अनिच्छतां यानमतृप्तचक्षुषां
ययौ स्वधामानपवर्गवीर्यः ॥४३॥

maitreya uvāca
iti pracetobhir abhiṣṭuto hariḥ
prītas tathety āha śaraṇya-vatsalaḥ
anicchatāṁ yānam atṛpta-cakṣuṣāṁ
yayau sva-dhāmānapavarga-vīryaḥ

maitreyaḥ uvāca—麦垂亚说 / iti—如此 / pracetobhiḥ—由帕柴塔 / abhiṣṭutaḥ—被赞美 / hariḥ—至尊人格首神 / prītaḥ—高兴了 / tathā—于是 / iti—如此 / āha—说 / śaraṇya—向投靠祂的灵魂 / vatsalaḥ—充满情感的 / anicchatām—不想要 / yānam—祂的离开 / atṛpta—不满足 / cakṣuṣām—他们的眼睛 / yayau—祂离开 / sva-dhāma—向祂自己的住所 / anapavarga-vīryaḥ—战无不胜的

译文 伟大的圣人麦垂亚继续道，我亲爱的维杜茹阿，作为归依灵魂保护者的至尊人格首神，听了帕柴塔们的这番话并受到他们的崇拜后回答说：“祝你们祈祷的一切得以实现。”说完这句话，拥有永不可战胜的非凡能力的至尊人格首神离开了。帕柴塔们还没看够祂，所以极不情愿地与祂分开。

要旨 这节诗中的“永不可战胜的非凡能力(anapavarga-vīrya)”一句非常重要，其中梵文 ana 的意思是“没有”，pavarga 的意思是“物质主义的生活方式”，vīrya 的意思是“非凡的能力”。至尊人格首神的非凡能力总是包括六种基本的财富，其中一项是弃绝。尽管帕柴塔们想要看至尊主，直到他们感到心满意足为止，但至尊主还是离开了。按照圣吉瓦·哥斯瓦米的说法，这是祂向无数其他奉献者所展示的祂的仁慈。祂虽然受到帕柴塔们的吸引，但还是离开了。这是祂弃绝的一个例子。主柴坦亚·玛哈帕布在当托钵僧后，与阿兑塔·帕布(Advaita Prabhu)住在一起时，也展示了这种弃绝精神。所有在那里的奉献者都希望祂多住几天，但主柴坦亚还是毫不犹豫地离开了。结论是：尽管至尊主对祂的奉献者无限仁慈，但祂不依恋任何人。祂对创造中所有无数的奉献者都一样的仁慈。

第 44 节 अथ निर्याय सलिलात्प्रचेतस उदन्वतः ।
वीक्ष्याकुप्यन्द्रुमैश्छन्नां गां गां रोद्धुमिवोच्छ्रितैः ॥४४॥

atha niryāya salilāt
pracetasa udanvataḥ
vīkṣyākupyan drumaiś channāṁ
gāṁ gāṁ roddhum ivocchritaiḥ

atha—那以后 / niryāya—在出来后 / salilāt—从水中 / pracetasaḥ—全体帕柴塔 / udanvataḥ—海洋的 / vīkṣya—看到 / akupyan—变得很愤

怒 / drumaiḥ—被树木 / channām—覆盖 / gām—世界 / gām—天堂星球 / roddhum—为了阻碍 / iva—好像 / ucchritaiḥ—非常高

译文 那之后，帕柴塔们从水中出来。他们随即看到，大地上所有的树木都长得非常高，好似要阻塞通向天堂的路。这些树木覆盖了全世界的大地。这使帕柴塔们十分生气。

要旨 帕祺纳巴黑沙特王在他儿子们结束苦修返回家前离开了他的王国。他儿子帕柴塔们接受至尊人格首神的命令从水中出来，返回他们父亲的王国以接管它。然而，他们从水中出来时看到，一切都因为君王不在而被忽视了。他们首先注意到，人们没有务农，没有耕种作为食物的谷物。事实上，世界表面几乎都被非常高大的树木覆盖了。看起来树木似乎下决心要阻止人们进入外太空到天堂王国去。帕柴塔们看到地球表面被这样覆盖时非常愤怒。他们想要清理大地以便种植农作物。实际上并非是丛林和树木吸引了云朵，造成降雨，因为我们发现雨水也降落在大海上。人类可以靠砍伐丛林清理出空地作为居住的地方，并把土地转变为可以耕种的农田。人们可以饲养乳牛，以解决所有的经济问题。人只需要种庄稼和照顾乳牛。丛林中的木材可以用来建筑农舍。这样，人类社会的经济问题就可以得到解决。如今，全世界有许多空地，人们如果正确地加以运用，就不会有食物匮乏问题。至于降雨问题，举行祭祀(yajña)就会引来雨水。正如《博伽梵歌》第3章的第14节诗说：

annād bhavanti bhūtāni
parjanyād anna-sambhavaḥ
yajñād bhavati parjanyo
yajñaḥ karma-samudbhavaḥ

“众生的躯体靠五谷滋养，五谷靠雨水生长。雨水因祭祀的举行而降，祭祀则来自规定职责。”靠举行祭祀，人类就会得到足够的雨水，使五谷丰登。

第 45 节 ततोऽग्निमारुतौ राजन्नमुञ्चन्मुखतो रुषा ।
महीं निर्वीरुधं कर्तुं संवर्तक इवात्यये ॥४५॥

tato 'gni-mārutau rājann
amuñcan mukhato ruṣā
mahīṁ nirvīrudhaṁ kartuṁ
saṁvartaka ivātyaye

tataḥ—那以后 / agni—火 / mārutau—和空气 / rājan—君王啊 / amuñcan—他们吐出 / mukhataḥ—从他们口中 / ruṣā—因为愤怒 / mahīm—地球 / nirvīrudham—树木全无 / kartum—造成 / saṁvartakaḥ—毁灭之火 / iva—恰似 / atyaye—在大毁灭之时

译文 我亲爱的君王，毁灭的时候，主希瓦因为愤怒而从他的嘴里喷出火和气。为了令地球表面不再有树，帕柴塔们也从他们嘴里喷出火和气。

要旨 这节诗中称维杜茹阿(Vidura)为“君王啊(rājan)”。就有关这一点，圣维施瓦纳特·查夸瓦尔提·塔库尔(Viśvanātha Cakravartī Ṭhākura)评论道：不受感官打扰的头脑清醒之人(dhīra)，始终处在做奉爱服务的状态中，所以从不愤怒。进步的奉献者可以控制他们的感官，因此可以把这样的奉献者称为君王。君王以各种方式统治、管理国民；同样，可以控制自己感官的人是他感官的君王。他是斯瓦米(svāmī)或哥斯瓦米(gosvāmī)。正因为如此，斯瓦米和哥斯瓦米有时被称为“王(mahārāja)”。

第 46 节 भस्मसात्क्रियमाणांस्तान्द्रुमान् वीक्ष्य पितामहः ।
आगतः शमयामास पुत्रान् बर्हिष्मतो नयैः ॥४६॥

bhasmasāt kriyamāṇāṁs tān
drumān vīkṣya pitāmahaḥ
āgataḥ śamayām āsa
putrān barhiṣmato nayaiḥ

bhasmasāt—灰烬 / kriyamāṇān—被烧成 / tān—他们全体 / drumān—树木 / vīkṣya—看到 / pitāmahaḥ—主布茹阿玛 / āgataḥ—到那里 / śamayām āsa—安抚 / putrān—儿子们 / barhiṣmataḥ—巴黑施曼王的 / nayaiḥ—用逻辑

译文 看到地球表面的树木几乎都被烧成了灰烬，主布茹阿玛立刻来到巴黑施曼王的儿子们面前，用条理分明的话语使他们冷静下来。

要旨 每当不同的星球上有不同寻常的事情发生，主布茹阿玛作为整个宇宙的管理者就立刻到现场去控制局面。当黑冉亚卡希普(Hiraṇyakaśipu)从事严酷的苦行，使整个宇宙为之颤抖时，主布茹阿玛也到过现场。一个机构中的负责人总是警惕地保持机构内的平静与和谐。同样道理，主布茹阿玛也负责保持这个宇宙内的和平与协调。他于是前来条理分明地劝说巴黑施曼(Barhiṣmān)王的儿子们，使他们平静下来。

第47节 तत्रावशिष्टा ये वृक्षा भीता दुहितरं तदा ।
उज्जहुस्ते प्रचेतोभ्य उपदिष्टाः स्वयम्भुवा ॥४७॥

tatrāvaśiṣṭā ye vṛkṣā
bhītā duhitaraṁ tadā
ujjahrus te pracetobhya
upadiṣṭāḥ svayambhuvā

tatra—那里 / avaśiṣṭāḥ—剩下的 / ye—……的 / vṛkṣāḥ—树木 / bhītāḥ—害怕 / duhitaram—他们的女儿 / tadā—在那时刻 / ujjahruḥ—交出 / te—他们 / pracetobhyaḥ—向帕柴塔们 / upadiṣṭāḥ—被忠告 /

svayambhuvā—由主布茹阿玛

译文　剩下的树木因为非常害怕帕柴塔们，立刻听从主布茹阿玛的劝告交出他们的女儿。

要旨　这一章的第13节诗中提到了树木的女儿，她由侃杜和帕么珞茶所生。天堂社交女郎帕么珞茶生下孩子后，立刻离开回天堂王国去了。在孩子哭叫时，月亮神同情地照顾她，把自己的手指放进她嘴里救了她。这孩子一直由树木照看，当她长大成人时，由主布茹阿玛命令送给帕柴塔当他们的妻子。下一节诗会介绍这少女的名字叫玛瑞莎(Māriṣā)，由树神把她交了出来。就这一点，圣吉瓦·哥斯瓦米·帕布帕德说明道：诗中的“树木”一词是指控制那些树的神明(vṛkṣāḥ tad-adhiṣṭhātṛ-devatāḥ)。在韦达文献中我们发现，有控制水的神明，也有控制树木的神明。帕柴塔们正在把所有的树木都烧成灰烬，认为他们是自己的敌人。为了安抚帕柴塔们，树神听从主布茹阿玛的劝告，交出了他们的女儿玛瑞莎。

第48节　ते च ब्रह्मण आदेशान्मारिषामुपयेमिरे ।
यस्यां महदवज्ञानादजन्यजनयोनिजः ॥४८॥

te ca brahmaṇa ādeśān
māriṣām upayemire
yasyāṁ mahad-avajñānād
ajany ajana-yonijaḥ

te—全体帕柴塔／ca—也／brahmaṇaḥ—主布茹阿玛的／ādeśāt—由于……的命令／māriṣām—玛瑞沙／upayemire—结婚／yasyām—在……中／mahat—对一位伟大的人物／avajñānāt—因为不敬／ajani—出生／ajana-yoni-jaḥ—主布茹阿玛的儿子达克沙

译文 听从主布茹阿玛的命令，全体帕柴塔接受那少女当自己的妻子。从那少女的子宫，主布茹阿玛的儿子达克沙诞生了。达克沙因为对主玛哈戴瓦(希瓦)无礼并反抗他而必须从玛瑞莎的子宫中生出，结果必须放弃他的躯体两次。

要旨 就有关这一内容，诗中“因为对伟大人物不敬(mahad-avajñānāt)”一句很重要。达克沙(Dakṣa)王本是主布茹阿玛的儿子，所以在前生是一位布茹阿玛纳。但由于他不尊重主玛哈戴瓦(希瓦)，行为根本不像个布茹阿玛纳(abrāhmaṇa)，他必须经一位查锤亚(kṣatriya，刹帝利)的精液再次投生。为此，他当了帕柴塔们的儿子。不仅如此，由于他不尊重主希瓦，他必须经历从一位妇女的子宫中出生的苦难。在达克沙祭祀场中，他被主希瓦的仆人维茹阿巴铎(Vīrabhadra)杀死过一次。但那还不足以抵他的罪，他还得再次从玛瑞沙的子宫中出生。发生在达克沙祭祀场上的灾难接近尾声时，达克沙向主希瓦献上他的祈祷。为此，尽管他必须放弃自己的躯体，必须经由一个查锤亚的精液到一个女人的子宫中投生，他还是凭借主希瓦的恩典得到了一切财富。这些都是物质自然的精微法律。不幸的是，现代人不知道这些法律是如何运作的。对灵性灵魂的永恒性及其轮回一无所知的现代人，都处在最愚昧的状态中。正因为如此，《圣典博伽瓦谭》第1篇第1章的第10节诗说：喀历年代里的人都懒惰、喜欢争斗、被误导、不幸，而且总是被物质环境搞得心烦意乱(mandāḥ sumanda-matayo manda-bhāgyā hy upadrutāḥ)。

第49节 चाक्षुषे त्वन्तरे प्राप्ते प्राक्सर्गे कालविद्रुते ।
यः ससर्ज प्रजा इष्टाः स दक्षो दैवचोदितः ॥४९॥

cākṣuṣe tv antare prāpte
prāk-sarge kāla-vidrute

yaḥ sasarja prajā iṣṭāḥ
sa dakṣo daiva-coditaḥ

cākṣuṣe－名叫查克舒沙 / tu－但 / antare－玛努统治期间 / prāpte－当……发生时 / prāk－先前的 / sarge－创造 / kāla-vidrute－在适当的时候毁灭了 / yaḥ－……的 / sasarja－创造了 / prajāḥ－生物体 / iṣṭāḥ－值得要的 / saḥ－他 / dakṣaḥ－达克沙 / daiva－由至尊人格首神 / coditaḥ－被……启发

译文　他的前一个躯体遭到毁坏，但他，同一个达克沙，在得到至尊意愿的启示后，在查克舒沙·玛努统治期创造了所有值得要的生物体。

要旨　正如《博伽梵歌》第8章的第17节诗所说：

sahasra-yuga-paryantam
ahar yad brahmaṇo viduḥ
rātriṁ yuga-sahasrāntāṁ
te 'ho-rātra-vido janāḥ

“人类的一千个年代之和等于布茹阿玛的一个白天，他的一个夜晚是同样长的一段时间。”布茹阿玛的一个白天由萨提亚(Satya，金)、特瑞塔(Tretā，银)、杜瓦帕尔(Dvāpara，铜)和喀历(Kali，铁)这四个年代的一千次循环构成。在那样一个白天里，共有十四位玛努统治者(manvantara)，而在这十四位玛努中，查克舒沙(Cākṣuṣa)是第六位玛努。在布茹阿玛的一个白天中存在的玛努按顺序分别是：(1)斯瓦阳布瓦(Svāyambhuva)，(2)斯瓦若祺沙(Svārociṣa)，(3)乌塔玛(Uttama)，(4)塔玛斯(Tāmasa)，(5)茹艾瓦塔(Raivata)，(6)查克舒沙(Cākṣuṣa)，(7)外瓦斯瓦塔(Vaivasvata)，(8)萨瓦尔尼(Sāvarṇi)，(9)达克沙萨瓦尔尼(Dakṣasāvarṇi)，(10)布茹阿玛·萨瓦尔尼(Brahma-sāvarṇi)，(11)达尔玛·萨瓦尔尼(Dharma-sāvarṇi)，(12)茹铎·萨瓦尔尼(Rudra-sāvarṇi)，(13)戴瓦·萨瓦尔尼(Devasāvarṇi)，(14)因铎 · 萨瓦尔尼(Indra-sāvarṇi)。

就这样，布茹阿玛的一天中有十四位玛努，一年中有五千零四十位玛努。布茹阿玛的寿命是一百年，所以在布茹阿玛的一生中一共有五十万四千位玛努出现和消失。这是对这一个宇宙的计算，而物质世界里有无数的宇宙。在玛哈 · 维施努的一次呼气之间，所有这些玛努来来去去。正如《布茹阿玛 · 萨密塔》第5章的第48节诗声明：

yasyaika-niśvasita-kālam athāvalambya
jīvanti loma-vilajā jagad-aṇḍa-nāthāḥ
viṣṇur mahān sa iha yasya kalā-viśeṣo
govindam ādi-puruṣaṁ tam ahaṁ bhajāmi

诗中jagad-aṇḍa-nātha是指主布茹阿玛。物质世界里有数不胜数的jagad-aṇḍa-nātha布茹阿玛，更有数不胜数的玛努。如今这个年代由外瓦斯瓦塔 · 玛努控制。每一个玛努的寿命是四百三十二万年乘以七十一(4,320,000年×71)。现在这位玛努已经活了四百三十二万年乘以二十八(4,320,000年×28)这么长的时间。物质自然法律的规定使所有这些漫长的寿命终有结束的一天。达克沙祭祀场上的争执发生在斯瓦阳布瓦 · 玛努控制期间。结局是：达克沙受到主希瓦的惩罚，但凭他对主希瓦的祈祷，变得有资格重获他以前拥有的财富。按照维施瓦纳特 · 查夸瓦尔提 · 塔库尔的说法，达克沙从事艰巨的苦修直到第五位玛努统治期间，所以在被称为查克舒沙的第六位玛努统治的一开始，便凭借主希瓦的祝福重获他以前拥有的财富。

第50—51节

योजायमानः सर्वेषां तेजस्तेजस्विनां रुचा ।
स्वयोपादत्त दाक्ष्याच्च कर्मणां दक्षमब्रुवन् ॥५०॥
तं प्रजासर्गरक्षायामनादिरभिषिच्य च ।
युयोज युयुजेऽन्यांश्च स वै सर्वप्रजापतीन् ॥५१॥

yo jāyamānaḥ sarveṣāṁ
　tejas tejasvināṁ rucā
svayopādatta dākṣyāc ca
　karmaṇāṁ dakṣam abruvan

taṁ prajā-sarga-rakṣāyām
　anādir abhiṣicya ca
yuyoja yuyuje 'nyāṁś ca
　sa vai sarva prajāpatīn

yaḥ—……的 / jāyamānaḥ—就在他出生后 / sarveṣām—所有的 / tejaḥ—光辉的 / tejasvinām—灿烂的 / rucā—由光芒 / svayā—他的 / upādatta—覆盖 / dākṣyāt—因为精通 / ca—和 / karmaṇām—功利性活动 / dakṣam—达克沙 / abruvan—被称为 / tam—他 / prajā—生物体 / sarga—繁衍 / rakṣāyām—养育 / anādiḥ—第一个出生的人——主布茹阿玛 / abhiṣicya—指定了 / ca—也 / yuyoja—安排 / yuyuje—安排 / anyān—其他人 / ca—和 / saḥ—他 / vai—肯定地 / sarva—所有 / prajā-patīn—繁衍生物体的人

译文　出生后的达克沙身体放射出的灿烂光芒，使其他人的身体光芒黯然失色。由于他十分精通功利性活动，他被称为达克沙，意思是“专家”。为此，主布茹阿玛安排达克沙做繁衍生物体并养育他们的工作。在适当的时候，达克沙也安排其他生物体祖先做繁衍和养育生物体的工作。

要旨　达克沙变得几乎与主布茹阿玛一样强大有力。因此，主布茹阿玛安排他负责繁衍后代。达克沙极其富有，影响力很大。他后来安排以玛瑞祺为首的其他生物体祖先也繁衍后代，不断增加宇宙生物体的数量。

到此为止，结束了巴克提韦丹塔对《圣典博伽瓦谭》第4篇第30章——“帕柴塔们的活动”所作的阐释。

第三十一章

纳茹阿达教导帕柴塔们

第 1 节

मैत्रेय उवाच
तत उत्पन्नविज्ञाना आश्वधोक्षजभाषितम् ।
स्मरन्त आत्मजे भार्यां विसृज्य प्राव्रजन् गृहात् ॥१॥

maitreya uvāca
tata utpanna-vijñānā
āśv adhokṣaja-bhāṣitam
smaranta ātmaje bhāryāṁ
visṛjya prāvrajan gṛhāt

maitreyaḥ uvāca—麦垂亚说 / tataḥ—那以后 / utpanna—发达的 / vijñānāḥ—拥有完美的知识 / āśu—很快 / adhokṣaja—由至尊人格首神 / bhāṣitam—被明确地表述出来的 / smarantaḥ—想着 / ātma-je—向他们的儿子 / bhāryām—他们的妻子 / visṛjya—在给过之后 / prāvrajan—离开 / gṛhāt—从家里

译文 伟大的圣人麦垂亚继续道：那以后，帕柴塔们在家住了好几千年，培养在灵性意识中的完美知识。最后，他们记起至尊人格首神的祝福，于是离开家，嘱咐他们完美的儿子照顾他们的妻子。

要旨 帕柴塔们(Pracetās)结束他们的苦修后得到至尊人格首神的祝福。至尊主祝福他们，等他们结束他们的家庭生活后，就会在适当的时候回归家园，回到首神身边。帕柴塔们在度过按照半神人的时间计算长达好几千年的家庭生活后，决定离开家，让他们名叫达克沙(Dakṣa)的儿子负责照顾他们的妻子。这是韦达文明的程序。在人生的一开始作为一名贞守生(brahmacārī, 独身禁欲的学生)，人应该为接受有关灵性价值标准的教育苦修。贞守生从不被允许与女性往来，以免从人生的一开始就学着从事性享乐活动。现代文明的缺陷是，少男、少女在上学期间就可以自由地享受性生活。绝大多数孩子都是“没有资格的父母生的不值得要的孩子(varṇa-saṅkara)”。这使整个世界一片混乱。事实上，人类文明应该建立在韦达原则的基础上。这意味着，少男、少女应该从他们人生的一开始就经历苦修。他们长大后应该结婚，在一起生活、养育孩子。等孩子长大后，男人应该离开家，培养奎师那意识。这样，人才能使生命完美，回归家园，回到神的王国。

人除非在学生生活时代练习苦修，否则无法明白神的存在。在不了解奎师那的情况下，没人能有完美的生活。结论是：当丈夫的在孩子长大后，应该让孩子负责照顾妻子，自己则离开家去培养奎师那意识。成功的人生有赖于培养成熟的知识。帕柴塔们的父亲帕祺纳巴黑沙特王(Prācīnabarhiṣat)，在他那些于水中苦修的儿子返回王国前就离开了家。时机一旦成熟，或者人一旦培养了完美的奎师那意识，就应该离开家，甚至自己的职责还没有履行完也不停留。帕祺纳巴黑沙特王本在等待他的儿子回家，但聆听纳茹阿达(Nārada)的教导正确地培养了智慧后，他只是让他的大臣把口信传给他儿子，并没有等他们回来就离开了家。

在人的灵性进步过程中绝对需要放弃舒适的家庭生活，帕拉德王(Prahlāda Mahārāja)对此也给予忠告说：想要结束物质主义的生活方式的人，应该离开他所谓舒适的家庭生活；这种舒适只不过是对灵魂的扼杀(hitvātma-pātaṁ gṛham andha-kūpam)。家被视为是被草覆盖着的黑井，坠入这井中的人将在没人管的情况下死去。为此，人不该太依恋家庭，因为它将破坏人的奎师那意识的发展。

第2节 दीक्षिता ब्रह्मसत्रेण सर्वभूतात्ममेधसा ।
प्रतीच्यां दिशि वेलायां सिद्धोऽभूद्यत्र जाजलिः ॥ २ ॥

dīkṣitā brahma-satreṇa
　sarva-bhūtātma-medhasā
pratīcyāṁ diśi velāyāṁ
　siddho 'bhūd yatra jājaliḥ

dīkṣitāḥ—下定决心 / brahma-satreṇa—通过了解至尊真理 / sarva—所有的 / bhūta—生物体 / ātma-medhasā—当做自己一样 / pratīcyām—往西方 / diśi—方向 / velāyām—在海岸 / siddhaḥ—完美 / abhūt—变得 / yatra—那里 / jājaliḥ—伟大的圣人佳伽利

译文　帕柴塔们去了西海岸，解脱了的大圣人佳伽利就住在那儿。在完善使人能平等对待众生的灵性知识后，帕柴塔们具有了完美的奎师那意识。

要旨　诗中说“培养灵性知识(brahma-satra)”。事实上，韦达经(Vedas)和苦修都被称为梵(vedas tattvaṁ tapo brahma)。“梵”一词还有“绝对真理”的意思。人必须通过研究韦达经和从事艰巨的苦修培养有关绝对真理的知识。帕柴塔们严格按照这些原则做，因此做到了平等对待众生。正如《博伽梵歌》第18章的第54节诗证实的：

brahma-bhūtaḥ prasannātmā
　na śocati na kāṅkṣati
samaḥ sarveṣu bhūteṣu
　mad-bhaktiṁ labhate parām

“这样处在超然境界中的人，立即觉悟至尊梵，变得充满喜悦。他永不悲伤，不再想得到什么。他平等对待众生。在这种状态下，他达到为我做奉爱服务的境界。”

人真正取得灵性进步时不再看到生物体之间的区别，坚持不懈的人才能达到这层面。随着完美知识的增加，人不再看包裹生物的外壳，而是看躯体中灵性的灵魂。因此，他不再区分人类和动物，博学的布茹阿玛纳(brāhmaṇa, 婆罗门)和吃狗肉者(caṇḍāla)。

vidyā-vinaya-sampanne
brāhmaṇe gavi hastini
śuni caiva śvapāke ca
paṇḍitāḥ sama-darśinaḥ

“谦卑的圣人凭真正的知识，用平等的眼光看待乳牛、大象、狗和吃狗肉的人(不属于四个社会阶层的人)，以及博学、温和的布茹阿玛纳。”（《博伽梵歌》5.18）

博学之人——奉献者，在灵性的基础上平等看到众生，并希望看到每一个人都培养奎师那意识。帕柴塔们去灵修的地方完全适合从事灵性活动，因为诗中指出大圣人佳伽利(Jājali)就在那里得到了解脱(mukti)。想要变得完美或得到解脱的人，应该与已经解脱的人交往、联谊。这称为“与完美的奉献者联谊(sādhu-saṅga)”。

第 3 节 तान्निर्जितप्राणमनोवचोदृशो
जितासनान् शान्तसमानविग्रहान् ।
परेऽमले ब्रह्मणि योजितात्मनः
सुरासुरेड्यो ददृशे स्म नारदः ॥३॥

tān nirjita-prāṇa-mano-vaco-dṛśo
jitāsanān śānta-samāna-vigrahān
pare 'male brahmaṇi yojitātmanaḥ
surāsureḍyo dadṛśe sma nāradaḥ

tān－他们所有人 / nirjita－完全控制了 / prāṇa－生命之气 / manaḥ－内心 / vacaḥ－话语 / dṛśaḥ－及视阈 / jita-āsanān－控制了瑜伽坐姿的 / śānta－平静了 / samāna－直的 / vigrahān－身体……的 / pare－超然的 / amale－去除了一切物质污染 / brahmaṇi－于至尊者 / yojita－从事于 / ātmanaḥ－内心……的 / sura-asura-īḍyaḥ－被恶魔及半神人崇拜的 / dadṛśe－看到 / sma－在过去 / nāradaḥ－伟大的圣人纳茹阿达

译文　帕柴塔们先练神秘瑜伽中的体位法，然后练习控制他们的生命之气、心念、话语和视阈。凭借控制生命之气的程序，他们完全去除了对物质的依附。靠保持脊背挺直的坐姿，他们可以全神贯注于至尊梵。就在他们按照这种控制生命之气的方法练习时，受到半神人和恶魔共同崇拜的伟大圣人纳茹阿达，前来见他们。

要旨　这节诗中的“免予一切物质污染的超然状态(pare amale)”一句非常重要。《圣典博伽瓦谭》(Śrīmad-Bhāgavatam)中解释了对梵的觉悟。绝对真理从三个方面被觉悟到，即不具人格特征的梵光、处在局部区域的超灵(Paramātmā)，以及至尊人格首神本人(Bhagavān)。主希瓦(Śiva)在他的祈祷中，全神贯注于至尊梵(Parabrahman)的个人特征，用“至尊主的美丽恰似雨季中的黑色云朵(snigdha-prāvṛḍ-ghana-śyāmam)”一句描述祂的身体特征(《圣典博伽瓦谭》4.24.45)。遵照主希瓦的教导，帕柴塔们也把他们的注意力完全集中在至尊梵的夏玛孙达尔(Śyāmasundara)形象上。尽管至尊人的不具人格特征的梵、处在局部区域的超灵及至尊人格首神本人这三方面特性都处在同一个超然的层面上，但至尊梵的个人特征是最高的追求目标，是超然存在的顶峰。

伟大的圣人纳茹阿达到处旅行。他去看恶魔和半神人，他们都很尊敬他。因此，这节诗中描述他“受到恶魔和半神人的共同崇拜(surāsureḍya)”。所有人家的大门对纳茹阿达·牟尼都是敞开的。尽管恶魔和半神人之间存在着永恒的敌意，但纳茹阿达·牟尼所到之处都受到欢迎。当然，纳茹阿达被视为是半神人中的一员；诗中说他是“半神人中的圣人(devarṣi)”。然而，就连恶魔都不忌妒纳茹阿达·牟尼，所以他受到恶魔和半神人同样的崇拜。完美的外士纳瓦就该像纳茹阿达·牟尼一样，完全独立、不偏不倚。

第 4 节 तमागतं त उत्थाय प्रणिपत्याभिनन्द्य च ।
पूजयित्वा यथादेशं सुखासीनमथाब्रुवन् ॥ ४ ॥

tam āgataṁ ta utthāya
praṇipatyābhinandya ca
pūjayitvā yathādeśaṁ
sukhāsīnam athābruvan

tam—向他 / āgatam—出现 / te—全体帕柴塔 / utthāya—在起身后 / praṇipatya—顶礼 / abhinandya—欢迎 / ca—也 / pūjayitvā—崇拜 / yathā ādeśam—根据规范原则 / sukha-āsīnam—舒适地坐下 / atha—如此 / abruvan—他们说

译文 帕柴塔们一看到伟大的圣人纳茹阿达，马上起身迎接他，并立刻按照礼节向他顶礼并崇拜他。他们等纳茹阿达·牟尼坐定后，便开始向他发出询问。

要旨 全体帕柴塔都在练瑜伽，以便能全神贯注于至尊人格首神，这非常重要。

第 5 节 प्रचेतस ऊचुः
स्वागतं ते सुरर्षेऽद्य दिष्ट्या नो दर्शनं गतः ।
तव चङ्क्रमणं ब्रह्मन्नभयाय यथा रवेः ॥ ५ ॥

pracetasa ūcuḥ
svāgataṁ te surarṣe 'dya
diṣṭyā no darśanaṁ gataḥ
tava caṅkramaṇaṁ brahmann
abhayāya yathā raveḥ

pracetasaḥ ūcuḥ—帕柴塔们说 / su-āgatam—欢迎 / te—向您 / sura-ṛṣe—半神人中的圣人啊 / adya—今天 / diṣṭyā—因好运 / naḥ—我们的 / darśanam—晋见 / gataḥ—您到来 / tava—您的 / caṅkramaṇam—运

行 / brahman一伟大的布茹阿玛纳 / abhayāya一为了……的无惧 / yathā一如同 / raveḥ一太阳的

译文 全体帕柴塔异口同声地对伟大的圣人纳茹阿达说：啊，伟大的圣人，布茹阿玛纳，我们希望您来的时候一切顺利。我们此刻能见到您，是我们莫大的荣幸。凭借太阳的运行，人们才能摆脱对夜晚黑暗的恐惧，这种恐惧由在夜晚活动猖獗的盗贼和恶棍引起。同样，您的旅行就向太阳的运行，因为您驱散一切种类的恐惧。

要旨 人们都害怕在黑暗的夜晚中活动的恶棍和盗贼，尤其是在大城市。人们经常害怕在夜晚上街；我们知道，就连像纽约那种大城市中的人都不愿意在夜晚到街上去。一到夜晚，城市或乡村的人们就会或多或少地感到害怕。然而，太阳一旦升起，人们就会感到松了一口气，放松下来。同样，这个物质世界本性就是愚昧黑暗的，每时每刻都会遇到危险，使人们感到害怕。但当人看到像纳茹阿达那样的奉献者时，所有的恐惧感就消散了。正如太阳驱散黑暗，像纳茹阿达一样的伟大圣人的出现，消散愚昧。人一旦遇到纳茹阿达或他的代表灵性导师，就不再有愚昧导致的一切焦虑。

第6节 यदादिष्टं भगवता शिवेनाधोक्षजेन च ।
तद् गृहेषु प्रसक्तानां प्रायशः क्षपितं प्रभो ॥ ६ ॥

yad ādiṣṭaṁ bhagavatā
śivenādhokṣajena ca
tad gṛheṣu prasaktānāṁ
prāyaśaḥ kṣapitaṁ prabho

yat一什么 / ādiṣṭam一接受过的指示 / bhagavatā一由杰出的人物 / śivena一主希瓦 / adhokṣajena一由主维施努 / ca一也 / tat一那 /

gṛheṣu－向家庭事务／prasaktānām－被我们这些过分执著的人／prāyaśaḥ－几乎／kṣapitam－忘记／prabho－导师啊

译文 导师啊！请允许我们告诉您，我们因为太依恋家庭事务而几乎忘了我们从主希瓦和主维施努那里接受的教导。

要旨 留在家中过家居生活，是对感官享乐的一种让步。人应该知道感官享乐并非必需，而是生活中会遇到的内容。正如《圣典博伽瓦谭》第1篇第2章的第10节诗中所证实："人生的渴望永远不该被导向感官享乐(kāmasya nendriya-prītiḥ)。"人必须成为他感官的主人(gosvāmī)，控制自己的感官。人不该只用自己的感官进行享乐，而应该为维持生命而运用感官。圣茹帕·哥斯瓦米(Rūpa Gosvāmī)忠告说：人不该依恋感官对象，而应该按维生的基本需求接受感官享受(anāsaktasya viṣayān yathārham upayuñjataḥ)。人如果想要超过基本需求的标准享受感官，就会变得依恋意味着捆绑人的家庭生活。全体帕柴塔承认他们当时停留在家居生活中是一种过失。

第7节 तन्नः प्रद्योतयाध्यात्मज्ञानं तत्त्वार्थदर्शनम् ।
येनाञ्जसा तरिष्यामो दुस्तरं भवसागरम् ॥ ७॥

tan naḥ pradyotayādhyātma-
jñānaṁ tattvārtha-darśanam
yenāñjasā tariṣyāmo
dustaraṁ bhava-sāgaram

tat－因此／naḥ－对我们／pradyotaya－请唤醒／adhyātma－超然的／jñānam－知识／tattva－绝对真理／artha－为了……的目的／darśanam－哲学／yena－……的／añjasā－轻易地／tariṣyāmaḥ－我们可以跨越／dustaram－浩瀚的／bhava-sāgaram－无知海洋

译文　亲爱的导师，请用超然的知识启发我们，这知识恰似火炬，引导我们穿越物质存在愚昧的黑暗。

要旨　帕柴塔们要求纳茹阿达用超然的知识启发他们。普通人遇到圣人时通常都会要求得到物质性的祝福。然而，帕柴塔们因为已经享受够了物质的利益，所以对这些根本毫无兴趣，也不想去满足他们的物质欲望。他们只想要跨越愚昧无知的汪洋。每一个人都该有志于摆脱物质的钳制，并为此而接近圣洁之人，以得到启发和教导。人不该为了物质享受而去打扰圣人，要求他们给予物质性的祝福。居士们在接待圣洁之人时，通常都想要得到圣人的祝福，但他们真正的目的是在物质世界里过得更快乐。启示经典(śāstra)中不推荐人要求这种物质祝福。

第 8 节

मैत्रेय उवाच
इति प्रचेतसां पृष्टो भगवान्नारदो मुनिः ।
भगवत्युत्तमश्लोक आविष्टात्माब्रवीन्नृपान् ॥ ८ ॥

maitreya uvāca
iti pracetasāṁ pṛṣṭo
bhagavān nārado muniḥ
bhagavaty uttama-śloka
āviṣṭātmābravīn nṛpān

maitreyaḥ uvāca－麦垂亚说 / iti－如此 / pracetasām－由帕柴塔们 / pṛṣṭaḥ－被问到 / bhagavān－至尊人格首神的伟大奉献者 / nāradaḥ－纳茹阿达 / muniḥ－十分善于思考的 / bhagavati－于至尊人格首神 / uttama-śloke－拥有美名 / āviṣṭa－专注 / ātmā－内心 / abravīt－回答 / nṛpān－向君王们

译文　伟大的圣人麦垂亚继续道：我亲爱的维杜茹阿，总是全神贯注地想着至尊人格首神的、最高级的奉献者纳茹阿达，在帕柴塔们的请求下，开始回答问题。

要旨　这节诗中的“至尊人格首神杰出的奉献者纳茹阿达(bhagavān nāradaḥ)”一句指出，纳茹阿达总是在全神贯注地想着至尊人格首神(bhagavaty uttama-śloka āviṣṭātmā)。纳茹阿达除了想奎师那、谈奎师那和宣传有关奎师那，不做别的追求，因此有时也被称为巴嘎万(bhagavān)。梵文“巴嘎万”的意思是“拥有一切财富的人”。人心中拥有巴嘎万时，有时也会被称做巴嘎万。圣维施瓦纳特·查夸瓦尔提·塔库尔(Viśvanātha Cakravartī Ṭhākura)说：所有的启示经典中都公认，灵性导师就像至尊人格首神一样(sākṣād-dharitvena samasta-śāstraiḥ)。这并不意味着像纳茹阿达那样的灵性导师或圣人真就变成了至尊人格首神，而是因为他心中一直保有至尊人格首神而被经典以这种方式所承认。正如这节诗所描述的“全神贯注于(āviṣṭātmā)”，人如果只是全神贯注地想着奎师那(Kṛṣṇa)，也就被称为巴嘎万。巴嘎万拥有所有的财富。人如果心中一直拥有巴嘎万，他不也就自然拥有所有的财富了吗？从这个意义上说，像纳茹阿达一样的卓越奉献者，也可以被称做巴嘎万。然而，我们不能容忍无赖或冒牌货被称为巴嘎万。人必须要么拥有所有的财富，要么拥有具有一切财富的至尊人格首神巴嘎万才行。

第9节　　नारद उवाच

तज्जन्म तानि कर्माणि तदायुस्तन्मनो वचः ।
नृणां येन हि विश्वात्मा सेव्यते हरिरीश्वरः ॥ ९ ॥

nārada uvāca
taj janma tāni karmāṇi
tad āyus tan mano vacaḥ
nṛṇāṁ yena hi viśvātmā
sevyate harir īśvaraḥ

nāradaḥ uvāca—纳茹阿达说 / tat janma—出生 / tāni—那些 /

karmāṇi－功利性活动 / tat－那 / āyuḥ－寿命 / tat－那 / manaḥ－内心 / vacaḥ－话语 / nṛṇām－人类的 / yena－……的 / hi－肯定地 / viśva-ātmā－超灵 / sevyate－被侍奉 / hariḥ－至尊人格首神 / īśvaraḥ－至尊的控制者

译文　伟大的圣人纳茹阿达说：至尊人格首神是至尊的控制者，当生物生来便为至尊人格首神做奉爱服务时，他的出生、所有的功利性活动、寿命、心念和话语，实际上就都是完美的。

要旨　这节诗中“人类的(nṛṇām)”一词非常重要。除了人生，还有许多其他的生存形式，但纳茹阿达在此专指人生。人类也分不同的种类。当然，具有高度的灵性意识——奎师那意识的人，被称为阿尔延人(Āryan, 雅利安人)。在阿尔延人中，为至尊主做奉爱服务的人其人生最成功。“人类的(nṛṇām)”一词指明，低等动物不懂得为至尊主做奉爱服务。然而在完美的人类社会中，每一个人都该为至尊主做奉爱服务。人生来是贫富贵贱还是肤色黑白并不重要。尽管人类社会中也许有许多这种物质性的区分，但真正重要的是，每一个人都该为至尊主做奉爱服务。如今的文明国家为了发展经济都放弃了神意识，实际上都不再对增强神意识感兴趣。他们的祖先以前还遵守宗教原则，无论他们是印度教徒、伊斯兰教徒、佛教徒还是犹太教徒等，每一个人都遵循自己的宗教传统。当然，真正的宗教意味着变得具有神意识。这节诗中特别指出，人如果有志于培养奎师那意识，他的人生就是成功的。如果活动的结果是为至尊主服务，活动就是成功的。哲学思辨或心智思辨被用来了解至尊人格首神，那么这样的活动就是成功的。如果用感官为至尊主做服务，感官就是值得有的。事实上，奉爱服务意味着用感官为至尊主做服务。我们现在的感官都不纯净，因此一直在忙于为社会、友谊、爱、政治等服务。然而，当感官用于为至尊主服务时，人就是在做奉爱服务(bhakti)。这些内容在下一节诗中将有更明确的解释。

当主柴坦亚·玛哈帕布(Caitanya Mahāprabhu)的一位优秀的奉献者看到至尊主时，他说他所有的愿望都实现了。他说："今天的一切都那么吉祥。今天我的出生地和居住地都被彻底美化了。今天我的感官，从我的眼睛下到脚趾，都是幸运的。今天我能够看到被幸运女神崇拜的莲花足，我的人生因此而成功了。"

第 10 节 **किं जन्मभिस्त्रिभिर्वेह शौक्रसावित्रयाज्ञिकैः ।**
कर्मभिर्वा त्रयीप्रोक्तैः पुंसोऽपि विबुधायुषा ॥१०॥

kiṁ janmabhis tribhir veha
śaukra-sāvitra-yājñikaiḥ
karmabhir vā trayī-proktaiḥ
puṁso 'pi vibudhāyuṣā

kim一有什么用 / janmabhiḥ一出生的 / tribhiḥ一三 / vā一或者 / iha一在这个世界 / śaukra一通过精液 / sāvitra一通过启迪 / yājñikaiḥ一通过成为完美的布茹阿玛纳 / karmabhiḥ一通过活动 / vā一或者 / trayī一在韦达经中 / proktaiḥ一训示 / puṁsaḥ一人类的 / api一甚至 / vibudha一半神人的 / āyuṣā一寿命……的

译文 一个文明人有三次出生；第一次由其亲生父母给予，而这种出生被说成是透过精液出生。第二次出生发生在灵性导师给予启迪时，这种出生被称为靠启迪出生。第三次出生是变成完美的布茹阿玛纳，发生在人被赐予崇拜主维施努的机会时。人即便得到这些出生的机会，即便得到哪怕如半神人般长的寿命，但如果不真正为至尊主做服务，那么一切都毫无价值。同样，人无论从事尘世的或灵性的活动，只要不是为满足至尊主而从事，就毫无价值可言。

要旨　诗中说“靠精液的排出而出生(śaukra janma)”。动物也可以靠这种方式出生。然而，人类可以按照韦达文明中推荐的方式，改良这种“靠精液的排出而出生”的状态。在投生发生之前，或者说父母结合之前，必须举行名叫“子宫净化(garbhādhāna-saṁskāra)”的仪式。经典尤其推荐高阶层人士，特别是布茹阿玛纳阶层的人，要举行这种仪式。启示经典中说：高等阶层的人如果不举行这种仪式，整个家庭都会成为庶铎(śūdra，首陀罗)。这节诗中也说，在这个喀历(Kali)年代里，由于没有举行这种仪式，每一个人都是庶铎。韦达制度是这样。但按照纳茹阿达·牟尼的崇拜神像的教导(pāñcarātrika)规定，即使因为没有举行子宫净化仪式而导致人生来是庶铎，如果这个人哪怕有一点点发展奎师那意识的倾向，也要给予他机会，使他能提升到做奉爱服务的超然层面上。我们的奎师那意识运动就按照圣萨纳坦·哥斯瓦米(Sanātana Gosvāmī)的建议，采用这一崇拜神像的制度(pāñcarātrika-vidhi)。《对主哈尔依的奉爱之美》(Hari-bhakti-vilāsa)第2章的第12节诗中记载道：

yathā kāñcanatāṁ yāti
　kāṁsyaṁ rasa-vidhānataḥ
tathā dīkṣā-vidhānena
　dvijatvaṁ jāyate nṛṇām

“正如钟铜与水银混合后就转化为黄金，一个人即使还不十分纯洁，也可以通过启迪教育程序转变成为布茹阿玛纳(dvija)。”因此，一个人得到高尚的人所授予的知识，就可以立刻被接受为是经过第二次出生的人。正因为如此，在我们的奎师那意识运动中，我们给予我们的学生第一次启迪，允许他们吟诵、吟唱哈瑞·奎师那玛哈·曼陀(Hare Kṛṣṇa mahā-mantra)。靠有规律地吟诵、吟唱哈瑞·奎师那玛哈·曼陀，遵守规范原则，人就具备得到布茹阿玛纳启迪的资格。人除非成为有资格的布茹阿玛纳，否则不被允许崇拜主维施努(Viṣṇu)。这称为有资格的布茹阿玛纳的出生(yājñika janma)。在我们的奎师那意识协会中，人除非接受过两次启迪，第一次是吟诵哈瑞·奎师那曼陀启迪，第二次是嘎雅垂·曼陀(Gāyatrī mantra)启迪，否则不被允许进厨房给神像做饭或进神像房崇拜神像。然而，当人上升到能够崇拜神像的层面上时，他的出身就根本不是问题了。

caṇḍālo 'pi dvija-śreṣṭho
hari-bhakti-parāyaṇaḥ
hari-bhakti-vihīnaś ca
dvijo 'pi śvapacādhamaḥ

“人即使出生在吃狗肉者的家中，如果他为至尊主做奉爱服务，他就会成为最优秀的布茹阿玛纳。但即使是布茹阿玛纳，如果他不为至尊主做奉爱服务，他就是最低贱的吃狗肉者。”靠做奉爱服务取得进步的人，即使出生在吃狗肉者(caṇḍāla)的家中也不是问题。他被净化了。正如圣帕拉德王所说：

viprād dviṣaḍ-guṇa-yutād aravinda-nābha-
pādāravinda-vimukhāc chvapacaṁ variṣṭham
(《圣典博伽瓦谭》7.9.10)

大意是，一个人即使是布茹阿玛纳，具有布茹阿玛纳所有的资格，如果不愿意崇拜至尊人格首神，也被视为是堕落的。但一个人如果依恋为至尊主做服务，哪怕出生在吃狗肉者的家中，也是光荣的。事实上，这样的人不仅可以拯救自己，而且可以拯救他家中所有的祖先。没有奉爱服务，即使是自负的布茹阿玛纳也救不了自己，更何谈他的家人。从经典中记载的很多事例可以看到，甚至一个布茹阿玛纳可以变成查锤亚(kṣatriya, 刹帝利)、外夏(vaiśya, 吠舍)、庶铎、食肉者(mleccha)或非布茹阿玛纳。现实中也有许多事例是，出生在查锤亚、外夏或甚至更低等家庭中的人，靠启迪程序被提升到布茹阿玛纳的层面。为此，纳茹阿达·牟尼说：

yasya yal lakṣaṇaṁ proktaṁ
  puṁso varṇābhivyañjakam
yad anyatrāpi dṛśyeta
  tat tenaiva vinirdiśet

（《圣典博伽瓦谭》7.11.35）

“出生在布茹阿玛纳家庭自然就是布茹阿玛纳”的说法并非事实。出生在布茹阿玛纳家庭的人有更好的机会成为布茹阿玛纳，但除非他具有全部的布茹阿玛纳的品格，否则不能被接受为是布茹阿玛纳。另一方面，一个庶铎如果展现出布茹阿玛纳的品格，就该立刻被接受为是布茹阿玛纳。对此，《圣典博伽瓦谭》、《玛哈巴茹阿特》(Mahābhārata)、《巴茹阿德瓦佳·萨密塔》(Bharadvāja-saṁhitā)、《潘查茹阿陀》(pañcarātra)，以及许多其他经典中都证实了这一点。

至于半神人的寿命，经典中说有关主布茹阿玛的寿命是：

sahasra-yuga-paryantam
  ahar yad brahmaṇo viduḥ
rātriṁ yuga-sahasrāntāṁ
  te 'ho-rātra-vido janāḥ

（《博伽梵歌》8.17）

“人类的一千个年代之和等于布茹阿玛的一个白天，他的一个夜晚是同样长的一段时间。”布茹阿玛的一天是一千次四个年代之和，总共有四百三十二万年。布茹阿玛的一个夜晚是同样长的时间。布茹阿玛的寿命是由这样的白天与黑夜组成的一百年长的时间。这节诗中的梵文“半神人般长的寿命(vibudhāyuṣā)”是指，即使一个人寿命很长，如果不当奉献者也是白活一场。生物是至尊主永恒的仆人，除非开始做奉爱服务，否则他的寿命、良好的出身，光荣的活动等一切都毫无价值。

第11节 श्रुतेन तपसा वा किं वचोभिश्चित्तवृत्तिभिः ।
बुद्ध्या वा किं निपुणया बलेनेन्द्रियराधसा ॥११॥

śrutena tapasā vā kiṁ
vacobhiś citta-vṛttibhiḥ
buddhyā vā kiṁ nipuṇayā
balenendriya-rādhasā

śrutena—通过韦达教育 / tapasā—靠苦修 / vā—或者 / kim—有什么意义 / vacobhiḥ—通过语言 / citta—意识的 / vṛttibhiḥ—通过……的活动 / buddhyā—通过智力 / vā—或 / kim—有什么用 / nipuṇayā—精通 / balena—靠身体的力量 / indriya-rādhasā—靠感官的力量

译文 不做奉爱服务的话，艰难的苦修、聆听的程序、说话的能力、主观推测力、高等智力、力量和感官的动力有何意义？

要旨 从《蒙达卡奥义书》第3篇第2章的第3节诗中，我们了解到：

nāyam ātmā pravacanena labhyo
na medhayā na bahunā śrutena
yam evaiṣa vṛṇute tena labhyas
tasyaiṣa ātmā vivṛṇute tanūṁ svām

我们与至尊主的关系从不会只靠研究韦达经而拉近。有许多假象宗托钵僧(Māyāvādī sannyāsī)全身心投入地研究韦达经(Vedas)、《韦丹塔经》(Vedānta-sūtra)和奥义书(Upaniṣads)，但不幸的是，他们把握不住真正知识的精华。换句话说，他们不知道至尊人格首神。如果理解不了韦达经的精华——奎师那，那么研究所有的韦达经又有何用？在《博伽梵歌》第15章的第15节诗中，至尊主证实说：“研究韦达经的目的是要知道我(vedaiś ca sarvair aham eva vedyaḥ)。”

许多宗教体系中都非常强调赎罪的苦行和苦修，但最终却没人了解奎师那——至尊人格首神。这样的苦行或苦修(tapasya)因此根本没有意义。真正接近了至尊人格首神的人，不需要经历苦行。至尊人格首神要通过奉爱服务的程序去了解。《博伽梵歌》第9章中解释奉爱服务是“一切机密知识之王(rāja-guhyam)”。有许多很会背诵韦达文献的人，他们背诵《茹阿玛纳亚》(Rāmāyaṇa)、《圣典博伽瓦谭》(Śrīmad-Bhāgavatam)和《博伽梵歌》(Bhagavad-gītā)等巨著。这些以此为职业赚钱的人有时看上去很有学问，也很会玩文字游戏。不幸的是，他们从不是至尊主的奉献者，因此无法使听众对真正的知识精华——奎师那，有深刻的印象。世上还有许多有思想的作家和具有想象力的哲学家；然而他们虽然知识面很广，但如果无法接近至尊人格首神，也就只是个没有用的心智思辨者。这个物质世界里有许多很聪明的人，他们找到那么多可以进行感官享乐的东西。他们也分析研究所有的物质元素；然而尽管他们掌握知识，精通对整个宇宙展示的科学性分析，但因为无法了解至尊人格首神，他们的努力全部毫无价值。

谈到我们的感官，有许多飞禽、走兽的感官比人类的感官要敏锐得多，例如：秃鹰可以在高空中飞翔的同时，清楚地看到地面上的小动物。这意味着它们的视力是如此敏锐，甚至可以在极其遥远的距离找到它们可以吃的尸体。尽管它们的视力远比人类的视力敏锐，但这并不意味着他们的存在比人类更重要。同样，狗可以从很远的距离嗅出许多东西的味道；许多鱼可以靠声音的振动频率了解敌人的到来。所有这些例子在《圣典博伽瓦谭》中都有谈到。如果人的感官不能帮助他达到生命最高的完美境界——认识到至尊者，那它们就毫无用处。

第12节　किं वा योगेन साङ्ख्येन न्यासस्वाध्याययोरपि ।
किं वा श्रेयोभिरन्यैश्च न यत्रात्मप्रदो हरिः ॥१२॥

kiṁ vā yogena sāṅkhyena
nyāsa-svādhyāyayor api
kiṁ vā śreyobhir anyaiś ca
na yatrātma-prado hariḥ

kim—有什么用 / vā—或者 / yogena—通过练神秘瑜伽 / sāṅkhyena—通过研习数论哲学 / nyāsa—通过出家当托钵僧 / svādhyāyayoḥ—通过学习韦达文献 / api—甚至 / kim—有什么用 / vā—或者 / śreyobhiḥ—通过虔诚的活动 / anyaiḥ—其他 / ca—和 / na—从不 / yatra—哪里 / ātma-pradaḥ—自我的完全满足 / hariḥ—至尊人格首神

译文 不帮助人最终认识至尊人格首神的"灵修"毫无用处，不管它们是神秘瑜伽练习、对物质做分析性研究、艰难的苦行、当托钵僧还是学习韦达文献。所有这些也许从灵性进步方面看极为重要，但人除非了解至尊人格首神哈尔依，否则所有这些方法都没用。

要旨 《永恒的柴坦亚经》(Caitanya-caritāmṛta)中篇第24章的第109节诗中说：

bhakti vinā kevala jñāne 'mukti' nāhi haya
bhakti sādhana kare yei 'prāpta-brahma-laya'

"光靠不做奉爱服务的哲学思辨不能使人解脱。但做奉爱服务的人，自动处在梵的层面上。"

非人格神主义者不喜欢做奉爱服务，但喜欢其他的实践，例如：对物质元素进行分析性研究，辨别物质与灵性，练神秘瑜伽。这些实践只有结合做奉爱服务才真正有益。为此，柴坦亚·玛哈帕布告诉萨纳坦·哥斯瓦米说，没有触及奉爱服务的心智思辨(jñāna)、瑜伽(yoga)和数论哲学(Sāṅkhya)，无法给人以值得要的结果。非人格神主义者想要融入至尊梵，但即使是融入至尊梵，也需要有奉爱服务的内容。绝对真理可以从三个方面去认识，即不具人格特征的梵(Brahman)，超灵(Paramātmā)和至尊人格首神。要认识这一切，就需要奉爱服务的协助。我们有时看到假象宗人士也吟诵、吟唱哈瑞·奎师那玛哈·曼陀，尽管他们的动机是融入绝对者的梵光。瑜伽师(yogī)偶尔也会吟诵哈瑞·奎师那玛哈·曼陀，但他们的目的不同于奉献者(bhakta)的目的。在所有提升自我的程序中，无论是功利性活动(karma)、心智思辨还是瑜伽，都需要有奉爱(bhakti)。这就是这节诗的重点。

第 13 节　श्रेयसामपि सर्वेषामात्मा ह्यवधिरर्थतः ।
सर्वेषामपि भूतानां हरिरात्मात्मदः प्रियः ॥१३॥

śreyasām api sarveṣām
ātmā hy avadhir arthataḥ
sarveṣām api bhūtānāṁ
harir ātmā tmadaḥ priyaḥ

śreyasām—吉祥活动的 / api—肯定地 / sarveṣām—所有 / ātmā—自我 / hi—肯定地 / avadhiḥ—目的地 / arthataḥ—实际的 / sarveṣām—所有的 / api—肯定地 / bhūtānām—生物体 / hariḥ—至尊人格首神 / ātmā—超灵 / ātma-daḥ—能赐予我们原本的身份的 / priyaḥ—非常亲切

译文　至尊人格首神其实是一切自我觉悟的根源。因此，功利性活动、心智思辨、瑜伽和奉爱服务所有这些吉祥活动的目标，都是至尊人格首神。

要旨　生物是至尊人格首神的边缘能量，物质世界是祂的外在能量。在这种情况下，人必须了解至尊人格首神实际上是物质和灵魂的最初来源。对此，《博伽梵歌》第7章的第4-5节诗解释说：

bhūmir āpo 'nalo vāyuḥ
khaṁ mano buddhir eva ca
ahaṅkāra itīyaṁ me
bhinnā prakṛtir aṣṭadhā

apareyam itas tv anyāṁ
prakṛtiṁ viddhi me parām
jīva-bhūtāṁ mahā-bāho
yayedaṁ dhāryate jagat

“土、水、火、气、空间、心念、智力和假我这八种元素，组成我分离出的物质能量。臂力强大的阿尔诸纳啊！除此之外，我还有一种高等能量，由剥削低等能量(这个物质自然)的生物组成。”

整个宇宙展示只不过是物质和灵魂的结合。生物是灵性的部分，被描述为是“能量(prakṛti)”。启示经典中从没有说生物是至尊人(puruṣa)，认为生物就是至尊主的观点只不过是愚昧无知的产物。生物是至尊主的边缘能量，尽管能量与能量的拥有者之间其实并无分别。生物的责任是了解自己真正的身份。他一旦这样做，主奎师那就给他提供所有的便利条件，让他上升到奉爱服务的层面。那是生活的完美境界。韦达文献奥义书中指出这一点说：

yam evaiṣa vṛṇute tena labhyas
tasyaiṣa ātmā vivṛṇute tanūṁ svām

“完全皈依至尊主并忙于为祂做奉爱服务的人，能真正了解祂。”

对此，主奎师那在《博伽梵歌》第10章的第10节诗中确认说：

teṣāṁ satata-yuktānāṁ
bhajatāṁ prīti-pūrvakam
dadāmi buddhi-yogaṁ taṁ
yena mām upayānti te

“对一直以爱心侍奉我的人，我赐予他理解力，使他来到我这里。”结论是：人即使从练活动瑜伽(karma-yoga)、思辨瑜伽(jñāna-yoga)或八部瑜伽(aṣṭāṅga-yoga)开始灵修，但最终必须上升到奉爱瑜伽(bhakti-yoga)的层面。人除非上升到奉爱瑜伽的层面，否则不可能觉悟自我或有对绝对真理的认识。

第 14 节　यथा तरोर्मूलनिषेचनेन
तृप्यन्ति तत्स्कन्धभुजोपशाखाः ।
प्राणोपहाराच्च यथेन्द्रियाणां
तथैव सर्वार्हणमच्युतेज्या ॥१४॥

yathā taror mūla-niṣecanena
tṛpyanti tat-skandha-bhujopaśākhāḥ
prāṇopahārāc ca yathendriyāṇāṁ
tathaiva sarvārhaṇam acyutejyā

yathā—如同 / taroḥ—一棵树的 / mūla—根 / niṣecanena—通过浇水 / tṛpyanti—使满足 / tat—它的 / skandha—主干 / bhuja—树枝 / upaśākhāḥ—嫩枝 / prāṇa—生命之气 / upahārāt—通过喂 / ca—和 / yathā—如同 / indriyāṇām—感官的 / tathā eva—同样的 / sarva—全体半神人的 / arhaṇam—崇拜 / acyuta—至尊人格首神的 / ijyā—崇拜

译文　正如往树根浇水，供给树干、树枝和嫩枝等树的各个部分以能量，给胃提供食物使感官和身体四肢充满活力，仅仅靠做奉爱服务崇拜至尊人格首神，作为至尊人物各个部分的半神人们自然就满意了。

要旨　人们有时询问，为什么这场奎师那意识运动只提倡崇拜奎师那，而不崇拜半神人？这节诗中给予了答案，其中所举的给树根浇水的例子十分恰当。《博伽梵歌》第15章的第1节诗中说：这个宇宙展示向下展开，它的根源是至尊人格首神(ūrdhva-mūlam adhaḥ-śākham)。正如至尊主在《博伽梵歌》第10章的第8节诗中证实说："我是灵性世界和物质世界的源头(ahaṁ sarvasya prabhavaḥ)"。奎师那是一切的根，因此为至尊人格首神奎师那服务(kṛṣṇa-sevā)，自然也就侍奉了全体半神人。人们有时争论说，为了成功地练活动瑜伽和思辨瑜伽，需要混合上一些奉爱瑜伽的成分；而练奉爱瑜伽要获得成功，也需要加进活动瑜伽和思辨瑜伽的内容。但事实是，尽管在没有奉爱的情况下练活动瑜伽和思辨瑜伽无法获得成功，但奉爱瑜伽却并不需要活动瑜伽和思辨瑜伽的协助。事实正如圣茹帕·哥斯瓦米说：纯粹的奉爱服务不该被功利性活动和心智思辨的触碰所污染(anyābhilāṣitā-śūnyaṁ jñāna-karmādy-anāvṛtam)。现代社会中有慈善工作、人道主义等各种活动在进行，但人们不知道，如果不以至尊人格首神为活动的核心，那些活动永远都无法获得成功。人也许会问，崇拜奎师那和祂身体的各个部分——半神人，究竟有什么危害？这节诗中对此也给予了回答。关键在于：靠给胃提供食物，感官自然就会感到满足。人如果试图把食物单独提供给眼睛或耳朵，结果会造成破坏。我们仅仅通过给胃提供食物，就满足了所有的感官；根本没必要单独地去侍奉每个感官，而且那也很不实际。结论是：靠侍奉奎师那(kṛṣṇa-sevā)，一切都完善了。正如《永恒的柴坦亚经》中篇第22章的第62节诗中证实说：人如果侍奉至尊人格首神——至尊主，一切就会自动达成(kṛṣṇe bhakti kaile sarva-karma kṛta haya)。

第 15 节

यथैव सूर्यात्प्रभवन्ति वारः
पुनश्च तस्मिन् प्रविशन्ति काले ।
भूतानि भूमौ स्थिरजङ्गमानि
तथा हरावेव गुणप्रवाहः ॥१५॥

yathaiva sūryāt prabhavanti vāraḥ
punaś ca tasmin praviśanti kāle

bhūtāni bhūmau sthira-jaṅgamāni
tathā harāv eva guṇa-pravāhaḥ

yathā—如同／eva—肯定地／sūryāt—从太阳／prabhavanti—产生于／vāraḥ—水／punaḥ—再次／ca—和／tasmin—向它／praviśanti—进入／kāle—在适当的时候／bhūtāni—众生／bhūmau—回归大地／sthira—不移动／jaṅgamāni—移动／tathā—同样／harau—向至尊人格首神／eva—肯定地／guṇa-pravāhaḥ—物质自然的产物

译文　雨季期间的水由太阳生产，而在夏季到来时，同样的水又被太阳所吸收。众生也一样，无论是能动的还是不动的，都产自大地，并在一段时间后再次作为尘土回归大地。同样道理，一切都由至尊人格首神散发出来，在适当的时候，一切又都进入祂。

要旨　非人格神主义哲学家因为知识贫乏，所以无法了解一切怎么会是由至尊人发出，随后又再次融入祂体内。正如《布茹阿玛·萨密塔》第5章的第40节诗中证实：

yasya prabhā prabhavato jagad-aṇḍa-koṭi-
koṭiṣv aśeṣa-vasudhādi-vibhūti-bhinnam
tad brahma niṣkalam anantam aśeṣa-bhūtaṁ
govindam ādi-puruṣaṁ tam ahaṁ bhajāmi

诗中说：奎师那的身体放射出超然的光芒，一切都存在于那超然的光芒——梵光中。对此，主奎师那在《博伽梵歌》第9章的第4节诗证实说："众生都在我之中(mat-sthāni sarva-bhūtāni)。"尽管奎师那本人没有出现在各处，但祂的能量却是一切创造的原因。整个宇宙展示只不过是奎师那各种能量的展示。

这节诗中给出了两个生动的例子。雨季期间，雨水滋养大地盛产的蔬菜、植物，使人和动物都充满活力。没有雨水，食物匮乏时，人和动物只有等死。不动的植物、蔬菜与可以动的生物体，原本都是大地的产物。他们来自泥土，再化为泥土。同样，整体物质能量产自奎师那的躯体，这时整个宇宙展示才变得可见。当奎师那收起祂的能量时，一切都消失不见。对此，《布茹阿玛·萨密塔》第5章的第48节诗，以另一种方式加以解释说：

yasyaika-niśvasita-kālam athāvalambya
jīvanti loma-vilajā jagad-aṇḍa-nāthāḥ
viṣṇur mahān sa iha yasya kalā-viśeṣo
govindam ādi-puruṣaṁ tam ahaṁ bhajāmi

诗中说：这整个物质创造都来自至尊人格首神的身体，毁灭时再进入祂体内。是玛哈·维施努(Mahā-Viṣṇu)的呼吸使这整个创造和毁灭的过程成为可能，而玛哈·维施努只不过是奎师那的一个完整扩展而已。

第 16 节 एतत्पदं तज्जगदात्मनः परं
सकृद्विभातं सवितुर्यथा प्रभा ।
यथासवो जाग्रति सुप्तशक्तयो
द्रव्यक्रियाज्ञानभिदाभ्रमात्ययः ॥१६॥

etat padaṁ taj jagad-ātmanaḥ paraṁ
sakṛd vibhātaṁ savitur yathā prabhā
yathāsavo jāgrati supta-śaktayo
dravya-kriyā-jñāna-bhidā-bhramātyayaḥ

etat—这个宇宙展示 / padam—居住地 / tat—那 / jagat-ātmanaḥ—至尊人格首神的 / param—超然的 / sakṛt—有时 / vibhātam—展示 / savituḥ—太阳的 / yathā—如同 / prabhā—阳光 / yathā—如同 / asavaḥ—感官 / jāgrati—展示 / supta—不活动 / śaktayaḥ—能量 / dravya—物质元素 / kriyā—活动 / jñāna—知识 / bhidā-bhrama—各种误解 / atyayaḥ—停止

译文　正如太阳与阳光没有区别，宇宙展示与至尊人格首神也无区别。至尊人遍布这个物质存在。在醒着时，作为感官所属部分的感官活动显而易见，但躯体进入睡眠状态时，它们的活动就不明显了。同样，整个宇宙创造显得与至尊人不同，但其实并无分别。

要旨　这节诗的内容证实了主柴坦亚·玛哈帕布提出的“既是一体同时又有区别(acintya-bhedābheda-tattva)”的哲学理论。至尊人格首神既与这个宇宙展示不同，但同时又无不同。前一节诗中解释过，至尊人格首神就像树根一样，是一切的起因。它也解释了至尊人格首神是怎样无所不在的。祂存在于这个物质展示的每一个事物中。由于至尊人格首神的能量与祂本人没有区别，这个物质宇宙展示也与祂没有区别，尽管看上去显得不同。阳光与太阳本身既无区别，但同时又有区别。沐浴在阳光中的人并没有在太阳上。生活在这个物质世界里的生物，是生活在至尊人格首神身体放射的光芒中，但他们在受物质制约的状态下无法看到祂本人。

这节诗中的“居住地(padam)”一词是指至尊人格首神居住的地方。正如《至尊奥义书》(Īśopaniṣad)第一节赞歌证实说，至尊主拥有并控制一切(īśāvāsyam idaṁ sarvam)。住宅的拥有者也许住在住宅中的一个房间里，但整个住宅都是他的。君王也许住在白金汉宫的一个房间里，但整个宫殿都被视为是他的财产。君王没有必要为了证明拥有整个宫殿而到每一个房间去住。他虽然没有到所有的房间去住，但人们明白，整个宫殿都是王室住宅。

阳光是明亮的，太阳球体本身是明亮的，太阳神也是明亮的。然而，阳光不是太阳神韦瓦斯万(Vivasvān)。这就是“既是一体同时又有区别(acintya-bhedābheda-tattva)”的意思。所有的星球都依靠阳光，太阳发散的热能使它们在各自的轨道上运行。在每一个星球上，阳光的照射使树木和植物生长、变换颜色。作为太阳放射的光芒，阳光与太阳没有区别。同样，依靠着阳光的所有星球也与太阳无异。整个物质世界完全依赖太阳的存在，万物生长靠太阳，太阳作为原因存在于结果之中。同样道理，奎师那是一切原因的起因，而结果中充满、渗透着最初的原因。应该理解，整个宇宙展示都是至尊主能量的扩展。

人睡觉时感官不再活跃，但这并不意味着感官不在了。人醒来时，感官再次变得活跃。同样，正如《博伽梵歌》第8章的第19节诗说明的，这个宇宙创造有时展示，有时不展示(bhūtvā bhūtvā pralīyate) 。当宇宙展示瓦解时，它处在一种睡梦的状态中。宇宙展示无论是处在活跃的状态中，还是不活跃的状态中，它都永远作为至尊主的能量存在着。因此，诗中的“出现”和“消失”只适用于宇宙展示。

第 17 节 यथा नभस्यभ्रतमःप्रकाशा
भवन्ति भूपा न भवन्त्यनुक्रमात् ।
एवं परे ब्रह्मणि शक्तयस्त्वमू
रजस्तमः सत्त्वमिति प्रवाहः ॥१७॥

yathā nabhasy abhra-tamaḥ-prakāśā
bhavanti bhūpā na bhavanty anukramāt
evaṁ pare brahmaṇi śaktayas tv amū
rajas tamaḥ sattvam iti pravāhaḥ

yathā—如同 / nabhasi—在天空中 / abhra—云朵 / tamaḥ—黑暗 / prakāśāḥ—照明 / bhavanti—存在 / bhū-pāḥ—君王啊 / na bhavanti—不显现 / anukramāt—连续的 / evam—如此 / pare—至高无上的 / brahmaṇi—在……的绝对者中 / śaktayaḥ—能量 / tu—那么 / amūḥ—那些 / rajaḥ—激情 / tamaḥ—黑暗 / sattvam—善良 / iti—如此 / pravāhaḥ—发散物

译文　我亲爱的君王们，天空中有时有云，有时黑暗，有时有光。所有这一切现象连续不断地出现。同样，在至尊绝对者体内，激情、愚昧和善良属性作为连续不断的能量出现，它们有时出现，有时消失。

要旨　黑暗、光明和云朵等现象有时出现，有时消失，但即使在这些现象消失时，影响力还在，永远存在。在天空中，我们看到有时有云朵，有时是降雨，有时则下雪；有时是黑夜，有时是白天，有时光明一片，有时漆黑一团。所有这些存在的现象，都是由太阳造成的，但太阳从不受这些变化的影响。同样道理，至尊人格首神虽然是整个宇宙展示的起因，但却不受物质存在的影响。对此，《博伽梵歌》第7章的第4节诗证实说：

bhūmir āpo 'nalo vāyuḥ
　kham mano buddhir eva ca
ahaṅkāra itīyaṁ me
　bhinnā prakṛtir aṣṭadhā

“土、水、火、气、空间、心念、智力和假我这八种元素，组成我分离出的物质能量。”

尽管物质元素是至尊人格首神的能量，但却是分开的。正因为如此，至尊人格首神不受物质状况的影响。《韦丹塔经》中说，是至尊主在创造、维系和毁灭这个宇宙展示(janmādy asya yataḥ)。尽管如此，至尊主不受这些物质元素变化的影响。这一点由诗中梵文“发散物(pravāha)”一词表达出来。太阳总是放射着万丈光芒，从不受云朵或黑暗的影响。同样，至尊人格首神总是由祂的灵性能量所环绕，从不受祂发散出的物质能量的影响。《布茹阿玛·萨密塔》第5章的第1节诗证实说：

īśvaraḥ paramaḥ kṛṣṇaḥ
　sac-cid-ānanda-vigrahaḥ

anādir ādir govindaḥ
sarva-kāraṇa-kāraṇam

“又名哥文达(Kṛṣṇa)的奎师那，是至尊首神。祂有着永恒、极乐的灵性身体。祂是一切的起源。祂没有来源，祂本身是一切原因的最初原因。”祂虽然是至高无上的原因，一切原因的起因，但依旧超然，祂的形象永恒且充满灵性的极乐(sac-cid-ānanda)。奎师那是一切的依靠、起源，这是所有经典的定论。奎师那是这个宇宙展示的远因，物质自然是近因。《永恒的柴坦亚经》中说，认识到物质自然(prakṛti)是物质宇宙里一切的原因，就像认识到山羊颈部的乳头状凸起会产奶一样。物质自然只不过是宇宙展示的近因而已，最初的原因是纳茹阿亚纳(Nārāyaṇa)——奎师那。人们有时认为，泥瓦罐的成因是泥土。我们看到在制陶器用的横式转盘上有可以生产许多泥瓦罐的足量泥土。尽管没智慧的人会说转盘上的泥土是泥瓦罐的成因，但真正有知识、善于观察的人会发现，最初的原因是搅拌泥土并移动转盘的陶工。物质自然也许在这个宇宙展示的创造中起到协助的作用，但却不是最初的原因。对此，在《博伽梵歌》第9章的第10节诗中，至尊主说：

mayādhyakṣeṇa prakṛtiḥ
sūyate sa-carācaram

“琨缇的儿子啊！物质自然是我的一种能量，在我的指挥下活动，产生动与不动的一切。”

至尊主看了一眼物质自然，祂的一瞥使物质自然三种属性动了起来，创造随即开始。结论是：物质自然不是物质展示的原因。至尊主才是一切原因的起因。

第 18 节 तेनैकमात्मानमशेषदेहिनां
कालं प्रधानं पुरुषं परेशम् ।

स्वतेजसा ध्वस्तगुणप्रवाह-
मात्मैकभावेन भजध्वमद्धा ॥१८॥

tenaikam ātmānam aśeṣa-dehināṁ
kālaṁ pradhānaṁ puruṣaṁ pareśam
sva-tejasā dhvasta-guṇa-pravāham
ātmaika-bhāvena bhajadhvam addhā

tena—因此 / ekam——— / ātmānam—向至尊灵魂 / aśeṣa—无限的 / dehinām—个体灵魂的 / kālam—时间 / pradhānam—物质的源头 / puruṣam—至尊者 / para-īśam—超然的控制者 / sva-tejasā—通过祂的灵性能量 / dhvasta—远离 / guṇa-pravāham—从物质产物中 / ātma—自我 / eka-bhāvena—接受为是在质上一样 / bhajadhvam—做奉爱服务 / addhā—直接地

译文 至尊主是一切原因的起因，是每一个生物体的超灵，以远因和近因的形式存在。由于祂远离物质产物，祂不受它们相互影响的干扰，是物质自然的主人。所以，你们应该为祂做奉爱服务，想你们在质上与祂相同。

要旨 按照韦达计算方式，创造有三个原因，即时间、原材料和创造者。这三者的结合被称为“三个原因(tritayātmaka)”。这个物质世界里的一切都由这三个原因制造出来，而所有这些原因都能在人格首神那里找到。《布茹阿玛·萨密塔》第5章的第1节诗中证实说，祂是一切原因的起因(sarva-kāraṇa-kāraṇam)。为此，纳茹阿达·牟尼忠告帕柴塔们崇拜直接的原因——至尊人格首神。前面的诗中说明过，给树根浇水时，树木所有的部分都得到能量。按照纳茹阿达·牟尼的建议，人应该直接为至尊主做奉爱服务。这将包括所有的虔诚活动。《永恒的柴坦亚经》中说：人靠做奉爱服务崇拜至尊主奎师那时，自然而然就从事了所有其他的虔诚活动(kṛṣṇe bhakti kaile sarva-karma kṛta haya)。在这节诗中的“祂凭借祂的灵性能量远离祂发散的物质能量(sva-tejasā dhvasta-guṇa-pravāham)”一句意义重大。至尊人格首神从不受物质属性的影响，尽管它们都来自祂的灵性能量。真正精通这知识的人，可以用一切为至尊主服务，因为这个物质世界里的一切都与至尊人格首神有关。

第 19 节 दयया सर्वभूतेषु सन्तुष्ट्या येन केन वा ।
सर्वेन्द्रियोपशान्त्या च तुष्यत्याशु जनार्दनः ॥१९॥

dayayā sarva-bhūteṣu
santuṣṭyā yena kena vā
sarvendriyopaśāntyā ca
tuṣyaty āśu janārdanaḥ

dayayā—通过展示仁慈 / sarva-bhūteṣu—向众生 / santuṣṭyā—因满足 / yena kena vā—以某种方式 / sarva-indriya—所有的感官 / upaśāntyā—通过控制 / ca—也 / tuṣyati—变得满足 / āśu—很快 / janārdanaḥ—众生的主人

译文 通过对众生展示仁慈，尽量知足，限制感官进行感官享乐，人可以很快取悦至尊人格首神佳纳尔丹。

要旨 诗中谈到一些可以使至尊人格首神对奉献者满意的方法；其中谈到的第一种方法是：对所有受制约的灵魂展示仁慈(dayayā sarva-bhūteṣu)。最佳的展示仁慈的方式是传播奎师那意识。整个世界都因缺乏这一知识而在受苦。人们应该知道至尊人格首神是万事万物的最初原因。了解这一点的人应该直接为至尊主做奉爱服务。真正博学、有高度的灵性理解之人，应该在全世界传播奎师那意识，让人们开始培养奎师那意识，使他们的人生获得成功。

梵文“对众生(sarva-bhūteṣu)”一句很重要，因为它适用于所有的物种。奉献者不能只善待人类，而应该善待所有的生物体。每一个生物体都能通过对哈瑞·奎师那玛哈·曼陀的吟诵、吟唱，在灵性方面受益。当哈瑞·奎师那曼陀那超然的声音震荡响起时，就连树木、动物和昆虫都受益。因此，当人大声吟诵、吟唱哈瑞·奎师那玛哈·曼陀时，他实际上是在向众生展示仁慈。要在全世界传播奎师那意识运动，奉献者就该在所有的情况下都感到满足。

nārāyaṇa-parāḥ sarve
na kutaścana bibhyati
svargāpavarga-narakeṣv
api tulyārtha-darśinaḥ
（《圣典博伽瓦谭》6.17.28）

纯粹的奉献者并不在乎到地狱去传教。至尊主虽然身在灵性世界外琨塔(Vaikuṇṭha)，但同时也住在猪的躯体中。纯粹奉献者即使在地狱传教，依然可以靠一直不断地与至尊人格首神联谊保持他纯净的状态。要达到这种状态，人必须控制自己的感官；而当人把心念用于为至尊主服务时，感官自然就受到了控制。

第 20 节　अपहतसकलैषणामलात्म-
न्यविरतमेधितभावनोपहूतः ।
निजजनवशगत्वमात्मनोऽयन्
न सरति छिद्रवदक्षरः सतां हि ॥२०॥

apahata-sakalaiṣaṇāmalātmany
aviratam edhita-bhāvanopahūtaḥ
nija-jana-vaśa-gatvam ātmano 'yan
na sarati chidravad akṣaraḥ satāṁ hi

apahata－摧毁了 / sakala－一切 / eṣaṇa－欲望 / amala－无瑕的 / ātmani－对内心 / aviratam－不断地 / edhita－提高 / bhāvanā－满怀深

情 / upahūtaḥ—被呼唤 / nija-jana—祂的奉献者的 / vaśa—在……的控制下 / gatvam—去 / ātmanaḥ—祂的 / ayan—知道 / na—从不 / sarati—离开 / chidra-vat—像天空 / akṣaraḥ—至尊人格首神 / satām—奉献者的 / hi—肯定地

译文 彻底清除一切物质欲望的奉献者，免予一切内心污染。这样，他们便能一直不断地想着至尊主，充满深情地对祂说话。知道自己被奉献者所控制的至尊人格首神，连一秒都不离他们而去，如同头顶上的天空永远不会在视野中消失。

要旨 前一节诗明确地说，至尊人格首神佳纳尔丹(Janārdana)很快就被祂奉献者的活动所取悦。纯粹的奉献者总是沉浸在对至尊人格首神的思念中。正如《圣典博伽瓦谭》第1篇第2章的第17节诗所说：靠始终想着奎师那，纯粹奉献者的心就会免予一切种类的欲望(śṛṇvatāṁ sva-kathāḥ kṛṣṇaḥ)。在物质世界里，生物体的心中充满了物质欲望。生物体得到净化时，就不再有任何物质的念头。心念一旦被彻底净化，人就达到神秘瑜伽的完美境界。《圣典博伽瓦谭》第12篇第13章的第1节诗中说，到那时，瑜伽师一直不断地在自己心中看着至尊人格首神(dhyanāvasthita-tad-gatena manasā paśyanti yaṁ yoginaḥ)。至尊主一旦安驻在奉献者心中，物质自然属性就无法再污染奉献者。人一旦受物质自然属性的控制，就会欲壑难填，为得到物质的感官享乐而制定多种计划。然而，人一旦意识到坐在心中的至尊主，所有的物质欲望便消失。当心中不再有物质欲望时，奉献者就能一直不断地想着至尊主。这使他变得完全依靠至尊主的莲花足。柴坦亚·玛哈帕布祈祷说：

ayi nanda-tanuja kiṅkaraṁ
patitaṁ māṁ viṣame bhavāmbudhau
kṛpayā tava pāda-paṅkaja-
sthita-dhūlī-sadṛśaṁ vicintaya

“南达王的儿子(奎师那)啊！我是您永恒的仆人，但不知怎的，我坠入了生死苦海。请将我从这生死苦海中救起，并将我如一粒原子般放在您的莲花足旁。”(八训规第5条)同样，圣纳若塔玛·达斯·塔库尔(Narottama dāsa Ṭhākura)祈祷道：

hā hā prabhu nanda-suta, vṛṣabhānu-sutā-yuta,
karuṇā karaha ei-bāra
narottama-dāsa kaya, nā ṭheliha rāṅgā-pāya,
tomā vine ke āche āmāra

“我亲爱的至尊主，您此刻与维沙巴努(Vṛṣabhānu)王的女儿圣茹阿妲茹阿妮(Śrīmatī Rādhārāṇī)一起出现。请您们两人仁慈待我。别把我踢开，因为除了您们，我没有其他的保护者。”

就这样，至尊人格首神变得依靠祂的奉献者。至尊主是不可征服的，但还是被祂的纯粹奉献者所征服。正如奎师那享受依赖雅首达(Yaśodā)妈妈的母爱一样，祂享受对祂奉献者的依赖。一想到自己依赖奉献者，至尊主就感到很享受、很喜悦。君王有时会请小丑献艺；小丑在开玩笑时有时会作弄君王，但君王享受这种活动。所有的人都怀着敬畏之心崇拜至尊主，因此至尊主有时想要享受祂奉献者对祂的责备。至尊主与祂的奉献者之间永恒存在的这种关系是固定的，恰似头顶上的天空不会消失。

第21节

न भजति कुमनीषिणां स इज्यां
हरिरधनात्मधनप्रियो रसज्ञः ।
श्रुतधनकुलकर्मणां मदैर्ये
विदधति पापमकिञ्चनेषु सत्सु ॥२१॥

na bhajati kumanīṣiṇāṁ sa ijyāṁ
harir adhanātma-dhana-priyo rasa-jñaḥ
śruta-dhana-kula-karmaṇāṁ madair ye
vidadhati pāpam akiñcaneṣu satsu

na－从不 / bhajati－接受 / ku-manīṣiṇām－内心污浊的人的 / saḥ－祂 / ijyām－供奉 / hariḥ－至尊主 / adhana－向没有物质财富的人 / ātma-dhana－只是依靠至尊主 / priyaḥ－……深爱的 / rasa-jñaḥ－接受生命精华的 / śruta－教育 / dhana－财富 / kula－贵族身份 / karmaṇām－功利性活动的 / madaiḥ－因为骄傲 / ye－所有 / vidadhati－执行 / pāpam－耻辱 / akiñcaneṣu－没有物质财富 / satsu－向奉献者

译文 物质上一无所有，但却满心欢喜拥有为至尊主做奉爱服务机会的奉献者，深爱至尊人格首神。事实上，至尊主欣赏这样的奉献者所做的奉爱服务。那些因受过物质教育、拥有钱财、出身高贵和从事功利性活动而倍感自豪的人，都很骄傲自己拥有的物质事物，经常嘲笑奉献者。这样的人即使崇拜至尊主，至尊主也从不接受他们。

要旨 至尊人格首神依赖祂纯粹的奉献者。祂甚至不接受那些不是奉献者的人的供奉。纯粹的奉献者是感到自己不拥有任何物质财富的人。奉献者总是很高兴自己拥有为至尊主做奉爱服务的机会。奉献者也许有时显得在物质上很贫穷，但由于他们灵性上非常进步和富有，至尊人格首神反而最珍爱他们。这样的奉献者并不依恋家庭、社会、友情和孩子等。他们抛弃对所有这些物质拥有的情感，总是快乐地感到自己拥有至尊主莲花足的庇护。至尊人格首神了解祂奉献者的状态。嘲笑纯粹奉献者的人，永远得不到至尊人格首神的认可。换句话说，至尊主永远都不原谅他人对纯粹奉献者的冒犯。就有关这一点，历史上有很多实例。有一个叫杜尔瓦萨·牟尼的杰出的神秘瑜伽师，冒犯了优秀的奉献者安巴瑞施王(Ambarīṣa Mahārāja)，结果一直受到至尊主的苏达尔珊飞轮(Sudarśana cakra)的惩罚。这位非凡的神秘瑜伽师最后直接去找至尊人格首神，但至尊主并没有原谅他。走在解脱之途上的人，应该非常小心不要冒犯纯粹的奉献者。

第 22 节　श्रियमनुचरतीं तदर्थिनश्च
द्विपदपतीन् विबुधांश्च यत्स्वपूर्णः ।
न भजति निजभृत्यवर्गतन्त्रः
कथममुमुद्विसृजेत्पुमान् कृतज्ञः ॥२२॥

śriyam anucaratīṁ tad-arthinaś ca
dvipada-patīn vibudhāṁś ca yat sva-pūrṇaḥ
na bhajati nija-bhṛtya-varga-tantraḥ
katham amum udvisṛjet pumān kṛta-jñaḥ

śriyam—幸运女神 / anucaratīm—追随祂的 / tat—她的 / arthinaḥ—渴望得到……的恩宠的 / ca—和 / dvipada-patīn—人类的统治者 / vibudhān—半神人 / ca—也 / yat—因为 / sva-pūrṇaḥ—自给自足 / na—从不 / bhajati—理会 / nija—自己的 / bhṛtya-varga—向祂的奉献者 / tantraḥ—依靠 / katham—如何 / amum—祂 / udvisṛjet—可以放弃 / pumān—一个人 / kṛta-jñaḥ—感激

译文　尽管至尊人格首神自给自足，但祂却依赖祂的奉献者。祂既不在乎幸运女神，也不在乎追求幸运女神恩宠的君王和半神人。真正感恩的人，哪有不崇拜人格首神的道理？

要旨　幸运女神拉珂施蜜(Lakṣmī)受到包括大君王和天堂半神人在内的所有物质主义者的崇拜。然而，幸运女神总是跟在至尊人格首神的身后，尽管至尊主并没有要求她做服务。《布茹阿玛·萨密塔》中说：至尊主受到成千上万的幸运女神的崇拜，但至尊主并没有要求她们中的谁做服务，因为祂如果有这种愿望，就能透过祂灵性的快乐能量创造出千百万的幸运女神。就是这位人格首神，出于祂没有缘故的仁慈，变得依赖祂的奉献者。所以，得到人格首神这样优待的奉献者是多么幸运啊！有哪个忘恩负义的奉献者会不崇拜至尊主，为祂做奉爱服务呢？事实上，奉献者无法忘记他对至尊人格首神的亏欠，哪怕一刻都忘不了。圣维施瓦纳特·查夸瓦尔提·塔库尔(Viśvanātha Cakravartī Ṭhākura)说：至尊主和祂的奉献者彼此双方都充满了超然的情感(rasa jña)。至尊主与祂奉献者之间的相互依恋，从不是物质性的；总是作为超然的事实存在着。超然的心醉神迷情感共有八种，分别称为巴瓦(bhāva)、阿努巴瓦(anubhāva)和斯塔依·巴瓦(sthāyi-bhāva)等，在《奉爱的甘露》中都有描述。那些不知道生物与至尊人奎师那的地位和状态的人，以为至尊主与祂奉献者之间的相互依恋是物质能量的产物。然而事实上，这种依恋对至尊主和奉献者来说都是自然的，不能把它视为是物质的。

第 23 节 मैत्रेय उवाच

इति प्रचेतसो राजन्नन्याश्च भगवत्कथाः ।
श्रावयित्वा ब्रह्मलोकं ययौ स्वायम्भुवो मुनिः ॥२३॥

maitreya uvāca
iti pracetaso rājann
anyāś ca bhagavat-kathāḥ
śrāvayitvā brahma-lokaṁ
yayau svāyambhuvo muniḥ

maitreyaḥ uvāca—麦垂亚说 / iti—如此 / pracetasaḥ—帕柴塔们 / rājan—君王啊 / anyāḥ—其他的 / ca—也 / bhagavat-kathāḥ—与至尊人格首神有关的话题 / śrāvayitvā—在教导后 / brahma-lokam—向布茹阿玛珞卡 / yayau—回去 / svāyambhuvaḥ—主布茹阿玛的儿子 / muniḥ—伟大的圣人

译文 伟大的圣人麦垂亚继续道：亲爱的维杜茹阿王，

主布茹阿玛的儿子圣纳茹阿达·牟尼，这样对帕柴塔们讲述了有关至尊人格首神的话题后，返回布茹阿玛珞卡。

要旨　人必须从纯粹奉献者那里聆听有关至尊人格首神的一切。帕柴塔们从伟大的圣人纳茹阿达那里得到这一机会。他给他们讲述至尊人格首神和祂奉献者的活动。

第24节　तेऽपि तन्मुखनिर्यातं यशो लोकमलापहम् ।
हरेर्निशम्य तत्पादं ध्यायन्तस्तद्गतिं ययुः ॥२४॥

te 'pi tan-mukha-niryātaṁ
yaśo loka-malāpaham
harer niśamya tat-pādaṁ
dhyāyantas tad-gatiṁ yayuḥ

te—帕柴塔们 / api—也 / tat—纳茹阿达的 / mukha—从……的口中 / niryātam—前去 / yaśaḥ—赞美 / loka—世界的 / mala—罪行 / apaham—摧毁 / hareḥ—主哈尔依的 / niśamya—听到了 / tat—至尊主的 / pādam—双足 / dhyāyantaḥ—冥想着 / tat-gatim—向祂的居所 / yayuḥ—去

译文　至尊主的荣耀战胜物质世界里的一切不幸，帕柴塔们聆听了纳茹阿达亲口讲述的这些荣耀后，也依恋上至尊人格首神。他们冥想着祂的莲花足，升到最高的目的地。

要旨　从这节诗中看，通过从觉悟了的奉献者那里聆听到至尊主的荣耀，帕柴塔们轻易就培养了对至尊人格首神强烈的依恋之情。接着，他们在一生即将结束时冥想着至尊主的莲花足，上升到最高的目的地——维施努星球(Viṣṇuloka)。毫无疑问，总是聆听至尊主荣耀并总想着祂莲花足的人，将到达最高的目的地。正如奎师那在《博伽梵歌》第18章的第65节诗说：

man-manā bhava mad-bhakto
mad-yājī māṁ namaskuru
māṁ evaiṣyasi satyaṁ te
pratijāne priyo 'si me

“永远想着我，崇拜我，向我致敬，成为我的奉献者。这样，你就会成功地来到我这里。我向你保证这一点，因为你是我特别珍视的朋友。”

第 25 节 एतत्तेऽभिहितं क्षत्तर्यन्मां त्वं परिपृष्टवान् ।
प्रचेतसां नारदस्य संवादं हरिकीर्तनम् ॥२५॥

etat te 'bhihitaṁ kṣattar
yan māṁ tvaṁ paripṛṣṭavān
pracetasāṁ nāradasya
saṁvādaṁ hari-kīrtanam

etat—这 / te—向你 / abhihitam—教导 / kṣattaḥ—维杜茹阿啊 / yat—无论 / mām—向我 / tvam—你 / paripṛṣṭavān—询问 / pracetasām—帕柴塔们的 / nāradasya—纳茹阿达的 / saṁvādam—对话 / hari-kīrtanam—描述至尊主的光荣

译文 亲爱的维杜茹阿，我把你想知道的有关纳茹阿达和帕柴塔们之间对话的一切都告诉了你，那对话描述了至尊主的荣耀。我尽自己的能力叙述了这些。

要旨 《圣典博伽瓦谭》描述至尊主和祂奉献者的荣耀。由于全部的内容都是对至尊主的赞美，祂的奉献者自然也就得到了赞美。

第 26 节 श्रीशुक उवाच
य एष उत्तानपदो मानवस्यानुवर्णितः ।
वंशः प्रियव्रतस्यापि निबोध नृपसत्तम ॥२६॥

śrī-śuka uvāca
ya eṣa uttānapado
mānavasyānuvarṇitaḥ
vaṁśaḥ priyavratasyāpi
nibodha nṛpa-sattama

śrī-śukaḥ uvāca—圣舒卡戴瓦·哥斯瓦米说 / yaḥ—……的 / eṣaḥ—这个王朝 / uttānapadaḥ—乌塔纳帕达 / mānavasya—斯瓦阳布瓦·玛努的儿子 / anuvarṇitaḥ—按照前辈灵性导师的教导描述 / vaṁśaḥ—王朝 / priyavratasya—普瑞亚瓦塔王的 / api—也 / nibodha—努力明白 / nṛpa-sattama—最优秀的君王啊

译文　舒卡戴瓦·哥斯瓦米继续道：君王中的俊杰(帕瑞克西特王)啊！我讲完了与斯瓦阳布瓦·玛努的长子乌塔纳帕达的后代有关的事。现在我要试着讲述斯瓦阳布瓦·玛努的第二个儿子普瑞亚瓦塔之后代的活动。请注意听。

要旨　杜茹瓦王(Dhruva Mahārāja)是乌塔纳帕达王(Uttānapāda)的儿子。圣舒卡戴瓦·哥斯瓦米从杜茹瓦王或乌塔纳帕达王的活动一直谈到帕柴塔们。他现在想要描述斯瓦阳布瓦·玛努(Svāyambhuva Manu)的第二个儿子普瑞亚瓦塔王(Mahārāja Priyavrata)的后代。

第27节　यो नारदादात्मविद्यामधिगम्य पुनर्महीम् ।
भुक्त्वा विभज्य पुत्रेभ्य ऐश्वरं समगात्पदम् ॥२७॥

yo nāradād ātma-vidyām
adhigamya punar mahīm
bhuktvā vibhajya putrebhya
aiśvaraṁ samagāt padam

yaḥ—谁 / nāradāt—从伟大的圣人纳茹阿达 / ātma-vidyām—灵性知识 / adhigamya—学习后 / punaḥ—再次 / mahīm—地球 / bhuktvā—

享受后 / vibhajya—分给……后 / putrebhyaḥ—向他儿子 / aiśvaram—超然的 / samagāt—获得 / padam—地位

译文 普瑞亚瓦塔王接受大圣人纳茹阿达的指示后，仍统治着地球。他充分享受物质的拥有后，便把他的财产分给他的儿子们。接着，他达到了能够回归家园、回到首神身边的状态。

第28节 इमां तु कौषारविणोपवर्णितां
क्षत्ता निशम्याजितवादसत्कथाम् ।
प्रवृद्धभावोऽश्रुकलाकुलो मुने-
र्दधार मूर्ध्ना चरणं हृदा हरेः ॥२८॥

imāṁ tu kauṣāraviṇopavarṇitāṁ
kṣattā niśamyājita-vāda-sat-kathām
pravṛddha-bhāvo 'śru-kalākulo muner
dadhāra mūrdhnā caraṇaṁ hṛdā hareḥ

imām—所有这些 / tu—于是 / kauṣāraviṇā—由麦垂亚 / upavarṇitām—描述 / kṣattā—维杜茹阿 / niśamya—聆听后 / ajita-vāda—至尊主的光荣 / sat-kathām—超然的讯息 / pravṛddha—增强 / bhāvaḥ—狂喜 / aśru—眼泪的 / kalā—一滴滴 / ākulaḥ—沉浸于 / muneḥ—伟大的圣人 / dadhāra—抓住 / mūrdhnā—用头 / caraṇam—莲花足 / hṛdā—在内心 / hareḥ—至尊人格首神

译文 我亲爱的君王，维杜茹阿从大圣人麦垂亚那里聆听了至尊人格首神及祂奉献者的超然讯息后，变得如痴如醉、心醉神迷。他热泪盈眶，立刻扑倒在他灵性导师的莲花足旁。随后，他把至尊人格首神牢牢地铭记在心中。

要旨 这是与伟大的奉献者联谊后的表现。奉献者从一位解脱了的灵魂那里得到教导，因而沉浸在超然快乐所致的心醉神迷状态中。正如帕拉德王所说：

naiṣāṁ matis tāvad urukramāṅghriṁ
spṛśaty anarthāpagamo yad-arthaḥ
mahīyasāṁ pāda-rajo-'bhiṣekaṁ
niṣkiñcanānāṁ na vṛṇīta yāvat

（《圣典博伽瓦谭》7.5.32）

“极喜欢物质主义生活方式的人，除非把完全免予物质污染的外士纳瓦莲花足上的尘土涂抹在自己身上，否则不可能依恋其非凡活动受到赞扬的至尊主的莲花足。只有这样变得具有奎师那意识，托庇于至尊主的莲花足，人才能免予物质污染。”

没有触碰过伟大的奉献者的莲花足的人，无法成为完美的奉献者。与这个物质世界毫无关系的人被称为尼施克音查纳(niṣkiñcana)。觉悟自我，走回归家园，回到首神的路，意味着投靠、服从真正的灵性导师，把他莲花足上的尘土放到自己头上。这样，人就会在超然觉悟的路途上取得进步。维杜茹阿(Vidura)与麦垂亚(Maitreya)有这样的关系，从而取得了成功。

第 29 节

विदुर उवाच
सोऽयमद्य महायोगिन् भवता करुणात्मना ।
दर्शितस्तमसः पारो यत्राकिञ्चनगो हरिः ॥२९॥

vidura uvāca
so 'yam adya mahā-yogin
bhavatā karuṇātmanā
darśitas tamasaḥ pāro
yatrākiñcana-go hariḥ

viduraḥ uvāca—维杜茹阿说 / saḥ—那 / ayam—这 / adya—今天 / mahā-yogin—伟大的神秘主义者啊 / bhavatā—靠您 / karuṇa-ātmanā—

最仁慈的 / darśitaḥ－我看了 / tamasaḥ－黑暗的 / pāraḥ－另一面 / yatra－那里 / akiñcana-gaḥ－摆脱物质影响的人可以接近的 / hariḥ－至尊人格首神

译文 圣维杜茹阿说：啊，伟大的神秘主义者，最优秀的奉献者！靠您没有缘故的仁慈，我看清了从这黑暗的物质世界解脱出去的路。沿这条路走出这物质世界的人，能回归家园，回到首神身边。

要旨 这个物质世界被说成是“黑暗的(tamaḥ)”，灵性世界则是光明的。韦达经命令每一个人都该冲出黑暗，到光明的王国去。有关光明王国的资讯，可以透过觉悟了自我的灵魂的仁慈得到。人还必须去除一切物质欲望。他只要不再有物质欲望并与解脱之人联谊，回归家园，回到首神身边的康庄大道便在他面前铺展开来。

第 30 节

श्रीशुक उवाच
इत्यानम्य तमामन्त्र्य विदुरो गजसाह्वयम् ।
स्वानां दिदृक्षुः प्रययौ ज्ञातीनां निर्वृताशयः ॥३०॥

śrī-śuka uvāca
ity ānamya tam āmantrya
viduro gajasāhvayam
svānāṁ didṛkṣuḥ prayayau
jñātīnāṁ nirvṛtāśayaḥ

śrī-śukaḥ uvāca－圣舒卡戴瓦·哥斯瓦米说 / iti－如此 / ānamya－致以顶礼 / tam－向麦垂亚 / āmantrya－请求允许 / viduraḥ－维杜茹阿 / gaja-sāhvayam－哈斯提纳普尔城 / svānām－自己的 / didṛkṣuḥ－想看到 / prayayau－离开那地方 / jñātīnām－他亲戚的 / nirvṛta-āśayaḥ－摆脱物质欲望

译文 舒卡戴瓦·哥斯瓦米继续道：维杜茹阿这样向大圣人麦垂亚顶礼并征得他同意后，便启程前往哈斯提纳普尔城去看他自己的王国，尽管他心中并无物质欲望。

要旨 圣洁之人在想要看他的亲属时，心中并没有物质欲望。他只是想要给他们一些教导，以便使他们受益。维杜茹阿属于考茹阿瓦(Kaurava)王族；尽管他知道所有的家庭成员都在库茹柴陀战场(Kurukṣetra)上战死了，但还是想要去看望他哥哥兑塔瓦施陀(Dhṛtarāṣṭra)，看看是否能把兑塔瓦施陀从错觉能量玛亚(māyā)的钳制中拯救出来。当维杜茹阿那样伟大的圣人去看望他亲戚时，他的目的是要把亲戚从玛亚的钳制中拯救出来。因此，维杜茹阿向他的灵性导师恭敬地顶礼，随后启程去考茹阿瓦王国的首都城市哈斯提纳普尔(Hastināpura)。

第 31 节 एतद्यः शृणुयाद्राजन् राज्ञां हर्यर्पितात्मनाम् ।
आयुर्धनं यशः स्वस्ति गतिमैश्वर्यमाप्नुयात् ॥३१॥

etad yaḥ śṛṇuyād rājan
rājñāṁ hary-arpitātmanām
āyur dhanaṁ yaśaḥ svasti
gatim aiśvaryam āpnuyāt

etat—这 / yaḥ—谁 / śṛṇuyāt—听 / rājan—帕瑞克西特王 / rājñām—君王的 / hari—向至尊人格首神 / arpita-ātmanām—献出自己生命和灵魂的 / āyuḥ—寿命 / dhanam—财富 / yaśaḥ—声望 / svasti—好运 / gatim—生命的最高目标 / aiśvaryam—物质财富 / āpnuyāt—获得

译文 君王啊！谁聆听这些与完全皈依至尊人格首神的君王有关的话题，谁就会毫无困难地得到长寿、财富、美名、好运，以及最终回归家园，回到首神身边的机会。

到此为止，结束了巴克提韦丹塔对《圣典博伽瓦谭》第4篇第31章——“纳茹阿达教导帕柴塔们”所作的阐释。

【第四篇终】

圣帕布帕德小传

圣恩 A.C.巴克提韦丹塔·斯瓦米·帕布帕德于 1896 年在印度的加尔各答显世。

1922 年，帕布帕德在加尔各答首次与他的灵性导师圣巴克提希丹塔·萨茹阿斯瓦提·哥斯瓦米会面。巴克提希丹塔·萨茹阿斯瓦提作为一位杰出的宗教学者，在他的一生中创建了 64 所名为高迪亚·玛特的传播韦达文化的机构。巴克提希丹塔非常喜爱这位受过教育的年轻人，于是便说服他献身于传播韦达知识。帕布帕德成了巴克提希丹塔·萨茹阿斯瓦提的学生，并于 11 年后(1933 年)在阿拉哈巴接受了他的启迪，正式成为他的门徒。

在他们第一次会面时，巴克提希丹塔·萨茹阿斯瓦提曾要求帕布帕德用英语去传播韦达知识。为此，帕布帕德在随后的日子里用英文翻译、评注了《博伽梵歌》，参加高迪亚·玛特的传教工作，并在 1944 年独自创办了英语“回归首神”双月刊杂志。他自己编辑，打出原稿，校样，甚至逐本赠送、售卖，为维持杂志的出版艰苦奋斗。“回归首神”杂志自创刊后从未停刊，目前在西方正由他的门徒用 30 多种语言继续出版着。

高迪亚·外士纳瓦协会对帕布帕德的哲学造诣及奉爱精神推崇备至，于 1947 年授予他巴克提韦丹塔的称号。

1950 年，圣帕布帕德在他 54 岁时退出家庭生活，以便用更多的时间进行研究和写作。他到了圣地温达文，住在历史上著名的中世纪神庙——茹阿妲·达摩达尔庙，过着简朴的生活。在那里，他花了好几年的时间进行写作和深入的研究工作。

1959 年，圣帕布帕德在茹阿妲·达摩达尔庙接受萨尼亚希(托钵僧)称号，进入弃绝阶层。接着，他开始翻译、评注含有一万八千节诗的卷帙浩繁的《圣典博伽瓦谭》(《博伽梵往世书》)。这是他生活中的一部杰作。他还撰写了《简易的星际旅行》。

圣帕布帕德在出版了三篇《圣典博伽瓦谭》后，于 1965 年 9 月去了美国，以完成他灵性导师交给他的使命。在随后的岁月里，他写下的权威性翻译、评注和对有关印度哲学及宗教经典作品的综合研究论文，共有 60 多册。

圣帕布帕德乘货轮第一次到纽约时，几乎身无分文。仅仅一年后，他便克服巨大的困难，于 1966 年 7 月建立了国际奎师那意识协会。在 1977 年 11 月 14 日他离世前，他一直指导着协会，看着它成长为一个在全世界有超过一百所灵修所、学校、神庙、研究机构和集体农庄的联合体。

1968 年，圣帕布帕德在美国加利福尼亚州的一个山坡上创办了新温达文——实验性韦达社区。新温达文成了一个繁荣的、有超过两千英亩土地的集体农庄。新温达文的成功激励了圣帕布帕德的门徒。他们在美国和其他国家相继成立了几个同样的集体农庄。

1972 年，圣帕布帕德通过在美国得克萨斯州的达拉斯市创办灵性导师学校，把韦达制度的初级和中级教育引介给西方社会。从那以后，在他的监督、指导下，他的门徒在美国和世界其他地区开设了同样的儿童学校，其主要的教育中心设在印度的温达文。

圣帕布帕德还促成了几个规模宏大的国际文化中心在印度的兴建。坐落在印度西孟加拉圣玛亚普尔的中心，是计划中的灵性城市。这是一个雄心勃勃的计划，需要许多年才能实现、完成。在印度的温达文有宏伟的奎师那·巴拉茹阿玛庙宇、国际宾馆、圣帕布帕德纪念馆和博物馆，在孟买有文化和教育主中心。别的中心计划建在印度其他十二个重要地区。

然而，圣帕布帕德最重要的贡献是他的书籍。这些书籍因其深刻、清晰、具权威性而受到学术界的高度敬重，并在为数众多的学院里被当做典范性的教科书使用。他的著作以 50 多种语言翻译出版。于 1972 年成立的巴帝维丹达书籍信托基金会，负责出版圣帕布帕德翻译、评注、撰写的书籍。它目前已成为世上最大的、出版有关印度宗教及哲学书籍的出版机构。

圣帕布帕德不顾自己年事已高，仅仅在 12 年里就进行了 14 次环球旅行，走遍 6 大洲不断演讲。尽管旅程安排得如此紧凑，圣帕布帕德仍翻译、评注、撰写了大量的书籍。他的著作构成了一个名副其实的韦达哲学、宗教、文学和文化的图书馆。

圣帕布帕德著作一览表

《博伽梵歌原意》
《圣典博伽瓦谭》第 1—10 篇
《永恒的柴坦亚经》共 17 篇
《奎师那——快乐的泉源》共 2 卷
《主柴坦亚的教导》
《奉爱的甘露》
《教诲的甘露》
《至尊奥义书》
《博伽梵之光》
《简易星际旅行》
《主卡皮拉的教导》
《琨缇王后的教导》
《首神的讯息》
《觉悟自我的科学》
《瑜伽的完美境界》
《超越生死》
《通向奎师那之道》
《知识之王》
《培养奎师那意识》
《奎师那意识——无与伦比的礼物》
《奎师那意识——瑜伽体系的顶峰》
《完美的问答缘》
《生命来自生命》
《回归首神杂志》（创办人）

对圣帕布帕德生前教导的汇编性书籍

《追求解脱》
《第二次机会》
《自我发现之旅》
《文明与超越》
《大自然的法律》
《凭智慧弃绝》
《寻求启发》
《通向超然存在之途》
《超越错觉、假象和疑惑》
《哈瑞·奎师那的挑战》

参考书籍

圣帕布帕德是根据公认的权威经典写作《圣典博伽瓦谭》要旨的，以下是他引用过的经典名称：

《博伽梵歌》 (Bhagavad-gītā)
《奉爱服务的纯粹甘露之洋》 (Bhakti-rasāmṛta-sindhu)
《布茹阿玛·萨密塔》 (Brahma-saṁhitā)
《柴坦亚·巴嘎瓦特》》 (Caitanya-bhāgavata)
《柴坦亚甘月亮的露般》 (Caitanya-candrāmṛta)
《永恒的柴坦亚经》 (Caitanya-caritāmṛta)
《昌窦给亚奥义书》 (Chāndogya Upaniṣad)
《对主哈尔依的奉爱之美》 (Hari-bhakti-vilāsa)
《至尊奥义书》 (Īśopaniṣad)
《喀塔奥义书》 (Kaṭha Upaniṣad)
《奎师那·卡尔纳姆瑞塔》 (Kṛṣṇa-karṇāmṛta)
《玛努法典》(《摩奴法典》) (Manu-saṁhitā)
《玛哈巴茹阿特》(《摩诃婆罗多》) (Mahābhārata)
《颂扬穆琨达的赞美诗花环》 (Mukunda-mālā-stotra)
《蒙达卡奥义书》 (Muṇḍaka Upaniṣad)
《纳茹阿达·潘查茹阿陀》 (Nārada-pañcarātra)
《莲花往世书》 (Padma Purāṇa)
《诗集》 (Padyāvalī)
《对神的爱所引发的转变》 (Prema vivarta)
《桑达尔巴》 (Sandarbha)
《主柴坦亚的八训规》 (Śikṣāṣṭaka)
《希瓦往世书》 (Śiva Purāṇa)
《圣典博伽瓦谭》 (Śrīmad-Bhāgavatam)
《水塔刷塔尔奥义书》 (Śvetāśvatara Upaniṣad)
《教诲的甘露》 (Upadeśāmṛta)
《瓦茹阿哈往世书》 (Varāha Purāṇa)
《韦丹塔苏陀》 (Vedānta-sūtra)

词 表

- A -

Ācārya — 以身作则，为整个人类树立灵修榜样的灵性导师。

Acyuta — 永远都不会从祂的地位上坠落的至尊主。

Adhokṣajia — 超越物质感官知觉范畴的至尊主。

Advaita Prabhu — 玛哈 · 维施努(Mahā-Viṣṇu)的一个化身，显现为主柴坦亚 · 玛哈帕布(Caitanya Mahāprabhu)的一个主要的同伴。

Agni — 掌管火的半神人。

Ambarīṣa Mahārāja — 伟大的奉献者君王，完美地做了九种奉爱服务(聆听、吟诵等)

Ananta — 至尊主有上千个头的蛇化身；祂把自己的身体当蛇床让维施努躺在上面，并用自己众多的头颅支撑众多的星球。

Aṅga Mahārāja — 维纳工的父亲。

Aṅgirā — 布茹阿玛直接生出的七位大圣人之一。

Aniruddha — 主奎师那最初在灵性世界的四个扩展之一；也是主奎师那五千年前显现时的孙子。

Antardhāna — 普瑞图王的长子维吉塔施瓦。

Antaryāmī — 至尊主的扩展，作为超灵处在每一个生物体的心中。

Arci — 普瑞图王的妻子。

Arjuna — 潘达瓦五兄弟之一。奎师那当了他的马车夫，并给他讲述《博伽梵歌》(Bhagavad-gītā)。

Artha — 经济发展。

Āsana — 瑜伽练习中的一种坐姿。

Āśrama — 一生中四个灵性阶段中的其中一个阶段，它们分别是：独身禁欲的学生生活阶段、居士阶段、逐渐退出家庭生活阶段和出家当托钵僧的完全弃绝阶段。

Aṣṭāṅga-yoga — 由帕谭佳里(Patañjali)呈现的八部瑜伽体系。

Asura — 无神论者、十足的物质主义者等不按经典原则做事的恶魔；嫉妒神，无视至高无上的绝对真理，反对为至尊主奎师那服务的人。

Āśutoṣa — 容易(“快速”)取悦的主希瓦。

Aśvamedha-yajña — 韦达经中推荐的马祭。

Avatāra — 至尊主降临到物质世界里的化身。

- B -

Bali Mahārāja — 一位君王；他通过把一切献给至尊主的侏儒布茹阿玛纳化身瓦玛纳戴瓦(Vāmanadeva)，成为伟大的奉献者。

Barhiṣat — 参看 Prācinabarhi。

Barhiṣmān — 参看 Prācinabarhi。

Bhagavad-gītā — 《博伽梵歌》，至尊主奎师那与祂的奉献者阿尔诸纳在一场大战即将开始前的谈话，其中详细地解释说，奉爱服务既是最重要的灵修方法，也是最高级的灵性完美境界。

Bhāgavata-vidhi — 侍奉纯粹奉献者并传播《圣典博伽瓦谭》的奉爱程序。

Bhakta — 至尊主的奉献者。

Bhakti — 为至尊主所做的奉爱服务。

Bhaktidevī — 奉爱服务的人格化身。

Bhatisiddhānta Sarasvatī Ṭhākura — (1874—1937)作者圣恩A.C.巴克提韦丹塔·斯瓦米·帕布帕德德灵性导师，因此是当代奎师那意识运动的灵性祖父。强有力的传教士，在印度开设了六十四个传教场所。

Bhaktivinoda Ṭhākura — (1838—1915)当代奎师那运动的灵性曾祖父，圣高尔克首尔·达斯·巴巴吉的灵性导师，圣巴克提希丹塔·萨茹阿斯瓦提的父亲。

Bhakti-yoga — 通过做奉爱服务与至尊主相连的方法。

Bhārata-varṣa — 如今的印度；巴茹阿特王统治后以他的名字命名。

Bhīṣma — 库茹柴陀战场上最强大有力和最年长的战将。他被公认为是为至尊主做奉爱服务的首要权威之一。

Bhṛgu — 布茹阿玛直接生出的最强有力的圣人们。

Bilvamaṅgala Ṭhākura — 伟大的奉献者作者，他的著作包括《奎师那·卡尔纳姆瑞塔》(Kṛṣṇa-karṇāmṛta)。

Brahmā — 宇宙第一位被创造的生物体，物质宇宙的第二位创造者。

Brahma-bhūta — 去除物质污染的喜悦状态；解脱。

Brahmacārī — 在灵性导师照管下的独身禁欲的学生。

Brahmacarya — 独身禁欲的学生生活，韦达制度中人生的第一个灵性阶段。

Brahmaloka — 半神人布茹阿玛居住的星球，是物质宇宙中最高的星球。

Brahman — 绝对真理，特别指绝对真理不具人格特征的方面。

Brāhmaṇa — 布茹阿玛纳(婆罗门)，知识分子及祭司阶层。韦达社会制度中的最高阶层。

Brahmānanda — 觉悟了至尊主的灵性光芒后所感到的快乐。

Brahmāstra — 通过吟诵曼陀产生出的核武器。

Bṛhaspati — 天帝因铎的灵性导师，半神人中的首要祭师。

Buddha — 至尊主的一个化身，来迷惑无神论者，阻止他们误用韦达经。

- C -

Caitanya-Mahāprabhu — (1486—1534)至尊主以祂自己最伟大的奉献者的身份显现，专门通过聚众歌唱神之圣名的方式教导世人对神的爱。

Caittya-guru — 主奎师那作为灵性导师在进步的奉献者心中亲自给予指导。

Cakra(Sudarśana) — 至尊主的飞轮武器

Cāṇkya Paṇḍita — 昌铎古普塔王的布茹阿玛纳顾问，负责阻止希腊入侵者亚历山大王入侵印度。

Cañcalā — 幸运女神拉珂施蜜，她给予的恩赐很不稳定。

Caṇḍāla — 不可触碰或低于韦达社会中社会四阶层人士的人；吃狗肉的人。

Candra — 掌管月亮的半神人。

Candraśekhara Ācārya — 圣主柴坦亚·玛哈帕布的优秀的居士奉献者。

Capātī — 全麦面做的面饼。

Caraṇāmṛta — 给神像沐浴过的水。

Cārvāka Muni — 直言不讳的快乐主义哲学家。

Catuḥ-ślokī — 《圣典博伽瓦谭》第2篇第9章的第33—36节诗。这四节诗由主奎师那讲述给布茹阿玛听，是《圣典博伽瓦谭》全部哲学内容的总结。

Cātur-hotra — 韦达经中规定的为净化功利性活动举行的四种火祭。

Cupid(Kandarpa) — 在受制约的生物体心中煽动起色欲的半神人。

- D -

Dahl — 用绿豆等干豆仁制成的汤。

Dakṣa — 布茹阿玛的一个儿子，宇宙生物体的主要的祖先之一。

Daśaratha — 主茹阿玛禅铎的父亲。

Dāsya-rasa — 与至尊主的主仆关系。

Dattātreya — 是至尊主的一个化身，显现为阿特瑞·牟尼的儿子，教导神秘瑜伽的方法。

Devahūti — 斯瓦阳布瓦 · 曼努的女儿，卡尔达玛 · 牟尼的妻子，主卡皮拉的母亲。

Devakī-nandana — 主奎师那，黛瓦克伊亲爱的儿子。

Dhāraṇā — 注意力专注，是完全进入冥想状态(dhyāna)的前奏。

Dharma — 宗教原则，人的天职，尤其指每一个灵魂的服务本性。

Dhṛtarāṣṭra — 潘达瓦五兄弟的伯父，阴谋篡夺帕达瓦兄弟的王国，以便让自己的儿子当国王，结果引发库茹柴陀大战。

Dhruva Mahārāja — 至尊主伟大的奉献者，为了见到至尊主，得到自己应该得到但却被拒绝的王国，儿时便从事艰难的苦修，结果得到整个星球，以及对神的觉悟。

Dhyāna — 冥想瑜伽。

Durgā — 物质能量的人格化身，主希瓦的妻子。

Durvāsā Muni — 强有力的瑜伽师，以他可怕的诅咒闻名于世。

Duryodhana — 兑塔瓦施陀的长子，潘达瓦兄弟的头号对手。

Duṣkṛtī — 无赖、恶棍。

Dvāpara-yuga — 四个年代循环中的第三个年代，长度为八十六万四千年。

- E -

Ekādaśī —用来增加对奎师那的想念的特殊日子，是满月和新月后的第十一天。经典规定在这一天禁食谷类和豆类。

- G -

Gāndhārī — 兑塔瓦施陀王忠贞、神圣的妻子，是一百个儿子的母亲。

Garbhodakaśā Viṣṇu — 第二个维施努扩展；祂进入每一个宇宙，用祂的瞥视创造了丰富多彩的物质展示。

Garuḍa — 主维施努永恒的坐骑，大鸟形象的伟大奉献者。

Gaudīya Vaiṣṇavas sampradāya— 透过圣主柴坦亚 · 玛哈帕布传下的由真正的灵性导师组成的具有权威性的外士纳瓦师徒传承；也指遵循这一传统的信奉者。

Gāyatrī mantra — 由布茹阿玛纳在太阳升起、中午及太阳落山时默念的祈祷文。

Giriśa — 参看：Śiva。

Go-dāsa — 感官的仆人。

Goloka Vṛndāvana (Kṛṣṇaloka) — 最高的灵性星球，主奎师那的私人住所。

Gopāla Bhaṭṭa Gosvāmī — 直接追随圣主柴坦亚·玛哈帕布的六位外士纳瓦灵性导师之一。他有系统地向大众呈献了主柴坦亚·玛哈帕布的教导。

Gopīs — 奎师那的牧牛姑娘朋友，是祂最顺从、最亲密的奉献者。

Gopīśvara —参看：Śiva。

Gosvāmī — 控制了心和感官的人；对进入弃绝阶层的托钵僧的称呼。

Govinda — 至尊主奎师那，给予大地、乳牛和感官以快乐的至尊人。

Govinda dāsa Ṭhākura — 一些重要的外士纳瓦歌曲的作者。

Gṛhamedhī — 注重感官享乐的居家人士。

Gṛhastha — 按经典的规定过有节制的居士生活的人；韦达灵性生活的第二个阶段。

Guṇas — 物质自然的三种属性，即：善良属性、激情属性和愚昧属性。

Guru — 灵性导师。

- H -

Hanumān — 主茹阿玛禅铎伟大的猴子仆人。

Hara — 参看：Śiva。

Hare Kṛṣṇa mantra — 参看：Mahā-mantra。

Hari — 去除灵性进步路途上一切障碍的至尊主。

Haridāsa Ṭhākura — 伟大的奉献者，圣主柴坦亚·玛哈帕布的同伴；他每天吟诵神的名字三万遍。

Haṭha-yoga — 通过练习体位法和呼吸达到控制感官和净化之目的的瑜伽。

Hiraṇyakaśipu — 被至尊主的尼尔星哈化身杀死的恶魔。

- I -

Ikṣvāku — 玛努的儿子，古代地球的君王；玛努对他讲述了《博伽梵歌》。

Indra — 管理宇宙行政事务的主管半神人，天堂星球的君王。

- J -

Janaka Mahārāja — 主茹阿玛禅铎的妻子悉塔女神的父亲。

Janārdana — 至尊主，全体生物原本的庇护所。

Jarā — 老年。

Jayadeva Gosvāmī — 写下《哥文达之歌》的优秀的外士纳瓦诗人。

Jñāna — 知识。

Jñāna-kāṇḍa — 韦达经中包含有关梵——灵性能量的那部分知识。

Jñāna-yoga — 通过培养知识接近至尊者的灵修程序。

Jñānī — 通过经验性思辨培养知识的人。

- K -

Kaivalya — 融入至尊主身体放射出的灵性光芒的非人格解脱。

Kālī — 参看：杜尔嘎(Durgā)。

Kali-yuga — 喀历年代；“纷争、伪善的年代”，是大周期循环中的第四个年代，也是最后一个年代，从五千年前开始。

Kāma — 贪图物质享乐的欲望。

Kaṁsa — 博佳王朝的一个邪恶的君王；奎师那的舅舅。

Kapha — 粘液；身体三种主要元素之一。

Kapila — 至尊主的一个化身；祂显现为卡尔达玛·牟尼和黛瓦瑚缇的儿子，教导奎师那意识的数论哲学。

Kāraṇodakaśāyī Viṣṇu — 至尊主的扩展玛哈·维施努；祂释放出所有的物质宇宙。

Karma — 物质、功利性的活动及其报应。

Karma-kāṇḍa — 韦达经中描述为获得物质利益举行各种仪式的部分。

Karma-kāṇḍīya — 与Karma-kāṇḍa有关。

Karma-yoga — 怀着做奉爱服务的心态行事；也是按照韦达指令从事的功利性活动。

Karmī — 从事功利性活动的人；物质主义者。

Kātyāyanī —参看：杜尔嘎(Durgā)。

Kauravas — 在库茹柴陀战场上与潘达瓦五兄弟决战的库茹的后代。

Kīrtana — 吟唱至尊主的圣名并赞美至尊主的奉爱服务程序。

Kratu — 主布茹阿玛直接生出的七位伟大的圣人之一。

Krodha — 愤怒。

Kṛṣṇa — 至尊人格首神原本的两臂形象。

Kṛṣṇadāsa Kavirāja — 伟大的外士纳瓦灵性导师，在《永恒的柴坦亚经》中记载了圣主柴坦亚·玛哈帕布的生平和教导。

Kṛṣṇa-kathā — 至尊主奎师那的话，以及讲述主奎师那的话题。

Kṛṣṇaloka — 参看：Goloka Vṛndāvana。

Kṣatriya — 战士或管理者；韦达社会的第二个阶层。

Kṣīrodakaśāyī Viṣṇu — 至尊主的扩展，以超灵的形式进入每一个生物体的心。

Kulaśekhara — 优秀的奉献者君王，《颂扬穆琨达的赞美诗花环》的作者。

Kumāras — 主布茹阿玛的四个博学、独身禁欲、苦修的儿子，始终把自己的身体保持在幼儿的状态。

Kuśa — 用于韦达仪式和祭祀的一种吉祥的草。

Kuvera — 半神人的司库；纳拉库瓦尔和玛尼贵瓦的父亲。

- L -

Lakṣmī — 幸运女神，至尊主纳茹阿亚纳的永恒伴侣。

Lobha — 贪婪。

Loka — 星球。

- M -

Mādhurya-rasa — 至尊主与祂的奉献者交流爱侣之情的灵性关系。

Madhvācārya —十三世纪时伟大的外士纳瓦灵性导师，教导有神论中的二元论哲学。

Mādrī — 潘杜王的第二位妻子，纳库拉和萨哈戴瓦的母亲。

Mahā-bhāgavata — 至尊主纯粹的奉献者、一流的奉献者。

Mahā-mantra — 为得到拯救而吟诵、吟唱的伟大的曼陀：

哈瑞 · 奎师那　哈瑞 · 奎师那　奎师那 · 奎师那　哈瑞 · 哈瑞
哈瑞 · 茹阿玛　哈瑞 · 茹阿玛　茹阿玛 · 茹阿玛　哈瑞 · 哈瑞

Mahā- Viṣṇu — 至尊的扩展，所有的宇宙都由祂释放出来。

Mahādeva —参看：希瓦(Śiva)。

Mahāt-tattva — 展示了物质世界的整体物质能量原本混沌的形象。

Maheśvara — 参看：希瓦(Śiva)。

Maitreya Muni — 为维杜茹阿讲述《圣典博伽瓦谭》的大圣人。

Maṅgala-ārati — 每天黎明前向至尊主的神像化身表达敬意的崇拜仪式。

Mantra — 超然的声音振荡或韦达赞歌，它们可以使人摆脱心中的错觉。

Manu — 布茹阿玛的一个半神人儿子，是人类的祖先和法律的制定者。布茹阿玛的一天共有十四位玛努。

Manu-saṁhitā — 玛努制定的人类法典。

Manu, Svāyambhuva — 参看：Svāyambhuva Manu。

Manu, Vaivasvata — 参看：Vaivasvata Manu。

Manvantara-avatāra — 至尊主在每一个玛努统治期间显现的化身。

Marīci — 主布茹阿玛直接生出的大圣人之一。

Mārisā — 天帝因铎派遣的天堂社交女郎帕么珞茶与圣人侃杜生的女儿。

Māyā — 至尊主的低等、错觉能量，负责统治这个物质创造并迷惑生物，使其遗忘自己与奎师那的关系。

Māyāvādī — 持非人格神哲学观念的人。他们以为绝对真理最终没有形象，个体生物与神是平等的。

Menakā — 天堂星球上著名的社交女郎，曾诱惑了圣人维施瓦弥陀。

Mlecchas — 野蛮人；韦达社会四阶层之外的人，通常是食肉者。

Mokṣa — 从物质束缚中得到解脱。

Mṛtyu — 死亡的人格化身。

Mūḍha— 愚蠢之人；驴一样蠢笨的人。

Mukti — 解脱；摆脱物质的束缚。

Muni — 圣人。

Muraripu(Muradviṣa) — 至尊主奎师那；杀死玛杜魔的人。

- N -

Nāma-aparādha — 对至尊主的圣名的冒犯。

Nanda Mahārāja — 布茹阿佳的君王，主奎师那的养父。

Nanda-nandana — 至尊主奎师那的一个名字，意思是：南达王心爱的儿子。

Nārada Muni — 至尊主纯粹的奉献者，用他永恒的身体在整个宇宙中旅行，赞扬奉爱服务。他是维亚萨戴瓦和许多其他杰出奉献者的灵性导师。

Nārāyaṇa — 主奎师那扩展的四臂威严的至尊主形象，物质展示瓦解后众生栖息的地方；主维施努。

Narottama dāsa Ṭhākura — 圣主柴坦亚 · 玛哈帕布师徒传承中的外士纳瓦灵性导师。他是珞卡纳塔 · 达斯 · 哥斯瓦米的门徒，用孟伽拉语写下许多赞美奎师那的颂歌。

Naṣṭa-prajña — 失去一切智力。

Nirvāṇa — 停止物质活动和存在，按照外士纳瓦哲学，并不否认灵性的活动和存在。

Nṛsiṁhadeva — 至尊主的半人半狮化身，祂保护帕拉德王，杀死恶魔黑冉亚卡希普。

- P -

Päïcarätrika-vidhi — 崇拜神像这一奉爱服务的程序，以及韦达文献Païcarätra中记载的赞歌(mantra)冥想。

Pāṇḍavas — 尤帝施提尔、彼玛、阿尔诸纳、纳库拉和萨哈戴瓦。这五位战士兄弟是主奎师那亲密的朋友和奉献者。

Pāṇḍu — 库茹王朝的王子，他的五个儿子(潘达瓦五兄弟)在库茹柴陀战场上与兑塔瓦施陀的儿子决战。

Paramahaṁsa — 至尊主天鹅般最高级的奉献者；托钵僧的最高阶段。

Paramātmā —维施努展现在每一个受制约的生物体心中并遍布物质自然的超灵形象。

Paramparā — 师徒传承，灵性知识经由传承中有资格的灵性导师传递下来。

Parāśara — 伟大的圣人，圣维亚萨戴瓦的父亲。

Pitṛloka — 祖先们居住的星球，属于天堂星球。

Pitta — 胆汁，体内主要三种元素之一。

Pabhu — 主人。

Prabodhānanda Sarasvatī — 伟大的外士纳瓦诗人哲学家，圣主柴坦亚·玛哈帕布的奉献者。他是哥帕拉·巴塔·哥斯瓦米的叔叔。

Pracetās — 帕祺纳巴黑王的十个儿子。他们通过崇拜主维施努达到完美境界。

Prācīnabarhi — 被捆绑在功利性活动中的君王，得到纳茹阿达·牟尼就奉爱服务所给予的教导。

Pradyumna — 主奎师那在灵性世界最初的四个扩展之一。

Prahlāda Mahārāja — 遭自己邪恶的父亲迫害的奉献者，但后来被至尊主的尼尔星哈化身所保护和拯救。

Prakṛti — 物质自然，至尊者的能量；被享受者。

Pramlocā — 天堂社交女郎，与圣人侃杜生下女儿玛瑞莎。玛瑞莎后来成为帕柴塔们的妻子。

Prāṇāyāma — 瑜伽练习，尤其是八部瑜伽(aṣṭāṅga-yoga)中控制呼吸的程序。

Prasādam — 主奎师那的仁慈；以爱心供奉给至尊主后被灵性化了的食物或其它东西。

Priyavrata — 斯瓦阳布瓦 · 玛努的儿子，乌塔纳帕达的兄弟，曾经统治过全宇宙。

Pṛthā — 琨缇，潘达瓦五兄弟的母亲，主奎师那的姑妈。

Pṛthu Mahārāja — 被主奎师那赋予了力量的化身，树立了理想统治者的典范。

Pulaha — 主布茹阿玛直接生出的七位伟大的圣人之一。

Pulastya —主布茹阿玛直接生出的七位伟大的圣人之一。

Pūru— 雅亚提王最小的儿子。他同意用自己的青春换他父亲的老年。

Puruṣa — 享受者或男性；生物或至尊主。

Puruṣa-avatāras — 至尊主为创造物质宇宙扩展出的三个主要的维施努。

Puruṣottama — 至尊人主奎师那。

- R -

Rādhārāṇī — 主奎师那最亲密的伴侣，是祂的内在、灵性能量的人格化身。

Raghunātha Bhaṭṭa Gosvāmī —直接受主柴坦亚 · 玛哈帕布启迪的六位外士纳瓦灵性导师中的一位，系统地呈献了主柴坦亚的教导。

Raghunātha dāsa Gosvāmī — 直接受主柴坦亚 · 玛哈帕布启迪的六位外士纳瓦灵性导师中的一位，系统地呈献了主柴坦亚的教导。

Rājarṣi — 伟大的圣洁君王。

Rājasūya-yajña — 尤帝士提尔王举行的盛大的祭祀典礼，主奎师那到场参加。

Rajo-guṇa — 物质自然的激情属性。

Rāma — 参看：Rāmacandra。

Rāmacandra — 至尊主化身的一个完美的君王。

Rāmānanda Rāya — 圣主柴坦亚 · 玛哈帕布从事晚期娱乐活动时的亲密同伴。

Rāmānujācārya — 幸运女神师徒传承在十一世纪时的一位伟大的灵性导师。

Rāsa-līlā — 奎师那与祂最高级、最信赖的仆人——布阿佳布弥的牧牛姑娘之间，所进行的最纯洁、灵性的爱的交流。

Rāvaṇa — 被主茹阿玛禅铎杀死的一个邪恶的统治者。

Ṛṣabhadeva — 至尊主化身显现的一位奉献者君王。祂在教导他的儿子们有关灵性的生活后，离开祂的王国，去过一种苦行的生活。

Ṛṣi — 圣人。

Rudra — 参看：希瓦。

Rukmiṇī — 主奎师那在杜瓦尔卡城中的首位王后。

Rūpa Gosvāmī — 直接追随圣主柴坦亚·玛哈帕布的六位外士纳瓦灵性导师中的一位，系统地呈现了主柴坦亚的教导。

- S -

Sac-cid-ānanda-vigraha — 至尊主的永恒、极乐、充满知识的超然形象。

Sadāśiva —参看：希瓦。

Sādhu — 圣洁的人

Sahajīya — 假冒奉献者的人。他们把奉爱服务视为是很廉价的事物，不遵守经典规定的原则。

Sakhya-rasa — 怀着奉爱的朋友之情与至尊主保持的爱的关系。

Śakty-āveśa — 被至尊主赐予了祂的一种或多种财富。

Sampradāya —灵性导师的师徒传承，以及那一传统中的追随者。

Sanātana-dharma — 全体生物永恒的职责或宗教——为至尊主做奉爱服务。

Sanātana Gosvāmī —直接追随圣主柴坦亚·玛哈帕布的六位外士纳瓦灵性导师中的一位，系统地呈现了主柴坦亚的教导。

Śaṅkarācārya —主希瓦的一个伟大哲学家的化身，遵照至尊主的命令以韦达经为基础传播非人格神主义理论。

Saṅkarṣaṇa —主奎师那在灵性世界中最初的四个四臂扩展中的一个；嘎尔戈·牟尼给祂取的另一个名字叫巴拉茹阿玛。

Saṅkīrtana — 聚集在一起赞美至尊主奎师那，特别是用吟唱至尊主的圣名的方法。

Sannyāsa — 韦达灵性生活中的第四个阶段；弃绝的生活。

Sannyāsī — 处在生活的弃绝阶段或阶层的人；托钵僧。

Sārī — 韦达式的女装。

Śarmiṣṭā — 雅亚提王的第二个妻子。由于过度依恋她，君王遭到舒夸查尔亚的诅咒，失去他的青春。

Sārvabhauma Bhaṭṭācārya — 著名的逻辑学家，后来投靠了圣主柴坦亚·玛哈帕布。

Sarvātmā — 参看：Paramātmā。

Śāstra — 像韦达经典那样的启示经典。

Sattva-guṇa — 物质自然的善良属性。

Satya-yuga — 宇宙内四个年代循环中的第一个年代，也是最好的年代，总长1,728,000年。

Satyabhāmā — 主奎师那在杜瓦尔卡从事祂的娱乐活动时所娶的一位主要的妻子。

Śaunaka Ṛṣi — 聚集在奈弥沙冉亚森林中的圣人们的领袖，率领圣人们聆听苏塔·哥斯瓦米讲述《圣典博伽瓦谭》。

Śeṣa Nāga — 参看：Ananta。

Sītā — 主茹阿玛禅铎永恒的伴侣。

Śiva — 至尊主化身出的特殊的半神人，负责掌管物质的愚昧属性和毁灭物质展示。

Somarāja — 控制月亮的半神人昌铎。

Śravaṇa — 聆听有关至尊主的奉爱程序。

Śrīnivāsācārya — 温达文的六位哥斯瓦米的主要追随者之一。

Śruti — 靠聆听得到的知识；由至尊主直接给予的原本的韦达经典(韦达经和奥义书)。

Stotra — 祈祷文。

Sudāmā Vipra — 主奎师那的一个贫穷的居士朋友兼奉献者。至尊主后来赐予他无限的富裕。

Sudarśana cakra — 至尊主的飞轮武器。

Śūdra — 韦达社会制度中第四阶层的人——为其它阶层做服务的劳动者。

Śukadeva Gosvāmī — 伟大的奉献者圣人，在帕瑞克西特王死亡前夕为他讲述了《圣典博伽瓦谭》。

Śukrācārya — 恶魔的灵性导师。

Sunīthā — 安嘎王的妻子，维纳王的母亲。

Supersoul —参看：Paramātmā。

Sūrya — 太阳神。

Sūta Gosvāmī —伟大的奉献者圣人，向聚集在奈弥沙冉亚森林中的圣人讲述帕瑞卡西特王与舒卡戴瓦之间的对话。

Svāhā — 火神阿格尼的妻子。

Svāmī —心念和感官的控制者；处在弃绝阶层中的人的头衔。

Svāṁśa —与至尊主毫无区别的至尊主的完整扩展。

Svarūpa — 灵魂原本的灵性形象。

Svāyambhuba Manu — 在布茹阿玛的一天当中第一个显现的玛努，是杜茹瓦王的祖父。

Śyāmasundara — 肤色微黑、绝美的至尊人格首神奎师那

- T -

Tamo-guṇa — 物质自然的愚昧属性。

Tantras — 描述各种祭祀的次要典籍，主要是为那些受愚昧属性控制的人准备的。

Tapasya — 苦行、苦修；为了更崇高的目的而自愿接受身心的不方便。

Tilaka — 奉献者用吉祥的泥土在前额和身体的其它部位画的标记。

Tretā-yuga — 宇宙四个年代循环中的第二个年代，总长1,296,000年。

- U -

Umā — 参看：Durgā。

Uttānapāda — 古代君王，是斯瓦阳布瓦·玛努的儿子，杜茹瓦王的父亲。

- V -

Vaikuṇṭha — 灵性世界，在那里没有焦虑。

Vairāgya — 弃绝。

Vaiṣṇava — 至尊主维施努(Viṣṇu, 奎师那)的奉献者。

Vaiśyas — 韦达社会制度中的第三阶层的人，即：农场主和商人。

Vaiyāsaki — 参看：Śukadeva Gosvāmī。

Vālmīki — 原本的《茹阿玛亚纳》(《罗摩衍那》)的作者。

Vānaprastha — 退出家庭生活的人，韦达灵性生活的第三个阶段。

Varāha — 至尊主的雄猪化身。

Varṇa — 韦达社会制度中的四个阶层，由人所从事的工作性质和受哪一种物质属性影响所区分。请看Brāhmaṇa，Kṣatriya，Vaiśya，Śūdra。

Varṇa-saṅkara — 没有按照韦达文明的规定生下的孩子，因此是不值得要的后代。

Varṇāśrama-dharma — 韦达社会制度中的四个社会阶层和四个灵性阶段。请看Varṇa和Āśrama。

Varuṇa — 掌管海洋的半神人。

Vasiṣṭha — 主布茹阿玛直接生出的伟大的圣人之一。他是维施瓦弥陀的竞争对手。

Vasudeva — 奎师那的父亲，南达王的同父异母兄弟。

Vāsudeva — 至尊主奎师那，苏戴瓦的儿子，以及物质和灵性万物的拥有者。

Vātsalya-rasa —以父母之情去爱主奎师那的奉献者与至尊主所保持的关系。

Vāyu — 气；掌管风的半神人。

Vedānta — 圣维亚萨戴瓦的《韦丹塔·苏陀》(《吠檀陀经》)的哲学，包含了对韦达哲学知识的总结性概述，表明至尊主是生命的目标。

Vedānta-sūtra — 圣维亚萨戴瓦以格言的形式写就的、对韦达哲学知识的总结性概述。

Vedas — 由主奎师那最先讲述的原始启示经典。

Vena — 安嘎王邪恶的儿子，普瑞图王的父亲。

Vidura — 奎师那杰出的奉献者，是维亚萨戴瓦的儿子、阎罗王的化身、潘达瓦五兄弟的叔叔。

Vidyāpati — 圣主柴坦亚·玛哈帕布特别欣赏的外士纳瓦诗人。

Vijayadhvaja Tīrtha — 玛德瓦查尔亚传承中的外士纳瓦灵性导师，《圣典博伽瓦谭》的评注者。

Vijitāśva — 普茹图王的长子，又名安塔尔达纳。

Vīrabhadra — 主希瓦为捣毁达克沙王的祭祀而创造出的恶魔。

Vīrarāghava Ācārya — 茹玛努佳查尔亚传承中的外士纳瓦灵性导师，《圣典博伽瓦谭》的评注者。

Viṣṇu — 至尊人格首神为了创造和维系物质宇宙而扩展出的四臂形象。

Viṣṇupriyā-devī — 圣主柴坦亚·玛哈帕布的第二位妻子。主柴坦亚后来离开她去当了托钵僧。

Viṣṇu-tattva — 首神的范畴；适用于至尊主的主要扩展。

Viśruta — 帕柴塔们通过玛瑞莎生的儿子。

Viśvanātha Cakravartī Ṭhākura — 圣主柴坦亚·玛哈帕布传承中伟大的外士纳瓦灵性导师，《圣典博伽瓦谭》的评注者。

Vivarta-vāda — 商卡尔阿查尔亚杜撰出的一个错误概念，即：神在为创造而扩展自己的能量后，就不再是完整的了。

Vivasvān — 控制太阳的半神人。

Vṛndāvana — 奎师那永恒的住所，祂在那里完全展示了祂甜美的质量；这个地球上的一个村庄，至尊主奎师那五千年前在那里演出了祂孩提时的娱乐活动。

Vṛndāvana dāsa Ṭhākura — 圣主柴坦亚·玛哈帕布的杰出的奉献者；他撰写了主柴坦亚的传记——《柴坦亚巴嘎瓦特》。

Vyāsadeva — 主奎师那的文学化身，为人类编纂了韦达经(Vedas) 、往世书(Purāṇas)、《韦丹塔 · 苏陀》(Vedānta-sūtra)和《玛哈巴茹阿特》(Mahābhārata)等韦达文献。

- Y -

Yadus — 主奎师那显现其中的雅杜王朝。

Yajña — 韦达祭祀；也是一切祭祀的目的和享受者至尊主的名字，意思是祭祀的人格体现。

Yamarāja — 负责掌管死亡和惩罚罪犯的半神人。

Yāmunācārya — 伟大的外士纳瓦作者，圣桑么帕达亚传承的灵性导师。

Yaśodā — 奎师那的养母；布茹阿佳的王后，南达王的妻子。

Yaśodā-nandana — 扮演了雅首达爱子的至尊主奎师那。

Yavana — 非常低等的人，一般是肉食者、野蛮人。

Yayāti — 古代君王，因为色欲而受到舒夸查尔亚的诅咒，过早地进入老年期。

Yoga — 将自我与至尊者相连的灵性训练。

Yogeśvara — 一切神秘力量的主人——至尊主奎师那。

Yogī — 以某种方法努力与至尊者相连的超然主义者。

Yudhiṣṭhira — 潘达瓦五兄弟之一，在库茹柴陀战争后统治了整个地球。

Yugas — 计算宇宙寿命的年代，四个年代循环往复。

梵文发音指导

人们历来用不同的字母来代表梵文，但在印度被最广泛采用的是戴瓦讷嘎瑞(devanāgarī)字母。戴瓦讷嘎瑞的意思是，半神人的城市文字。戴瓦讷嘎瑞共含有 48 个字母；13 个元音，35 个辅音。古代的梵文语法家根据方便、实用的语言学原则，把这些字母加以排列，其排列顺序被所有的现代语言学者所接受。本书所用的拉丁语字母拼音系统，50 年以来一直被语言学家所采用。

元音

अ a　आ ā　इ i　ई ī　उ u　ऊ ū　ऋ ṛ
ॠ ṝ　ऌ ḷ　ए e　ऐ ai　ओ o　औ au

辅音

喉　音：	क	ka	ख	kha	ग	ga	घ	gha	ङ	ṅa
颚　音：	च	ca	छ	cha	ज	ja	झ	jha	ञ	ña
卷舌音：	ट	ṭa	ठ	ṭha	ड	ḍa	ढ	ḍha	ण	ṇa
齿　音：	त	ta	थ	tha	द	da	ध	dha	न	na
唇　音：	प	pa	फ	pha	ब	ba	भ	bha	म	ma
半元音：	य	ya	र	ra	ल	la	व	va		
丝　音：	श	śa	ष	ṣa	स	sa				

送气音：　ह ha　　　鼻后音(anusvāra)：ं ṁ
无声音(visarga)：ः ḥ　　　省字号(avagraha)：ऽ

数词

०-0　१-1　२-2　३-3　४-4　५-5　६-6　७-7　८-8　९-9

辅音后元音的写法

ा ā　ि i　ी ī　ु u　ू ū　ृ ṛ　ॄ ṝ　े e　ै ai　ो o　ौ au

例如：क ka　का kā　कि ki　की kī　कु ku　कू kū
कृ kṛ　कॄ kṝ　के ke　कै kai　को ko　कौ kau

一般来说当辅音是两个或两个以上一起时有特殊的写法，例如：क्ष kṣa त्र tra。

在辅音后没有标出元音时，应该当作有元音 a 来念。

当出现符号(्)时，表示没有元音，例如：क् 。

元音发音

a —如英语 but 中的 u
ā —如英语 far 的 a 而两倍长于 a
ai —如英语 aisle 中的 ai
au —如英语 how 中的 ow
e —如英语 they 中的 e
i —如英语 pin 中的 i
ī —如英语 pique 中的 i 而两倍长于 i
ḷ —如 lree
o —如英语 go 中的 o
ṛ —如英语 rim 中的 ri
ṝ —如英语 reed 中的 ree 而两倍长于
u —如英语 push 中的 u
ū —如英语 rule 中的 u 而两倍长于 u

辅音发音

喉音

k —如英语 kite 中的 i
kh —如英语 Eckhart 中的 kh
g —如英语 give 中的 g
gh —如英语 dig-hard 中的 g-h
ṅ —如英语 sing 中的 ng

唇音

p —如英语 pine 中的 p
ph —如英语 up-hill 中的 p-h
b —如英语 bird 中的 b
bh —如英语 rub-hard 中的 b-h
m —如英语 mother 中的 m

卷舌音

ṭ —如英语 tub 中的 t
ṭh —如英语 light-heart 中的 t-h
ḍ —如英语 dove 中的 d
ḍh —如英语 red-hot 中的 d-h
ṇ —如英语 sing 中的 n

颚音

c —如英语 chair 中的 ch
ch —如英语 staunch-heart 中的 ch-h
j —如英语 joy 中的 j
jh —如英语 hedgehog 中的 dgeh
ñ —如英语 canyon 中的 n

齿音

t —如英语 tub 中的 t
th —如英语 light-heart 中的 t-h
d —如英语 dove 中的 d
dh —如英语 red-hot 中的 d-h
n —如英语 nut 中的 n

半元音

y —如英语 yes 中的 y
r —如英语 run 中的 r
l —如英语 light 中的 l
v —如英语 vine 中的 v

丝音

ś —如德语 sprechen 中的 s

ṣ —如英语 shine 中的 sh

s —如英语 sun 中的 s

送气音

h —如英语 home 中的 h

鼻后音(anusvāra)

ṁ —如法语 bon 中的 n

无声音(visarga)

ḥ —字尾的 h 音（aḥ 发音如 aha；iḥ 发音如 ihi）

梵文音节的声调没有明显的起伏，在一行中字与字之间也没有间单，有的只是一个音节接着一个音节连绵不断地连接。有的音节短，有的音节长，而长音节的长度是短音节的二倍。长音节含有长元音(ā, ai, au, e, ī, o, ṝ ,ū)或短元音后加一个以上的辅音(包括 ḥ 和 ṁ)。丝音辅音——后面带 h 的辅音，只算单辅音。

梵文诗句索引

- A -

- D -

- E -

- G -

- H -

- I -

- J -

- K -

- P -

- R -

- S -

- T -

中文译者简介

嘉娜娃（金磊），法籍华人，生于北京，医疗管理专科毕业。自1991年开始接触瑜伽后，深受印度古代文化的吸引，逐渐走上翻译这些经典的道路。迄今为止，她已经翻译、编辑了许多著名的古印度典籍，其中包括帕谭伽里的《瑜伽经》以及帕布帕德的《博伽梵歌原意》和《博伽梵往世书》（《圣典博伽瓦谭》）等40本印度古籍。此外，还有中国广大读者熟悉的《瑜伽的故事》和《瑜伽的艺术》（上、下）等。